Endlich war

Nachdem Stefan und ich, Juliane, beide unser Studium abgeschlossen hatten, beschlossen wir, endlich zusammenzuziehen. Immerhin waren wir schon seit mehreren Jahren ein Paar. Leider dauerte es nicht allzu lang, dass wir mehr oder weniger jeden Tag miteinander verbringen konnten, nachdem Stefan einen neuen Job angeboten bekam, der längere Auslandsaufenthalte von drei bis vier Wochen immer wieder notwendig macht. Auf Grund der Erfahrung mit Fernbeziehungen während unseres Studiums, können wir damit eigentlich ganz gut umgehen und haben ein großes Vertrauen einander gegenüber aufgebaut.

Gerade eben war Stefan wieder einmal geschäftlich unterwegs. Diesmal viereinhalb Wochen in Fernost. Bereits nach der ersten Woche habe ich ihn sehr vermisst, obwohl wir täglich telefonierten. Er berichtete viel von den neuen geschäftlichen Kontakten und den Eindrücken, die er und seine Kollegen während der Rundfahrten und Abende sammelten. Wieviele neue Eindrücke dort auf ihn eindringen, ist mir noch einmal bewusst geworden als ich eines Nachmittags, einen Tag vor seiner Rückkehr gerade in der Badewanne lag. Irgendwie hatte ich die Befürchtung, dass ihm die Heimkehr am Ende vielleicht sogar ziemlich langweilig vorkommen müsste und so dachte ich mir, dass ich ihm auch etwas aufregendes bei seiner Ankunft bieten müsste. Als ich nun so in der Wanne lag, entwickelte ich die Idee, ihm einen wirklich heißen Abend nach seiner Rückkehr bieten zu wollen.

Ich nahm den Rasierer vom Wannenrand und beschloss, diesmal alle Härchen auf meinem Venushügel komplett zu entfernen. Nicht das ich mich sonst nicht rasiert hätte, aber doch hatte ich bisher immer einen Streifen oder ein Dreieck stehen lassen. Wie ich mir erst in diesem Moment eingestand, kann doch eigentlich fast kein Mann bei dem Anblick einer blank-rasierten Muschi widerstehen. Also warum sollte dies bei Stefan anders sein, dachte ich und begann mich hübsch einzuseifen und langsam und nach und nach, alle kleinen Härchen fein säuberlich zu entfernen. Ich muss zugeben, dass mich die Situation selbst dabei schon unheimlich angemacht hat und ich, nachdem ich nach der Rasur vorsichtig darüber gestreichelt habe, mit dem Finger, wie aus Versehen, in meine feuchte Spalte eingedrungen bin. Trotz des steigenden Kribbelns zwischen meinen Beinen, zwang ich mich, aufzuhören. Schließlich wollte ich mir meine Erregung für mein Wiedersehen mit Stefan am nächsten Tag aufheben. Leicht gefallen ist mir dies allerdings überhaupt nicht und auch bei anschließenden Eincremen hat sich mein Finger immer wieder in meinem frisch rasierten Lustdreieck verirrt. Um nicht doch noch schwach zu werden, kleidete ich mich schnell an und entschloss mich, noch ein wenig in die Stadt zu gehen. Auf das Lesen meiner Unterlagen, die ich von der Arbeit mit nach hause brachte, konnte ich mich ohnehin nicht konzentrieren.

Wie es der Zufall so wollte, kam ich natürlich unmittelbar an einem Dessous-Shop vorbei, der erst ganz neu aufgemacht hatte und im Schaufenster mit unglaublich sexy und knappen Dessous lockte. Damit könnte ich Stefan und auch mir natürlich noch eine zusätzliche Freude machen und noch ehe ich zu Ende gedacht hatte, war ich schon ein paar Schritte im Shop verschwunden. Neben den üblichen klassischen sexy Dessous gab es hier auch noch ein wenig gewagtere Stücke zu erwerben. Verführerische Straps-Sets sowie semi-ouvert als auch ouvert Dessous. Ich muss sagen, dass ich in diesem Moment fast alles hätte kaufen können und so habe ich mir viel Zeit gelassen und das richtige zu finden. Am Ende habe ich einen wunderbaren String ouvert, der im Schritt offen, aber mit einem kleinen Herz verziert ist, und einen passenden Spitzen-BH erworben. Glücklich ging ich nach hause und war voller Vorfreude auf den nächsten Tag, wenn ich meinen Schatz endlich wiedersehen und spüren können würde. Den Abend selbst habe ich dann vor dem Fernseher verbracht, da ich mich nach wie vor auf nichts substanzielles konzentrieren konnte.

Nach einer unruhigen und von "unzüchtigen" Träumen begleiteten Nacht, erwachte ich am nächsten Morgen, die Feuchtigkeit zwischen meinen Schenkeln nicht zu ignorieren im Stande. Dennoch zwang ich mich, heute auf ein Fingerspiel zu verzichten und begab mich schnell unter die Dusche. Sanft trocknete ich die letzten Wassertropfen auf meiner Haut und cremte meinen ganzen Körper mit Bodylotion ein. Nun konnte ich endlich in meine neue Unterwäsche schlüpfen. Ich zog den String an und BH an und betrachtete mich eingehend im großen Spiegel unseres Kleiderschranks. Ziemlich sexy – musste ich mir selbst eingestehen. Nachdem ich mich nun eingehend betrachtet hatte, angelte ich einen knielangen Rock und eine schwarze, nicht zu tief ausgeschnittene Bluse aus dem Kleiderschrank. Es war ein

Eros und Eleganz
69
Geschichten der Leidenschaft

VALLEETSY

DON'T WAIT!
***SCAN THE CODE* AND**
START YOR JOURNEY

GET MORE INFORMATION
VALLEETSY-BOUTIQUE.COMPANY.SITE

"Submission does not mean being weak
or passive.
It leads to neither fatalism nor capitulation.
Just the opposite.
True power resides in submission.
A power that comes from within."

— Elif Safak

ungewohntes, aber echt tolles Gefühl den offenen String zu tragen. Bisher war ich nie mit einem String ouvert oder ganz ohne Höschen aus dem Hause gegangen, aber dieses Gefühl gefiel mir sehr gut, zumal nur ich wusste, wie freizügig ich eigentlich unterwegs bin. So in meinen Gedanken verloren, hätte ich fast die Zeit vergessen, schließlich war es nur noch eine Stunde bis Stefans Flugzeug auf dem Flughafen in Frankfurt landet. So schnappte ich schnell meine Handtasche, schlüpfte in meine Sandalen und verließ zügigen Schrittes das Haus. Ist das ein schöner Tag, dachte ich als ich die Straße betrat. Es war angenehm warm, die Sonne schien und ein leichtes Lüftchen wehte. Ein Tag, wie er jeden Anflug von schlechter Laune sofort von einem nimmt. Leichtfüßig und voller Vorfreude auf meinen Schatz machte ich mich auf den Weg zur nächsten Bushaltestelle. Schon auf dem Weg genoss ich das leichte kribbeln zwischen meinen Beinen, dass das laue Lüftchen auslöste als es zart meine frisch rasierte Pussy streichelte und umspielte. In meinen Gedanken spielten sich zeitweise schon wieder die unanständigsten Dinge ab, die ich mit Stefan anzustellen gedachte. Ich bin nicht sicher, ob nicht der ein oder andere im Bus mein schelmisches Dauer-grinsen durchschaute oder ob mich meine leicht aufgerichteten Nippel eher verrieten. Ein wenig überrascht über mich selbst, war mir dies jedoch völlig egal. Je länger ich unterwegs war, desto mehr gewöhnte ich mich an unbeschreiblich schöne, zarte Kribbeln und genoss es.

Am Flughafen angekommen hatte ich noch etwa dreißig Minuten Zeit, bevor ich meinen Schatz endlich in die Arme fallen konnte. So bummelte ich noch etwas über den Flughafen und machte einen Abstecher zum zollfrei Shop und legte noch ein feines Parfüm auf. Ich war mir absolut sicher, dass Stefan mir so absolut nicht widerstehen wird können. Und ich sollte Recht behalten.

Endlich war es soweit – da hinten kam Stefan in seinem schwarzen Anzug aus der Gepäckankunftshalle. Ich winkte ihm zu und sogleich kam er zügig auf mich zu und ließ seinen großen Reisetrolley aus der Hand gleiten und wir fielen uns sofort innig in die Arme. Unsere Lippen fanden sofort zueinander. Als er seine Zunge leidenschaftlich nach der meinen forschen spürte, wusste ich sofort, dass auch er sehr geil auf mich war und es ein sehr leidenschaftlicher Nachmittag werden würde. Kaum konnten wir voneinander ablassen. Nachdem wir uns doch voneinander lösen konnten gingen wir Arm in Arm zur Bushaltestelle. Bereits hier streichelte seine Hand sanft aber fordernd über meinen Po, was ich sehr genoss, ihn aber noch nicht in dem Maße spüren lassen wollte. Im Bus blendeten wir die anderen Personen völlig aus und küssten uns leidenschaftlich bis fordernd.

Endlich zu hause angekommen, holte ich meinen Schlüssel heraus und als wäre er gar nicht so lange weg gewesen, ging ich erst einmal zum Briefkasten, um nach neuer Post zu schauen. Den Rücken ihm zugewandt, sah ich die wenigen Briefe durch, als ich auf einmal seine Finger sich unter meiner Bluse von meinem Bauchnabel langsam aufwärts an den Ansatz meines Busens krabbeln. Sofort richteten sich meine Nackenhaare und Nippel auf und mir fuhr ein kalter Schauer den Rücken hinunter. Ich wurde sofort unheimlich geil, wollte mich ihm aber nicht so kampflos hingeben. So wand ich mich um, hauchte ihm einen Kuss auf die Lippen, löste mich und ging, ihm zulächelnd, die Treppe zu unserer Wohnung hinauf. Nachdem ich die Tür geschlossen hatte, lehnte ich mit dem Rücken an der Tür, lächelte ihn verführerisch an und bedeutete ihm mit einer Fingerbewegung näher zu kommen. Einer Forderung der er natürlich ohne Zögern nachkam. Sofort fanden sich unsere Lippen und Zungen und ich klammerte ein Bein um ihn. An meinem Schoß spürte ich sogleich und mit großem Wohlwollen seine wachsende Erektion. Seine Hand legte er um meinen Kopf und streichelte zärtlich meinen Nacken, worauf ich am ganzen Körper eine Gänsehaut bekam. Ich begann seinen Rücken entlang zu streifen und begann langsam aber bestimmt seinen Po zu kneten. Während dessen befanden sich unsere Zungen noch immer in einem leidenschaftlichen Spiel. Seine weiter wachsende Erregung spürend, löste ich mein Bein und widmete seiner Hose, um ihn von der zunehmenden Enge zu befreien. Ich löste mich, wand mich um und drückte ihn in die Position an der Eingangstür in der ich mich gerade noch befand. Die Knöpfe seiner Hose bereits geöffnet, tastete ich mich langsam vor. Ich schauderte kurz als ich langsam seinen steifen Schwanz entlang glitt. Unwillkürlich stöhnte auch er erlöst auf. Langsam befreite ich sein bestes Stück und ging ihn anlächelnd und in direkt in die Augen schauend vor ihm in die Knie. Langsam wichste ich seinen Schwanz, bevor ich sanft mit der Zungenspitze über seine Eichel glitt und er dabei stöhnte. Ich genoss das Gefühl, wie er jeglichen Willen verlor und sich mir völlig auslieferte. Ich glitt seinen Schaft entlang, leckte und saugte an seinen Hoden und zurück an der Spitze seines Luststabs, nahm ich erst seine Eichel und dann Zentimeter für Zentimeter seinen Schwanz in meinen Mund auf. Langsam und dann immer schneller ließ ich seinen harten Stab ein und ausgleiten. Er stöhnte immer heftiger und auch ich wurde dabei immer geiler. Immer wieder spielte ich mit meiner Zunge an seiner Schwanzspitze und saugte daran. Sein immer lauteres Stöhnen und die ersten Tropfen an seiner Eichel deuteten an, dass er es nicht mehr lange aushalten würde. Nach der langen Zeit, die wir uns nicht gesehen hatten und die unglaubliche Geilheit, die sich in mir breit machte, wurde ich immer leidenschaftlicher. Obwohl ich es ihm bisher nie gönnte, in meinen Mund zu spritzen, wollte ich in diesem Moment nur noch seinen heißen Saft auf meiner Zunge spüren und saugte deshalb immer stärker seinen geilen Schwanz. Heftig stöhnte er, dass er es nicht mehr lange aushalten kann, worauf ich seinen Schwanz noch heftiger blies. Laut stöhnend, spritzte er mir kurz darauf eine riesige Ladung seines Spermas tief in den Mund. Im ersten Moment ein ungewohnter, salziger Geschmack, der aber alles andere als eklig war. Auf Grund der riesigen Menge, die er mir in den Mund pumpte, begann ich alles zu schlucken und wollte keinen Tropfen seines heißes Saftes vergeuden. Nachdem die Wellen seines Orgasmus' abgeklungen waren, lächelte ich ihn lieb an und leckte seinen noch immer harten Schwanz genüsslich sauber und fragte mich, warum ich dies vorher noch nie getan habe.

Anschließend stand ich auf, gab ihm einen Kuss und sagte, dass er bestimmt Hunger habe. Mit provokativen Hüftschwung ging ich in die Küche, natürlich um etwas essen vorzubereiten ;-). Stefan verschwand kurz ins Bad um sich ein wenig frisch zu machen, während ich ein wenig Obst vorbereitete. Als ich gerade am Tisch stand, drängte er sich von hinten an mich und fuhr sofort mit einer Hand unter meine Bluse und streichelte mir über den Busen. Unwillkürlich entfuhr mir ein tiefes Stöhnen, dass mein Verlangen zum Ausdruck brachte. An meinem Po spürte ich bereits wieder seinen harten Prügel und meine Säfte begannen zu fließen. Leidenschaftlich streichelte er meine Brüste und wir küssten uns gierig nachdem ich meinen Kopf umwandte. Während dessen spielte er sehr gekonnt an meinen Nippeln, was mich allein schon fast kommen ließ. Es machte mich total wild, dass er so forsch und leidenschaftlich vorging. Langsam drückte er mich mit dem Oberkörper auf die Tischplatte, sodass ich ihm meinen Hintern wie auf einem Silbertablett präsentierte. Mit den Händen fuhr er langsam meinen Rücken entlang bis hin zum meinem Po, den er sanft aber bestimmt zu massieren begann. Ich selbst klammerte mich mit den

Händen an den Tisch und stöhnte laut vor Geilheit. Langsam ging er hinter mir in die Knie und streifte mit den Händen an meinen leicht gespreizten Beinen entlang bis zu meinen Fußgelenken. Langsam streifte er wieder nach oben und schob dabei auch meinen Rock mit hinauf. Gleich darauf begann er meine Oberschenkel mit zärtlichen Küssen. Er schob meinen Rock über meine Pobacken und spreizte meine Beine weiter. Auf Grund des String ouverts bot ich ihm einen wunderbaren Blick auf meine feucht glänzende blank rasierte Muschi, was er mit einem lüsternen Raunen quittierte. Sofort spürte ich seine Zunge auf meinem Po, die sich zunehmend in Richtung meiner feuchten Spalte bewegte. Als er meine Liebeslippen mit der Zungenspitze das erste Mal berührte, konnte ich nicht mehr. Ich zitterte am ganzen Körper und stöhnte, fast schrie ich, meinen ersten Orgasmus heraus. Stefan war dadurch nur noch mehr angetörnt und verwöhnte meine süße Muschi unglaublich gekonnt mit der Zunge und seinen Lippen. Sanft drang er mit seiner Zungenspitze in mein feuchtes Loch, knabberte an meinen Schamlippen und leckte dann wieder sanft durch meine Spalte. Die ganze Situation machte mich so unglaublich an, dass mir mein eigener Saft an den Beinen sanft herabrann. Stefan ließ kurz von mir ab, stellte sich hinter mich und presste sein Becken gegen meinen Po und meine feuchte Pussy. Langsam zog er mich vom Tisch hoch, knete sanft meine Brüste und hauchte mir ins Ohr, ich solle mich auf den Tisch setzen, was ich sofort tat. Langsam zog er mir meine Bluse aus und öffnete meinen BH als er vor mir stand. Sanft drückte er mich wieder, diesmal mit dem Rücken auf die Tischplatte, beugte sich über mich und küsste und leckte von meinem Hals und Ohrläppchen langsam abwärts. Wieder war mein ganzer Körper von einer Gänsehaut bedeckt. Ich stöhnte laut auf, als er meine harten Nippel erreichte, an ihnen saugte und sanft knabberte. Nachdem er diese kurz verwöhnte, setzte seine Zunge auf meiner Haut tanzend seine Reise über meinen Bauchnabel in Richtung meines feuchten Liebesdreiecks fort. Sanft küsste er über meinen Venushügel und er begann mit der Herzapplikation, die den String im Schritt ziert zu spielen. In diesen Momenten hätte ich alles mit mir machen lassen. Während er mit dem glitzernden Herzchen spielte, fuhr er sanft mit dem Finger durch meine nasse Spalte und drang langsam mit einem Finger in mich ein. Ich griff mit meinen Händen nach seinem Kopf und drückte ich fest auf meine Pussy. Als ich den Griff etwas lockerte, wanderte seine Zunge etwas tiefer und neckte meine Klit. Seine Zunge an meiner empfindlichsten Stelle und sein Finger in meiner nassen Grotte, das war zu viel. Ich zog seinen Kopf hoch zu mir, womit er sofort zwischen meinen Beinen stand. Ich umarmte ihn und hauchte stöhnend ins Ohr: "Bitte fick mich! Bitte gib es mir! Lächelnd ließ er von mir ab, zog sein Hemd, und Hose aus. Er sagte leise, dass er noch schnell etwas holen würde, da er wusste, dass ich es lieber mit Kondom mag, um einen zusätzlichen Schutz vor einer ungewollten Schwangerschaft zu haben, aber ich bedeutete ihm nur, dass ich ihn jetzt sofort wollte. Ich hörte wie er seine Shorts auszog und schloss die Augen. Mit weit gespreizten Beinen lag ich auf dem Küchentisch und wartete darauf seine Eichel endlich an meinem nassen Loch zu spüren. Als er seinen Schwanz ansetzte, kam es mit bereits heftig, wovon er sich jedoch nicht abschrecken ließ. Noch bevor die Wellen meines zweiten Orgasmus' abgeklungen waren, schob er seinen harten Luststab tief in mich und begann mich mit festen Stößen zu ficken. Es machte ihn total an, dass er mich mit String nehmen konnte. Ich legte meine Bein auf seine Schultern, um ihm ein tiefes Eindringen zu ermöglichen. Meine feuchten Lippen schmatzten bei jedem Stoß und ich hatte das Gefühl auszulaufen. Beide törnten wir uns mit lautem Stöhnen an. Er fickte mich so tief, fest und doch so gefühlvoll. Immer schneller stieß er seinen harten Schwanz in mich und spornte mich mit leichten Schlägen auf meinen Po zusätzlich an. Seine Hoden schlugen bei jedem Stoß gegen meinen Po, was mich zusätzlich anmachte. Fest knetete ich meine Titten und zog an meinen Nippeln als ich meinen dritten Orgasmus in mir aufsteigen spürte. An seinem Stöhnen erkannte ich, dass er es nicht mehr lange aushalten würde und stöhnte nur: "Ahhh, gib mir deinen heißen Saft, komm spritz mir in meine Fotze!" Ich erkannte mich selbst kaum wieder, da ich solche Worte noch nie zuvor benutzt habe, aber in diesem Moment war ich so geil und konnte mich nicht mehr kontrollieren. Kurz darauf stöhnten wir beide laut auf und ich spürte, wie er seinen Samen in mich pumpte. Mein ganzer Körper verkrampfte und ich kam in einer riesigen Orgasmus-Welle das dritte mal an diesem Nachmittag.

Nachdem wir uns ein wenig erholt hatten, beugte er sich, seinen Schwanz noch immer in mir über mich und küsste mich leidenschaftlich. Ich schaute ihm in die Augen und sagte: "Willkommen zuhause, mein Schatz!" Nachdem er sich von mir löste und bereits in das Badezimmer ging, um ein warmes Bad einzulassen, spürte ich, wie sein Saft langsam aus meiner Muschi lief. Mit dem Finger verteilte ich unsere gemeinsamen Säfte auf meinem Körper und folgte ihm ins Badezimmer, wo wir gemeinsam badeten und uns weiter streichelten und küssten...

Ein überraschender Abend

Sie ist dreiundzwanzig, schlank und hat die längsten Beine die mir je über den Weg gelaufen sind. Ihr Name ist Josefine und eigentlich kannte ich sie nur vom sehen, seit sie vor gut einem Jahr gegenüber einzog. Das erste Mal das ich mit ihr sprach war im Winter. Ich beseitigte gerade den Schnee von meinem Wagen, als sie zu mir kam und meinte ob ich ihren Wagen überbrücken könnte, da ihrer nicht anspringt. Als Kavalier alter Schule half ich ihr selbstverständlich. Erst an diesem Tag fiel mir auf das wir zur gleichen Zeit das Haus verließen und auch in die gleiche Richtung fuhren. Eines Abends, ich kam gerade mit Taschen beladen vom einkaufen, kam sie auf mich zu und fragte mich ob sie mir helfen könnte. Ich nahm ihre Hilfe dankend an und sie half mir meine Einkäufe ins Haus zu tragen. Selbstverständlich bot ich ihr etwas zu trinken an. Bei einer Tasse Kaffee nannte sie mir ihren Namen. Wir waren gleich per du. Schüchtern und etwas nervös meinte sie dann: "Ich habe festgestellt das wir in der selben Straße arbeiten. Und ich habe da so ein Problem. Ich muss meinen Führerschein für vier Wochen abgeben, da ich aber schon meinen Urlaub geplant habe, kann ich die vier Wochen nicht überbrücken. Und daher hatte ich gedacht, na ja... ob du mich nicht mitnehmen könntest. Ich würde mich auch an den Spritkosten beteiligen". Fragend sah sie mich an. "Du musst dich doch nicht an den Kosten beteiligen. Ich muss doch sowieso fahren. Und ab wann soll ich dich mitnehmen" fragte ich sie. Worauf sie kleinlaut meinte: "Leider schon morgen". Wir verabredeten uns für den kommenden Morgen. Sie trank ihren Kaffee aus und ging. Als sie am nächsten morgen in Minirock und Bluse in meinen Wagen einstieg, war die Luft in meinem Wagen binnen Sekunden von ihrem Parfüm erfüllt. Als sie auf unserem Firmenparkplatz ausstiegen brachte es mir die Bewunderung meiner männlichen Kollegen ein. So nahm ich sie morgens und abends mit. Nach etwa 3 Wochen, auf dem Heimweg, fragte sie mich ob ich mit ihr zum einkaufen fahren könnte. Sie hätte am Freitag eine Fete und müsste unbedingt dafür einkaufen. Ich fuhr also mit ihr einkaufen.

Am Samstagnachmittag stand Josefine vor meiner Tür. "Hallo, die Fete war echt geil, aber leider haben wir noch so viel an Speisen und Getränken über behalten. Und da kam Kate, meine Freundin, und ich auf die Idee mit dir ein Reste-verzehr zu veranstalten. Wir würden uns freuen wenn du heute Abend zu mir herüber kommen würdest". Als ich nicht sofort antwortete meinte sie: "Bitte, bitte sag ja". Ich sagte zu und wir verabredeten uns für 19:00 Uhr. Als ich zu ihr kam stellte sie mir Kate vor. Kate reichte mir die Hand und meinte dass sie schon viel über mich gehört hätte. Wir aßen, machten Smalltalk und lachten. Plötzlich und unvermittelt meinte Kate: "Hast du Lust mit uns beiden zu ficken"? Ich verschluckte mich an meinem Wein: "Wie bitte?" fragte ich. "Also, Josefine und ich stehen auf ältere Männer und wir wollen gern mit dir ficken. Überlege doch mal, so leicht kommst du nie wieder an zwei junge Frauen gleichzeitig. Und ein Mann mit Erfahrung, das ist schon geil". Jetzt sprach auch Josefine: "Ich habe meinen Führerschein nicht abgeben müssen. Eigentlich hatte ich die Hoffnung dass du mir gegenüber Andeutungen machen würdest. Warum meinst du wohl habe ich mich immer so aufreizend angezogen". Kate zog sich bis auf Slip und BH aus. Beides war leicht durchsichtig. Bei einer so kleinen Brust brauchte sie eigentlich keinen BH. Ihre kleinen Brustwarzen und ihre rasierte Muschi konnte ich schemenhaft durch den dünnen Stoff erkennen. Ich starrte die ganze Zeit zu Kate, ihren jungen, schlanken Körper. Josefine streichelte mir über den Oberschenkel, einige Zentimeter höher und sie hätte die harte Beule in meiner Hose gespürt. "Und was ist nun, willst du mit uns schlafen" hörte ich sie fragen. "Oh ja, und ob will ich will", antwortete ich ihr wie durch einen Nebel, getrieben von Lust und Geilheit. Ich konnte die Augen nicht von Kate lassen. Wie hypnotisiert sah ich sie an und merkte dabei nicht wie sich Josefine ebenfalls bis auf die Unterwäsche auszog. "Was ist, willst du dich nicht auch ausziehen" fragte Josefine. Erst jetzt stellte ich fest dass sie sich ausgezogen hatte. Auch ihre Wäsche war leicht durchsichtig. Ich erkannte deutlich ihre Liebesspalte durch den dünnen Stoff. Im Gegensatz zu Kate hatte sie eine große Brust, die zu den Proportionen ihres Körpers zu groß erschienen. Mir stockte der Atem. Ich wusste nicht welche der beiden jungen Frauen ich mehr begehrte. Ein Traum eines jeden Mannes. Ich zog mich ebenfalls bis auf die Unterhose aus. Josefine stand direkt vor mir. Ihr Kopf näherte sich meinem und dann trafen sich unsere Lippen. Fast gleichzeitig öffneten sie sich, und unsere Zungen spielten ein zärtliches Spiel. Ich schloss meine Augen und genoss es, die sanften sinnlichen Lippen und die zärtlichen Berührungen ihrer Zunge. Dann wurde mein Kopf sanft zur Seite gezogen und ich spürte Kate Lippen auf meinen. Im Gegensatz zu Josefine, schob sie mir ihre Zunge tief in meine Mundhöhle. Josefine küsste meinen Hals und knabberte mir am Ohrläppchen. Mit meinen Händen tastete ich über die Oberkörper der beiden Frauen, bis ich ihre Brüste erreicht hatte. Die Brust von Josefine war herrlich rund und weich. Im Gegensatz dazu war es bei Kate schwer ihre Brust auszumachen. Nur ihre Brustwarzen zeichneten sich fühlbar durch den dünnen Stoff von ihrem BH ab, die unter meiner Berührung anwuchsen und hart wurden. Kate zog ihre Zunge blitzschnell zurück um sie genauso schnell wieder in meinen Mund zu schieben. Wie eine Schlange züngelte sie mit ihrer Zunge. Unsere Lippen trennten sich dabei nicht. Kate atmete hörbar tief ein, als ich mit meinen Fingern sanft über ihre harten Brustwarzen strich. Dann tastete ich mich weiter nach unten vor und erreichte ihre Höschen. Kate hörte auf mich zu küssen, und küsste nun Josefine. Dabei Streichelte Josefine meine Brust und Kate lies ihre Hand in meine Unterhose gleiten und streichelte meinen Hintern. Ich machte es ihr nach und glitt mit meinen Händen ebenfalls unter den dünnen Stoff ihrer Strings und massiere sanft die Pobacken der jungen Frauen. Josefine spreizte leicht ihre Beine und drückte ihren Unterleib gegen meinen Oberschenkel. Ich drückte meinen Mund gegen die der Frauen. Worauf sie ihre Köpfe leicht drehten, und wir zu dritt unsere Zungen miteinander spielen ließen. Es war herrlich die schönen festen Hintern der jungen Frauen zu spüren. Ich massierte und knetete ihre herrlichen kleinen festen Pobacken. Was bei mir die Erregtheit noch steigerte. Mein kleiner Freund begann sich einen Ausweg aus meiner Unterhose zu bahnen. Ich zog langsam meine Hände aus den Slips um nun von Vorn die Stellen der Glückseligkeit zu erforschen. Als ich mit meinem Finger durch die Liebesspalte von Kate strich, biss sie mir zärtlich auf die Lippe. Beide Frauen zogen sich gegenseitig die BHs aus und streichelten sich gegenseitig die Brüste. Ich zog meine Hände aus ihren Slips, ging einen Schritt zurück, um es besser sehen zu können. Josefine sah zu mir herüber, und an mir herunter. Sie sah auf meinen kleinen Freund der sich immer mehr aus der Enge meiner Unterhose befreite. "Na, macht dich das an? Gefällt es dir, wie wir uns gegenseitig die Titten streicheln"? Und Kate fragte: "Willst du uns ficken oder dich erst noch etwas aufgeilen und uns zusehen wenn wir uns gegenseitig die Fotzen fingern und lecken"? "Ja, ich würde euch gern noch ein wenig zusehen, obwohl ich schon richtig geil bin". Sie griff mir an den Schwanz, der halb aus meiner Unterhose lugte und meinte: "Das du geil bist ist wohl nicht zu übersehen". Sanft strich sie mit ihren Fingerspitzen über meinen Schwanz und meinte: "Er spuckt ja jetzt schon, meinst du denn dass du es aushältst und es uns beiden so richtig besorgen kannst? Immerhin wollen wir beide durchgefickt werden". "Wenn ich der Meinung wäre das ich es nicht schaffen würde, dann wäre ich schon gegangen" und fasste sie in den Schritt. Lächelnd meinte sie: "Wir können es kaum erwarten unsere Fotzen von deinem Schwanz ausgefüllt zu bekommen, oder Josefine"? Sie zog erst Josefine und dann sich die Strings aus. Dann war ich an der Reihe. Ganz langsam zog mir Josefine die Unterhose herunter. Dabei ging sie in die Knie. Bevor sie aufstand hauchte sie mir einen Kuss auf meine Schwanzspitze. Kate beugte sich herunter, zog langsam meine Vorhaut zurück, leckte über meine Eichel und meinte: "Wir wollen doch nichts verkommen lassen". Nachdem sie sich wieder aufgerichtet hatte, stieß sie mich nach hinten und ich fiel auf die Sitzgruppe. Links und rechts von mir setzten sich die beiden Mädchen. Als ich von einer zur anderen sah, wurde mir bewusst dass ich der Vater beider Frauen sein konnte. Was mich aber nicht im Geringsten störte, im Gegenteil. Ich legte meine Arme um sie und massierte sanft ihre Brüste. Besser gesagt ich massierte die Brust von Josefine, die wundervoll füllig und fest war. Und spielte mit Daumen und Zeigefinger an den harten Brustwarzen von Kate. Beide schmiegten sich an mich an und begannen dann sich gegenseitig die Muschis zu fingern. Josefine brachte Kate richtig in Fahrt. Ihr Atem ging schneller und wurde lauter. Mittlerweile hatte Kate aufgehört Josefine zu fingern. Sie genoss einfach nur gefingert zu werden. Ich beugte mich zu ihr ihn über und saugte an ihren kleinen geilen Nippeln. Aus ihrem Atem wurde ein keuchen: "Ja, ihr zwei macht mich so richtig fertig, damit meine Fotze gleich ausläuft. Bearbeite meine Nippel mit deinen Zähnen und beiße rein", sagte sie an mich gerichtet. Ich knabberte an ihnen, worauf sie meinte: "Fester, beiße richtig zu, du geiler Bock. Ich kam dem nach und biss mal fester und mal sanfter an ihren Warzen. Sie spreizte ihre Beine weit. Und ich merkte wie sich Josefine zu ihrem Liebesdreieck herunter beugte, wobei sie meinen Penis mit ihrer Brust berührte. Kate begann zu stöhnen: "Los, du geiles Luder, leck meine Liebesperle. Ihr Stöhnen wurde immer lauter. Ich spürte wie sie ihren Körper anspannte und plötzlich ihren Orgasmus regelrecht heraus schrie. Josefine richtete sich auf und Kate drückte sanft meinen Kopf nach hinten. Außer Atem und mit einem Lächeln meinte sie: "Das war geil. Jetzt werden wir es Josefine so schön besorgen, wie ihr es mir besorgt habt". Jetzt beugte sich Kate zu Josefine herunter, die ihre Beine ebenfalls gespreizt hatte, und begann sie zu lecken. Ich knetete ihre herrlichen festen Brüste und saugte an ihren Nippeln. Ihre Hände glitten über meinen Rücken. Langsam streichelte sie ihn von den Schultern bis hinunter zu meinem Po. Sie begann zu stöhnen und ich merkte an den Bewegungen von Kate wie sie immer schneller und heftiger an der Muschi von Josefine leckte. Ihr Stöhnen wurde lauter und ihr Streicheln fester. Als sie ihren Orgasmus hatte, grub sie ihre Finger in meine Haut, das ich vor Schmerz aufgeschrien hatte. Nachdem Kate sich wieder aufgesetzt hatte, nahm sie meinen Schwanz in die Hand und versuchte mit dem kleinen Finger der anderen Hand in die Öffnung meines Penis einzudringen. Es war unangenehm und leicht schmerzhaft. Ich wollte sie davon abhalten es weiter zu versuchen, aber Josefine hielt meine Hände fest. Sie küsste mich und meinte: "Lass sie doch ein wenig spielen, sie hat Übung darin und wird dir nicht weh tun, sie ist Krankenschwester und weiß was sie tut". Immer wieder versuchte sie ihren zierlichen Finger hinein zu stecken, bis es ihr schließlich gelang. Es schmerzte leicht. Sie schob ihn bis zum ersten Gelenk hinein. Was ich als unangenehm empfand, gefiel den beiden Mädchen und sie hatten sichtlich ihre Freude daran. Erst als sie versuchte noch tiefer einzudringen, werte ich mich heftig und wurde laut. Darauf hin hörte Kate auf. Sie küsste mich und meinte: "Bitte sei jetzt nicht böse mit uns. Ich finde es geil meinen Finger in Schwänze zu stecken. Das habe ich von meinem ersten reifen Mann gelernt, den das immer so geil gemacht hatte. Es hätte ja sein können das es dir auch gefällt. Jetzt bist du wütend. Es tut mir leid". Ich zog sie zu mir und küsste sie. Sie schmiegte sich an mich und begann meine Oberschenkel zu streicheln. Josefine streichelte meinen Oberkörper, bis hinunter zum Schambereich. Beide vermieden es jedoch mein bestes Stück zu berühren. Dann flüsterte Kate mir ins Ohr: "Willst du uns jetzt ficken"? Ich nickte und flüsterte zurück: "Ja, ich kann es kaum noch erwarten". Als wenn sie nur darauf gewartet hätte, legte sich Josefine auf den Rücken. Sie spreizte ihre Beine und sagte: "Los komm und fang mit mir an. Du darfst mir auch deine Wichse rein spritzen. Jetzt sah ich zum ersten Mal ihre Muschi in voller Pracht. Mit ihrer glatt rasierten Muschi wartete sie auf mein Glied. Ich legte mich auf sie und sie half mir mit ihrer Hand den Weg zu ihrer Liebespforte zu finden. Obwohl mein Penis hart und steif war hatte ich Probleme in sie einzudringen. Ich hatte schon einige Erfahrungen mit weiten und auch engen Scheiden. Aber so eng wie sie war, war bis dahin noch keine Frau. Doch Dank ihrer Hilfe gelang es mir. Als ich endlich mein bestes Stück in ihr gesteckt hatte, senkte ich langsam mein Becken. Nachdem ich ganz in ihr eingedrungen war blieb ich für einige Augenblicke ganz ruhig auf ihr liegen und genoss das herrliche Gefühl ihrer engen warmen Muschi. Ihre Scheidenmuskulatur umschloss meinen Schwanz fest. Sie streichelte mir über den Kopf und fragte: "Was ist? Stimmt etwas nicht"? "Doch, es ist alles bestens, ich möchte diesen Moment einfach nur genießen. Du bist so herrlich eng, das ist alles". Sie lächelte und hauchte mir einen Kuss auf die Lippen. Kate hatte uns beobachtet und meinte dann: "Wenn ihr euren Spaß habt, möchte ich auch beglückt werden". Sie stellte sich breitbeinig über den Kopf von Josefine, ging langsam in die Hocke und meinte: "Josefine, du kannst mich lecken, wenn Georg dich fickt. Langsam begann ich mein Becken zu heben und zu senken. Während ich meinem Schwanz in die Muschi von Josefine stieß, leckte sie ihrer Freundin die Möse. Ich konnte dabei die geile Muschi von Kate bewundern. Es erregte mich immer mehr, wie ich sah wie Josefine mit ihrer Zunge durch die Spalte von Kate glitt. Ich steigerte meine Geschwindigkeit. Kate feuerte mich an: " Ja fick sie richtig durch, gib es ihr, fick ihr die Seele aus dem Leib". Josefine begann laut zu stöhnen. Unsere Körper waren nass vor Schweiß, und ich rutschte, bei jeder unserer Bewegungen, auf ihren herrlichen Brüsten hin und her. Ein wirklich geiles Gefühl, ihre weichen Rundungen an meinem Körper zu spüren. Wie ein gut geölter Kolben fuhr mein Schwanz in ihrer Möse ein und aus. Keuchend steigerte ich nochmals meine Geschwindigkeit und beteiligte mich am lecken von Kate geiler Möse. "Das ist geil, von euch beiden gleichzeitig geleckt zu werden" hörte ich zwischen meinen keuchendem Atem und dem immer lauter werdenden Stöhnen von Josefine. Auch Kate stöhnte bereits: "Ja, gib es der kleinen geilen Schlampe so richtig und spritz ihr deine Wichse in ihre geile Fotze. Aber lass für mich auch noch etwas übrig du geiler Bock. In diesem Moment spritzte ich ihr auch schon meine Sahne in den Leib. Pulsierend schoss meine Wichse in Schüben aus meinem Schwanz. Josefine rief, als sie meinen Orgasmus bemerkt hatte: "Nein, nein, nicht aufhören. Los bums mich weiter, ich komme auch gleich".

Immer wieder stieß sie wild und heftig ihren Unterleib gegen meinen. Ich trieb ihr meinen Schwanz der langsam kleiner wurde immer wider bis zum Anschlag in sie hinein, bis auch sie ihren Höhepunkt hatte. Ich sah wie sie dabei in die Möse von Kate biss. Dies brachte Kate ebenfalls zum Orgasmus. Immer noch außer Atem zog ich meinen klein gewordenen Schwanz aus ihr und setzte mich auf, und sah mir meine jungen Gespielinnen an. "Und?", fragte mich Josefine "hat es dir gefallen"? Oh ja, ich hoffe euch auch". "Mir schon, und dir Kate". Kate lächelte: "Hat man das nicht gehört? Und dann gleich von zwei Zungen geleckt zu werden". Die Frauen setzten sich wider zu mir. Josefine schenkte uns jeden noch einen Sekt ein und wir stießen an. Mein kleiner Freund lag schlaff zwischen meinen Beinen und sammelte Energie für das was noch kommen sollte. Kate griff mit ihrer kleinen, zierlichen Hand nach ihm. "Meinst du er kommt heute noch einmal hoch und fickt meine Fotze auch so schön durch wie die von Josefine". Dabei bewegte sie ihre Hand langsam auf und ab. Josefine massierte sanft meinen Hodensack. Was natürlich seine Wirkung nicht verfehlte, und meinen Schwanz zu neuem Leben erweckte. "Wenn ihr zwei so weiter macht dann dauert es nicht lange und ich spritze wieder ab". "Vielleicht wollen wir genau das. Es könnte doch sein, dass wir sehen wollen wie deine Wichse aus deinem Pimmel spritzt" meinte Josefine und Kate stimmte ihr zu. Ich schob meine Hände zwischen ihre Beine. Bereitwillig spreizten sie ihre Oberschenkel, so dass ich ungehindert an ihren Mösen spielen konnte. Alle drei saßen wir nebeneinander, die Beine gespreizt und spielten an den Geschlechtsorganen. Kate fragte mich: "Wenn du jetzt spritzt, meinst du das du mich dann immer noch ficken kannst oder sollen wir aufhören"? "Ich weiß es nicht, ich weiß nur dass ich dich auch noch bedienen möchte", antwortete ich ehrlich. Worauf sie sofort aufhörte meinen Schwanz zu wichsen. Ich bohrte meine Mittelfinger in ihre geilen Löcher, und meinte: "Ihr beide seit richtig geil". Josefine grinste und meinte: "Danke für das Kompliment, du aber auch". Kate kam immer mehr auf Touren und meinte: "Kommt, lasst uns ins Schlafzimmer gehen, da ist es bequemer". Im Schlafzimmer stand ein riesiges französisches Bett, mit Kunstleder bespannt. Es hätte in jedem billigen Porno gepasst. An den Wänden hingen ästhetische Bilder von nackten Männern, und auf der Ablage des Bettes lag ein Vibrator und Gleitmittel. Kate legte sich sofort auf den Rücken, spreizte ihre aufgestellten Beine und meinte: "Jetzt bin ich an der Reihe. Los komm, steck mir deinen Schwanz in meine nasse Fotze und fick mich. Mein Loch ist auch schön eng".

Sie sah mich an und lächelte. Dabei spielte sie an ihrer Muschi und zeigte ihr zartes rosa Fleisch. Ich legte mich auf sie. Genauso wie Josefine, half sie mir mit meinem Schwanz ihre junge Liebesöffnung zu finden. Sie war nicht ganz so eng und ich drang ohne Mühe in sie ein. Wie vorhin bei Josefine trieb ich langsam mein Glied ganz in sie hinein um dann ihre wohlige feuchte Wärme, die meinen Schwanz umschloss zu genießen. Langsam hob und senkte ich mein Becken. Sie kreuzte ihre Beine über meinen Hintern. Bei jeder Abwärtsbewegung drückte sie meinen Unterleib damit kräftig nach unten. "Ich will deinen Schwanz ganz tief in mir spüren" sagte sie. Worauf ich meinte: Das geht aber auch anders". Ich zog ihre Beine auseinander, richtete meinen Oberkörper etwas auf und legte ihre Unterschenkel auf meine Schulter. Dann rutschte ich mit meinem Unterleib dichter an ihren und zog sie in dem ich sie an die Hüften fasste näher zu mir. Als ich mein Becken kräftig gegen ihres presste, stöhnte sie: "Oh, das ist geil. Du bist ganz tief in mir und ich kann deinen Schwanz an meinem Muttermund spüren. Fick mich hart und fest durch". Ich begann sie schnell und fest zu stoßen. Immer wenn unsere Unterleiber aufeinander prallten, gab es ein klatschendes Geräusch. Josefine war hinter mir und beschäftigte sich mit meinen Hintern. Mit ihren Fingern fuhr sie durch meine Pospalte und massierte mit ihren Fingern meine Rosette. Kate spannte ihre Scheidenmuskulatur. Mittlerweile stöhnten Kate und ich um die Wette. Es war nur noch eine Frage von Sekunden, bis ich meinen zweiten Höhepunkt an diesem Abend haben würde. Keuchend und stöhnend meinte ich: "Ich komme gleich, ich kann es nicht mehr lange zurück halten". Kate meinte stöhnend: "Ja spritz mir deinen Saft schön tief rein, lass es endlich geschehen. Du bist so geil". Stöhnend und geschüttelt von meinem Höhepunkt spritzte ich in ihr ab, so wie sie es wollte. Worauf sie die Muskelanspannung löste. Während ich noch in ihr war, begann sie ihren Kitzler bis zum Höhepunkt zu massieren. Als sie ihren Orgasmus hatte spannte und entspannte sich ihre Scheidenmuskulatur rhythmisch. Es war als würde sie mich melken. Sie warf ihren Kopf dabei wild hin und her. Langsam glitt mein Schwanz aus ihr heraus. Ich legte mich neben sie. Josefine legte sich zu uns. Mittlerweile war es schon dunkel geworden. Josefine schaltete das Licht aus. Ich nahm beide junge Frauen in meine Arme und sie kuschelten sich an mich. Josefine fragte mich: "Hat es dir mit uns gefallen"? Worauf ich antwortete: "Es war herrlich, einfach nur herrlich"! Und Kate meinte: "Dann sollten wir es wiederholen". Ich war glücklich, die jungen Damen wohl auch. Und so schliefen wir eng aneinander gekuschelt ein.

Wirklich eine wilde Erfahrung

Ich hatte mich bei einer kleineren Firma für eine Stelle als Sachbearbeiterin beworben, bekam recht schnell eine positive Antwort und wurde zum Vorstellungsgespräch geladen. Endlich war der Tag gekommen und ich stylte mich vor dem Spiegel. Ich wollte ja schließlich seriös wirken aber nicht bieder, selbstsicher aber keineswegs arrogant. Endlich hatte ich das passende Outfit gefunden, mein schwarzes Kostümchen mit den Nadelstreifen und ein helles Top mit ein bisschen Ausschnitt darüber. Etwas Bein darf man ja ruhig zeigen. Meine Haare hatte ich hochgesteckt und meine neue Brille aufgesetzt.

Zum Glück hatte ich bereits alle anderen Vorbereitungen getroffen, so dass ich rechtzeitig starten konnte. Ich machte mich aufgeregt auf den Weg, denn es war ja fast eine knappe Stunde Autofahrt.

Als ich mich kurz vor Terminbeginn an der Pforte meldete, war ich noch aufgeregter als zuvor. Mir wurde versichert, dass meine Gesprächspartnerin noch in einem wichtigen Meeting wäre, aber gleich soweit sei. Solange nahm ich erst mal Platz.

Etwa eine Viertelstunde später, mir erschien es wie Stunden, kam meine möglicherweise zukünftige Chefin auf mich zu. Zielsicher und mit einem beneidenswerten Selbstbewusstsein schritt sie auf mich zu. Dazu hatte sie ja alle Gründe, als Frau in dieser Position und mit so einem Aussehen noch dazu. Wow! Eine Frau, die mit Sicherheit alle Männerherzen höher schlagen ließ, an ihr stimmte einfach alles. Sie hatte ein echt hübsches Gesicht, wunderschöne Rehaugen und langes dunkles Haar, das sie hochgesteckt trug. Ihre schöne weibliche Figur und ihre straffen Brüste kamen in dem engen Kleid mit dem hohen Schlitz ganz toll zur Geltung.

Meinem Gefühl nach verlief das Gespräch sehr positiv und sie zeigte viel Interesse an meiner Meinung und an mir als Person. Teilweise schaute sie mich sehr herausfordernd und intensiv an. Diesen Blick konnte ich sehr schwer deuten. Manchmal wurde ich etwas verlegen, nicht weil mir die Worte fehlten, sondern weil ich sie insgeheim bewunderte.

Unser Gespräch dauerte ziemlich genau eineinhalb Stunden. Als wir fertig waren und ich langsam mein Notizbuch wieder einsteckte, sagte sie plötzlich: "Oh, war das heute ein anstrengender Tag, jetzt brauche ich erst mal eine kleine Stärkung. Sie sind doch bestimmt auch hungrig und haben Lust auf eine Kleinigkeit." Ich nickte wie ferngesteuert und doch etwas verlegen. Woraufhin sie spontan vorschlug, dass wir doch schnell noch in eine naheliegende Bar gehen sollten. Ich wusste gar nicht was ich sagen sollte und stimmte einfach zu. Schließlich hatte ich ja für diesen Abend auch noch nichts vor, da mir nicht klar gewesen war, wie lange das Gespräch dauern würde.

Ich fuhr ihr mit meinem Auto hinterher und wir trafen uns vor der Bar wieder. Nachdem wir uns dort ein nettes Plätzchen geangelt hatten und bei dem Kellner schon einen kühlen Drink und ein Sandwich bestellt hatten, fingen wir an, uns recht locker und ungezwungen zu unterhalten. Dennoch mieden wir das Du und siezten uns weiter. Sie erzählte mir viel über sich, auf die Firma und ihren Job kam sie nur am Rande zu sprechen. Sie hat einen Immobilienmakler als Freund, und wir stellten fest, dass wir fast die gleichen Hobbys und Interessen hatten. Zu diesem Zeitpunkt hatte ich Liebeskummer. Bernd, mein letzter Freund, hatte sich erst kürzlich von mir getrennt. Ich war noch ein wenig traurig darüber und war auch schon so weit, dass ich offen darüber reden konnte. Sie konnte mein Gefühle gut verstehen und nahm mich in den Arm, um mich zu trösten. Die Zeit verging wie im Fluge, unsere ersten Cocktails hatten wir auch schon lange geleert und sie fragte mich, ob ich nicht Lust hätte, noch auf einen Rotwein zu ihr nach Hause mitzukommen. So für eine Stunde. Da der Abend ohnehin schon fortgeschritten war, hielt ich das für eine gute Idee.

Wieder fuhr ich hinter ihr her, es war gar nicht weit, da sie in der Kölner Altstadt wohnte. Als wir gemeinsam eintraten erblickte ich eine tolle renovierte Altbauwohnung. Ihr Freund war nicht zu Hause, sie sagte, er sei noch im Fitnessstudio trainieren. Wir setzten uns auf die Couch und genossen ein Glas Rotwein. Als wir gerade unsere ersten Schlucke unten hatten kam ihr Freund Heinz zur Tür rein. Er begrüßte mich freundlich und verschwand direkt im Bad.

Wir zwei Frauen saßen nebeneinander auf dem Sofa, plötzlich schlug meine baldige Chefin vor, mich ein wenig zu massieren, um den Liebeskummer und den Stress vom Vorstellungsgespräch zu vergessen. Dazu musste ich natürlich meinen Oberkörper freimachen, aber das war okay für mich. Schließlich dachte ich mir nicht viel dabei. Ich legte mich auf ihren Befehl hin auf das Sofa und sie setzte sich auf meinen Arsch. Ich hätte nicht gedacht, dass sie das so gut konnte, ich fühlte mich wie beim Masseur. Ich merkte auch, dass sie dabei Spaß hatte und konnte noch besser genießen und wurde locker. Dazu schloss ich meine Augen. Auf einmal spürte ich, dass sie sich vorbeugte und sich mit ihrem Kopf meinem näherte. Ihre Haare kitzelten mich im Nacken und sie flüsterte mir mit süßer Stimme erotisch ins Ohr: "Ich finde Dich voll sexy und würde gerne mal an dir knabbern." Ich lag da und war stumm wie ein Fisch.

Plötzlich bemerkte ich Ihren Mund, der an meinem Ohr knabberte und Ihre Zunge, die meine Ohrmuschel erforschte. Ihre Hände streichelten meine Haare. Nach ein paar Minuten stieg sie von meinem Rücken ab. Auch ich setzte mich dann auf und wir beide sahen uns tief in die Augen. Ihr Blick wanderte dann über meinen Mund, zu meinem Dekolleté und zu meinen Titten, wo er erst einmal verweilte. Sie kam auf mich zu und setzte sich dicht neben mich auf das Sofa. Wir begannen uns gleichzeitig zu umarmen und zu küssen. Es war ein unglaubliches Gefühl, noch nie hatte ich vorher in meinem Leben eine Frau geküsst. Ihre Lippen und die Haut fühlten sich unglaublich weich und zart an, sie kam mir irgendwie zerbrechlich vor, so ganz anders, als wenn man einen Mann küsst. Ich empfand den Kuss als etwas total Intimes und Intensives. Mit ihrer rechten Hand fing sie dann an, meine Brüste zu streicheln und meine Nippel mit den Fingerspitzen zu drehen, zu zwicken und zärtlich daran zu ziehen. Dann aber nahm sie ihre süßen Lippen zu Hilfe und begann, mich auch mit der Zunge zu liebkosen. Mit beiden Händen umfasste sie meine linke Brust, saugte und leckte an meinem Nippel, bis er ganz steif war und mich ein Gefühl von Wollust überkam. Bisher war ja nur ich nackt, dies beschloss ich jetzt zu ändern...

Ohne langes Zögern erwiderte ich jetzt auch ihre Zärtlichkeit. Ich ließ meine Hände langsam über ihren gesamten Körper wandern. Ich begann, ihr die Pumps auszuziehen und half ihr liebevoll aus ihrem scharfen Kleid. Unter dem Kleid trug sie absolut umwerfende Dessous. Einen BH aus schwarzer Spitze mit passendem Stringtanga und halterlosen feinen Strümpfen. Ich fuhr mit meinem Zeigefinger über ihre erotischen Brüste, dann langsam übers Dekolleté und Kinn und ließ meine Fingerspitzen in ihrem leicht geöffneten Mund verschwinden. Dabei warf ich ihr einen heißen Blick zu, der sie- so glaube ich ziemlich verrückt gemacht hat, und ich erwiderte darauf mit verwegenem Gesicht ein sanftes Stöhnen.

Plötzlich wurden wir immer schneller aus Lust und Angst erwischt zu werden, und sie setzte sich mit dem Gesicht zu mir und gespreizten Beinen auf meine warmen Schenkel. Während wir uns küssten, begannen unsere Hände am Körper der Anderen langsam herunter zu wandern, bis wir an der Muschi angelangt waren. Gott sei Dank hatte ich mich heute Morgen noch schön kahl rasiert. Wir erforschten die Öffnung der Anderen ganz sachte mit den Fingerspitzen. Wobei ich gestehen muss, dass ich jetzt zum Streicheln und mit dem Finger Eindringen eine bessere Position hatte. Ich hatte sozusagen leichtes Spiel. Als sie zum ersten Mal meine Klitoris berührte, zuckte ich innerlich zusammen und ein Gefühl der Gänsehaut überströmte mich von Kopf bis Fuß. Sie ließ mich deutlich spüren, dass sie ganz genau wusste, was Frauen lieben... Ich konnte meine Gefühle in diesem Moment nicht so recht deuten und beschloss, für ein paar Sekunden einfach die Augen zu schließen. Auf einmal huschte sie von meinem Schoss und kniete sich vor mich zwischen meine Beine. Erst öffnete sie mit ihren Fingern meine Muschi und dann begann sie schon ihre Zunge meiner Oase der Lust zu nähern. Sie hielt meine Schamlippen zur Seite und ließ ihrer Zunge freien Lauf. Sie küsste mich, leckte meine Klitoris und manchmal saugte sie ein wenig. Wenn nicht ihre Zunge über meine Klitoris kreiste, dann mit Sicherheit einer ihrer Finger. Alle Ecken, Winkel und Öffnungen meiner Muschi erforschte sie mit ihrer frechen und forschen Zunge. Es war ein unheimlich prickelndes und höchst erotisches Gefühl. Nach wenigen Minuten erlebte ich einen sagenhaften, geilen Orgasmus. Jetzt war nichts mehr von meiner ursprünglichen Verkrampftheit da, und ich hatte große Lust mich zu revanchieren. Sie sah mich an und sagte mit einem Lächeln: "Ich denke wir können jetzt Du zueinander sagen. Ich bin die Teresa" und dann lachten wir beide herzlich.

Mit einem Ruck öffnete sich die Wohnzimmertür und Heinz stand vor uns beiden. Als er das Geschehen sah, war er erst etwas verwundert, fragte uns jedoch: "Na, was macht ihr beiden Hübschen denn da Schönes? Darf ich zuschauen oder euch helfen?" Daraufhin schaute seine Freundin mich an und sagte: "Ich hätte nichts dagegen, wenn Du mitmachen möchtest, wie sieht das mit Dir aus?" Auch ich war nicht abgeneigt und so legte Heinz, während wir uns küssten und dabei streichelten, seine Klamotten ab und gesellte sich zu uns. Dann fragte er uns: "Wollen wir es uns nicht lieber etwas bequemer machen und uns ins Bett legen?" Wir beiden stimmten ihm zu und gingen ins Schlafzimmer. Als ich Heinz hinterherlief, stellte ich fest, dass auch er sehr gut gebaut war und einen echt sexy Körper hatte. Das Bett, das uns dort erwartete, sah schon auf den ersten Blick groß und sehr gemütlich aus, und das war es auch.

Im Bett kuschelten wir drei uns erst mal aneinander, Heinz lag zuerst in der Mitte. Mit seinen männlichen Händen streichelte er uns über unsere Haare, Ich streichelte ihm über seine leicht behaarte Brust. Teresas Hand verschwand unter der Bettdecke. Dort begann sie, seinen Schwanz zu massieren, zu kneten und zu streicheln, Nachdem wir beide Heinz Erregung spüren konnten, schlug mir Teresa vor, mit ihr unter die Bettdecke zu kriechen, um Heinz einen zu blasen. Gesagt, getan wir waren eifrig, begeistert und beide sehr geübt! Abwechselnd nahm eine von uns beiden seinen Schwanz ganz tief in den Mund, bis zum Anschlag und die Andere saugte und leckte an seinem Sack. Zeitweise waren unsere beiden Zungenspitzen und Münder an seinem besten Stück und verwöhnten ihn und insbesondere seine Eichel mit Küssen und kreisenden Bewegungen. Währenddessen küssten wir uns auch hin und wieder. Schon nach kurzer Zeit konnten wir ihm einen unvorstellbaren Genuss verschaffen.

Nachdem Heinz gekommen war, waren jetzt wir beiden Mädels wieder an der Reihe. Wir lagen übereinander, sie lag mit angewinkelten Beinen auf dem Rücken und ich kniete in der 69-Stellung über ihr. Mein Kopf war zwischen Teresas Beinen und wir streichelten, massierten, küssten und leckten uns erst die Falte zwischen Becken und Schenkelansatz. Dann leckten und küssten wir einander die Innenseiten der Oberschenkel und tasteten unsere Münder langsam Richtung Muschi heran. Heinz streichelte uns die Stellen zwischen Arsch und Muschi und steckte manchmal seine Finger in die Möse der Einen oder der Anderen. Ich mochte dieses Gefühl sehr. Dann begannen wir langsam mit unseren Fingern die äußeren Schamlippen beiseite zu schieben, um an die Inneren besser heran zu kommen. Wir leckten uns die Umgebung der Klitoris und saugten aneinander. Ich merkte, dass sie es ziemlich heftig empfand, wahrscheinlich war sie etwas empfindlicher als ich, also ließen wir uns von unseren wilden Gefühlen leiten. Heinz Finger war inzwischen in meinem Arsch und bewegte sich dort sanft und rhythmisch. Mit seinen Händen streichelte er abwechselnd meine und Teresas Titten.

Nachdem wir beide einen wundervollen Höhepunkt erreicht hatten, stieg ich ab und legte mich neben sie aufs Bett. Wir küssten uns und streichelten uns die Brüste. Dann fragte mich Heinz, ob ich Lust hätte auf ihm zu reiten. Ich nahm Platz auf seinem Schwanz und wir genossen ein paar heftige und geile Stöße zusammen. Teresa kniete über Heinz, ihren Oberkörper zu mir gerichtet. Heinz leckte sie, während wir beide munter fickten. Da wir beiden Frauen so nah beieinander saßen, nutzten wir diese Gelegenheit, um uns wieder innig zu küssen und sie stimulierte meine Klitoris mit ihren Fingern. In kurzen Abständen sind wir alle drei nacheinander gekommen. Es war ein absolut geiles Erlebnis, das ich bestimmt nie vergessen werde. Sehr erschöpft lagen wir dann noch alle drei nebeneinander auf dem Bett und ließen unsere heißen Körper abkühlen.

Ich schaute auf die Uhr, es War schon fast zwei Uhr morgens, ich zog meine Klamotten wieder an, wir verabschiedeten uns und ich macht mich auf den Weg.

Zu einer Einstellung ist es nicht gekommen... genau eine Woche später erhielt ich von Teresas Sekretärin eine Absage. Ich denke, es ist auch besser so... Ich hatte dort zwar keinen Job gefunden, aber eine wirklich wilde Erfahrung gemacht!

Abwechslung im Intimleben

Plötzlich wurde Frederik wach ohne zu wissen, was ihn aufgeweckt hatte. Er lag am Strand und war kurz eingedöst. Er brauchte einige Zeit, bis er sich orientieren konnte und in dieser Aufwachphase hörte er weibliche Stimmen, die sich unterhielten. Nur ganz langsam registrierte er, dass sie ihn zum Thema hatten.

"Ein süßer Typ! So etwas sieht man selten!", bemerkte die Eine.

Eine zweite Stimme pflichtete der ersten bei: "Ja, Clara! Ganz meine Meinung! Er hat einen aufregenden Knackarsch und schmale jugendliche Schultern. Darauf stehe ich auch!"

Eine Dritte kicherte hektisch und wurde deutlicher: "Wenn er noch einen großen Liebesknochen in der Hose hat, dann könnte ich mich vergessen! Ich bin eh schon seit einigen Tagen wuschig im Schritt!"

Die, die Clara genannt worden war, wandte lachend ein: "Tanja, was sagt dein Göttergatte, wenn du solche Gedanken hast?"

Tanja antwortete mit ernster Stimme, die irgendwie frustriert klang: "Ach der! Der geilt sich lieber am Anblick junger Weiber auf und holt sich dabei einen runter! Angefasst hat er mich seit Monaten nicht mehr!"

Die Stimmung zwischen den Frauen schien zu kippen, weil auch die dritte Stimme aus ihrem Herzen keine Mördergrube machte: "Meiner scharwenzelt auch lieber um junge Dinger herum und ich bin mir sicher, auch wenn ich es ihm nicht beweisen kann, dass er sie auch flachlegt! Wenn er mich mal beglückt, spritzt er so schnell, dass ich am Ende sehen kann, wo ich bleibe! Da hast du es besser Clara, als Single kannst du dir den Beglücker aussuchen und kannst sicher sein, dass du auch auf deine Kosten kommst!"

Die Angesprochene antwortete nachdenklich: "Meine Liebe, wenn das so einfach wäre! Welche Männer stehen auf uns ältere Frauen? Mir bleibt auch nur übrig, es mit flinken Fingern hinter mich zu bringen!"

Tanja wechselte wieder um eigentlichen Thema zurück, indem sie mit unverhohlener Neugier in der Stimme sagte: "Der Typ liegt jetzt schon seit zwei Stunden wie tot auf dem Bauch! Der könnte sich durchaus mal umdrehen, damit ich sehe, was er in der Hose hat!"

Frederik hatte dem Gespräch der Frauen mit angehaltenem Atem gelauscht und fühlte sich seltsam erregt über die Art, wie sie von ihm sprachen. Er war vor kurzem volljährig geworden und seine jugendlichen Erfahrungen mit dem weiblichen Geschlecht hielt sich in Grenzen, obwohl seine Fantasie und seine Träume ihn in ständige Begierde versetzten, die sich nur um das Eine drehte, was ihm bisher verwehrt blieb. Gewiss, er war kein Kind von Traurigkeit und war auf Partys eifrig am Fummeln. Aber sobald er der Frau seiner Begierde zeigte, dass er einen Schwanz in der Hose hatte, war er immer abgeblitzt. Die Tatsache, dass in seiner Nähe Frauen saßen und ungeniert über sein Prachtstück sprachen, erfüllte ihn mit neugierigem Stolz. Denn Frederik war sehr stolz auf seinen Schwanz, der im Vergleich zu seinen Freunden ziemlich gewaltig ausgefallen war. In diesem Gefühl des Stolzes und aus Neugier, wie diese Frauen aussahen, beschloss Frederik, dem Wunsch von Tanja nachzugeben und sich umzudrehen.

Er legte sich mit geschlossenen Augen in Positur, indem er seine Beine etwas auseinander nahm, damit der Blick auf sein Gemächt mit den großen Hoden und dem inzwischen hart gewordenen Schwanz frei zugänglich war.
"Wow! Das sind ja herrliche Ausblicke! Das ist ja ein himmlisches Monstrum, was er zwischen den Beinen hat!", stöhnte Tanja auf.
Auch Clara war offensichtlich fasziniert, denn sie fügte hinzu: "Ja! Der ist eine Sünde wert! Haarlose Brust und ein Schwanz wie ein Hengst! Mein Gott, mich juckt es!"
Frederik blinzelte durch die Augen und sah drei Frauen nebenan sitzen, die verzückt zu ihm herüber starrten. Alle drei waren in gesetztem Alter. Er schätzte sie zwischen 30 und vierzig Jahren.
Die Stimme, die vorher Tanja genannt worden war, krächzte: "Das muss ein himmlisches Vergnügen sein, diesen Schwengel zwischen den Schenkeln stecken zu haben!"
Frederik betrachtete sich Tanja genauer. Sie war einer beleibte Frau mit gewaltigem Vorbau und einem vollen Gesicht, das durch die Stupsnase einen besonderen Flair hatte. Sie trug einen Badeanzug, der ihren Körper ganz verhüllte und nur ihre kräftigen Schenkel sehen ließ. Allerdings saß sie ihm so zugewendet, dass er in ihren Schritt sehen konnte, wo sich ein wulstiger Venushügel und eine deutliche Längs-Kerbe im Badeanzug abbildeten.

Die Frau, die er an der Stimme als Liane identifizierte, erklärte entschlossen: "Meine Lieben, wir sollten uns den süßen Bengel gönnen! Was haltet ihr davon?"

Sie war schlank, trug eine roten Bikini und hatte ein herbes Gesicht, das besonders durch ganz kurz geschnittene Haare betont wurde. Frederik folgerte daraus, dass die Dritte im Bunde Clara sein müsste, die so unverhohlen gesagt hatte, sie würde es jucken.

Sie war eine dünne, aufregend aussehende Frau, die in ihrer sichtlichen Erregung ihre Hand auf das Zentrum ihrer Weiblichkeit gepresst hielt und ihn mit glühenden Augen in ihrem Puppengesicht anstarrte und heraus stieß: "Lust hätte ich schon! Er ist zu niedlich! Nur, wie stellen wir es an?"

Tanja lachte: "Kommt Zeit, kommt Rat! Der Typ muss erst aufwachen!" Dies war für Frederik das Signal, die Augen zu öffnen. Er räkelte sich, als sei er gerade erst aus dem Tiefschlaf erwacht und setzte sich auf.

Liane ergriff als erste die Initiative.

"Schönen Nachmittag Herr Nachbar! Wie kann man nur den ganzen herrlichen Tag verschlafen? Da gibt's doch Besseres!", rief sie fröhlich zu Frederik hinüber und setzte dabei ein verführerisches Lächeln auf. Frederik rief zurück: "Was sollte besser sein, als ein gesundes Schläfchen im Urlaub?"

Tanja antwortete statt Liane spontan: "Zum Beispiel drei einsamen Frauen am Strand Gesellschaft leisten!"

Er lachte, stand auf und ging zu der Frauengruppe, wobei er Clara murmeln hörte: "Dieses Gerät in der Badehose bringt mich um den Verstand!"

Als Frederik vor den Frauen stand, fragte er nicht lange, sondern setzte sich wie selbstverständlich neben Clara, die es ihm besonders angetan hatte, wobei er sagte: "Das kann man doch jetzt nachholen! Übrigens ich heiße Frederik!"

Die Frauen stellten sich ihm der Reihe nach vor und im Nu waren sie in heftiges Plaudern verfallen, bei dem sie erfuhren, dass Frederik in einer Pension allein Urlaub machte, den er von seinen Eltern als Belohnung für ein sehr gutes Abitur spendiert bekommen hatte. Frederik hörte, dass die drei ganz enge Freundinnen schon aus der Schulzeit waren und jedes Jahr gemeinsam Urlaub machten, um dem täglichen Einerlei ihres Hausfrauendaseins zu entfliehen. Während des Gesprächs rückte Clara immer näher an Frederik heran und als ihre Haut ihn an der Seite berührte, durchfuhren ihn wohlige Schauer, als ob Stromstöße den Rücken hinunter zogen.

"Mein Gott! Du frierst ja!" bemerkte sie mit glühendem Blick und fuhr mit den Fingerspitzen zweier Finger sanft sein Rückgrat nach unten. Dies schlug in Frederiks Schwanz ein wie Donnerschlag. Seine Beule in der Badehose wuchs noch einmal und zuckte, als ob dort ein wildes Tier eingesperrt wäre.

Er gurgelte unter den Erregungsschauern: "Ich friere nicht! In mir tobt der wilde Mann!"

Die drei Frauen brachen in wieherndes Gelächter aus, das ihm erst bewusst machte, was er impulsiv heraus gestoßen hatte. Er fühlte, wie ihm die Schamröte ins Gesicht schoss und versuchte stammelnd seine Bemerkung zu relativieren.

"Entschuldigung! Ich wollte nicht obszön werden! Leider ist es so bei uns Männern, dass sich die aufregende Anwesenheit von drei hübschen Frauen zwischen den Schenkeln niederschlägt. Dagegen kann sich bei aller Zurückhaltung kein Mann wehren!", murmelte er stockend und verstärkte damit das Gelächter der Frauen.

Clara fand als Erste wieder zu Worten und antwortete prustend: "Mein Gott! Du bist süß! Dass du einen Hammer in der Hose hast, dafür brauchst du dich doch nicht zu entschuldigen! Du bist jung und unverbraucht. Da wäre es doch ein Wunder, wenn du nicht scharf würdest! Zudem sind wir drei in dem Alter, in dem uns das nicht fremd ist!"

Dann fügte sie lauernd hinzu: "Wer von uns drei verursacht denn das Chaos in deiner Badehose?"

Frederik erfasste blitzschnell, dass dies eine verflucht verfängliche Frage war. Obwohl ihm Clara, die er so aufregend an seiner Haut spürte, am meisten gefiel, versuchte er in wohl gesetzten Worten Antwort zu geben, so dass er keiner der Frauen weh tat.

"Mhm, ihr drei habt alle eure erregenden Reize. Jede ihre ganz eigenen. Daher muss ich zugeben, dass ich das nicht genau zuordnen kann!", sagte er und sah den Frauen abwechselnd mit seinen großen braunen Augen ins Gesicht, wobei er allerdings länger bei Liane verweilte.

Dann sprang er auf, murmelte, "Ich gehe jetzt ins Wasser!" und rannte zum Strand.

Nach kurzem überraschtem Schweigen über seine abrupte Reaktion, sagte Tanja: "Du liebe Zeit! Schüchtern ist er auch noch! Da kann ich nur sagen, meine Lieben, auf ihn mit Gebrüll!"

Liane ergänzte: "Habt ihr gemerkt? Er hat bei Clara Feuer gefangen! Ich glaube, sie hat die größten Chancen den Kleinen aus der Reserve zu locken!"

Diese war vor Entzücken geistesabwesend, so dass Liane deutlicher werden musste: "He, Clara! Du warst gemeint! Der Typ steht auf dich! Das ist unübersehbar! Gehe ans Werk! Nimm ihn dir! Wenn er zurück kommt, lassen Tanja und ich euch allein. Nutze die freie Bahn!"{FSK18}

Clara zuckte zusammen und antwortete sichtlich verträumt: "Ich will ihn aber ganz! Darüber müsst ihr euch klar sein! Ich werde ihn mit in unser Ferienhaus mitnehmen und möchte dann mit ihm allein sein!"

Die Freundinnen lachten, während Tanja heraus stieß: "Kein Problem! Wir lassen dich drei Stunden allein. Das dürfte genügen, seinen Schwanz zu kosten! Aber eines steht fest, danach haben wir auch freie Bahn bei ihm! Er ist ja noch eine Woche hier!"

Damit war die Übereinkunft zwischen den Freundinnen getroffen und sie schauten mit glühenden Augen zum Strand, wo Frederik gerade aus dem Wasser kam und zu seinem Platz rannte, um sein Handtuch zum Abtrocknen zu holen. Als er, sich den Körper abrubbelnd, wieder zu den Frauen kam, standen Tanja und Liane auf und schnappten ihre Badetücher.

"Wir haben leider noch etwas vor! Leistest du Clara Gesellschaft?", fragte Tanja bettelnd.

Frederik nickte nur, denn plötzlich hatte er einen Klos im Hals beim Gedanken, mit dieser wunderschönen Frau allein zu sein.

Als die zwei Freundinnen hinter den Dünen verschwunden waren und Frederik in züchtigem Abstand Clara gegenüber saß, die nach hinten abgestützt mit geöffneten Schenkeln da saß und ihn mit fragendem Blick ansah, bekam er flackernde Augen und krächzte: " Es ist dir doch Recht, wenn ich dir weiter auf den Wecker falle?"

Clara schmunzelte über seine schüchterne Art und ging zum Angriff über.

"Oh, was ist denn das? Kein Chaos mehr in deiner Hose? Errege ich dich so wenig?", säuselte sie ihm zu und räkelte sich lasziv vor ihm.

Frederik antwortete stockend mit heiserer Stimme: "Das kommt vom kalten Wasser! Da schnurrt alles zusammen! Aber so wie du dich vor mir bewegst, bin ich sicher, das Chaos kommt ganz schnell zurück! Du bist eine traumhaft hübsche Frau!"

Clara lachte gurrend: "Würde ich dem Schlingel auch geraten haben! Er lädt förmlich zum Verwöhnen ein! Und jetzt setze dich endlich neben mich! Der Abstand, den du hältst, ist ja nicht zum Aushalten!"

Frederik rutschte neben Clara, die nicht lange fackelte und wie eine Furie über ihn herfiel.

"Küsse mich, du kleiner Bock!", keuchte sie, ehe sie ihren Mund auf den seinen drückte und seine Lippen mit ihrer Zunge öffnete, während sie sich wie entfesselt auf ihm wand.

Frederik wusste nicht, was ihm geschah. Er spürte, wie sich sein Schwanz in der Badehose gewaltig aufblähte, weil die Zunge in seinem Mund ein erregendes Spiel mit seiner Zunge machte und ihr Venushügel sein Gemächt massierte.

Als sie sich von ihm löste und heftig atmend von ihm herunter rollte, konnte er nur heraus stoßend: "Jetzt hast du es geschafft! Das Chaos tobt wieder! Und wie!"

Er sah in ihr lächelndes Gesicht, aus dem ihm die Augen begehrlich entgegen funkelten. Sie stützte ihren Kopf zu ihm gewandt auf einem Arm ab, während sie mit der anderen, sanft massierend über seine Beule strich.

Ihre Stimme klang verführerisch, als sie leise sagte: "Fühlt sich ausgesprochen gut an, dein kleiner Mann! Das macht Lust auf mehr!"

Kaum hatte sie dies gesagt, fuhr ihre Hand wie ein Blitz in die Badehose und erkundete krabbelnd seine erregte Männlichkeit.

Frederik riss vor Überraschung und Wollust die Augen auf und keuchte: "Du gehst aber ran!"

Sie lachte gurrend: "Einer von uns zwei muss ja die Initiative ergreifen! Bist du es tust, kann ich warten, bis ich schwarz werde!"

Ihre Finger waren jetzt an der Vorhaut und rieben diese über der Eichel auf und ab. Frederik spürte entsetzt und zugleich bebend vor Lust, wie sich sein Sperma drängend sammelte.

"Nur noch so ein Bisschen weiter, dann spritze ich in die Hose!", keuchte er mit verzerrtem Gesicht, das Clara zeigte, dass er kurz vor dem erlösenden Schuss stand.

Ihr gurrendes Lachen wurde zu lautem Gelächter, während sie die Hand aus seiner Hose zog und sagte: "Mein Lieber, das wäre die reine Verschwendung! Mit deiner Sahne habe ich anderes vor!"

Dann wurde sie ernst, sah ihn auffordernd an, während sie an ihren Fingern schnupperte, die ihm vorher die Lust in den Schwanz getrieben hatten, und sagte: "Komm! In unserem Ferienhaus sind wir allein! Ich möchte mit dir spielen!"
Frederik folgte ihr wie ein hypnotisiertes Kaninchen.

Das Ferienhaus entpuppte sich als eine gemütliche Bleibe mit einem großen Wohnraum und drei Zimmern, deren Türen offen standen, und im Inneren jeweils ein Doppelbett zeigten. Clara schob Frederik ins mittlere Zimmer, schloss die Türe und drückte ihn unter leidenschaftlichen Küssen rücklings aufs Bett. Ganz langsam erwiderte Frederik das wilde Züngeln in seinem Mund, das keine Stelle seiner Mundhöhle ausließ. Dieses herrliche Weib küsste, wie er es noch nie erlebt hatte. Sie löste sich von ihm, sah in mit einem Blick an, der durch und durch ging und richtete sich auf, während sie mit den Händen nach hinten griff und den BH öffnete. Als der BH fiel bekam Frederik große Augen, deren Blick Clara schaurig erregte.
"Gefallen dir meine Äpfelchen?", fragte sie mit gurrender Stimme, während sie mit beiden Händen die Brüste von unten her hochhob.
Sie bekam nur ein krächzendes "ja" zur Antwort. Im Übrigen lag Frederik wie festgenagelt mit roten Ohren da und starrte sie an. Er wusste, dass Frauen ihre Erregung durch harte Brustwarzen zeigten und folgerte daraus, dass Clara wahnsinnig erregt war, denn ihre Nippel standen aus kleinen Warzenhöfen wie kleine Dolche heraus. Claras Blick streifte über seinen zierlichen, fast mageren Körper und blieb an der Badehose hängen, in der es zuckte, während sie sehnlichst hoffte, Frederik würde ihre Brüste liebkosen. Doch nichts geschah! Etwas enttäuscht packte Clara mit beiden Händen den Bund seiner Hose und murmelte: "Na, dann wollen wir mal auspacken!"
Mit einem kurzen Ruck zog sie ihm die Badehose herunter und begrüßte den harten Bolzen seiner Männlichkeit mit einem jubelnden "Welch ein Monstrum!".
Frederik erschrak und fragte daher: "Ist er zu groß?"
Clara grinste und antwortete, während sie am Schwanz, die Vorhaut zurückziehend, die pralle Eichel freilegte: "Nein! Ganz im Gegenteil! Er wird ein Fest für meine Muschi!"
Gleichzeitig dachte sie an den Minischwanz ihres Liebhabers, der ihr nie das Gefühl gab, völlig ausgefüllt zu sein.

Clara rutschte vom Bett, stieg aus ihrem Höschen und grummelte: "Mein Gott, muss ich denn alles selbst machen? Ich hoffe, dass du wenigstens ficken kannst!"

Während Frederik wie gebannt auf ihre Möse stierte, die völlig haarlos war und das Zentrum der Weiblichkeit zwischen kleinen wulstigen Lippen zeigte, krabbelte sie zu ihm aufs Bett und fragte: "In welcher Stellung magst du es am Liebsten?"

Frederik stotterte krächzend: "Weiß nicht! Habe keine Erfahrungen mit Stellungen!" und stieß dann heraus: "Habe noch nie eine Frau gebumst!"

In Clara wallte unbeschreibliche Zärtlichkeit auf.

Sie beugte sich über ihn und flüsterte: "Na dann werde ich es dir zeigen!"

Sie legte sich auf ihn und schlängelte ihren schlanken Körper auf ihm, während sie ihn mit Küssen überfiel. Seinen Wonneprügel spürte sie dabei in berauschender Weise an ihrem Unterbauch und bemerkte, dass es feucht wurde, weil er zu kleckern anfing. Frederik hatte die Augen geschlossen und schnaufte wie eine altersschwache Lokomotive. Clara konnte sich nicht mehr beherrschen, warf sich, ihn fest umklammernd, auf die Rücken, wobei sie die Knie anzog und die Schenkel weit spreizte.

"Komm! Schiebe ihn rein!", gurrte sie ekstatisch.

Frederik hob seinen Arsch und stocherte mit verbissenem Gesicht, den Schwanz nach vorne stoßend, nach dem Eingang zu ihrer Grotte. Seine Eichel fand einfach nicht die Stelle, hinter der sich das Loch verbarg, sondern rieb sich an ihrem Damm, was ihre Gier noch erhöhte. Denn der Damm war bei ihr der Mösenteil, bei dem sie zum Vulkan wurde, wenn er gerieben wurde.

"Ich helfe dir, Böckchen!", flüsterte sie leise, umfasste aus seitlicher Richtung seinen Wonneprügel und dirigierte die Eichel.

"Jetzt stoße zu!", keuchte sie laut und verdrehte seufzend die Augen, als Frederik seinen Schwanz in ihren Bauch rammte.

Die Art, wie leicht sein Schwanz in sie schoss, verwunderte Frederik maßlos, wobei ihm gleichzeitig durch den Kopf ging, dass dies ein sensationell anderes Gefühl war, als wenn er seinen Schwanz beim Wichsen mit der Faust umklammerte. Es fühlte sich heiß und weich an. Als Clara mit ihren Mösen-Muskeln spielte, stammelte er entzückt: "Oh, ist das schön!" und klemmte in pulsierendem Takt dagegen.

Clara wurde zum Vulkan.

Sie umklammerte seinen mageren Oberkörper, krallte ihre Fingernägel in seinen Rücken und jammerte stöhnend: "Ficken! Stoßen! Nicht reden!"

Frederik legte los, wie ein Berserker. Von zärtlicher Zuneigung war keine Spur. Er legte in seine Stöße alle jugendliche Kraft, die sich im Laufe der Jahre angestaut hatte. Clara schoss wie eine Rakete dem Gipfelpunkt ihrer Lust zu und begann hechelnd mit spitzer Stimme ihr Lustlied zu trällern, dem Frederik verwundert und tief berührt lauschte. Jedes Mal, wenn er ganz tief in ihr steckte, flackerte ihr Blick, als würde ihr gerade das Lebenslicht ausgeblasen und ihr Gesicht zeigte Verzückung. Frederik merkte auf einmal, dass seine Kräfte schwanden. Seine Stöße wurden langsamer und weniger fest, was Clara wohl missverstand.

"Kommst du etwa schon? Ein Mann wartet, bis die Frau soweit ist!", keuchte sie entfesselt.

"Dann komme endlich! Ich kann es nicht mehr zurückhalten!", knurrte Frederik völlig außer Atem, weil er den Druck spürte, mit dem sich sein Samenschuss ankündigte.

Ihre Antwort kam verbissen keuchend: "Tiefer! Fester! Schneller!"

Frederik mobilisierte die letzten Kräfte. Plötzlich hörte er seufzendes Klagen, während er an seinem Schwanz rhythmisches Zucken spürte. Clara hatte die Augen verdreht und ihr Gesicht blühte vor zufriedener Verzückung zu voller Schönheit auf.

"Jetzt kannst du fertig werden!", flüsterte, umklammerte seinen Kopf, zog ihn zu sich herunter und gab ihm einen wilden Zungenkuss als Dank für den wundervollen Orgasmus.

Frederik stieß noch zwei Mal zu, dann war er über den Punkt hinaus. Mit einem wohligen Grunzen, füllte er unter kräftigen Schüben, die er süßer noch nie empfunden hatte, Claras Möse. Frederik war fix und fertig. Zu seiner körperlichen Erschöpfung gesellte sich das Gefühl matter Trägheit, das er vom Wichsen nicht kannte. Gleichzeitig spürte er, wie sein Schwanz schrumpfte und sich mit unendlicher Langsamkeit aus der Möse zurück zog. Er rollte sich von dem Schweiß nassen Leib herunter und lag wie erschossen auf dem Rücken, wobei er mit leeren Augen an die Decke starrte.

Clara küsste ihn zärtlich und flüsterte leise: "Na, Böckchen! Wie war das erste Mal?"

"Schön!", gurgelte er zurück, wobei ihm mit einem Schlag Claras Küsse zu viel wurden.

Als sie während eines Zungenkusses nach seinem Pimmel griff und an die Eichel tippte, zuckte er zusammen, als habe ihn eine Natter gebissen. Das Weib wollte es wohl noch einmal!

In einer wilden Aufwallung, schob er sie von sich und knurrte: "Das macht keinen Spaß mehr!"

Dann sprang er aus dem Bett, klaubte seine Badehose am Bettende auf und sagte, während er sie überzog: "Ich muss jetzt gehen, sonst bekomme ich kein Abendessen mehr!"

Clara war aus allen Wolken gerissen und hatte nur noch Zeit zu sagen: "Besuchst du uns morgen früh wieder?"

Dann war Frederik verschwunden.

Während Frederik zur Pension zurück ging und jubelnd im Selbstgespräch heraus stieß: "Ich habe gefickt! Ich habe wirklich gefickt!", stand Clara in der Hocke mit breiten Beinen in Duschwanne und wusch sich seinen schleimigen Saft aus der Möse, wobei sie fassungslos feststellte, dass sein Saft, der aus ihrem Loch lief, gar nicht mehr aufhören wollte zu rinnen.

"Mein Gott! Der hat gespritzt wie ein Hengst! Unglaublich!", murmelte sie entgeistert.

Wenig später saß Clara vor dem Ferienhaus und ließ die Abendsonne auf sich herunter brennen. Gewiss, sie hatte Befriedigung gefunden, aber ihr fehlte bei Allem das zärtliche Spiel danach, das das Sahnehäubchen auf jeden Fick war.

"Na, wie war er?", schreckte sie die neugierige Stimme von Tanja aus ihrer Versunkenheit hoch.

Clara lächelte, während sie antwortete: "Er ist beim Ficken wie ein Stier! Wilde Lendenkraft und nur darauf aus zu spritzen! Ein richtig roher Diamant, der noch lernen muss, worauf es ankommt, um nicht nur die Muschi zu füllen!"

Tanja schmunzelte: "Gut zu wissen! Morgen bin ich dran, seinen Schwanz zu genießen! Das haben Liane und ich so besprochen. Ich werde sein Ungestüm in richtige Bahnen lenken!"

Die Freundinnen saßen am nächsten Morgen beim Frühstück in der Sonne, als Frederik auftauchte und sich mit einem "Hallo, da bin ich!"

an den Tisch setzte. Er trug kurze Shorts und ein weißes Hemd, das vorne halb offen stand und seine nackte Brust zeigte.

Clara schenkte ihm lächelnd Kaffee ein und fragte: "Wie geht es dir heute morgen?"

Frederik, der auf einmal freier und selbstbewusster war, grinste: "Super! Warum fragst du?"

Clara griff hinter ihm stehend von oben an seine Hose und walkte sein Gemächt prüfend.

"Na so super, fühlt sich das nicht an!", kicherte sie und fügte hinzu: "Habe mich auch falsch ausgedrückt! Wollte fragen, wie es deinem Wüterich geht!"

Er lachte stolz: "Das scheint nur so! Wenn ich deine herrliche nackte Möse sehe, ist die Kanone wieder geladen!"

Clara schien nachdenklich zu werden. Sie rückte ihren Stuhl neben ihn und sah ihn lange an.

Dann sagte sie leise: "Heute ist Tanja dran! Sie ist schon ganz hitzig im Schritt! Sie möchte deinen Wüterich auch verwöhnen und zum Spucken bringen!"

Frederiks Blick blieb auf Tanja hängen und musterte sie, als ob er sie auszöge. Sie saß am Tisch, hatte nur einen Bademantel an, der weit offen stand und ihre voluminösen Brüste zeigte. Ihre Augen funkelten ihn an, während sie ein Brötchen mampfte und dabei ihre feisten Schenkel aufgeregt aneinander rieb.

Wie ein Mann von Welt, der gönnerhaft seine Gunst verschenkt, erklärte Frederik: "Auch gut! Dann zeige mal, was du zu bieten hast!"

Dieses gefühllose Ansinnen überraschte Tanja so, dass sie sich verschluckte und prustend in einem Hustenanfall versank.

Nachdem sie sich erholt hatte, dachte sie: "Na warte, du Bürschchen! Du wirst mir zeigen, was du zu bieten hast"

Ihre Antwort, die sie Frederik gab, war im Ton zuckersüß und im Inhalt knallhart.

"Frederik, spiel hier nicht den großen Mann! So wie Clara erzählt hat, hast du es nötig, noch einiges zu lernen. Nur rohe Kraft beim Ficken, reicht nicht!"

Frederik erschrak und ihn erfasste eine Beklemmung, weil ihm klar wurde, dass sich Clara mit ihren Freundinnen über seine Qualitäten ausgetauscht hatte.

Er wurde augenblicklich wieder unsicher, ließ die Schultern hängen und stammelte zu Clara: "Dann war es nicht gut für dich?"

Diese nahm ihn in den Arm und flüsterte tröstend: "Du warst fantastisch! Aber ein Bisschen mehr Raffinesse beim Ficken hätte nicht geschadet. Und dass du danach so unvermittelt abgehauen bist, gehört sich einfach nicht!"
Frederik maulte: "Ich musste doch zum Essen!" und schnupperte, sein Gesicht in ihre Halsbeuge drückend, wie ein Hund.

Er wurde aus seiner Verlegenheit durch Tanja gerettet, die aufstand und schmunzelnd bemerkte: "Ist alles halb so schlimm! Es ist noch kein Meister vom Himmel gefallen! Wenn wir zwei miteinander fertig sind, bist du ein wissender und geübter Mann!"
Zu den Freundinnen gewandt, sagte sie: "Ihr entschuldigt uns! Wir haben etwas zu tun!"
Mit einer Behändigkeit, die man ihrem korpulenten Körper nicht zutraute, ging sie zu Frederik und zog ihn an seinem Hosenbund gepackt hoch, während sie schnaufend murmelte: "Komm, du Stier! Mein Döschen juckt!"
Sie trieb Frederik, ihn von hinten zwischen die Beine greifend, vor sich her und öffnete die Türe zum linken Schlafzimmer, wo sie sich ächzend aufs Bett setzte, ihren Bademantel öffnete und diesen von sich warf. Frederik starrte den voluminösen Körper des Weibes an, als sehe er ein Gespenst. Ihre Brüste hingen Eutern einer Kuh gleich an ihr herunter und lagen auf einer mächtigen Bauchfalte auf, die sich einer fetten Wulst gleich quer über den ganzen Bauch zog. Darunter wölbte sich ein fleischiger Venushügel, der den knappen Slip fast zum Bersten brachte. Ihre dicken Schenkel waren etwas geöffnet und zeigten einen Zwickel, der dunkel im Weiß des Höschens glänzte.
Sie sah, dass sein Blick an ihrem Zwickel hängen blieb und schnaufte daher: "Siehst du, was du angerichtet hast? Ich bin nass und laufe für dich aus!"
Kaum hatte sie das gesagt, wuchtete sie ihren schweren Körper vom Bett hoch, packte ihn bei den Haaren und zwang seinen Kopf gegen den Slip.
"Jetzt wird erst mal geschnuppert und geleckt! Lasse deine Zunge fliegen! Ich mag das!", keuchte sie wild, ohne ihre Kopfklammer zu lockern.
Frederik war wie vom Donner gerührt. Er atmete tief ein und war fast betäubt vom Geruch, der ihn begrüßte. Es roch intensiv, schwer, ja fast

muffig, wobei er beim zweiten Atemzug feststellte, dass ihn dieser Duft unglaublich erregte.

"Zieh mir endlich das Ding aus und lecke mich!", hörte er über sich Tanjas Kommando, wobei er bemerkte, wie sich der feste Griff in seinen Haaren lockerte.

Frederik handelte wie in Trance. Er riss an dem zarten Stoffgebilde, das die Möse bedeckte, bis es mit einem Ratschen nachgab und zwischen ihren Schenkeln nach unten fiel. Was er nun erblickte, war zutiefst verblüffend. Er hatte eine Möse erwartet, die haarlos wie die von Clara war, und sah sich mit einem wild wuchernden Busch konfrontiert, der dort, wo er die Kerbe bedeckte, schleimig glänzte. Frederik hatte nur einen Moment, diesen Anblick zu erhaschen, denn sein Kopf wurde wieder gegen den Schoß gedrückt. Der Geruch von vorher traf ihn wie ein elektrischer Schlag, denn er war um ein Vielfaches intensiver geworden. Während er verharrte und nur den Duft genoss, der seinen Schwanz zum Schwellen brachte, warf sich Tanja rücklings aufs Bett und riss ihn mit sich.

"Wo bleibt deine Zunge?", knurrte sie, während sie die Schenkel weit auseinander riss.

Frederik, der zum ersten Mal mit dem Mund an einer Möse war, drückte seine Zunge zögerlich und testend in die Spalte, die sich heiß und nass anfühlte. Zu dem atemberaubenden Geruch gesellte sich ein leicht salziger und fader Geschmack, der ihn an Haferschleim erinnerte. Das Fleisch, das er spürte, war gut gepolstert und wehrte sich durch seine Fülle, dass er tief vordringen konnte. Während er daher die Pölsterchen schmatzend in den Mund saugte und mit den Lippen darauf herum kaute, hörte er über sich Tanjas gutturales Ächzen, mit dem sie seine Leckversuche genoss.

"Mein Kitzler! Suche meinen Kitzler!", schnaufte Tanja und umklammerte seinen Kopf mit beiden Händen.

Frederik ließ seine Zungenspitze nach oben wandern, wo er ihren Lustknopf vermutete und fand nur fettes Fleisch. Fast verzweifelt, weil er den Knopf nicht finden konnte, hob er den Kopf, um sich durch Augenschein zu versichern, dass er auf dem richtigen Weg war. Tanja knurrte unwillig über seine Unterbrechung: "Du sollst lecken, nicht glotzen!"

Dies empfand Frederik als demütigende Zurechtweisung, denn ganz tief war in ihm verankert, dass der Mann darüber entschied, wie er eine Fotze verwöhnte.

Daher brummte er: " Du bist fett wie eine Sau! Wie soll ich da im Blindflug deinen Lustknopf finden"

Das Zischen, mit dem Tanja antwortete, war Ausdruck ihres Schmerzes, der sie beschlich. Denn ihr feister Körper, war ihr wunder Punkt. Sie konnte eine Diät nach der anderen machen, um für Männer begehrenswert und attraktiv auszusehen, es gelang ihr einfach nicht, das Gewicht unter 100 kg zu drücken. Während Frederik mit beiden Händen die behaarte Fotze auseinander spreizte und höchst interessiert die voluminöse Spalte betrachtete, die völlig verfettet war, lag Tanja mit offenen Augen da und starrte mit leerem Blick an die Decke. Seine Bemerkung hatte ihr jeden Antrieb genommen, ihre Lust auszuleben.

Frederiks Blick suchte nach dem Kitzler und entdeckte ihn schließlich, eingebettet in Speckwülste, als kleinen blassen Knubbel, der mit der Spitze heraus lugte. Er tippte mit dem Finger dagegen und erntete dafür lautes Grunzen, das einem Schwein alle Ehre machte, wobei am unteren Teil der Fotze ein kleiner Bach lief, der aus einem wulstigen Ring unterhalb von zwei dicken Läppchen heraus tropfte.

"Wie kann man so auslaufen?", murmelte er erstaunt, ehe er sein Gesicht in die aufgerissene Spalte drückte und mit der Zunge das rinnende Nass schlabberte, während er seine Nase, den Kopf hin und her drehend, den Lustknopf rieb.

Tanja stöhnte laut auf, weil sie wieder die Wollust packte. Die Zunge an ihrem Loch und die Nase auf ihrem Kitzler, trieben ihr wild wogende Lustgefühle in ihren verfetteten Bauch. Frederik schielte nach oben, um einen Blick in Tanjas Gesicht zu erhaschen. Doch vor ihm türmte sich nur die Wand ihres dicken Bauches auf, der in Takt ihres prustenden Schnaufens wackelte. Frederik reagierte sein Enttäuschung, dass ihm der Blick in ihr Gesicht verwehrt war, mit einem wilden Ausbruch ab. Er drückte seine Unterarme unter ihre gewaltigen Arschbacken, hob den Unterkörper etwas hoch und verkrallte sich förmlich in der nassen fetten Fotze. Mit den Lippen kaute er auf den inneren Lippen herum und erhöhte die Reibung seiner Nasenspitze auf dem Kitzler.

Tanja heulte auf: "Endlich! Du Tier! Mache es mir!"

Ihr massiger Unterkörper begann sich zu winden, während Frederik mit wachsendem Vergnügen die Fotze mit kleinen Bissen seiner Lippen malträtierte. Dabei bemerkte er verwundert, dass Tanja lauter wurde, wenn er besonders heftig in das weiche Fleisch biss. Ihre Hände verschwanden plötzlich von seinem Kopf und er sah, nach oben schielend, wie sie verkrampft und hektisch über den Bauch rieben.

Tanjas Stimme war keuchend, als sie heraus stieß: "Mach mich fertig! Du Leckgott! Oh, du machst es gigantisch gut!"

Dies versöhnte Frederiks Frust augenblicklich und er beschloss, ihr den ersehnten Abgang zu schenken. Was folgte, war ein saugendes Beißen, mit dem er, mit dem Mund am Damm beginnend, die Spalte nach oben wanderte. Tanja geriet außer Rand und Band.

Sie warf ihren schweren Körper, sich windend, hin und her und jammerte mit spitzer Stimme: "Oh mein Gott! Irre! Wahnsinn!"

Dann ging alles rasend schnell. Frederik zog den Lustknopf unter heftigem Saugen in den Mund und biss, dieses Mal mit den Zähnen, zu. Tanja heulte mit einem animalischen Schrei auf und der Fleischberg vor seinen Augen wurde von wilden Eruptionen geschüttelt, mit denen sie ein wilder Orgasmus überfallen hatte. Für Frederik war dies ein Anblick und Erleben, das ihn zutiefst zufrieden machte.

Er hob den Kopf, strahlte Tanja an, die in lustvoller Verzückung die letzten Spasmen genoss und sagte stolz: "War es richtig so, du fette Sau! Oder soll ich weiter machen?"

Ihre Antwort kam wimmernd, während sie mit ihrer flachen Hand über die Fotze rieb: "Du hast mich gebissen! Du hast in meinen Kitzler gebissen! Du verdammter Bastard!"

Er lachte schallend: "Na und? Du bist doch gekommen wie ein Vulkan!" und warf sich auf ihren weichen Leib, wobei er einen Warzenhof ihrer gewaltigen Euter saugend und beißend bearbeitete.

Dies erweckte Tanja zum Leben.

Sie schnellte hoch, schob seine Kopf von ihrer Brust und keuchte: "Schluss damit! Es reicht, dass du mir in die Möse gebissen hast! Du Tier! Jetzt zeige mir, dass du auch wie ein Stier ficken kannst!"

Mit einer Beweglichkeit, die Frederik bei ihrer Körperfülle nicht erwartet hatte, warf sie sich herum, ging auf Knie und Ellbogen, wobei sie ihren fetten Arsch weit nach oben streckte, und kommandierte: "Ich will es von hinten!"

Frederik stammelte völlig überrascht von ihrem Ansinnen: "Wirklich von hinten! Du willst, dass ich dich in den Arsch ficke?"
Tanja schnaufte ungeduldig: "Ja! Erstens hast du meine Möse so malträtiert, dass jede Berührung schmerzt und zweitens wäre es ein Unglück, wenn du mir ein Kind machst! Ich habe die Pille vergessen!"
Frederik starrte auf die Rosette, die sich zwischen den fetten Arschbacken zeigte und war etwas ratlos, wie er seinen Schwanz in die geschlossene Wulst treiben sollte.
Die Ratlosigkeit wuchs sich zur Panik aus, als Tanja mit dem Arsch wackelte und fordernd keuchte: "Mache schon! Ficke mich in meinen Hintereingang!"
Ganz kläglich stieß Frederik heraus: "Das Loch ist zu! Da komme ich nicht rein!"
Ihre Antwort war ein kicherndes Lachen: "Ein richtiger Mann schafft das immer! Nur Schlappschwänze resignieren!"
Damit hätte Tanja Frederiks Männlichkeit heraus gefordert. Ihn packte Wut und Entschlossenheit, während er die zwei Arschbacken mit beiden Händen auseinander riss und seine Eichel an die Rosette dirigierte. Er drückte seine Lenden nach vorn und sah zu, wie sich sein harter Schwanz unter der Widerspenstigkeit des Loches durchbog.
"Fester! Du Schwächling!", stöhnte Tanja schnaufend.
Frederik war seinen Unterkörper verzweifelt nach vorne und spürte wie sein Schwanz unter der Biegung schmerzte. Dann kam ein unglaublich erleichternder Moment. Das Loch gab schlagartig nach und sein Lustgerät verschwand wie ein geölter Blitz im Darm, wobei die Reibung an der Rosette glühende Lustwellen in sein Gemächt trieb.
Während er versuchte, gefühlsmäßig die unbekannte Grotte der Lust zu erfassen, gurgelte Tanja: "Herrlich! Welch ein Gerät!"
Sie wackelte auffordernd mit dem Arsch und stieß gepresst heraus: "Lege los! Tobe dich aus!"
Frederik begann zu bocken und sah seinem Schwanz zu, wie er immer wieder zwischen den fetten Arschbacken auftauchte und verschwand. Dieser Anblick erregte ihn und machte ihn zugleich stolz. Gleichzeitig spürte er, wie die Enge des Darmes seine Eichel fest umschlossen rieb und ganz langsam und ziehend das zuckende Drängen im Damm erzeugte, mit dem sich sein Schuss sammelte. Währenddessen schüttelten seine tiefen Bockstöße den mächtigen Frauenleib durch, dessen Brüste sich, wie Glockenschwengel baumelnd, auf dem Bett rieben.

Tanja ächzte und stöhnte, begleitet von spitzen Schreien: "Du Stier! Spritze es in mich!"

Doch Frederik dachte noch lange nicht daran, sein Schwanzvergnügen zu beenden.

Er begann sich, mit den Schwanzmuskeln klemmend, gegen das abrupte Ende zu wehren und lallte dabei: "Ich komme, wann ich will! Dein Arsch ist göttlich eng!"

Tanja, die am Ende ihrer Kräfte war und seine Ejakulation herbei sehnte, schmunzelte trotz des durchgeschüttelt Werdens, weil sie von unzähligen Arschficks her wusste, was einem Mann den Widerstand zu spritzen raubte. Sie fing an mit ihrer Rosette den Schwanz zu melken, indem sie rhythmisch klemmte, und erlebte mit Genugtuung, wie Frederiks Stöße unregelmäßig und hektisch wurden, wobei er schnaufte, wie ein Walross.

Sie lockte leise und verführerisch: "Spritz! Spritz! Schenke mir deinen Saft!"

Diese Worte brachen Frederiks Kraft zu klemmen. Er rammte seinen bereits zuckenden Prügel mit letzter Kraft in die Hitze des Darms, dann röhrte er wie ein brünstiger Hirsch und füllte diesen unter glühenden Lustgefühlen mit seinen Spermien. Tanja zählte vier Schübe bis der Schwanz in sich zusammen fiel und aus dem Po flutschte.

Frederik fiel wie ein gefällter Baum auf ihren breiten Rücken und stöhnte atemlos: "Das war scharf! Selten so tierisch gut gespritzt!"

Tanja warf ihn mit einem Lächeln von sich herunter wie eine lästige Fliege. Sie hatte ihm gegeben, was er wollte und hatte damit auch ihr Ziel erreicht. Frederik lag neben ihr mit weit gespreizten Schenkeln und stierte in die Luft, während er ganz allmählich wieder zu Atem kam.

Er wachte aus seiner Geistesabwesenheit auf, als er Tanjas Hand an seinem ausgespritzten Pimmel fühlte, die sich über sein Gemächt gebeugt hatte und dabei lächelnd murmelte: "Oje! Dein Schniedel sieht ja ziemlich tot aus! Ob der sich noch einmal aufwecken lässt?

Frederik knurrte unter der Berührung seiner Eichel zusammen zuckend: "Nicht! Das ist unangenehm! Wenn du willst, kannst du mit meinen Eiern spielen!"

Sie lachte lauthals, ohne aufzuhören über den weichen Pilz zu reiben: "Wie du mir, so ich dir, mein Lieber! Meine Möse fühlt sich auch noch unangenehm an, nachdem du sie fast aufgefressen hast!"

Frederik erlebte unter Unlust-Gefühlen, wie sie zielstrebig sein bestes Stück massierte und ihm dabei interessiert mit einem geilen Blick in die Augen starrte. Frederik zeigte durch Flackern in den Augen sehr schnell Wirkung. Zu seinem großen Erstaunen wurde die Massage lustvoll und weckte seinen Pimmel wieder auf, was dieser zeigte, indem er sich mit Blut füllte und unentwegt wuchs.

"Süß! Er meldet sich wieder! Ich glaube, er will noch einmal spucken!", kicherte Tanja aufgeregt und erhöhte die Geschwindigkeit des Wichsens.

"Da kommt nichts mehr raus!", gurgelte Frederik stöhnend, wobei er, bereits von wildem Verlangen geschüttelt, wild nach oben in ihre Faust bockte.

Tanja grinste: "Das sagt ihr Männer immer, wenn ihr ein Mal gespritzt habt! Wir werden sehen!"

Nun folgte eine für Frederik unendlich lange, halbe Stunde, in der er prustend und schnaufend um seinen Schuss kämpfte, den er im Kopf erleben wollte, gegen den sich aber sein Gemächt wehrte. Er blieb beständig zwischen der Hölle des Frustes hängen, es nicht zu schaffen, und dem triumphalen Lustgefühl, wenn er dem Höhepunkt näher kam. Dieses Hin und her raubte ihm alle Kräfte, weiter um den Orgasmus zu kämpfen.

Er wurde schlaff und stöhnte frustriert: "Du kannst aufhören! Ich schaffe es einfach nicht!"

Tanja spottete lächelnd: "Ohlala! Doch kein Stier, sondern ein müder alter Mann!"

Das war für Frederik eine unbeschreibliche Demütigung seiner Männlichkeit, die ihm neue Kräfte verlieh.

Er begann mit den Schwanzmuskeln zu pumpen wie ein Maikäfer vor dem Abflug, während er ächzte: "Schneller wichsen! Viel schneller!"

Mit Verwunderung in den Augen, merkte er, dass sich das Wichsen noch verlangsamte und gleichzeitig seine Beine über den Kopf gedrückt wurde, wobei Tanja boshaft murmelte: "Jetzt will ich sehen, wie viel Feuer noch in dir ist"

Frederik stieß einen Entsetzensschrei aus, als zwei Finger seine Rosette sprengten und tief in seinen Darm fuhren.

Während diese in ihm krabbelten, als ob sie etwas suchten, jaulte er: "Was machst du?" und erhielt die fröhliche Antwort: "Kleine

Prostatamassage! Das weckt alle Schwanz- und Lebensgeister! Garantiert! Du wirst spritzen wie ein Hengst!"

Die Massage der Darmwand, hinter der sich die Samenblase versteckte, war berauschend und trieb in ihrer Wollust den Schweiß aus seinen Poren. Frederik war nur noch ein zuckendes Bündel Fleisch, das röchelnd unter unglaublichem Lustwellen litt.

Wie im Nebel hörte er Tanjas triumphierende Stimme: "So habe ich euch geilen Männerschweine am Liebsten!"

Gleichzeitig spürte er seine Eichel in warmes Nass tauchen, weil sie die Eichel in dem Mund genommen hatte und sie mit der Zunge am Gaumen rubbelte. Das gab Frederik den Rest! Er heulte wie ein gequältes Tier auf und entlud sich zuckend in ihrem Mund. Tanja schluckte sichtlich zufrieden seinen Saft und entließ dann den zum Pimmel mutierten Samenspender aus dem Mund, während sie gleichzeitig ihre Finger aus dem Arschloch zog.

"Na, viel war das nicht mehr! Der Herr ist geizig!", murmelte sie leise, während sie an ihren Fingern schnupperte und dann hinzufügte: "Und nach Parfüm riechst du auch nicht gerade! Eher wie ein stinkender Bock!"

Frederik hatte weder Lust, noch Kraft etwas zu erwidern. Er war fix und fertig und sehnte sich nur nach Ruhe. Als Tanja sanft über seinen Unterbauch streichelte, packte ihn wildes Entsetzen vor Angst, sie könne immer noch nicht genug haben.

"Ich gehe jetzt!" schnaufte er, aus dem Bett springend, und klaubte hastig seine Kleider zusammen, um sich anzuziehen.

Ehe er verschwand, gab ihm Tanja noch auf den Weg: "Morgen früh pünktlich um zehn! Liane erwartet dich!"

Frederik schlich wie ein alter Mann in seine Pension. Sein Schwanz brannte, die Eier schmerzten und in seinem Arsch spürte er noch immer die wühlende Massage von Tanjas Fingern, die einen beständigen Drang, sich den Darm zu leeren, zurückgelassen hatten. Ihm wurde bewusst, dass das was er erlebt hatte, weit mehr war, als das Austoben seines männlichen Triebes. Tanja hatte ihn benutzt, wie einen Gegenstand und hatte ihm ihren Willen aufgezwungen. Obwohl dies sein männliches Selbstbewusstsein zutiefst erschütterte, musste er sich eingestehen, dass es das Geilste war, was er sich gewünscht hatte, aber nie glaubte, er könne es erleben.

Tanja erwartete ihre Freundinnen nackt unter dem Bademantel, wobei sie sich nicht darum scherte, dass dieser vorne offenstand, so dass ihre Brüste voll zu sehen waren.

"Du liebe Zeit! Tanja, du siehst ja ziemlich zerzaust und erledigt aus! Es scheint unser Böckchen hat es gebracht!", kommentierte Liane Tanjas Zustand.

Tanja antwortete lachend: "Böckchen ist gut! Der Typ ist ein reißendes Tier! Er hat mich in die Muschi gebissen, dass mir einer abging, als sei das jüngste Gericht über mich gekommen!"

Dann verzog sich ihr Gesicht zu breitem Grinsen: "Keine Sorge! Ich habe es ihm heimgezahlt! Der ist so fertig, dass er nicht mehr weiß, ob er Männchen oder Weibchen ist! Ach, es war einfach herrlich!"

In Lianes Höschen wurde es schleimig nass, als sie daran dachte, dass sie morgen die Wonnen erleben darf, die ihre Freundinnen bereits gekostet hatten.

Am Morgen erwachte Liane mit feuchtem Slip unter dem Nachthemd. Sie hatte Wundervolles geträumt. Frederik hatte sie genommen und geschwängert und damit ihren sehnlichsten Wunsch erfüllt. Liane war in einem Alter, in dem die biologische Uhr einer Frau abzulaufen begann und dies versetzte sie in Torschlusspanik. Ihr Mann Bernd hatte in zehn Jahren Ehe eifrig versucht, sie zu schwängern. Doch alles war vergebens! Zuerst bezog Liane die Unfruchtbarkeit auf sich und rannte von einem Arzt und einer Untersuchung zur anderen. Doch jedes Mal erhielt sie die Antwort, bei ihr sei alles in Ordnung und es stehe nichts im Wege, dass sie Kinder bekäme. Schließlich gelang es ihr, ihrem Mann Sperma zu rauben, das sie untersuchen ließ. Das Ergebnis war niederschmetternd. Sein Sperma hatte zwei Anomalien. Es hatte ganz wenig Spermien, die sich dazu noch mit ungeheurer Langsamkeit bewegten.

Der Arzt damals versuchte sie zu trösten, indem er aufmunternd sagte: " Sie müssen eben viel üben. Am besten täglich! Irgendwann landet ihr Mann den goldenen Schuss!"

Das lag nun schon vier Jahre zurück und sie wartete noch immer auf den ersehnten Moment, wenn eines seiner Spermien im Ziel landete. Jeder Anblick einer Frau, die einen dicken Bauch hatte oder einen Kinderwagen vor sich her schob, bereitete ihr Sehnsucht und tiefen Schmerz. Liane war trotz dieses Kummers auch weiter eine lebenslustige und heißblütige Frau, die das Spiel, das ihre Freundinnen mit Frederik trieben, ziemlich erregte. Und jetzt wachte sie am Morgen auf und erinnerte sich eines schwülen Traumes, der ihr gleichzeitig einen Ausweg zeigte. Wenn Frederik ihr ein Kind machte, hätte sich ihre qualvolle Wartezeit in eine Zeit unbeschreiblichen Glücks verwandelt. Je länger Liane darüber nachdachte, desto entschlossener wurde sie. Daran konnte auch das ungute Gefühl nichts ändern, das sie beschlich, weil sie ihrem Mann, den sie sehr liebte, ein Kind unterschob. Sie war sich sicher, er würde dieses Baby wie sein Eigenes lieben.

Zur selben Zeit stand Frederik in seiner Pension unter der Dusche und betrachtete nachdenklich seinen schlaffen Pimmel, der ziemlich malträtiert von Ingrids Wichserei aussah. Die Vorhaut war rot geschwollen und jede Berührung strahlte ein unangenehmes Gefühl aus. Zudem fühlte er sich so total leer und ausgespritzt, dass er zweifelte, Liane beglücken zu können. Andererseits lockte ihn die Aussicht, ihre Möse bewundern, schmecken und riechen zu können. Denn Ingrids verfettete Fotze hatte ihm größtes Vergnügen geschenkt. So machte er sich auf den Weg zum Ferienhaus der drei Frauen mit dem Vorsatz, Liane mit Mund und Fingern fertig zu machen, wenn er keinen hoch bekommen sollte.

Liane begrüßte ihn mit einem herzlichem Lächeln. Sie trug eine enge Bluse, unter der die Konturen des BH zu sehen waren, und eine hautenge Hose, die ihren knackigen Hintern betonte.
"Guten Morgen, mein Lieber! Hast du neue Kraft getankt, um mich in die Welt der Lüste zu entführen?", hauchte sie ihm ins Ohr, nachdem sie ihm einen Kuss auf seine Lippen gedrückt hatte.
Liane roch aufregend und wie sie sich an ihn drückte, ließ ihre Willigkeit erahnen.
"Weiß nicht! Ingrid war ein heißes Weib, das aus mir jeden Tropfen gemolken hat!", antwortete er wahrheitsgemäß und fügte leise hinzu: "Das ändert aber nichts daran, dass du auf deine Kosten kommen wirst! Ich habe ja noch Mund und Finger!"
Liane erschrak innerlich. Das fehlte gerade noch! Sie wollte seinen Samen im Bauch, nichts anderes! Die Lust, die sie dabei erlebte, war nur ein notwendiges und unabwendbares Übel, das ihr Bernd, ihr Mann, verzeihen möge.

Sie spielte die Gleichmütige, indem sie ihn an sich drückte und ihm unter Küssen das Hemd aufknöpfte, während sie dazwischen murmelte: " Wir zwei werden den süßen kleinen Schlingel zum Spucken bringen! Da bin ich sicher!"

Nachdem Frederik mit nacktem Oberkörper vor ihr stand, streichelte sie seine Hühnerbrust und drückte dabei züngelnde Küsse auf seine Brustwarzen. Für Frederik war dies himmlisch erregend und zu seiner maßlosen Verwunderung spürte er, wie sich sein Samenspender pulsierend verhärtete.

Liane kicherte hektisch, als sie das Wachsen der Beule in der Hose entdeckte: "Typische Fehleinschätzung, mein Lieber! Er wächst doch prächtig!"

Sie zog Frederik auf die Bank vor dem Ferienhaus, von der man einen paradiesischen Ausblick aufs Meer hatte, und überschüttete ihn mit innigen Küssen, an denen er Geschmack fand, so dass sie mit einem langen Zungenkuss endeten, bei dem sie gegenseitig die Mundhöhlen in Besitz nahmen. Besonders, wenn Liane seine Zunge in ihren Mund einsog, tobte der wilde Bär in seiner Hose.

Als sie sich voneinander lösten, krächzte Frederik, sie mit Glutaugen fixierend: "Ich bin bereit! Er steht!"

Sie sah ihn lächelnd an und säuselte: "Dann tue, was ein Mann tut, der eine Frau verführen will!"

Frederik sah sie verständnislos an und fragte: "Was meinst du damit!"

Liane konnte amüsiertes Schmunzeln nicht unterdrücken und murmelte: "Du bist so süß nicht-wissend! Ein Mann fängt an zu fummeln und schält seine Liebste aus den Kleidern, damit sie bereit für den Zeugungsakt ist!"

Frederik brummte etwas seltsam berührt, weil sie dies, wie er empfand, im Oberlehrerton gesagt hatte: " Ich dachte, du bist bereits so wuschig, dass ich mir das sparen kann!"

Jetzt lachte Liane schallend und stieß prustend heraus: "Ich mag es vorher eben romantisch, auch wenn ich fast im Schritt auslaufe!"

Frederik verstand und setzte alle Erfahrungen des Fummelns und Küssens, die er im Laufe seines Lebens gesammelt hatte, in die Tat um, bis Liane wie ein bebendes Lustbündel mit nacktem Oberkörper neben ihm saß und hektisch seine Hand in den Schritt ihrer Hose drückte. Er selbst war gierig wie selten geworden und fühlte bereits, dass sein Freund in der Hose wie verrückt kleckerte.

Es war genug gefummelt! Frederik wollte endlich ficken.

Er sprang von der Bank auf, nahm Liane auf seine Arme und trug sie ins rechte Zimmer, während er krächzte: "Jetzt kommt die Sahne-Füllung in dein Fötzchen!"

In Lianes Schlafzimmer hielten sich die zwei nicht mehr mit Küssen und Fummeln auf. Liane glühte in Erwartung, endlich geschwängert zu werden, und Frederik war gierig, ihre Möse zu kosten mit Mund und Schwanz. Er fiel wie ein wildes Tier, das plötzlich von der Leine gelassen wurde, über Liane her und riss ihr Hose und Slip herunter. Dann zog auch er blank. Beide hielten kurz inne und sahen sich gegenseitig in ihrer Nacktheit an. Während Liane mit Entzücken Frederiks Lustprügel ansah, der wippend schräg nach oben ragte und bereits tropfte, saugte dieser den Anblick ihrer Möse ein, die von einer hellen Wolle bedeckt war. Die Kerbe lag zwischen kleinen wulstigen Polstern frei und glänzte feucht und verlockend.

Es war für Frederik eine unglaublich schöne und innige Geste voller Hingabe, als Liane ihre Knie anzog und die Schenkel weit ausklappte, während sie verlangend säuselte: "Entführe mich in den Himmel der Lust!"

Ihr Anblick war so demutsvoll, dass Frederik vor Entzücken fast das Herz stehen blieb. Er kroch ganz vorsichtig, seine Gier noch zügelnd, auf sie und küsste sie zart auf den Mund, während er, den Arsch hebend, mit der Eichel den Eingang ihres Fötzchens suchte. Als sein Schwanz langsam, die kleine Wulst am Loch ausweitend, in die Tiefe ihres Bauches glitt, schluchzte Liane vor Glück laut auf. Der Samenspender war in ihr und es war nur noch eine kurze Zeit, bis er seine Spermien gegen ihren empfängnisbereiten Muttermund schleuderte!

Nachdem sie seinen Schwanz mit pulsierendem Klemmen ihrer Mösen-Muskeln begrüßt und er ihr mit seinen Schwanzmuskeln geantwortet hatte, umklammerte sie mit beiden Armen seinen mageren Körper an den Schulterblättern und piepste: "Sei ganz lieb zu mir!"

Frederik begann zu stoßen und sah dabei in Lianes Gesicht, das vor Glück gerötet war. Ihre Augen leuchteten ihm wie zwei Sterne entgegen, während sie in der feurigen Glut der Wollust unterging. In Liane ging eine Wandlung vor. Ihr Wunsch geschwängert zu werden, verschwand und machte egoistischer Gier nach dem alles erfüllenden Höhepunkt Platz. Ihre Umklammerung wurde wilder und wurde begleitet von hektischen Streicheln seines Rückgrates, während ihr Unterkörper zu kreisen begann. Frederik, der zwar lustvolle Gefühle im Schwanz hatte, aber meilenweit vom drängenden Gefühl des Schusses entfernt war, kostete das hin und her Gleiten seines Luststabes in vollen Zügen aus und begann seine Stöße zu variieren. Zunächst zog er seinen Schwanz bis zur Hälfte der Eichel aus dem nassen Loch und erlebte mit innerem Jubel, wie Liane aufstöhnte, weil sie die Angst überfiel, er könne ihre Möse verlassen, ohne sein Werk der Zeugung vollendet zu haben.

"Nicht raus rutschen! Drin bleiben und spritzen!", gurgelte sie wie entfesselt, als er sich das fünfte Mal zurückgezogen hatte.

Ihr Blick war dabei so bettelnd, dass Frederik tief in sie stieß und auf ihrem Venushügel zu kreisen begann. Liane wurde zum Vulkan!

"Das! Das! Das ist schön!", jammerte sie hechelnd und schloss verzückt die Augen, wobei sie ihre Möse, auf den Füßen abstützend, gegen sein Gemächt drückte.

Sie hatte auf einmal das Gefühl an ihrem Loch, dass sich der Samenspender aufblähte und jeden Augenblick seine Spermien ausspuckte.

"Sebastian! Liebster Mann! Mache mir unser Kind! Spritze es in mich!", schrie ihre verlangende Seele in ihr.

Lianes Entsetzen war groß, als Frederik plötzlich auf ihr erstarrte und keuchte: "Wer ist Sebastian? Ich will kein Kind! Nur das nicht!"

Da merkte Liane, dass sie diesen verlangenden Wunsch laut von sich gestöhnt hatte. Sie suchte im Chaos ihrer entsetzten Gedanken nach einer Antwort. Alle Lust war aus ihr gewichen.

"Du kannst mir kein Kind machen! Ich verhüte! Bitte, lasse mich nicht hängen und mache weiter!", stammelte sie erstickt.

Frederik knurrte, immer noch nicht überzeugt: "Warum bettelst du dann danach?"

Liane küsste ihn auf den Mund und antwortete leise mit zittriger Stimme: "Es war so schön und du so gut! Da kommt bei uns Frauen der Wunsch auf, auch wenn das unmöglich ist!"

Dies beschwichtigte Frederik und er begann wieder mit dem Spiel seiner Lenden, wobei Liane vor Erleichterung jubelte und sich fallen ließ. Die Lust tötende Unterbrechung gehörte schnell der Vergangenheit an. Liane flog trällernd wie ein Vogel in den Himmel ekstatischer Lust und beendete den Flug mit einem spitzen kläglichen

Schrei, als sie von den Spasmen eines nicht enden wollenden Orgasmus geschüttelt wurde. Im Abklingen der süßen Wellen saugte sie das wundervolle Reib-Gefühl seiner hektisch gewordenen Stöße an ihrem Loch wie eine Ertrinkende in sich auf. All ihr Denken und Fühlen lechzten dem Augenblick entgegen, in dem er ihr das Beste und für sie Wertvollste gab. Ihre Augen sahen in das verzerrte Gesicht des jungen Mannes, der mit starrem und leerem Blick der Zeugung entgegen kämpfte. Liane packte auf einmal brennende Ungeduld.

Sie massierte furios sein Steißbein, während sie lockend flüsterte: "Spitze es aus! Gib mir deinen Samen!"

Dann war der Moment der Offenbarung für Liane da! Frederik holte tief Luft, stieß seinen Schwanz wie entfesselt in sie und begleitete das Zucken seines Samenspenders mit röhrendem Gebrüll, mit dem sich alle Anspannung löste. Liane konnte nicht mehr an sich halten, als sie das spastische Zucken an ihrem Loch spürte. Sie fing an zu schluchzen und Tränen des Glücks kullerten über ihre Wangen, während sie das Gefühl zu spüren meinte, wie das Sperma gegen ihren Muttermund gepumpt wurde.

Sie war so von ihren Glücksempfindungen überwältigt, dass sie nur ganz von fern Frederiks zärtliche Stimme hörte, die fragte: "Du weinst? War es nicht schön für Dich?"

Als er nach einem Kuss nachfragte, weil sie geschwiegen hatte, antwortete sie, von Schluchzen geschüttelt: "Es war himmlisch! Du bist ein wundervoller Liebhaber! Ich bin unsterblich glücklich! Danke für deinen Samen!"

Frederik wurde das Gefühl nicht los, dass mehr als nur die Lust zu ficken hinter ihren Worten stand, schob diesen Gedanken jedoch im Schwange seiner befriedigten Trägheit weit in den Hintergrund. Er hatte sich genussvoll in ihrer Möse ausgespritzt und das machte ihn stolz und zufrieden.

Es war eine lange Pause, in der Liane und Frederik rücklings nebeneinander lagen und an die Decke starrten, während sie sich wieder sammelten. Frederik hatte ein wohliges Gefühl im ganzen Körper und war träge, dass ihm fast die Augen zufielen. Liane dagegen war innerlich aufgewühlt. Sie hatte Herzklopfen und erinnerte sich des wunderbaren Augenblicks als Frederik ihr seinen Samen in den Bauch spritzte. Tiefe Dankbarkeit diesem jungen Mann gegenüber überfiel sie, der ihren sehnlichsten Wunsch erfüllt hatte. Denn sie war sich sicher, dass die Zeugung erfolgreich war. Das war der Punkt, bei dem sich Zweifel bildeten, die wie eine kalte Hand ihr Herz verkrampften. Was war, wenn sie nicht schwanger wurde? Während dieses Gedankengangs spürte sie die Nässe an der Innenseite ihrer zusammengepressten Schenkel, die vom Herauslaufen des Spermas herrührte.

Panik ergriff sie und in Gedanken schrie sie: "Geh nicht raus! Drin bleiben! Ich will ein Kind!"

Doch das tropfende Rinnsal suchte weiter seinen Weg. Plötzlich blitzte in ihr ein Entschluss auf, der sie nicht mehr losließ. Frederik musste noch einmal spritzen! Sie drehte sich auf die Seite und betrachtete den mageren Jungmännerkörper, dessen Brust sich mit jedem Atemzug hob und senkte. Frederik sah erschöpft aus und sein Zeugungsorgan lag als schlaffes Etwas geringelt auf der Bauchdecke, wobei die großen Hoden den Damm fast abdeckten. Ihre Hand glitt, die Unterbauchdecke streichelnd, zum Schwanz, wo sie mit den Fingern die Eichel berührte.

Frederik zuckte zusammen und brummte: "Das ist unangenehm! Zudem bin ich total leer gespritzt! Da geht heute nichts mehr!"

Liane beugte sich über sein Gesicht und küsste ihn auf den Mund, ohne aufzuhören, mit dem Pimmel zu spielen.

Dann flüsterte sie heiser: "Ich will aber noch einmal! Du bist doch ein kräftiger Mann!"

Frederiks Gesicht verzog sich schmerzlich, während er antwortete: "Das gestern mit Tanja war einfach zu viel! Ich bin keine Maschine!"

Als er sah, wie sich tiefe Enttäuschung in Lianes Gesicht malte, erfasste ihn eine Art Mitleid mit dieser ausgehungerten Frau, die sich ihm so temperamentvoll und zärtlich hingegeben hatte.

Daher fügte er hinzu: " Wenn ich dir es noch einmal besorgen soll, musst du vorher, nachdem du mir eine Erholungspause gegeben hast, meinen Schwanz hart machen! Ob es gelingt, weiß ich allerdings nicht! Aber große Lust habe ich nicht mehr!"

Liane fiel jubelnd über ihn her, küsste ihn leidenschaftlich ab und hauchte zwischen den Küssen mit leuchtenden Augen: "Du bist ein ganz Lieber! Du bekommst jede Pause die du brauchst und ich bin sicher, deine Lust wird auch wieder kommen!"

Dann sprang sie aus dem Bett und griff auf dem Nachttisch eine Flasche Champagner, die sie ihm zum Öffnen in die Hand drückte.

"Ich brauche jetzt etwas Prickelndes zu trinken. Das weckt die Lebensgeister!", verkündete sie ausgelassen lachend und streckte ihm zwei Sektkelche hin.

Es entwickelte sich ein Gespräch voll unbeschwerten Neckereien, in dessen Verlauf die Flasche fast völlig geleert wurde. Frederik hatte rote Ohren bekommen und sein Schwanz an Festigkeit gewonnen, ohne jedoch für eine zweite Runde bereit zu sein.
Plötzlich wurde er ernst und fragte neugierig: "Sebastian ist dein Mann? Ist er gut im Bett? Gibt er dir, was du brauchst?"
Liane antwortete unbefangen: "Ja, ich liebe ihn sehr! Er ist ein herzensguter Mann und ein zärtlicher Liebhaber!"
Frederik war über diese Antwort verwirrt und hakte daher nach: "Warum vögelst du dann mit mir?"
Liane erschrak, denn dies war eine Frage, die sehr kritisch war.
Frederik sollte nie erfahren, dass sie ihn als Zeugungsbock benutzte, weil ihr Sebastian unfähig dazu war.
Sie log daher, ohne rot zu werden und Gewissensbisse zu haben: "Das ist wie mit dem Essen! Du magst doch auch nicht ständig Eintopf! Wir drei benutzen unseren Urlaub, um Abwechslung in unserem Intimleben zu haben. Danach genießen wir wieder die Schwänze unserer Männer und Liebhaber!"
Frederik lachte: "Und die Trottel merken nichts?"
Jetzt wurde Liane nachdrücklich und etwas zornig: "Rede nicht so über meinen Sebastian! Das steht dir nicht zu! Ich mag nicht, wenn du so über ihn sprichst!"
Die neckische Stimmung zwischen den beiden war gekippt, was besonders Liane empfand, weil sie sehnsüchtig erwartete, dass er sie ein zweites Mal beglückte.
Sie drückte Frederiks Kopf zwischen ihre Brüste und küsste ihn auf seine zerzausten Haare, während sie seufzend sagte: "Entschuldige, dass ich etwas böse geworden bin! Bei mir hat sich das schlechte Gewissen gemeldet, weil ich Sebastian fremd gehe. Bei mir ist das das erste Mal!"
Frederik war versöhnt. Lianes Haut zwischen den Brüsten roch himmlisch verführerisch und ließ Begehren in ihm wachsen.
Zudem dachte er: "Was kümmerts mich, warum sie mit mir herum vögelt? Das ist ihre Sache! Hauptsache, ich komme auf meine Kosten! Im Ficken ist sich jeder selbst der Nächste!"

Seine Hand zwängte sich zwischen ihre Schenkel und erfühlte an den Fingerspitzen verklebte Haare und glitschige Nässe.

"Spürst du, wie du gewütet hast?", frage Liane mit zuckersüßer Stimme, wobei sie ihren Schoß öffnete.

"Ich möchte es sehen!", stieß Frederik heraus.

Sie lachte gurgelnd und bemerkte schnaufend, während sie sich auf den Rücken warf und die Beine weit auseinander riss: "Du bist mir Einer!"

Die Einladung nahm Frederik sofort an. Er kroch auf Knien zwischen ihre Beine und begann den Haarbusch kraulend, ihre Spalte wie einen Pfirsich zu öffnen. Die Möse sah aufregend benutzt und versaut aus. Oben lugte der Kitzler blass aus seiner Hautfalte, die Läppchen glänzten in dunklem Rot schleimig und an Loch hing ein weißer dicker Klumpen seines Spermas, wobei eine nasse Spur am Damm zeigte, welchen Weg sein Sperma genommen hatte.

Es war wie ein übermächtiger Zwang, als Frederik sein Gesicht in die Spalte drückte und stöhnte: "Du riechst nach mir!"

Seine Zunge umspielte das Loch, während seine Nasenspitze auf den Kitzler drückte. Lust schoss in Lianes Körper, die sich in Wellen in den Brüsten brach und dort das Spannen der Begehrlichkeit erzeugte.

Doch zu dieser Empfindung gesellte sich ein Warnschrei, weil sie hörte und spürte, dass Frederik sein Sperma aus ihr schlabberte. Er durfte ihr die Spermien nicht nehmen! Vielleicht schluckte er gerade das Spermium, das an der Reihe war, sie zu schwängern!

Sie riss schnaufend seinen Kopf von ihrer Möse und keuchte: "Nicht! Nicht! Das schmeckt doch nicht!"

Als Frederik sie mit Schleim glänzendem Gesicht strahlend ansah und triumphierend verkündete, "es schmeckt herrlich nach uns zwei!", sah sich Liane genötigt, ihn abzulenken.

Sie stürzte sich wie entfesselt auf ihn, drückte ihn auf den Rücken und nahm seinen Schwanz in den Mund.

Frederik zischte vor Überraschung, als habe man bei ihm Luft abgelassen, und gurgelte: " Nicht auffressen! Ich brauche ihn noch! Ganz sanft lutschen! Er ist empfindlich!"

In den folgenden Minuten erlebte Frederik eine unvergleichliche Schwanzmassage, die seinen Zeugungsstab beständig wachsen ließ. Je mehr Liane im Mund spürte, wie der Pimmel zum harten Schwanz wurde und sich aufblähte, so dass er wie eine Schlange in ihren Rachen kroch, desto furioser lutschte und saugte sie an ihm. Sie hörte Frederiks lautes, von Stöhnen begleitetes, Schnaufen und empfand dies wie himmlische Musik in ihren Ohren, weil sie wusste, dass Frederiks begehrliche Lust zurück gekehrt war. Als ihre Zunge erfühlte, dass der Schwanz sein Endstadium erreicht hatte, ließ sie ihn vorsichtig aus dem Mund gleiten und erwartete das stolze Wippen des Geräts, das zur Begattung bereit war. Was sie sah, war zu ihrer Enttäuschung nicht dazu angetan, in ihr Loch einzufahren. Der Schwanz war zwar mächtig angeschwollen, lag aber wie ein gefällter Baum auf der Bauchdecke, obwohl am Eichelschlitz ein Tropfen der Vorfreude hing. Sie nahm den Prügel in die Hand und richtete ihn senkrecht auf. Doch als sie ihn losließ, fiel er haltlos in die alte Lage zurück, weil ihm jeglicher Halt in den Muskeln fehlte. Liane kannte diesen Zustand von ihrem Mann, wenn sie ihn in Erwartung der Schwängerung mehrmals hintereinander forderte.

Sie dachte: "Da hilft nur reiten!"

Und obwohl sie wusste, dass dies für sie noch nie ein Vergnügen, sondern immer nur eine Kräfte raubende Schinderei war, kam der zweite Gedanke hinterher: "Du musst für das Baby arbeiten, bis du zusammen brichst!"

Sie lächelte Frederik zärtlich an, schwang sich mit breiten Beinen kniend auf seine Oberschenkel und schob sich den Schwanz ins Loch, während sie gurrte: "Dein Süßer ist etwas schwach um die Brust! Da hilft nur ein kleiner Genussritt!"

Frederik sah mit aufgerissenen Augen zu, wie sein Schwanz in dem Haarmuff verschwand und durch die Wulst rutschte. Er war durch die Lutscherei so aufgeheizt, dass er sofort begann, hektisch nach oben zu bocken.

Liane bremste ihn mit den Worten: "Sei ruhig! Jetzt bin ich dran! Du liegst schön still und genießt, bis er spuckt!"

Liane fing mit "leichten Trab" an, indem sie sich mit den Oberschenkeln nach oben drückte und wieder fallen ließ. Es war ein seltsam neues Gefühl für Frederik, wie sein Schwanz beim Auftauchen aus den Haaren massiert wurde und ihn dumpfer Schmerz an den Hoden durchzuckte, wenn Lianes Po beim Herabfallen die Nüsse quetschte. Die Kombination von beiden Empfindungen steigerte die Wollust im Gemächt in unvergleichlicher Weise. Frederiks Blick irrte unruhig zwischen Lianes Gesicht mit den geschlossenen Augen und seinem Schwanz, der nass und glänzend immer wieder auftauchte, hin und her, weil beides unglaublich erregend aussah. Lianes Mund stand offen und ihre Gesichtszüge hatten sich zu einer Grimasse verzogen, mit der ihr sonst herbes Gesicht zu unglaublicher Schönheit erblühte. "Du bist wunderschön! Ich mag dich sehr!", stieß Frederik im Takt ihres Reitens heraus.

Sie beantwortete diese Liebeserklärung mit zärtlichem Lächeln und murmelte schnaufend: "Ich liebe deinen Wüterich in mir!"

Liane ging zum "Galopp" über. Sie beschleunigte ihr Auf und verlagerte das Gewicht nach vorne, indem sie sich auf seinen Schultern abstützte. Ihre Brüste baumelten im Takt des Rhythmus über Frederiks Gesicht wie Glockenschwengel, die den Moment tiefster Lust einläuteten. Er stöhnte laut und bekam einen leeren Blick, weil die Lustwellen im Damm pulsierend sein Sperma zum Schuss stauten. Liane verließ die Kraft zu reiten und sie kreiste mit der Möse wild entschlossen, Frederiks Schwanz zum Spucken zu bringen, auf seinem Gemächt. Das monotone Stöhnen wurde zu lautem Grunzen, wobei Frederik die Augen verdrehte. Liane, die diese Phase eines Mannes kannte, setzte zum Endspurt an. Sie mobilisierte die letzten Kräfte, obwohl ihre Oberschenkel höllisch schmerzten, und trieb sich den Samenspender auf dem Unterkörper hüpfend, tief in die empfängnisbereite Höhle ihres Bauches, ohne mit dem Kreisen aufzuhören.

Der Moment, als sich Frederiks Samenschuss löste und gleisend unter verzehrender Lust die Röhre hoch schoss, war für Liane eine innige Offenbarung. Der Schwanz zuckte am Loch und füllte die Möse mit den Spermien, die ihr das lang ersehnte neue Leben in ihren Bauch pflanzen sollten.

Liane rutschte noch ein klein wenig auf dem Gemächt umher, dessen Samenspender spürbar in sich zusammen schnurrte, während sie über Frederik gebeugt flüsterte: "Du bist ein starker und kräftiger Mann! Ich habe herrlich gespürt, wie du deinen Samen an meinen Muttermund geschleudert hast! Danke für das einmalige Geschenk!"

Frederik, der sich von dem Lusttrip schnaufend erholte, wurde nun der ziehende Schmerz bewusst, der infolge Lianes Po durch die Hoden in den Unterleib zog und das Gefühl der Leere verstärkte.

Er gab etwas jammernd zurück: "Puh, das war ja ein Höllentrip mit einem Abschluss wie ein Feuerwerk!"

Dann lächelte er: "Übrigens, an solche Ritte kann man sich als Mann gewöhnen!"

Liane schmunzelte mit glücklich leuchtenden Augen: "Das ist wie mit Weihnachten! Wenn es täglich wäre, wäre es kein Fest mehr. Mein Mann kommt daher selten in diesen Genuss!"

Sie rutschte von Frederik herunter, warf sich auf den Rücken, klemmte ihre Hand, die sie auf ihren Schlitz drückte, zwischen den Schenkeln ein und murmelte: "Da läuft schon wieder alles raus! Das ist von der Natur schlecht geregelt!"

Frederik fragte grinsend: "Ist es dir unangenehm, wenn dein süßes Fötzchen überläuft?"

Sie schüttelte den Kopf und antwortete leise: "Normalerweise nicht! Aber es gibt Situationen, in denen es stört!"

Lianes freie Hand streichelte krabbelnd Frederiks Brust und glitt langsam den Bauch abwärts.

"Willst du schon wieder?", fragte Frederik sichtlich erschreckt.

Sie lachte gurrend, während ihre Finger in seinen Schamhaaren kraulten: "Hätte nichts dagegen! Bin auf den Geschmack gekommen!"

Trotz seiner offensichtlichen trägen Mattigkeit wurde Frederik quicklebendig. Er fuhr ins Sitzen hoch und wollte das Bett verlassen, wobei er schnaufend sagte: "Ich gehe jetzt! Deine Gefräßigkeit wird mir unheimlich!"

Ehe Frederik auch nur einen Fuß außerhalb des Bettes setzen konnte, fühlte er sich grob und entschlossen gepackt und wieder in Liegeposition gedrückt.

"Du bleibst! Ich will noch schmusen mit dir!", zischte Liane und fügte versöhnlicher hinzu: "Wir Frauen brauchen danach Zuwendung. Das musst du wissen und lernen!"

Frederik fügte sich, obwohl alles in ihm schrie, seine Hosen anzuziehen und die Stätte seines männlichen Wirkens zu verlassen. Lianes Küsse und das Reiben ihres Körpers auf seiner Haut entführten ihn anschließend in die Welt inniger Verzückung, die er auslebte, indem sie am Körper küsste und beschnüffelte, wie ein Hund. Als er mit dem Kopf zwischen ihre Schenkel tauchen wollte, um den Quell ihres Weib-Seins zu küssen und liebkosen, wurde Liane plötzlich steif wie ein Brett und wehrte ihn ab.

"Nichts da! Dein Samen wird nicht heraus geschlabbert! Der gehört jetzt mir allein! Geschenkt ist geschenkt!", brummelte sie.

Frederik verstand die Welt nicht mehr. Diese Frau wand sich brünstig unter seinem Streicheln und seinen Küssen, hatte, wie sie sagte, immer noch Lust, und zeigte sich, wenn er sie noch einmal mit dem Mund beglücken wollte, Allüren wie eine zickige Jungfrau.

"Euch Frauen verstehe jemand!", sagte er heiser und sank auf dem Bett zurück, um wenigstens Lianes streichelnde Hände zu genießen.

Liane und Frederik wurden in ihrem Liebesspiel plötzlich hoch geschreckt.

"Sieh dir die zwei an! Lecken und beschnüffeln sich wie Hunde! Hat euch die Zeit, die wir euch gegeben haben, nicht gereicht?", ertönte die kichernde Stimme von Tanja.

Die Freundin stand mit glühenden Augen in der Türe und winkte Clara herbei, die nach einem kurzen Blick auf Frederiks männliche Dreifaltigkeit grinsend bemerkte: "Unser Böckchen ist fertig, Tanja! Liane hat ganze Arbeit geleistet!"

Dann fügte sie hinzu: "Liane, wie oft hast du ihn denn zum Spucken gebracht?"

Diese murmelte reserviert, weil sie aus ihrer Verzückung gerissen worden war: "So oft, dass ich überlaufe! Und jetzt raus und schließt die Türe! Frederik und ich wollen allein sein!"

Diesen Wortwechsel benutzte Frederik, um aus dem Bett zu springen und seine Hosen zusammen zu klauben.

Während er seine Unterhose hochzog und seinen schlaffen Pimmel darin zurecht rückte, erklärte er entschlossen: "Es ist wirklich Zeit, dass ich gehe, Liane! Es war super mit dir, aber alles hat mal eine Ende!"

Liane merkte, dass sie ihren kleinen Befruchtungshengst nicht mehr halten konnte, antwortete: "Ist schon gut! Ich habe ja dein nasses Geschenk in mir!"

Während des Heimwegs wurde Frederik zum erneuten Mal das unangenehme Gefühl nicht los, dass es Liane nicht nur mit ihm getrieben hatte, weil ihre Möse nach einem Schwanz gierte.

Doch diese Beklemmung wischte er mit dem Gedanken weg: "Was auch immer der Grund ist! Es war megageil, dieses Weib zu ficken!"

Inzwischen saß Liane mit ihren Freundinnen vor dem Ferienhaus in der Sonne und träumte vor sich hin, dass sie nun endlich schwanger werden würde. In diesem Zusammenhang freute sie sich schon auf eine wilde Nacht mit ihrem Sebastian, die ihm die Illusion schenken sollte, er habe ihr ein Kind gespritzt.

Tanja, die neben ihr saß, schnupperte herum und sagte plötzlich: "Liane, hast du dich nicht gewaschen? Du riechst wie eine Sperma-Fabrik!"

Dies riss Liane aus ihren Gedanken.

"Was Frederik in mich gespritzt hat, bleibt bis morgen drin!", sagte sie grinsend und fügte ernst werdend hinzu: "Sein Samengeschenk bedeutet mir alles!"

Die letzte Bemerkung schlug bei den Freundinnen wie eine Bombe ein.

"Du hast dich doch nicht etwa in das Böckchen verliebt?", fragte Clara sichtlich fassungslos.

Liane schmunzelte: "Nein! Nein! Aber so ähnlich! Aber darüber möchte ich jetzt noch nicht sprechen!"

Sie sprang auf und rannte ins Haus, wo sie völlig unsinnige Dinge tat, nur um mit sich und dem Sperma im Bauch allein zu sein.

Frederik ließ sich die nächsten Tage nicht mehr blicken. Er war so ausgelaugt, dass ihn auch nur der kleinste Gedanke an eine Möse und das Ficken, fröstelte, als ob er friere. Er mied am Strand die Plätze, an denen er die drei Frauen hätte treffen können und vertrieb sich die Zeit mit dem Lesen von Kriminalromanen. Doch irgendwann endet die männliche Erschöpfung. Es war ein Sonntagmorgen, als Frederik mit einer gewaltigen Latte erwachte und alles in ihm schrie, sich einen Fick mit einer der drei geilen Weibern zu gönnen. Als er auf das Ferienhaus zukam, sah er, dass dort geschäftiges Treiben herrschte. Auf der Zufahrt standen zwei Autos, in die zwei Männer Koffer packten. Die drei Frauen saßen plaudernd auf der Bank vor dem Haus. Plötzlich entdeckte ihn Liane. Sie wurde sichtlich aufgeregt und gab ihm durch Handzeichen zu verstehen, er solle weggehen. Als Frederik sich umwandte, sah er aus den Augenwinkeln, dass Liane ihm einen Kussmund zuwarf und anschließend ihre Arme um einen der Männer schlang, wobei sie ihn küsste.

Frederik brummelte frustriert vor sich hin: "Weiber! Aus euch soll jemand schlau werden!"

An einem lauen Sommerabend

Endlich war er ihr so nah, so wie sie es sich schon seit über einem Jahr tagtäglich gewünscht hatte. Er roch verführerisch gut und seine blauen Augen strahlten sie an. Immer näher kamen sie sich, bis sie nur wenige Zentimeter von einander entfernt standen. Sie sprachen kein Wort. Was waren schon Worte, wenn sie ihn jetzt gleich zum allerersten Mal auf ihrer Haut spüren würde.

Er nahm seine Hände und strich langsam über ihre nackten Oberarme, glitt über ihre makellosen Schultern, hinauf zu ihrem Hals und drückte sie ganz zärtlich an sich. Sie glaubte, dass ihr Herz gleich vor Erregung zerspringen würde und ihre Knie wurden ganz weich. Sie schloss die Augen um ihn nur zu spüren, um jede seiner Berührungen ganz intensiv wahrzunehmen.

Dann zum allerersten Mal spürte sie ihn. Endlich berührte er sie. Seine weichen Lippen begannen ihren Hals zu küssen. Zuerst nur ganz sanft, bis er selbst immer erregter wurde. Er drückte sie mit seinen starken Armen an sich und sah ihr in die Augen. Es waren vielleicht nur zwei Sekunden, aber ihre Blicke sagten alles: sie wollten sich.

"Oh ... Küss mich!" dachte sie. Nur daran. Ihr Kopf war leer. Da war nur er. Er war alles was sie immer schon gewollt hatte. Er würde sie gleich küssen.

Sie legte ihre Arme um seinen Hals und zog ihn an sich. Ihre Finger glitten durch seine Haare und dann küsste sie ihn. Alles an ihm fühlte sich so gut an: seine Arme, die sie fest hielten, sein Körper, der sich an sie presste und sein Mund.

Immer wilder wurden ihre Küsse. Ihre Zungen spielten miteinander und ihre Berührungen wurden immer leidenschaftlicher.

Er glitt mit seinen Händen unter ihren Rock und berührte ihre festen, weichen Schenkeln. Es fühlte sich so gut an. Ihre weiche Haut, die er nicht mehr aufhören wollte zu streicheln, bis er an ihren Po kam. Ihr ganzer Körper hatte sich mittlerweile schon um ihn geschlungen. Ihr Bein glitt hinauf, er hielt ihren Po in seiner Hand und sie küssten sich hemmungslos.

Am liebsten hätte er ihr den Slip heruntergezogen, sie auf die Wohnzimmercouch gelegt und hätte es sofort mit ihr getrieben. Er wollte sie endlich ganz spüren.

Sie sah ihm an, was er vor hatte und drückte ihn etwas von sich weg. "Wart!" sagte sie und lächelte ihn verführerisch an und biss sich leicht auf ihre Unterlippe. "Ich habe eine Idee!" nahm ihn an der Hand und ging mit ihm in den Garten.

Es war ein lauer Sommerabend. Es war schon spät und stockdunkel draußen. Die Grillen zirpten in der Ferne. Im Garten stand ein großer Pool, dessen Wasser lichtdurchflutet war. Sie ließ seine Hand los und ging einige Meter allein voraus. Er blieb hinter ihr stehen und sah sie nur an. Sie war so schön: groß, schlank und ihre langen blonden Locken wurden von dem leichten Wind herumgewirbelt.
Dann drehte sie sich zu ihm um. "Gehen wir schwimmen!" sagte sie und knöpfte langsam ihre Bluse auf und ließ sie über ihre Schultern zu Boden gleiten. Dann öffnete sie ihren schwarzen Spitzen-BH und sagte zu ihm:" Komm her!"
Er ging auf sie zu und blieb vor ihr stehen. Jetzt fing auch sein Herz wild zu schlagen an. Seine Finger berührten ihren offenen BH und er zog ihn ihr aus. Ihre Brüste waren so perfekt: genau richtig groß, rund, fest, wunderschön. Zärtlich glitt er mit seinen Fingen über sie. Sie stöhnte laut auf und warf ihren Kopf in den Nacken. Er zog sie an sich, küsste ihre Lippen und zog ihr den Rock und den Slip aus.

So lag sie nackt in seinen Armen. Umschlungen.

Er wollte sie endlich spüren und sein harter Schwanz drückte sich schon längst gegen ihr nacktes Becken. Ihre Hand glitt nach unten, öffnete seine Jeans und faste ihn an. Langsam glitten ihre Finger auf und ab. Dabei küsste sie seine Lippen. Immer wilder wurden ihre Küsse und er stöhnte immer heftiger, weil ihre Hand sich so gut an seinem Schwanz anfühlte.

Nackt und wunderschön wie sie war, zog sie ihm sein weißes T-Shirt aus, zog seine Hose ganz runter und kniete sich vor ihm hin.

Sie sah nach oben in seine Augen. Ganz ein tiefer, verführerischer Blick und gleichzeitig öffnete sie ihren Mund. Ihre weiche, warme Zunge glitt langsam über seine Eier und nahm sich für jeden Zentimeter ausführlich Zeit. Sie leckte ihn. Langsam, zärtlich und so erotisch, dass er sich sehr zusammenreißen musste, um sie doch nicht einfach auf den Boden zu werfen, um es ihr zu besorgen.

Dann glitt ihre Zunge bis an die Spitze seines Schwanzes. Sie sah ihn dabei wieder an, öffnete ihren Mund und ließ ihn langsam und tief in sich hineingleiten. Erst als er ganz in ihr drin war, schloss sie ihre Lippen und begann mit geschlossenem Mund ihre Zunge zu bewegen. Immer schneller machte sie weiter. Ihre Finger strichen dabei gleichzeitig über seine Eier und umgriffen dann wieder seinen Schwanz.

Es erregte sie so sehr zu sehen, wie geil er das fand. Und sie merkte auch, wie schwer es ihm fiel sich zusammenzureißen.

Sie hielt inne und stand auf. Dabei glitt ihr Busen über seinen nackten Körper, bis sie sich wieder gegenüberstanden.

Seine Augen waren noch halb geschlossen vor Erregung. Sie sah ihn an und sagte:" Komm! Springen wir ins Wasser!" und nahm seine Hand. Laut lachend nahmen sie Anlauf und sprangen in den Pool.

Die Stimmung war gelöst. Beide lachten laut, als sie wieder an die Wasseroberfläche kamen und schwammen zueinander. Sie strich sich die nassen Haare aus ihrer Stirn und lächelte ihn an. Sie konnte sich nicht erinnern, wann sie zum letzten Mal so glücklich war wie in diesem Moment. Sie sah nur noch ihn und nichts schien mehr von Bedeutung zu sein. Dieser Moment in diesem Swimmingpool war es, den sie sich so gewünscht hatte.

Und er sah sie an und sagte sanft: "Komm her!" und ließ dabei seine Finger über ihre Wangen gleiten. Er hielt ihr Gesicht fest in seinen Händen und begann sie erneut so wunderschön und zärtlich zu küssen.

Sie schwammen in den seichteren vorderen Bereich und er drückte sie gegen den Rand des Beckens. Es war ganz still um sie herum, nur das Wasser plätscherte bei jeder ihrer Bewegungen.

Seine Hände streichelten ihren ganzen nassen Körper. Er glitt über ihren Kopf, ihren Rücken, ihren Po und über ihre weichen Brüste, die er immer wieder mit seiner Zunge ableckte. Er nahm ihre Brustwarzen in den Mund, was sie unglaublich erregte.

Dann glitten seine Hände zwischen ihre Schenkel und er drückte sie etwas auseinander. Seine Finger begannen nach oben zu wandern. Er sah ihr tief in die Augen, dann auf ihren Mund, begann sie dann erneut ganz sanft zu küssen Nur ganz sanft drückte er seine Lippen gegen die ihren, während er gleichzeitig seine Finger in ihre Scheide steckte.

Er bewegte seine Hand immer schneller. Sie war so erregt, dass sie ihre Arme um seinen Hals schlang und ihn an sich drückte. Sie stöhnte laut, warf die langen Haare in den Nacken und bewegte ihr Becken mit jedem Stoß seiner Finger mit.

"Ich will dich in mir spüren. Ich will dich spüren!" hauchte sie ganz leise und sanft in sein Ohr.

Sie hielt sich am Beckenrand fest, spreizte ihre Beine und zog ihn an sich. So erregt wie er war, glitt sein Schwanz sofort tief in sie rein. Uns sie fühlte wie hart und fest er war. Sie wollte jetzt nur noch von ihm gefickt werden. Sie wollte alles mit ihm machen. Alles was er wollte. Er würde alles machen dürfen. Sie fühlte, wie gut, wie warm, wie fest sich sein Schwanz in ihr anfühlte.

Ihre Beine schlangen sich um seine Hüften und seine Hände hielten ihren Po fest, so dass er sie so fest wie er wollte nehmen konnte. Nichts wollte er mehr. Sie gab sich ihm hin. Nackt, nass. Ihre Arme hielten ihn; ihre Augen hatte sie vor Erregung geschlossen. Ihr weicher Busen berührte seine nackte Brust, er hielt ihren festen Po in den Händen und er konnte alles mit ihr machen. Jeder Zentimeter ihres Körpers machte ihn wahnsinnig. Ihr Geruch, ihre Haut, die weichen Lippen, ihre sanfte, erotische Stimme. Und wie gut sie sich anfühlte auf seinem harten Schwanz.

"Dreh dich um!" sagte er bestimmend. Er strich über ihre langen, nassen Haare, glitt über ihren Po, drückte die Beine auseinander und steckte seinen Schwanz in ihre Scheide. Sie drückte ihr Becken nach

hinten und stöhnte immer lauter und schneller vor lauter Lust. Er war so tief in ihr drin und sie war so erregt. Sie nahm seine Hände und zeigte ihm, dass er sie zwischen ihren Beinen streicheln sollte, während er es mit ihr trieb. Und wie gut er das konnte! Ihr ganzer Körper bebte vor Erregung. Seine Finger massierten sie immer fordernder. Er wollte, dass sie einen Orgasmus hätte, während er sie fickte.
Sie beugte sich immer mehr nach vorn. Ihr Körper zitterte und sie stöhnte "Ja, mach weiter! Hör nicht auf! Mach weiter!" rief sie, während sie kam. Ihre Schenkel begannen zu zittern, ihr ganzer Körper bäumte sich auf. Sie kam, während er sie von hinten fickte.

Sie stöhnte noch weiter, während sie ihren Kopf nach hinten legte und ihn auf seiner Schulter anlehnte. Seine Hände streichelten ihr Gesicht und er küsste ganz zärtlich ihren Hals, ihre Wangen, ihre Lippen.

In diesem Moment konnte sie sich nicht vorstellen, dass irgendwas in ihrem restlichen Leben besser oder erfüllender sein könnte, als mit ihrem Traummann genau das zu tun. Ihn genauso intensiv zu spüren. Ohne nachdenken zu müssen, was richtig oder falsch wäre oder was morgen passieren würde. Nein. Es war dieser Moment, der für sie zum schönsten in ihrem Leben wurde.

"Du bist so wunderschön! So wunderschön!" hauchte er ihr ins Ohr. Sie drehte sich um, schlang die Arme um seinen Hals und sagte: "Lass uns rausgehen! Gehen wir auf die Terrasse!"

Die Terrasse war groß und in einem romantisch italienischen Stil gestaltet. Richtig gemütlich, mit einer wunderschönen großen Liegelandschaft.

Nachdem sie sich gegenseitig etwas abgetrocknet hatten, zeigte sie ihm, dass er sich hinlegen solle, was er auch tat.

So lag er vor ihr. Auf der cremefarbenen weichen überdimensionalen Couch, auf der es sich viele Menschen hätten gemütlich machen können.

Sie stand nackt vor ihm und sie blickte ihn wieder mit diesem Glanz in ihren Augen an. Wie eine kleine Raubkatze näherte sie sich ihm langsam und setzte sich vorsichtig auf die Couch. Auf allen vieren näherte sie sich ihm. Ihren Busen ließ sie über seine Beine gleiten, über seinen Schwanz, über seinen Bauch, seine Brust, bis sie ihre Brüste zärtlich über sein Gesicht gleiten ließ. Dabei saß sie auf ihm. Ihre Scheide gegen seinen Bauch gepresst.

Seine Zunge berührte sie. Sein Mund küsste das weiche Fleisch ihres Busens und seine Hände massierten und packten ihre Brüste fest an.

Dann glitt sie nach unten. In ihrem Gesicht wieder dieses süße Lächeln und die Zähne bissen auf ihre Unterlippe. Sie begann wie früher seinen Schwanz zu lecken und ihm einen zu blasen. Nur diesmal fester, wilder, hemmungsloser.

Was war das für ein Anblick: diese wunderschöne Frau, die seinen Schwanz in ihrem Mund hatte und der es ohne Zweifel sehr gefiel.

Nach einiger Zeit hörte sie auf, drehte sich immer noch kniend um und streckte ihm ihren prallen Arsch entgegen. "Komm, fick mich!" sagte sie und legte dabei ihren Oberkörper fast ganz auf die Couch unter sich, ihren Po aber immer noch kniend ihm entgegengestreckt.

Er setzte sich auf, packte sie an den Hüften und steckte seinen Schwanz ganz tief in sie. Er fickte sie. Hart und fest. Und wieder erregte ihn die Vorstellung, dass er alles mit ihr machen konnte. Alles! Er zog seinen Schwanz aus ihr heraus und ohne ein Wort andeuten zu müssen, steckte sie ihre Finger in ihren Mund, machte sie nass und befeuchtete ihren Hintern.

Er war richtig geil auf sie! Er nahm seinen Schwanz und steckte ihn ganz vorsichtig und langsam in ihren Arsch. Er fühlte wie eng und warm sie war. Es war enger als ihre Scheide. Er konnte auf ihren Po sehen, wie sein Schwanz sie so fickte.

So kniete sie vor ihm und ihr Anblick war umwerfend. Sie war wohl das erotischste, das er je gesehen hatte. Er fickte sie immer härter. Er fühlte ganz genau, wie sehr ihr das gefiel. Dann wollte er nur noch in ihrem Hintern kommen. Immer schneller machte er weiter bis er tief in ihr explodierte.

Laut stöhnend sanken sie beide zusammen. Sie drehte sich zu ihm um und legte sich auf seine nackte Brust. Sie fühlte sein Herz wild pochen und merkte wie befriedigt er war.

So blieben sie liegen. Auf der großen Couch auf der Terrasse. Nackt, befriedigt, glücklich. Gedanken waren Nebensache. Den anderen zu spüren, zu fühlen, zu lieben...das war etwas was die beiden nie mehr missen wollten.

Nach dem Fußballspiel

Nach dem Fußballspiel liefen wir uns verschwitzt über den Weg und plauderten über das Spiel. Wir Männer haben zwar leider gegen die Frauenmannschaft verloren, aber es war trotzdem ein tolles Spiel. Wir saßen alle zusammen und plauderten über dies und jenes, tranken ein Bier und hatten jede Menge Spaß. Nach und nach verabschiedeten sich die Mitspieler und bald saßen wir alleine vor dem Vereinsheim und plauderten noch über unsere Arbeit. Als es anfing zu dämmern beschlossen wir uns duschen zu gehen und dann auch den Heimweg anzutreten, da wir doch ziemlich geschafft waren vom Sport.

Natürlich trennten sich unsere Wege vor der Damenkabine und ich wanderte erschöpft zur Herrenkabine, entkleidete mich und tapste zur Dusche. Es war fast eine Erlösung den heißen Strahl Wasser auf meiner Haut zu fühlen und den Schweiß abzuwaschen, welcher mir durch den Sport aus allen Poren lief. Nach einigen Minuten schweiften meine Gedanken ab an meine Kollegin, die keine 10 Meter neben mir duschte. Eigentlich eine geile Vorstellung. Nicht, dass ich mir noch nie vorgestellt habe sie mal richtig zu nehmen, aber jetzt wäre eigentlich der perfekte Moment dazu – sofern sie denn auch wollen würde. Glücklicherweise waren wir auch noch allein, da ich mir den Schlüssel vom Vereinschef habe geben lassen um unsere Fußballsession hier abhalten zu können, was mich noch viel geiler machte.
Langsam fing ich an zu onanieren und spielte in Gedanken durch, wie es sein könnte jetzt hier mit ihr in der Dusche eine Nummer zu schieben und uns richtig gehen zu lassen. Es dauerte nicht lang, da schoss mir schon der Saft heraus. Schnell spülte ich mit der Brause die Spuren weg und fasste den Entschluss es zu versuchen. Ich packte mein Handtuch, schlich mich zur Damendusche und trat hinein, als wäre es das normalste der Welt. Meine Kollegin stand mit dem Rücken zu mir und hatte mich wohl aufgrund des Wassers nicht gehört, so dass ich mein Handtuch beiseite legte und auf sie zu ging. Ich musterte sie von oben bis unten und hätte nie gedacht, dass unter den Klamotten die sie trägt ein so attraktiver weiblicher Körper stecken könnte. Meine Gedanken machten sich auch in meinem Glied bemerkbar, welches freudig erregt aufrecht stand.

Als ich direkt hinter ihr stand setzten meine guten Manieren aus und ich griff ihr von hinten an ihre Brüste und drückte meinen Penis an ihre Pospalte. Ein lautes Seufzen ertönte aus ihrem Mund und dann ein erotisch geflüstertes "Mann, du gehst aber ran". Ich grinste und fing an ihre harten Nippel zu kneten, was sie mit einem lauten stöhnen quittierte. Geschickt rieb sie mit ihrem Hintern an meinem Penis, so dass ich eine leichte aber intensive Penetration erfuhr. "Du bist aber ganz schön geil, was? Hast du genossen, was du gesehen hast?" fragte sie und ich meinte nur "Sehr, aber das reicht mir nicht". Mit diesen Worten drehte ich sie um und konnte ihren schönen Körper auch von vorne betrachten. "Oh ja ... das ist geil" stöhnte ich und ging in die Knie um ihre Nippel zu saugen. Es war eine herrliche Atmosphäre, da wir unter der warmen Dusche standen und uns gegenseitig streichelten. "Wie sieht's aus, hast du Lust mit mir eine Nummer zu schieben?" fragte sie? Und ich stellte mich wieder hin und musste kaum antworten, als sie sich schon liebevoll um mein Glied kümmerte. Mit geschickten Bewegungen massierte sie mir meinen harten Penis und grinste unentwegt. Ich grinste zurück und massierte mit der einen Hand ihre Brust und ließ die andere Hand in ihrem Schritt ruhen. Wie auf Kommando stellte sie sich in einem leichten Spreizschritt hin und ich konnte mit zwei Fingern ihr warmes bereits feuchtes Loch erkunden. Sie schloss die Augen, ließ sich das Wasser übers Gesicht laufen und gurgelte vor sich hin. "Tiefer, man, ich will deine Finger spüren" gurgelte sie und ich stieß meine Finger unsanft in sie hinein. "Ja!" schrie sie und senkte ihren Blick wieder mir zu. Ich ließ meine Finger aus ihr heraus-gleiten und wir küssten uns leidenschaftlich lange mit der Zunge. "Nimm mich doch endlich, verdammt, ich will endlich wieder einmal richtig guten Sex haben!" forderte sie mich unmissverständlich auf. "Okay, komm her.." sagte ich, nahm sie an der Schulter, drehte sie um, drückte ihren Oberkörper nach vorne und dirigierte mein Glied an ihr nasses Loch. "Bereit?" fragte ich, doch sie drückte nur heftig ihren Hintern an mich, so dass ich ohne große Umschweife mein Glied direkt ganz in sie versenkte. "Frag mich noch mal ob ich bereit wäre!" – Doch das ignorierte ich und fing an sie heftig zu vögeln. Immer wieder stieß ich tief in ihre Vagina hinein und hörte dem Klatschen von Haut auf Haut und dem Schmatzen ihrer feuchten Spalte zu. Ihr Stöhnen wurde immer lauter und sie fing an zu hecheln "ja, fester, ich will dich, komm schon, mach's mir, gib's mir" keuchte sie immer wieder und stützte sich mit beiden Händen an der Wand der Dusche ab. Langsam merkte ich, wie der Saft schon wieder in mir aufstieg und ihre Vagina zu kontrahieren begann, als sie sich aufrichtete umdrehte und sich auf den mittlerweile warmen Boden begab. Ich tat es ihr gleich, setze mich an die Wand gelehnt hin und sie kniete sich über mich und senkte ihr Becken über mein Glied herab. Mit einem unbeschreiblichen Tempo flutschte mein Penis immer wieder in sie und mit einem lauten Schmatzen wieder heraus. Sie wechselte das Tempo und entließ mein Glied nun nicht mehr ihrer Lustgrotte und wurde wieder schneller. Wieder spürte ich den Saft in mir aufsteigen, doch dieses Mal hörte sie nicht auf, sie keuchte, stöhnte, japste und hauchte immer wieder "ich komme, ich komme, ich komme". Mit einem letzten festen Stoß spürte ich ihren Orgasmus, aber ich war noch nicht soweit, sodass ich sie auf die Knie schubste und mein Glied weiter in ihre kontrahierende Vagina stieß, sie wimmerte und kreischte immer wieder, ich beugte mich über sie und massierte ihre Brüste und stieß immer fester zu. Nach etlichen Sekunden kam es auch mir und ich presste meinen Schaft tief in sie hinein und konnte noch immer ihre Kontraktionen fühlen. Erschöpft ließ sie sich nach vorne und ich mich nach hinten fallen. Ich konnte so perfekt auf ihre Muschi gucken und sehen, wie mein Sperma aus ihrer Spalte lief und den Weg zum Abfluss fand.

"Das war geil" sagte sie und ich erwiderte nur "du bist geil, was meinst du, was ich schon oft in Gedanken durchgespielt habe?". Sie drehte sich um, öffnete ihre Beine und sagte "dann hol es mach schnell nach". Sie hob ihre Hand und machte mit ihrem Finger eine Lockbewegung. Langsam krabbelte ich auf sie zu, schob mein Kopf zwischen ihre Beine und setzte meine Zunge an ihre Warme, leicht behaarte Spalte an...

Quickie im Park

Ich war unterwegs in eine fremde Stadt zu einem Architekturbüro, um dort einige bauliche Änderungen zu besprechen. Stau auf der Autobahn, eine drückende Hitze, nur gut dass ich auf meinen Anzug verzichtet hatte und nur sportlich gekleidet war. Das Gespräch mit der Architektin in ihrem Büro war gut aber nicht ausreichend also musste ich noch auf die Baustelle. Sie erklärte mir, dass dort die Parkplätze sehr knapp sind und ich am besten zu Fuß hingehen sollte den es ist nicht sehr weit. Hierzu musste ich nur durch den Stadtpark, weiter ist es nicht.
Nachdem sie mir den Weg erklärt hatte, machte ich mich los.
Die Architektin hatte recht, ich war nach kurzer Zeit an der Baustelle. Auch dort lief alles glatt, ich war relativ schnell fertig.
Gut, jetzt zurück zum Auto und dann zurück nach Hause. Erst jetzt bemerkte ich, wie weitläufig und schön der Stadtpark war. Ich nahm nicht den direkten Weg sondern ging entlang der ausgiebigen Pflanzung. Ich musste feststellen, der Park war wirklich gut angelegt. Ich ging den abgelegenen Weg entlang und betrachtete mir die Anpflanzungen, da sah ich sie. Eine aufregende Frau die auf mich zu kam. Eine Frau mittleren Alters, sehr lange Beine, ein kurzes Sommerkleidchen, lange schwarze Haare und einen aufregende Gang. Diese Frau ging nicht einfach so, sie schritt. Ihre Bewegungen erinnerten an ein Model auf dem Laufsteg, allerdings viel langsamer. Sie sah einfach unheimlich verführerisch aus. Mit jedem Schritt, dem sie mir näher kam überlegte ich wie ich sie ansprechen könnte. Mir fiel nichts ein. Ich war nicht geübt im Ansprechen von fremden Frauen, ich war meiner Frau nicht untreu. Jetzt bedauerte ich aber mein Unvermögen. Die Frau die auf mich zukam war einfach eine "Wucht". Als wir beide fast auf einer Höhe waren und mir immer noch kein anständiger Satz zum Ansprechen eingefallen war sagte Sie ganz locker:
"Entschuldigen Sie bitte wenn ich Sie anspreche, aber hätten Sie vielleicht eine Zigarette, ich habe die Heute früh in der Eile vergessen. Ich wollte mich gerade auf eine Bank setzen aber mit Zigarette wäre es entspannter".
Mich haute es fast von den Socken, diese unheimlich sexy aussehende Frau sprach mich an und fragte nach einer Zigarette. Natürlich hatte

ich Zigaretten einstecken, ich war zwar ein Gelegenheitsraucher und eine Schachtel reichte bei mir manchmal eine Woche oder länger, aber dabei hatte ich immer welche.

Nun fasste ich mir ein Herz, ich musste je jetzt aktiv werden, und entgegnete:

"Selbstverständlich habe ich Zigaretten und gerade für so eine schöne Frau", ich lächelte Sie an und sie gab das Lächeln zurück.

"Kommen Sie, wir setzen uns, mir ist auch nach einer Pause".

Ich zeigte auf die Bank neben uns. Sie nickte und wir setzten uns.

Nachdem ich ihr eine Zigarette und Feuer gegeben hatte überlegte ich wie ich diese scharfe Frau in ein Gespräch bringen könnte. Bevor ich mit meinen Gedanken fertig war, war sie schon wieder schneller:

"Und wie findest Du mich? Komm sag Deine Meinung, sexy, alt, billig? Was ist Dein Eindruck?"

Wow, eine direkte Frage, was sollte ich antworten? Was mich stutzig machte war, dass "DU", war sie eine Prostituierte, aber die kommen, glaube ich, selten im Park vor, war sie eine vernachlässigte Hausfrau, das kam schon eher in Frage oder wollte sie mich nur locken. Ich wusste es nicht und musste mir meine Antwort gut überlegen.

Ich schaute mir diese Frau, die rauchend mit lässig übereinander geschlagenen Beinen neben mir saß, genauer an. Ihr entgingen nicht meine Blicke wie ich sie musterte. Sie lehnte sich zurück und wartete scheinbar auf meine Antwort. Mir war klar, neben mir saß eine unheimlich attraktive Frau, ihr Gesicht verriet mir, sie war Ende 40, nicht wegen zu vielen Falten, aber man sah es. Unter Ihrem kurzen Sommerkleid konnte man ihre Brüste sehen, bzw. ahnen. Sie waren nicht sehr groß aber fest, man sah ihre Nippel durch das Kleid. Da ich keine Träger eines BH´s sehen konnte, mussten die echt sein. Aber in diesem Alter? Normalerweise fangen bei Frauen in diesem Alter die Brüste an zu hängen, aber hier keine Spur. Auf Ihren Brustwarzen hätte man Nüsse knacken können. Ihr Haar, lang, pechschwarz, herrlich. Ihre Beine, lang, makellos, kein Haar zu sehen, wunderbar, diese endeten noch in sehr hohen High Heels. Vor mir saß eine etwa 20 Jahre ältere Frau, die einen wahnsinnigen Eindruck auf mich machte. Ich war mit meiner Meinung fertig und teilte das ihr jetzt auch mit:

"Du bist eine unheimlich sexy Frau, ich schätze Dein Alter auf 45 oder? Ansonsten ein sehr guter Body, alles an der richtigen Stelle, was ich nur nicht begreife ist Dein Busen, der passt nicht zu Deinem Alter, wobei ich den klasse finde. Wie gesagt, Du bist unheimlich begehrenswert".

Mein gegenüber hatte gerade aufgeraucht, sie warf die Kippe zur Seite und wendete sich zu mir um zu antworteten:
"Die Angabe meines Alters schmeichelt mir, ich bin 51 Jahre, mein Busen ist nicht echt, ein Geschenk meines Mannes zu meinen 45. Geburtstag, ich habe mir den Busen straffen lassen, nicht vergrößern. Genügend "Masse" hatte ich immer schon".
Sie griff über ihren Kopf und öffnete ihr Kleid. Vorn zog sie das Kleid bis über ihren Busen und zeigte mir diesen. Vor mir sah ich zwei aufrecht stehende Brüste, denen man eine OP nicht ansah. Am liebsten hätte ich gleich zugefasst aber ich kannte die Frau ja nicht.
Jetzt kam der Hammer, sie schaute mich von der Seite an und fragte ganz ungeniert:
"Und was ist, willst Du mich Ficken".
Wenn ich nicht gesessen hätte wäre ich jetzt bestimmt umgefallen, so eine Frage von einer vollkommen unbekannten Frau. Ich suchte nach einer Antwort und da kam es mir:
"Würde ich gern aber ich habe leider kein Kondom dabei".
"Also schwanger werde ich bestimmt nicht mehr, meine Frage an Dich, bist Du gesund, Du weißt wie ich das meine?"
"Ja, alles gut, ich hatte einen Unfall und bekam im Krankenhaus fremdes Blut, da wurde alles gecheckt".
"Na dann ist ja alles in Ordnung, fickst Du mich nun oder was ist".
"Na klar, wo gehen wir hin" war meine einwilligende Antwort.
"Wieso weggehen, wir ficken hier". Mit diesen Worten öffnete sie mir ganz schnell meine Hose und holte meinen sich erhebenden Schwanz heraus ins Freie. Ich konnte es kaum fassen aber mein Gefühl hatte sich nicht getäuscht, mein bestes Stück stand schon fast komplett aufgerichtet. Ganz schnell schob sie ihren Mund darüber und mit einigen wenigen Bewegungen ihrer Hand und dem Saugen mit ihrem Mund hatte sie das Teil zu voller Potenz hergerichtet. Was mir auffiel war, dass sie meinen Schwanz komplett schluckte. Meine Frau blies auch öfter meinen Schwanz aber so weit brachte sie diesen nicht in ihrem Mund unter. Die Frau vor mir musste ein unheimliches Talent zum Extremblasen haben.
Nachdem mein Schwanz komplett stand erhob sie sich, ging um die Bank herum und sagte:
"So komm fick mich, hebe mein Kleid und schiebe mir Deinen geilen Schwanz schön von hinten in mein Mösenloch".

Aber hallo, diese Dame wollte von hinten gefickt werden, mir egal, jetzt war ich auch spitz. Ich stellte mich hinter sie, ließ meine Hose komplett fallen und hob ihr Kleid an. Sie öffnete Ihre Beine so weit es nötig war, damit ich gut in sie eindringen konnte. Einen Slip musste ich ihr nicht herunter ziehen, sie hatte keinen an, dafür sah ich aber in ihrem Arsch einen Plug stecken. Auch hier kam sie mir, bevor ich etwas sagen konnte zuvor:

"Der Plug bleibt stecken, Du fickst mich in meine Fotze, bis ich komme. Keine sorge, das geht so geil wie ich bin ganz schnell. Aber nicht abspritzen. Danach kannst Du den Plug herausziehen und mich dann in den Arsch ficken und diesen auch besamen. Danach steckst Du den Plug wieder hinein, damit nichts herausläuft. Ich will Dein Sperma in meinem Arsch behalten".

Ihre Worte klangen fast wie ein Befehl, mir war es egal, ich wollte jetzt auch nur noch ficken. Ich setzte mein bestes Stück an ihrem Mösenloch an und stieß erst vorsichtig, dann immer härter zu. Diese 51 jährige Frau war komplett rasiert ich fand kein einziges Härchen. Auch war Ihre Möse nass, und mit wenigen Stößen hatte ich sie zum Orgasmus gebracht. Was mir nicht gefiel war, dass sie diesen Orgasmus ziemlich laut kundtat. Schließlich waren wir in einem Park und nicht allein. Zwar war unsere Liebesbank nicht am Hauptweg, der war aber nur durch eine große Wiese von unserem Nebenweg getrennt. Vorsichtig schaute ich in Richtung Hauptweg, während ich ihre Titten knetete aber scheinbar hatte uns noch keiner bemerkt oder die Leute taten so als ob sie nichts bemerkt hätten. Mir war es egal, mich kannte in dieser Stadt keiner.

Nachdem ihr Orgasmus abgeklungen war zog ich ihr den Plug aus dem Arsch. Die Einschnürung hinter dem äußeren flachen Teil war etwa 20 mm im Durchmesser, Danach wurde das Teil bestimmt fast 40 mm dick und etwa 50 mm lang. Interessant war auch die Ausführung. Das Innenleben bestand aus Glas, Das äußere Teil bis zur Einschnürung sah wie Gold aus. Im inneren Teil konnte man durch das Glas ganz deutlich einen Edelstein sehen. Lange konnte ich mich mit der Ausführung nicht befassen denn die durch den herausgezogenen Plug geöffnete Rosette musste ich nutzen und schob ihr meinen Schwanz ohne Probleme bis zum Anschlag hinein. Nach kurzer Zeit begann sich ihr Muskel zu schließen und ich merkte wie sich ihre Rosette um meinen Schwanz legte. Ich begann sie zu stoßen. Gleichzeitig knetete ich mit der einen Hand ihre Titten und rieb mit der anderen Hand ihren Kitzler. Sie wurde wieder ziemlich laut. Auch deshalb stieß ich jetzt schneller zu, bevor uns doch noch jemand bemerkte. Langsam merkte ich wie der Saft in mir aufstieg und ich entlud eine ganz schön große Ladung in mehreren Schüben in ihren Arsch. Ich kannte mich und meine Frau hatte das auch schon bestätigt, dass meine Sperma-Entladungen recht üppig waren. Mehr als einmal hatte sie es nicht geschafft alles zu schlucken.

Nachdem ich meinen Schwanz, der noch nicht ganz abgeschlafft war noch einige Male in ihrem Darm bewegt hatte zog ich ihn heraus und schob den Plug vorsichtig hinein.

Sie erhob sich, zog ihr Kleid herunter und zog das obere Teil über ihre Titten und verknotete das hinter dem Kopf.

"Das nenne ich einen gelungenen Quickie, Du bist gut und Dein Schwanz recht eifrig. Ich hoffe Du hast noch eine Zigarette danach".

Natürlich hatte ich die. Wir setzten uns wieder "anständig" auf die Bank und rauchten.

"Dir hat es also gefallen, wie heißt Du eigentlich"?

"Gefallen hat es mir, wie schon gesagt warst Du sehr gut. Mein Name spielt eigentlich keine Rolle aber ich heiße Rita, nur Rita, das reicht. Und bevor Du mich fragst, es wird kein zweites Mal geben. Ich bin verheiratet und bis auf diesen Quickie hier treu. Wir werden uns, auch wenn Du möchtest, nicht wiedersehen. Wenn ich aufgeraucht habe gehe ich nach Hause, mein Mann ist bestimmt schon da".

"Aber Du hast keine Unterwäsche an und einen Plug mit meinem Sperma im Arsch, wie willst Du das Deinem Mann erklären"?

"Das ich keine Unterwäsche bei diesen Temperaturen trage weiß mein Mann, wir gehen im Sommer oft aus, ohne dass ich ein Höschen trage, zu Hause renne ich meistens ohne rum. Den Plug kennt er, den hat er mir zusammen mit Liebeskugeln und einem großen Vibrator zu meinem 40. Geburtstag geschenkt. Und das ich den Plug meistens bei meinen Spaziergängen verwende ist ihm auch klar.

Nur Dein Sperma, das darf er nicht mitkriegen aber dafür gehe ich nachher gleich unter die Dusche und spüle mir meinen Arsch kräftig aus. Dafür gibt es ja entsprechende Duschköpfe".

Die Ansprache von Rita war auch schon wieder ganz schön anregend, entweder war sie so cool oder sie spielte gern mit dem Feuer.

Jedenfalls erhob sie sich nachdem die Zigarette aufgeraucht war, gab mir einen Schmatz auf die Wange und stöckelte ohne sich noch Mal umzudrehen davon. Ich habe sie nie wiedergesehen, werde aber das Abenteuer nicht vergessen.

Die Hoffnung stirbt zuletzt

Es war drückend heiß, die Sonne brannte vom Himmel und trieb den vorbeigehenden Passanten den Schweiß aus den Poren. Darian saß wie jeden Samstagnachmittag vor dem kleinen Straßencafé an einem der kleinen Tische und trank schlürfend den kühlen Cocktail. Der Anblick der leicht bekleideten Frauen in der Fußgängerzone war ein Paradies für Auge und Schwanz, weil kurze Röcke pralle Schenkel und nackte Beine zeigten und volle Brüste in knappen Ausschnitten hin und her hüpften.

"Sorry, ist an ihrem Tisch noch ein Plätzchen frei?" fragte eine freundliche Stimme.

Darians Kopf schoss herum in Richtung, woher die Stimme kam. Neben seinem Tisch stand ein Traum von einer Frau! Sie hatte schwarze krause Haare, die ihr schmales, fast puppenhaftes Gesicht mit einem vollen roten Mund besonders zur Geltung kommen ließen. Sie war schlank und im tiefen Ausschnitt wölbten sich süße Brüste, kleinen Äpfeln gleich. Die erregende Sensation war jedoch, dass die Frau dunkelhäutig war.

Darian lachte ihr zu und sagte, während er auf den leeren Stuhl gegenüber zeigte: "Wenn sie sich setzen, nicht mehr!"

Sie bedankte sich und ließ sich schnaufend auf den Stuhl fallen, wobei sie ihre Beine unter dem langen Rock übereinander schlug. Im langen Schlitz ihres Kleides wurden lange Beine und schlanke Schenkel sichtbar.

"Ganz hübsch heiß heute", sagte sie ihm zugewandt und zeigte mit ihrem Blick aus den dunklen Augen, dass sie Lust zu einer Unterhaltung hatte.

Darian antwortete ihr, während sein Blick auf dem Ausschnitt hängen blieb, den ihre kleinen Brüste ausbeulten: "Jedes Ereignis hat zwei Seiten. Bei dem Wetter schwitzt man tierisch, was ziemlich unangenehm ist, aber gleichzeitig schenkt es uns Männern wundervolle Ein- und Ausblicke."

Die junge Frau zog etwas missbilligend die Augenbrauen hoch, schwieg aber. Mit so einer offenen Bemerkung hatte sie nicht gerechnet. Ihr Blick streifte über den Mann, der ihr gegenüber saß. Er sah nicht übel aus, auch wenn sie seine Brille als äußerst unvorteilhaft wahr nahm. Wie er da saß, strahlte er große Selbstsicherheit und prickelnde Virilität aus. Besonders sein brennender Blick auf ihren Busen trieb ihr einen Schauer über den Rücken, als ob sie friere. Schließlich entschloss sie sich doch auf seine frivole Bemerkung zu antworten.

"Ja, das haben Männer leider an sich. Damit müssen wir Frauen leben", sagte sie leise und fügte etwas spöttisch hinzu: "Sie dürfen jetzt mit Schielen in meinen Ausschnitt aufhören!"

Darian zuckte zusammen. Er fühlte sich ertappt und versuchte, die Situation zu retten, indem er sich vorstellte.

"Ich heiße Darian und mit wem habe ich die Ehre?" gab er zurück.

Sie lächelte zufrieden, weil sein Blick sich von ihrem Ausschnitt gelöst hatte und offen den ihren traf.

"Sie können mich Gabriela nennen", sagte sie schmunzelnd und bedeckte mit einer Geste, die Darian unglaublich erregte, ihr nacktes Knie mit dem Rock ab, das in dem langen Schlitz sichtbar geworden war.

Dann bestellte sie ein großes Eis mit Sahne und fragte neugierig: "Sind sie öfters hier, um einen Blick auf die Frauenwelt zu werfen? Hat ihre Frau da nichts dagegen?"

Darian lachte: "Mich hat noch keine Frau so fesseln können, dass ich ihretwegen meine Selbstständigkeit aufgeben wollte."

Daraus entwickelte sich eine angeregte Unterhaltung, in deren Verlauf Darian Gabriela tiefe Einblicke in seine Einstellung zu Frauen gab. Er machte keinen Hehl daraus, dass Frauen für ihn eine Art kurzweiliges Spielzeug waren, mit denen er Spaß haben wollte, aber keineswegs gewillt war, seine Freiheit aufzugeben. Als er diesen Punkt mit der Bemerkung abschloss, es gäbe eine Menge von Frauen, die gleichgültig ob verheiratet oder nicht, dieselbe Auffassung hätten, provozierte er Gabrielas Widerspruch.

"Ich würde mit solch einem Typen nie etwas anfangen. Das, was du Spaß haben nennst, ist für mich etwas Heiliges und zutiefst Intimes. Ich finde, das sollte man sich aufheben, bis der Partner kommt, mit dem man auch zusammen leben will.", sagte sie nachdrücklich, während sie ihn eindringlich musternd ansah.

Darian lachte verlegen, weil er ihre Bemerkung als Zurechtweisung interpretierte, und wechselte abrupt das Thema, indem er fragte, was sie beruflich treibe. Es schien, als nehme sie den Themenwechsel dankbar auf, denn sie berichtete, sie sei Simultandolmetscherin für

Deutsch und Französisch und werde in dieser Eigenschaft als Freiberuflerin für Konferenzen und Geschäftsverhandlungen gebucht. Zur Zeit habe sie eine Pause bis zum Abend, weil ihr Kunde eine Verhandlungspause nutze, um einige Mitbringsel für seine Familie zu kaufen.

"Schade! Ich wollte dich nämlich fragen, ob ich dich zum Abendessen einladen darf", sagte er sichtlich enttäuscht, denn in ihm hatte sich der Wunsch festgefressen, diese attraktive Schönheit näher kennen zu lernen.

Darians Herz machte einen Luftsprung, als sie aufreizend lächelnd antwortete: "Morgen Mittag habe ich Zeit bis zum Abend. Wenn du mich unbedingt zum Essen ausführen willst, dann zu einem Brunch".

"Abgemacht! Wo darf ich dich abholen!", antwortete Darian hastig, nicht ohne offen seine Freude zu zeigen.

Nachdem Gabriela ihm die Adresse eines Hotels genannt und gesagt hatte, sie werde im Foyer auf ihn warten, stand sie auf und verabschiedete sich, hastig eine Entschuldigung murmelnd.

Darian verlebte den Rest des Tages und den nächsten Vormittag wie in einem Fieberrausch. Schon beim geringsten Gedanken an diese dunkle Schönheit, bekam er eine Erektion in die Hose, begleitet von begehrlichen Tagträumen, wie er sie verführte und ihren schlanken Körper beim Liebe machen genoss. Ihren Hinweis, dieses sei nur Männern vorbehalten, die sie liebe, tat er damit ab, dass er sich einredete, diese Erklärung sei nur ein Ausdruck von züchtiger Zurückhaltung einer Frau, die sich nichts vergeben wollte.

Gabriela erledigte derweil ihren Job mit voller Konzentration und fand erst wieder die Gelegenheit, an ihre Verabredung zu denken, als sie am Sonntagmorgen in ihrer Appartementwohnung unter der Dusche stand. Sie wusste auch nicht, welcher Teufel sie geritten hatte, diese Einladung anzunehmen. Zumal Darian in aufreizender Offenheit erklärt hatte, Frauen seien für ihn nur Spielzeug zum Spaß haben. Doch sie hatte "a" gesagt, indem sie zugesagt hatte und nun musste sie "b" sagen, indem sie die Verabredung wahr nahm. Bei diesen Gedanken fühlte sie erneut das schaurige Kribbeln über den Rücken, zu dem sich noch ein Spannen in den Brüsten gesellte, das Gabriela nur hatte, wenn ihr Körper nach Befriedigung dürstete. Während sie sich anschließend in ihren engen Hosenanzug zwängte, stand ihr

Entschluss fest. Es würde bei diesem Brunch bleiben und falls diese innere Erregung danach andauern würde, müssten eben ihre fleißigen Finger beim Masturbieren für die notwendige Entspannung sorgen.
Gabriela rief ein Taxi, das sie zum Hotel bringen sollte. Erleichtert ließ sie sich auf die Rückbank des Taxis fallen, weil sie, wie fast immer, diesen Treffpunkt gewählt hatte, um zu verhindern, dass liebestolle Männer um ihr Haus herum strichen. Sie hatte sich dies angewöhnt, nachdem sie einige Male erfahren musste, dass Männer immer mehr wollten, als nur ein gemeinsames Essen.

Am Hotel angekommen, nickte sie dem Mann an der Rezeption freundlich zu und setzte sich in einen der Sessel, mit denen das Foyer ausgestattet war. Nur wenige Zeit später erschien Darian und begrüßte sie herzlich mit einem Handkuss, was Gabriela wunderbar altmodisch fand.
"Ich habe uns hier im Hotel zum Brunch angemeldet. Ich denke, das ist in Ordnung für dich. Dann haben wir länger Zeit füreinander, bis du am Abend arbeiten musst", sagte er leise, umfasste sie mit einem Arm um die Hüfte und steuerte auf den Raum zu, wo der Brunch angerichtet war.
Sein Griff war Besitz ergreifend und bescherte Gabriela von neuem diesen wohligen Schauer, der sie dieses Mal ziemlich verwirrte. Darian strahlte eine verflucht selbstsichere Männlichkeit aus, die sie sehr beunruhigte. Während er das Buffet entlang wanderte, um ihre Teller zu füllen, musterte sie ihn ausgiebig und musste sich eingestehen, dass ihr sein Körper und besonders sein Knackarsch ausnehmend gut gefiel. Darian war schon eine Sünde wert. Denn es war keineswegs so, dass sie auf kleine Abenteuer verzichtete, wenn es einem Mann gelang, ihr Interesse zu erwecken. Gabriela war eine äußerst temperamentvolle Frau mit heißem Blut, die einem lustvollen One-Night-Stand nicht abgeneigt war, wenn die Atmosphäre entsprechend war und der Mann lockte. Doch wann sie sich auf ein solches Tête-à-Tête einließ, das wollte allein sie entscheiden und nicht den männlichen Verführungskünsten überlassen.
Darian kam mit zwei vollen Tellern mit Austern an den Tisch zurück und Gabriela erspähte, unter dem nächsten Wonneschauer, dass er offensichtlich erregt war, denn an der Vorderseite seiner Hose zeigte sich eine Beule, die ganz offen die Dreifaltigkeit seines Gemächts zeigte.

"Ich hoffe, ich habe deinen Geschmack für den ersten Gang getroffen", sagte er mit blitzendem Blick und einem Tonfall, der eigentlich ins Schlafzimmer gehörte.

Gabriela lachte gurrend: "Austern? Nun, die isst man nur, wenn man noch etwas vorhat. Deine Hintergedanken sind offensichtlich und vergeblich. Wir sind nur zum Brunch verabredet!"

Darian fühlte sich schon wieder ertappt und fluchte in sich: "Verdammt, sie liest deine Gedanken. Du musst dich zurück halten!"

Laut sagte er, gewinnend lächelnd: "Die schwülen Gedanken hast du, liebe Gabriela! Ich finde, für den Beginn eines genussvollen Brunches passen Austern und ein Glas Champagner immer!"

Er setzte sich und fügte, ohne auf eine Antwort zu warten, hinzu: "Ich muss allerdings zugeben, dass ich große Lust habe, mit dir nachher in deinem Hotelzimmer zu verschwinden."

Statt einer Antwort sah ihn Gabriela mit einem glühenden Blick an, der Chaos in seiner Hose ausbrechen ließ. Darian war heilfroh, dass er am Tisch saß und sein zuckender Schwanz nicht zu sehen war.

Die zwei fanden nach diesem Intermezzo wieder zu einem anregenden Gespräch zurück, in dem es sich um Interessen und Hobbys drehte. Dabei stellten sie verblüfft fest, wie sehr ihre Wünsche und Sehnsüchte im Einklang waren. Inzwischen war es 14 Uhr geworden. Gabriela und Darian saßen in dem großen Speisesaal allein, während die Bediensteten sichtlich missmutig darauf warteten, die Gäste mögen endlich das Weite suchen, damit sie abräumen konnten.

"Ich glaube, wir sollten gehen. Ich habe Lust auf einen kleinen Stadtbummel", unterbrach Gabriela Darians Redefluss, wobei sie ihre Hand auf die seine legte.

Ihre Handfläche war kühl und ließ doch einen feurigen Schauer durch Darians Körper schießen. Die Geste war für ihn ein Signal erster Vertrautheit, die ihn begehrlich und zugleich glücklich machte. Darian nahm sich ein Herz und entschloss sich, offen zu sagen, was er dachte.

"Mhm, ein Stadtbummel? Da gibt es Verlockenderes! Lasse und die Unterhaltung auf deinem Zimmer fortsetzen."

Ihre Antwort war entschlossen und ließ ein weiteres Drängen nicht zu: "Es war nur der Brunch abgemacht! Wenn ich jetzt noch einen Spaziergang machen möchte, dann hast du schon mehr, als vorher verabredet war. Sei also kein Vielfraß!"

Darian murrte etwas, was Gabriela nicht verstand, stand auf und sagte zwanghaft lächelnd: "Gnädige Frau, ihr Wunsch ist mir Befehl! Spazierengehen ist angesagt!"

Der Stadtbummel entwickelte sich zu einem Tanz auf einem glühenden Vulkan, denn Darian konnte seine Hand, die er um sie geschlungen hatte, nicht still halten. Seine Hand strich streichelnd seitlich von der Hüfte bis zum Brustansatz hoch und sobald sie die Wölbung der Brust spürte, begann sie diese krabbelnd zu erkunden. Gabriela spürte, wie sich ihre Brustwarzen verhärteten und der Busen in seiner Gesamtheit pulsierend spannte. Das Gefühl war so intensiv, dass sie sich heftig atmend im Gehen an Darian drückte und ganz weich in ihren Bewegungen wurde. In einer Schaufensterpassage passierte es dann. Er drückte sie von vorne an seinen Körper und küsste sie zart auf den Mund. Gabriela schloss berührt die Augen und trank diesen Kuss wie eine Verdurstende in sich, während sie in ihrem Schoß genoss, wie sich seine Erektion dagegen drückte.
"Du verdrehst mir den Kopf!", hauchte sie schnaufend, nachdem sie sich gelöst hatte.
Alle Selbstsicherheit war aus ihr gewichen und hatte weicher, anschmiegsamer Zuneigung Platz gemacht, die Darian triumphierend genoss.
"Das Weib ist reif zum Vernaschen! Ich wette, wenn ich ihre harten Nippel sehe, sie läuft bereits vor Gier aus!", dachte er jubelnd und fasste ihr zwischen die Hosenbeine, wo er begehrlich zu kneten anfing. Gabriela erstarrte in Abwehr wie ein Besenstiel, während sie seine Hand von ihrem Schoß riss und wild stammelte: "So haben wir nicht gewettet! Wenn du ficken willst, suche dir eine Andere! Du hast alles verdorben!"
Darian packte Frust und Entsetzen, weil er Gabrielas Erregungszustand offensichtlich falsch eingeschätzt hatte. Zugleich schoss ihm Erregung in die Gedanken, weil sie so undamenhaft vom Ficken gesprochen hatte. Gabriela war also keineswegs prüde in der Benutzung ihrer Ausdrücke.
Er machte einen neuen Anlauf, indem seine Hand erneut zwischen die Beine fuhr und dabei in ihr Ohr flüsterte: "Du willst es doch auch! Also ziere dich nicht, wie eine Jungfrau vor dem ersten Stich! Ich will dich!"

Gabrielas Antwort war eine schallende Ohrfeige, der die wütende Antwort folgte: "Du bist ein widerwärtiger Bock! Hau ab und lasse mich allein!"

Sie stand vor Darian mit feurigem Blick und bebenden Brüsten wie ein Racheengel. Darian starrte sie mit entsetztem Blick an und fühlte wie die Ohrfeige verzehrend brannte.

"Entschuldige! Ich habe mich vergessen! Es ist einfach über mich gekommen!", stammelte er krächzend und versuchte, sie wieder an der Hüfte zu umfassen, um den Spaziergang fortzusetzen.

Doch Gabriela war in ihrer Wut und Enttäuschung über seinen Angriff unnachgiebig. Sie riss sich von ihm los und ging, fast rennend, zurück in Richtung Hotel, wo sie eines der wartenden Taxis nehmen wollte, um nach Hause zu fahren. Darian kam sofort hinter ihr her und redete, Entschuldigungen stammelnd, auf sie ein, den wunderschönen Tag nicht so enden zu lassen. Seine schmeichelnden Worte zerrissen ihr fast das Herz und ließen die Wut verrauchen. Kurz vor dem Taxistand hatte er sie so weit, dass sie sich eingestand, dass Männer eben auf diese, fast gewalttätige, Weise ihr Begehren einer Frau zeigten. Während ihre hochhackigen Schuhe über den Asphalt klapperten, erinnerte sie sich an andere Männer, die weniger attraktiv ausgesehen hatten und die ihr auch in den Schritt gegriffen hatten, ohne dass sie mit einer Ohrfeige reagiert hatte.

Bei den Taxis angekommen, blieb sie stehen und sagte mit Nachdruck: "Wenn du deine Worte wirklich ernst nimmst und dein unmögliches Verhalten einsiehst, lasse uns unsere Bekanntschaft neu beginnen. Morgen Abend habe ich frei und könnte im Hotelfoyer auf dich warten."

Darian stieß einen erleichterten Jubelschrei aus und küsste wild ihre Hände, während er dazwischen immer wieder "Danke! Danke!" murmelte.

Mit den Worten "Dann bis morgen 18 Uhr!" stieg Gabriela in ein Taxi und verschwand.

Der Nachmittag gab beiden genug Stoff, über das erste Zusammentreffen nachzudenken. Gabriela war hin und her gerissen. Dieser Mann sah gut aus und hatte eine ungeheure Ausstrahlung, die sie in ihren Grundfesten erschütterte. Es war schon eine Ewigkeit her, dass sie in Gegenwart eines Begleiters eine solche innere Unruhe gespürt hatte, die voll von Begehrlichkeit und dem Wunsch nach Nähe war. Dazu kamen noch die verblüffenden Übereinstimmungen in ihren Ansichten und Wünschen, die sie verwundert hatte feststellen müssen, denn Harmonie in diesem Bereich hatte sich bei ihren bisherigen Bekanntschaften nicht heraus geschält. Gegen Darian sprach seine Einstellung zu Frauen, die er so unverblümt äußerte. Gewiss, Gabriela machte sich keine Illusionen, dass ihre Schönheit und ihr exotisches Aussehen die Triebfeder für die Männer waren, sie zu erobern. Doch keiner hatte bisher sein Begehren in einer derartig Besitz ergreifenden und unromantischen Weise zum Ausdruck gebracht. Gabrielas Gedanken huschten zurück zu dem letzten Mann, der ihr unter den Rock gefasst hatte und ihr fingerfertig vermittelte, dass er mit ihr schlafen wollte. Es war einer ihrer Auftraggeber, der sie zum Abschluss ihrer Übersetzertätigkeit zu einem Drink in der Hotelbar eingeladen hatte. Auch er machte keinen Hehl daraus, dass er die Nacht mit ihr verbringen wollte, obwohl er verheiratet war und Kinder hatte. Aber sein Werben um ihre Gunst geschah in einem Rahmen erotisch knisternder Spannung, die ihr das illusionäre Gefühl vermittelte, es gäbe nur sie für ihn auf der Welt. Er hatte ihr Komplimente gemacht, die jeder Frau den Kopf verdrehten und hatte ihre kleinen versteckten Gesten abgewartet, mit denen sie ihm signalisierte, dass sie Sehnsucht nach Lust hatte und daher offen für ihn war. So blieb es nicht aus, dass Gabriela diese Nacht wie im Rausch erlebte und am Morgen mit so etwas wie Glücksgefühlen aus seinem Hotelzimmer schlich. Darians Annäherung dagegen hatte nichts dieser Zärtlichkeit und Romantik an sich. Er hatte sich wie ein ausgehungertes wildes Tier gebärdet, das nur seinem Trieb folgte. Dies war auch der Grund dafür, dass sie ihn nicht mit sanftem Nachdruck in die Schranken gewiesen hatte, sondern die Contenance verlor, indem sie ihn ohrfeigte. Es war weniger die Tatsache, dass er ihr zwischen die Beine gegriffen hatte, als vielmehr die Enttäuschung, dass er dies so unverblümt an unpassendem Ort in einer Schaufensterpassage getan hatte. Gabriela schlief in dieser Nacht unruhig und schreckte mehrmals aus dem Schlaf hoch, weil sie im Traum höchst animalische und wenig romantische Werbeversuche Darians über sich ergehen lassen musste. Am Morgen wachte sie wie gerädert mit Kribbeln im Bauch und sabbernder Muschi auf und musste sich eingestehen, dass sie ihre Traumfragmente unermesslich erregt hatten.

Darian war, nachdem er nach Hause gekommen war, völlig durch den Wind. Bei einem Cognac zog er Bilanz vom Geschehen des Tages und musste ernüchtert feststellen, dass er beim Werben um Gabriela total gescheitert war. Diese Frau war anders als alle, die er bisher haben wollte und letztlich auch gehabt hatte. Er spürte mit dem Jagdinstinkt eines Mannes, dass sie keineswegs so kühl und beherrscht war, wie sie ihn mit ihrem Verhalten glauben machen wollte. In dieser Frau schlummerte ein feuriger Vulkan, zu dem er keinen Zugang gefunden hatte. Dies zeigten nicht zuletzt die harten Brustwarzen und die feuchte Hitze in ihrem Schritt, als er ihr die Möse knetete. Dass sie ihm nicht abgeneigt war, zeigte ihr Einlenken, indem sie den Vorschlag gemacht hatte, einen neuen Anfang zu machen. Dies ermunterte ihn, nicht nachzulassen, sie flach zu legen. Nur hinsichtlich des Weges dorthin musste er seine Taktik ändern. Er beschloss, den kommenden Abend für sie zu einem Rausch der Sinne zu machen, bis sie sich ihm, verzückt von Romantik und Bergehren, hingab. Als er diesen Vorsatz gefasst hatte, beschäftigten sich seine Gedanken, ohne dass er es wollte, mit dem Denken und Fühlen dieser unglaublichen Frau. Ihre Wünsche und Sehnsüchte waren deckungsgleich mit seinen und er fühlte tiefe Harmonie, wenn er mit ihr darüber sprach. Dies war ein Umstand, der ihn beunruhigte und zugleich erregte, weil er neu war. Denn bisher war ihm das Wesen einer Frau völlig gleichgültig gewesen, wenn es darum ging, sie zu vögeln. Er hatte Frauen nur als triebhafte Wesen kennen gelernt, die genau wie er, nur mit dem Ziel mit ihm ins Bett stiegen, um die Lust auszuleben, die verzehrend im Körper brannte. Wie sich eine Frau danach fühlte, war außerhalb seiner Wahrnehmung. Verwirrt registrierte Darian, dass ihn eine Art Neugier erfasst hatte, bei Gabriela mehr als nur ihren berauschenden Körper zu erkunden. Mit dieser Gefühlsaufwallung ging er ins Bett und erlebte im Traum die Nähe Gabrielas völlig ohne Sex.

Obwohl der Montag Arbeitstag war und einige dringende Erledigungen warteten, hatte Darian keinerlei Antriebsfeder, in seiner Werbeagentur zu sitzen und zu arbeiten. Ihn beschäftigte ohne Unterlass Gabriela, deren Stimme und betörende Figur in seinen Gedanken herum geisterte. Daher rief er in der Agentur an und erklärte, man möge alle Termine absagen, da er an einem neuen Projekt zu Hause arbeite. Dies entsprach auch der Wahrheit, denn das Projekt war, Gabriela reif fürs Bett zu machen. So wie er seine beruflichen Projekte mit kühlem Verstand anging und entwickelte, traf er auch die Vorbereitungen für den Abend, indem er ein Lokal zum Essen aussuchte, dort Plätze reservierte und auch für die Stunden danach ein romantisches Ambiente plante.

Gabrielas Tag startete hektisch, weil eine Tagung dilettantisch vorbereitet war und Improvisation nötig machte, die sie wie die Pest hasste. So war sie zutiefst erleichtert, als sie kurz vor 15 Uhr nach Hause kam und sich bei einem genussvollen Bad entspannen und auf den Abend mit Darian einstellen konnte. Das heiße, mit duftenden Essenzen durchsetzte Wasser bescherte ihr ein wohliges Gefühl, zu dem sich das Spannen in den Brüsten und das Schwirren im Bauch, als ob tausend Schmetterlinge los gelassen worden wären, gesellte.
Ihr Blick streifte an ihrem schwarzen Körper herunter und blieb an ihrem Haardreieck hängen, das den Spalt ihrer Muschi verdeckte, während sie erschauernd dachte: "Gabriela, du bist unheimlich angetörnt. Das ist nicht gut, weil du dann schon bei der kleinsten Berührung den Kopf verlierst."
Ihre Hand strich streichelnd von den Brüsten, deren Warzen dunkel, hart und gierig aus dem Wasser lugten, in kreisenden Bewegungen zu der krausen Wolle ihres Schamhaares. Als die Finger über den Venushügel strichen, packte sie wilde verzehrende Lust, sich zu befriedigen. Sie rutschte in der Badewanne nach unten, legte ihre schlanken Beine auf den Wannenrand und begann, ihre Muschi vom Damm bis zur kleinen Vertiefung oben an der Spalte zu reiben, hinter der sich ihr Lustknopf versteckte. Es waren Momente inniger Verzückung, in die Gabriela verschwand, während ihre Finger in die Spalte eintauchten und Kitzler, sowie Loch abwechselnd liebkosten. Ihre Gedanken flogen dabei zum Geschehen des Vortages, als Darians Hand an ihrem Kleinod war und es zum Überlaufen brachte. Der Höhepunkt kam auf schleichenden Sohlen und schenkte ihr behagliche Zufriedenheit, die mit einem Sättigungsgefühl in ihrer Muschi geprägt war. Sie krabbelte aus der Wanne und bewunderte ihren von Nässe tropfenden Körper im Spiegel, wobei sie überlegte, was sie unter ihrem Kleid tragen sollte, denn sie war sich im Klaren, dass sie Darians handgreiflichem Werben erliegen werde. Nach einigen Anproben entschloss sie sich zu einem Panty mit offenen Höschen-Beinen, das das Ziel männlichen Begehrens zwar züchtig bedeckte, aber auch Platz ließ, in ihren Haaren zu kraulen.

Gabriela hatte sich etwas verspätet, als sie in die Hotelhalle ging, wo sie sich mit Darian, wie am Tage zuvor, verabredet hatte. Er hatte seine erste Überraschung hinter sich, weil ihm an der Rezeption gesagt worden war, dass Gabriela kein Übernachtungsgast des Hauses sei. Man kenne die junge Frau jedoch in ihrer Funktion als Dolmetscherin bei Tagungen im Haus. So war er auch nicht überrascht, als Gabriela durch die Drehtüre von draußen kam und lächelnd auf ihn zu schwebte. Sie sah entzückend und begehrenswert in ihrem duftigen Sommerkleid aus, das tief ausgeschnitten war und die ganze Länge der Brustkuhle zeigte. Ihr Rock umschmeichelte die Knie und ein breiter Gürtel umschloss ihre Wespentaille so, dass ihr weiblich einladendes Becken besonders zur Geltung kam. Gabriela sah Atem beraubend aus, so dass Darian meinte, ihm bleibe das Herz stehen.

"Hallo, du siehst zum Anbeißen aus! Es ist wunderschön, dass du mir eine zweite Chance gibst, dich kennen zu lernen.", murmelte Darian, ihr einen Handkuss gebend.

Sie lächelte ihm zu und antwortete: "Ich hoffe, du hast den gierigen Bock zu Hause gelassen und zeigst dich von der Seite, die ich bei dir vorher so geschätzt habe. Ich freue mich übrigens auch auf diese zweite Chance!"

Ohne auf die Rüge einzugehen, führte Darian Gabriela zu seinem Auto und meinte geheimnisvoll, er habe ein entzückendes Restaurant zu einem Dinner zu weit ausgesucht. Sie solle sich überraschen lassen. Während der Fahrt brach Darian das lähmende Schweigen, indem er sich nochmals für sein Verhalten am Vortage wortreich entschuldigte und ihr eröffnete, er habe sich in sie verliebt. Dieses Geständnis hinterließ bei Gabriela zurückhaltendes Staunen, weil es ihr einerseits wie Öl runter lief, andererseits aber auch einen Warnschrei in die Gedanken trieb.

Leise und nachdenklich antwortete sie: "Darian, ich mag dich auch sehr und fühle mich zu dir hingezogen. Wenn ich es genau überlege, war dies der Grund, warum ich dir eine gefeuert habe. Dafür bitte ich dich um Entschuldigung. Es wird nicht mehr vorkommen."

Darian lächelte gequält, schwieg aber, während er dachte: "Aus dir soll jemand schlau werden! Gibst mir eine Ohrfeige, weil du mich magst."

Sie setzten die Fahrt schweigend fort, wobei Gabriela erschauernd spürte, wie Darians Blick aus den Augenwinkeln sich an ihrem Ausschnitt festfraß. Das Gefühl war so intensiv, dass die

Schmetterlinge im Bauch ein wahres Chaos veranstalteten und ihr Herz klopfte, als sei es ein Dampfhammer.

Der reservierte Tisch entpuppte sich als ein Blumenmeer in einer Nische, aus deren Fenstern man einen wunderbaren Ausblick auf einen See hatte und die zum Rest des Lokals durch große Pflanzenkübel abgeschottet war. Am anderen Ende des Raumes spielte eine Zigeunerkapelle einschmeichelnde Weisen, die Gabriela ans Herz gingen. Das Essen, das Darian gewählt hatte, war ein Gaumenschmaus und sein lockeres Geplauder tat sein Übriges dazu, dass Gabriela sich ungeheuer leicht und entspannt fühlte. Sie hing mit glühenden Augen an seinen Lippen und versprühte Blicke, die Steine zum Schmelzen brachten. Als sie beim abschließenden Mokka saßen, war es draußen dunkel geworden und das Seeufer war in ein gespenstisches Licht von Laternen getaucht.

"Ich möchte mit dir einen Spaziergang um den See machen! Die Nacht ist noch angenehm warm und verlockt dazu", flüsterte Darian leise und legte seine Hand auf die ihre, wobei er diese sanft streichelte. Gabriela wusste, was diese Worte zu bedeuten hatten. Darian hatte Sehnsucht nach Zärtlichkeit und Nähe. Und dieses Mal war nur der Wunsch in ihr, sich diesen hinzugeben. Sie nickte und folgte ihm mit Herzklopfen ins Dunkel der Nacht, nachdem er bezahlt hatte. Beim Gehen spürte sie in ihrem Schritt Nässe am Stoff des Slips, was ihr signalisierte, dass ihre Muschi nach seinen Streicheleinheiten dürstete.

Zunächst hielt Darian auf Abstand, indem er sie bei der Hand fasste und mit ihr den beleuchteten Uferweg entlang schlenderte, während er ihr unentwegt heiße Komplimente zu ihrem Aussehen und ihrer entzückenden Art, sich zu geben, machte. Gabriela schwebte in Sphären des Glücks und Erregung, dass sie meinte zu zerspringen. Sie drückte sich an seine Seite, wobei ihre Schritte immer langsamer wurden, und sehnte sich nach seinem Arm um den Körper, den sie als so herrlich Besitz ergreifend kennen gelernt hatte. Doch dieser Griff blieb aus. Schließlich konnte Gabriela seine Zurückhaltung nicht mehr aushalten. Sie blieb stehen, schmiegte sich eng an ihn und überfiel ihn mit einem wilden Zungenkuss, während sie ihren Unterkörper lasziv auf seiner Beule in der Hose rieb, die er schon seit geraumer Zeit hatte. Die Beiden verschmolzen zu einer Silhouette, die nur an heftigen Bewegungen ihrer Arme zeigte, dass sie sich gegenseitig begehrlich streichelten. Darians Hand rutschte in Gabrielas Ausschnitt und umfasste knetend das BH-Körbchen, während sie schlaff in seinem anderen Arm hing und mit geschlossenen Augen leise hechelte.

"Lasse uns dort rüber zu der Bank gehen", sagte Darian und zog sie mit sich.

Als sie nebeneinander und im Dunkel saßen, spürte Gabriela mit angehaltenem Atem, wie die Spannung über ihrem Busen nachließ, weil Darian den Reißverschluss an ihrem Rücken langsam nach unten zog. Seine Lippen gruben sich küssend in ihre Halsbeuge, während die Körbchen des BHs nach oben geschoben wurden und seine Hand ihre nackte Haut liebkoste.

"Du hast süße Nippelchen!", sagte Darian zärtlich, nachdem er sich von ihr gelöst hatte und ihr das Oberteil des Kleides von den Schultern gestreift hatte.

Gabriela hing mit nacktem Oberkörper in seinen Armen und hauchte ihm brünstig ins Ohr: "Du darfst sie anfassen und küssen. Ich mag das!"

Das, was folgte, war wilde und hemmungslose Gier pur. Darian nuckelte an ihren harten Warzen wie ein Baby, während eine Hand unter den Rocksaum rutschte und die Innenseiten der Oberschenkel begehrlich kneteten. Auch Gabriela konnte nicht mehr still halten. Ihre schmale Hand öffnete sein Hemd, damit sie seine nackte Brust küssen konnte, und verkrallte sich dann in seine Beule in der Hose. Darian stöhnte schnaufend auf, weil der Griff in sein Gemächt überhaupt nicht zart war. Dann fuhr seine Hand unter dem Rock wie ein Blitz in ihren Schritt und rieb fordernd nach mehr über den feuchten Zwickel.

"Du bist ein wildes Tier!", keuchte Gabriela von Lustwellen geschüttelt. Ihre Schenkel öffneten sich weit und gaben seiner Hand ihr Allerheiligstes preis. Diese Einladung war das Signal für Darian, ihr von oben in den Bund des Höschens zu fassen und zu den Tiefen ihres Geschlechts vorzudringen. Zuerst erfühlte er den Teppich krauser Haare, die zur Spalte hin, die sie bedeckten, immer schleimiger wurden. Er begann in ihnen zu kraulen, wobei sich seine Finger langsam dem Damm entgegen arbeiteten. Gabriela bebte vor Begehren und saugte sich wie ein Blutegel an seiner Brust fest. Als seine Fingernägel kratzend über ihren Damm strichen, war es um sie geschehen. Ihr heißes Blut forderte seinen Tribut.

Ihr Kopf fuhr nach oben und beschenkte ihn mit einem feurig heißen Blick, während sie murmelte: "Zieh mir um Gottes Willen das Ding aus!"

Wenige Augenblicke später hing Gabriela auf der Bank. Ihr Höschen hing mit einer Beinöffnung am Fußknöchel, die Knie waren an die Brust gezogen und weit geöffnet, so dass sich das feuchte Mösenfleisch seinen wirbelnden Fingern preisgab. Sie hatte die Augen geschlossen und versank röchelnd im Luststurm, während Darian versuchte, einen Blick auf die erste schwarze Möse zu erhaschen, die er in seinem Leben in wallende Hitze versetzte. Doch so sehr er sich anstrengte, war ihm der Anblick nicht vergönnt. Die Nacht war schwarz und die Möse versank in dieser Schwärze. Er hörte nur das gurgelnde Röcheln und spürte wilde schlängelnde Bewegungen, mit denen sich Gabriela ihrem Höhepunkt entgegen kämpfte. Zunächst spürte sie seine reibenden Finger oben am Lustknopf, die als Zucken in den Oberschenkeln verkündete, dass der Orgasmus im Anzug war, mit aufreizender Langsamkeit in der Spalte abwärts wanderten und massierend die Wulst ihres Loches liebkosten.

Gabriela fiel dabei von der Lustleiter herunter und stöhnte, von gierigem Frust getrieben: "Mache mich fertig! Bringe es zu Ende!"

Es folgte zuckersüße Qual, weil Darian, immer lauernd auf jede Regung ihrer Möse, peinlich genau darauf achtete, ihr diesen Wunsch noch nicht zu erfüllen. Gabrielas röchelndes Stöhnen wandelte sich zu jammerndem Trällern.

Sie fuhr mit den Armen unter ihre Kniekehlen und drückte die Knie gegen ihre Brüste, während sie heraus stieß: "Mein Gott, habe Erbarmen! Ich will kommen!"

Darian genoss mit unglaublicher Zufriedenheit ihren Lustkampf, während sie die Wahrnehmung verlor, wo ihre Möse liebkost wurde. Seine Finger waren überall und schenkten wilde verzehrende Lust, die ihren ganzen Körper erfasst hatte. Gabriela warf ihren Kopf in und her, ihr Atem pfiff und der Schweiß lief ihren schlanken Körper hinunter. Jeder Gedanke war gierig auf den Moment gerichtet, in dem sich die lustvolle Erlösung Bahn brach. Als Darian drei Finger in ihr Loch stieß und diese fickend rein und raus flogen, war der süße Moment da. Ihr Muttermund zuckte, gefolgt von einer Hitzewelle, die die Gebärmutter verkrampfte. Gabriela bäumte sich mit einem schrillen Schrei auf, warf den Kopf nach vorne und ging dann heulend wie eine Sirene in den wundervollen Spasmen eines gewaltigen Orgasmus unter. Sie verstummte plötzlich, streckte ihre Beine aus und klemmte die Schenkel zusammen.

"Oh, so war es noch nie!", keuchte sie im Sturm des Abklingens ihrer Lust.

Darian zog seine Hand zwischen ihren Schenkeln hervor und streichelte sanft über ihre Bauchdecke, die noch immer bebte, als koche sie.

Diese Geste empfand Gabriela so voll Zuneigung, dass ihr vor Glück Tränen in die Augen schossen.

Darian küsste sie auf den Mund und flüsterte dann leise und kaum vernehmbar, aus Angst diesem glückseligen Moment die Zartheit zu nehmen: "Es war himmlisch, dein Blut zum Kochen zu bringen und zu hören, wie dein Temperament über dir zusammen geschlagen ist!"

Jetzt wo Befriedigung und Trägheit in Gabrielas Körper Einzug gehalten hatte, meldeten sich auch ihre Gedanken wieder zu Wort. Trotz allem Glück fühlte sie sich irgendwie überfahren. Darian hatte sie in ekstatische Verzückung getrieben, in der sie sich um völlig preisgegeben hatte. Dies erschreckte sie, denn dies war noch keinem Mann gelungen. Gleichzeitig wallte in ihr Wut über sich selbst hoch, weil sie sich als gierig brünstiges Weib gezeigt hatte.

"Bist du jetzt zufrieden?" , stieß sie heraus, schnellte von der Bank hoch und zog hastig ihr Höschen über den Po.

Darian lächelte nachsichtig, weil er diese Frage unpassend fand und sie zeigte, wie weit Gabriela noch von dem Punkt entfernt war, sich ihren Genuss vor ihm einzugestehen.

"Das ist doch nicht entscheidend, du schwarzer Engel! Du musst zufrieden damit sein, wie ich dich habe fliegen lassen. Das ist entscheidend!" murmelte er, während eine Hand über ihren Bauch und die andere zärtlich über ihre Wangen strich, nachdem er sie sich neben sich auf die Bank gezogen hatte.

Gabriela schmiegte sich glücklich an ihn und genoss das zarte Streicheln an ihren Brüsten, das ihr so viel Nähe des Mannes schenkte, in den sie sich verliebt hatte.

Plötzlich wurde ihr bewusst, wie egoistisch sie war. Sie hatte selbstsüchtig die Wonnen der Lust genossen, während Darian unbefriedigt und hungrig neben ihr saß. Ihre Hand kroch suchend zu seinem Schoß und fand den Schwanz, der prall und ausgefahren die Hose ausbeulte.

"Jetzt bist du dran, mein Lieber!", sagte sie entschlossen, während sie den Gürtel der Hose öffnete.

Darian zuckte zurück und antwortete: "Das muss nicht sein! Ich bin wunschlos glücklich, dass ich dir Lust schenken durfte."
Gabriela, die gerade dabei war, ihm seine Hose herunter zu streifen, hielt inne und schaute ihn maßlos verwundert an. Das hatte sie noch nie erlebt, dass ein Mann vor Glück aufs Spritzen verzichtete.
"Du bist ein seltsamer Mann! Du bist erregt, dass dir fast die Hose platzt und gibst mir einen Korb, wenn ich deinen Schlingel zum Spucken bringen will!", stieß sie heraus und fügte mit Entschiedenheit in der Stimme hinzu: "Du lässt es jetzt von mir bis zum nassen Ende zu Ende bringen! Ich will es und es wird für mich nichts Schöneres geben, als dich fliegen zu lassen."
Noch einmal wallte in Darian Widerspruch hoch, indem er krächzte: "Ich will dich ficken und dein Fötzchen füllen. Dafür will ich mich aufheben!"
Die Antwort erfolgte stumm, als Gabriela seine Unterhose mit einem Ruck nach unten zog und den wippenden Schwanz frei legte. Ihre Fingerspitze rieb über das Bändchen und umkurvte die pralle Eichel. Darian stöhnte gutural auf und streckte sich. Der Widerstand war gebrochen.

Gabrielas Kopf war über Darians Gemächt gebeugt und ihr Blick saugte in glühendem Eifer die kaum sichtbare Silhouette seines Lustprügels in sich auf. Es war nur ein ganz kurzer Moment des Überlegens, ob sie den Schwanz in den Mund nehmen sollte. Sie wusste, dass Männer sich nach dieser Liebkosung sehnten und spürte zugleich schamhafte Zurückhaltung, weil dies zu tun, eine Art der weiblichen Hingabe war, zu der sie sich noch nie überwinden konnte. Zugleich überfiel sie so etwas wie Angst, weil sie befürchtete, er könne merken, dass sie im Schwanzlutschen völlig ungeübt war. Ihre Faust umklammerte den Stamm fest und wichste mit Druck diesen auf und ab. Darian stöhnte wohlig und stieß dabei mit dem Unterkörper rhythmisch nach oben.
"Nimm ihn in den Mund!", keuchte er mit verdrehen Augen und verzerrtem Gesicht.
Diese Aufforderung ließ Gabrielas Zurückhaltung ins Nichts verschwinden. Sie stülpte ihre Lippen über die Eichel und spielte mit ihr im Mund mit der Zunge. Verwundert stellte sie fest, dass sein Lustprügel weder muffig roch, noch unangenehm schmeckte. Sie hatte einen aufregend salzigen Geschmack im Mund, der sie beflügelte, den

Schwanz tief in den Rachen zu treiben, so dass sich ihre Nase im Gestrüpp seiner Haare rieb. Die Eichel stieß gegen ihr Gaumenzäpfchen und lockte ein Würgegefühl, das sie tapfer und entschlossen unterdrückte. Während ihr Kopf am Stamm auf und ab flog, fand ihre Hand die Kugeln seiner Männlichkeit.
Darian stöhnte laut: "Geil! Weiter! Weiter! Bloß nicht aufhören!".
Dieses Flehens hätte es nicht bedurft, denn Gabriela war hinter dem Vorhang jauchzenden Glücks verschwunden, weil sie im Mund das pumpende Zucken spürte, mit dem sich der männliche Schuss ankündigte. Ihre knetenden Bewegungen an seinen Hoden wurden fordernder, während die andere Hand hektisch seinen Unterbauch massierte. Darian brachte gerade noch die Kraft auf, einen Warnschrei heraus zu brüllen. Dann grunzte er stöhnend auf und Gabriela erlebte fasziniert und stolz zugleich, wie sein Schleim ihren Mund füllte. Sie zählte vier spastische Zuckungen, dann wurde der Schwanz weich und fühlte sich im Mund völlig anders an. Während sie mit innerer Verzückung das Tribut seiner Lust schluckte, schielte sie nach oben und sah, dass sich Darians Gesicht zufrieden entspannt hatte. In seinem Gesichtsausdruck zeigte sich ein seliges Lächeln, das sie zutiefst rührte und glücklich machte.

Der Pimmel ruhte weich und widerstandslos in ihrem Mund. Ihre Zungenspitze suchte züngelnd die Eichel und fand das Bändchen. Darians Gesicht verzog sich abwehrend, während er krächzte: "Das ist nicht mehr schön! Mein Schwanz ist tot!"
Gabriela hob den Kopf, wobei der Pimmel zwischen ihren Lippen heraus flutschte und wie ein verkümmerter Wurm zwischen den Eiern liegen blieb.
"Entschuldigung! Das wusste ich nicht!" murmelte sie und ihr Kopf drückte sich gegen sein müdes Gemächt.
Nachdem sie so einige Zeit verharrt hatten, in der Darians Gedanken aus der selbst vergessenen Versenkung zu der Frau zurück kehrten, die ihn in so unvergleichlicher Weise hatte spritzen lassen, richtete er sich auf und sagte mit brennendem Blick: "Wann darf ich dich ficken?"
Sie lachte glucksend: "Heute auf jeden Fall nicht mehr! Ich habe mein Quantum Lust gehabt!"
Darian schob ihren Kopf bei Seite, stand auf und zog vor ihr die Hosen hoch, was sie mit Schaudern registrierte, weil es, wie er es tat, unglaublich obszön aussah. Sie hätte es angenehmer empfunden,

wenn er ihr dabei den Rücken zugewandt hätte. Diese Aufwallung verschwand jedoch sofort wieder, als er sich neben sie auf die Bank setzte und sie an sich drückend in den Arm nahm. Darian und Gabriela versanken in einen langen Zungenkuss, bei dem er mit sichtlichem Genuss den Geschmack seines Samens in sich aufnahm. Als sie sich voneinander lösten, fand Gabriela unvermittelt in die Gegenwart zurück.

"Du! Es ist Zeit zu gehen. Ich muss morgen früh raus, weil ich nach Berlin zu einem Kongress fahren muss. Ich komme erst am Freitag wieder zurück." , sagte sie entschlossen und fügte leise hinzu: "So lange muss dein Lustspender darben!"

Darian war sichtlich frustriert, denn er hatte sich bereits ausgemalt, wie es sein wird, wenn er ihr entzückendes schwarzes Fötzchen bewundern und füllen würde.

"Muss das sein?" knurrte er, obwohl er wusste, dass daran nichts zu ändern war.

Gabriela stand auf, zog ihn an seinen Händen an sich und flüsterte ihm ins Ohr: "Du weißt genau, dass es sein muss. Wir haben von Freitag bis Montag Zeit füreinander, wenn du mich bis dahin nicht vergessen hast ."

Darians Antwort war wie ein Schwur.

"Seit wann vergisst ein Mann seine Liebe? Ich will dich ganz! Dein Herz, deine Gedanken und dein Fötzchen! Du hast mich verzaubert!" , sagte er mit glühendem Blick.

Der Rückweg zum Auto durch den Park war ein Spaziergang, bei dem beide in den Wolken ihrer Verliebtheit schwebten.

Die Woche begann für beide mit gewohnter Hektik, in der keine Zeit war, aneinander zu denken. Während sich Gabriela mit der Simultanübersetzung eines Franzosen herumquälen musste, der einen fürchterlichen südfranzösischen Slang sprach, hatte Darian Werbeaufnahmen für eine Kampagne auszuwählen, die in Kürze starten sollte. Erst als der Abend herauf brach, stellte Darian fest, dass er eine Erektion in der Hose hatte, weil ihn die Fotos der Modelle, die Bademoden präsentierten, ohne dass er es wollte, erregt hatten. Der harte Schwanz war wie ein Signal, an Gabriela zu denken. So saß er später in seinem Wohnzimmer bei einem Glas Wein und dachte darüber nach, warum ihn diese Frau so verhext hatte. War es die Exotik ihres schwarzen Körpers, die sich brennend in sein Bewusstsein eingefressen hatte? Oder war es mehr? Darian war nie ein Kostverächter, wenn es galt, aus der großen Zahl von Fotomodellen eine Frau zu wählen, mit der er eine Nacht lang das Bett teilte. Frauen in diesem Gewerbe waren willig, wenn es darum ging, in der Hierarchie der Modelle nach oben zu klettern, auch wenn der Lover keinen knackigen Körper mehr aufzuweisen hatte. Doch bei Gabriela war es anders, obwohl auch sie in hemmungsloser Geilheit die Schenkel auseinander gerissen hatte und ihm ihr heißes Blut gezeigt hatte. Ihre Gedanken und Ansichten waren faszinierend und bereicherten seine Erfahrungswelt. Dabei stellte er fest, dass diese Frau Gedankengänge hatte, die ihn oft in ihrer Einfachheit verblüfften. Ohne dass Darian es bewusst wollte, schlich sich in sein Denken und seine Gefühlswelt der Traum ein, wie es wäre, wenn er mit Gabriela zusammen lebte. Dies war neu und zugleich auch etwas erschreckend für ihn, weil dies eine Ende seiner Unabhängigkeit zur Folge hatte. Doch je länger er sich diesen Träumen hingab, desto gewisser wurde er, dass es ihn wie einen Magneten zu ihr zog.

Darian hatte gerade beschlossen, ins Bett zu gehen, als das Telefon läutete.
Am anderen Ende der Leitung hörte er Gabrielas gutturale Stimme: "Ich hatte gerade Sehnsucht, deine Stimme zu hören."
Dann entwickelte sich ein sehr langes Gespräch, das sich zunächst um die Tageserlebnisse drehte und ganz allmählich in begehrliche Komplimente überging, die das Verlangen beider schürten. Besonders Darians Worte, in denen er mit heißerer Stimme beschrieb, was er mit ihr treiben wollte, scheuchten in Gabrielas Bauch die Schmetterlinge des Begehrens hoch. Sie wehrte sich zwar verzweifelt dagegen, weil sie sich sicher war, dass Darian sicher immer solche berauschenden Worte fand, wenn es galt, einer Frau den Kopf zu verdrehen. Obwohl ihr seine Liebesworte wie Öl runter liefen, wehrte sie wortreich seine Begehrlichkeit ab, was ihn jedoch nicht hinderte, deutlicher und detailreicher zu werden. Gabriela fühlte sich plötzlich in die Ecke gedrängt, weil ihr die Worte fehlten.
"Wenn du jetzt nicht mit deinen frivolen Komplimenten aufhörst, beende ich das Gespräch. Du machst mich damit wuschig und das ist nicht gut!", stieß sie heraus.

Darian lachte laut ins Telefon: "Und du meinst, das ist dann die Lösung? Ich wette, du hast schon die Hand zwischen deinen Beinen und verwöhnst dein sabberndes Fötzchen!"

Ihre Antwort kam stöhnend: "Darian, du bist unmöglich! Ich bin zwar feucht im Slip, aber während ich mit dir spreche, werde ich ganz sicher nicht masturbieren!"

"Und warum nicht?", schoss Darian lauernd seine Frage ab.

Am anderen Ende der Leitung herrschte Sprachlosigkeit, so dass Darian mehrmals nachfragen musste, ob Gabriela noch in der Leitung war.

Schließlich kam ganz leise die Antwort: "Das ist nichts für Männerohren! Selbstbefriedigung ist für mich so intim, dass niemand dabei sein oder zuhören darf."

Darian ließ nicht locker und sagte: "Worin liegt der Unterschied, ob ich dich jubeln lasse oder ob du es dir machst? Sei kein Frosch, ziehe den Slip aus und lasse deine Finger wirbeln. Danach geht es dir in deiner Sehnsucht besser."

Gabriela ließ einen tiefen Seufzer hören, dem ein geschäftiges Rascheln folgte.

"Du darfst mich aber nicht mit Worten stören, sonst ist der ganze Zauber der Lust weg, weil ich mich schäme", kam es keuchend aus dem Telefon, was zeigte, dass Gabriela bei der Lustarbeit war.

Es waren für Darian wundervolle Minuten, in denen er dem Hecheln und Stöhnen lauschte, mit dem Gabriela dem Höhepunkt entgegen flog. Den Moment, als sie in den Spasmen eines einmalig süßen Orgasmus erbebte, begleitete sie mit einem spitzen Schrei, der Darian an eine Katze im Liebesrausch erinnerte. Dann war lähmende Stille, in der nur das heftige Atmen zu hören war, mit dem Gabriela das Abklingen des Höhepunkts genoss.

"Jetzt zufrieden?", fragte Gabriela anschließend, noch immer um Fassung ringend.

Scham überrollte sie, während sie dachte: "Oh mein Gott, Gabriela! Was ist mit dir los? Dieser Mann treibt dich in schamloses Tun und dich erregt das auch noch!"

Darian spürte ihre Verwirrung und beschloss das Telefongespräch, indem er mit zarter Stimme sagte: "Danke, meine Liebste! Du hast mir ein wundervolles Geschenk gemacht. Ich werde von dir träumen und dabei vor Glück zerspringen. Schlafe schön, meine Wildkatze und träume von mir!"

Danach kroch er ins Bett und fand lange keinen Schlaf, weil er ständig Gabrielas lustvolles Stöhnen in den Ohren hatte. Und obwohl es ihn auch nach einem befriedigenden Schuss gierte, kämpfte er den Drang zu Wichsen nieder, weil er alles für das Wochenende bewahren und sammeln wollte.

Gabriela und Darian telefonierten jeden Abend stundenlang miteinander und nach jedem Gespräch wuchs bei beiden, der Wunsch, sich vögelnd zu vereinen, ins Unermessliche. Als Gabriela direkt vom Bahnhof vor Darians Türe stand, schlug ihr Herz wie ein Dampfhammer, ihre Brüste spannten pulsierend und in ihrem Slip herrschte nasses Chaos. Wie in Trance registrierte sie, dass sie wildes Begehren schüttelte, seinen Schwanz in ihrer Muschi zu spüren und unter seinen Stößen zu erschauern. Der Moment, als sie in Darians Armen lag und seine Küsse in sich trank, war erfüllt von unbeschreiblicher Glückseligkeit und sie erwartete vor Erregung zitternd, dass er sie ins Schlafzimmer trug, um das zu vollenden, wonach sie beide gierten.

Doch Darian entpuppte sich als grausamer Folterknecht, weil er sich von ihr löste und sagte: "Du hast sicher Hunger. Ich habe etwas zu Essen gerichtet."

Ihre Augen glühten, während sie antwortete: "Hunger habe ich! Aber auf deinen Schwanz!"

Ihre Hand fuhr an sein Gemächt, das sich in der Hose gebeult hatte, und knetete es wild, dass Darian glaubte, die Engel im Himmel singen zu hören. Die Lust ließ ihn improvisieren.

"Gut, dann essen wir später, wenn dein Fötzchen gezähmt und satt ist!", krächzte er heiser und trug Gabriela ins Schlafzimmer, das in Kerzenlicht getaucht war.

Vor dem Bett stellte er sie ab und begann unter Küssen die Jacke ihres Hosenanzugs aufzuknöpfen.

"Ich möchte dich zuerst ausziehen!", wehrte Gabriela mit zerbrechlicher Stimme ab.

Während sie sein Hemd öffnete, stand Darian da, als habe er einen Besenstiel verschluckt, weil er nicht wusste, wie er sich verhalten sollte, denn von einer Frau ausgezogen zu werden, hatte er noch nicht erlebt. Als seine Hose auf die Füße fiel, ging Gabriela vor ihm in die Knie und streichelte verzückt über seinen ausgebeulten Slip, wobei sie atemlos murmelte: "Endlich kann ich deinen Glücksbringer bei Licht sehen. Ich weiß zwar, dass er himmlisch schmeckt, aber ich genieße auch mit den Augen!"

Der Griff, mit dem sie den Schwanz frei legte, hatte nichts Zurückhaltendes mehr.

Sie starrte erschauernd auf das wippende Ungetüm vor ihren Augen und jauchzte: "Mein Gott, ist der süß!"

In Darian war bei diesem Ausruf schmerzlich berührt, denn die Bezeichnung "süß" verband er damit, dass sein Lustfinger nicht so groß war, wie sie offensichtlich erwartet hatte. Dies kränkte ihn in seinem männlichen Stolz, da sein Schwanz sein Ein und Alles war.

Um sein Gefühl zu überspielen, zog er sie sich zu sich hoch und sagte entschlossen: " Jetzt bist du dran!"

Die Jacke fiel und Darian gurgelte keuchend, während er ihr den BH öffnete: "Deine Titten sind vollkommen! Ich habe noch nie so wunderschöne Brüste gesehen!"

Sein Kopf vergrub sich in die Kuhle zwischen den vollen schwarzen Hügeln, die spitz vom Körper abstanden und in kaum sichtbaren Warzenhöfen große harte Knospen zeigten. Sein Ansturm war so groß, dass sie mit einem leisen Aufschrei rücklings aufs Bett fiel und sich strampelnd unter seinen Küssen wand. Als Darian wieder aus ihrer Kuhle auftauchte, war er verändert. Aus seinen Augen leuchtete blanke Gier und sein Gesicht zeigte die Grimasse wilden Begehrens.

"Du machst mir Angst! Du bist wie ein gefräßiges Tier!", keuchte Gabriela erschauernd und registrierte erstarrt, wie Darian ihr die Hose herunter zog, und einen kleinen weißen Slip frei legte, in dem sich ihr Venushügel wulstig wölbte.

Darian war hingerissen von dem Kontrast, der sich seinem Blick bot. Das weiße Höschen leuchtete auf dem schwarzen schlanken Körper, wie ein lockendes Fanal zum Eingang höllischer Lust, das durch einen dunklen Fleck im Zwickel signalisierte, dass diese Pforte nach seinem Schwanz gierte. Der Anblick überwältigte ihn so, dass er mit einem heiseren Aufschrei seinen Kopf in ihren Schoß drückte und mit verdrehten Augen den betörenden Duft ihrer Möse einzog, der seinen Schwanz zum Tropfen brachte.

Gabriela lag ohne Bewegung da und genoss, wie noch nie in ihrem Leben, den heißen Atem, der ihren Slip kühlte und es war so etwas wie Erleichterung in ihr, als Darians Hände nach dem Höschen-Bund griffen, um das unnütze Textil abzuziehen. Sein Kopf hob sich dabei und zeigte gierige Verzückung, während ihr krauses Haar zum Vorschein kam.

"Mein Gott, ist dein Fötzchen geil!" gurgelte Darian mit vor Erregung bebender Stimme, nachdem das Höschen achtlos auf dem Boden lag. Für ihn war es die Schönste aller Fotzen, die er jemals vor Augen hatte und das waren nicht wenige gewesen. Die kurzen krausen Haare bedeckten den Venushügel wie ein gemähter Rasen und zeigten dort nacktes schwarzes Fleisch, wo sich die Spalte einkerbte, die etwas offen stand und dunkles Rot zeigte, das schleimig glänzte. Mit zitternden Fingern spreizte Darian die Lippen und fraß mit Grunzen den Anblick der offenen Möse in sich. Kitzler ragte prall aus seiner Hautfalte, in der Spalte hing nasser Schleim, der sich an den Läppchen über dem Loch zu kleinen Tropfen sammelte, und das Loch gähnte ihm von einer dunklen Wulst umschlossen, entgegen. Als sein Finger auf den Lustknopf tippte, fuhr Gabriela gleißende Wollust in den Bauch, die nur ein Gedanke zuließ.

"Ficke mich! Stoße ihn rein! Nimm mich!" bettelte sie mit schriller Stimme und packte, in Sitzstellung gehend, seinen Schwanz, um ihn in sich einzuführen.

Darian reagierte unwillig.

Er riss die Hand von seinem Lustdorn und knurrte: "Wann wir vögeln, bestimme ich! Das war immer so und das wird auch so bleiben!"

Dann versank sein Gesicht in ihrem Haargestrüpp und die Zunge schlabberte züngelnd den Nektar ihres Begehrens, wobei seine Hände ihre Schenkel weit auseinander drückten und hemmungslos kneteten. Von seiner Zügellosigkeit überwältigt, lag Gabriela da und erlebte mit aufgerissenen Augen, wie die Zunge keine Stelle ihrer Möse ausließ und ihr Wollust schenkte, die kaum verzehrender hätte sein können. Sie verlor jede Wahrnehmung, wo die Zunge und die Nase gerade waren. Es war nur tobende Lust in ihr, der es aber nicht gelang, ein Gefühl des "benutzt werden" zu vertreiben, das sie gleichzeitig erfasste. Sie war diesem Mann und seiner animalischen Gier ausgeliefert und empfand es wie ein lang ersehntes Wunder, an ihrer Bestimmung als Weib angekommen zu sein, das sich bedingungslos hingab.

Gabriela drückte Darians Kopf mit beiden Händen gegen ihre tobende Möse, während sie sich wie ein Wurm unter den Lustwellen wand. Als sie das erste Zucken an ihrem Muttermund fühlte, das zeigte, dass sie unvermeidlich ihrem Höhepunkt zuflog, warf sie sich mit einem spitzen

Schrei auf den Bauch und klemmte verzweifelt ihre Schenkel zusammen.

"Ich will es mit dir zusammen erleben! Höre mit dem Küssen auf! Ich will deinen Schwanz!", bettelte sie bebend.

Darian kniete, ihre Oberschenkel zwischen seinen Beinen, entgeistert und aus jeder Verzückung gerissen, über ihr. Diese Reaktion war unerwartet und ungewohnt, weil sie versuchte, ihren Willen durchzusetzen. Um ihr zu zeigen, wer der Herr ihrer Möse war, packte er sie an den Hüften und zog sie in kniende Stellung.

"Dann ficke ich dich eben von hinten, wie ein Hengst, der seine Stute besamt!", knurrte er und stieß seine Lenden nach vorne.

Die Wahrnehmung, wie seine Eichel ins Loch schoss, war bei beiden unterschiedlich. Er spürte ein kurzes Reißen, mit dem die enge Wulst seine Vorhaut zurück streifte. Dann fühlte er heiße Enge, die seinen Lustprügel zuckend umschloss. Sie erlebte das Eindringen als Reiben in ihrer Öffnung, das unbeschreibliche Lustwellen erzeugte, die sich zuckend an ihrem Muttermund brachen.

Während Darian seinen Schwanz in langsamem Tempo in die Möse stieß, erfassten Gabriela zwiespältige Empfindungen. Endlich war der Moment da, den sie während der Woche herbei gesehnt hatte. Sie spürte das Reiben seines Schwanzes an ihrer geweiteten Öffnung und erlebte dies in wundervoll zuckenden Lustwellen, die sich in der Tiefe ihrer Muschi-Höhle brachen. Doch gleichzeitig vermisste sie zutiefst die Wärme des männlichen Körpers auf ihrer Haut, die ihr Geborgenheit schenkte. Die Stöße wurden härter und schneller, begleitet vom grunzenden Schnaufen hinter ihr. Gabriela hatte Mühe, mit den Armen das Gleichgewicht zu halten, weil sie von der Wucht, mit dem der Schwanz in ihren Bauch fuhr, wie ein Blatt im Wind durchgeschüttelt wurde. Sie sehnte sich nach liebevollen Streicheleinheiten und begierigen Küssen, die den Akt des Vögeln so wunderbar innig machten. Wie von Ferne hörte Gabriela das laute Klatschen, mit dem sein Unterbauch gegen ihren prallen Po schlug. Es war zwar hitzige Wollust, die ihr Lustorgan langsam zum Kochen brachte, aber es fehlte zu ihrem Bedauern der ungezügelte Aufstieg zum alles erlösenden Höhepunkt. Die Stöße wurden unregelmäßig und Darian begleitete sie mit brünstigem Stöhnen, das ihr zeigte, wie intensiv seine Lustempfindungen waren. Gabriela bemerkte schaudernd, wie sich ihre Empfindungswelt zu ändern begann. Ihre

Gedanken flogen dem Mann zu, der ihre Möse als Gefäß für seine Spermien benutzte und ihr Wille, selbst im Orgasmus zu erbeben, verschwand. Es war so etwas wie die Selbstaufgabe eines Weibes, das dem Trieb der Natur frönte, um in einer Schwängerung Erfüllung zu finden.

"Ja, ja, spritze es in mich, du Bock der Böcke!", hechelte Gabriela jammernd und hörte erschauernd das gepresste Schnaufen, mit dem Darian wohl zum Endspurt ansetzte.

Sein röchelnder Schrei kam für Gabriela unvermittelt. Sie spürte das rhythmische Zucken an ihrem Loch, mit dem der Schwanz seine Ladung in sie pumpte.

Das Stoßen hatte aufgehört und Darians Körper presste sich auf ihren Rücken, während leise an ihr Ohr drang: "Du bist eine Offenbarung beim Ficken! Dass war einmalig!"

Erst jetzt wurde Gabriela richtig bewusst, dass er sich in ihr ergossen hatte, ohne Rücksicht auf sie zu nehmen. Gleichzeitig spürte sie, wie der Schwanz aus ihrer Möse rutschte und in ihr sehnsuchtsvolles Begehren zurück ließ. Ihre hingebungsvolle Verschmelzung mit dem Geliebten mündete in nagende Enttäuschung.

Darian löste sich von Gabriela, die mit hochgerecktem Po noch immer verharrte. Ihr schwarzer Rücken glänzte seidig matt vom Schweiß ihrer Hingabe.

Plötzlich jubelte er laut: "Mein Gott, welch wunderbarer Anblick!"

Gabriela, noch immer hin und her gerissen vom Glück, diesem Mann Befriedigung geschenkt zu haben und vom Frust, nicht zum erlösenden Ziel gekommen zu sein, fragte: "Welcher Anblick! Was gibt es an meinem Po zu sehen?"

Seine Antwort ließ sie erschreckt zusammen zucken.

"Es ist himmlisch aufregend, dein schwarzes Fötzchen zu sehen, in dem das schleimige Weiß meines Samens in kleinen Klumpen hängt. So intensiv und berauschend habe ich das noch nie gesehen!", brummte Darian und gab ihr einen Kuss auf den Steißknochen.

Es war, als habe Gabriela der Blitz getroffen. Mit einem spitzen Aufschrei ließ sie sich auf den Bauch fallen und presste ihre schwarzen Schenkel krampfhaft zusammen, so dass nur noch die Po-Kerbe zu sehen war.

"Du bist ein perverses Ferkel!", stieß sie hervor, während in ihre Augen Tränen stiegen.

Darian kroch neben sie, drehte ihren Körper zu sich und flüsterte unter Küssen, während er seinen schlaffen Schwanz in den gekräuselten Haaren ihrer Möse rieb: "Was ist daran pervers, Liebste? Ich habe dir mein Bestes gegeben und bin stolz, wie jeder Mann nach einem Traumfick, dass dich mein Samen ziert! Es ist das Schönste, was du einem Mann zeigen kannst!"

Es waren nicht seine Worte, sondern seine innigen und liebevollen Küsse, die Gabriela versöhnten und in eine Traumwelt des Glücks fallen ließen. Sein warmer Körper schenkte ihr ein tiefes Gefühl der Geborgenheit, während ihr die Augen zufielen, weil der anstrengende Tag seinen Tribut verlangte.

Am Morgen hatte Gabriela Schwierigkeiten, sich zurecht zu finden. Ihre Augen irrten durch das fremde Schlafzimmer, während ihre Gedanken verwirrt durch den Kopf schwirrten. Das regelmäßige Atmen und der warme Körper neben ihr erinnerte sie, dass sie einen ehernen Vorsatz, nie bei einem Lover bis zum Morgen zu bleiben, gebrochen hatte. Doch gleichzeitig war sie glücklich, Darian neben sich zu wissen. Unter der Bettdecke kroch der brünstige Geruch von Schweiß, Muschi und Sperma an ihre Nase und erinnerte sie an den hingebungsvollen Moment, als sie zum Gefäß seiner animalischen Lust geworden war. Sie spürte die Nässe seines Samens an Muschi und Innenseiten der Oberschenkel und fühlte sich auf einmal furchtbar schmuddelig. Gabriela setzte sich ins Sitzen auf, schlug die Bettdecke zurück und betrachtete verträumt den schlaffen Schwanz, der zwischen den prallen Hoden lag, als ob er kein Wässerchen trüben könnte. In einem Anfall von inniger Zuneigung drückte sie einen Kuss auf den Lust- und Samenspender und huschte aus dem Bett ins anliegende Bad, wo sie sich unter die Dusche stellte, um die Düfte der Nacht abzuwaschen.

Der Kuss auf den Schwanz hatte Darian aus seinem traumlosen Schlummer gerissen. Seine Hand suchte die Geliebte neben sich und er erschrak, als er in das noch körperwarme Laken griff. Die Angst, sie könne das Weite gesucht haben, während er schlief, packte ihn wie ein gefräßiges Tier und verschwand erst, als er aus dem Bad das Plätschern der Dusche hörte. Darian sprang erleichtert aus dem Bett, um seiner Geliebten nahe zu sein. Vor der Dusche blieb er wie angewurzelt stehen, weil der Anblick, der sich ihm bot, neue Erregung in ihm hoch lodern ließ. Gabriela stand mit geschlossenen Augen unter dem Wasserstrahl und streichelte mit Verzückung im Gesicht ihren schwarzen aufregenden Körper. Die schmalen Hände glitten über die vollen Brüste, deren Warzen wie Dolche aus den kaum sichtbaren Höfen standen. Während sie ein ihm unbekanntes Lied vor sich hin summte, glitten die Hände in kreisenden Bewegungen den Leib abwärts und kraulten anschließend in den struppigen Haaren, wobei sie etwas in die Hocke ging, um auch den Damm zu erreichen.

"Du wirst doch jetzt nicht masturbieren wollen?", brach seine Stimme in das verzückte Schweigen ein.

Gabriela schreckte zusammen, riss die Augen auf und verstummte in ihrem selbst vergessenen Lied.

Sie lächelte ihn glücklich an und gab zurück: "Nein, nein! Ich muss nur dein Bestes aus mir waschen, das du in mich gesabbert hast. Am Schönsten ist das, wenn ich mich dabei streichle!"

Darian machte plötzlich einen Satz und stand bei ihr unter der Dusche.

"Dort zu streicheln, ist mein Revier!" antwortete er grinsend und seine Hand fuhr an ihr Kleinod, wo ein Finger sofort ihren prallen Lustknopf fand.

Gabriela stöhnte, geschüttelt von Schauern, auf: "Waschen, nicht fummeln!"

Darian lachte gurgelnd, drückte sich von hinten gegen ihren Rücken und Po, während er ihren Oberkörper an den Brüsten mit der einen Hand umfasste und mit der anderen Hand in der Möse wühlte. Die Lust, die Gabriela dabei in den Unterleib fuhr, ließ sie stöhnend abgehen, wie eine Rakete. Sie wurde weich wie ein Mehlsack und wand sich unter seinen Fingern, die in ihrem Loch krabbelnd steckten, wie ein Aal. Jetzt galt nur noch die eigene Triebhaftigkeit, im Orgasmus zu erschauern.

Oh ja, mache es mir! Oh, oh, das ist so schön!" hechelte sie mit Trällern und stimmte ihren innigen Lustgesang an, der Darian in jener Nacht am See so verzaubert hatte.

Während das heiße Wasser über ihre Körper plätscherte und Gabriela ihrer Erfüllung entgegen raste, verfluchte Darian seinen Schwanz, der müde an ihm herunterhing und nicht Aktions-bereit werden wollte. Zu gern hätte er jetzt die Geliebte mit dem Rücken an die Kacheln gedrückt, sie hoch gehoben und auf seinem elften Finger reiten lassen. Gabrielas Trällern mischte sich mit spitzen Schreien, einer Katze gleich, die sich dem Liebesrausch eines Katers hingab. Plötzlich brach ihr Gesang abrupt ab. Es folgte ein lang gezogenes Stöhnen, während die Möse zuckend ihren Saft ausspie. Darians Hand um die Brüste rutschte auf Gabrielas Bauchdecke und streichelte kreisend den in Spasmen bebenden Bauch, während ein Kuss in ihren Nacken das Wonnegefühl verstärkte.

"Nicht aufhören an der Muschi!" jammerte sie leise und begrüßte das Wirbeln der Finger in der Spalte mit einem frenetischen Jauchzer. Nachdem die Spasmen abgeklungen waren, drehte sich Gabriela um und flüsterte wild: "Das habe ich jetzt gebraucht! Danke, Liebster!" Es war das Signal für Darian, sie frei zu geben, das Wasser abzudrehen und ihren nassen schwarzen Körper mit einem Badetuch abzurubbeln. Als er fertig war, übernahm Gabriela das Badetuch und trocknete ihn mit feurig liebendem Blick in den Augen ab, wobei sie vor ihm nieder kniete, um sich mit besonderer Innigkeit seinem Schwanz zu widmen, der unter den reibenden Bewegungen plötzlich erstarkte.

Ihr Rubbeln, das Darian schnaufend genoss, schloss sie mit einem Kuss auf die Nille ab, wobei sie vorher flüsterte: "Ich möchte, dass er heute noch spuckt, während mein Fötzchen im Rausch des Höhepunkts zuckt. Ich will es mit dir gemeinsam erleben!" Darian zog Gabriela zu sich hoch und gab ihr einen langen Zungenkuss, der wie ein Schwur war, diesen Wunsch zu erfüllen.

Beim anschließenden Frühstück bekam Gabriela plötzlich einen nachdenklichen Gesichtsausdruck. Sie konnte sich gegen einen angstvollen Gedanken nicht wehren, der ihr wie ein Mühlrad im Kopf herum spukte. Sie liebte diesen Mann in verzehrender Weise und fragte sich zugleich, ob sie nicht nur ein exotisches Spielzeug für ihn war, wie sie es bei anderen Männern erfahren musste, die sich nach einem Fick befriedigt und zufrieden mit sich und der Welt von dannen machten. Gabriela hatte in dieser Hinsicht ein feines Gespür und war, wenn sie dies feststellte, diejenige, die solche Abende beendete, indem sie die Männer vorzeitig verließ. Bei Darian war es anders. Sie war glücklich in seiner Gegenwart und fühlte sich geborgen in seiner Zuneigung, die er offen mit Worten und Gesten zeigte. Und trotzdem nagte Misstrauen in ihr, Darian könne genauso wie die anderen Männer sein. Sie seufzte hörbar auf und fasste sich ein Herz, Gewissheit zu erlangen.

"Was ist der Unterschied zwischen den bisherigen Frauen, die du gevögelt hast, und mir? Mal abgesehen davon, dass ich eine schwarze Haut habe?" ‚fragte sie, ihm einen forschenden Blick zuwerfend.

Darians Antwort war entwaffnend kurz: "Alle Frauen bisher waren Fotzen, mit denen ich Spaß hatte, Dich liebe ich!"

Als Gabriela, unzufrieden über seine Worte, nachhakte, sprudelte Darian wie ein Springbrunnen über.

Er ergriff ihre Hand, küsste innig die Handfläche und erklärte mit zärtlicher Stimme: "Es ist mit dir alles anders. Ich möchte in deine Gedanken kriechen und sie mit dir teilen. Ich dürste nach deiner Stimme und deinen Worten, weil sie mich glücklich machen. Ich kann mich an deinen leuchtenden Augen und deinem hübschen Gesicht nicht satt sehen. Ich will dein Trällern in der Lust nie nie wieder missen. In mir schreien Gedanken und Seele danach, mit dir zu verschmelzen. Ich will dich für immer und ewig! Ich werde dich auf Händen tragen und werde vor Glück zerspringen, wenn ich dir einen dicken Bauch mit unserem Kind machen darf!"

Gabriela glühte vor Glück über seine Liebeshymne und drückte seine Handflächen verliebt gegen ihre Wangen, während sie leise antwortete: "Ich bin auch in dich verliebt! Ich konnte es mir nie vorstellen, aber es ist passiert!"

Dann legte sie den Kopf schräg und ergänzte: "Nur ein Kind kann ich mir nicht vorstellen. Dazu reicht meine Liebe zu dir noch nicht. Also lasse uns unser Glück leben so wie es ist!"

Darian schaute sie mit glühendem Blick an, der sie erschauern ließ und murmelte: "Zum Glück gehört dein dicker Bauch! Die Zeit dafür kommt noch, so wahr ich einen Schwanz habe!"

Dann stand er auf und begann, den Frühstückstisch abzudecken.

Der Samstag verlief für die zwei Liebenden wie im Rausch. Sie konnten nicht voneinander lassen und legten bei allem, was sie taten, kleine Pausen ein, in denen sie wie Verdurstende aneinander hingen und sich küssten, wobei ihre Hände am Körper des anderen streichelnd auf Wanderschaft gingen. Je näher der Abend kam, desto nachdrücklicher wurden Küsse und Liebkosungen und bescherten Darian einen harten Schwanz und Gabriela ein schleimig feuchtes Höschen. Besonders Gabriela schwebte in Sphären des Glücks und konnte ihren aufgekratzten Zustand nicht fassen, obwohl sie sich immer wieder zur Ordnung rief, indem sie sich einredete, Darian sei auch nicht besser als andere Männer. Dabei dachte sie besonders an ihre erste Liebe, die ebenso begonnen hatte und in Schmerz und hässlichen Szenen endete. Ben war ein Mitschüler in der Sprachschule, der wie sie schwarze Hautfarbe hatte, und dem sie nahe gekommen war, als sie von anderen Schülern mit rassistischen Worten und Gesten gehänselt und zutiefst beleidigt wurde. Er hatte sich vor sie gestellt und sich sogar für sie geschlagen, was schließlich zu großer Dankbarkeit ihrerseits führte und in heiße Liebe mündete. Ben war ihr erster Mann und sie erlebte den Moment ihrer Entjungferung, als er seinen gewaltigen schwarzen Schwanz in sie stieß, als das größte Geschenk, das ihr als Frau gemacht werden konnte. Doch schon nach kurzer Zeit musste sie feststellen, dass er dieses Geschenk auch anderen Frauen machte und sie nach Strich und Faden belog. Dies war das Ende ihrer Liebe und der Anfang eines tiefen Misstrauens Männern gegenüber, das sie sich bewahrte, indem sie zwar mit Männern vögelte, aber keinen gefühlsmäßig an sich heran ließ. So galt, bis sie auf Darian traf, der Grundsatz, ihr heißes Blut mit Schwänzen abzukühlen, sich aber nie einem Mann wirklich hinzugeben. Und jetzt war auf einmal der tiefe begehrliche Wunsch nach seiner Nähe und Zuneigung da, der auch dann noch in ihr tobte, wenn sie körperlich befriedigt war. Dies verwirrte sie, trotz ihrer Glücksgefühle.

"Hallihallo, Liebste! Wo bist du mit deinen Gedanken? Lasse mich daran teilhaben", schreckte Darian Gabriela aus ihrer Nachdenklichkeit hoch.
Ihr Blick traf ihn und übermittelte ihr, dass gegenüber der Mann lässig im Sessel saß und an seinem Glas Wein nippte, der sie so in ihrer Selbstsicherheit erschütterte.
"Ich musste an früher denken. Da gab es mal einen Mann, den ich sehr geliebt habe und der meine Liebe schändlich betrogen hat. Ich habe Angst, dass du auch mit mir spielst und mich wegwirfst, wie ein gebrauchtes Kondom, wenn die berauschende Exotik meiner schwarzen Haut zur Gewohnheit geworden ist", antwortete sie, während sich ihre Augen mit Tränen füllten.
Darian war sichtlich erschüttert. Er gestand sich offen ein, dass beim ersten Aufeinandertreffen in dem Straßencafé ihr schlanker, anmutiger und schwarzer Körper wilde Begehrlichkeit geweckt hatte, weil er bisher immer weiße Frauen gefickt hatte. Doch nun war er an einem Punkt, an dem die Hautfarbe des Körpers keine Rolle mehr spielte,

sondern nur noch ihre Gedanken und ihre Zuneigung, die ihn in einen Glücksrausch versetzten. Er stand auf, setzte sich neben Gabriela auf die Couch und umfasste sie zärtlich.

"Liebste, ich gebe unumwunden zu, dass mich dein Körper unermesslich erregt. Dein schwarzes Fötzchen ist wie ein Himmelreich, deine Brüste sind eine Offenbarung und wenn ich deine schwarze Haut liebkosen darf, schwebe ich in Regionen triebhaften Verlangens. Aber das Entscheidende ist dein Denken und dein Fühlen. Das allein macht es aus, dass ich liebe!", antwortete er ihr unter Küssen.

Gabriela kam, wie ein Vulkan, schluchzend über ihn, bedeckte ihn mit leidenschaftlichen Küssen, während sie Hemd und Hose öffnete.

"Dann lasse uns lieben! Nimm mich und lasse uns verschmelzen!", stammelte sie.

Darian war überwältigt von ihrer Glut und saß still da, ohne sich zu rühren. Als Gabriela seine Hosen herunter zerrte und den harten Schwanz frei legte, kam wieder Leben in ihn.

"Stopp, stopp, Liebste! Nicht hier! Ich will dich ins Bett tragen und dir alles schenken, wozu ein liebender Mann fähig ist. Und das ist nicht nur der Schwanz!", wehrte er ihr forderndes Liebkosen seines Gemächts ab.

Er sprang auf, hob sie hoch und trug sie mit wippendem Schwanz ins Schlafzimmer.

Darian legte Gabriela aufs Bett, kroch neben sie und begann, ihr unter Liebesgeflüster die Kleidung vom Körper zu streifen, bis sie nackt und lang gestreckt vor ihm lag. Ihre Schenkel waren zusammen gepresst und ließen nur die krause Behaarung ihres Dreiecks erkennen, das den wulstigen Venushügel bedeckte. Die Brüste waren auf dem Oberkörper verlaufen und die harten Warzen zeigten durch ihr Zittern, dass Gabriela zu einem brünstigen Weib mutiert war, das nach seinem Schwanz gierte. Darian nahm den linken Fuß in beide Hände und begann, jeden Zeh einzeln zu lutschen, wobei sich seine Augen in ihrem Glut-Blick festfraßen.

Gabriela bekam ein Flackern in die Augen und wand sich wie eine Schlange, wobei sie, fast tonlos, bettelte: "Nimm mich endlich! Ich muss dich in mir spüren!"

Als Darian dazu keine Anstalten machte und sich die Zehen des rechten Fußes vornahm, heulte Gabriela wild auf, riss ihre Schenkel

auseinander und keuchte, während sie mit einem Finger in das Loch ihrer Möse stieß : "Da! Da sollst du rein! Ficke mich!"
Obwohl Darian drauf und dran war, der Aufforderung nachzukommen, zumal ihn auch die Spritzgier gepackt hatte, legte er sich neben Gabriela und versuchte sie durch sanftes Liebkosen ihrer Brüste zur Ruhe bringen. In ihm war tiefe Ruhe und verzehrende Zärtlichkeit, die er wie ein Füllhorn über der Geliebten ausschütten wollte. Doch Gabriela war außer Rand und Band in ihrem Verlangen.
Sie starrte ihn mit glühenden Augen an, als wolle sie ihn hypnotisieren und jammerte immer wieder: "Nimm mich! Schenke mir deinen Schwanz! Ich brauche dich jetzt in mir!"
Er sagte lächelnd und in einer Art Trost: "Psst... mein kleiner schwarzer Engel! Nicht so gierig sein! Liebe ist mehr als nur der Fick!"
Darian richtete sich auf, kroch auf Knien zwischen ihre weit gespreizten Schenkel und streichelte ihren Haarbusch zärtlich, wobei er gleichzeitig die Lippen öffnete und mit brennendem Blick die Pforte ihrer Weiblichkeit betrachtete. So intensiv berauschend hatte er noch keine Spalte gesehen und empfunden. Das Rot im Kelch ihrer Lust kontrastierte traumhaft mit dem Schwarz ihrer nackten Mösen-Lippen, die erst an ihrer Außenseite von drahtigen Härchen geschmückt waren. Die Spalte glänzte schleimig feucht und zeigten Kitzler und Loch, die eine Frau in Wollust versinken lassen, offen und bereit zum animalischen Reigen. Darian schaute auf seinen Schwanz herunter, der wippend über der Möse schwebte und erste Tropfen der Lust absonderte, die sich mit dem Nektar des Begehens in der Tiefe der Spalte mischten. Gabriela wand ihren Unterleib jammernd im Kreis, weil sie losgelassen von jeder Scham nach seiner Penetration gierte. Als er sich vornüber auf ihren Körper sinken ließ und seine Eichel stochernd das Loch suchte, war es um Gabriela geschehen. Sie stöhnte wild auf, packte seinen Schwanz mit zitternder Hand und führte ihn zur Öffnung, die die Pforte zur Erfüllung ihres ekstatischen Begehrens war. Der Moment, als die Eichel, die Wulst des Loches ausweitend, in ihren Bauch glitt, schüttelte sie in verzehrender Wollust.

Gabriela jubelte laut: "Endlich! Ich spüre dich! Oh, er zuckt herrlich!" Ihre Hände umklammerten seinen Rücken und drückten den Männerkörper gegen ihre Brüste, während sie ihn verzückt mit Glut-Augen ansah. Seine Stöße begannen sanft und suchend, als ob sich der Schwanz in ihrer Liebeshöhle erst zurecht finden müsste. Gabriela erlebte dies als feurigen Rausch, der ihre Seele und Gedanken weit für diesen einmaligen Mann öffnete, der schnaufend auf ihr lag und seinen Wonnedorn in sie trieb. Sie konnte sich nicht satt sehen an seinem lieben Gesicht, das ihr seinen Atem ins Gesicht blies und dessen Augen starr und in sich versunken gegen die Kopfseite des Bettes schauten. Zum ersten Mal fühlte sie sich einem Mann und seinem animalischen Trieb nicht ausgeliefert. Sie dürstete danach, ihn in seiner innigen Gewalt zu erleben, die ihren Muttermund zum Beben brachte. Die Stöße wurden schneller und drangen tiefer in sie, während sein Schnaufen lauter wurde und der Liebesschweiß ihre aneinander gedrückten Körper nässte. Verzückt lauschte Gabriela dem Schmatzen, das seine Stöße begleitete, weil ihre Möse verschwenderisch auslief.

"Ich liebe dich! Ich möchte in dich kriechen und dich nie mehr loslassen!" keuchte Darian brummend, während er vom Stoßen in feuriges Kreisen überging.

In Gabrielas Möse brach Chaos aus, als sei ein Vulkan ausgebrochen. Sie hechelte stöhnend, krallte sich mit ihren spitzen Fingernägeln in seinem breiten Rücken fest und umklammerte seinen kreisenden Arsch mit ihren Füßen. Ihr Blick wurde verschleiert und zeigte, dass sie hinter dem Schleier ekstatischer Lust verschwand, wo es nur noch nackten, animalischen Egoismus nach Lustlösung gibt. Auch Darian wurde von Spritzgier überschwemmt. Sein Schwanz tobte in der Möse, als ob es darum ginge, dieses Loch der Löcher aufzureißen. Schlagartig machte sich das drängende Zucken in der Röhre bemerkbar, mit dem sich sein Sperma zum Schuss sammelte. Panik packte Darian, weil er spürte, dass Gabriela den Gipfelpunkt ihrer Lust noch nicht erreicht hatte. Während er verzweifelt dagegen klemmte, heulte in ihm der Gedanke: "Nicht spritzen! Ich will mit ihr gemeinsam kommen!"

Mit jedem kreisenden Stoß wurde der Drang jedoch brennender und lähmte jede Kraft dagegen anzukämpfen. Sein Kampf wurde verzweifelt und die Kraft zu klemmen, wurde schwächer.

"Komm! Komm!", forderte er grunzend und hörte jubelnd, als Gabriela mit verdrehten Augen quietschte: "Ja! Jaaa! Gib mir alles! Jetzt!"

Mit einem letzten Stoß schoss Darian mit röhrendem Gebrüll ab und spürte, wie sich seine Kontraktionen im Schwanz mit dem spastischen Beben ihrer Fotze vereinten. Der Schuss selbst war einmalig lustvoll, weil die Spermien unter verzehrendem Brennen die Röhre hoch schossen und gegen den Muttermund der Möse katapultiert wurden.

Gabriela erlebte diesen Moment wie in Trance. Während sie in den Eruptionen der Spasmen unterging, spürte sie gleichzeitig das wunderbare Zucken am Loch, mit dem der Schwanz die Spermien in ihren Bauch spuckte.

Es dauerte einige Minuten bis beide in die Gegenwart zurück fanden. Darian drückte sich mit seinen Armen von dem noch immer bebenden Körper nach oben und sah dabei in Gabrielas dunkle Augen, die feucht vor Glück glänzten. In ihm machte sich Erschöpfung und Stolz breit, während sein Schwanz schlaff wurde und aus der Tiefe ihrer Möse flutschte.

"In mir bleiben! Nicht raus rutschen!" stammelte Gabriela und drückte, den Po hebend, ihre Möse nach oben, um den Schwanz zum Bleiben zu bewegen.

Darian lächelte zärtlich, gab ihr eine Kuss und flüsterte heiser: "Den Schlingel hast du tot gemacht! Aber er kommt wieder!"

Gabriela seufzte etwas frustriert auf, erwiderte seinen Kuss, nicht ohne vorher zu sagen: "Beeile dich! Mein Fötzchen ist noch lange nicht satt! Oh, wie war das schön!"

Dann versanken beide in enger Umarmung voll Zuneigung zueinander in innigen Liebkosungen und genossen die streichelnden Hände, die neue Begierde hoch wachsen ließen. Plötzlich bekam Gabriela einen forschend nachdenklichen Blick.

"Konnte ich die anderen Frauen vergessen machen? Genüge ich dir und deinem herrlichen Schwanz?", fragte sie.

"Mein Gott, du bist ja eifersüchtig!" raunte Darian ihr zu und ergänzte: "Liebste, ich bin diesem schwarzen Fötzchen verfallen für alle Zeit!"

Sie gurrte kokett: "Nur dem Fötzchen ? Und was ist mit der Frau Gabriela?"

Jetzt lachte Darian schallend: "Das Fötzchen gehört zu dir, wie mein Schwanz zu mir! Die lassen sich nicht auseinander dividieren!"

Auch Gabriela musste lachen, wobei aus ihrem Lachen Erleichterung zu hören war: "Das will ich dir auch geraten haben! Ich bin ab jetzt tierisch eifersüchtig, solltest du eine andere Frau ansehen und dein Glücksbringer dabei hart werden!"

Darian murmelte bereits im Halbschlaf, weil sein Körper nach Schlaf lechzte: "Gleichfalls! Ein nasses Fötzchen gibt's in Zukunft nur bei mir!"

Dann versanken beide in einen tiefen Schlaf, in welchem die Träume ein seliges Miteinander schenkten.

Gabriela erwachte am Sonntagmorgen mit wohligen Gefühlen. In ihr jauchzten die Gedanken vor Glück und der warme Körper von Darian an ihr schenkte ihr Geborgenheit, die unbeschreiblich in ihrer Intensität war. Unter der Bettdecke kroch der brünstige Geruch ihrer duftenden Muschi und seines Samens hervor. Beides war eine erregende Duftsymphonie, die ihr Begehren nach der nächsten lustvollen Verschmelzung schenkte. Liebevoll betrachtete sie die entspannten Gesichtszüge ihres Geliebten, der leise röchelnd neben ihr lag, während sie zwischen den Beinen das lustvolle Gefühl spürte, als steckte sein Liebesknochen noch immer in ihr. Sie schlug die Bettdecke zurück und saugte den Anblick des Geliebten in sich. Seine breite haarige Brust hob und senkte sich regelmäßig, während der schlaffe Schwanz ab und zu zuckte, als kämpfe er sich dem Spucken entgegen.

Gabriela lächelte und murmelte im Selbstgespräch: "Du süßer Bock! Du träumst vom Ficken! Damit ist es jetzt zu Ende! Ich will dich!"

In einer wilden Aufwallung fiel sie über seinen Pimmel her, zog ihn in ihrem Mund und begann, leidenschaftlich an ihm zu lutschen. Darian stieß einen heiseren Schrei aus und starrte mit noch immer vom Schlaf getrübtem Blick auf den schwarzen Wuschelkopf, dessen Mund sein bestes Stück bearbeitete. Er riss seine Schenkel, die geschlossen waren, weit auseinander und zog die Knie an.

"Du Miststück! Nicht einmal ausruhen darf man! Na warte!", keuchte er gurgelnd, warf sie auf den Rücken und vergrub sein Gesicht in ihrem duftenden Schoß.

Was folgte, war ein wilder, zärtlicher und hemmungsloser Kampf, bei dem mal er, mal sie unten lag und in dessen Verlauf ihre Möse gierig zu sabbern begann und sein Schwanz zu neuen Taten in ihrem Fötzchen erstarkte. Am Ende stand ein Fick, dem sie sich stöhnend und schreiend hingaben und dessen Abschluss zwar den Hunger der Körper stillte, aber nicht das lodernde Glück in ihrer Seele und ihren Gedanken löschte.

Dieses Wochenende war der Anfang einer Beziehung, die voll von leidenschaftlicher Hingabe und sehnsuchtsvoller Begierde geprägt war. Daran konnte auch Gabrielas Weigerung nichts ändern, zu Darian zu ziehen. Denn sie bestand nachdrücklich auf ihrer Unabhängigkeit, die sich unter anderem in ihrer eigenen Wohnung manifestierte. Sie lebten ihre Liebe aus, indem Gabriela immer freitags bei Darian mit nassem Fötzchen auftauchte und ihn gierig bis zu Erschöpfung forderte. Sonntagabend verschwand sie dann wie ein Schatten, wenn sich die Sonne hinter Wolken versteckt, mit gefüllter Möse ohne sich zu waschen, weil sie ihren gemeinsamen Lustduft in ihr Bett zu Hause mitnehmen wollte. Bei allem gab Darian nie die Hoffnung auf, es werde ihm gelingen, ihr ein Kind zu spritzen, das er als krönendes Unterpfand ihrer Liebe zueinander sah. Denn auch in der innigsten und leidenschaftlichsten Liebe gilt für alle Zeit das Motto: Die Hoffnung stirbt zuletzt!

Und plötzlich war sie weg!

Sie war wunderschön, groß und hatte sehr lange blonde Haare, die ihr fast bis zu ihrem wundervollen Hintern hinunter reichten. Sie war knapp dreißig, sah aber jünger aus. Was eine tolle Ausstrahlung! Sie war nicht der Typ Magermodel, sie strahlte puren Sex aus! Sophia hatte Kurven. Sie war überhaupt nicht dick oder pummelig, aber alles an ihr war gerundet. Der weiche, feste Busen, den ich am liebsten nur abgeleckt hätte, ihr geiler Po, den ich am liebsten die ganze Nacht bearbeitet hätte, ihre weichen, sexy Schenkel, die sich so oft einfach um meinen Körper schlangen und ihre Taille, die so perfekt war. Ihr Traum von Bauch, den ich mit meinen Händen nur mehr streicheln wollte.

Ja, Sophia! Sie war ein Traum! Es war fast wie in einem Traum.

Ich lernte sie in einer Bar kennen. An einem Samstag Abend. Sie war mit ein paar Freundinnen unterwegs. Typisch laut wurde herum gegackert, doch Sophia war anders. Sie war ruhig, aber ihre Blicke konnten alles mit uns Männern machen. Da war nicht viel nötig. Ein Augenkontakt mit ihr, ein Lächeln und man wollte nur noch eins: man wollte diese Frau eine ganze Nacht lang nur ficken. Hart und hemmungslos.

Doch wie bei jeder Traumfrau gab es einen Haken. Sie war vergeben und seit acht Jahren mit dem Vater ihres zweijährigen Jungen zusammen. Sie war erfolgreiche Anwältin in einer Kanzlei. Eigentlich hätte sie glücklich sein können, aber es fehlte schon lange das Kribbeln und der Kick. Ihr Freund liebte sie, ohne Zweifel, aber es war nur mehr der Alltag da. Jede Berührung war so zur Gewohnheit geworden, dass es schon lange nicht mehr spannend und aufregend war.

Sie wollte ihre Familie nicht verlassen, aber sie brauchte etwas Neues.

Sie brauchte jemanden wie mich. Jemand, der sie einfach nur mal richtig durchvögeln sollte. Und das alles kam mir wie ein Traum vor, dass ICH es sein sollte und kein anderer.

Sie steckte mir damals einen Zettel zu. Das war um drei Uhr Früh, nachdem wir den ganzen Abend miteinander gequatscht hatten. Sie war unglaublich: humorvoll, schlagfertig und intelligent. Und so wunderschön! Heimlich sah ich mir ihren ganzen Körper an. Wenn sie sich umdrehte, dann versuchte ich in ihren Ausschnitt zu sehen. Ich wollte schon damals einfach nur ihren geilen Körpern an mich drücken und ihren Arsch, in diesem kurzen, engen Rock, in meine Hände nehmen und ganz fest zupacken.

Dann gab sie mir diesen Zettel. Ganz unvorbereitet war ich. Damit hätte ich nicht gerechnet. Diese ruhige, sensible Frau stand einfach auf, küsste mich auf die Wange, sagte: "Wir sehen uns!", drückte mir diesen Zettel in die Hand, drehte sich um und ging. Ohne sich ein einziges Mal umzusehen.

Weg war sie.

Und ich saß da, mit offenem Mund und konnte nicht glauben, was gerade geschehen war. Und was ich auf diesem Zettel las, machte mich sofort geil. Ich wär ihr am liebsten gleich hinterhergelaufen und hätte gesagt: "Lass es uns gleich tun". Aber sie war schon weg.

Auf dem Zettel stand: "Wenn du mich...meinen Körper...für einen Nachmittag haben willst, dann gehöre ich dir. Nur für einen Nachmittag. Du darfst alles mit mir machen. Was immer du willst! Komm am Mittwoch um 16 Uhr ins Hotel Carlton. Zimmer 126. Ich werde auf dich warten!"

Und da soll man als Mann nicht gleich einen Steifen bekommen? Ja klar! Natürlich würde ich kommen! Und wie ich kommen würde!

Sophia. Am liebsten würde ich ihren Namen in die Welt hinaus schreien!

"Du darfst alles mit mir machen!" stand da. Alles? Ich konnte an nichts anderes mehr denken, als es mit ihr zu treiben. In allen Stellungen. Ich würde ihr keine Pause gönnen. Ich bin nicht jemand, dem man so etwas sagt und der dann mit einem Strauß Rosen vorbei kommt. Und

Sophia hätte das auch nicht gewollt. Keine Romantik, keine Verpflichtungen!
Einfach nur geiler Sex. Einen ganzen Nachmittag lang.

Also stand ich am Mittwoch um 16 Uhr vor dem Zimmer 126. Ich klopfte. In diesem Moment dachte ich nur mehr: "Ich werde dich jetzt so durchficken, dass du nicht mehr gehen kannst danach! Du weißt wahrscheinlich gar nicht, wen du dir da ausgesucht hast!" Das waren meine Gedanken. Damals. Und bei dem Gedanken daran muss ich jetzt schmunzeln, weil ich keine Ahnung hatte, was mich hinter dieser Tür erwarten würde.

Ich klopfte nochmals, aber niemand antwortete. Also öffnete ich die Tür. Ganz langsam trat ich ein. Niemand war zu sehen. "Zieh dich aus und setzt dich aufs Bett!" hörte ich eine bekannte, sanfte Stimme sagen. Sophia! Allein ihre Stimme machte mich schon geil.

Die Jeans und das Hemd waren so schnell ausgezogen, wie ich nur konnte. Dann setzte ich mich erwartungsvoll aufs Bett. Ein paar Minuten vergingen, die mir wie eine Ewigkeit vorkamen und irgendwie wurde ich etwas zornig, weil sie mich einfach so warten lies.

Gerade in dem Moment, in dem ich nach ihr rufen wollte, kam sie aus dem Bad. Wow! Ein Anblick, der sich seitdem in mein Hirn eingebrannt hat. So schön dürfte keine Frau sein! Keine Frau, die ich nicht für immer haben durfte! Denn ich durfte sie nur heute haben. Nur einen Nachmittag.

Sie stand an den Türstock gelehnt. Fast nackt. Fast. Sie trug eine komplett durchsichtige schwarze Korsage, ihre Brustwarzen waren durch den Hauch von Nichts zu sehen und waren vor Erregung ganz steif. Die blonden langen Haare trug sie offen und fielen über ihren Körper, über die Schultern, über die Brüste. Sie lächelte mich sanft, aber erwartungsvoll an. Ich konnte sie nur mehr anstarren. Ich muss wie ein dummer kleiner Junge ausgesehen haben. Sie war komplett rasiert. Ihre Scheide war so nackt, wie die eines Kindes. Nackt und glatt und so wunderschön. Ich konnte alles sehen. Ihre ewig langen Beine. Komm schon, Baby, leg mir diese Beine um meinen Körper!

Sie trug schwarze Stilettos mit ewig langen Absätzen, die ihre Beine noch länger aussehen ließen.

Ich hätte sie nur ansehen können und wäre in zwei Minuten gekommen. Sophia!

Sie sagte gar nichts. Sie kam nur auf mich zu. Schön und unschuldig, wie ein Engel, gekonnt und sexy, wie eine Raubkatze!

Dann setzte sie sich einfach auf mich und wir sahen uns in die Augen. Ich war für alles bereit. Doch sie schlang nur ihre perfekten Schenkel um mich und drückte ihr Becken gegen das meine. Sie merkte, dass ich schon längst einen Steifen hatte und es erregte sie. Sie nahm ihre Arme und legte sie um meinen Kopf, strich mir durch die Haare und dann berührten ihre sinnlichen Lippen meinen Mund. Sie küsste mich; zuerst ganz sanft und zärtlich und umso mehr sich ihr Körper auf mir vor Lust aufbäumte, so intensiver wurden ihre Küsse. Und sie konnte küssen. Sie wusste genau, was sie mit ihrer Zunge und ihren Lippen tat. Ich konnte mich nicht erinnern, wann ich zum letzten Mal so wunderschön geküsst worden bin.

Dann nahm sie meinen Kopf und drückte ihn vorsichtig gegen ihren runden, festen Busen. Meine Hände glitten ihren Rücken hinauf und umgriffen diese zwei perfekten Titten, die ich nur mehr in meinen Mund nehmen wollte. Sie liebte das. Sie stöhnte laut dabei und durchwühlte mir, immer noch mit mir eng umschlungen, die Haare. Sophia lies sich gehen. Diese ruhige, fast schüchtern wirkende Frau, die neben ihren lauten Freundinnen fast unterging. Diese Frau war Erotik pur!

Ich grub mein Gesicht immer mehr in ihren Busen. Meine Hände streichelten ihren ganzen Körper. Es war einfach nur geil! Genau das Wort trifft es nämlich! Ich hielt ihren Arsch und drückte ihn ganz fest gegen mich und ich wollte jetzt nur noch eines. Ich wollte meinen Schwanz ganz tief in sie hineinstecken, bis sie vor Lust nur mehr ihre Nägel in meinen Rücken bohren und laut stöhnen würde. Ich würde sie jetzt ficken und ihr das geben, was sie brauchte.

Doch als ich dabei war meinen Schwanz in sie zu stecken, ging sie mit ihrem Becken zurück und schüttelte leicht ihren Kopf. Ja, geil! Sie würde mir jetzt noch einen blasen! Sie weiß, was Männer wollen.

Doch das tat sie nicht. Sie griff unter die Decke und holte ein Paar Handschellen heraus. "Fessel mich!" sagte sie ganz sanft und leise. "Fessel meine Hände!" sagte sie und sah mich mit diesem Blick an, den ich schon damals in der Bar so an ihr liebte.

Was würde sie jetzt machen? Ich war etwas verwirrt. SM-Spiele? Da war ich nicht besonders scharf drauf. Aber ich fesselte sie.

Und dann tat Sophia etwas, was noch keine Frau bei mir getan hatte. Sie legte sich vor mir komplett nackt auf den Bauch. Ihre Korsage hatte ich anfangs schon von ihrem Körper gerissen, um ihre Brüste zu liebkosen.

Da lag sie. Gefesselt, komplett nackt, vor mir. Wehrlos. Ihre langen, blonden Haare fielen über ihren perfekten, zarten Rücken. Ihre Arme waren nach vorn gestreckt. Die Hände gefesselt. Ihr Po sah so geil aus. Rund und knackig und ich hätte am liebsten hinein gebissen. So wunderschön und wehrlos lag sie vor mir auf ihrem Bauch.
Und ich wollte jetzt endlich meinen Schwanz in sie stecken. Ich konnte gar nicht mehr damit warten. Doch sie drehte ihren Kopf um und sah, so gut es ging, nach hinten zu mir und sagte: "Mach alles mit mir! Alles! Nur nicht mit deinem Schwanz!"

"Ja bitte wie?" dachte ich im ersten Augenblick. Sie merkte, dass ich etwas verwirrt war, lächelte und sagte: "Nimm deine Hände, deinen Mund, deine Zunge!" schloss die Augen und gab sich mir hin.

Ich nahm meine Hände und streichelte über ihre weichen Haare. Ich wollte sie nur mehr riechen. Ich bohrte mein Gesicht hinein und streichelte dabei ihr Gesicht, küsste sie und war so zärtlich, wie ich konnte. Ja, das war wohl genau das, was sie sich erhofft hatte. Mein Mund küsste sie immer intensiver und ich glitt mit meiner Zunge über ihren Rücken und meine Hände streichelten sie dabei. Immer wieder lies ich sie unter ihren Körper gleiten, um ihren Busen zu spüren. Es war so geil. Sie war so perfekt. Allein ihr Geruch machte mich wahnsinnig.

Ich küsste sie immer weiter, bis ich an ihren Po kam.
"Du darfst alles mit mir machen! Alles!" stand damals auf dem Zettel und so machte ich das, was ich am liebsten tat, was ich aber bei den wenigsten Frauen durfte. Sie hat ja gesagt, dass ich alles machen dürfe. Alles! Und sie lag wehrlos, gefesselt vor mir.

Und so ergriff ich fest ihre beiden Backen, fast grob, drückte sie etwas auseinander und begann sie mit meiner Zunge überall zu lecken. Überall! Meine Zunge glitt auf und ab und dann nahm ich meine Finger und verwöhnte sie so sehr, dass sie nur mehr stöhnend vor mir lag und sie begann in die Decke unter sich zu beißen, um nicht laut loszuschreien.

Ich war so scharf auf sie. Wie konnte NUR das so scharf sein? Meine Finger drangen immer wieder in sie ein. Überall drangen sie ein. Und meine Zunge wollte sie zum Höhepunkt bringen. Ich würde nicht aufhören, bevor sie gekommen war. Solange würde ich weitermachen. Dabei lag sie immer noch am Bauch. Ihr Hintern direkt in meinem Gesicht.

Dann war sie soweit und keine Frau auf der Welt könnte so einen Orgasmus vortäuschen. Und wie sie kam! Sie zitterte am ganzen Körper, ihre Schenkel zuckten und meine Finger, die noch in ihr waren, merkten, wie sich alles in ihr zusammenzog. DAS, meine Lieben, DAS war ein Orgasmus!

So geil hatte ich noch nie eine Frau geleckt. So hatte sich mir noch keine hingegeben. Wow! Ich war fix und fertig! Und wollte es jetzt endlich mit ihr treiben.

Und als ob sie es wusste, drehte sie sich um. Sie war immer noch gefesselt, streckte die Arme über ihren Kopf und legte ihre weichen Schenkel um mich.

So lag sie vor mir. Mit diesem perfekten Körper. Dem festen Busen, der engen Taille und ihrer komplett rasierten Scheide. Es war der schönste Anblick, den man sich vorstellen kann!

"Und jetzt fick mich!" war alles was sie sagte. Sie, mit diesem unschuldigen Engelsgesicht und der zarten Stimme. Sie sagte es. Genau das, was ich hören wollte!

Und dann drang ich in sie ein. Ganz tief. Und ich spürte, wie warm und feucht sie war. Ich umfasste mit meinen Händen ihre Hüften und trieb es hart und heftig mit ihr. Ich war so erregt, so erregt, dass ich mit dieser wunderschönen, sexy Frau alles machen konnte, was ich wollte. Und sie konnte sich nicht wehren. Doch das gefiel ihr und sie stöhnte so erregt, dass ich glaubte, sie würde gleich wieder kommen.

"Nimm mir bitte die Fesseln ab!" sagte sie nach einer Zeit. "Ich will dich halten und spüren!" Und nachdem ich sie von ihren zarten Händen entfernt hatte, zog sie mich auf sich hinunter, drückte mich gegen ihren makellosen Körper und küsste mich unglaublich leidenschaftlich und zärtlich. Und mein Kopf hörte komplett auf auch an nur irgendetwas zu denken. Sie schlang ihre Beine um mich, bewegte ihr Becken im Rhythmus meiner Stöße mit, hielt mit ihren Händen mein Gesicht und fuhr mir durch die Haare, während wir es hemmungslos miteinander trieben.

Damals verstand ich eigentlich erst, was hemmungslos bedeutet. Nicht wildes herum ficken, sondern das sich komplett dem anderen hingeben, sich in ihm verlieren und nur mehr fühlen und spüren.

Irgendwann legte ich mich am Rücken und sie nahm meinen Schwanz und setzte sich auf ihn. Was war das für ein Anblick. Sie auf mir, ich in ihr, meine Hände griffen ihren Hintern und zeigten ihr, wie schnell ich es gern hätte. Und sie hörte nicht auf. Ich sah in ihr Gesicht und sah wie geil sie das fand. Sie hatte die Augen geschlossen und stöhnte immer lauter. Immer schneller rieb sie ihr Becken gegen das meine, damit sie sich so richtig befriedigen konnte. Und sie nahm sich, was sie wollte. Dabei griff sie nach hinten und massierte meine Eier. Ihre Nippel waren hart und steif und ich spürte, wie sie gleich kommen würde. Es war der schönste Anblick, den man sich als Mann wünschen konnte. Dieser versaute, süße Engel, der mich ritt und auf mir kam. Sie explodierte und warf dabei ihren Kopf mit den langen blonden Haaren in den Nacken und stöhnte: "Ahhhhh ich komme...!"

War das geil. Sie hätte es aber gar nicht sagen müssen, weil sie noch auf mir saß und mein Schwanz spürte, wie sich in ihr drinnen alles rhythmisch kontrahierte. Wow, das war ein Gefühl!

Fragt mich nicht, was und wie oft wir es noch trieben. Mein Hirn hat irgendwann einmal abgeschaltet. Wir machten es überall, am Boden, auf der Armlehne der Couch, vor dem Fenster und in der Dusche, wo sie mir wieder ihren prallen, festen Arsch entgegenstreckte und ich es ihr von hinten hart besorgte. Dabei strichen meine Hände über ihren wunderschönen Rücken und über die klitschnassen Haare.

Dann lagen wir nur mehr im Bett; nebeneinander und wir waren so was von befriedigt! Ich kann jetzt verstehen, was es heißt: ich fick dir dein Hirn weg! Ja, das trifft es. Das hatte sie mit mir gemacht.

Es wurde Abend. Der Nachmittag war vorbei. Ich wollte sie nicht gehen lassen und hätte am liebsten die ganze Nacht mit ihr weiter gevögelt.

Doch sie stand auf, ging ins Bad, zog sich an und kam zu mir ans Bett. Sie sah mich nur an mit diesem umwerfenden verführerischen Blick und sie schenkte mir wieder dieses bezaubernde Lächeln. "Mach's gut!" sagte sie nur. Sah mich noch ein paar Sekunden lang an und küsste mich zum Abschied auf die Stirn. Dann stand sie auf und war weg.

Ich kannte nicht einmal ihren Nachnamen, ich wusste nicht, wo sie wohnte, ich wusste gar nichts von ihr. Ich wollte sie an diesem Nachmittag durchficken, so wie sie es sich von mir gewünscht hatte. Aber ehrlich gesagt: Sie hatte mich durchgefickt! Jetzt war Sophia weg. Für immer!

Er verstand die Einladung

Meine letzte Beziehung zu einem Mann war purer Stress. Ich bin eine Frau Mitte zwanzig, seit ein paar Monaten Single und fühle mich so ganz wohl. Wenn mich mal die Lust überkommt, gibt es ja wundervolle Helferlein. Männer vermisse ich, zumindest zurzeit, gar nicht.

Eines Tags beschloss ich, in die Stadt zum Bummeln zu fahren. Am Nachmittag zogen Wolken auf und es begann zu regnen. Also verzog ich mich in eine Buchhandlung und machte mich auf die Suche nach neuer Lektüre. Ich war so vertieft, dass ich den Lärm auf dem Platz gar nicht mitbekam. Nach knapp zwei Stunden wollte ich zur U-Bahn und musste feststellen, dass kein Durchkommen mehr war.

Da fand die Abschlusskundgebung einer großen Demonstration statt. Und alles war voller Menschen. Da ich aber meinen Zug erreichen wollte, versuchte ich mich trotzdem durchzuquetschen. Ich bin recht groß, habe eine Rubens-Figur und so kam ich recht gut vorwärts, bis die Menge auf einmal wie eine Woge nach hinten schwappte. Ich wurde mit allen Leuten wieder zurückgeschoben und ziemlich schmerzhaft mit dem Rücken an ein Absperrgitter gepresst. Aber nur kurz, dann spürte ich, wie ich wieder nach vorne geschoben wurde und sich mir ein Arm um die Taille legte. Und bei der nächsten Rückwärts-Welle wurde ich nicht mehr gegen das Gitter gepresst sondern gegen einen Mann, dadurch, dass er mich noch immer festhielt und ich wirklich mit Schwung gegen ihn geschoben wurde, merkte ich, dass er sehr groß und gut gebaut war. Ich versuchte mich umzudrehen, um zu sehen, wer sich da zwischen mich und das Gitter geschoben hatte. Es blieb bei dem Versuch, weder die Enge in der Menschenmenge noch sein Arm ließen zu, dass ich mich ganz umwandte. Was ich aus dem Augenwinkel sehen konnte, war eine schwarze Hose, ein Shirt, ein markantes Kinn mit Dreitagebart und einen Knopf im Ohr mit Kabel dran. "Er gehört also zur Aufsicht", schoss es mir durch den Kopf. Zum Weiterüberlegen kam ich nicht mehr. Seine rechte Hand, die immer noch auf meinem Bauch lag und mich an ihn drückte begann mich zu streicheln. Erst nur ganz sachte mit dem Daumen. Ich war so überrascht, dass ich mich nicht wehrte.

Anscheinend fasste er das als Zustimmung auf, denn nun suchte sich eben diese Hand ihren Weg unter mein Oberteil, sie hatte ihre Lage nicht verändert, nur dass jetzt kein Stoff mehr zwischen mir und seiner

Hand war. Und wieder begann er mich zu streicheln. Erst nur mit dem Daumen, dann auch mit den anderen Finger, er umspielte mit einer ungeahnten Zärtlichkeit meinen Bauchnabel. Obwohl ich etwas geschockt war, schrie mein Körper geradezu nach seinen Berührungen, meine Brustwarzen fingen an sich aufzurichten, es kribbelte überall und ich entschied mich auf ihn zu hören. Einmal in meinem Leben nicht vernünftig zu sein.

Ich spürte seinen Atem in meinem Nacken. Da hörte ich zum ersten Mal seine Stimme, eine warme, tiefe und momentan etwas erregt klingende Stimme: "Was passiert mir, wenn meine Hand nun etwas höher oder gar tiefer wandern würde?"

Um ihm antworten zu können, hätte ich schreien müssen und das wollte ich nicht, also drückte ich nur mein Hinterteil fester gegen ihn und streckte gleichzeitig meine Brüste auffordernd etwas vor. Ich hoffte, er würde die Einladung verstehen und er verstand. Das spürte ich fast augenblicklich. An meinem Hinterteil, ich hörte ihn leise aufstöhnen. Er fuhr mit seiner rechten Hand langsam nach oben, er liebkoste meine Brüste und ich sehnte mich nur noch danach, seine Hand auf meiner nackten Haut zu spüren. Am liebsten hätte ich mich umgedreht und ihn geküsst, um ihm dann das Shirt vom Leib zu reißen. Aber ich war ja noch immer eingeklemmt, zwischen ihm und den Menschen vor uns. Da hörte ich ihn auf einmal hektisch reden, nicht mit mir, sondern über Funk. Und dann nahm er seine Hand von meiner Brust. Mir entfuhr ein enttäuschter Seufzer und ich hörte wieder seine Stimme an meinem Ohr: "Lass dich fallen und schau möglichst krank aus."

Ich verstand kein Wort, doch in dem Moment hob er mich hoch und stieß das Absperrgitter nach hinten weg. Ich konnte endlich sein Gesicht sehen. Lange, dunkle Haare zu einem Zopf gebunden, tiefblaue Augen und ein Lächeln, dass mir die Beine weggezogen hätte, wenn er mich nicht eh schon getragen hätte. Irgendwo in mir registrierte eine noch funktionierende Gehirnzelle, dass er mich trug! Dann waren wir schon bei einem Bus, schwarz mit getönten Scheiben, "Nein, nein, es ist nichts schlimmes, es hat ihr nur die Beine weggezogen. Ich setze sie ein wenig in den Bus und bleib bei ihr. Der geht's bestimmt gleich wieder gut." Mit diesen Worten wimmelte er jede Hilfe ab und lies mich auf die Sitzbank gleiten und stand auf. Aber nur, um die Türe am Bus zu schließen und sie zu verriegeln.

Danach wandte er sich mir zu, beugte sich über mich und begann mich zu küssen, seine Zunge musste nicht lange um Einlass in meinen Mund bitten, mit einem Aufstöhnen hieß ich sie willkommen und genoss das wilde Spiel unserer Zungen, er kniete sich zwischen meine Beine und begann langsam noch während des Kusses die Köpfe meiner Bluse zu öffnen. Und erst als alle offen waren entließ sein Mund meine Zunge und er begann meinen Körper zu erforschen. Mit glänzenden Augen befreite er meine üppigen Brüste aus dem BH, er zog einfach nur den Stoff beiseite. So reckten sie sich ihm auffordernder entgegen, als sie das ohne BH gekonnt hätten. Zuerst streichelte er sie nur sanft, ich zitterte inzwischen am ganzen Körper und als er seinen Kopf beugte und an der ersten Warze zu saugen begann, da jagte er einen Schauer über meinen Körper und ich konnte einen kleinen Aufschrei nicht mehr unterdrücken.

"Ja, schrei nur, sei laut! Das macht mich noch geiler, falls das überhaupt geht," hörte ich ihn zwischen meinen Brüsten murmeln. Dann nahm er sich die zweite Brust vor, wieder begann das aufreizende Spiel mit seiner Zunge an meinem Nippel. Diesmal biss er auch zu, nicht feste genug, um mir weh zu tun, aber feste genug, um mir den nächsten Schrei zu entlocken.

Da klopft es an den Bus. Entsetzt fuhr ich hoch, doch er blieb cool, warf mir eine Decke zu und öffnete die Türe. Ein kurzes Gespräch, ein gewaltiger Fluch von ihm, dann drehte er sich zu mir um. "Wir müssen hier wegfahren, es tut mir leid. Soll ich dich irgendwohin bringen oder darf ich dich einfach entführen." Ich schaute ihn mit großen Augen an, die Beule in seiner Hose war nicht zu übersehen... "Entführe mich," war alles, was ich sagen konnte. Da lachte er leise auf, setze sich auf den Fahrersitz und fuhr los. Nach etwa einer halben Stunde, in der ich vor lauter Vorfreude nicht zu zittern aufhörte blieb er stehen und kam wieder zu mir. Mit einem raschen Griff klappte er die Lehne um und sperrte den Bus wieder ab.

Dann zog er mir die Decke weg und lächelte mich an. "Alles noch da, das ist gut." Und ohne eine Sekunde Zeit zu verlieren, widmete er sich wieder meinen Brüsten.

Er saugte sich regelrecht an meinen Nippeln fest, die wurden so steif und hart, wie ich es noch nie erlebt hatte.

Dann wanderte sein Mund tiefer, seine Zunge umspielte meinen Bauchnabel und es war noch erregender als zuvor seine Finger.

Inzwischen bettelte ich um mehr, mein Becken hob sich ihm entgegen und er folgte der Aufforderung meines Körpers. Er öffnete den Reißverschluss an meiner Jeans und zog den Rand des Slips eben so weit runter wie es nun ging. Das Dreieck, das er damit freigelegt hatte begann er nun hingebungsvoll zu küssen.

Wie froh war ich in diesem Moment, dass ich mich noch am Morgen unter der Dusche komplett rasiert hatte.

Doch auch das war mir nicht genug und ich versuchte mich, ohne seine Hilfe aus meinen Jeans zu winden. Lange ließ er mich nicht zappeln, er half mir beim Ausziehen und zog mir noch im gleichen Schwung auch den Slip runter, dann begann er ein Spiel mit Lippen, Zunge und Zähnen, das dazu geeignet war, mich in den Wahnsinn zu treiben.

Noch nie hatte ich erlebt, dass ich so feucht wurde, ich lief regelrecht aus, und als er auch noch seine Finger zu Hilfe nahm und tief in meine heiße und nasse Höhle vordrang, da schrie ich meine Lust raus, und wieder hörte ich ihn "Ja, schrei nur, sei laut, sag mir was du willst und du wirst sehen, dass ich unvorstellbar geil werde."

Während der ganzen Zeit ließ seine Zunge meiner Lustperle kaum eine Sekunde der Erholung, eine Woge der Lust nach der anderen schlug über mir zusammen und schon nach kurzer Zeit merkte ich, dass ich mich nicht mehr lange unter Kontrolle würden halten können.

Ich versuchte mich, ihm zu entziehen, ich wollte ihm die gleiche Lust bereiten, bevor ich zum ersten Mal abging. Doch er ließ es nicht zu, nun bearbeitete er meine Klit mit den Fingern und stieß immer wieder mit der Zunge in meine Lustgrotte vor. Und da hatte er mich soweit, ich spürte wie sich vom Mittelpunkt meines Körpers aus jeder einzelnen Muskel in mir zusammenzog, ich bog mich durch, um ihm noch näher zu kommen. Wieder leckte er meine Perle und steckte drei seiner Finger in das Zentrum meiner Lust, mit der anderen Hand zwirbelte er einen meiner Nippel und da ging ich ab, ich spritze ihm meine Lust entgegen. So etwas hatte ich noch nie erlebt, ich erkannte meinen eigenen Körper nicht wieder.

Doch nun war meine Gier geweckt, ich wollte mehr, ich wollte ihn und das sagte ich ihm auch. Ich setzte mich auf, zog ihm das Shirt über den Kopf und nestelte hektisch an seinem Hosenbund. Als ich die Knöpfe endlich offen hatte sprang mir seine Erregung schon entgegen, er trug keine Wäsche. "Gut so", ging es mir durch den Kopf und ich zog ihm die Hose bis zu den Knien runter.. nicht weiter. Ich wollte ihn ein klein wenig bewegungsunfähig halten.

Dann beugte ich mich vor und begann seinen Bauch zu küssen, ich spielte mit seinem Bauchnabel und meine Hände lagen ruhig auf seinen Pobacken. Ich musste mich schwer beherrschen, um mir nicht einfach seinen Ständer in den Mund zu stopfen und es ihm mit gleicher Münze heimzuzahlen. Doch ich ließ mir Zeit, ignorierte sein Glied bei meinen Liebkosungen lange Zeit. Inzwischen war es so groß, dass sich seine Eichel von selber aus der Vorhaut befreit hatte und ich sah eine kleine Flüssigkeitsperle an der Spitze hängen. Da konnte ich nicht mehr anders, ich musste ihn küssen, mit der Zunge bearbeiten und ihn in meinen Mund saugen. Er schmeckte ausgesprochen gut und er war hart und heiß. Ich konnte sein Pulsieren auf meiner Zunge spüren, doch ich wollte nicht aufhören, auch als ihm fast die Knie einknickten und er sich auf die Bank legen musste ließ ich ihn nicht los.

Im Gegenteil, jetzt da er auf dem Rücken lag eröffneten sich mir noch ganz andere Möglichkeiten ihn zu reizen. Ich presst meine Brüste gegen seine Hoden und massierte diese.

Er stöhnt erneut auf und ich bemerkte, dass er so langsam die Beherrschung verlor, immer tiefer versuchte er in meinem Mund einzudringen. Doch sein Glied war zu groß, um es ganz aufnehmen zu können, ich entließ es kurz aus meinem Mund, strich mit Zunge an seinem Schaft entlang und wollte mich mit Zunge und auch Zähnen seinen Hoden widmen. Doch er nutzte diese kurze Atempause schamlos aus, schob mich zur Seite, zog sich seine Hose ganz aus und hob mich einfach auf sich.

Langsam ließ er mich auf sich herab und ganz langsam nahm ich ihn mit einem Aufstöhnen in mir auf und blieb dann erst mal ganz ruhig sitzen. Seine Hände lagen inzwischen auf meinen Brüsten, er zog an den Nippeln, bis ich mich vorbeugte und er sie abwechselnd in den Mund nehmen konnte, um daran zu knabbern und zu saugen. Damit schaffte er es wieder mich fast zum Höhepunkt zu treiben. Obwohl ich noch immer unbeweglich auf ihm saß. Das einzige was ich machte war abwechselnd die Muskeln in meinem Becken anzuspannen und wieder locker zu lassen.

Das schien ihn heiß zu machen. Auf einmal stöhnte er "reite mich endlich...". Da fing ich an, mich ganz langsam zu bewegen, doch dabei blieb es nicht lange, er bewegte sich mit mir, versuchte immer noch tiefer in mich einzudringen, sein gewaltiges Glied füllte mich komplett aus, es war ein unbeschreibliches Gefühl.

Und als ich schon wieder kurz vor dem Orgasmus war, hob er mich hoch und dreht mich um "ich will noch tiefer in deiner geilen Höhle verschwinden, lass mich dich von hinten nehmen". Gierig streckte ich ihm mein Hinterteil entgegen. Genüsslich strich er mit den Händen darüber, verteile über all den Saft meiner Geilheit. Dann spürte ich seine Eichel am Eingang meines Lustzentrums und mit einem gewaltigen Ruck führte er ihn bis zum Anschlag ein. Ich schrie auf und sofort zog er ihn wieder zurück, doch ich griff mit einer Hand zwischen meine Beine und erwischte ihn gerade noch am Hodensack "wehe du hörst jetzt auf" war alles was ich zwischen Stöhnen und nach Luft ringen noch herausbrachte. Da hörte ich ein erleichtertes Auflachen und er nahm mich erneut in Besitz. Diesmal nahm er mich ohne Zurückhaltung, immer wieder stieß er in ungeahnte Tiefen meiner selbst vor, ich war inzwischen so nass, dass mir mein eigener Saft an den Beinen hinablief.

Doch ich wollte mehr, ich wollte spüren, wie er in mir kam. Ich wollte fühlen, wie er explodierte. Und so griff ich wieder mit einer Hand zwischen meine Beine und fing an seinen Hodensack zu massieren und zu kneten. Das schien ihn endgültig geil zu machen. Immer schneller und heftiger wurden die Stöße mit denen er mich nahm und als ich dachte, ich könnte meinen Orgasmus keine Sekunde mehr zurückhalten, da stieß er ein letztes Mal mit aller Kraft in mich, schrie – gleichzeitig mit mir – auf und ich fühlte nicht nur die Welle meines Orgasmus über mir zusammenschlagen sondern auch wie er explodierte und seinen Samen tief in mich schoss. Es war ein unbeschreibliches Gefühl, dann brach er über meinem Rücken zusammen, streichelte von hinten meine Brüste, eine Hand fand ihren Weg zu meiner Lustperle und auch sie wurde erneut sanft massiert.

Als ich -schon wieder hoch erregt- erneut zu zittern begann, spürte ich wie er ihn mir wieder hart und groß wurde, er stöhnte auf und zog sich aus mir zurück, was ich mit einen entrüsteten, leisen Aufschrei quittierte.

Lachend drehte er mich um und bat mich, sein bestes Stück noch mal in den Mund zu nehmen.

Mit Freude wollte ich der Bitte sogleich nachkommen, doch er hielt mich zurück, legte mich auf den Rücken und kniete sich dann über mich, um währenddessen weiterhin meine Klit verwöhnen zu können. Ihn nun von unten zu sehen, ihn wieder im Mund zu haben, seine glatte Eichel mit meiner Zunge zu umspielen und dabei gleichzeitig seine

Schwanzwurzel und die Hoden mit den Händen bearbeiten zu können machte mich extrem scharf. Seine Zunge und seine Finger in meiner Scheide taten ihr übriges, innerhalb kürzester Zeit kam ich schon wieder, nun wollte ich ihm den gleichen Genuss bereiten, wollte ihn soweit bringen, dass er in meinem Mund abspritzt. Aber er ließ es nicht zu, er entzog mir sein Glied erneut und drehte sich auf mir um, er legte es zwischen meine Brüste und presste dies eng zusammen, bei jedem Vorwärts-Stoß gelang es mir kurz an seiner Eichel zu saugen und sie mit der Zunge zu verwöhnen, es trieb mich fast in den Wahnsinn, dass er mir seine Glied immer wieder entzog. Dann setze er sich auf, hob mich hoch und setzte mich auf seinen Schoß. Nun ritt ich ihn im Sitzen, seine Bauchmuskel rieben sich dabei an meiner Perle, er saugte sich abwechselnd an meinen Brustwarzen fest und nach ein paar Stößen seiner Hüften, bei denen er mich hoch hob und wieder absetzte, war ich schon wieder so weit, dass ich fast das Atmen vergaß. Ihm ging es wohl nicht anders, denn nach nur wenigen, aber sehr intensiven Stößen kamen wir erneut gemeinsam. Die Lustwogen schlugen über mir zusammen und ich zitterte völlig unkontrolliert, erneut schrie ich laut auf. Er biss mich bei seinem Abgang in die linke Brust, doch das bemerkte ich überhaupt nicht.

Dann zog er mich eng an sich, ich saß noch immer auf seinem Schoß, er legte beide Arme fest um mich und vergrub sein Gesicht in meinem Busen.

"Das war der genialste Sex, den ich jemals in meinem Leben hatte" hörte ich ihn leise murmeln. Und ich konnte ihm nur zustimmen.

Danach kuschelten wir uns auf der Liegefläche eng aneinander und schliefen völlig erschöpft ein.

Wann immer einer von uns aufwachte, so weckte er den andern mit zärtlichen oder auch fordernden Berührungen und nie wehrte sich der Geweckte dagegen. Am nächsten Morgen brachte er mich zum Bahnhof und ich fuhr nach Hause.

Im Zug saß ich mit geschlossenen Augen in meinem Abteil als mir plötzlich einfiel: "Ich weiß ja noch nicht einmal seinen Namen."

Das kleine Dickerchen

Sonja war keine Frau, nach der sich die Männer lüstern umdrehen. Klein, mit wuchtigem Hintern und ebensolchen Oberschenkeln. Ihr dicker Bauch war nicht direkt zu erkennen, ließ sich aber unter ihren weiten Blusen erahnen. Sie war Anfang zwanzig und in unserem Unternehmen Auszubildende. Sie kam von Außerhalb, da sie in ihrer Heimatstadt keinen Ausbildungsplatz finden konnte. Ihr Haar war dunkel und kurz. Im Unternehmen sagte man immer nur das kleine Dickerchen, wenn man von ihr sprach. Die meisten Kolleginnen und Kollegen schnitten sie. Mir tat sie leid. Ich unterhielt mich öfters mit ihr, erklärte und zeigte ihr die verschiedensten Arbeitsabläufe und ging dabei auf sie ein. Fast täglich traf ich sie im Gemeinschaftsraum in der Mittagspause. Sie saß immer allein an einem Tisch in der hintersten Ecke. Ich setzte mich immer zu ihr, oder wenn ich vor ihr da war, setzte sie sich zu mir. Eines Tages saß sie weinend am Tisch. Als ich sie fragte was denn passiert sei, meinte sie unter Tränen: "Mein Freund hat Schluss mit mir gemacht. Er hat gesagt dass ich zu fett bin und dass er sich vor mir ekelt. Ich würde immer fetter werden und das würde ihn abstoßen. Am liebsten würde ich meine Ausbildung abbrechen und wieder nach Hause zu gehen".

Ich tat etwas, was gar nicht meinem Naturell entspricht. Ich nahm sie in den Arm, drückte sie an mich und streichelte ihr übers Haar. Dabei spürte ich deutlich ihre Brust, die auch üppig zu sein schien. Was sollte ich ihr sagen, dass ich ihren Freund verstehen kann und wenn sie einen Spiegel hätte es wohl auch Selbst sehen müssen. Natürlich nicht! Ich sagte zu ihr: "Überstürzen sie nichts, beenden sie ihre Ausbildung. Reagieren sie bitte nicht über. Sie werden ihren Prinzen schon finden, dem ein paar Kilos mehr nicht stören. Sie haben ein so hübsches Gesicht und sind ein ganz liebes Mädchen. Er hat sie gar nicht verdient, das muss ich ihnen sagen". Sie hörte mir zu und ich vermutete dass sie meine Umarmung und mein Streicheln genoss. Nachdem wir uns wieder gesetzt hatten, dachte ich daran, wie ich ihre Brust gespürt hatte. Am liebsten Hätte ich sie mit meinen Händen Berührt.

Etwa 6 Monate später an einem Freitag, wir saßen wieder zusammen bei Tisch, fragte sie mich: "Können sie mir wohl etwas Nachhilfe in Rechnungswesen geben? In ein paar Wochen habe ich meine

Abschlussprüfung, aber ich habe echte Probleme mit Buchungssätzen, Abschreibung usw.". "Wann haben sie Zeit? Heute Abend"? Sie nickte. Ich schrieb ihr meine Adresse auf der Rückseite meiner Visitenkarte. "Heute Abend 19:00 Uhr, und bringen sie ihre Schulunterlagen mit". Sie erschien pünktlich. Zwar hatte sie wieder eine sehr weite Bluse an, sie aber so weit aufgeknöpft, dass ich den Ansatz ihres schwarzen BHs sehen konnte, gleich als sie vor mir stand. Ich ging mit ihr die Grundlagen der Buchführung durch. Aktiva, Passiva, Soll und Haben. Wir arbeiteten mehrere Stunden, bis spät in die Nacht. Wobei ich immer versuchte einen Blick in ihren Ausschnitt zu werfen. Wir kamen gut voran, mit ihrem Unterrichtsstoff. Ich stellte mir zwischendurch vor wie sie nackt aussehen könnte was sich in meiner Hose bemerkbar machte. Inständig hoffte ich dass es ihr nicht auffallen würde. Als ich merkte dass unsere Konzentration nachließ, beendete ich den Abend und bat sie am nächsten Tag um 15:00 Uhr wieder zu kommen. Nachdem sie gegangen war, ging ich ins Bad um mir Erleichterung zu verschaffen. Ich nahm mir vor am nächsten Tag nicht mehr in ihren Ausschnitt zu starren. Zum einen war sie eine Schutzbefohlene und zum anderen hätte ich ihr Vater sein können.
Pünktlich um 15:00 Uhr stand sie mit ihren Schulunterlagen vor meiner Tür. In der Hand hielt sie ein Papptablett mit Torte. "Ich dachte wir könnten vorher noch Kaffee trinken und dazu Kuchen essen". Ich nahm ihr den Kuchen ab. Als sie sich vorbeugte um ihre Schuhe zu öffnen, konnte ich ihren dicken Hintern bewundern. Ihre Bluse rutschte hoch und ich saß das sie einen String an hatte. Unversehens drehte ich mich um, um mich nicht wieder an ihren üppigen Körper aufzugeilen. Da war es nun vorbei mit meinem Vorsatz von gestern Abend. Ich kochte uns Kaffee, deckte den Tisch und wir tranken Kaffee und aßen die Torte. Immer wenn ich zu ihr hinüber sah, sah ich in ihren Ausschnitt. Ich konnte deutlich den Ansatz ihrer Brust sehen. Und wie sich ihre üppigen Kugeln bei jedem Atemzug hoben und senkten. Sonja bemerkte meine Blicke, sagte aber nichts. Eher hatte ich den Anschein als würde sie es genießen. Später rechneten wir Buchungsfälle durch. Ich stand hinter ihr und sah ihr dabei immer wieder in den Ausschnitt. Ihre Brüste brachten mich fast um den Verstand. Wann immer es die Situation zu ließ berührte ich sie. Mal am Arm, mal an der Schulter oder streichelte ihr wie unbeabsichtigt über ihren kräftigen Rücken. Am liebsten hätte ich ihr an die Brust oder in ihren Schritt gegriffen

und war auch das eine oder andere Mal kurz davor, beherrschte mich aber dann.

Ich lernte mit ihr bis zu ihrer schriftlichen Prüfung. Immer wenn sie gegangen war, musste ich mir Erleichterung verschaffen. Ich stellte mir dabei vor, wie sie nackt aussehen würde. Nachdem sie ihre Prüfung mit einem sehr guten Ergebnis abgelegt hatte, kam sie nicht mehr zu mir zum lernen. Ich sah sie nur noch auf der Arbeit in der Mittagspause.

Sechs Wochen nach ihrer schriftlichen Prüfung meinte sie zu mir: "Morgen habe ich meine mündliche Prüfung. Leider werde ich nicht übernommen. Wir werden uns dann wohl nicht mehr sehen, schade. Ich möchte mich noch einmal für ihre Hilfe bedanken, ohne sie hätte ich es bestimmt nicht geschafft". Sie stand auf und küsste mich auf den Mund. "Ich weiß gar nicht wie ihnen meinen Dank zeigen kann" meinte sie. Worauf ich erwiderte: "Ich schon". Worauf sie rot wurde. Als ich merkte was ich gesagt hatte, schob ich nach: "Meine Fenster müssten wieder einmal geputzt werden". "OK, ich komme am Samstag zum Fenster putzen".

Am Samstag erschien sie wirklich bei mir. Sie hatte sich sehr figurbetont angezogen, was eigentlich sehr unvorteilhaft für sie war. Mich aber erregte es sofort. Obwohl ich nicht auf dicke Frauen stand, wollte ich sie nackt sehen. Sir trug eine viel zu enge Jeans, ein enges Top das einen Teil ihres dicken Bauches frei gab. In ihrem Schritt zeichnete sich durch den Stoff deutlich ihre Liebesspalte ab. Ihre Brust war einfach riesig, und quoll fast aus dem BH heraus. Sie kam auf mich zu und meinte: "Macht dich das geil? Ich habe doch gesehen wie du auf meine Titten gestarrt hast. Ich bin nicht gekommen um bei dir die Fenster zu putzen. Ich bin hier weil ich mit dir schlafen will". Mir verschlug es die Sprache.

Sie kam auf mich zu und schmiegte sich an mich und küsste mich. Dann machte sie einen Schritt rückwärts und zog ihr Top über den Kopf Danach zog sie sich ihre Sandalen und ihre Jeans aus. Nun stand sie in einem viel zu engen BH und einem durchsichtigem String vor mir, und konnte deutlich ihre rasierte dicke Muschi durch den Stoff erkennen. Sie kam auf mich zu und knöpfte mein Hemd auf und zog es mir von den Schultern. Als sie mir die Hose öffnete flüsterte sie: "Heute brauchst du nicht zu wichsen. Du kannst mich ficken und alles in mich rein spritzen. Das hast du dir doch schon lange gewünscht. Stimmts"? Ich nickte nur noch. Dann nahm ich Sonja an die Hand und ging mit ihr ins Schlafzimmer. Sanft lies ich meine Hände über ihren Körper gleiten. Mit zittrigen Fingern wie ein Teenager öffnete ich ihren BH. Ihre dicken Brüste hingen schwer herunter. Ihre Warzenhöfe und Warzen waren dunkel Braun. An ihren harten Nippeln sah ich dass sie genau wie ich sehr erregt war. Meine Hände erforschten weiter ihren üppigen Körper. Langsam lies ich meine Hände über ihren weiche dicken Bauch wandern. Ich zog ihr den String herunter. Sie machte es mir nach und zog mir den Slip aus. Mit einem Griff fasste sie sanft mein Glied und zog behutsam die Vorhaut zurück. Langsam schob ich sie Richtung Bett und drückte sie hinunter. Sie lies mich los und streckte sich auf dem Bett aus. Ich legte mich neben sie und bewunderte ihre üppigen Berge. Ich begann sie zu streicheln und sie sanft zu knetete. Leise flüsterte sie: "Bitte sauge an meinen Nippeln". Mit der einen Hand hielt ich mal die eine und mal die andere Brust um besser an ihnen saugen zu können. Die andere Hand erforschte ihr Liebesdreieck. Ihre Haut war glatt und samtig weich. Ihr Schamhügel war weich und von Fett gepolstert. Um es mir zu erleichtern, spreizte sie ihre dicken Oberschenkel. Es war ein herrliches Gefühl ihre Muschi zu erforschen. Vorsichtig teilte ich ihre fleischigen Schamlippen um mit dem Finger in sie einzudringen. Sie war schon nass. Ohne Probleme drang mein Finger in ihr ein. Sie hatte die Augen geschlossen und begann leise mit offenem Mund zu stöhnen. Ich selbst war so erregt das ich bereits nach nur wenigen auf und ab Bewegungen von Sonjas Hand meinen ersten Orgasmus hatte. Es war mir peinlich so früh zu kommen. Als wenn sie Gedanken lesen könnte, lächelte sie mich an und gab mir einen Zungenkuss. Sie schob ihre Zunge so tief in meine Mundhöhle, das ich dachte sie wollte sie mir bis in den Rachen schieben. Dann drehte sie ihren Oberkörper nach unten und begann mein Glied und meinen Bauch sauber zu lecken. Ich genoss es. Dann kam sie hoch: "Hm, lecker. Hast du dich immer an mir aufgegeilt"? Ich nickte. "Und dann hast du dir einen runter geholt"? Ich nickte wieder. "Du hättest nur etwas sagen müssen, ich hätte ihn dir gern gewichst und deinen geilen Saft geschluckt. Ich liebe Sperma. Schade"! Ich hörte ihr zu und begann ihren wirklich dicken Hintern zu streicheln. Meine Hände streichelten ihren dicken Hintern, ihre wirklich massigen Oberschenkel, ihren gepolsterten Schambereich und ihren dicken Bauch. Dabei saugte und knabberte ich an ihren Harten Brustwarzen. Sie spielte so lange an meinen Glied, bis er wieder stand, und ich genoss es. Ihre Liebesspalte wurde noch nasser als sie schon war. Als sie anfing meine Latte zu wichsen, hielt ich ihre Hand fest und meinte: "Willst du es wirklich unter der Hand verschleudern? Ich möchte ihn lieber in dir stecken und deine geile Muschi spüren". Als wenn sie nur darauf gewartet hatte, richtete sie sich auf. Sie setzte sich auf mich. Mit geübter Hand dirigierte sie meine Latte in ihre nasse Muschi. Ganz langsam, wie in Zeitlupe, senkte sie ihr Becken, bis sie mein Penis ganz in sich aufgenommen hatte. Dann lächelte sie: "Ein geiles Gefühl, wir hätten es schon viel früher machen sollen. Als ich gemerkt hatte dass du dich an meinem Körper aufgegeilt hast, hat es mich erregt. Ich habe gemerkt wie du mir über die Schultern und in meinen Ausschnitt gesehen hast. Ich hatte mit immer gewünscht dass du sie mit deinen Händen greifen würdest. Immer wenn ich von dir weggegangen bin, lief meine Fotze regelrecht aus. Ich stellte mir dann vor wie es sein müsste deinen Schwanz in meiner Fotze zu haben". Sie verlagerte ihren Oberkörper. Mit ihren Händen stützte sie sich ab und beute sich vor. Ihre Nippel berührten leicht meine Haut. Langsam begann sie ihr Becken auf und ab zu bewegen. Dabei schaukelten ihre schweren Brüste wie Glocken hin und her. Ich spürte ihre wohlige feuchte Wärme ihrer dicken aber engen Muschi. Langsam fast zaghaft hob und senkte sie ihren dicken Körper, und stöhnte leise dabei. Sie hatte ihre Augen geschlossen und lächelte glücklich. Als ich im Takt mit ihr mein Becken bewegte, blieb sie auf mir sitzen. "Bitte bleib ruhig liegen, ich will es so lange wie möglich genießen. Wenn du jetzt mit machst kommst du mir zu schnell. Ich will einfach nur deinen geilen Schwanz in mir spüren. Du brauchst keine Angst zu haben, du darfst mir nachher deine geile Wichse schon noch rein spritzen". Sie beugte sich noch tiefer und küsste mich. Ihre Zunge schob sie mir wieder bis zum Anschlag in den Rachen, das ich glaubte ersticken zu müssen. Dann drückte sie ihren Oberkörper mit einer Leichtigkeit hoch, die ich nicht erwartet hatte und begann wieder sanft ihren Unterleib auf und ab zu bewegen. Ich griff ihr an ihre riesige Brust. Sie war so groß das ich sie nicht einmal mit beiden Händen umfassen konnte. Ich drückte und knetete sie. Worauf sie meinte: "Fester, knete sie so richtig durch. Hol alles das nach, was du in den vergangenen Wochen schon mit ihnen anstellen wolltest. Das macht mich noch geiler". Ich knetet und quetschte sie regelrecht. "Jaaa..., noch fester du geiler Bock. Das ist geil, wie deine starken Hände meine Euter bearbeiten". Während ich ihre Brust bearbeitete, ritt sie ganz langsam auf mir. Ich merkte dass sie noch nasser wurde und ihr Liebessaft mir in den Schritt lief. Sie stöhnte

immer lauter. "Jaaa... das... ohhh... ist... geil. Ich.. spüre... deinen...
ouh... Schwanz... in... mir... und... du... knetest... meine... Titten. Ja...,
ja... mach... ohhh... weiter...ouhhh... mir... kommt's". Ich spürte wie sich
ihre Vagina zuckend zusammen zog und wieder entspannte und
wieder zusammen zog und wieder entspannte. Ein herrliches Gefühl.
Ihr Orgasmus wollte kein Ende nehmen. Als ich spürte dass auch ich
kurz vor meinem Orgasmus war, drückte ich sie zur Seite und zog
meinen Penis aus ihrer pulsierenden Scheide. Ich drückte ihre
Oberschenkel auseinander und steckte ihr meinen Mittelfinger rein.
Mit meinen Finger fickte ich sie, zum nächsten Orgasmus.
"Jaaa...mach...weiter...mach...meine...Fotze...so...richtig...fertig...die...br
aucht...das. Sie lief jetzt regelrecht aus. Ihr Körper wurde von
Orgasmus regelrecht durchgeschüttelt. Ihr ganzer Körper zitterte.
Dann beruhigte sie sich und kuschelte sich an mich. Ich spürte ihren
Schweiß auf meiner Haut. Glücklich lächelte sie mich an: "Das war geil,
so hat es mir noch nie jemand mit der Hand gemacht. Ich brauche jetzt
erst einmal eine Pause, aber danach darfst du mit mir machen wie es
dir gefällt und in mir rein spritzen". Sie stand auf um sich etwas zum
trinken zu holen. Ich sah ihr nach, betrachtete ihren dicken Körper und
musste mir eingestehen dass ihr üppiger Körper mich geil machte.
Obwohl nichts Ästhetisches an ihrem Körper war, machte er mich geil.
Als sie zurück kam legte sie sich wieder neben mich und meinte: "Las
uns ein wenig Kraft sammeln, bevor wir es weiter mit einander machen.
Sie kuschelte sich an mich und wir streichelten uns gegenseitig. So sind
wir eingeschlafen. Stunden später wurde ich von ihren Küssen
geweckt. Lächelnd meinte sie: "Weißt du eigentlich das du
schnarchst"? Ihr Mund arbeitete sich von meinem Gesicht aus abwärts.
Vom Hals über meine Brust zum Bauch bis zu meinem Glied. Sie stülpte
ihre vollen Lippen über meinen Penis und fing an, an ihm zu saugen.
Ich drückte ihren Kopf hoch und sagte: "Nein".
Traurig sah sie mich an: "Gefällt es dir nicht"?
"Doch, und wie! Aber ich muss pinkeln und wenn du so weiter machst
pinkle ich dir wahrscheinlich noch in den Mund. Lass mich bitte erst
zur Toilette gehen".
"Dann warte ich auf dich, beeile dich". Als ich zurück kam lag sie mit
leicht gespreizten Beinen auf dem Bett. Sie grinste mich an, sah auf
mein schlaffes Glied und meinte: "Soll ich deinen Schwanz steif blasen,
damit du mich richtig ficken kannst"? Ich kniete mich vor ihrem
Gesicht. Sie verstand sofort, ergriff mein Penis und steckte ihn in ihren

Mund. Saugend und mit Vor- und Rückwärts-Bewegungen bearbeitete sie ihn, bis er wieder stand. Dann lies sie ihn aus ihrem Mund gleiten. "Komm und fick mich. Nudel meine Fotze so richtig durch. Zeig mir mal was so ein erfahrener Mann alles drauf hat". Das lies ich mir nicht zweimal sagen. Ich zog ihre Schenkel auseinander, legte mich auf sie und schob meinen Penis in ihre Muschi. "Ich werde dich ficken und dir mein Sperma rein spritzen. Hoffentlich wird dich der erfahrene Mann nicht enttäuschen". Mit langsamen Bewegungen begann ich unser Liebespiel. Sie gab die Geschwindigkeit unserer Bewegungen vor, und steigerte langsam das Tempo als wir im Gleichklang unsere Becken rhythmisch bewegten. Mit ihren Händen drückte sie ihre Brust in Richtung Kopf und saugte selbst an ihren Nippeln. Mit der immer schneller werdenden Geschwindigkeit uns unserer Bewegungen ging mein Atem schneller und ich begannen zu stöhnen. Was sie antrieb die Geschwindigkeit noch mehr zu erhöhen. Immer wieder klatschten unsere Unterleiber aufeinander. Immer schneller und fester. So sehr ich mich bemühte, ich konnte meinen Orgasmus nicht mehr zurück halten, und entlud mich in ihrem Unterleib. Als sie merkte das ich meinen Höhepunkt hatte lächelte sie: "Hat es dir gefallen"? Erschöpft und außer Atem brachte ich nur noch ein heiseres Ja hervor. Ich streckte mich längs auf ihr aus, lag mit meinem Körper auf ihr und küsste sie zärtlich. Nach einigen Minuten, nachdem ich mich wieder gefangen hatte rollte ich mich von ihr herunter. Als hätte sie nur darauf gewartet, richtete sie sich auf und griff meinen schlaffen Penis. Sanft umfasste sie ihn mit ihren dicken Fingern und zog langsam die Vorhaut zurück. Mit ihrer Zunge leckte sie ihn von der Eichel den Schaft entlang. Sie meinte: "Ich werde ihn dir noch einmal richtig steif blasen. Ich will noch etwas von deiner Wichse schmecken. Dann öffnete sie ihren Mund und nahm mein Glied, der wieder zu neuem Leben erwachte, darin auf. Sie umschloss ihn mit ihren Lippen. Saugend und mit Auf- und Abbewegungen beglückte sie ihn. "Ich... komme... gleich" stöhnte ich. "Du...bist...so...verdammt... geil...und...weißt...was einen...Mann...gefällt". Worauf sie ihn noch tiefer in ihrem Mund aufnahm und noch stärker an ihm saugte. Meiner Eichel stieß immer und immer wieder an ihren Rachen. Mein Unterleib zog sich zusammen und begann zu zittern. Als sie es merkte, lies sie mit den saugenden Bewegungen nach, lies ihn etwas aus dem Mund gleiten und leckte mit ihrer Zunge über meine Eichel. Einfach himmlisch, unbeschreiblich und damit trieb mich damit fast an den Rand des Wahnsinns. Laut stöhnend spritzte ich meinen Samen in ihrem Mund. Worauf sie gleich wieder zu saugen begann. Ich hatte das Gefühl, als würde sie versuchen mein Glied zu schlucken. Sie wollte keinen Tropfen meiner Sahne verpassen. Als sie ihn restlos ausgesaugt hatte, legte sie sich neben mich und lachte mich an. Glücklich und zufrieden bin ich eingeschlafen.

Als ich wach wurde, lag sie nicht mehr neben mir. Im ersten Moment dachte ich, ich hätte das alles nur geträumt. Doch dann war ich mir sicher dass dem nicht so war. Ich ging suchend durch meine Wohnung und rief sie, bekam aber keine Antwort. In der Küche fand ich einen Brief von ihr.

Lieber Maik,
Danke danke für alles und dass Du immer da warst, für Dein offenes Ohr, für Deine Hilfe und für die letzte Nacht.
Ich wollte es dir erst sagen als ich zu Dir kam, habe mich aber dann doch anders entschieden, ich verlasse die Stadt.
Die letzte Nacht war mein Abschiedsgeschenk für Dich. Ich habe in einem anderen Ort eine neue Arbeit gefunden, und bereits auch eine kleine Wohnung.
Erst hatte ich noch gedacht, dass das mit uns etwas werden könnte, aber der Altersunterschied ist zu groß, leider.
Ich liebe Dich, und werde Dich nie vergessen.
Du warst immer für mich da, hast mir ein Lächeln auf die Lippen gezaubert wenn ich traurig war.
Deine Geduld mir etwas zu erklären habe ich immer bewundert. Vielleicht liebe ich Dich gerade deshalb.
Nach heute Nacht bin ich mir nicht mehr so sicher, den richtigen Weg eingeschlagen zu haben, denn es war unbeschreiblich schön. Nachdem Du eingeschlafen warst habe ich noch lange wach gelegen und nachgedacht. Sicher hätten wir zwei sehr viel Spaß miteinander haben können aber ich glaube nicht das Du auf Dauer mit mir glücklich geworden währst. Und um zu verhindern dass Du versuchst mich davon zu überzeugen, bin ich gegangen als Du geschlafen hast.
Wie ich zu Dir gekommen bin, hatte ich bereits meine letzten Sachen im Auto verstaut. Wenn ich jetzt fahre, werde ich nie wieder hier her zurück kehren. Und das obwohl ich Dich liebe, oder vielleicht auch deshalb.

Und dann habe ich Dir auch nicht gesagt, dass ich seit geraumer Zeit nicht mehr verhüte. Vielleicht bin ich durch Dich schwanger geworden. Ich wünsch es mir.
Viele Küsse

Endlich mal Auszeit

Wir waren ein verheiratetes Paar mit zwei Kindern und einem aktiven Sexleben, das aber unmöglich spontan ein konnte wegen unserem Nachwuchs der in der Wohnung herum turnte. Manchmal organisierten wir ein Wochenende ohne die Kinder, dann war für Valentina und mich ausschlafen, rumhängen, gut essen und ungestört bumsen angesagt. Endlich war es soweit. Die Kinder wurden untergebracht, die Unterkunft ist gebucht. Ich hatte einen erotischen Thriller gekauft, den wir uns auf der Fahrt anhören konnten. Los geht's. Die Straßen waren frei und sie genossen die Ruhe während der Fahrt. Kein Gezanke auf der Rückbank. Das Hörspiel lief leise im Hintergrund. Ich verfolgte die Story nur halb, ich musste sich immerhin auf den Verkehr konzentrieren. Das was ich mitbekam reichte aber aus, um meinen Schwanz hin und wieder hart werden zu lassen. Und auch Valentina schien das Stück zu gefallen. Sie rutschte ab leicht über den Sitz, rieb ihre Oberschenkel aneinander und betrachtete verstohlen meine auf- und abschwellende Beule in der Hose, die sich unter dem Jeansstoff abzeichnete. Außerdem zeichneten sich ihre harten Nippel durch den BH unter dem Pullover ab.

Ab und zu legte sie ihre Hand auf meinen Oberschenkel, strich leicht auf und ab und berührte mit den Fingerspitzen sanft meine Beule, so als würde sie diese versehentlich streifen. Ich tat so, als würde ich diese flüchtigen Bewegungen nicht bemerken. Ich versuchte mich noch mehr auf den Verkehr zu konzentrieren, um nicht am nächsten Rastplatz raus zu fahren und mich sofort über sie her zumachen.

Als wir schließlich ankamen, wurde es schon dunkel. Wir packten unsere 2 Koffer und machten uns auf die suchen nach unserem Appartement. Der Komplex war von außen ziemlich hässlich, die kleine Wohnung hat im Prospekt aber ganz gemütlich ausgesehen. 1 Schlafzimmer mit Doppelbett, 1 Wohn-/Esszimmer mit einem Sofa, einem Sessel und einem kleinen Esstisch. Die Küche war zwar nur ein kleiner Schlauch mit einem kleinen 2-Kochplatten Herd, aber wir wollten sowieso essen gehen.

Wir fanden den Eingang und gingen zum Fahrstuhl. Einer hielt nur in der 2. , 4. , 6. und 8. Etage, der zweite ging bis zur 9. und hielt entsprechend an den ungeraden Etagen. Wir mussten in den dritten, der nur die oberen 3 Etagen 10, 11, und 12 anfuhr.

Wir beschlossen, noch eine Kleinigkeit essen zu gehen. Wir packten die Koffer aus, Valentina wollte sich umziehen und schlüpfte noch schnell in ein Kleid. Ich suchte inzwischen aus den Prospekten die in der Wohnung lagen, ein kleines italienisches Restaurant aus.

Das Restaurant war klein und gemütlich. Es gab nur etwa 10 Tische, die meisten davon in kleinen Nischen. Als wir eintraten, kam uns der Kellner entgegen und führte uns an einen kleinen Tisch in eine der hinteren Nischen. Valentina bestellte sich einen kleinen Salat, ich aß eine Pizza. Dazu tranken wir einen leichten Rotwein. Wir aßen in aller Ruhe und genossen die Stille im Restaurant. Als der Kellner das Geschirr abräumte, bestellten wir noch jeder einen Wein. Valentina rutschte auf der Bank zu mir herum und lehnte sich an meine Schulter. Wir sprachen ein wenig über die letzte Woche und waren uns einig, dass es eine gute Idee war, mal wieder ohne die Kinder wegzufahren. "Weißt du, dass mich die Geschichte im Auto ganz schön geil gemacht hat?", fragte Valentina. "Mich auch", antwortete ich, "aber dass hast du ja gemerkt, als du ganz zufällig meinen Ständer berührt hast". Sie wurde etwas rot. "Und ich dachte, du hättest das nicht bemerkt" antwortete sie. Nach einer kurzen Pause fragte sie: "weißt du eigentlich, dass ich keinen Slip trage?" Dass musste ich erst mal überprüfen. Ich schob das Kleid etwas hoch und tastete mich langsam an der Innenseite ihrer Schenkel nach oben. Und tatsächlich. Kein Stückchen Stoff hinderte mich daran zu spüren, dass sie sich frisch rasiert hatte. Ich suchte ihre Schamlippen und strich ihr leicht über die Fotze, Mein Mittelfinger machte sich daran, in ihr kleines feuchtes Loch vorzustoßen. Da saß dieses kleine Luder die ganze Zeit hier ohne Slip unter ihrem Kleid, war schon feucht und sagte mir einfach nichts. Ich bekam sofort einen Ständer.
Ich fummelte noch ein bisschen an ihren Schamlippen und spielte mit dem Kitzler, sie massierte meinen Harten durch die Hose. Wir sahen zu, dass wir den Wein aus tranken, bezahlten und machten uns auf den Heimweg.

Am Fahrstuhl gab sie mir einen Kuss, dass mir Hören und Sehen verging. Sie spielte mit meiner Zunge, kraulte meinen Nacken. Mit der anderen Hand zupfte sie an meinem Reißverschluss, schob ihre Hand in meine Hose und spielte mit meinem Schwanz. Gut das hier im Moment kaum Gäste sind und es schon relativ spät ist...

Der Fahrstuhl kam, die Tür öffnete sich und – er war glücklicherweise leer. Ich schob sie hinein, drückte den Knopf für die zwölfte Etage und erwiderte Ihre Küsse. Sie versuchte meinen Schwanz durch die kleine Öffnung aus der Hose zu holen, was ihr aber nicht gelang.

Ich zog ihre Hand aus der Hose und drehte sie um, so dass sie mir den Rücken zudrehte.

So an die Fahrstuhlwand gelehnt sah es aus, als ob sie von einem Polizist verhaftet und durchsucht werden sollte. Die Arme nach oben gestreckt, die Beine leicht gespreizt.

"Soll ich dir meinen Prügel rein stecken?" flüsterte ich in ihr Ohr. Als Antwort kam nur ein leises Stöhnen. Mit der rechten öffnete ich ihren BH am Rücken, mit der linken fummelte ich meinen Schwanz aus der Hose. Ich drängte mich an sie, massierte dann mit der linken ihre Titten und fasste um sie herum mit der rechten an ihre Fotze. Sie triefte vor Geilheit.

Ich ging leicht in die Knie, dirigierte meinen Schwanz unter ihr Kleid, setzte den Schwanz an und schob ihn mit einem Ruck bis zum Anschlag rein. Das wurde mit einem Stöhnen quittiert. Ich massierte ihren Kitzler, schob ich ihn noch ein paar mal rein und raus, als der Fahrstuhl langsamer wurde und schließlich in der 12. Etage anhielt. Sie sprang von meinem Ständer, richtete ihr Kleid und drehte sich zur Tür, die sich langsam öffnete. Niemand wollte einsteigen, und Valentina schaute um die Ecke. Es war niemand zu sehen. Ich versuchte in der Zwischenzeit verzweifelt, meinen Schwanz wieder in der Hose unterzubringen. "Lass es" sagte sie, packte mich am Schwanz und zog mich aus dem Fahrstuhl. Scheinbar liebte sie das Risiko, entdeckt zu werden. Immerhin mussten wir an 5 Wohnungen vorbei, bevor wir an unserer ankamen.

Ich öffnete die Tür und wir drängten uns hinein. Noch während ich die Tür hinter uns schloss, öffnete sie ihr Kleid und ließ es zu Boden gleiten. Der BH, den ich ihr schon im Fahrstuhl geöffnet hatte, folgte. Wenn uns jetzt jemand sehen würde.

Sie stand vor mir, nur ihre High-Heels an. Der Saft aus ihrer Möse glänzte an ihren Oberschenkeln, die Brustwarzen standen geil von den Titten ab. Und ich stand ihr gegenüber. Noch voll bekleidet mit Hemd und Hose, und mein Schwanz samt Eiern hing aus dem Hosenstall. Ein Bild für die Götter.

Dann schnappte sie sich wieder meinen Schwanz. Sie zog mich hinter sich her und schob mich zum Sofa. "Jetzt werde ich erst mal ein paar Fotos fürs Familienalbum machen" sagte sie. Während ich noch dachte ich hätte mich verhört, war sie schon los und hatte unsere Kamera geholt. "Los, zieh dich aus". Ich schaute noch ein wenig verwirrt, während sie anfing meinen Schwanz zu fotografieren. Ich zog mich aus, so wie sie es wollte und setzte mich anschließend hin. Sie kam auf mich zu, legte die Kamera an die Seite und begann, meinen Schwanz zu blasen. "Na warte", dachte ich mir, "was du kannst kann ich schon lange". Ich nahm die Kamera und machte ein paar Fotos, während sie meinen Schwanz blies. Und wie sie blies. Sie wanderte am Schaft auf und ab, nahm meine Eier in den Mund, wanderte dann wieder langsam hoch zur Eichel und leckte um den Kranz. Schließlich steckte sie ihn richtig tief rein, wie sie es bisher noch nie getan hatte. Zugegebener Massen konnte ich mich jetzt nicht mehr aufs Fotografieren konzentrieren. Vielmehr musst ich aufpassen, ihr nicht sofort meine ganze Ladung zu verpassen. Ihr Zunge umspielte meine Eichel, ihr Kopf wanderte auf und ab. Ich verkrampfte mich etwas, weil ich das unbeschreiblich geile Gefühl noch etwas länger genießen wollte. Dann entließ sie ihn mit einem Schmatzen aus ihrem Mund. "Ich merke das gefällt dir, aber ich will nicht das du schon kommst" hauchte sie mir zu. Sie stand auf, tanzte ein bisschen vor mir herum während sie ihre Brustwarzen zwirbelte und ihren Kitzler streichelte. Ich konnte mich einfach nicht beherrschen und begann, meinen Schwanz ganz langsam zu wichsen. Sie kam näher und stellte sich zwischen meine Beine. "Wehe, du wichst dir alles raus. Ich will deinen Saft haben". Sie drehte sich um und beugte sich nach vorn. Während sie sich auf dem Couchtisch abstütze, wedelte ihr Arsch über meinem Schwanz. Der Saft lief an der Innenseite ihrer Schenkel nach unten, die Schamlippen waren angeschwollen und der Kitzler stand vorwitzig hervor. Ich packte sie an der Hüfte und lenkte ihre Fotze über meinen Schwanz. Unerträglich langsam ließ sie sich auf meinen Schwanz nieder, bis er vollständig in ihr verschwunden war. Sie bewegte sich leicht auf und ab und begann, mit ihrem Arsch zu rotieren. Ich verlor fast den Verstand. Kurz bevor ich kam, zog ich sie an mich heran. Ich klammert mich an sie und setzte mich wieder zurück. "Vorbei mit dem herumtanzen auf meinem Schwanz" flüsterte ich ihr ins Ohr. Sie saß auf meinem Schoss, ich hielt sie umklammert. Ich begann, ihr Titten zu kneten, so wie sie es mochte. Die harten Warzen wurden gezwirbelt und gezogen, zwischendurch gab es ein paar leichte Schläge auf die Brüste. Ich wusste, das sie das richtig spitz macht. Wenn sie so richtig geil war reichte es aus, ihre Titten zu massieren, um sie zum Orgasmus zu bringen. Sie kreiste immer noch leicht mit ihrer Hüfte. Ich ließ eine ihrer Brüste los und kümmerte mich dafür um ihre Fotze. Meine rechte massierte abwechselnd ihr linke und rechte Brust, meine linke strich an der Innenseite ihrer Schenkel auf und ab, zupfte an Ihren Schamlippen und spielte mit ihrem Kitzler. Ihr Muskeln bearbeiteten meinen Schwanz, ich merkte dass sie sich langsam verspannte und sie kurz vor der Explosion stand. Auch ich konnte mich nicht mehr beherrschen. Meine Eier zogen sich zusammen, mein Schwanz wurde noch ein kleines bisschen härter und ich pumpte ihr meine komplette Ladung in den Unterleib. Das gab auch ihr den Rest. Sie begann zu zittern, beschimpfte mich als geilen Bock und zuckte auf meinem Schwanz herum wie verrückt.

Wir blieben noch einige Zeit so sitzen, mein Sperma lief langsam an ihren und meinen Schenkeln herunter. "Das ist doch der passende Anfang für so ein Wochenende, oder?" fragte sie mich mit verklärtem Blick. "Ja, genau so habe ich mir das vorgestellt" antwortete ich. Wenn sie wüsste, was ich noch für Überraschungen für sie im Koffer hatte.

Ich hatte so gut geschlafen wie schon lange nicht mehr. Die Sonne schien auf mein Gesicht und war dafür verantwortlich, dass ich aufwachte. War das alles nur ein Traum gewesen? Hat sich meine Frau gestern wirklich wie ein geiles, hemmungsloses Luder benommen? Ich öffnete leicht meine Augen und blinzelte in die Sonne. Nein, ich war tatsächlich in dem kleinen Appartement. Es war kein Traum.
Der Platz neben mir war leer. Ich roch frisch gemachten Kaffee und hörte das leise Rauschen der Dusche. Normalerweise war ich es, der zuerst wach wurde und für den Kaffee am Morgen verantwortlich war. Ich muss wirklich tief und fest geschlafen haben. Ich blieb noch eine Minute liegen und genoss die Sonne auf meinem Gesicht. Dann quälte mich meine Blase allerdings dermaßen, dass ich nun doch aus dem Bett musste.
Ich öffnete die Tür zum Badezimmer und ein Schwall warmer, feuchter Luft kam mir entgegen. Valentina liebte es, lang und vor allem heiß zu

duschen. Sie stand mit dem Rücken zu mir in der Dusche und drehte den Kopf etwas, als sie den kalten Luftzug spürte. "Guten Morgen Langschläfer" wurde ich von ihr begrüßt. "Mach die Tür wieder zu, es wird kalt". Ich schloss die Tür und beobachtete sie. Sie war gerade dabei, sich mit Duschgel einzureiben. Sie verteilte es über ihre Arme, wanderte zu ihrem Hals. Von dort aus strich sie seitlich am Körper entlang zu ihrem Bauch. Mit kreisenden Bewegungen wanderten ihre Hände langsam hoch zu ihren Brüsten. Sie seifte sich ein, strich unter den Brüsten entlang, wanderte wieder nach oben und begann, ihr Warzen einzureiben. Die wurden sofort hart und sie begann, zusätzlich an ihnen zu ziehen und die gesamte Brust zu kneten, so wie ich es immer machte wenn ich sie aufgeilen wollte.

Meine Morgenlatte wurde noch ein bisschen härter und ich machte mich auf den Weg zum Klo. "Na, meinst du das klappt jetzt?" fragte Valentina mich mit einem Blick auf meine Beule in der Hose. Das ist das Leid der Männer. Pinkeln mit Latte dauert immer ewig, wenn es überhaupt geht. Ich streckte ihr die Zunge raus und setzte mich. Ich versuchte an dicke alte Frauen zu denken damit sich mein kleiner etwas entspannen konnte, aber das half nicht wirklich. Sie machte es mir allerdings auch nicht leicht. Sie rieb sich weiter ihre Titten, massierte sie, spielte mit den Brustwarzen und strich sich zwischendurch zwischen die Beine. Ich glaube kaum, dass sie so schmutzig war, dass diese intensive Reinigung nötig gewesen wäre. Als ich mich dann endlich erleichtert hatte, klopfte ich an die Duschabtrennung. "Komm, lass mich mit rein, aber dreh das Wasser etwas kälter". Sie duschte sich kurz ab, stellte etwas am Wasserhahn herum und drehte den Duschkopf weg von der Tür. Ich schlüpfte zu ihr unter die Dusche und verbrühte mich fast. "Man, du solltest sie etwas kälter machen, nicht noch heißer." Sie grinste mich an und ich verstellte das Wasser auf eine für mich erträgliche Temperatur. Ich stellte mich unter den warmen Strahl und beobachtete meine Frau. Sie grinste mich lüstern an und beobachtete meinen Schwanz, der sich zuckend hin und her bewegte. "Soll ich dir helfen?" fragte sie. Ohne eine Antwort abzuwarten schnappte sie sich mein Duschgel und verteilte es über ihre Titten. Ich muss ziemlich irritiert geguckt haben, denn sie fing an zu lachen. Sie machte einen Schritt auf mich zu und drückte ihre Brüste an meinen Körper. Sie begann langsam, sich auf und ab und hin und her zu bewegen. Ich spürte ihre warmen und harten Nippel auf meiner Haut, und mein Schwanz richtete sich noch etwas weiter auf. Ich hob meine Hände und wollte sie etwas von mir weg schieben, aber sie ließ das nicht zu. Sie schnappte meine Handgelenke und drückte die Arme wieder nach hinten. "Ich bestimme jetzt und du tust was ich will" sagte sie in einem strengen Tonfall, den ich gar nicht von ihr kannte. Na gut, dachte ich mir. Wenn du unbedingt willst. Ich verschränkte meine Arme auf dem Rücken und genoss das Spiel ihrer Titten. Mein Schwanz war inzwischen zu seiner vollen Größe angewachsen und drückte gegen ihren Bauch.

Sie trat einen Schritt zurück, packte ihn an der Wurzel und näherte sich der Eichel. "Na, wollen wir dich auch ein wenig putzen?" fragte sie. Sie griff nach dem Duschgel und verteilte es auf dem Schwanz. Mit der linken knetete sie meine Eier, mit der rechten wichste sie meine Latte. Sie schob die Vorhaut vor und zurück, streichelte mit den Fingern um die Eichel und sorgte dafür, dass auch wirklich jeder Millimeter gründlich gereinigt wurde. Ich wollte nebenbei ein bisschen mit ihren Nippeln spielen, aber sie herrschte mich an. "Was soll das, habe ich dir das erlaubt?"." Du darfst mich anfassen, wenn ich dir das sage!". Also schob ich meine Hände wieder nach hinten. Plötzlich hatte sie ihren Nassrasierer in der Hand. "Jetzt wollen wir hier mal sauber machen" sagte sie und packte meinen Schwanz fest an der Spitze. Sie kniete sich hin, zog ihn etwas in die Länge und begann, mich zu rasieren. Erst an der Wurzel, dann den Bereich über meinem Schwanz." Hey, ich habe keine Bikini-Zone" . "Habe ich dir erlaubt, dich zu beschweren?" fragte sie mich. Ich schüttelte meinen Kopf und war lieber ruhig. Inzwischen war sie nämlich am Bereich unterhalb meiner Eier und ich hatte etwas Angst um meine Kronjuwelen. Noch ein paar Züge mit dem Rasierer, dann war ich von meinen Haaren befreit. Sie strich über meine glatte Haut, kraulte meine Eier und massierte leicht meinen Schwanz. Dann begann sie, das Duschgel abzuspülen. "So, lass dich mal ansehen" sagte sie und entließ meinen Pimmel aus ihren Händen. Sie spielte wieder mit ihren Titten und strich sich über ihre Fotze. "Sieht ja ganz gut aus. Wollen wir mal sehen, ob die Haare auch wirklich ab sind und ob Seife auch wirklich runter ist." Sie beugte sich runter und nahm die Eichel in den Mund. Sie lutschte ein wenig herum und spielte mit der Zunge um die Eichel. Mit den Händen fing sie an, die Eier zu kneten. Langsam nahm sie ihn immer tiefer. Sie ließ ihn rein und raus gleiten, bis er fast vollständig aus ihrem Mund raus flutschte. Aber immer kurz bevor er aus dem warmen, feuchten Mund rutschen konnte, saugte sie ihn wieder ein. Sie malträtierte meine Eier, leckte an meinem Schwanz rum und spielte an ihrem Kitzler. Das war zu viel für mich. Es kam plötzlich und ohne große Vorwarnung. Ich konnte es nicht hinauszögern und spritze die ganze Ladung in ihren Mund. Sie sah mich entrüstet an, während mein Sperma aus ihrem Mund heraus lief und sie meine Nudel ein letztes Mal auf die Spitze küsste. "Das hatte ich dir aber nicht erlaubt" sagte sie und wichste den letzten Rest aus meinen Eiern. Sie stellte sich vor mich hin und begann an ihren Nippeln zu ziehen und ihren Kitzler zu kneten. Immer wilder wurden ihre Bewegungen, immer stärker zog und drehte sie an ihren Nippeln. Mit der rechten rieb sie ihren Kitzler und steckte ihren Zeigefinger in die Fotze. Sie begann schwer zu atmen und kurz darauf fingen ihre Knie an zu zittern und auch sie kam. "Na, dass war ja mal ein Start in den Tag" sagte ich. "Man soll ja morgens immer damit anfangen, womit man am Abend vorher aufgehört hat, oder?" antwortete sie. "Oder gilt das nur für Alkohol?". Ich gab ihr einen Kuss und stieg aus der Dusche. Ich schnappte mir mein Handtuch, warf ihr ihres zu. Während wir uns abtrockneten grinste sie mich an. Was hatte das wohl wieder zu bedeuten? Irgendwas hatte das Luder doch noch vor...

Wir gingen in den Flur und holten frische Wäsche aus dem Schrank. Sie schnappte sich einen Tanga, einen Rock, eine Büsten-Hebe, die ihr gerade so über die Nippel ging, und eine Bluse. Ich holte ein T-Shirt und eine knappe Short aus dem Schrank und wollte gerade in die Unterhose schlüpfen, als sie wieder protestierte. "Die bleibt erst mal aus, ich habe noch was mit dir vor." Aus einem der Koffer holte sie ein kleines Paket hervor. Darin war ein großer Becher , 1 Tüte mit Pulver und eine Packung mit Bäckerschokolade. "Was wird denn das?" fragte ich. "Willst du jetzt backen?" Sie lachte mich an. "Damit mache ich eine Kopie von deinem Schwanz, den kann ich dann vernaschen" antwortete sie. "Jetzt?" fragte ich. "Da hättest du mir eben keinen runter holen sollen". "Du bist doch kein Schlappschwanz. Ich bekomme das schon hin." Sie schob mich auf den Sessel und fing an meinen allerliebsten zu kraulen. Sie knetete die Eier, massierte meine Eichel und zupfte an der Vorhaut. So langsam kehrte das leben in ihn zurück. Sie massierte noch etwas intensiver und begann wieder, ihn zu blasen. Man war das bisher ein Wochenende. Daran hätte ich im Traum nicht gedacht, als wir das geplant hatten.
Als sie ihn wieder zu voller Größe gebracht hatte, verpasste sie meinem Schwanz einen Lederriemen um Wurzel und Sack, so dass das Blut

leicht staute. "Wollen wir mal sehen" sagte sie. Sie schnappte sich die erste Tüte, holte eine Glas mit warmen Wasser und vermischte beides in dem großen Becher. "Los, auf die Knie, aber schnell" befahl sie mir. Ich kniete mich breitbeinig hin, sie schnappte sich meinen Schwanz und presste ihn bis zu den Eiern in den Becher mit der angerührten Paste. Es fühlte sich irgendwie wie Bauschaum an, und nach einer Minute war das Zeug hart. Sie löste den Riemen um meinen Schwanz, der daraufhin langsam zu schrumpfen anfing und zog den Becher ab. Jetzt weiß ich auch, warum sie mich vorhin rasiert hat. "So, da warst du ja ein ganz braver" tätschelte sie meinen Schwanz und gab ihm einen Kuss auf die Eichel.

Ich stand auf und schaute in den Becher. Die Masse war inzwischen hart und man konnte den Abdruck meiner Eier und einige Adern erkennen. Sie holte einen Fön, drückte ihn mir in die Hand und gab mir den Becher. "So, trocken föhnen, sonst wird der Abdruck nichts". Sie nahm den Beutel mit der Schokolade und verschwand damit in der Küche. Nach 5 Minuten kam sie wieder, einen Topf mit der geschmolzenen Schokolade in der Hand. Ich schaltete den Fön aus und gab ihr die Form. Langsam goss sie die Schokolade in die Form, zwischendurch klopfte sie immer wieder leicht mit der Form auf den Tisch, um die Luftblasen aus der Masse zu bekommen. "So, jetzt muss das ganze mindestens 3 Stunden im Kühlschrank aushärten" flötete sie mich an. "Du darfst dich jetzt auch anziehen – aber die Unterhose bleibt aus!" befahl sie mir. Also streifte ich mir das T-Shirt über und schlüpfte in meine Jeans. Ist irgendwie ein komisches Gefühl, wenn der Schwanz und die Eier so frei rumschaukeln können. Hoffentlich kann ich so den ganzen Tag rumlaufen, ohne mir alles wund zu scheuern. Sie schnappte ihre Tasche und wir machten uns auf den Weg in die Stadt, ein bisschen shoppen.

Wir schlenderten Hand in Hand durch die Straßen, wie ein frisch verliebtes Pärchen und stöberten in kleinen Lädchen, die allerhand Krimskrams verkauften. Als wir in einem kleinen Modelädchen landeten, wurde Valentina wieder aktiv. Ruck zuck hatte sie ein paar Teile in der Hand, die sie unbedingt anprobieren musste.
Die Umkleide befand sich etwas versteckt in einer Ecke des Ladens, was Valentina auch gleich ausnutzte. Sie steuerte auf die Umkleide zu und "vergaß" den Vorhang ganz zu schließen. Ich setzte mich auf den Stuhl vor der Kabine und wartete geduldig. Durch die kleine Lücke

konnte ich sehen, wie sie etwas aufhob was sie versehentlich fallen gelassen hatte..... Nicht, dass sie in die Hocke ging. Nein – sie drehte mir den Rücken zu und bog ganz langsam ihren Oberkörper nach vorn um das verlorene Teil aufzuheben. Dabei schob sich ihr Rock so weit hoch, dass ich einen Blick auf ihren Tanga werfen konnte, der ihren Knackarsch teilte und ihre Schamlippen spaltete. Mein Schwanz begann schon wieder sich zu regen. Als sie das bisschen Stoff aufgehoben hatte, drehte sie sich zu mir um. Sie begann langsam ihre Bluse aufzuknöpfen, die Warzen schauten schon wieder leicht steif über den Rand der Büsten-Hebe. Wie zufällig strich sie über ihre Titten, so dass sich die Warzen noch ein bisschen mehr aufrichteten. Sie entledigte sich ihrer Bluse und zog das enge Top über. Dann öffnete sie den Vorhang und präsentierte mir das viel zu enge Oberteil, unter dem sich ihre Warzen super abzeichneten. Mein Schwanz erreichte wieder seine volle Größe und ich bemerkte, wie Valentina mir in den Schritt starrte. So ohne Unterwäsche zeichnete sich eine riesige Beule in meiner Hose ab, die nicht zu übersehen war. Ich stand auf und sah im gegenüberliegenden Spiegel, wie extrem sich diese Beule abzeichnete. Und ausgerechnet in diesem Moment kam die Verkäuferin zu uns.

Sie hatte lange blonde Haare und war ungefähr in unserem Alter. Sie trug einen kurzen Rock und ein T-Shirt, unter dem sich ihre Brüste und die Nippel deutlich abzeichneten. So wie es aussah trug sie keinen BH. Sie sah Valentina und ihre harten Warzen, blickte auf meine Hose und meinte nur zu Valentina: "Ich glaube, dass Top ist ihnen etwas zu klein. Und wenn ich mir ihren Freund so ansehe – die Hose scheint auch nicht die richtige Größe zu haben". Diese Reaktion hat uns völlig überrascht. Sie lächelte uns an, drehte sich um und verschwand wieder. Valentina ging in die Kabine, um sich aus dem Top zu schälen, ich machte mich auf dem Weg nach draußen, damit sich mein Teil wieder etwas beruhigen konnte. Die Verkäuferin fragte mich zwischendurch noch, ob ich etwas benötige. Ich verneinte, sie bedauerte es und ich schlich nach draußen.

10 Minuten später war Valentina immer noch nicht da. Was macht die nur so lange?. Also machte ich mich wieder auf den Weg in den Laden um nachzusehen, wo sie bleibt.

Später erzählte Valentina mir, dass kurz nachdem ich den Laden verlassen hatte, die Verkäuferin zu ihr kam und ihr das Top 2 Nummern größer brachte. Das war auch gut so, denn sie hätte es nicht allein geschafft, das viel zu kleine Top auszuziehen ohne es zu beschädigen. Also war ihr die Verkäuferin behilflich... Sie zog das Top nach oben bis über Valentinas Kopf. Als sie so mit nach oben gestreckten Armen in der Kabine stand, das Top halb über Arme und über den Kopf gezogen, spürte sie den Atem der Verkäuferin auf ihrer Haut und wenig später ihre Lippen, wie sie an ihren Warzen saugten. Sie wollte sich vom Top befreien, was ihr aber nicht gelang. Sie wollte sich beschweren, aber irgendwie gefiel ihr diese Behandlung. Die Verkäuferin leckte, saugte und knabberte an ihren Warzen, knetete ihre Titten. Immer noch mit nach oben gestreckten Armen wurde sie von der Verkäuferin gedreht und an die Wand der Umkleide gedrückt. Sie fasste ihr mit der einen Hand von Hinten an die Titten, mit der anderen suchte sie ihren Weg unter den Rock zu ihrer Fotze. Inzwischen war sie schon so geil, dass der Saft nur so floss und die Verkäuferin ihr mühelos 2 Finger in die Fotze stecken konnte. Sie begann sie mit den Fingern zu ficken und spielte mit dem Daumen an ihrem Kitzler.

Das war genau der Moment, als ich dazu kam. Ich sah die Verkäuferin, die irgendwie an meiner Frau rumfummelte während diese mit nach oben gereckten Armen an die Wand gelehnt dastand. Zuerst konnte ich das nicht richtig deuten. Erst als ich näher kam habe ich gesehen, was die Verkäuferin mit meiner Frau machte, die ihrerseits leise stöhnte. Ich war überrascht das Valentina das gefiel, denn eigentlich hielt sie nichts von Sex mit Frauen. Ich schlich mich etwas näher an die beiden heran und versteckte mich hinter einem Kleiderständer. Von hier aus hatte ich einen guten Ausblick auf die beiden, während sie mich nur schwer entdecken konnten.

Die Verkäuferin spielte immer noch an der Fotze meiner Frau, befingerte sich mit der anderen Hand aber inzwischen selbst. Valentina flüsterte irgendwas, was ich aber nicht verstehen konnte. Daraufhin half ihr die Verkäuferin nun endlich aus dem T-Shirt. Valentina drehte sich um, blickte zur Verkäuferin und gab ihr einen leidenschaftliche Kuss, den diese erwiderte. Nach einigem Züngeln setzte sich Valentina breitbeinig auf den Hocker in der Kabine. Letizia, so hieß die Verkäuferin wie ich später erfuhr, begann wieder die Titten und Brustwarzen von Valentina mit ihren Händen zu bearbeiten. Mein Schwanz war inzwischen so hart und ich so geil, dass ich ihn aus der Hose holte und anfing ihn zu wichsen. Letizia war inzwischen dazu übergegangen, Valentinas Titten zu kneten und zu lecken, ihr in die Warzen zu beißen. Langsam wanderte sie mit ihrer Zunge über den Bauch runter bis zu ihrer Fotze. Was sie genau mit der Zunge anstellte konnte ich leider nicht sehen, aber es schien Valentina zu gefallen. Sie griff Letizia in die Haare, zog, schob und zerrte an ihrem Kopf. Ich konnte nur sehen, wie sie genüsslich die Augen schloss und immer mehr anfing mit ihrem Becken zu zucken. Letizia, vor Valentina kniend, leckte wie wild an Valentinas Fotze. Ihr Rock war inzwischen so weit hochgerutscht, dass ich ihren Arsch und ihre vor Nässe schimmernde Fotze sehen konnte. Einen Slip trug das Luder nicht. Sie griff sich durch die Beine, massierte mit dem Daumen ihren Kitzler und schob sich einen Finger in ihren Arsch. Was für ein Anblick. Ich wichste immer noch vorsichtig meinen Schwanz damit ich nicht kam und hier alles vollspritzte, Valentina war wie wild am zucken und auch Letizia wurde immer unruhiger. Sie schob sich inzwischen 2 Finger in die Rosette, was ihr scheinbar keine Probleme und sichtbar Vergnügen bereitete. An Valentinas Reaktion konnte ich erkennen, dass sie kurz vorm Orgasmus stand, und auch Letizia schien bald so weit zu sein. Ich konnte mich sowieso nur schwer zurückhalten und wollte es vermeiden, die hier herumhängenden Klamotten einzusauen. Also beschloss ich, meinen Saft in Letizia abzuladen, die mir ihren Arsch so schön präsentierte. Wenn sie schon an meiner Frau rumspielte, musste sie auch mit dem dazugehörigen Mann rechnen. Ich zog meine Hose aus und begab mich langsam zu den Frauen. Ich kniete mich hinter Letizia, spuckte in meine Hand und rieb meinen harten Kolben ein. Gleich konnte Letizia mal den direkten Vergleich zwischen zwei ihrer schlanken Finger und einem richtig harten Männerschwanz spüren. Beide hatten mich immer noch nicht bemerkt und waren mit sich selbst beschäftigt. Ich schob mich heran und zog mit einem kurzen Ruck Letizias Finger aus ihrem Hintern. Diese erschrak und biss aus versehen Valentina in ihren hart hervorstehenden Kitzler, so dass sie mit einem kurzen Aufschrei zu ihrem Orgasmus kam. Bevor Letizia realisierte was geschah, habe ich meinen Schwanz an ihrer Rosette angesetzt und begann, ihn langsam reinzuschieben. Durch ihrer eigene Vorarbeit war das auch kein Problem. Während Valentina immer noch die Nachwehen ihres Orgasmus genoss, fickte ich Letizia in den Arsch. Erst langsam, dann immer schneller und tiefer. Sie begann aufzustöhnen und spielte an ihrem Kitzler. Ich packte ihr Becken und schob meinen Riemen mit immer heftigeren Stößen bis zum Anschlag in ihren Knackarsch. Meine Eier klatschten gegen ihre Fotze. Ich spürte, wie der Samen hochstieg und mein Riemen noch härter wurde. Letizia schrie auf, der Orgasmus lies sie zittern. Ihr Ringmuskel wurde steinhart, mein Schwanz fühlte sich wie in einem Schraubstock. Noch 2, 3 Stöße, dann spritze ich ihr meine Sperma tief in ihren Arsch. Valentina hatte sich inzwischen etwas erholt und schaute mich aus großen Augen an. Letizia lag immer noch zitternd auf ihren Oberschenkeln, ich machte noch einige abschließende Stöße, bevor ich meinen gemolkenen Schwanz aus ihrem Arsch zog. Langsam kamen wir wieder zur Besinnung. Letizia schaute erst Valentina und dann mich an. Valentina sagte nur "Ich weiß nicht was mich geritten hat. Eigentlich mache ich es mit Frauen nicht, aber heute konnte ich nicht dagegen angehen. Ich bin den ganzen Tag schon so was von geil..." "Einmal ist immer das erste Mal" sagte Letizia. "Du brauchst dich auch nicht zu entschuldigen. Immerhin habe ich ja angefangen. Als ich euch habe in den Laden kommen sehen war mir sofort klar, dass ihr so ein geiles Pärchen seid. Ich heiße übrigens Letizia." Valentina stellte uns vor und begann, sich wieder anzuziehen. Auch ich machte mich auf den Weg zum Kleiderständer, um meine Hose zu holen. Letizia brachte Ihren Rock wieder in eine "normale" Lage und gab Valentina das T-Shirt. "Hier, das schenke ich dir. Vielen Dank für diese geile Arbeitsunterbrechung. Manchmal ist das so was von langweilig hier". Valentina bedankte sich und steckte das Shirt in ihre Tasche. "Vielen Dank auf fürs Lecken. Das werde ich so schnell nicht vergessen." "Kommt doch mal wieder rein, wenn euch danach ist" sagte Letizia. "Darfst auch deinen Mann wieder mitbringen. Der hat einen echt geilen Schwanz, und mein Arsch freut sich immer über Besuch". Sie zwinkerte mir zu. Ich grinste zurück und gab ihr einen Klaps auf den Arsch, was sofort mit einem Ellenbogenstoß von Valentina beantwortet wurde. "Hey, das war eine Ausnahme, ist das klar? Wenn du jemanden in den Arsch ficken willst, dann mich". Ich murmelte etwas von einer Entschuldigung. Wir grinsten uns an, verabschiedeten uns voneinander und versprachen Letizia, sie bei unserem nächsten Kurzurlaub wieder mal zu besuchen.

Wir schlenderten noch etwas durch die Stadt, ich immer noch in Gedanken an das eben erlebte.
"Lass uns noch einen Kaffee trinken und dann zurück in die Ferienwohnung" sagte ich zu Valentina. Wir setzten uns in das nächste

Cafe, tranken einen Tee und eine Latte (wie passend). Wir unterhielten uns noch einmal über den "Einkauf" eben und kicherten wie kleine Kinder. Was die anderen wohl über uns denken mussten? Nach einer weiteren Getränkerunde machten wir uns wieder langsam auf den Weg in die Ferienwohnung.

Oben angekommen warf Valentina ihren Einkauf in die Ecke und stürmte zum Kühlschrank. "Die Schokolade ist fest" rief sie erfreut aus und begann vorsichtig, den Schokoschwanz aus der Form zu lösen. "Ist das nicht ein Prachtexemplar?" fragte sie und betrachtete ihn genau. Ich war überrascht, wie detailliert der Abguss war. Man konnte jede Falte und jede Ader erkennen. Sie drehte ihn in den Fingerspitzen, betrachtete ihn von allen Seiten und schob ihn plötzlich in den Mund. "Hm" meinte sie. "Der ist nicht nur so groß und hart wie deiner, der schmeckt auch noch so gut. Ist nur ein wenig unterkühlt der arme". Sie leckte am Schaft rauf und runter, züngelte am Ansatz der Eier und umkreiste die Schoko-Eichel. Obwohl ich verglichen mit anderen Tagen heute schon ganz schön gemolken wurde, machte mich das schon wieder völlig geil. Es war jetzt gerade mal 2 Stunden her, seid ich Letizia ficken durfte, aber das Original näherte sich langsam wieder der Form und Größe des Schokoabdrucks an. Valentina leckte weiter vorsichtig am Schokoschwanz der anfing, einiges an Details zu verlieren. "Gut, dass das Original nicht so schnell nachgibt" sagte ich. Valentina leckte sich über die schokoverschmierten Lippen und blickte auf die sich entwickelnde Beule in meiner Hose. "Oh, fühlt sich da jemand vernachlässigt?" fragte sie mit unschuldiger Miene. "Ich glaube schon" antwortete ich und nahm ihr den Schokoschwanz aus der Hand. "Ganz schön schwer" dachte ich und stellte das Ding auf den Tisch. Ich betrachtete ihn noch ein wenig und sah aus den Augenwinkeln, wie Valentina sich ihrer Bluse und des BHs entledigte. "Mach mich fertig" sagte sie zu mir, wackelte mit den Titten und winkte mich mit dem Finger zu sich. "Nach der Leckerei vorhin brauche ich jetzt noch einen richtigen Schwanz". "Nö", sagte ich zu ihr, ging zum Schrank und holte eine Tasche mit meinen Spielzeugen aus dem Schrank. "Was hast du da" fragte sie. "Sage ich dir nicht, wirst du schon sehen". Als sie protestieren wollte sagte ich ihr: "habe ich dir erlaubt zu sprechen? Du hast mich heute morgen geärgert, jetzt bin ich dran." Als sie abermals protestieren wollte, zog ich eine kleine Lederpeitsche aus der Tasche und schlug ihr leicht auf die Titten. Sie zuckte zusammen und schrie leise überrascht auf. Als nächstes holte ich eine Augenmaske aus der Tasche. "Aufsetzen" befahl ich. Da sie nicht hörte bekam sie wieder leichte Schläge auf ihre Titten und Warzen, so dass sie leise aufstöhnte. Widerwillig setzte sie die Maske auf und begann wieder, sich zu beschweren. Zeit für das nächste Toy. Ich zog ein Riemen mit einem Knebelball aus der Tasche. "Jetzt ist Ruhe" sagte ich zu ihr, schob ihr den Ball in den Mund und legte den Riemen um ihren Kopf. Sie versuchte ihn auszuspucken, es gelang ihr aber nicht. Aber schon der Versuch wurde wieder mit ein paar leichten Peitschenhieben belohnt. Als nächstes holte ich ein paar Handfesseln aus der Tasche und band ihre Hände auf dem Rücken zusammen. Derart ausgeliefert schob ich sie zum Bett. Ich öffnete den Rock, zog ihn mit einem Ruck herunter und drückte sie auf die Matratze. Beschweren konnte sie sich ja nicht, begann aber wie wild mit den Beinen zu zappeln. Also musste ich wieder in meinen Beutel greifen und ein weiteres Paar Fesseln herausholen. Unter einigem Widerstand drehte ich sie auf den Bauch und fesselte ihre Beine so an ihren Armen, dass sie mit leicht gespreizten und angewinkelten Beinen auf dem Bett vor mir lag. Der Anblick war wirklich geil.

Da lag sie vor mir auf dem Bauch, die Hände auf dem Rücken gefesselt, die Beine gespreizt und angewinkelt, so dass ich einen freien Blick auf ihre Fotze und ihren süßen Arsch hatte. Sie begann irgendwas zu brabbeln, was ich als Beschwerde deutete und mit leichten Peitschenhieben auf ihren Arsch beantwortete. Ich hörte sie leicht aufstöhnen. Mein Schwanz war inzwischen auch zu seiner ganzen Größe herangewachsen, also musste ich mich erst mal meiner Kleidung entledigen.
Als nächstes holte ich Massageöl aus der Tasche. Ich öffnete die Flasche und verteilte etwas Öl auf ihrem Rücken und ihrem Arsch. Scheint etwas kalt zu sein, denn sie beschwerte sich wieder. Ich begann, dass Öl auf ihrem Rücken zu verteilen und sie etwas zu massieren, soweit das ihre gefesselten Arme zuließen. Dann widmete ich mir ihrem Arsch. Ich wusste das sie es liebt, wenn man ihre Halbkugeln kräftig massierte. Also begann ich erst sanft und dann immer kräftiger, ihren Arsch zu kneten. Ich knetete die Kugeln kräftig, streichelte sie im nächsten Moment oder gab ihr einen festen Klaps. Ich konnte sehen, wie ihre Schamlippen vor Geilheit anschwollen und vernahm ein leises Stöhnen durch den Knebel. Ich verteilte das Öl,

schob meine Hand zwischen ihre Arschbacken und spielte an ihrer Fotze und ihrem Arschloch. Sie genoss es sicht- und hörbar. Während der Saft aus ihrer Fotze lief, wurde ihr stöhnen immer lauter. Ich reizte ihr Klitoris und konnte es mir nicht verkneifen, auch ihr Arschloch zu massieren. Wir hatten zwar ab und zu Analsex, aber sie genoss es weniger als ich. Trotzdem ließ sie es zu, dass ich ihr erst einen und dann vorsichtig den zweiten Finger in den Arsch schob. Das erinnerte mich irgendwie an Letizia. Und hatte sie nicht gesagt, dass wenn ich jemanden in den Arsch ficken will, ich ihren nehmen soll? Das hat sie nun davon.

Sie konnte sich zwar nicht beschweren da sie geknebelt war, aber sie hatte sich auch nicht verkrampft, was ich als Zustimmung deutete. Ich flüsterte ihr noch zu, dass ich vorhin Letizia genau so, mit 2 Fingern im Hintern vorgefunden hatte. Da sie nur aufstöhnte, fickte ich sie weiter mit 2 Fingern in der Arsch, während sich meine andere Hand um ihre Fotze kümmerte. "Na, gefällt dir das?" fragte ich. Ein "hm" kam als Antwort. "Gleich weißt du, wie sich Letizia vorhin gefühlt hat". Ich massierte ihre Rosette und ihren Kitzler noch etwas weiter, zog dann meine Finger aus ihren Löchern, schob mich zu ihr herauf und setzte meinen Schwanz an ihre Fotze an. Zuerst schob ich ihn zwei, drei Mal am Loch vorbei über ihre Klitoris, bevor ich meine Schwanzspitze langsam in sie schob. Erst ganz langsam nur ein kleines Stück, dann immer tiefer hinein. Ich wechselte das Tempo, die Kraft der Stöße und auch die Tiefe mit der ich eindrang immer wieder. Das gelegentliche Stöhnen ist inzwischen zu einem dauerwimmern übergegangen und ihre Fotze schwamm vor Geilheit. Da fiel mein Blick auf den Schokoschwanz. Ich zog mich zurück, was mit einem Beschwerdestöhnen beantwortet wurde und holte mir den Schokoschwanz. "Du wolltest es doch schon immer von 2 Schwänzen besorgt bekommen, oder?" fragte ich sie. Die Antwort konnte ich nicht deuten. Ich nahm den Schokoschwanz, setzte ihn an ihrer Fotze an und schob ihn rein. Sie quickte auf, der Schokoschwanz scheint noch etwas kalt zu sein... Ich schob ihn langsam rein und raus. Erst ein wenig, dann immer tiefer. Ihr Fotzen-Saft vermischte sich mit der Schokolade, ich beugte mich runter und begann sie zusätzlich zu lecken. Sie fing an zu zappeln und versuchte meiner Zunge zu entkommen, ich genoss den ungewohnten Geschmack. Den Schokoschwanz fest in der Fotze, setzte ich meinen Riemen an ihr Arschloch an. "So, Doppelfick mit meinem Schwanz" raunte ich ihr zu und schob meinen Schwanz langsam Zentimeter um Zentimeter in ihren Arsch. Das war so wunderbar eng, und ich konnte den Schokoschwanz durch die dünne Trennwand zur Fotze deutlich spüren. Langsam beschleunigte ich das Tempo, Valentinas Atem wurde immer schneller und hektischer und die Schokosoße lief nur so aus ihrer Fotze. Mir stieg der Saft aus den Eiern in den Schaft, Valentina begann immer hektischer zu zucken. Plötzlich verkrampfte sie sich, stöhnte laut auf und zuckte rhythmisch. Dieser Orgasmus war so heftig, dass auch ich durch das heftige Massieren ihrer Muskeln kam. Ich stieß noch 2 Mal zu, zog meinen Schwanz aus ihrem Arsch und spritze mit 5, 6 Schüben das ganze Sperma auf ihren schokoverschmierten Arsch und Rücken. Was für eine Sauerei.

Ich löste die Fesseln, befreite sie vom Knebel und drehte sie zu mir. Obwohl es nicht körperlich anstrengend war, war sie völlig erschöpft. "Das war supergeil" sagte sie. "Ich dachte ich würde explodieren. Den ganzen Tag über war ich so was von geil, jetzt bin ich nur noch müde und so richtig entspannt. Ich hoffe dir hat es auch gefallen". "Ja sehr. Soviel geilen Sex an einem Tag, wann hat man das schon. Auch wenn es ungewohnt ist, die eigene Frau dabei zu beobachten, wenn sie von einer anderen geleckt wird. Aber dafür durfte ich ja auch mal einen fremden Arsch probieren."

Wir lagen noch einige Zeit nebeneinander und genossen die Ruhe. Dann machten wir uns daran, das Chaos zu beseitigen. Glücklicher Weise war die Schokolade nur auf dem Bettlaken und nicht auf dem Bett, so mussten wir dem Vermieter nichts erklären. Wir zogen ein neues Laken auf, Valentina hatte in weiser Voraussicht zwei eingesteckt, holten Sekt aus dem Kühlschrank und genossen den Rest des Tages einfach so faul im Bett liegend.

Stammkundin von Kevin

Ich bin eigentlich keine Frau, die sehr viel Wert auf Wellness legt, aber meine Freundin Irina hatte mich dazu überredet, einmal zu ihrem Masseur zu gehen. Ich dachte mir, eine Massage könnte mir eigentlich ganz gut tun und Irina vereinbarte mir einen Termin.

Ich lag an Unterwäsche am Massagetisch, als ein sehr attraktiver Mann, Kevin, der Masseur, hereinkam. Er sagte, ich solle den BH ausziehen und mich auf den Bauch legen. Das tat ich. Es war ein komisches Gefühl nur mit einem Stringtanga bekleidet vor einem fremden Mann zu liegen, aber irgendwie erregte mich dieses Gefühl total.

Er hatte wunderbar weiche Hände und eine sanfte hocherotische Stimme. Irina hatte einmal erwähnt seine Hände wären magisch und hatte dabei keineswegs übertrieben. Noch nie hatte ein Mann es geschafft, dass ich mich so gut fühlte. Der Duft des Massageöls und seine tiefe Stimme erweckte in mir ein sehr angenehmes Gefühl.

Fast hart wirkte es, als mich Kevin mit den Worten: "so, das war's" aus meinen Träumen riss. "Schade" murmelte ich und schaute ihm dabei unbewusst in den Schritt. Es sah so aus als hätte er einen Ständer. Ein leicht verschämtes Räuspern von seiner Seite ließ mich wieder in die Realität zurückfinden. "Findet er mich also auch geil", dachte ich. Ich belegte am Freitag seinen letzten Termin und verließ das Massagestudio.

Zuhause angekommen, ließ ich mich erst mal in meine Couch fallen. Der Duft des Massageöls erregte mich sehr und so begann ich mich zu streicheln. Ich zog mir die Bluse und den BH aus und steckte meinen Finger in den Mund um genüsslich daran zu lutschen. Ich stellte mir vor, was Kevin alles mit seinen magischen Händen mit mir anstellen könnte. Ich begann meine Brüste zu massieren, und strich langsam über meine Vorhöfe. Meine Nippel richteten sich auf, sodass ich sie zwirbeln und daran ziehen konnte. Die Vorstellung, dass Kevin das macht, steigerte meine Erregung.

Meine Finger wanderten nun langsam nach unten und streichelten über mein Höschen, das schon ziemlich feucht war. Ich zog das Stück Stoff, das mich behinderte aus und streifte durch mein dichtes Schamhaar. Dann spuckte ich auf meine Handfläche und rieb diese an meiner Muschi. Mit einem Finger der anderen Hand streichelte ich sanft mein Poloch. Das machte mich so wild, dass ich nach einiger Zeit auf der Couch kniete. Die eine Hand stieß unaufhörlich fest und tief in meine Muschi, während die andere abwechselnd mein Poloch massierte und auf meinen attraktiven Po schnalzte. Ich stöhnte leise. Im Gedanken war ich dabei immer bei Kevin. Ich holte meinen Dildo und lutschte und saugte kräftig daran. Ich stellte mir Kevins stattlichen Schwanz mit einer glänzenden roten Eichel vor. Und wie seine Knie langsam weich wurden, während ich ihn befriedigte.

Dann schob ich mir den Dildo in meine Grotte und quälte mich damit, ihn langsam hinein- und hinausgleiten zu lassen. Mein, inzwischen lautes Stöhnen überdeckte die Schmatzgeräusche, die der Dildo in meiner feuchten Muschi machte.

Der Orgasmus, den ich bekam, war der schönste und intensivste, den ich bis dahin erlebt hatte. Mein ganzer Körper zuckte noch Minuten danach vor Erregung.

Nun freute ich mich erst recht auf meinen nächsten Masseurtermin. Kurz bevor ich fahren musste, suchte ich noch meine schönste Unterwäsche, einen schwarzen Stringtanga mit spitzen, der vorne halbdurchsichtig war, und das dazupassende Oberteil. Als Kevin den Raum betrat, schnappte er kurzfristig nach Luft. Für einen Augenblick stand er regungslos, mit offnem Mund da. Dann sagte er ich solle den BH ausziehen, was ich dann so verführerisch machte, wie ich nur konnte. Ich merkte, wie ihm das Wasser im Munde zusammenlief. "Leg dich bitte auf den Rücken", befahl er mir, was mich natürlich umso mehr freute. Er begann, meine Beine zu massieren und immer wenn er mir zwischen die Schenkel fuhr, stöhnte ich leise. Dann begann er meinen Bauch zu massieren. Ich schaute in seinen Schritt und sah die Konturen eines stattlichen Gemächts. Nun konnte ich meine Erregung nicht mehr zurückhalten, nahm seine Hände und legte sie mit einem seufzen auf meine Titten. "Das willst du also!", sagte er mit leichtem schmunzeln. Er versperrte die Tür und ließ noch etwas mehr Massageöl auf seine Handflächen tropfen, bevor er mich einer erotischen Massage unterzog, die ich sicher nie mehr vergessen werde. Er begann an meinen Hüften und massierte langsam an meiner Taille entlang. Ich kicherte leicht, weil ich da ziemlich kitzlig bin. Er merkte das und begann sofort mich zu küssen, während er mit den Händen herauszufinden versuchte, wo ich sonst noch kitzlig wäre. Er nahm mich an den Handgelenken und drückte sie mit seiner Rechten Hand hinter meinem Kopf auf den Massagetisch. Ich versuchte, mich aus dieser Fessel zu befeien, was mir aber nicht gelang. Ich war ihm jetzt vollkommen wehrlos ausgeliefert. Er streifte über die Innenseiten meiner Oberarme in Richtung meiner säuberlich rasierten Achselhöhlen. Als er mich zu kitzeln begann, zog ich die Knie zur Brust und lachte laut, was er sofort mit einem sehr saftigen Kuss unterdrückte und mit einem ziemlich festen Klaps auf den Po bestrafte. Er steckte mir die Zunge weit in den Mund, um mein Lachen zu unterbinden und ließ seine Hand immer wieder gegen meinen nackten Po schnalzen, was mich total geil machte. Nach einiger Zeit ließ er von mir ab und wendete sich meinen Brüsten zu. Er streichelte sie zuerst sanft, begann dann sie zu massieren und umkreiste schließlich zärtlich fordernd meine Nippel. Als diese sich aufstellten und hart wurden, zwirbelte er sie leicht zwischen zwei Fingern, bevor er sie endlich mit seiner Zunge verwöhnte. Ich begann immer tiefer zu atmen und stöhnte manchmal leise, was ihn scheinbar sehr erregte.

Dann begann er meine Schenkel zu massieren. Als er mit seinen Fingerspitzen von meinen Knien Richtung meiner heißen, feuchten Muschi streifte, zitterte ich leicht. Mein Höschen war schon ganz feucht. Er zog es mir aus und begann sofort wild meine Muschi zu küssen. Hin und wieder schüttelte er seinen Kopf, damit er sich zwischen meine Schamlippen saugen konnte.

Als ich: "Ich komme gleich", stöhnte, nahm er einen Finger und steckte ihn tief in mein Poloch. Es war gigantisch. Ich kam in einem lauten Schrei und zuckte am ganzen Körper. Als ich mich wieder beruhigt hatte, öffnete ich seine Hose und zog sie ihm hinunter. Ein wunderbarer Penis schnalzte nach oben und lechzte nach Zuwendung. Ich nahm ihn in die Hand und wichste ihn langsam, um ihn etwas auf die Folter zu spannen. Es wirkte. Dann begann ich seine Eichel sanft abzulecken und schließlich nahm ich seine Männlichkeit in den Mund um ihn abzulutschen. Ich merkte wie seine Knie weich wurden. Plötzlich nahm er mich bei den Haaren und zog mich nach oben. Er drehte mich um und stieß mich auf den Tisch. Genussvoll drang er von hinten in mich ein. Er stieß schnell und tief, was meinen G-Punkt wunderbar stimulierte.

Ich spürte genau, wie sein Schwanz beim Orgasmus pulsierte und er seinen Saft mit lautem Stöhnen in mich verspritzte. Dann zog er ihn aus mir heraus und hob mich zärtlich auf den Tisch. Er hatte einen sehr muskulösen Körper. Er steckte Zeige-, Mittel- und Ringfinger in meine Muschi und legte die linke Hand auf meinen Venushügel. Dann begann er seine Hand auf und ab zu bewegen, sodass mein G-Punkt stimuliert wurde. Das gab mir den Rest. Ich lag nur noch zuckend und stöhnend auf dem Handtuch und genoss es, endlich zu wissen, wie man sich im Paradies fühlen musste. Als ich kurz vor meinem ersten vaginalen Orgasmus war, sagte er mir, ich solle mich entspannen. Ich kam seinem Rat nach. Ich kam, und als er seine Hand aus mir herauszog, spritzte ich ihm in einer hohen Fontäne ins Gesicht. Ich wusste nicht, ob ich weinen oder lachen sollte, so intensiv waren die Gefühle.

Seit diesem Erlebnis bin ich eine Stammkundin von Kevin.

Die rattenscharfe Zicke

Als langjähriger selbständig Erwerbender bekommt man so einiges mit und zu sehen. Doch mit der Zeit wiederholt sich das Meiste. Die großen Sex-Abenteuer waren nicht dabei gewesen. Ab und zu ein Fick, aber das war es auch schon. Es laufen mir schon ein paar geile Mütter über den Weg, aber die bekomme ich meistens halt nicht ins Bett. Aktuell hatte ich ein Projekt für drei Monate und war in einem kleinem Hotel abgestiegen. Als ich an diesem Morgen ins Büro kam, erwartete ich in meinem Fach die Informationen, die ich brauchte, um den Kunden bezüglich eines Problems zu beraten. Während mein Rechner munter vor sich hin E-Mails am laden war, holte ich mir einen Kaffee. Das ganze Gebäude war veraltet und weder schön noch funktional. Die Stadt und das Gebäude passten perfekt zusammen. Etwas in die Jahre gekommen, der Lack war an einigen Stellen ab. Ich hätte das Gebäude schon lange abgerissen. Was mich am meisten wurmte war, dass es so muffig war. Fenster gingen nicht auf, Klimaanlage war unterdimensioniert und an Stelle von richtigen Wänden gab es viel Glas und Tapeten auf Holzplatten.

An der Kaffeemaschine hatte mir Frau Berger von der Verwaltungs-Abteilung im vorbeigehen mitgeteilt, dass die Gehaltsinformationen in meinem Fach wären. Frau Berger war das, was man eine rattenscharfe, aber auch total eingebildete Zicke nennen würde. Immer schick angezogen, das Make-up auf die Kleider abgestimmt. Fast immer hatte sie Schuhe oder Stiefel an, die ihre Bein voll zur Geltung kommen ließen. Sie zeigte halt gern ihre langen Beine. Aber so was von eingebildet und arrogant. Außer den Abteilungsleitern musste jeder vor ihr buckeln. Ich schätzte sie so auf Anfang vierzig. Nicht unbedingt mein Fall, aber sie war einer meiner Auftraggeber und hatte damit das Sagen. Meine gute Laune fing an zu verfliegen und der miese Kaffee half da nicht unbedingt.

An meinem Arbeitsplatz angekommen, fing ich dann an die Informationen zu sichten. Als ich die Mail von Frau Berger aufmachte, viel mir im ersten Moment nichts ungewöhnliches auf. Sie hatte mir die Gehaltsbänder der Mitarbeiter geschickt. Ich überprüfte gerade eine der Formeln, als ich merkte, dass es versteckte Informationen im Excel gab. Nach 5 Minuten hatte ich dann die Gehaltsinformationen aller Mitarbeiter in der Niederlassung gefunden. Und das beste war, inklusive der Abteilungsleiter. Das war ein Knaller. Selbst der Bonus vom Vorjahr war zu sehen.

Was sollte ich nur damit machen. Dem Chef geben? Ich vermutete mal, dass sie dann gefeuert würde. Vielleicht könnte man ja was aushandeln, ging es mir durch den Kopf. Sollte ich die Möglichkeit auslassen?

Geld würde da ja ehe nicht viel raus springen. Ich hatte ja die Gehälter der Abteilungsleiter gesehen. Ein Gedanke stahl sich in meinem Kopf und mein Schwanz regte sich. Ficken, Vernaschen, ihr den Arsch so richtig durchstoßen, ihr in die Fresse spritzen. Ich grinste innerlich. Das war es. Endlich würde ich mal auf meine Kosten kommen. Wie groß wohl ihre Titten waren? Schlecht zu schätzen. B vielleicht C. Auf was die Berger wohl stand. Blümchensex oder eher Bondage. Ich hatte wirklich Schwierigkeiten mich zu konzentrieren.

Plötzlich kam in mir Angst auf. Würde ich mich bei der Nummer bis auf die Knochen blamieren? Einfach mal was riskieren, sagte sich so einfach. Ich konnte ja in kleinen, vorsichtigen Schritten die Übung anfangen

Heute Nachmittag würde ich meinen ersten Anlauf machen, sagte ich mir. Ich schaute sofort, ob sie einen freien Termin hatte und buchte 30 Minuten im digitalen Terminplan für 17:30. Das Gros der Mitarbeiter würde dann gegangen sein und ich konnte mich mit ihr in aller Ruhe unterhalten. Kurz darauf bekam ich die Bestätigung des Termins.

Der Tag wollte gar kein Ende nehmen. Um 16:00 hatte ich meine Strategie fertig und einen Auszug der Bonus-Informationen der Abteilungsleiter ausgedruckt. Ich ging nochmal auf die Toilette, wusch mir die Hände und den Schwanz. Mein erster Eindruck sollte ja nicht gleich abschrecken. Pünktlich um 17:30 stand ich vor ihrem Büro. Wie zu erwarten war, waren fast alle anderen Büros leer und dunkel.

Ich klopfte und trat dann ein. Sie war in ein Dokument vertieft, schaute noch nicht einmal auf und fragte kurz angebunden "Herr Steeger, was gibt es?"

"Ich möchte mit Ihnen kurz die Informationen durchgehen, die sie mir gemailt haben" entgegnete ich ungerührt und setzte mich unaufgefordert hin "Nicht das ich die falsch interpretiere"

Sie schaute auf, ein wenig säuerlich und atmete betont genervt aus "Das ist doch nun wirklich nicht so schwer. Ich frag mich wirklich wieso wir den Beratern immer solche Tagessätze zahlen und dann können die noch nicht mal ein Excel lesen. Also gut. Setzen sie sich"

"Na ja" dachte ich mir "diese Frechheit würde sie noch bezahlen."

Ich nahm Platz und stellte meine ersten unverfänglichen Fragen. Sie korrigierte mich einmal, stimmte mir aber sonst zu und schaute mich dabei an, als wäre ich ein totaler Idiot.

Dann legte ich das Blatt mit den Bonus Details auf den Tisch. Sagte gar nichts und wartete bis sie die Zeilen überflogen hatte. Ich sah in ihrem Gesicht das Erstaunen, als ihr aufging auf was sie da schaute.

"Woher haben sie das" kam es gepresst, aber beherrscht über ihre Lippen. Ihr Gesicht war definitiv einen Ton blasser geworden.

Ich tat erstaunt "Wieso? Das haben sie mir doch mit all den anderen Details geschickt"

"Was habe ich? Wann soll das gewesen sein?" Ihre Augen hatten sich geweitet und sie atmete wie jemand der gleich hyperventilieren würde

"Das kann gar nicht sein!" fügte sie kategorisch hinzu.

Ich blieb bei meiner Masche "Jetzt versteh ich gar nichts mehr. Sie haben mir die Datei heute morgen geschickt. Machen sie bitte doch einfach mal den Anhang auf"

Hektisch griff sie nach ihrer Maus und suchte die E-Mail. Das war mein Einsatz. Ich stand auf, kam um den Schreibtisch herum und stellte mich schief hinter sie. Unter normalen Umständen hätte sie mich jetzt angefahren, aber sie war viel zu beschäftigt mit der Datei.

"Wo? Ich sehe nichts" fuhr sie mich da auch schon an. Ihr Kopf drehte sich und ihre Augen gifteten mich an

"Klicken sie auf verborgene Dokumente" forderte ich sie auf "und? Da ist das Bonus-Dokument und dort die Gehälter. Machen sie die doch mal auf"

Ihr fahles Gesicht wurde noch eine Spur blasser, als sie das Bonus-Dokument öffnete. "Das Leben ist doch so schön" dachte ich mir und musste innerlich lächeln

"Da sind die Informationen die ich dir ausgedruckt habe, Barbara" ich duzte sie jetzt, legte meine Hand auf Ihre, die die Maus führte und manövrierte sie zur der Zelle wo der Bonus des Geschäftsführers zu sehen war. Sie war viel zu geschockt um sich darüber zu echauffieren.

"Ich glaube, der Chef wird das nicht wirklich prickelnd finden oder?" Ich beobachtete sie genau. Würde sie hysterisch los schreien oder eine Panikattacke bekommen. Ich wollte auf alles vorbereitet sein. Ich schwitze leicht und mein Puls ging höher. Sowas hatte ich noch nie gemacht.

Barbara saß nur da und blickte auf den Bildschirm. Sie war geschockt, regelrecht paralysiert. Ich konnte mir gut vorstellen was ihr durch den Kopf ging. Aber das war mir egal. Ich stellte mich hinter sie und massierte sanft ihre Schultern. Ich vermutete mal, dass sie das gar nicht wahr nahm. Ich schaute mich um. In keinem der umliegenden Büros war Licht an, noch lief jemand auf dem Flur rum.

Ihre Bluse war aus Seide und ich fühlte ihre warme Haut und die Träger Ihres BHs durch den Stoff. Als sie noch immer nichts dagegen unternahm, schob ich meine Hand genüsslich nach vorne zu ihren Titten. Als schließlich meine Hand ihre Titten fast umschlossen, kam plötzlich wieder Bewegung in sie. Ich wollte mir aber diese Gelegenheit nicht durch die Finger gleiten lassen und hielt sie im Stuhl fixiert.

"Bleib einfach sitzen Barbara und überlege dir was du für Optionen hast" ich versuchte so ruhig und überlegt zu klingen wie möglich. Unter meinem Griff verharrte sie weiter auf ihrem Sessel. Langsam ließ ich sie los, ging um sie rum und lehnte mich auf den Schreibtisch neben ihr. Ich wollte ihr ins Gesicht sehen, wenn sie das hörte. Mit so wenig Gegenwehr hatte ich nicht gerechnet. Kleine Schweißtropfen standen auf ihrer Stirn und sie kaute nervös auf ihrer Unterlippe.

"Ich gehe morgen früh mit der E-Mail und der Datei zum Chef und gegen 12:00 hast du keinen Job mehr. Nennen wir das Option A. Oder ich nehme die Informationen und geb sie an den Betriebsrat weiter. Du weißt genau so gut wie ich, dass dann Tod und Teufel losbricht. Wäre Option B. Und dann hätten wir noch C. Rat mal was C ist?"

Ich muss dazu sagen, dass ich immer schwach werde, wenn Frauen mich hart rannehmen und mir Anweisungen geben. Und sie war für mich der Typ Office-Domina. Sie saß einfach nur da, betrachtete mich abschätzig. Aber heute saß ich am längeren Hebel und wollte das in vollen Zügen genießen.

"Du Arschloch" sagte sie kühl "Glaubst du im Ernst, dass ich mit dir ficke!" Sie kotze den letzten Satz nur so raus. Auf den Kopf gefallen war sie ja nicht, aber man sah ihr auch die Anspannung an. Sie spielte nervös mit ihrer Armbanduhr und hatte Mühe sich zu beherrschen.

"Nö, das glaube ich wirklich nicht" entgegnete ich grinsend "Ich werde dich nicht nur ficken, sondern du wirst mir auch einen genüsslich Blasen und deinen Arsch werde ich auch beglücken" Ich machte eine Pause, ließ es sacken "und dann auch nicht nur einmal, sondern solange wie mein Mandat bei euch dauert. Also die nächsten 3 Wochen lang"

Meine Blick wanderte vom Gesicht langsam und unübersehbar zu ihren Titten. Es gibt einfach nichts besseres als eine Bürofotze in einem Kostüm. Allein ihre C-Titten unter der Seidenbluse. Das hatte sich so gut angefühlt. Oh ja, das würde geil werden mit Barbara

Auf einmal kam Bewegung in Barbara, sie schüttelte die Lethargie ab, stand auf und fixierte mich "Bevor ich mich von dir ficken lasse, suche ich mir lieber einen neuen Job"

Das sie mich nicht anspuckte war alles. Mein Traum schien zu zerplatzen.

"Mist" dachte ich "Diese verdammte Zicke."

"und jetzt raus aus meinem Büro!" fuhr sie mich an. Eine vereinzelte Träne lief ihr die Backen runter. Ihre Nase musste sie nach unserem Meeting definitiv pudern.

Ich machte einen auf Cool "Also Barbara, versteh ich ja. Bin nicht George Clooney und hab keine Millionen. Aber ich bin ja nicht so. Ich gebe dir bis morgen früh 8:00 Bedenkzeit."

Ach so, ich habe mich ja noch gar nicht beschrieben. Typischer Endvierziger, der mehr Zeit am Schreibtisch zubringt, als beim Sport. Meine knapp 100 kg sind nicht unbedingt toll über die guten 1.80m verteilt. Einige meinen, dass meine Kurzhaarfrisur mir steht, aber die Meisten sagen, dass ich aussehe wie ein Pitbull. Aber eine fette Wampe habe ich noch nicht. Mein bestes Stück glänzt auch nicht mit Weltrekorden, weder riesig lang noch überdurchschnittlich dick.

Wieder machte ich eine Pause. Sie kochte innerlich, würde mich am Liebsten Ohrfeigen oder zwischen die Beine treten. So was musste sie sich ja normal nicht im Büro gefallen lassen. Sie war die Personalchefin! Ich sollte es wohl jetzt nicht überreizen.

"Wenn du dann um 8:00 zu mir ins Büro kommst, dann hebst du nur deinen Rock und zeigst mir deine Muschi"

"und wenn nicht" wieder dieser arrogante und überhebliche Ton, aber es war nicht so überzeugend wie sonst

"Dann gehe ich um 8:15 zum Chef" ich lächelte sie an "ich bin dann zwar mein Mandat los. Aber es wird eine nette Abfindung geben, damit ich den Mund halte. Was mit dir geschieht ist mir dann egal. Ich nehme von meiner Abfindung einen Tausender und geh in den Puff und vögel bis zum Abwinken"

"Also so oder so werde ich ficken. Entweder mit dir oder du bezahlst es mir. Ist das nicht gut? Egal wie es läuft, ich hab meinen Spaß. Und glaub mir, die Nutte, der ich als erstes meinen Schwanz reinschiebe, wird dir verdammt ähnlich sein"

"Ich zeig dich an du Schwein" schrie sie mich jetzt an und sprang auf "Du wanderst in den Knast wegen Erpressung und Diebstahl"

Ich lachte, stand auf und machte den Abgang "Sehen wir ja alles morgen früh"

Sie knallte hinter mir die Tür zu während ich Richtung Ausgang ging.

Selten war eine Nacht so langsam vorbeigegangen. Ich war schon um 6:00 wach, hatte geduscht und war um 7:00 im Büro. Aufgeregt wie ich war, konnte ich nicht wirklich arbeiten, und so trank ich Kaffee und las Nachrichten auf dem Internet.

In meinem Arbeits-Kasten war als einziges Licht an. Die Angestellten würden nicht vor 8:30 kommen. Alle paar Minuten schaute ich auf die Uhr. Ich war ja so verdammt aufgeregt. Wieder wischte ich meine feuchten Hände an der Hose ab. Würde sie alleine kommen, gar nicht kommen oder gleich mit der Polizei auflaufen? Würde die dämliche Kuh ein Mikro tragen und versuchen mich zu leimen? Ich wurde noch ein wenig nervöser.

7:45. Ich hörte Schritte im Flur. Dann bog sie um die Ecke. Alleine. Aschfahles Gesicht gepaart mit einem bitterbösen Blick. Wenn Blicke töten könnten! Das Zweite was mir auffiel war, dass Barbara ein dunkelgrünes Strickkleid trug. Der tiefe Ausschnitt gefiel mir und der figurbetonte Look stand ihr perfekt. Mit Ihren knapp 170 und Kleidergröße 38 war sie zwar kein Modell, aber auch nicht fett.

"Guten Morgen Frau Berger. Wie kann ich ihnen helfen?" ich hatte heute Nacht eine Ewigkeit gebraucht und nur diese blöde Spruch war dabei herausgekommen. Ich versuchte meine Nervosität zu kaschieren, musterte sie genau, schaute mir etwas länger ihre Beine an.

Sie starrte mich nur unsagbar frustriert an. Ein paar Sekunden vergingen und dann kam Bewegung in Barbara. Sie schaute sich kurz um und dann zog sie den Rocksaum ihres Strickkleides hoch.

"Ist das Antwort genug" kam resigniert von ihr. Der schwarze Hipster und die Nylons hoben sich von der blassen Haut ab. Ich mochte Dessous mit Spitze.

Ich jubelte innerlich. Sechs Richtige im Lotto.

"Barbara, was hatte ich dir gestern gesagt? Ich wollte deine Muschi sehen" gab ich so enttäuscht wie möglich von mir, dann herrschte ich sie an " Sehe ich deine Fotze? Nein! Ich sehe nur einen Slip. War ein netter Versuch, aber ich muss wohl doch zum Chef."

"Was" sie brach ab, als ich aufstand

"Du Arsch. Das hast du nicht gesagt!" kam es dann von ihr, wieder ein kurzes zaudern "Ich kann mir den Slip doch ausziehen"

"Wie ein Schulmädchen" dachte ich mir

"Du musst schon besser zu hören. Die nächsten 3 Wochen bis du meine kleine versaute und willige Fickschlampe und machst alles, wirklich alles, was ich sage. Verstanden!"

Ihr schossen schon wieder Tränen in die Augen, aber ich blieb hart. Dann sollte sie sich halt gleich nochmals schminken, die blöde Kuh.

Ich ging auf sie zu, packte sie recht grob für meinen Geschmack, am Arm "Komm mit. Dann bekommst du halt jetzt schon mal deine erste Lektion."

Etwas ging ihr durch den Kopf, dass konnte man sehen. Aber sie gab nach einem kurzen Moment nach, senkte den Kopf und ergab sich ihrem Schicksal.

Gestern hatte ich mich intensiv im Büro umgeschaut und denn Abstellraum gefunden. Er roch zwar muffig, aber an der hinteren Wand war neben einem Regal und Kartons etwas Platz, jedenfalls genug für uns Zwei. Man konnte den Bereich von der Tür nicht einsehen. Sie in der Toilette zu ficken fand ich nicht so prickelnd

Sichtlich irritiert und immer noch etwas widerspenstig folgte sie mir in den Raum hinein. Das hatte sie sich wohl nicht so vorgestellt. Ich manövrierte sie in die hintere Ecke. Ich war einfach nur scharf auf die Alte. Jetzt würde sie es mir das erste Mal besorgen. Wie heißt es so schön, der frühe Vogel fängt den Wurm.

"Also, keine Diskussionen. Du tust was ich dir sage und wenn ich es dir sage! Verstanden?"

Wenn sie sich eben noch auflehnen wollte, so ergab sie sich jetzt der Situation. Brave Schlampe, dachte ich mir. Sie nickte.

"Auf die Knie und hol meinen Schwanz raus!" ich fuhr sie barsch an. Ein Arschloch zu sein war doch nicht so einfach.

Ein Ruck ging durch sie durch und dann kniete sie vor mir. Gosse Frauen haben einen Vorteil. Die müssen sich nicht so strecken, wenn sie einem einen blasen wollen, fiel mir auf.

Widerstrebend löste sie meinen Gürtel und machte den Reißverschluss auf. Meine Hose rutsche runter und meine feuchte Unterhose kam zum Vorschein. Sie starrte schockiert den feuchten Fleck an.

"Scheiße, muss ich dir alles sagen? Du hast es doch schon mal Einem besorgt?" fuhr ich sie an.

Wieder kam Bewegung in Barbara. Sie fuhr unwillig meine Oberschenkel mit ihren warmen Händen hoch, langsam, leicht knetend. Drückte dann lustlos meinen Sack und zog mir die Unterhose vorsichtig, ohne den feuchten Fleck zu berühren, bis in die Kniekehle runter.

Mein Schwanz troff nur so.

"ablecken" befahl ich ihr. Der Ekel stand ihr ins Gesicht geschrieben. Ein Griff in ihr braunes kurzes Haar und mein Schwanz lag auf ihren geschlossenen Lippen.

"mach schon dein Maul auf, oder soll ich dir dein Kleid versauen? " ich grinste, dass gefiel mir besser und besser

Sie wand den Kopf zur Seite und mein Saft zog Spuren über ihren Backen. Die Kontur ihres Lippenstift würde nach dem Blasen definitiv nachgezogen werden müssen. Die blöde Kuh machte sich wahrscheinlich gar keine Gedanken darüber, wie das Enden würde.

Als sie dann endlich anfing mir unwillig meinen Schwanz zu bearbeiten, kreisten ihre Lippen nur zaghaft über meine Eichel. Als Vorspeise war das ja nicht schlecht, aber ich wollte mehr. Wann hatte ich denn schon mal eine Büroschlampe die mir einen Blasen würde. Es dauerte eine gefühlte Ewigkeit, bis ich ihren Kopf zwischen der Wand und meinem Becken fixiert hatte.

Ich versuchte es auf die freundliche Tour, schob ihn langsam tiefer rein. Ein Kribbeln ging durch meine Lenden als meine Eichel in ihrem Maul war. Sie machte nicht richtig mit, eher wie so eine billige Hure im Bordell, die keinen Bock hat. Barbara sperrte sich, verzog das Gesicht und wollte ums verrecken meinen Schwanz nicht in ihren Hals lassen. Ihre Hände drückten meinen Unterkörper weg, versuchten es jedenfalls. So blieb mir nichts anderes übrig, als eine härtere Gangart einzuschlagen. Mit beiden Händen hielt ich ihren Kopf fest und drückte ihn gegen die Wand.

"Bitte nicht" würgte sie raus, während ich ihr meinen Harten diesmal bis zum Anschlag versuchte hineinzuschieben. Langsam, denn ich wollte das voll auskosten. Ihr Röcheln und Würgen, als er gut zur Hälfte drin war, geilten mich weiter auf. Es gibt doch nichts besseres, als einer Schlampe ins Maul zu ficken.

Ich fing an mein Becken langsam vor und zurück zu bewegen, während sie den Kopf wieder wegzudrehen versuchte. Ein leichter Klaps mit der flachen Hand auf ihre verschmierten Backen und sie hielt endlich still. Ich wollte sie ja noch ein paar mal ficken und so schob ich ihn ihr fast schon gefühlvoll vor und zurück. Ihr Röcheln wechselte sich mit einem Würgen ab, während ich mein Becken rhythmisch vor und zurück bewegte. Ich wurde mit meinen Bewegungen langsam schneller, dann stoppte ich, ließ sie durchatmen. Sie keuchte und spuckte aus.

"Na, gefällt dir das?" provozierte ich sie "dein Alter scheint dich ja nicht so hart ran zu nehmen" Ich grinste breit.

"nein, so ein Arsch wie du ist er nicht" knurrte sie. Zur Strafe schob ich ihr meinen Schwanz wieder rein, diesmal endlich bis zum Anschlag. Ich hielt so inne, schaute an, wie sie sich unter mir wand.

"So was sagt man aber nicht zu seinem Herrn" knurrte ich sie an. Und weiter ging es. Meine Erregung stieg wieder. Ich schloss die Augen und ließ mir das gefallen. Langsam wurde ich spritz-bereit. Ich nahm nichts mehr um mich wahr, nur noch das Pochen meines Ständers.

"Halt jetzt einfach nur still" kam es über meine Lippen. Plötzlich kam mir der Porno in den Kopf. Ich fing an abwechselnd meinen Schwanz in ihr Maul zu schieben und dann ich mir einen runterzuholen. Nicht mein erster Kopfporno, aber der Erste den es auch in Natura gab. Mein ganzer Körper zitterte dem Orgasmus entgegen. Ich konnte das Stöhnen nicht mehr unterdrücken.

Abrupt hielt ich mit dem Wichsen inne, schob ihr meinen Schwanz ein letztes mal rein und spritzte fast sofort ab. "und schön schlucken" grunzte ich mit halb geöffneten Augen. Einmal, zweimal, mir wurde es ganz leicht zu mute. Das war besser als ein Joint.

Mein Körper bebte und meine Beine waren weich geworden. Mein Schwanz bäumte sich ein letztes mal auf und ich entspannte mich langsam. Schweiß lief mir den Buckel runter und ich war außer Atem. So was Geiles hatte ich schon lange nicht mehr erlebt.

Mein Schwanz hing jetzt schlapp vor ihrer Fresse. Sie spuckte mehrmals auf den Boden und würgte wieder. Sie suchte etwas, um das

Sperma von ihrem Gesicht zu wischen. Sollte sie doch so verschmiert ins Bad gehen, mir war das so was von egal.

"Barbara, ich hoffe du hast die Lektion jetzt verstanden?" ich schaute in ihr aufgewühltes Gesicht "wenn ich dir beim nächsten Mal sage was du zu tun hast, dann hör mir gefälligst zu und mach es auch"

Ich wartete einen Moment und dann nickte sie auch

"So, das war es für heute" gab ich gönnerhaft von mir "Ich melde mich dann wieder bei dir"...

Wahnsinnig geil

Ich habe gerade in der Zeit nach der Trennung viele Nächte am PC verbracht, wo ich mich auf Sexseiten herumgetrieben habe und in Foren mit Männern gechattet. Ich habe es, glaube ich, in einer der vorigen Erzählungen schon einmal erwähnt, dass mich besonders die Filme angemacht haben, wo ein Schwarzer eine weiße Frau fickt. Dies bewirkt bei mir gefühlsmäßig das gleiche, wie wenn eine junge Frau mit alten Männern fickt. Ich empfinde es als Tabubruch und das macht mich wahnsinnig geil!

Die älteren von euch kennen evtl. noch den Film "Fackeln im Sturm". Da hat sich auch eine weiße Frau von einem schwarzen Sklaven ficken lassen. Obwohl ich damals noch ein junges Mädchen war, hat mich dies wahnsinnig erregt und ich habe dies bis heute nicht vergessen. Es hat mich wohl irgendwie auch geprägt. Nur, hier bei uns auf dem Land - wo soll da ein Schwarzer herkommen. Ich habe dann auf der Seite wo ich angemeldet war, gezielt nach Schwarzen gesucht. Sobald ich mich da eingeloggt habe, wurde ich mit Mails überschüttet.

Aber alles nur weiße Männer. Ich habe dann geschaut, welche Schwarzen es hier in Deutschland gibt und ob diese online waren. Wenn ich dann einen gefunden hatte, wurde ich wahnsinnig nervös und habe darauf gewartet, dass der mich anschreibt, denn ich habe mich nicht getraut. Wenn mich dann einer angeschrieben hat, wurde ich so geil, hab meine Fotze gefingert während dem Schreiben und mich dann vor dem PC auch mit meinem Dildo gefickt. So geil hat mich das gemacht.

Nach einiger Zeit hat mich dann Peter angeschrieben. Sein Schwanzfoto habe ich vorher oft sehnsüchtig angeschaut. Er ist aus England nach Deutschland gezogen, verheiratet, 56 Jahre alt und wohnt in Köln. Er war beruflich zwar viel in Deutschland unterwegs, aber in meine Richtung leider nicht. Wir hielten Kontakt, auch per Mail und haben auch einmal kurz miteinander telefoniert. Ich hatte die Hoffnung schon aufgegeben, da schrieb mir Peter, dass seine Firma einen Auftrag in München erhalten habe und er für ein halbes Jahr dort arbeiten werde. Ich weis nicht, wie oft ich mich in dieser Nacht mit dem Dildo gefickt habe. Ich war nach dieser Nachricht so geil, konnte nicht schlafen und hab es mir immer und immer wieder gemacht.

Ich habe ihm angeboten, doch bei mir ein Appartement zu nehmen - nach München wäre es nicht mehr all zu weit, aber das wollte er nicht. Er hat gemeint, er richtet es so ein, da er jedes 2. Wochenende nach Hause fährt, seiner Frau sagt, dass er erst Samstagmorgen losfahren würde. Die Freitagnacht könne er dann bei mir verbringen. Aber Freitagabend war für mich ein Problem, wegen Karl und seiner Schafkopftruppe. Da Peter aber schon nachmittags bei mir ankam, hatten wir vorher noch Zeit für uns und ja dann auch die Nacht und an den Wochenenden wo er nicht nach hause fuhr, konnten wir uns ja auch treffen. Noch nie hatte ich etwas so herbeigesehnt, wie dass Peter das erste mal vor meiner Tür steht. Ich bin fast wahnsinnig geworden, hab mir nur noch Filme mit Schwarzen angesehen, war total schwanzgeil.

Was soll ich anziehen, soll ich überhaupt was anziehen? Ich war furchtbar aufgeregt. Hundertmal habe ich im Kopf durchgespielt, wie ich ihn empfangen soll. Am liebsten hätte ich ihn hereingezerrt, ihm seine Hose heruntergerissen, nur um an seinen Schwanz zu kommen. Diesen Gedanken habe ich dann verworfen, obwohl er mir viele Orgasmen beschert hat! Ich habe mich dann entschieden, mich nuttig anzuziehen - eine weiße Schlampe halt, die sich von einem Schwarzen ficken lässt. Es soll Peter ja auch anturnen, nicht nur mich.

Dann war es soweit. Freitagnachmittag, kurz vor 16 Uhr. Ich lief im Wohnzimmer auf und ab, passt alles, hatte eine Flasche Sekt hergerichtet. Ich zog die Halterlosen nach oben, streifte meinen Minirock glatt, rückte meine Titten zurecht, meine Haare, alles sollte passen. Meine Hände zittern, in der Magengegend irgendwie ein komisches Gefühl. Da sehe ich ein Auto herfahren. Ich gehe zur Tür. Das Klappern meiner Absätze hall im Flur. Ich stehe an der Tür und warte, dass es klingelt. Ich zitterte jetzt am ganzen Körper, eisige Schauer rinnen meinen Rücken herab. Wie Peter aussieht weis ich ja bereits von einem Foto, aber wie wird er sein, was wird er machen, was wird er mit mir machen? Wird er über mich herfallen, mir die Kleider von Leib reißen und mich benutzen wie eine dreckige weiße Hure? Oh ja, tief in mir wünsche ich mir das!

Es klingelt, ich reiße die Tür auf. Peter erschrickt, hatte wohl nicht damit gerechnet, dass ich so schnell öffne. Er sieht gut aus, fescher Anzug. Wow, denke ich. Und ich? Steh da wie eine Nutte, aber an seinen Blick sehe ich, dass ihm gefällt was er sieht. Ein beiderseits erfreutes "Hallo", und Peter nimmt meine Hand und gibt mir einen Handkuss. Gänsehaut! Da er meine Hand nun schon einmal hat, führe ich ihn herein und wir gehen händchenhaltend ins Wohnzimmer. Peter ist um einiges größer als ich - bei 165 nicht schwierig - stattliche Figur, ein Mann zum Anlehnen halt. Als wir im Wohnzimmer sind denke ich kurz, jetzt wäre der Moment sich zu ihm zu drehen, ihm die Hose herunterzureißen und seinen Schwanz herauszuholen. Aber ich bin mir unsicher und lasse es lieber.

Wir setzen uns auf die Couch. Die Flasche Sekt steht im Kühler auf dem Tisch. Mist, ich habe die Gläser vergessen, stehe wieder auf um welche aus der Küche zu holen und bitte Peter, derweil die Flasche zu öffnen. Ich komme mit den Gläsern zurück. Peter hat die Flasche geöffnet und sitzt lässig in der Couch. Sein Jackett hat er abgelegt. Er betrachtet mich von oben bis unten und lächelt. Offensichtlich erfülle ich seine Erwartungen. Ich setzte mich wieder zu ihm und fülle die Gläser. Wir stoßen an und nehmen beide einen kräftigen Schluck, wohl in der Hoffnung, dass der Sekt die Nervosität etwas mildert. "Was soll ich jetzt mit ihm reden, was soll ich jetzt tun", geht es mir durch den Kopf.

Da nimmt Peter mir mein Glas aus der Hand und stellt beide auf den Tisch. Seine Hand geht zu meinem Kopf und er streicht mir zärtlich über Wange und Haare. "Du wunderschön", sagt er. Sein Deutsch ist nicht perfekt, aber das macht nichts. Das war auch schon beim Schreiben der besondere Reiz, dass er oft Wörter auf Deutsch nicht wusste und dann einfach in Englisch wieder dazwischen geschrieben hat. Aber ich denke mal, wir werden uns schon verstehen! "Danke" sage ich und da spüre ich seine andere Hand auf meinem Schenkel. Ich schließe meine Augen und lege den Kopf zurück. "Ok, dass mit dem Reden hat sich nun erledigt", denke ich mir und merke, wie die Erregung in mir hochsteigt. Er küsst meinen Hals, atmet meinen Duft ein, knabbert an meinem Ohrläppchen. Ein Kribbeln durchfährt mich. Er streichelt die Innenseite meiner Schenkel, seine Hand wandert langsam nach oben. Ich werde wahnsinnig vor Geilheit und wie er meine nackte Haut zwischen Halterlosen und Slip berührt, stöhne ich laut auf. Seine andere Hand streicht nun vom Hals herab Richtung Dekolleté und Peter öffnet die oberen Knöpfe meiner Bluse.

Er will meine Titten sehen, streift die Träger des BHs von meinen Schultern, greift in den BH und holt eine meiner Brüste heraus. Er küsst sie, seine Zunge wandert um meine Brustwarze. Er knabbert daran und ein leichter Schmerz durchfährt mich. Ich stöhne auf und denke bei mir, "Mein Gott, wie wird das geil werden"! Seine Hand streicht nun über meinen Slip. Meine Fotze ist schon sowas von nass. "Fass sie endlich an, fingere mich, tu irgendwas", denke ich mir. Ich bin so geil. Doch Peter streicht nur darüber, reizt meine Schamlippen durch den Slip. Die sind doch schon sowas von geschwollen, warum greift er nicht rein? Da steht Peter auf.

Ich öffne meine Augen. "Holt er jetzt seinen Schwanz raus und fickt mich", denke ich mir. Er kniet sich vor mich hin und greift unter meinen Rock. Ich hebe meinen Hintern etwas an, so kann Peter mir den Slip ausziehen und meinen Minirock ganz hochschieben. Er stellt meine Beine hoch auf die Couch und zieht mich weiter zu sich hin. Meine Beine sind weit gespreizt und Peter hat nun meine geile Fotze direkt vor sich. Er küsst die Innenseite meiner Schenkel und atmet den Duft meiner Fotze ein. Ich zittere am ganzen Körper. "Jetzt bloß nicht abspritzen, sonst bekommt Peter alles ab und wir haben hier eine Riesensauerei", denke ich mir und versuche, es zurückzuhalten. Dann berührt seine Zunge meinen Kitzler und ein Stromstoß durchfährt mich. Etwas Geilsaft kommt aus meiner Fotze heraus. "Du immer geschrieben dass du sehr nass", sagt Peter. "Ja, sehr", antworte ich. "Will sehen", erwidert Peter und beginnt mich heftig zu fingern. Er nimmt meine Hand und führt sie an meine Fotze. Er möchte wohl, dass ich mir selbst den Kitzler reibe. Ich nehme auch meine andere Hand zu Hilfe um meinen Kitzler ganz freizulegen und beginne ihn heftig zu reiben, während Peter mich weiter hart fingert.

Ich werfe meinen Kopf zurück, stöhne heftig. "Ja, komme", rufe ich. Peter nimmt seine Finger heraus, tritt etwas zur Seite und zieht mit beiden Händen meine Fotze ganz weit auseinander. Ich reibe weiter meinen Kitzler, bäume mich auf, will auch sehen wie es herausschießt. Mein Unterleib bebt und ein kräftiger Strahl tritt aus meiner Fotze aus, über den Tisch, die Gläser. Peter nimmt ein Glas und hält es an meine Fotze. Ein weiterer Strahl tritt aus, nicht mehr so heftig und Peter fängt den Geilsaft mit dem Sektglas auf. Ich lehne mich zurück, atme heftig und streichle jetzt zärtlich meine Fotze. Meine Augen sind geschlossen und mein Mund zum atmen geöffnet. Peter lässt aus dem Sektglas meinen Geilsaft mir auf meine Lippen und in den Mund tropfen. Ich schlucke ihn und lecke mit der Zunge über meine Lippen. Er setzt das Glas an meine Lippen und gibt mir den Rest zu trinken. Dann leckt auch er an meinen Lippen und küsst mich.

Peter steht auf, beginnt sein Hemd zu öffnen und zieht es aus. Selbiges macht er mit seiner Hose und als diese nach unten gleitet, sehe ich, wie sich sein Schwanz unterm Slip deutlich abzeichnet. Ich setze mich auf, fasse Peter an die Hüfte und ziehe langsam den Slip herunter. "Mein Gott, was für ein herrlicher Schwanz", denke ich verzückt, als ich ihn vor mir sehe. Er war zwar schon angeschwollen, aber noch nicht steif und die Größe war jetzt schon beeindruckend. Er hatte ja ein Foto von seinem Schwanz als Profilfoto - wie so viele andere auch in dem Forum - aber ob das dann immer der eigene ist, da war ich skeptisch. Doch Peter hat nicht geschwindelt.

Das ist jetzt schon mehr als ich je in mir gehabt habe. Fast schon etwas furchteinflößend. Aber irgendwie hatte ich ja auch auf sowas gehofft, so wie in den Filmen halt. Ich lege ihn in meine Hand, er ist noch schön weich, trotzdem kann ich ihn mit meinen Finger nicht umgreifen, so dick ist er. Ich nehme die zweite Hand zu Hilfe, ziehe seine Vorhaut zurück, küsse seine Eichel, umschließe sie mit meinem Mund und reize sie mit meinen Zähnen. Peter zuckt etwas und ich blicke zu ihm nach ober. "Damn slut" höre ich ihn sagen. Ich beginne seinen Schwanz zu wichsen und lächle ihm dabei zu. Peter weis, dass ich auf Beschimpfungen stehe. Sein Schwanz beginnt langsam hart zu werden. Ich genieße diesen herrlichen Schwanz, was für ein Prachtstück. Ob das dann ohne Schmerzen abgeht? Aber meine Fotze ist ja gut geschmiert! Ich packe kräftig zu und wichse den Schwanz fester. "Come on, Babe", höre ich Peter sagen, lehne mich auf die Couch zurück und spreize meine Beine.

Peter wichst seinen Schwanz noch richtig hart, beugt sich zu mir herab und setzt seinen schwarzen Prügel an meiner Fotze an. Dann beginnt er ihn langsam und stückweise reinzuschieben und herauszuziehen. Ich stöhne geil, will ihn endlich ganz in mir drinnen haben. Ich drücke mein Becken dagegen, doch Peter zieht ihn immer wieder raus. Meine Fotze schmatzt dabei jedes mal und ist gierig, ihn wieder reingeschoben zu bekommen. Peter merkt, dass ich es nicht erwarten kann bis er mich richtig durchfickt, doch er lässt mich weiter leiden! Er spielt mit mir, genießt meine Gier nach seinem Schwanz. Sadist! "Fick mich, bitte fick mich endlich", flehe ich ihn an, doch er zieht ihn wieder ganz heraus, klopft damit auf meine Fotze. Ich sehe den Schwanz und er ist wunderschön. Groß, schwarz, glänzend von meinem Fotzensaft. "Andersherum", sagt Peter dann. Hastig drehe ich mich um, knie mich auf die Couch, greife an meine Pobacken und ziehe sie auseinander, in der Hoffnung, dass er mir jetzt seinen Prügel gleich in meine Fotze rammt.

Doch er spielt wieder mit mir. Ich spüre plötzlich seine Zunge an meinem Poloch. "Oh mein Gott", schießt es mir durch den Kopf. "Wenn der mir den jetzt da reinschiebt, sterbe ich". Er macht mich wahnsinnig, steckt mir einen Finger rein und dann spüre ich seinen Schwanz endlich an meiner Fotze. Er setzt ihn an und schiebt ihn mir auf einmal ganz hinein. Ich schreie auf, ein Zucken durchfährt meinen Unterleib. So ausgefüllt war ich noch nie! Peter packt mich an den Haaren und fickt mich hart durch. "Jaaaaaa" rufe ich. So mag ich es. Die kräftigen langen Stöße mit diesen Riesenschwanz, ein Gefühl, dass hoffentlich nie endet. Mit der anderen Hand greift Peter nach meinen herunterhängenden Titten, knetet sie. Ich drehe meinen Kopf um zu Peter, mit einem flehenden Blick, der sagt "Fick mich weiter, hör nie auf damit"! Ein großer schwarzer Mann mit einem Riesenschwanz fickt mich von hinten.

Einen kurzen Gedanken verschwende ich dabei an meinen Exmann. Wenn der das jetzt sehen könnte. Ich stelle mir die Situation kurz vor und merke, wie ich komme. Herausspritzen tut diesmal nichts, denn mein Fickloch ist ausgefüllt mit Peters Schwanz. Er zieht ihn heraus und der Geilsaft läuft aus meiner Fotze. Peter hält seine Hand darunter und bestreicht damit seinen Schwanz. Ich drehe mich um und schlecke genüsslich seinen schwarzen Prügel ab. Er drückt mich zurück auf die Couch, schiebt meine Beine nach oben und greift nach seinem Schwanz um ihn mir reinzustecken. Ich beuge mich nach vorne, will dass sehen. Ich will sehen, wie er seinen schwarzen Schwanz in meine weiße Fotze stecke und sie fickt. Ich will das sehen! Peter schiebt ihn mir ganz rein und fickt mich weiter. Ich genieße diesen Anblick und kann mich gar nicht sattsehen. Genau das ist es! Da sehe ich wieder diese Scene aus "Fackeln im Sturm" vor mir. Der schwarze Sklave, der die weiße Herrin fickt und jetzt bin ich es, die von einem Schwarzen gefickt wird. Wahnsinn! Peter zieht seinen Schwanz heraus und nimmt meinen Kopf. Ich öffne bereitwillig meinen Mund und erwarte sein heißes Sperma. Er könnte es mir auch in meine Fotze hineinspritzen, auch wenn ich noch schwanger werden könnte. Das wäre mir egal und der absolute Höhepunkt: geschwängert von einem Schwarzen! Dann wäre ich die größte Schlampe hier im Ort. Geil!

Meine Gedanke werden jäh unterbrochen durch einen kräftigen Schuss Sperma in meinen Mund. Ich muss schlucken. Weitere folgen, auf meine Lippen, ins Gesicht und es tropft herab auf meine Titten. Peter verreibt dies auf meinen Brüsten, ich nehme sie und klemme seinen Schwanz dazwischen. Er fickt meine Titten, bis der letzte Tropfen aus seinem Schwanz herausgequollen ist. Ich greife nach dem Schwanz um noch einmal von ihm zu kosten. Ich bete diesen herrlichen Schwanz an. Eines ist sicher, dies war nicht das letzte mal, dass er mir solch große Freude bereitet hat!

Sexy und wild

Ich stand gerade unter der Dusche als das Telefon klingelte und Anna anrief, sie sei krank und könne deshalb nicht Tanzen kommen. Ich wünschte ihr eine gute Besserung, war aber in Gedanken schon an der Party. Anna, Lisa und ich waren vor einigen Wochen das erste Mal an einer Dance-Party gewesen und waren begeistert von den wilden Beats zu denen man sich schamlos austoben konnte. Natürlich war mir auch das erotische Klima im dunklen Clubraum nicht entgangen und plante, etwas besonders Aufreizendes anzuziehen, denn auch wenn ich sonst eher zurückhaltend war, genoss ich doch gerne mal in einer anonymen Szene die Wirkung meiner weiblichen Reize.

Mit Mini und Pumps ging ich schon einmal zum Club, wo ich mich mit Lisa treffen wollte. Kaum hatte ich den Eintritt bezahlt, klingelte auch schon wieder mein Handy und ich ging ran. "Wo bist du?", schrie ich gegen die laute Musik an, aber sie hatte nur angerufen, um abzusagen, weil sie sich mit ihrem Freund gestritten hatte. Genervt ging ich zur Bar und bestellte einen Wodka Lemon, den ich in einem Zug leerte. Dann überlegte ich, ob ich wieder gehen sollte, aber da der Club zum Bersten voll war und die Musik alle mitriss, war ich schnell im Getümmel und beschloss, den Abend alleine zu feiern.

Ich schwang die Hüften und tanzte sexy und wild, wies aber jeden ab, der mit mir tanzen wollte. Aber nach dem dritten Drink war meine Stimmung zusammen mit der im Club so aufgeheizt, dass ich die männliche Aufmerksamkeit um mich herum einfach nur noch genoss, und als ich einen muskulösen männlichen Körper hinter mir spürte, lehnte ich mich an ihn und tanzte mit ihm. Bald waren seine Hände auf meinen Hüften und ich roch sein Aftershave und seinen männlichen Duft. Die DJs legten immer wildere Songs auf und ich liess mich voll gehen. Ich ahmte die anderen Frauen nach, wackelte mit dem Po, kreiste wild die Hüften, liess mich lasziv vornüberfallen und rieb mich an meinem muskulösen Tanzpartner. Er ging willig darauf ein, schwang die Hüften eng an meinem Po, liess seine Hände so weit ich es zuliess über meinen Körper wandern und streifte ab und zu wie zufällig meine Brüste oder meine Pussy. Ich spürte, wie ich spitz wurde, aber ich konnte nicht aufhören, mir gefiel es, wie sein Schwanz an meinem

Hintern wuchs und wie er mich geschickt umgarnte und immer mehr Freiheiten gewann. Als er meinen Hals küsste, wehrte ich mich kaum und seine Lippen fuhren weiter zu meinem Ohr, welches er mit seiner Zunge so geschickt liebkoste, dass ich spürte, wie ich ganz nass wurde. Seine Hände fuhren hoch zu meinen Brüsten und kneteten sie kurz, während er mit kreisenden Bewegungen seinen Schwanz an mir rieb. Ich keuchte und sah mich erschrocken um, aber niemand interessierte sich für uns, alle waren wie in Ekstase. Also tanzte ich weiter, presste meinen Hintern an ihn und massierte seinen Schwanz mit meinen Pobacken, bis er sich riesig und steif anfühlte. Mit seinen wilden, aber kleinen Fickbewegungen und der Zunge in meinem Ohr machte er mich richtig geil und mir schien als würden alle um uns herum ficken, ich sah alles wie durch ein Nebel und als er mir schliesslich seine Zunge in meinen Mund steckte, traf er mich ausgehungert und wild an, und er nutzte dies um unter meinem Shirt meinem nackten Bauch entlang zu streichen, und meine Brüste so fordernd zu streicheln, dass sie fast aus den Körbchen fielen. Wieder sah ich mich um, aber auch wenn einige gierig und neidisch zu uns herübersahen, schien doch keiner davon in der wild tanzenden Menge mehr zu sehen, als dass wir miteinander tanzten. Also beugte ich mich leicht vor und spreizte meine Beine so, dass er mit seinen Tanzbewegungen seinen Schwanz unmittelbar an meiner Pussy reiben musste. Ich pfiff scheinheilig dem DJ zu als wüsste ich nicht, dass wir es schon beinahe trieben und bewegte lässig die Hüften.

Da spürte ich plötzlich seine Hand an meinem Höschen und kurz darauf an meiner nassen Pussy. Er begann sofort meine Klitoris zu massieren, während er sich tanzend an mich drängte. Ich stöhnte laut auf, aber es ging in der Musik unter. Ich wollte ihn wegschieben, aber es gelang mir nicht, da schien er es plötzlich verstanden zu haben. Doch kaum war seine Hand weg, stiess auch schon sein grosser warmer Schwanz tief in mich und vor Angst und Lust wagte ich nicht, mich auch nur einen Zentimeter von ihm zu entfernen. Mit seinen Händen an meinen Hüften zwang er mir seine kreisenden Bewegungen auf, was mir Wellen der Lust durch den ganzen Körper jagte. Als ein schnellerer Beat erklang, bewegten wir uns wie die andern, nur dass sein riesiger Schwanz dabei in mir steckte, den er im Rhythmus der Musik raus und wieder rein fickte, wobei ich mich ihm lustvoll entgegenstreckte und seinen Schwanz mit meinen Vagina-Muskeln massierte. Irgendwann war ich so spitz, dass ich mich mit gespreizten Beinen vornüberbeugte. Er verstand sofort und fickte mich mit schnellen Stössen, griff von oben in meinen BH und drehte an meinen Nippeln bis mir Tränen der Lust kamen und als er merkte, dass ich kam, stiess er seinen harten Schwanz langsam ganz in mich hinein und zog in ganz wieder hinaus und wiederholte das bis ich zuckend und schreiend kam. Da drehte ich mich nach ihm um und sah in seine schwarzen Augen, mit denen er fest meinen Blick erwiderte.

Er hob mein linkes Bein an seine Hüfte und zog mich eng an sich. Sein Penis war immer noch hart und er drang ohne Mühe ein. Ich hängte mich ihm um den Hals, wobei sich ihm meine Brüste entgegenstreckten und liess mich genüsslich von ihm bumsen, seine Hände an meinem Po und seine Lippen an meinen. Jeder Stoss befriedigte mich und machte mich gleichzeitig noch spitzer. Ich spürte wie ich einem weiteren Orgasmus entgegentritt. Da hob er mich plötzlich ganz auf und trug mich nach draussen, sein Schwanz in mir, und nach ein paar Schritten waren wir um die Ecke und er drückte mich an die nächste Hauswand und seinen Penis tiefer in mich. Ich stöhnte auf und diesmal war es zu hören. Das schien ihm zu gefallen, denn er zog den Schwanz ganz heraus und versenkte ihn erneut bis zum Anschlag, was mir wieder einen lustvollen Seufzer entlockte. Jetzt konnte er sich nicht mehr halten und fickte mich mit wilden Stössen an die Wand, meine schon halbbefreiten Brüste sprangen nun vollends aus den Körbchen und wippten auf und ab, wobei seine Zunge immer wieder meine Nippel umkreiste und er sein Gesicht zwischen sie drückte. So fickte er mich eine halbe Ewigkeit und plötzlich kam ich mit einer solchen Wucht, dass er sich auch nicht mehr halten konnte und seinen Schwanz ebenso heftig in mir entleerte. Keuchend lehnten wir an der kühlen Wand und hielten uns minutenlang umschlungen, nicht zur kleinsten Bewegung imstande.

Sexuelle Anziehungskraft

Ich selber glaube, dass so ziemlich jede Frau hier in Europa in Ihrer Fantasie schon mindestens einmal etwas mit einem Farbigen hatte. Uns geht es da ganz ähnlich wie den Männern mit den Asiatinnen. Auf mich persönlich strahlen farbige Männer eine enorme sexuelle Anziehungskraft aus, urgewaltig und hemmungslos. Außerdem gibt es immer wieder Gerüchte, wonach diese Männer durchschnittlich einfach besser bestückt sein sollen wie ihre europäischen Kollegen. Eine gleich vorweg: Ich bin nicht rassistisch, im Gegenteil, ich empfinde alle Menschen dieser Welt als gleichwertig und gleichgestellt. Ich sage nur, dass ich die Optik und den Körperbau von farbigen Männern einfach extrem erregend und sexy finde. Daher auch meine Fantasie ...

Fröhliches Gelächter drang vom Wohnzimmer zu mir und meiner Freundin in die Küche. Der Freundinnenabend bei mir Zuhause nahm schon seit einigen Stunden seinen Lauf und wir alle genossen die ungezwungene Atmosphäre. Ich richtete mit Britta den Heringssalat, den ich für den Mitternachtssnack vorbereitet hatte, als Britta plötzlich sagte: "Ich habe gestern mit einem Farbigen geschlafen". Verwirrt hielt ich beim Brotscheiden inne und schaute sie an. "Und es war der Hammer", sagte sie komplett ohne entschuldigende Einleitung. Fast wäre mir das Messer aus der Hand gerutscht. Völlig überrumpelt stammelte ich: "Aber, Peter?" Britta und Peter hatten für mich immer eine Vorzeigebeziehung geführt. Glücklich, ehrlich und nach ihren Erzählungen auch erfüllend. Die Beichte war für mich ein Schock. "Peter weiß nichts davon. Mir ist das einfach so passiert." "Wie passiert?" "Naja, ich habe ihn kennengelernt, ich fühlte mich erotisch zu ihm hingezogen und dann ist es eben passiert." Noch verwirrter fragte ich nach: "Und wann, wo?" Ich ahnte bereits, worauf das hinauslief, hörte aber trotzdem weiter gespannt zu. "Naja, ich habe ihn eingeladen, als Peter auf Dienstreise war. Mit dem Vorwand, mir ein paar Möbelpakete in die Wohnung zu tragen." Sie machte eine kurze Pause und schien in Erinnerungen gefangen zu sein. "Ja und?", fragte ich nach, als mir die Pause zu lang wurde. "Naja, er hat mir geholfen, die Kommode aufzubauen. Dabei sind wir uns näher gekommen und dann, naja, Du weißt schon" "Nein, weiß ich nicht", sagte ich. "Naja, wir haben halt gefickt. Und es war großartig und unglaublich geil. Ich kam mindestens zehnmal", sagte sie abschließend. "Ach so, dann habt ihr also gefickt", sagte ich atemlos irgendwo zwischen schockiert und erregt. Schockiert davon, dass gerade Britta so etwas passierte, erregt bei dem Gedanken daran, dass ich so etwas vielleicht auch erleben konnte. "Aber das muss unser Geheimnis bleiben", hörte ich Britta sagen, und ich versprach es. Es würde auf immer unser beider Geheimnis bleiben.

Als wir dann ins Wohnzimmer zurückkamen war der Abend in vollem Gange, die Mädels tratschten über Männer, Sex und Beziehungen. Ich war an diesem Abend nur mehr halb bei der Sache, immer noch gefesselt von der Beichte meiner Freundin. Am nächsten Morgen fasste ich, nachdem mit das Thema die ganze Nacht in meinen Träumen beschäftigt hatte, einen Entschluss. Zielstrebig fuhr ich meinen Laptop hoch und suchte einschlägige Kontaktseiten heraus. Auf zwei der ansprechendsten Seiten eröffnete ich ein Profil, lud Fotos von einigen meiner Körperteile hoch und schrieb im Text, dass ich ausschließlich an Treffen mit farbigen Männern interessiert wäre. Kaum war die Profilerstellung abgeschlossen, als schon die ersten Antworten sich mit einem fröhlichen Klingeln in meinem Postfach ankündigten.

Ich war von der Resonanz überwältigt. In der ersten Stunde bekam ich auf die beiden Anzeigen mehr als 250 Antworten. Um nicht in der Flut der Antworten unterzugehen deaktivierte ich die Anzeigen wieder und langsam kehrte wieder Ruhe in meinem Postfach ein. Ich arbeitete jede Antwort erst einmal oberflächlich durch und konnte so schon fast 95 Prozent davon löschen. Bei einer weiteren Durchsicht engte sich der Kreis dann auf drei Antworten ein, die mir am vielversprechendsten vorkamen. Ich schrieb jeweils meine Antwort, worauf die letzten beiden Kandidaten auch ausgemustert werden konnten. Der glückliche Gewinner meines persönlichen Castings war Phil, 32 Jahre alt und sein Profil beherbergte sehr vielversprechende Fotos. Wir schrieben uns unzählige Mails, wobei ich sehr klar zur Sprache brachte, dass ich nicht an einer Beziehung interessiert sei und ich vorhatte, dass alles hier auf ein einmaliges Erlebnis zu beschränken. Er akzeptiere alle meine Bedingungen und schrieb dennoch immer fröhlich und aufgeschlossen zurück, was mir sehr gut gefiel. Bis dann unweigerlich die Frage kam, wann ich denn mein Erlebnis geplant hätte. Heute

Abend, war meine lapidare Antwort darauf, denn Geduld gehört nicht zu meinem großen Charakterstärken.

Ich dachte schon, ich hätte ihn mit meiner forschen und fordernden Art erschreckt, denn der Mailfluss wurde von ihm für etwa eine Stunde unterbrochen, aber dann kam die überraschende Antwort: "Liebe Angelika, Ich war so frei und habe für heute Abend ein schönes Zimmer in einem Hotel gebucht, samt Romantikpaket. Ich würde mich freuen, wenn ich dich um 20 Uhr in der Hotellobby begrüßen dürfte. Wir werden ein sehr gutes Dinner mit Kerzenlicht genießen wo wir beide die Möglichkeit haben werden, das Treffen zu jedem Zeitpunkt abzubrechen. Für den Fall der Fälle ist das Zimmer im Anschluss reserviert. Um keine unangenehmen Blicke auf uns zu ziehen habe ich gesagt, dass wir unseren 5. Jahrestag feiern. Ich werde pünktlich da sein und mit einer roten Rose auf Dich warten. Liebe Grüße, Phil!" Ich war sprachlos und überwältigt. Atemlos tippte ich rasch die Antwort: "Lieber Phil, vielen Dank für Deine Mühe, ich werde um 20 Uhr im Hotel sein. Liebe Grüße, Angelika!" Der Tag verlief quälend langsam und schon um 18 Uhr zog ich mich ins Bad zurück, um ausgiebig zu baden und mich fertig zu machen. Immer wieder streichelte ich mich, nachdem ich mich frisch rasiert hatte, in der Badewanne selbst, hörte aber immer knapp vor einem Orgasmus auf. Ich wollte an diesem Abend mit einer unglaublich sexuellen Anspannung zu diesem Essen gehen um das Folgende dann noch intensiver erleben zu können. Sollte es ein Reinfall werden, würde meinem Fippsi, wie ich meinen Lieblingsvibrator nenne, eine lange Nacht bevorstehe. Ich ermahnte mich, gleich nach der Badewanne meinem Fippsi neue Batterien zu gönnen, nur für den Fall der Fälle. Die Spannung in meinem Körper wuchs mit jedem abgebrochenen Streicheln und als ich dann nach dem Abtrocknen ins Schlafzimmer ging hatte ich bereits ganz weiche Knie. Beim Einlegen der neuen Batterien musste meine ganze Willenskraft aufbringen um sie nicht gleich mit Fippsi gemeinsam zu testen.

Wie immer verbrachte ich eine gute Stunde mit der Wahl meiner Kleidung und entschied mich für meinen neuen Spitzenbody mit eingearbeitetem BH in violetter Farbe. Dazu schwarze halterlose Strümpfe, einen Rock, der den Spitzansatz der Strümpfe gerade so verbarg und eine schwarze Satinbluse. Ich ließ die Bluse gerade weit genug geöffnet damit man auch den eingearbeiteten violetten BH hervorblitzen sah. Hohe, vorne offene Heels komplettierten meinen anrüchigen Look perfekt und kurz darauf saß ich bereits im Taxi in Richtung des Hotels. Im Auto selbst musste ich die Beine fest aneinander drücken aufgrund meiner aufgestauten Erregung. Ich saß direkt hinter dem Fahrer und so ließ ich ein weiteres Mal meine Finger zwischen meine Beine wandern. Meine Nervosität und Anspannung waren fast nicht mehr zu ertragen als ich aus dem Taxi stieg und zum Hoteleingang ging. Ich zitterte am ganzen Körper. Mein selbstsicherer Gang war maximal eine gut eintrainierte Fassade, dahinter kochte und brodelte es in mir.

Ich trat durch die Schwingtüre ins Foyer und tatsächlich wartete Phil bereits mit einer roten Rose in der Hand auf mich. Mein erster Eindruck von ihm ließ mir fast den Atem stocken. Der perfekt sitzende schwarze Anzug mit der teuer wirkenden violetten Krawatte passte auf mein Outfit wie wenn wir uns abgesprochen hätten. Phil erschien mir unglaublich groß und sein perfekter Körper zeichnete sich unter dem Anzug ab. Er kam mir entgegen, gab mir die Rose und küsste mich auf die Wange. "Hallo Angelika", sagte er lächelnd. "Hallo Phil", stotterte ich. "Ich habe ein romantisches Essen gebucht. Wollen wir?" "Gerne", brachte ich gerade so heraus. Galant wurde ich von ihm zum Lift geleitet, vorbei an dem Schild, dass das Restaurant auf der rechten Seite auswies. "Nicht zum Restaurant?", fragte ich verwirrt und gar nicht sicher, ob es mir nicht entgegenkam, auf das Essen zu verzichten und sofort aufs Zimmer zu gehen. Die Entscheidung dass der Abend heftig enden würde, war in meinen Gedanken bereits gefallen. "Nein, ich sagte romantisch, daher Dachterrasse", sagte er lächelnd. Nun gut, dann halt die Dachterrasse, dachte ich und schon waren wir im Lift. Man musste dem Hotel auf alle Fälle lassen, dass sie mit dem Begriff Romantik umzugehen wussten. Auf der großen Dachterrasse stand ein einziger Tisch, daneben zwei Heizschirme, falls es dann zu späterer Stunde kühler werden würde. Der Tisch war perfekt gedeckt, Sekt stand bereits gekühlt auf einem Beistelltisch bereit. Kaum hatte ich diese ersten Eindrücke verarbeitet kam eine Kellnerin und schenkte uns den Sekt ein. Sofort zog sie sich diskret wieder zurück. Ich ging über die Dachterrasse zu dem Geländer und schaute über die Stadt, deren Lichter in der untergehenden Sonne bereits zu funkeln begannen, als ich plötzlich spürte, dass Phil hinter mir stand. Zärtlich und liebevoll legte er einen Arm um mich und sagte: "Du siehst unglaublich toll aus.

Wenn Du nicht so umwerfend wärst, könnte ich die Aussicht vielleicht auch genießen, aber so bin ich einfach zu abgelenkt." Ich schmolz förmlich dahin unter diesen sanften Berührungen und schönen Worten. Wir standen eine Zeitlang ohne etwas zu sagen und ich genoss die Nähe von Phil und war mir sicher, dass das ein unglaublicher Abend werden würde.

Das Essen war das nächste Highlight an diesem Abend. Phil hatte perfekt gewählt und ich genoss jeden Bissen. Der Wein war perfekt zu den Speisen abgestimmt und auch die Größe der Portionen war perfekt, um sie genießen zu können, aber kein Völlegefühl aufkommen zu lassen.

Wir unterhielten uns über aktuelle Themen aus den Medien, bekannte Persönlichkeiten und mit zunehmender Dauer des Abends und steigendem Alkoholspiegel wurden die Gespräche persönlicher und erotisierender. Phil fragte mich dezent nach meinen Vorlieben, Wünsche und Fantasien. Ich merkte zwar dass er mich aushorchte, aber es konnte für mich nur von Vorteil sein wenn er diese Informationen später am Abend haben würde. Aber auch ich erfuhr vieles über ihn und was er mag. Ich fühlte mich dabei überhaupt nicht unangenehm ausgefragt, sondern er machte das auf eine Art und Weise und mit einer Ausdrucksweise, die mich zusätzlich noch erotisierte. Nach dem Essen kuschelten wir uns auf das bereitgestellte Sofa und sahen über die funkelnde Stadt zum Horizont, wo die Sterne das Funkeln der Stadt zu spiegeln versuchten. Ich fühlte mich mehr als wohl in Phils Armen und genoss seine Nähe. Er streichelte mit seiner Hand immer wieder über meinen Kopf oder meine Beine. Das Knistern meiner Strümpfe erregte mich dabei, und auch Phil dürfte es ergangen sein, denn mit der Zeit wurde die Zeit, die er mit seiner Hand auf meinem Kopf verbrachte weit kürzer als die Zeit auf meinen Beinen. Zufrieden stellte ich fest, dass mein Rock soweit über meine hochgezogenen Beine nach oben gerutscht war so dass Phil den Spitzenansatz meiner Strümpfe erkennen konnte. Immerhin wollte ja auch ich ihm gefallen und ihn reizen.

Als dann der Moment gekommen war, sich zu entscheiden, ob der Abend weiter geführt werden sollte, musste ich keine Entscheidung mehr treffen, denn wenn ich ehrlich zu mir selbst war, wollte ich ihn schon beim Warten auf den Lift in der Lobby vernaschen. Phil fragte trotzdem vorsichtig: "Möchtest Du das wirklich?". Ich hauchte ihm nur ein kurzes und grundehrliches Ja ins Ohr. Phil half mir aus dem Sofa hoch und wir gingen eng umschlungen zu einer großen Glastür, die direkt auf die Terrasse führte. Phil schob sie auf und hinter dem Vorhang offenbarte sich eine große Suite mit einem riesigen Bett. Eine freistehende, große Badewanne mitten im Raum machte das Raumdesign perfekt. Hier konnte man sich mit Sicherheit sehr wohl fühlen. Überrascht keuchte ich auf, als Phil, nachdem er die Terrassentür geschlossen und den Vorhang vorgezogen hatte, mich zärtlich an sich zog und leidenschaftlich küsste. Kurz hielt er inne und flüsterte mir ins Ohr: "Du bist die aufregendste Frau, die ich bisher kennenlernen durfte" Zitternd zog ich ihn wieder an mich und wir verschmolzen in einem weiteren hemmungslosen Kuss. Sein stahlharter Körper drückte sich an meinen und meine Knie zitterten bereits vor Erregung. Um ihm mein Einverständnis zu verdeutlichen nahm ich seine Hand und führte sie unter meinen Rock. Als seine Finger das nackte Fleisch meiner Oberschenkel oberhalb meiner halterlosen Strümpfe erreichte, zuckte ich vor Erregung zusammen.

Seine Finger streichelten unter meinem Rock ganz vorsichtig über meine heiße Haut, aber das war mir jetzt nicht mehr genug. Ich wollte mehr, viel mehr, und ich wollte es sofort. Wieder ergriff ich seine Hand und drückte sie unmissverständlich direkt auf meinen nassen Schritt. Phils Atem an meinem Ohr ging augenblicklich hörbar schneller und dann ging alles ganz schnell. Ähnlich wie bei mir dürfte sich seine Erregung über den ganzen Abend so stark aufgestaut haben so dass jetzt alle Dämme brachen. Bei ihm gleich wie bei mir. Fordernd drückte er mich auf das Bett, schob meinen Rock nach oben, während ich am Gürtel seiner Hose fingerte. Hemmungslos und ohne Vorwarnung schob er meinen Body auf die Seite und drang mit seinen Fingern tief in mich ein. Überrascht stöhnte ich laut auf und erzitterte am ganzen Körper. Trotzdem schaffte ich es, seine Hose zu öffnen und zerrte sie grob über seine Hüften nach unten. Ohne eine Unterhose sprang mir sein harter Prügel sofort vor das Gesicht. Das, was mich da gerade ansprang raubte mir fast den Atem, aber trotzdem nahm ich seinen Prügel sofort tief in meinen Mund. Phil stöhnte als Reaktion laut auf und auch durch seinen Körper fuhr jetzt ein Zittern, entzog sich nach meinen ersten Liebkosungen aber sofort wieder, hob mich mit scheinbarer Mühelosigkeit auf und legte mich in die Mitte des Bettes. Dann kam er in die 69er Stellung über mich, drückte mir seinen harten Prügel in meinen Mund und öffnete zärtlich die Häkchen meines Bodys zwischen meinen Beinen. Sofort schob er seine Zunge tief in meine nasse Spalte. Phil drückte seinen harten Prügel nicht sehr fest in mein Gesicht, aber sein Umfang und seine Länge reichten locker aus, um mir den Atem zu nehmen. Scheinbar achtete Phil aber sehr genau darauf, mich zwar so fixiert zu behalten, aber es nicht zu übertreiben. Mich machte dieses ausgeliefert sein extrem geil. Dazu seine Zunge direkt an meiner nassen Spalte und es dauerte nicht lange, bis ich mich unkontrolliert unter seinem Körper wand. Ich saugte wie eine Verrückte an seinem harten Schwanz und presste ihn noch tiefer in meinen Rachen, indem ich seinen stahlharten Po mit meinen Händen nach unten drückte. Kurz nachdem Phil angefangen hatte, meine intimste Stelle mit dem Finger zu massieren, schrie ich meinen ersten Orgasmus, erstickt von seinem großen Schwanz in meinem Mund, in die Suite hinaus. Phil wartete, bis sich meine Zuckungen wieder legten und entzog sich dann sanft meinem Mund.

Liebevoll brachte er mir ein Glas Wasser aus der Bar der Suite und ich trank dankbar ein Schluck des kühlen Nass. Ich fand ihn extrem süß und heiß, wie er da so vor mir stand, brav wartend, aber dennoch mit steil aufgerichteten Prügel. Ich stelle mein Glas auf das Nachtkästchen, setzte mich auf die Kante des Bettes und hielt ihm meine Hand hin, um zu zeigen, dass er zu mir kommen sollte. Zögerlich kam er auf mich zu. "Möchtest Du nicht noch näher kommen?", fragte ich. Sein harter Schwanz schnellte vor meinem Gesicht immer wieder nach oben und ich konnte nicht anders und nahm ihn tief in meinen Mund, als er nah genug war. Wieder wurde ich mit einem überraschten Stöhnen belohnt. Aber Phil entzog sich aus meinem Mund und sagte: "Ich würde gerne mit Dir schlafen". Bereitwillig legte ich mich auf den Rücken und wartete gespannt, bis Phil über mir war. Er schaute mir tief in die Augen, während er seine harte Eichel an meine Schamlippen ansetzte. "Willst Du es?", fragte er ein weiteres Mal. Ich sagte: "Gerade mehr als alles andere!" Das letzte Wort war noch nicht verklungen, als er langsam tief in mich eindrang. Mir verschlug es fast den Atem wie sehr er mich ausfüllte. Mein Körper erbebte und ich konnte das Zittern nicht unterdrücken als er begann sich sanft nach vorne und zurückzubewegen. Seine steifer Prügel füllte mich aus wie mich noch nie zuvor in meinem Leben irgendetwas ausgefüllt hatte. Seine harten Muskeln spielten unter seinem halb offenen Hemd und ich war fasziniert von seinem Anblick. Phil steigerte seine Bewegungen, wurde immer schneller und ich spürte, wie sich mein nächster Orgasmus in mir aufbaute. Ich bewunderte seine Ausdauer, denn jeder andere Mann hätte wahrscheinlich schon abgespritzt und mich am Bett liegen gelassen, nicht so Phil, er drang immer wieder mit harten Stößen in mich ein und brachte mich dabei fast um den Verstand. Als ich meine Hand zwischen meine Beine wandern ließ, um mich selbst an meiner Klitoris zu streicheln und mich selbst mit meinem zweiten Orgasmus zu erlösen, nahm Phil meine Hand vorsichtig und zärtlich weg. Überrascht schaute ich ihn an und er sagte keuchend zwischen den Stößen: "Nein, heute werde nur ich es Dir besorgen. Du brauchst dafür keinen Finger zu krümmen." "Aber ich will jetzt kommen, ich halte es nicht mehr aus", sagte ich, verwundert über meine Offenheit. "Na dann sag das doch einfach", sagte er, hob meine Beine hoch, legte sie auf seine Schultern und drang dann so unerwartet tief in mich ein, wie ich es nicht für möglich gehalten hätte. Schnell nahm er wieder einen schnellen Rhythmus auf und fickte mich hart, aber trotzdem zärtlich. Und dann passierte das, was ich bisher nur von Freundinnen gehört hatte, es selbst aber noch nie erlebt hatte und auch nicht für möglich gehalten hätte. Ohne zusätzliche Stimulation rollte mein zweiter Orgasmus über mich hinweg mit einer Intensität, die mir völlig den Atem raubte. Auch während meines Orgasmus hörte Phil nicht auf, seinen Prügel tief in mich hinein zu rammen, was meinen Höhepunkt unglaublich lange werden ließ, scheinbar nie mehr endend. Aber dann spürte ich, wie sich Phils Körper verkrampfte, er sich aus mir zurückzog um gleich darauf sein heißes Sperma auf meinem Körper zu spüren. Phil spritzte seinen Saft stoßweise bis weit über meinen Kopf hinaus und brach dann zitternd über mir zusammen.

Wir streichelten uns zärtlich gegenseitig und ich offenbarte ihm, dass er mich auf diese Art quasi entjungfert hatte. Wir langen einige Zeit und streichelten uns einfach nur, ohne groß etwas zu sagen, bis Phil sagte "Hast Du schon genug?" "Nein, Du?", fragte ich neugierig. "Auf keinen Fall. Ich möchte Dich so lange wie möglich genießen", sagte er, zog mich hoch und fing an, mir den Rock und die Bluse auszuziehen. Beim Body zögerte er einen Moment und verschloss ihn dann wieder vorsichtig mit den Häkchen in meinem Schritt. "Ist besser, er bleibt noch ein wenig an", sagte er. Auch meine Strümpfe ließ er mir an. Dann zog er sich selbst komplett aus und zog mich in Richtung der zweiten gläsernen Terrassentür.

Wir traten in die kühle Nachtluft nach draußen. Zuerst wollte ich protestieren, ich bin zwar nicht verklemmt, aber nur in einem Spitzenbody mit halterlosen Strümpfen und einem nackten Mann auf eine Dachterrasse eines Hotels zu gehen, befremdete mich dann doch etwas. Dann erkannte ich draußen allerdings ein Jacuzzi auf der Dachterrasse, das von schönen Holzwänden vor neugierigen Blicken geschützt wurde. Nur der Blick nach vorne auf die funkelnden Lichter der Stadt war frei und atemberaubend. Phil stieg ins Jacuzzi und bedeutete mir, nachzukommen. Ich wollte meine halterlosen Strümpfe ausziehen, aber Phil protestierte sofort. Achselzuckend stieg ich mit meinen halterlosen Strümpfen und meinem Spitzenbody zu ihm ins heiße Wasser. Das Gefühl, hier oben am Dach in dem heißen Wasser mit dem Blick auf die Stadt war einfach umwerfend. Und ich musste gestehen, dass es ein erregendes Gefühl war, mit Nylons im Wasser zu sein. Phil zog mich zu mir und wir genossen eine ganze Weile den Blick über die Stadt, bis Phil fragte: "Ich würde Dich jetzt gerne hier hemmungslos ficken. Möchtest Du das?" "Ja", stieß ich sofort hervor und die Erinnerung an das Geschehene ließ mich sofort wieder geil werden. Fast von alleine suchten meine Hände unter Wasser nach Phils bestem Stück. Er seufzte leise, als ich es gefunden hatte und vorsichtig massierte. Wir küssten uns leidenschaftlich und ich spürte die Erregung schon wieder in meinem Schoß. Phil löste sich von mir und setzte sich auf den Rand des Jacuzzi. Sein schwarzer Schwanz stand steil nach oben und ich verstand die Einladung, rutschte zwischen seine Beine und fing genüsslich an, an der tiefroten Eichel zu saugen und zu lecken. Immer wieder nahm ich ihn dabei tief in meinen Mund und kraulte dabei mit meinen Fingern an seinem Hoden. Es war für mich auch schön zu erleben, dass Phil auch genießen konnte und ich freute mich, dass auch ich ihm Gutes tun konnte. Mit den Worten: "Genug für mich, ich bin heute für Dich da", rutschte er zurück ins Wasser, drehte mich mit seinen starken Armen um und ich konnte aus der Position über den Rand des Jacuzzi die ganze Stadt sehen. Ich spürte, wie Phil mit seinen Fingern zärtlich meinen String-Body auf die Seite schob und ich musste die Luft anhalten, um nicht laut zu schreien, als er von hinten langsam in mich eindrang. Alleine die

Situation, auf der Dachterrasse eines Hotels mit Blick über die Stadt von hinten im heißen Wasser gefickt zu werden, war unglaublich, aber dazu noch der unglaubliche Körper und der stahlharte Schwanz von Phil. Das ließ mich in einen wahren sexuellen Rausch verfallen. Außerdem erregten mich die nassen Nylons auf meiner Haut sehr und ich wusste, dass das ab diesem Tag mit Sicherheit des Öfteren passieren würde. Ich stellte mir vor, wie ich es mir unter der Dusche in Nylons zuhause in Gedanken an diesen Abend selbst machen würde. Ich flog von einem Höhepunkt zum nächsten, während mich Phil mit abwechselnder Intensität und Schnelligkeit fickte, obwohl ich mir nicht sicher war, ob das nur ein extrem langer, ständiger Orgasmus war, oder einfach einige hintereinander. Ich gab es nach dem sechsten Höhepunkt auch auf, mitzuzählen. Es war für mich eine völlig neue Erfahrung, dass der Mann seine Bewegungen genau an meine Bedürfnisse anpasste und nicht seinen eigenen Lustgewinn in den Vordergrund stellte. Und ich war bereit, das so lange wie möglich zu genießen. Aber irgendwann nahm der Wunsch überhand, wieder sein heißes Sperma auf oder in mir zu spüren.

Ich entzog mich und dirigierte ihn wieder auf den Rand des Jacuzzi. Sofort nahm ich seinen heißen Prügel in meinen Mund und beschloss, ein bis dahin für mich bestehendes Tabu zu brechen. Ich drückte seinen Oberkörper nach hinten und sein Po wanderte dadurch näher zu mir. Mit der freien Hand streichelte ich über sein Perineum und fand dann mit der Fingerspitze seinen Anus. Phil keuchte laut auf, als ich meine Fingerspitze sanft dagegen drückte. Obwohl sein Körper vom Jacuzzi nass war, spuckte ich kurz meinen Speichel direkt auf seinen Anus, um dann sofort wieder seinen Schwanz tief in meinen Mund zu nehmen. Dann führte ich meinen Finger wieder direkt auf seinen Anus und drückte etwas fester. Phils Körper zitterte und ich wusste, dass ich auf dem richtigen Weg war. Mit einem Ruck drückte ich meinen Finger bis etwa zur Hälfte in seinen Po. Phil stöhnte laut auf, verkrampfte sich und gleich darauf schoss sein Sperma in heißen Ladungen aus seinem harten Schwanz direkt in meinen Mund. Ich saugte bis die Zuckungen in seinem Körper nachließen. Ich schlucke was möglich war und ließ den Rest seines heißen Saftes über den Schaft des Schwanzes aus meinem Mund nach unten rinnen.

Glücklich und zufrieden zog ich Phil dann wieder ins Jacuzzi, wo wir wieder wie ein verliebtes Paar kuschelten. Ich war in dem warmen Wasser an Phils Seite sogar ein wenig eingenickt, als ich folgendes hörte: "Angelika, konnte ich Dich befriedigen?" Die Worte holten mich aus dem leichten Schlaf. Grinsend antwortete ich: "Noch nicht ganz!" Ich erntete einen überraschten Blick, als ich die provokative Frage, die eindeutig darauf hinausgelaufen war, zu hören, dass ich vollkommen befriedigt war, mit einem einfachen Nein beantwortete. Ich konnte direkt sehen, wie es in einem Gehirn arbeitete und er in meinem Gesicht nach Anzeichen suchte, dass ich jetzt nicht ganz ehrlich war. Dann fragte er: "Also möchtest Du nochmal?" Ich hatte bisher noch keinen Mann erlebt, der nach seinem zweiten Höhepunkt noch einmal zu einer weiteren Runde bereit gewesen wäre. Ganz im Gegenteil, die meisten Männer hätten bereits nach ihrem ersten Schuss schnarchend neben mir gelegen, während ich mich selbst zumindest soweit befriedigt hätte, um problemlos einschlafen zu können. "Wenn Du lieber aufhören möchtest. Ich möchte Dich nicht zwingen, aber ich könnte es schon ein weiteres Mal genießen", sagte ich.

Stutzig und trotzig schaute er mich an. Dann stand er auf, hob mich aus dem Wasser und trug mich in die Suite, direkt in die offene Duschkombination. Vorsichtig drehte er meinen Körper mit dem Gesicht zur Wand und streifte meinen Spitzenbody ab. Dann hörte ich ihn in einer Lade kramen. Ich wollte mir die Überraschung selbst nicht vermiesen und blieb so stehen. Dann spürte ich wieder seinen Atem an meinem Nacken: "Vertraust Du mir?" Ich nickte nur, denn ich vertraute ihm interessanterweise wirklich vorbehaltlos. Dann spürte ich kaltes Metall an meinen Handgelenken und ich wurde mit Handschellen an die Duschvorrichtung gefesselt. Nackt bis auf meine nassen Nylons stand ich da, das Gesicht zur Wand und wartete, was passieren würde. Phil fing an, meinen Rücken und meinen Po mit beiden Händen zu massieren. Dabei streichelte er auch immer wieder über meine nasse Grotte bis hinunter zu meinen Zehen. Wieder kramte er in der Lade und dann spürte ich einen Schwall Flüssigkeit über meinen Körper rinnen und erkannte es sofort als Öl, als seine Hände begannen, es überall auf meinem Körper zu verteilen. Phil drückte dabei auch immer wieder seinen Körper an meinen bis auch er vollkommen benetzt war mit der angenehm glitschigen Flüssigkeit. Dann wurden seine Berührungen wieder fordernder, drang mit seinen Fingern in mich ein, um sich dann wieder zu entziehen, nur um dann schneller und heftiger wieder in mich einzudringen. Dann kniete er sich hinter mich und schob mir drei Finger seiner rechten Hand tief in meine nasse Grotte. Gleichzeitig spürte ich, wie sich seine andere Hand von meiner Wirbelsäule den Weg abwärts zwischen meine Pobacken suchte. Zitternd erwartete ich den Moment, als seine Finger mein Po Loch erreichten und dort kurz verharrten, während ich ihn sagen hörte: "Du weißt, was ich will. Soll ich?" "Mach einfach", sagte ich nur und wartete auf den Moment, in dem sein Finger in mein Po Loch eindrang.

Als der Moment dann da war, war er noch intensiver als gedacht und ich stöhnte laut auf. Während seine drei Finger in meiner Grotte jetzt gegen meinen G-Punkt drückten fing Phil an, seinen Finger immer wieder aus meinem Po Loch heraus zu ziehen und wieder hineinzustoßen. Ich konnte zwischen meinen Beinen hindurch sehen, dass Phils Schwanz schon wieder steil nach oben stand und mich erregte alleine der Anblick, geschweige denn die Vorstellung, diesen Prügel bald wieder in mir spüren zu dürfen. Phils Bewegungen wurden immer forscher und als er mir dann noch einen zweiten Finger in mein enges Po Loch drückte, war es um mich geschehen und ich schrie einen weiteren Höhepunkt aus mir heraus. Noch während ich zitterte spürte ich, wie sich Phil hinter mich stellte und hart in mich eindrang. Wieder erlebte ich eine unglaubliche Abfolge von Höhepunkten und irgendwann dazwischen bettelte ich ihn hemmungslos an: "Fick mich in den Po, bitte" Obwohl ich aufgrund seiner Größe ein wenig Angst hatte. Phil hielt inne, zog sich aus meiner Grotte zurück um seinen Prügel etwas höher erneut anzusetzen. Sehr vorsichtig drang er in mich ein, aber so sehr ich mir wünschte, dass es nicht so war, es tat einfach zu weh. Sein Schwanz war scheinbar zu groß. Ich sagte: "Hör bitte auf, es tut weh. Tut mir leid" und Phil zog sich sofort vorsichtig zurück. "Mach mich bitte los", sagte ich und er tat es sofort. Ich zog ihn zum Bett, dirigierte ihn auf den Rücken und lutschte kurz an seinem unglaublichen Prügel. Dann setzte ich mich auf ihn und wurde fast ohnmächtig, als mich sein riesiger Prügel vollkommen ausfüllte. Phil nahm meine Bewegungen sofort auf und drückte sein Becken immer wieder fest gegen meines während er fest meine Brüste massierte und immer wieder fest in meine Brustwarzen zwickte. Wieder dauerte es nicht lange und ich versank in einer weiteren Abfolge von Höhepunkten. Und dann wagte ich es noch einmal. Ich entzog mich, schob mein Becken etwas nach vor und ließ seine harte Eichel mein Po Loch teilen. Phil lag völlig bewegungslos unter mir, damit ich die Geschwindigkeit und die Tiefe seines Eindringens selbst steuern konnte. Mit geschlossenen Augen rutschte ich immer weiter auf einen harten Schaft, bis ich bei der Wurzel ankam. Völlig ausgefüllt getraute ich mich nicht die kleinste Bewegung zu machen, aus Angst, dass ich explodieren könnte. Phil starrte mich noch immer bewegungslos aus aufgerissenen Augen an uns sagte: "Mach so schnell du willst und was du willst mit mir" Angetrieben von diesem simplen Satz fing ich an, mich auf seinem Schaft auf und ab zu bewegen und zu meiner Erleichterung ging es jetzt völlig problemlos. Ich wurde mutiger und schon bald fanden wir beide einen unglaublich harmonisierenden Rhythmus. Ich spürte, dass Phil sich nicht mehr lange würde beherrschen können und stöhnte in den Takt der Bewegungen "Das ist so geil. Fick mich weiter. Bitte!" Das war dann scheinbar auch für ihn zu viel, denn mit einem spitzen Aufschrei pumpte er seinen heißen Saft zum dritten Mal an diesem Abend in oder auf meinen Körper. Und gleichzeitig geschah etwas, was ich bis zu diesem Zeitpunkt gar nicht gewusst hatte. Mit einem lauten Aufschrei entlud sich mein Körper zum ersten Mal in seinem Leben zu einem Anal-Orgasmus. Völlig überrascht, überwältigt und kraftlos brach ich über Phil zusammen. Ich spürte noch lange, wie Phil zärtlich über meinen Körper streichelte, bis ich dann ohne ein weiteres Wort an seiner Seite einschlief.

Das Zimmer war aufgrund der schweren Vorhänge stockfinster, als ich wach wurde. Benommen bemerkte ich, dass ich alleine war. Mein ganzer Körper fühlte sich geschunden an, aber nicht unangenehm, sondern einfach nur richtig befriedigt. Ich tapste in meinen immer noch leicht feuchten halterlosen Strümpfen zu der großen Fensterfront und wurde von den hellen Sonnenstrahlen fast umgeworfen, die sich durch den von mir aufgezogenen Spalt im Vorhang drängten. Ich beschloss, dass ein kleiner Spalt reichte und fand dann einen Zettel auf dem Beistelltisch. Zögerlich nahm ich ihn in die Hand und las: "Liebe Angelika, ich möchte mich bei dir für die unglaublichen Stunden bedanken, die wir gestern erleben durften. Du bist eine unglaubliche Frau. Ich habe die Suite noch für eine weitere Nacht gebucht, damit du nicht vor 12 Uhr aus den Federn musst. Der Kellner steht mit einem Frühstück bereit, ganz egal wann du ihn über das Zimmertelefon anrufst. Ich musste heute leider arbeiten und kann daher leider jetzt nicht mehr bei dir sein. Obwohl mich der Anblick deines fast nackten Körpers in der Früh schon wieder erregt hatte. Ich würde mich freuen, wenn wir uns wieder einmal sehen würden. Küsse, Phil Ps.: Meine Nummer xxx" Ich legte den Zettel beiseite, ließ mir das versprochene Frühstück auf das Zimmer kommen und beschloss dann, dass ich dieses Erlebnis auf dieses eine Mal beschränken würde, denn diese Nacht wäre einfach durch nichts mehr zu toppen gewesen. Als ich dann mit dem Taxi nach Hause fuhr, warf ich Phils Zettel auf einer Brücke aus dem fahrenden Auto.

Schon fast bizarr

Kaum zu glauben, was in den letzten Tagen und Wochen alles passiert ist. Es ist schon fast bizarr. Mein Name ist Marianne, ich bin 22 Jahre alt, habe lange braune Haare, blaue Augen, eine sportliche Figur und jogge jeden Morgen um mich fit zu halten. Von Beruf bin ich Bürokauffrau. Da das aber mittlerweile ein sehr begehrter Beruf ist, bin ich momentan oft zu Hause und kümmere mich um den Haushalt und um meine Freundin.

Mit meinem Mann Patrick bin ich seit zwei Jahren verheiratet, aber schon seit 5 Jahren zusammen. Wir kennen uns schon seit der Schulzeit und Patrick war und ist meine große Liebe. Er war auch der erste Mann mit dem ich Sex hatte. Wundervollen Sex. Ich war immer glücklich mit ihm. Auch mit seinem Glied war ich immer zufrieden. Aber ich hatte im Grunde ja auch keinen Vergleich. Nachgemessen habe ich nie, aber ich schätze ihn so auf 13 x 3 Zentimeter. Er passte hervorragend, da ich auch wirklich sehr eng gebaut bin. Mein Mann ist übrigens selbständiger Unternehmensberater und so können wir es uns auch leisten, dass ich Zuhause bleibe und er arbeitet.

Meine Geschichte, die ich euch erzählen möchte, hat vor ein paar Wochen begonnen. Wir hatten immer ein ganz normales geregeltes Leben. Wir frühstückten zusammen, er ging zur Arbeit, ich machte den Haushalt und kochte, ging mit meinen Freundinnen ins Café, machte Abendbrot, er kam von der Arbeit nach Hause, wir schauten Fernsehen usw. Eben wie in fast jeder normalen Familie.

Dann wurde alles anders. Immer öfters verbrachte Patrick seine Zeit an unserem PC. Er wurde immer abwesender. Morgens sofort nach dem aufstehen lief er zum PC, abends sofort nach dem er nach Hause kam, lief er an den PC. Wir frühstückten nicht mehr zusammen und an Abendbrot war auch nicht mehr zu denken. Er saß bis spät in die Nacht am Computer, manchmal bis 3 oder 4 Uhr morgens. Wenn er dann ins Bett kam, fiel er regelrecht über mich her. Das war kein Liebe machen mehr, das war nur noch harter Sex. Ich kam mir immer mehr wie ein Stück Fleisch vor. Immer mehr kam in mir der Verdacht auf, dass Patrick ein Computerverhältnis hatte und mich dann nur zum entladen seiner Geilheit und seines Saftes benutzte. Ich kam mir bald vor wie eine Nutte.

Also schmiedete ich mir einen Plan, wie ich Patrick ertappen konnte. Ich suchte selber im Internet etwas herum und entdeckte eine Überwachungssoftware, mit der man wirklich alles kontrollieren kann, was irgendwie auf dem PC geschieht. Ich kaufte das Programm und installierte dieses auf unserem Computer. Nun musste ich nur noch warten, bis Patrick nach Hause kam und wieder seine Spielchen im PC trieb.

Gleich am nächsten Morgen, als Patrick aus dem Haus war, startete ich den PC. Mir war richtig schlecht vor Aufregung. Was würde ich entdecken? Betrügt Patrick mich? Mit zittrigen Händen öffnete ich das Überwachungsprogramm. Erst kapierte ich nicht, wie es funktionierte. Dann sah ich die Protokolle und verschiedene Internetadressen, die Patrick besucht hatte. Ich klickte auf die erste und eine Seite öffnete sich. Dort waren Bilder, wie eine Frau von einem farbigen Mann bestiegen wird, der einen unglaublich großen Schwanz hatte. So etwas hatte ich noch nie gesehen. Wie sollte der in eine Frau passen? Daneben saß ein zweiter Mann und schaute den Beiden beim ihrem Treiben zu. Mehr war auf der Homepage nicht zu sehen.

Also klickte ich die nächste Adresse an. Es war ein Forum über sogenannte Cuckolds und, mich traf fast der Schlag, über Fremdschwängerungen. Ich dachte ich müsste sofort im Boden versinken. Was schaute sich Patrick da bloß an, was ist mit ihm geschehen? Die dritte Seite, die ich aus dem Protokoll anklickte, war nochmal das gleiche, nur landete ich diesmal in einem Forum. Ich konnte nachverfolgen, dass Patrick dort einen Beitrag hinterlassen hatte, auf dem schon viele Reaktionen folgten. Gespannt lass ich den Beitrag und viel fast vom Hocker. Er suchte Hilfe, wie er seine Frau dazu bekommen konnte, es mit einem schwarzen, alten, fremden Mann zu treiben und sich von ihm schwängern lässt.

Mir stiegen die Tränen ins Auge. Patrick ging nicht fremd, nein, er wollte das ich, seine Frau, fremdgehe und mich auch noch schwängern lasse und er wollte dabei auch noch zusehen. Für mich brach eine Welt zusammen. Was ist nur in Patrick gefahren? Es waren über 30 Tipps im

Forum, wie er mich dazu bringen könnte. Es war unglaublich. Waren die denn alle Irre?

Auf der nächsten Seite fand ich dann verschiedene erotische Geschichten, in denen immer eine Frau von einem schwarzen Mann erst gegen ihren Willen verführt und dann gefickt wird. In jeder Geschichte wehrt sich die Frau erst, dann wird sie so geil, dass sie alles vergisst. Zur Krönung bettelte dann die Frau zum Schluss auch noch, dass der Schwarze in ihr spritzen und sie doch schwängern soll. Ja sie fleht in regelrecht an. Es war einfach nur eklig. Ich schaltete den PC ab und machte mir erst einmal einen Kaffee.

Was sollte ich nur tun?

Als ich mich wieder etwas beruhigt hatte, loggte ich mich wieder in den Computer ein und forschte weiter. Patrick schrieb in diesem Forum, wie er es sich erträumt. Und dass die Geschichten für ihn schon fast zwanghaft wären. Er möchte die Geschichten Wirklichkeit werden lassen. Er wünschte sich einen älteren farbigen Mann, so ab Fünfzig, der zu uns nach Hause kommt und mich vor seinen Augen verführt. Er beschrieb, wie er mich betrunken machen will und wie der alte Mann mich dann auszieht. Ich würde mich wehren, aber durch meine Geilheit immer passiver werden, bis ich mich dann plötzlich von seinem riesigen schwarzen Schwanz ficken lassen würde.

Da ich die Pille nicht nehme, was übrigens tatsächlich stimmte, bettelte ich aber darum, dass er nicht in mir abspritzt, da ich ja schwanger werden könnte und ich meinen Mann ja lieben würde und nur von ihm ein Kind möchte. Aber meine Geilheit auf den alten Mann würde so groß werden, dass ich zum Schluss, wie in den Geschichten die er gelesen hatte, darum betteln, nein flehen würde, dass er in mir kommt und es mir völlig egal wäre, wenn er mich schwängern würde. Ich würde sagen, dass ich seinen Hengstschwanz brauchen und dass der kleine Schwanz von meinem Mann mir nie wieder reichen würde und ich nur noch seine kleine weiße Hure wäre.

Patrick würde in der ganzen Zeit auf einem Stuhl sitzen und zusehen. Das war eine völlig abstruse Vorstellung, die mein Mann da hatte, er demütigte sich ja damit selber. Aber dieses Forum platzte aus allen

Nähten mit Männern und sogar Frauen mit ähnlichen Wünschen. Was dachte sich Patrick bloß dabei? So eine abartige Fantasie?

Nach dem ich noch fast zwei Stunden im Forum herumgestöbert hatte und auch noch mehrere (alle) von diesen Fremdschwängerungsgeschichten und Bilder gelesen und angeschaut hatte, schaltete ich den PC aus und machte mich auf den Weg ins Café, wo ich mit meiner besten Freundin verabredet war.

Erst redeten wir wie immer über Gott und die Welt, aber sie bemerkte, dass ich nervös und abwesend war. Sie wollte wissen was los was, aber sowas konnte ich ihr ja unmöglich erzählen. Es war zu pervers und intim. Nachdem sie aber mehrmals nachgefragt und nicht locker gelassen, ja mich sogar dazu gedrängt hatte, was mich wunderte, da ich sie so nicht kannte, brach ich in Tränen aus und erzählte ihr die ganze Geschichte von Anfang an.

Erstaunt und neugierig lauschte sie meinen Worten und sagte gar nichts. Nachdem ich mich von meiner Last befreit hatte, ging es mir tatsächlich sehr viel besser. Nach einigen Minuten des Schweigens meinte meine Freundin schließlich, dass es nur zwei Möglichkeiten gäbe. Entweder ich trenne mich sofort von Patrick, oder ich musse ihn davon überzeugen, dass seine Fantasie abartig und pervers ist. Ich wollte mich nicht trennen, da ich Patrick wirklich sehr liebe, aber wie sollte ich ihn davon überzeugen, dass sowas nicht normal ist? Er weiß ja nicht mal, dass ich seine Fantasie kenne.

Da meinte meine Freundin wieder, dass man Patrick mit einem taktisch guten Plan von seinen Fantasien befreien könnte. Es sei ja immerhin etwas anderes, ob man davon träumt oder wirklich seiner Frau beim Vögeln zusieht. Die Eifersucht würde Patrick umbringen. Wir bestellten uns noch einen Cappuccino und fingen an einen Plan zu schmieden. Besser gesagt, schmiedete meine Freundin den Plan. Dieser kam so schnell und sicher, als hätte sie sich schon seit Wochen darauf vorbereitet. Aber sie war schon immer kreativ.

Unser Plan war, dass wir Patrick mit seiner eigenen Fantasie konfrontierten, so dass er es nicht ertragen konnte und seine Gedanken wieder normal würden. Nur wie sollten wir das anstellen?

Da hatte meine Freundin, wie aus der Pistole geschossen, die Idee, dass wir doch mal mit Herrn Warwick reden könnten und fragen, ob er uns bei unserem Plan helfen würde?

Also nochmal eine Person einweihen? Das war eigentlich nicht das was ich wollte, aber wenn es eben sein müsste, dann soll es eben so sein. Herr Warwick war ein guter Freund unserer Eltern. Wir sind praktisch mit ihm groß geworden. Er hat oft auf uns aufgepasst, als wir noch Kinder waren und war sozusagen immer der nette Onkel von nebenan. Herr Warwick war mittlerweile 65 Jahre alt und ein Bär von einem Mann. Er war ein Afroamerikaner und blieb nach dem Abzug der Amerikaner in Deutschland bei seiner Frau. Er war trotz seines Alters enorm gut gebaut und fit, was wohl auf sein tägliches Training im Fitnesscenter zurück zu führen war. Seine Frau ist leider schon vor einigen Jahren gestorben und erlebte allein in seinem Haus direkt neben meinen Eltern.

Unser Plan, den meine Freundin ausgearbeitet hatte, war folgender. Wir erzählen Herrn Warwick von meinem Dilemma und fragen ihn, ob er bei unserer kleinen Charade mitspielt. Wenn ja, laden wir Herrn Warwick zu uns ein. Wir machen ein Spiel daraus und ich sage meinem Mann, dass nun sein Wunsch, den ich herausbekommen habe, in Erfüllung geht. Herr Warwick soll dann so tun, als ob er mich geil findet und er sollte mich verführen. Wenn wir dann im Schlafzimmer landen, ziehen wir uns komplett aus und Herr Warwick soll so tun, als ob er mich ficken wolle. Spätestens da wird Patrick ausflippen und wir klären dann alles auf. Und danach kann unser Leben wie gewohnt weitergehen.

Also, gesagt getan. Wir nahmen all unseren Mut zusammen und gingen zu Herrn Warwick. Dieser war natürlich erst einmal völlig entsetzt von Patrick Fantasie, aber noch mehr von unserem Plan. Schließlich kennt er uns ja schon seit kindesauf. Und unsere Eltern sind die besten Freunde und er ist schon Fünfundsechzig, und blablabla, eben alles, mit dem wir sowieso schon gerechnet hatten.

Als er dann endlich fertig war mit seinem Vortrag, fing ich fürchterlich an zu weinen, natürlich nur aus Taktik. Herr Warwick war völlig hin und her gerissen, bis er endlich unserem Plan zustimmte. Wir mussten aber hoch und heilig versprechen, dass wir es niemandem erzählen würden. Natürlich versprachen wir ihm das, uns war ja selber dran gelegen, dass es niemand erfährt. So machten wir dann einen Termin für kommenden Samstagabend aus. Mit einem zufriedenen Gefühl ging ich dann nach Hause, meines Triumpfes sicher.

Als Patrick am Abend nach Hause kam, stellte ich ihn bloß. Ich heulte, jammerte und drohte ihn zu verlassen. Aber auch Patrick war völlig verzweifelt, damit hatte er nicht gerechnet. Er bettelte und flehte, aber ich spielte die Harte. Und mit den Worten: "Wenn du sowas unbedingt willst, dann sollst du es haben!", ging ich ins Schlafzimmer und sperrte die Türe ab. Als ich alleine war, musste ich erst einmal vor mich hinlächeln, damit hatte Patrick nicht gerechnet. Mit meinen Siegesgefühlen schlief ich ein.

Endlich war es Samstag. Es war mit Herrn Warwick und meiner Freundin ausgemacht, dass unser Treffen um 20 Uhr bei uns hier in der Wohnung stattfinden soll. Ich war froh, dass meine Freundin mir zur Seite stand, denn mir zitterten fürchterlich die Knie.

Kurz vor 20 Uhr fragte ich Patrick, ob er das wirklich will und dass ich jetzt ernst machen würde. Ich sah ihm an, dass auch er ziemlich nervös war, aber kopfnickend saß er auf der Couch. Da klingelte es. Also konnte es beginnen. Herr Warwick und meine Freundin kamen gemeinsam ins Wohnzimmer und wir begrüßten uns alle sehr freundlich. Mir fiel auf, dass Patrick sich gar nicht wunderte, dass es Herr Warwick ist, den ich eingeladen hatte. Aber ich schob es unserer Nervosität zu.

Ich wollte allen einen Sekt anbieten, doch Herr Warwick meinte nur, dass er es gerne so schnell wie möglich hinter sich bringen möchte, was ich sehr gut verstand. Auch Patrick meinte, dass er nicht länger warten möchte und ob ich es wirklich tun würde. Meine Freundin meinte dann nur, dass er da mal abwarten sollte. Also gingen wir zu viert ins Schlafzimmer.

Dort hatte ich schon zwei Stühle aufgestellt für Patrick und meine Freundin, die auch sofort darauf ihre Stellung bezogen. Mir war völlig komisch zu Mute, aber ich war mir sicher, dass unser Plan aufgehen würde und Patrick es nicht ertragen würde, mich mit einem anderen Mann zu sehen. Da mit Herrn Warwick ja ausgemacht war, dass er mich streicheln und liebkosen durfte, da es ja echt aussehen sollte, er sich dann aber nur auf mich legen sollte, ohne das was passiert, wurde ich auch immer ruhiger.

Ich zog mich nackt aus und legte mich auf unser Ehebett. Meine Freundin sagte dann laut: "Hui, du bist ja komplett rasiert, Wahnsinn! Da wird sich Warwick aber freuen." Also spielte sie schon unser Spiel, dachte ich. Dann kam Herr Warwick ins Zimmer und gleich zum Bett und begann sich auszuziehen.

Als er nackt vor dem Bett stand, konnte man seinen durchtrainierten Körper sehen. Trotz seines hohen Alters hatte er kein Gramm fett an sich und er war ein Bulle von einem Mann. Mindestens zwei Meter groß und locker hundert Kilo Muskelmasse. Passend zu seinem Körper hing sein enorm beeindruckender Schwanz schwer und schlapp an ihm herunter. Er sagte, dass er so nervös sei, dass er keine Erektion bekäme. In meinem Kopf fing es an zu rattern. Herr Warwick würde damit noch unseren ganzen Plan zunichte machen und ich würde weiterhin einen notgeilen Ehemann besitzen.

"Wichs ihn doch groß!", hörte ich meine Freundin sagen. Sie schien voll im Spiel aufzugehen. Schweren Herzens musste ich die Initiative ergreifen, wenn ich verhindern wollte, dass Warwicks Schwanz schlapp bleibt. Also richtete ich mich auf und nahm seinen dicken, schwarzen Schwängel in meine rechte Hand, um ihn groß zu wichsen, was an sich ja schon paradox war.

Sein Schwanz war schlapp schon enorm, als hätte ich eine Schlange in der Hand. Ich konnte ihn nicht mit meiner Hand umschlingen. Wenn ich meinem Mann einen wichse, kann ich ihn im steifen Zustand zwischen drei Finger nehmen. Aber dieser Schwanz hier machte mir wirklich Angst. Ich konnte ihn im schlaffen Zustand nur teilweise umgreifen. Wie wird es sein, wenn er ausgefahren ist?

Langsam begann ich seine dicke Vorhaut über die Eichel zu schieben, um sie danach sofort wieder nach vorne über die dicke Eichelkranzwulst rollen zu lassen. Und tatsächlich, langsam rührte sich was. Aber viel war es nicht. Wieder hörte ich meine Freundin etwas sagen, diesmal: "Leck ihn, komm schon!" Mir blieb nichts anderes übrig, als an diesem Kollos zu lecken. Blasen war völlig nicht machbar, denn schon die Eichel war zu dick, um in meinen Mund zu passen. Also schob ich wieder seine Vorhaut zu ihm hin, ganz nach hinten, und fing an seine Eichel abzuschlecken.

Und endlich, endlich richtete er sich auf. Langsam und schwer fing er an sich zu erheben. Er schaffte es aber nicht, sich ganz steil aufzurichten, da er viel zu groß und schwer war. Dennoch stand das fette Ding von Herrn Warwicks Körper ab. Wenn ich nicht gewusst hätte, dass wir keinen realen Sex haben werden, hätte ich jetzt eine gewaltige Angst bekommen. Das Ding konnte unmöglich in eine Muschi passen.

Langsam zog ich seine Vorhaut wieder über die Eichel zurück, um sie sogleich wieder über diese fette Wulst zurück zu schieben. Auf einmal kam aus seiner Eichel ein riesiger, dicker und größer werdender Tropfen glasiger Vorsaft. Da ich genau in diesem Moment über die Eichel leckte, rollte der Saft genau in meinen Mund. Ich hätte mich beinahe verschluckt.

Wie konnte das passieren? War Herr Warwick geil? Aber wahrscheinlich passiert das eben, wenn ein Schwanz steif wird. Aber so viel kam bei Patrick niemals, schon gar nicht vorher. Aber mehr wollte ich nicht. Ich wollte ihm ja keinen Blasen, er sollte ja nur groß werden, um unseren Plan weiter umzusetzen. Und das war er jetzt. Er war sogar so groß, dass ich ihn nur noch zur Hälfte umschließen konnte mit meiner Hand.

Ich ließ von seinem Schwanz ab und zog Herrn Warwick an seinem Schwanz zu mir aufs Bett. In Missionarsstellung lag er auf mir und fing an, wie es abgemacht war, mich zu küssen und meinen Körper zu streicheln. Aus dem Augenwinkel heraus, beobachtete ich Patrick und meine Freundin auf irgendeine Reaktion. Aber noch kam nichts. Herr Warwicks Hände waren überall auf meinem Körper, er spielte seine Rolle wirklich sehr gut. Er streichelte meinen Bauch, meine Beine, meine Innenschenkel, dann wieder zurück auf meinen Bauch. Dann liebkoste er meine Brüste und kniff immer wieder ganz sanft in meine

Brustwarzen, die steif nach oben ragten. Zum Glück war das alles nur gespielt, aber es war so schön.

Er fing an meinen Körper mit Küssen zu bedecken, meinen Hals, mein Dekolleté und meinen Busen. Dann leckte er meine Brustwarzen. Er zog sie immer wieder ganz tief in seinen Mund und biss leicht zu. Dann küsste er meinen Bauch, während seine Hände weiter meine Brüste massierten und mit meinen Warzen spielten. Dann ging das gleiche Spiel wieder zurück über meinen Bauch zu meinen Brüsten und Warzen zu meinem Hals auf meine Lippen. Plötzlich spürte ich, wie er mit seiner Zunge versuchte meinen Mund zu öffnen.

Wieso tat er das? Aber ich dachte, dass es so wohl am realistischsten aussah und verließ mich da auf ihn. Also öffnete ich meinen Mund und ergab mich seiner Zunge die Purzelbäume in meinem Mund veranstaltete. Aus dem Winkel heraus sah ich, wie Patrick nervös auf seinem Stuhl hin und her rutschte. Also ging der Plan auf. Es funktionierte, dachte ich innerlich und triumphierte. Er wurde eifersüchtig!

Dann ging Herr Warwick mit seinen Küssen wieder abwärts, während ich weiterhin seine Hände an jeder Stelle meines Körpers fühlte. Er spielte seine Rolle perfekt. Ich fühlte mich, wie ich mich noch nie im Leben gefühlt hatte. Mit Patrick war es immer schön, aber auch sehr schnell. Ich genoss dieses Spiel sehr. Warwick küsste meinen Bauch und wanderte dann zu meinen Leisten über meine Schenkel zu meinen Knien und leckte alles mit seiner Zunge. Dann nahm er meine Beine und streckte sie wie eine Kerze nach oben und fing an, an meinen Zehen zu saugen und lecken. Sowas hatte Patrick noch nie mit mir gemacht. Es war wirklich wunderschön, da ich nicht wusste, dass meine Zehen so sensibel sind.

Während der ganzen Zeit stand sein schwarzer Hengstschwanz steil von ihm ab. Feucht entließ er meinen großen Zeh wieder aus seinem Mund und wanderte am anderen Fuß küssend und leckend wieder nach oben. Dann fing er an meine Schenkelinnenseiten zu lecken und küssen, während seine Hände weiter meine Leisten streichelten. Dann leckte er meine Leisten zärtlich von unten nach oben. Abwechselnd immer links und recht, dann weiter etwas nach oben zurück zum

Bauch. Dann hielt er inne und leckte wieder nach unten. Plötzlich spürte ich seine Zunge an meinem Kitzler und ich bekam einen Schlag wie von 100000 Volt. Ein riesiger Orgasmus brach aus mir heraus. Völlig unangemeldet und spontan.

Ich hatte so etwas noch nie erlebt. Er war so stark, dass ich fast mein Bewusstsein verlor. Langsam leckte Herr Warwick meine Spalte, ganz langsam, wie ein alter Profi, der er ja war. Aber war das alles noch gespielt? So weit wollten wir nie gehen. Ich wollte meinen Oberkörper aufrichten um zu protestieren, schaffte es aber nicht. Ich war wie ans Bettlaken geklebt. Mein Körper war übersät mit meinem und mit Herrn Warwicks Schweiß. Alles glänzte. Während Warwick mich leckte, streichelte er weiterhin meinen Körper mit seinen enorm großen, schwarzen Händen.

Was taten wir hier nur? Wie von selbst fing mein Becken an zu kreisen und sich gegen seine Zunge zu drücken. Ich wollte dass nicht, aber es geschah. War das alles noch ein Spiel? Immer tiefer drang Warwicks Zunge in mich ein und leckte mich total aus. Solche Gefühle kannte ich nicht. Er fickte mich mit seiner Zunge. Es war unglaublich. Meine Muschi lief regelrecht aus und Warwick trank und trank. Immer schneller lies er seine Zunge in mich dringen. Es war schöner als jeder Sex mit Patrick zuvor.

Ich spürte meinen nächsten Orgasmus und fing an mein Becken wilder zu bewegen. Aber kurz vorm Kommen ließ Warwick von meiner Muschi ab und rutschte zu mir nach oben. Er gab mir einen intensiven Zungenkuss und ich spürte meinen eigenen Geschmack, den Warwick noch in seinem Mund hatte. Ich fühlte unter mir ein klitschnasses Betttuch. Ich wusste nicht warum, es so nass war, aber dann sah ich einen dicken, wirklich dicken Vorsafttropfen aus Warwicks Schwanz heraustropfen, genau auf meine Muschi. Es musste also die ganze Zeit bei ihm schon Saft rausgequollen sein. Er war also total geil, kein Zweifel.

Ich senkte meinen Kopf wieder ab und ergab mich wieder Warwicks Küssen. Ich merkte, wie er zu seinem Schwanz griff und ihn vorsichtig zu wichsen begann. Los leck ihm seinen Schwanz, hörte ich meine Freundin wie durch einen Schleier sagen. Herr Warwick ließ von mir ab und stieg über mich Richtung Oberkörper, so als ob er sich auf meinen Busen setzen wollte, was er dann auch tat. Er wichste seinen schwarzen Schwanz nun direkt vor meinem Mund und ich leckte seine Eichel.

Immer mehr und zunehmend dicker werdender Vorsaft senkte sich nun in schleimigen Schlieren in meinen Mund. Es roch betörend und schmeckte leicht salzig, aber sehr angenehm. Ich war völlig in Trance. So wichste er seinen Schwanz locker gute zehn Minuten und fütterte mich Schleim. Wo nahm der alte Kerl das alles nur her?

Plötzlich hörte er damit auf, kniete sich wieder vor meine Muschi und wichste seinen riesigen Schwanz weiter direkt vor meiner Muschi. Immer mehr Vorsaft presste Warwick aus seinem Schwanz auf meine Muschi. Sie war bereits klitschnass, als ob Warwick auf mich mit Gleitgel angepinkelt hätte. Er wichste immer schneller, beugte sich dabei nach vorne und fing an mich zu küssen. So war das nicht abgemacht, aber wenigstens hielt er sich an die Abmachung mich nicht zu ficken.

Schon hörte ich meine Freundin wieder reden: "Warwick, reiben sie doch ihren Schwanz im Fotzenspalt hoch und runter. Das wäre doch ein geiler Anblick für uns." Was sagte sie da nur? Ist sie verrückt? Ich wollte gerade was sagen. Doch dann spürte ich schon seine riesige Eichel an meiner klitschnassen Öffnung. Er drückte leicht dagegen.

"Nein, nicht!", flüsterte ich zu Warwick. Nein, ich flehte. Er reife Schwarze erwiderte aber, dass er ihn nur hoch und runter reiben wolle, so wie meine Freundin es vorgeschlagen hatte. "Wir wollen doch deinem Mann was bieten", fügte er hinzu. In meinen wirren Gedanken gab ich Warwick recht. Also ließ ich es geschehen. Immer mehr Vorsaft quoll aus seinem Schwanz den er durch das Reiben in meinem Spalt in mir verteilte. Auch zwischen meinen Beinen war alles schon glitschig.

Warwick hielt mich mit seinen starken Muskelarmen fester umschlossen. Schwer lag er auf mir. Immer mehr Druck spürte ich zwischen meinen Beinen, der wohl von seinen Lenden ausging. Immer tiefer drückte er seinen Schwanz in meine Spalte. Er rieb jetzt nicht nur mehr hoch und runter, nein er fing an mehr Druck zu geben. Immer weiter drang er leicht wippend in mich ein. Ich wollte protestieren, war verzweifelt, aber ich sah nur noch Sterne.

Meine durchtriebene Freundin stand auf und ging zu Warwick. Ich war froh, dass sie da war, obwohl mir Zweifel kamen, dass sie Hilfe im Sinn hatte. Oder würde sie doch dem Spiel ein Ende setzen? Da Warwick auf mir lag, flüsterte sie uns beiden ins Ohr: "Los fick sie, sie braucht das jetzt! Mach sie zu deiner kleinen, weißen Nutte."

Dann ging sie wieder auf ihren Platz. Ich war völlig verwirrt. Was hatte sie gesagt? Das darf nicht sein. Was passierte hier? Aber ich kam nicht dazu, weitere Gedanken zu spinnen. Warwick lächelte und küsste mich dann zärtlich und dann, mit einem Ruck, hatte er seine fette Eichel in mir stecken. Himmel, ein Teil seines schwarzen Prachtschwanzes steckte in mir. Nie im Leben durfte das passieren. Wie konnte dieses mächtige und ja nun komplett steife Rohr in mich gelangen? Ich war doch so eng gebaut.

Ein lauter Schrei kam aus meinem Mund. Ach was, Schreie. Ich dachte, ich zerreiße in zwei Hälften. Mein Schrei wurde aber jäh erstickt durch einen Kuss von Warwick. Der blieb einfach auf mir liegen und bewegte sich nun gar nicht mehr. Er wartete, bis sich meine kleine, enge Muschi an seinen Monsterschwanz angepasst hatte. Wenigstens nahm er Rücksicht auf mich, aber ruckte dabei immer nur ganz wenig, aber stetig. So drang er mit kleinen Bewegungen immer tiefer in mich ein. Tiefer und tiefer.

Ich war hin und weg, so ein irres Gefühl machte sich in mir breit. Dann dockte er an. Es ging nicht weiter. Nie war ich so ausgefüllt. Ich spürte ich seine weiche, aber sehr mächtige Eichel an meiner Gebärmutter tief in mir anstoßen und dann passierte es. Ich explodierte zum zweiten Mal an diesem Abend.

Mein Ehemann musste mich beim Sex immer zusätzlich mit seinen Fingern befriedigen und meinen Kitzler reiben. Sonst wäre ich nie kommen. Aber so wie jetzt war ich noch nie gekommen, so einfach, einfach so. Warwick zog seinen Schwanz ganz aus mir heraus und ich fühlte mich plötzlich völlig leer. Dann nahm er jeweils ein Bein von mir unter seinen rechten und linken Arm und drückte mein Becken soweit nach hinten zu meiner Brust, dass meine Knie links und rechts neben meinem Kopf wahren.

Frei zugänglich klaffte meine Muschi weit geöffnet vor seinem bedrohlich wirkendem Glied. Und sofort schob er sein Organ wieder in mich hinein, was dieses Mal deutlich geschmeidiger ging, so tief, dass er wieder andockte. Immer wieder spürte ich seinen Schwanz an meiner Gebärmutter anschlagen. Es war unglaublich. Ich war noch nie so ausgefüllt. Wie ein Verrückter fickte er mich. Ich wimmerte und grunzte, aber es war ihm egal.

"Ja fick sie!", hörte ich meine Freundin rufen, "mach sie fertig, die kleine weiße Schlampe!"

Der schwarze Mann hämmerte wild in mich hinein, als wäre ich widerstandsloses Fickfleisch. Der fünfundsechzigjährige Afroamerikaner war nur noch schwanzgesteuert. Längst hatte er den Plan vergessen, falls es denn je einen gegeben hat. Wieder küssten wir uns innig, während Warwick noch heftiger zustieß.

Dann sah ich Patrick aus den Augenwinkeln heraus, wie er nackt auf seinem Stuhl saß und sich einen runterholte. Wie hatte ich mich jemals mit so einem kleinen, weißen Schwänzchen zufrieden geben können. Der sah wirklich niedlich aus, wenn ich ihn mit dem fetten, schwarzen Organ des reifen Mannes, der auf mir herum hämmerte, verglich. Ich erschrak selbst über meine Gedanken.

Wieder und wieder dockte die dicke, schwarze Eichel an meinem Muttermund an und drückte sogar noch etwas mehr zu, als wolle sie in meinen Gebärmutterhals gleiten wollen. Mein Plan ging nicht auf. Wie konnte ich nur so blöd sein? Dann fiel mir auf einmal ein, dass es ja jetzt wirklich ähnlich war, wie in den Geschichten, die Patrick gelesen hatte. Entsetzen überkam mich. Ich nahm ja schon seit einem Jahr keine Pille mehr, weil Patrick ein Kind wollte. Ich hatte mich dazu überreden lassen, die Pille abzusetzen. Und meine letzte Regel war vor 2 Wochen. Und dieser Warwick fickte mich ohne Kondom mit seinem Fettschwanz, aus dem ständig Vorsaft raus quoll.

Nun, vermutlich gibt es für sowas ohnehin kein Kondom, ging es mir kurz durch den Kopf. Furchtbare Panik stieg mehr und mehr in mir auf. Ich fing an zu schreien, zu kratzen. Ich wollte ihn wegschubsen. Aber auf mir lagen 100 Kilo Testosteron.

"Nein nicht! Bitte nicht in mich spritzen! Ich verhüte nicht! Ich bin heute fruchtbar!", rief ich laut.

Tränen schossen mir in die Augen. Hier ging allesschief und ich war zudem noch total geil. Plötzlich stand meine Freundin auf und kam neben mich aufs Bett und streichelte meinen Kopf. "Mensch Schatz", sagte sie, "schalt doch mal deinen Kopf ab und genieße es. Es passiert schon nichts. Warwick zieht ihn bestimmt vorher raus. Nicht wahr Warwick?"

Warwick grunzte und lächelte uns an und nickte heftig und bestätigend. Patrick hat sich mittlerweile auch aufs Bett zu uns gesellt und war dicht bei mir und streichelte mich. Wie ein Wilder fickte mich jetzt Warwick. Das ganze Bett wackelte. Ich ließ mich tatsächlich in die Situation hinein fallen. In mir stieg wieder ein Orgasmus hoch und ich vergaß meine Sorgen. Ein enorm tiefer Orgasmus, fast einer im Unterbauch, gegen den die ersten zwei förmlich nichts waren, durchzuckte mich anhaltend.

Warwick merkte das und wurde langsamer mit seinen Bewegungen. Warum tat er das?

Nach dem der erste Anflug wieder abgeklungen war und mein Unterbauch weniger zuckte, fickte er mich wieder schnell und hart, bis wieder ein Orgasmus in mir hochstieg. Es zuckte in mir wie eben zuvor. Sowas hatte ich noch nie erlebt. Wieder hörte er auf mich zu ficken.

Das konnte ich nicht akzeptieren. Ich hielt es nicht mehr aus. Ich bettelte ihn an, nicht immer ständig aufzuhören, denn ich ahnte, dass ich noch heftiger kommen könnte. "Nein meine Kleine, nur wenn ich in dir kommen darf", erwiderte Warwick, "du hast schon Orgasmen gehabt und ich soll nur auf deinen Bauch spritzen? Das macht mir aber keinen Spaß. Also, lass mich in dir kommen, denn du wolltest das alles hier so. Lass mich kommen!"

Ich lehnte das aber ab: "Nein, nicht in mir.....!"

Mit einem strahlenden Grinsen fing er wieder an mich zu ficken. Ganz langsam, dann wieder hart und schnell. Dieses Spielchen trieb er immer weiter. Das war unmenschlich, ich konnte nicht mehr. Ich war wie in Trance. Meine Freundin streichelte mir den Kopf und sagte ständig: "Lass ihn kommen, ist doch egal, los lass ihn in dich spritzen, mein Schatz. Ihre weiche Freundinnenstimme war hypnotisch. Ich wollte, nein ich musste jetzt endlich kommen.

"Also gut", hörte ich mich sagen, "los komm in mir!"

Wieder sprach meine Freundin: "Bitte ihn darum! Komm schon! Das mögen Männer. Bitte ihn darum, tief in dir abzuspritzen. Bitte ihn um seinen fruchtbaren schwarzen Samen! Bitte ihn, seinen Samen gegen deinen Muttermund zu spritzen!"

Ich fing sofort an zu betteln: "Bitte Warwick, fick mich! Lass mich kommen! Spritz in mich!"

Ich konnte es nicht glauben. Alles was Patrick in den Geschichten gelesen hatte und was ich so abartig gefunden hatte, passierte jetzt. Ich bettelte einen im Grunde fremden Mann an, mich zu ficken und in mich zu spritzen, einen alten Mann mit schwarzer Hautfarbe. Warwick flüsterte: "Los sag es, du kleines, weißes Luder! Bettel weiter!" Ich bettelte und bettelte, dass er mich endlich härter ficken soll, das er in mir kommen soll. Er lächelte und grunzte. Warwick rief wieder: "Nein Schlampe, du weist was ich hören will. Los sag es! Sag es!"

Dann kam wieder meine Freundin dazu: "Komm Schatz, sag es ihm einfach. Bitte ihn, dich zu schwängern. Lass dich fallen, bitte ihn dir ein Kind zu machen!"

Warwick fickte wie wild in meine Muschi. Dann wurde er wieder langsamer. Von vorne hörte ich immer die Stimme meiner Freundin. Ich konnte nicht mehr. Ich war gebrochen. Ich flüsterte in sein Ohr: "Fick mich! Mach mir ein Kind! Bitte mach mir ein Kind mit deinem schwarzen Hengstschwanz! Ich will es so sehr!" "Nein", schrie Warwick, "sag es laut, so dass alle es hören können, oder ich höre jetzt auf der Stelle auf!"

Ich schrie aus Leibeskräften: "Fick mich du Schwein! Mach mir ein schwarzes Kind, bitte!!! Fick mich! Schwängere mich, aber lass mich endlich kommen, bitte!!!" Aus dem Augenwinkel heraus sah ich, wie meine Freundin und Patrick ihren rechten Arm hoben und ihre Hände aneinander klatschten. Wie zum Triumph. Nur, dass es ein anderer war, wie ich dachte.

Jetzt begriff ich, dass das alles geplant war. Von Anfang an! Es war alles ausgemacht und nicht ich hatte einen Plan, nein Patrick hatte einen und was für einen. Alle drei führten mich in die Irre. Die Drei hatten mich völlig hintergangen. Diese Schweine. Wieder hörte ich Warwick wie durch eine Wolke: "Ja du weiße Schlampe, das habe ich mir schon immer gewünscht. Schon, als du gerade mal aus dem Teeny-Alter raus warst, wollte ich dich ficken. Und jetzt darf ich dich sogar schwängern. Ich fick dir jetzt das erste von vielen schwarzes Babys in deinen Bauch, du kleine geile Maus. Los bettle weiter, du Schlampe."

Ich tat es. Ich bettelte weiter und endlich spürte ich wieder einen Orgasmus aufkommen, meinen Dritten. Dieses mal würde er sicher nicht aufhören. "Ja, es kommt, mir kommt's!", schrie ich lauthals. Alles verkrampfte sich in mir. Jetzt hämmerte Warwick wirklich zu und es explodierte in mir. Meine Bauchdecke vibrierte und in meinem Schoß war der Teufel los.

Kurz darauf spürte ich, wie Warwick mir seinen Schwanz bis zum Anschlag in mich steckte. Sein ganzer Muskelleib versteifte sich unglaublich. Seine fette, schwarze Eichel musste nun genau auf meiner Gebärmutter liegen, Loch an Loch.

Er brüllte: "Ja, mir auch du, weißes Luder! Ich spritz dich voll."

Und dann spürte ich seinen dicken Schwanz in mir pulsieren. Mein Orgasmus zuckte gleichbleibend heftig. Mir wurde schwarz vor Augen. Ich konnte nur noch grunzen wie eine Sau. Immer wieder pulsierte sein Schaft in mir. Der schwarze Oldie pumpte mir tatsächlich sein Sperma in die Muschi. Und mein rasender Muttermund platschte da voll hinein, in sein Zeug. Mein Orgasmus schien nicht aufzuhören, auch als sein Pumpen nachließ.

Mir rasten Gedanken durch meinen Kopf. Ich hatte keine Chance, von ihm nicht schwanger zu werden.

Es dauerte schon eine ganze Weile, bis ich wieder fähig war, mein Umfeld zu registrieren. Der Orgasmus war langsam abgeklungen. Der schwarze Warwick lag schwer auf mir, hundert Kilo pressten mich in die Matratze und sein dicker, jetzt weicher Schwanz war immer noch in mir.

Dann griff er zu seinem schlaffen Glied, dass schließlich immer noch mit seiner Eichel in mir steckte und quetschte die letzten Samentropfen aus ihm heraus. Langsam zog Warwick den dicken Knubbel aus mir und küsste mich nochmal leidenschaftlich. Mir lief etwas Warmes über meinen Po.

"Du warst spitze und es tut mir leid, dass wir dich reinlegen mussten", sagte er. Er zog sich relativ schnell an und machte Anstalten zu gehen. Auch meine Freundin entschuldigte sich, gab mir einen Kuss und sagte, dass sie sowas noch nie gesehen hätte und dass es geil gewesen war. Dann verschwand sie mit dem großen, schwarzen Hünen.

Mir selber tat alles weh. Ein riesiges Loch klaffte zwischen meinen Beinen. Patrick, der immer noch wichste, grinste und sagte: "Mann kann den ganzen Samen in dir schwimmen sehen!" Ich beugte mich vor und sah einigen weißen Schleim auf dem Bettlaken. Dann sah ich mir meine total ruinierte Muschi an. Ich war mich sicher, dass Warwick mir einiges von dem fruchtbaren Zeug direkt in meine Gebärmutter gespritzt hat.

Ich ging erst einmal duschen um mich zu sammeln. Patrick hat sich noch zu Ende onaniert und kam dann auch unter die Dusche. Mit einem dicken Kuss bedankte er sich, dass ich das für ihn gemacht habe. Ob er sich dann immer noch so freut, wenn ich ihm erzähle, dass meine Regel ausgeblieben ist?

Voyeuristisches Vergnügen

Ich ertappte sie beim Ficken mit zwei Typen in unserem Bett. Erst dachte ich es läuft ein Pornofilm. Durch einen Spalt der leicht offenstehenden Tür konnte ich ins helle Schlafzimmer sehen. Sie hatten mich nicht bemerkt, laute Musik spielte und meine Freundin stöhnte während die Typen sich mit ihr beschäftigten. Sie war gerade auf Knien und Ellbogen, ein Schwarzer vögelte sie von hinten, während sie einem dunkelblonden Typen einen blies. Mir fiel zuallererst auf, was für einen mächtigen Schwanz sie da im Mund hatte und dass sie trotzdem versuchte, ihn in voller Länge aufzunehmen. Sie war meisterlich im Kehlen-Ficken, meinen Schwanz nahm sie gerne bis zum Anschlag und ich liebte es, wenn er ganz nass in voller Länge wieder zwischen ihren vollen Lippen zum Vorschein kam. Aber der Schwanz hier war um einiges länger und dicker als meiner. Sie hatte ihren Mund weit aufgerissen, streckte den Kopf instinktiv nach vorne, um Rachen, Kehle und Hals in eine gerade Linie zu bringen und versuchte ihn mit gurgelnden Geräuschen tiefer und tiefer zu schlucken. Sie krallte sich in seinen Arschbacken fest und zog seinen Unterleib heran, er drückte sie mit beiden Händen an ihrem Hinterkopf tief in seinen Schoss. Offenbar wollten sie beide mit brutaler Kraft seinen gesamten Riesenschwanz durch ihre Kehle in ihren Hals schieben.

Zwischendurch ließ sie ihn ganz herausgleiten, begleitet von einer Menge schleimiger Spucke in Fäden, holte japsend Luft, leckte seine Eichel ab um ihn dann mit noch mehr Anlauf in ihren sich stetig weitenden Hals zu schieben. Das musste sie sich aus den mit mir gemeinsam reingezogenen Videos abgekuckt haben und es sah genau so extrem geil aus - in meiner Hose regte sich ganz schön was. Wie viele meiner Kollegen aus den Botschaften in diesen afrikanischen Hauptstädten habe ich ein sogenanntes "zweites Büro", das praktischerweise auf dem Weg zwischen dem Konsulat und meinem Haus mit Pool am Stadtrand dieser uferlosen und verkehrsgebeutelten Stadt liegt. In diesem modernen Appartement mit großem Wohnzimmer, integrierter Küche und separatem Schlafzimmer lasse ich nun schon die dritte Studentin in zwei Jahren wohnen. Viele junge Frauen hier haben wenig Kohle und brauchen einen Sugardaddy, der sie unterstützt. Es ist eine gängige Praxis und kein Problem willige Studentinnen oder sogar Schülerinnen für einen kurzen Fick oder als allzeit bereite Freundin zu finden. Und da ich auf modelhaft schöne sportliche junge Dinger jeder Couleur stehe, hatte ich nach Einreise keine Zeit verloren, ein entsprechendes Arrangement einzurichten. Die erste derartige "Hauskatze" war allerdings ein Fehlschuss. Sie entpuppte sich nämlich letztlich als langweilig und man konnte auch nichts vernünftiges von ihr vernehmen, wenn sie mal gerade nicht meinen Schwanz im Mund hatte. Ich vermittelte sie an einen verklemmten ägyptischen Kollegen weiter. Nun, eine falsche Rekrutierung kann schon mal passieren wenn man gerade einen langjährigen Einsatz in einem arabischen Land hatte, in dem praktisch gar nichts geht. Da fällt man dann vor lauter Geilheit leicht auf die erstbeste Schönheit rein, die sich in den Mund spritzen lässt. Die zweite war eine absolute Rakete im Bett, machte aber mit mir "Schluss", weil sie sich zeitlich vernachlässigt fühlte. Sie wäre auch gerne mal mit mir chic essen gegangen oder ein Wochenende in einem Hotel am Meer verbracht. Nun, ich konnte meiner Frau mit Kleinkind nicht immer erzählen, dass ich lange im Büro zu tun hatte oder auf Empfängen verweilen musste. Und die Anzahl der Wochenendseminare, die sie mir glaubte, war auch begrenzt. Aber auch meine derzeitige dritte hat einen megageilen Körper mit makelloser dunkelschwarzer Haut, die 21-jährige Youma. Dazu derartig volle Lippen, bei denen man einfach nur an Blowjobs denken musste, wenn man sie sah. Als ich an jenem Nachmittag etwas zu früh von einer Dienstreise zurückkam, wollte ich sie überraschen. Meine Frau war in jenen Wochen ohnehin zuhause in Deutschland und ich wohnte praktisch in dem Appartement, das Youma afrikanisch weiblich in Beschlag genommen hatte. Ich hatte zwar die Nacht zuvor eine Kellnerin aus dem Hotel in dem Nachbarland, wo ein Kongress stattfand, mit ins Bett genommen. Sie hatte mir unsere Spielchen jedoch etwas zu passiv ertragen und ich war daher schon wieder geil auf den Luxuskörper meiner Süssen. Die wurde aber gegenwärtig gleichzeitig von einem Schwarzen mit Rastafrisur mit langen tiefen Stössen genüsslich von hinten gefickt, während sie an einem langen weissen Schwanz fast erstickte. Ihr wunderbarer Afrikanerinnenpo ragte dabei steil in die Höhe, und ihr Rücken formte ein gefährlich aussehendes Hohlkreuz, was ihre superschlanke Taille um so mehr betonte, an der sie ihr Ficker mit beiden Händen festhielt. Zuerst war ich über den Winkel erstaunt in dem er in sie eindrang, es wirkte so als würde er sie gleichzeitig von hinten aber auch etwas zu weit von oben ficken. Doch dann begriff ich das Unerwartete: Er hatte seinen Schwanz in den Po meiner schwarzen Gazelle geschoben. Etwas, was ich nach einer ganzen Anzahl vergeblicher Versuche - sie schrie vor Schmerzen wenn meine Eichel nur den Schliessmuskel überwinden wollte - aufgegeben hatte. Ich reckte mich auf die Zehenspitzen, um einen besseren Einblick zu haben und tatsächlich - sein fetter langer Schwanz bearbeitete das nun nicht mehr so ganz enge Poloch meiner Freundin mit langsamen fast vollständigen Rein-und-Raus Bewegungen, wobei die enorme Länge der glitschigen schwarzen Stange zu erkennen war. Ihr schien ein Arschfick von so einem Riesenschwanz dann offenbar doch zu gefallen, da sie ihm bei jedem Stoss mit ihrem Knackpo entgegenkam. Wie Youma es aber überhaupt zugelassen hatte, dass er mit seiner Steinpilzeichel an ihr Hintertürchen klopfen durfte, war mir schleierhaft. Hatten sie ihr ein Vermögen geboten oder machen Riesenschwänze Frauen unweigerlich unterwürfig, wie ich es schon lange vermutet hatte? Obwohl sie so gross und schlank ist, hätte man fast glauben können, die beiden Schwanzspitzen träfen sich irgendwo in der Mitte auf der Höhe ihres Zwerchfells. Zwischen den beiden Peniswurzeln wirkte meine Süsse jedenfalls wie ein wunderschönes Äffchen auf einem Bratenspiess. Ich drückte mir meine eigene Latte durch die Hose hindurch. Die Bewegungen und die Geräusche intensivierten sich über die gute Viertelstunde in denen sie heftig in Mund und Arsch gefickt wurde. Der weisse Schwanz steckte teilweise über eine Minute lang bis zum Anschlag in ihrem Rachen. Man konnte ihn in ihrem Hals zucken sehen. Der schwarze wurde einige Male mit einem Ruck herausgezogen, wobei ihr Poloch ein schmatzendes Geräusch von sich gab. Noch heftiger bohrte er ihn ihr wieder tief hinein, so als würde er mit einem Bajonett einen Bauch anstechen. Sie wand sich mehrmals mit besonders lautem halberstickten Gestöhne und ich denke, sie hatte einen Orgasmus nach dem anderen. Nach einem sich steigernden Crescendo fingen beide Männer an wie Stiere zu brüllen und packten sie noch brutaler an. Der eine riss ihren Kopf vor und zurück und der andere hämmerte wie ein Besessener mit seinem Becken auf ihren Superarsch. Dann bäumten sie sich auf und pumpten offensichtlich ihre Ladung in ihren Hals und ihren Darm. Beide liessen ihre Schwänze genüsslich in ihren Öffnungen erschlaffen und sie glitten heraus, ohne viel von ihrer Grösse verloren zu haben. Der muskulöse Schwarze zog meine schlanke Freundin zu sich nach hinten, packte sie am Hals und schob ihren vollen Mund auf seinen halberschlafften Schwanz. Sie lutschte ihn gleich vom ersten Moment an bis zum Anschlag, so dass sich ihre süsse kleine Nase an seinen Bauch drückte. Ich wäre fast in meine Hose gekommen. Nachdem sie die Mischung aus seinem Sperma, ihrem Poschleim und eventuellen Kackeresten von seinem Schwanz gelutscht hatte, stiess er sie weg und legte sich neben den ebenfalls ermatteten weissen Kerl auf mein Bett. Der weisse Kerl befahl ihr, das Sperma aus ihrem Darm zu schlecken. Sie zögerte kurz, ging dann in die Hocke, hielt die Hand unter ihren Po und begann mit furzenden Geräuschen eine schleimige Masse auszusondern, die in dicken trüben Tropfen auf ihre Handfläche tropfte. Schon schleckte sie die eine Hand ab, während sie die andere darunterhielt. Während sie beide Hände absolut sauber leckte, sah sie den Beiden mit lüsternem Blick direkt in die Augen. Die genossen das Schauspiel, winkten dann aber ab und schickten sie los, ihnen etwas zu trinken zu holen. Mit ihren grossen hübschen Augen sah sie sie beide befriedigt und verliebt an und stand vom Bett auf, nicht ohne beiden Schwänzen zum Dank noch einen kleinen Kuss aufgedrückt zu haben. Sie trippelte auf ihren langen schlanken Beinen durch die Schlafzimmertür in den Flur hinaus, wobei ihre spitzen festen Brüste im Schritttempo wippten. Ich war von der ganzen Szene wie gelähmt und schaffte es nicht, mich schnell genug ungesehen zu machen. Ehrlich gesagt wusste ich zuerst gar nicht ob ich das wollte, es war ja immerhin meine Wohnung. Nun, sie sah mich, wie ich mich ein paar Schritte in das Wohnzimmer zurückgezogen hatte, wo sie in der Kochecke Getränke für ihre Ficker holen wollte. Sie blickte mich nur einen Augenblick erstaunt an um mir dann gleich mit einem Finger auf ihren Lippen zu verstehen zu geben ruhig zu sein. Sie umarmte mich und küsste mich mit ihrem wunderschönen vollen Mund, mit dem sie gerade eben noch einen Riesenschwanz, der in ihren Po gespritzt hatte, saubergelutscht hatte. Sie fragte mich flüsternd ins Ohr, was ich gesehen hätte. Ich sagte "all, I believe" und sie schmunzelte mich an. Im Flüsterton erklärte sie mir, dass die Männer sie auf der Strasse angesprochen hätten, ob sie nicht bei einer Videoproduktion mitarbeiten möchte. Und sie hatte die beiden wegen der Hitze draussen auf etwas zu trinken zu sich eingeladen. Sie flüsterte "I know you enjoyed watching it, just as I like to see you assfucking these cheap teenage street girls or let these submissive white development volunteers suck your cock dry in front of me". Ich grinste und liess sie zu meinem Kühlschrank entschwinden, wo sie Sekt und drei Gläser holte. Wieder im Schlafzimmer machte der grosse weisse Kerl, wohl ein Italiener, den Sekt auf und sie legte sich trinkend zwischen die beiden. Die Tür hatte sie erneut einen Spalt aufgelassen, offenbar damit ich ihr weiter zusehen konnte, wie sie sich mit den beiden grossschwänzigen Kerlen vernügen wollte. Der Schwarze brach die Stille indem er ihr ganz eindringlich versicherte, dass der Film, den sie mit ihr produzieren wollten, ein Erfolg werden würde und sie von dann an gut Geld machen würde. Meine Freundin wollte immer Model oder Schauspielerin werden, wie die allermeisten afrikanischen Mädchen, die nicht ganz unattraktiv waren. Aber sie hatte in der Tat wirklich das Aussehen, die Bewegungen und den Stil dafür. Problem bislang waren nur ein paar heftige Narben auf ihren Knien, die sie sich bei einem Autounfall als Kind zugezogen hatte. Damit konnte man nicht vor einer Kamera glänzen. Aber die beiden hatten offenbar ein Filmgenre im Auge, wo es darauf nicht so sehr ankam. Eher auf ihre absolut atemberaubende kurvige Sportlerfigur mit spitzen Brüsten, extrem schmaler Taille und einem formvollendeten knackfesten Hintern. Dazu lange Beine, langer Hals, schönes Gesicht und ein unglaublicher Blasemund. Dann fummelte der Italiener sein erwartungsgemäss übergrosses Smartphone aus seiner Jackentasche am Boden und begann ihr ein paar Videos zu zeigen. Unweigerlich waren es Aufnahmen von schwarzen schlanken Mädchen die von ihm auf alle vorstellbaren Arten benutzt wurden. Auf einigen war er mit dem Rasta zugange, auf noch mehr aber bearbeiteten ihn zwei oder gar drei lächelnde Schönheiten gleichzeitig. Sein afrikanischer Freund war auch auf ein oder zweien ohne seinen Tandempartner zu sehen, wie er naiv dreinblickenden weissen Möchtegern-Entwicklungshelferinnen seinen Monsterschwanz in den verkrampften Arsch schob. Er sagte seiner afrikanischen Schwester zwischendurch ganz nüchtern, die Konkurrenz sei gross, alle diese Mädchen, ob schwarz oder weiss, möchten über Filme bekannt und wohlhabend werden. Meine Freundin lächelte vielwissend, trank ihr Glas Sekt aus und fing an, mit beiden Händen die noch schlaffen, aber trotzdem dicken Schwänze ihrer Lover zu massieren. Die schenkten sich noch nach und genossen grinsend, wobei sie schon bald den einen lutschte während sie den anderen wichste und dann wechselte. Langsam richteten sich die beiden grossen Stangen wieder zu voller Mächtigkeit auf. Sie kroch bei dem Schwarzen mit ihrem Gesicht etwas tiefer und lutschte ausgiebig seine Eier. Er hob seine Beine etwas an, sie verstand und rutschte noch weiter hinunter um sein Arschloch zu lecken. Er stellte sein Glas weg und schob ihren Kopf mit beiden Handen in seine Arschritze, wo sie laut schlabbernd sein Loch bearbeitete. Dabei ragte die beiden Kokosnüsse ihres Hinterns in die Höhe und der Italiener betrachtete sie kurz, versetzte ihr einen harten Klaps und begann dann ihre gesamte Ritz vom Poloch bis zum Kitzler hinauf und hinunter zu lecken. Sie fing wieder laut zu stöhnen an und rieb sich mit einer Hand ihren Kitzler. Ich selbst wusste nicht wohin mit meiner eigenen Geilheit und wichste meinen Schwanz in meiner offenen Hose. Da hörte mein geübtes Ohr den Schlüssel der Nachbarwohnung im Schloss drehen. Um diese Zeit konnte das nur die sexy Haushälterin meiner älteren Nachbarin sein, die ich schon mehrmals alleine oder zusammen mit meinen studentischen Mieterinnen für ein Trinkgeld vernascht hatte. Ich schlich aus der Wohnungstür, klopfte leise nebenan und die kleine schlanke, aber extrem vollbusige Afrikanerin machte mir mit einem erfreuten Lächeln die Tür auf. Ich erklärte ihr was ich wollte, versprach ihr in meiner Geilheit mehr Geld als nötig und zog sie hinter mir in meine Wohnung, wo das Trio weiterhin hörbar zu Gange war. Im dunklen Flur zog ich ihren Umhang von den Schultern auf die Hüfte und liess sie vor mir auf die Knie gehen. Sie wusste was ich wollte, daher holte sie meinen prallen Schwanz heraus während ich die langen Nippel ihrer grossen runden Brüste zwischen den Fingerspitzen zwirbelte. Sie leckte mich und begann mich dann mit weit offenem Mund leise aber tief hineinzuschlucken. Das tat erst mal unheimlich gut. Und gleichzeitig konnte ich das geile Trio weiter beobachten. Denn die beiden grossschwänzigen Kumpel wurden in der Zwischenzeit weiter von meiner Youma versorgt. Nach einer ganzen Weile senkte der Schwarze seine Beine und sie kam mit nassgeschlabbertem Mund japsend aus seiner Pospalte hervor. Er liess ihren Kopf aber nicht los und zog ihren schlanken geilen Mädchenkörper über sich. Sie begriff erfreut und setzte sich genüsslich auf seinen fetten Rastaprügel. Ob sie bislang ihre Muschi überhaupt schon gevögelt hatten, wusste ich nicht, jedenfalls wirkte es so, als würde ihr Vötzchen zum ersten Mal überhaupt von einem Schwanz gedehnt, so ging sie ab. Sie ritt ihn mit langen tiefen Bewegungen ihres beweglichen Unterleibs. Als sie ihren Rhytmus gefunden hatten, reckte sie ihre Arme nach hinten und hielt mit den Händen ihre Pobacken auseinander. Dabei warf sie dem Italiener einen lasziven, fast schon bettelnden Blick über die Schulter zu. Der entgegnete ihrem Blick lächelnd und fing an, ihren Po zuerst mit einem, dann zwei und am Ende drei Fingern zu befummeln. Zwischendurch zog er sie aus ihrem Arsch und steckte sie ihr zum Ablecken in den Mund. Er schlug ihr auch mit seinem inzwischen wieder zu Salatgurkengrösse angewachsenen Prügel mehrmals hart auf den Hintern. Nach einigen Minuten röchelte sie "Fuck my ass. Please!" Der dunkelblonde Typ ließ sich nicht lange bitten, spuckte auf ihr Po-Loch und drillte seinen für einen Europäer absolut überdimensionierten Schwanz langsam und stetig in ihren Darm. Sie versuchte ihn zuerst mit ausgestrecktem Arm und Hand vom allzu tiefen Eindringen abzuhalten, doch der Schwarze unter ihr packte ihre Handgelenke und hielt sie fest auf ihrem Rücken. Darauf hin konnte der Italiener mit brutalen Stößen seine ganzen 25 cm in ihrem Po versenken und sie zuckte vor Schmerzen wie ein elektrischer Aal zwischen den beiden schweißnassen Kerlen hin und her. Langsam jedoch gewöhnte sie sich an den Besenstiel in ihrem Darm, entspannte sich sichtbar und begann vor Vergnügen zu jauchzen und zu schreien. Sie genoss es nun sichtlich in beiden Löchern zwischen ihren Beinen extrem ausgefüllt zu sein und ließ sich von dem muskulösen Duo brutal auf ihren Stangen hin und her schieben. Die ganze Zeit lutschte sie die lange rosa Zunge, die der Rasta aus seinem Mund bleckte, wie einen kleinen Schwanz. So fickten sie sie bestimmt 10 Minuten lang und dann zog der Weiße seine glänzende Stange aus ihrem Arsch zurück um sogleich zu versuchen, seinen dicken Schwanz auch in die eigentlich schon vom Schokoschwanz vollständig ausgespreizte rosarote Muschi dieser 21-jährigen Studentin dazu zu schieben. Sie spürte das Drücken des zweiten Schwanzes an ihren Schamlippen und begriff, dass es kein Versehen sondern ganz eindeutige Eindringversuche waren. In diesem Moment kippte bei ihr ganz offenbar die Stimmung von Vergnügen über ein anfängliches Unbehagen in zuerst verhaltene, dann totale Panik. Sie schrie "No, don't!" und versuchte mit allen Gliedmassen zwischen den Beiden herauszukommen. Der Schwarze umklammerte meine Freundin mit voller Kraft, machte sie unbeweglich und wehrlos und der Italiener gab nicht nach, sondern schob seine helle Stange neben die schwarze, die schon zu voller Länge drin steckte. Mit einem gewaltigen Ruck brach der zweite Schwanz in ihre kleine enge Muschi ein. Sie brüllte wie am Spieß, doch völlig unbeeindruckt drückten und schoben sie die beiden wieder in den gemeinsamen Fick-Rhythmus, den sie schon zuvor in beiden Löchern gefunden hatten. Dieses süße wunderschöne Mädchen blickte mit großen tränenerfüllten Augen in meine Richtung durch den Türspalt, wo sie sich sicher war dass ich bin, auch wenn sie mich wegen dem Hell-Dunkel Unterschied zwischen Schlafzimmer und Flur nicht sehen konnte. Dort hatte ich mich inzwischen nicht mehr zurückhalten können und eine volle Ladung in die Kehle meiner geduldig tiefschluckenden Bläserin geschossen. Die kleine Geile schluckte wie immer alles und lutschte meinen langsam erschlaffenden Schwanz unbeeindruckt weiter. Als ich daher etwas länger brauchte um zu entscheiden ob ich einschreiten solle, zeichnet sich eine Veränderung ab. Der Italiener zog seinen Schwanz aus ihrer Muschi heraus und wieder in ihren Arsch. Sie wirkte kurzzeitig etwas beruhigt, doch sogleich gab ihr plötzliches Fummeln der Männer an ihren Schwänzen erneute Sorge. Auch der Schwarze hatte seinen Prügel aus ihrer nun offen rot klaffenden Muschi gezogen und drückte ihn gegen ihren Schließmuskel, der wieder den Italiener-Schwanz eng umschlossen hielt. Sie hielten sie beide mit brutalen Griffen zwischen ihnen beiden fest und der Schwarze schob ohne Mitleid seinen Gummiknüppel in ihren Po. Erneute Panik leuchtete in ihrem Gesicht auf, aber diesmal akzeptierte sie schnell, dass Wehren nichts nützt und schrie den Schmerz ihrer Analdehnung durch zwei Monsterschwänze wie bei einer Schreitherapie ins Zimmer hinaus. Das sollte in diesem hauptsächlich von Afrikanern bewohnten und damit rund um die Uhr von Fernsehern und Kindern laut beschallten Haus niemanden interessieren. Ich hatte derartige Doppelpenetrationen oft in Pornos gesehen und ging schon aus Bequemlichkeit davon aus, dass Youma keine bleibenden Schäden davon erleiden würde. Schließlich hatte sie sich freiwillig in die Gewalt dieser Ficker begeben. Sie wurde rücksichtslos und brutal als Lust-Loch für die geschwollenen Schwänze ihrer beiden Begleiter genutzt. Anfangs fickten sie sie mit parallelen Bewegungen, gingen aber nach einiger Zeit dazu über in unterschiedlichen Rhytmen in sie rein und raus zu fahren. Die zusätzliche Reibung zwischen den Schwänzen im Faustgriff eines engen Mädchenarsches verschaffte ihnen sichtbar unendliche Lustgefühle. Als sie offenbar den Saft erneut in ihren Schwänzen steigen fühlten, zogen sie raus, stellten sich vor sie, zogen sie sie harsch auf ihre Knie und liessen sie beide Schwänze gleichzeitig ein paar Momente tief lutschen, bis sie fast gleichzeitig in ihren Mund und ihr Gesicht saftige Ladungen entliessen. Sie sackte spermaverschmiert zusammen und sah dabei ziemlich geil aus. Meine eigene Bläserin hatte ich inzwischen schon in die Nachbarwohnung zurück geschickt und meine Hose wieder zugemacht. Die Typen gossen sich frischen Sekt ein und liessen sie noch ein wenig ihre Schwänze von ihr sauber lutschen und die letzten Spermatröpfchen heraussaugen. Sie tat alles bereitwillig und fing sogar wieder an, die Arschlöcher der beiden zu bezüngeln. Das liessen beide gerne zu, aber die Schwänze wurden diesmal nicht gleich wieder hart. Nach einer Weile war auch meine obergeile Freundin erschöpft und liess sich rücklings in die Kissen fallen. Ganz gelassen begannen die Männer sich nach einer Weile anzuziehen und informierten sie nebenbei wo sie am nächsten Tag erscheinen sollte, damit man mit der Filmproduktion beginnen könne. Lachend sagte der eine, dass es nicht sehr viel anders sein würde als in den vergangenen Stunden und dass sie den Test hervorragend bestanden hätte. Mit diesen Worten verliessen sie meine Wohnung, wo ich mich ins Gästeklo verdrückt hatte und meine Freundin freudestrahlend auf mich zukam. Ich fragte sie ob es ihr rundherum gefallen hätte, auch die brutalen Doppelpenetrationen. Breit grinsend sagte sie mit einem Augenzwinkern, das sei doch das Mindeste, das sie für mein Vergnügen tun könne. Es sei ohnehin alles nur fuer mich inszeniert. Meine Sekretärin hatte sie vor meiner vorgezogenen Ankunft gewarnt. Es hatte keine 5 Minuten gebraucht, bis sie in ihren knappen Shorts und einem bauchfreien Shirt ohne BH vor dem Supermarkt nebenan von den zwei Typen angebaggert worden war. Sie hätte ausserdem am nächsten Tag eine Klausur und hätte nicht vor zu irgendeiner wie auch immer gearteten Videoproduktion zu gehen. Ich lachte erstaunt auf und wählte die Nummern von ein paar weiteren einheimischen Studentinnen, die sich gerne bei uns im Bett etwas dazuverdienen indem sie mir meine perversen Phantasien erfüllen. Auf welche Art ich mich allerdings noch heute am Arsch meiner schlanken Untermieterin vergehen sollte, konnte sie nicht ahnen. Der Abend konnte kommen.

Spiel mit dem Feuer

Wie von meinem schwarzen Liebhaber und Meister Raul verlangt, erschien ich dezent-sexy mit kurzem Rock und tiefem Dekolletee, schwarzen Strapsen und String in der Hotel-Lobby. Es dauerte nicht lange und es erschien dieser Jack, ein breitschultriger zwei Meter Hüne, der mich erst mal von oben bis unten musterte. Dann raunte er: Du bist die bestellte Nutte? Dreh dich mal um und zeig dich ordentlich, forderte er mich auf. Hm du hast einen geilen Stutenarsch und gute Titten Nutte. Los komm mit, da warten noch meine Gäste auf dich. Er ging mit mir zu der Bar und dort standen sieben schwarze Männer und starrten mich an. Jack sagte recht lautstark: So das ist die kleine, weiße Nutte die ich uns für heute bestellt habe. Sie ist eine Ehe-Stute von einem reichen Macker hier aus der Stadt, fügte er noch hinzu. Gefällt sie euch, wollte er wissen und fragte dann gleich, wer die weiße Stute denn als erster testen möchte. Hierauf meldeten sich sofort zwei der schwarzen Männer und ohne auf eine Reaktion von mir zu warten, packte mich der eine und führte mich auf die öffentliche Toilette des Hotels und der andere folgte und fummelte mir schon auf dem Weg die ganze Zeit an meinem nur noch knapp bedeckten Hintern rum. Kaum waren wir auf der ziemlich feudalen Männertoilette angekommen, fingen sie sofort an, mich von meinen störenden Kleidern zu entledigen. Schnell stand ich nur noch mit meinen Strapsen und den hohen Schuhen vor ihnen. Und schon fingen sie an, meinen nackten Körper mit ihren starken, schwarzen Händen zu untersuchen und fummeln. Dann drückten sie mich auf die Knie und ich "durfte" ihnen ihre wirklich mächtigen Schwänze blasen. Sie schienen mit meinen Blaskünsten recht zufrieden zu sein, denn ich hörte wie sie sagten: Gutes Mädchen und geile Bläserin und so etwas. Dann wollten sie mehr und stellten mich vor eines der Urinale und drückten meinen nackten Oberkörper über dem Becken an die blanke Wand. Und sofort stellte sich der erste hinter mich und schlug mir seinen dicken, langen Schwanz fest auf meine nackten Po-Backen und lachte fies dabei. Dann setzte er ihn an meiner engen und bereits ziemlich feuchten Muschi an und schob ihn mit einem Mal ziemlich weit in meinen Unterleib. Ich denke, meine lauten Schreie hat man auch weit außerhalb der Herrentoilette gehört, denn er ging nicht gerade zaghaft zur Sache und machte es mir wirklich gut. Schon nach wenigen Stößen wurde ich von einem ersten, heftigen Orgasmus fast von den Beinen geworfen und ich krallte mich an dem Becken des Urinals fest. Zum Glück sind die Toiletten in diesen 5-Sterne-Hotels wirklich immer sehr sauber. Er packte mich an den Hüften und rammte mir seinen dicken und langen Schwanz immer tiefer und fester in mein enges Loch. Immer wieder griff er nach meinen nackten Brüsten die wild vor meinem Körper wippten und schaukelnden und drückte und knetete sie fest und zog mich an ihnen immer weiter auf seinen dicken Schwanz. Der andere Mann stand neben mir und fummelte auch immer wieder an meinen nackten Brüsten herum und drückte mir seinen langen Schwanz von der Seite ins Gesicht. Ich merkte, wie die Stöße des Mannes hinter mir immer schneller und fester wurden und dann spritzte er mir ohne Vorankündigung sein warmes Sperma in meinen ungeschützten Unterleib. Es war viel, sehr viel und ich spürte, wie es an der Innenseite meiner Schenkel herunter lief und auf den Boden klatschte. Sofort kam er nach vorne zu mir und drückte mir seinen noch immer dicken und spermaverschmierten Schwanz ins Gesicht und raunte: Los lutsch mir ordentlich den Schwanz sauber Nutte. Ich tat was er verlangte und schon stand der andere hinter mir und auch er schlug mir seinen dicken, schwarzen Schwanz auf meinen nackten Hintern. Die Nutte ist ja noch ganz verschleimt, lachte er und setzte seinen dicken Schwanz dann direkt an meiner engen Rosette an und ohne auf eine Reaktion zu warten, drückte er ihn tief und fest in meinen Darm. Wieder schrie ich meine anfänglichen Schmerzen lauthals heraus und es war mir inzwischen egal, ob man es draußen hören konnte oder nicht. Auch er war nicht gerade zaghaft und fing gleich an, mich mit harten und kräftigen Stößen von hinten zu benutzen. Hm ist die weiße Nutte eng, raunte er und verpasste mir ein paar kräftige Hiebe auf meinen nackten Hintern. Auch bei ihm spürte ich dann, wie seine Stöße schneller und kräftiger wurden und dann spritzte er mir auch seinen warmen Saft tief in meinen Unterleib. Als er sich in mir ausgespritzt hatte, zog er seinen noch immer großen Schwanz aus mir heraus und schlug mit das klebrige Teil noch einmal auf den Hintern und raunte nur: Weiße Nutte. Dann lies auch er sich seinen Schwanz von mir sauber lecken und der andere meinte dann: Los beeil dich Nutte. Oben warten noch mehr dicke Schwänze auf dich. Du wirst heute noch alle Hände voll zu tun bekommen. Danach gingen sie mit mir zusammen an die Bar zurück und keinem der Gäste die uns auf dem Weg begegneten blieb wohl verborgen, was da gerade eben geschehen war, denn so wie ich aussah und dann mit zwei Schwarzen von der Herrentoilette kommend, blieben sicher wenig Fragen offen. Das konnte ich an die Gesichtern der Leute sehen und wie geil und wissend sie mich musterten.

An der Bar angekommen starrten mich die anderen Männer gierig an und Jack wollte wissen, wie ich war. Einer der Schwarzen lachten ihn an und sagte: Die weiße Nutte ist echt ein geiler Fick Kumpel. Mit der werden wir heute noch jede Menge Spaß haben. Jack packte mich am Arm und wir gingen in Richtung Aufzug und wieder folgten mir die neugierigen Blicke unzähliger Gäste aus dem Hotel. Im Aufzug fuhr ein Pärchen mittleren Alters mit uns nach oben und auch sie konnten sich sicher ihren Teil dabei denken, wenn eine junge Blondine mit 8 schwarzen Männern zusammen und die 5. Etage des Hotels fährt. Kaum waren wir in der großen Suite angekommen, machten sich die Männer daran, mich wieder aus meinen überflüssigen Kleidern zu zerren und es dauerte nicht lange und ich stand völlig nackt vor ihnen. Was soll ich euch sagen, dieser Teil der Session war der eher harmlose Teil. Natürlich benutzten sie mich immer und immer wieder alle zusammen in den unterschiedlichsten Stellungen und Gruppierungen, aber das bin ich ja inzwischen schon zur Genüge gewöhnt. Es war schon ziemlich geil und sie besorgten es mir schon richtig gut und ich hatte unzählige Orgasmen. Nur als sie mir gleich zwei der dicken und lange Schwänze gleichzeitig in den Hintern drückten, dachte ich sie zerreißen mich. Auf meine anfänglichen Proteste meinte dieser Jack nur mürrisch: Jetzt stell dich nicht so an Nutte. Du bist wirklich nicht die erste Stute, die wir zu zweit in den Arsch ficken. Das musst du schon aushalten und außerdem hat dein Master gesagt, das wäre absolut kein Problem bei dir. Das hatte wirklich gesessen und ich zitterte am ganzen Körper. Hatte Raul das wirklich zu ihm gesagt? Na jedenfalls taten sie es und das auch nicht nur einmal. Sie fanden richtig Spaß daran und nachdem ich mich an diese Gangart gewöhnt hatte, bekam ich einige Orgasmen dabei. Es war wirklich der absolute Wahnsinn. Und die Schwarzen hatte reichlich Ausdauer und ich weiß wirklich nicht mehr, wie lange sie sich so an mir vergingen. Nach einer gefühlten Ewigkeit wollten sie dann eine Pause, um etwas zu Essen. Sie bestellten sich etwas bei dem Zimmerservice und als es an der Tür klopfte, hatten sie sich alle Handtücher umgelegt, die jedoch bei weitem nicht ihre riesigen Schwänze bedeckten. Das schien sie aber nicht zu stören. Ich musste dann die Tür öffnen und zwar so wie ich war, also nackt und nur mit meinen hohen Schuhen bekleidet. Das junge Pärchen das den Rollwagen in die Suite brachte staunte bei dem Anblick nicht schlecht und der arme Junge wusste zuerst gar nicht, wo er hinschauen sollte. Sie, eine junge und sehr attraktiv, dunkelhaarige Frau musterte mich mit argwöhnischen Blicken und hatte dann aber eher Augen für die großen Schwänze die immer wieder unter den schmalen Handtüchern hervorschauten. Sie deckten den Tisch und die Frau schaute dann immer wieder zu den 8 Schwarzen und konnte sich ein Grinsen nicht verkneifen. Es war wohl doch sehr offensichtlich, dass ich nur das blonde Fick-Objekt der acht gut gebauten Afrikaner war. Nachdem sie den Tisch fertig gedeckt hatten standen sie beide da und schauten auf ihr vollbrachtes Werk, wobei sie Frau mir immer wieder ziemlich herablassende und überhebliche Blicke entgegen brachte und man konnte an ihren Augen ziemlich deutlich sehen, was sie wohl gerade dachte: "kleine, blonde Nutte!" Jack drückten den beiden noch ein ordentliches Trinkgeld in die Hand und dem Jungen schenkte er noch meine Unterwäsche mit den Worten: Die braucht die Nutte heute nicht mehr. Dann gingen die beiden in Richtung Tür und sie zischte mich noch im Vorbeigehen an und meinte: Hey du weißt schon, dass hier keine Nutten erlaubt sind Blondie. Dieses Mal lasse ich es noch durchgehen, aber beim nächsten Zahl zahlst du an mich. Dann lachte sie den Männern noch zu: Viel Spaß noch mit der kleinen Nutte, und dann verließen sie die Suite und ich war wieder mit den Männern alleine. Sie setzten sich an den großen Tisch und ließen es sich wirklich gut gehen und ich durfte immer wieder auf Verlangen unten den Tisch kriechen und einem der Männer seinen Schwanz aussaugen. Ansonsten stand ich neben dem Tisch und sie befingerten mich und versüßten sich so ihr Essen. Als sie mit essen fertig waren machten sie dort weiter, wo sie zuvor aufgehört hatten und sie besorgten es mir noch eine ganze Weile ziemlich heftig und verschafften mir reichlich Orgasmen. Jack meinte dann, dass sie jetzt zum gemütlichen Teil des Abends übergehen wollten und sie schickten mich ins Bad, um mich frisch zu machen und wieder herzurichten. Ich durfte mich dann wieder anziehen, wobei ich natürlich auf meine Unterwäsche verzichten musste. Wir fuhren mit dem Aufzug nach unten und auch der Gang durch die Hotellobby war der reinste Spießroutenlauf. Draußen vor der Tür wartete eine große Limousine und sie brachte uns auf direktem Weg ins Bahnhofsviertel der Stadt und hielt direkt vor einem der bekannten Table-Dance-Clubs.

Wir stiegen aus und Jack brachte mich durch den Seiteneingang direkt in das Büro von dem Clubchef und meinte zu ihm: Hey Hakem, hier ist die bestellte Ware und drückte mich vor seinen Schreibtisch. Er sagte ihm wer ich bin und wieder fiel das Wort "Ehe-Stute" dabei. Der Typ war dunkelhäutig und er sah nicht wirklich freundlich aus. Er kam zu mir und raunte etwas gelangweilt: Sieht ja nicht schlecht aus die kleine Ehe-Nutte und Jack zischte mich dann an: Na los Stute, zeig dich mal deinem Chef für den heutigen Abend und zeig mal, was du alles drauf hast. Ich ahnte was mich erwartete, aber ich hatte wohl keine Wahl und fing an, mich vor den Augen des fremden Mannes auszuziehen, bis ich nackt vor ihm stand. Dieser Hakem musterte mich und meinte dann nur: Nicht schlecht die kleine Nutte. Gute Titten und einen geilen Arsch hat die Kleine und dann machte er seine Hose auf als sei es das normalste auf der Welt und schon präsentierte er mir seinen steifen, nackten Schwanz. Mir war sofort klar, dass er mir den nicht nur zeigen wollte, und so ging ich vor ihm auf die Knie und fing an, seinen harten Schwanz zu blasen. Ich saugte und schluckte ihn komplett und er meinte nur beiläufig: Hey Jack, blasen kann die kleine Ehe-Nutte. Und dann unterhielten die beiden sich einfach weiter und er lies mich machen, was für mich schon ziemlich erniedrigend war. Dann fing er plötzlich an zu zucken und spritzte mir seine ganze Ladung tief in den Mund, und nachdem ich ihm den Schwanz sauber geleckt hatte, packte er ihn wieder ein und setzte sich wieder an seinen Schreibtisch. Hm jetzt geht's mir doch gleich viel besser Jack, lachte er und fuhr dann fort: Ok Jack, bring die Nutte mal rüber zu den anderen Weibern. Sie sollen sie einweisen und sich um sie kümmern wie gewöhnlich. Wir haben volles Haus heute Abend und da können wir jede Nutte gut gebrauchen. Jack packte mich am Arm und brachte mich in eine große Garderobe, in der sich ein Dutzend halbnackter Mädchen für ihre Auftritte fertig machten. Er führte mich zu einer dunkelhaarigen Schönheit namens Marlene und erzählte ihr genau wer ich bin und was Hakem gesagt hatte. Aha ne Ehe-Stute, lachte Marlene ihn an und fragte dann weiter: Was hat die Kleine denn so alles drauf und Jack erwiderte ihr: Die Kleine ist ein echt geiler Fick und wir haben die den ganzen Abend schön zusammen eingeritten. Diese Marlene nahm mich am Arm und brachte mich zu einem freien Platz und fragte dann: Ist das dein erster Job in einem Puff Süße? Ich nickte mit dem Kopf und fragte sie dann: Ich dachte das ist nur so ein Strip-Club hier und kein richtiger Puff. Marlene lachte und meinte dann: Du bist ganz schön naiv Süße. Außerdem kennst du Hakem nicht. Für Kohle müssen die Mädels hier alles machen, Hauptsache seine Kasse stimmt abends. Und Hakem meinte, dass alles was du heute Abend einbringst geht zu zwei Drittel an ihn und zu einem Drittel an uns Mädels. Er sagte du kommst aus gutem Haus und hast genug Kohle. Dann erklärte sie mir, wie der Abend so ablaufen würde und was ich zu tun hätte. Zuerst gehst du mit Tilda auf die Bühne Süße, erklärte sie mir. Sie wird dir alles zeigen und auf der Bühne wird nur gestrippt und die Kerle heiß gemacht. Deinen zweiten Auftritt hast du dann mit mir und dann werde ich dich mit meinem kleinen Freund hier ordentlich rannehmen, lachte sie und zeigte mir einen wirklich riesigen, naturgetreuen Umschnall-Dildo. Die Gäste können dich dann auf ihren Tisch buchen Süße und da wird heiß getanzt und zwar mit anfassen. Und wenn dich jemand für ein Separee bucht, darfst du ihm einen blasen, sonst nichts. Außer, wenn er ein goldenes Ticket gekauft hat, dann darf er dich auch ficken. Hast du das kapiert Blondie, fragte sie mit überheblicher Stimme? Wieder nickte ich mit dem Kopf und Marlene legte mir einen ziemlich heißen Fummel hin und als ich ihn anzog sah ich im Spiegel, dass das heiße Teil wirklich mehr frei gab als es bedeckte. Sie drückte mir noch eine große Gesichtsmaske in die Hand, die mein Gesicht ziemlich bedeckte und nur Sehschlitze für meine Augen und meinen Mund komplett frei lies. Nicht dass nachher noch dein Frauenarzt oder euer Buchhalter da draußen sitzt und dich erkennt Süße, lachte Marlene. Sie nahm sich dann einen dicken, schwarzen Edding und malte mir eine große "E 11" auf die rechte Pobacke und erklärte mir, was das zu bedeuten hat. Das ist deine Startnummer für heute Abend, damit die Gäste dich buchen können. Das "E" steht für echt und zwar gilt das für deine Titten Süße. Die sind immer am begehrtesten Süße, lachte sie. Die erste "1" steht für neu und zum ersten Mal dabei und die zweite "1" zeigt, dass du heute die einzige Neue bist. Dann packte sie mir von hinten am meine halbnackten Brüste und knetete sie prüfend und fragte mich dann: Deine Titten sind doch echt Süße, oder? Sie brachte mich dann zu dieser Tilda und meinte: Los Kleines, schwing deinen süßen Arsch auf die Bühne und gib dir Mühe und mach die Kerle schön heiß. Wir wollen doch, dass du uns richtig was verdienst heute Nacht, lachte sie weiter und gab mir noch einen Klapps auf den nackten Hintern. Dann nahm mich Tilda an der Hand und wir verschwanden auf die Bühne und wurden mit einem tosenden Applaus empfangen. Ich schaute dieser Tilda immer wieder zu und legte auch eine heiße Show aufs Parkett und war dann doch etwas verwundert, als sie auch ihr kleines Höschen auf der Bühne auszog und sich mit Rücken zum Publikum mit gespreizten Beinen hinstellte und bückte. Aber dann machte ich es ihr nach und das Publikum war begeistert und die ersten Club-Dollars flogen auf die Bühne. Als wir fertig waren sammelte ich meine Sachen vom Boden der Bühne und Tilda sammelte auch noch die vielen Dollars ein. Ich schwenkte ein letztes Mal den Blick durchs Publikum und da stockte mir der Atem. An einem großen Tisch weiter hinten im Raum saß mein Ehemann mit seinen Geschäftsfreunden und einer Frau. Ich wollte im Erdboden versinken und konnte es nicht fassen. Das konnte nicht sein. Schnell verschwand ich durch den dicken Vorhang und ging direkt zu Marlene und vertraute ihr mein Geheimnis an. Sie lachte nur mit einem fiesen Ton in der Stimme und meinte dann: Da mußt du jetzt durch Süße. Du kannst nur hoffen, dass dein Alter kein goldenes Ticket für dich kauft, denn dann hast Du ein Problem. Hakem duldet keine Ausfälle an so einem Abend. Egal aus was für einem Grund. Also merk dir das. Sie drückte mir ein Glas Sekt in den Hand und lachte: Jetzt trink erst mal einen Schluck Süße. Das macht dich lockerer. Und sie hatte Recht, ich trank das Glas fast mit einem Mal aus und ich fühlte mich dann schon etwas besser. Und ein Zurück gab es sowieso nicht. Marlene legte mir ein breites Lederhalsband um und klickte eine lange Kette an die Öse auf der Vorderseite. Sie selbst hatte sich in einen hautengen, schwarzen Latexanzug gezwängt, der ihre tolle Figur super betonte. Sie nahm die Kette und führte mich auf die Bühne, wobei der riesige Umschnalldildo gefährlich vor ihrem schlanken Körper schaukelte und wieder wurden wir mit tosendem Applaus empfangen. Marlene kehrte die harte Domina raus und führte mich auf der Bühne vor und besorgte es mir dann nach allen Regeln der Kunst mit ihrem großen Freudenspender und ich muss schon sagen, ich hatte einige sehr intensive Orgasmen und das mitten auf der Bühne vor unzähligen, wildfremden Menschen. Es war der Wahnsinn und wieder flogen reichlich Dollars auf die Bühne und Marlene war sehr zufrieden mit dem Auftritt. Kaum war ich wieder zurück in der Garderobe, wurde meine Nummer aufgerufen und ich war für einen Table gebucht. Mir schlug das Herz bis zum Hals, aber ich hatte Glück und es war nicht der Tisch von meinem Gatten.

Ich ging nach draußen und legte, geschützt von meiner großen Gesichtsmaske, eine tolle Show hin auf dem Tisch und wurde mit reichlich Dollars belohnt. Als ich wieder zurück in die Garderobe kam, erkundigten sich die anderen Mädchen, wie es denn war, doch ganz ehrlich gesagt interessierten sie sich wohl mehr für die von mir verdienten Dollars als für mich. Ich kam kaum zur Ruhe und wurde wirklich sehr oft nach draußen bestellt, um für die Gäste auf den Tischen zu tanzen und es schien, wenn auch nicht für mich, zu einem sehr lohnenden Abend zu werden. Dann war es so weit und ich wurde für mein erstes Separee gebucht. Mit zittrigen Beinen ging ich in den kleinen Raum, der nur mit einem Vorhang von dem großen Saal abgetrennt war. In der Mitte war ein kreisrundes, flaches Sofa um eine Stange und rundherum waren auch Sofas und Sessel für die Gäste. Ich legte wieder meine Show hin und zum Schluss durfte ich dann auf alle Viere und meinen drei Gästen die aufgestaute Lust aus ihren harten Schwänzen saugen. Es war ja wirklich nicht das erste Mal, dass ich wildfremden Männern die Schwänze saugte. Aber diesmal war es anders, denn ich wusste, dass draußen und nur durch einen Vorhang getrennt mein Gatte war und er mich mit den drei fremden Männern in das Separee hatte gehen sehen, wenn er auch nicht wusste, dass ich es war. Ich hatte über die Nacht verteilt noch einige Tische und auch Separees und die Dollars wechselten schnell ihre Besitzer. Dann stand Marlene plötzlich mit glänzenden Augen vor mir und meinte: Da hat dich einer mit einem goldenen Ticket für ein Separee gebucht Süße. Jetzt ist es endlich soweit und du bekommst deinen süßen Arsch vergoldet Kleines. Also gib dir Mühe, sagte sie mit einem harten Unterton in der Stimme und verabschiedete mich mit einem Klaps auf meinen nackten Hintern. Ich ging nach draußen und vom Tisch meines Gatten stand ein Mann auf und auch die Frau die sie dabei hatten kam zu mir rüber und folgte in das Separee. Wieder schlug mir das Herz bis zum Hals. Zum Glück kannte ich den Mann nicht wirklich. Ich hatte ihn zuvor nur zwei oder drei Mal zusammen mit meinem Mann gesehen. Im Separee angekommen machte ich meine Show und sie schien den Beiden gut zu gefallen, denn sie knutschten und fummelten sich gegenseitig, er und seine "Assistentin"! Dann wollte er mehr und drückte mir das goldene Ticket in die Hand und ich ging vor ihm auf die Knie und holte ihm seinen bereits steinharten Schwanz aus der Hose und fing an ihn zu blasen. Er schien schon ziemlich erregt zu sein, denn schon bald drückte er mich von seinem Schwanz weg und meinte, ich solle mich um seine weibliche Begleitung kümmern. Sie öffnete ihre langen Beine und zeigte mir, dass sie unter ihrem kurzen Mini auch kein Höschen an hatte - die Assistentin. Ohne zu zögern, packte sie meinen Kopf und drückte ihn zwischen ihre gespreizten Beine auf ihre nackte Muschi und ich fing an, sie gierig zu lecken und ich muss sagen, sie schmeckte wirklich sehr lecker. Er schaute sich das eine Weile von der Seite an und knetete dabei meine nackten Brüste, die zugegebener Maßen ein ganzen Stück größer waren, als die seine Begleitung. Dann kniete er sich hinter mich und drückte mir seinen nicht allzu großen Schwanz in meine Möse und fing gleich an mich ziemlich hektisch durchzustoßen. Doch schon nach kurzer Zeit setzte er wieder ab und hockte sich neben uns und beschränkte sich wieder darauf uns zuzuschauen, wie ich seiner jungen Begleiterin die Muschi und die Brüste leckte. Doch dann versuchte er es noch einmal, kniete sich wieder hinter mich und steckte mir sein Ding dieses Mal in meinen engen Hintereingang. Hier spürte ich ihn zumindest etwas besser, wobei ich von einem Orgasmus Meilen weit entfernt blieb. Er jedoch nicht und schnell spritze er mir seine ganze Ladung in meinen Hintereingang und sofort wurde sein Schwanz wieder klein und schrumpelig. Auch ihm durfte ich den Schwanz noch schön sauber lecken und dann zogen die Beiden sich wieder an und verließen mich, nachdem er mir noch ein ordentliches Trinkgeld in Clubdollars gegeben hatte. Ich ging dann wieder zurück in die Garderobe und sah noch aus dem Augenwinkel, wie sich mein Herr Gatte mit den beiden unterhielt, wie sie zurück an seinen Tisch kamen.

Was soll ich sagen, ich wurde noch einige Male ins Separee und auch mit goldenen Tickets gebucht und nach ca. einer Stunde sah ich dann, wie mein Mann seine Rechnung bezahlte und mit seinen Gästen den Club verließ. Ich atmete auf, denn ich war mich sicher, dass er mich nicht erkannt hatte. Erst gegen 6 Uhr morgens schloss der Club seine Türen und ich wurde, zusammen mit Marlene, zum Chef in sein Büro gerufen. Er saß da an seinem Schreibtisch und zählte die vielen Clubdollars, die ich über die Nacht verteilt verdient hatte. Du bist echt gut Nutte, lachte er. So einen guten Start hat noch keine neue Nutte hingelegt. Und dein Alter hat schön seinen Kumpel dazu eingeladen, dass er seine Ehe-Nutte ficken darf. Sehr löblich von ihm, lachte Hakem. Den Spaß hat er sich einiges kosten lassen. Und er weiß wohl gar nicht, was er für eine geile Ehe-Nutte zu Haus hocken hat, lachte er weiter. Du warst heute unser bestes Pferd im Stall, freute sich dieser Hakem weiter. Viel Geld hast du eingebracht Nutte, lachte er. Dich holen wir auf jeden Fall wieder und bei dem Verteilungsschlüssel haben auch die anderen Weiber kein Problem damit, wen du so gut bist und so oft gefickt wirst Kleines. Dann machte er einfach wieder seine Hose auf und hielt mir seinen steifen Schwanz hin und erwartete, dass ich wieder vor ihm auf die Knie ging und ihm den Saft aus dem Schwanz saugte. Jack saß in seinem Sessel und schaute zu und Marlene saß auf seinem Schoss und lies sich währenddessen an ihren schönen, nackten Brüsten rumspielen. Auch jetzt dauerte es nicht lange und er spritzte mir wieder seine ganze Ladung in den Hals, um dann wieder seinen halbsteifen Schwanz zu verpacken und weiter seine Dollars zu zählen.

Für mich war der Abend dann zu Ende und Jack meinte nur, dass er noch bleiben würde und sein Fahrer mich mit der Limousine nach Hause bringen würde. Ich ging dann nach draußen, wo ich bereits erwartet wurde. Der Fahrer fuhr mich nach Hause und ich schlich mich im Morgengrauen ins Haus und legte mich, ohne vorher zu duschen ins Bett und schlief tief und fest. Am Morgen sagte ich nur zu meinem Gatten, dass ich Migräne hätte und nicht aufstehen könne. Ich wollte ehrlich gesagt nur noch alleine sein und ihm so nicht unter die Augen treten. Außerdem hatte ich irgendwie Angst, dass er mich doch erkannt haben könnte in der letzten Nacht. Er hat bis heute nichts zu mir gesagt, aber trotzdem wurde mir bewusst, dass es ein Spiel mit dem Feuer war.

Ein Bild von einem Mann

Das Inserat lautete folgendermaßen: "Musiker, Anfang 30, erteilt Klavierunterricht. Komme zu dir nach Hause. Schnupper Stunde kostenlos". Das wäre doch eine gute Gelegenheit, mein Klavierspiel etwas zu verbessern und zu intensivieren. Gleich als ich zu Hause angekommen war, habe ich ihn auf seiner hinterlegten Telefonnummer angerufen. Es meldete sich eine freundliche Männer Stimme mit Namen Simon und er war sofort total nett und aufgeschlossen am Telefon. Er sagte, dass er in einer Berliner Musikgruppe spiele, und zur Zeit vor allem Donnerstags ab achtzehn Uhr Zeit habe. Ich dachte bei mir prima, Jakob kommt ja eh meistens erst nach sieben von seinen Reisen zurück, dann passt das ja noch ganz gut. Also verabredeten wir uns direkt schon für den nächsten Tag zu einer kostenlosen Stunde.

Ich berichtete dir abends davon, und für dich war das auch eine schöne Nachricht, dass ich wieder mit dem Klavierunterricht anfangen möchte. Du sagtest mir jedoch, dass du gar nicht am Donnerstagabend kommen wirst, sondern erst am Freitag Mittag, aufgrund beruflicher Aufgaben. Pünktlich um sechs Uhr am Donnerstag klingelt bei mir die Haustür. Es klingelt noch mal und ich öffne die Wohnungstür. Vor mir steht Simon, ein junger hübscher Mann, etwa eins fünfundachtzig groß, Und, was soll ich sagen, schwarz wie die Nacht. Er gibt mir seine Hand und begrüßt mich mit einem festen Händedruck. Ich bitte ihn, seine Schuhe auszuziehen und wir gehen gemeinsam zum Klavier. Er setzt sich direkt an mein Klavier und fängt an, ein paar Noten auf und ab zu spielen. Ich frage ihn, ob er vielleicht Lust auf einen Milch Kaffee hat, er sagt das ist aber sehr nett und nickt mit dem Kopf.

Ich gehe zu unserer Kaffeemaschine in die Küche, aber in meinem Kopf schwirren wirre Gedanken umher. Auch muss ich sofort an Dich und deine Fantasien denken, die du mir in den letzten Wochen so vorgestellt und erzählt hast. Von wegen Beteiligung eines hübschen Schwarzen an unserem Liebesspiel und so weiter und sofort. Na das kann ja heiter werden, denke ich so bei mir und mache den Kaffee. Wenn du das jetzt sehen könntest. Ich zusammen mit einem sehr attraktiven schwarzen. Und ob du es glaubst oder nicht, plötzlich bemerke ich eine leichte Gesichts Rötung und ein warmes wohliges Gefühl in meinem Unterleib. Ich lasse mir natürlich nichts anmerken und gehe mit dem Kaffee zu Simon ins Wohnzimmer.

Er bedankt sich, erzählt mir kurz, dass er vor ungefähr 30 Jahren mit seinen Eltern und seinen beiden Geschwistern aus dem Kongo nach Berlin Wedding gekommen ist und seit 10 Jahren in verschiedenen Musikgruppen Klavier und Keyboard spielt. Seit 6 Jahren erteilt er Unterricht. So erhalte ich eine kostenlose Stunde wie versprochen und es war einfach toll, weil mir Simon so wunderbar zart und leicht einige schöne Griffe und Kombinationen vorgestellt und beigebracht hat. Schließlich war die Stunde vorbei und Simon ist wieder gegangen mit der Vereinbarung nächsten Donnerstag wieder zu kommen. Als ich dann abends im Bett gelegen habe, da musste ich wieder an deine Fantasien mit einem 2. Mann denken, und dazu auch noch am liebsten mit einem Dunkelhäutigen. Eigentlich beschäftigte mich so etwas bisher gar nicht, aber durch die persönliche Bekanntschaft mit Simon war plötzlich alles anders. Es fühlte sich irgendwie gut, neugierig und zugegeben leicht erregend an. Ich musste dann an unseren letzten Sex denken, und dass Du auf einmal davon anfingst, dir in Deiner Fantasie Sex zu Dritt mit einem netten Schwarzen vorzustellen. Und natürlich auch an die Briefe von Romeo und Julia, und all diese Sachen. Das man dann auf einmal von einer bisher fremden Person geleckt wird, oder sogar zu einem Orgasmus gebracht wird. 'Wie auch immer' dachte ich und schlief ein. So verging die Zeit und wir hatten zusammen ein schönes Wochenende. Ich war mir jedoch unsicher, ob ich Dir tatsächlich detaillierter von meinem neuen Klavierlehrer Simon erzählen sollte. Ich hatte einfach die Befürchtung, du würdest entweder total darauf abfahren und deine Fantasien ausleben wollen. Oder es würde dir eher nicht gefallen und du würdest es vielleicht sogar mit der Angst zu tun bekommen. So habe ich dir eben nur kurz von Simon berichtet, junger Musiker, Anfang 30 und sehr nett. Mehr nicht.

So verging die Zeit und die Arbeitswoche begann. Bis dann schließlich wieder Donnerstag war. Um ca. 17.30 Uhr war ich zu Hause und irgendwie stellte ich bei mir eine größere innere Unruhe fest. Lag es an Simon, oder lag es daran, dass auch du jeden Moment auftauchen musstest, da du von unterwegs mitgeteilt hattest gegen achtzehn Uhr anzukommen. Ich habe jedenfalls innerlich etwas gespürt, was ich so noch gar nicht kannte. Einerseits freute ich mich auf Dich und andererseits aber auch auf die Stunde bei Simon. Ich machte mich kurz frisch und schmuste noch ein wenig mit unserer Katze und schon klingelte es. Ist es jetzt Jakob oder Simon, es war Simon und er stand vor der Tür. Er gab mir seine Hand und sagte in seinem Berliner Dialekt: juten Tach auch. Sofort zog er seine Schuhe aus und ging Richtung Wohnzimmer. Ich sagte ihm, dass mein Mann auch gleich kommen würde. Toll sagte er, lerne ich den auch kennen. Simon setzte sich mit einem Stuhl neben meinen Klavierstuhl. Er war relativ dich bei mir und roch unglaublich lecker. Er hatte ein lässiges Baumwollhemd an und man konnte diesmal viel mehr von seinem Körper sehen. Der bestand eigentlich nur aus Muskeln und war wie gesagt, so schwarz wie das Klavier. War schon irgendwie seltsam, er berlinerte wie man eben berlinert wenn man im Wedding aufgewachsen ist. Und dann seine blendend weißen Zähne und seine rosa Zunge im Mund. Das war schon sehr ungewöhnlich, aber hatte was. So fingen wir damit an, wo wir beim letzten Mal aufgehört hatten.

Es muss so gegen halb sieben gewesen sein, als Du dann geklingelt hast. Toll dachte ich, jetzt klingelt der auch noch und ich machte leicht meckernd die Tür auf. Du kamst nach einer Minute rein und hast wie immer erst einmal all deine Sachen abgestellt. Dann bist du ins Wohnzimmer gekommen und ich habe dich sofort angeschaut. Mit mehr oder weniger großen Augen und offenem Mund, hast Du erst mich begrüßt so wie sich das gehört und dann hast du Simon die Hand geschüttelt. Ick bin der Simon, ich heiße Jakob, schön dich kennen zu lernen. Danach bist du sofort in den Flur und ins Schlafzimmer und hast deine Sachen ausgepackt. Die Tür zum Flur hast du dabei geschlossen. So verging die weitere halbe Stunde wie im Flug, aber ich muss zugeben, dass ich mich teilweise nur sehr schlecht konzentrieren konnte.

Zum Ende der Stunde fing es aus der Küche an, gut zu riechen. Offensichtlich hast Du angefangen, etwas zu kochen. Und tatsächlich, als wir die Tür öffneten und ich Simon zum Ausgang bringen wollte, warst Du in der Küche im vollen Gange. Simon rief spontan zu dir: riecht ja super lecker. Worauf du spontan zurück gerufen hast: Simon, du kannst gerne noch bleiben, wenn es deine Zeit erlaubt, ich habe hier schnell eine Pasta mit Garnelen gezaubert und es ist bei weitem genug für uns drei übrig. Simon schaute mich kurz an und ging danach geradeaus in die Küche uns setzte sich an meinen angestammten Platz. Du fragtest ihn sofort, ob er nicht ein Glas Rotwein trinken möchte. Simon nickte freundlich und erwiderte, dass heute normalerweise ein Konzert in Pankow geplant war, was aber vor 3 Stunden abgesagt worden ist, weil die komplette Bühnentechnik defekt sei.

Ach du meine Güte, denke ich so bei mir. Was wird das wohl hier noch werden. Aber mein kleiner Chefkoch Jakob hat wieder alles im Griff und so sitzen wir zu Dritt in der Küche am Tisch und genießen seine leckere Pasta und einen tollen Rotwein, den er ausgesucht hat. So sitzen wir also da, und nach dem Essen räume ich erst einmal alles so in den Geschirrspüler. Du und Simon, ihr redet und redet, als wenn ihr euch schon seit Jahren kennen würdet. Du fragst ihn aus über seine Musik, wo er wohnt, ob er noch oft in den Kongo reist und natürlich ob er schon mal auf einen Berg geklettert sei. Wir wechseln die Räume und gehen ins Wohnzimmer auf unsere beiden Sofas. Dabei schaut sich Simon im Flur unsere Bergsteiger Bilder an. Er scheint sich tatsächlich dafür zu interessieren und so sitzen wir im Wohnzimmer und unterhalten uns alle drei sehr angeregt über unser Hobby Bergsteigen. Du holst dann auch noch unseren Rechner und zeigst Simon einige Bilder und Filme unserer gemeinsamen Erlebnisse in den Bergen. Ich beobachte mehr und mehr sowohl Dich als auch Simon. Und was soll ich sagen, plötzlich bekomme ich wieder leicht rote Wangen und mein Unterleib, der brodelt förmlich. Ich würde nie im Traum dran denken, denke ich, aber ich kriege auf einmal immer mehr Gedanken in meinen Kopf. Teilweise schließe ich die Augen und tatsächlich stelle ich mir vor, wie das wohl wäre, wenn Du und ich mit Simon intim werden würden. Und es brodelt noch mehr, und meine kleine Muschi, die spüre ich auch schon. Ich öffne wieder die Augen und ihr beiden seid mittlerweile bei irgend welchen Ski Fotos, da Simon auch noch begeisterter Snow Board Fahrer ist. Du klopfst Simon freundschaftlich auf den Rücken und sagst so scherzhaft, dass so ein Berliner Junge ja wohl eher ein Anfänger sein müsste. Und Du selber seist ja quasi im Gebirge auf Ski groß geworden. Die beiden Männer lachen und stoßen mit mir darauf an. Und wieder beginnt eine Art Kopf-Kino bei mir, ich kenne das gar nicht und weiß auch gar nicht, wie ich damit eigentlich umgehen soll. Ich merke nur, dass ich mittlerweile im Schritt so feucht bin, dass ich fast Angst habe man könne mir das ansehen.

Simon sieht dann beim Durchblättern der Bilder unsere diversen Mallorca -Urlaube. Er sagt, dass er fast jährlich im Sommer für 3 Wochen mit 2 Freunden in der Nähe von Palma Urlaub macht und er die Insel dann mit dem Motorrad erkundet. Du öffnest daraufhin einen Ordner, und du Schussel, öffnest ausgerechnet den Ordner mit meinen schönen Aktbildern, die wir dort vor einigen Jahren gemacht haben. Aber keine Reaktion von beiden. Simon schaut mit etwas größeren Augen drauf und fragt auch noch frech, ob er sich diese weiter anschauen dürfe. Ich sei so wahnsinnig hübsch und erotisch auf den Fotos, das würde ihn sehr anregen. Überhaupt sei ich für ihn schon nach der ersten Stunde eine sehr sehr attraktive Frau gewesen. Du lächelst mich dabei an, als wenn für dich Weihnachten und Ostern zusammen stattfinden würde. So nach dem Motto, stolz wie Oskar. Du präsentierst förmlich jedes Foto und erklärst Simon, das das alles auf einer wunderschönen Finca mit großer Terrasse aufgenommen wurde. Simon freut sich über jedes Bild und bei den Fotos mit meinem schwarzen Blusenkleid ist er richtig aufgeregt. Er schaut dich an und fragt dich doch tatsächlich ob ich dieses Blusenkleid noch habe! Du schaust mich an und jetzt wird es in meinem Tagtraum richtig schmutzig (zumindest für meine Verhältnisse)

Also Du schaust mich an und fragst, ob ich nicht meinen beiden schmachtenden Verehrern heute Abend ausnahmsweise einen großen Gefallen machen möchte. Ihr würdet beide gerne noch einmal live dieses wunderbare Kleid mit der schönen Frau ansehen. Ich gehe wie selbstverständlich in unser Schlafzimmer. Ich ziehe mich komplett aus, hole das Blusenkleid aus dem Schrank und ziehe es über. Sonst nichts. Beim Schuhschrank hole ich mir noch meine geliebten hohen Schuhe und ziehe diese auch noch an. Ihr beiden sitzt da auf dem Sofa, wie in der Schule und erwartet, was wohl da vorne gleich durch die Tür klappert. Und dann stehe ich da, nur mit dem Kleid und den Schuhen bekleidet und ihr beiden macht große Augen und freut euch wie kleine Kinder über meinen Auftritt. Simon ruft nur noch Wow und du packst dich bei meinem Anblick tatsächlich an deine sichtbare Hosenbeule. Ich komme mir vor wie eine kleine Göttin. 2 sehr unterschiedlich attraktive Männer sind nur wegen mir und meinem kleinen sexy

Auftritt total aufgeregt. Mich erregt das dann auch sehr. Ich gehe zum Klavier, nehme den Stuhl und setze mich leicht provozierend darauf. Dabei stelle ich beide Beine leicht breit auf den Boden, unweigerlich sehen Du und Simon sofort, dass ich doch tatsächlich vergessen habe, eine Unterhose anzuziehen. Meine schon wieder stark behaarte Möse ist mit Sicherheit zu sehen. Auch mein Dekolletee lässt tief blicken. Jetzt brechen mehr oder weniger alle bisherigen Dämme und Hemmungen.

Du schiebst Simon vom Sofa und zeigst auf mich. Simon steht auf. Ich bleibe sitzen. Er kommt zu mir und stellt sich hinter mich. Er legt seine beiden Hände auf meine Schultern, es durchzuckt mich leicht. Du bleibst auf dem Sofa und schaust sowohl mir als auch Simon in die Augen. Ich lehne meinen Kopf leicht nach links auf die Hand von Simon, er streichelt sofort meinen Hals und meine Wangen. Meine Erregung bzw. auch Aufregung ist schon jetzt so stark, dass ich das Gefühl habe meine ungeschützte Muschi läuft auf dem Stuhl schleimig und milchig aus. Ich zittere auch ganz leicht. Simon nimmt jetzt seine Hände, total weich und doch zielorientiert, und streicht über meine Schulter direkt auf meine Brüste zu. Kaum dort angekommen berührt er fast nebensächlich meine beiden Nippel. Ich stöhne sofort leicht auf und schließe meine Augen. In der Zwischenzeit bist Du auf deinen Knien vor mir und berührst sanft meine Beine. Du spreizt diese dann noch weiter auseinander und berührst mit deinen Fingern meine Möse. Oh mein Gott. Was ist das geil. Hinter mir so ein schwarzes Leckermännchen und unter mir mein Mann mit seiner tollen flinken Hand. Ich stöhne schon so laut auf, dass du dich wieder etwas zurücknimmst. Simon verschwindet plötzlich hinter mir und wir hören wie er sich im Bad wohl schnell auszieht und wäscht. Du führst mich derweil in unsere Sofaecke und ziehst die Vorhänge zu. Auch du ziehst dich komplett aus. Du liegst jetzt neben mir, ich habe das Kleidchen und die Schuhe noch an.

Dann steht Simon im wahrsten Sinne des Wortes in der Tür. Ein Bild von einem traumhaft schönen schwarzen Mann. Ein Penis, so lang wie ein Lineal, steif, mit kleinen Adern durchzogen und schwarz wie die Nacht. Nur seine Eichel ist eher haselnussbraun. Du fängst an mich auf den Mund zu küssen. Außerdem streichelst du meine Titten. Simon legt sich auf die andere Seite und fängt an, meine rechte Brust zu küssen.

Das wiederrum führt dazu, dass du meine linke Brust küsst. Ich liege da und genieße nur noch. Ich nehme meine rechte Hand und stecke vorsichtig meinen Zeigefinger (entschuldige den Ausdruck) in meine triefend nasse Fotze. Es ist unglaublich, als wenn ich in eine warme Soße aus Vanille eintauche. Ich bin wahnsinnig geil und feucht. Ich lasse mich nur noch gehen und treiben und spüre jeden Kuss und jede Berührung von Dir und Simon. Simon hat nicht nur einen langen Schwanz, er hat eine nicht endend wollende Zunge, wie der so um meine Nippel kreist, das ist echt das abgefahrenste was ich bisher erlebt habe. Er schaut mich an, als ich meine Augen wieder öffne. Er kommt dichter an meinen Mund, er küsst mich zärtlich auf Wange und Nase und dann auf den Mund. Als ich seine Riesenzunge spüre denke ich direkt an die langen Zungen von Hunden und Kühen, und wie die damit sich bis in die Nasenlöcher lecken können. Also ich werde gleichzeitig von Dir auf meine Brüste und Nippel geküsst und geleckt, während der Simon mir zärtlich seine Zunge durch mein Gesicht und meinen Mund schleckt. Die ganze Küssen und Lecken von euch beiden macht mich fast ohnmächtig.

Es dauert gefühlte Stunden, aber es sind nur wenige Minuten. Simon wandert jetzt nach unten. Er zieht mir erst mein Blusenkleid aus, lässt aber meine Schuhe an. Du hörst auch auf und beobachtest ihn und mich. Er steckt seinen schönen Kopf zwischen meine Beine. Er fängt an meinen Waden an und leckt sich sozusagen hoch. Seine Zunge fühlt sich an, ich kann es nicht beschreiben, einerseits sehr soft andererseits so robust wie ein Knochen. Meine Erregung ist mir immer unheimlicher, ich habe das Gefühl, gleich zu explodieren. Bald ist er man meinen Schamlippen und meiner Klitoris angekommen. Ich spüre schon seinen Atem an meiner feuchten Fotze. Ich schaue zu Dir hinüber, du hast deinen dicken Schwanz in der Hand und wichst ihn hemmungslos. Als dann Simon mit seiner Zunge meine Klitoris berührt spüre ich, dass es jetzt um mich geschehen wird. Er leckt erst langsam und dann immer schneller in einem gleichmäßigen Rhythmus, so wie eigentlich nur du mich lecken kannst. Du wichst Dich immer schneller, und bei seinen rhythmischen Leck- und Schmatz-Geräuschen und dem Anblick deiner Selbstbefriedigung ist es um mich geschehen. Ich schreie mir fast meine ganzen Innereien aus dem Bauch, so kommt es mir. Und bei aller geilen Erregung und Ekstase spritze ich doch tatsächlich auch noch eine riesige Fontäne ab. Und der kleine geile

Simon kriegt die volle Ladung meines milchigen Liebessaftes in seinem schönen Gesicht ab. Doch nicht genug, du wiederrum spritzt deinen warmen Sperma über meine Brüste und meine Nippel, so das mich dieses warme Gefühl auch noch von oben erreicht. Meine Güte, was eine Nummer. Und so völlig leicht, ohne Druck, ohne Angst und vor allem so zärtlich. Es ist so wunderschön von 2 tollen Männern gleichzeitig geliebt und befriedigt zu werden. Spontan muss ich an Julia und Romeo denken und würde am liebsten ein Bild von uns hinschicken, so wie wir hier gerade in unserer Sofaecke liegen. Es vergehen sicherlich einige Minuten.

Simon ist kurz aufgestanden und kommt nach kurzer Zeit zurück aus dem Flur. Er setzt sich neben mich und zieht sich ganz gemütlich ein durchsichtiges Kondom auf seinen langen Penis. Der steht dort wie eine eins, ich schätze der ist locker sieben bis neun Zentimeter länger, als deiner. Aber dafür deutlich dünner, eben wie so ein langer Spargel. In seinem Gesicht klebt immer noch ein wenig von meinem Liebessaft. Ich begreife natürlich sehr schnell, was er will. Ich drehe mich um zu ihm. Er streckt seine Hände zu mir aus, und hebt mich quasi wie eine leichte Puppe auf sich drauf. Ich sitze jetzt auf ihm und er fängt wieder an mich leidenschaftlich an meinem Hals, meinen Brüsten und meinem Mund zu küssen. Dabei spüre ich seinen Schwengel an meinem Po und wie er bei jeder Berührung steif hin und her tanzt. Du liegst immer noch fast k.o. neben uns und schaust gespannt zu was jetzt wohl passieren wird. Aber dein Schwanz ist auch schon wieder dick und lang, wie immer. Bei dem Gedanken, dass ich gleich so einen schwarzbraunen schokoladenriegel in meiner Möse spüre, werde ich selbst ebenfalls wieder erregt. Man denke ich, wie schnell das hier alles geht. Eben noch hemmungslos abgespritzt und jetzt schon wieder geil. Und kaum denke ich daran, fasst Simon seinen Riesenpimmel an und führt ihn zart an meine nasse Fotze. Und ehrlich gesagt, ist der dann so schnell rein geflutscht, wie es bei dir mein lieber Jakob leider nicht mehr geht. Ist zwar lang aber eben viel viel dünner. Ich spüre, wie er mich ausfüllt aber irgendwie ist da noch jede Menge Platz und Schmierung drin. Jedenfalls animiert mich sein Schwanz, dass ich anfange ihn zu reiten und zu ficken und nicht Simon. Der hält einfach still und ich hüpfe auf dem Schokoschwanz rum, als sei ich ein Ball. Jetzt komme ich mir tatsächlich vor wie die Miezen aus den Filmchen, wenn die da wie wild auf den Schwänzen rumspringen. Gleichzeitig spüre ich dabei natürlich wieder die aufkommende Geilheit bei mir. Dann sehe ich aus den Augenwinkeln dich, und wie du dich von hinten anschleichst. Während ich so auf Simon reite, spielst du mit deinen Fingern ein wenig an meiner feuchten Möse und wirst sicherlich auch Simons Schwanz hin und wieder dabei berühren. Aber das machst du ja nur mit einem Ziel. Du sammelst mit deinen Fingern meinen Liebessaft und schmierst alles schön um und in mein kleines süßes Poloch. Du bist doch ein Schlingel. Und während jetzt Simon aktiv anfängt mich zu ficken und ich so auf ihm sitzen bleibe, steckst du deinen Zeigefinger in meinen Anus und führst ihn langsam rein und wieder raus. Ach du meine Güte, jetzt werde ich hier fast genauso wie in den Porno Filmchen doppelt gevögelt in Muschi und Po. Es kommt bald wieder so eine Welle und ich denke nur, hoffentlich muss ich nicht wieder so hemmungslos abspritzen wie eben. Da hört Simon einfach auf. Er hebt mich von seinem dünnen Riesenprügel herunter. Er schaut zu dir und du setzt dich jetzt rücklings auf unser Ledersofa. Ich verstehe sofort und küsse dich, mein lieber Jakob, leidenschaftlich und intensiv auf den Mund. Wir beide haben dass schon lange nicht mehr so schön gemacht. Ich spüre deine Zunge tief in mir und du lutschst auf meiner abwechselnd herum. Dann setze ich mich auf deine dicke Rübe. Ich weiß nicht warum, aber auch dein dicker Schwanz flutscht nur so in mich hinein.

Jetzt reite ich auch auf dir und ich habe weder Schmerzen, noch Angst das in vollen Zügen auszukosten. Dabei fasst mir Simon von hinten an meine steifen Nippel und küsst meinen Hals von hinten. Ist das schön, denke ich und genieße dich und Simon wie eine Wellness-Behandlung. Du stöhnst schon unter mir ganz schön laut und ich denke, dass du bald schon wieder kommen wirst. Dann spüre ich wieder an meinem Arschloch einen Finger von Simon. Und kaum spüre ich das, gleitet er ganz ganz langsam in meinen Anus.

Oh mein Gott, plötzlich leckt Simon wieder an meinem Hals. Ach du meine Güte, es ist nicht der Finger von Simon der in meinem Po steckt, es ist sein langer Schoko-Schwanz. Und es fühlt sich absolut gut und weich an, sowohl dein Schwanz in meiner Möse, als auch der von Simon in meinem Arsch. Ich wünschte mir jetzt ich könnte uns drei von außen beobachten wie die Zuschauerin eines Theaters. Alleine dieser Gedanke an diesen Anblick, der legt meinen gesamten Verstand wieder total lahm. Simon und du, ihr beide stoßt langsam und gleichmäßig in mein Poloch und in meine Muschi. Ich schwebe sozusagen über und unter euch. Dabei küsst du noch meine Nippel und Simon meinen Hals. Es fühlt sich an, als wenn ich von vier oder fünf Männern gleichzeitig durch gefickt würde. Und dann passiert es sozusagen wie von selbst. Du stöhnst als erster so laut, dass ich sofort spüre wie dein Saftsperma aus meiner Möse läuft. Ich schließe mich sofort an und kralle mich dabei fest an deine Schulter, es kommt mir so heftig, dass ich nicht weiß wo sich überall mein Orgasmus in meinem Körper austobt. Im Kopf, in den Brüsten, meinen Beinen und meiner Saftmöse. Und zum Schluss zieht Simon seinen Schwanz aus meinem Poloch und spritzt seine Ficksahne so weit und hoch, das mir sein Sperma an meinem Hals vorne wieder runter läuft. Ich nehme meine Finger und stecke sie abwechselnd in meine Möse und vermische den klebrigen Saft von Dir, mein lieber Mann, mit der Sahne von Simon an meinem Hals. Dann lutsche ich alles genüsslich ab wie ein Eis im Sommer.

Der heimliche Lover

Als die schöne Judith vor über zehn Jahren den reichen Philipp kennenlernte, war sie sofort in ihn verliebt. Dieser Mann, damals knapp über vierzig, faszinierte sie. Eine stürmische Beziehung nahm ihren Anfang und schon bald zog sie bei Philipp in sein großes Haus ein. Sie heirateten auch bald darauf und in den ersten Jahren wurde Judith von Philipp mit allem verwöhnt was immer sie sich auch wünschte. Bis dahin war es wie ein Märchen, aber wie das Leben so spielt, einige Zeit später begann die Faszination der materiellen Vorzüge im goldenen Käfig zu verblassen und ebenso auch die Liebe zwischen den beiden. Immer häufiger war Philipp auf längeren Geschäftsreisen und immer wieder wechselten seine Sekretärinnen. Man konnte denken, dass sie nach Aussehen ausgesucht wurden, da sie immer jünger und hübscher wurden.

Auch in der Woche, in der sie Lenny kennenlernte, war Philipp mal wieder im Ausland unterwegs. Mit Marisa, seiner neuen 22 jährigen Sekretärin. Sogar Judith musste zugeben, dass diese Frau einfach unglaublich sexy war. Und Marisa wusste es auch zu zeigen. Die Röcke waren mehr Gürtel und ihre Oberteile so eng, dass sich ihre Nippel von der Reibung am Stoff aufrichteten und sich frech abzeichneten. Einen BH trug sie nie. Unnötig. Ihre Brüste waren prall und fest. Und Judith merkte bei dem einen oder anderen Besuch im Büro, wie schwer es Philipp fiel, Marisa nicht hinterher zu schauen.

Judith wusste die Tage an denen sie alleine war durchaus zu genießen. Sie konnte abschalten und musste sich nicht immer fragen, warum alles so gekommen ist in ihrem Leben.

Als sie an einem Montag am Pool lag um die Sommersonne zu genießen, fiel ihr auf, dass der Garten dringend mal wieder gepflegt werden müsse. Sie griff zum Telefon, rief ihren Gärtner an und bat, einen Mitarbeiter zu schicken, der sich um alles kümmern könnte. Der Gärtner sagte zu, dass ein neuer junger Kollege am Dienstagmorgen da sein würde, um ihren Garten auf Vordermann zu bringen.

Am Dienstag um 9 Uhr stand Lenny vor der Tür. Ein junger farbiger Mann mit leichtem französischen Akzent und muskulösen Armen. Judith konnte sich ein Lächeln nicht verkneifen und bat ihn rein um ihn sogleich in den Garten zu führen. Sie erklärte Lenny, was sie sich wünschen würde. Lenny schaute es sich an und machte einige Vorschläge. Weil die Vorschläge Judith zusagten gab sie Lenny freie Hand.

Während der Gärtner loslegte begab sich Judith erstmal unter die Dusche. Dort kamen ihre alten Träume wieder, wie es wohl wäre, sich von einem Farbigen so richtig durchnehmen zu lassen. Sie rasierte ihren Intimbereich und überlegte sich, wie sie den jungen Mann verführen könnte.

Sie trocknete sich ab, zog ihren kleinsten Bikini an und legte sich danach wieder an den Pool. Sie konnte durch ihre Sonnenbrille sehen, wie Lenny ihren Körper anschaute. Er war vielleicht 20 oder 21, Judith wusste es nicht genau. Seine Blicke erregten sie so sehr, das ihr Nippel sich durch den Stoff des Bikinis bohrten. Jetzt oder nie dachte sie und zog das Oberteil komplett aus. Ihre vollen Brüste kamen zu Vorschein und sie begann, ihre Brustwarzen zu streicheln und zu zwirbeln. Ein leises Stöhnen kam über ihre Lippen. Natürlich bemerkte sie, dass Lenny jetzt nicht mehr arbeiten konnte. Die Heckenschere lag bereits auf dem Boden und in seiner Arbeitshose zeigte sich deutlich seine Erregung. Judith freute sich, dass sie auch junge Männer heiß machen konnte. Ihre rechte Hand fuhr langsam über ihren Bauch in ihr Höschen und sie massierte ihren Kitzler. Sie zitterte und merkte erst spät, dass sie plötzlich im Schatten lag. Lenny stand vor ihr und schaute sich das Spiel erregt an. Judith spielte die Empörte und fragte ihn, ob er keine anderen Aufgaben hätte. Lenny stammelte ein leises "Doch, aber sie machen mich gerade absolut geil mit ihrem Spiel." Judith lächelte und setzte sich auf die Liege. Sie zog Lenny zu sich, öffnete seine Arbeitshose und sofort sprang ihr ein mächtiger Schwanz entgegen. Sie schluckte. Sie wusste, das farbige Männer groß gebaut sich, aber so riesig? Ihre Muschi wurde noch feuchter als sie es eh schon war. Langsam nahm Judith den Riesen in den Mund und saugte sanft an ihm. Lenny stöhnte auf und Judith genoss es, dass sie den jungen Mann in ihren Fängen hatte. Sie fuhr mit ihrer Zunge an seinem Schaft entlang und nahm am Ende seine Eier in den Mund und sog zärtlich daran. Sie waren prall gefüllt und Lenny stöhnte immer lauter. Ihre Zunge fuhr zurück und sie nahm wieder die leuchtende Eichel in ihren Mund und bewegte sich langsam vor und zurück. Dabei spielte ihre Hand immer weiter an ihrer tropfenden Höhle. Sie wollte diesen Schwanz und dieser Schwanz wollte ihre Muschi. Das war nicht zu übersehen. Sie stand auf, und sagte zu Lenny, dass er sich hinlegen sollte. Er tat wie ihm geheißen und Judith zog ihr Höschen aus. Von oben sah der Junge noch besser aus. Der Körper eine einzige Muskelmasse und sein dunkler großer Fickspieß ragte steil empor. Judith konnte nicht mehr warten. Sie stieg breitbeinig über die Liege und ließ sich langsam runter. Sie nahm Lennys Schwanz in die Hand und führte ihn langsam in ihre Fotze. Sie stöhnte laut auf. "Oh mein Gott" stieß sie hervor. Langsam bewegte sie sich hoch und runter um ihn ganz in sich aufzunehmen. Der süße Schmerz der dabei entstand machte sie noch heißer. Nach wenigen Bewegungen überkam sie die erste Welle der Geilheit. Sie zitterte am ganzen Körper und krallte sich in Lennys Brust. Seine Hände legten sich auf ihr Becken und drückten sie langsam nach unten bis sein Schwanz bis zum Anschlag in ihr drin war. Judith presste die Lippen zusammen um nicht laut zu schreien. Sie fühlte sich das erste Mal in ihrem Leben komplett ausgefüllt und jede Bewegung verschaffte ihr unbekannte Gefühle. Alles in ihrem Becken kribbelte. Sie bewegte sich langsam hoch und runter und sie merkte, dass der nächste Orgasmus schon bald da sein würde. Immer wilder wurden ihre Bewegungen und da waren sie wieder. Diese geilen Wellen, die Hitze in ihrem Schoß. Laut schrie sie ihre Lust raus. Lenny massierte ihre großen Titten und spielte an ihren Nippeln. Der Orgasmus fühlte sich an als würde er niemals Enden. Sie sank langsam auf Lenny zusammen und küsste ihn leidenschaftlich. Er schaute sie an und bat sie, sich auf die Liege zu knien. Er stand auf, stellte sich hinter Judith und ließ seinen Schwanz in ihre Lustpforte gleiten. Judith stöhnte auf und krallte sich ins Handtuch. Lenny machte keine halben Sachen. Wild und tief stieß er seinen mächtigen Pfahl immer wieder rein. Ihr Becken war so nass und heiß wie Judith es noch nie erlebt hatte. Ihr Stöhnen wurde wieder lauter und der nächste Orgasmus raste durch ihren Körper. "Hör nicht auf, fick mich weiter. Bitte" stöhnte sie Lenny an. Der dachte auch gar nicht daran aufzuhören. Er stieß jetzt aber langsamer zu Judith spürte, wie sich seine Finger an ihren Hintereingang zu schaffen machten. Was hatte er vor? Bevor sich etwas sagen konnte, spürte sie, wie ihr Hinterstübchen langsam von

Lennys Fingern gedehnt wurde. Noch nie hatte ein Mann das mit Judith gemacht. Sie wollte es nie. Und dieser dreiste Bengel machte es einfach. Tränen stiegen Judith ins Gesicht, aber nach kurzer Zeit ließ der Schmerz nach und sie genoss das neue Gefühl das beide Löcher bedient werden und das ihr noch einen Orgasmus bescherte. Lenny ließ von ihrem Hintereingang ab und begann wieder mit heftigen Stößen. Sein Stöhnen wurde schneller und sie merkte, dass er bald kommen würde. Noch einige heftige Stöße, da krallte er seine Hände in ihr Becken, zog sie noch näher an sich ran und spritzte seine Ficksahne tief in ihre Grotte. Er zog seinen Schwanz raus und dreht Judith um. "Magst Du ihn sauber lutschen?" fragte er Judith. Sie antwortete nicht, sondern nahm sich einfach den immer noch prallen Schwanz und leckte ihn sauber. Er schmeckte gut. Nach Sperma und ihrem Muschisaft.

Lenny zog sich wieder an. "Ich werde in Deinem Garten sicherlich bis Freitag zu tun haben. Falls Du noch Sonderwünsche hast, kannst Du Dich gerne bei mir melden." Er küsste sie und ging zurück zur Hecke um diese weiter in Form zu bringen. Judith blieb zurück auf der Liege und lächelte. "Ich bin also immer noch die geile Schlampe von früher", dachte sie und schloss die Augen. Und es war nicht der letzte Sonderwunsch, den Judith in der Woche hatte.

Judith ging, nachdem sie sich von dem geilen Fick erholt hatte, erstmal unter die Dusche. Das Sperma von Lenny lief ihr die Beine runter und da sie noch Besuch erwartete, wollte sie es vorher abwaschen. Der Abend mit ihrer Freundin Linda war kurzweilig. Sie hatten sich wie immer viel zu erzählen und plötzlich war es auch schon 1:30 Uhr und Linda verabschiedete sich. Judith hat ihr natürlich nichts von ihrem Abenteuer erzählt. Sie kannte Linda lange genug um zu wissen, dass sie es sofort weitererzählen würde. Aber Judith wollte mehr von Lenny. Sie wollte diesen großen schwarzen Schwanz nochmals spüren und plötzlich wusste sie, wie sie Lenny am nächsten Tag verführen würde.

Als sie aufstand, war Lenny bereits fleißig im Garten. Die Sonne war schon warm und so hatte er wieder sein Shirt ausgezogen und Judith hatte einen freien Blick auf den muskulösen rasierten Oberkörper dieses jungen Mannes, der sie gestern so verrückt gemacht hat.

Judith putzte sich die Zähne, trank einen Kaffee und ging dann raus um mit Lenny zu reden. "Hallo Lenny, wie geht es Dir heute?" "Danke, mit geht's gut", antwortete dieser. "Und wie geht es Dir?" "Auch gut, vielen Dank. Du, sag mal, kennst Du Dich auch mit Duschen aus? Die im Bad im oberen Stockwerk möchte nicht so wirklich. Ich habe das Gefühl, dass dort zu wenig Wasser kommt." Lenny lächelte sie an und versprach, sich schnell drum zu kümmern. Eine halbe Stunde später fragte er nach dem Weg zur Dusche und Judith zeigte ihm, wo er hin gehen solle. Sie selbst zog sich ins Schlafzimmer zurück, entledigte sich all ihrer Kleidung und zog sich einen Bademantel über. Dann ging sie ins Bad und sah Lenny zu. Er werkelte ein wenig an den Filtern in der Brause rum, spülte diese aus und schon kam wieder ein voller Strahl aus der Leitung. "Bitte sehr schöne Frau. Schon erledigt." Judith lächelte ihn verführerisch an, lies den Bademantel zu Boden fallen und hauchte leise "Dann hast Du Dir auch eine besondere Belohnung verdient." Sie ging zu ihrem jungen Lover und küsste ihn zärtlich auf den Mund. Lenny erwiderte den Kuss und schon begannen ihre Zungen ein wildes Spiel miteinander. Dabei strich Judith über die deutliche Beule, die sich in der Arbeitshose abzeichnete. Langsam küsste sie sich runter, knabberte an Lennys Brustwarzen und weiter ging die Reise über den muskulösen Körper. Sie kniete sie vor ihn, öffnete seine Hose und schon sprang ihr der halb steife Schwanz entgegen, den die so sehr begehrte. Selbst jetzt sah er riesig aus. Sie warf die Hose in das Nebenzimmer und begann damit, die Eichel zu küssen. Ihre Zunge fuhr über den dunklen Schaft bis zu den prall gefüllten Eiern. Sie leckte kurz über diese und nahm dann einen der großen Bälle in den Mund und saugte zärtlich dran. Lenny stöhnte laut auf und genoss seine Belohnung. Judith nahm die Eichel in ihren Mund und begann damit, ihren Kopf vor und zurück zu bewegen. Erst ganz langsam. Dieser riesige Schwanz war nicht alleine mit dem Mund zu bändigen. Der Schwanz ihres Mannes war dagegen ein kleines Spielzeug, dass sie komplett in ihrem Blasmaul verschwinden lassen konnte. Diesen schwarzen Hammer schaffte sie nicht mal bis zu Hälfte. Sie nahm ihre Hand zur Hilfe, saugte vorne an der Eichel und wichste Lenny dabei den Schaft. Dieser stöhnte nur und zitterte "Hör nicht auf, bitte. Nicht aufhören. Oh Gott, so geil wurde mein Schwanz noch nie verwöhnt." Sein Stöhnen wurde immer lauter und Judith lies den Schwanz wieder bis zur Hälfte in ihr Blasmaul gleiten. Sie bewegte sich schneller und sie konnte spüren, dass Lenny gleich kommen würde.

"Komm Du geiler Hengst. Spritz mir Deine Ficksahne ins Maul. Ich will Dich schmecken." Lenny stöhnte nochmal laut auf, seine Muskeln verkrampften sich und er spritzte Judith seine Ladung in mehreren Schüben ins Maul. Es war soviel, dass Judith nicht alles auf einmal schlucken konnte, aber sie lies auch nichts aus ihrem Mund laufen, sondern genoss den Geschmack des Spermas von diesem geilen Jungschwanz. Lenny beruhigte sich wieder etwas und Judith konnte den Schwanz in Ruhe sauberlecken. Sie ging hoch, leckte sich über die Lippen und sagte nur "Es schmeckt so gut, wie der Spender aussieht. Ich will mehr von Dir heute. Der Garten kann warten." Wieder küsste sie ihn in freudiger Erwartung, was der Tag noch bringen würde.

Judith nahm Lenny an die Hand und führte ihn in ihr Schlafzimmer. Lenny küsste sie und ihr Zungen spielten wild miteinander. Dann drückte Lenny sie zärtlich auf das große Wasserbett. Er legte sich über sie und streichelte durch ihr Haar "Du bist so unglaublich heiß. Noch nie hat mich eine Frau so geil gemacht, dass ich so schnell abgespritzt habe." Er küsste sie wieder und seine Hände wanderten zu ihren Brüsten und massierten sie. Die Berührung war wie ein elektrischer Schlag für Judith. Lenny bewegte seine Lippen über ihren Hals und ihre Schultern langsam zu ihren steifen Nippeln. Er knabberte und sog an ihnen. Dabei massierte seine große kräftige Hand weiter ihre Titten. Judith stöhnte leise auf. Eine Gänsehaut zog sich über ihren Körper und sie spürte schon wie ihre Spalte wieder feucht wurde. Langsam bewegte sich sein Kopf weiter nach unten. Er küsste dabei jeden Zentimeter, den er über ihren Körper glitt. Als er sich der feuchten und rasierten Muschi näherte, drehte er ab und begann, die Innenseite ihrer Schenkel zu küssen. Judith wurde fast wahnsinnig und ihr Stöhnen wurde etwas lauter. Wie aus versehen berührte Lenny mit seinem Mund und mit seiner Zunge ihre Schamlippen, als er sich auf dem Weg zum anderen Schenkel machte. Er schmeckte ihren heißen Saft und er schmeckte gut. Judith war heiß auf ihn, das spürte er und es machte ihm Spaß, diese reife sexy Frau verrückt zu machen. Jetzt lies er seine Zunge durch die Schamlippen gleiten. Judith bäumte sich ein wenig auf, ihr Unterleib zitterte. Sie schloss ihre Augen und lies ihren jungen Liebhaber machen, was er wollte. Der suchte sich den Weg zu ihrer Perle. Mit zwei Fingern zog er ihre Schamlippen auseinander und lies seine Zunge über ihre empfindlichste Stelle flattern. Erst zärtlich, dann etwas fordernder um zu sehen, wie sie es gerne hat. Judith konnte ihr

Stöhnen nicht mehr kontrollieren. Immer lauter wurde es und auch einige Schreie entglitten ihrem Mund "Hör nicht auf. Bitte mach weiter. Oh ja, so mag ich es. Finger mich dabei." Lenny nahm seinen Daumen und ließ ihn langsam in ihr enges und nasses Loch gleiten. Wie ein kleiner Penis stieß er ihre Fotze, während seine Lippen und seine Zunge weiter ihre Klitoris bespielten. Es dauerte nicht lange und Judith begann zu zittern. Ihr Unterleib bebte und zog sich zusammen. Sie hatte einen wahnsinnigen Orgasmus. Ihre Finger gruben sich in das Bettlaken und sie schrie ihre Geilheit laut heraus. Lenny rutschte nach oben. Das Vorspiel hatte seinen Schwanz wieder hart gemacht und jetzt wollte dieser auch in die feuchte Grotte. Er küsste Judith, drängte sich zwischen ihre Bein und führte seinen Stab direkt an ihre feuchte Muschi. Langsam drängte er sich zwischen ihre Schamlippen und glitt in die warme und nasse Grotte. Er bewegte sich langsam und Judith begann sofort wieder zu stöhnen. Dieser junge Hengst würde sie heute noch oft glücklich machen. Er hob seinen Oberkörper an und stützte sich auf seinen Händen ab. Sei Becken bewegte sich langsam auf und ab und er nutzt dabei die ganze Länge seine großen Schwanzes aus. Judith tanzten die Kreise vor den Augen. Ihr Stöhnen wurde lauter und sie bekam einen zweiten heftigen Orgasmus. Ihre Nägel krallten sich diesmal in Lennys Arme und ihr Zittern war noch heftiger als bei ihrem ersten Orgasmus. Lenny drehte sie so, dass sie auf der Seite lag. Ein Bein zwischen seinen und das andere angewinkelt. Dann begann er, sie härter und schneller zu stoßen. Dabei lies er wieder einen Finger an ihrer Rosette spielen. Wieder drang er ein wenig in sein ein und Judith wurde noch geiler, als sie eh schon war. Ihre Muschi lief aus und wieder spürte sie, dass sich ein Orgasmus nähert. Doch plötzlich hörte Lenny auf, sich zu bewegen. Judith jammerte und bettelte, dass er weitermachen soll. Doch er genoss die Macht, die er gerade über sie hatte. Dann bewegte er sich wieder und sein Schwanz drang hart und fest in Judith ein. Auch sein Stöhnen wurde langsam schneller und sein Schwanz begann zu pochen. Judith spürte, das auch Lenny bald kommen würde und dann näherte sich auch bei ihr wieder eine Welle der Geilheit. Lenny stieß noch ein paarmal zu und dann entlud er sich in mehreren Schüben tief in Judiths enger Muschi. Judith stöhnte und zitterte. Es war lange her, dass sie so geil gefickt worden war. Lenny zog seinen schlaffen Schwanz aus ihrer Fotze und legte sich neben sie. Judith spürte, wie ihr das Sperma und ihr Muschisaft herauslief und sich auf dem Bettlaken verteilte. Sie lächelte Lenny an, küsste ihn und genoss seine Nähe. Lenny lächelte zufrieden. Der Tag sollte noch nicht zu Ende sein. Das wussten beide.

Judith lag in Lennys Arm und genoss seine Nähe. Er streichelte zärtlich über ihren Arm und küsste ihre Stirn. Judith lächelte ihn an und sie legte ihren Kopf auf seine Brust. Mit ihren Fingern zeichnete sie die Muskeln an seinem Bauch nach. Judith ließ ihre Finger weiter nach unten gleiten und streichelte zärtlich Lennys Schwanz, der entspannt zwischen seinen Beinen lag. "Denkst Du, dass er in meinen jungfräulichen Arsch passen würde"" fragte sie Lenny leise. Er überlegt kurz und fragte sie, ob sie Gleitcreme da hätte. Judith nickte und begann, seinen Schwanz zu wichsen, der schnell wieder zu wachsen begann. Ihr Mund umschloss die große Eichel und sie saugte zärtlich dran und ihre Zunge umspielte sie. Lenny stöhnte leise auf und schnell war der Kolben, den Judith nochmal wollte, wieder komplett ausgefahren und zu allem bereit. Judith griff in ihre Schublade und reichte Lenny die Gleitcreme. "Soll ich mich vor Dich knien?" fragte sie und Lenny nickte. "Ich werde Dich zuerst etwas mit meinen Fingern dehnen. Sag mir bitte, wenn es Dir wehtut oder unangenehm ist. Bleib ganz entspannt", sagte er zu Judith. Er begann damit, mit seinem Mittelfinger ihren After einzuschmieren und glitt durch die Creme leicht in ihr enges Loch. Etwas später zog er ihn raus und ließ danach seinen Zeigefinger und seinen Mittelfinger in sie gleiten. Er ging sehr behutsam vor und Als er merkte, dass Judith zuckte, hörte er kurz mit seinen Bewegungen auf. "Alles in Ordnung?" fragte er und Judith nickte. Ein leises Stöhnen entglitt ihr und sie begann, diese neue Erfahrung zu genießen. "Lass uns Deinen Schwanz probieren", sagte sie leise. Lenny kniete sich hinter sie und rieb seinen harten Kolben mit der Gleitcreme ein. "Ich werde ganz vorsichtig sein. Wenn ich aufhören soll, sage es bitte. Am Besten wäre es, wenn Du selbst das Tempo vorgibst und Dich langsam nach hinten bewegst. So wie es für Dich gut ist", sagte Lenny. Judith nickte und spürte dann, wir Lenny seine Eichel an ihrer engen Arschfotze angesetzte. Er drückte sich ein wenig nach vorne, um den Schließmuskel zu überwinden Judith zuckte. Es tat ein wenig weh. Lenny hörte sofort auf und sagte, dass sie es in ihrem Tempo machen soll. Langsam drückte sie sich nach hinten und die große Eichel drückte sich in ihren engen Hintereingang. Es war eine Mischung aus Schmerzen und einen neuen geilen Gefühl. Judith drückte etwas stärker und spürte, wie die Eichel den Schließmuskel überwunden hat. Sie blieb einige Sekunden in der Position, damit sie sich an dieses Gefühl gewöhnen konnte. Dann glitt sie noch etwas zurück und spürte, wie die nächsten Zentimeter in ihr verschwanden. Sie begann damit, sich langsam vor und zurück zu bewegen. Sie stöhnte. Das Gefühl war unbeschreiblich. Mit jeder Bewegung glitt Lennys harter Schwanz tiefer in ihren Arsch. Sie fühlte sich unglaublich ausgefüllt. "Nimm mich. Nimm Dir, das Du möchtest. Fick meinen geilen Arsch durch", bettelte sie Lenny an. Das ließ dieser sich nicht zweimal sagen. Mit seinen starken Händen umfasste er ihre Hüften und stieß seinen Schwanz bis zum Anschlag in ihren Hintereingang. Judith schrie kurz auf vor Schmerzen, doch dann gewann die Geilheit die Übermacht. Lenny spielte mit ihr. Er bewegte sich mal schnell, mal langsam. Mal tief rein, mal ganz raus aus ihrem Arsch und wieder rein. Judith schrie ihre Geilheit raus "Fick mich mein schwarzer Hengst. Oh ja, nimm Dir was Du brauchst und fick mich hart durch. Dein Schwanz ist einfach nur geil". Sie zitterte am ganzen Körper und spürte, wie sich ein Orgasmus ankündigte. Lenny spürte wie es in ihr hochkam und zog kurz vorher seinen Schwanz raus. Einige Sekunden später fickte er Judith wieder und sie war schnell wieder kurz vor dem Orgasmus. Wieder zog Lenny sich zurück. "Quäle mich nicht so. Lass mich bitte kommen. Ich will kommen. Bitte", bettelte sie Lenny an. "Na, macht mein schwarzer Schwanz Dich geil? Willst Du mehr von ihm", fragte Lenny in einem lockenden Ton. "Oh ja, bitte. Fick mich weiter. Bitte!" schrie Judith ihn an. Lenny begann wieder, Judith zu stoßen. Immer härter und schneller fickte er ihren engen Eingang und Judith erlebte einen unglaublichen Orgasmus. Sie schrie und zitterte und hatte das Gefühl, dass der Orgasmus niemals enden würde. Lenny fickte sie weiter. Sein Kolben hämmerte jetzt in ihren Darm und für Judith verschwamm die Umgebung. So wurde sie noch nie gefickt. Sie stöhnte und wimmerte. Plötzlich stöhnte auch Lenny schneller und lauter und Judith spürte, wie sein Schwanz zu pochen begann. Noch ein paar Stöße und sie spürte, wie Lenny sich tief in ihrem Arsch entlud. Es fühlte sich auch anders an. Aber geil anders. Völlig fertig sank sie auf die Matratze. Lenny lag auf ihr drauf. Sein Schwanz noch in ihrem Arsch und sie spürte, wie er langsam kleiner wurde. "Das war unglaublich", sagte sie. "Ja, Dein Arsch ist so herrlich eng. Und Du bist richtig schön abgegangen. Möchtest Du meinen Schwanz weiter oder sollen wir es lieber lassen wegen Deinem Mann?", fragte Lenny. "Nein, ich will Dich weiter spüren. Mein Mann darf aber nie etwas davon erfahren. Sonst wirft er mich raus und wird sich schnell von mir scheiden lassen", antwortete Judith. "Wir werden einen Weg finden wie wir uns in Zukunft treffen können ohne dass er etwas erfährt" meinte Lenny zuversichtlich und fügte schmunzelnd hinzu: "Once you go black, you never go back..."

Wild, heiß und notgeil

Ich wohnte in New York und musste aus beruflichen Gründen kurzfristig nach Florida. Weil alle Flüge schon ausgebucht waren, blieb nur eine Zugreise als Alternative. Als es Zeit wurde, begab ich mich zum Bahnhof. Der Zug stand bereits am Bahnsteig. Ich stieg ein und suchte mein Abteil. Ich war noch nie in einem Schlafwagen gefahren und war gespannt, mit wem ich das Nachtlager teilen würde. Als ich das Abteil betrat war es leer. Der kleine Raum verfügte über drei Betten, links vom Fenster. Alle übereinander.

Ich hatte mir noch kein Bett ausgesucht, da kam eine andere Frau herein. Wir stellten uns vor. Sie hieß Julie und wirkte etwas spießig auf mich. Als der Zug zur Fahrt ansetzte kam noch ein Fahrgast in unser Abteil und fragte ob er hier richtig sei. Dabei blickte er auf seine Bettreservierung.

"Das kann schon sein!", sagte ich. Hoffentlich, dachte ich.

"Na dann ist ja alles klar", sagte der neue Fahrgast und stellte sich als Jack vor. Er war ein großer, muskulöser Afroamerikaner mit kurzen Haaren und einem charmanten Lächeln. Ich konnte mir einen kurzen Blick auf die große Beule in seiner Hose nicht verkneifen.

Vor dem zu-Bett-gehen haben wir drei uns noch stundenlang über dies und jenes unterhalten und ich bemerkte derweil, dass Julie Jack sehnsüchtige Blicke zuwarf, wie auch ich es tat. Gegen Mitternacht wurden wir allmählich müde. Nacheinander gingen wir in die Nasszelle unseres Abteils und legten uns in unsere Betten. Jack ging als letzter ins Bad. Die Lichter im Abteil waren schon aus, als er in das mittlere Bett kletterte. Ich selbst schlief unten. Julie schlief ganz oben.

Ich schlummerte eine geschätzte Stunde. Oder waren es nur fünf Minuten gewesen? Dann wachte ich auf, weil ich ein Geräusch hörte.

Jack kletterte aus seinem Bett und ging zu seinem Rucksack, der auf dem Boden stand. Im Mondlicht konnte ich erkennen, wie er eine

Flasche aus seinem Rucksack nahm und ein paar Schlucke trank. Und als sich meine Augen an die Dunkelheit gewöhnt hatten erkannte ich, dass er nackt war. Er packte die Flasche zurück in den Rucksack und drehte sich wieder zu den Betten.

"Jack", sagte ich so leise wie es mir irgend möglich war.

Jack hörte mich trotz der Zuggeräusche, die durch das offene Fenster herein drangen. Er beugte sich zu mir rüber. "Ja?", sagte er sanft durch die warme Nachtluft. Sein Gesicht war ganz nah an meinem. Ich konnte seinen heißen Atem an meinen Lippen spüren die sich jetzt langsam öffneten und Millimeter für Millimeter ihrem Ziel entgegen strebten. Ich spürte die weiche Wärme seiner Lippen an meinen und wir küssten uns. Erst vorsichtig, dann immer fordernder und gieriger sogen wir an den Lippen des anderen, des Unbekannten. Unsere Zungenspitzen fanden sich und wir küssten uns tief und innig. Jack leckte mir das Gaumenzäpfchen und ich wollte mehr. Ich streifte die Bettdecke beiseite und zog Jack auf mich rauf. Ich spreizte die Beine und mein schmaler Stringtanga reizte meine Muschi die nun triefend feucht wurde. Der Saft lief mir die Arschbacken hinunter, als Jack anfing seinen harten Pimmel an meinen feuchten Lippen zu reiben. Ich hätte am liebsten laut aufgestöhnt, wollte unsere Mitreisende aber nicht wecken. Ich griff nach Jacks Schwanz. Der prall geäderte Riesenpimmel fühlte sich gut an in meiner Hand. Ich massierte die große Eichel und erste Bäche heißen Liebessafts rannen mir bereits jetzt über die Hand und auf den Bauch. Mit meinem freien Arm umklammerte ich Jacks breite Schulter und steckte meine Zunge tief in seinen Rachen. Er tat es mir gleich. Dabei schob er mein Top hoch und massierte meine kleinen festen Brüste. Die Nippel waren hart und er zog daran, was mich noch geiler werden ließ.

Seine Hand fuhr an meinem Bauch herunter, über den Venushügel und fand sein Ziel zwischen meinen nassen Lippen. Ich entließ einen Schwall Muschisaft auf seine Finger, als sie in mich eindrangen. Sein Daumen massierte dabei meinen Kitzler. Wir küssten uns eine Weile in der wir uns gegenseitig mit den Händen stimulierten. Ein weiterer Sperma-Schwall rann aus Jacks Schwanz und meine Hand herunter.

Wieder lief mir mein wollüstiger Saft aus der Spalte, als Jack seine Finger so tief in mich drückte wie es nur ging und dabei fest und geil auf meinen Kitzler drückte. Ich wollte mehr und bohrte meine Zunge tief in seinen Mund. Wir tauschten Unmengen an Speichel aus der mir die Mundwinkel herunterlief und das Kopfkissen nässte. Ich legte meine Arme um seine Schultern. Dann wanderten meine Küsse Jacks Hals hinab als ich ihn von mir runter und er sich auf den Rücken drehte. Ich Küste seine muskulöse Brust und setzte mich auf ihn drauf. Ich rieb meine nasse Spalte an seinem prall geäderten Schwanz und küsste seine Brust hinab über den Bauch, bis ich mit meinem Gesicht ganz nah an seinem Prachtpimmel war, der nun hart in meiner Hand lag. Ich rieb den großen festen Schwanz noch ein paar mal auf und ab, dann nahm ich die große, geil schmeckende Eichel in den Mund. Meine Muschi wurde immer nasser und ich rieb sie an seinem Bein, während ich mir seinen Ständer tief in den Mund schob. Er passte nicht mal zur Hälfte rein. Ich rieb und saugte bis er fast kam und schon ein heißer Schwall in meinem Mund landete. Dann ließ ich den schwarzen Riesenpimmel für einen Moment los und küsste Jack auf seine muskulöse Brust. Er zog mir den Tanga herunter.

Ich rieb meine Muschi an seinem Schwanz. Immer näher kam ich dabei der prallen Eichel, die sich dann langsam in meine, vor Verlangen juckende, Spalte bohrte. Der Muschisaft rann mir die Schenkel hinunter. Ich verharrte einen Moment auf der großen Eichel und genoss das Gefühl sie in mir zu spüren. Dann senkte ich mich ganz langsam auf seinem prallen Schwanz hinab, der Stück für Stück immer tiefer in mich eindrang. Ein wohliges und wollüstiges Gefühl überkam mich und ich begann, Jack erst langsam und dann immer schneller zu reiten. Er presste mir dabei eine Hand auf den Arsch und eine auf den Mund, als ich ein unterdrücktes Stöhnen entließ.

Das Gefühl, dass Julie da oben im obersten Bett lag und uns vielleicht hörte machte mich noch geiler. Ich sprang auf Jacks Schwanz auf und ab und stützte mich dabei auf seiner Brust und seinen starken Armen ab. Ich musste mich zusammenreißen um nicht laut zu stöhnen. Plötzlich packte Jack mich an der Hüfte, schleuderte mich herum und lag zwischen meinen Beinen auf mir drauf. Mit einem Arm umfasste er meinen Arsch und mit der anderen meinen Kopf. Er grub seine Finger tief in meine Haare und hielt sie fest, als er mich langsam aber mit

Nachdruck fickte. Ich hätte am liebsten laut geschrien vor Glück. Ich war kurz davor auf seinem Riesenschwanz einen Riesenorgasmus zu haben, da zerriss ein Klingeln die Stille, die wir geradeso aufrecht erhalten konnten.

Im obersten Bett läutete das Handy von Julie. Jack lag reglos auf mir und hielt mich fest an sich gedrückt. Seine pralle Eichel drückte er dabei ganz langsam und vorsichtig in meine Gebärmutter. Ich wurde noch nie zuvor so tief gefickt. Ein heißer Schwall ergoss sich in mir, aber der große starke Pimmel in meinen Lenden blieb hart.

Das Klingeln des Handys brach ab und Julies unterdrückte Stimme war zu hören.

"Hallo?...Ich habe schon geschlafen...Das hat doch Zeit bis morgen, oder?...Ok mach's gut"

Stille kehrte erneut ein und Jack fing an, sich ganz langsam in mir zu bewegen. Er zog seinen Pimmel nicht mehr aus meiner Gebärmutter raus sondern massierte sie von innen mit seiner Eichel. Von Oben konnten wir hören, wie Julie eine Flasche öffnete und etwas trank. Jack versiegelte meinen Mund mit seinen Lippen so das kein Gestöhne heraus drang. Unsere Zungen umspielten einander und produzierten Unmengen an Speichel der sich in unseren Mündern vereinigte, so, dass ich immer wieder etwas davon herunterschlucken musste. Jacks Schwanz machte dabei weiter ruckartige Fickbewegungen, die immer schneller wurden.

Im obersten Bett wurde es wieder ruhig. Meine Muschi begann immer mehr zu zucken und ein geiles Jucken machte sich in meinem Becken breit. Ich packte Jacks Arsch und drückte den Mann der mich fickte bis zum Anschlag in mich hinein. Dann kam ich unter so heftigen Zuckungen, dass ich für einen Moment nicht wusste wo oben und unten war. Ich wandte mich hin und her und Jack hielt mich mit seinen starken Armen ganz fest, als sein Prachtschwanz in mir zu zucken begann und einen langen heißen Schwall nach dem anderen tief in mich hineinspritzte. Er entlud sich so heftig in mir, dass sein zuckender Schwanz dass Sperma in Massen aus meiner nassen Spalte presste. Unsere Lippen hatten sich dabei die ganze Zeit nicht losgelassen. Erst jetzt ließen wir von unserem tiefen, innigen Kuss ab und der angesammelte Speichel lief mir die Wangen hinunter auf das Kopfkissen.

Jack zog seinen Schwanz aus meiner heißen, nassen Fotze worauf noch mehr Sperma aus mir herausströmte, dass mir jetzt, vermischt mit meinem eigenen Saft, die Arschbacken hinunter lief und das Laken nass machte. Jack legt sich auf den Rücken und zog mich an sich.

Wir lagen noch eine Weile da. Um Julie gegenüber am nächsten Morgen den Schein einer heilen Welt vorzugaukeln, ging Jack nach ein paar langen und innigen Küssen zurück in sein eigenes Bett. Nicht aber, ohne mir zuvor zu offenbaren, dass er ebenfalls in New York lebt und mich gerne wiedersehen würde, sobald wir wieder daheim wären. Ich küsste ihn. Unsere Telefonnummern tauschten wir am nächsten Morgen aus, als Julie unter der Dusche stand.

Es war Freitag als Jack nach New York zurückkehrte. Ich selbst war schon seit zwei Tagen aus Florida zurück. Seit unserem Fick im Zug hatte ich Jack nicht mehr gesehen. In Florida war leider keine Zeit gewesen ihn zu treffen und wir hatten dort nur telefonischen Kontakt. Wir waren beide beruflich dort gewesen und waren entsprechend voll eingespannt. Ich blickte aus dem Fenster hinab auf den Hudson River als es an der Tür klingelte. Ich vergewisserte mich über die Gegensprechanlage darüber, dass es Jack war. Ich konnte es kaum erwarten ihn wieder zu sehen.

Als er in der Wohnungstür erschien, packte er mich wortlos und drückte mich fest an sich. Er griff an meinen Arsch und hob mich ein Stück hoch, dass ich den Bodenkontakt verlor. Jack steckte mir seine Zunge tief in den Mund. Ich antwortete ihm mit meiner eigenen Zunge, welche die seine jetzt wild umspielte. Es war ein tiefer und langer Kuss und ich hielt mich an seinen starken Schultern fest um meinen Mund ganz fest an seinen zu pressen. Eng umschlungen konnte ich spüren, wie sich eine Beule in seiner Hose bildete und mir gegen den Bauch drückte, der nackt unter meinem bauchfreien Oberteil lag.

Jack hob mich jetzt richtig hoch. Breitbeinig an ihn gepresst konnte ich deutlich die Muskeln unter seinem dünnen Basketballhemd spüren.

An den Armen konnte ich sie auch sehen. Jack hielt mich fest und drückte meine Scham gegen die Beule in seiner Hose. Dabei gab er mir immer wieder heiße feuchte Küsse, die mich immer geiler machten. Unser Speichel tropfte mir aufs Dekolleté. Jack kickte die Wohnungstür zu und trug mich die paar Meter zum Sofa, wo er mich auf den Rücken und sich auf mich drauf legte. Wieder küssten wir uns tief und innig und Jack drückte den harten Ständer in seinen Shorts mit wollüstiger Gier gegen meine Muschi, wobei mir der String in die feuchte Spalte glitt und geil an ihr rieb.

Jack streifte mir mit einer einzigen Handbewegung das Oberteil vom Leib und griff fordernd in meine Brüste. Dabei steckte er mir die Zunge bis zum Anschlag in den Mund. Wieder, wie neulich im Zug, wurde dieser Kuss unglaublich Nass. Immer mehr Speichel sammelte sich in unseren triefenden Mündern und wurde durch unsere glitschigen Zungen verrührt. Das Zeug lief mir die Wangen runter. Indes hatte ich Jacks Oberteil abgestreift und machte mich jetzt an seiner Hose zu schaffen, die ich ihm langsam herunter streifte. Meinen dünnen Rock und meinen String riss Jack mir mit einer kräftigen Handbewegung einfach vom Leibe. Ich zog ihm seine Hose ganz aus und er lag nun nackt auf mir. Ich packte seinen kräftigen Riesenpimmel und erhielt prompt einen Spritzer Sperma auf den Bauch. Wir küssten uns fest umschlungen, während Jack seinen harten, großen Schwanz an meiner immer nasser werdenden Muschi rieb.

Nach einem Moment ließen wir von unserem Kuss ab und sagten gleichzeitig: "Ich will dich!"

Wir starrten uns noch einen kurzen Moment lang in die Augen, als Jack mit seiner Hand zwischen uns fuhr und mir vorsichtig den prall geäderten Schwanz in meine vor Verlangen triefende Spalte schob. Langsam drang seine dicke Eichel zwischen meine nassen Lippen. Ich stöhnte vor Verlangen, als er langsam in mich eindrang und mich ausdehnte.

Vorsichtig fing Jack an, mich zu stoßen.

"Oh ja", stöhnte ich wollüstig, als mein großer schwarzer Liebhaber einen ersten Strahl Ficksahne in meinen Bauch spritzte.

Jack griff fordernd in meine Haare und dirigierte mein Gesicht zu seinem. Ein tiefer Kuss folgte, begleitet von intensiven Stößen in meinen Unterleib. Ich fühlte mich gleichzeitig geborgen und ausgeliefert. Ein geiles, schmatzendes Geräusch entstand, jedes mal wenn Jacks Fickprügel mit seiner Eichel meinen Muttermund küsste. Jack drückte mich fest an sich und sich selbst fest in mich. Ein spitzer Schrei entfuhr mir, als die pralle Eichel ihren Weg in meinen Muttermund hinein fand. Im selben Moment entließ Jack einen weiteren Schuss Sperma in mich hinein. Vorsichtig, aber fordernd und nachdrücklich, begann er, mein tiefstes inneres zu ficken. Immer wieder spritzte er mir dabei in die Gebärmutter. Der Mann produziert wirklich viel Sperma. Das war mir neulich im Zug schon aufgefallen.

Ich stöhnte bei jedem Stoß laut auf. Das turnte Jack noch mehr an und er begann, mich richtig hart ranzunehmen. Seine starken Arme um meine Taille und meinen Rücken geschlungen, die Hände unter meinem Arsch und meinem Kopf, drückte er sich mit aller Kraft in mich hinein. Ich begann zu schreien, so geil machte Jack mich. Mir war in dem Moment völlig egal, was die Nachbarn denken. Ich hörte nicht mehr auf zu stöhnen, zu schreien und zu wimmern. Meine Geilheit brachte mich fast um den Verstand, als ich unter Jacks heftig gewordenen Stößen zu zucken begann und mich in einem riesigen und lauten Orgasmus verlor. Und während ich so heftig kam wie noch nie, spritzte Jack mir einen gefühlten Liter Sperma direkt in den Orgasmus. Es war so viel, dass meine versaute Muschi nicht einmal den zweiten Schwall aufnehmen konnte. Die Menge an Sperma hätte ausgereicht, um ein ganzes Land zu bevölkern.

Wir küssten uns innig und blieben noch lange so liegen. Er auf mir. In mir. Bis Jack sich wieder regte und begann, sich in mir hin und her zu bewegen, während unsere Zungen sich gierig umschlangen. Schnell wurde sein Schwanz wieder groß, während er sein Sperma in meiner triefenden Muschi verrieb. Immer tiefer drang er dabei in mich ein. Immer fester stieß er zu. Bis er mich mit wilden Stößen zu einem schnellen zweiten Höhepunkt trieb. Abermals fickte er seine heiße Ladung tief in mich hinein.

Der Sommer versprach, schön zu werden. Und das wurde er auch.

Aus Jack und mir wurde ein Paar. Die erste Zeit kamen wir kaum aus dem Bett. Und schafften wir es doch mal bis aufs Sofa, dann haben wir uns auch da wie notgeile Teenager ständig gefickt.

Begegnung an der Hotelbar

Wieder eine blöde Außendiensttagung, die weit entfernt in München stattfand. Julia kehrte müde aus dem Tagungsraum in ihr Hotelzimmer zurück und warf sich auf ihr Bett. Sicher diese Außendiensttagungen fanden immer in tollen Hotels statt, aber sie empfand das weniger als Belohnung, sondern eher als Belastung. Überhaupt machte sich Julia mehr und mehr Gedanken über ihr Leben, das nicht in den Bahnen verlief, die sie sich einst vorgenommen hatte.

Nach einer kaufmännischen Ausbildung wusste sie damals nicht so recht, was sie machen sollte, begann dann ein Jura-Studium, was ein Flop war. Anschließend jobbte sie ein wenig in Modeläden, arbeitete als Messe-Hostess, aber mit 30 Jahren war das ein Weg ohne Zukunft. Um sich überhaupt ein wenig eine Existenz aufzubauen, hatte sie sich schweren Herzens dazu entschlossen, bei einer Versicherungsgesellschaft im Außendienst anzufangen, was mittlerweile seit 2 Jahren mehr oder weniger erfolgreich lief.

Auch im Privatleben konnte Julia - sehr zum Ärger ihrer Eltern - nicht so recht etwas vorweisen. Einige flüchtige Männerbekanntschaften gab es natürlich, aber aktuell hatte sie keinen festen Freund, was sich bei ihrer beruflich unsteten Zeiteinteilung auch nicht so richtig ergab, denn oftmals musste sie ihre Kunden erst am Abend besuchen. Das lag allerdings nicht daran, dass Julia sich nicht als hübsch empfand - eher wurde ihr das Gegenteil widergespiegelt. Einer ihrer Freunde hatte sie mal mit Michelle Hunziker verglichen, was gar nicht so verkehrt war, obwohl er sich den Hinweis auf ihre sogenannten "Pony-Beine" hätte verkneifen können.

Sie verkörperte mit ihren 1,70 m, ihren langen blonden Haaren und ihren schlanken Beinen eher den klassischen Messehostess-Typ, der oft genug von Geschäftsleuten und jetzt teilweise auch von Kunden ziemlich einfallslos angebaggert wurde. Mit Jogging und Step-Aerobic gönnte sie sich zumindest zwei Hobbies, die sie von ihrem Schreibtisch zwangen. Jetzt wollte sie sich nur noch ein erfrischendes Bad gönnen, an der Hotelbar eventuell mit einigen Kollegen etwas trinken und dann früh zu Bett gehen, denn am nächsten Morgen sollte die Tagung um 09:00 Uhr weitergehen.

Nach ihrem ausgiebigen Bad schlüpfte sie in einen knielangen, etwas geschlitzten schwarzen Rock und überlegte kurz, ob sie noch einen BH unter ihrem weißen Blazer anziehen sollte, aber da der Blazer mit seinen zwei Knöpfen doch ziemlich großzügig geschnitten war, verzichtete sie darauf. Ihr Busen war eher klein, aber durchaus wohlgeformt und sehr spitz, durch den Blazer aber nicht zu erkennen. Sie schlüpfte noch in zwei bequeme, mäßig hohe Pumps, die ihre wohlgeformten Beine sehr gut zur Geltung brachten und ging runter zur Hotelbar.

An der Hotelbar lungerten neben zwei ihrer männlichen Kollegen noch andere Geschäftsleute herum, die Julias Erscheinen mit Wohlwollen zur Kenntnis nahmen. Sie hasste allerdings diese Bar-Gespräche, in denen jeder der Männer nur damit prahlte, welche (scheinbaren) Geschäftserfolge er hätte und was für ein toller Hecht er sei. Leider waren auch die männlichen Exemplare des heutigen Abends von dieser Sorte; der einzige Lichtblick in Julias Augen war Jimmy, der schwarze Kellner an der Hotelbar, der sie mit leuchtenden freundlichen Augen ansah und bei jedem Cocktail, den er ihr servierte, einen lustigen Spruch auf Lager hatte.

Nachdem Julia ihren beiden Versicherungskollegen und den restlichen Herren am Tresen signalisiert hatte, dass bei ihr heute kein Blumentopf zu gewinnen war, verliefen die Gespräche recht stockend, und gegen 22:30 Uhr saß Julia nur noch alleine mit Jimmy, dem Barkeeper, an der Hotelbar.

Er erzählte ihr, dass er vor einem Jahr aus Ghana als Austauschstudent nach München gekommen war und jetzt sein Elektrotechnikstudium an der TU mit diesem Nebenjob unter anderem finanzierte. Jimmy war ein witziger Typ, ca. 1,90 m groß, schlank, mit einem kleinen Schnurrbart, dabei flink und agil hinter dem Tresen und sah aus Julias Sicht in seiner schwarzen Hose, dem weißen Hemd, der schwarzen Fliege und seinem weißen Kellner-Sacko ganz schnuckelig aus. Da sie ja nun beide alleine waren, erzählten sie sich viele Dinge aus ihrem Leben und Julia merkte irgendwann gar nicht mehr, dass es schon fast

Mitternacht war. Was sie sehr wohl merkte, war, dass sie mittlerweile schon ihren sechsten Cocktail getrunken hatte, denn alle Cocktails hatte Jimmy offensichtlich sehr großzügig mit Alkohol gemixt. Auch war ihr nicht entgangen, dass Jimmy immer wieder versucht hatte, in den Ausschnitt ihres Blazers zu luken, wenn er sich in ihrer Nähe zu schaffen machte, um aufzuräumen.

In dem Verlauf des Abends musste sie auch manchmal an ihre Freundin Britta denken, die ihr mal von einem Abenteuer mit einem Schwarzen nach einer durchzechten Disco-Nacht berichtet hatte, aber für einen solchen schlimmen Finger wollte sie Jimmy nun wirklich nicht halten. Jimmy fragte nach, ob er die Hotelbar jetzt schließen könne, da an einem Montagabend nach Mitternacht kaum noch mit Gästen zu rechnen sei. Nachdem sein Chef ihm das wohl telefonisch erlaubt hatte, fragte er Julia, ob er ihr noch einen Drink auf Kosten des Hauses mixen und sie zu ihrem Zimmer begleiten dürfte. Julia war darüber ganz glücklich, denn so ganz sicher fühlte sie sich nicht mehr auf ihren Beinen.

Julia nahm ihren Drink und stieg mit Jimmy in den Hotellift. Er drückte auf den Knopf der 11. Etage und musterte sie keck von oben bis unten. "Du bist eine sehr schöne Frau Julia", sagte er charmant; die schönste Frau, die ich bisher in Deutschland kennen gelernt habe". Julia errötete leicht und antwortete spontan: "Für dieses Kompliment, Jimmy lade ich Dich noch bei mir zu einem Glas Sekt aus der Minibar ein." Seine weißen Zähne blitzten vor Freude, aber er mahnte auch, dass sie vorsichtig sein müssten, denn ein persönlicher Umgang mit Gästen sei ihm ausdrücklich verboten.

Nachdem sie Julias Hotelzimmer unbemerkt betreten hatten, stellte Julia ihr Glas zunächst auf dem Schreibtisch ab und machte einen Schritt in Richtung Minibar, als sie plötzlich Jimmy heißem Atem hinter sich und seine Hände an ihren Hüften spürte. Er strich ihr das lange blonde Haar aus dem Nacken und berührte mit seiner Zunge von hinten ihren freigelegten Hals. "Bist Du schon einmal mit einem Schwarzen zusammen gewesen?" hauchte er ihr in das linke Ohr. Julia war verwirrt, aber auch sichtlich angetan von seinem Annäherungsversuch. "Nein, noch nie", kicherte sie etwas beschwipst durch den Alkohol, "aber man hört ja so die schlimmsten Sachen".

"Möchtest Du die schlimmen Sachen nicht nur hören, sondern auch erleben?" fragte er schelmisch und biss dabei ganz sanft in ihr linkes Ohr.

Bevor Julia antworten konnte, spürte sie seine starken Hände von hinten an ihrem Blazer. Mit zwei flinken Bewegungen hatte er die beiden Knöpfe ihres weißen Blasers geöffnet und war sichtlich erfreut, ihre beiden kleinen festen Brüste mit seinen großen schwarzen Händen massieren zu können. Julia stöhnte auf und genoss seine kreisenden Bewegungen mit Zeigefinger und Mittelfinger um ihre beiden Knospen, die sofort hart wurden. Jimmy drehte Julia zu seinem Gesicht und küsste sie leidenschaftlich; seine fordernde Zunge drängte in ihren Mund, seine linke Hand fuhr durch ihre blonde Mähne und mit seiner rechten Hand zwirbelte er nach wie vor ihre Brüste.

Nach dem ersten leidenschaftlichen Kuss wanderte seine Zunge tiefer und liebkosten ihre beiden Brüste, wobei Jimmy ihre beiden Knospen leicht mit seinen weißen Zähnen attackierte, nicht schmerzhaft, aber gerade so, dass Julia ein heißer Schauer durch den Körper fuhr. Mittlerweile war ihr alles egal; sie wollte diesen Augenblick der Lust, den sie so lange nicht mehr verspürt hatte, komplett genießen. Seine Zunge wanderte noch tiefer und hatte inzwischen ihren Bauchnabel und ihr kleines Bauchnabelpiercing erreicht. Selten hatte bisher ein Mann sie so zärtlich verwöhnt und so gereizt.

Jimmy zog Julia vor den großen Schlafzimmerspiegel und stellte sich hinter sie, damit sie seine Bewegungen mit eigenen Augen wahrnehmen konnte. Jimmy öffnete von hinten den Reißverschluss ihres Rockes und zog ihn mit einem festen Griff nach unten. Julia war jetzt nur noch mit ihrem schwarzen Tanga-Slip und ihren Pumps bekleidet. Im Spiegel konnte sie erkennen, wie seine rechte Hand sich ihrem Tanga näherte und ihn leicht zur Seite schob.

"Wow!" frohlockte Jimmy und ließ seine Zähne blitzen; Du bist eine echte Blondine, Julia, und Du hast eine nasse rasierte heiße Fotze". In der Tat hatte es sich Julia zur Angewohnheit werden lassen, ihre Schamhaare bis auf einen kleinen blonden Pflaum zu rasieren, was ein angenehmes Prickeln auf der Haut verursachte. Sie war inzwischen unglaublich geil geworden und Jimmy spürte ihre Nässe, als er mit zwei

Fingern ihre Schamlippen öffnete und ihren Liebesknopf berührte. "Ja, liebkose meine Murmel", schnurrte sie und ließ Jimmy gewähren. "Sag mir, was ich gleich mit Dir tun soll!" flüsterte ihr Jimmy ins Ohr. "Mach mit mir, was Du willst, Jimmy", antwortete Julia. Ich gehöre Dir heute Nacht".

"Zunächst einmal finde ich, dass wir unterschiedlich stark bekleidet sind", lachte Jimmy. Er legte sein Sacko ab, öffnete seine Fliege und zog schnell und geschickt sein Oberhemd auf. Danach flogen Schuhe und Socken in eine Ecke des Zimmers. "Ich glaube, dass Du Hilfe brauchst, Jimmy", entgegnete Julia und machte sich an dem Gürtel seiner Hose zu schaffen. Mit wenigen Handgriffen hatte sie ihn von seiner Hose befreit und starrte ungläubig auf die riesige Ausbuchtung in seinen schwarzen Retroshorts. Erste feuchte Flecke in seinen Shorts verrieten offensichtlich bereits seine Vorfreude.

Julia massierte Jimmys noch eingepackten Schwanz und hatte das Gefühl, dass seine Stange noch etwas größer wurde. Julia sank auf ihre Knie und zog langsam Jimmys Shorts nach unten. Sein mächtiger Schwanz schoss wie mit einem Plop ins Freie. "Wow", stellte Julia bewundernd fest und begann den beschnittenen Schwanz langsam mit ihrer kleinen Hand zu wichsen. Jimmys mächtige und prall gefüllte Eier hingen nach unten. Nachdem sie mit ihrer Zunge die ersten Tropfen seines Samens genüsslich aufgesaugt hatte, massierte und knetete sie seine schweren Eier. Jimmy stöhnte behaglich. "Meine blonde Göttin", vernahm sie voller Freude. "Es ist schon einige Monate her, als meine russische Kommilitonin mich so verwöhnt hat", stöhnte Jimmy lustvoll. "Na, dann scheint sich ja auch einiges in Deinen Eiern angesammelt zu haben", entgegnete Julia und begann seine Eier nacheinander komplett in den Mund zu nehmen. Sie genoss es, vor dem schwarzen Stecher zu knien, ihren Blick nach oben zu richten und seine Lust in ihren Händen zu spüren.

Mit ihrem Mund saugte sie seine lange schwarze Stange, so tief sie ihn in ihren kleinen Mund bekam. Nach einiger Zeit wurde daraus ein deutliches Schmatzen, ihr Speichel tropfte von seiner Stange und während sie ihre linke Hand auf seinen straffen Po gelegte hatte, bearbeitete ihre rechte Hand seine Eier mit wachsendem Druck. Sie war gespannt, wann sie sein Sperma hochgewichst haben würde, als er sie plötzlich nach oben zog und wieder leidenschaftlich küsste. "Nicht so schnell", bremste sie Jimmy und zog sie nun endlich auf das große Hotelbett. Seine Hände umfassten ihren Tanga, und er zog ihn nach unten über ihre Beine.

Julia schleuderte ihre Schuhe ebenfalls in die nächstbeste Ecke. In Sekundenbruchteilen war sein Kopf zwischen ihren Beinen, 2 Finger öffneten ihre Schamlippen und seine fordernde Zunge drängte sich in ihre feuchte Spalte. Das Kitzeln seines kleinen Schnurrbartes erhöhte Julias Lustgefühl. "Mein Gott", keuchte sie überrascht; so gut hat mich schon lange kein Kerl mehr geleckt". Jimmy schien großes Gefallen an ihrer nassen blonden Muschi zu finden, denn er leckte sie intensiv und mit Hingabe. Seine Finger stimulierten zusätzlich ihre Klitoris, so dass sie schon nach kurzer Zeit ihren ersten Orgasmus verspürte. Ihre Finger krallten sich in seine kurzen Haare, ihr Körper bäumte sich auf und mit einem tiefen "Jaaaa" ergab sie sich ihrer Lust.

Jimmy blickte sie von unten an. "Knie Dich jetzt auf das Bett", forderte er sie auf. "Mein Prügel will jetzt Deine heiße Fotze ausprobieren". Julia tat wie ihr geheißen. Sie kniete sich auf das Bett, ihr Gesicht direkt dem großen Spiegel zugewandt. "Bitte sei vorsichtig", bat sie ihn, als sie seinen langen Schwanz sah. Vorsichtig näherte er sich ihrer nassen Fotze und versenkte seinen Prügel Zentimeter für Zentimeter.

"Meine Güte, Du bist einfach zu groß", begann sie leicht zu jammern, weil sie spürte, dass er offensichtlich noch nicht komplett in ihr war. "Nein, Du bist sehr eng, mein blonder Engel und noch nicht weit genug für mich geöffnet", beruhigte er sie. Behutsam massierte er von hinten ihre Klitoris, und mit einem plötzlichen Ruck drang er auch noch die letzten Zentimeter in Julia ein. "Oh, nein", entfuhr es ihr, aber nachdem sich der erste Schmerz gelegt hatte, fühlte sie Jimmy noch intensiver. Der afrikanische Barmixer war ein cleverer Stecher. Er stieß zunächst langsam, aber bestimmt, teilweise auch mit kreisenden Bewegungen in ihr geweitetes Loch, um sie an seine Größe zu gewöhnen. Dabei liebkoste er von hinten ihre Brüste und strich durch ihre blonde Mähne. "Wie gefällt Dir diese Stellung?" wollte er von ihr wissen. Julia konnte kaum antworten. "Du bist so stark und groß. Ich weiß nicht, wie lange ich das aushalte", presste sie kurzatmig hervor. Jimmy zeigte sich unbeeindruckt. Er hatte jetzt seine beiden Hände fest um ihre Hüften gelegt und erhöhte das Tempo.

"Ich will, dass Du für mich kommst", spornte sie Jimmy an. Seine Stöße wurden immer kräftiger und schneller. Julia spürte, wie seine prall gefüllten Eier ihr entgegen klatschten. "Bitte, komm jetzt endlich, Jimmy!" flehte sie ihn fast an. Ich halte es kaum noch aus". Nach einigen weiteren heftigen Stößen schrie sie ihre unbändige Lust heraus. "Verdammt, Du geiler Hengst; Du reißt mich auseinander; ich ko..., ich komme!" Wieder schüttelte sie ein heftiger Orgasmus, und Jimmy ließ ihre Hüften frei, griff in ihre blonden Haare und zog sie zu sich nach hinten, wo er sie wild küsste.

"Meine Güte, ich brauche bald eine Pause", jammerte Julia, als Jimmy seinen Fickschwanz aus ihr herauszog und sich mir ihr auf eine Bettseite legte. Wie konnte es sein, dass er immer noch nicht gekommen war, während ihre früheren deutschen Freunde nach einer solchen "Hundenummer" wie tot im Bett lagen? "Ist schon in Ordnung, meine Schöne", schmeichelte ihr Jimmy, drückte sich von hinten an sie, hob dabei ihr linkes Bein und führte seinen Prachtschwanz wieder in ihre rosafarbene Grotte. "Ich denke, dass Du Dich bei dieser Stellung etwas wohler fühlst". Dabei bearbeitete er von hinten wieder abwechselnd ihre kleinen Brüste und ihre geschwollene Klit. In dieser Stellung fickte er sie wieder einige Minuten, als er ihr plötzlich ins Ohr flüsterte: "In meiner Heimat träumen alle schwarzen Männer davon, dass einmal eine schöne blonde Frau auf ihnen reitet. Würdest Du das für mich tun, mein Schimmel?"

Jimmy legte sich auf den Rücken, und Julia ging langsam in die Hocke. Vorsichtig führte sie sein prächtiges Rohr in ihre nasse Spalte und beobachtete dabei Jimmys zufriedenes Gesicht. Er nahm schließlich ihren kleinen Po in seine beiden Hände und zog sie mit einem Ruck vollständig auf seinen Schwanz. Julia fühlte sich wie aufgespießt und schrie leise auf. "Du bist unglaublich Jimmy. Was machst Du nur mit mir?" "Das sind all die schlimmen Sachen, die Du wohl über uns Schwarze gehört hast", entgegnete ihr Jimmy und nun reite los".

Er nahm ihren Po und hob ihn in immer schnellerem Tempo auf und ab. Julia hatte ihre Hände auf seine schon schweißnasse Brust gepresst, und nach wenigen Minuten bäumte sie sich übermannt von ihrem nächsten Orgasmus wieder auf und schrie: "Bitte komm endlich für mich, Jimmy. Ich will endlich Deinen heißen Saft; ich halte es nicht mehr aus." Als sie sich wieder beruhigt hatte, schaute sie auf ihn runter und auf sein Lächeln. "Wie lange hältst Du das noch durch, Jimmy?" fragte sie ihn nahezu ungläubig. Ich kann nicht mehr".

Doch Du kannst noch, meine Schöne", sagte er ungerührt, hob sie von seinem verschmierten Glied, legte sie auf den Rücken und drang in der Missionarsstellung erneut in sie ein. Bereitwillig hatte sie ihre Beine weit gespreizt und berührte seinen schweißnassen Rücken, seine Schultern, seine sich rhythmisch bewegenden Popacken. Schließlich kreuzte sie ihre beiden langen Beine um seinen Körper, um ihn noch tiefer in sich zu ziehen. Er lag jetzt fast komplett auf ihr, seine Lippen auf ihre gepresst, und er schien es zu genießen, in ihre vor Lust geweiteten Augen zu schauen.

Wieder bewegte er sich in kreisenden Bewegungen, was Julia zusätzlich anheizte. "Bitte komm jetzt endlich, Jimmy", forderte sie ihn auf. "Gib mir alles, was Du hast; ich habe noch nie einen derart tierischen Ficker erlebt". "Wohin möchtest Du meinen Saft haben?" keuchte Jimmy, der inzwischen seine Stöße in Intensität und Schnelligkeit gesteigert hatte. "Das ist mir völlig egal", schrie Julia ihn an; gib es mir endlich; ich will Deinen Saft spüren". "Oh, Mann", schrie jetzt auch Jimmy lauter; ich spüre, wie der Saft nach oben schießt, mein blonder Engel!"

Er presste ein lang gezogenes Jaaaa aus seinen Lippen, und Julia merkte, wie sich sein mächtiger Schwanz mit kräftigen Schüben in ihr entlud. Sie hatte noch nie einen derart intensiven Orgasmus bei einem anderen Mann erlebt, denn Jimmy schien trotz ihrer getrübten Restwahrnehmung einige Minuten in ihr zu spritzen. "Ja, mein schöner schwarzer Mann aus Ghana", sagte sie nach einigen Minuten der Entspannung, Du hast Dich wahrlich gigantisch ausgespritzt". Noch immer spürte sie seinen steifen Schwanz in ihrer wegfließenden Muschi, die ihn gar nicht mehr herauslassen wollte. Nach einigen Minuten zog sich Jimmy dann doch aus ihr zurück, und sie blickte nach unten. Aus ihrer blonden Muschi rann noch ein Rinnsal seines Spermas heraus, und Julia eilte schnell ins Badezimmer, um die restlichen Spuren mit einem Kleenex zu beseitigen.

Erschöpft legte sie sich zu ihm ins Bett und kuschelte sich eng an ihn. "Jetzt sollten wir aber wirklich schlafen", sagte sie mit gespielter Ernsthaftigkeit, denn morgen muss ich wieder in meine Tagung ... "und ich in meine Vorlesung", ergänzte Jimmy. "Ich stelle noch gerade den Radiowecker auf 06:.30", beruhigte ihn Julia, aber ich finde es schön, dass Du die Nacht noch bei mir bleibst". "Wie lange geht denn Deine Tagung noch?" fragte er sie. "Noch bis übermorgen", antwortete Julia. "Das ist doch prima", lächelte ihr Jimmy zu und gab ihr einen Kuss. Morgen habe ich im Hotel einen freien Tag und vielleicht können wir abends in München gemeinsam etwas unternehmen, wenn Du möchtest". "Ich denke, dass sich das einrichten lässt", lächelte auch sie ihm zu, und dann schliefen beide ein.

Gnadenlos brachte um 06:30 Uhr Julias Radiowecker sie wieder in die Realität zurück. Sie lag in ihrem Hotelbett in München, und neben ihr schlummerte immer noch ihr schwarzer Barkeeper Jimmy von der turbulenten letzten Nacht.

Sie waren beide nackt, und Julia bemerkte, dass seine rechte Hand auf ihrem rechten Oberschenkel ruhte. Vorsichtig schlug sie die Bettdecke langsam zurück und warf einen Blick nach unten. Die Folgen ihrer heißen Liebesnacht waren nicht nur in ihrem Schritt, sondern auch deutlich auf dem Laken zu sehen, aber was sollte es: in einem solchen Hotel waren sie bestimmt noch ganz andere Sachen gewohnt. Julias Blick wanderte auf Jimmys strammen Riemen, der sie letzte Nacht fast um den Verstand gebracht hatte, und sie musste sich eingestehen, dass sie sich auf den heutigen Abend mit Jimmy freute. Einfach unglaublich, wie sich der letzte Abend entwickelt hatte, aber nun musste sie unter die Dusche. Sie ließ Jimmy noch weiterschlafen und schlich in das Badezimmer.

Sie genoss den Strahl des lauwarmen Wassers und war eifrig bemüht, die Spuren des heißen Sexes mit Jimmy sozusagen hinweg zu spülen, als sie merkte, dass die Duschtür langsam geöffnet wurde. Mit einem "Hallo, mein blonder Engel", wurde sie von einem lächelnden Jimmy begrüßt, der sich zu ihr in die Dusche zwängte. Er küsste sofort zärtlich, aber auch bestimmt, ihre Lippen und machte sich an dem Duschgel-Spender an der Seite zu schaffen. "Es ist mir ein ganz besonderes Vergnügen", blinzelte er ihr mit einem zugekniffenen Auge zu, als er begann, sie langsam von oben bis unten einzuseifen.

Seine großen Hände berührten ihren Hals, ihre Schultern und glitten rasch nach unten zu ihren festen Brüsten. Ein Schauer durchfuhr Julia, als sie Jimmys Daumen und Zeigefinger spürte, die ihre beiden Knospen zwirbelten. Er beugte sich herunter zu ihren beiden Brustwarzen und begann sie mit seiner langen Zunge abwechselnd zu liebkosen. Danach wanderte seine Zunge noch tiefer zu ihrem Bauchnabel, und Julia entfuhr ein halblautes Stöhnen. "Oh, mein Gott, diese Art Dusche ist ja ein irres Gefühl", flüsterte sie ihm ins Ohr.

Doch Jimmy schien jetzt richtig in Fahrt gekommen. Er nahm erneut etwas von dem Duschgel und fingerte mit Zeige- und Mittelfinger in ihrer Ritze, die er spielend öffnete. Geradezu reflexartig griff nun auch Julia nach seinem schon steif werdenden schwarzen Schwanz und begann, ihn langsam zu wichsen und einzuseifen. "Ja, mach mich hart", forderte sie Jimmy auf, nahm ihre kleine Hand und führte sie zu seinen Eiern, die sie genüsslich kraulte.

Julias Zunge fuhr heraus und kreiste und züngelte wie eine kleine Schlange um Jimmys Brustwarzen. Sein lustvoller Gesichtsausdruck verriet ihr, dass sie seinen Geschmack voll getroffen hatte. Sie küssten sich beide leidenschaftlich, Jimmy legte seine rechte Hand an ihren Kopf und durchwühlte ihre vom Duschstrahl pitschnassen Haare. Sie spürte einen leichten Druck seiner rechten Hand auf ihrem Hinterkopf und verstand, was er wollte. Ihre Zunge wanderte von seinen Brustwarzen nach unten über seinen Bauchnabel. Langsam ging sie bei laufendem Wasserstrahl in die Hocke, und ihre Lippen umschlossen seinen inzwischen mächtig angeschwollenen schwarzen Schaft. Ihre kleine Zunge fing an, seine Nille zu kitzeln, und ihre linke Hand massierte seine Eier.

"Jaaa!" stöhnte der sichtlich erregte Jimmy. Das tut so unglaublich gut. Du machst mich tierisch an. Ich muss Dich gleich in der Dusche ficken, damit ich es bis heute Abend überhaupt aushalte." Julia saugte seinen schwarzen Prügel mit aller Hingabe, zu der sie zu so früher Stunde überhaupt fähig war. Immer tiefer nahm sie das Prachtteil in den Mund, und Jimmys beide Hände hatten mittlerweile ihren Kopf umfasst, um seinen Schwanz noch tiefer in ihren Rachen zu versenken.

"Dreh Dich jetzt um", forderte sie Jimmy nach einigen Minuten auf. Julia entließ den mächtigen Rüssel aus ihrem Mund, richtete sich auf und hielt sich mit einer Hand an der Duschstange fest. "Ich werde Dich jetzt so kräftig von hinten ficken, meine geile blonde Göttin, wie Du noch nie von einem Mann genommen wurdest."

Seine Stimme hatte etwas von Bestimmtheit und Härte, die Julia merkwürdigerweise gefielen. Sie hatte es bisher selten erlebt, dass ihr ein Mann beim Sex Anweisungen gab, aber bei Jimmy hatte sie keine Probleme, sich unterzuordnen. Julia spürte, wie Jimmys Finger nun von hinten ihre Muschi bearbeiteten und ihre Schamlippen teilten. Seine andere Hand fingerte an ihren Titten und knetete sie durch. Sie spürte Jimmys geschwollenen schwarzen Speer an ihrer rechten Pobacke, und ganz langsam nahm er sein Riesenteil und führte es in ihre empfangsbereite Muschi. Mit einem gewaltigen Stoß, der sie komplett an den Rand der Dusche drückte, trieb er seinen Pferdeschwanz in ihre Möse. Julia merkte, dass sie sich - im Gegensatz zu gestern - offensichtlich an seine Größe gewöhnt hatte, denn der erste Schmerz ließ rasch nach.

Jimmys Stöße waren nicht mehr langsam und forschend, sondern nur noch wild und kräftig. Sie spürte, wie seine mächtigen Eier, die hart und prall waren, gegen ihre Pobacken klatschten. "Spürst Du mich, mein Täubchen?" fragte er spöttisch. Meine schwarze Morgenlatte wird Deine Fotze jetzt kräftig spalten. Ich spüre, wie mein Schwert in Deiner kleinen Höhle jeden unentdeckten Winkel durchforstet."

Julia spürte, dass ihr erster Orgasmus nahte und wollte ihn gerade herausschreien, als Jimmy mit einem lauten Plop seinen Schwanz aus ihrer Fotze zog. "Du hast einen süßen kleinen Arsch, blonde Frau!" hörte sie wie im Nebel seine bedrohliche Stimme. Mein Schwanz wird ihn jetzt einmal näher durchsuchen."

"Nein, bitte nicht!" flehte Julia ihn an. Ich mag es nicht anal; Du wirst mir weh tun. Ich habe das noch nie getan!" "Stell Dich nicht so an!"

raunzte er sichtlich ungehalten zurück. Ich liebe es, meinen schwarzen Schwanz in eine enge weiße Rosette zu drücken."

"Nein, bitte, bitte tu es nicht, Jimmy!" wimmerte Julia. Ich mache ansonsten alles, was Du willst", versuchte sie ihn zu besänftigen. "Dann saug mir jetzt wenigstens meine Sahne heraus!" entgegnete er enttäuscht.

Julia drehte sich zu ihm und ging in die Hocke. "Knie Dich gefälligst hin, wenn Du mein Rohr richtig saugen willst", kommandierte er sie. Sein Tonfall erschreckte sie, aber sie wagte nicht zu widersprechen. Sie stülpte ihre Lippen über seinen Schwanz und saugte ihn so kräftig wie sie konnte.

"Bitte sag mir vorher, wenn Du kommst", bat sie ihren schwarzen Stecher, der ihren Kopf in seine beiden Hände genommen hatte und ihn rhythmisch bewegte.

Julia war zwar eine talentierte Bläserin, aber das Spermaschlucken war noch nie ihr Ding gewesen. Jimmys Stöhnen und leichtes Grunzen wurde immer lauter; plötzlich riss Julia ihre Augen weit auf, und Jimmys fester Griff um ihren Kopf schloss sich. Mit einem lauten "Hier hast Du meine Sahne!" entlud er sich mit aller Macht in ihrem Mund. Seine aufgestauter Samen schoss in mehreren kräftigen Spritzern in ihren Rachen. Ob Julia wollte oder nicht: Jimmys fester Griff verhinderte, dass sie den Schwanz aus ihrem Mund entließ. Sie musste schlucken und schlucken, und der Rest seiner Ladung floss aus ihrem Mund, da sie nicht sein ganzes Sperma aufnehmen konnte.

Nach einigen Momenten gab Jimmy Julias Kopf frei, so dass sie mit einigem Würgen seinen Schwanz freigeben konnte. Jimmy lächelte entspannt. "Das hat wirklich richtig gut getan, meine Liebe!" sagte er sichtlich entspannt. "Morgens ist bei uns Männern der Stau immer besonders groß. Da ist man für jede Erleichterung dankbar."

Er stieg aus der Dusche, trocknete sich ab und fragte kurz nach: Sehen wir uns heute gegen 20:00 Uhr?" Die perplexe Julia nickte. "Ok", sagte Jimmy. Ich schlage vor, dass Du mich zwei Straßen entfernt mit dem Auto mitnimmst. Es wäre vermutlich nicht so klug, wenn uns jemand vor dem Hotel zusammen sieht. Ich will keine Schwierigkeiten bekommen, wenn Du verstehst, was ich meine." "Das geht klar", entgegnete Julia, die sich schon leise fragte, ob es eine so gute Idee gewesen war, sich mit Jimmy für den heutigen Abend zu verabreden.

Die Außendiensttagung verlief ohne besondere Ereignisse und war eher langweilig, so dass sich Julia eigentlich doch freute, den Abend in München mit Jimmy verbringen zu können. Sie zog sich gegen 18:30 Uhr zurück und überlegte auf ihrem Hotelzimmer, was sie anziehen sollte. Es war ein angenehmer sonniger Sommertag in München, und auch die Abende waren eher lau. Julia genoss es, ihre "offizielle" Dienstkleidung ablegen zu können und sich legerer zu kleiden. Sie wählte ein weißes T-Shirt und einen recht kurzen Jeans-Rock, den sie zusätzlich in ihren Koffer eingepackt hatte. Dazu entschied sie sich für weiße hochhackige Sommerpumps, die ihre langen schlanken Beine noch besser zur Geltung brachten. Sie überlegte kurz, ob sie einen BH anlegen sollte, aber ihre perfekt geformten spitzen kleinen Brüste erforderten dies nicht wirklich. Angesichts der warmen Witterung brauchte sie auch keine Strümpfe oder eine Strumpfhose, sondern sie beschränkte sich auf einen kleinen roten Tanga.

Derart gestylt stieg sie in ihren schwarzen Golf und fragte sich, wie wohl der Abend mit Jimmy verlaufen würde. Er wartete bereits zwei Straßen weiter und winkte ihr zu. Er trug eine dreiviertellange blaue Jeans und ein weites blau-weiß-gestreiftes T-Shirt zu seinen schicken Turnschuhen. Julia spürte seine bewundernden Blicke, als er zu ihr ins Auto stieg und ihr einen ersten Kuss auf ihre Lippen drückte. "Du siehst wirklich heiß aus, meine Schöne!" war das spontane Kompliment zu ihrem sexy Outfit.

Im Laufe des Abends besuchten sie einen Biergarten und eine Bar mit vornehmlich studentischem Publikum. Jimmy schien es sehr zu gefallen und seinem Ego zu schmeicheln, dass gerade die Augen der meisten Männer auf seine Begleitung gerichtet waren. Julia mit ihren langen blonden Haaren und den unendlich langen Beinen, dazu noch ohne BH mit einem großen schlanken afrikanischen Mann an ihrer Seite: dieses Bild erzeugte selbst im weltoffenen München ein klein wenig Verwunderung. Jimmy stellte Julia seinen Bekannten und Freunden als neue Freundin vor; sie schmunzelte innerlich und kommentierte seine offensichtliche Prahlerei nicht weiter. In zwei Tagen war sie wieder in ihrer Heimat in Norddeutschland und Jimmy war eine nette, aber belanglose Episode. Wie besitzergreifend ihr Begleiter war, konnte Julia daran ermessen, dass er jede Gelegenheit nutzte, sie zu berühren und im Biergarten ziemlich keck seine Hand auf ihren nackten Schenkel legte und mit seinen Fingern behutsam nach oben tastete.

Gegen Mitternacht meinten sowohl Julia als auch Jimmy, dass es genug sei, denn sie mussten ja beide morgen wieder arbeiten. Sie setzten sich in Julias Golf und fuhren in Richtung Hotel zurück. Jetzt, wo sie beide alleine waren, wurde Jimmy wieder etwas dreister und massierte Julias nackte Schenkel während der Autofahrt. Seine Finger wanderten immer wieder in Richtung ihres roten Tanga und massierten dabei ihre Schamlippen. Julia fühlte wieder diesen wohl bekannten Schauer, der sie durchfuhr, als sie Jimmys fordernde Finger spürte. Offensichtlich hatte er noch einiges mit ihr heute Nacht vor.

Nachdem sie in die Hotel-Tiefgarage eingefahren waren und Julia ihren Wagen in einer dunklen Ecke geparkt hatte, intensivierte Jimmy seine Anstrengungen. Er beugte sich zu ihr auf die Fahrerseite, küsste sie wild und fordernd und fuhr mit seinen Händen unter ihr weißes T-Shirt, um ihre Titten zu massieren.

"Ich bin so heiß auf Dich!" flüsterte er ihr ins Ohr und biss gleichzeitig in ihr Ohrläppchen. "Lass uns in der Tiefgarage ficken; allein schon der Gedanke macht mich tierisch geil!"

"Bist Du wahnsinnig!" antwortete Julia erschrocken. "Was denkst Du, was passiert, wenn wir beide dabei entdeckt werden? Schließlich können ja auch so spät abends noch Gäste hier reinfahren."

"Daran liegt ja genau der Reiz", hauchte ihr Jimmy ins Ohr; alleine der Gedanke, dass uns jemand überraschen könnte, macht mich unglaublich scharf." Julia gab ihren Widerstand zögerlich auf und ließ es zu, dass ihr der schwarze Student das weiße T-Shirt auszog und sich anschließend wieder ihrem schon feuchten roten Tanga widmete.

"Komm, lass uns aussteigen!" ermunterte sie Jimmy. Sie stiegen beide aus Julias Wagen, und sofort drängte er Julia in die hinterste Ecke des

Parkplatzes, küsste sie mit seiner langen Zunge und nestelte mit seiner rechten Hand an ihrem Slip. Julia hob ihr rechtes Bein und streckte sich ihm entgegen. Die ungewöhnliche Location, die Gefahr, eventuell entdeckt zu werden und Jimmy geballte Männlichkeit hatten auch sie zunehmend in den Bann der Lust gezogen.

"Dreh Dich um!" forderte sie Jimmy auf; "ich will Dich wieder von hinten nehmen. Du magst doch auch diese Stellung, meine Liebe". Julia gehorchte sofort. Sie stützte sich mit beiden Händen an einer Wand des Parkdecks ab und konnte hören, wie Jimmy hinter ihr den Reißverschluss seiner Jeans öffnete. Er schob ihren kurzen Jeans-Rock nach oben und zog ihr mit beiden Händen den roten Slip bis zu ihren Füßen nach unten. Sein mächtiger Speer fuhr durch ihre Muschi wie das Messer durch die Butter, und seine rhythmischen, leicht drehenden Stöße füllten ihre Liebesgrotte voll aus.

"Oh, Mann; ist das geil", stöhnte Jimmy, der die blonde Julia mit seinen beiden Pranken an ihrer Hüfte immer schneller fickte. "Du hast eine derart heiße Fotze, wie ich es schon lange nicht mehr erlebt habe". Julia genoss inzwischen auch diese geile Situation, als sie plötzlich hörten, dass sich das Tiefgaragentor öffnete und ein Wagen hineinfuhr. Sie hielten kurz inne, bis sie merkten, dass der Wagen gottlob in eine andere Richtung fuhr und ca. 80 m entfernt einen Parkplatz gefunden hatte. Das einfahrende Auto schien Jimmy eher noch zu stimulieren, denn er fickte Julia noch härter und schneller.

"Jetzt bekommst Du es so richtig von mir besorgt", flüsterte er ihr zu. Aus der Distanz bekam Julia noch mit, wie 2 Personen aus dem anderen Auto ausgestiegen waren und sich unterhielten. Sie musste ihr geiles Stöhnen mit Macht unterdrücken, als ihr schwarzer Stecher seinen prallen Schwanz aus ihrer Muschi zog und unvermittelt ihr Poloch traktierte. Seine linke Hand umschloss ihren Mund, denn der plötzliche stechende Schmerz hätte sie ansonsten aufschreien lassen.

"Bleib locker und entspann Dich; sonst wirst Du morgen nicht mehr gerade laufen können", raunte er ihr zu. "Dein Arsch gehört jetzt endlich mir, oder möchtest Du, dass wir entdeckt werden?" drohte er Julia. Julia war völlig perplex, aber es blieb ihr nichts anderes übrig, als Jimmy gewähren zu lassen. Sein mächtiger Schwanz bereitete ihrem jungfräulichen Poloch stechende Schmerzen, und seine Geilheit ließ ihn jegliche Zurückhaltung vergessen. Immer und immer wieder hämmerte er sein mächtiges Rohr in ihren Anus, bis sie glaubte, das Bewusstsein zu verlieren. Ihre Hände krallten sich an der Wand des Parkhauses fest, während Jimmy langsam der Saft hoch stieg.

"Jetzt spritz ich Dir Dein geiles kleines Poloch voll!" waren die letzten Worte vor seinem mächtigen Abgang. Er schoss seinen Saft in mehreren kräftigen Schüben in ihren Hintern. Die weiße Soße tropfte ihre langen Beine herunter auf ihren roten Slip, der verloren auf der Erde lag.

Julia kam erst langsam wieder in das Bewusstsein, was passiert war. Die späten Hotelgäste aus dem Wagen waren mittlerweile gottlob im Tiefgaragenausgang verschwunden. Jimmy atmete tief durch und gab ihr einen Klaps auf den Hintern. "Jetzt ist Dein kleines Arschloch endlich von einem richtigen Mann eingeweiht worden", sagte er mit einem gewissen Stolz. "Wenn Du das nächste Mal wieder beruflich in München bist, lass es mich wissen, Julia. Eine heiße Braut wie Du braucht ab und zu einen richtigen Kerl, der sie ordentlich rannimmt".

Julia schluckte tief. Noch nie war ein Mann so rücksichtslos und brutal mit ihr umgegangen. Unnachgiebig hatte er die prekäre Situation in der Tiefgarage ausgenutzt, um sie anal zu ficken. Hart und gnadenlos hatte er ihr den kleinen Hintern vollgespritzt, aber zu allem Überfluss musste sie sich eingestehen: sie hatte es in tiefen Zügen genossen!!!

"Das werde ich tun", versprach sie ihm mit heiserer Stimme, hob ihren vollgeschleimten Tanga auf, den sie in ihrer Handtasche verschwinden ließ, strich ihren Jeans-Rock glatt und streifte sich das weiße T-Shirt über den Kopf. Danach verließen beide die Tiefgarage; Julia, um in ihr Hotelzimmer zu gelangen, Jimmy, um nach Hause zu gehen.

Ehefrau alleine im Urlaub

Meine Geschichte beginnt mit einem geplatzten Urlaub, den meine Frau Nancy und ich schon lange geplant hatten. Kurz vor unserem lang ersehnten Urlaub auf Fuerteventura machte mir mein Chef aufgrund dringender geschäftlicher Termine einen Strich durch die Rechnung. Meine entzückende Frau Nancy war anfangs ziemlich sauer, aber nachdem ich ihr vorgeschlagen hatte, ihre alte Freundin Britta mitzunehmen, konnte sie sich wieder halbwegs beruhigen.

Ich fuhr Nancy und Britta zum Flughafen und wünschte ihnen schöne 14 Tage auf Fuerte, wobei ich schon ziemlich sauer war, dass ich Nancy nicht begleiten konnte. Zu meiner Person: Ich heiße Harald, bin Anfang 50 und seit 5 Jahren mit Nancy verheiratet. Sie ist Anfang 40, 1,68cm groß, 54 kg schwer, blonde Haare und hat eine entzückende Figur, die jedem Modell Ehre machen würde.

Anfangs meldete sich meine süße Nancy jeden Abend bei mir und erzählte mir von ihren Urlaubserlebnissen mit Britta und was sie beide so tagsüber gemacht hätten. Neben einigen Ausflügen auf der Insel und dem üblichen Fitness-Programm in dem All-Inclusive-Hotel sowie den abendlichen Shows im Hotel gab es allerdings nichts Aufregendes zu berichten. Zum Ende der ersten Woche wurden Nancys Anrufe dann spärlicher und bis zum Ende des Urlaubs meldete sie sich alle 3-4 Tage nur sehr kurz, was mir aufgrund meiner stressigen Arbeit und der alltäglichen Urlaubsroutine, die sie mir erzählte, auch nicht besonders auffiel.

Am Ende der 2 Wochen holte ich die beiden Hübschen vom Flughafen ab, und nachdem wir Britta zu Hause abgesetzt hatten, fuhren wir entspannt in unser Zuhause. Nancy schien sich prächtig erholt zu haben; sie trug einen engen schwarzen Rock, der ihre wundervollen braunen Beine und ihre Figur betonte sowie eine weiße Bluse, bei denen sie ihre obersten drei Knöpfe geöffnet hatte, um ihr brauen Dekolleté zu zeigen.

"Hast Du mich denn sehr vermisst, mein Schatz", fragte ich Nancy und küsste sie zärtlich, wobei sie meinen Kuss sofort mit ihrer Zunge erwiderte. "Aber selbstverständlich", kicherte sie und schaute mich schelmisch an. "Obwohl ich sagen muss, dass Britta und ich uns bestens im Urlaub amüsiert und viel erlebt haben. Das waren wirklich tolle 14 Tage im Hotel gewesen."

"Das kannst Du mir ja alles später erzählen", sagte ich nahm sie in den Arm, zog sie in unser Schlafzimmer und auf unser Bett. Ich schob ihr den engen schwarzen Rock hoch und sah, dass sie darunter einen sehr heißen schwarzen String-Tanga trug, der mich zusätzlich heiß machte. Nachdem ich sie von ihrem Rock, ihrer Bluse und ihrem BH befreit hatte, zog ich ihr ganz langsam den String nach unten, leckte ihre bereits feuchte Spalte und zog ihr den String über ihre schwarzen hochhackigen Pumps. Da ich nach 14 Tagen ohne sie und der anstrengenden Arbeit ungemein spitz war, fickte ich Nancy mit aller Leidenschaft, die sich über diesen Zeitraum angestaut hatte.

Nachdem Nancy meinen "Stau" zunächst einmal abgebaut hatte, lagen wir verträumt im Bett und ich fragte sie nach ihren tollen Urlaubserlebnissen, von denen sie mir vorgeschwärmt hatte. "Der Massageservice in unserem Hotel war einfach vorbildlich", sagte sie mit irgendwie leuchtenden Augen. "Dieses Jahr hatten sie einen sehr muskulösen jungen Schwarzafrikaner als Masseur verpflichtet, der sein Handwerk wirklich verstand". "Was meinst Du damit?" fragte ich verdutzt, wobei ich irgendwie merkte, dass mich ihre Worte antörnten. "Nun", sagte sie schmunzelnd, "der gute Abdul (so war offensichtlich sein Name) erzählte, dass er ansonsten während des Jahres zumeist die fetten, alten Weiber zum Massieren bekommt; da fand er eine knackige Blondine im besten Alter natürlich wesentlich reizvoller".

Während Nancy mir dies erzählte, massierte sie mit ihrer rechten Hand meinen Schwanz und meine ziemlich leeren Eier. Ich fühlte, wie langsam wieder Leben in mein bestes Stück kam und forderte sie auf, weiter zu erzählen. "Macht es Dich an, wenn ich Dir von dem gut gebauten schwarzen Masseur erzähle?" fragte sie mich schelmisch. "Ja, Du kannst gerne weitererzählen", antwortete ich ihr, wobei sie ihren Griff um meinen Schwanz leicht verstärkte und meine Vorhaut hin und her zog. "Wahrscheinlich hat er Dich dann angemacht, Nancy, denn alle Schwarzen stehen ja angeblich auf Blondinen".

"Das kann man so sagen", entgegnete sie. Er hatte unheimlich große und starke Hände, ein eng anliegendes weißes Muskelshirt und seine weiße lange Hose ließ ja einiges erahnen, wenn er meinen Rücken bis zum Po massierte. Nach meinem 2. Massagetermin hat mich Abdul gefragt, ob wir nicht abends nach seinen Massageterminen einmal etwas trinken und vielleicht tanzen gehen könnten".

Ich schluckte mittlerweile schwer. Nancy schaute mich aus den Augenwinkeln an, massierte meinen Schwanz, der zunehmend anschwoll und schien meine Erregung zu genießen. "Das glaube ich nicht wirklich", sagte ich. Du lässt Dich doch nicht von einem Schwarzen angraben. Willst Du mich veralbern?"

"Wenn Du meinst", sagte Nancy ein wenig verärgert und stoppte plötzlich die Massage meines Schwanzes. "Wenn es Dich nicht weiter interessiert, brauche ich es Dir auch nicht weiter zu erzählen". Sie schien mittlerweile Spaß daran gefunden zu haben, mich zu reizen. "Nein, ist schon ok", beruhigte ich sie; erzähl ruhig weiter". Dabei nahm ich ihre Hand und forderte sie auf, mich weiter zu wichsen.

"Also ich fand Abdul wirklich super nett, und deswegen hatte ich auch keine Probleme, sein Angebot anzunehmen", erzählte sie weiter. Ich fing an durchzuatmen. "Möchtest Du wissen, was ich an dem Abend angezogen habe?" fragte sie genussvoll. Bevor ich antworten konnte, erzählte sie weiter. "Ich hatte mir das silberfarbene kurze Cocktailkleid mit dem tiefen Dekolleté und den Spaghettiträgern ausgesucht, das Du mir im letzten Urlaub geschenkt hattest. Dazu die schwarzen edlen Pumps mit den hohen Absätzen, die Du so sehr an mir magst. Meine Haare hatte ich zu einem Pferdeschwanz zusammengebunden."

Bei den Bildern, die sich vor mir abspielten, bemerkte ich, wie aus meinem Schwanz bereits ein erster Lusttropfen herausquoll. Mittlerweile zeigte mein Schwanz wieder steil nach oben, und ich atmete schwer. "Erzähl mir mehr von dem Abend, Nancy", forderte meine lüsterne Frau auf. "Ach, eins hatte ich noch vergessen zu erzählen", sagte sie fast beiläufig. Auf dem afrikanischen Wochenmarkt in Jandia hatte ich mir noch einige sehr reizvolle Tangas zugelegt. Einen hübschen roten Tanga hatte ich an diesem Abend drunter gezogen."

Mittlerweile war ihr völlig klar geworden, dass mich ihre Erzählung - ob sie nun wahr oder erfunden war - auf das Äußerste erregte. "Mein Gott, Schatz", frotzelte sie; meine Schilderungen machen Dich ja ganz schön heiß". Sie verrieb meine ersten Lusttropfen auf meinem Schwanz und massierte ganz zärtlich meine Eier. "Soll ich wirklich weitermachen, oder bist Du mir dann böse?" "Nein, ich will alles hören, bitte erzähl weiter", forderte ich sie fast flehend auf.

"Wie Du wünschst", flüsterte sie mir in mein Ohr. "nachdem wir in einer Cocktail-Bar einige Drinks genommen hatten, sind Abdul und ich in einen dieser Dance-Clubs gegangen. Er konnte wahnsinnig gut tanzen, aber das liegt ja diesen Afrikanern irgendwie im Blut". Was hatte denn Dein Abdul eigentlich an?" wollte ich von ihr wissen. "Er hatte ein schwarzes Muskelshirt und eine dreiviertellange gelbe Bermudashorts an", antwortete mir Nancy. Da es in dem Laden richtig dunkel war, fiel es gar nicht auf, dass Abdul mindestens 10 Jahre jünger ist als ich", hauchte sie schelmisch.

Mein Herz fing an zu pochen, mein Atem ging schneller. "Hat er dich denn in der Disco nun angemacht oder nicht?" wollte ich unbedingt wissen. "Möchtest Du wirklich Schatz, dass ich weitererzähle?" sagte sie plötzlich sehr ernst. Ich bin mir nicht sicher, ob Du wirklich alles wissen möchtest". Ihre Hand hatte aufgehört, mich zu wichsen. "Bitte mach weiter", flehte ich sie fast an. "Mit dem Wichsen oder mit meiner Erzählung?" scherzte sie. "Natürlich mit beidem", forderte ich sie auf.

"Ok", sagte sie und setzte sich nunmehr im Bett auf; ihre Zunge umkreiste dabei meine Eichel, was meinen Schwanz fast zum Abspritzen gebracht hätte. "Du hast es so gewollt. Bei einem der langsamen Musikstücke hat mich Abdul plötzlich in den Arm genommen, seine starke schwarze Hand auf meinen Po gelegt und mich geküsst". Ich schluckte schwer bei Nancys Erzählung, zumal eine gewisse Begeisterung nicht zu überhören war.

"Er hat sehr zärtlich und gut geküsst und mir ganz langsam seine Zunge in den Mund geschoben. Ich fand das unglaublich geil und habe meinen Mund für ihn geöffnet. Er hat mich dann sehr eng an sich herangezogen, so dass ich seinen ebenfalls sehr erregten Pimmel spüren konnte. Mit seiner linken Hand war er auf meinem Po und hat sicherlich gemerkt, dass ich nur ein kleines Etwas darunter hatte".

"Was ist dann passiert?" wollte ich wissen. In meinem Kopf begann es zu kreisen, denn ich konnte die Bilder ihrer Erzählung wie im Zeitraffer vor meinen Augen sehen.

Langsam bemerkte ich, dass auch Nancy inzwischen sehr erregt war und mit ihrer anderen Hand ihre Muschi massierte. "Abdul hat mir ins Ohr geflüstert, dass er gerne mit mir auf die Toilette gehen möchte, um mir etwas Großes zu zeigen", raunte mir Nancy zu. "Wir sind dann auf das Männerklo der Disco gegangen und haben uns in einem der Klos eingeschlossen. Dann habe ich mich vor Abdul hingekniet, seine Bermudas geöffnet und mir seinen großen Schwanz herausgeholt. Mit seiner großen schwarzen Hand hat er dann meinen Kopf und meine Lippen auf seinen Schwanz gezogen, und ich habe sein Riesenteil zunächst mit meiner Zunge und dann mit meinen Lippen verwöhnt. Abdul erzählte mir, dass er seit meiner ersten Massage davon geträumt hatte, mich einmal vor ihm knien zu sehen, um seinen wunderbaren schwarzen Schwanz zu blasen. Mit einer Hand hielt er dabei meinen Kopf und meinen Pferdeschwanz und mit der anderen Hand zog er mir die Spaghettiträger meines Cocktailkleides herunter, um meine Titten zu massieren. Er sagte, dass er sich diese Art von Massage für meine kleinen festen Brüste immer vorgestellt hatte".

"Hat Euch denn keiner auf dem Disco-Klo überrascht?" fragte ich mit inzwischen heiserer und hoch erregter Stimme. "Nein, wir hatten ja abgeschlossen, und außerdem würde das in einer Disco ohnehin keinen stören. "Gibt es noch mehr zu erzählen?" fragte ich, denn ich spürte, wie langsam Nancys Handmassage meine Eier zum Kochen brachte. "Klar!" hauchte mir Nancy ins Ohr. "Ich habe endlos lange seinen Schwanz geblasen, seine prall gefüllten Eier in meinen Mund genommen und - sehr zu seiner Überraschung - meinen Mittelfinger in sein Arschloch geschoben".

Als Nancy ihren Satz beendet hatte, war auch meine Zurückhaltung zu Ende. Mit einem spitzen Schrei fing ich an zu spritzen, und Nancy starrte ungläubig auf meinen Schwanz, denn die ersten 3-4 Spritzer schossen mindestens einen Meter in die Höhe, bevor sie auf meinen

Bauch landeten. "Mein Gott!" stammelte sie, während sie meinen Schwanz unverdrossen weiter wichste; "solch einen Druck habe ich ja noch nie bei Dir gesehen, obwohl Du ein guter Spritzer bist". Bei den Bildern ihrer Erzählung war ich so unglaublich geil geworden, dass Nancy keine Mühe hatte, mich bis zu dem letzten Tropfen abzumelken.

Nachdem ich völlig versaut in unserem Bett lag, fingerte Nancy weiter an ihrer mittlerweile pitschnassen Möse herum. "Willst Du gar nicht wissen, wie es in dem Disco-Klo weiterging?" stöhnte sie mir zu. "Ja, ich will jetzt alles wissen", sagte ich ungeduldig und schon wieder auf das Höchste erregt. "Abdul wollte mich eigentlich gleich auf dem Disco-Klo ficken, aber ich habe ihm gesagt, dass dies noch warten kann, denn die Nacht war ja noch lang. Da sein Druck aufgrund meiner Blasattacke inzwischen aber auch immens hoch war, habe ich meinen Mittelfinger in sein Arschloch gesteckt, was dann wirklich zu viel für den guten Abdul war. Ich habe seinen wundervollen schwarzen Prachtschwanz ganz in den Mund genommen und seine prallen Eier fest geknetet.

Oh Gott", stöhnte Nancy, "und dann ist Abdul in meinem Mund gekommen. Ich musste mächtig schlucken, um nicht mein Kleid vollzusauen; zudem hatte er seine Hand fest um Kopf und Pferdeschwanz gedrückt, so dass ich gezwungen war, alles zu schlucken. Es war ein herrliches Gefühl, den Afrikanersaft zu schmecken, und danach haben Abdul und ich uns ganz lange geküsst". Mit diesem Satz stöhnte sie nochmal auf und ich konnte erkennen, dass ihre Hand und ihre feuchten Gedanken sie zum Höhepunkt getrieben hatten. Ich war entsetzt, diese realistische Episode aus ihrem Urlaub zu hören und gleichzeitig merkwürdig erregt. "Lass uns jetzt schlafen", flüsterte mir Nancy ins Ohr; wenn Du wirklich noch mehr von Abdul und mir hören möchtest, werde ich Dir alles erzählen, was sich danach zugetragen hat.

Als ich nach den aufregenden Schilderungen meiner Frau am nächsten Morgen aufwachte, wusste ich immer noch nicht, ob sich ihre Urlaubserlebnisse so zugetragen hatten oder nur ihrer mitunter überbordenden Geilheit und Fantasie entsprangen. Sie lag in ihrem kurzen olivgrünen Nachthemd ganz friedlich im Bett und schlummerte noch. Konnte es wirklich sein, dass sie sich im Urlaub mit einem Schwarzafrikaner eingelassen hatte oder wollte sie mich nur noch heißer auf sie machen? Ich wollte und musste alles von ihr erfahren, wenn sie wach war.

Ich stand auf, ging zur Toilette, duschte und rasierte mich und wollte ihr auf dem Weg zur Arbeit noch einen Kuss geben, als ich meine inzwischen schon wache Nancy dabei überraschte, wie sie sich mit ihren Fingern massierte. Als sie mich sah, blinzelte sie mir zu und bat mich, neben ihr auf dem Bett Platz zu nehmen.

"Guten Morgen, meine Liebe" hauchte ich ihr ins Ohr. Bist Du immer noch ganz aufgeregt von Deinen gestrigen Erzählungen und Phantasien?" "Was redest Du von Fantasien?" sagte sie und schaute mich ungläubig an. Ich dachte, Du wolltest wirklich ALLES wissen". Ich schaute Nancy entsetzt an. Konnte es sein, dass ihre gestrige Story der Wahrheit entsprach und wenn ja, was würde dann noch folgen?

"Bleib noch einen Augenblick, bevor Du zur Arbeit gehst", schlug sie mir vor. Wenn Du mich jetzt sofort zum Orgasmus leckst, erzähle ich Dir, wie es nach der Disco-Klo-Episode weiterging, denn dort hatte ich ja Abdul, meinen schwarzen Masseur, nur von dem allergrößten Druck und Stau befreit. Du erinnerst Dich, dass er mich eigentlich sofort auf der Toilette vögeln wollte.

Ich war so verdattert, dass ich mich sofort auf Tauchstation begab und mit meiner Zunge ihre feuchte Muschi bearbeitete. "Ja, das machst Du fast so gut wie Abdul", sagte mir Nancy mit einer zittrigen Stimme. Ich konnte nicht glauben, was ich hörte und steigerte mein Zungenspiel.

Nancy fuhr mit ihrer Schilderung dieses unsäglichen Abends fort, während ich sie unermüdlich mit meiner Zunge und zwei Fingern bearbeitete. "Nachdem wir das Disco-Klo verlassen hatten, war Abdul im Grunde noch heißer geworden. Er konnte gar nicht glauben, dass Du mich alleine in den Urlaub fahren lässt und meinte, dass Du eine ordentliche Bestrafung verdienst. Er ist ein ungemein witziger, humorvoller aber auch starker und einfühlsamer Mann. So hatte ich mir in meiner Vorstellung einen Schwarzen nie vorgestellt. Da wir wegen der schlafenden Britta nicht in mein Hotelzimmer konnten, schlug er vor, dass wir zu ihm nach Hause fahren, obwohl er nur ein winziges Zimmer besaß.

Also stiegen wir in sein Auto und fuhren los. Während der Fahrt wurde ich so geil, dass ich seinen Schwanz aus den Bermudas holte und wieder anfing, an ihm mit ganzer Inbrunst zu saugen. Abdul konnte sich nicht mehr auf das Autofahren konzentrieren, so dass er auf einen nahegelegenen Parkplatz in der Nähe des Strandes zusteuerte. Die Aussicht, mit ihm auf einem öffentlichen Parkplatz im Dunkeln herumzumachen, machte mich noch geiler.

Nachdem ich ihn eine Zeitlang im Auto geblasen hatte, meinte er, dass nun auch ich sein Verwöhnprogramm genießen sollte. Da der Parkplatz leer war, stiegen wir aus dem Auto. Ich schloss meine Beifahrertür von außen und merkte, dass der mächtige Abdul hinter mir war. Mit zwei schnellen Handgriffen lag mein Cocktailkleid am Boden. Dieser junge geschmeidige Riese knetete meine Titten und bearbeitete mit seinen großen Fingern meine Knospen, die schon vorher ganz hart waren. Dann wanderten seine Hände zu meinem roten Tanga, das einzige, was ich neben meinen Pumps noch anhatte." Nancy fing laut an zu stöhnen; ich wusste nicht, ob es der Gedanke an ihren geilen afrikanischen Stecher war oder mein Zungenspiel, das ich hocherregt im Bett fortgesetzt hatte.

"Was ist dann passiert?" fragte ich Nancy. "Er hat mir den roten Tanga heruntergezogen, meine Beine gespreizt und mich dann mit seiner langen Afrikanerzunge geleckt", stöhnte Nancy. Ich denke, dass es nicht sehr lange gedauert hat, bis ich tierisch gekommen bin. Ich habe sogar ein wenig geschrien." "Und wie ging es weiter?" drängte ich sie weiter zu erzählen. "Sein schwarzes Teil war natürlich riesig angeschwollen, und er stand nach wie vor hinter mir", hauchte Nancy mir aus dem Bett zu. Er fragte mich, ob er mich von hinten nehmen darf, und bevor ich antworten konnte, spürte ich bereits die Spitze seines Schwanzes. Du weißt ja, mein Lieber, dass dies eine meiner Lieblingsstellungen ist, wenn ich von hinten wie eine läufige Hündin durchgezogen werde.

"Ohne Kondom", murmelte ich wie von Sinnen, halb fragend - halb feststellend. "Mir war in diesem Moment alles egal", stöhnte Nancy; ich wollte einfach nur durchgefickt werden. Er schob mir seinen 20 cm großen Schwanz Stück für Stück in meine Fotze, und zum Schluss gab es einen kräftigen Druck, und er war komplett drin. Zuerst hat er sich ganz langsam bewegt, damit sich meine enge Möse an sein Riesenteil gewöhnt."

Mittlerweile hatte ich aufgehört, meine Frau zu lecken. Ich hatte mich auf das Bett gesetzt und wichste meinen Schwanz, während sie weiter munter drauf los erzählte. "Es war ein extrem geiles Gefühl, wie Abdul seinen schwarzen Afrikanerschwanz langsam in meiner Möse drehte und sie komplett ausfüllte. Als geiler Stecher massierte er mir von hinten meine geschwollenen Schamlippen mit einer Hand und fingerte meine kleinen Titten. Er betonte immer wieder, wie sehr er sich nach meiner kleinen engen Fotze gesehnt hätte, nachdem er mich zum ersten Mal im Hotel massiert hatte. Seine Stoßbewegungen wurden mit der Zeit immer schneller und heftiger. Er fasste mich an meine Schultern und zog an meinem Pferdeschwanz, während er mich immer wieder unentwegt tief fickte. Ich weiß nicht mehr, wie lange er mich von hinten aufgespießt hatte, aber es fühlte sich tierisch an, wie seine dicken Eier an meine reife Pflaume klatschten.

Ich schloss nach Nancy Schilderungen meine Augen und spritzte meine Ladung im hohen Bogen auf unser Ehebett; ein paar Tropfen trafen sogar Nancys Schenkel, die sich immer noch wie von Sinnen selbst bearbeitete. "Hast Du ihm dann wieder die Sahne aus dem Schwanz gesaugt wie auf dem Disco-Klo?" fragte ich sie neugierig. "Nein", antwortete sie. "Er bettelte darum, seine heiße Ladung in mich hineinzuschießen, aber soweit war ich noch nicht für ihn. Ich bat um sein Verständnis, musste ihm dafür aber ein ganz heißes Versprechen geben. Kurz bevor es Abdul kam, zog er seinen prächtigen Schwanz mit einem Plop aus meiner engen Fotze und spritzte mir alles auf den Rücken und den Popo. Er spritzte dabei so stark, dass Teile seines weißen Saftes bis in meinen Nacken und in meine blonden Haare klatschten.

Als er sich leer gespritzt hatte, floss sein Saft meinen Hintern runter, über meine Pumps auf den Boden. Es war ein irre geiles Gefühl, so vollgespritzt worden zu sein", schwärmte Nancy.

Sie grinste mich aus dem Bett heraus an. "Du solltest jetzt aber besser zu Deiner Arbeit gehen, bevor Dein Chef sich beschwert. Wenn Du nach Hause kommst, erzähle ich Dir weiter, versprochen. Die Nacht war ja noch lang, und mein Masseur Abdul ist keiner, der nach zwei Abgängen schon sein Pulver verschossen hat. Schließlich waren wir nur auf dem Parkplatz gelandet, weil wir es vor Geilheit nicht mehr zu ihm nach Hause geschafft hatten, mein Lieber. Als wir wieder in seinem Auto waren, erinnerte mich mein schwarzer Stecher an das gerade gegebene Versprechen. Sein größter Wunsch war ..., aber nein, das erzähle ich Dir erst beim nächsten Mal, mein Lieber." Bei Nancys letzten Worten beschlich mich ein Gefühl der Übelkeit, denn sie knipste mir ein Auge schelmisch zu, was nichts Gutes verhieß.

Nancy stieg augenzwinkernd aus dem Bett, ging in das Badezimmer und ließ mich mit meinem leergepumpten Schwanz zurück. Ich malte mir aus, was sie mir noch alles beichten würde, aber meine Phantasie hätte nicht ausgereicht, um der harten Realität begegnen zu können. Ich begann den Tag zu verfluchen, als ich meine Frau alleine in den Flieger steigen ließ.

Nachdem mir meine Frau Nancy ihren Fick mit Abdul auf dem Parkplatz gebeichtet und von ihrem geheimnisvollen Versprechen erzählt hatte, fand ich es ungemein schwer, mich auf meine Arbeit zu konzentrieren. Immer wieder gingen mir ihre wilden Erzählungen von ihrem Verhältnis mit dem Schwarzafrikaner wie die Bilder eines Films durch den Kopf.

Wie konnte es sein, dass mich ihre Beschreibungen auch noch geil machten, obwohl ich allen Grund gehabt hätte auf sie maßlos wütend zu sein? Wie tief war ich vermutlich in ihrem Ansehen schon gesunken, dass sie mit mir in ihren Erzählungen spielen konnte, um mir scheibchenweise eine Wahrheit nach der anderen zu gestehen? Was meinte sie mit dem geheimnisvollen Versprechen, dass sie ihrem Abdul gegeben hatte, bevor sie zu dem schwarzen Masseur nach Hause gefahren waren? Fragen über Fragen, die mich tagsüber derart quälten, dass meine Arbeitsproduktivität vermutlich gegen Null ging. Ich verließ meine Arbeit eine Stunde früher als sonst, weil ich Nancy dazu bringen wollte, mir an diesem Abend die gesamte Geschichte zu Ende zu erzählen.

Ich fuhr daher gegen vier Uhr nachmittags mit meinem Auto nach Hause und war fest entschlossen, aus Nancy die gesamte Wahrheit über ihren Urlaub und ihre Affäre mit dem schwarzafrikanischen Masseur heraus zu kitzeln. Als ich unsere Wohnungstür aufschloss, hörte ich, dass offensichtlich jemand zu Besuch bei uns war. Ich hörte Nancys Kichern und eine tiefe Männerstimme mit ausländischem Akzent. Nancy hatte mir nicht erzählt, dass wir heute Abend Besuch erwarten würden, so dass ich ein wenig irritiert und zugleich neugierig war.

Ohne zu wissen warum, verhielt ich mich intuitiv leise und bewegte mich langsam in Richtung Wohnzimmer, aus dem ich die Geräusche vernommen hatte. Die Wohnzimmertür war ein wenig angelehnt, so dass ich ungestört hindurchschauen konnte. Was ich zu sehen bekam, ließ mir den Atem stocken: meine schöne blonde Frau Nancy hatte Besuch von einem großen, muskulösen schwarzen Mann. Sie hatte sich offensichtlich für diesen Besuch überaus schick gemacht, denn sie trug ihr schwarzes Businesskostüm mit entsprechendem Rock, der knapp über ihrem Knie endete, eine weinrote Bluse, dazu ihre megascharfen schwarzen halterlosen Netzstrümpfe und schwarze High-Heel-Pumps. Ihre schulterlangen blonden Haare trug sie offen, und sie hatte sich - für ihre sonstigen Verhältnisse um 16:00 Uhr nachmittags - doch recht auffällig geschminkt.

Der schwarze Mann, von dem ich sofort ahnte, dass es sich um ihren afrikanischen Urlaubsfreund Abdul handeln musste, trug ein schwarzes Sacko über einem dunkelbraunen Muskel-T-Shirt und eine schwarze Hose. Er sah sehr gepflegt aus, aber das Augenfälligste an ihm war eine Goldkette, die über seinem T-Shirt baumelte. Beide standen sich vor unserer Wohnzimmercouch gegenüber und küssten sich, während seine massige schwarze Pranke auf dem Po ihres Kostüms lag. Nun hielt ich doch den Zeitpunkt für gekommen, mich akustisch bemerkbar zu machen, indem ich an die Tür pochte und unvermittelt eintrat.

Meine Frau schaute mich überrascht an, hatte sich aber schnell wieder gefasst, kam auf mich zu, hauchte mir einen Kuss auf die Wange und sagte:" Darf ich vorstellen, das ist Abdul, mein Masseur aus dem

Urlaubshotel in Fuerteventura. Ich habe Dir ja schon einiges von ihm erzählt", schmunzelte sie mir zu. Abdul kam mit einem für mich unverhohlenen Grinsen auf mich zu und schüttelte mir kräftig die Hand. Seine schneeweißen Zähne blitzten mich dabei an. Die beiden setzten sich auf unsere Couch, während ich es mir gegenüber in einem unserer Sessel bequem machte.

Nach einigen Sätzen belanglosen Smalltalks, in denen Abdul uns erzählte, dass er zu einem Kurzbesuch bei einem Freund in Deutschland verweilte und in diesem Zusammenhang von Nancy die Einladung zu uns nach Hause erhalten hatte, machte sich bei mir immer mehr Unbehagen breit. Warum diese Einladung? Warum gerade zu diesem Zeitpunkt? Sollte das alles ein reiner Zufall sein? Ich entschuldigte mich kurz, um auf Toilette zu gehen, denn in meinem Unterleib machte sich mein Unbehagen ziemlich deutlich bemerkbar.

Als ich von der Toilette zurück kam, sah ich, wie sich meine Frau und der Schwarze auf der Couch schon wieder leidenschaftlich küssen. Sie schienen meine Abwesenheit hemmungslos auszunutzen, dachte ich in meiner ersten Vermutung. Ich konnte beim Spähen durch den Türspalt des Wohnzimmers erkennen, wie Abdul seine lange Zunge in den rot geschminkten Mund meiner Frau steckte und dabei zusätzlich ziemlich unverfroren mit seiner rechten Hand an ihren Netzstrümpfen den Rock ihres Kostüms nach oben schob. Es war ein verdammt geiles Schauspiel, was sich mir bot, zumal Nancy sich mit ihrer linken Hand bereits in seinem Schritt zu schaffen machte. Zu meiner Verblüffung hörte die Knutscherei auch nicht auf, als ich das Wohnzimmer betrat und mich in meinen Sessel setzte. Nancy schaute mich aus den Augenwinkeln lüstern an und ließ es geschehen, dass Abdul zärtlich ihren Hals küsste und dabei wie zufällig die obersten beiden Knöpfe ihrer Bluse öffnete.

Mit einem plötzlichen Ruck stand sie allerdings auf, ging in die Küche, holte eine Flasche Rotwein mit drei Gläsern und schenkte uns Dreien ein. Ich starrte Nancy und Abdul ungläubig an, als wir drei miteinander anstießen und die beiden sich anschließend wieder auf unsere Couch zurückzogen. Nancy war die erste, die wieder das Wort ergriff und zu mir sagte: " Mein Lieber, Du wolltest doch heute früh unbedingt wissen, welches Versprechen ich damals Abdul auf dem Parkplatz gegeben habe, nicht wahr?"

"Ja, raunte ich zunehmend heiser, innerlich ahnend, dass mir nichts Gutes bevorstand." "Nun, sagte Nancy", ich habe Abdul versprochen, dass er uns in Deutschland einmal besuchen darf und Du dann richtig zuschauen kannst, wie ich es mit ihm treibe, mein Schatz!" In ihrer Stimme hörte ich Spott, aber auch einen leicht befehlenden Unterton.

" Du tickst wohl nicht mehr richtig!" entfuhr es mir in der ersten Entrüstung. Ich werde mir dieses schändliche Schauspiel nicht länger anschauen und gehe freiwillig. Anschließend hoffe ich, dass ihr beiden nicht mehr hier seid, wenn ich wieder zurück bin."

"ich glaube, dass kannst Du vergessen", entgegnete Nancy spöttisch. Dabei zeigte sie mir den Wohnzimmerschlüssel, den sie Abdul in die Hosentasche steckte. Du wirst schön hierbleiben und Dir das Spektakel anschauen. Wenn Du Dich selbst leergewichst hast und brav warst, kannst Du uns oben im Schlafzimmer beim richtigen Vögeln zuschauen."

Ich war komplett geplättet, aber ließ mich resigniert in den Sessel zurückfallen. Meine Frau Nancy hatte inzwischen Abdul aus dem Sacko und seinem T-Shirt geholfen, so dass ich seinen nackten, muskulösen Oberkörper bewundern durfte. Ihre dunkelrot geschminkten Lippen saugten an seinen Brustwarzen, was ihn sichtlich antörnte. Danach nestelte sie an dem Gürtel seiner Hose herum und öffnete seinen Hosenstall. Er trug dunkelblaue Boxershorts, aus denen sich schon jetzt ein langer mächtiger Pfahl erahnen ließ. Nachdem sie ihn komplett von seinen Schuhen, seinen Socken und seiner Hose befreit hatte, richtete er sich von unserer Couch auf und richtete seinen Blick auf mich.

"Du bist ein völliger Idiot, dass Du Deine Frau ohne Dich nach Fuerteventura fahren lässt", lachte er mich aus. Nach dem Abend in der Disco hat Deine Frau den restlichen Urlaub jede Nacht bei mir verbracht, und sie hat mir jeden Morgen meine Frühstückslatte geblasen und gemolken. Sie hat da unheimlich etwas drauf; vielleicht war sie ja im früheren Leben einmal Schwertschluckerin", sprachs und grinste mich unverfroren mit seinen weißen Zähnen an.

Ich hatte mich mittlerweile ebenfalls aus meiner Hose befreit und fing an, das Schauspiel zu bestaunen, indem ich meinen Schwanz massierte und wichste. Nancy hatte sich ihrer Kleidung auch weitestgehend entledigt. Abdul hatte ihre Bluse komplett aufgeknöpft und auf die Couch geworfen. Zudem hatte er den Reißverschluss ihres Rockes geöffnet, aus dem sie dann geschmeidig gestiegen war. Nur noch mit schwarzem BH, schwarzem Tanga, ihren halterlosen Netzstrümpfen und den Pumps bekleidet, kniete sie sich vor ihrem schwarzen Stecher hin und blickte ihn von unten ehrfurchtsvoll an. Abdul drehte sich ein wenig zu mir und befahl ihr ziemlich barsch: "Los, meine kleine blonde Schlampe, hol jetzt endlich mein Schwert heraus!" Diese harschen Worte schienen meiner Frau überhaupt nicht zu missfallen, sondern sie eher zu ermutigen. Mit ihren beiden Händen zog sie seine Boxershorts nach unten und entließ endlich seinen mächtigen schwarzen Prügel, der schon jetzt ca. 20 cm groß, geädert und sehr dick war. Abdul war offensichtlich nicht beschnitten, sondern hatte eine mächtige Vorhaut

"Komm schon", kommandierte Abdul" ,die letzten drei Tage hatte ich in dem Hotel nur alte runzlige fette Weiber zu massieren; bei mir hat sich in dieser Zeit einiges angesammelt, denn zum Selbstwichsen wie Dein Mann dort auf dem Sessel tauge ich nicht." Wow, dieser Schuss gegen mich hatte gesessen, aber ich wichste trotzdem unentwegt weiter. Meine Frau Nancy hatte mittlerweile die Spitze seines Schwanzes in den Mund genommen und begann daran zu züngeln.

Mit ihrer linken Hand massierte sie Abduls mächtiges Gehänge mit den beiden Eiern, die offensichtlich prall gefüllt waren. Abdul grunzte zufrieden und massierte mit seiner rechten Pranke ihre blonden Haare. Tiefer und tiefer saugte sie seinen mächtigen schwarzen Schwanz, der mittlerweile noch länger wurde, aber es schien, als könnte sie ihn nicht ganz in ihren Mund aufnehmen. Ihre rot angemalten Lippen zeigten bereits erste Abdrücke auf Abduls Schwanz. "Nimm jetzt endlich meine Eier in den Mund", befahl Abdul meiner Frau. Sie schaute mich von der Seite an, streichelte seine Eier, die komplett frei von Schamhaar waren, und nahm erst das rechte und dann das linke Ei in den Mund. "Du bist eine ordentliche kleine Bläserin, Nancy!" lobte sie Abdul. Komm lass uns wieder auf die Couch setzen."

Beide saßen mir quasi wieder gegenüber. Abdul öffnete rasch den Verschluss ihres schwarzen Spitzen-BHs, streifte den BH ab und warf ihn auf den Fußboden. Mit seinen mächtigen Fingern zwirbelte er ihre Brustwarzen, die schon aufrecht standen. Nancy gab einen gurrenden Ton von sich und murmelte etwas von einer "danger zone": ein untrügliches Zeichen, dass sie unglaublich spitz sein musste. "Küss mich", Du untreues Biest", scherzte Abdul und dann möchte ich meinen Schwanz an Deinen Mandeln spüren."

Nach einem leidenschaftlichen Kuss nahm Abdul Nancys Haare und stülpte den Kopf über sein mächtiges und glänzendes Teil. Meine Frau schob Abduls Vorhaut komplett zurück und versuchte seinen Schwanz noch tiefer zu nehmen. Wie durch ein Wunder konnte sie ihren Würgereflex unterdrücken und glitt langsam an ihm herunter. Beim ersten Versuch schaffte sie es nicht ganz und musste den Schwanz kurzzeitig wieder aus ihrem Mund flutschen lassen, aber Abdul ließ nicht locker. "Du schaffst es schon, gib Dir etwas mehr Mühe", munterte Abdul sie auf und erhöhte den Druck auf ihren Kopf. In dem Moment, als ihr Mund seinen Schwanz ganz aufgenommen hatte, konnte ich mich nicht mehr länger zurückhalten und spritzte meinen Saft teilweise auf den Sessel und teilweise auf unseren Teppich.

"Schau an!" lachte Abdul; Dein Mann hat sein Pulver schon zeitig verschossen, aber wichsen ist nun mal nichts für einen echten Mann". Nachdem Abdul den Rachen meiner Frau offensichtlich bis zu den Mandeln ausgefüllt hatte, genoss er es, wie sie seinen Schwanz weiter bearbeitete. Meine Frau Nancy war nun auch irgendwann wie im Rausch, und das Wohnzimmer war ausschließlich von ihrem schmatzenden Wichsen von Abduls Schwanz erfüllt. Ich weiß nicht, wie lange sie ihn so mit ihrem Mund bearbeitet hatte, aber irgendwann entließ ihr Rachen seinen langen verschmierten Schwanz mit einem lauten Plop. Sie schauten sich wieder leidenschaftlich in die Augen und küssten sich wie wild auf der Couch.

Abduls rechte Hand berührte ihren schwarzen Tanga, so dass auch ich ihn sehen konnte. "Schau mal an, wie nass Deine Frau schon ist", frohlockte Abdul. Wenn sie mir erst mal den größten Stau rausgesaugt hat, werde ich sie in Eurem Schlafzimmer so richtig von hinten durchziehen. Deine Frau steht unheimlich darauf, wenn sie ein richtiger Kerl von hinten ordentlich rannimmt, nicht wahr, Nancy?" sagte er schon fast bedrohlich zu ihr.

"Jaaaa," stöhnte Nancy mit geschlossenen Augen, denn seine Hand, die ihr heißes Loch wichste, schien sie noch geiler gemacht zu haben. "Ich möchte jetzt endlich Deine heiße Afrikanersahne aus Dir herauswichsen", sagte sie in einem fast flehenden Ton. "Ok, leg los!" befahl ihr Abdul, und meine Frau wollte gerade anfangen, ihn mit ihren schmalen Händen zu wichsen. "Nein, nicht mit der Hand wie Dein Mann" raunte er ihr ärgerlich zu. Du wirst mir alles bis auf den letzten Tropfen mit dem Mund heraussaugen!" Knie Dich nieder!" befahl Abdul meiner Frau. Beide drehten sich wieder in meine Richtung, und Nancy saugte wieder nach ganzen Kräften an Abduls prächtiger schwarzer Stange. Nach einigen Minuten konnte ich in seinem Gesicht ablesen, dass er kurz vor seinem Abgang war. Er ließ es zum Schluss sogar zu, dass meine Frau mit einer Hand seine mächtigen Eier knetete. Nancy wartete offenbar auf ein Zeichen von ihm, wenn seine Sahne hochkochen würde, aber dieses Zeichen blieb aus.

Plötzlich riss meine Frau ihre Augen auf und nahm den schwarzen Prügel aus ihrem Mund. Der erste mächtige Samenstoß traf unseren Teppich, der zweite - weitaus kräftigere - Schuss des Afrikanerspermas klatschte im hohen Bogen auf mein Hosenbein. Abdul stöhnte auf:" Mein Gott, was habe ich für einen Druck; ich will, dass Du mich leertrinkst, Nancy". Schluck alles von dieser Ladung herunter, ALLES!" Meine Frau tat, wie ihr geheißen war, und schluckte und schluckte sein heißes Sperma gierig runter. Er begleitete seine Spermaschübe mit einem Druck auf ihren Kopf, und dieser Druck ließ vielleicht nach 1-2 Minuten nach.

Nachdem sich meine Frau den letzten Tropfen ihres afrikanischen Liebhabers zu Gemüte geführt hatte, schaute sie sich mitleidvoll aber auch verächtlich meine von Abduls Sperma vollgespritzte Hose an. " Du solltest Dich jetzt besser sauber machen, mein Lieber!" rief sie mir zu und händigte mir den Wohnzimmerschlüssel aus. "Abdul und ich gehen jetzt hoch ins Schlafzimmer, denn ich will schließlich auch noch auf meine Kosten kommen", sagte sie sehr bestimmt. Wir lassen die Schlafzimmertür ein wenig geöffnet. Wenn Du sauber bist, kannst Du nach oben kommen und uns ein wenig zuschauen. Abdul hat mir eine ganze Menge beigebracht", gurrte sie.

Ich ging in unser Badezimmer und musste zusehen, wie Nancy mir ihren schwarzen Netzstrümpfen, dem klatschnassen Tanga und ihren Pumps die Treppe hoch lief, begleitet von Abdul, der seine linke Hand bereits an ihrem Po hatte. Ich beeilte mich mit dem Saubermachen, denn irgendeine mir bisher unbekannte Macht forderte mich auf, mit nach oben zu gehen. Durch die geöffnete Schlafzimmertür und dem matten Licht der beiden Nachttischlampen konnte ich erkennen, dass inzwischen beide komplett nackt waren und sich in der 69er-Position auf dem Ehebett befriedigten.

"Mein Gott, Deine lange Zunge, Abdul, bringt mich um den Verstand!" hörte ich meine Frau kreischen, bevor sie ihren ersten Orgasmus herausschrie. Danach nahm sich Abdul meine Nancy - wie bereits versprochen - von hinten vor. Mit zunächst langsamen, aber festen Stößen, die dann mehr und mehr in ein Stakkato übergingen, pumpte er seinen Schwanz in meine nasse Frau. Er zog dabei an ihren Schultern, ihren blonden Haaren, knetete ihre Brüste hart durch, spielte mit seinen Fingern an ihren offensichtlich geschwollenen Schamlippen und verpasste ihr ab und zu einen kräftigen Klaps auf ihren Popo.

Ich hatte jegliches Zeitgefühl verloren, als ich meiner Frau zusah, wie sie mit ihrem schwarzen Liebhaber alle möglichen und unmöglichen Stellungen ausprobierte; ihre Schreie hätten vermutlich die Nachbarschaft aufgeweckt, die aber gottlob gerade im Urlaub war.

Nach einer unendlich langen Zeit forderte meine Frau den schwarzen Masseur auf, sich im Bett auf den Rücken zu legen. "Komm schon Abdul", spornte sie ihren Stecher an; ich will Dir jetzt Deinen heißen Saft rausreiten wie damals in den Dünen von Fuerteventura." Nancy ging in die Hocke, und ich konnte im schummerigen Licht erkennen, dass Abduls Schwanz wie das Messer durch die Butter - sprich in ihre heiße Fotze - glitt. Sie ritt ihn zunächst langsam mit kreisenden

Hüftbewegungen, was Abdul aber sichtlich genoss, denn er zwirbelte mit seinen Händen ihre Titten.

Irgendwann wurden ihre Hüftbewegungen immer heftiger - ich kannte das schließlich noch aus eigener Erfahrung und hatte Nancy damals zärtlich meine kleine Shakira genannt . Abdul hielt sich offensichtlich zunächst zurück und ließ sich von ihrem Tempo mitreißen. Nach einiger Zeit gab er seine Zurückhaltung auf, beugte sich leicht nach vorn und begann sie jetzt selbst von unten zu stoßen. Mit seiner Zunge verwöhnte er ihre steifen Nippel, und mit seinen riesigen Pranken bewegte er ihren kleinen Hintern von oben nach unten.

Sein massiver durchtrainierter Körper geriet langsam ins Beben und seine Stöße wurden immer heftiger. Unser Ehebett begann zu knacken, denn mit so einem Rohr hatte ich meine Nancy natürlich noch nie befeuern können. "Ja, spritz Dein Sperma jetzt gaaaanz tief in mich rein", hörte ich meine Frau kurz vor ihrem Orgasmus ihn anfeuern. Ich will, dass Du Dich jetzt komplett in mir entlädst. Zeig mir, was für ein gewaltiger schwarzer Stecher Du bist", feuerte sie ihn immer wieder an.

"Ich spüre, wie mein Saft nach oben kocht", hörte ich Abduls tiefe Stimme unter meiner Frau. Ich schieß jetzt alles raus!" Beide schrien ihren gemeinsamen Orgasmus raus, und Abdul pumpte offensichtlich eine weitere mächtige Ladung dieses Mal tief in die Fotze meiner Frau hinein. Ich nahm allen meinen Mut zusammen und näherte mich dem Ehebett. "Au, Mann", sagte meine Nancy, als sie sich langsam wieder von Abdul erhob. Ich musste mit eigenen Augen sehen, wie eine gewaltige Menge Afrikanersperma aus ihrer vollgespritzten Fotze in unsere Bettlaken lief. "Ich gehe jetzt erst einmal in das Badezimmer und mach mich ein wenig sauber", sagte Nancy zu Abdul. An mich gerichtet, sagte sie mit verächtlichen Worten: " Ich denke, Du schläfst heute besser auf der Wohnzimmercouch und mach bitte die Schlafzimmertür zu, denn es könnte die Nacht noch laut werden. Morgen früh werde ich meine Sachen packen und mit Abdul zurück nach Fuerteventura fliegen, denn er ist der Mann, den ich mein ganzes Leben gesucht habe".

Nach dieser Nacht habe ich weder Abdul noch meine Frau jemals wieder gesehen, aber ich habe eine Erfahrung durchlebt, die mich für mein späteres Leben sehr nachdenklich gemacht hat.

Schmutziger harter Sex

Ich räumte mal wieder die Kleider meiner Tochter Antonia beiseite. Die Mädels hinterließen eigentlich nie viel Dreck, aber die Matratzen, Kissen, Decken und Getränke räumte ich immer am nächsten Tag weg, bevor ich zur Spätschicht im Pflegeheim fuhr. Es war toll, zu sehen, wie sich die Freundschaft zwischen Antonia und ihren Mädels über so viele Jahre hielt, obwohl sie alle mittlerweile arbeiteten. Nur Schade, dass Antonia nicht endlich einen festen Freund gefunden hatte.

Nun gut, die Ehe mit meinem Mann war seit Jahren komplett eingeschlafen. Die einzigen Männer, die ich derweil mal nackt sah, waren die Senioren im Pflegeheim, die ich dann waschen musste. Da war ich nicht so zimperlich. Männliche Gliedmaßen hatte ich also oft in der Hand. Oftmals machte ich mir einen Spaß, wenn sie zu sehr an mir hingen und wusch mit dem Waschlappen etwas ausgiebiger deren bestes Stück, bis Gefühle aufkamen. Dann stoppte ich das und sagte Dinge, wie: "Ist das jetzt aber spät geworden! Also nun müssen wir uns wieder anziehen Herr sowieso" Dann waren die meistens enttäuscht und versuchten kein zweites Mal, etwas mehr heraus zu holen. Irgendwie traurig, aber das spiegelte ja eigentlich mein eigenes Leben wieder. Ich hatte zwar einen Mann, aber keinen Sex.

Aber für Antonia gab es noch Hoffnung. Einer ihrer Freunde kam vorbei. Antonia war noch auf der Arbeit und ich stand im Wohnzimmer vor der letzten Matratze, die noch vor dem Fernseher lag. Als ich die Tür öffnete war ich angenehm überrascht. Ein Dunkelhäutiger Typ in weißen kurzen Freizeitklamotten stand vor mir und fragte nach Antonia. Das war also ihr heimlicher Schwarm. Ich fragte mich, wieso sie ihn nicht einfach mal mit nach Hause brachte. Sicherlich hatte sie Angst vor der Reaktion meines Mannes. Der hatte eine geteilte Meinung, was Menschen mit anderer Hautfarbe anging. Ich ließ ihn rein und er folgte mir ins Wohnzimmer. Er sah wirklich süß aus mit seiner schwarzen gelockten Mähne, die am Hinterkopf mit einem Haarband zusammen gebunden war, seinem Dreitagebart und den hohen Basketballschuhen.

Damals hätte ich da auch zugegriffen. Und er war unheimlich nett. Den Namen konnte ich noch nicht mal aussprechen. Es war irgendetwas mit "I". "Oh, was ist hier los gewesen?", fragte er. "Mädelsabend! Du weißt schon! Filme gucken, gackern und alles mit Chips voll krümeln!" Er lachte:

"Okay! Finde ich in Ordnung, wenn sie so etwas bei behalten! Viele Erwachsene machen so etwas ja nicht mehr, weil man ja angeblich zu alt ist!" Da sah ich ihn an und verstand erst da, dass er dachte, ich hätte einen Mädelsabend gehabt. "Ach entschuldige! Das war natürlich der Mädelsabend von meiner Tochter! Übrigens, Antonia arbeitet noch!" Ich griff mir eine der kleinen Limonade-Flaschen, öffnete sie und bot ihm etwas zu trinken an. Er nahm eine Flasche und wir stießen an. Wir nippten und verzogen beide das Gesicht.

"So etwas Süßes trinken die? Ich glaube ich sollte mehr auf meine mütterlichen Pflichten achten und solche Zuckergetränke aus dem Haus verbannen!" Er lachte und meinte, er könne mir ja bei der Matratze helfen. Er zog seine Basketballschuhe aus und trat auf die Matratze. Ich stand genau vor ihm in meiner weißen engen Hose und dem knappen Oberteil. Er griff um mich herum und nahm die Flasche von der Kommode. Dabei berührten sich unsere Körper ganz eben. "Also, vielleicht trinken wir das aus und ...", sagte er. Ich nahm meine Flasche und drückte mich leicht gegen ihn. Dann stieß ich mit ihm an und lächelte: "Auf die Chemiekeule!" Das fanden wir beide lustig. Mittlerweile hielt er mich in seinem Arm. "Ich habe gerade überlegt ... vielleicht sollte man die Matratze noch hier lassen!", sagte ich. Er sah mich an und nickte: "Na ja, so schlecht finde ich die Idee gar nicht!" ich konnte in seinen Augen lesen, was er damit meinte: "So ein Quatsch!", schüttelte ich den Kopf und sagte: "Sicherlich kommt Antonia bald nach Hause. Ihr müsst euch irre viel zu erzählen haben! Sicherlich freut sie sich schon auf dich!"

Er machte plötzlich ein verdutztes Gesicht und meinte dann: "Ach, sie dachten Antonia und ich? Nein, nein wir sind nur Freunde! Bitte verstehen sie mich nicht falsch, Antonia ist wirklich toll, aber sie steht nicht auf mich!" ich schob mein Body nun ganz eng an seinen und spürte schon die große Beule in seiner Hose an meinem Bauch. Dann spürte ich seine warmen Hände an meinen Hüften. Ich konnte gar nicht glauben, dass so ein junger Typ scharf sein konnte auf so eine wie mich mit schwarzen kurzen Haaren, fast doppelt so alt, wie er.

Ich traute mich gar nicht, in seine dunklen tollen Augen zu sehen und starrte auf seine Brust, als seine Hände langsam mein Oberteil anhoben und meine Brust freilegten. Dann ging alles sehr schnell. Ich zog ihm das Shirt aus. Er öffnete meinen Gürtel und den Reißverschluss meiner weißen Hose. Ich öffnete seine Hose und befreite einen ziemlich großen dunklen Pimmel, der sich gerade aufrichtete. Seine Hose rutschte zu Boden. Ich zog mein Oberteil aus. Dann machte er meine Hose ganz auf. Ich zog sie samt Slip etwas nach unten. Seine warmen Finger fuhren von oben über mein Schambein zwischen meine Schenkel. Sehr schnell landete ein Finger zwischen meinen Schamlippen. Ich war sofort feucht.

Ich griff mir seinen Schwanz und wichste ihn an, wobei wir beide auf die Matratze sanken und die Hosen ganz auszogen. Er legte sich hin und ich beugte mich über sein mächtiges Ding. So etwas Großes hatte ich noch nie in meinem Mund gehabt. Ich war mir sicher, dass er mir woanders auch sehr viel Freude bereiten würde. Schön langsam hatte ich ihn angeblasen, bis er sich ganz aufgerichtet hatte. "Sie gehen aber wirklich schnell zur Sache!", schnaufte er, während ich seinen Schwanz im Mund hatte. Ich kraulte mit der anderen Hand seine Hoden. Dann zog ich meinen Mund von seinem Steifen und sagte: "Nicht Sie, Du. Ich heiße Ines!" Er nickte und ich legte mich neben ihm auf die Matratze.

Ich hob meine Beine an und ließ ihn zwischen meine Schenkel kommen. Ganz sanft drang er in mich ein. Es fühlte sich toll an. Dann war er ganz in mir. Er streichelte meinen Bauch, während er anfing sich langsam zu bewegen. Er sah förmlich, wie ich es genoss. Immer wieder leckte ich mir über meine Lippen. Dann lag er seitlich hinter mir und fing an, mich richtig zu bumsen. Zum Schluss drehte er mich auf alle Viere.

Dann gab er mir den Rest. In der Stellung kam ich dann auch mit einem lauten Stöhnen. Er zog ihn aus mir und legte sich auf den Rücken. "Du bist ja wirklich der Wahnsinn!", schnaufte er. Ich beugte mich nochmal über seinen Schwanz und ließ ihn in meinem Mund kommen. Mein ganzer Mund war voller Sperma. Nachdem ich es schluckte grinste ich:

"Das wurde wohl mal Zeit, oder?" Er lachte: "Ja, irgendwie schon!" Wir zogen uns wieder an und räumten die Matratze weg. Zum Schluss gab er mir einen Kuss auf den Mund und sagte: "Ich muss auch wieder los! Sag Antonia einfach, dass sie sich mal melden soll. Es geht um Joels Geburtstag!" Ich kannte Joel noch nicht mal, aber ich nickte. Dann hielt ich ihn am Arm fest und er drehte sich noch mal zu mir um.

"Es war echt schön! Aber wegen Antonia. Meinst du, wir könnten das hier für uns behalten?", fragte ich nach. Er kicherte: "Klar! Ich glaube kaum, dass Antonia wert darauf legt, das zu wissen!" Zum Abschied sagte er mir noch seinen Namen. Ich konnte ihn weder aussprechen, noch ihn mir merken. Es war irgendwas mit "I".

Zwanzig Minuten später war Antonia von der Arbeit wieder da. Sie begrüßte mich und ich stand völlig neben mir. "Mama? Ist irgendwas?", fragte sie. Ich schüttelte den Kopf. "Ähm, dein Freund war da! Er meinte, du solltest dich bei ihm melden. Es ging um irgendeinen Geburtstag!" Antonia sah mich an und ich hatte gerade meine Hand zwischen meine Beine gelegt, als ich ihr das erzählte, wie peinlich ...

"Aha! Und? Wer war es denn?" Ich stammelte: "Ähm ... er war dunkelhäutig ... irgendwas mit I!" Dann zog ich meine Hand wieder aus den Schenkeln. Antonia drehte sich um und sagte: "Und ich will nicht gestört werden, wenn mein Besuch nachher kommt! Klar?" Ich nickte ...

Ab hier Antonias Sicht der Dinge...
Also was mit meiner Mutter nicht stimmte, konnte ich nicht sagen. Sie war merkwürdig.

Sie war noch nie damit einverstanden, mich mit meinem Besuch allein zu lassen. Sie störte immer wieder. Ich hatte so eine Ahnung. Aber nun hatte ich erst mal zu tun. Ich suchte mir ein paar ältere Sachen heraus, die auch gerne kaputt gehen konnten. Ich hatte nämlich ein Date mit meinem Kumpel Joel, der dunkelhäutig war. Wir verabredeten uns zum Sex. Dass meine Mutter bald zur Arbeit musste, kam da gerade recht.

Es sollte richtig schmutziger harter Sex sein, so wie in den Filmen und Pornoheften, die wir uns ansehen. Das war eine Leidenschaft, die wir beide teilten. Dann war ich umgezogen. Ich trug eine schwarzweiß getigerte Leggins, die schon im Schritt ein kleines Loch hatte, eine schwarze Nylonstrumpfhose, wo schon Laufmaschen drin waren, das getigerte Stretch-Oberteil, wo meine Brüste eigentlich schon zu groß für waren und die hohen schwarzen Sandaletten, wo sich die Riemchen schon lösten. Ein rosafarbener BH, wo die Bügel schon Löcher in den Stoff spießten und ein rosafarbener Spitzenslip, der am Bund schon ausgeleiert war waren das Sahnehäubchen.

Meine Mutter ließ Joel ins Haus und er klopfte an meiner Zimmertür. Dann kam er rein und setzte sich zu mir aufs Bett. "Ziemlich enge Klamotten!", sagte er und nahm mir das Pornoheft aus der Hand. "Du meinst also mit allem drum und dran?", fragte er und sah auf die Analsex Szene, die ich mir gerade ansah. "Klar du Spinner!", sagte ich und nahm ihm das Heft wieder weg. Ich legte mich in Bauchlage aufs Bett und blätterte weiter in dem Heft. Er saß neben mir und legte seinen Arm auf meinen Rücken.

Er fing an, meinen Rücken zu streicheln. "Lass das!", fuhr ich ihn an. "Ich dachte, wir wollten Sex haben!", meinte er. "Noch nicht!", zischte ich. "Meine Mutter muss erst weg sein und dann müssen wir erst etwas klären!", fauchte ich mit meinen langen braunen Haaren, die ich offen trug. Ich blätterte weiter und wurde selbst schon etwas ungeduldig, denn das Pornoheft machte mich wirklich an.

Irgendwann hörte ich: "Ich fahre dann jetzt zur Arbeit!" Ich nickte und rief: "Ist gut Mama! Bis heute Abend!" Als sie weg war, fing Joel an und zog an meinem BH-Träger der schon auf meinen nackten Arm gerutscht war. Ich drückte seinen Kopf weg, weil er mich küssen wollte. "Lass das, du Arschloch!", rief ich.

Natürlich gehörte so eine Situation zu unserem gewollten Sex zu, aber ich meinte es ernst. Dann hatte er mich auf den Rücken gedreht und zog mein Oberteil runter. Seine Hand ging an meinen Hals und packte mich dort. "Ich weiß gar nicht, was du hast! Wir wollten doch harten Sex!" Ich fauchte: "Ach! Wollten wir? Erst kommst du über eine Stunde zu früh. Da war ich noch gar nicht zu Hause und dann bumst du meine Mutter? Geht es noch?"

Joel löste seine Hand an meinem Hals und meinte: "Sag mal spinnst du? Wie kommst du auf so eine Scheiße?" Ich sah ihn an und fuhr fort: "Meine Mutter hat einen Freund von mir rein gelassen. Sie sollte mir irgendetwas ausrichten. Sie stand völlig neben sich. Als sie mir das erzählte, fasste sie sich in den Schritt. Du kannst mir sagen, was du willst, aber irgendeiner hat meine Mutter gebumst! Ihre Haare waren total zerzaust und ihr Lippenstift war verwischt!" Joel überlegte und sagte dann: "Ich war bis eben noch bei meinem Bruder!" das musste stimmen, denn ich hatte ihn im Hintergrund seinen Bruder gehört, als wir kurz vorher noch miteinander telefonierten.

Dann hatte ich wieder einen lieben Blick drauf und zog an seinem pinkfarbenem Shirt. "Oh Nein!", sagte er. "Wenn du sauer bist, ist das perfekt! So wie eben, das gefällt dir doch auch, oder!" Ich nickte und schloss die Augen. Dann fing ich wieder an, mich zu wehren und hoffte, dass meine Klamotten bei dem Gemenge in Stücke gerissen werden. Joel packte meine Brust und sagte daran. Dann nahm er ganz fies meine Brustwarze zwischen seine Zähne und ließ sie wieder hinaus schnippen. Ich hatte derweil seine Jeans geöffnet und befreite seinen harten aus der Hose.

Ganz langsam packte er mich wieder am Hals und sah mich an. Er kniete vor mir und sagte: "Wie wäre es, wenn ich dir meine Latte erst mal in dein freches Maul stopfe?" Mein Kopf lag oben am Bettgestell. Er kam von der Seite mit seiner harten Latte. Ich drehte den Kopf weg und er öffnete mit dem Finger meine Lippen, um seinen steifen Schwanz in meinen Mund zu schieben. Nachdem er schön langsam meinen Mund durchfickte, ließ er mich los. Er zog seine Hose und das Shirt aus. Ich lag vor ihm und sah ihn an. Joel hatte einen echt tollen Body und einen schönen großen Schwanz. Seine dunkelbraunen Augen gefielen mir.

"So Scheiße sehen die Klamotten gar nicht aus!", sagte er. Ich hob meine Beine und zeigte ihm die Stelle, zwischen meinen Schenkeln. "Sind aber schon kaputt!", grinste ich. "Na dann!", sagte Joel und bohrte mit dem Finger in dem Loch herum. Dann riss der Stoff weiter ein und er riss mit beiden Händen die Leggins kaputt. "Ja, reiß mich auf, wie eine Fischdose!", motivierte ich ihn. Joel riss weiter an der Leggins, bis er meinen blanken Arsch sah. Die Nylons hatte er bis zu den Oberschenkeln kaputt gerissen und der Slip zerfetzte buchstäblich in seinen Händen. Nun hatte er die wichtigste Stelle frei gelegt. Er starrte zwischen meine Beine. Ich hatte meine Beine angewinkelt und gab ihm freien Blick auf meine Pussy.

"Sag mal, macht dich das feucht?", fragte er. Ich grinste und meinte: "Traust dich wohl nicht, was? Und ich dachte, du fickst mich richtig durch, du Schlappschwanz!" Das ließ er sich nicht zwei Mal sagen und kniete sich vor mich. Sein Harter zeigte steif in meine Richtung. Er legte ihn auf meine Schamlippen und rieb ihn daran, bis seine Eichel ganz nass von meiner Scheidenflüssigkeit war. Dann schob er ihn ganz langsam in meine nasse Muschel. Seine Eichel steckte in mir. "Soll ich dir helfen?", fragte ich ihn, um ihn zu ärgern. "Das kann ich schon ganz alleine!", knurrte er und legte mein rechtes Bein weiter auf die Seite und mein linkes hielt er an der Fessel steil nach oben. Dann drang er langsam ganz in mich ein. "Das Lachen wird dir gleich vergehen! Wenn ich mit dir fertig bin, kriechst du aus deinem Zimmer!" Ich riss meinen Mund auf: "Ahhh ... so macht das wirklich Spaß!" dann fing er an mich zu bumsen. Das war sehr erregend. Ich stöhnte laut und heftig, als er ihn immer wieder rein schob. Dabei packte er fest an meine Brust. Wir wechselten die Stellung. Ich kniete auf dem Bett mit dem Po zu ihm. Da nahm er mich noch mal ausgiebig von hinten. Das fand ich richtig geil. Ich sank mit dem Oberkörper aufs Bett und er versenkte ihn fast senkrecht von oben in meiner Muschel.

Die Fetzen meiner Kleidung hingen an meinem Körper runter. Fast alles war kaputt gerissen. Selbst den BH hatte es erwischt. Dann zog er ihn aus mir. "Antonia, wenn du noch mehr ausprobieren willst, dann jetzt! Sonst spritze ich ab und ...", sagte er. Er legte sich aufs Bett und sah mich an. "Du siehst ziemlich benutzt aus, ist aber sexy!", meinte Joel. Ich stieg über seinen Schoss. "Das traust du dich ja doch nicht!", meinte er grinsend. Joel hob seine Beine etwas an. Ich rutschte mit meinen Beinen unter seinen Kniekehlen durch und setzte mich ganz langsam. "Na? Soll ich dir helfen?", fragte er. Ich sank mit meinem Oberkörper auf seine Brust und gab ihm einen Liebesbiss an seinen Hals.

"Wenn du es besser kannst. Dann bitte!", zischte ich. Seine Hände landeten auf meinem Po. Dann schob er seine Schwanzspitze langsam in mein enges Poloch. Seine Beine stellte er weiter auf und drückte sein Becken hoch. Dann verschwand sein Lümmel in meinem engen Arsch. Da riss ich das erste mal den Mund richtig weit auf. Er verweilte in mir. Ich hob meinen Kopf und schnaufte : "Das .... ist aber wirklich ...." Joel grinste und meinte: "Ich weiß! Es ist schön aber anstrengend! Dreh dich einfach um und versuche es selbst noch mal!" ich setzte mich anders herum noch mal auf ihn und fing das Stöhnen wieder an.

Letztendlich drehten wir uns auf die Seite und ich ließ mich von ihm so anal richtig langsam und heftig bumsen. Das war so intensiv, dass ich laut und ziemlich doll kam. Er bemerkte es und ließ es mich genießen. Er zog ihn aus meinem Arsch und ich setzte mich an die Bettkante. Dann stand er neben meinem Gesicht mit einem Fuß auf dem Bett und hielt meinen Kopf. Er fing an zu wichsen und sah mich an. "Na? Wo soll ich hinspritzen?" Aber ehe ich etwas sagen konnte, schob er mir seinen Schwanz schon in den Mund. Er schob ihn immer tiefer in meinem Mund. Da merkte ich, wie es aus ihm schießen wollte. "Ja ... das ist absolut geil!", schnaufte er. Ich packte ihn an den Eiern und massierte diese kräftig. Ich spürte in meinen Fingern, wie die Hoden anfingen zu zucken. Dann schoss es in meinen Hals. Ein warmes klebriges Etwas füllte meinen Mund. Joel keuchte und ich konnte nichts sagen. Man hörte nur undefinierbare Laute... ich öffnete meine Lippen und er zog ihn heraus. Der Rest landete in meinem Gesicht und lief runter auf meine zerfetzten Klamotten. "was wolltest du sagen?", fragte er. "Nicht in den Mund, du Spinner!", meinte ich und schüttelte den Kopf.

"Fühlt sich aber am geilsten an!", grinste Joel und setzte sich zu mir aufs Bett. Dann nahm er meine Hand und sah mir in die Augen. Ich war zufrieden und wirklich geschafft. Ich wischte mir sein Sperma mit dem Finger von der Wange und schob den Finger in seinen Mund. "Hier hast du auch was davon! Das nächste Mal schlucke ich es nicht runter. Das nächste Mal behalte ich es in meinem Mund und gebe dir gleich danach einen Kuss. Dann kann ich dir deinen Sabber schön in deinen Mund schieben. Joel lachte: "Alles okay bei dir?" Ich nickte und meinte: "Ja, das war echt geil! Aber wer hat meine Mutter gebumst! Sie sagte irgend etwas mit "I"! Hm..." Dann sahen wir uns beide entsetzt an und sagten wie aus einem Mund "Ikechukwu!"

Ich klatschte mir an den Kopf und sagte: "Klar! Den Namen konnte sie sich garantiert nicht merken!" Joel sah mich an und meinte: "Dieser Arsch hat deine Mutter gebumst? Na, den nehme ich mir zur Brust!" Ich lächelte ihn an und sagte: "Ach komm! Lass! Die musste sowieso mal wieder richtig durch gevögelt werden. Mein Alter macht das wohl nicht mehr!"

Escort Abenteuer

Ein verhängnisvoller Auftrag

"Und das du mir ja pünktlich bist. Hörst du?", schrie Markus durch mein Telefon. Ich war genervt. "Was?", sagte ich. "Richard, ich meine es ernst. Es ist ein reicher Kunde. Die Dame heisst Vanessa und spricht nur Englisch." Das war für mich okay. Ich hatte meinen Auftrag, eine Tagesbegleitung zu stellen, verstanden. Meine Agentur Erotic-Dreams war okay. Sex fand offiziell nicht statt.

Nach außen hin waren wir seriös. Aber nicht jeder Gast in der Großstadt suchte nur eine Begleitung. Vor allem Frauen suchten mehr und mehr die Abenteuer mit einem Fremden. Ich war auf jeden Fall gespannt, was mich erwarten würde, denn die meisten unserer Kundinnen sahen blendend aus. Es lag bei jedem Escortangestellten selbst, ob es zum Äussersten kommt oder nicht.

In meinem A4 fuhr ich zum verabredeten Treffpunkt. Es war die Hotellobby des Mirage Paradiso. Der Page am Eingang kannte mich bereits von früheren Aufenthalten im Hause und begrüsste mich. "Madame erwartet Sie in der Lobby! Und wenn ich es bemerken darf, Sie ist umwerfend!"

Damit konnte ich mich bedenkenlos ins das Hotel begeben. "Danke Lorenz!" Ich steckte ihm einen 10er zu und ging hinein. Ich stolzierte durch die Eingangshalle und suchte nach meiner Kundin. Lorenz sagte, sie sei umwerfend. Ich ließ mein Blick langsam über die Menschen wandern und starrte auf die Dame in dem roten Minikleid, welche ein paar Meter vor mir in der Longe mit einem Champagner saß. Ihre schwarze rassige Mähne war auffallend schön.

Sie musste meinen Blick im Nacken gespürt haben und drehte sich um. Ein wunderschönes Gesicht einer schwarzen Schönheit blickte mich an und forderte mich auf, zu ihr zu treten. Ich kam näher, um mir die Frau genau anzusehen. Ich war positiv überrascht.

"Mrs. Chandler?", fragte ich höflich. "My name ist Vanessa. Are you my toy for today?", klang ihre dunkle, aber durchaus sexy Stimme. Sie erinnerte mich an Grace Jones. Dann stand sie auf und baute sich vor mir auf. Endlich mal eine Frau, die genauso groß wie ich war. Vanessa schob mir ein verschmitztes Lächeln zu und fragte: "So excited, young man?"

Ich war etwas verlegen und nickte. Diese Frau war emanzipiert und überdurchschnittlich schön. Ihre langen glatten Beine wurden königlich von den roten hohen Pumps getragen. Das Minikleid in einem rotem Satinglanz war atemberaubend kurz. Gerade mal eine Hand breit unter dem Schambein endete das Kleid. Der Auschnitt zauberte ein Dekollté, welches viel Haut zeigte, aber nicht vulgär schien. Mir flog ein Hauch ihres Parfums entgegen, welches an Loulou erinnerte. Sie reichte mir die Hand, welche ich sofort mit einem Handkuss belegte.

Vanessas rot lackierte lange Fingernägel verliehen dem ganzen Äusseren den letzten Schliff. "I will take you for tour through the city. Mayby some shopping and a slightly dinner?", hauchte sie mir entgegen und steckte mir ein Geldröllchen in meine Hosentasche. "I'm paying for the full package!", grinste sie und hakte sich bei mir ein. Ich wusste noch nicht ganz, was dass hieß, aber die Geldrolle war mindestens 500 € dick.

Vanessa war eine kultivierte Traumfrau. Sie pfiff das Taxi heran und leiß sich von mir die Tür öffnen. Die Fahrt ging ins Blaue. Ich hatte keine Ahnung, wohin genau. Bei der Abfahrt sah ich das Grinsen im Gesicht des Hotelpagen. Vanessa forderte den Taxifahrer auf: "Shopping Avenue, please!" Er nickte und fuhr los. Sie wollte also in die Innenstadt.

Karlsruhe war eine interessante Stadt. Während der Fahrt vom angelegnen Hotel schlug Vanessa die Beine übereinander und legte ihre Hand auf meinem Oberschenkel ab. Mit den Fingernägeln strich sie über den Stoff meiner Bundfaltenhose. Ich wusste genau, dass ich nichts zu melden hatte. Kunde war halt König oder Königin. Mich hatte natürlich die Kaiserin persönlich gefangen.

Wir machten ein bisschen Small Talk und ich nutze die Chance noch im Taxi zu klären, was sie denn genau von mir erwartete. "Be my friend today!", lachte sie und nahm meine Hand. Sie schob meine gepflegten Finger unter ihr Minikleid und ließ mich die Blankheit ihrer rasierten Pussy spüren. Sie trug keinen Slip. Das machte die ganze Sache ziemlich aufregend.

"I will be anything, you want me to be!", lachte ich und sah in ihre Augen. In dem Spiegel ihrer Seele loderte ein Feuer, welchem ich nicht gewachsen war. Aber ich hatte keine Wahl, denn die Frau bezahlte ja bereits prepaid. Ich hoffte nur, dass sie gewissenhaft mit dem Guthaben umging.

Wir waren in der Fußgängerzone angekommen und verließen das Taxi. Ich ließ Vanessa sich bei mir einhaken und mimte ihren Freund, so wie sie es verlangte. Unsere erste Station war ein Parfumhaus. Vanessa suchte nach einem erotisierendem Duft, der alle Menschen um sie herum verzauberte. Die Mühe der Verkäuferin war vergebens, denn Vanessa langweilte sich an den Düften, die ihr vorgestellt wurden.

Stattdessen umfasste sie mich von hinten und flüsterte mir geile Sachen ins Ohr. Ich hatte bereits eine steinharte Erektion und beobachtete den Blick der Verkäuferin, als Vanessa mit ihrer Hand über meinen prallen Hosenschlitz strich. "I will eat your dick later, honey!", hauchte sie mir ins Ohr.

Die Verkäuferin lief hochrot an und versuchte weiter, Vanessa für ein passendes Parfum zu begeistern. Letztendlich hatte sie einen Duft heraus gesucht, der den Wünschen meiner Partnerin schon sehr nahe kam. Vanessa kaufte es für wirklich viel Geld und hakte sich wieder bei mir ein.

Es ging auf in ein neues Geschäft. Ein Tabakwarenladen, in dem sie nach kubanischen Zigarren für ihren Mann suchte. Auch hier flirtete sie unentwegt mit mir und ließ sich die neidischen Blicke gefallen, die uns zu geworfen wurden. Sie tat so, als wäre ich ihr junger Liebhaber, den sie vorführte.

Keiner wusste, dass ich eine enome Summe Geld für diesen Nachmittag bekam. Vanessa hatte Hunger und suchte ein chinesisches Restaurant auf. Mit der Zeit wurde mein eingerostetes Englisch flüssiger und es machte sogar Spaß, mit ihr die Zeit zu verbringen. Mein Penis stand immer noch wie eine Eins in der engen Unterhose, die ich trug. Vanessa ließ auch wirklich nichts aus, um ihn steif zu halten. Immer wieder griff sie mir in den Schritt, um sicher zu gehen, dass bei mir noch alles stimmte.

Beim Chinesen hatte sie meine Hand genommen und sie unter dem Tisch an ihre glatt rasierte Möse gelegt. "Play with me!", flüsterte sie zu mir herrüber. Vorsichtig leiß ich meine Finger an ihren Schamlippen hoch und runter wandern. Sie war klatschnass und glühte vor Erregung.

Wir aßen nur eine Kleinigkeit und schütteten eine Flasche Reiswein in uns hinein. Mir nahm der Alkohol etwas die Hemmung, welche Vanessa von Anfang an nicht hatte. Ich konnte mir immer noch nicht vorstellen, wer so eine heiße Frau alleine auf die Strasse lässt und fragte nach ihrem Mann. "Darling!", sagte sie und schüttelte ihren Kopf. "You will meet him this evening!"

Er schien zu wissen, dass sie sich mit Fremden vergnügte. Wir räumten die Plätze, nachdem Vanessa sich ausgiebig von meinen Fingern hat streicheln lassen. Die Tour ging weiter zu einem Dessouslade. Sie wollte sich neue heiße Unterwäsche ansehen. Schon die neidischen Blicke der Verkäuferin war amüsant. Vanessa hatte einen extravaganten Geschmack und ließ sich die Auswahl an Spitze und anderer Reizwäsche etwas kosten.

Dennoch verlangte sie, die für sie maßgeschneiderten Teil anzuziehen und verschwand in der Umkleidekabine. Die Verkäuferin nutzte die Gelegenheit, um mir Komplimente zu machen. "Sie haben eine umwerfend schöne Frau!" ich musste fast lachen und bedankte mich. Unser Gerede wurde lautstark von Vanessa gestört, als sie mich mit den Worten: "Darling, I need your help!" in die Unkleidekabine zitierte.

Ich verschwand hinter dem Vorhang und ließ die Verkaufsblondine mit dem überschminkten Gesicht hinter uns. Vanessa war splitternackt. Sie hatte nur noch ihre hohen Pumps an. Zum ersten Mal sah ich sie in voller Schönheit. Eine dunkelbraune, fast schwarze seidenglatte Haut mit einer schönen großen Brust streckte sich mir entgegen. Vanessas dunkle Augen hatten immer noch das Feuer, welches mir den Atem raubte.

Ich stand wie angewurzelt vor ihrem schönen Körper und wagte einen Blick in den Schambereich, den ich bereits durch Tasten kennen lernte. Vanessa war glatt rasiert und hatte schlanke lange Beine. Ihre Lippen waren nur mit Lippgloss geschminkt und sie hatte auch nur die Augen mit einem Mascara verschönert.

"Now, honey? As you took a look to my body, give me your finger. Ich legte meinen Zeigefinger in ihre warme Hand und wartete auf das, was kam. Vanessa nahm meine Hand und leckte an meinem Finger. Dann legte sie meine Hand zwischen ihre Beine und führte meinen Finger in ihre glühende Scheide ein. Mit einem Ruck schob sie meinen Finger weiter in sich und stöhnte kurz auf.

"I am hot. You understand?", fragte sie mich und zog den Finger wieder heraus. Dann sank sie auf die Knie und machte meine Hose auf. Mit ihren Händen strich sie über meinen pulsierenden Phallus und befreite ihn aus der Unterhose. "I wanna check your lipstick, darling!", sagte sie und schob ihre nassen Lippen über meine Eichel.

Mit ein paar kurzen Bewegungen fing sie an zu blasen und ließ dann den Hosenbund meiner Unterhose los, so dass mein bestes Stück wieder verpackt an Ort und Stelle saß. "Later, honey!", sagte sie und machte meinen Reißverschluß wieder zu. Dann widmete sie sich den Wäschestücken und fragte mich nach meinem Favouriten. Ich riet ihr, sich den schwarzen Spitzenzweiteiler zu zulegen, was sie dann auch machte. Dazu kamen noch ein paar schwarze halterlose Strümpfe und schwarze Seidenhandschuhe, die sie sich aussuchte.

Wir waren schon fünf Stunden unterwegs und hatten die Zeit total vergessen. Ich war immer noch scharf wie eine Rasierklinge und Vanessa, nass wie ein mit Wasser getränkter Waschlappen. Wir begaben uns zu einem Taxi und traten die Rückfahrt an. Wir hatten viel Spass miteinander. Auf dem Rücksitz des Taxi lehnte sich Vanessa an mich und streichelte die Innenseiten meiner Oberschenkel. Die Spannung war fast unerträglich und ich verlor beinahe den Geduldsfaden. Ich wollte sie ficken. Aber ich musste anständig bleiben und mich dem fügen, was Vanessa wollte. Sie hatte schließlich dafür bezahlt.

Im Hotel angekommen, stiegen wir in den Fahrstuhl, um ihr Zimmer in der achten Etage aufzusuchen. Die Tür hatte sich kaum geschlossen, da schmiss Vanessa sich mir um den Hals und räkelte ihr nacktes Bein um meinen Oberschenkel. Ich packte ihren kleinen festen Arsch und zog ihren Body fest an mich. Ihre Arme lagen um meinem Hals und sie rieb sich ihr Schambein an meinem Reißverschluß, der durch meinen harten Schwanz ausgebeult hervor stand. Ich wäre beinahe gekommen, aber die Fahrstuhltür sprang auf und wir standen vor dem leeren Flur der Etage.

Vanessa löste sich von meinem Körper und zog mich an der Hand hinter sich her zum Hotelzimmer. An der Tür stellte sie sich breitbeinig hin und schob sich die Finger zwischen ihre Beine. Ich stand dicht hinter ihr und drückte meinen Harten gegen ihren Po. "Come on honey, let me feel your hardy now!", fauchte sie und zog meine Taille an ihren Körper. Sie stütze sich mit beiden Händen an der Zimmertür ab und streckte mir den kleinen festen Arsch entgegen.

Ich drehte durch und riss den Hosenschlitz auf. Cholerisch befreite ich meinen Dickie aus der Unterhose. Vanessa ging es zu langsam. Sie quieckte in einem gebrochenem Deutsch: "Worauf warten Du? Ich bin hot. Fick mich mit dein großes Schwanz, darling!" Sie hatte kaum ausgesprochen, da glitt ich mit meinem Phallus von hinten zwischen ihre gespreizten Schenkel. Sie führte mich sofort in sich rein und schrie auf. Dann ging alles sehr schnell.

Ih stieß tief und fest in ihren schönen Body, der sich unter meinen Bewegungen fest an die Tür presste. "Ficker!", schnautze Vanessa mich an und drückte ihren Schoß bei jeden Stoß fester an mich heran. Ich hatte mittlerweile meine Hand unter dem Kleid auf ihrem festen Busen und massierte ihre Brustwarze, die hart geworden war. Vanessa kam und ließ mich in ihr mein warmes Gefühl verteilen.

Völlig geschafft zog sie ihren Body zurück und schloss die Tür auf. Ihr Kleid war wieder herunter gerutscht. Vanessa zog mich mit meiner offenen Hose in das Zimmer ...

Eine ungeplante Nacht

Die Tür war offen und mein Hosenschlitz noch nicht wieder zugezogen. Ich stand mit Vanessa an der Hand in Zimmer 834 des Paradiso-Hotels. Vanessa sah verschwitzt aus und ich machte den Anschein, als hätte man mich überfallen. In dem Korbsessel der Suite saß ein Mann gehobenen Alters. Er war attraktiv und hatte leichte Ansätze eines Grau in den noch vollen Haaren. Seine Haut war braun gebrannt.

Der Qualm seiner Zigarre zog durch den Raum der Zweizimmer-Suite. Die Ausstattung der Räumlichkeit war elegant. Mit einem verschmitzten Lächeln im Gesicht stand er auf und küsste die Hand von Vanessa. Ich versuchte voller Scham meinen Anzug zu richten und lief rot an im Gesicht. "Entschuldigen Sie bitte!", stotterte ich und wollte mich verabschieden. "Where are you going to, darling?", fragte Vanessa. "This is my husband, Mr. Ruben Chandler!"

Die Situation war seltsam. Mr Chandler kam auf mich zu und gab mir die Hand. "Sie sind Richard?", fragte er. Ich nickte und sah schamvoll auf den Boden. Ich erwartete einen Streit. Ich hatte schließlich seine Frau angefasst. Ruben drehte sich zu Vanessa um und hakte nach: "And my darling? Are you satisfied?" Vanessa goss sich einen Coqnac ein und nippte daran. Danach grinste sie zu mir rüber und sagte: "Oh, he was beautyful, lusty and very attractive! I like him!" Dann zwinkerte sie mit ihren großen Wimpern.

"Sehen sie, Richard? Es ist alles in Ordnung. Alles macht den Anschein, als hätten sie ordentlich Eindruck bei meiner Frau hinterlassen. Ich verstand erst nicht, was er damit sagen wollte.

"Darling, i have placed al little present for you, in the bathroom. Would you be so nice, to show me, what you have bought?" Vanessa holte die Zigarren aus der Tasche und gab ihrem Mann einen Kuss. "Sure, Ruben. And this is my favourite for you." Er nahm die Zigarren und bedankte sich. "Richard, erweisen sie mir die Ehre und bleiben noch eine Weile?"

Ich konnte das Angebot unmöglich abschlagen und nickte. Dann wurde mir ein Coqnac angeboten und eine von seinen Zigarren. "Take a cigar young man!", forderte Ruben mich auf. Es schien die Beiden nicht im Geringsten zu interessieren, dass ich totalen Mist gebaut hatte. Ich hatte ungeschützten Verkehr mit einer der schönsten Frauen, die ich je gesehen hatte.

"Ich rauche gewöhnlich nur Zigaretten!", entgegnete ich und nahm eine Zigarre. "Paffen!", warf Ruben ein und gab mir Feuer. "Wie bitte?", sagte ich. Ruben stieß ein paar Ringe des Rauches aus seinem Mund und wiederholte seine Bemerkung. "Man pafft eine Zigarre um den feinen Geschmack zu genießen!"

"Ja, natürlich!", nickte ich und suchte das Gespräch mit Ruben. Ich war völlig verunsichert und wollte wissen, was die Beiden denn noch so am Abend planten. Ruben fing an zu reden:

"Sie wirken unsicher, lieber Freund. Sehen sie, ich bin ein Geschäftsmann und habe die fünfzig, genau wie meine geliebte Gattin längs überschritten ... "

Ich schuckte und sagte überrascht: "Wie bitte?" Ruben fuhr fort:

"Ganz recht, junger Mann. Wie alt mögen sie sein? 28 oder 29? Dazu noch gut aussehend und sind für eine der angesagtesten Escortagenturen tätig." Ich nickte und sagte leise "29"

"Als ich meine Frau vor 35 Jahren in Marokko kennen lernte, war ich jung, ausdauernd und äusserst attraktiv."

Ruben setzte sich in den Korbsessel gegenüber und wies mir mit der Hand den Sessel hinter mir zu. Dann erzählte er weiter.

"Wir waren verrückt nach einander. Jetzt sind weit über 30 Jahre vergangen und ich altere schneller, als mir lieb ist. Vanessa hingegen sieht noch fast so aus wie damals. Sie hat eine Haut, wie ein junges

Mädel und ist sexy wie eine Diva. Ihre unbändige Lust stieg bis ins Unermessliche. Seit ein paar Jahren halte ich dieser ungezügelten Lust nicht mehr so stand, wie ich gerne möchte. Nach einer depressiven Phase einigten wir uns auf diesen Weg, ihre Lust zu befriedigen. Wir sind oft in Karlsruhe, weil ich meine Geschäftspartner besuche. Lange waren wir auf der Suche nach einem Mann, der öfter mit meiner Frau verkehrt. Auf der Suche nach einem Mann, der Mann genug ist, diese gut bezahlte Freundschaft zu erfüllen."

Ich war sprachlos und kippte den Coqnac in meinen Hals. Ruben kam näher und schenkte mir nach. Dann setzte er sich neben mich auf die Sessellehne. Ich wurde unruhig. Ruben seine Hand strich mir über das Haar und seine Finger strichen mir übers Gesicht. "Nun", sagte er. "Ich kann meine Frau voll und ganz verstehen!" Ich paffte derweil an der Zigarre und hoffte, dass ich bald völlige Klarheit hatte, über das was passierte.

Ruben nahm meine Hand und bat mich aufzustehen. Ich stand vor dem weißen Ledersofa und sah mir den gepfelgten Mann etwas genauer an. Ich sah etwas riesiges in seiner Anzughose wachsen. "Vielleicht setzen sie sich einfach auf das Sofa und genießen ihre Zigarre", sagte er. Ruben dimmte etwas das Licht und machte eine leise Hintergrundmusik an. "Sie mögen Ravel?", fragte er und sagte: "Kommen wir zum Geschäft. Ich bin bereit, ihnen eine beachtliche Summe von 2000 € zu bezahlen, wenn sie bereit sind, diese Nacht hier zu verbringen!"

Ich war unsicher und wollte telefonieren. "Sollten sie mit dem Gedanken spielen, ihre Agentur anzurufen, so kann ich sie beruhigen. Ich habe sie bereits die ganze Nacht im Vorraus gebucht. Bitte verzeihen sie. Aber ich überlasse ihnen natürlich die Entscheidung!"

Nun war ich baff. "Ich weiß nicht ... ", zögerte ich.

"Die zwei Riesen sind natürlich ein privates Taschengeld für sie. Die Agentur habe ich bereits bezahlt. Ich versichere Ihnen, dass meine Frau 100%ig gesund ist. Ich natürlich auch. Die Kopien beider Atteste und das Taschengeld liegen im Umschlag auf der Anrichte. Wenn sie es nach zählen möchten? Bitte seien sie völlig frei."

Ich sah auf meine Uhr und sah dann Ruben an. Ich wagte noch einen Blick auf die Coqnac-Flasche. Um nach Hause zu fahren war es recht spät. Ich hätte aufgrund des getrunkenen Alkohols eh nicht mehr fahren dürfen. Es stellte sich mir die Frage, was für eine Rolle ich in diesem Trio spielen sollte.

"Lieber Richard, seien sie ganz ungezwungen!" Ich vertraute dem Monsieur und wagte nur einen kleinen Blick auf die Anrichte als ich aufstand. Das Geld ragte gefächert mit den Spitzen aus dem Umschlag. Ich war noch nicht ganz überredet, da trat Vanessa in der gekauften schwarzen Reizwäsche in das Zimmer. Sie hatte ihre schönen Beine, die von den Nylons umhüllt waren, aufreizend in schwarze Overknie-Lackstiefel verpackt. Um den Hals trug sie eine Perlenkette und ihre Haare waren offen. Es war eine wilde schwarze Löwenmähne.

Vanessa trug kein Höschen, aber dafür den Spitzen-BH, der fast durchsichtig war. Sie stolzierte zu mir und löste meine Krawatte, die sie dann von meinem Kragen zog. Vorsichtig knöpfte sie mein Hemd auf und sagte: "Are you finished with your conversation? Can we change now to a friendlier part of this evening?"

Damit war wohl alles gesagt und ich gab mich mehr und mehr den Entkleidungskünsten der schönen Schwarzen hin. "Sehen sie?", sagte Ruben. "Sie sind schon ganz meiner Frau verfallen!" Er hatte recht. Ich hatte meine Hose auf den Boden fallen sehen und stand in meiner engen Unterhose vor Vanessa, die liebevoll über mein bestes Stück strich.

"Setzen sie sich doch, Richard!", sagte Ruben und zeigte auf das Sofa. Vanessa stolzierte zur Anrichte und holte mir noch einen Coqnac. Dabei beugte sie sich seitlich am Sofa über die Lehne und gab mir das Glas. Ich bedankte mich und nippte. Vanessas Körper beugte sich zu meiner Unterhose und befreite meinen wachsenden Schwanz.

"Geniessen sie es einfach!", sagte Ruben mit einem lüsternen Blick auf Vanessas Arsch. Vanessa umfasste mein Glied mit ihrer warmen Hand und ließ es mit ein paar Bewegungen steinhart werden. Ich hatte den

Coqnac ausgetrunken und gab mich den Lippen von Vanessa hin. "Schön nicht war?", hauchte Ruben und nahm mir das Glas aus der Hand.

Vanessa hatte meinen Schwanz in ihrem Mund. Langsam lutschte sie daran und machte mich total scharf. Ruben kam näher und entblätterte seinen glatten Oberkörper vor meinen Augen. "Richard, erweisen sie mir die Ehre und befreien meinen Tour D'Amour aus der unpassenden Fassade? Haben sie keine Angst vor Berührungen!"

Ich tat, was er von mir verlangte und öffnete vorsichtig seinen Reißverschluss, den Gürtel und ließ seine Hose auf den Boden fallen. Ruben seufzte. "Ja, so ist das gut. Sie werden sehen ... " Ich legte meine Hand auf seine Schiesser Feinripp und spürte etwas sehr großes unter meiner Hand wachsen. Sein Glied wurde steif und ich war geil, wie ein Teenager, der gerade seinen ersten Orgasmus genoss.

Ich zog langsam seine Unterhose runter und blickte direkt in seinen rasierten Intimbereich. Rubens Schwanz war ziemlich groß und dick. "Nur keine Scheu, Richard!", motivierte er mich. Ich fasste vorsichtig sein großes Glied an und nahm es in meine Hand. Es fühlte sich weich und warm an.

Meine Berührungen ließen Rubens Schwellkörper langsam anschwellen. Vorsichtig wichste ich seinen Riesen mit der Hand und zerlief unter den Lippen von Vanessa. Ich hatte es nicht mehr weit zum absoluten Höhepunkt und hoffte, dass er nicht seinen dicken Phallus in meinen Mund stopfte. Ich machte mir normalerweise nicht viel aus Schwänzen. Allerdings hatte ich einen so großen noch nie live gesehen.

Ruben war komplett erigiert und sagte: "Eine saubere Tat, die sie gerade vollbracht haben. Vanessa lag derweil schon ganz breitbeinig auf der Sofalehne mit dem Kopf auf meinen Luststab gebeugt. Ich streichelte mit der anderen Hand die glatte schwarze Haut ihres Rücken.

Ruben kam von hinten an Vanessas gespreizte Beine und strich seinen Dicken zwischen ihren Schamlippen hin und her. Ich konnte sehen, wie Ruben in sie rein glitt. Als er ganz in ihr war, hörte ich ein dumpfes

"Mmmmpf" von ihr und sie saß mit ihren Lippen ganz an meinem Schaftende. Sie hatte meine ganze Männlichkeit tief in ihrem Hals und griff mit beiden Händen in meine Haut, als Ruben hart in sie rein stieß. Er legte sofort ein Tempo an den Tag, bei dem selbst mir schwindelig wurde.

Sein dicker Dampfhammer rammte sich in den Unterleib ihres schönen Körpers. Dann kam sie hoch und ich drohte zu explodieren. Sie schrie auf und umfasste meinen Penis. Ruben fickte seine Frau innerhalb von wenigen Minuten in die Extase. Sie hechelte und leckte an meiner Unterseite. Mir schoß es aus der Eichel und spritze auf meinen Bauch. Vanessa leckte meinen Samen ab und setzte ihre Lippen wieder auf meine Eichel, um sich meinen ejakulierten Schwanz noch ein Mal tief in den Mund zu schieben. An ihrem Rücken spürte ich, dass ihr Körper bereit war, zu kommen.

Vanessa schrie auf und zuckte. Wie ein Wolf streckte sie den Kopf in die Luft und erlag Rubens Riesen, der sie geschafft hatte. "Sehen sie, Richard? Ein unglaublich schönes Erlebnis nicht wahr?" Ich war voll auf meine Kosten gekommen und nickte. "Wenn sie wollen, das Bad gehört ihnen!" Ruben ging in das andere Zimmer.

Schlafstörungen

Vanessa war zufrieden und grinste mich an. "Thanx for your action, my friend!" Sie kam mit ihrem Kopf von mir herunter. Die Suite hatte sowohl ein wohnraumähnliches Zimmer, wie auch zwei Schlafzimmer mit jeweils einem Doppelbett. Das musste ein Vermögen pro Nacht gekostet haben. Ich ging ins Bad und erholte mich unter der Dusche. Ich hatte mir gerade die Haare eingeschäumt, da öffnete sich die Plexiglastür und Vanessa kam zu mir.

"Can i spend some time with you under the shower?", fragte sie und trat vorsichtig zu mir in die Dusche. Ich wusste nicht, was das sollte, aber irgendwie schien Vanessa mich zu mögen. Ich duschte mit ihr zusammen und seifte ihren Körper ein. Dann duschte ich sie ab, als sie mit dem Rücken an meinem Körper stand und sich an mich lehnte. Sie legte den Kopf zur Seite und hauchte. "This is so nice. You know, you are a good looking man?", sagte sie und ließ das Wasser über ihren Körper laufen.

Ich genoss die Nähe der schwarzen Fremden. Wir waren fertig und verließen die Dusche. Ich trocknete mich ab. Dann sah ich Vanessa zu, wie sie sich abtrocknete. Ich wollte gerade meine Unterwäsche anziehen, da zischte sie mir zu: "Wait a minute!" Ich sah sie an und wartete. "What's up with your husband?"

Vanessa lachte und sagte, Ruben müsse den nächsten Morgen früh aufstehen. Dann lockte sie mich in das Schlafzimmer und machte die Nachttischlampe an. Ich sah sie verwundert an und fragte was das sollte. "Are you afraid to sleep in this bed with a naked woman?" fragte Vanessa und ging noch ein mal ins Bad. Ich macht es mir auf dem Bett gemütlich und wartete auf meine schwarze Schönheit. Vanessa hatte das Licht in sämtlichen Räumen der Suite ausgeschaltet und legte sich neben mir ins Bett.

Sie legte ihre dunkle Löwenmähne auf meinen Oberkörper, so dass ich mit den Fingerspitzen über ihren Rücken streichen konnte. Ihre Haut war ganz warm und weich. Ich spürte Vanessas warme Hand die meinen Bauch streichelte. Ich fühlte mich wohl in ihrer Nähe. Irgendwann musste ich eingeschlafen sein.

Ich erwachte, als ich ein warmes Gefühl in der Leistengegend spürte. Ich wusste erst gar nicht, wo ich war. Ein Blick zu meinem Bauch spülte die Erinnerung wieder kurz in mein Gehirn. Vanessa war gerade damit beschäftigt aus meinem schlaffen Penis, einen riesigen Zauberstab zu machen. Sie küsste vorsichtig in meinen Leisten während sie ihre Hand fest um Hoden und Schwanz, zwischen meinen Beinen geschlossen hatte.

"What are you doing?", fragte ich, aber Vanessa antwortete nicht. Sie schob ihre Lippen auf meine Eichel und überließ mich ihrem Mund. Ich legte vorsichtig meine Hand in Vanessas Nacken und ließ mich blasen. Diese Frau war einfach so Lust bereitend, dass ich ihr hemmungslos verfiel. Vanessas Finger massierten einen empfindlichen Punkt unter meinen Hoden, als sie sich meinen hart gewordenen Phallus tief in ihren Mund steckte. Mit Druck auf den Lippen rutschte sie über meinen

Schaft und hatte es geschafft, meinen Schwanz auf eine pochende Größe zu bringen.

Ich merkte an der Vorhaut, dass mein ganzer Schwellkörper auf Spannung stand. Wortlos schob Vanessa ihren schönen Körper Stück für Stück zu mir hoch, während sie dabei meinen Bauch und die Brust küsste. Ihre warme Haut glühte fast. Sie schob sich weiter und saugte sich mit ihren Lippen an meinem Adamsapfel fest. Vorsichtig leckte sie dann meinen Hals hoch, bis ihre nassen Lippen auf meinen landeten. Ihre wilde Zunge schob sich dazwischen und forderte mich zu einem Zungenkampf auf.

Im Eifer des Gefechts nutzte sie die Kusseinlage, um ihren schlanken Körper, wie den Schlitten einer Pistole, auf mir zu positionieren. Dann schob sie ihren nassen Schlitz auf meinem harten Schwanz hin und her. Er glitt wie ein geschmiertes Lager zwischen ihren Schamlippen, bis sie mit den Händen den Oberkörper anhob und sich selbst auf meinem Phallus auf spießte. Ihre Lippen öffneten sich weit, um ein lautes "your hardy is beautiful" zu stöhnen.

Ich konnte das Glühen in ihrer Vagina fühlen. Sie war heiß und sehr nass. Vanessa setzte sich auf und versteckte meinen Schwanz tief in ihrem Body. Sie hielt still und ließ den Moment auf uns wirken. Ihr Scheidensaft lief an meinem Hoden herunter. Sie war mehr als nur nass. Mein Penis bekam sich gar nicht mehr ein und zuckte in ihrer engen Fotze.

"Wanna eat my boobs?", grinste sie und wartete. Ich ließ mir das nicht zwei Mal sagen und packte mit meinen Händen ihre schlanke Taille, um meinen Oberkörper hoch zu ziehen. Ich setzte meine Lippen auf die dunkle dicke Brustwarze und lutschte an ihr. Sie schien zu versteinern und Vanessa schlug die Zähne auf einander. Ein lautes knurren, wie ein Hund kam aus ihren Lippen, als ich an ihren verhärteten Perlen knabberte.

Ich hatte beide Brustwarzen hart gespielt und spürte das Zucken Vanessas Lustschnecke. Ich war mir nicht sicher, ob sie von einem Lustschub überrascht wurde, aber ihre Brustwarzen mussten wohl die empfindlichste Stelle ihres Körpers gewesen sein. Plötzlich überfiel mich Vanessa wie ein wildes Tier und drückte meinen Oberkörper in das Bett. Ihr voller Mund schob sich auf meine Brustwarze und mit kleinen Liebesbissen reizte sie meine erogene Zone bis aufs Schärfste.

Mit einem heftigen Stoß rammte sie sich meinen Luststab in ihre Muschel, indem sie mit ihrem Schambein auf mein Becken knallte. Ich windete mich vor Lust und schnappte nach selbiger. Dann fing Vanessa an mich zu reiten. Mich überkam der Lustrausch und ich hatte nur noch den Wunsch sie zu berühren. Vanessa aber griff nach meinen Handgelenken und hielt sie über meinem Kopf fest. Ihr schlanker Body knallte auf meinen Unterleib.

Ich wurde wahnsinnig vor Lust und schnaufte. Ihre Finger wickelten sich wie Schraubzwingen um meine Handgelenke. Ich hatte meine Beine flach angewinkelt. Vanessa nutzte das und schob ihre Unterschenkel unter meine Beine. Ihre Füsse presste sie auf meine Unterschenkel und holte sich so den nächsten Schwung für ihre heftigen Bewegungen. Ich drohte zu kommen und Vanessa presste ihr Becken fest auf mich.

Es zuckte nur so vor Lust in meinem Schwellkörper. Vanessa beobachtete meine Reaktion und ich spürte, wie der Saft in mir hoch schoss. Ich war schnellatmig und hauchte die Lust aus. Vanessa schien es zu spürten und sagte: "I wanna see ya spunk!" Dann hob sie ihr Becken und löste meinen pochenden Phallus aus ihrer engen Muschel. Er stand steif nach oben und zuckte unter ihrem Unterleib. Dann fing ich richtig an zu stöhnen und es spritzte aus meiner Eichel.

Vanessa beobachtete mein Abspritzen und küsste mich dann. Ihre nassen Lippen wanderten herunter zu meinem Bauch. Es sah aus wieder Morgentau auf einer Wiese. Vanessa spielte mit ihrer Zunge in meinem warmen Schuss und leckte es auf, wie ein Eis was schmolz. Sie leckte mich "sauber" und widmete sich meinem nur noch leicht erigierten Schwanz. Sie nahm ihn in den Mund und versuchte, die noch auf der Eichel liegenden Tropfen zu ergattern. Sie lutschte alles weg und legte ihren Kopf auf meinen Bauch.

Ich streichelte ihren Rücken, während sie meinen schlaffen Penis mit sanften Küssen bedeckte. Das Streicheln ließ mich irgendwann einschlafen. Der warme Kopf von Vanessa blieb liegen.

Ich wachte auf durch ein Klopfen an der Tür. Ich schlug die Augen auf und sah mich um. Es war der Morgen danach. Vanessa war nicht mehr da. "Machen sie bitte die Tür auf!". hörte ich eine männliche Stimme im Flur rufen. Dann kam wieder dieses Klopfen. "Sofort aufmachen!", sagte eine andere Stimme.

Ich wusste nicht was los war. Mein verschlafener Körper erhob sich aus dem Hotelbett. Ich nahm meine Unterhose und wagte einen Blick in das andere Zimmer. Auch Ruben war nicht da. Dann sah ich auf die Anrichte. Die Atteste waren weg, aber der Umschlag mit dem Geld lag noch da. Ich nahm das Geld und schob es hinten in meine Unterhose. Auf dem Sofa lag noch ein Handtuch. Ich nahm es und wickelte es um meine Hüften, dann ging ich zur Tür.

Die Tür wurde aufgeschlagen und zwei Männer in Zivilkleidung mit Pistolen bewaffnet sahen mich an. "Kriminalpolizei! Sind sie allein?", fragte der Eine. Ich nickte und trat zur Seite. Die Beamten betraten die Suite und sahen sich um. Der Eine zeigte mir zwei Fotos von verdächtigen Personen, die sie suchten. Es waren Vanessa und Ruben. Ich verstand nicht, was das sollte. Ich durfte mich anziehen. Meine Personalien wurden aufgenommen und ich bekam einen Termin zum Erscheinen in der Dienststelle am Nachmittag.

Ich war geschockt, aber ich verschweig den Beamten was vorgefallen war. Auch das Geld für meine Sexdienste verschwieg ich vorerst. Ich hatte mich, wie ich sagte, nur geschäftlich mit Ruben getroffen. Ich verließ das Hotel und ging zu meinem Auto, welches auf der Rückseite des Hotels stand. Auf dem Weg dorthin versuchte ich über meine Agentur die Telefonnummer von Ruben heraus zu finden.

Allerdings war das Handy von Ruben nicht mehr erreichbar. An meinem Auto klemmte ein Kuvert hinter dem Scheibenwischer. Drinnen war eine Nachricht von Vanessa:

"Richard, my friend. I hope, you enjoyed the night. I wanna see you soon. Kisses Vanessa!"

Catharinas Ferien

"Wie wäre es mit der?" fragte Yannick seinen Freund Noel und zeigte diskret auf eine blonde Frau, die an der Bar saß und dem Treiben in der Disco zusah. "Hm" machte Noel "nicht schlecht. Meinst du sie ist allein hier? Vielleicht ist ihr Mann auch hier, die gehen doch selten allein. Sieht toll aus, scharfes Weib"

Beide waren Einheimische, Anfang 20, schwarz wie die Nacht und kräftig. Sie saßen an einem Tisch in einer Disco in Ukunda, in der Nähe von einer Beach. Sie machten das regelmäßig, beobachteten Urlauberinnen, suchten sich ein Opfer und versuchten dann ihr Glück. Sie hatten dabei immer gute Chancen. Beide waren arbeitslos und hatten keine Perspektive. Das was sie hier machten, war Zeitvertreib. Sie waren sexhungrig. Es hatte sich die Meinung unter den afrikanischen Männern durchgesetzt, dass sehr viele weiße Frau, vor allem etwas ältere, geil auf schwarze Männer waren. Oft genug hatten die Beiden das schon erlebt. Die guten Klamotten die sie trugen hatten sie von weißen Frauen, die sie immer wieder wollten, die regelrecht anriefen und sagten, was sie für Männer wollten. Ohne Scheu sagten sie das. Erst letztens hatten sie eine weiße Frau, die schon über 50 war. Die wollte nur lange und harte Schwänze spüren, sie wollte es richtig besorgt haben.

Nun, dafür waren die beiden Schwarzen sehr gut geeignet. Sie hatten Beide lange und große, harte Schwänze und sie waren nicht zimperlich im Umgang mit den Frauen. Die weißen Frauen wollten das auch so. Die wollten respektlos behandelt werden.

Die Frau, die sie sich heute ausgesucht hatten, war Anfang 40, lange blonde Haare, offensichtlich Deutsche. Sie hatte ein leichtes Sommerkleid an und saß auf einem der Hocker an der Bar. Sie hatte sich zur Tanzfläche umgedreht um die Pärchen dort zu beobachten. Yannick hatte sofort gesehen, dass ihr Kleid etwas nach oben gerutscht war. Unbeabsichtigt zeigte sie jetzt etwas mehr von ihren Beinen. Es war sogar ein Teil ihres nackten weißen Schenkels zu sehen. Offensichtlich war sie erst seit ein Paar Tagen hier, denn ihre Haut war noch schneeweiß. Sie hatte schöne große Brüste und eindeutig keinen BH unter dem Kleid, denn man sah ihre Brustwarzen durch das dünne Kleid.

Die beiden Schwarzen beobachteten die Frau nun genau und sahen, wie ein Mann zu ihr trat, der offensichtlich stark betrunken war. Es gab eine kurze Auseinandersetzung zwischen den Beiden.

"Scheiße" sagte Yannick "das scheint ihr Mann zu sein." "Ja" meinte Noel "der ist aber schon ziemlich voll."

Die Frau schubste den Mann jetzt ärgerlich weg und drehte sich um. Der Mann verließ daraufhin achselzuckend und torkelnd den Raum. Nun waren die Beiden doppelt aufmerksam. Die Schwarzen sahen, wie sich die blonde Frau nun einen Rum bestellte und zwar einen Doppelten.

Catharina hatte sich schon den ganzen Tag auf den Besuch der Disco gefreut. Sie wohnte, gemeinsam mit ihrem Mann, gegenüber der Disco im Beach Hotel. Valentin, ihr Mann, hatte keine Lust zum Tanzen, kam aber trotzdem mit. Er hatte einen nach dem anderem getrunken und nun war er, nach kurzer Zeit so voll, dass er nicht mehr stehen konnte. Catharina ärgerte sich darüber. Sie wollte gern tanzen und einen schönen Abend verleben. Schließlich waren sie hier im Urlaub, der erste Urlaub ohne Kinder. Aber nun war sie plötzlich allein. Valentin war aufs Zimmer gegangen und hatte sie allein zwischen lauter Schwarzen zurück gelassen. Ärgerlich stürzte sie den doppelten Rum hinunter und bestellte sich gleich einen Zweiten hinterher.

Seit vier Tagen waren sie jetzt hier. Immer saß er nur an der Hotelbar. Keine Safari, keine Disco, noch nicht einmal mit ihr geschlafen hatte er in den vergangenen Tagen. Catharina war frustriert. Die Musik war laut und man konnte teilweise sein eigenes Wort nicht verstehen. Auch den zweiten Rum hatte sie schnell ausgetrunken und war am Überlegen, ob sie auch gehen sollte. Sie schaute sich um, aber es waren keine Tanzpartner zu sehen. Die Urlauber die hier waren, waren alle mit Partner. Sie wollte ja nur ein bisschen tanzen. Nur die beiden großen schwarzen Kerle, die sie immer wieder anschauten und grinsten hatte sie bemerkt.

Da wurde es plötzlich ruhig. Nun wurden langsame und melodische Titel gespielt und Catharina summte leise mit. Der Rum tat nun seine Wirkung und ihr war recht schwindelig, denn vier davon hatte sie recht schnell und ärgerlich in sich hinein geschüttet.

Schon vor dem Abendessen gab es Ärger. Ihr Mann kümmerte sich eigentlich gar nicht um sie, aber er hatte sich darüber aufgeregt, dass sie ihr dünnes und sehr leichtes Sommerkleid ohne BH tragen wollte.

Na und, hatte sie auf seine Meckereien geantwortet, zu Hause laufe ich den ganzen Tag eingeschnürt im Kostüm durch die Gegend. Hier wollte sie das nicht. Keiner kannte sie hier, sie hatte Urlaub und sie wollte einmal frei sein von allen Zwängen.

Also hatte sie sich durchgesetzt, hatte nur einen kleinen cremfarbenen String Tanga untergezogen und sonst nichts. Die diskreten Blicke der Männer, im Hotel, hatte sie wohl bemerkt und es hatte sie angetörnt. Vielleicht schaut ja auch dein eigener Mann, hatte sie gedacht, und es wird eine schöne Nacht. Aber nein, er besäuft sich lieber.

Die Musik war nun schön ruhig und melodisch. Ach, dachte sie, bestell dir noch einen Rum und schau noch ein Bisschen und dann gehst du eben. Aber vorher muß ich pinkeln, dachte sie. Sie bestellte sich noch einen Doppelten und sagte dem Barkeeper, dass sie gleich zurück- kommen würde. Dann rutschte sie mit ihrem Hintern vom Barhocker, um zur Toilette zu gehen.

Yannick stieß seinen Kumpel Noel an. "Schau dir das an" raunte er ihm zu und wieß mit dem Kopf zur Bar. Beide schauten jetzt zu, wie Catharina, sehr unsicher, versuchte vom Barhocker herunter zu kommen. Mit dem Hintern rutschte sie zum Rand des Hockers, ihr Kleid schob sich nach hinten, gab ihre schönen weißen Schenkel fast vollkommen frei. Da sie, Halt suchend, ein Bein abspreizte, sahen die beiden Schwarzen sogar ihr Höschen, dass im Schritt ziemlich dick war. Als sie dann, auf ihren Hakenschuhen zur Toilette ging, schaukelten ihre weichen Brüste im Kleid hin und her. Von hinten sahen sie dann, ihren schönen weichen Hintern und wie der sich beim Gehen bewegte. Das leichte dünne Kleid hatte sich etwas zwischen ihren Backen verklemmt. Catharina fasste nach hinten und zog es heraus. Deutlich sah man das schmale Band des Strings durch das Kleid.

"Supergeile Ehefrau und hübsch ist sie auch noch" stöhnte Yannick mit einem steifen Schwanz in der Hose. "Wollen wir die richtig aufbocken?" fragte er seinen Kumpel Noel. "Da kannst du sicher sein" sagte der und leckte sich genüsslich die wulstigen Lippen. Auch sein Schwanz war steif.

Beide standen jetzt auf und gingen zur Bar. Der Eine stellte sich links, der Andere rechts neben Catharinas Platz.

Als Catharina zurückkam, setzte sie sich wieder, mit dem Rücken zur Bar, lehnte sich an, nahm ihren Rum und trank. Yannick und Noel schauten sie nun von der Seite an und geilten sich dabei richtig auf. Catharina trank ihren fünften doppelten Rum und hatte sich zurück gelehnt. Yannick und Noel sahen von der Seite nun sehr schön ihre große Brust. Sie zeichnete sich sehr deutlich und weich unter dem dünnen Kleid ab. Wegen ihrer Größe hingen sie etwas aber gerade das machte die Beiden so richtig an. Ihre Brustwarzen stachen aus dem Stoff des Kleides hervor. Sie mussten ziemlich groß sein. Catharina hatte ihre Beine auf dem Barhocker übereinander geschlagen und Yannick schaute sich nun in aller Ruhe ihren freien und nackten weißen Schenkel an. Er war richtig steif und seinem Freund Noel ging es nicht anders. Catharina summte die Melodie des langsamen Titels mit und bekam nichts davon mit, dass die Beiden sich an ihr aufgeilten.

Noel beugte sich jetzt, auf einen Wink seines Freundes hin, zu Catharina. "Darf ich mal mit Ihnen tanzen?" fragte er freundlich. Catharina schaute ihn an, lächelte und sagte

"Oh, gern. Ich hatte nicht gedacht, dass Heute überhaupt noch jemand fragt."

"O.k." sagte Noel "Dann trinken wir erst mal und dann gehen wir schön tanzen."

Beide hoben ihre Gläser und prosteten sich zu.

"Ich heiße Noel und das ist mein Freund Yannick." sagte Noel.

"Und ich bin Catharina." sagte sie.

"Darauf trinken wir aber immer aus, sonst ist das unhöflich." sagte Yannick und zeigte auf Catharinas halb volles Glas.

"O.k." sagte sie und trank alles aus.

"Hui, mir ist so schwindelig" hauchte Catharina.

"Das ist nur die Hitze" meinte Noel "Gehen wir jetzt?".

"Gern" hauchte Catharina. Sie war schon mächtig angeschossen und der letzte Schnaps war ihr in alle Glieder gefahren. Unsicher versuchte sie vom Stuhl herunter zu kommen.

"Darf ich helfen?" fragte Yannick. Flink stand er auf, fasste Catharina in ihren Hüften und hob sie vom Stuhl.

"Oh" sagte Catharina "das war nett, danke".

Als sie nun vor Yannick stand, musste sie nach oben schauen. Mit ihren 1,70 war sie nicht klein, aber der Schwarze vor ihr war mindestens 1,90. Yannick war zum Bersten steif und sein Glied zeichnete sich deutlich in seiner Hose ab. Er hatte ihre weichen Hüften gefühlt und seine Hand hatte ganz kurz die Unterseite ihrer Brust gestreift. Noel hatte Catharinas Hand gepackt und zog sie nun zur Tanzfläche.

"Die ist schon richtig" hauchte er seinem Freund kurz zu. "Ein Bisschen werden wir ihr noch einhelfen, damit sie schön gefügig ist" raunte der zurück.

"Aber nicht so viel" sagte Noel "ich will nachher hören, wie sie schreit und deshalb muß sie mitbekommen was wir mit ihr machen".

Yannick nickte begeistert und bestellte drei große Trinks, bestehend aus Rum, aufgefüllt mit Limonen und Eis. Der Trink würde sie umhauen und schön gefügig machen.

Unterdessen waren Noel und Catharina auf der Tanzfläche angekommen. Catharina war dankbar, dass Noel sie in den Arm nahm. Ihre Beine waren weich wie Butter. Aber die Musik war so schön und so schmiegte sie sich an den großen Schwarzen und ließ sich führen. Ihre rechte Hand hatte sie auf seinem linken Oberarm und fühlte seine harten Muskeln. Er hatte seine Hand in ihren Hüften und während er mit ihr tanzte, streichelte er ihr mal über das weiche Hüftfleisch, ließ seine Hand mal über ihren Rücken gleiten, drückte mal sein Knie zart gegen ihre Schenkel. Catharina genoß alle diese Berührungen und gab sich ganz dem Augenblick hin.

Beim zweiten Titel wurde Yannick mutiger. Seine Hand war nun etwas höher gerutscht. Vorsichtig und zart strich er mit dem Daumen über das weiche Fleisch ihrer Brustunterseite. Immer wieder tat er das und er merkte, dass sie das offensichtlich mochte. Auch beim dritten Titel machte er das und ließ außerdem seinen Daumen manchmal, aber immer häufiger über ihre Brustwarze streichen. Catharina seufzte dabei immer auf, zuckte jedes Mal zusammen wenn sein Daumen über ihre inzwischen harten Brustwarzen strich und sah ihn ernst dabei an, aber sagte nichts. Auch er sah ihr in die Augen, zog sie noch enger an sich und presste nun, während des Tanzes seinen Unterleib gegen ihren.

Catharina spürte sein großes hartes Glied sofort durch ihr Kleid auf ihrem Schamhügel. Sie schloß die Augen, holte tief Luft und spürte, wie sie augenblicklich feucht zwischen ihren Beinen wurde. Noels Hand lag nun auf ihrem weichen Hintern. Mit seiner Hand drückte er sie nun noch enger an sich, bückte sich etwas und schob ihr seinen strammen Hügel richtig zwischen die Beine.

Durch die Tanzbewegungen rieb sein steifer Schaft nun immer wieder an ihrer inzwischen nassen Scheide auf und ab. Catharina merkte, wie sie unten augenblicklich dick wurde. Ihre Schamlippen schwollen stark an. Aber es war so schön. Als er sich zu ihr beugte, um sie auf den Hals zu küssen, hörte er ihren keuchenden Atem. Mit seiner Hand streichelte er ihre Backen und drückte sie. Er fühlte das nackte weiche Fleisch ihrer Hinterbacken durch das dünne Kleid. Catharina war durch den Alkohol enthemmt und ließ sich das, was Noel mit ihr macht gern gefallen. Er hatte sie inzwischen schon schön hoch gebracht. Ihr Herz klopfte, ihr Atem ging sehr schnell.

Leider war dann die Musik zu Ende. Bedauernd sah sie Noel an. "Tanzen wir dann noch mal?" fragte er vorsichtig. "Gern" hauchte sie nur und sah ihn an.

Während er sie wieder zur Bar führte, schaute er seitlich auf ihre Brüste. Ihre Brustwarzen waren nun richtig steif. Sie war heiß, das stand fest. Diskret rieb er sich seinen strammen Schaft.

Als sie an der Bar ankamen blinzelte er seinem Freund zu.

"Die ist heiß wie verrückt" raunte er ihm leise zu. Yannick grinste.

"Ihr habt bestimmt Durst" sagte er und reichte Catharina das Glas. Catharina war durch den Tanz mit Noel und seine Berührungen sexuell stark erregt und etwas verschwitzt.

"Ja" lallte sie "das kann ich jetzt gebrauchen". Sie nahm einen großen Schluck aus dem Glas und danach noch einen. "Mh" machte sie "der ist ja süffig".

"Das bist du auch" raunte Noel ihr zu und stieß, mit Absicht, ihre Zigaretten von der Bar.

"Oh, Entschuldigung" sagte er.

"Macht doch nichts" sagte Catharina und wollte sich bücken um die Schachtel auf zu heben. Aber es sauste so sehr in ihrem Kopf, dass sie erst einmal Luft holen musste. Sie stand an die Bar gelehnt, der starke Alkohol forderte jetzt seinen Tribut. Noel hatte sich vor sie gehockt und tat so, als ob er die Schachtel suchen wollte. Dabei schaute er diskret nach oben, unter den Rock ihres Kleides. Ihre Beine waren leicht gespreizt und so sah er ihre weißen Schenkel und dazwischen ihr Höschen. Zwischen ihren Beinen war alles recht stark angeschwollen.

Ihr Höschen spannte sich über ihren Schamhügel und er sah deutlich die Teilung in der Mitte, die durch ihre dicken Schamlippen hervorgerufen wurde.

Oh mein Gott, dachte er, gleich bist du dran. Das möchte ich mir in Natura anschauen. Sein Schwanz war steif bist zum Bersten.

Da fing die Musik wieder an zu spielen. Ein schöner langsamer Titel, bei dem auch noch das Licht abgedunkelt wurde.

"Wollen wir noch mal?" fragte er nun Catharina.

"Gern" hauchte sie voller Erwartung. "Aber dann muß ich, glaube ich, gehen."

"Dann trink schnell aus". sagte Noel "dann gehen wir noch mal schön tanzen und bringen dich dann zum Hotel rüber".

"Ihr seit lieb" lallte Catharina und stürzte den Rest, immerhin noch ein halb volles Glas, hinunter.

Noel fasste ihre Hand und führte sie zur Tanzfläche. Seinen rechten Arm legte er nun um sie. Sofort rutschte diesmal seine Hand unter ihre rechte Arschbacke. Er hob ihre Backe an, drückte sie fest und presste Catharinas Unterleib, gleichzeitig, gegen seinen steifen Schwanz. Dann begann er seinen strammen und harten Hügel an ihrem Unterleib zu reiben. In Catharinas Kopf rauschte es. Ihr Herz klopfte wie verrückt. Deutlich spürte sie sein hartes und offensichtlich großes Glied auf ihrer Scheide. Sie spürte, wie ihr das Blut in die Schamlippen schoß. Ihr Atem ging stoßweise. O Gott, dachte sie, das war so schön. Ihre roten Fingernägel gruben sich in seine Armmuskeln.

"Ist das schön für dich?" flüsterte er und rieb immer wieder sein steifes Glied, im Rhythmus der Musik an ihrer geschwollenen Scheide.

Sie sah ihn mit offenem Mund an, ihre Lippen waren feucht und rot. Seine Lippen berührten ihren Hals. Seine linke Hand löste sich nun von ihrer und legte sich in ihre Hüften, mit der rechten Hand drückte er immer wieder hart ihre Arschbacke. Es machte ihn so an, das weiche Fleisch ihres Hinterns zu spüren, dass sein Griff hart und rabiat wurde.

Catharina zitterte und keuchte immer stärker. Innerlich wünschte sie sich, dass der Musiktitel ewig dauern möge. Nun zog er seine linke Hand langsam von ihrer Hüfte und schob sie über ihren Bauch nach unten. Mit den Fingern berührte er schon ihren Schamhügel.

"Nein" stöhnte Catharina "nein, lieber nicht".

"Doch, komm, es ist schön für dich, komm, laß dich fallen, ich möchte dich gern richtig ficken, du bist eine so tolle Frau". Flüsterte er ihr leise ins Ohr.

"Ich bin doch verheiratet, mein Mann wartet auf mich."

Gleichzeitig löste sich aus ihrer Kehle ein leiser und erstickender Schrei. Seine Hand hatte ihren schwachen Widerstand überwunden. Er drückte ihr seine Finger zwischen ihre Beine und begann ihre Scheide zu massieren. Deutlich spürte er ihre weichen und dicken Schamlippen, hart drückte er zu. Fast automatisch drückte Catharina ihren Unterleib nach vorn, machte die rollenden Bewegungen mit und keuchte.

"Der schläft schon, komm, komm mit, ich schieb ihn dir schön tief rein, unten. Das ist richtig schön für dich."

"Oh" keuchte Catharina. Ihre Hände hatte sie nun Beide auf seine Schultern gelegt. Tief gruben sich ihre roten Fingernägel in seine dunkle Haut. Sie genoß seine Berührungen zwischen ihren Beinen in vollen Zügen. Sie spürte seine Finger durch ihr Kleid und durch ihr Höschen zwischen ihren Schamlippen. Hart rieb er ihren Kitzler. Gleichzeitig spürte sie, wie es in ihrem Kopf anfing zu rauschen. Dann sackten ihr ihre Beine weg. Durch den Alkohol und die starker sexuelle Erregung konnte sie sich nicht mehr auf den Beinen halten, fasst wäre es ihr auf der Tanzfläche gekommen. Noel fing sie auf und führte sie von der Tanzfläche. Dabei küsste er sie auf ihren Hals und auf ihren Nacken.

"Sie ist soweit, die ist geil bis zum Abwinken". flüsterte er Yannick zu, der das Treiben beobachtet hatte.

"Wohin mit ihr" fragte der nun erregt. Da kam ihnen der Barkeeper zu Hilfe.

"Schafft die Frau hier raus" sagte er "Ich will keinen Ärger mit der Touristenpolizei. In meinem Büro kann sie sich eine Weile ausruhen und dann bringt ihr sie rüber ins Hotel".

Die beiden Schwarzen sahen sich begeistert an, das war die Gelegenheit.

"Komm, wir bringen dich raus hier" sagte er zu Catharina. "Ja", lallte sie "rausgehen, frische Luft, Hotel". Noel legte sich ihren linken Arm um den Hals, mit seiner rechten Hand fasste er ihre Hüfte und ging mit ihr zum Ausgang. Yannick ging hinterher und freute sich auf das was nun unweigerlich kommen würde.

Kurz vor dem Ausgang bog Noel ab in einen dunklen Gang, öffnete die Tür zum Büro und schleppte Catharina hinein. Yannick schloß die Tür hinter sich und drehte den Schlüssel im Schloß herum. Nun waren sie mit der scharfen und angetrunkenen Frau allein. Kurz sahen sie sich um. Das Büro war schmuddelig, aber es gab eine recht breite und stabile Liege in dem Raum. Noel führte Catharina nun zu der Liege.

"Komm" sagte er "Setz dich, du musst dich ausruhen."

Yannick war hinter die Liege getreten und sah Catharinas Rücken. Noel setzte die Frau nun auf die Kante der Liege.

"Ja, danke" lallte Catharina "ausruhen, einen Moment".

"Ja" sagte Noel und beugte sich zu ihr herunter. Dann nahm er ihren Kopf in seine linke Hand und ihr rechtes Ohrläppchen zwischen seine wulstigen Lippen. Dann küsste er sie auf den Hals und wanderte so mit seinem Mund in Richtung ihrer Schultern.

"Wir sind ganz allein" flüsterte er ihr heiser ins Ohr "Keiner stört uns hier. Komm mein Schatz, zieh dich aus, ganz nackt."

"Nein, bitte nicht" lallte Catharina, aber Yannick hatte ihr schon von hinten den Reißverschluß ihres Kleides mit einem Ruck nach unten gezogen.

"Doch" sagte Noel nun heiser vor Erregung. Seine Hoden waren stramm und taten weh. Dieses weiße Weib war so scharf. Er legte eine Hand auf Catharinas Hinterkopf, ließ seinen Mund höher wandern und presste ihn auf ihre weichen roten Lippen. Gleichzeitig schob er ihr seine Zunge in den Hals. Catharina keuchte nur noch. Sein Griff war so hart. Sie spürte seine Lippen auf ihrem Mund und seine Zunge in ihrem Hals. Ihr Widerstand erlahmte langsam, sie hatte keine Kraft und keine Lust, sich gegen die beiden Schwarzen zu wehren. Noch presste sie ihre Hände gegen Noels Oberkörper, spürte aber, wie plötzlich die Träger ihres Kleides über ihre Oberarme rutschten und wie ihre Arme beide nach unten gedrückt wurden. Dann wurde das Oberteil ihres Kleides mit einem Ruck über ihre Brüste nach unten gezogen. Von hinten schoben sich dann zwei große schwarze Hände über ihre Brüste und begannen sie hart zu drücken. Ihr weißes weiches Brustfleisch quoll zwischen Yannicks Händen heraus. Hart massierte er ihre großen braunen Nippel.

"Steh auf" sagte Noel nun erregt "ich will dich anschauen".

"Nein" jammerte Catharina "ich kann nicht stehen. Was macht ihr mit mir."

"Komm hoch" sagte Noel und hob sie mit dem Hintern von der Liege, bis sie vor ihm stand. Ihre großen weißen Brüste hingen nun frei, ihre Brustwarzen waren steinhart und angeschwollen.

"Man bist du ein geiles weißes Weibstück" stöhnte Noel "Dir werden wir es jetzt schön besorgen. Daran wirst du noch lange denken." Wieder beugte er sich nach unten, nahm ihre linke Brust in die Hand, hob sie an und stülbte seinen Mund über ihre Brustwarze. Catharina schrie geil auf. Mit seiner linken Hand schob er ihr Kleid über ihre Hüften nach unten und ließ es auf den Boden fallen.

Yannick fasste nun mit beiden Händen die dünnen Bänder ihres Strings und riß sie kaputt. Dann fetzte er ihr ihren Slip von den Hüften und warf in auf den Boden. Catharina war nackt und wand sich in Noels harten Griff. Sie keuchte laut.

Yannick sah nun ihren schönen weißen und ausgeprägten Hintern vor sich und war so überwältigt davon, dass er sich seinen rechten Zeigfinger in den Mund schob. Dann bückte er sich, zog Catharinas Arschbacken weit auseinander, schob ihr seinen Zeigefinger zwischen ihre schönen Backen und begann ihre rosa Rosette zu massieren. Catharina schrie auf und schob ihren Unterleib, um dem Finger in ihrem Hintern zu entkommen, nach vorn. Aber es nützte nichts. Noel drückte nun mit seiner Hand auf ihre nackten Schamlippen und schob ihr zwei seiner großen Finger in ihre Scheide. Die Schwarzen keuchten vor Gier, Catharina schrie vor Schmerz, aber auch in unbändiger Geilheit.

Noel hatte seine Finger so tief in ihrer Scheide, dass sie aufkeuchte. Er spreizte sie in ihr, zog sie heraus, schob sie wieder tief hinein und weitete sie dabei. Mit seinem Daumen drückte er auf ihren Kitzler und massierte ihn.

"Ich habe eine schönen langen und steifen Schwanz." sagte er "Soll ich ihn dir schön tief rein schieben, möchtest du das gern, hm, komm, sag es mir. Du bist so geil, ich mach es dir richtig schön und richtig hart." Er keuchte vor Erregung und drückte sie zurück auf die Liege.

Gemeinsam legten sie die Frau auf den Rücken. Noel öffnete seine Hose und zog sie aus. Dann zog er seine Unterhose herunter. Sein bis zum Bersten steifer Schwanz sprang wie eine Sprungfeder heraus und stand steil von seinem Körper ab. Er war sehr lang und dick. Auch Yannick hatte seine Hose ausgezogen. Auch sein Schwanz war steif und groß.

Noel beugte sich zu Catharina herunter, küsste sie auf den Mund und drückte dabei hart ihre Brüste. Catharina keuchte und wand sich auf der Liege wie eine Schlange.

"Komm" sagte nun Yannick "Komm, zeig sie uns, mach deine Beine breit, wir wollen sehen wie du aussiehst dort unten. Wir wissen dass du geil bist und dass du es gern von uns besorgt haben willst".

Catharina war durch den Alkohol und das was Noel mit ihr beim Tanzen gemacht hatte nun vollkommen enthemmt. Es war ihr mittlerweile auch egal, sie wollte jetzt nur noch kommen, sie war supergeil. Sie wollte nun die großen Schwänze in sich spüren.

"Schaut mich an" sagte sie keuchend, ihre Stimme zitterte vor Geilheit "macht mit mir was ihr wollt, nur, macht es, jetzt."

Sie zog ihre Beine hoch und spreizte sie auseinander. Noel schaute ihr dabei zu, Yannick wichste sein Glied.

"Weiter auseinander, mach sie noch weiter auseinander" sagte Noel gepresst und schaute Catharina fasziniert zwischen ihre Beine. Catharina spreizte ihre Beine soweit sie konnte. Ihre dick angeschwollenen Schamlippen klafften weit auseinander. Ihr Kitzler war sehr groß und war außerdem noch stark angeschwollen. Ihr Loch war geöffnet. Man sah die Feuchtigkeit, die sie bereits in Mengen absonderte.

"Du bist so schön" stöhnte Noel und kniete sich vor Catharina auf die Liege. "Du bist so unendlich geil, ich machs dir jetzt richtig schön."

Seine Finger glitten wieder und wieder tief in ihre feuchte Spalte. Catharina stöhnte laut auf.

"Du bist so naß, du bist so schön schleimig naß, ich leck dich jetzt aus." sagte Noel und beugte seinen Kopf hinunter. Dann begann er Catharina zwischen ihren Schamlippen zu lecken. Dabei drückte er ihre Beine hoch und zog dann ihre Schamlippen noch weiter auseinander. Mit seiner Zunge leckte er immer wieder über ihre Liebesperle, die deutlich am oberen Ende des Kitzlers zu sehen war. Er steckte seine Zunge so tief es ging in ihr schleimiges Loch und schlürfte laut ihren Saft. Dann nahm er ihren ganzen Kitzler in seinen Mund und saugte daran. Catharina drückte ihm mit ihren Schenkeln fast den Kopf kaputt. Ihr Unterleib wand sich vor Wonne auf der Liege.

Ihren Kopf hatte sie weit nach hinten gelegt, ihr Mund stand weit offen, der Rücken war durchgebogen. Sie keuchte, sie schrie, sie bat um mehr und immer mehr. Ihre Schreie wurden lauter, abgehackter, sie steuerte ganz offensichtlich auf einen mörderischen Orgasmus zu und dann kam es ihr. Ein befreiender und gleichzeitig gequälter Schrei kam aus ihrer Kehle und dann spritzte der Saft aus ihrem Kitzler dreimal, viermal in hohem Bogen in Noels Mund. Ihr ganzer Unterleib verfiel in extreme Zuckungen. Lange dauerten die Nachwirkungen dieses Orgasmus.

"Ich kann nicht mehr" stöhnte nun Yannick. Er beugte sich über Catharinas Kopf und steckte ihr seinen steifen Schwanz in den Mund. Catharinas Lippen schlossen sich über der großen feuchten Eichel und es dauerte nicht lange, dann grunzte Yannick laut auf, legte seinen Kopf in den Nacken und spritzte Catharina seinen Samen in den Mund. Sie schluckte viel von dem Sperma, aber viel lief auch aus ihrem Mundwinkel heraus, viel war in ihr Gesicht und auf ihre Brüste gespritzt. Schleimfäden hingen ihr an den Wangen.

"Wahnsinn, wahnsinnig geil" stöhnte Yannick befreit.

"Komm zu mir Noel" bettelte Catharina jetzt "bitte komm zu mir, ich will dich spüren, tief in mir, bitte schieb ihn mir tief rein, so tief wie möglich".

Noel ließ sich das nicht zweimal sagen. Er kniete sich zwischen Catharinas Beine nahm sein steifes und großes Glied in die Hand und führte es zwischen ihr weit auseinander stehenden Schamlippen. Dann begann er gegen ihr Loch zu drücken. Catharina stöhnte auf und hob ihre Beine noch weiter an. Dann war plötzlich ein schmatzendes Geräusch zuhören, Catharinas Scheide weitete sich und Noel schob ihr sein dickes und langes Glied immer tiefer in ihren Unterleib. Yannick hatte sich hingekniet und schaute zwischen Catharinas Beine. Das sah so wahnsinnig geil aus, wie Noels großer dicker Schwanz in ihrem Unterleib verschwand, wie sie ihre Scheide nach allen Seiten weitete, wie viel ihres Schleims, durch seine Bewegungen herausgedrückt wurde und an ihren Schenkeln entlang lief. Er war sofort wieder steif. Noel zog seinen Schwanz nun bis zum Anfang der dicken Eichel wieder heraus, um ihn gleich darauf wieder tief in ihren Unterleib hinein zuschieben. Wenn er tief in ihr war drückte er noch mal hart nach, was ihr jedes Mal einen spitzen Schrei entlockte, um gleich danach Alles zu wiederholen. Dann wurden seine Stöße schneller und immer härter. Man hörte, wie naß Catharina war und wie seine Eier gegen ihren Hintern klatschten. Immer schneller und härter wurde er. Sie schrie wieder laut und hektisch. Wollte immer mehr und immer härter gefickt werden.

"Tiefer" schrie sie "fick mich, fick mich richtig durch, ja, ha, ja !!!"

Noel stieß noch mal richtig hart zu und dann ließ er es kommen. Als Catharina spürte, wie sich ihr Unterleib mit seinem warmen Samen füllte, kam sie ebenfalls und spritzte wieder ab, ihr ganzer Unterleib krampfte. Als er seinen Schwanz aus ihrer Scheide zog, kam ein Schwall seines Spermas herausgelaufen und lief zwischen ihre Beine und zwischen ihre Arschbacken. Alles war nun naß und glitschig.

"Komm" sagte nun Yannick "dreh dich um, gehe auf die Knie du geile weiße Sau".

Grob fasste er Catharina, zog sie hoch und drehte sie um. Dann drückte er ihren Oberkörper wieder nach unten. Catharina saß nun auf ihren Knien, ihr Hinter ragte in die Luft. Yannick zog ihre Arschbacken auseinander, befeuchtete seinen Schwanz mit ihrem Schleim und drückte ihn in ihren Hintern. Catharina schrie auf vor Schmerz, entspannte dann aber ihren Schließmuskel und Yannick konnte in sie eindringen. Sofort begann er sie hart zu stoßen, er war zu erregt. 5 Minuten stieß er sie hart und fickte sie in ihren Hintern bis er sie schließlich mit seinem Samen abfüllte. Catharina biß vor unbändiger Geilheit in die Decke, die auf der Liege lag und schrie.

Der Samen lief ihr nun aus ihrer Scheide und aus ihrem Hintern heraus. Im ganzen Raum roch es nach Sex.

Zwei Stunden wurde sie von den beiden Schwarzen hart durchgefickt, bis sie nicht mehr konnte. Immer wieder wurde sie mit Samen abgefüllt. In ihren Mund, in ihre weit offene Scheide und in ihren Arsch. Dann waren auch beide Afrikaner fertig. Sie ließen sie auf der Liege liegen, nackt, mit Samen und ihrem eigenen Saft in Mengen besudelt.

Als der Wirt gegen 4.00 Uhr Morgens abschloß und in sein Büro ging, fand er die weiße Frau. Sie lag auf dem Rücken, ihre weißen großen Brüste stachen geil in die Luft, ihr Schamhügel, immer noch stark geschwollen und leicht auseinander gespreizt, beherrschte das Bild das er sah.

Er hatte nichts Eiligeres zu tun, als seine Hose auszuziehen. Dann schob er ihre Beine nach oben spreizte sie auseinander, stieß sein steifes Glied tief in ihren Unterleib und fickte sie wach.

Eine weitere halbe Stunde wurde sie nun hart durchgefickt, dreimal hatte sie einen Orgasmus, dann schlich sie, fast auf allen Vieren, zum Hotel und hoffte, nicht gesehen zu werden. Am Pool ging sie duschen, richtete einigermaßen ihr Kleid und legte sich in ihrem Zimmer leise neben ihren Mann, der von allem nichts mitbekommen hatte. Ihr gesamter Unterleib zuckte immer noch von den harten Stößen und ihren Orgasmen. Sofort schlief sie ein, beide Hände zwischen ihre Beine gepresst.

Erster Amateur Pornofilm

"Ich hätte Lust, so etwas auch mal selbst zu machen." Kai saß neben seiner Freundin Renate auf dem Sofa. Sie hielten Händchen und schauten beide auf den Bildschirm. Dort war ein Mann zu sehen, der gerade dabei war, seiner Frau seinen steifen Schwanz in die Muschi zu schieben. "Kannst du es denn gar nicht abwarten?" Seine Freundin lachte und fasste ihm an die Hose. "Dein Schwanz ist ja noch gar nicht richtig steif und du riskierst so eine dicke Lippe." "Du kannst in ja rausholen und groß machen," antwortete er und öffnete die Schnalle seines Hosengürtels. Sie streichelte über die Stelle an der Hose, wo sie unter dem Stoff seinen Schwanz vermutete. Er hakte den Verschluss der Hose auf und öffnete den Reißverschluss. Sie schob ihre Hand in die Hose, fummelte ein bisschen herum, um unter den Bund seiner Unterhose zu gelangen, fasste den blanken Schwanz an, knetete und rieb ein bisschen und freute sich, wie er unter dieser Behandlung groß und hart wurde.

"Ich mag das, wenn du so schön geil bist," sagte sie, "ich freue mich schon auf deinen Schwanz." "Komm, wir ziehen uns aus und dann kucken wir noch ein bisschen Film. Ich sehe das gerne und werde so schön geil davon. Und du doch auch. Gib es doch zu." "Ich sage ja gar nichts," protestierte sie und erhob sich. Sie schlüpften beide aus ihren Kleidern und setzten sich nackt nebeneinander wieder auf das Sofa. Eng aneinander geschmiegt verfolgten sie das Geschehen auf dem Bildschirm. Sie hatten einander einen Arm um die Schulter gelegt. Mit ihren freien Händen streichelten sie sich gegenseitig. Sie seinen Schwanz und er ihre Muschi. Zärtlich streichelten sie sich. Nicht mit festem Griff, sondern ganz sanft. Sie wollten sich durch das Streicheln ja auch nicht zum Orgasmus bringen, sondern nur ihre Geilheit steigern. Der Videofilm, der auf dem Bildschirm zu sehen war, tat sein übriges.

"Du bist so schön nass," flüsterte er ihr ins Ohr. "Und dein Schwanz ist so schön hart," flüsterte sie zurück. Schweigend sahen sie sich den Film weiter an. "Das sehe ich gerne. Das ist geil," sagte sie. Auf dem Bildschirm war in großer Aufnahme zu sehen, wie die Spitze eines steifen Schwanzes auf die klaffende Muschi gesetzt wurde und wie der Schwanz dann langsam zwischen den Schamlippen in die Muschi eindrang. Als er zurück gezogen wurde, war er nass und glänzte. Und wieder drang er ein. "Ich finde das auch geil," antwortete er. "Und wenn er spritzt," fügte sie hinzu. "Ja," sagte er, "das ist auch geil." "Gleich ist er soweit," flüsterte sie, "pass auf. Gleich spritzt er. Jetzt. Siehst du. Habe ich es nicht gesagt. Oh, der feuert aber eine Ladung ab." Der Mann auf dem Bildschirm hatte zum Schluss immer hektischer gestoßen, dann hatte er den Schwanz aus der Muschi gezogen und der Frau seinen Saft auf den nackten Bauch gespritzt. Es war tatsächlich eine große Menge. Danach wurde die Szene ausgeblendet und ein anderes Paar gezeigt.

"Wollen wir schon mal ein bisschen ficken?" fragte sie. "Möchtest du gerne?" fragte er zurück. Sie nickte. "Aber vorsichtig. Ich möchte nicht so schnell abspritzen. Ich bin so schön geil und das möchte ich noch ein Weilchen bleiben." Er schob sein Becken ein bisschen nach vorne. Sie kniete sich mit dem Gesicht zu ihm gewandt über ihn, griff seinen Schwanz und setzte ihn mit der Spitze an ihre Muschi. Dann senkte sie ihren Körper ab und der Schwanz verschwand in ihr. "Oh ja, das ist so schön," flüsterte er. "Ich fühle deinen Schwanz. Er ist so hart und lang," antwortete sie. Langsam und vorsichtig hob und senkte sie ihren Körper und so wie sie sich bewegte, schob sich sein Schwanz in ihren Loch hin und her. "Das ist so schön," stammelte sie, "wir ficken so schön. Dein Schwanz ist so hart in meiner Fotze." Ihre Bewegungen wurden schneller und hin und wieder quiekte sie ein bisschen. "Langsam," stöhnte er, "mach bitte langsam, sonst spritze ich." "Nein," rief sie, "noch nicht spritzen. Bitte noch nicht spritzen." "Dann hör auf. Steig ab. Sonst kann ich es nicht mehr halten." Widerwillig hörte sie mit ihren Bewegungen auf. Sie hob ihren Körper, so dass der Schwanz aus ihr herausglitt. Er war so nass wie der Schwanz, den sie vor einigen Minuten auf dem Bildschirm gesehen hatten. "Immer, wenn es am schönsten ist," schmollte sie. "Du hättest ja weiter machen können. Dann hättest du jetzt meinen Saft in deiner Muschi und wir hätten erst einmal ein Weilchen Pause." "Ist ja gut," wiegelte sie ab, "ich mag es ja auch, wenn ich so richtig geil bin." Sie nahm wieder ihren alten Platz ein und griff nach seinem Schwanz, den sie nun wieder zärtlich streichelte."

"Was hast du denn vorhin gemeint, als du sagtest, das du das auch einmal möchtest?" fragte sie unvermittelt. "Naja," antwortete er, "so filmen. Ich möchte einmal filmen, wie wir miteinander ficken." "Wie willst du das denn filmen?" fragte sie. "Ganz einfach, mit einer Videokamera." "Du hast doch gar keine Kamera," spottete sie. "Die kann man sich leihen. Oder ich wünsche mir eine zum Geburtstag. Wenn sich unsere Eltern zusammentun ... ." Er schaute sie fragend an. "Wie willst du das denn machen?" bohrte sie weiter. "Eines kannst du nur: Entweder ficken oder filmen. Beides geht nicht." "Doch," sagte er, "man kann die Kamera auf ein Stativ schrauben, auf das Bett richten und dann kann es losgehen. Völlig ohne Probleme." "Und du meinst, das geht?" "Na klar. Andere machen es doch auch so." "Und du weißt das?" So sind eben die Frauen, dachte er, sofort misstrauisch. "Ich weiß das eben," antwortete er beleidigt. "Ist ja gut," beschwichtigte sie ihn, "Lass uns den Film weiter kucken." Sie schmiegte sich wieder eng an ihn und griff nach seinem Schwanz, den sie wieder zärtlich rieb.

Auf dem Bildschirm wurde eine Frau gezeigt, die einem Mann den Schwanz blies. "Weißt du, was ich mir von dir wünsche?" fragte er. "Ja?" "Dass du mir einmal meinen Schwanz bläst, bis ich spritze." "Ich weiß nicht, ob ich das kann." "Willst du es nicht einmal probieren. Du musst meinen Saft ja nicht runterschlucken." "Das sowieso nicht." Und nach einer Pause fügte sie hinzu: "Also ich weiß nicht." "Ich lecke dich auch, bis es dir kommt," versuchte er zu handeln. "Das hast du ja schon ein paar Mal gemacht," entgegnete sie, "bei mir kommt ja auch kein Sperma raus." Es entstand eine Pause. "Möchtest du es denn so gerne?" lenkte sie ein. Er nickte.

Als der Film zu Ende war, schalteten sie Fernseher aus und kurze Zeit später lagen sie im Bett. Sie streichelten sich gegenseitig. Er hatte seine Hand zwischen ihren Schenkeln und sie rieb seinen steifen Schwanz. Dann schlug er die Bettdecke zurück und bewegte seinen Kopf auf ihrem Körper abwärts, bis er an ihrer Muschi angelangt war. Er stieß mit seiner Zunge zwischen ihre Schamlippen, nahm ihrem Geschmack war und leckte ihr die Muschi regelrecht aus. Sie bäumte sich auf. "Ja," rief sie, "leck mich. Leck mir die Fotze. Das ist schön." Sie wand und drehte sich unter ihm.

Sie legten sich Seite an Seite. Sie hatte das oben liegende Bein angewinkelt, sein Kopf lag zwischen ihren Schenkeln. Immer und immer wieder zog er seine raue Zunge durch ihre Spalte und immer mehr stammelte und stöhnte sie. Sie griff nach seinem Schwanz, der sich in voller Größe dicht vor ihrem Gesicht befand, stülpte ihre Lippen über die Eichel und ließ ihn tief in ihren Mund hineinstoßen. Sie bewegte ihren Kopf in der gleichen Geschwindigkeit, wie er seine Zunge durch ihren Spalt zog und auf diese Weise leckten sie sich praktisch im Gleichschritt. Ihr Gestammel war nun nur noch ein wollüstiges Grunzen, aber die Gefühle bei beiden näherten sich der Grenze. Sie ließ seinen Schwanz los und bettelte: "Lass uns ficken. Bitte ficke mich. Stecke mir deinen Schwanz in meine Fotze." Zögernd löste er sich von ihr. Er hatte gehofft, sie würde ihn heute mit dem Mund zum Spritzen bringen und ihm seinen Saft aus dem Schwanz lutschen. Das aber wurde ja wohl wieder einmal nichts.

Sie legte sich auf den Rücken und spreizte ihre Schenkel. Er legte sich auf sie und schob ihr seinen Schwanz in die glühende Fotze. Schon nach wenigen Stößen wimmerte sie: "Gleich, gleich kommt es mir. Ja, jetzt." Sie bäumte sich auf, so als wollte sie noch mehr von dem ohnehin bis zum Anschlag in ihrer Fotze steckenden Schwanz in sich aufnehmen. Nach einiger Zeit entspannte sie sich. Sein Schwanz steckte immer noch zum Bersten steif in ihr. Während ihres Orgasmus hatte er zu ficken aufgehört. Sie hatte ihm irgendwann einmal gesagt, dass das in dem Augenblick zuviel wäre. Wenn sie ihren Orgasmus hatte, ist ihre Fotze so empfindlich, das weitere Stöße weh tun würden.

Sie schlug die Augen auf und sah ihm ins Gesicht. "Du fickst so gut. Mir ist es so sehr gekommen, ich bin ganz außer Atem." Sie gab ihm einen Kuss und schloss noch einmal die Augen, um die letzten Nachgefühle zu genießen. "Soll ich dir deinen Schwanz lutschen?" fragte sie plötzlich. "Würdest du das tun?" fragte er zurück. Statt einer Antwort schob sie ihn mit leichtem Druck von sich herunter. "Leg dich auf den Rücken," sagte sie. Dann kniete sie sich neben ihn und beugte sich herab, bis sie mit dem Mund seinen Schwanz erreichte. Sie nahm ihn tief in ihren Mund, saugte und bewegte ihren Kopf. Der Schwanz fuhr in ihrem Mund hin und her und nach kurzer Zeit fing er an zu schnaufen und sich ihr entgegen zu drängen. "Gleich kommt es," stammelte er, "ich fühle wie es kommt. Ja, jetzt. Jetzt spritze ich." Sie hielt ihren Kopf still. Das vordere Drittel seines Schwanzes steckte in ihrem Mund. Zuckend entlud er sich. Eine Ladung nach der anderen schoss in ihren Mund. Als er fertig war, griff sie nach einem Tuch, das sie immer unter dem Kopfkissen liegen hatten und spuckte den Saft dort hinein. Dann wandte sie sich ihm zu: "War es schön?" "Du bist ein Schatz," flüsterte er, zog ihren Kopf zu sich hin und gab ihr einen Kuss. "Soll ich dir etwas gestehen?" fragte sie. "Ja?" antwortete er fragend. "So schlimm ist das gar nicht. Nein, das ist sogar geil. Das ist ein vollkommen neues Gefühl, wenn dein Saft in meinen Mund spritzt. Ich glaube, ich mag das." "Aber ab und zu ficken wir auch? Oder?" Er lachte. "Natürlich mein Schatz. Du kennst mich doch."

"Und dies hier ist dein Geschenk. Von uns und Renates Eltern." Kais Vater überreichte ihm ein großes Paket. Es war nicht sehr schwer und Kai hatte keine Ahnung, was es sein könnte. Ungeduldig löste er die Schleife und riss das Geschenkpapier auf. "Ich wird' verrückt," rief er, "Renate, schau mal. Eine Videokamera. Danke euch allen. Damit habe ich nicht im Traum gerechnet." "Nun," schmunzelte sein Vater, "Renate hat uns einen Tipp gegeben." Kai freute sich wahnsinnig. Immer und immer wieder nahm er die Kamera in die Hand, probierte dies und das, machte Probeaufnahmen, löschte sie wieder, um an anderer Stelle neue Aufnahmen zu schießen. Keiner aus der Familie war vor der Kamera sicher. Es war schon fast ein bisschen peinlich, wie er sich freute. "Und dies ist mein Geschenk," sagte Renate, als er in seiner Begeisterung eine kleine Pause einlegte. Sie nahm ihn an die Hand und führte ihn auf den Flur. Dort stand ein Stativ. "Das brauchen wir doch, oder?" Sie schmunzelte, den nur Kai und sie wussten, worauf sie mit dieser Bemerkung anspielte.

Kai benötigte einige Tage, um sich mit der Kamera vertraut zu machen. Am darauf folgenden Samstag aber war es soweit. Ihr erster selbst gedrehter Pornofilm sollte entstehen. Nach dem Abendessen hatte Renate noch in der Küche zu tun. Währenddessen baute Kai im Schlafzimmer die Kamera auf. Er stellte sie hinter das Fußende des Bettes und richtete sie so auf des Bett, dass die ganze Liegefläche aufgenommen wurde. Die Vorhänge am Fenster wurden zugezogen und weil ihm das vorhandene Licht zu schwach erschien, schleppte er noch zwei Lampen aus dem Wohnzimmer an, um mit ihnen die Szene besser ausleuchten zu können. Schließlich war er mit seinen Vorbereitungen zufrieden und er holte Renate, damit sie sein Werk begutachten sollte.

"Ach du liebe Zeit," rief sie, als sie sah, was er aus dem Schlafzimmer gemacht hatte, "ist das denn alles nötig." "Logisch," erklärte er , "es muss doch alles gut zu sehen sein." "Und wie hast du dir das vorgestellt?" wollte sie wissen. "Ganz einfach," begann Kai seine Erklärung, "du liegst hier auf dem Bett. Nackend. Die Beine angewinkelt und gespreizt. Dann ist deine Fotze schön zu sehen. Dann erst schalte ich die Kamera ein und komme neben dich. Ich streichele deine Titten und du machst meinen Schwanz groß. Mit der Hand. Wenn er dann steht, beugst du dich zu ihm hin und bläst ihn. Danach legst du dich wieder hin und ich lecke deine Fotze. Dann lege ich mich auf den Rücken und du setzt dich auf mich drauf, schiebst dir den Schwanz rein und fickst mich. Dann drehen wir uns um und ich ficke dich von oben. Wenn ich dann merke, dass es mir kommt, ziehe ich meinen Schwanz heraus und spritze dir den Saft auf die Titten." "Das kann ich ja gar nicht alles behalten," protestierte sie. "Brauchst du ja auch nicht. Ich sage dir immer, was du machen sollst. Du wirst sehen, das wird unheimlich geil." "Und was ist, wenn du schon vorher abspritzt? Du bist doch jetzt schon geil. Das kann man doch sehen." Sie lachte und deutete auf die Ausbeulung an seiner Hose. "Auch nicht schlimm. Dann musst du eben etwas langsamer machen, damit ich nicht zu früh spritze. Jetzt aber ziehen wir uns erst einmal aus."

Er begann sich auszuziehen und auch Renate legte ihre Kleider ab. Als sie fertig war, nahm Kai sie an die Hand und führte sie ans Bett. "Jetzt musst du dich hinlegen," sagte er. Renate legte sich auf das Bett und Kai trat hinter die Kamera und schaute in den Sucher. "Dreh dich noch ein bisschen hierher," dirigierte er sie. "So ist gut. Jetzt ziehe die Beine an und spreize die Schenkel. Ja gut so. Das sieht vielleicht geil aus." Renate lachte. "Was gibt es denn zu lachen?" "Ich soll deinen Schwanz groß und steif machen. Dabei steht er jetzt schon wie eine Eins." "Freu' dich doch. Stell dir mal vor, er würde nicht mehr stehen. Also, ich schalte jetzt die Kamera ein und dann geht es los. Bist du soweit." "Alles klar," antwortete sie. Kai drückte auf den Auslöser. Das rote

Lämpchen leuchtete auf und die Kamera lief. Er ging an der Kamera vorbei zum Bett und legte sich neben Renate. Mit der linken Hand fasste er nach ihrer Brust und drückte sie. Dann nuckelte er an dem Nippel, bevor er sich auf den Rücken legte. "Jetzt blasen," flüsterte er. Renate beugte sich zu seinem Schwanz und nahm ihn in den Mund. Sie lutschte und saugte und bewegte ihren Kopf, bis er sie sanft zur Seite drückte. "Und jetzt lecke ich dich," sagte er leise, "lege dich auf den Rücken und mach die Beine breit." Renate legte sich, wie er gesagt hatte, er legte sich von unten zwischen ihre Beine und leckte ihr die Fotze aus. "Jetzt ficken wir gleich so," sagte er rutschte nach oben und schob ihr seine steife Stange ins Loch. Einige Stöße, dann forderte er sie auf, ihre Beine nach oben in die Luft zu strecken. Und wieder fickte er einige Stöße. "Und jetzt setzt du dich auf mich drauf," dirigierte er weiter und legte sich auf den Rücken. Renate kniete sich über ihn, ergriff seinen Schwanz und führte ihn mit der Spitze an ihre Fotze. Dann senkte sie ihren Körper ab und der Schwanz drang in sie ein. Bis zum Anschlag. Danach begann sie zu reiten und ihren Körper rotieren zu lassen."

Nach einiger Zeit sagte er: "Hör mal auf. Ich will noch nicht spritzen. Wir kucken uns erst einmal die Aufnahmen an." "Ach schade," jammerte sie, aber sie stieg von ihm ab. Er stand auf und schaltete die Kamera ab. "Komm ins Wohnzimmer. Wir schließen die Kamera an den Fernseher an. Dann sehen wir alles in groß. Das ist besser als hier auf dem kleinen Schirmchen von der Kamera. Lass uns mal sehen, wie es aussieht." "Das du einfach aufhören kannst zu ficken," wunderte sich Renate und folgte ihm ins Wohnzimmer.

Kai schaltete den Fernseher ein und machte die Kamera zur Vorführung fertig. Er nahm neben Renate auf dem Sofa Platz und gespannt warteten sie auf die Bilder. Ein bisschen flackern, dann war es da. Renate auf dem Bett mit gespreizten Beinen. Kaum zu erkennen ihre Fotze. Dann trat er hinzu. Für einen Augenblick konnte man seinen Schwanz sehen, dann wurde er von seinem Körper verdeckt. Später, als Renate den Schwanz blies, war er wieder für den Bruchteil einer Sekunde zu sehen, danach verdeckte sie ihn mit ihrem Kopf. Das gleiche geschah, als er sich zwischen ihre Beine legte, um sie zu lecken. Man konnte seinen Rücken und einen Teil seines Hintern sehen. Ihre Muschi aber wurde von seinem Hinterkopf verdeckt. Man wusste zwar, was dort geschah, aber das, was die beiden sehen wollten, war nicht zu sehen. Auch als er sie anschließend von oben fickte, war außer seinem Rücken und seinem wackelnden Arsch nicht viel zu sehen.

Das folgende Bild war recht gut gelungen. Kai lag auf dem Rücken. Sein Schwanz war noch recht gut zu erkennen. Dann setzte Renate sich auf ihn und man konnte sehen, wie sie den Schwanz an ihre Fotze setzte und wie er in ihrem Loch verschwand. Auch das anschließende Ficken sah recht gut aus und versöhnte die beiden für die vorangegangenen weniger guten Bilder. Dann war der Film zu Ende und auf dem Bild nur noch Schnee zu sehen.

"Wir müssen halt noch ein bisschen üben," sagte Kai kleinlaut. "So schlecht war es ja nun auch wieder nicht. Es war ja schließlich das erste Mal," tröstete sie ihn. "Man müsste die Kamera während der Nummer umstellen, damit sie immer dort steht, wo man am meisten sieht." "Es fehlen aber auch die richtig geilen Aufnahmen. Die ganz großen. Ich möchte deinen Schwanz mal sehen so groß wie der ganze Bildschirm. Oder meine Fotze, wen man die Schamlippen auseinander-zieht und den Kitzler sehen kann. Und dann kommt deine Zunge und berührt ihn oder dein Schwanz, wie er sich den Weg in die Fotze sucht." "Das kriegen wir nicht hin. So nah kann man die Kamera gar nicht heranstellen. Außerdem, eine kleine Bewegung und schon ist alles aus dem Bild verschwunden." "Aber geil war es doch," warf sie ein. "Klar war es geil. Wir machen das auch noch einmal. Oder .... , ich hab's. Wir machen nicht so lange Geschichten, sondern nur einzeln Szenen. Stell dir mal folgendes vor." Er machte eine Pause und überlegte. Dann fuhr er fort: "Du sitzt hier in dem Sessel. Richtig, in dem da drüben. Und ich baue die Kamera so auf, dass man fast nur deine Muschi sieht. So halbschräg von vorn. Du darf dich dann aber nicht mehr bewegen. Dann knie ich mich vor dich hin und schiebe dir meinen Schwanz rein. Man kann also nur deine Muschi und meinen Schwanz sehen, wie er dich fickt." "Seit wann sagst du denn Muschi zu meiner Fotze?" "Also man kann nur deine Fotze und meinen Schwanz sehen, wie er dich fickt. Wollen wir das einmal probieren?"

Renate war einverstanden und sofort begann Kai wieder mit dem großen Räumen. Er holte die Lampen aus dem Schlafzimmer zurück, baute das Stativ um und schraubte die Kamera drauf und gab Renate

Anweisungen, wie sie sich hinzusetzen hatte. Er kontrollierte auf dem kleinen Kontrollschirm und hatte immer wieder kleine Korrekturen vor. Endlich war er zufrieden. "Du darfst dich jetzt aber nicht mehr bewegen," ermahnte er Renate. Die fing an zu lachen. "Warum lachst du denn jetzt schon wieder," fragte er ein bisschen ungehalten. Renate lachte immer noch. "Vorhin sollte ich deinen Schwanz groß machen, aber da war er schon steif. Und jetzt willst du mir den steifen Schwanz reinschieben und er ist klein und schrumpelig." Er schaute an sich herunter und musste auch lachen. "Komm, ich mache ihn groß," sagte sie und griff nach dem Schwanz. Sie wichste ihn einige Male und wie von Zauberhand richtete er sich auf, wurde groß und hart. "Genug?" fragte sie, "oder soll ich noch ein bisschen blasen?" "Das machen wir später," sagte er, trat noch einmal hinter die Kamera und schaute in den Sucher. "Rutsche noch ein ganz kleines Stück nach vorne," forderte er sie auf, "ja, so ist es gut." Vorsichtig ging er um die Kamera herum, kniete sich zwischen ihre Schenkel, griff seinen Schwanz und setzte ihn zwischen ihre Beine. Vorsichtig schob er sein Becken nach vorne und der Schwanz drang in die Fotze ein. Nicht sehr tief, dann zog er ihn wieder zurück bis er fast ganz draußen war und stieß ein weiteres mal zu. So ging es einige Zeit. "Gut?" fragte er. "Na ja," antwortete sie. "Dann kucken wir uns jetzt erst einmal an, wie das geworden ist," unterbrach er sein Ficken, zog den Schwanz aus ihr heraus und ging zur Kamera. "Ach du Scheiße," rief er. "Was ist?" "Ich habe vergessen auf den Auslöser zu drücken." "Nein," rief sie, "das darf doch nicht sein." "Dann eben noch einmal." Er kontrollierte noch einmal die Einstellungen, ob sie noch richtig saß, drückte auf den Auslöser und dann wiederholte er die ganze Prozedur. Als sie anschließend die Aufnahmen ansahen, war die Enttäuschung groß. Sein Arm. Er hatte nicht auf seinen Arm geachtet und der verdeckte ausgerechnet das, was sie aufnehmen wollten." "Jetzt habe ich keine Lust mehr," protestierte sie. "Ich hole mir jetzt ein Glas Wein. Möchtest du auch eins?" Er nickte und setzte sich enttäuscht aufs Sofa. "Dabei habe ich mir das so einfach vorgestellt," sagte er traurig, als sie kurz danach nebeneinander auf dem Sofa saßen. Sei nicht traurig, mein Schatz. Irgendwann machen wir das noch einmal und es wird der Tag kommen, an dem wir einen Film drehen, der uns so geil macht, dass dir die Hose platzt und mir der Slip wegschwimmt. Sie gab ihm einen Kuss und dann griff sie nach seinem Schwanz. "Jetzt aber," so fuhr sie fort, "will ich ficken. Und zwar ohne Kamera."

Geburtstagsüberraschung

Es war schon wieder Montag und ich war nur sehr widerwillig in die Firma gefahren, aber es mußte eben sein, auch wenn ich heute Geburtstag hatte... Als ich vor der Türe stand griff ich wie gewohnt in die Hosentasche und war sofort noch mehr sauer: „Sch... den Firmenschlüssel habe ich auch vergessen....". Gott sei Dank kam soeben ein Kollege vorbei und ersparte mir das warten. Der Tag verlief eher ruhig, aber leider mußte ich trotzdem länger arbeiten. Alle waren schon gegangen und da saß ich nun allein vor einem Berg unerledigter Arbeiten, die noch fertig werden sollten. Ich war ganz in einem Angebot vertieft und merkte gar nicht, wie die Türe aufging. Plötzlich saß meine Frau vor mir auf dem Schreibtisch. Sie trug einen Mantel und schaute mich einfach an. Ich war so erschrocken, daß ich fast den Kuli fallengelassen hätte, weil ich nicht mit Besuch gerechnet hatte. Jetzt wußte ich auch, wo der Firmenschlüssel geblieben war... Sie streifte den Mantel ab und darunter kam ein ganz kurzes, hautenges schwarzes Stretchkleid hervor, das so eng war, daß sie nicht einmal eine Unterwäsche tragen konnte. Jetzt erst, da ich mich vom ersten Schreck erholt hatte, sah ich sie genauer: Sie war neu frisiert, sehr stark geschminkt (was ich sehr mag), hatte ihre Fingernägel verlängert und lackiert, ihre Beine steckten in schwarzen Strümpfen, deren Abschlüsse ich sehen konnte, weil das Kleid so dermaßen kurz war. Dann trug sie noch hohe Schuhe mit ganz schlanken Absätzen. Ich mußte schlucken bei diesem Anblick. Ich stand auf und nahm sie in die Arme. Sie schmiegte sich an mich und gratulierte mir leise zum Geburtstag. Sie setzte sich wieder auf den Schreibtisch und öffnete ihre Schenkel etwas, dazu nahm sie meine Hand und führte sie unter ihr Kleid. Ich spürte ihre Muschi, die schon sehr feucht und noch dazu rasiert war! Ich war total überrascht. Das war ein Geschenk! Ich ging in die Knie und schob dabei das Kleid etwas höher, meine Lippen erreichten ihre Spalte, die ich zärtlich zu liebkosen begann. Hanna stöhnte auf und öffnete ihre Beine noch weiter. Meine Hände streichelten ihre Beine, ihre Unterschenkel, ihre Knie, ihre Oberschenkel. Sie begann schneller zu atmen sie keuchte förmlich, was mich noch mehr erregte. Ich stand auf und begann sie zu küssen. Sie presste sich an mich und erwiderte leidenschaftlich meinen Kuß. Ich streichelte ihren Rücken, und zog dann den Oberteil des Kleides tiefer um an ihren Busen zu kommen. Ihre knospen waren schon ganz hart und ich küßte sie und saugte daran, während Hanna meine Hose öffnete und meinen Schwanz befreite. „Fick mich!" kam stöhnend ihre Aufforderung. Das ließ ich mir nicht zweimal sagen; schnell schob ich meinen Ständer in ihr Loch - so ein Schreibtisch hat doch eine ideale Höhe. Ich stieß zu und ihre Hüften rotierten. Lange konnte ich es nicht mehrt zurückhalten, ich mußte einfach spritzen. Meine ganze Ladung ergoß sich in ihre Muschi, während auch sie zu einem anscheinend sehr heftigen Orgasmus kam, wie mir ihr Schrei und ihre Körperreaktion verriet. Sie zog mich wieder zu sich und dann nahm sie meinen Schwanz und lutschte ihn wieder hart. Ich war total von den Socken, das hatte sie noch nie gemacht. Sie blies mich sonst kaum, und schon gar nicht, wenn „er" nicht frisch gewaschen war; jetzt war er sogar noch von unseren Säften voll. Schnell wuchs er wieder zu voller Größe, als die nächste Überraschung kam: Hanna legte sich auf den Bauch und steckte mir ihren Arsch entgegen. „Komm steck ihn mir in mein Loch". Wieder tat ich was mir gesagt wurde. Vorsichtig glitt ich in ihre Rosette und begann sie vorsichtig zu vögeln. Das war so ein herrliches Gefühl, als ihr Schließmuskel meinen Ständer umschloß und ich daran dachte, wo ich gerade war. Diesmal konnte ich schon länger, aber dann mußte ich doch spritzen. Es war herrlich in sie zu bohren und dabei mit ihren Brüsten zu spielen, während ihre Backen an meinem Becken rieben. Es war so geil! Als ich alles in ihren Darm entleerte, war ich total fertig, das war einfach zuviel, soviel von ihr auf einmal! Erschöpft blieben wir kurz aufeinander liegen. Nach einigen Minuten hatten wir uns wieder gefangen, wir küßten uns wieder während wir unsere Kleider etwas richteten. Die Arbeit war total uninteressant geworden - morgen war auch noch ein Tag. Hand in Hand verließen wir das Büro in Richtung Pizzeria um dann noch eine heiße Nacht zu verbringen. Nachdem wir uns von unserem Fick einigermaßen erholt hatten, beschlossen wir, nach Hause zu fahren. Wir zogen uns einigermaßen wieder an und stiegen in den Wagen. Eine Viertelstunde später erreichten wir unser Haus, wo mich bereits die nächste Überraschung erwartete: Im Eßzimmer herrschte dämmrige Beleuchtung und unser Kind war auch nicht da, meine Frau hatte es so eingefädelt, daß es bei einem Schulfreund schlafen durfte. So waren wir allein... wir setzten uns zum Tisch und, neugierig wie ich nun einmal bin, hob ich den silbernen Deckel um zu sehen, was da wohl auf dem Teller lag: Es war meine Lieblingsspeise! Wir küßten uns lange und zärtlich, dann begannen wir zu speisen. Ich aß nicht zuviel, da ich noch ein großes Stück meiner Geburtstagstorte verdrücken wollte. Meine Frau rückte näher und fragte, ob sie wohl auch so süß sei. "Natürlich ist sie viel Süßer…" sie öffnete ihre Bluse und gab den Blick auf ihre herrlichen Brüste frei, die ich sosehr begehrte. Dieser Anblick macht mich noch immer an! Ich konnte nicht anders, ich mußte mich einfach vorbeugen und mit meinen Lippen an ihren Knospen spielen. Sie stöhnte auf und drängte sich mir noch mehr entgegen. Ich streifte ihr den Rock ab und legte sie auf den Boden. Ich küßte ihren Hals, ihre Schultern, ihre Brüste, ihren Bauch, ihren Nabel, ihren Venushügel. Sie ließ es gerne geschehen und wand sich leise keuchend unter meinen Küssen. Langsam öffnete ich ihre Schenkel, was sie bereitwillig mitmachte. Meine Zunge glitt über ihre schon sehr feuchte Spalte. Mit zwei Fingern spreizte ich ihre Schamlippen und sah mir ihre Grotte genau an, ich genoß den Anblick dieses frisch rasierten, rosigen, glatten und feucht glänzenden Lustzentrums, während ich mit der anderen Hand meinen Ständer aus seinem Gefängnis befreite. Zärtlich begann ich sie weiterzulecken. Ich machte das sooooo gerne, meine Zungenspitze glitt über ihre Klit, in ihr Loch und über ihre Lippen, die ich so weit ich konnte auseinanderspreizte. Sie hatte ihre Schenkel ganz weit auseinandergegeben und ich konnte so gut dazu. Ich leckte sie immer fester, immer schneller, paßte mich ihrem Keuchen an. Plötzlich spürte ich ihre Hand an meinem Ständer, die ihn fordernd streichelte. „Komm fick mich in den Mund" - das ließ ich mir nicht zweimal sagen, ich kniete mich über sie und steckte ihr mein Ding in den Mund. Sofort begann sie fest daran zu saugen. Vorsichtig schob ich ihn rein und raus, während ich nicht aufhörte, sie mit meiner Zunge zu verwöhnen. Inzwischen hatte ich schon zwei Finger in ihre Muschi geschoben ,die sie ziemlich bearbeiteten. Sie wand sich immer schneller, ich fickte sie mit meinen Fingern, leckte dabei ihre Spalte und stieß ihr meinen Schwanz in den Mund. Da war es soweit: Ich spürte, wie ihre Grotte ganz eng wurde und sich krampfartig zusammenzog, da konnte auch ich es Nicht mehr zurückhalten: ich schoß ihr meine Ladung in den Schlund, wir waren so geil wie schon lange nicht, ich konnte fast nicht aufhören zu spritzen, obwohl wir es doch erst kurz vorher miteinander getrieben hatten. Ich küßte nochmals ihre Spalte und wanderte dann mit meinen Lippen wieder zu ihrem Mund aus dem noch mein Sperma tropfte. Wir küßten uns wieder und ich konnte den Geschmack meiner Fickmilch spüren... Ich legte mich auf sie und versuchte ihr mein kaum kleiner gewordenes Glied in ihre Möse zu schieben, als sie ihre Schenkel zusammenklappte. Erstaunt hielt ich inne: Was war denn los? Wortlos schob sie mich von sich und drehte sich um. Sie lag nun auf dem Bauch und erhob sich auf die Knie, dann drehte sie ihren Kopf und sagte zu mir ich soll ihr was in ihre Rosette schieben. Nun war ich total verwirrt, das mochte sie doch sonst nicht so gerne. Fordernd hielt sie mir ihren Arsch entgegen. Mit beiden Händen zog ich ihre Backen auseinander und versuchte „ihn" vorsichtig reinzuschieben, was mir auch sehr bald gelang, da sie überall so feucht war. Das war so herrlich eng, ich vergaß wo ich war und stieß nun einfach zu, sie schrie kurz auf und drückte dann fester dagegen. Im Rhythmus ging es nun rein und raus. Es war so herrlich, wir waren wie von Sinnen, ich stieß zu und sie erwiderte mein Stoßen im Gegentakt. Mit den Händen knetete ich ihre herumbaumelnden Brüste, zwirbelte ihre Warzen und griff manchmal an ihre Spalte. Sie kniete noch immer vor mir, an den Ellbogen aufgestützt uns keuchte und stöhnte. Ich merkte wie es ihr immer wieder kam. Das war ich gar nicht von ihr gewöhnt, daß sie sich so hingab! Es kam mir wie Stunden vor, bevor ich endlich abspritzte, es kam nun nicht mehr viel, aber es war ein wundervoller Orgasmus. Meine Frau sank tiefer, lag nun auf dem Bauch und ich auf ihr, mein kleiner werdendes Glied in ihre Pospalte eingeklemmt. Sie drehte mir ihren Kopf zu und hielt mir ihre Lippen entgegen, wieder versanken wir in einem innigen Kuß, während wir unsere schweißgebadeten Körper aneinanderdrückten...

Sex zu viert

Vor zwei Monaten heirateten Christian und Nina. In aller Stille
heirateten die Beiden am Standesamt. Sogar die Trauzeugen waren
vom Amt, dass störte Nina nicht. Ihr wart nur eines wichtig. Endlich
einmal einen Mann zu haben mit dem sie durch das Leben gehen
konnte. Eines war aber sicher. Sie unterschied sich deutlich von
anderen Frauen. Ihre Eigenheiten waren von eigener Natur und sie
spielte diese Eigenheiten auch aus. Aber Christian wusste mit ihr
umzugehen und so wurde diese Ehe einer der Glücklichsten und
Erotischsten. Sie wusste ihre Qualitäten sicher einzusetzen und hatte
so manche Überraschung auf Lager, ohne dass man vorher darauf
gefasst war. Nina war kein Kind von Traurigkeit und freute sich jeden
Abend, wenn sie heimkam, auf ihren Mann.

Viele ehemalige Freunde und Kollegen von Christian prophezeiten ihn:
„Diese Frau hast du nicht lange, die wird Dich verlassen, sobald es die
ersten Schwierigkeiten in der Ehe gibt !!" Es wurden sogar Wetten
abgeschlossen, wann es so weit war und Nina den nächsten Mann
hatte. Doch die Frau erwies sich als eine treue, häusliche und tolerante
Frau mit der man Pferde stehlen konnte und die Ehekrisen ganz
glanzvoll hinbrachte.

Nina war eine Frau, wie sie sich ein Mann nur wünschen konnte. 175 cm
groß, große Titti, so ungefähr an die 115 cm und rassige Schenkel, die
sie nicht zu verstecken brauchte. Man sah es ihr an, Sie war eine
rassige Schönheit mit italienischem Blut in den Adern. Genau diese
Ausstrahlung war es, dass ihr das gewisse Etwas verlieh, dem sich kein
Mann entziehen konnte, wenn er Augen im Kopf hatte. Dazu kam noch
der verführerische glutvolle Blick umrahmt von einer sinnlichen
Löwenmähne ... Sie war genau die Frau, von der so viele Männer
träumten, aber nur ganz wenige auch das Glück hatten, eine solche
Frau zu besitzen. Viele Männer wollten schon mit Nina ins Bett gehen,
doch sie entschied sich für einen jungen einfachen Mann, mit dem sie
auch glücklich wurde.

Sie war vom Beruf Sportanimateurin und war in einem Fitnessstudio
beschäftigt. Sie war eine sehr gute Tänzerin, beherrschte Jazz –
Gymnastik und mehrere andere Sportarten. Mit einem mittelmäßigen

Mann nahm sie es allemal auf, wenn sie es wollte. Aber sie war ganz Frau geblieben, obwohl sie ganz anders konnte.

Christian hingegen, war ein einfacher Arbeiter bei einer Spedition, war etwas zuviel geraten, konnte aber dennoch Nina für sich gewinnen. Christian war ein gemütlicher Typ, den man nur richtig nehmen musste. Nina verstand das hervorragend und machte auch keinen Hehl daraus. Nina liebte guten Sex und war eine sehr häusliche Frau. Aber man musste mit ihr umgehen können, sie konnte recht eigenwillig werden, wenn sie wollte. Gerade für den heutigen Tag hatte sie sich etwas ganz Geniales einfallen lassen. Hatte doch Christian heute Geburtstag. Da sollte er einmal richtig mit Frauen konfrontiert werden.

Christian kam heute an seinem Geburtstag bei der Türe herein und freute sich schon darauf, es sich im Wohnzimmer so richtig schön gemütlich machen zu können. Wo war denn nur Nina, seine hübsche Frau? Die ließ sich heute noch gar nicht blicken. Auch auf die Rufe von Christian reagierte sie nicht. Es schien so, als wäre hier niemand da. Dabei sehnte sich Christian so danach, mit seiner hübschen Frau im Wohnzimmer zu sitzen und bei gemütlichen Kerzenschein ein Gläschen Wein zu genießen.

Doch als Christian in das Wohnzimmer kam, war alles so anders. Nichts war mehr so, als er heute in der Früh das Zimmer verlassen hatte. Der Tisch war beladen mit den höchsten Gaumenfreuden, die sich der Mensch vorstellen konnte. Er stand auch nicht an seinem gewohnten Platz, sondern in der Blumenecke. Der Anblick war delikat, aber wo war nur Nina seine Frau. Auch an der so gewohnten Sitzecke hatte sich einiges geändert. Vor der so einladenden Sitzgruppe lag ein großes weiches zur Sünde einladendes Schaf - Fell. Christian bekam in der behaglichen Atmosphäre Gefühle. Er wusste zwar im Moment nicht, warum sich gerade jetzt in der Hose etwas rührte, aber sein Unterbewusstsein signalisierte ihm, dass hier etwas ganz Erotisches im Gange war. Die vielen schlanken Kerzen verteilten ein so anhimmelndes warmes Licht im Raum, dass es einen regelrecht zwang, an etwas Sündiges zu denken. Christian kannte seine Frau. Sie hatte des öfteren solche Einfälle, aber wo war sie nur bloß?

Als dann auch noch zärtliche erotische Musik aus den Lautsprechern tönte, spürte Christian eine Hand, die sich um seine Hüften legte. Er spürte auch wie sich ihre Schenkel an seinen Körper anpassten und den Kuss, den sie ihm auf die Wange hauchte: „Komm ..., mein Süßer ..., zieh Dich aus und mach es Dir so richtig gemütlich ... ! Es soll Dein

Abend werden, den Du nicht so schnell wieder vergessen solltest !
" Nina öffnete daraufhin Christians Gürtel und strich ihm dabei an sein
bestes Stück, das schon hart wie Stein war.

Als Christian die Hose von selbst hinunter rutschte, sah sie dabei
verheißungsvoll auf das Lammfell, das sie ganz speziell für ihn dort hin
gelegt hatte. Nina kam hinter ihm hervor und kraulte ihn sanft auf
seinem Bauch. Bei Christian begannen sich alle Haare auf einmal
aufzustellen und nicht nur die. Sie führte ihn auf das Schaf - Fell und
setzte ihm das Knie so in seine Kniekehlen ein, dass er einsank und
genau auf dem Schaf-Fell zu liegen kam. Christian sah seiner Frau, die
in schwarze Dessous gekleidet war, in die Augen und wollte sie etwas
fragen. Aber sie legte ihm nur den Finger auf den Mund. Ihre Augen
schienen etwas nervös zu sein, aber das konnte auch der flackernde
Lichtschein der Kerzen sein. Nina nahm ein Stück Lachs und steckte es
ihm einfach in den Mund. Dabei lächelte sie ganz verführerisch und
strich ihm mit der anderen Hand über sein zuckendes Glied: „Das ist
heute dein Geburtstag und ich habe mir dafür etwas ganz Besonderes
einfallen lassen ... !!" Christian wurde zusehends neugieriger.
„Was hast Du mit mir vor ..., das ist doch alles nicht normal ..., Nina
was soll dieser herrliche Aufzug hier ... und wie Du aussiehst ..., am
liebsten würde ich Dich sofort vernaschen ... !" Nina schüttelte den
Kopf: „Nein ..., Du wirst mich heute nicht einfach vernaschen ..., Du
wirst staunen ..., was Dir hier heute geboten wird !" Christian wusste
nicht wie ihm geschah, als er schon wieder mit einem köstlichen Stück
Lachs gefüttert wurde. So wie sich seine Frau gab, so geheimnisvoll
und so wie sie aussah, so herrlich zum anbeißen, da stimmte doch
etwas nicht ? Was hatte dieses süße Luder eigentlich vor. Diese Frage
lag Christian schon brennend auf den Lippen, aber Nina wollte es ihm
auf keinem Fall verraten. Nina war immerhin gekleidet wie ein teures
Call - Girl und fütterte ihn da so mit Lachs - und Kaviar - Happen. Zu
einer Frage kam Christian gar nicht erst, denn da bekam er schon
wieder einen Lachshappen in den Mund gesteckt. Seine Hände
streichelten ihre Schenkel und sie sah ihn andauernd erotisch lächelnd
in die Augen. Christian konnte nicht mehr anders. Er fuhr seiner Frau
an den Schenkeln immer höher bis an den Rand der Strümpfe. Nina
konnte ihre Gefühle nicht unterdrücken, ihre Schenkel vibrierten, als
stünden sie unter Strom. Doch Nina wusste es geschickt abzuwehren,
dass Christian an ihre sicher schon sehr geile Pussi griff.

„Nicht so schnell ..., mein Kleiner ..., wir haben noch viel, viel Zeit ..., um so richtig erotische Stimmung aufkommen zu lassen ... !!" Christian wollte schon etwas maulen: „Das sag' mal meinem Schwanz ..., der hat schon so große Sehnsucht nach Dir ..., ich halte es einfach ohne deiner Pussi nicht mehr aus ... !!" „Wetten ..., dass ...!!" Nina hatte da immer schon eine Trick - Kiste auf Lager, aber was jetzt kam, konnte Christian nicht glauben, er meinte, glatt zu träumen. Aber dennoch es war wahr ...

Nina rutschte nach unten, nahm den Schwanz zärtlich in ihre Hand und fing ihn an zu wichsen. Dabei leckte sie mit ihrer Zunge zärtlich über seine pralle Eichel. Ihre Zungenspitze versenke sie dabei in seinem Löchlein, was ihm irre Gefühle bescherte. Mit einem lauten Stöhnen, drehte Christian seinen Kopf und seine Augen sahen ein weiteres schwarzhaariges junges Mädchen, von dem er beim besten Willen nicht wusste, woher es kam. Sie war in etwa Fünfundzwanzig und mindestens genauso erotisch gekleidet wie seine Frau Nina. Sie war bekleidet mit einer brustfreien Korsage, schwarzen Strümpfen und mindestens zehn Zentimeter hohen Stöckelschuhen. Ihre Brustwarzen waren geschmückt, mit kleinen goldenen Ringen, ebenso wie ihre Schamlippen. Das Mädchen sah betörend aus. Christian glaubte in einen schönen Traum verfallen zu sein. Aber die leckere Zunge seiner Frau und das herrliche Gefühl in seinen Lenden war Wirklichkeit, die kein Traum sein konnten.

Es war für Christian ein Gefühl aus Erschrecken und Geilheit zugleich. Die Geilheit überwog das gesamte Geschehen der Überraschung. Es ließ sich einfach nicht beschreiben, was Christian jetzt fühlte. Er starrte die Schwarzhaarige an, als wäre sie ein Ding von einem anderen Stern. Da war auf der einen Seite Nina mit ihrem so zärtlichen Lutschmaul, das ihn auf eine harte Probe stellte und jetzt auch noch diese Schwarzhaarige, die da so frech lächelte und ihn voll auf ihre Schamlippen blicken ließ. Ihre goldenen Ringe blitzten im Kerzenlicht und sie drehte frech ihre Hüften, als sie sich mit einer irre erotischen Stimme vorstellte: „Ich heiße Vanessa ... und heute hast Du die Ehre, mir meine immergeile Fotze zu lecken ... !!"

Mit diesen Worten stieg sie über Christian und hockte sich genau über sein Gesicht. Da war dieser irre geile Duft einer Frau ... die erregt war und auf seine Zunge wartete. Christian wusste gar nicht, wie ihm geschah, aber wie automatisch begann er an ihrer Pussi zu saugen und zu lecken. Sie duftete von ihrer Pussi so erotisch, dass ihr Christian die gesamte Zunge hineinschob. Es war einfach wunderbar, sein Schwanz wurde gerade von seiner Frau verwöhnt, dass ihm schon beinahe Hören und Sehen verging und jetzt war da noch diese irre geile Vanessa, die er gerade mit seinem Mund verwöhnte und hörte wie sie geil gurrte und spitze Schreie von sich gab. Christian wusste gar nicht wie es ihm geschah, aber er fügte sich diesem lustvollen Geschehen. Christian spürte, wie es ihm in den Lenden zu ziehen begann und wenn Nina nicht gleich aufhörte mit diesem zärtlichen Mundspiel, dann war es um ihn geschehen.

Aber Nina spürte dies auch und stellte ihre so geile Tätigkeit in diesem Moment ein. Es war keinen Moment zu früh, sonst hätte seine Frau die gesamte Ladung in ihren Mund abbekommen. Nicht das Nina dies verschmähte, aber sie wollte heute noch mehr von ihm haben. Für Christian war es erstaunlich, wie schnell sein Erschrecken über die zweite Frau verflogen war. Es blieb ihm ja gar keine Zeit zum Überlegen und das hatte seine Frau schon richtig eingeplant. Es konnte nur seine Frau gewesen sein, die auf diesen Einfall kam.

Sie war immer schon was dies betraf äußerst geheimnisvoll und einfallsreich. Vanessa war die härtere Frau. Sie stöhnte und schrie spitz, dabei kamen ihr auch recht ordinäre Worte aus: „Komm ...,
schon Du geile Sau ..., leck mir meine Pussi ..., oh Du herrliches geiles Schwein ..., Du machst dies Spitze ... !!"

Vanessas Becken tanzte auf Christians Gesicht und ihr erotischer Geruch, der von ihrer triefnassen Pussi ausging brachte ihn fast um den Verstand. Sie hatte sich so auf Christian platziert, dass seine Hände unter ihren Schienbeinen eingeklemmt waren. Sein Schwanz war steif und pimmelte so planlos in der Gegend herum. Christian konnte weder was hören noch was sehen, er konnte nur fühlen. Doch Vanessa sah sein herrliches Glied und kümmerte sich auch gleich darum. Während er ihre Pussi mit der Zunge verwöhnte, streichelten ihre Hände seinen Eiersack und massierten zärtlich seine Eier. Ein Schauer nach dem anderen jagte durch seinen Körper und er genoss diese aufgezwungene Hilflosigkeit. Gegen diese zwei Frauen kam er nicht auf. Doch er spürte seine Frau nicht mehr. Wo war dieses kleine hinterhältige Biest ?

Bei ihm war sie nicht mehr, aber er hörte sie schreien und stöhnen: „Jaaaa ..., bitte mach mehr ..., aaaahhhh ..., tut das gut ..., meeehhhr ..., bi ... bitte ..., mach meeeehr ... !!" Was machte Nina da ? Christian konnte sich kein Bild machen. Vanessa saß noch immer an seinem

Gesicht und ließ sich von seiner Zunge verwöhnen. Doch da hörte er Nina stöhnen: „Komm Vanessa ..., laß Dir doch einmal deinen Arsch ficken ... !!"

Christian wusste noch immer nicht, was hier geschah und das beunruhigte ihn. Irgend etwas was hier ausgemacht ... !! Seine Frau, dieses Biest hatte da immer solche Einfälle, ohne dass Christian davon etwas ahnte. Doch Vanessa ließ Christian nicht zum denken kommen. Sie hob ihre Pussi von Christian herunter und drehte sich um. Jetzt sah sie Christian an und nickte ihm aufmunternd zu: „Jetzt Du Schwein ..., wirst Du spüren ..., wie es eine Frau wie ich mache ... !! Bei diesen Worten setzte sie sich blitzschnell auf seinen Schwanz und er rutschte immer tiefer in ihr enges Loch hinein. Sie drehte dabei ihr Becken und setzte geschickt ihre Muskeln ein. Christian glaubte bei diesem herrlich engen Gefühl die Besinnung zu verlieren, so herrlich konnte dieses Biest reiten. Ihre so saftige hintere Pflaume passte so angegossen um seinen Schwanz, dass ihm irre Gefühle verlieh. Aber auch seine Augen sollten hier absolut nicht zu kurz kommen, Nina, seine Frau lag da und ließ sich von einer Frau befriedigen. Das durfte doch nicht wahr sein, da war noch so eine Schnute, die Christian noch nie zu Gesicht bekam. Diese kleine Sau befriedigte seine Frau mit einem „Vivi" und sie genoss dies sichtlich.

Für Christian war dies eine Augenweide, eine Reizüberflutung der schönsten Art. Sein Schwanz war buchstäblich in einem weiblichen Arsch und dazu der Anblick seiner Frau, die mit angezogenen Beinen da lag und sich von der Hübschen die er noch nicht kannte, so herrlich verwöhnen ließ. Die Frau war brünett, hatte gelockte Haare und ihre wippenden Titten waren eine Wucht. Sie hatte ihre Hände überall dort bei seiner Frau, wovon Christian so oft in seiner Phantasie träumte. Dazu kam noch der surrende Vibrator, der genau in ihrer nasstriefenden Muschi steckte.

Christian konnte sich nicht vorstellen, woher er sich diesen Geburtstag verdient hatte. Noch weniger konnte er sich vorstellen, woher seine Frau dieses Mädchen nahm, um es hier zu treiben. Nina seine Frau konnte von allen diesen körperlichen Zärtlichkeiten einfach nicht genug bekommen. Aber auch Christian konnte es kaum glauben, dass er gerade heute eine Fremde vor seiner Frau in den Arsch fickte. Er wusste, dass seine Frau sehr freizügig war, aber dass ihre Freizügigkeit so weit reichte, hätte er sich nicht träumen lassen. Nina gebärdete sich wie eine Furie. Sie schrie und stöhnte, warf ihren

Körper geil herum und konnte von ihrer Gespielin nicht genug bekommen. Nur einen Bruchteil einer Sekunde fragte sich Christian, wo seine Frau diese beiden Mädchen versteckt hatte. Ihm war beim Heimkommen nichts von all dem aufgefallen.

Eine solche Situation war für Christian fremd und er musste zugeben, dieses Spiel zu genießen. Vanessa die „Fremde" die nun immer schneller auf ihm reitete, war fast schon so vertraut, wie seine Frau.

Nina reckte sich und ließ sich von der schönen Brünetten die Nippen ihrer Brust lecken. Vanessa reitete auf Christian, dass diesen der Teufel holte. Dabei setzte sie so ihre Muskeln ein, dass sie jedes mal einen Samenerguss verhinderte. Christian fühlte immer mehr als tausend gefühlvoller Teufel in seinem Leib tanzen. Dazu noch das Bild seiner Frau und der Brünetten, die es da so wild neben ihm trieben. Es war eine echt gelungene geile Geburtstagsparty.

Vanessa griff sich selbst an ihre Titten während sie ritt und fing zu stöhnen an. Ein Schütteln ging durch ihren Körper: „Aaaaahhhh …, jaaaaa …, es ist herrl …, herrlich …, dein Schwanz ist Spitze. Jetzt ließ Vanessa ihre Muskeln locker und Christian röhrte, dass ein Platzhirsch dagegen leise war. Beide waren jetzt so herrlich befriedigt. Christian musste jetzt zugeben, dass er dieses Spiel jetzt mehr als genoss.

Er wurde gerade noch so herrlich von Vanessa geritten und dazu kam noch der visuelle Anblick, wie in einem professionellen Pornofilm, wie sich Nina und die Brünette liebten. Vanessa lag da und sah glücklich zur Decke. Doch der Schwengel von Christian wollte einfach nicht umfallen und da war das herrliche Bild, wie die Brünette seine Frau verwöhnte.

Ihren Arsch hatte sie gerade so schön in der Höhe, dass er es nicht anders konnte. Er sah nur die Beine seiner Frau und den herrlich prallen Arsch, der so einladend zu ihm sah. Christian konnte nicht anders, er kletterte über die Füße seiner Frau, nahm den noch immer steifen Pimmel in seine Hand, setzte an der Brünetten an und rutschte mit einem Stoß tief in ihr Innerstes. Sie zuckte zusammen, schrie kurz auf und schon wurde sie gebumst, dass ihr Hören und Sehen verging. Nina die am Rücken lag, sah was ihr Mann da machte und schrie ihn geil an: „Komm …, gib es dieser geilen Schnute …, die braucht einen echten Herrn …, der ihr so manche Unartigkeiten abgewöhnt … !!"

Diese Worte waren für Christian wie ein Befehl. Er hielt sich an ihren Arschbacken an und rammelte sie fest. Dabei keuchte er: „Ich weiß zwar nicht …, wie Du heißt …, aber ich hab' Dir die gesamte Zeit

zugesehen ..., wer meine Frau so vernascht ..., der wird von mir bestraft ..., dass Du es Dir gleich hinter die Ohren schreibst ... !!"
Die Brünette drehte ihren Kopf und keuchte ebenfalls vor Lust: „Ich heiße Pauline und bin bisexuell veranlagt ..., es gibt doch nichts Schöneres als eine gut gebaute Frau zu vernaschen ... und nachher von Dir genommen zu werden ! Fick mich ..., schneller komm ..., gib mir Deine feste Gurke. Meine Rosette sehnt sich nach solch herrlichen Schwänzen !"
Nina sah auf zu Pauline und meinte:
„He ..., Du kleine Schlampe ..., mir kommt es gleich ..., lutsch mir meine Titten ... !!" „Zu Befehl ..., Du geile Nutte ... !!" Pauline nahm sich nun die festen Titten von Nina und begann sie gierig zu lutschen, während sie immer wilder von Christian gefickt wurde. Nina kam wie ein Vulkan. Ihre spitzen Schreie tönten durch den ganzen Raum. Sie wollte sich den „Sumsi" aus der Möse reißen, doch Pauline hielt ihre Hände fest an den Boden gepresst. Ihre Füße waren so und so gefangen, also blieb ihr gar nichts anderes übrig, als eine Orgasmuswelle nach der Anderen auszuhalten.
Nina wand sich wie eine Schlange, aber sie kam nirgends aus. Es bebte und zuckte in ihr und sie wehrte sich wie eine Wilde, bis sie mit einem letzten Schrei keuchend und stöhnend schlaff liegen blieb. Zwei Frauen waren ja schon fertig, aber Pauline hatte einen besonders harten Kern.
Sie ließ sich nicht so schnell unterkriegen. Nina wand sich mit letzter Kraft unter Pauline hervor und zog sich den „Vivi" aus ihrer Möse. Sie legte sich auf den Teppichboden, tippte Vanessa auf die Schulter und meinte: „Sieh' Dir nur meinen Mann an, er hat mir ewige Treue geschworen und jetzt fickt er meine beste Freundin in den Arsch, glaubst Du noch, dass es die „ewige Treue" zu einer Frau gibt ... !?
" Vanessa die sich schon wieder erholt hatte und die Potenz von Christian bewunderte meinte: „Brauchst ja nicht traurig sein ..., Nina ..., Dein Mann hat in dem düsteren Licht eben die falsche Muschi erwischt ..., irren ist doch menschlich ..., oder ... !? Nina griff Vanessa fest am Schenkel als sie meinte: „Da muss er sich auch bei Dir geirrt haben ..., bin ich so unscheinbar klein ..., oder was ist hier los ... !?" Jetzt mussten die beiden Frauen lachen.
Gleich darauf hörten sie Christian schon wieder röhren, der seine gesamte Spermaladung in Paulines entzückenden Arsch entlud.
Pauline legte sich sichtlich geschlaucht auf den Rücken sah Nina und

Vanessa an und sagte spitz: „Treue ..., pah ..., dass ich nicht lache ...,
Ihr tut ja so ..., wie wenn der Schwanz von einem Ehemann nur Euch
gehören würde! Der Schwanz gehört immer dem „Weibi" ..., dass er
gerade pudert ... !!"
Jetzt mussten alle lachen. Hier gab es einfach keine Eifersucht. Hier
trafen sich eben Menschen die es gerne miteinander trieben. Der
Geburtstag war wirklich gelungen. Nina hatte hier sicherlich ganze
Arbeit geleistet um ihren Mann Christian damit zu überraschen. Nina
stand auf dem Standpunkt, ein Mann geht nur dann fremd ..., wenn
seine Ehefrau nicht mehr interessant genug ist.
Um dieses zu verhindern ließ sie sich eben solche total
eifersuchtsfreien Spiele einfallen. Dazu brauchte man auch Frauen, die
hier mitmachten und es war nicht immer leicht, diese auch
aufzutreiben. Eifersuchtsfreie Frauen zu finden, das könnte in unserem
Alpenland schon ganz schön stressig werden. Nina kannte Vanessa.
Sie war eine gute Schulkollegin und schon damals für allerhand Spaß
zu haben. Als Nina mit diesem ausgefallenen Wunsch an sie herantrat,
musste sie lachen, nahm Nina an der Schulter und sagte: „Den
„Kleinen" werden wir doch zu zweit noch kleiner kriegen !"
Also hatte Nina für diese doch etwas seltsame Geburtstagsparty schon
eine Frau aufgetrieben, die hier ganz unbefangen mitspielte. Doch
Nina machte keinen Hehl daraus, dass sie hier und da einmal auch
gerne von einer Frau verwöhnt zu werden. Vanessa stand auf dieses
Spiel eher nicht. Aber sie kannte wieder Pauline, die sich nicht genierte,
eine Frau nach allen Regeln der Kunst zu vernaschen. Diese sagte auch
sofort zu und so konnte es zu dieser Geburtstagsparty kommen.
Nina war eine kleine Sau, das wusste Christian genau ..., aber das was
sich ihn hier bot, war das Stärkste, was er bis jetzt erlebt hatte. Die
geilen Frauen hatten es sich inzwischen um den Tisch gemütlich
gemacht um sich wieder zu stärken. Christian lag noch immer auf dem
Lammfell und sein Lümmel biss ihn noch gehörig. Hatte er doch gleich
zwei Frauen gehabt. Nur seine Ehefrau hatte er heute noch nicht
gebumst, aber das schien ihr gar nichts auszumachen. Sie ist voll auf
ihre Rechnung gekommen und das war ihr viel wichtiger, als einen
Bums zu versäumen. Die Frauen unterhielten sich über schöne
schweinische Erlebnisse, während er schon wieder davon träumte, eine
schöne Frau zu vernaschen: „Wo ist sie ..., meine Traumfrau ..., die mir
heute meinen Pimmel bläst ... !?" Pauline war die erste, die darauf

reagierte: „Du untreuer Lümmel Du ..., Du Ehebrecher, bumst zwei
fremde Frauen in ihr intimstes dunkelstes Loch, ohne zu fragen !"
Dabei sah sie Nina an und fügte noch hinzu: „Und ..., und dann will er
auch noch einen geblasen haben ..., Nina das ist ein
Scheidungsgrund ..., wir sind deine Zeugen !" Nina nickte: „Gut ...,
wenn er nicht gleich mit uns hier mit isst ..., dann kostet der Unterhalt
mehr, als er verdient ..., ist das gerecht ... !?"
Vanessa nickte angeregt und flüsterte: „Dann muss er uns alle Drei
erhalten ... und er muss uns jeden Tag befriedigen ..., glaubst Du, dass
er dann endlich treu sein wird ... !?" Nina nickte: „Er wird darum betteln
..., dass er überhaupt treu sein darf ..., wenn seine Nudel nur mehr
schlaff herunterhängt !!" Christian stand nun auf und Pauline bot ihm
bereitwillig Platz an: „Komm nur ..., brauchst Dich nicht zu fürchten wir
beißen nicht ... !" Nina versenkte ihre Hand zwischen seinen Schenkeln
und kitzelte ihm am Eiersack, was zum Staunen der Frauen glatt einen
Steifen zur Folge hatte. Vanessa schüttelte den Kopf und meinte: „Nina
..., Du hast einen geilen Mann ..., kann der immer ..., oder nur immer
öfter ... ?!" „Immer ... und immer öfter ..., Gott sei Dank ich bin seine
Frau und will von meinem Mann auch noch etwas haben, die
Schwierigkeiten kommen früh genug ... jetzt aber will ich noch etwas
von ihm haben. Es heißt ja ..., er ist mein Gatte ..., also soll er auch
etwas dazu beitragen ! Wenn ich keinen Sex bräuchte, müßte ich auch
nicht heiraten ..., denn dann wäre der Mann ja uninteressant ..., wenn
Mann ..., dann auch Sex und wir können sehr gut ...!!"
Nina klatschte Christian ihre Hand auf seine nackten Schenkel und
nickte ihm zu: „Was ist Alter ..., können wir gut miteinander ..., oder
nicht !?" Mit der zweiten Hand fütterte sie ihn nun wieder mit
Lachshäppchen: „Nein ..., Du hast so große Titti ..., vor denen habe ich
Angst ..., da könnte man ja glatt vierzehn Tage lang einen Milchrausch
haben ... !!" Nina die splitternackt neben Christian saß, glaubte nicht
richtig zu hören. Sie nahm ihre nicht gerade kleinen Bällchen in die
Hand und Pauline hielt ihm hinten die Hände zusammen: „Da friss ...,
da hast Du meine Titten ..., geheiratet hast Du sie auch ... !!" Nina
steckte ihm die Titten in den Mund, was den anderen Frauen ein
Lachen entlockte. Vanessa meinte dazu: „Jetzt spürt er wenigstens,
welche geile Waffen seine Frau hat ... !!" Christian wusste nicht, was er
nun als Erstes machen sollte, hinunterschlucken ... oder an den
herrlichen Bällen seiner Frau nuckeln.

Jeden Tag in der Früh bevor er aufstand, kuschelte er an diesen Bällchen. Für Nina war es gar nicht so wichtig auf ihm herumzuhopsen, sondern sie wollte ihn ganz einfach spüren, der Sex ergab sich daraus von ganz alleine. Nina trieb es zwar für ihr Leben gerne, aber von purem Sex ohne Liebe hielt sie an und für sich nicht sehr viel. Nur zu Anlässen, wie zum Beispiel sein heutiger Geburtstag, da durfte er sich austoben, bis bei ihm absolut nichts mehr stand. Auch Nina brauchte hier und da einmal etwas Ausgefallenes, was war da schon schöner, als eine Frau, die wiederum eine Frau in den siebenten Himmel begleitete. Christian sagte einmal zu seiner Frau nach einer festen Bumserei: „Es muss einfach umwerfend aussehen, wenn Du es mit einer Frau treibst, die genauso hübsch ist wie Du ... !!" Nina hatte ihm heute diesen Wusch erfüllt. Die freche Pauline, war eine Bombenfrau, wenn man sie so betrachtete. Bei ihr stimmte eigentlich alles. Sie war an den Schenkeln ein wenig mehr als es der gute Durchschnitt war, aber das passte so richtig gut zu ihrer Figur. Auch Nina hatte etwas mehr Schenkeln, als die so angepriesenen Kleiderständer, die immer noch als die hübschesten Frauen gehandelt wurden.

Auch die Titti von Pauline waren schon etwas viel mehr, als die so angepriesenen Flachbrüstigen, die man gut und gerne mit einer Knabenfigur gleichstellen konnte. Für Christian waren diese Frauen, die auf dem Laufsteg ihre Schönheit präsentierten, keine Frauen im herkömmlichen Sinn.

Er brauchte etwas zum angreifen. Das waren alle drei Frauen, alle drei waren sie zum knutschen . Nina hatte im Alltag meistens Leggings an. Diese beinanliegenden Hosen hatten schon so manchem Mann ein Gewinde in den Hals geschraubt, wenn sie Nina auf der Straße nachblickte.

Vanessa war eine Frau, die das Ausgefallene dann liebte, wenn alle Beteiligten damit einverstanden waren. Nur wollte sie nicht, eine Frau verwöhnen, das lag ihr nicht. Sie trieb es lieber mit einem potenten Mann, der auch auf ihre nicht immer gerade gewöhnlichen Sexwünsche einging. Das sie sich einen guten steifen Schwengel einmal in den Arsch einführte, das musste ein Mann bei ihr mitmachen, wenn er mit ihr verkehren wollte.

Vanessa konnte keine Weichliche leiden, sie wollte schmusen, kuscheln, ficken und ein paar ausgefallene Dinge mit einem Mann treiben. Aber bis jetzt hatte Vanessa kein großes Glück, was Männer betraf. Die Einen wollten nur puren Sex, die Anderen wiederum, waren nach ein paar Stößen schon wieder fertig und wiederum Andere wollten ihren ausgefallenen Sex nicht. Schmusen wollte überhaupt Keiner.

Also entschied Vanessa noch zuzuwarten, bis doch Einer daherkam, der auch eine Frau wie sie verwöhnen wollte. Vanessa war gerade erst vor zwei Monaten 28 Jahre alt geworden und mit ihrer herrlichen Figur konnte sie sich ja ihre Liebespartner aussuchen.

Pauline wiederum war siebenundzwanzig Jahre alt und wohl das frechste Mädel von den dreien. Pauline war brünett, gelockte Haare und hatte so eine ähnliche Figur wie Nina. Nur die Titten waren nicht ganz so groß. Nina war variabel. Sie trieb es mit beiden, sowohl einem Männchen als auch mit einer Frau. Sie konnte eine Frau so richtig in den siebenten Himmel katapultieren.

Nur Pauline war auch eine junge Frau, die ihre speziellen Ansprüche hatte. Sie ging nicht mit Jeder ins Bett. Die Alte die sie befriedigen wollte, musste figurmüßig etwas gleich schauen. Am besten gefielen ihr Frauen, die ihre knackige Figur auch zeigten.

War da Eine dabei, die ihrem Geschmack entsprach, war diese bei Verstehen glatt gevögelt. Aber auch ein knackiger Mann der ihr gefiel, hatte nur sehr schwer eine Chance zu entkommen.

Pauline konnte es sich auch gut vorstellen, einen wohlgeformten Weiberbusen zu vernaschen, während sie von einem Mann von hinten genommen wurde. Ihr gefiel eigentlich alles, was Spaß machte. Sie war seit einem Jahr geschieden und hatte erst wieder lernen müssen, was Erotik eigentlich war. Ihr Exmann bumste sie einmal im Monat und die übrige Zeit war tote Hose. Das ließ sich Pauline auf die Dauer nicht gefallen und verließ ihn ganz einfach. Nach und nach bumste sie wieder Männer, einmal waren es bessere, dann wieder schlechtere. Auch ein Ehepaar war in ihrer Sammlung.

Seine Frau war bildhübsch und hatte einen Arsch zum anbeißen, auch die muskulösen Schenkel waren nicht zu verachten. Ihr Ehemann konnte im Bett rein gar nichts. Mit ein paar Stößen war er bei Pauline fertig. Aber da war das Mädel erst richtig warmgelaufen und sehnte sich nach einem ausgiebigen Orgasmus. Ein Blick - Kontakt mit seiner Frau genügte und schon hatte Pauline ihr Vergnügen. Sie wollte es einfach noch nicht glauben, dass eine Frau eine Frau befriedigen konnte. Aber Pauline wurde befriedigt und auch die Ehefrau kam nicht zu kurz. Seit dem stand Pauline auch auf Sex mit einer Frau. Nina war genau ihre Kragenweite. Sie hatte eine große Muschi, einen großen knackigen Arsch, schöne muskulöse Schenkel, Herz was brauchst Du mehr ..., eine geschmacklich ansprechende Partnerin und ein Mann, der nicht dagegen war, was sie da so trieben, was konnte es schon Schöneres geben !?

Diese gelungene Party würde Christian nicht so schnell vergessen. Die drei Frauen wollten schon wieder seinen Steifen genießen. Diesmal war es Nina, die ihren Christian auf den Boden legte. Sie wollte sein Glied tief in sich spüren. Auch die anderen Frauen wollten noch einmal einen Anteil von ihm haben.

Pauline setzte sich nun über das Gesicht von Christian und ließ sich mit der Zunge befriedigen. Nina ritt ihn wie einen Hengst und Christian genoss es in vollen Zügen. Vanessa steckte sich erst mal vorsorglich den „Vivi" in die Muschi und wartete ab, bis die beiden Anderen ihr noch etwas übriglließen.

Es wurde noch einmal ein wildes Treiben der Geschlechtsteile, wo alle auf ihre Rechnung kamen. Für Christian war es ein gelungener Abend geworden. Als er in der Nacht noch einmal zu Nina ins Bett stieg, passierte ihm es das erste Mal, wovon sich Männer am meisten fürchten, er brachte nichts mehr zusammen. In der Muschi seiner Frau fiel der Schwanz um und war nicht mehr hochzukriegen.

Nina lachte und nahm ihn zwischen ihre großen Brüste und flüsterte ihm ins Ohr: „Wir Frauen haben es da ein wenig leichter, wir brauchen eigentlich nur die Füße öffnen und euch dazu zu bringen, das zu machen was wir am meisten lieben ! Aber ein Mann muss dazu sein Stehvermögen aufbringen und das ist jetzt erschöpft ..., aber Du kannst an meiner Brust einschlafen, wenn Du willst ..., das gibt Sicherheit und mir gefällt es. Christian kuschelte sich daraufhin wie ein Baby in Ninas Brüste und schon kurze Zeit schliefen sie Beide ein.

In der Stadt

Auf der Suche nach einer Pension schlenderte ich durch die Straßen Frankfurts und beobachtete die flanierenden Frauen. Mysteriös und rätselhaft lächelten sie wie ein Versprechen, ein Verlangen verbergend. Alle trugen sie bunte und leichte Kleider, die ein warmer Wind gegen die Schenkel drückte.

In einer ruhigen Straße fand ich eine Kneipe mit einem Schild "Zimmer zu vermieten". Ich stieß die Tür auf und trat in den langgestreckten Raum. Klobige, hölzerne Tische und Stühle standen in der Wirtsstube. Ich nahm mir einen Stuhl, setzte mich an einen freien Tisch und zündete mir eine Zigarette an.

Plötzlich wurde ich von einer warmen Stimme angesprochen, was ich für einen Wunsch hätte. Als ich den Kopf hob, erstarrte ich. Eine Frau, Ende Zwanzig, mit einer Bluse, die fast gesetzeswidrig war, mit Beinen, die sich fast in voller Länge zeigten. Hastig zog ich an der Zigarette und schluckte. Die junge, hübsche Frau beugte sich lächelnd zu mir herab. Gierig starrte ich auf das Fleisch, das animierend aus dem Ausschnitt quoll ... "Ein Bier bitte!" sagte ich endlich, "und haben Sie noch ein Zimmer frei?"

Ihre dunklen Augen fanden die meinen. "Das läßt sich einrichten!" antwortete die dunkle Schönheit. Sie ging zurück und ich sah ihr nach, wie sich die strammen, runden Hinterbacken wiegten. Sie brachte mein Bier, beugte sich wieder tief zu mir herab, ließ mir Zeit, einen langen Blick in ihren Ausschnitt zu tun, lächelte mich wieder mit ihren dunklen, brennenden Augen an. Sie setzte sich mir gegenüber. Ihre Ellenbogen lagen auf der Tischplatte, preßten die üppigen Brüste zusammen, deren Fleisch sich ungeniert vor meinen Augen darbot. Wir unterhielten uns über Gott und die Welt, bis die anderen Gäste zahlen wollten. Sie rechnete schnell zusammen, kassierte und kam zu mir zurück. Ein nicht zu unterdrückendes Gähnen ließ mich an das Zimmer denken. "Sind Sie müde? Möchten Sie ins Bett?" Ich wurde dreist. "Mit Ihnen, ja!" sagte ich. "Wie?" Sie stöhnte dieses Wort regelrecht hinaus. Ich nahm ihre Hand. Auf ihrem Unterarm spielten meine Finger, schoben sich den üppigen Hügeln entgegen, strichen sanft darüber hinweg, bohrten sich tiefer. "Ich zeige Ihnen jetzt Ihr Zimmer!" Sie erhob sich. Der kurze Rock blieb auf den prallen

Schenkeln hängen. Auch hier sah ich das nackte erregende Fleisch. Sie nahm einen Schlüssel vom Haken und ging vor mir her. Die wiegenden Hüften ließen die kühnsten Träume in mir erwachen. Als wir das Zimmer erreichten, legte sich meine Hand fast automatisch auf die schmale Taille der jungen, hübschen Frau, fuhr höher zu den Brüsten hin und drückte sie. "Das ist ja das ideale Liebesnest!" sagte ich. "Wie gefällt es dir?" "Hervorragend", grinste ich, "Nur!" "Was - nur?" "Die Gespielin fehlt!" Sie lächelte vielsagend. "Ich muß zurück, abrechnen und so." "Und dann?" "Komme ich zu dir", hauchte sie und huschte davon.

Ich zog mich aus, ging unter die Dusche und legte mich nackt aufs Bett. Als ich die Augen schloß, machte sich ein süßes Gefühl der Vorfreude in mir breit, setzte sich in meine Hoden, meinen Penis und ließ ihn steif werden. Prall und gierig lag er auf meinen Lenden. Ich muß eingeschlafen sein, denn ich hörte nicht, wie sie hereinkam. Als ich die Augen öffnete, lag ihr Kopf auf meinem Bauch und er rutschte immer tiefer. Als sie erkannte, daß ich wach war, flüsterte sie: "Bleib still liegen, ich verwöhne dich. " Sie stülpte ihre vollen Lippen über meinen harten Schwanz und sog ihn tief in den Rachen. Dumpf keuchend verharrte sie, begann dann mit einem langsamen, genüßlichen Kopfnicken. Ihre Hand war an meinen Hoden, walkte und wog sie. Ich stützte mich auf die Ellenbogen und sah ihr zu, stierte auf die Schenkel, die unter dem Rock hervorschauten, auf den Slip, auf die Bluse, aus der die Fleischhügel hervorquollen. Ihre Beine gingen plötzlich auseinander, preßten sich zusammen. Sie nuckelte schmatzend mit einer mehr und mehr steigenden Gier. Der Rock zog sich immer höher, legte das winzige Höschen völlig frei. Meine Hand schob sich vor und streichelte dieses heiße, nackte Fleisch, fuhr unter den Gummizug des Höschens, fand weiches, dichtes Haar und den Anfang ihrer feuchten Muschi. Als ich mit den Fingerspitzen den Kitzler berührte, stöhnte sie auf, nahm den Kopf hoch und sah mich mit glasig werdenden Augen an. "Zieh dich aus", forderte ich sie auf. "Zeig mir deinen ganzen Körper!"

Eine besinnungslos machende Geilheit tobte in mir, mein zum Platzen steifer Schwanz, von ihrer Hand umschlossen, fing an zu schmerzen. Ich ließ meine Hand tief in den Ausschnitt gleiten, umfaßte einen der prallen Bälle und spielte damit. Der Stoff ihres Slips zeigte einen dunklen Fleck, der sich zusehends vergrößerte. Ich strich weich darüber hinweg, spürte dabei die Spalte, die den Stoff einsog.

Sie erhob sich von Bett und zitternd stand sie da. Sie stöhnte auf, schob die Bluse herab, zog mit einem entschlossenen Ruck den BH ab, den kurzen Rock und dann zögerte sie. "Auch den Slip!" drängte ich gierig und stierte auf den Slip. Mit einem leisen Aufschrei riß sie sich das kleine Ding vom Leib und warf sich nackt in meine Arme. Dicht kuschelte sie sich an mich. Ich küßte ihren lockenden Mund, ließ meine Zunge vorschnellen, ließ sie spielen und kosen. Meine Hand griff nach den nackten Brüsten und tätschelte sie. Sie stöhnte, spreizte ihre Schenkel und wölbte ihren Bauch vor. Willig ließ sie zu, daß ich ihre Scham betastete, die geschwollenen, feuchten Lippen auseinanderzog, sie obszön zur Seite legte. Meine Finger waren an ihrem Kitzler, rieben ihn zart und geduldig. "Aaahh ... ooohh!" Sie schluckte krampfhaft. Ihre Hüften fingen an zu kreisen, zuckten und hoben sich an. Und dann schüttelte ein starker Orgasmus ihren ganzen Körper durch. Ich sah auf das verzerrte Gesicht, die bebenden Nasenflügel, den offenen Mund.

"Du warst wohl sehr lange alleine?" fragte ich nach einer Weile. Ihre dunklen Augen starrten mich an. Ein verschämtes Lächeln umrahmte ihr Gesicht. Ungeduldig war das Flackern in ihrem gläsernen Blick. "Nimm mich jetzt!" keuchte sie. Darauf hatte ich gewartet. Ich kniete mich zwischen ihre einladenden Schenkel und schob meinen Schwanz der feuchten Öffnung zu. Mit der Eichel strich ich einige Male über die wulstigen Schamlippen und den Kitzler. Sie begann zu wimmern: "Steck ihn doch rein, mach doch!"

Langsam und genußvoll ging ich tiefer, spürte, wie mein Schaft weich und leise schmatzend umschlossen wurde. In einem weichen, stetigen Rhythmus begann ich zu stoßen. "Jaaahhh, nimm mich, nimm mich hart!" Diese Frau war wie ein Vulkan, der lange geruht hatte und plötzlich ausbrach, mit einer versengenden Glut, einem Feuer, das nicht so leicht zu löschen war. Ihre Arme schlangen sich um meinen Nacken, fuhren tiefer, kamen an meine stoßenden Pobacken, streichelten sie und drückten dagegen. "Oh, tiefer, stoß deinen Schwanz tief hinein!", hechelte sie. Mit flackernden Augen sah ich zu, wie mein Penis zwischen den saftigen, gedehnten Schamlippen verschwand und wieder zum Vorschein kam. Sie wurde erneut von einem Orgasmus geschüttelt. "Spritz mich voll!" Sie nahm selbst ihre Titten und zupfte an den steifen Warzen. Ein geiles Bild, das mich noch schneller stoßen ließ. Leise schrie sie auf, als mein Schwanz zuckend verharrte und sich genüßlich ausspuckte. Ich senkte langsam meinen Oberkörper, preßte ihn gegen den sich windenden Frauenleib. Wir lächelten uns an.

"Bist du zufrieden ?" fragte ich. "Ja, und du ?" fragte sie zurück. "Du bist eine herrliche Frau !" Sie fuhr über meinen Bauch und spielte mit meinen Lümmel, der sich erneut regte, kraulte an den Hoden herum. Zwischen den klaffenden Schenkeln sah ich den Busch, die Spalte mit dem sanftroten, glänzenden Fleisch. Sie lächelte mich an und die Nacht, die wir uns schenkten, schien endlos zu sein.

Ohne Höschen

Immer war ich brav - wurde plötzlich geil! Ging ohne BH und Höschen los...
Ich bekomme oft Komplimente über mein Aussehen. Ich war eine ganz normale Hausfrau, bis zum vorigen Oktober...
Ich brachte wie jeden Werktag meine Kleinste in den Kindergarten und half ihr beim Umziehen. Dabei bückte ich mich etwas zu ihr hinunter, die anderen Kinder tobten neben uns schon herum, dabei schlüpfte eins der Kinder unter meinen Rock. Ich schreckte hoch und holte es ganz schnell wieder hervor. Von diesem Moment an war ich nicht mehr ich. Ganz schnell verabschiedete ich mich von meiner Tochter und ging zu meiner U-Bahnstation. Auf dem Weg zur Station merkte ich, dass ich jedem Mann auf die Hosenfalle guckte, was ich noch nie tat! Die ganze Zeit stellte ich mir vor, das Kind vorhin wäre ein fremder Mann gewesen. Ganz egal wer, ich würde sofort einen Höhepunkt bekommen!
»Ich bin ganz heiß und nass.« ging es mir durch den Kopf. »Und keiner dieser ach so immer geilen Männer fickt mich. Von mir aus könnte jetzt sofort hier auf der Straße einer über mich herfallen und mich besitzen!«
Aber keiner konnte meine Gedanken lesen. Endlich war ich in der Station und konnte mich hinsetzen. Ich rieb meine Schenkel aneinander und schaute jedem vorbei eilenden Mann zwischen die Schenkel. Ich wurde immer heißer, und mein Höschen war auch schon nass.
Jetzt kam meine Bahn. Ich setzte mich abseits und war froh, dass außer mir fast niemand mehr im Abteil war. Endlich konnte ich meinen Rock heben, und meine Hand rutschte unter die Strumpfhose und das Höschen. Zuerst erschreckte ich selbst, wie nass ich war, aber sofort fing ich an, meinen Kitzler zu reiben.
Die nächste Station kam, es stiegen mehrere Leute ein, ein Mann kam in meine Richtung. Schnell zog ich meine Hand heraus und den Rock herunter, aber der Mann war schneller und hockte sich mir gegenüber. Mein Rock bedeckte nur halb eine Schenkel, aber statt zu erschrecken

und den Rock ganz herunterzuziehen, dachte ich, 'Hoffentlich merkt er was und ist nicht feige.'

Ich konnte genau spüren und sehen, dass er auf meine Schenkel schaute. Er musste auch sehen, dass ich meine Schenkel aneinander rieb. Aber er machte keine Anstalten, etwas zu unternehmen. Da wurde ich mutiger und öffnete meine Schenkel. Immer noch nichts, am liebsten würde ich jetzt rüber langen, seinen Spieß herausholen und mich aufspießen, aber dazu fehlte mir der Mut.

Dafür stellte ich jetzt einen Fuß auf den Sockel. Dabei musste ich meine Schenkel noch weiter spreizen, und mein Gegenüber konnte jetzt bestimmt schon die Flecken auf meinem Höschen sehen. Ich schaute ihn an, aber er schaute ganz starr unter meinen Rock, und seine Hose machte eine große Beule, aber sonst rührte sich nichts bei ihm. Jetzt endlich bewegte er sich, aber er stand nur auf, um auszusteigen. Ich konnte gerade noch beobachten, wie er sich verstohlen über die Beule streichelte.

Ich musste auch nur noch eine Station fahren, dann war ich zu Hause. So aufregend wie heute und doch so frustrierend war bis jetzt noch kein Tag. Dass die Männer auch soooo feige sind, hätte ich bis dahin nicht geglaubt! Zu Hause allein und geil, wie ich es bis jetzt noch nie erlebt hatte. Ich zog mich aus, streichelte mit einer Hand meine Brust, die Warzen waren groß und hart, mit der anderen meinen Schlitz und den Kitzler. Ich wurde zwar immer geiler, aber ich bekam keinen Orgasmus.

Ich ging in die Küche und schaute in den Kühlschrank, um einen Ersatzschwanz zu suchen. Zuerst probierte ich eine Knackwurst, sie ging sofort hinein, aber nach ein paar Bewegungen suchte ich etwas Größeres. Mit einer dicken Salami ging ich zu dann zu Boden, spreizte weit meine Schenkel, zog mit der linken Hand meine Pussi weit auseinander und drückte die Salami so weit es ging hinein. Es war herrlich, endlich wurde ich gestoßen. Ich fing an zu jubeln, denn es war so herrlich. Die Salami flutschte nur so heraus und hinein, und meine Hand streichelte die ganze Zeit den Kitzler, bis es mir drei- oder viermal gekommen war.

Vorsichtig zog ich die Salami heraus und leckte meinen eigenen Saft ab, dabei streichelte ich wieder meinen Kitzler, bis es mir noch mal kam. Endlich war ich etwas ruhiger, und zum erstenmal fing ich wieder zu denken an.

Bis jetzt war ich immer ganz brav. Zum letzten Mal als ich mich selbst befriedigt hatte, war ich noch ein Teeny, und in meinem Sexleben gab's so etwas noch nie! Wenn ich mit jemandem geschlafen habe - vor meinem Mann hatte ich nur mit einem etwas - machte ich immer das Licht aus. Aber da ich schon wieder heiß wurde, legten sich die Gedanken ganz schnell.

Zufällig schaute ich auf die Uhr und stellte fest, dass es gleich Mittag war, die Kinder gleich von der Schule kommen würden und mein Mann von der Arbeit. Der brachte dann auch die Kleine mit, und schon wieder waren meine Gedanken nur bei dem einen.

Ich zog mich hastig an, um an einer Imbissbude schnell was zu essen zu holen.

Zum ersten Mal ohne BH und Höschen! Auf der Straße beschlich mich ein herrliches Gefühl. Merkten die anderen Passanten denn gar nicht, dass ich nichts darunter an habe? Dabei wurde ich immer geiler.

An der Imbissbude war viel los. Durch das Gedränge, das dort herrschte, mutig geworden, konnte ich sehr gut Körperkontakt aufnehmen. Hinter mir stand ein circa 25jähriger, an ihm rieb ich meinen Hintern, durch den dünnen Rock spürte ich deutlich, wie sein Schwanz wuchs.

Aber leider kam ich viel zu schnell an die Reihe und bekam das Bestellte. Und jetzt schnell nach Hause, denn mein Mann wartete bestimmt schon mit den Kindern aufs Essen. Zum ersten Mal bediente ich meine Kinder und meinen Mann ohne Höschen und BH.

Damals wunderte ich mich, dass keiner was gemerkt hat. Auch am Nachmittag wurde meine Geilheit immer schlimmer, und wenn ich mich unbeobachtet fühlte, streichelte ich mich schnell selber, aber dadurch wurde es nur schlimmer. Endlich 18 Uhr. Denn da musste ich zur Arbeit. Schnell verabschiedete ich mich und ging. Für mich stand schon lange fest, dass ich blau machte. Damit mein Mann nichts merkte, hatte ich mir Ersatzkleidung in einer Tüte mitgenommen! In der U-Bahn machte ich mir Gedanken, wo ich mich umziehen konnte, und da kam mir der Zufall zu Hilfe, denn es kam gerade die Station Hauptbahnhof. Ich stieg aus und sofort zur Damentoilette, und da zog ich mich um.

Heraus kam ich wieder als ganz anderer Mensch. Geschminkt, mit einer Bluse ohne BH und einen Knopf zu weit offen, mit einem Rock, der Dreiviertel meiner Schenkel bedeckte, ohne Höschen und

Strumpfhosen, und Pumps mit 7 Zentimeter Absatz, darüber meinen Trenchmantel, aber offen.

Meine Tüte schloss ich in ein Schließfach und ging beim Dortmunder Hauptbahnhof zur Nordstadt hinaus und dann rechts auf die Lichter zu, dabei sah ich die Rotlichtstraße und musste dabei denken: 'Wie viele Männer jetzt wohl fürs Ficken zahlen, und bei mir könnten Sie's umsonst haben!' Dann kam ich zu einem Sexshop mit Videopeepshow, doch traute mich nicht hinein. Gegenüber war ein Pornokino, ich schaute mir die Bilder an, aber auch hier hatte ich Angst rein zu gehen. Da sah ich in der Nähe eine Fußgängerzone, und da spazierte ich rauf. Jedem Mann, der mir begegnete, schaute ich zwischen die Schenkel und stellte mir seinen Schwanz vor. Am Ende der Zone drehte ich wieder um und ging zurück, aber ich wollte diesmal mutiger sein und zog meinen Rock so weit es ging hinauf und befestigte ihn mit dem Gürtel. An einem Schaufenster kontrollierte ich den Sitz. Wenn ich den Rock noch um 2 Zentimeter hebe, schauen schon die ersten Haare heraus. Zufrieden und mit etwas komischen Gefühlen ging ich weiter. Sehr schnell wurden aus den komischen Gefühlen sehr geile, denn fast jeder Mann, aber auch manche Frau, schaute mir jetzt geil nach, dadurch wurde ich immer sicherer.

Jetzt kam ich wieder an dem Pornokino vorbei. Wieder schaute ich mir die Bilder an, nur diesmal viel länger und genauer. Herrlich, wie geil die Bilder waren, eine Frau schleckte einen Schwanz, das machte mich immer geiler, denn ich hatte so etwas noch nie gesehen oder selber gemacht. Heimlich und schnell streichelte ich meinen Kitzler, und mein Saft floss in Strömen.

Da bemerkte ich hinter mir einen Mann, der mein Spiegelbild im Bilderkasten beobachtete, aber als ich mich umdrehte, ging er schnell weiter.

Da ich jetzt so geil war, wollte ich eine etwas stillere Umgebung, also ging ich vom Kino weg und am Bahndamm entlang. Zuerst kam eine weniger belebte Straße, und ich konnte mich wieder selber streicheln, aber dann sah ich einen kleinen Park, dazu musste ich eine breitere Straße überqueren, und endlich konnte ich mich richtig streicheln. Erst im letzten Moment bemerkte ich eine andere Frau, die mir entgegenkam, und schnell hörte ich auf. Sie musste trotzdem etwas gemerkt haben, denn sie schaute mich so komisch an und ging weiter. Ich dachte mir, 'Wenn ich ein Mann wäre, könnte ich einfach ein bisschen ins Gebüsch gehen, so tun als ob ich Wasser lasse und mir dabei einen Abwichsen...'

Ich war jetzt so geil, dass mir die Knie zitterten. Dann sah ich eine Bank, die etwas von den Büschen verdeckt war, da wollte ich jetzt hin und mich so lange streicheln, bis ich abspritzte.

Als ich fast bei der Bank war, sah ich, dass da ein Mann saß. Mir kam sofort die Idee, ihn zu fragen, ob er Feuer hätte.

Ich stellte mich vor ihn hin und fragte:»Haben Sie vielleicht Feuer für mich?« Dabei war mein Mantel so weit offen, dass er meinen sehr kurzen Mini sah.

Ohne ein Wort zu sagen, holte er sein Feuerzeug heraus und zündete es so an, dass, wenn ich meine Zigarette anzünden wollte, ich mich bücken musste. Dabei konnte er in meine Bluse schauen und musste auch sehen, dass meine Warzen vorstanden. Ich blieb länger in dieser Stellung als notwendig, um ihm genügend Zeit zum Schauen zu lassen. In der Zwischenzeit konnte ich ihn mir ansehen. Er war circa 30 Jahre und sah sympathisch aus.

Ich stellte mich wieder gerade hin, doch mit leicht gespreizten Beinen und sagte:»Danke.«

Doch er sagte immer noch nichts, sondern griff mich mit beiden Händen an der Taille und zog mich ganz nah zu sich her. Dabei musste ich meine Beine noch mehr spreizen, denn seine Beine waren jetzt zwischen meinen. Seine Augen waren in der Höhe von meinem Rock, denn er saß immer noch wie zu Anfang. Deutlich spürte ich seinen Atem an meinen Schenkeln, und ich musste ein Stöhnen unterdrücken, denn ich hatte Angst, er könnte aufhören! Ich nahm seinen Kopf in meine Hände und drückte ihn gegen mein Dreieck. Seine Nase kam dabei an meinen Kitzler, da musste ich einfach laut aufstöhnen, denn ich konnte es nicht mehr aushalten.

Auf einmal drückte mich Günter, dass er so hieß erfuhr ich später, auf sich nieder und mit ein paar kleinen Bewegungen von Günter spießte er mich, mit meinem eigenen Gewicht, auf. Ich machte schnell ein paar Bewegungen, denn ich wollte ihn nicht mehr herauslassen. Ich stöhnte dabei wie noch nie zuvor. Endlich einen Schwanz in der Fotze, herrlich, dabei spritzte ich auch schon ab!

Günter sagte:»Steh auf.« Ich:»Nein, bitte fick mich weiter!«

Günter:»Das mache ich ja, aber setz dich so auf mich, dass deine Beine rechts und links neben mir nach hinten gehen und dein Mantel uns bedeckt!« Das machte ich sofort, und wenn jetzt jemand vorbeikäme, brauchten wir uns nur nicht bewegen, und keiner merkt etwas. Jetzt hatte ich alles, was ich brauchte, seinen Schwanz in der Fotze, seine Zunge in meinem Mund und seine Hände an meinen Brüsten.

Günter nahm nur zwischendurch eine Hand von meiner Brust, um eine der harten Knospen mit der Zunge zu verwöhnen. Er probierte auch, die ganze Brust in den Mund zu saugen, es war geil, aber es gelang ihm nicht. Nachdem ich drei- oder viermal gekommen war, spritzte auch Günter ab, alles in mich hinein und dabei kam es mir noch einmal.

»Steh wieder auf.« sagte Günter.

Ich war zwar enttäuscht, aber ich gehorchte. Er zog mich sofort wieder so zu sich her, dass sein Mund an meine Fotze kam und schleckte seinen Saft, der mit meinem vermischt war, und meine Fotze wurde wieder sauber. Dabei kam es mir schon wieder und so heftig, dass ich mich festhalten musste, um nicht umzufallen.

Dann gab er mir einen Kuss, wobei er mir noch etwas von unserem Saft aus seinem Mund in meinen spritzte. Wir rauchten gemeinsam, und dabei erzählte ich ihm, wie geil ich heute schon den ganzen Tag war und dass es bei mir zum ersten Mal so war. Immer wenn ich beim Erzählen von Pussi, Ding oder miteinander Schlafen sprach, fragte Günter solange nach, bis ich Fotze, Schwanz oder Ficken sagte. Vom Erzählen wurde ich immer geiler, und ich merkte, dass auch der Schwanz von Günter wieder zu wachsen anfing. Da fragte ich Günter, ob er mir sein Ding noch mal hinein schiebt. Günter ließ mich solange wiederholen, bis ich sagte: »Komm, steck mir deinen Schwanz noch mal in meine Fotze, dass ich dich ficken kann!«

Jetzt konnte ich noch einmal auf ihm reiten, und alles, was ich heute erlebt hatte, erzählen. Meine Erzählung wurde nur unterbrochen, wenn ich es nicht mehr aushielt und zu stöhnen anfing. Mir kam es noch zweimal, und bevor es Günter kam, fragte er mich, ob ich noch wollte, oder ob es zuviel wurde. »Nein, von mir aus könnte es bis morgen früh so weitergehen.« antwortete ich ihm.

»Also steh auf, ich weiß noch etwas Geiles.« sagte er. Ich war gespannt, was er machen würde, aber er bewegte sich nicht, sondern sagte: »Wenn du wissen willst was, dann musst du erst meinem Schwanz einen Kuss geben!«

Aber ich gab ihm nicht nur einen Kuss, sondern steckte ihn ganz in den Mund und spielte mit meiner Zunge an seinem Schwanz.

»Du hast eine herrliche Mundfotze, aber ich möchte jetzt noch nicht abspritzen, darum höre auf.« sagte Günter.

Darauf ich: »Wenn du mir versprichst, auch mal in den Mund zu spritzen, höre ich auf.« »Ja.« sagte er.

Ich richtete meine Kleidung, den Rock wieder so kurz wie möglich, und Günter seine. Günter legte dann seinen Arm um mich und ich meinen um ihn. Wir gingen wie ein verliebtes Teenypaar, nur dass Günter versteckt durch den Mantel, seine Hand von hinten an meiner Grotte und einen Finger in der Fotze hatte. So gingen wir wieder den Weg zurück, den ich vorher allein gekommen war. Beim Pornokino schauten wir uns jetzt die Bilder gemeinsam an, dabei hatte Günter immer noch seinen Finger in mir. Günter kaufte dann Karten und ging mit mir hinein. Aber er blieb im Gang stehen, aus den Lautsprechern konnte man das Stöhnen der Darsteller hören, und auf der Leinwand sah man in Großaufnahme, wie eine Frau einen Schwanz im Mund hatte. Ich wurde noch geiler und ritt auf Günters Finger und hoffte, er würde mit mir in ein einsames Eck gehen, damit wir ungestört wären.

Aber er zog seinen Finger aus mir heraus und ging fast bis zur Mitte in eine Rehe. Ich konnte nur sehen, dass hier schon vier saßen. Er setzte sich zwischen die vier, da waren zwei Plätze frei. Auf der Leinwand sah man einen Mann auf dem Rücken liegen, auf seinem Gesicht saß eine Frau, die von ihm geleckt wurde, und seinen Schwanz hatte eine andere Frau zwischen den Brüsten. Aber ich war enttäuscht, dass wir nicht ungestört waren. Günter nahm meine Hand und legte sie auf seinen Schenkel, und seine Hand legte er mir so zwischen die Beine, dass er an meinen Kitzler kam.

Ich schaute mich im Kino etwas um, ob uns jemand beobachtete. Die Reihe vor uns und hinter uns war voll besetzt und sonst alles leer. Erst jetzt bemerkte ich, dass links von mir ein Mann und daneben eine Frau saßen. Er hatte seine Hand unter dem Rock von ihr, und sie hatte ihre Hand in seiner Hose. Ich beugte mich etwas vor, um an Günter vorbeizusehen auf die andere Seite, und neben Günter saß eine Frau, daneben ein Mann, und ich war nicht mehr böse, dass wir nicht alleine saßen.

Die Frau neben Günter hatte den Schwanz ihres Nachbarn schon aus der Hose und wichste ihn langsam. Aus ihrem Kleid, das durchgehend geknöpft war, schaute eine ihrer Brüste heraus. Ich wollte jetzt auch einen Schwanz, also machte ich Günters Hose auf, er zog sie etwas herunter, dass ich ungestört drankam. Alle drei Paare saßen jetzt da, die Frauen die Schwänze in den Händen, und die Männer an unseren Fotzen. Es wurde immer geiler, die vordere Reihe schaute gar nicht mehr zum Film, sondern alle hatten sich umgedreht, um uns zuzuschauen. Ich saß da mit weit gespreizten Schenkeln, Günter war mit einer Hand an meinem Kitzler und mit der anderen Hand an seiner Nachbarin. Sie hatte in der Zwischenzeit ihr Kleid ganz aufgemacht, und zum ersten Mal sah ich eine fremde Fotze, dabei auch noch total rasiert!

Ich wollte jetzt gefickt werden, darum stand ich auf, stellte mich breitbeinig über Günter, senkte mich langsam auf ihn, und seine Nachbarin steckte mir seinen Schwanz in die Fotze. Ich war geil und glücklich und konnte im Takt meiner Geilheit auf ihm reiten.

Die Frau auf meiner linken Seite setzte sich auf meinen Stuhl, also zwischen ihren Partner und Günter, zuvor zog sie sich noch den Pulli aus und den Rock hoch. Jetzt waren links und rechts von Günter jeweils eine Frau, die mit einer Hand ihren jeweiligen Partner wichste, mit der anderen reizten sie meine Nippel. Günter hatte je eine Hand an den Fotzen und seinen Riemen in meiner.

Fast jeder der anderen Männer, die noch im Kino waren, hatte seinen eigenen Lümmel in der Hand und wichste. Ich weiß nicht mehr, wie oft ich abgespritzt habe, aber ich glaubte, ich könnte ewig so weiter ficken. Neben mir spritzte ein Zuschauer ab, an mir vorbei genau auf die rasierte Fotze! Darauf stand ihr Mann auf, stellte sich vor sie, und nach ein paar Wichsbewegungen spritzte er ihr ins Gesicht, auf den Busen, und der Rest tropfte auf den kahlen Kitzler. Sie stöhnte bei jedem Tropfen laut auf, versuchte, soviel es ging, mit dem Mund aufzufangen, und den Rest hatte sie sich am Schluss einmassiert.

Links das Paar, da wurde die Frau immer noch von Günters Hand bearbeitet, und die Frau sah aus, als ob sie gleich vom Stuhl fließen würde. Ihre Beine fast zum Spagat gespreizt, ihre Hände rissen an ihren Brüsten, als ob sie sie ausreißen wollte, und dann ein langer erlösender Schrei: »Mir kommt's!«

Danach ein leises Wimmern: »Schön.«

Ihr Mann nebenan wichste sich die ganze Zeit selbst und spritzte weit in die Luft.

Ich sagte zu Günter: »Spritz mir in den Mund!«

Wir tauschten die Plätze, so dass ich vor ihm saß, und er stand vor mir, zielte auf meinen weit geöffneten Mund, machte noch ein paar Wichsbewegungen, und seine ganze Ladung spritzte in meinen Mund. Dann schleckte ich noch sehr zärtlich seinen Schwanz sauber von meinem eigenen Saft...

Leider wurde es für mich Zeit; nach Hause zu gehen. Günter; brachte mich noch im Auto zum Hauptbahnhof, dass ich mich noch schnell umziehen konnte, dann fuhr er mich nach Hause. Auf der Fahrt war mein Rock hochgeschoben, damit Günter, Gott sei Dank hatte er ein Automatikauto, ungestört an meiner Pflaume spielen konnte. Ich hatte seinen Schwanz in der Hand, der aber nur noch halb steif geworden ist. Auf der Fahrt erzählte mir Günter, er sei sehr oft im Park, beobachte die Frauen und wichse dabei heimlich. Die Fahrt verging viel zu schnell, und wir verabschiedeten uns...

Seit diesem Tag bin ich nicht mehr die alte. Nur zu Hause hat noch keiner etwas gemerkt. Ich trage seitdem nie mehr Höschen oder BH, habe auch oft irgend etwas in der Fotze, das ist am geilsten zu Hause, und mein Mann merkt davon nichts.

Ich bin auch immer, wenn ich kann, im Park. Ein paar mal habe ich auch noch mit Günter gefickt, schön war es auch mit ihm auf der Schaukel. Aber meistens bin ich dort, um Günter zu beobachten. Immer wenn mal eine Frau, die geil aussieht; mit Mini oder weit offener Bluse bei ihm vorbeigeht; merke ich wie er geiler wird und immer schneller wichst. Dann mache ich es mir auch schnell.

Aber mein größter Wunsch ist, einmal zu beobachten, wie Günter auf der Bank mit einer fremden Frau im Park fickt und dann heimlich wichsen oder vielleicht sogar mitmachen. Ich hoffe, dass der Brief nicht zu lang geworden ist.

Mein kleines Erlebnis

Ich kam wieder einmal von meiner Anwaltskanzlei zurück: Endlich Wochenende dachte ich mir, und mein kleiner Fickfrosch (meine Freundin), ist auf einem Seminar. Das auch noch ein ganzes Wochenende. Aber leider wartet meine Frau zu Hause und ich kann nicht zu meiner kleinen Tanja gehen, ich habe es ihr aber versprochen das Wochenende mit ihr zu verbringen. Ich sagte meiner Frau ich müsse auf ein Seminar, und fuhr gerade aus zu Tanja, sie ist die Freundin meiner Frau. Sie konnte es gar nicht glauben als ich mein Versprechen einlöste und sie sofort ins Schlafzimmer trug. Dort hatte sie aber doch schon einige Kerzen aufgestellt.

Ich nahm eine Flasche Champagner aus meiner Tasche und machte sie gleich auf ich sagte, sie soll schon mal in den Pool gehen ich komme dann nach. Das tat sie ohne zu zögern, aber zuvor zog sie sich noch bis auf ihren schwarzen Tanga aus. Ich hatte Mühe sie gehen zu lassen, denn sie sah darin so geeeeeeeeeiiiiiiiiiiiiiiilllllll aus dass ich sie am liebsten gleich ficken wollte. Ich machte den Champagner auf und ging dann zum Pool, Tanja war schon im Wasser doch sie als sie mich sah kam sie gleich heraus. Ihr Körper war nass und der enge Tanga zog sich durch ihre enge Lustspalte, ich kam auf sie zu und wollte sie gleich verwöhnen. Doch sie sprang zurück ins Wasser und rief mir zu wenn ich nicht gleich zu ihr komme vergewaltigt sie mich. Ich riss mir die Klamotten vom Leib und schrie: Komm doch du geile Sau ich stehe dir voll und ganz zur Verfügung. Sie sprang aus dem Wasser packte mich an der Hand und riss mich zu ihr in Wasser. Dort küssten wir uns an all unseren Körperteilen, sie lies sich dann leblos im Wasser treiben, diese Gelegenheit nutzte ich und zog ihren nassen Tanga langsam durch ihre Fotze. Sie lächelte genussvoll und sagte, dass ich sie an den Beckenrand ziehen sollte, was ich sofort tat.

Sie legte sich auf den Boden und lies sich von mir verwöhnen. Ich nahm den Champagner und leerte etwas davon auf ihre Titten und schleckte dies voller Leidenschaft wieder auf. Tanja stöhnte leise auf, als ich ihre Nippl zwirbelte. Ich leerte abermals etwas mehr auf ihren Bauchnabel und auf ihre Muschi. Ich leckte auch dies wieder alles restlos auf doch das war zuviel des Guten, ich sah schon wie ihre Muschi langsam feucht wurde. Ich saugte an ihrer Muschi und versank zwischendurch meine Zunge in ihrer Fotze dabei stöhnte sie plötzlich laut auf und ihr Sanft rann förmlich aus ihr, ich kann den Geschmack nicht beschreiben es war einfach unbeschreiblich noch nie zuvor hatte ich so einen Traumhaft guten Muschisaft geleckt.

Sie bekam jetzt einen Orgasmus, dann wimmerte sie leise: du kannst mich jetzt ficken wie du willst, das lies ich mir nicht zweimal sagen, und befahl der kleinen Sau auf die Knie zu gehen.

Langsam drehte sie sich um und streckte mir ihren einmalig schönen Arsch entgegen. Ich versenkte zuerst nur die Eichel in ihrem Arsch, sie bekam einen Orgasmus und wimmerte ich sollte sie nicht so quälen und endlich ficken. Jetzt versank ich meinen ganzen Schwanz in ihr. So trieben wir es eine Weile, bis ich ihr meinen Saft schenkte.

Sie sagte etwas schüchtern, dass sie aufs Klo müsse, ich lächelte und meinte ich fick ihr die ganze Scheiße zurück. Ihr gefiel der Vorschlag und ich fickte in ihre Scheiße sie winselte nur etwas unterwürfig, aus ihrer Muschi rann ihr heißer Saft über meinen Sack und ihre Titten wackelten voller Lust hin und her ich packte sie und hielt mich an ihnen fest. Irgend wie war ich mit ihnen aber nicht zu Frieden, so steckte ich zwei Finger in ihre Muschi. So trieben wir es eine Ewigkeit. Der Erfolg war, dass sie nicht mehr aufs Klo musste!!!

Der Nachteil war, dass mein Schwanz nun voller Scheiße war, Tanja jedoch schleckte ihn jedoch nicht gerade widerwillig ab.

Jetzt verwöhnte sie meinen erschlafften Schwanz noch ein wenig, doch dabei wurde er schon wieder steif.

Termindruck

Ich rufe Dich auf der Arbeit an und sage Dir das mich unsere Freunde daran erinnert haben, das wir heute noch Stammtisch haben. Du sagst mir das Du keine Lust hast, aber ich überrede Dich doch noch. Wiederwillig sagst Du "Ja OK".

Du kommst von der Arbeit heim und bist gestresst. Ich komme in den Flur und bitte dich das du unter die Dusche gehst, da wir heute ja noch einen Termin haben und bald los müssen. Du gibst mir ein wenig mürrisch einen Kuss und gehst ins Bad um Dich noch in ruhe zu Duschen bevor wir los müssen. Du merkst das ich mich ins Bad geschlichen habe als die Tür von der Dusche auf geht und ich mich von hinten zu Dir unter die Dusche stelle. Ich fange an Deinen Rücken zu Küssen und meinen Körper an Deinen zu drücken. Meine Hände streichen über Deine Brust und langsam über Deinen Bauch runter zu meinem Freudenspender. Du drehst Dich um und küsst mich mit dem Worten " Denk dran wir müssen heute noch los". Wir fangen an einander zu waschen und uns dabei zu liebkosen.

Als wir damit fertig sind steigen wir aus der Dusche, Trocknen uns ab und können es nicht lassen uns zu berühren und zu Küssen. Ineinander geschlungen tasten wir uns durch den Flur in Richtung des Schlafzimmers. Als Du die Tür auf machst hörst Du leise und langsame klänge und spürst das dass Zimmer sehr warm ist. Du drehst Dich um und siehst das ich das Schlafzimmer mit Kerzen geschmückt habe, am Bett steht das Massageöl. Du drehst Dich zu mir und sagst " Du kleines Luder". Ich lächle Dich an Küsse Dich und sage " lass Dich von mir Verwöhnen mein Schatz". Du legst Dich auf das Bett. Ich nehme mir das Massageöl und fange an Deine Füße zu Massieren über den Fußballen bis an die Zehen. Ich Arbeite mich langsam über Deine Füße an Deine Waden vor über Deine Oberschenkel an Deinen Po. Die Düfte vom Öl erfüllen den Raum und Dein Körper entspannt unter meinen Händen.

Für Deinen Rücken nehme ich mir extra viel Zeit, und Stück für Stück entspannst Du Dich immer mehr. Ich küsse Deinen Nacken und bitte Dich das Du Dich umdrehst ich gebe Dir einen sachten Kuss auf die Lippen und fahre mit meiner Hand über Deine Augen, damit Du Sie schließt und weiter genießt. Ich Massiere Deine Schultern von vorne und Arbeite mich über Deine Brust zu Deinen Armen und Händen vor. Weiter runter zu Deinen Oberschenkeln bis an die Vorderseite Deiner Füße. Ich halte kurz inne und gleite mit meinem Körper über Deinen. Du spürst etwas süßes an Deine Lippen und öffnest leicht Deinen Mund in dem Du nun eine Erdbeere schmeckst. Unsere Lippen berühren sich und wir setzen uns langsam auf.

Am Fußende von Bett habe ich zwei Gläser Sekt aufgestellt und eine Schale mit zubereiteten Früchten und Sahne steht auf dem bereit. Ich schiebe die Schale neben uns und reiche Dir ein Glas Sekt. Voreinander sitzend füttern wir uns mit den Früchten und dem Sekt. In Deinen Augen kann ich sehen das Du heute mit allem Gerechnet hast nur nicht damit und ich sehe das es Dir gefällt und gut tut. Uns kullert eine Weintraube runter und wir nehmen das zum Anlass neckische Spielchen mit dem Ost anzufangen. Du lässt ein wenig Sekt über meinen Körper laufen und versucht Ihn schnell aufzufangen, was allerdings nicht ganz so gut klappt. Du drehst mich leicht auf die Seite und legst mich aufs Bett. Noch mal lässt Du Sekt über meinen Busen laufen der sich langsam in meinem Bauchnabel sammelt. Du gleitest mit Deiner Zunge über meine Busen runter zu meinem Bauchnabel. Es kitzelt und ich lehne mich auf und über Dich. Ich ärgere Dich mit kleinen Küsschen und kniffen in die Seite. Du ermahnst mich artig zu sein doch ich höre nicht auf. Du bäumst Dich auf, schleuderst mich rum und legst Dich auf mich. Ich versuche noch mal Dich von mir runter zu schmeißen doch ich habe nicht genug Kraft.

Du schaust mir in die Augen und fängst an mich sanft zu Küssen und Deine Arme um mich zu legen. Ich streiche und kratze mit meinen Händen über Deinen Rücken und einwidere Deine Küsse. Deine Hände gleiten an meinen Seiten auf und ab. Ich schaue Dir in die Augen und sage "Greif mal unter das Bett" und gebe Dir einen Kuss. Als Du unter das Bett greifst findest du eine Schachtel.

Du setzt Dich auf und legst die Schachtel auf meinen Bauch und machst sie auf. In Ihr liegen eine Augenbinde, eine Feder, Handfesseln, Fußfesseln, ein Vibrator, Gleitkrem, zahlreiche Aufsätze für die Finger, ein kleines Seil und Brustklammern. Deine Augen leuchten.

Du legst die Schachtel auf die Seite, beugst Dich runter zum mir und Flüsterst mir in Ohr "Ich liebe Dich" nachdem Du mir einen Kuss gegeben hast und ich sage " Ich liebes Dich auch".

Du legst mir die Augenbinde und die Handfesseln die Du am Kopf vom Bett fest machst an. Ich höre wie Du die anderen Sachen aus der Schachtel nimmst und Sie neben mit auf das Bett legst. Du fängst an mit Deinen Händen und Deinen Lippen meinen ganzen Körper zu durchforschen, der sich unter Deinen Berührungen windet. Du nimmst das Seil und legst es um meine Brüste, die nun fest und prall nach vorne stehen. Du leckst an meinen Brustwarzen und beißt hinein. Dann nimmst Du die Feder und umspielst damit meine Brüste und meine Seiten, ich bekomme eine Gänsehaut und meine Brustwarzen werden noch steifer und fester als Sie schon waren. Ich stöhne auf, den als meine Brustwarzen sich in voller Pacht zeigen, legst Du mir die Klammern an. Mein Körper lehnt sich unter Dir auf. Über mir kniend und Dein Kunstwerk betrachtend streichelst Du mit der Feder über meine Brüste und ich genieße und stöhne unter jeder der Berührungen auf. Du schnippst an eine der Klammern und entlockst mir damit eine intensiven Stöhnlaut. Bestrebt Dein Werk weiterzuführen arbeitest Du Dich unter sanften Küssen runter bis zu meinen Füßen, an Deinen Du die Fußfesseln anlegst und meine Beine gespreizt am Bett fest machst. Du stehst kurz auf und einen Moment lang passiert nichts. Du stehst einfach nur da und schaust mich an. Ich winde meinen Kopf suchend leicht hin und her, doch traue ich mich nicht du ruhe zu durch berechen, also warte ich leise und meinen Körper leicht windend auf Dich.

Ich spüre wie Du Dich auf das Bett neben mich legst und meine Körper wieder mit der Feder und Deinen Küssen bearbeitest. Du gleitest mit der Feder über meinen Kitzler und ich versuche zusammen zu zucken doch es geht nicht. Ich bin Dir ausgeliefert. Als Du mit der Feder zwischen meine Scharmlippen Fährst merkst Du das ich schon ganz feucht bin. Du legst die Feder auf die Seite und ziehst ein wenig an dem Kettchen das die Brustklammern verbindet. Ich stöhne auf und benetze meine Lippen. Du steckst mir Deine Zuge heftig in den Mund und Küsst mich hart, während Du mit Deine Händen in meine Haare greifst und meinen Kopf nach hinten ziehst. Nach einem biss in meinen Hals gleitest Du runter zu meinen Brüsten und mit Deiner Zunge streifst Du die Spitzen meiner Nippel.

Ich merke das Deine Hand zwischen meine Beine fährt. Du hast einen der Finger Aufsätze aufgezogen, mit dem Du erst vorsichtige und dann fester über meinen Kitzler fährst. Ich stöhne auf und mein Körper zittert, ich versuche meine Beine zusammen zu machen, doch es geht nicht. Du gleitest mit Deinem Finger in meine Muschi. Mit kreisenden und reibenden Bewegungen mal schneller mal langsamer gleitest Du rein und raus und über meinen Kitzler. Du kannst sehen wie er sich immer mehr zeigt. Ich spüre wie Dein Kopf zu mir runter kommt und Du mir leicht in den Kitzler beißt. Du legst noch einen von den Fingen an und fängst an mich mit zwei fingern zu bearbeiten. Ich stöhne immer lauter und länger auf und ich laufe aus vor Geilheit. Du führst Deine Finger zu meinem Mund und steckst Sie langsam rein und ich lecke Sie sauber.

Du nimmst noch zwei Finger hinzu und dringst weiter in meine Muschi ein immer tiefer und immer weiter. Mein Saft fließt und Du weitest meine Muschi immer mehr. Du legst Dich weiter runter um Deine Hand noch tiefer in mich eindringen zu lassen. Mein Körper bebt immer mehr und kann nicht aufhören vor Lust zu stöhnen. Du nimmst Deine Hand raus, legst die Finger ab und verlässt den Raum. Nach ca. 5 Minuten kommst Du wieder in den Raum.

Du Fährst mit Deinen Händen an meinen Schenkeln entlang und streichelst mich. Du Kniest Dich über meinen Bauch und mein Körper durchfährt ein Schauer. Du hast Eiswürfel geholt und umspielst mit diesen meine Brüste.

Du gleitest mit den Eiswürfeln über meinen Oberkörper und ich bekomme eine Gänsehaut, du siehst wie meine Brustwarzen sich unter dem Klammern versuchen zusammen zu ziehen und ich stöhne auf. Es ist ein fantastisches Gefühl. Immer weiter nach unten laufen die Tropfen aus Wasser und Du folgst ihnen. Mit einem Eiswürfel fährst Du über und um meine Scharm die zusammen zuckt. Du gehst über meine Kitzler und lässt den Eiswürfel in meine Muschi gleiten und führst ihn ein. Dann gleitest Du mit zwei fingern in mich und spürst wie sich meine Muschi wieder ein wenig zusammen gezogen hat.

Der Vibrator soll nun ins Spiel kommen. Du stellst Ihn leicht an und umfährst meine Muschi, legst ein Kissen zwischen meine Beine und legst den Vibrator darauf ab, mit der Spitze auf meinem Kitzler und sagst mir das ich aufpassen soll das er da liegen beleibt. Du schnippst und ziehst noch mal ein wenig an den Klammern. Nun über mich gebeugt führst Du mir Deinen Penis in den Mund und gleitest mit langsamen Bewegungen immer tiefer im meinen Mund. Ich umspiele ihn mit meiner Zunge und übe ein wenig druck mit meinen Lippen aus. Du legst ein Hand hinter meinen Kopf und drückst ihn an Dich, während Du immer schneller und tiefer im meinen Mund eindringst. Du lässt kurz von mir ab und führst den Vibrator erst langsam und dann schneller und immer heftiger in mich ein und drehst ihn voll auf. Du kommst wieder über mich und steckst mir Deinen Penis wieder in dem Mund. Ich spüre wie er immer härter wird und mein verlangen das Du in mich eindringst wird immer größer.

Du nimmst den Vibrator aus mir, legst Dich auf mich und dringst langsam in mich ein. Immer heftiger bewegen sich unsere Becken zueinander und wir küssen uns. Du Spielst weiter an meinen Gefesselten Brüsten und ich schreie auf vor Lust. Du löst meine Fußfesseln und meine Handfesseln, dann reist Du mich rum auf dem Bauch legst meine Hände auf den Bettrahmen und machst Sie wieder fest. Ich knie und Du gibst mir leichte Schläge auf den hintern. Du nimmst die Gleitkrem und eine der Finger zur Hand und schmierst Ihn damit ein. Langsam führst Du Deinen Finger Anal in mich ein und ich stöhne auf. Du greifst mit der anderen Hand in meine Haare und ziehst den Kopf zurück um mich zu Küssen. Du nimmst Deinen Finger noch mal raus und greifst hinter Dich. Du hattest ein Halstuch mitbebracht das Du mit einem Knoten versehen hast als Du die Eiswürfel geholt hattest. Du legst mir den Knoten in dem Mund und ziehst das Halstuch um meinen Kopf fest und machst noch eine schlinge in die Du greifen kannst. Du ziehst an meinen Brustklammern und gibst mir eine festen schlag auf den Hintern.

Mit eine Bürste fängst du an über meinen Rücken und meinen Po zu kratzen, während Du mit Deiner andern Hand weiter am meinen Brüsten spielst. Du legst die Bürste zur Seite und nimmst noch mal den Finger zur Hand und führst Ihn erst um meine Muschi rum und dann in meinen Po ein. Sanft und vorsichtig fängst du an mich mit einem Finger zu weiten mit kleinen kreisenden Bewegungen immer weiter. Nach einiger zeit nimmst Du eine zweiten hinzu und ziehst immer fester uns heftiger an meinen Brüsten, die ganze zeit das Stöhnen von mir im Ohr und das wissen das ich Dir völlig ausgeliefert bin. Dann kommt der dritte Finger hinzu und langsam dürfte es reichen um mit den Vibrator einzuführen. Du umhüllst Ihn mit Gleitkrem und führst ihn in mich ein erst langsam und dann immer fester. Du ziehst ihn raus und schiebst ihn mir recht schnell und heftig in meine Muschi.

Du führst einen Penis Anal in mich ein und gelistet langsam und ganz tief in mich. Dann packst Du mir beiden Händen fest mein hüfte und versetzt mir einen Stoß unter dem Knebel Stöhne ich laut auf. Du Stößt ein paar mal zu und kratz mit den Händen über mein Rücken und greifst mit der einen Hand in die Schlinge die Du Dir gelegt hast, während Du mit der anderen Hand an meinem Kettchen zeihst. Deine Stöße werden immer intensiver und schneller. Du löst langsam den Knoten und meinen Knebel hast ihn aber noch fest in griff und ziehst meinen Kopf nach hinten. Ich kann langsam nicht mehr und ich fange an zu kommen. Deine Stöße werden immer kürzer und mit einem mal Stößt du tief und fest Du löst den Knebel und ziehst die Brustklammern ab.

Ich schreie auf und mein Körper verkrampft sich auch Du stöhnst laut auf beugst Dich über mich und umfasst mich fest. Du stößt nur noch ganz leicht und sachte nach bevor Du Deinen Penis aus mir nimmst und dann Vibrator aus mir ziehst. Du löst meine Fesseln und meine Augenbinde. Wir legen uns mit den Gesichtern zueinander und küssen uns. Eine Träne rollt über mein Gesicht, die Du auffängst. Du trocknest mein Gesicht und schaust mich etwas Ratlos an. Ich kann nur sag das es wunderschön war und ich mich Dir immer wieder hingeben möchte. Wir Küssen uns und schauen uns in die Augen.

Wohlig erschöpft schlafen wir ein, in den Träum uns ausmalend was wir wohl noch alles machen könnten.

Als wir am kommenden Morgen erwachen liegen wir noch immer Arm im Arm.

Rosenblätter

Stell dir vor, es ist Samstagabend und du hast beschlossen das Wochenende bei mir zu verbringen. Du klingelst doch es öffnet niemand. Da du einen Haustürschlüssel besitzt , schließt du die Türe auf und öffnest die Türe.Flackerndes Kerzenlicht erwartet dich im Flur, daneben eine Spur aus lauterroten Rosenblättern. Du folgst der Spur nach oben. Oben teilt sich die Spur. Eine Spur führt direkt ins Schlafzimmer , die andere ins Badezimmer. Du folgst der Spur ins Badezimmer. Du öffnest die Türe und siehst uns, das heißt mich und meinen kleinen anhänglichen Freund umgeben von vielen kleinen Kerzen in der Badewanne sitzen. Um uns herum schwimmen viele kleine und große Rosenblätter. Am Rand der Badewanne stehen zwei Gläser und eine Flasche Sekt. Du kommst auf mich zu, gibst mir einen zärtlichen Kuss und läßt deine Hand ins Wasser gleiten um auch ihn zu begrüßen. Artig wie er nun mal ist, richtet er sich unter deinen zarten Berührung auf.

Du ziehst dich ganz langsam und genüsslich aus. Meine Augen und auch mein kleiner Freund lassen dich keinen Moment aus den Augen und mit jedem Kleidungsstück, welches fällt, wird er härter und größer. Du steigst in die Badewanne und bleibst vor mir stehen. Dein Schoss ist genau vor meinen Gesicht. Ich fahre mit meiner Zunge durch die lockigen Härchen, drücke mein Gesicht gegen deinen süßen, sexy Bauch, küsse ihn und umarme dich. Gleichzeitig wandern meine Finger deine Innenschenkel empor, zu deinem Schneckchen. Du spreizt die Beine ein wenig und ich fühle dass du schon feucht bist. Ich frage dich: An was hast du während der Fahrt zu mir gedacht Kätzchen? Du wirfst den Kopf in den Nacken, lachst und deine schönen Augen blitzen mich an und du sagst: An viele wunderschöne Dinge, die da wären, ein langes gemütliches Wochenende mit dir zusammen, ohne Stress und Hektik, mit

viel Zeit für Kuschel- und Schmusesex.

Während du das sagst, sind zwei meiner Finger zärtlich in dich eingedrungen und streicheln dich. Du drehst dich herum und zeigst mir deinen prachtvollen knackigen Po. Ich küsse ihn hingebungsvoll und du setzt dich zu mir. Du lehnst dich an mich. Ich atme den Duft deiner Haare ein, lege die Hände um dich und streichel zärtlich über deine Brüste. So sitzen wir fast eine Viertelstunde lang da und genießen die

Ruhe und die Nähe des Anderen. Ich flüstere dir lauter liebe Sachen aber auch kleine Ferkeleien ins Ohr und während ich weiter deine Brüste streichel, merke ich, wie du eine Gänsehaut bekommst. Doch es ist dir nicht kalt. Wir trinken zusammen ein Glas Sekt und stehen dann gemeinsam auf. Mein kleiner Freund, ist gar nicht mehr so klein und presst sich verlangend an deinen süßen Po. Ich gehe etwas in die Knie und schiebe ihn dir zwischen deine Schenkel. Mit deinen Fingern reibst du zärtlich über sein rotes Köpfchen.

Wir trocknen uns gegenseitig ab, nicht ohne uns zwischendurch immer wieder zärtlich zu küssen, während unsere Hände immer wieder den Körper des Anderen erforschen und ertasten. Du nimmst den Sekt und die Gläser und ich nehme dich auf den Arm und trage dich ins Schlafzimmer. Auch hier brennen viele kleine Kerzen und das ganze Bett ist voller Rosenblätter, dazu liegt in der Mitte des Bettes eine wunderschöne langstielige dunkelrote Rose für dich. Da ich dich massieren möchte, legst du dich auf den Bauch. Ich nehme die Bodylotion und verteile sie auf deiner wunderschönen schon leicht gebräunten Haut. Langsam und jeden Zentimeter deiner samtigen Haut auskostend, fange ich an dich zu massieren. Von deinen Nacken über die Schulter , deinem sexy Po , deine Schenkel und wieder zurück. Die ganze Zeit über spürst du meinen harten Schwanz an deinem Schenkel. Als meine Hände wieder über deinen Po gleiten , hebst du ihn ein wenig an und spreizt unmerklich die Schenkel. Meine Hand wandert zärtlich zwischen deine Beine und ich fühle wie feucht du doch schon bist.

Sanft streicheln die Finger über deinen Schamlippen und du schnurrst wie eine kleine Katze die sich sichtlich wohlfühlt. Du hebst deinen süssen Po noch etwas an und ich höre dich flüstern: Bitte gib ihn mir , bitte, bitte nur ein ganz kleines Stückchen. Ich komme etwas höher und dann spürst du das Objekt deiner Begierde an deiner feuchten Muschi. Meine Eichel reibt sanft über deinen Kitzler und Schamlippen und dann dringe ich nur mit der Eichel in dich ein. Ein kleines Stöhnen entringt sich deinen Mund und du versuchst deinen Po noch weiter an zu heben, damit er weiter in dich eindringen kann.

Doch, so schwer mir das fällt, denn auch ich bin heiß und geil, ziehe ich mich wieder aus dir zurück. Ich drehe dich herum und setze mich auf deinen Bauch. Ich nehme die Bodylotion und creme dir deine schönen Brüste ein, deren Nippel schon ganz groß und erregt sind. Sanft streiche ich mit meinen Fingern darüber. Du stöhnst und ich spüre wie dein Becken sich bewegt. Ich beuge mich zu dir runter und wir küssen uns. Zuerst zärtlich , dann leidenschaftlich und dann nur noch fordernd und heiß.

Du greifst nach meinem harten Schwanz und massierst ihn mit leichten Bewegungen. Ich komme dir ein Stück entgegen und du nimmst ihn in den Mund. Es ist ein wahnsinns Gefühl zu spüren, wie deinen feuchten Lippen, ihn umschließen und du mit deiner Zunge die Eichel umspielst. Langsam bewege ich mich in deinem Mund hin und her. Meine Hand greift nach hinten und spielt mit deinem nicht mehr feuchten, sondern sehr nassem Schneckchen. Du spreiztdeine Schenkel noch weiter auseinander. Mein Mittelfinger dringt in dich ein und mein Daumen streichelt sanft über deinen Kitzler. Du stöhnst auf und bewegst dein Becken hin und her. Deine Hände haben meinen Po umschlungen und ziehen mich immer näher an dich und mein Schwanz dringt immer tiefer in deinen Mund ein.

Meine Bewegungen werden immer rascher , deine Zunge wirbelt über meine
Schwanzspitze und ich merke wie der Saft langsam nach oben steigt. Ich will mich dir entziehen und dir alles auf deine Brüste zu spritzen, doch du läßt meinen Po nicht los, sondern ziehst mich sogar noch enger an dich heran. Ich verhalte mich jetzt regungslos fast erstarrt, dein Mund saugt und schleckt und du nimmst mich so tief wie du kannst in deinen Mund . Ich fange laut an zu stöhnen, du merkst wie mein Saft in mir hoch steigt, deine Fingernägel graben sich in meinen Po und dann schluckst du meinen Saft bis auf den
letzten Tropfen.

Mein Höhepunkt war so gewaltig, das mir die Knie zittern und ich mich hin legen muß. Sofort bist du über mir, leckst meinen Schwanz ganz sauber und führst meinen immer noch harten kleinen Freund in dich ein. Ich ziehe dich zu mir herunter und küsse dich hingebungsvoll.. Doch du löst dich von mir und reitest mich. Zuerst langsam doch schnell übermannt auch dich die Lust und du wirst immer schneller. Dein Körper bebt und aus deinem Mund dringt ein lautes Stöhnen. Doch kurz bevor du kommst, rolle ich mich mit dir herum und du liegst auf dem Rücken. Ich hebe deine Beine an, drücke sie ganz nach hinten, fast bis zu deinem Kopf herunter, spreize sie so weit es geht und sehe deine so herrlich weit geöffnete, feucht schimmernde Muschi vor mir. Mit einem Stoß dringe ich bis zum Anschlag in dich ein, du spürst meine Schamhaare an deinem Kitzler, in höchster Erregung hebst du mir dein Becken noch weiter entgegen und mit einigen heftigen Stößen bringe auch ich dich zum Orgasmus und du schreist deine ganze aufgestaute Lust lautstark heraus.

Nassverschwitzt und erschöpft aber auch glücklich und zufrieden liegen wir nebeneinander und schauen uns liebevoll an. Du kuschelst dich an mich, legst deinen Kopf auf meine Brust und ich kraule dir den Rücken bis zum Ansatz deiner Pobacken. Du bekommst eine Gänsehaut und fängst an mit deinen Fingerspitzen über meinen Bauch zu streichen. OooHHH tut das gut soviel Sanftheit und Zärtlichkeit zu spüren.

Ich merke wie wir beide wieder erregt werden. Deine Nippel werden wieder hart und auch zwischen meinen Beinen fängt wieder etwas an zu wachsen. Du rutscht mit deinem Kopf immer tiefer und tiefer und dann bist du am Objekt deiner Begierde. Ich spüre deine feuchte Zunge wie sie vorsichtig an meiner Eichel spielt. Zaghaft fast schüchtern. Ooohh ich halte das nicht aus, ich fasse in deine Haare und schieb deinen Kopf nach unten. Soweit wie es geht, nimmst du meinen Schwanz in deinen warmen Mund und beginnst zu saugen. Oh ist das gut, ich merke sofort das du Erfahrung hast in diesen Dingen, das ist nicht der erste Schwanz den du in deinem Mund hast und bläst. Als du fordernder wirst, entziehe ich mich dir und wälze dich auf den Rücken. Doch du versuchst nach meinen hochaufgerichtetem Rohr zu greifen. Doch ich drücke dich wieder sanft auf den Rücken und halte spielerisch deine Hände fest. Ich bedecke dein Gesicht mit vielen kleinen Küssen, knabber an deinen süßen Ohrläppchen und gleite mit meiner Zunge über deinen Hals. Sauge mich kurz fest und bewege mich dann abwärts zu deinen Brüsten, wo sich mir deine Nippel schon neugierig entgegen recken. Ich kann nicht wiederstehen und nehme sie in den Mund um daran zu saugen und leicht zu knabbern.

Du hast deine Arme über deinen Gesicht verschränkt und ich gleite mit meiner Zunge, eine feuchte Spur auf deiner Haut hinterlassend, über deinen Bauch (Ich hoffe du bist nicht kitzelig am Bauch) zu dem Mittelpunkt deiner Schenkel. Bereitwillig öffnest du deine Schenkel ganz weit und ich lege mich zwischen sie. Glänzend vor Feuchtigkeit und ganz weit offen liegt es vor mir dein Zentrum der Lust, welches mich noch vor wenigen Minuten gierig umschlungen hat, so als wollte es mich nie wieder loslassen. Ich kann nicht anders. Meine Zunge schlängelt sich nach vorne und spielt mit deinen Schamlippen, nicht ohne ab und zu wie zufällig über deine Klitoris zu schnellen. Ich merke an deiner Atmung, wie das alles dich wieder erregt und heiss macht . Mit meinen Armen drücke ich deine Schenkel noch weiter auseinander und dringe mit meiner Zunge in dich ein. Meine Zunge flattert auf und in dir und gleichzeitig wird dein Stöhnen immer lauter. Es dauert nicht mehr lange und dein ganzer Körper fängt an sich zu winden und du beißt dir auf die Hand um nicht laut los zu schreien. Als dein Orgasmus fast vorüber ist, packe ich dich an deinen Schenkel, hebe sie über meine Schulter und dringe gierig in dich ein. Du bäumst dich auf und nach einigen gierigen etwas härtern Stößen, kommt es dir zum zweitenmal. Als ich deine Lust spüre,

kann auch ich nicht mehr an mich halten und stoße noch ein letztes Mal

heftig in dich, um dann in dir ab zu spritzen. Jetzt sind wir aber beide liegend k.o. Und während wir uns aneinander gekuschelt so da liegen übermannt uns der Schlaf.

Der Diener

Brigitte saß mir gegenüber dem Esstisch auf ihrem Stuhl und hatte ihre Lippen um die prallgefüllte Männlichkeit unseres Dienstburschen geschlungen. Ihre Beine hatte sie gespreizt, so dass ihr Rock hochgerutscht war und ihre Blöße freigab. Unbeeindruckt saß ich daneben und sah mir alles an, während ich mir noch einmal durch den Kopf gehen ließ, wie dies alles begonnen hatte. Wir saßen ganz friedlich am Esstisch und waren beim Dinner, als sie plötzlich von Scheidung anfing. Ich ließ vor Schreck Messer und Gabel mit einem scheppernden Geräusch auf den Teller fallen und fragte nach, da ich meinte, mich verhört zu haben. Aber es war tatsächlich so, sie wollte die Scheidung, weil sie sich in unserer Beziehung zu eingeengt fühlte. Ich versuchte es auf die sanfte Tour und brachte es auch fertig, dass sie ruhiger wurde und nicht mehr von Scheidung sprach. Dann kam sie auf den gewissen Punkt. Sie hatte in den letzten Wochen und Monaten immer öfter das Verlangen verspürt, mit anderen Männern zu schlafen. Nun gut, wir hatten im Bett eigentlich keinen Grund unzufrieden zu sein, sie war eine reife Frau mit allen weiblichen Vorzügen, die sich ein Mann eigentlich wünschen konnte und ich konnte eigentlich von mir behaupten, auch meine ganze Kraft einzusetzen, um sie zu befriedigen. Und doch äußerte sie diesen Wunsch, der mir zunächst ein wenig obskur erschien, hatte ich diese Seite von ihr doch noch nie kennengelernt. Ich versuchte ihr einzureden, dass ich noch nie so viel für eine Frau empfunden habe und ich deswegen damit einverstanden sei, wenn sie mich nur nicht verlassen würde. Aber sie konnte mir im Gesicht genau ansehen, dass ich es nicht so ganz ernst meinte und sie nur beschwichtigen wollte. Dachte sie.
Und da brandete der Krach erneut auf. In diesem Moment betrat unser Dienstbursche Peter den Raum und wollte die Teller abräumen. Ich sagte Brigitte, sie solle es doch mal mit ihm versuchen, so einfach zum Trotz. Daraufhin glommen ihre Augen gefährlich auf und sie schnappte sich den jungen Mann, der sichtlich überrascht war und öffnete seine Hose. Und nun saß ich den beiden gegenüber und musste mit ansehen, wie Brigitte immer wilder an Peter arbeitete, dessen Kopf immer roter wurde. Sie hatte nun auch eine Hand in ihren Schoß fahren lassen und spielte dort an sich herum. Beide begannen, ihrer

Lust nun auch lautmässig Ausdruck zu verleihen, was mich nicht mehr ganz unberührt ließ.

Ich spürte, wie sich in meiner Hose etwas zu regen begann. Schnell, aber unauffällig, zog ich mich ganz aus und kletterte unter den Tisch, um die Probe aufs Exempel zu machen. Ich legte meinen Kopf zwischen Brigittes Beine und ließ meine Zunge hervorschnellen. Sie zuckte kurz auf, ließ sich dann wieder entspannt in den Stuhl zurücksinken und seufzte erleichtert auf. Ich spielte wie ein Derwisch an ihrem Heiligtum und sah von unten, wie sie Peter immer heftiger in die Mangel nahm. Der arme Junge konnte bald schon nicht mehr, wie ich an seinen aufgeblasenen Backen erkennen konnte. Deshalb schnappte ich mir Brigitte und legte sie zwischen dem noch nicht abgeräumten Geschirr auf den Tisch und zog ihren Rock ganz hoch. Peter postierte ich zwischen ihren elfenbeinfarbenen Schenkeln. Er hatte gar keine andere Wahl mehr und stieß schnell und beinahe unbeherrscht zu.

Sein bester Freund war wirklich ein Hammer, dem sich auch Brigitte nicht entziehen konnte. Sie schrie vor lauter Lust auf, als er in sie eindrang. Ich stellte mich daneben und zog ihr das Kleid von den Schultern, bis ihre Brüste frei lagen, diese üppigen, wonnigen Brüste, deren Knospen immer so weit hervorstanden, dass man seinen ganzen Mund darum schließen konnte. Ich bot ihr meinen Untermieter an, den sie liebevoll in ihren Mund aufnahm und ihre Zunge darum kreisen ließ. Ich verdrehte die Augen und genoss ihr Spiel in vollen Zügen, während ich Peter weiter beobachtete, wie er sie ruckartig und animalisch nahm. Er musste sich wirklich anstrengen, um nicht zu früh zu kommen, so hielt er ein paar Mal inne, um sich, tief in ihrem Innersten vergraben, ein wenig auszuruhen und aufs Neue zu konzentrieren. Das machte mich dermaßen an, dass ich Peter wegschob und mich nun selber ans Eingemachte begab. Peter war froh, endlich erlöst worden zu sein und stellte sich nun seinerseits an Brigittes Seite, um sich alles herauszuholen zu lassen. Sie wartete schon förmlich auf die ganze Flut, die nicht lange auf sich warten ließ und die er unter lautem Stöhnen über ihrem Gesicht ergoss. Sie verteilte alles mit Zunge und Fingern und leckte sich dann alles ab, während ich sie weiter stieß und in ihr weiches Fleisch eindrang. Ich spürte, dass es auch bei mir nicht mehr lange dauern konnte, entzog mich ihr und zog ihren Körper näher zu mir heran. Sie rutschte zwischen meinen gespreizten Beinen hindurch, als ich es in mir hochsteigen fühlte. Ihre Brüste waren genau auf meiner Höhe, als bei mir alle Dämme brachen. Ihre Knospen, meinte ich, wurden noch etwas härter und größer. Ihre Augen hatten einen weltentrückten Ausdruck angenommen. Ich sah Peter an und nickte ihm kurz zu. Er hatte verstanden, räumte das restliche Geschirr ab und ging dann fort. Brigitte brauchte ich nicht zu fragen, ob es das war, was sie gewollt hatte, sie war noch nicht wieder in meine Welt zurückgekehrt.

Ich bin gar nicht frigide

Zuerst hatte ich es als unpassenden Scherz hingenommen. Als er mich aber noch einmal als frigide bezeichnete, kam ich doch ins Grübeln. Freilich, wenn Freundinnen aus dem Nähkästchen plauderten, konnte ich selten mitreden. Orgasmus hielt ich für euphorische Spinnerei und mehrere davon als faustdicke Lügen. Schön war es freilich, wenn Rainer bei mir übernachtete, aber immer dasselbe! Ein viel zu grober Griff zu den Titten, einen zwischen die Beine und schon versenkte er seinen supergeilen Schwanz für ein paar Minuten in mich. Mitunter wagte er sich sogar noch zu fragen, ob es schön gewesen war. Die allerbeste Freundin blies auch noch in sein Horn. Sie sagte mir auf den Versuch meiner Beichte, dass es immer auch an der Frau liegt, wenn der Mann sie nicht zufrieden macht.

Endlich hatte ich mich durchgerungen, eine Sexualberatung aufzusuchen, obwohl ich wusste, dass dahin immer das Paar gehen soll. Wie erstarrt blieb ich im Sprechzimmer stehen. Heiser und unsicher rief ich: "René? René Schwendler?"

Das Echo kam postwendend: "Gabi? Die süsse Kleine aus der ersten Reihe? Ich werd verrückt. Wie kommst du in diese Stadt?"

Ich nahm Platz, und in zehn Minuten hatten wir alles ausgetauscht, was seit der Penne mit uns passiert war. Ich hörte, dass er die Sexualberatung für einen erkrankten Kollegen durchführte. Mein Mut war natürlich auf null gesunken. Mir war es viel zu blöd, gerade ihm meine Probleme zu offenbaren; ihm, der mir einst nach einem feuchtfröhlichen Abend die Jungfernschaft geraubt hatte.

Irgendwann entlockte er mir doch, dass ich mich für frigide hielt. Und nicht nur ich! Sein schallendes Lachen tat mir weh. Allerdings beruhigte mich sein Satz wieder: "Es gibt kaum eine frigide Frau, dafür aber sehr viel ungeschickte Männer."

Irgendwann lag seine Hand auf meinem Schenkel und er knurrte mit brüchiger Stimme: "Wenn ich dich vom Gegenteil überzeugen soll, dann lass dich von mir zum Abendessen einladen."

Das fand sinnigerweise in seiner Wohnung statt. Schwer hatte er es nicht gehabt, mich zu überreden. Ich war voller Reminiszenzen. Von seinem ersten Stich in meinen Unterleib hatte ich damals lange gezehrt. Leider haben wir uns durch das Studium an verschiedenen Universitäten aus den Augen verloren.

René zauberte in kürzester Frist ein phantastisches Essen. Blumen und viele Kerzen gehörten ganz einfach zu seinem Ambiente. Nach dem Essen hatte ich seine Hand schon wieder auf dem Schenkel. Diesmal blieb sie aber nicht ruhig liegen. Er stiess mit mir an und küsste meinen Mund. Erst beim zweiten Kuss gingen meine Zähne auseinander, und ich genoss den sanften Flirt unserer Zungenspitzen. Davon und von seinen charmanten Komplimenten war ich binnen Minuten überrollt. Etwas von früher kam wieder durch und die Neugier, wie er es als erwachsener Mann anstellen würde.

Ich war ihm verdammt dankbar, dass er mir wie nebenher sagte, wo das Badezimmer war. Bei seinem Draufgängertum war ich auf alles gefasst, hatte aber leider noch den Duft vom warmen Sommertag am Leibe. Als er sich ins Dekolleté zu meinen Brüsten schlich, hielt ich es für angezeigt, wohlig zu seinem Griff zu schnurren und mich für einen Augenblick zu entschuldigen.

Das Männerbad törnte mich unheimlich an. Ich griff zu diesem und jenen Fläschchen und glaubte dabei ganz tief in sein Intimleben zu langen. Ich fuhr vorsichtig mit seinem Rasierapparat über meine Wange und warf sogar einen Blick in die Schränkchen. Wie zur Strafe blitzen mich in einem ein paar Kondomverpackungen an.

Wohlig liess ich mir die warmen Strahlen der Dusche über den Kopf rauschen. Als ich die Augen öffnete, fragte ich mich erschreckt, wie lange er mich wohl schon beobachtet hatte. Der verrückte Kerl! In Hemd und Hosen stieg er zu mir in die Duschkabine und walkte begehrend meine Brüste. Er machte mich richtig stolz mit seinen verbalen und handgreiflichen Schmeicheleien. Dreimal hatte es mich schon mit der mächtigen Beule der Flanellhose an den Bauch getroffen. Wenn er mich damit provozieren wollte, dann hatte er schon gewonnen. Ich liess meine Hand unter den Bund der klitschnassen Hose rutschen und murkelte seinen Knorpel im Takt, wie er sich mit meinen Brüsten beschäftigte. Zu unbequem! Ich nestelte am Gürtel und zog kurz entschlossen am Reissverschluss. Meine Güte, das hatte ich mir bei meinem Lover noch niemals erlaubt. Der hat sich aber auch noch niemals so freizügig angeboten. Als Renés Hosen unter unseren Füssen lagen, fing ich den kräftigen Prügel einfach mit den Schenkeln ein. Unsere Körper begannen sofort zu schwingen und zu pendeln. Fabelhaft rieb er mir die Pussy und streifte bei jedem Stoss den Kitzler. Nach Minuten stieg in mir ein Gefühl auf, wie ich es eigentlich nur von meinen eigenen Händen kannte. Auch meine wachsende Erregung verführte den Mann noch nicht zu mehr. Ganz verhalten schaukelte er mit mir. Allerdings merkte ich an seinen Griffen in meine Backen, wie auch bei ihm die Erregungskurve stieg.

Das Wasser war längst abgestellt, als sich René vor mich kniete, die Beine weit auseinander nahm und seinen Mund in meinen Schoss drückte. Wie ein Ertrinkender klammerte er sich an meine Schenkel und trällerte mit steifer Zunge durch die wahnsinnig empfindsame Gegend. Es war für mich erst zum zweitenmal, dass mir ein Mann die Pussy küsste. Was René tat, das war aber schon viel mehr. Abwechselnd saugte er sich am Kitzler fest und wischte mit der Zunge über den sehnsüchtigen Schlitz. Der Kerl machte mich rasend. Ich griff selbst zu meinen Brüsten und walkte im Takt, wie er unten züngelte. Seine Hände schmeichelten meine Pobacken, und immer wieder verirrten sich die Daumen in den langen Spalt. Er drückte und bohrte leicht an der kitzligen Enge.

"Komm doch", lallte ich, weil ich das Bedürfnis hatte, dass er sich ganz tief in mich versenken sollte. Er dachte gar nicht daran, zu kommen. Im Gegenteil! Seine Zunge wurde immer fleissiger und seine Daumen an meinem Po immer reger. Hin und wieder drückte er einen ein ganzes Ende ein, und ich hörte dabei die Englein singen.

"Irgendwann schrie ich auf: "Hör auf... Was machst du denn mit mir?"

Mir war wirklich, als zog in meinem Leib ein leichter Schmerz auf. Es war keiner. Heute weiss ich, dass sich ein unglaublicher Orgasmus anbahnte, den ich dann auch nach Sekunden herausspritzte. Alles in und an mir wurde ganz weit, der Kopf hohl, und ich dachte, das ich jeden Moment die Besinnung verlieren musste. Bunte Kreise und Farbtupfer hatte ich vor Augen. Sein leichtes Tätscheln auf meine Wange verriet mir, dass ich wirklich kurz abgetreten war.

"Oh... war das... wunderschön", stammelte ich und stand mit eingeknickten Knien zittern vor ihm.

René nahm mich auf seine Arme und trug mich auf sein Bett. Ich hätte vor Lust zerspringen können. Auf dem Weg dahin sass mein Po auf seinen heissen Pint auf, und der verrückte Kerl liess ihn auch noch übermütig pochen. Auf dem Laken kuschelte er sich ganz dicht an mich und saugte sich abwechselnd an den Brustwarzen fest. Mitunter flatterte die Zungen um sie herum, dann wieder kitzelte nur fein die Zungenspitze. Wieder wollte ich, dass er endlich zu mir kam. Und wieder dachte er noch gar nicht daran. Er schickte nur seine Spielfinger an die Pussy. Ich merkte, dass in mir ein ähnliches Gefühl aufzog wie vor Minuten. Ob in diesem Moment bei mir der Knoten riss? Ich machte mich aus seiner Umarmung frei, schwang mich über seine Schenkel und fädelte mir den prächtigen Ständer zwischen die Schamlippen. Wenigstens war er ein bisschen behilflich. Sein Gegendruck kam so heftig, dass ich dachte, er stösst bis an die Herzspitze. Ich geriet in Raserei. René musste gar nichts mehr machen. Ich ritt mich wild in den nächsten Höhepunkt. Als ich ihm das Schamhaar nässte, strahlte er und knurrte: "Du und frigide!? Ein Lustbündel bist du."

Er machte es mir als Missionar, von hinten und zum Schluss auf dem Wohnzimmertisch. Ich war wohl vier oder fünfmal gekommen. Beim Abschied fragte ich, ob er so jede Sexualberatung beendet. "Das war ich dir schuldig", hauchte er, "mit achtzehn habe ich ja auch nur phantasielos in deiner Pussy gestochert."

Lust und Frust mit dem Caravan

Schon zum zweiten Mal war ich mit meinem besten Freund per Caravan am Plattensee. Wir waren beide ungebunden und genossen es, unser fahrbares Hotel mitzuhaben. Wenn wir schöne Mädchen kennen lernten, waren wir nicht auf Gottes freie Natur angewiesen und mussten uns auch nicht in irgendwelche Hotels oder Pensionen einschleichen. Über Einsamkeit konnten wir uns nicht beklagen. Schliesslich wollen junge Mädchen und Frauen im Urlaub auch etwas erleben, wenn sie ohne Anhang reisen. Nicht nur einmal hatten wir zu viert in unserer fahrbaren Hütte getobt. Mitunter ging auch einer von uns leer aus. Der überliess dann dem Freund das Domizil.

Da gab es auch einen flotten Dreier mit einer achtzehnjährigen Tschechin, der uns beinahe zum Verhängnis geworden wäre. Als im Gespräch mit der Kleinen klar wurde, dass wir mit dem Caravan auf dem Campingplatz standen, und sie unsere Einladung für ein Gläschen Sekt angenommen hatte, protestierte sie, weil ich zu Gunsten meines Freundes verschwinden wollte. Wir hatten schon ganz schön genippelt. Kess hatte sie gefragt: "Meint ihr nicht, dass eine heisse Mieze auch mit zwei Kerlen fertig werden kann?"

Für einen Moment war mir diese Reaktion eine Spur zu kess. Dennoch, die Kleine war so zauberhaft und aufreizend, dass ich mich breitschlagen liess. Sie ging auch gleich zur Sache. Mit dem Glas in der Hand provozierte sie Bruderschaftsküsse. Es war allerdings viel mehr! Begierig saugte sie sich nacheinander an unseren Lippen fest.

Ganz plötzlich wurde ihr in unserem fahrbaren Untersatz zu eng und vor allem zu warm. Gleich zwei Knöpfe öffnete sie an ihrer Bluse und fächelte sich Luft zu. Wir hatten verstanden, nestelten zu zweit an den restlichen zwei Knöpfen und waren begeistert. Sie hatte nichts darunter als ihre sonnengebräunte, samtene Haut. Beinahe gierig saugten wir uns auf beiden Seiten an sehenswerten Nippeln fest und liessen uns von ihrem genüsslichen Brummen und Knurren ermuntern. Es dauerte nicht lange, bis wir uns alle drei splitternackt auf der Doppelliege wälzten. Helena griff zu beiden Seiten hurtig ins volle Menschenleben. Ich hatte beinahe den Eindruck, als wollte sie uns in fleissiger Handarbeit entspannen. Kunststück, wenn sie so glaubte, es mit zwei Kerlen aufzunehmen! Da hatte ich aber falsch gedacht. Irgendwann kniete sie über Kais Beinen und knabberte liebevoll an seinem Pint. Ich wusste was es bedeutete, wie sie aufgeregt mit ihrem hübschen Knackpopo wackelte. Ich schlich mich von hinten an und war überwältigt, was sich in ihrem Schritt schon getan hatte. Der süsse Pfirsich war von unserem Vorspiel schon vollreif. Es flutschte nur so, als ich meinen Schoss an ihre Backen drückte. Ein brenzliger Moment entstand. Durch meine heftigen Stösse geriet sie so in Wallung, dass Kai Bange haben musste, sie könnte in ihrer Aufregung in das gute Stück beissen, das sie hektisch mit den Lippen bearbeitete.

Anerkennung! Sie hat uns in dieser Nacht wirklich beide vollkommen geschafft.

Wir haben zu dritt wunderschöne Tage verlebt. Drei Tage vor unserer Abreise hatte Helena uns die Zustimmung abgerungen, sie mit bis nach Prag zu nehmen. Das war zwar nicht unsere Route, aber wir nahmen den Umweg für dieses Mädchen gern in Kauf. Trotz der Dreierrunden hatte sich mein Freund sogar in sie verliebt.

In Prag angekommen, entschlossen wir uns zur Übernachtung auf dem Campingplatz. Helena hatte uns bis dahin gelotst und sich gegen vierzehn Uhr mit vielen lieben Küsschen verabschiedet.

Am Abend sahen wir sie wieder. Ich hatte das leise Klopfen zuerst gehört. Sie huschte in unseren Caravan, stellte zwei Flaschen Sekt auf den Tisch und rief ausgelassen: "Wir haben ja gar nicht richtig Abschied gefeiert. Diese Nacht möchte ich noch einmal bei euch sein."

Wo die Gläser waren, das wusste sie. Sie schenkte ein. Es war wohl eine gewisse Verlegenheit, dass wir alle so hastig tranken. Oder auch frohe Erwartung? Wir beiden Männer hatten ja schon geschlafen, lagen nun nur in Boxershorts auf unserer Liege. Sie sass mit einer gewissen Siegermiene dazwischen.

Als ich Helena einliess, hatte ich mir gar keine Gedanken darüber gemacht, dass sie ausser dem Beutel mit dem Sekt noch eine ziemlich grosse Reisetasche dabei hatte. Das wurde mir erst bewusst, als sie heiter ausrief: "Ich habe mich entschlossen, noch ein paar Tage Urlaub in Deutschland zu machen. Nehmt ihr mich mit? Ich möchte gern Dresden kennen lernen."

Keine Frage! Sie hatte einen gültigen Pass, und wir freuten uns auf eine kleine Verlängerung der Liebe zu dritt.

Zum Dank für unsere Zustimmung sprang Helena auf und legte vor unserer Liege einen beinahe professioneller Strip hin. Vermutlich hatte sie sich besonders darauf vorbereitet. Zuerst zog sie das T-Shirt über den Kopf und überraschte uns mit einem pikanten Anblick. Bislang hatte wir sie nur oben ohne gesehen. Nun trug sie eine niedliche, knallrote Hebe, die ihre schönen Brüste noch viel mehr zur Geltung brachte. Ich spürte, wie sich meine Hose langsam ausbeulte. Sie sah es, denn sie schaute nur zu mir, als sie aus den Jeans stieg. Auch sehr ungewöhnlich! Darunter hatte sie zu einem süssen Slip noch Strapse und gleichfarbene lange Strümpfe. Es war eine Show für sich, wie sie sich die Strümpfe über die Beine streichelte. Mutwillig gab sie Einblicke in ihren Schoss frei. Wir waren von den Socken. Der Slip war im Schritt offen und präsentierte uns freizügig den wuscheligen schwarzen Bären. Wir Männer waren nicht mehr zurückzuhalten. Sie konnte ihren Striptease nicht vollenden. In den feinen Dessous holten wir sie zwischen uns und befreiten uns eigenhändig von unseren Shorts.

An diesem Abend gab es eine Premiere in unserer Dreierrunde. Ich schaute eifersüchtig zu, wie Helena meinen Freund straff ritt. Dass sie hin und wieder mal zu meinem Knorpel griff, das behagte mir nicht lange. Ich schlich mich hinter ihren Po. Sicher ahnte sie schon von meinem Vorhaben, weil ich mit den Händen zu ihrer Pussy tastete und den Lustschweiss zu ihrem Po trug. Immer öfter! Dann setzte ich an stiess behutsam zu. Helena fuhr ab wie eine Rakete.

Am Morgen waren wir verwundert, dass Helena mit ihrer Reisetasche in die schmale Toilette ging. Wir dachten, sie hätte ihre Tage bekommen.

Am Grenzübergang nach Deutschland wurden wir alle gebeten, das Fahrzeug zu verlassen. Kein Problem! Wir hatten nichts zu verzollen. Nicht mal Zigaretten oder Spirituosen hatten wir aus der Tschechei mitgenommen. Ich fluchte leise, weil der Hund des Zöllners an uns herumschnupperte. Vor Helena machte er Sitz und gab nervös Laut. Mir war es richtig peinlich. Ich dachte wieder an ihre Tage. Als man Helena zum Mitkommen aufforderte, wurde mir plötzlich mulmig. Wieso sollte sie mit ins Haus gehen, wenn doch ihr Gepäck im Caravan war. In den stieg übrigens nach einer kurzen Frage der Zöllner mit seinem Hund. Es dauerte keine zwei Minuten, bis der Mann mit drei Beuteln in der Hand herauskam. "Staubzucker ist das wohl nicht?" bemerkte er sarkastisch.

Mir fiel das Herz in die Hosen. Es gab nur eine Erklärung. Helena! Die sahen wir nicht wieder. Wir hatten den Caravan auf einen Parkplatz abzustellen und wurden vorläufig festgenommen.

Nach drei Tagen waren mein Freund und ich wieder in Freiheit. Helena hatte ein Geständnis abgelegt und uns völlig entlastet. Nebenbei erfuhren wir, dass sie auch kleine Ballons mit Heroin in ihrer Scheide und im Po gehabt hatte.

Versöhnung nach Blamage

Wie jedes Jahr, wollten meine Eltern den Sommerurlaub zusammen mit ihren Freunden den Bollmanns auf dem Campingplatz an der Ostsee verbringen. Bis letztes Jahr bin ich auch oft gerne mit dahin gefahren, da es mir dort immer gut gefallen hat, und ich dort viele Leute kannte.

Die Bollmanns wahren lange Jahre unsere Nachbarn, daher die alte Freundschaft, mussten aber vor etwa sechs Jahren aus beruflichen Gründen nach Hessen ziehen. Damals war Nele, die Tochter der Bollmanns, zwölf Jahre alt, und eine furchtbare Nervensäge gewesen, die mir und meinen Freunden ständig an den Hacken hing.

Wir waren drei Jahre älter als sie, und konnten sie absolut nicht gebrauchen. Nicht mal davon, dass wir sie stundenlang an einen Baum fesselten, was wir des Öfteren taten, ließ sie sich abschrecken. Manchmal hatte ich sogar den Eindruck gehabt, dass sie es genoss von uns gefesselt zu werden, und hinterher mächtig stolz auf sich war.

Im letzten Jahr hatte ich sie dann das erste Mal wieder gesehen, und war wie vom Donner gerührt.

Aus der kleinen unscheinbaren Nervensäge, war ein bildhübsches Mädchen mit einer tollen Figur geworden, das noch genauso anhänglich war wie früher, was ich unter den veränderten Bedingungen allerdings nicht mehr als Belastung ansah.

In der ersten Urlaubswoche hingen wir ständig zusammen, und hatten viel Spaß zusammen. Dann ließ sie mich ins offene Messer laufen, und machte mich zum Gespött des ganzen Campingplatzes.

Nach drei Tagen Spießrutenlaufen, ließ ich mich entnervt zum nächsten Bahnhof bringen und fuhr nach Hause. Natürlich hatte ich diesmal keinen Nerv mit auf den Campingplatz zu fahren. Meine ersten Semesterferien wollte ich lieber zu Hause mit meinen Freunden verbringen, was meine Eltern auch ohne Murren akzeptierten.

Da am Auto meines Vaters einiges zu machen war, wollten Bollmanns meine Eltern unterwegs einsammeln, und mit zur Ostsee nehmen, während ein befreundeter KFZ Mechaniker in Ruhe nebenbei das Auto reparierte.

Der Schock für mich kam mit der Ankunft der Bollmanns, als Nele auf einmal ausstieg, und ihre Tasche ins Haus brachte. Unsere Mütter hatten ohne mich zu fragen beschlossen, dass es an der Zeit war, uns wieder zu versöhnen, und aus diesem Grund sollte Nele die vier Wochen in unserem Gästezimmer schlafen, und ihre Ferien mit mir zusammen verbringen. Unsere Mütter meinten in vier Wochen unter einem Dach würden wir uns schon wieder zusammenraufen.

Aber als ich Nele sah, war meine Stinkwut auf sie sofort wieder voll da. Zu meiner Mutter ist allerdings zu sagen, dass sie Vater und mich hemmungslos verwöhnt, und versucht, uns unsere Wünsche von Lippen abzulesen, aber wenn sie sich mal etwas in den Kopf gesetzt hat, sind mein Vater und ich machtlos, und sie bekommt fast immer was sie will. Diesmal sollte sie aber auf Granit beißen, nahm ich mir vor. Gegen den ungebetenen Gast konnte ich nichts machen, da musste ich Zähne knirschend durch, aber beachten wollte ich sie auch nicht.

Vom ersten Moment an lief Nele rum wie das fleischgewordene schlechte Gewissen, was mich aber nicht weiter interessierte. Ihre Briefe die sie nach dem verkorksten Urlaub geschrieben hatte, waren alle zurückgegangen, ich hatte keinen gelesen.

Sie gab sich wirklich Mühe, und kochte sogar für mich, was wirklich lecker schmeckte, aber außer zu den Mahlzeiten ließ ich sie links liegen, und beachtete sie nicht weiter.

In der dritten Nacht wachte ich auf einmal auf, und merkte dann, dass ich nicht allein im Zimmer war. Nele kniete vor meinem Bett, und sah mich nur an.

"Was willst Du", knurrte ich sie an. "Ich kann nicht schlafen", jammerte sie. "Was geht mich das an", fragte ich genervt. "Bitte Toby, sprich mit mir, ich weiß doch dass ich riesen Mist gebaut habe voriges Jahr, es tut mir unheimlich leid. Ich wollte Dich doch nur ein Bisschen provozieren, und dann hat es sich zu einer Lawine entwickelt, das wollte ich doch gar nicht".

"Hast Du keinen Frisör dem Du dass erzählen kannst", fragte ich genervt. "Bitte Toby, ich mache alles was Du willst, meinetwegen bestraf mich irgendwie, aber gib mir ne kleine Chance, und sprich wieder mit mir", flehte sie weiter.

Das Angebot sie zu bestrafen, brachte mich auf einmal auf eine Idee.

Um meine Ruhe zu bekommen, und um sie zu schocken, machte ich einen Vorschlag, den sie meiner Meinung nach nur ablehnen konnte, und der sie endgültig abschrecken würde.

"Du willst also dass ich Dich bestrafe, und willst alles tun was ich verlange", fragte ich höhnisch. "Alles was Du willst, Du musste es nur sagen", bestätigte sie hoffnungsvoll.

"Okay", sagte ich, "Du ziehst Dich jetzt nackt aus, dann gehst Du in den Garten. Dort steht immer noch der Haselstrauch. Da schneidest Du eine etwa 1cm dicke Rute von etwa 60cm Länge. Die bringst du mir, bittest mich dann Dich mit 30 Schlägen auf den Arsch zu bestrafen, und anschließend bittest Du mich für die restliche Zeit hier meine Sklavin sein zu dürfen, und von mir erzogen, und benutzt zu werden".

Neles erste Reaktion auf meine Forderung war ein merkwürdiges Stöhnen. "Ist das....ist das... Dein..... Ernst", fragte sie stockend, und mit rauer Stimme. "Mein voller Ernst", bestätigte ich ihr cool, "tu es oder lass es", und drehte mich um, überzeugt davon, dass sie mich endlich in Ruhe lassen würde. Gleich darauf hörte ich wie sie das Zimmer verließ, und war zufrieden.

Einige Zeit später war ich es dann der geschockt war, als sie auf einmal wieder vor meinem Bett kniete, nackt, mit einer Haselrute in den ausgestreckten Händen, und mich bat sie mit dreißig Schlägen zu bestrafen, mir als Sklavin dienen zu dürfen, und von mir zu einer guten Sklavin erzogen zu werden.

Ich kniff mich erst mal selbst in den Arm, um sicher zu gehen, dass ich nicht träumte. Hätte mich in dem Moment jemand fotografiert, wäre dass bestimmt ein sehenswertes Foto geworden, denn mir waren garantiert sämtliche Gesichtszüge entgleist.

Da hatte ich mich wohl zu weit aus dem Fenster gelehnt, und war am überlegen, wie ich aus der Situation wieder raus komme. Dann dachte ich, "vielleicht blufft sie ja, und hofft ja bloß dass ich das Ding nicht durchziehe, und ich bin wieder der Gelackmeierte, wenn ich jetzt zurückziehe".

Also beschloss ich erst mal weiter zu machen, um zu sehen wer zuerst den Schwanz einzieht. Ich überlegte einen Moment, und beschloss, dass der große Sessel im Wohnzimmer der richtige Platz für eine Züchtigung währe. Daraufhin nahm ich ihr die Haselrute aus den Händen, und forderte sie auf mir zu folgen.

Sie folgte mir auf allen vieren, obwohl ich das nicht verlangt hatte. "Schleim Du nur rum", dachte ich, "so einfach sammelst Du keine Punkte bei mir".

Am Sessel angekommen, stellte sie sich auf meine Anweisung breitbeinig gegen die Rückenlehne, beugte ihren Oberkörper so weit wie möglich nach vorne, und streckte mir ihren süßen, nackten Knackarsch entgegen. Ein Anblick, den ich normalerweise voll genossen hätte.

Doch in dem Moment fragte ich mich bloß wie weit sie noch gehen würde, und fing langsam an zu schwitzen. Dann meldete sich wieder mein kleiner Man im Ohr, und sagte "die Kleine appelliert nur an Deine Gutmütigkeit, und verlässt sich darauf, dass Du nicht zuschlägst".

Also versuchte ich noch mal sie zu erschrecken, und fragte, "Bist Du sicher dass ich Dir den Arsch grün und blau schlagen soll, so dass Du mindestens eine Woche nicht sitzen kannst". Schluchzend erwiderte sie, "Ich hab es verdient, fang bitte an Herr". "Scheiße" dachte ich, "die Schlampe meint es wirklich ernst", was mich irgendwie auch wieder ärgerte.

Da hatte ich mich in eine blöde Situation hinein manövriert. Doch dann dachte ich, "verdient hat sie es ja wirklich, also bekommt sie es jetzt auch"! In der Hoffnung ihr damit den Schneid abzukaufen, schlug ich das erste Mal kräftig zu.

Nele schrie kurz auf, tänzelte etwas herum, zeigte aber sonst keine nennenswerte Reaktion. Obwohl sich auf der Stelle wo die Rute ihren Hintern getroffen hatte sofort ein schnell dunkler werdender Striemen bildete, hielt sie noch nicht einmal schützend ihre Hand über ihren Hintern. Das erhoffte Betteln um Gnade blieb ebenfalls aus, was mich auch ein wenig wurmte.

Also schlug ich das zweite Mal mindestens genauso heftig zu. Nele hatte sich dabei noch besser im Griff als beim ersten Schlag, und keuchte sogar nur heftig. "Also gut", dachte ich, "wenn sie es so haben will", langte wieder richtig hin, und gab ihr ohne Eile noch acht kräftige Schläge auf den Hintern, die sie alle ohne die von mir erwartete Reaktion wegsteckte, nur ihr Keuchen wurde heftiger.

Ich wusste dass das richtig wehgetan hatte. Dass zeigten schon die dunklen Striemen auf ihrem Hintern. Die brannten garantiert höllisch, da war ich mir sicher.

Meine Wut verrauchte langsam, dafür stieg der Respekt, und zum ersten Mal fragte ich mich, ob ich nicht doch etwas überreagiert hatte die ganze Zeit. Ich machte eine Pause, und legte vorsichtig meine Hand auf ihren verstriemten Hintern. wieder stöhnte sie heftig, aber das klang irgendwie nicht nach Schmerz. So hatten Mädchen gestöhnt wenn ich ihre Pussy gestreichelt, oder sie gevögelt hatte.

"Das kann doch nicht sein", dachte ich, und schob meine Hand zwischen ihre Beine, wo ich feststellen musste, dass ihr die Lust schon an den Schenkeln herunter lief. Als ich ihre Pussy berührte, stöhnte sie, als würde sie gleich kommen. "Ist ja irre", dachte ich, "unsere Nele eine kleine Masochistin". Das wollte ich genauer wissen, und schob meinen Finger mehrmals durch ihre Spalte, wodurch ihr Stöhnen noch lauter wurde.

Als mein Finger dann ihren prall geschwollenen Kitzler ertastete, und ich ihn mit leichtem Druck darauf kreisen ließ, kam sie Sekunden später laut schreiend, und unglaublich heftig zuckend, zu einem Wahnsinns Orgasmus. Es war unfassbar.

Ich ging um den Sessel herum, griff ihr in die Haare, und zog ihren Kopf hoch. Nele lächelte mich mit einem verklärten, irgendwie abwesenden Gesichtsausdruck an. Ich konnte nicht anders. Ich musste sie einfach küssen, und sie erwiderte meinen Kuss voller Hingabe. "Ist Dir eigentlich klar, dass Du total verrückt bist", fragte ich sie kopfschüttelnd.

"Jaaah" stöhnte sie, "Verrückt nach Dir". "Dann muss ich Dich jetzt wohl wirklich zu meiner Lustsklavin erziehen, und Dich erst mal richtig durchvögeln", meinte ich dann kopfschüttelnd. Mit so einer Entwicklung hatte ich wirklich nicht gerechnet. "Ja Herr, bitte fick mich, mach mich endlich zur Frau", bettelte sie mit einem geilen Stöhnen in der Stimme.

"Moment mal" dachte ich, "habe ich da eben richtig gehört", und fragte auch gleich nach, "heißt dass, das Du noch Jungfrau bist"? "Natürlich", antwortete sie treuherzig, und mit einem unterschwelligen Stöhnen in der Stimme "ich wollte doch immer nur Dir gehören". Ich konnte kaum glauben was ich da gehört hatte.

"Okay" sagte ich dann, "wenn Du meine Sklavin, also mein Eigentum bist, entscheide ich ganz allein, wann Du die anderen zwanzig Streiche bekommst, jetzt gehen wir erst mal in mein Bett".

Anschließend gingen wir auch gleich in mein Zimmer, wo ich sie aufforderte, sich bäuchlings aufs Bett zu legen, was Nele auch gehorsam tat. Aus dem Badezimmer holte ich dann die schmerzstillende Salbe, die ich für meine Blessuren vom Sport hatte, und cremte damit vorsichtig ihren verstriemten Hintern ein.

Nachdem das erledigt war drehte ich sie auf den Rücken, küsste sie erst mal leidenschaftlich, und begann danach ihren Körper mit Lippen und Zunge zu erkunden.

Jede meiner Berührungen löste lustvolles Stöhnen bei ihr aus, als sei ihr ganzer Körper eine einzige erogene Zone. Mit diesem Stöhnen machte sie mich so geil, dass ich mit meinem Mund gar nicht erst ihren Schoß erreichte, sondern mich vorher zwischen ihre Beine kniete, meine Eichel in ihre Pforte drückte, und mit einem kraftvollen Ruck in sie eindrang.

Nach einem kurzen Schmerzlaut, den Nele beim Reißen ihres Häutchens von sich gab, klang ihr Stöhnen kurz darauf wieder nach purer Lust. Erst machte ich ein paar vorsichtige Stöße, wurde dann schneller, und fickte sie dann wild und heftig.

Nele stöhnte dabei ungehemmt ihre Lust heraus, gab sich voll hin, und kam wieder nach wenigen Minuten zu einem Orgasmus, der ähnlich heftig war, wie ihr erster kurz vorher. Ihr unkontrolliertes Zucken, brachte mich auch soweit, und ich spritzte, alle Vorsicht außer acht lassend, meine ganze Ladung in ihren Leib, und blieb dann einfach auf ihr liegen.

Nachdem ich wieder etwas zu Atem gekommen war, fiel mir eine Szene aus einem SM Porno ein, und ich beschloss es auch so zu machen. Ich rollte mich von ihr runter, griff in ihre Haare, und drückte ihren Kopf runter, bis mein Freudenspender direkt vor ihrem Gesicht war.

Mit einem Moment Verzögerung begriff sie was ich von ihr wollte, und begann tatsächlich mein bestes Stück mit dem Mund zu verwöhnen. Da ihr offensichtlich noch die Übung fehlte, wies ich sie an was sie machen sollte, und sie lernte schnell.

Ohne Rücksicht auf ihre Striemen griff ich währenddessen nach ihrem Hintern, und zog ihn näher zu mir heran, um sie ein Wenig mit zwei Fingern zu ficken. Kurz darauf stand mein Freudenspender wieder in voller Pracht, und ich kniete mich hinter sie, schob ihr meinen Ständer in den Lustkanal, und begann sie wieder heftig zu stoßen.

Und wieder bestätigte mir ihr geiles Stöhnen wie gut es ihr gefiel, benutzt zu werden wie eine Hure. Während ich sie so nahm, steckte ich ihr noch meinen Finger in die Rosette, was ihr Stöhnen noch lauter werden ließ. Wenig später kam Nele wieder gewaltig.

Obwohl ich mit meinen einundzwanzig Jahren schon reichlich sexuelle Erfahrungen gesammelt hatte, hatte ich so was noch nicht erlebt. Bei meinen bisherigen Partnerinnen war immer ein langes, zärtliches Vorspiel angesagt gewesen, und unter einer halben bis dreiviertel Stunde ging beim Vögeln selten etwas, wenn ich Wehrt darauf legte, dass meine jeweilige Partnerin zum Orgasmus kam.

Bei Nele war irgendwie alles anders. Ohne Rücksicht rammelte ich sie weiter wie ein Verrückter, und gerade als es mir kam wurde auch Nele von ihrem nächsten unglaublich heftigen Orgasmus durchgeschüttelt.

Schwer atmend ließ ich mich anschließend auf den Rücken fallen, und staunte nicht schlecht, als sie sich einen Moment später, selber noch jappsend, wieder mit dem Mund um mein Patengeschenk kümmerte. Als ich meinte dass es reicht, griff ich wieder in ihre Haare, und zog sie zu mir hoch. Während ich sie zog, hatte sie ein merkwürdiges Lächeln im Gesicht, und stöhnte lustvoll. Es machte sie offensichtlich voll an, wenn ich grob zu ihr war, und ihr wehtat.

Als ich völlige Unterwerfung von ihr verlangt hatte um sie zu schocken, hatte ich anscheinend offene Türen bei ihr eingerannt. Erst jetzt realisierte ich wirklich, dass sie offenbar wirklich meine Sklavin sein wollte, und dass es für sie kein kleines Rollenspiel war, das am nächsten Tag endete.

Ich sah ihr ins Gesicht, und sah das Betteln und die Angst in ihren Augen. Sie wirkte auf einmal klein und hilflos, irgendwie schutzbedürftig, und alle negativen Gefühle die ich für sie gehabt hatte, waren endgültig verschwunden. Stattdessen fühlte ich nur noch Zärtlichkeit, und hatte das Bedürfnis sie in den Arm zu nehmen, und zu beschützen.

Genau das tat ich dann auch, ich nahm sie in die Arme, und gab ihr einen zärtlichen Kuss. Dann sagte ich ihr, "So etwas wie letztes Jahr machst Du nie wieder, sonst werde ich richtig böse, okay". "Heißt dass, das Du mir nicht mehr böse bist", fragte sie fassungslos. "Was denn sonst", fragte ich lächelnd. Da schlang sie ihre Arme um mich und fing an haltlos zu weinen. Ich nahm sie in die Arme, und ließ sie gewähren bis sie sich wieder beruhigt hatte.

Als das geschehen war fragte ich sie, "Willst Du in Zukunft ein liebes gehorsames Mädchen sein"? Mit einem glücklichen Lächeln im Gesicht, sagte sie, "Ja Herr, egal was Du von mir verlangst, ich will es mit Freude tun. So ein schreckliches Jahr wie das letzte möchte ich nie wieder erleben. Du sollst nie wieder böse auf mich sein".

"Dann pass gut auf" sagte ich ihr, "ich will dass Du nichts mehr ohne meine Erlaubnis tust, hast Du das verstanden". "Ja Herr, ich habe verstanden, und werde gehorchen", versprach sie lächelnd. Wir schmusten noch ein Bisschen, und schliefen dann aneinander gekuschelt ein.

Ich wachte am frühen Morgen auf, weil Nele das Bett verließ. Als sie an der Tür war, fragte ich sie barsch, "Wo willst Du hin Sklavin"? "Ich muss mal Herr, und möchte bitte zur Toilette", antwortete sie zaghaft. "Wer hat dir das erlaubt", fauchte ich sie böse an, obwohl es mich Mühe kostete ein Grinsen zu unterdrücken. Schuldbewusst schlug sie ihren Blick nieder, und stammelte, "Niemand Herr, aber... ".

"Schweig" unterbrach ich sie gespielt ärgerlich, "keine Entschuldigungen, ist das Dein Gehorsam den Du versprochen hast". Eingeschüchtert wie sie war, ging sie auf alle viere, kam zum Bett zurück, und versicherte kläglich, "Es tut mir leid Herr, jetzt habe ich es wirklich verstanden, es wird bestimmt nicht wieder vorkommen"!

Ich setzte mich auf, und befahl ihr sich über meine Knie zu legen, was sie auch ohne Zögern eilig tat. Dabei war ihr das schlechte Gewissen deutlich ins Gesicht geschrieben. Zur Strafe gab ich ihr ein paar leichte Schläge mit der flachen Hand auf den verstriemten Hintern, die sicherlich wegen der noch frischen Striemen auch genug wehgetan haben um als Strafe erkannt zu werden.

Anschließend ließ ich sie wieder in den Vierfüßer gehen, stand auf, und ging voraus ins Badezimmer, wo ich ihr erlaubte Pipi zu machen. Als ihr klar wurde dass ich dabei zusehen würde, entfloh ein gequältes Stöhnen ihren Lippen. Nele wagte allerdings nicht zu protestieren, und bemühte sich sogar, mir bei ihrem Geschäft ihre Muschi zu präsentieren, obwohl ich ihr ansah, wie unangenehm es ihr war.

Dabei hatte sie rote Ohren, und brauchte eine ganze Weile, bis sie es endlich laufen lassen konnte. Der völlige Verlust ihrer Intimsphäre war offensichtlich Neles schwerste Übung bis dahin.

Nachdem ich anschließend ihre Muschi abgewischt hatte duschten wir zusammen, wobei ich sie am ganzen Körper gründlich einseifte. Nichts durfte sie dabei selber machen. Daraus machte ich eine sanfte,

erotische Massage die Nele offensichtlich sehr genoss. Dabei wurde ich wieder so geil, dass ich ihr nach dem Abspülen befahl, sich an der Wand abzustützen, und den Hintern heraus zu strecken, um sie dann heftig von hinten im Stehen heftig durchzuvögeln.

Nele war dabei mindestens genauso geil wie ich, und genoss es auch diesmal so hart durchgefickt zu werden, ihrem lustvollem Stöhnen nach zu urteilen. Sie brauchte auch diesmal nicht lange um wieder unglaublich heftig zu kommen. Das starke Zucken ihrer Pussy brachte mich dabei ebenfalls zum Erguss.

Nachdem ich kurz darauf ihren Schoß von meinem Sperma gereinigt hatte trockneten wir uns ab, und ich zog mir Shorts und T Shirt an, während sie schon nackt in die Küche ging und Kaffee kochte. Nele sollte die meiste Zeit nackt rumlaufen, und sich nur anziehen, wenn wir das Haus verließen, hatte ich beschlossen.

Während ich dann normal sitzend am Tisch frühstückte, musste Nele sich neben mich knien, und ich fütterte sie, was sie offensichtlich sehr genoss. Nach dem Frühstück bat sie mich dann zaghaft um Erlaubnis ihre Pille nehmen zu dürfen.

Mir wurde ganz schön warm, als mir klar wurde, wie leichtsinnig ich in meiner Geilheit die letzten Stunden gewesen war, da ich gegen meine sonstige Gewohnheit nicht einen Gedanken an Verhütung verschwendet hatte. Da bisher mehr oder weniger alles improvisiert abgelaufen war, ließ ich sie ihre Pille nehmen, und machte sie dann mit den Spielregeln vertraut, die sie in Zukunft penibel einzuhalten hatte.

Konzentriert und aufmerksam hörte sie zu, und nahm es offensichtlich als selbstverständlich hin, was ich alles von ihr verlangte. Sie spielte nicht ein Bisschen die Sklavin, sie wollte wirklich mein frei verfügbares Eigentum ohne eigene Rechte sein, und alles tun, was ich verlangte, dass wurde immer deutlicher.

Der völlige Entzug ihrer Selbstbestimmung und ihrer Intimsfähre, den ich ihr mit den Regeln noch einmal deutlich vor Augen hielt, machte sie gleich wieder unglaublich geil, und entlockte ihr ein geiles Stöhnen nach dem Anderen.

Für mich ging damit ein Traum in Erfüllung, an dessen Realisierung ich niemals geglaubt, oder gearbeitet hatte. Schon als Kind hatte ich davon geträumt Mädchen zu fesseln und einzukerkern, lange bevor ich anfing mich für Mädchen zu interessieren. Warum es in meiner Phantasie ausschließlich Mädchen waren wurde mir erst sehr viel später bewusst.

Da Nele wie bereits erwähnt damals eine anhängliche Nervensäge gewesen war, hatte sie sich seinerzeit als mein Lieblingsopfer geradezu aufgedrängt, und sich, wie schon erwähnt, bereitwillig von mir und meinen Freunden oft fesseln lassen, und egal wie grob wir zu ihr waren, nie gepetzt. Das fiel mir auf einmal alles wieder ein.

Als mir dann mit siebzehn "Die Geschichte der O" in die Hände kam, war ich total fasziniert, kam aber nie auf die Idee so etwas realisieren zu können. Im Internet stieß ich etwas später auf BDSM Seiten, erfuhr dort dass es so etwas wie die "O" wirklich gab, und es keine reine Fiktion war.

Ich informierte mich mit großem Interesse, las Berichte und Geschichten, verschwendete aber wieder keinen Gedanken an eine Realisierung.

Und auf einmal war ich selber ein Dom, und hatte eine eigene Sub, die von mir beherrscht und erzogen werden wollte. Nur gut, dass ich wenigstens einiges Theoretische Wissen angesammelt hatte. Ich beschloss Nele erst mal zu fesseln, und mir dann in Ruhe zu überlegen, was ich an Ausrüstung brauchte.

Als erstes nahm ich ihre Maße vom Halsumfang, und den Hand- und Fußgelenken. Anschließend nahm ich einen alten, breiten Ledergürtel den ich nicht mehr brauchte, nahm bei Nele Maß, und machte daraus ihr erstes Halsband. Danach holte ich mir ein paar alte Nylonstrumpfhosen meiner Mutter und fesselte damit Neles Hände.

Mit einer starken Paketschnur fixierte ich ihre Hände dann zwischen Brustansatz und Kinn am Halsband, und brachte sie anschließend in mein Bett. Mit einem weiteren Ende der Paketschnur verband ich dort das Halsband mit dem Stahlrohrrahmen des Kopfendes von meinem Bett. So konnte sie sich zwar noch bewegen, aber nicht mehr aufstehen.

Danach machte ich eine Liste was ich alles brauchen würde, und checkte dann, was ich davon selber machen konnte. Da mein Vater Maschinenbauingenieur war, und ich ebenfalls Maschinenbau studierte, hatten wir eine gut ausgerüstete Werkstatt, und auch eine Menge Material.

Nach etwa dreißig Minuten hatte ich ein gutes Sortiment an Ketten, Karabinerhaken, Eisenringen, Flacheisen, Rohren, Scharnieren, u.s.w. angesammelt. Aus einem Flachstahl 50mm x 6mm machte ich ihr dann ein Metallhalsband, dessen besonderer Clou die Schließvorrichtung war. Ein kleines Sicherheitsvorhängeschloss, aus einem achter Sortiment, alle mit demselben Schlüssel zu öffnen, habe ich so umgebaut, dass sie das Halsband durch zusammendrücken selber schließen konnte, aber zum Öffnen den passenden Schlüssel brauchte.

Dann brachte ich noch vorn, und an den Seiten Ringe an, und brauchte es innen nur noch mit einem Samtähnlichen Stoff aus Kunstfaser bekleben, der leicht abwaschbar war, dann war ihr Halsband fertig. Als ich es Nele anlegte, lief ein Schauer durch ihren Körper, und ein wohliges Stöhnen entfloh ihren Lippen.

Während ich mich an die Herstellung der Gelenkmanschetten machte, hatte Nele die Aufgabe das Mittagessen zu kochen. Nach dem Essen, das sie diesmal normal am Tisch sitzend einnehmen durfte, nahm ich sie dann mit in die Werkstatt, wo ich ihr kurz darauf die Armbänder aus dem gleichen Material wie das Halsband anpasste.

Als sie fertig waren, und ich sie an ihren Gelenken mit einem kleinen Vorhängeschloss, auch aus dem Sortiment, verschloss, ging ihr Atem schwer und stoßweise.

Das Tragen der schweren Eisenfesseln hatte sie so geil gemacht, dass ihr der Lustschleim schon wieder an den Schenkeln herunter lief. Neles Geilheit verursachte bei mir gleich wieder eine heftige Erektion.

Kurzerhand zog ich sie zu einem Bock, auf dem sie sich gebückt abstützen musste, holte meinen Freudenspender aus seinem engen Gefängnis, schob ihn in ihren Lustkanal, und fickte sie wie eine Hure vom Straßenstrich.

Vom ersten kräftigen Stoß an, stöhnte sie laut und ungehemmt, und kam mir willig mit ihrem Hintern entgegen. Wieder einmal genoss sie es hemmungslos als Lustobjekt benutzt zu werden.

Nach nicht einmal zehn Minuten kam sie das erste Mal, laut und heftig, aber ich fickte sie diesmal weiter ohne ihr eine Pause zu geben. Erst als sie das zweite Mal heftig kam, war ich auch soweit, und ergoss mich zufrieden stöhnend in ihr.

Als ich mich kurz darauf aus ihr zurückzog, zeigte Nele mir dass sie gut aufgepasst hatte. Sie kniete unaufgefordert vor mir nieder, und begann meinen Zauberstab mit dem Mund zu reinigen, als gäbe es nichts Schöneres für sie. Nachdem sie dass zu meiner Zufriedenheit erledigt hatte, machte sie doch einen Fehler, und fasste sich zwischen die Beine um mein nach unten strebendes Sperma zu verwischen.

Sofort gab ich ihr eine leichte Ohrfeige, und fragte sie im scharfen Tonfall, "Wer hat Dir erlaubt Dich dort zu berühren Sklavin. Willst Du unbedingt mit Stockschlägen auf Dein geiles kleines Sklavenfötzchen bestraft werden"?

Nele zuckte zusammen, sah mich groß an, und ihre Augen füllten sich mit Tränen. Sie brachte aber keinen Ton heraus. Da ich sie genug geschockt hatte, sagte ich dann einlenkend, "Da es Dein erster Tag als Sklavin ist, will ich es bei der Ohrfeige bewenden lassen, aber berühr Dich dort nie wieder ohne meine Erlaubnis, sonst muss ich Dich streng bestrafen"!

"Ja Herr, danke Herr, es wird bestimmt nicht wieder vorkommen", stammelte sie, dankbar der Strafe entronnen zu sein. Anschließend nahm ich ein sauberes Papiertaschentuch, und säuberte sie notdürftig damit, was sie gleich wieder mit einem geilen Stöhnen quittierte.

Dabei stellte ich fest, dass die Aussicht auf Schläge auf den Schambereich ihr nicht nur Angst, sondern sie auch gleich wieder geil gemacht hatte, denn sie war schon wieder tropfnass im Schritt, obwohl sie gerade zweimal heftig gekommen war.

Nach dem Vorfall beschloss ich die Fußfesseln später anzufertigen, und erst mal ein paar Ketten zurecht zu machen. Als erstes passte ich eine Kette an, mit der ich ihre Hände kurz am Halsband befestigen konnte, so dass sie zwischen Kinn und Brustansatz fixiert waren.

Danach schnitt ich ein Stück auf 40 cm, das ich an einem Ende mit Kabelbindern am Kopfende des Bettes befestigte. Das andere Ende verband ich mit dem letzten verfügbaren Doppelkarabiner, und hängte ihn noch in ihrem Halsband ein, so dass sie wieder genauso auf dem Bett gefesselt war wie am Vormittag.

Mit einem zärtlichen Kuss verabschiedete ich mich kurz darauf von ihr, und fuhr erst zum Baumarkt, um noch einige Karabiner, und anderes benötigte Zubehör zu kaufen. Anschließend fuhr ich auch noch zu einem Erotikshop, da ich nicht alles was ich brauchte selber machen konnte.

Wieder zu Hause angekommen holte ich einen alten stabilen Holzstuhl vom Speicher, machte ihn gründlich sauber, und präparierte ihn mit einem ferngesteuerten Vibrator aus dem Erotikshop. Das war in Zukunft Neles Platz bei Tisch, zumindest wenn sie gehorsam war.

Als erzieherische Maßname konnte ich mir aber auch vorstellen, sie wie einen Hund aus einem am Boden stehenden Napf essen zu lassen. Um ihr die Neuerung gleich vorzuführen, holte ich sie aus dem Schlafzimmer, und ließ sie Kaffee kochen.

Als der Tisch gedeckt, und der Kaffee fertig war, zeigte ich Nele ihren neuen Sitzplatz, und forderte sie auf Platz zu nehmen. Mit weit aufgerissenen Augen hockte sie sich über den Stuhl, und führte sich vorsichtig den recht großen Dildo ein. Dabei stöhnte sie leise.

Kaum saß sie richtig, forderte ich sie auf, wieder aufzustehen, und uns Kaffee einzuschenken. Nele begriff das Spiel. Sie stand auf, schenkte Kaffee ein, brachte die Kanne wieder weg, und setzte sich lustvoll seufzend wieder auf den Dildo.

Kaum saß sie richtig, befahl ich ihr mir den Zucker zu reichen, der natürlich auch außerhalb ihrer Reichweite stand. Wieder stand sie gehorsam auf, tat mir den Zucker in den Kaffee, stellte den Zucker an seinen alten Platz zurück, und setzte sich wieder. Dabei stöhnte sie mittlerweile lustvoll. Das Spiel schien ihr gut zu gefallen.

Als ich versorgt war, bat sie um die Erlaubnis ebenfalls Zucker in ihren Kaffee nehmen zu dürfen, was ich ihr natürlich erlaubte. Anschließend holte sie sich mit meiner Genehmigung noch Milch für den Kaffee, und ein paar Kekse. Als wir endlich komplett versorgt waren, begann ich an meiner Fernbedienung zu spielen.

Nele wurde immer geiler, aber immer wenn sie sich meiner Meinung nach einem Orgasmus näherte, schaltete ich die Vibration auf die kleinste Stufe. Nachdem ich eine ganze Weile mit ihrer Lust gespielt hatte, erklärte ich ihr, dass es Zeit für eine Regelverschärfung sei, und sie in Zukunft nur noch mit meiner Genehmigung kommen dürfe.

Nele bekam daraufhin einen gequälten Gesichtsausdruck, bestätigte dann aber seufzend, "Natürlich mein Herr, ganz wie Du es wünscht"!

Anschließend genoss ich schweigend meinen Kaffee, und spielte weiter mit der Fernbedienung. Dabei achtete ich allerdings darauf sie nicht gleich am Anfang zu überfordern. Den sehnlichst herbei gewünschten Orgasmus verweigerte ich ihr aber vorläufig noch.

Während Nele anschließend abräumte, und auch gleich das Geschirr spülte, ging ich in den Garten und schnitt aus dem Haselstrauch einen etwa 6cm dicken Ast. Den kürzte ich auf eine Länge von etwa 50cm, und schnitzte mir einen Griff von etwa 5cm dicke daran. Den Rest schnitt ich dann so zurecht, dass es fast wie ein zu kurz geratenes Samuraischwert aus Holz aussah.

Die elastische, biegsame Klinge, um beim Vergleich mit einem Schwert zu bleiben beklebte ich dann mit Leder, und fertig war mein neues Schlaginstrument, das Nele in Zukunft auf ihrem Hintern spüren würde, sollte sie mir einen Grund dazu geben.

Die Idee dazu hatte ich im Erotikshop bekommen, wo ich ein ähnliches Gerät gesehen hatte, das mir aber zu teuer war. Die Haselrute vom Vorabend hatte mich nicht überzeugt. Sie hatte hässliche, blutunterlaufene Striemen hinterlassen, die es mir einige Tage unmöglich machen würden Neles Hintern zu züchtigen.

Die Gefahr von Verletzungen, und späteren Narben war mir einfach zu groß. Im Nachhinein war ich froh, dass keiner der Striemen aufgesprungen war, und geblutet hatte. Schließlich wollte ich Nele ja nicht verstümmeln.

Außerdem hatte ich große Zweifel dass ich, nachdem meine Wut auf Nele verraucht war, so eine heftige Züchtigung wie in der Nacht noch einmal bringen würde. Nele zu dominieren, sie zu kontrollieren, und sie mit ihrer eigenen Lust zu quälen empfand ich als weit befriedigender.

Obwohl ich für die Herstellung meiner Patsche nur etwa 40 Minuten gebraucht hatte, war Nele natürlich sehr viel eher mit ihrer Arbeit fertig geworden als ich. Als ich in die Küche zurückkehrte, kniete sie am Boden, und wartete geduldig auf mich.

Nachdem sie mir auf meine Anweisung hin noch eine Tasse Kaffee eingeschenkt hatte, schien sie mir irgendwie unruhig zu sein. Von mir darauf angesprochen, bat sie mich zur Toilette gehen zu dürfen, da sie ganz dringend Pipi machen musste. Weil ich ihr verboten hatte unaufgefordert zu sprechen, hatte sie sich nicht getraut etwas zu sagen.

Nach kurzem Überlegen, sagte ich ihr, dass sie in Zukunft einen Zeigefinger Senkrecht über ihre Lippen halten sollte, zum Zeichen dass sie um Sprecherlaubnis bat. Anschließend holte ich unsere alte Hundeleine, hakte sie im vorderen Ring ihres Halsbandes ein, und befahl sie auf alle Viere.

So führte ich sie dann in den Garten, wo ich ihr erlaubte an einem jungen Baum ihr Bein zu heben, und ihr Geschäft zu verrichten wie ein Hündchen. Schon als sie merkte, dass ich sie in den Garten führen wollte, hatte sie gestöhnt, etwas gezögert, und einen gequälten Gesichtsausdruck bekommen.

Zum verlassen des Hauses brauchte sie in der Tür einen aufmunternden Klapps auf den Hintern um zu gehorchen.

Als ich ihr dann auch noch sagte, wie sie Pipi machen sollte, sah sie mich total entsetzt an. Einen Moment sah es so aus, als wollte sie protestieren. Aber dann stöhnte sie wieder gequält, atmete tief durch, und hob ihr Bein.

Das Ganze kostete Nele wieder eine ganze Menge Überwindung, denn es dauerte noch eine ganze Weile, bis sich der erste zaghafte Strahl aus ihrer Muschi löste.

Für mich war es ein köstlicher Anblick, den ich sehr genoss. Während ich hinterher Neles Spalte mit einem Papiertaschentuch abwischte, musste ich feststellen, dass sie schon wieder so geil war, dass sie begann auszulaufen.

Nachdem ich anschließend ihren Nacken gekrault, und sie als braves Hündchen gelobt hatte, begann sie auf einmal hingebungsvoll meine Hand abzulecken wie es Hunde gerne tun. Dabei sah sie mich mit einem Blick an der so viel Liebe und Vertrauen ausdrückte, dass ich sie einfach hochziehen, und in die Arme nehmen musste.

So viel Zärtlichkeit, und die Liebe wie ich sie in dem Moment für Nele empfand hatte ich nie vorher für einen anderen Menschen empfunden. Das muss wohl Nele, die anscheinend ähnlich empfand, in meinen Augen gelesen haben.

Gleich darauf begann sie mit einem zaghaften Lächeln im Gesicht zu betteln, "Bitte liebster Herr, ich will alles was Du von mir verlangst mit Freude tun, wenn ich nur für immer Dir gehören kann"!

Daraufhin hob ich ihr Redeverbot, an das sie sich zuletzt sowieso nicht mehr gehalten hatte auf, nahm sie auf die Arme, und trug sie ins Wohnzimmer wo ich mich mit ihr aufs Sofa setzte.

Mir war klar geworden dass ich zukünftig ebenfalls nicht einen Tag länger als notwendig auf Nele verzichten wollte. Dadurch entstand akuter Redebedarf, denn wir dann fast auf Augenhöhe deckten.

Als erstes sprachen wir die Möglichkeiten durch wie es zu bewerkstelligen sei nicht wieder getrennt zu werden. Da unsere Mütter offensichtlich sowieso der Meinung waren das Nele und ich zusammen gehören sahen wir da keine unüberwindlichen Probleme.

Anschließend holten wir endlich nach was bei einer dom/dev Beziehung eigentlich im Vorfeld stattfinden sollte. Wir unterhielten uns ausgiebig über unsere Wünsche, Träume und Phantasien.

Der Irrtum

Es war Samstagmittag, die Sonne schien und ich fühlte mich wohl. Termine hatte ich für den Rest des Wochenendes keine, was für mich als selbstständigen Vermögensberater nicht selbstverständlich ist. Ich war Single aus Überzeugung und überlegte gerade was ich am Abend anstellen wollte, als es an der Tür klingelte. Als ich die Tür öffnete stand eine junge Frau, die ich auf Mitte zwanzig schätzte, davor, die trotz der angenehmen Temperaturen einen Sommermantel an hatte. Beim zweiten Blick sah ich dass sie auch ein breites, ledernes Halsband, und breite Ledermanschetten an den Handgelenken trug. Amüsiert fragte ich sie was sie wünscht.

Sie antwortete schüchtern, "Mein Meister hat mir aufgetragen mich bei Ihnen zu melden und Ihnen bis Sonntagabend gehorsam alle Wünsche zu erfüllen mein Herr!" Seit ich die Tür geöffnet hatte, war ihr Blick die ganze Zeit demütig nach unten gerichtet. Da ich total überrascht war, fragte ich sie erst Mal, "Und wer bist Du?" "Verzeiht mein Herr, ich bin Sklavin Sandra mein Herr", sagte sie daraufhin etwas erschrocken, sehr hektisch und sehr ängstlich. Es schien ihr höchst unangenehm zu sein sich nicht sofort vorgestellt zu haben.

"Bist Du sicher, dass Du an der Richtigen Tür geklingelt hast Sandra", fragte ich sie angesichts meiner Überraschung freundlich. Sie griff in die Tasche des Mantels, holte einen Zettel heraus und sagte unsicher, "Mörikestraße 15 gnädiger Herr, hier steht es!" Ich nahm ihr den Zettel aus der Hand und las eindeutig meine Adresse. Das einzige was auf dem Zettel fehlte, war (m)ein Name. Ort, Postleitzahl, Straße und Hausnummer stimmten. "Was soll s" dachte ich, "wenn mir jemand eine junge attraktive Sklavin 30 Stunden zur Verfügung stellt, warum nicht!"

Da ich zwar kaum praktischen Erfahrungen in Sachen BDSM hatte, mich das Thema aber seit langem faszinierte, wusste ich, dass es viele Frauen gab, die sich freiwillig und auf eigenen Wunsch zur Sklavin erziehen ließen, sich einem Herrn, oder einer Herrin völlig unterwarfen und daraus einen großen Lustgewinn zogen. Das ging meines Wissens nach teilweise auch soweit, dass sich manche Sklavin auch öffentlich vorführen, oder sich auf Wunsch ihres Herrn sogar von Fremden sexuell benutzen ließ. Geschockt war ich also nicht.

Die Frage war nur wer mir ohne mich zu informieren seine Sklavin zur Verfügung stellte, zumal ich von niemandem in meinem Bekanntenkreis wusste der eine Sklavin besaß. Da sie aber die erste leibhaftige Sklavin war die ich persönlich kennen lernte, war ich neugierig und gespannt wie sich die Sache weiter entwickeln würde. Die versteckte Kamera konnte es nicht sein, da Sandra alleine und die Straße menschenleer war.

Also forderte ich sie auf rein zu kommen und ihren Mantel abzulegen. Beim Ablegen des Mantels zögerte sie einen Moment und den Grund dafür sah ich als sie ihn von ihren Schultern gezogen hatte. Unter dem Mantel war sie nackt. Zum zweiten Mal bewährte sich für mich, dass es ihr anscheinend verboten war mir ins Gesicht zu sehen, denn sonst währe es ihr vielleicht an meinem Gesichtsausdruck aufgefallen, dass hier wahrscheinlich etwas völlig anders lief als geplant.

Einen Moment lang war ich ziemlich überrascht, fasste mich aber schnell wieder. Die vielen BDSM Geschichten, die ich gelesen hatte, zahlten sich jetzt aus. Ich dirigierte sie kurz entschlossen ins Wohnzimmer und forderte sie auf sich mir zu präsentieren. Sofort setzte sie gehorsam die Füße ca. 60cm auseinander, legte ihre Hände hinter den Kopf und begann sich langsam mit kleinen Schritten auf der Stelle zu drehen. Sandra war eine echte Augenweide und genau mein Typ. Etwa 165cm groß, schlank, sehr weibliche Figur mit tollen Rundungen, schulterlanges schwarzes Haar und ein sehr hübsches Gesicht.

Auf ihrem Hintern, ihrem Rücken, ihrem Busen und ihrem Bauch sah ich verblassende Striemen. Ein paar der Striemen auf ihrem Bauch verliefen fast senkrecht und gingen bis über ihre Scham. Innerhalb der letzten Tage musste sie ziemlich hart bestraft worden sein.

Eigentlich war es schon lange an der Zeit den Irrtum aufzuklären, wozu ich mich in meiner Neugier aber nicht aufraffen konnte. Die Versuchung war einfach zu groß und ob Sandra unbedingt wissen musste welcher Fehler ihrem Herrn unterlaufen war, bezweifelte ich ebenfalls.

Zumindest redete ich mir das erst mal ein. Die Situation war einfach zu verlockend um sie einfach zu beenden.

Nachdem ich Sandra eingehend betrachtet hatte befahl ich ihr stehen zu bleiben und trat hinter sie. Ich konnte es einfach nicht lassen ihren Körper mit meinen Händen zu erkunden. Während meine linke Hand sich mit ihrem wundervollen, festen Busen beschäftigte, tastete sich meine Rechte weiter nach unten. Als meine Hand ihre Spalte erreichte stellte ich fest, dass sie tropfnass war. Die Tatsache dass sie sich gerade einem Man, den sie 15 Minuten zuvor noch nicht kannte, völlig auslieferte und die Erwartung von diesem Fremden in Kürze sexuell benutzt zu werden, törnte sie offensichtlich unglaublich an, wofür auch ihre prallen, steinharten Nippel sprachen.

Dass sich ihr Körper bei der Berührung ihrer Spalte etwas verspannte und sie leise stöhnte, wunderte mich schon nicht mehr. Als ich dann aber im leicht spöttischen Tonfall sagte, "Da haben wir ja eine richtig geile Sklavin erwischt", zuckte sie zusammen wie unter einem Peitschenhieb, gab einen klagenden Laut von sich und zog den Kopf etwas ein. Sofort hatte ich den Verdacht, dass ihr Meister zu den Idioten gehörte, die ihrer Sklavin verboten, ohne Erlaubnis geil, beziehungsweise nass zu werden, wovon ich auch gelesen hatte.

Als ich sie deshalb fragte, "Ist es Dir verboten ohne Erlaubnis nass, bzw. geil zu werden", kam ein klägliches "Ja Herr", als Antwort. Da ich das für eine extrem blödsinnige Anweisung hielt, sagte ich ihr, "Dieses Verbot ist in meinem Hause aufgehoben. Ich möchte dass Du so oft wie möglich geil bist und Deine Emotionen keinesfalls unterdrückst. Ich will hören und sehen was Du fühlst!" Es dauerte wohl einen Moment bis sie realisiert hatte, was ich da gesagt hatte. Dann entspannte sie sich merklich und sagte mit belegter Stimme, "Danke Herr!"

Nachdem das geklärt war, teilte ich mit dem Finger ihre Spalte, schob ihn ein paar Mal vor und zurück und ertastete schließlich ihr pralles Lustknöpfchen, das ich gleich mit sanftem Druck rieb. Dabei stöhnte sie lustvoll und kam mit ihrem Becken meiner Hand entgegen. Da ich mittlerweile das Gefühl hatte mein Freudenspender würde gleich die Hose sprengen schob ich sie an die Rückseite eines Sessels, wo sie sich ohne Anweisung vorbeugte, sich mit den Händen auf den Lehnen abstützte und mir willig ihren runden Sexypo entgegen streckte.

Schnell öffnete ich meine Hose, befreite den pochenden Quälgeist und schob ihn in ihren empfangsbereiten Lustkanal. Nachdem ich einen Moment lang die warme, feuchte Enge genossen hatte, die mein bestes Stück umschloss, begann ich Sandra wild und kraftvoll zu vögeln. Dabei stöhnte sie laut und hemmungslos ihre Lust heraus und zeigte mir, dass es ihr offenbar gefiel so benutzt zu werden. Obwohl ich sexuell schon viel erlebt hatte, war es dass das Geilste was ich je erleben durfte.

Ich benutzte sie wie eine Hure, und in dem Moment war es mir egal, ob sie kam oder nicht. Als ich merkte, dass ich kurz davor war zu kommen, flehte sie auf einmal um die Erlaubnis kommen zu dürfen. Ich sagte nur "Noch nicht", und stieß sie hart und kraftvoll weiter. Erst während ich mich stöhnend in ihr ergoss erlaubte ich es ihr und sie kam Sekunden später unglaublich heftig, unter lautem Geschrei, und am ganzen Körper unkontrolliert zuckend, zu einem gewaltigen Orgasmus.

Noch nie vorher hatte ich erlebt dass eine Frau so gewaltig kam und ihren Höhepunkt so ungehemmt auslebte wie diese Sklavin. Es war einfach nur geil so etwas zu erleben. Obwohl es gar nicht so lange gedauert hatte, waren wir beide ziemlich am schnaufen und ich blieb noch eine Zeit lang so stehen, wobei ich meinen Lustknochen, der nur langsam kleiner wurde, einfach in ihrer Möse ließ.

Als er dann fast von alleine rausgerutscht war, zeigte sie mir wieder wie gut sie erzogen war. Ohne Anweisung kniete sie vor mir nieder und säuberte mein bestes Stück voller Hingabe mit dem Mund, wobei sie einen ganz zufriedenen Eindruck machte. Dank ihrer liebevollen Bemühungen, fing mein bestes Stück bald wieder an zu wachsen. Da ich die nächste Runde im Schlafzimmer wollte, zog ich sie an den Haaren vorsichtig hoch und küsste sie erst mal innig. Dass irritierte sie wohl im ersten Moment, denn es dauerte ein paar Sekunden bis sie meinen Kuss hingebungsvoll erwiderte. Daraus schloss ich, dass sie solche Zärtlichkeiten nicht unbedingt gewohnt war.

Anschließend führte ich sie ins Schlafzimmer, wo ich auch erst mal meine Kleidung ablegte. Auf meine Anordnung legte sie sich rücklings aufs Bett, und streckte alle viere von sich, so dass ihre Schätze frei zugänglich vor mir lagen. Mit Mund und Zunge erkundete ich dann ihren Körper und landete schließlich zwischen ihren Schenkeln.

Die Laute, die meine Zunge bei der Erkundung ihrer glatt rasierten Muschi auslösten, waren wie Musik in meinen Ohren. Mit Frauen denen ich beim Sex nicht mehr als ein heftiges Atmen entlocken konnte machte mir der Sex nicht halb soviel viel Spaß. Genüsslich leckte ich ihre Spalte aus, steckte meine Zunge in ihr Löchlein und leckte, saugte, und knabberte schließlich an ihrem Lustknöpfchen, das frech unter der schützenden Hautfalte hervor lugte.

Gleich am Anfang hatte ich ihr gesagt, dass ihr nächster Höhepunkt warten musste bis auch ich wieder kam, und jetzt wand sie sich wie eine Schlange, laut ihre Lust herausstöhnend, in ihrer lustvollen Qual. Ihr Stöhnen war irgendwann in ein Wimmern übergegangen, so dass ich ihr ab und zu eine kleine Pause gönnte, um sie nicht zu überfordern. Obwohl ich immer wieder durch ihre Spalte leckte, hatte sich unter ihrem Hintern schon ein feuchter Fleck gebildet.

Um das Ganze noch zu steigern, holte ich mir mit dem Mittelfinger ihre Feuchtigkeit und steckte ihn dann in ihren Anus, was ihre lustvollen Töne noch ein paar Oktaven höher trieb. Mittlerweile war mein bestes Stück wieder so angeschwollen, dass es fast wehtat. Trotz aller sexueller Erfahrungen die ich schon gemacht hatte, war mein Freudenspender wohl noch nie so sehnsüchtig erwarte worden, wie zu dem Zeitpunkt, als ich endlich in Sandra eindrang.

Wieder nahm ich sie hart und kraftvoll, wobei sie sich unter meinen Stößen hin und her warf. Dabei hielt sie aber weiter ihre Arme im Winkel von etwa 45° nach oben gestreckt als sei sie in dieser Position gefesselt. Als ich mich endlich, zufrieden stöhnend, in ihr ergoss, und ihr damit ihr Signal gab, kam sie wieder so gewaltig, dass ich schon dachte ihr schwinden die Sinne und sie fällt in Ohnmacht.

Minutenlang lagen wir anschließend schwer atmend nebeneinander, doch früher als erwartet ging sie neben mir auf die Knie und kümmerte sich wieder mit dem Mund um mein bestes Stück. Nach wenigen Minuten griff ich ihr wieder in die Haare und zog sie vorsichtig zu mir hoch. Noch immer bemühte sie sich, mir nicht ins Gesicht zu sehen. Ich forderte sie auf mich anzusehen und sagte ihr dann, dass das Verbot mich ohne Erlaubnis anzusehen aufgehoben ist, da ich häufigen Augenkontakt wünsche.

Als sie mich dann ansah, sah sie einfach süß aus. Sie schaffte es nicht mich lange anzusehen und schlug immer wieder schamhaft die Augen nieder. Die anerzogenen, und trainierten Verhaltensmuster saßen wohl zu tief drin. Mittlerweile hatte ich auch eine Vermutung, wie der Irrtum zustande gekommen war.

Der frühere Besitzer meines Hauses hatte sich in der gleichen Straße am Waldrand ein größeres Grundstück gekauft, dort ein neues, größeres Haus gebaut und mir das Alte verkauft. Im Telefonbuch stand aber hinter seinem Namen immer noch seine alte Hausnummer, also meine.

Da er seine Telefonnummer behalten hatte beim Umzug hatte er sich wahrscheinlich nie um eine Änderung bemüht. Aus diesem Grund landete auch des Öfteren Post die für ihn bestimmt war in meinem Briefkasten. Wahrscheinlich hatte ihr Meister die Hausnummer aus dem Telefonbuch. Das war die einzige Erklärung.

Da ich ihren Meister nicht kannte aber den Irrtum aufklären musste um Sandra vor einer unberechtigten Strafe zu schützen, fragte ich sie, ob sie die Telefonnummer ihres Herrn im Kopf habe, da ich die Nummer grade nicht zur Hand hätte, was ja nicht mal eine Lüge war. Sie sah mich erschrocken an und befürchtete wohl Schlimmes. Ich versicherte ihr, dass ihr durch meinen Anruf keine Strafe drohe, ich nur etwas mit ihm besprechen müsse und fügte noch hinzu, dass ich ihr bislang das beste Zeugnis ausstellen konnte.

Dass beruhigte sie wieder etwas. Glücklicherweise hatte sie die Nummer im Kopf, so dass ich sie aufschreiben konnte. Anschließend befahl ich ihr liegen zu bleiben und sich nicht zu bewegen. Vom Arbeitszimmer aus rief ich ihn kurz darauf an, erklärte ihm was passiert war, und dass ich am Anfang dachte, ein Freund habe eine Hure engagiert. Obwohl er der einzige war der einen Fehler gemacht hatte, schimpfte er auf die "blöde Hure", die nichts richtig machen konnte und kündigte an sie entsprechend zu bestrafen.

Obwohl er mir mächtig gegen den Strich ging versuchte ich Sandra zuliebe ihn zu beruhigen und ihm klar zu machen, dass Sandra am wenigsten für die Situation konnte, da sie sich strickt an seine Anweisungen gehalten hatte. Genauso gut hätte ich allerdings mit einem Stein diskutieren können. Er präsentierte sich als cholerischer, sadistischer Psychopath, beleidigte auch noch mich und forderte mich auf, die "blöde Schlampe" schnellstens zu ihm zu schaffen.

Da mir das zu blöd wurde, legte ich einfach den Hörer auf. Sandras eigentlicher Empfänger, der Vorbesitzer meines Hauses, war Landtagsabgeordneter und vielleicht eher zu bewegen etwas für Sandra zu tun. Die Verwicklung in eine SM Affäre war sicher nicht in seinem Interesse. Aber erst musste ich mit Sandra sprechen.

Als ich ins Schlafzimmer zurückkehrte, lächelte sie mir glücklich und zufrieden entgegen. Ich begann vorsichtig sie auszufragen, und erfuhr irgendwann mit viel Geduld und gutem Zureden, dass ihr Meister sie sehr oft unglaublich hart bestrafte. Nach einigem Zögern, sie meinte wohl einer Sklavin steht es nicht zu ihren Meister zu kritisieren, gestand sie, dass viele seiner Strafen ihr einfach nur furchtbar Weh taten, und mit Lustgewinn nichts mehr zu tun hatten. Mittlerweile hatte sie große Angst vor ihm. Für unerlaubtes geil werden zum Beispiel hatte sie schon oft zehn Stockschläge oder mehr, mit dem Rohrstock auf die Möse bekommen. Als ich dann wissen wollte, warum sie ihn nicht verließ, sagte sie, dass sie finanziell von ihm abhängig sei, und sie Angst habe, allein nicht mehr zurecht zu kommen.

Außerdem befürchtete sie, dass er sie mit Gewalt wieder zurückholen, und sie dann noch härter bestrafen würde. Abschließend wollte ich wissen, ob es irgendein Druckmittel gäbe, womit er sie zwingen konnte bei ihm zu bleiben. Das verneinte sie Gott sei Dank.

Langsam wurde sie immer unruhiger bei meinen Fragen. Dann kam ich langsam auf den Punkt und fragte sie, wie er sie ihrer Meinung nach bestrafen würde, wenn sie nicht bei mir, sondern bei einem Falschen gelandet wäre. Sie meinte, er würde sie wahrscheinlich halb Tot prügeln. Schon die Vorstellung so bestraft zu werden machte ihr dabei eine wahnsinnige Angst, dass war nicht zu übersehen.

"Und wenn Du durch seinen Fehler an der Falschen Tür geklingelt hättest", hakte ich nach. "Das würde nichts an seiner Reaktion ändern", meinte sie daraufhin, womit sie ja Recht hatte, wie ich mittlerweile wusste. Nach kurzem Zögern ließ ich die Bombe platzen und erklärte ihr was passiert war und wie es passieren konnte.

Erst schnürte ihr die Angst die Kehle zu, dann begann sie haltlos zu weinen. Ich nahm sie in die Arme, hielt sie fest, und streichelte sanft über ihren Kopf. Als sie sich nach einiger Zeit wieder etwas beruhigt hatte, fragte sie auf einmal schluchzend, "Warum können Sie nicht mein Herr sein?" Ich gab ihr einen Kuss auf die Stirn, und sagte ihr dann, "Du bist das Eigentum des Mannes den du zu Deinem Herrn erwählst. Nur Du darfst entscheiden wem Du gehören willst. Kein Man hat einen rechtlichen Anspruch auf Dich. Wenn es wirklich Dein Wunsch ist mir zu gehören und mir als Sklavin zu dienen, werde ich Dich beschützen und Dir helfen, Dich von ihm zu lösen!"

Mit großen staunenden Augen sah sie mich an, und fragte dann, "Ist das Wahr Herr, würden Sie das für mich tun!" "Natürlich würde ich das tun, und nicht nur um Dir zu helfen, auch aus dem Egoismus heraus eine wertvolle Sklavin wie Dich zu besitzen. Natürlich verlange auch ich absoluten Gehorsam von Dir, auch ich werde Dich für Ungehorsam bestrafen, auch ich werde Sachen von Dir verlangen die Dir unangenehm sind, aber ich werde nichts unmögliches verlangen und Dich nur dann bestrafen wenn du es wirklich verdienst!"

Nach diesem Versprechen sah Sandra mich eine Zeit lang an und dachte über das, was ich ihr gerade gesagt hatte nach. Kurz darauf kniete sie vor mir nieder und sagte, "Das klingt wunderbar mein Herr, bitte Seien mein Meister, nehmen mich in Besitz, und lassen mich Ihr Eigentum sein!"

Das war eine Wende mit der ich nicht wirklich gerechnet hatte. Vielmehr war ich davon ausgegangen dass auch bei Sklavinnen die oft übermäßig hart gezüchtigt werden die Bindung an ihren Herrn und Meister sehr groß ist. Dass es in diesem Fall anders war, war eine positive Überraschung, zumal mein Angebot wirklich ernst gemeint war. Auch dass ich vermutlich zukünftig für sie sorgen musste stellte kein Problem dar.

Also war es abgemacht. Ich war auf einmal unverhofft Besitzer einer Sklavin und fühlte mich unglaublich gut dabei. Ein schlechtes Gewissen ihrem vorigen Herrn gegenüber hatte ich nicht. Hätte er vernünftig reagiert und akzeptiert dass er einen Fehler gemacht hat, wäre sie schon wieder unterwegs zu ihm.

Dann fragte ich sie ob sie ein E-Mail Account hätte der von jedem PC mit Internetanschluss zu bedienen ist und ob sie seine Mail Adresse kennen würde. Beides bestätigte sie. Also fuhr ich meinen PC hoch, ließ sie sich einwählen, und dann schrieben wir zusammen eine Kündigung für ihren alten Meister und schickten sie ab. Anschließend versuchte ich den Vorbesitzer meines Hauses telefonisch zu erreichen, was gar nicht so einfach war. Vermutlich ließ er sich verleugnen, um seine Ruhe zu haben. Ich ließ ihm ausrichten, das ich versehentlich ein Packet für ihn angenommen hätte, und da es Probleme damit gäbe, sollte er sich dringendst bei mir melden. Zehn Minuten später rief er persönlich an, und wir verabredeten uns zu einem Waldspaziergang.

Ich erzählte ihm dann alles und fragte ob er eine Idee habe wie man Sandras früheren Herren dazu bringen könnte die Sache auf sich beruhen zu lassen. Sandras Verlust hatte er sich selber zuzuschreiben und es wäre im Sinne aller Beteiligten wenn Ruhe einkehren würde. Er versprach sich darum zu kümmern, da es in seinem eigenen Interesse war, dass kein Staub aufgewirbelt wurde.

Gut gelaunt kehrte ich in mein Haus zurück, wo mich die wunderbarste aller Sklavinnen erwartete. Mit weit gespreizten Schenkeln kniete sie, auf den Fersen sitzend im Wohnzimmer, etwas zurückgelehnt und die Hände im Nacken, so dass ich einen freien Blick auf ihre Spalte und ihren wundervollen Busen hatte.

Ich ging an ihr vorbei, und setzte mich aufs Sofa. Auf allen vieren folgte sie mir, kniete sich vor meine Füße, lehnte sich an meine Beine und legte vertrauensvoll ihren Kopf auf meine Knie. Dann fragte ich sie ob der Mantel ihr einziges Kleidungsstück war, oder ob sie noch etwas zum Anziehen im Auto hätte.

Zum Glück hatte sie noch eine Reisetasche mit ein paar Sachen im Auto. Da sie in ihrer eigenen Wohnung nicht mehr sicher war, beschloss ich mit ihr hin zu fahren und ihre Sachen zu mir zu holen. Nachdem ich ihre Tasche aus dem Auto geholt, und ihr daraus Rock und Bluse gegeben hatte, ließ ich sie das alte Halsband und die Manschetten ablegen, da es Zeichen ihres alten Herrn waren, die sie nicht mehr tragen sollte.

Als erstes fuhren wir kurz darauf in die nächste Stadt von der ich wusste, dass es dort einen Erotikshop gab. Dort wollte ich erst mal ein neues Halsband und ein Grundsortiment erwerben, von dem ich meinte dass es notwendig war. Der Shop war größer als erwartet und erwies sich als gut sortiert, vor allem im SM Bereich. Zunächst suchte ich für Sandra ein schönes Halsband aus. Es war aus Metall, innen beschichtet, und ließ sich durch zusammendrücken schließen. Geöffnet wurde es mit einem Schlüssel.

Danach kamen noch Manschetten für Hand und Fußgelenke aus Leder dazu. Als wir vor dem Sortiment von Peitschen standen, und ich nicht so richtig wusste für welche ich mich entscheiden sollte, erklärte mir Sandra auf einmal völlig unbefangen als sei sie eine Verkäuferin, welche Wirkung jede einzelne Peitsche auf der Haut hatte, und wie viel Schmerzen sie bereitete.

Daraufhin forderte ich sie auf selber drei davon auszuwählen und war erstaunt dass sie sich, außer für ein Lederpaddel, noch für den Rohrstock und die Reitergerte entschied, die nach ihrer Erklärung die unangenehmsten Schmerzen bereiteten. Ich selber nahm dann noch eine Peitsche mit weichen Lederriemen dazu, von der ich gelesen hatte, dass sie zwar wenig schmerzt, aber die Haut gut aufwärmt.

Als wir dann endlich zur Kasse gingen, war der Einkauf weit umfangreicher ausgefallen als ursprünglich geplant, dafür war ich aber gut ausgestattet mit Spreizstangen, Ketten zum Fesseln, Knebeln u.s.w.

Nachdem wir das Geschäft verlassen hatten, fragte sie mich zaghaft ob ich mit ihr zufrieden wäre. Ich drückte sie an mich, gab ihr einen Kuss und sagte ihr anschließend, dass ich sogar sehr zufrieden und sehr stolz auf sie währe. Dann machten wir uns auf den Weg, und erreichten etwa 70 Minuten später ihre Wohnung.

Da wir unterwegs abgesprochen hatten, dass es schon aus Sicherheitsgründen besser sei, dass sie zumindest vorläufig ganz zu mir zieht, packten wir zunächst Sandras sämtliche Kleidung und ihre persönliche Unterlagen ein. Den Abtransport und die Einlagerung ihrer Möbel wollten wir dann in der folgenden Woche organisieren. Da wir mittlerweile Hunger hatten, das voll gepackte Auto aber nicht lange unbeaufsichtigt stehen lassen wollten, kaufte ich ein paar belegte Brötchen, die wir im Auto verzehrten, und machten uns auf den Rückweg.

Weil es schon relativ spät war als wir zu Hause ankamen, stellte ich das Auto in die Garage und verschob das Ausräumen auf den nächsten Tag. Kaum waren wir in der Wohnung, da hatte Sandra auch schon ihre Kleidung abgelegt, und kniete wieder nackt vor mir nieder. Als ich ihr daraufhin ihr neues Halsband und die Manschetten anlegte, hatte ich den Eindruck dass sie es richtiggehend genoss, und in ihrem Gesicht spiegelten sich Stolz und Zufriedenheit.

Da mich schon seit Stunden das Verlangen nach ihr gequält hatte ließ ich mich dann erst mal von ihr mit dem Mund verwöhnen. Dabei zeigte sie mir, dass sie nicht nur sehr geschickt mit Lippen und Zunge umgehen konnte, sondern auch in der Lage war, meinen voll entfalteten Freudenspender in voller Länge in sich aufzunehmen. Es war das erste Mal dass ich eine Frau richtig in den Mund fickte, und ich genoss es. Trotzdem brach ich ab, als ich merkte dass es mir bald kommen würde.

Da mein bestes Stück in voller Entfaltung knapp 20cm lang und fast 6cm dick ist, hatte es bisher noch keine Frau zugelassen, dass ich sie anal genommen hätte. Das sollte sich jetzt ändern. Bei allem was ich bisher mit Sandra erlebt hatte, würde es mich wundern wenn sie nicht anal begehbar wäre und mir ihr hinteres Löchlein verweigern würde. Darauf angesprochen bestätigte mir Sandra meine Vermutung, kniete sich auch gleich mit dem Kopf auf dem Teppich nieder und streckte mir willig ihren süßen Knackarsch entgegen.

Da ich das Ganze lieber im Schlafzimmer auf dem Bett fortsetzen wollte, befahl ich ihr, mir auf allen Vieren zu folgen und ging voran. Während Sandra aufs Bett krabbelte und dort wieder in Position ging, legte ich erst mal meine Kleidung ab. Anschließend folgte ich ihr aufs Bett, kniete mich hinter sie, und streichelte erst mal sanft ihre Spalte. Gleich meine erste Berührung entlockte ihr wieder ein geiles Stöhnen, dass noch lauter wurde als ich ihr zwei Finger in die schon wieder auslaufende Spalte steckte.

Nachdem ich sie eine Zeitlang mit zwei Fingern gefickt hatte, griff ich mit der linken Hand um sie herum, ertastete ihren Kitzler, und rieb ihn mit leichtem Druck, während ich sie weiterhin mit zwei Fingern der rechten Hand fickte. Innerhalb kürzester Zeit steuerte sie so auf einen Orgasmus zu. Kurz bevor sie den meiner Einschätzung nach erreichte, zog ich die Finger heraus und drückte sie vorsichtig in Sandras Anus, wobei ich kaum Widerstand überwinden mussten.

Auch das quittierte sie mit einem geilen Stöhnen, das wiederum lauter wurde, als ich begann meine Finger in ihr zu bewegen. Es war nicht zu übersehen, bzw. nicht zu überhören. Sandra war anal gut eingeritten und mochte es, ihr Hinterstübchen gestopft zu bekommen. Als ihr Stöhnen immer orgastischer wurde, zog ich die zwei Finger heraus, nahm noch einen dritten dazu, und drückte die Finger wieder in ihren Hintern. Während des Eindringens schwang meiner Einschätzung nach ein leiser klagender Ton in Sandras Stöhnen mit, aber als ich die Finger kurz darauf spreizte, und Drehbewegungen mit ihnen machte, signalisierte ihr Stöhnen mir schon wieder die pure Lust.

Kurz entschlossen zog ich die Finger heraus und stieß stattdessen meinen heftig pochenden Ständer in ihre Pussy. Mit ein paar kräftigen Stößen holte ich mir ihre Feuchtigkeit, gab ihre Pussy wieder frei und drang energisch in ihr Hinterstübchen ein. Obwohl dass durch die vorherige Dehnung mit meinen Fingern kein Problem war, gab sie einen unterdrückten Schmerzlaut von sich.

Deshalb gab ich ihr etwas Zeit um sich an den Eindringling zu gewöhnen und genoss einfach die warme Enge, die mein bestes Stück umschloss. Dann begann ich mich langsam in ihr zu bewegen und schon nach wenigen Stößen kam sie mir heftig entgegen. Daraufhin steigerte ich mein Tempo erheblich, und fickte sie wieder hart und fordernd. Dabei ging Sandra ab wie eine Rakete und stöhnte ungehemmt ihre Lust heraus. In den Arsch gefickt zu werden genoss sie anscheinend genauso wie einen Fick in ihre Möse.

Diesmal wollte ich sie nicht lange mit ihrer Lust quälen und gab ihr deshalb bei Zeiten die Erlaubnis zu kommen. Danach griff ich wieder um sie herum und rieb mit leichtem Druck ihren Kitzler. Das gab ihr offensichtlich den Rest, so dass sie schon kurz darauf heftig zuckend, und laut ihre Lust heraus schreiend zu einem Wahnsinns Orgasmus kam. Das heftige Zucken ihres Schließmuskels gab dabei auch mir den Rest, so dass ich mich zufrieden stöhnend in ihren Darm ergoss.

Nachdem Sandras Höhepunkt, der deutlich länger dauerte als meiner, langsam abgeklungen war, ließ ich mich auf die Seite fallen und zog sie dabei mit, ohne ihr Hinterstübchen freizugeben. Als sich mein Lustbolzen einige Zeit später von alleine aus ihr zurückgezogen hatte, rappelte Sandra sich auf, kniete sich neben mich, und begann wieder hingebungsvoll mein bestes Stück mit dem Mund zu reinigen. Dabei machte sie erstaunlicher Weise einen sehr zufriedenen Eindruck. Dass er vorher in ihrem Darm war störte sie offensichtlich nicht im Geringsten.

Das Ekelgefühl, dass ich erwartet und akzeptiert hätte, hatte ihr früherer Meister Sandra vermutlich auf die harte Tour mit dem Rohrstock ausgetrieben, was sie mir später auch bestätigte. Mittlerweile hatte sie sich daran gewöhnt, und es machte ihr nichts mehr aus, wie sie mir versicherte.

Nachdem sie dass zu meiner Zufriedenheit erledigt hatte, griff ich ihr in die Haare, und zog sie zu mir hoch. Dabei folgte sie lächelnd mit geschlossenen Augen meinem Zug, und seufzte lustvoll dabei.

Anschließend schmusten wir noch eine Weile. Danach fesselte ich ihre Hände zwischen Brustansatz und Kinn. Eine Möglichkeit sie auch noch ans Bett zu fesseln wollte ich am folgenden Tag schaffen. Bald darauf schlief ich zufrieden wie schon lange nicht mehr ein.

Dressur per Mail

Bine saß, wie schon so oft, alleine Zuhause und wusste nichts mit sich anzufangen. Frank war mal wieder unterwegs, da unbedingt seine Anwesenheit bei den Verhandlungen notwendig war. Wie immer eben.

Bine fragte sich nicht zum ersten Mal, warum sie dies alles mitmacht. Mit ihren 30 Jahren war sie eigentlich zu jung um immer zu warten. Warten auf Frank, warten, dass ihr Sexualleben wieder auflebt, warten darauf, dass Frank sie wieder wahrnimmt. Das alles musste aufhören.

Sie konnte so viele Männer haben und bekam immer wieder entsprechende Angebote. Dies war auch nicht verwunderlich, denn mit ihren 170cm und 60kg hatte sie eine ausgesprochene gute Figur. Ihre großen Brüste, die nicht einmal den Ansatz zum Hängen hatten waren auch nicht zu verachten. Und ihr Gesicht unterstrich das alles nur noch. Oval, umrandet von langen braunen lockigen Haaren, dessen Mittelpunkt die strahlenden blauen Katzenaugen waren. Selbst ihre Schüler waren von ihr begeistert, denn sie unterrichtete die 13. Klasse des Gymnasiums.

Aber was alles sollte ihr das nützen, denn sie liebte einfach Frank. Und sie könnte nie mit jemand anderem etwas anfangen, auch wenn sie in letzter Zeit sehr enttäuscht von Frank war und immer mehr das Bedürfnis bekam von jemandem dominiert zu werden. Von jemandem gesagt zu bekommen, wie sie sich verhalten soll, was sie machen soll. Jemand, der ihr Leben abenteuerreicher macht. Einfach jemanden, der ...

Sie wurde in ihren Gedanken unterbrochen, da sie den Schlüssel in der Haustür hörte und kurz darauf Frank sah. Ihr Herz schien für einen kurzen Moment stehen zu bleiben und nun wusste sie, warum sie dies alles mitmachte. Wegen ihm.

Frank war 185cm groß und hatte einen gut trainierten Körper. Trotz seiner 35 Jahre wies sein Gesicht fast keine Falten auf. Es wurde von braunen kurzen Haaren umrahmt, die schon fast schwarz zu nennen waren. Seine grünen Augen strahlten auf, als er Bine sah, doch schnell schaute er auf die Seite.

Bine stand auf und umarmte ihn, was Frank nur kurz erwiderte und sich dann setzte. Irritiert setzt sich Bine neben ihn und fragt voller Mitgefühl: "Ist nicht alles so verlaufen, wie du wolltest? Gab es irgendwelche Probleme?"

Frank schaut kurz zu ihr und dann wieder weg. "Na ja, ich muss dir was gestehen. Ich war gar nicht bei den Verhandlungen, sondern ..." Frank sprach nicht weiter und stand auf. Er ging zum Fenster und schaute hinaus.

Noch verwirrter schaute Bine zu ihm und wartete. Doch er sprach nicht weiter. "Was ist denn los? Wo warst du? Rede doch bitte mit mir."

Frank drehte sich langsam um und schaute nun Bine an. "Schatz, du weißt, dass es schon lange nicht mehr so gut bei uns läuft. Ich liebe dich zwar noch, aber unser Sexleben ist einfach eine Katastrophe (Bine zuckt entsetzt zusammen). Wir sind eine Katastrophe. Und seit langem möchte ich einfach mehr. Ich möchte nicht immer der Gebende sein, immer bestimmen, was gemacht wird. Ich brauche etwas anderes, ich ..."

"Soll das heißen, du willst dich von mir trennen?" Nun liefen Bine die Tränen über die Wangen und nur mit Mühe konnte sie sich dazu zwingen ruhig zu bleiben. Das durfte doch alles nicht war sein. Sie liebt ihn doch, und was machte er?

"Nein Schatz, natürlich möchte ich mich nicht von dir trennen. Ich liebe dich doch", sagte er verzweifelt und überlegte sich, wie er ihr nun alles gestehen sollte, ohne sie zu sehr zu verletzen.

"Aber?", fragte sie nun leicht hysterisch, denn sie konnte ihre Gefühle nun nicht mehr unter Kontrolle halten.

"Okay, ich sage es dir jetzt. Aber bitte, hör mir erst zu. Lass mich ausreden und dir alles erklären."

Was konnte er ihr schon erklären? Hatte er sie etwa betrogen? Bestimmt ist das alles ein Alptraum und sie wacht gleich auf. Anders konnte es nicht sein. Sie haben sich doch ewige Treue geschworen und wollten immer über alles reden. Nun gut, auch sie hatte bemerkt dass etwas nicht mit ihnen stimmen kann, aber ...

Weiter konnte sie ihren Gedanken nicht folgen, da Frank weiter sprach: "Nun, um die Wahrheit zu sagen ... Es läuft bei uns in letzter Zeit nicht mehr so gut, da ... da ich ...etwas anderes brauche. (Bine hob fragend eine Augenbraue). Na ja, ... ich möchte dominiert werden ... ich brauche es ..., na, ... ich möchte auch mal bestraft werden. Ich möchte ... Ich möchte das machen, was ... was mir befohlen wird."

Bine folgt immer verdutzter Franks Ausführungen. Was soll denn das alles? Hatte er vielleicht die gleichen Bedürfnisse wie sie. Sie hatte sich im Internet ja schon über SM informiert und gemerkt, dass sie gerne eine Sklavin sein würde. Aber auf Frank konnte so etwas ja nicht zutreffen, schließlich war er Chef einer großen erfolgreichen Firma. Oder etwa doch? Aber warum dann erst jetzt. Wie sollte dann alles weitergehen?

"Und um ehrlich zu sein (Bine zwang sich ihm wieder zuzuhören), seit drei Monaten gehe ich regelmäßig in ein Dominastudio, damit ich diese Bedürfnisse befriedigen kann. Aber ich möchte das alles mit dir erleben. Ich möchte ..."

Bine sprang entsetzt und wütend auf. "Du gehst in ein Dominastudio?! Seit drei Monaten?! Du hast mich betrogen, du Schwein!!!! Hat es dir wenigstens Spaß gemacht?! Du tickst ja wohl nicht richtig!!! Du ..."

"Schatz, beruhige dich doch bitte. Ich weiß, ich hab Fehler gemacht und hätte von Anfang an mit dir reden sollen. Aber ich wollte dich nicht verletzen. Ich liebe dich doch!"

Bei diesem Satz gab Bine ihm zwei schallende Ohrfeigen. "Rede du nicht von Liebe! Du hast mich betrogen! Raus hier!!!!!! Ich will dich nie wieder sehen, du Schwein!!"

"Schatz, lass das uns doch klären." Doch Bine ließ nicht mit sich reden, sondern drehte sich um und rannte ins Bad, wo sie sich einschloss. Wie konnte er ihr das nur antun? Sie liebte ihn und was machte er? Sie hatte auch Bedürfnisse und diese für ihn unterdrückt. Und er ging einfach in ein Dominastudio zu einer Fremden! Wie konnte er nur? Hemmungslos schluchzte sie und reagierte auch nicht auf Franks Klopfen und Beschwörungen.

Frank sah nach einer halben Stunde ein, dass dies alles nichts brachte, ging ins Schlafzimmer und packte sich einen Koffer. Er schrieb Bine noch einen Brief und verließ dann die Wohnung.

Nach einer weiteren Stunde wagte sich Bine aus dem Bad und ging ins Schlafzimmer. Auf dem Bett sah sie einen Brief von Frank. Zuerst wollte sie ihn zerreißen, doch dann entschied sie sich ihn in den Schreibtisch zu legen. Dann legte sie sich hin und weinte sich in den Schlaf.

Franks zweite Chance

Selbst nach einem Monat hatte sich Bine von dem Schock noch nicht erholt und reagierte auf keinen von Franks Näherungsversuchen. Jeden Tag schickte er ihr Blumen und andere Aufmerksamkeiten, versuchte sie telefonisch zu erreichen und stand mehrmals vor der Tür. Doch nichts half. Der Brief lag auch noch unangetastet in der Schublade.

Bine kam immer noch nicht darüber hinweg, dass er so sehr ihr Vertrauen missbraucht hat. Deswegen beschloss sie auf das Angebot ihrer besten Freundin einzugehen und für ein Wochenende deren Haus auf dem Land zu benutzen, damit sie Abstand bekam.

Nach einem anstrengenden Schultag ging sie nach Hause, packte ihren Koffer und fuhr zu dem Haus. Auf dem Weg dorthin hielt sie noch kurz an einem Supermarkt an und kaufte für das Wochenende ein.

Am Haus angekommen nahm sie alle Sachen und ging ins Haus. Dort packte sie aus, als sie plötzlich Schritte hörte. Erschrocken drehte sie sich um und sah in der Tür Frank stehen.

"Was machst du denn hier?" In Bine stieg der böse Verdacht auf, dass Melissa etwas mit allem zu tun hatte. Schließlich ist Melissa Franks Cousine. Aber das würde sie ihr nie antun, denn sie war doch ihre beste Freundin.

"Melissa hat mir gesagt, wo du bist. Um ehrlich zu sein, ich habe sie überredet dich hierher einzuladen, da du ja nie auf ..."

Doch weiter kam er nicht, da Bine an ihm vorbei aus dem Haus und zu ihrem Auto rannte. Sie stieg ein und wollte es anmachen, doch es sprang einfach nicht an. Sie versuchte es immer wieder, doch es kam kein einziges Geräusch und keine Reaktion.

Frank war ihr gefolgt und öffnete nun die Autotür. "Das hat keinen Wert. Ich habe ein Kabel entfernt und ohne das wirst du nicht von hier wegkommen. Du musst mir also zuhören."

"Wie kannst du nur? Erst bedrückst du mich und dann so was. Sorg dafür, dass mein Auto wieder läuft. Ich möchte nie wieder etwas mit dir zu tun haben."

"Ich werde dein Auto wieder zum Laufen bringen, aber zuerst musst du mir zuhören. Und du weißt, dass dir keine andere Wahl bleibt. Ich hab mein Auto nicht da, denn Melissa hat mich hergebracht, du kennst dich mit Autos nichts aus und um in die Stadt zu laufen ist es zu weit und auch zu spät. Du musst mir also zuhören."

"Du kannst mit allem Recht haben, aber zuhören muss ich dir nicht! Das Haus ist groß genug, das wir zwei uns nicht über den Weg laufen! Und irgendwann musst du auch wieder geholt werden, denn du kannst deine Firma ja nicht allein lassen! Und Melissa ist nicht so verantwortungslos, dass sie mich nicht spätestens Sonntagabend holt!", schrie Bine.

"Mein Gott, vergess' doch einfach Melissa, vergess' die scheiß Firma, vergess' einfach alles. Nur du bist wichtig. DU und ICH!!! Wir als Paar! Ich kann und will nicht ohne dich leben!", schrie Frank zurück. Er konnte sich einfach nicht beherrschen und packte sie gleichzeitig an den Armen und schüttelte sie. "ICH LIEBE DICH UND DU WIRST MIR JETZT VERDAMMT NOCHMAL ZUHÖREN!!!!" Immer lauter wurde er.

Bine fing zu zittern und zu weinen an. Als Frank dies bemerkte, ließ er sie los, drehte sich um und sagte mit leiser Stimme: "Es tut mir Leid. Ich habe geschworen dich nie zu verletzen und nun mache ich dies andauernd. Du hast Recht, ich habe dich nicht verdient. Aber bitte, bitte hör mir zu. Gib mir eine Stunde um dir die Sachen zu erklären und dann reparier ich dein Auto und lasse dich auch gehen, wenn das dein Wunsch ist."

Bine hatte Frank noch nie so kampflos und verzweifelt gesehen. "Eine Stunde und keine Minute länger. Aber versprech dir nicht zu viel."

Franks Gesicht strahlte kurz auf und Bine machte sich auf den Weg ins Wohnzimmer und setze sich auf die Couch. Frank folgt ihr. "Möchtest du etwas trinken?" Bine schüttelte den Kopf und schaute demonstrativ auf die Uhr.

Frank goss sich einen Whisky ein und ging dann zu dem Sessel, der gegenüber von der Couch stand. Er setzte sich darauf, nahm einen tiefen Schluck und fing dann stockend an: "Ich weiß ... ich habe dich verletzt und enttäuscht. Es ... es tut mir auch wirklich Leid. Ich ... ich kann dir gar nicht sagen wieso. Ich ..."

"Wenn du dich nur entschuldigen willst dann kannst du dir auch gleich den Atem sparen. Das hast du schon oft genug gemacht, doch das macht es auch nicht besser."

Frank zuckt zusammen. So hart hatte er Bine noch nie erlebt. Doch schnell riss er sich wieder zusammen und fuhr fort: "Ich weiß ... es ist unverzeihlich. Aber ... aber... aber lass es mich dir erklären. Ich werde mich auch nicht mehr entschuldigen ...

Es fing alles schon vor ein paar Jahren an. Ich war immer unzufriedener mit unserem Sexleben und merkte, dass mir irgendwas fehlte. Zuerst wollte ich ... Ich wollte mir das nicht eingestehen, doch ... Doch irgendwann habe ich dann im Internet gesurft und Geschichten gelesen. Geschichten, wie man dominiert wird. Wie jemand unterworfen und erniedrigt wird."

Er nahm einen tiefen Schluck und trank sich dadurch Mut an.

"Diese Geschichten haben mich unglaublich erregt und irgendwann habe ich angefangen ... ich habe angefangen ... ich habe angefangen mir Klammern auf die Nippel zu setzen, mich selber zu schlagen, Wachs auf meinem Körper zu tropfen. Und ich hatte nie solche Orgasmen zuvor, wie dann in diesen Momentan."

Bine schaute ihn entsetzt an. Er hatte solche Dinge gemacht, obwohl er mit ihr zusammen war. Er hatte sich solche Schmerzen zugefügt.

Gleichzeitig bemerkte sie aber auch, wie seine Erklärungen sie irgendwie erregten, denn genau solche Dinge hatte sie sich auch vorgestellt und wollte sie auch erleben. Irgendwie fing sie an ihn zu verstehen. Aber trotzdem, er hatte sie betrogen. Und das war unverzeihlich!

Frank räusperte sich und fuhr dann fort: "Na ja, irgendwann haben mir die Spiele nicht mehr gelangt. Und ich traute mich nicht mit dir darüber zu reden, da du oft gesagt hast, so etwas wäre pervers und käme für dich nie in Frage. Und ich wollte dich doch nicht verlieren. Deswegen bin ich dann vor drei Monaten in ein Dominastudio gegangen."

"Soll das etwa heißen ich bin Schuld daran, dass du mich betrogen hast?!", fragte Bine und fuhr entsetzt hoch.

"Nein, setz dich bitte wieder." Bine setzte sich. "Das soll nur heißen, dass ich mich nicht traute mit dir darüber zu reden. Vor drei Monaten bin ich dann an einem Dominastudio vorbeigekommen. Ich war so unendlich geil und deswegen ... Deswegen ging ich hinein. Zufälligerweise hatten sie einen Termin gleich und ich ließ mich ébehandeln'. Es war unglaublich. Endlich konnte ich mich gehen lassen und die Kontrolle abgeben.

Doch danach war ich zwar sehr glücklich, doch gleichzeitig quälten mich auch die Schuldgefühle dir gegenüber. Ich hatte dich betrogen, obwohl ich dich liebte, andererseits war ich aber auch noch nie so befriedigt gewesen. Versteh mich jetzt bitte nicht falsch, aber ... aber es war einfach die Erfüllung."

Bine quälte derweil nur eine einzige Frage, die sie sich stellte, seitdem sie von den Besuchen erfahren hatte. "Hast du mit der Domina geschlafen?"

Frank schaute sie entsetzt an. "Nein, das macht sie nicht und ich hätte dies auch nie tun können. Es ist eins, wenn ich mich von einer anderen Frau beherrschen lasse, aber mit ihr zu schlafen ... Nein, dass könnte ich nicht. Dafür liebe ich dich viel zu sehr."

Bine stellt Frank noch einige weitere Fragen, die er alle ehrlich und genau beantwortete. Sie redeten die ganze Nacht über und irgendwann verzieh Bine ihrem Frank, allerdings musste der ihr versprechen nie wieder in ein Dominastudio zu gehen oder sie in eine andere Art und Weise zu betrügen.

Die Anzeige

Dieses Versprechen hielt Frank auch ein und sie hatten wieder ein ausgefülltes Sexleben. Doch mit der Zeit fehlte Frank immer mehr die Unterwerfung und Bine machte sich auch immer mehr Gedanken über das Thema. Irgendwie hatte es sie schon erregt, was Frank darüber erzählt hatte und sie besorgte sich immer mehr Informationen darüber und lieh sich auch Filme aus, die sie anschaute, wenn Frank auf Geschäftsreise war oder länger arbeiten musste.

Eines Tages fasste sie sich ein Herz und sprach mit Frank darüber. Dieser konnte seinen Ohren nicht trauen. Seine schüchterne Frau wollte auch dominiert werden. Diesen Wunsch konnte er ihr jedoch nicht richtig erfüllen, da er selbst ja auch devot war. Deswegen legten sie ihren Wunsch auf Eis und sprachen nicht mehr darüber.

Einige Monate später wartete Bine jedoch schon aufgeregt auf Frank. Nachdem sie sich begrüßt hatten, sagte sie: "Ich habe die Lösung für unser Problem."

Frank schaute sie irritiert an, denn er wusste nicht, was sie meinte. Es konnte ja schließlich nicht sein, dass sie ... Oder etwa doch?

Doch all zu viele Gedanken konnte er sich nicht machen, da sie schon fortfuhr: "Ich habe noch ein bisschen im Internet recherchiert und da eine Seite entdeckt, in der es Kontaktanzeigen gibt für devote und dominante Leute. Was hältst du davon, wenn wir dort auch eine aufgeben?"

"Und was soll das bringen? Wir wollten doch nicht von anderen uns behandeln lassen. Und außerdem..."

Doch Bine unterbrach ihn. "Nein du Schlaumeier, nicht irgendjemand anderen, der uns dann behandelt, wie du es immer ausdrückst. Aber wir können uns doch jemanden suchen, der uns per Email Aufgaben gibt, die wir dann erfüllen müssen. Und da wir zu zweit sind können dies ja unterschiedliche sein. Und selbst wenn wir uns gegenseitig dann ébehandeln' ist es doch nicht unsere Entscheidung, da wir es befohlen bekommen haben."

Bine war richtig begeistert von der Idee und wollte gleich loslegen, doch Frank hatte einige Vorbehalte. Da er Bine aber nicht enttäuschen wollte und sie seit langem nicht mehr so glücklich gesehen hatte, willigte er dann doch ein und am gleichen Abend setzten sie die Anzeige ins Internet.

éJunges Ehepaar, sie 30 und er 35, wollen endlich ihre devoten Neigungen ausleben und suchen nun einen passenden Herren oder eine passende Herrin, der/die per Email Anweisungen gibt, die dann ausgeführt werden. Wir sind tabulos und wollen zu richtigen Sklaven erzogen werden, allerdings die ersten Aufgaben nur untereinander erfüllen. Später sind wir gerne zu einem realen Treffen bereit.'

Voller Aufregung lasen sie die Anzeige und waren irgendwie erleichtert aber auch bedrückt, dass sie es nun wirklich getan hatten. Was würde das alles noch mit sich bringen? Würde es auch funktionieren? Fanden sie die richtige dominante Person? Würde die Beziehung das aushalten?

Ein Herr wird gefunden

Erst fünf Tage später, am Samstag, trauten Frank und Bine sich ihre Emails abzurufen. Sie konnten es kaum glauben, dass sie fast hundert Zuschriften bekommen haben. Also beschlossen sie, dass sie alle Emails gleich lesen würden, damit sie möglichst schnell beginnen können.

Doch leider stellte sich heraus, dass das meiste nur Müll war oder ganz einfach nicht zu ihren Vorstellungen passte. Nach zwei Stunden stand Bine völlig entnervt auf. "Ich mach uns jetzt erst einmal etwas zu Mittag. Man sollte nicht glauben, dass es so viele Idioten gibt."

Frank schaute auf. "Mach das, Schatz. Aber was hast du denn bei den Email-Zuschriften erwartet? Natürlich gibt es auch Vorstellungen und Leute, die unseren Wünschen nicht entsprechen. Das ist doch normal. Ich schau einfach mal weiter, ob sich nicht doch noch etwas ergibt."

Bine gab ihm noch einen Kuss und ging dann in die Küche. Irgendwie bereute sie ihren Enthusiasmus schon. Sie hatte sich so viel Versprochen von der Anzeige, aber nun ... Es gab einfach niemand passenden. Ob ihre Beziehung diesen Rückschlag aushalten würde? Auch wenn sie sich versöhnt hatten und alles wieder relativ normal weiterging, irgendwie fehlte etwas. Und außerdem konnte sie sich auch nicht sicher sein, ob Frank nicht wieder doch zu einer Domina ging, da ihm es einfach fehlt.

Frank schaute unterdessen die Zuschriften weiter durch und konnte sich ab und zu ein Kopfschütteln nicht verkneifen. Was manche Leute nur für Vorstellungen haben und wie unsympathisch sie anhand ein paar Zeilen schon wirken können. Er glaubte auch nicht mehr daran, dass sie noch jemanden fanden.

Lustlos blätterte und las er die einzelnen Zuschriften bis er auf eine stieß, die seinen Vorstellungen entsprach. Denn der Schreiber war der Erste, der sich nach ihnen konkret erkundigte, nicht gleich zu viele Fragen stellte und auch einige Beispiele nannte.

Hallo ihr zwei,

eure Anzeige hört sich ja sehr viel versprechend an, weswegen ich mich entschlossen habe euch einfach einmal zu schreiben.

Ihr wollt also eure devoten Neigungen ausleben? Habt ihr dies noch nie getan oder hat einer von euch schon etwas Erfahrung damit sammeln können? Wie lange seid ihr denn schon verheiratet und wieso kommt ihr gerade jetzt darauf?

Na ja, mit zu vielen Fragen möchte ich euch jetzt gar nicht stören, sondern mich einfach einmal kurz vorstellen: Ich heiße Bernd, bin 40 Jahre alt und habe schon einige Erfahrungen in diesem Bereich sammeln können. Meine letzte reale SM-Beziehung ist drei Jahre her und dauerte fünf Jahre. Email-Erziehungen hatte ich schon einige, also sind in diesem Bereich auch Erfahrungen meinerseits vorhanden.

Solltet ihr euch für mich entscheiden, dann ist es mir sehr wichtig, dass ihr die Aufgaben gewissenhaft erfüllt und mir ein genaues Feedback sendet, da ich euch ja nicht beobachten und dadurch auch nicht einschätzen kann. Euren Alltag wird dies dann jedoch auch beeinflussen, da ich auch Daueraufgaben stellen werde. Außerdem würdet ihr daheim nur noch nackt sein und es gäbe keine verschlossenen Türen mehr, also auch nicht die Badtür!

Aufgaben würde es unterschiedliche geben. Zuerst einmal würden wir eure Grenzen ertesten. Denn tabulos, wie ihr es geschrieben habt, seit ihr ja nicht, wenn ihr vorerst eure Erfahrungen nur zu zweit machen wollt. Wie sieht es dann eigentlich mit Aufgaben im Freien aus? Würdet ihr diese machen oder müssten wir uns am Anfang auf Aufgaben innerhalb eure Wohnung/eurem Haus beschränken?

Außerdem würde es eine Haltungsdressur geben, denn wenn es zu einem realen Treffen kommen sollte, dann möchte ich ja, dass ihr euch zu benehmen wisst.

Mehr wird jetzt aber nicht verraten. Wenn ihr neugierig seit, dann entscheidet euch einfach für mich und schreibt mir zurück.

Bernd'

Irgendwie gefiel Frank diese Antwort am besten. Deswegen rief er Bine zu sich. "Schatz, ich glaube, ich habe jemanden gefunden. Kommst du mal bitte."

Bine eilte zu Frank. Sie konnte ja kaum glauben, dass er wirklich jemanden gefunden haben will. Ob er sich jetzt wohl mit irgendjemanden schon zufrieden gibt?

"Was ist denn? Du glaubst doch nicht wirklich, dass du jemanden gefunden hast, nach dem ganzen Schrott, den wir bis jetzt bekommen haben."

"Nun sei doch nicht so genervt und entmutigt und les es dir einfach mal durch. Du kannst ja dann immer noch nein sagen. Mir gefällt jedoch sein Brief und vor allem, dass er uns auch Fragen stellt und sich kur vorstellt. Bisher haben alle ja nur gleich Befehle gegeben."

Bine seufzte resigniert auf, lehnte sich über Franks Schulter und begann zu lesen. Dabei fingen ihre Augen an zu strahlen.

"Du hast Recht. Das hört sich nicht schlecht an. Wir sollten ihm gleich schreiben."

Frank bremste Bines Begeisterung. "Das können wir gerne machen, aber zuerst lese ich mir noch die anderen durch. Vielleicht findet sich ja jetzt noch jemand, der ebenfalls zu uns passen würde."

Bine konnte sich das zwar nicht vorstellen, doch sie ließ Frank machen und ging zurück in die Küche. Dort kochte sie fertig, deckte den Tisch und rief dann Frank.

Als dieser kam, setzte er sich und Bine schaute ihn erwartungsvoll an.

"Nein, ich habe niemanden mehr gefunden, der passen könnte. Wir sollten wirklich diesem Bernd schreiben. Nur was genau sollen wir schreiben?"

Schweigend aßen sie und überlegten sich, wie sie jetzt am besten Kontakt zu Bernd aufnehmen könnten. Anschließend räumten sie gemeinsam den Tisch ab und das Geschirr in die Spülmaschine.

"Wieso überlegen wir eigentlich lange? Wir beantworten ihm einfach alle Fragen, stellen uns kurz vor und schreiben auch unsere Vorstellungen etwas genauer hin. Denn in einem hat er Recht, die Kontaktanzeige lässt zu viel Spielraum. Komm wir machen das gleich."

"Ich glaube, das ist wirklich die beste Möglichkeit, Schatz. Schreiben wir also jetzt unsere Antwort."

Bine nahm Franks Hand und zog ihn aus der Küche in das Arbeitszimmer. Dort setzte sie sich vor den Computer und Frank nahm einen Stuhl und setzte sich neben sie.

Zuerst lasen sie nochmals die Email von Bernd durch, dann begannen sie zu antworten. Nach einigen Diskussionen und Änderungen entstand dann folgende Mail, die sie schnell absendeten.

'Hallo Bernd,

danke, dass du dich bei uns gemeldet hast. Wir sprechen dich jetzt einfach mal mit du und deinem Vornamen an, da wir deine Wünsche ja noch nicht kennen.

Wie du dir sicher denken kannst, haben wir einige Antworten auf die Anzeige erhalten, haben uns dann aber für dich entschieden, da wir deine Antwort am besten fanden und uns in gewisser Weise damit identifizieren können.

Nun möchten wir dir erst einmal deine Fragen beantworten. Als erstes müssen wir dir sagen, dass du natürlich Recht hast, dass es nicht wirklich tabulos ist, wenn wir vorerst nur gemeinsam unsere Erfahrungen sammeln wollen. War vielleicht auch nicht klar genug ausgedrückt. Unter tabulos stellen wir uns eben vor, dass wir alle Dinge machen, so lange keine bleibenden Schäden erzeugt werden oder wir etwas gegen das Gesetz machen.

Ja, wir wollen endlich unsere devote Neigung richtig ausleben. Ich (Bine) habe noch fast keine Erfahrungen in dem Bereich gesammelt, da Frank ja auch devot ist und es ihm daher kein Spaß gemacht hat. Frank hat schon ein paar mehr. Er war drei Monate lang regelmäßig Besucher eines Dominastudios. Das hat er mir irgendwann gestanden und wir hatten einen großen Streit deswegen, bis wir uns vertragen haben und nun durch die Anzeige eine Möglichkeit gefunden haben, unsere Neigung auszuleben. Denn selbst wenn wir uns gegenseitig dann benutzen oder erniedrigen, dann geschieht dies ja auf deinen Befehl.

Und wie wir darauf jetzt erst kommen ist eigentlich auch sehr schnell zu erklären. Frank und mein Sexleben war nicht mehr wirklich ausgeglichen, irgendwie fehlte etwas. Und unabhängig voneinander haben wir dann angefangen im Internet zu recherchieren und haben dann Geschichten über SM gelesen und gemerkt, dass es uns erregt. Was Frank dann gemacht hat, habe ich dir ja schon erzählt.

Übrigens, Aufgaben im Freien fänden wir für die erste Zeit doch etwas zu viel. Wir wollen sie für den Anfang wirklich einfach auf unser Zuhause beschränken. Wir haben übrigens ein Haus mit einem großen Garten. Also, der Garten wäre auch kein Problem, aber eben nicht weiter. Zumindest nicht für den ersten Monat bzw. die ersten paar Monate.

Wir hoffen, dass wir jetzt erst einmal alles beantwortet haben und auch ausführlich genug waren. Beschreiben brauchen wir uns ja nicht, da du die Fotos von uns noch anbei bekommst.

Wir würden dir jedoch jetzt gerne auch noch ein paar Fragen stellen und Dinge nennen, die uns wichtig sind.

Also, dass mit den Aufgaben außerhalb haben wir schon gesagt. Uns ist es aber auch absolut wichtig, dass Ehrlichkeit zwischen uns herrscht. Denn nur so kann Vertrauen aufgebaut werden, was unter Umständen später zu einem Realtreffen führen kann.

Wenn du mal nur eine Aufgabe an einen von uns stellst, dann ist dies auch kein Problem. Machen wir auch mal. Nur wäre es schön, wenn du es irgendwie ausgleichend machen könntest.

Wie stellst du dir denn jetzt das alles eigentlich vor? In welchen Abständen bekommen wir Aufgaben? Wie schnell müssen wir sie ausführen? Was ist dir denn alles wichtig, außer dem Feedback? Welche Regeln bekommen wir bzw. müssen wir befolgen?

Na ja, mehr Fragen wollen wir dir jetzt eigentlich doch nicht stellen, da du uns sicherlich alles nennen wirst.

Bis zu deiner Antwort, die hoffentlich schnell kommt, werden wir noch nicht nackt herumlaufen, da du dies und die anderen Dinge ja nur als Beispiele genannt hast.

Bis bald hoffentlich. Bine und Frank'

Die Antwort/Die Erziehung beginnt

Bine und Frank schauten nun jeden Tag nach, ob sie denn eine Antwort von Bernd erhalten hatten. Aber es tat sich einfach nichts. Bernd meldete sich nicht. Nach einer Woche gab Bine enttäuscht auf.

"Weißt du was, ich glaube nicht, dass sich Bernd jemals bei uns meldet. Entweder er hat einfach nur versucht, ob er Eindruck schinden kann und war ein Fake, oder aber wir langen ihm nicht und er sucht sich jemand anderen."

Frank versuchte sie zu beruhigen. "Nun warte doch erst einmal ab. Vielleicht hat er noch gar nicht unsere Email gesehen oder noch keine Zeit gehabt, um uns darauf zu antworten."

"Na, wenn ich jemanden erziehen möchte und den Kontakt beginne, dann schaue ich doch nach, ob nicht irgendeine Reaktion kommt. Ich glaube wirklich, er hat es einfach nicht ernst gemeint. Sollen wir nicht noch einmal alle Zuschriften durchgehen und schauen, ob wir nicht jemand anderen finden. Bisher haben wir ja niemandem gesagt, dass wir schon jemand anderen haben."

"Nein, Schatz. Wir warten jetzt noch eine Woche. Wenn bis dahin dann nichts gekommen ist, dann können wir noch immer schauen, ob wir jemand anderen nicht doch nehmen. Aber eigentlich weißt du selber, dass uns keine der anderen Zuschriften zugesagt hat."

"Du hast ja Recht. Aber irgendwie habe ich mir das alles anders vorgestellt. Aber gut, eine Woche warten wir noch."

Bine glaubte jedoch nicht daran, dass sich Bernd je noch einmal melden würde und schaute deswegen gar nicht mehr nach. Das alles überließ sie Frank. Sie glaubte inzwischen, dass es einfach nicht sein soll, dass ihre Beziehung gut funktioniert und beide zu ihrer sexuellen Erfüllung kommen.

Am Mittwoch kam sie dann von der Arbeit und wollte schon mit Frank reden, dass sie nicht bis Samstag warten, sondern einfach nochmals alle durchgehen und nötigenfalls eben eine neue Anzeige starten.

Als sie sich in Richtung Arbeitszimmer wand, um Frank zu begrüßen, kam dieser freudestrahlend aus dem Schlafzimmer, nahm Bine in den Arm und küsste sie leidenschaftlich.

Diese konnte nur verwundert den Kuss erwidern, denn es kam selten vor, dass Frank um diese Uhrzeit nicht im Arbeitszimmer war und noch Dinge für sein Geschäft erledigte. Doch fragen konnte sie ihn nicht, da er schon sprach.

"Schatz, stell dir vor, Bernd hat sich per Mail gemeldet. Er will sich unserer annehmen und uns per Email erziehen. Ich habe die Email aber nur überflogen, damit wir sie gemeinsam richtig lesen können. Deswegen habe ich mir heute auch einfach mal frei genommen."

Bine strahlte nur über das ganze Gesicht. Es sollte also tatsächlich wahr werden. Ihre ganzen Zweifel waren unbegründet. Obwohl ... Sie wollte erst einmal die Email lesen und nachschauen, was Bernd denn so alles schrieb. Deswegen nahm sie Franks Hand.

"Komm, wir gehen ins Arbeitszimmer und lesen sie jetzt zusammen. Mal schauen, was er denn schon alles von uns verlangt."

Frank folgte ihr ins Arbeitszimmer und nahm vor dem Computer Platz. Bine setzte sich neben ihn und wartete voller Vorfreude, bis er die Email geöffnet hatte. Anschließend las sie laut vor.

'Hallo Bine, hallo Frank,

es freut mich natürlich, dass ihr euch für mich entschieden habt. Ich hoffe euch ist bewusst, dass dies euer Leben dann ändern wird. Denn ab nun werdet ihr nach meinen Regeln leben, genau so, wie ihr es euch ja anscheinend auch gewünscht habt

Wenn ihr vorerst nur innerhalb eurer Wohnung und eures Gartens Aufgaben haben und erledigen wollt, dann ist das im Allgemeinen okay. Es wird aber trotzdem ein paar Kleinigkeiten geben, die in euren normalen Alltag kommen werden. So ist es zum Beispiel eine Regel, dass ihr beide ab nun keine Unterwäsche mehr tragen dürft. Bine, bei dir gibt es eine Ausnahme. Wenn du deine Periode hast, dann ist es dir erlaubt, einen Slip zu tragen. BH ist natürlich trotzdem verboten.

Wie ist denn eigentlich euer Haus aufgeteilt und was befindet sich alles in eurem Garten und wie groß ist er denn genau? Wie sieht es denn mit euren Nachbarn aus? Seid ihr gut zu hören und zu sehen?

Ich sehe es übrigens wie ihr, dass wir absolut ehrlich zueinander sein müssen, damit vertrauen aufgebaut werden kann. Deswegen übrigens auch die Sache mit den ausführlichen Feedbacks.

Eure Aufgaben werde ich im Übrigen so verteilen, wie es mir beliebt und wie ich es für angemessen halte. Wenn ich zum Beispiel merke, dass einer von euch meint, er müsse besonders aufsässig oder ungenau in den Feedbacks werden, dann wird er natürlich die Konsequenzen zu spüren bekommen. Wenn ihr übrigens mal eine Aufgabe nicht versteht, dann fragt mich einfach, bevor ihr dann Fehler macht, die natürlich bestraft werden.

In welchem Abschnitt ich euch die Aufgaben stellen werde, weiß ich nicht, da ich ja nicht weiß, was ihr beruflich macht und wie viel Zeit euch dann übrig bleibt. Was macht ihr denn und wie lange schon? Ach, und nebenbei, was habt ihr denn alles für Sextoys und könnt ihr etwas Geld für weitere ausgeben?

Nun aber erst einmal zu den restlichen Regeln, bevor ich euch dann eure ersten Aufgaben stelle. Dass ihr keine Unterwäsche jetzt mehr tragen dürft, wisst ihr ja schon. Dass Ehrlichkeit und ausführliche Feedbacks von euch verlangt sind, ist ja ebenfalls schon bekannt. Außerdem werdet ihr ab sofort nur noch nackt euch daheim aufhalten, auch im Garten! Alle Türen werden offen sein, auch wenn ihr auf die Toilette gehen solltet. Denn ihr müsst ja immer gut zu beobachten sein. Eure Aufgaben erledigt ihr so schnell und gewissenhaft wie möglich. Außerdem werdet ihr mich in Zukunft mit Herr ansprechen und siezen.

Das waren jetzt erst einmal ein paar Grundregeln, die anderen bekommt ihr dann im Laufe der Zeit. Nun aber zu euren Aufgaben.

Wie ja schon in meiner ersten Mail angedeutet, ist es mir sehr wichtig, dass ihr einige Haltungen beherrscht. Diese werde ich euch nun nennen und anschließend beschreiben, so dass ihr sie üben könnt. Ihr werdet sie jeden Tag für fünfzehn Minuten einnehmen und euch dabei gegenseitig kontrollieren und korrigieren.

Die Grundposition: Bei dieser Position werden eure Schenkel leicht gespreizt sein und eure Füße parallel zueinander stehen. Eure Hände habt ihr auf dem Rücken und umfasst eure Ellenbogen damit, wodurch es euch leichter fallen wird die Schultern zurückzunehmen. Euer Kreuz muss durchgedrückt sein und der Kopf gesenkt.

Strafposition: Bei dieser Position steht ihr mit weit gespreizten Beinen leicht nach vorne gebeugt an einer Wand, an der ihr euch mit euren Fingerspitzen abstützt. Euren Kopf haltet ihr gesenkt und schaut zu

Boden. Das Kreuz drückt ihr stark durch und euren Arsch streckt ihr weit heraus.

Benutzungsposition: Ihr steht mit weit gespreizten Schenkeln nach vorne gebeugt und umfasst eure Fußgelenke. Dabei ist euer Kopf angehoben und der Mund geöffnet, die Augen jedoch geschlossen.

So, dies waren jetzt erst einmal die drei Stellungen, die ihr von nun an zu üben habt. Unter Umständen folgen später noch einige weitere.

Jetzt aber noch eine weitere Aufgabe. Ab heute an werdet ihr enthaltsam leben und keinen Orgasmus mehr haben. Damit dies für euch aber nicht zu leicht ist, werdet ihr euch gegenseitig jeden Abend viermal bis kurz vor einen Orgasmus bringen. Wie ihr das macht überlasse ich euch, allerdings möchte ich in eurer Email dann erfahren, was für "Techniken" ihr angewandt habt.

Ihr entscheidet übrigens selber, wie lange das sein wird. Denn wenn ihr mir möglichst schnell schreibt, frühestens jedoch in drei Tagen, dann schreibe ich euch ja auch schneller zurück. Und sobald ihr meine nächste Email bekommen habt, dürft ihr euch so viele Orgasmen bescheren wie ihr wollt. Außer natürlich, ich habe einen Grund euch das weiterhin zu verbieten.

So, für heute höre ich dann mal auf und wünsche euch noch viel Spaß bei den Aufgaben.

Bernd

PS: Eine kleine Zusatzaufgabe noch. Ihr werdet die Regeln der Reihe nach auf ein Plakat schreiben und dieses gut sichtbar aufhängen. Solltet ihr gegen eine verstoßen, so möchte ich natürlich, dass ihr mir Bescheid gebt.'

Bine und Frank sahen sich an, konnten jedoch nichts sagen, da sie mit ihren Gedanken beschäftigt waren. Sie waren glücklich, endlich jemanden gefunden zu haben und die Aufgaben hörten sich auch nicht all zu schwer an. Doch könnten sie dies wirklich schaffen? Haben sie sich nicht zu viel vorgenommen? Was ist, wenn einer plötzlich nicht mehr will? Würde ihre Beziehung so etwas aushalten? Was passiert, wenn sie ihren Herrn, oder noch schlimmer, sich selbst enttäuschen?

Lauter Fragen schwirrten durch ihre Köpfe und wer weiß, ob sie darauf eine Antwort bekommen?

Die ersten Aufgaben werden erfüllt

Doch all zu lange beschäftigten sie sich nicht mit den Fragen, die ihnen im Kopf herumschwirrten, sondern begannen sich schnell auszuziehen und ihre Kleider dann in den Wäschekorb zu stecken, damit sie zumindest eine der Regeln ausführten.

Dann schauten sie sich gegenseitig unsicher an, denn keiner von beiden wusste, wie sie reagieren sollten.

Bine fasste sich als erste wieder. "Und was machen wir jetzt? Wie sollen wir weitermachen?"

"Na ja, ich würde sagen, dass wir als erstes alle Türen öffnen, damit wir eine weitere Regel von unserem neuen Herrn befolgen. Dann müssen wir unsere Unterwäsche aussortieren und die Regeln können wir auch schon mal aufschreiben. Und die Haltungen müssen wir schließlich auch noch üben. Die andere Aufgabe würde ich erst nachher machen, wenn wir im Bett sind ...", beantwortete Frank ihre Fragen.

"Apropos die andere Aufgabe ... findest du die nicht ziemlich hart für den Anfang? Ich meine ..."

Doch Frank unterbrach Bine: "Wir wollten unsere devoten Neigungen ausleben und müssen jetzt eben die Konsequenzen ziehen. Es wäre doch furchtbar langweilig und hätte nicht viel Sinn, wenn wir unsere Aufgaben nicht erledigen, wie es unser Herr wünscht. Dann könnten wir gleich das alles bleiben lassen!"

"Ich weiß, dass du Recht hast. Aber trotzdem, ich finde ...", versuchte Bine sich zu erklären, doch Frank unterbrach sie schon wieder: "Nichts trotzdem! Wir werden jetzt unsere Aufgaben erfüllen und damit basta!"

Bine gab sich geschlagen und sie machten sich beide daran, die Aufgaben zu erfüllen.

Die nächsten drei Tage wurden immer schlimmer und sie warteten ungeduldig darauf, dass sie endlich Bernd wieder schreiben konnten.

Am Samstag kam Frank dann etwas früher als gewöhnlich heim, zog sich schnell aus und setzte sich dann zu Bine an den PC.

"So, nun können wir ihm endlich antworten. Vielleicht sind wir ja dann bald von unserer Dauererregung befreit. Fang du an zu schreiben, Bine."

Bine nickte nur und begann dann mit der Email:

Sehr geehrte Herr,

erst einmal möchten Frank und ich uns herzlich bei Ihnen bedanken, dass Sie sich unserer annehmen. Ich gebe zu, dass ich schon gar nicht mehr daran geglaubt habe und dachte, dass wir noch einmal von vorne mit unserer Suche beginnen müssen. Doch Frank hat immer an Sie geglaubt und gemeint, dass wir noch etwas warten sollen. Inzwischen bin ich ihm dafür richtig dankbar.

Nun möchte ich Ihnen aber erst einmal Ihre Fragen beantworten, bevor wir an die Feedbacks unsere Aufgaben gehen. Frank sitzt übrigens neben mir, er liest also mit, was ich Ihnen gerade schreibe. Ich werde Eure Frage immer zuerst hinschreiben und dann die Antwort von uns dazu. Ich hoffe, dass diese Art für Sie in Ordnung ist.

Wie ist denn eigentlich euer Haus aufgeteilt und was befindet sich alles in eurem Garten und wie groß ist er denn genau? - Unser Haus besteht aus dem Erdgeschoss und zwei weiteren Stockwerken. Im Erdgeschoss befinden sich ein Keller, ein Abstellraum (in dem wir aber nichts haben, da der Keller groß genug ist) und ein kleines Bad mit einer Dusche und einem WC.

Im 1. Stock sind die Küche, das Wohn- und Esszimmer, zwei Gästezimmer und ein Bad für die Gäste, dass wir allerdings auch benutzen, wenn wir uns in dem unteren Stock aufhalten. Das Bad besteht aus einer Badewanne mit integrierter Dusche, einem WC und einem Waschbecken.

Im 2. Stock befinden sich Franks Arbeitszimmer, mein Arbeitszimmer, unser Schlafzimmer, nochmals ein Wohnzimmer, das wir meistens nutzen und zwei weitere Zimmer, die noch leer stehen (sind als Kinderzimmer angedacht, sofern wir denn mal Kinder bekommen). Ebenfalls ist im oberen Stock ein Bad, mit separater Dusche und Badewanne, WC und zwei Waschbecken.

Der Garten ist recht groß und besteht unter anderem aus einer Terrasse, einem Gartenhäuschen und einem kleinen Pool.

Damit Ihr euch ein genaues Bild machen könnt, haben wir Euch von allen Zimmern und dem Garten viele Fotos, aus den unterschiedlichsten Blickwinkeln, im Anhang beigelegt.

Wie sieht es denn mit euren Nachbarn aus? Seid ihr gut zu hören und zu sehen? - Unser Grundstück ist von einer großen Hecke umgeben, wodurch wir eigentlich nur zu sehen sind, wenn jemand die Auffahrt hineinkommt oder an einigen bestimmten Stellen hineinschaut, die man aber kennen muss. Im hinteren Teil sind wir jedoch nicht zu sehen. Und die Nachbarn können uns nicht hören, da die nächsten Grundstücke jeweils 500 bis 1000m entfernt sind.

Was macht ihr denn und wie lange schon? - Also ich bin Lehrerin am Gymnasium und unterrichte Deutsch, Mathe, Chemie und Englisch.

Hauptsächlich habe ich die oberen Klassenstufen. Frank ist Architekt und Besitzer seiner eigenen Firma. Er hat übrigens auch das Haus von uns entworfen.

Ach, und nebenbei, was habt ihr denn alles für Sextoys und könnt ihr etwas Geld für weitere ausgeben? - An Sexspielzeug haben wir nicht wirklich viel. Zwei Dildos und eine Liebeskugelnkette. Wir sind aber gerne bereit weitere Dinge zu kaufen oder auch selber herzustellen, sofern Sie das wünschen.

So, und nun kommen wir zu den Aufgaben und Regeln, die Sie uns gestellt haben. Als wir Ihre Email gelesen hatten haben wir uns zuerst einmal ausgezogen und die Wäsche in den Wäschekorb gebracht. Anschließend waren wir erst einmal etwas hilf- und orientierungslos. Schließlich hat Frank dann das Zepter in die Hand genommen und beschlossen, dass wir erst einmal alle Türen öffnen, so dass eine weitere Regel von Ihnen befolgt ist. Dann haben wir uns hingesetzt und erst einmal alle Regeln aufgeschrieben, so wie sie es gewünscht haben. Hier nochmals alle, so wie wir sie der Reihe nach aufgeschrieben haben:

1. Wir dürfen keine Unterwäsche mehr tragen. Einzige Ausnahme: Bine darf einen Slip tragen, wenn sie ihre Periode hat. 2. Wir müssen ehrlich zueinander sein. 3. Die Feedbacks müssen ausführlich sein. 4. Die Aufgabenverteilung liegt alleine bei unserem Herrn. 6. Wenn wir etwas nicht verstehen, dann können und müssen wir unseren Herrn fragen. 7. Wir dürfen uns nur noch nackt in unserem Haus und Garten aufhalten! 8. Alle Türen müssen geöffnet sein, auch die Toilettentür! 9. Unsere Aufgaben erledigen wir schnell und gewissenhaft! 10. Unseren Herrn müssen wir siezen!

Anschließend haben wir dann unsere Unterwäsche aussortiert. Dies ist besonders mir sehr schwer gefallen, da ich doch einige wunderschöne Dessous besitze und diese nicht gerne hergebe. Doch ihr habt es so verlangt. Einige Slips habe ich behalten, den Rest der Unterwäsche haben Frank und ich in einen Altkleidersack, denn Frank am Donnerstag dann weggebracht hat. *heul, meine schönen Dessous*.

Dann haben wir angefangen mit den Stellungen. Ich beschreibe Ihnen bei jeder Stellung erst meine Empfindungen und Frank dann dahinter seine. Wir hoffen, dass es so für Sie in Ordnung ist.

Grundposition: Erst einmal habe ich mich hingekniet und dann meine Schenkel gespreizt. Dies fand ich schon äußerst unangenehm, da Frank ja nun doch einige Einblicke in meine Scham bekommen hat und ich mich dadurch verletzlicher gefühlt habe. Ich kann Ihnen nicht sagen, warum ich das alles so peinlich gefunden habe, denn eigentlich kennt Frank meinen Körper ja in- und auswendig. Zögerlich habe ich dann meine Hände auf den Rücken gelegt und, wie befohlen, die Ellenbogen umfasst und die Schultern zurückgenommen. Dadurch wurden meine Brüste enorm

herausgedrückt- ein weiterer Grund, warum ich mich unglaublich schämte. Ich war regelrecht froh, dass ich den Blick gesenkt halten durfte und dadurch Frank nicht anschauen musste. Irgendwann konnte ich nicht mehr und mein Körper hat unglaublich zu Zittern angefangen und ich habe versucht meine Position zu ändern. Frank hat das jedoch jedes Mal gemerkt und mich scharf zurechtgewiesen. Ich war regelrecht froh, als die fünfzehn Minuten vorbei waren und ich dann aufstehen durfte, auch wenn meine Glieder doch irgendwie alle steif waren. Die anderen beiden Male verlief es gleich. Das Schamgefühl wurde nicht wirklich besser und ich habe auch noch Probleme damit die Position die ganzen fünfzehn Minuten zu halten, ohne mich dabei zu bewegen.

Na ja, mir (Frank) erging es dabei nicht ganz so schlimm. Ich habe die Position auch eingenommen, allerdings hat dies mir nichts weiter ausgemacht. Ich meine jetzt damit, dass ich mich nicht wirklich geschämt habe. Mein Schatz konnte ja nicht mehr sehen, als sie schon von mir kennt. Ich muss auch ehrlich sagen, dass ich ihre Probleme mit dieser Position nicht wirklich verstehe. Mit den fünfzehn Minuten einhalten ist das jedoch eine andere Sache. Auch Bine musste mich öfters ermahnen und ich kann ebenfalls bis jetzt noch nicht die Position fünfzehn Minuten aushalten, ohne dass ich mich zwischendurch bewege.

Strafposition: Nun schreibe wieder erst ich, Bine, meine Empfindungen und Erfahrungen auf. Diese Position finde ich, aus mir eigentlich unerfindlichen Gründen, gar nicht mal so schlimm. Ich habe mich mit den weit gespreizten Beinen mit den Fingerspitzen an der Wand abgestützt und meinen Hintern in die Höhe gestreckt. Gut, die Position ist nicht gerade bequem und fiel mir am ersten Tag noch unglaublich schwer. Langsam aber sicher jedoch klappt es und ich habe keine größeren Probleme damit. Ich (Frank) kann mich Bine nur anschließen.

Benutzungsposition: Dies ist für mich die schlimmste Position!!! Ich habe mich, wie von Ihnen beschrieben, mit weit gespreizten Schenkeln nach vorne gebeugt und meine Fußgelenke umfasst. Dabei dann natürlich meinen Kopf gehoben und den Mund weit geöffnet, sowie die Augen geschlossen. Erst einmal konnte und kann ich bis jetzt kaum das Gleichgewicht halten. Dazu ist die Position äußerst unbequem, der Kiefer beginnt zu schmerzen, man fängt zu sabbern an. Und das allerschlimmste: ich komm mir so schutz- und wehrlos vor. Frank kann all meine Öffnungen sehen, ich war in keinster Weise irgendwie bedeckt. Und ich weiß nie, was als nächstes geschieht, kann mich nur auf mein Gehör verlassen. Frank ist auch immer gegen Ende der fünfzehn Minuten sehr ungehalten, da er mich andauernd ermahnen muss, dass ich meine Augen geschlossen halten muss. - Kann mich Bine wieder nur anschließen.

Nun zu unserer letzten und auch schwersten Aufgabe (Frank meinte übrigens gerade, dass ich alles nun schreiben soll und er höchstens mal ein Kommentar über seine Empfindungen einwirft, welches ich dann ebenfalls aufschreiben soll): Keinen Orgasmus trotz Dauererregung. Und genau das war es. Ich habe die Aufgabe von Anfang an als grausam empfunden (entschuldigen Sie bitte, dass ich dies so offen sage, aber einer Ihrer Regeln ist ja Ehrlichkeit) und meine schlimmsten Vermutungen bestätigen sich auch momentan. Ich bin einem dauererregten Zustand, habe ständig das Gefühl auszulaufen und es fällt mir schwer an etwas anderes als meine Erlösung in Form eines Orgasmus, zu denken. Deswegen hoffe ich, dass Ihr mir möglichst schnell einen erlaubt ... Und Frank natürlich auch einen. Nun aber erst einmal der Reihe nach, denn ihr wolltet ja wissen, wie wir uns gegenseitig befriedigt haben.

Der erste Abend: Als erstes haben Frank und ich uns ins Bett gelegt und lang und breit diskutiert, wie wir denn nun vorgehen sollen. Immer abwechselnd uns bis kurz vor einem Orgasmus befriedigen oder viermal hintereinander den einen und anschließend den anderen. Wir haben uns dann letztendlich für die erste Methode entschieden, da wir es für nicht ganz so grausam erachtet haben. Außerdem waren wir uns auch einig, dass unsere Erregung eigentlich nie ganz abklingt, da wir ja auch erregt sind, wenn wir dem anderen "Spaß" gönnen. Wie sehr wir mit unserer Vermutung Recht hatten sollten wir erst später erfahren.

Auf jeden Fall habe ich mich dann erst einmal hingelegt und Frank hat begonnen mich sanft am ganzen Körper zu streicheln. Dabei küsste er mich leidenschaftlich und fuhr erst um meine Nippel herum, dann zwickte er leicht in sie und schließlich bewegte sich seine andere Hand in Richtung Schambereich. Dort angekommen fuhr er erst einmal mit einem Finger auf und ab, auf und ab. Da ich schon die ganze Zeit erregt war (durch das Erfüllen von den vorherigen Aufgaben) hatte ich auch schon genug Flüssigkeit produziert und es schmatzte auch etwas. Schließlich begann er meinen Kitzler mit kreisenden Bewegungen zu massieren, erst langsam und leicht, dann jedoch immer schneller und fester. Dabei küsste er mich immer noch und die andere Hand verwöhnte meine Nippel. So dauerte es nicht lange und ich war kurz vor einem Orgasmus, als er rechtzeitig aufhörte und sich von mir löste. Das empfand ich als äußerst unangenehm, gleichzeitig war ich jedoch dankbar, dass er rechtzeitig die Notbremse gezogen hat und gab ihm deswegen erst einmal einen langen Kuss.

Dann rollte ich ihn auf den Rücken und setzte mich auf seine Schenkeln und begann nun meinerseits ihn zu streicheln. Erst streichelte ich seinen Nacken (er ist da sehr empfindlich) und fuhr dann mit meinen beiden Händen seine Brust hinab und fing an mit meiner rechten Hand an seinem rechten Nippel zu spielen, während ich mit meinem Mund seinen linken Nippel verwöhnte, ihn leicht einsaugte, mit der Zunge neckte und auch ab und zu hinein biss. Mit der linken Hand fuhr ich weiter hinunter und umfasste seine Hoden, begann erst leicht an ihnen zu ziehen und knetete sie dabei durch. Nach einiger Zeit merkte ich, dass er kurz vor seinem Orgasmus war und hörte deswegen auf. Er seufzte enttäuscht auf, zeigte ansonsten aber keine weitere Regung.

Nach kurzer Zeit begann er dann jedoch wieder mich zu verwöhnen. Er verlangte von mir, dass ich mich auf den Rücken lege, die Beine weit gespreizt anwinkle (dies macht mir im Vergleich zu den Positionen absolut gar nichts aus, im Gegenteil, ich genieße es) und möglichst nah an den Bettrand gehe. Dann kniete er sich vor unser Bett und begann sanft mit seiner Zunge durch meine Scheide zu fahren. Mit seinen Händen strich er dabei über meinen ganzen Körper und es gab absolut keine für ihn erreichbare Stelle, die er nicht streichelte. Und mit seiner

Zunge verführte er dabei noch wahrhafte Zauberstücke. Nachdem er auf- und abgefahren war durch meine Scheide begann er meinen Kitzler mit der Zunge zu necken, in dem er ihn anfangs nur anstupfte, dann jedoch mit seiner Zunge meine Klitoris massierte. Ich kam seinen Bemühungen natürlich nur zu gerne nach, indem ich meinen Unterkörper ihm

entgegenstreckte. Immer mehr bemerkte ich dabei, wie ich auf meinen Höhepunkt zusteuerte und freute mich schon regelrecht darauf, als er plötzlich aufhörte!! Ich hätte ihn in diesem Moment erwürgen können. Es dauerte auch einige Zeit, bis ich einigermaßen über meine Enttäuschung und meine Erregung hinweggekommen bin und mich ihm wieder zuwenden konnte ...

Nun wollte ich mich dann aber natürlich an ihm rächen, dass er mir keinen Orgasmus gegönnt hatte! In diesem Moment dachte ich gar nicht daran, dass es ja zu meinem eigenen besten war. Na ja, das ist auch schwer, wenn man erregt und unbefriedigt ist. Ich zog ihn also aufs Bett und rollte mich dann über ihn. Dann begann ich ihn zärtlich zu küssen. Anschließend verteilte ich kleine Küsse über sein ganzes Gesicht und knabberte zärtlich an seinem Ohr. Gleichzeitig nahm ich seinen Penis zwischen meine beiden Handinnenflächen und begann dann meine Hände abwechselnd nach oben und unten zu bewegen, so dass sein Penis zwischen meinen Händen gerollt wurde. Es dauerte auch nicht lange und Frank stand kurz vor seinem Orgasmus. Rechtzeitig erinnerte ich mich dann wieder daran, dass er ja keinen bekommen darf und es bereitete mir diebischen Vergnügen in sein verzweifeltes Gesicht zu sehen, als ich aufhörte. Schließlich hatte er es bei mir ja auch nicht zu Ende gebracht!!

Dann mussten wir beide erst einmal eine kurze Pause einlegen. Wir konnten einfach nicht mehr und hoffen nun, im Nachhinein, dass Sie das Verstehen können. In dieser Pause haben wir uns einfach im Arm gehalten und uns so gegenseitig Halt gegeben denn wir wussten ja, dass wir erst die Hälfte geschafft haben. Und dennoch waren wir jetzt schon geschafft!

Nach einer halben Stunde habe ich mich jedoch wieder aufgerafft und zu Frank gesagt, dass wir weitermachen müssten. Es hatte ja keinen

Sinn es noch länger heraus zu schieben, denn unsere Geilheit legte sich nicht wirklich und wir mussten ja weitermachen. Okay, dass hört sich jetzt schon irgendwie blöd an, aber zu diesem Zeitpunkt habe ich mich einfach so gefühlt und hatte auch diese Einstellung.

Frank drehte mich also auf den Bauch und begann mich erst einmal etwas sanft zu massieren. Ich genoss dies unglaublich, da ich mich dadurch doch entspannen konnte. Während er mich noch massierte fing er an an meinem Nacken zu knabbern, was mir eine Gänsehaut bescherte (mein Nacken ist eine äußerst erogene Zone von mir) und strich dann irgendwann mit seinen Händen über meine komplette Rückseite bis hinunter zu meinen Knien und fuhr dann mit seinen Händen wieder hinauf und begann schließlich meinen Hintern zart durchzukneten. Mit seinem Mund fuhr er dann immer weiter meinen Rücken hinunter, leckte an der einen Stelle, biss in die andere Stelle leicht hinein und versetzte mich in einen wahren Sinnensrausch. Als er dann noch mit einem Finger zärtlich in meinen Anus eindrang war es fast um mich geschehen. Zum Glück merkte er es rechtzeitig und zog sich von mir zurück. Ich fühlte mich in diesem Moment auf der einen Seite so schrecklich leer, lechzte nach dem ersehnten Orgasmus, verfluchte und dankte ihm gleichzeitig ... Es war ein einziges Gefühlschaos.

Ich brauchte auch einige Momente, bis ich mich wieder gefasst hatte, als ich ihn dann dazu aufforderte, dass er sich hinstellen sollte. Ich nahm seine Hoden dann wieder in die Hand und begann sie zu kraulen, während ich meine Zunge seinen Schaft auf- und abgleiten ließ. Da sein Schwanz immer noch steif war, fiel mir dies nicht weiter schwer. Als er etwas ungeduldig wurde und mit seinem Penis immer öfters an meinen Mund stieß, habe ich diesen schließlich geöffnet und seinem Schwanz einlass gewährt. Anschließend habe ich meine Lippen leicht zusammengepresst und bin mit meinem Kopf wieder ein Stück zurück, so dass ich an seiner Eichel leicht knabbern und saugen konnte und mit meiner Zungenspitze ab und zu durch sein Loch fahren konnte. Sehr schnell merkte ich die ersten (?) Lusttropfen und dann, wie er sich versteifte, so dass ich schnell mich zurück. Ich muss sagen, trotz der ganzen Situation war es ein sehr lustiges Bild, als er noch einige Fickbewegungen in die Luft gemacht hat und ich konnte mir das Lachen nicht verkneifen.

(Frank sitzt jetzt gerade sehr empört und doch leicht wütend neben mir, denn Sie können sich sicherlich vorstellen, dass er das gar nicht so amüsant gefunden hat)

Na ja, zu unserer vierten und letzten Runde gibt es ehrlich gesagt nicht mehr so viel zu erzählen. Wir waren uns einig, das wir es nun möglichst schnell noch hinter uns bringen wollten, da wir es sowieso beide kaum noch aushielten. Und da ich nur noch seinen Schwanz in mir spüren wollte, was er jedoch nicht machte, nahm er ein Dildo und nach einigen wenigen, schnellen und tiefen Stößen musste er auch schon aufhören, da ich sonst gekommen wäre.

Sein Wunsch war dann, dass er mir in den Mund ficken dürfte (genau so waren seine Worte, obwohl er sich normalerweise nie so ausdrückt) und ich erfüllte ihm diesen Wunsch. Er hatte sich jedoch nicht mehr wirklich unter Kontrolle und stieß noch in meinen Mund, als ich merkte, dass er gleich kommen würde und ließ auch zuerst meinen Kopf nicht los, als ich mich zurückziehen wollte, so dass ich ihm ziemlich unsanft in seinen Penis biss und er laut aufjaulend seinen Penis aus mir herauszog und mich unendlich beschimpfte, bevor er mich in seine Arme nahm und bedankte. Dass wir seit einigen Nächten kaum Schlaf finden, brauch ich wohl jetzt nicht erwähnen.

Die anderen Abende war es immer ungefähr gleich, so dass ich dazu nicht mehr schreibe. Nur eins muss ich Ihnen noch sagen: mit jedem Mal, bei dem wir kurz vor dem Orgasmus standen und keinen bekommen haben, wurde es schlimmer. Und wir waren beide versucht, dass wir uns doch zu einem Orgasmus bringen, auch wenn sie es verboten hatten.

Hätten wir einander nicht gehabt, so wäre es bestimmt auch dazu gekommen. Denn, wie schon am Anfang erwähnt, sind wir nun in einem dauererregten Zustand und es fällt uns immer schwerer sich auf etwas anderes zu konzentrieren und dafür zu sorgen, dass es nicht auffällt. Denn ich scheine ständig auszutropfen und Frank hat irgendwie andauernd einen steifen Schwanz. Solch eine Aufgabe ist eine richtige Gemeinheit!!

Und gleichzeitig merken wir beide auch, dass das Wissen, dass unser Herr diese Aufgabe uns gestellt hat und dies sicherlich mit gutem Grund, uns noch zusätzlich erregt und wir unglaublich dankbar und erleichtert sind, dass wir Sie gefunden haben. Sie, der sich unser annimmt und uns endlich die Erfüllung schenkt, die wir uns so lange gewünscht haben.

Wir hoffen, dass Sie mit unseren Ausführungen zufrieden waren und freuen uns schon auf die nächsten Aufgaben.

Ihre Sklaven Bine und Frank"

Bine und Frank lasen sich die Email noch einmal durch und beschlossen dann, dass sie die Mail genau so wegschicken würden. Sie konnten nur hoffen, dass ihr Herr damit zufrieden war. Aber schließlich handelte es sich ja um die erste Email, in der sie ein Feedback senden mussten.

Bine drückte dann schnell auf senden, damit sie nicht noch lange überlegen konnten und schaute dann Frank an.

"Nun können wir nur noch warten und hoffen, dass was von unserem Herrn kommt und es nicht zu schwer für uns wird."

Banges Warten auf die Antwort und weitere Aufgaben

Nachdem Bine und Frank die Antwort versendet hatten warteten sie noch eine geraume Zeit vor dem Computer, denn sie hofften, dass ihr Herr ihnen noch am gleichen Abend schreibt. Doch da hatten sie sich verschätzt.

Als es schon anfing dunkel zu werden war immer noch keine Antwort da. Und nun standen sie beide vor einem Problem. Bine wagte es, wie so oft, es zuerst an- und dadurch auch auszusprechen.

"Schatz, unser Herr hat sich immer noch nicht gemeldet. Was machen wir denn jetzt? Sollen wir die alten Aufgaben weiter machen? Sollen wir erstmals gar nichts mehr machen und abwarten?"

"Die Positionen müssen wir auf jeden Fall üben. Denn erstens sitzen sie noch nicht richtig und zweitens ist es sowieso eine Daueraufgabe für uns.

Na ja, leichter wäre es, wenn wir uns heute nicht bis kurz vor einem Orgasmus befriedigen würden, denn wir sind beide schon in einem dauererregten Zustand. Und ehrlich gesagt weiß ich nicht, ob ich es noch einmal aushalte nicht abzuspritzen. Meine Hoden schmerzen so schon viel zu sehr und sind unter einem Dauerdruck. Und du siehst ja selber, wie dick und voll sie inzwischen sind.

Andererseits ... ich glaube, dass er es schon von uns erwartet und wenn wir es nicht machen, dann wird eine harte Strafe erfolgen. Vielleicht würde er uns ja dann weiterhin verbieten, dass wir einen Orgasmus bekommen. Oder wir müssen uns beide weiterhin mehrmals bis vor einen Orgasmus bringen. Oder ..."

Doch Bine unterbrach ihn: "Wir werden die Aufgaben einfach weitermachen, denn das Risiko ist viel zu groß, wenn wir es nicht machen. Außerdem haben wir es bis jetzt geschafft und werden es bestimmt auch noch einen weiteren Abend aushalten. Und morgen wird sich unser Herr bestimmt melden."

Frank schaute sie äußerst skeptisch an und Bine meinte ein "wenn du da mal nicht zu positiv denkst" zu hören, doch schnell machten sie sich daran die Positionen zu üben. Anschließend befriedigten sie sich nochmals jeweils viermal bis kurz vor einen Orgasmus, wobei sie danach verzweifelt und frustriert erst einmal nacheinander eine kalte Dusche nehmen.

"Eins kann ich dir sagen", meinte Frank dann zu Bine, als diese schließlich auch fertig ist und zu ihm ins Bett kommt, "dass war nun wirklich das letzte Mal, dass ich es aushalte. Der Druck in meinen Hoden ist inzwischen unerträglich, mein Penis ist, trotz der kalten Dusche, nicht schlaff und ich kann einfach nicht mehr ..."

Bine versucht ihn, trotz ihrer eigenen Geilheit, zu trösten: "Schatz, er wird sich bestimmt bald melden. Und dann wird es vorbei sein und wir dürfen bestimmt kommen. Wir halten das schon aus. Denn für genau diesen Weg haben wir uns doch entschieden. Komm, wir versuchen jetzt zu schlafen und wenn wir morgen aufstehen, dann werden wir bestimmt eine Mail von ihm haben."

"Dein Wort in Gottes Gehörgang", erwiderte Frank nur darauf und dann versuchten sie zu schlafen, was aber erst einmal gar nicht ging, da sie beiden noch ihren eigenen Gedanken nachhingen. Erst tief in der Nacht schliefen sie ein und auch dies war nur ein äußerst unruhiger, kaum erholsamer, Schlaf.

Frank erwachte am Sonntag als erster und weckte dann sogleich Bine, in dem er ihr einen leidenschaftlichen Kuss gab und flüsterte "Aufwachen mein kleiner Faulpelz. Lass uns mal schauen, ob was gekommen ist und uns dann ein bisschen sportlich betätigen."

Bine wollte erst nicht so recht aus dem Bett und verfluchte Frank, denn sie ist ein totaler Morgenmuffel. Doch schließlich trieb sie die Neugierde, ob ihr Herr ihnen geschrieben hat, doch aus den Federn und gemeinsam gingen Frank und Bine zum PC.

Frank schaltete ihn an und öffnete sogleich erwartungsvoll den Email - Eingang. Als sie sahen, dass es eine neue Nachricht gab freuten sie sich und klickten sie spannungsvoll an ... nur um zu sehen, dass es sich um Werbung handelte.

Enttäuscht seufzten beide auf. Frank fasste sich als erster wieder: "Also gut, dann beginnen wir eben mit dem Sport. Komm, zieh dich an, dann gehen wir joggen."

Bine klang dabei weitaus weniger begeistert. "Muss das denn wirklich sein? Du weißt, dass ich nicht so ein Sportfreak bin wie du und außerdem ..."

"Nichts außerdem. Wir ziehen uns jetzt an und gehen joggen. Vielleicht haben wir ja Glück und es ist dann eine Mail von unserem Herrn da. Außerdem bringt es uns auf andere Gedanken und die Zeit geht dann schneller rum. Und ..."

"Ja ja, ist ja schon gut. Ich mach mich fertig.", gab Bine sich geschlagen.

Als sie vom joggen zurück kamen gingen sie erst einmal Duschen. Frank, der als erster fertig war, setzte sich wieder vor den PC und öffnete den Email-Eingang. Und tatsächlich, da war eine Mail von ihrem Herrn.

Frank rang mit sich, ob er die Mail gleich öffnen oder auf Bine warten sollte. Doch seine Neugier siegte und er öffnete sie.

"Hallo ihr zwei,

eine Frage, bevor ich euch eine ausführlichere schicke: Habt ihr gestern die Aufgaben auch noch gemacht?

Euer Herr"

Frank war nun doch sehr enttäuscht, dass es sich nur um eine so kurze Email handelte, doch sofort antwortete er darauf, weil sein Herr ihm ja geschrieben hatte, dass er sich dann ausführlich melden würde.

"Sehr geehrter Herr,

ja, wir haben gestern die Aufgaben auch noch ausgeführt. Zuerst haben wir überlegt, ob wir es machen sollen. Da Sie ja aber nichts gegenteiliges geschrieben hatten, haben wir uns dafür entschieden, es zu machen.

Demutsvoll Ihr Sklave Frank"

Er schickte sie ab und ging dann zu Bine um ihr mitzuteilen, dass sich ihr Herr gemeldet und was er darauf geantwortet hatte. Bine war doch recht sauer, dass Frank nicht auf sie gewartet hatte und zeigte dies ihm auch deutlich. Doch schließlich konnte er sie beruhigen und sie begannen gemeinsam zu kochen, nachdem sie nochmals nach ihren Emails geschaut hatten und keine neue Email vorgefunden hatten.

Nach dem Essen räumten sie gemeinsam die Küche auf und gingen dann gleich wieder an den PC und tatsächlich, ihr Herr hatte ihnen wieder geschrieben. Sie einigten sich darauf, dass sie die Email erst einmal lesen würden, ohne sich darüber zu unterhalten oder irgendwelche Kommentare dazu abzugeben. Dafür hätten sie schließlich später noch mehr Zeit. Schnell öffneten sie dann die Email und begannen zu lesen:

Hallo meine zwei Sklaven,

erst einmal muss ich euch sagen, dass ihr Glück hattet. Denn hättet ihr die Aufgaben gestern nicht mehr erfüllt, so hättet ihr jetzt eine Strafe erhalten. Irgendwie doch schade, da ich eure Reaktion auf die Strafe doch zu gern geschildert bekommen hätte. Aber nun gut, so ist es nun einmal.

Erst einmal muss ich sagen Bine, dass ich doch etwas enttäuscht bin, dass du an mit gezweifelt hast und an der Tatsache, dass ich euch wieder schreibe. Das einzige, was ich dir dabei zugute halte ist, dass du mich ja noch nicht kennst und nicht weißt, wie ich reagiere. Deswegen und wegen deiner Ehrlichkeit es mir auch gleich zu gestehen verzeihe ich dir noch einmal.

Gut finde ich, dass wir unsere Spielchen auch etwas auf den Garten ausdehnen können und eure Nachbarn euch auch nicht hören und sehen können dabei. Nebenbei dann hier gleich angemerkt: es wird vorkommen, dass ich nur einem von euch eine Email schreibe (werde ich im Betreff dann angeben) mit Aufgaben, die der andere zu erledigen hat. Ich rate euch also, dass ihr auf euren Partner in so einem Fall dann hört. Denn wenn ihr es nicht macht, dann ist es, als würdet ihr nicht meine Befehle befolgen!

Bei der Beantwortung meiner Fragen ist mir noch aufgefallen, dass ihr drei Zimmer leer stehen habt. Findet ihr das nicht etwas verschwenderisch? Ich finde, dass ihr aus mindestens einem der Zimmer ein "Spielzimmer" machen solltet. Hm, falsch ausgedrückt von mir: Ich verlange, dass ihr ein Spielzimmer einrichtet!! Und zwar nach meinen Wünschen. Denn dann können wir noch durchaus mehr Aufgaben in eure Erziehung mit einbeziehen. Zwei Zimmer wären mir sogar lieber, da wir dann noch getrennt etwas machen können. Überlegt euch also mal, ob ihr auch zwei hergebt. Eins ist auf jeden Fall Pflicht!! Und dieses eine wird das Abstellzimmer im Erdgeschoss sein, da ihr dort, wie ich auf den Bildern gesehen habe, nochmals einen separates Waschbecken und eine Toilette dort habt, was durchaus hilfreich ist.

Und da ich ja schon angesprochen habe, dass ihr ein Spielzimmer herrichten sollt ist euch sicherlich auch klar, dass wir dazu noch die ein oder anderen Sachen brauchen. Da ihr gesagt habt, dass das kein Problem ist, werde ich euch nachher ein paar Dinge aufschreiben, die ihr kaufen bzw. herstellen müsst. Dazu aber später mehr.

Ach so, wer von euch beiden ist denn handwerklich begabt, so dass ihr die Sachen auch wirklich herstellen könnt. Frank, kannst du nur konstruieren oder arbeitest du auch in deiner Firma aktiv beim Aufbau mit? Wie viel Geld könnt ihr denn investieren? Wie gefallen euch beiden denn eure Berufe? Was habt ihr für Hobbys? Wie habt ihr euch kennen gelernt? Habt ihr auch anale Erfahrungen? Wie sieht es mit homosexuellen Erfahrungen aus? Wissen irgendwelche Leute aus eurem Bekanntenkreis von euren Neigungen? - Ihr seht, ich hab noch einige Fragen an euch, was daran liegt, dass ich euch so gut wie möglich kennen lernen will.

Bevor es jetzt zu euren neuen Aufgaben geht muss ich noch folgendes zu eurer letzten Mail sagen:

1. Wenn ihr die Positionen noch nicht wirklich beherrscht, warum hattet ihr nicht so viel Anstand sie länger zu üben? Also wenn ich Sklave wäre, dann würde ich mir doch wesentlich mehr Mühe geben!! Schließlich ist es ja das Ziel eines Sklaven den Meister glücklich zu machen, so dass er mich glücklich machen kann! Deswegen wird eure Übungszeit von jeder Position auf 20min pro Tag verlängert!

2. Frank, ich bin äußerst enttäuscht von dir, dass du es nicht für nötig erachtest selber deine Empfindungen aufzuschreiben! Das ist ja wohl das mindeste!! Alles hast du Bine machen lassen. Und selbst an den paar Stellen, wo du dann mal was geschrieben hast, war es nur kurz ein

paar hingeworfene Sätze! Deswegen bekommst du eine Strafe! Diese schreibe ich nachher dir noch!

3. Bine, mit dir bin ich alles in allem zufrieden. Du hast deine Empfindungen gut und ausführlich aufgeschrieben, so dass ich mir ein Bild von dir machen konnte. Mach weiter so, denn du bist auf dem richtigen Weg.

4. Das Orgasmusverbot war vollkommen beabsichtigt. Natürlich kann es sein, dass es euch schwer fällt und das soll es ja auch! Wenn ihr alles nur leicht bekommt, dann schätzt ihr es gar nicht mehr und braucht dann auch keinen Herrn. Aber das scheint ihr ja, nach Bines Worten zu urteilen, schon selber eingesehen zu haben. Allerdings hat es mir nicht gefallen, dass ihr nur den ersten Abend beschrieben habt, wie ihr euch bis kurz vor die Erlösung gebracht habt. Ich wollte es von allen Abenden!!! In Zukunft möchte ich, dass ihr alles genauestens aufschreibt, wenn ich dies von euch verlange.

So, nun aber erst einmal zu euren Aufgaben. Die erste wird sein, dass ihr den Abstellraum, also euer neues Spielzimmer, anfangt zu gestalten. Dazu möchte ich, dass ihr den Boden kachelt (dadurch kann man Sachen leichter aufwischen, logischerweise). Eine Wand soll in einem dunklen rot gestrichen werden, die anderen sollen ein gelb erhalten. Eine zusätzliche Sache an dich, Frank: Ihr müsst an den Wänden Dinge befestigen, die stabil sein müssen. Deswegen überlasse ich es dir als Fachmann die Entscheidung, welche Art von Wandbelag sich eignet.

Wachbecken und Toilette müssen erhalten bleiben, da sie, wie bereits erwähnt, doch nützlich für einzelne Spiele sein können.

An einer Wand muss es einen Einbauschrank geben, in dem ihr eure Spielsachen verwahren könnt. Schließlich soll es ja nicht unordentlich wirken, wenn ihr sie mal nicht braucht. Und da ihr ja nicht viel an Spielsachen habt hier erst einmal eine Einkaufsliste mit Dingen, die ihr benötigt. Diese Sachen dürft ihr jedoch nicht übers Internet bestellen, sondern ihr müsst in einen entfernten Ort zu einem Sexshop fahren. Dort werdet ihr eine Beratung verlangen und sagen, dass ihr von eurem Herrn geschickt wurdet, da ihr Sklaven zu unfähig seid übers Internet was zu bestellen. Also, folgende Dinge müssen es sein: jeweils 5 Vibratoren, Dildos und Plugs in unterschiedlichen Größen, ein paar Klammern, ein Paddel und eine Reitgerte. Das war es erst einmal, da ich ja noch nicht weiß, wie viel Geld ihr erübrigen könnt und da ihr ja auch gesagt habt, dass ihr Dinge selber baut. Weitere Dinge werden dann in der nächsten Mail euch genannt.

Also gut, das waren jetzt erst einmal eure Aufgaben in Bezug auf euer Spielzimmer. Nun noch ein paar weitere, da ich ja nicht will, dass ihr nur mit der Renovierung beschäftigt seid.

Ich möchte eure Schmerzgrenzen ertesten und erfahren. Deswegen werdet ihr euch gegenseitig auf jeden Nippel eine Klammer setzen und sie so lange dran lassen, wie ihr es aushalten könnt (maximal 10min). Ich möchte die genaue Dauer wissen! Danach setzt ihr einige Klammern in den Intimbereich und lasst sie ebenfalls solange dran, wie ihr es aushaltet. Wieder maximal 10 min und ich möchte wissen, wie viele es waren, wo genau platziert und wie lange ihr es ausgehalten habt.

Außerdem sollt ihr ein paar Erfahrungen mit Wachs machen. Beträufelt euch gegenseitig damit, an den unterschiedlichsten Stellen. Jeder von euch muss am Ende mindestens das Wachs von zwei Teelichtern auf seinem Körper gehabt haben. Ob auf einmal oder verteilt bleibt euch überlassen.

Und nun was erfreuliches für Bine und die Strafe für Frank. Bine, du darfst heute Abend so viele Orgasmen haben wie du möchtest. Du darfst sie dir alleine bescheren, Frank soll sie dir bescheren, du kannst Hilfsmittel benutzen. Alles, was du möchtest. Frank darf jedoch nicht mit seinem Penis in dich eindringen!!!

Denn du, Frank, wirst heute Abend nochmals viermal bis kurz vor einen Orgasmus gebracht und darfst nicht kommen. Als Strafe für deine unzureichenden Feedbacks. Außerdem wirst du Bine demütig und auf Knien darum bitten, dass sie dir morgen den zweiten Teil deiner Strafe verabreicht: 30 Schläge mit der Hand und 30 Schläge mit einem Holzkochlöffel auf deinen Hintern. Erst dann darfst du einen Orgasmus bekommen!! Und das auch nur, nachdem du dich anschließend bei Bine für deine empfangene Strafe bedankt hast und sie darum anflehst, dass du dich in ihr entleeren darfst und sie es dir erlaubt! Ich würde also nett zu Bine sein, denn sie hat dich damit jetzt in der Hand.

Ansonsten dürft ihr nur noch drei weitere Orgasmen zusätzlich haben, bis ich euch was anderes sage. Und da ihr euch mit einem Feedback erst wieder bei mir melden dürft, wenn alle Aufgaben, auch die Renovierung, erfüllt sind und ihr dann ja auch meine Antwort abwarten müsst, würde ich mich beeilen.

Viel Spaß wünsch ich euch noch

Euer Meister

PS: Bei Fragen dürft ihr euch natürlich auch vorher melden.

Bine und Frank schauten sich entgeistert an und konnten erst einmal gar nichts sagen. Wie würde es wohl weiter gehen?

Schließlich fand Bine als erstes wieder ihre Stimme, räusperte sich kurz, schaute Frank in die Augen und sagte: "Okay, das wahr jetzt ziemlich viel auf einmal und auch sehr heftig. Ich denke, wir sollten die Email noch mal durchgehen, bevor wir uns jetzt schon an die Aufgaben machen. Oder was meinst du?"

"Ich stimm dir voll und ganz zu. Vor allem bin ich jedoch froh, dass du dich durchgesetzt hast und wir die Aufgaben auch noch gestern gemacht haben. Auch wenn es unseren Herrn gefreut hätte, ich möchte keine Strafe haben, wenn es sich vermeiden lässt."

"Ja, so sehe ich das auch", bestätigte Bine und dann machten sie sich an das gemeinsame durcharbeiten der Email.

Danach besprachen sie nochmals die grundsätzlichen Dinge und machten sich dann an die Arbeit. Frank ging erst einmal in den Abstellraum und nahm die nötigen Maße, bevor er dann in sein Büro ging und sich an die Konstruktion machte.

Bine schaute derweil sich schon einmal im Internet um, ob es Seiten gibt, in denen erklärt wird, wie man einige SM-Gegenstände herstellen kann. Und tatsächlich, sie wurde fündig! Interessiert las sie einen Beitrag nach dem anderen, so dass sie gar nicht bemerkte, als Frank hinter sie trat.

"So, ich habe nun alles bestellt, was wir brauchen. Übermorgen sind die Sachen da. Und Mike hab ich auch schon Bescheid gesagt, dass er mir beim Renovieren von dem Abstellraum helfen muss."

"Du hast was? Mike gefragt? Und wie erklärst du ihm dann, dass er dann nicht das fertige Produkt sehen darf?! Er wird doch neugierig sein und ..."

Doch Frank unterbrach Bine: "Ehrlich gesagt Schatz ... Mike ... Mike weiß, ... dass ... dass wir devot sind, denn ..."

Bine konnte es nicht glauben und schrie ihn an: "Mike weiß was?! Wir haben uns doch geeinigt, dass es unter uns bleibt!! Es sollte niemand wissen! Niemand außer Melissa und sie auch nur, weil sie das ganze Theater mitbekommen hat und du hast dann ..."

Obgleich oder gerade weil Bine immer lauter wurde unterbrach Frank sie: "Siehst du! Nicht nur Melissa hat das Theater mitbekommen, sondern auch Mike. Er war von Anfang an eingeweiht, auch schon, als ich zu einer Domina ging. Irgendjemandem musste ich mich ja anvertrauen. Du hast Melissa ... und bei mir ist es eben Mike!"

"Ja, natürlich, bei dir ist es Mike. Mike ... Mike ... immer Mike. Mich braucht es ja eigentlich nicht zu wundern, dass er über alles Bescheid weiß und dich auch noch dabei unterstützt hat, als du fremdgegangen bist. Er ist und bleibt ..."

Doch weiter kam sie nicht, denn nun war Frank auch richtig sauer. "Klar, du darfst mit jedem über alles reden und mir jahrelang Sachen vorwerfen, aber ich darf nichts! Das ist so typisch für dich! Jedes mal das gleiche! Du weißt, dass mir das mit der Domina Leid tut und deswegen habe ich mich ja auch mehr als einmal entschuldigt! Und du hast sie auch angenommen! Aber auch ich brauche jemanden außerhalb der ganzen Situation zu reden! Nicht nur du!"

Bine hörte ihm jedoch schon gar nicht mehr zu, denn sie schnappte sich ihre Jacke und ging.

Nach einigen Stunden kam sie wieder und Frank wartete schon besorgt und mit etwas schlechtem Gewissen auf sie. Sie hatte kaum die Tür geöffnet, da kam er schon auf sie zu, zog sie in seine Arme und sagte:

"Schatz, es tut mir so furchtbar Leid. Ich habe eben überreagiert. Und es tut mir auch Leid, dass ich dir nicht gesagt habe, dass Mike die ganze Zeit Bescheid wusste. Ich weiß, dass ich es hätte tun sollen. Aber Mike und du habt sowieso ein angespanntes Verhältnis und ich wollte es nicht verschlimmern. Und außerdem ..."

Bine entwand sich aus seinen Armen. "Lass jetzt gut sein. Ich bin immer noch sauer und da bringen deine Entschuldigungen auch nicht wirklich viel. Ich weiß zwar, dass ich an dem Streit und der Situation auch nicht unschuldig bin, aber trotzdem ... Jedoch weiß ich eins sicher: Wir müssen uns zusammenreißen und die Aufgaben erledigen! Also lass uns anfangen. Ich werde jedoch nicht bei der Renovierung dabei sein, denn ich möchte Mike vorerst nicht begegnen!"

Frank schaute sie unglücklich an doch schließlich nickte er. Er wusste ganz genau, dass Bine in so einer Situation nichts und niemand umstimmen konnte und es das Beste war, wenn er die Sache vorerst auf sich beruhen ließ.

Nach fünf Tagen hatten sie alle Aufgaben erledigt und setzten sich so abends gemeinsam vor den PC und schrieben eine Mail an ihren Herrn:

Sehr geehrte Herr,

erst einmal möchten wir uns bei Ihnen für die neuen Aufgaben bedanken. Es war einiges los, bis wir sie endlich alle erfüllt hatten, dazu jedoch später mehr.

Bedanken möchten wir uns auch für Ihren Hinweis, dass es vorkommen kann, dass sie nur einem von uns eine Email schreiben und wir deswegen auch dem anderen gehorchen müssen, der sozusagen ja stellvertretend für Sie ist. Dies hätten wir ansonsten höchstwahrscheinlich nicht gemacht.

Übrigens schreibe momentan ich, Frank und Bine sitzt neben mir. Wir haben uns darauf geeinigt, da ich Sie das letzte Mal enttäuscht habe und ich hoffe, dass ich es so wieder etwas bei Ihnen gut machen kann. Wir sind nun auch übereingekommen, dass wir gerne abwechselnd Ihnen schreiben würden, außer den Feedbacks natürlich. Da werden wir zukünftig beide schreiben.

Wir haben lange hin und her überlegt, ob wir noch ein zweites Zimmer als "Spielwiese" hergeben und haben unterschiedliche Pro und Contras abgewogen. Schließlich haben wir uns dafür entschieden, dass wir ein zweites Zimmer gerne zur Verfügung stellen, allerdings muss es so eingerichtet sein, dass wir auch wieder ein Kinderzimmer daraus machen können, sofern das mal nötig ist. Welches der beiden Zimmer soll es denn sein?

Und nun zu Ihren Fragen. Da es das letzte Mal sich bewährt hat, dass wir zuerst Ihre Fragen nochmals aufschreiben und dann antworten, werden wir es dieses Mal wieder so machen. Wir hoffen, dass es Ihnen so recht ist.

Ach so, wer von euch beiden ist denn handwerklich begabt, so dass ihr die Sachen auch wirklich herstellen könnt? - Wir sind beide

handwerklich begabt und können es gemeinsam herstellen. Und sollten wir doch mal überfordert sein, so können wir auch Mike fragen. (Herr, Bine ist davon nicht sehr angetan. Ich werde Ihnen später noch berichten, warum das so ist.)

Frank, kannst du nur konstruieren oder arbeitest du auch in deiner Firma aktiv beim Aufbau mit? - Ich arbeite auch aktiv an dem Aufbau mit, denn ich finde, dass man nur so ein richtiges Gespür für sein Werk bekommen und es schätzen kann. Außerdem hat man auf diese Art auch einen viel besseren Draht zu seinen Mitarbeitern.

Wie viel Geld könnt ihr denn investieren? - Wir können so viel Geld investieren, wie es nötig ist. Allerdings würden wir wirklich gerne das meiste selber machen, denn dadurch bekommen wir auch einen Bezug zu unseren Spielsachen und können sie bestimmt dann besser schätzen.

Wie gefallen euch beiden denn eure Berufe? - Uns beiden gefallen unsere Berufe sehr und wir möchten sie, bis auf ein paar Tage gelegentlich, um nichts in der Welt tauschen. Der einzige Nachteil ist, dass wir beide oft Arbeit mit nach Hause bringen und dann nicht so viel Zeit für uns haben.

Was habt ihr für Hobbys? - Bine: lesen, malen, sich handwerklich betätigen, singen und Sport (auch wenn sie dazu ab und zu dann doch zu faul ist). Frank: lesen, Musik, handwerklich betätigen, Sport und Reisen.

Wie habt ihr euch kennen gelernt? - Hauptsächlich über Melissa. Sie ist meine Cousine und Bines beste Freundin. Bine war zwar einige Klassen unter mir, aber da habe ich sie nie so wahrgenommen. (Und ich ihn auch nicht). Na ja, irgendwann hatte Melissa dann eine Party, bei der wir beide waren, wir sind ins Gespräch gekommen und haben uns interessant gefunden. Von da an haben wir uns dann öfters gesehen und irgendwann waren wir ein Paar.

Habt ihr auch anale Erfahrungen? - Nein, bisher haben wir noch keine. Würden dies aber beide gerne ändern. Ich würde dies aber nur gerne ändern, wenn Bine diejenige ist, die anale "Sachen" mit mir durchführt. Ich glaube, ich würde da niemand anderem trauen.

Wie sieht es mit homosexuellen Erfahrungen aus? - Ich nein, Bine ja. Sie hat mal mit Melissa etwas rum gemacht. Wobei das hauptsächlich ums knutschen ging, wie sie jetzt gerade eben wieder beteuert. Ich weiß auch nicht, ob das wirklich was für uns ist ...

Wissen irgendwelche Leute aus eurem Bekanntenkreis von euren Neigungen? - Ja. Melissa und Mike. Und bei Mike liegt auch der Knackspunkt, warum Bine gerade so sauer auf mich ist. Mike ist mein bester Freund und war mit mir in einer Klasse (er ist auch Mitteilhaber an meiner Firma). Bine und er verstehen sich nicht gut, da er Bine mal ziemlich blamiert hat und sie es ihm immer noch nicht verzeihen kann. Ich musste ihr jetzt aber gestehen, dass er Bescheid weiß und deswegen ist sie seit Tagen auf mich sauer. Wir haben die Aufgaben jedoch trotzdem gemacht. Na ja, und Bine scheint mir auch von Tag zu Tag mehr zu verzeihen, denn inzwischen redet sie auch wieder außerhalb der Aufgaben mit mir. (AUA, ich hab grad ihren Ellenbogen in meiner Seite abbekommen). Ich weiß, ich bin daran auch nicht unschuldig, denn ich hätte es ihr wirklich sagen müssen. Aber ... ich hab mich einfach nicht getraut.

Nun aber zu Ihren Hinweisen, die Ihr uns noch bei Ihrer letzten Email gegeben haben. Wir hoffen übrigens, dass es Ihnen recht ist, wenn wir unsere Mail so auf Ihre abstimmen, dass wir nacheinander Ihre Bemerkungen, Aufgaben und sonstiges bearbeiten.

Erst einmal möchten wir uns entschuldigen, dass wir die Positionen nicht länger immer geübt haben, obwohl wir sie nicht richtig konnten. Sie haben natürlich vollkommen Recht, dass wir die Positionen wesentlich länger hätten üben müssen. Denn natürlich wollen wir alle Aufgaben zu Ihrer Zufriedenheit erledigen und werden in Zukunft noch mehr üben (haben wir übrigens auch. Wir haben mehr als die zwanzig Minuten geübt, so dass wir es jetzt ohne Probleme können. Dazu aber später mehr.)

Und nun muss ich mich nochmals bei Ihnen entschuldigen, dass ich so schreibfaul war. Ich würde jetzt gerne mit den Gründen kommen, aber Bine meint, und das wohl zu recht, dass es sich nur wie fadenscheinige Ausreden anhören würde. Also lass ich es lieber und bitte Sie um Verziehung.

Ich (Bine) möchte mich übrigens bei Ihnen bedanken, dass Sie mir auch ein Feedback zu meinen Schilderungen gegeben haben. Die haben sehr geholfen. Und natürlich werden wir in Zukunft auch Ihre Aufgaben genauer lesen und auch dann genau beantworten. Übrigens überlass ich jetzt Frank wieder das schreiben.

Nun also zu unseren Aufgaben, die Sie gestellt haben. Ich werde gleich mal mit der Renovierung des Zimmers anfangen. Da Bine dabei nicht mitgemacht hat - wegen Mike - werde ich Ihnen hierzu nur ein Feedback geben können.

Erst einmal habe ich, nachdem wir Ihre Mail gelesen haben, die genauen Maße des Zimmers genommen und dann angefangen mit meinen Überlegungen, wie wir alles am besten umsetzen können. Danach habe ich beschlossen, dass ich am besten Mike anrufe, weil er in der Firma für den Innenausbau mit zuständig ist und auch Schreiner gelernt hat. So hatte ich also einen Fachmann wegen des Einbauschrankes und auch ansonsten auf meiner Seite. Anschließend habe ich Bine alles erzählt gehabt und dann bekamen wir den Streit, wie ich Ihnen ja schon gesagt hatte.

Nichts desto trotz haben Mike und ich uns am nächsten Tag an die Arbeit gemacht. Alles nochmals ausgemessen, überlegt, wie wir es am besten umsetzen können und dann die Materialien bestellt, die dann doch recht schnell da waren. Und dann ging es an die Arbeit. Nach dem normalen Arbeitstag haben wir abends immer wieder in dem Raum gewerkelt. Die genauen Arbeitsschritte werde ich jetzt nicht beschreiben, die seht Ihr im Anhang anhand der Bilder und dem genauen Ablaufsbericht. Ich hoffe, dass das für Sie in Ordnung ist. Ebenso können Sie den, nun nach Ihren Wünschen gestalteten Raum, auf den Bildern sehen. Ich muss sagen, dass er mir sehr gefällt und ich hoffe, dass der Schrank auch nach Ihren Wünschen ist.

Ich (Bine) sag es ja nicht gerne, aber mir gefällt der Einbauschrank auch sehr gut. Die Jungs haben da wirklich gute Arbeit geleistet und sich sehr viele Gedanken gemacht. Deswegen bin ich Mike auch für seine Hilfe dankbar, selbst wenn ich es ihm nie persönlich sagen würde.

Nun gut, jetzt schreib ich (Frank) also wieder weiter. Zwischen den ganzen Umbauarbeiten sind Bine und ich dann auch noch die Spielsachen besorgen gegangen. Erst einmal hieß das für uns, da wir sie ja nicht per Internet bestellen durften, trotzdem ins Internet gehen und schauen, wo es überall Sexshops in unserer Nähe gibt, die gleichzeitig aber weit genug entfernt sind, dass uns niemand kennen kann.

Schließlich haben wir einen gefunden und uns dann an einem Samstag schweigsam auf den Weg gemacht (Bine war und ist ja immer noch sauer wegen Mike).

Na ja, da angekommen saßen wir erst einmal eine Weile im Auto und haben uns überlegt, wie wir es am besten anstellen können ohne uns all zu sehr zu blamieren und zu demütigen. Schließlich ist es Bine dann zu dumm geworden und sie meinte, dass es auch nicht besser werden würde, solange wir im Auto sitzen bleiben würden, weswegen wir dann rein gegangen sind.

Für mich war das ein sehr komisches und mulmiges Gefühl. Ich war zwar schon ein paar Mal in einem Sexshop, aber noch nie mit Bine zusammen und auch nie mit dem Gedanken, dass ich etwas kaufen müsste. Aber das schlimmste war dabei die Tatsache, dass ich wusste, was ich gleich sagen musste. Und doch … gleichzeitig war ich unglaublich erregt und merkte, wie mein Penis immer steifer wurde und die Hose langsam zu eng.

Schließlich haben Bine und ich uns etwas umgeschaut, als schließlich eine Verkäuferin (für mich war das echt schlimm und noch demütigender) auf uns zukam und fragte, ob sie uns helfen könnte. Ich sagte schnell nein und das wir uns noch umschauen würden, was mir einen strengen Blick von Bine einbrachte. Aber irgendwie war ich einfach noch nicht bereit dazu Darauf hat Bine dann nur den Zettel raus gezogen, auf dem alle Dinge standen, die Ihr euch gewünscht habt und wir sind noch mal sie Regale abgegangen. Schließlich hat Bine sich ein Herz gefasst und die Verkäuferin zu uns gerufen. Diese ist natürlich schnell herangeeilt und ich glaube, dass ich noch nie in meinem Leben rot geworden bin, aber in dem Moment schon. Als sie dann da war konnte ich nur noch betreten wegschauen, denn Bine sagte auch schon: Entschuldigen Sie bitte, dass wir Sie vorher weggeschickt haben. Aber … aber wir sind es nicht gewohnt, dass … Na ja, wie dem auch sei, unser Herr schickt uns zu Ihnen und erbittet eine umfassende Beratung, da sowohl mein Mann als auch ich zu blöd sind die Dinge übers Internet zu bestellen und den Anforderungen unseres Herrn gerecht zu werden.

Mir war das alles in diesem Moment so unglaublich peinlich! Ich wusste nicht, wo ich hinschauen sollte, ich wurde noch roter, ich fing sogar leicht an zu zittern und dennoch merkte ich auch, wie unendlich geil mich diese ganze Situation machte. Ich habe jetzt im Moment auch wieder einen Steifen, weil allein der Gedanke mich wieder unglaublich erregt. Und gleichzeitig habe ich Bine auch noch für ihren Mut bewundert. Zuerst hatte sie ja etwas gestottert, doch dann mit unglaublich fester Stimme den Satz herausgebracht. Ihr schien das auch gar nicht peinlich zu sein.

Die Angestellte schaute uns beide zuerst äußerst verwirrt und auch ungläubig an, doch schnell hatte sie wieder eine professionelle Art an sich und sagte: Wenn das so ist, dann sagen Sie mir doch bitte mal, was Sie alles einkaufen müssen und dann legen wir auch gleich los.

Bine gab ihr daraufhin den Einkaufzettel und die Verkäuferin legte dann auch los. Sie ging mit uns durch den ganzen Laden, erklärte uns alle Dinge und gab uns auch noch Tipps, was wir sonst noch alles kaufen könnten. Ich glaube, sie roch einfach ein gutes Geschäft. Doch wir haben schließlich nur das gekauft, was Sie uns gesagt haben: jeweils 5 Vibratoren, Dildos und Plugs in unterschiedlichen Größen, ein paar Klammern, ein Paddel und eine Reitgerte. Denn Sie sagten ja auch, dass Sie uns noch weitere Dinge in der nächsten Mail nennen würden.

Mir war das alles auf jeden Fall noch immer furchtbar peinlich und ich fand es alles äußerst entwürdigend, doch ich stand es durch. Wie gesagt, die ganze Situation hatte auch einen seltsamen Reiz auf mich und ich dachte, dass mein Penis und meine Hoden gleich platzen würden, so unglaublich erregt war ich. Doch ich bin auch froh gewesen, als wir endlich alles bezahlt und im Auto verstaut hatten und schließlich nach Hause fuhren. Wobei ich zwischenzeitlich an einem Parkplatz eine Pause machen musste um mich zu erleichtern. Und da Bine anscheinend auch unwahrscheinlich erregt war durfte ich sogar Sex mit ihr haben, was natürlich wesentlich schöner gewesen ist, als wenn ich nur auf dem Parkplatz gewichst hätte. Nun möchte Bine aber Ihnen Ihre Erfahrungen dabei schreiben.

So, ich bin's wieder. Ich glaube, dass ich Ihnen den genauen Ablauf wohl nicht noch einmal schreiben muss, sondern es langt, wenn ich meine Empfindungen bei der ganzen Sache aufschreibe. Ich hoffe, dass das Ihnen so Recht ist.

Nun gut, im Gegensatz zu dem Eindruck, denn ich wohl auf Frank gemacht habe, war mir das alles doch unglaublich peinlich. Denn ich war noch NIE in einem Sexshop und dadurch war das schon ein sehr komisches Gefühl und irgendwie war ich von dem ganzen peinlich berührt und doch auch sehr neugierig. Deswegen war ich auch froh, dass wir uns erst einmal umgeschaut haben und ich mich einigermaßen beruhigen konnte. Doch als die Verkäuferin kam ... ich wäre am liebsten im Boden versunken. Und als Frank sie dann auch wieder weggeschickt hat ... Ich dachte, ich müsste ihn töten!

Wir haben uns ja umgeschaut und dabei ist mir immer bewusster geworden, dass die Verkäuferin uns sehr neugierig beobachtet. Als dann niemand mehr im Laden war dachte ich jetzt oder nie, weswegen ich sie angesprochen habe. Denn ich wusste, dass Frank das nicht so schnell machen würde. War mir das peinlich und es wurde durch ihren Gesichtsausdruck nur noch schlimmer. Doch zum Glück hat sie sich ja schnell wieder gefangen gehabt und wurde professionell und hat uns alles erklärt.

Was ich nur komisch fand ... das alles hat mich auch unglaublich erregt, genau wie Frank. Ich hatte die ganze Zeit das Gefühl auszulaufen und dachte, dass man mir meine Geilheit anmerken würde, was für mich wiederum die ganze Situation noch peinlicher machte. Da ich aber auch so geil war hatte Frank Glück und ich habe mit ihm auf dem Parkplatz geschlafen, auch wenn ich noch sauer auf ihn bin. Denn das alles war einfach ... berauschend. Wir haben die Sachen übrigens schon in den Schrank einsortiert. Jetzt schreibt aber Frank wieder weiter.

Wie Sie es befohlen haben, haben wir dann natürlich auch noch unsere Schmerzgrenzen ertastet. Zuerst kamen die Klammern an die Nippel dran. Da war ich irgendwie wehleidiger als Bine, denn schon nach fünf Minuten konnte ich den Schmerz nicht mehr aushalten (so was war bisher auch immer ein Tabu bei meinen Domina-Besuchen). Es war einfach unerträglich, dieses Stechen und Ziehen in den Brustwarzen. Und noch schlimmer wurde es, als Bine mir die Klammern wieder abgenommen hat. Ich hätte schreien können vor Schmerzen. Sie zog sie mir nämlich regelrecht ab!! Und doch ... gleichzeitig war ich unglaublich geil, mein Penis stand schon wieder eins a und ich wollte nur noch eins: Bine vögeln (entschuldigen Sie bitte meine Ausdrucksweise).

Etwas besser erging es mir da bei den Genitalien. Obwohl, ich habe die ganze Zeit geschrieen vor Schmerzen. Bine hat mir an meinen Sack vier Klammern gemacht und dann noch drei an meinem Schaft und eine an der Eichel. Es war kaum zum Aushalten!! Diese Schmerzen, ich kann es gar nicht genau beschreiben. Es tut mir wirklich Leid, aber das ist irgendwie nicht in Worte zu fassen. Nach sechs Minuten habe ich dann Bine angefleht sie abzumachen. Anscheinend hatte sie auch ein einsehen, denn sie hat es dieses Mal nicht abgezogen, sondern wirklich sanft abgemacht. Trotzdem war es unglaublich schmerzhaft, als das Blut wieder durchkam und ich habe noch lauter geschrieen als zuvor. Und dennoch, mein Penis stand und ich war noch geiler als zuvor.

Hallo, ich bin es wieder, Bine. Nun schildere ich Ihnen noch, wie es mir bei den Klammern ergangen ist. Also mit den Klammern an meinen Nippeln hatte ich keine größeren Probleme. Es war zwar ein stetig zunehmender Druck drauf und hat gegen Ende auch geschmerzt, aber ansonsten ging es sehr gut. Deswegen habe ich sie die vollen zehn Minuten dran gelassen. Die einzige Veränderung, die ich an meinem Körper bemerkt habe war, dass ich unbeschreiblich feucht wurde. Ich glaube sogar, dass ich nur so ausgelaufen bin. Als Frank nach den zehn Minuten die Klammern jedoch abgemacht hat, und das wirklich vorsichtig und sanft, sind mir die Tränen in die Augen geschossen, so sehr hat es wehgetan. Ich glaube, mir ist sogar ein kurzer Aufschrei entwichen. Es hat sich angefühlt, als hätte jemand zuerst sehr fest in meine Warzen gekniffen nur um sie dann wieder schnell los zu lassen. Na ja, irgendwie ist es ja auch so.

Bei den Klammern an den Genitalien war es etwas anderes. Da hat es nur wehgetan. Frank hat mir je Schamlippe zwei Klammern befestigt. Das war schon äußerst unangenehm und extrem schmerzhaft. Auch die Tatsache, dass ich geradezu ausfloss half mir nicht, denn das war mir ungeheuer peinlich. Und dennoch ... es war auch absolut geil!! Die Klammern hatte ich ungefähr vier Minuten dran. Denn absolut schlimm und nicht zum Aushalten wurde es, als Frank mir eine Klammer auf den Kitzler setzte. Ich konnte den Schmerz einfach nicht aushalten! Ich habe laut geschrieen, die Klammer sofort abgemacht und mich dann einfach nur noch zusammengerollt und wollte mich schützen. Ich glaube, Frank war erst einmal von meiner Reaktion schockiert, doch schnell hat er mich dann in den Arm genommen und aufs Bett getragen. Irgendwie hat er es da dann geschafft mir die anderen Klammern abzunehmen, ich habe es nicht bemerkt, und hat mich anschließend in den Armen gehalten, mich gestreichelt und mir lauter beruhigende Worte ins Ohr geflüstert. Ich bin ihm immer noch richtig dankbar für sein schnelles Handeln und seine liebevolle Art und glaube, dass ich ihm deswegen auch nicht mehr böse sein kann, auch wenn ich bis jetzt den Anschein gewahrt hatte. Nun hat er es aber gelesen und Sie sollten mal sein Grinsen und seine leuchtenden Augen sehen ......

Entschuldigen Sie bitte, dass ich (Bine) jetzt erst weiter schreibe, aber Frank hat mich gerade etwas beschäftigt. Nachdem er es gelesen hat, hat er mich nämlich erst einmal durch die Luft gewirbelt, mich unglaublich geküsst und dann verführt, so dass wir jetzt alle beide unseren dritten erlaubten Orgasmus hatten. Von dem ersten haben wir ja schon berichtet und den zweiten haben wir uns beide zwischendurch mal selber besorgt.

Nun möchte ich Ihnen aber noch von den Erlebnissen mit dem Wachs berichten. Mir hat das so gut gefallen, dass ich beide Teelichter auf einmal auf meinem Körper haben wollte. Dieser kurze stechende Schmerz, wenn das Wachs die Haut berührt und dann die Wärme, die einen anschließend durchfährt. Ich glaube, ich bin regelrecht süchtig danach geworden. Zumindest, wenn die Kerze etwas weiter vom Körper entfernt ist, denn wenn es zu nah ist, dann schmerzt es doch mehr, als dass es angenehm ist.

So, nun bin ich wieder da. Erst einmal bin ich froh, dass Bine mir nicht mehr böse ist. Und zum Wachs: ganz so begeistert bin ich nicht davon wie Bine. Es war eine durchaus interessante Erfahrung und ich bin dem auch nicht abgeneigt ... Aber dennoch, es muss nicht andauernd sein. Wie Bine habe ich beide Teelichter auf einmal auf meinem Körper verteilen lassen, wobei ich das Gefühl nicht als angenehm, sondern nur als schmerzhaft empfunden habe. Es war dabei auch nicht so wie bei den Klammern, dass ich enorm erregt gewesen bzw. geworden bin. Es war einfach nur okay.

Die Belohnung von Bine war für mich besonders schwer zu ertragen, da ich ja wusste, dass ich bestraft werden würde. Und auch diese Schadenfreude, die man ihr angesehen hat, trug nicht gerade zu einer besseren Stimmung von mir bei. Aber ich habe verstanden, warum sie mir die Strafe aufgebrummt haben und möchte mich dafür nochmals bei Ihnen bedanken. Für mich war dieser Abend übrigens besonders schwer, weil Bine sich mehr als einmal von mir befriedigen ließ und ich ja keinen Orgasmus haben und auch nicht in sie eindringen durfte. Das war schon eine Strafe für sich! Aber am besten schreibt Bine selbst, wie sie den Abend erlebt hat, denn ihre Augen glitzern schon und sie fragt ungeduldig, ob ich denn bald fertig wäre.

Nun bin ich also wieder dran. Erst einmal möchte ich mich bei Ihnen für die vielen, unglaublichen, wunderschönen Orgasmen bedanken. Vor allem jetzt, wo wir nur begrenzt welche haben dürfen und irgendwie dauergeil sind war das ein herrliches Geschenk.

Angefangen habe ich damit, dass ich Frank auf einen Sessel vor dem Bett verfrachtet und mich erst einmal selbst befriedigt habe. Sie hätten seinen Gesichtsausdruck dabei sehen müssen. Nachdem der erste Orgasmus dann abgeklungen war habe ich Frank gerufen und er musste mich lecken. Dabei bekam ich mehrere Orgasmen hintereinander. Dann war erst einmal Pause angesagt, denn ich war doch schon fertig. Schnell hatte ich jedoch wieder Kräfte gesammelt und habe dann Frank etwas geärgert (er meint gerade, erniedrigt und gedemütigt würde es besser treffen). Ich habe von ihm verlangt, dass er mich mit einer Gurke befriedigt, da Sie es schon richtig erkannt hätten, dass so ein kleines Schwänzchen mir nicht genügen könnte. Er ist erst einmal dabei knallrot angelaufen und hat mich dann wütend angeschaut und wollte mich auch anschreien. Ich habe ihn jedoch daran erinnert, dass er mir ja behilflich sein müsste, da Sie es so verlangten. Das hat ihn dann schnell auf den Boden der Tatsachen zurückgebracht, er hat eine Gurke geholt und einen Gummi rübergezogen und mich dann damit befriedigt. Irgendwann habe ich dann verlangt, dass er mir mit seiner anderen Hand den Kitzler zusätzlich massiert und bin noch ein paar Mal gekommen. Anschließend war ich dann wirklich so fertig, dass ich mich nur noch zusammengerollt und geschlafen habe. Ich weiß, dass es sich so irgendwie lieblos anhört und hoffe, dass Sie dennoch damit zufrieden sind. Ansonsten beschreibe ich Ihnen den Ablauf natürlich noch wesentlich genauer.

Die Strafe von Frank habe ich übrigens sehr genossen, da ich dabei ja sehr sauer auf ihn gewesen bin und so etwas meine Wut abbauen konnte. Aber wie es ihm dabei erging, schreibt er jetzt selber. Von mir auf jeden Fall nochmals ein riesengroßes Dankeschön.

So, hier bin ich wieder. Ich könnte Bine immer noch für den Satz mit der Gurke erwürgen. Aber da sie nun nicht mehr sauer auf mich ist, werde ich es wohl lassen. Denn ich hasse Streit zwischen uns beiden.

Meine Strafe, was soll ich dazu nur sagen... Erst einmal dachte ich, dass es nicht wahr sein durfte, dass ich mich nochmals viermal bis kur vor einen Orgasmus bringen musste. Ich dachte schon die Tage davor, dass ich das nicht aushalten würde. Nun gut, nach langem Betteln hatte Bine schließlich ein einsehen mit mir und bot sich gnädigerweise an, dass sie mich die viermal bis kur vor einen Orgasmus bringen würde, damit ich nicht doch noch die Schwelle übertreten würde. Sie hat das jedoch jedes Mal sehr lieblos gemacht, denn sie hat immer nur ihre Hand rauf und runter bewegt und dann gelangweilt aufgehört, wenn ich kurz vorm Spritzen war, was jedoch nie sehr lange gedauert hat. Aber das peinlichste war beim letzten Mal, als ich wieder kurz davor war. Bine hörte auf und mir lief auf einmal weiße Flüssigkeit raus. Ich hatte keinen Orgasmus, meine Hoden waren immer noch stark angeschwollen und ich war so erregt, dass ich nicht wusste, was mit mir eigentlich los ist und dennoch ... meine Spermien sind raus geflossen. Mir war das so peinlich! Und Bine machte dann auch noch ein paar Bemerkungen diesbezüglich, bevor sie dann schlafen ging. Ich musste die Nacht, genau wie die darauf folgenden, in einem der Gästezimmer schlafen.

Na ja, am nächsten Tag kam dann der schlimmste Teil. Bine hat mich den ganzen Morgen nicht beachtet und ich wusste nicht, wie ich sie darum bitten sollte mir meine Strafe zu verabreichen. Gleichzeitig war ich immer noch so furchtbar geil ... Auf jeden Fall hat sie mich dann mittags plötzlich ins Wohnzimmer gerufen und mir mit strenger Stimme befohlen, dass ich mich über den Sessel lehnen sollte, so dass mein Hintern sehr erhoben war. Dann verließ sie das Zimmer und ich musste so bleiben.

Nach einer, für mich endlos scheinenden, Zeit kam sie dann zurück und gab mir fünfzehn feste Hiebe mit der Hand auf jede Pohälfte. Das war noch einigermaßen erträglich, obwohl sie ziemlich fest zuschlug und mein Hintern, laut ihrer Aussage, schon aussah wie ein Pavian - Hintern. Doch dann kamen die Schläge mit dem Holzkochlöffel und ich konnte bei jedem Schlag nur noch so schreien. Ich hatte sogar Tränen in den Augen, so schmerzhaft war das. Und mir war, als würde Bine jeden Schlag auch noch fester ausführen als den ersten.

Noch erniedrigender wurde das ganze, als Bine mich dann beschimpft hat. Und hier zitiere ich jetzt: Gott, was bist du denn für ein Weichei! Wegen den paar Schlägen rumheulen wie ein kleines Kind! Na ja, was erwarte ich anderes von dir. Große Klappe - nichts dahinter!

Gleichzeitig aber auch geil von der Behandlung werden! Dein Schwanz steht ja schon wieder ab! Bist du eklig!

Ich war in dieser Situation wie vor den Kopf gestoßen! Wie konnte sie mir so was nur antun. Und dann sollte ich sie auch noch anflehen, dass ich in ihr kommen dürfte. So konnte ich mich doch nicht erniedrigen lassen. Dennoch ... ich machte es.

Ich ging vor ihr auf die Knie und schaute ihr tief in die Augen. Dann sagte ich: Es tut mir Leid, dass ich dich enttäuscht habe. Danke, dass du mich bestraft hast. Aber dennoch möchte ich dich bitten, dass ich mich in dir entleeren darf.

Mir war das ganze so peinlich!!!!

Doch sie schaute mich nur ruhig an und dann ... auf einmal ging sie auch in die Knie, nahm mein Gesicht in die Hand, küsste mich und flüsterte dabei: Es tut mir Leid, was ich gesagt habe. Das war nicht richtig. Ich bin nur immer noch so sauer auf dich. Aber ich verstehe, dass das alles unglaublich schlimm für dich ist und deswegen darfst du dich in mir entleeren.

In dem Augenblick wurde mir wieder einmal bewusst, was für ein Glück ich doch mit ihr habe. Ich habe sie dann schnell mit dem Rücken auf den Boden gelegt und bin in sie eingedrungen. Sie war sehr feucht, also musste die ganze Situation sie auch sehr erregt haben. Nach nur fünf Stößen habe ich mich dann in ihr entleert.

Sie schob mich dann von sich runter und wir gingen beide erst einmal getrennt duschen. Na ja, und seit vorher ist sie ja nicht mehr böse auf mich und wir werden das heute Abend noch feiern.

So, dass war unser Bericht von den letzten Aufgaben. Wir hoffen, dass er ausführlich genug war und freuen uns schon auf die neuen Aufgaben.

Die Sub und ihr Cuckold

Vor dem Wochenende an dem sich die Geschichte ereignet hat habe ich (für die Geschichte nenne ich mich mal Stefan) mit, nennen wie sie hier Sabine und ihrem Mann Frank, schon eine Monat im Internet geschrieben. Wir lagen von Anfang an auf der gleichen Welle, in Ihrer Anzeige damals stand Ich suche für meinen Frau einen Lover der sie in meinem Beisein verwöhnt und das gibt was ich nicht kann. Ich habe die Zeilen gelesen und die Beiden angeschrieben, eigentlich habe ich mir keine großen Chancen ausgemalt, denn ich bin keine Schönheit, eigentlich bin ich ganz normal, auch wenn es schwer fällt zuzugeben, ich habe einen kleinen Bauchansatz.

Nach einer Woche Dienstreise habe ich in meinem Postfach eine Nachricht gefunden, "Hallo, wir haben deine Mail gelesen und sind der Meinung wir sollten uns mal kennen lernen, vielleicht erst mal per Mail und dann sehr gerne Real, Lieber Gruß Frank + Sabine". Na holla, damit habe ich wirklich nicht gerechnet, dann gingen noch viele Mails hin und her. So habe ich erfahren das, dass Sexleben zwischen Frank und Sabine sehr spärlich oder besser gesagt gar nicht mehr statt findet. Sie haben besprochen es doch mal mit einem anderen Mann zu versuchen und da ist ihre Wahl auf mich gefallen.

Wir haben uns dann für ein Treffen verabredet, jetzt lag ein Wochenende mit Sabine und Frank vor mir. Irgend wie ein aufregende Geschichte, ich sollte um 19:00 Uhr bei ihnen sein, also habe ich mich noch mal ausgiebig geduscht und rasiert. Danach habe ich mich angezogen und meine bereits gepackte Tasche genommen und los zum Auto. Pünktlich um 19:00 Uhr drücke ich den Klingelknopf am Eingang des Mehrfamilienhauses in dem die beiden wohnten. Die Treppe hoch in den dritten Stock, die Tür stand einen Spalt weit offen, ich habe aber doch lieber geklopft. Frank kam an die Tür und hat sie mir geöffnet, Frank ist in meinen Augen ein sehr attraktiver Mann. Das war mir aber im Moment egal, ich war gespannt auf Sabine, Frank nahm meine Tasche und hat sie im Flur abgestellt, ich ziehe meine Jacke aus, hänge sie auf und folge Frank ins Wohnzimmer.

Als ich das Zimmer betrete schaue ich mich um, "Ihr seit aber sehr geschmackvoll eingerichtet", sage ich und schaue mich nach Sabine um die aber nicht im Raum ist. "Nimm doch Platz", sagt Frank und ich setze mich auf das Breite Sofa. Er setzt sich gegenüber in den Sessel und wir beginnen ein Gespräch, wie die Fahrt war, dann werde ich gefragt was möchtest du denn trinken. Ich drehe mich Richtung Tür da bleibt mir die Sprache weg, vor mir steht Sabine, schwarze Haare die ihr bis über die Schulter gehen. Braune Augen und ein Gesicht mit zarten weiblichen Zügen. Sie ist so etwa 170cm groß und hat eine einfach tolle Figur, Kleidergröße 38 o. 40 richtig Fraulich eben. Sie ist dezent geschminkt, Make up, Kajal, dunkler Liedschatten und einen dazu passenden dunkelroter Lippenstift, die Fingernägel sind in dem gleichen dunkelrot lackiert. Ich denke, nein dieser tollen Frau hast du gefallen, das gibt es doch gar nicht, wie viel Glück kann ein Mensch haben. Sie trägt eine schwarze Bluse, dazu einen schwarzen Knie langen eng anliegenden Lederrock. Darunter trägt sie eine schwarze Strumpfhose oder sind es Nylons und schwarze ca 8cm hohe Pumps.

Ich bin noch ganz perplex als Sabine zu mir sagt "Jetzt kannst du aber deinen Mund wieder zu machen", ich bin bestimmt knall rot angelaufen so peinlich war mir das. "Oh Entschuldigung das ich dich so angeschaut habe, aber du siehst einfach toll, einfach unbeschreiblich aus". "Was möchtest du denn Trinken, vielleicht ein Glas Wein" fragt sich mich noch mal, "Ja sehr gerne, einen Rotwein wenn du hast". Kurze Zeit später kommt sie mit drei Gläsern zurück, sie reicht mir eins, gibt Frank ein Glas und setzt sich mit ihrem Glas links neben mich auf das Sofa. Immer noch ein wenig von der Rolle schau ich immer wieder zu Sabine und genieße Ihren Anblick. "Schatz du scheinst genau nach dem Geschmack von Stefan zu sein" sein sagt Frank und grinst zu Sabine. "Ja meinst du wirklich" sagt sie und legt dabei eine Hand auf mein linkes Bein, "Stefan bin ich nach deinem Geschmack". Ich muss lächeln und sage, "Du bist sogar sehr nach meinem Geschmack und nicht nur nach meinem, schau mal mein kleiner Freund freut sich auch schon darauf dich persönlich kennen zu lernen".

Jetzt muss auch Sabine lächeln, sie schiebt ihr hand nach oben bis zu meinem Schritt und fangt an mein bestes Stück durch die Hose zu massieren und sagt "Stimmt der springt ja fast aus der Hose so freut er sich auf mich. Das geht aber nicht das der so eingeklemmt ist", Sabine beugt sich über mich und öffnet meine Hose. "Heb deine Po mal an" sagt sie zu mir, ich hebe meine Po an und sie zieht mir die Hose gleich mit dem Slip nach unten. Als sie meinen Schwanz befreit hat steht er hart und steif ab. "Hey das ist ja ein geiler Schwanz, da habe ich mit dir den richtigen Griff gemacht", sagt sie und nimmt ihn in die Hand und fängt an ihn zu wichsen. Sabine schaut zu Frank und sagt "Na gefällt es dir wie ich en Schwanz von Stefan wichse, der ist schon richtig hart". "Ja das ist ein Prachtschwanz, mach ihn richtig geil" sagt Frank. "Dann zieh dich jetzt aus, wichs dich während du uns zuschaust" sagt Sabine, sie schaut mich wieder an "Jetzt werde ich deine Prachtschwanz erst einmal blasen", sie beugt sich vor und nimmt ihn sofort zwischen ihre Blaslippen tief in Ihren Mund. "Ja komm" sagt Frank "Besorg es ihm richtig mit deinem Fickmaul", worauf Sabine ihn bis zum Anschlag in ihrem Mund schiebt.

Ich lege meine Hand auf ihren Kopf packe sie an den Haaren ziehe ihren Kopf nach oben und sage "Meinen Schwanz kannst du geiles Miststück gleich weiter blasen, steh jetzt auf und zieh dich aus ich will dich ohne Klamotten sehen". Sabine steh auf und stellt sich zwischen mich und Frank, sie fängt an ihre Bluse aufzuknöpfen, einen Knopf nach dem anderen bis die Bluse ganz offen ist und sie, sie zu Boden fallen läst. Zwei herrliche Titten legt sie frei, sie trägt keinen BH, den hat sie auch nicht nötig, ihre Titten eine gute Hand voll, stehen und ihr Nippel zeigen nach oben. Sie greift nach hinten und öffnet den Rock, sie lässt ihn nach unten gleiten. Jetzt sehe ich es sie trägt schwarze Nylons die an einem schwarzen Strapsgürtel fest gemacht sind und den kleinen schwarzen transparenten String. Ich sehe das ihre Muschi blank rasiert ist, genau wie ich es mag. "Komm her", sage ich und sie tritt drei Schritte näher an mich und stand jetzt ganz nah bei mir. Ich setze mich gerade hin, ich fasse mit der ganzen Hand an ihre Muschi. Hey d bist ja wirklich ein geiles Miststück, hast du deine Fotze schon angewichst oder warum bist du so nass.

Sabine schaut mich an und sagt, "Nein aber Frank hat mir kurz bevor du gekommen bist noch mal in den Schritt gefasst". Ich schaue zu Frank und sage "Wenn ich das nächste mal zu euch komme dann hast du die Finger von der Fotze zu lassen. Deine Frau ist für dich schon ein tag vorher tabu, außer ich erlebe es dir sie anzufassen", Frank nickt und sagt "Ja ist in Ordnung, aber das habe ich ja bis eben nicht gewusst". "Sabine, geh wieder und Frank komm her". Sabine tritt wieder zwei schritte zurück und Frank kommt zu uns. "Zieh ihr den String aus, dann darfst du ihn dir als Wichsvorlage mit auf deinen Platz nehmen". Frank zieht ihr den Slip aus und hält sich das tropf nasse Mittelteil an die Nase und zieht den Fotzengeruch erst einmal tief ein. Er geht wieder zu seinem Platz und setzt sich hin, er nimmt den Slip, legt ihn um seinen Schwanz und fängt an sich zu wichsen.

"Schau dir deinen Mann an, dieser geile Hund sitzt da und wichst seinen mickrigen Schwanz mit deinem String". Ich stehe auf "Sabine komm mit", sie geht hinter mir her in den Flur, ich gehe an meine Jacke und hohle ein Halsband heraus, dann noch eine Hundeleine. "Zieh das Halsband an und mach die Leine daran fest, dein Mann der Schlappschwanz soll doch sehen wer hier jetzt das sagen hat. Er soll sehen wem sein Ehefotze gehört", das sage ich so laut das Frank es im Wohnzimmer auch hört. Ich nehme Sabine an der Leine und führe sie zurück, vor dem Sofa ziehe ich sie an der Leine auf ihre Knie, "So jetzt leck meinen Schwanz, aber leck ordentlich", sofort nimmt sie meinen Schwanz in die Hand und stülpt ihre Lippen darüber. Sie schiebt ihn sich tief in ihre Mundfotze, als sie ihn fast ganz im Mund hat drücke ich ihren kopf noch tiefer auf meinen Schwanz und halte den Kopf so fest. Dann lass ich los und sie nimmt meinen Schwanz ganz aus dem Mund und holt tief Luft, dabei läuft ihr die Spucke aus dem Mund. Ich schaue zu Frank und sage, "Na bläst die Schlampe deinen Schwanz auch so voller Hingabe wie meinen". "Nein, wenn sie ihn überhaupt mal in den Mund nimmt dann nur ganz Kurz", antwortet er mir. Ich genieße wie sie mich mit ihrem Mund weiter verwöhnt, jedes mal wenn sie mein Schwanz wieder tief in den Mund nimmt schaue ich zu Frank und grinse ihm zu.

Als ich zu Frank schaue denke ich, du sollst merken wem dein Frau bald gehört, wen er anbetteln muss um ihr mal an die Nasse Fotze zu greifen zu dürfen. Aber das ist im Moment noch eine andere Geschichte.

Ich drücke Sabines Kopf von meinem Schwanz und sage "Jetzt ist es genug, steh auf und beug dich über den Tisch". Sie steht auf und geht die paar Schritte bis zum Tisch sie beugt sich vor und stützt sich darauf ab. Ich stelle mich hinter sie, ich nehme meinen Schwanz in die Hand und streiche damit durch ihre Fotze, "Ahhh, ja das fühlt sich gut an" sagt Sabine. Mit meiner Eichel teile ich ihre Schamlippen und streiche vom Kitzler bis zu ihrer Rosette. Ich verschmiere so ihren Saft bis an ihren Arsch. Dann halte ich meinen Schwanz vor ihr Fotze und schiebe ihn ihr in ihr nasses Loch. "Jaaaa, schieb mir deine Schwanz in die Fotze, fick mich endlich ich bin so geil auf deinen Schwanz, ich will ihn tief in mir spüren". Ich pack sie an der Hüfte und stoße meinen Schwanz bis zum Anschlag rein. Dann ziehe ich ihn wieder fast heraus, wieder und immer wieder stoße ich meinen Schwanz in ihr nassen Fotzenloch. "Komm bewege dein Arsch du Miststück, streng dich mal ein bisschen an". Ich gebe ihr dazu noch einen Klaps auf den Arsch, "Ahhh, was war denn das gerade, das ging ja wie ein Blitz durch mich", sagt Sabine, "Hab ich es mir doch gedacht das du es magst wenn ich dir einen Klaps auf den Arsch gebe" antworte ich. Dann gebe ich ihr noch einen und einen zweiten "Ahhhhhh ich komme, schreit Sabine auf einmal, Was machst du nur mit mir, Ahhhhh, jaaaaaa ich spritze ab. Jaaaaaaaaaaaaa" Sie zuckt und spritz ihren ganzen Fotzensaft auf meinen Schwanz.

Als sie sich etwas beruhigt hat ziehe ich meinen Schwanz aus ihrer Fotze, nehme sie an der Leine ziehe sie zu Frank. Ich setze mich neben Frank und sage "Sabine setz dich auf meinen Schwanz und fick mich. Sie spreizt ihre Nylonbeine schaut mich an und setzt sich auf meinen Schwanz. Jetzt kann ich ihre Titten massieren, sie fängt langsam an mich zu ficken. Ich greife nach ihren Titten und drücke sie, ich nehme beide Nippel jeweils zwischen Daumen und Zeigefinger und fange an sie zu drehen und zu drück. Am Anfang erst zart, dann aber immer fester bis sie anfängt zu zischen. "Na ein bisschen wirst du doch noch für mich aushalten" sage ich und sie beißt ihre Lippen zusammen. Ich genieße es wie sie mich fickt und ich ihre Nippel zwirbeln kann, aber am meisten genieße ich es Sabine neben ihrem Mann zu ficken. Ich spüre wie mir mein Saft langsam in den Schwanz hoch steigt, jetzt will ich kommen, ich will dieses geile Luder voll spritzen. "Sabine fick mich weiter ich will jetzt abspritzen", "Ja spritz, spritz mir alles in meinen Bauch, ich will deinen Ficksaft in mir spüren, füll mich richtig ab". Sie fängt an ich immer schneller zu ficken und dann ist es so weit, meine Muskeln spannen sich an und ich stoße noch einmal tief in ihre Fotze und spritze dann in ihr ab.

Ich drücke sie fest auf mich und pumpe ihr mein ganzes Sperma tief in ihr Fickloch, "Mir kommt es auch noch mal schreit Sabine, Jaaaaaaa spritz, jaaaaaaa spritz alles in meine Fotze, jaaaaaaaaaaa. Einen Strahl nach dem anderen ergieße ich mich in sie, ergieße ich mich in die Frau von Frank und er sitzt daneben und wichst seinen Schwanz. Aber auch er ist so weit und dann spritzt er ab, durch seine Finger spritzt sein Schwanz sein Sperma auf den Boden. Drei mal spritzt er und alles landet auf den Fliesen vor seinem Sessel. "Was soll denn das, hier die Fliesen zu versauen" sage ich zu Frank, steh auf und leck den Boden wieder sauber. Sofort fällt er auf den Boden, auf seinen Knien fängt er an sein Sperma aufzulecken. "Wenn du schon dabei bist Sperma aufzulecken kannst du Sabine auch gleich von meinem Sperma befreien. Sabine setz dich neben mich und lass dir von Frank die Fotze sauber lecken". Sie setzt sich neben mich und Frank stürzt sich auf die Fotze seiner Frau um sie von meinem Sperma und ihrem Saft sauber zu lecken.

Ich steh auf lass die beiden kurz alleine und gehe ins Bad, etwa fünf minuten später komme ich zurück, Frank kniet vor Sabine und hat seinen Kopf an ihr Knie gelegt. "Na ihr zwei seit wie hat es euch gefallen, soll ich noch bleiben oder lieber wieder fahren" frage ich die beiden. Frank schaut Sabine und Sabine schaut Frank an, wie aus einem Mund sagen sie "Stefan, wir möchten das du das ganze Wochenende mit uns verbringst". "Gut wenn ihr das möchtet, dann aber nach meinen Regel, das heißt für euch zwei ihr werdet genau das tun was ich sage, egal was es sein wird". Noch einmal schauen sich die beiden an sie lächeln und sagen ja sehr sehr gerne".

Erregende Autofahrt

Gespannt wartete ich auf die Rückkehr von meinem Freund, da er nun endlich, nach zweiwöchiger Geschäftsreise, wieder nach Hause kommen sollte. Deswegen konnte ich mich auch den ganzen Tag nicht auf die Arbeit konzentrieren und war froh, als ich endlich Feierabend hatte.

Zu Hause angekommen musste ich dann jedoch leider feststellen, dass er noch gar nicht daheim war. Deshalb beschloss ich, dass ich mich für ihn schön machen würde. Und wie das bei einer Frau eben so ist ging ich daraufhin gleich ins Bad.

Zuerst einmal zog ich mich dort aus und betrachtete meinen Körper. Dabei entdeckte ich ein paar Stoppel in meinem Schambereich, so dass ich mich erst einmal gründlich von oben bis unten rasierte. Ich muss dabei erwähnen, dass mein Freund es liebt, wenn eine Frau komplett rasiert ist. Also wenn alles weg ist vom Hals abwärts.

Nachdem ich damit fertig war ging ich erst einmal kurz unter die Dusche, um auch die letzten Schaumüberreste abzuduschen. Anschließend ließ ich mir ein Bad ein und gab mein Lieblingsschaumbad hinzu, damit ich auch wirklich verführerisch für ihn roch.

Bevor ich dann endlich in die Badewanne stieg machte ich noch Musik an. Ich weiß ja nicht, wie es euch beim Baden geht, aber ich kann nur auf zwei Arten so richtig entspannen: Entweder ich höre Musik oder ich mach es mir gemütlich mit Kerzenschein, einem guten Wein und einem guten Buch. Letzteres wollte ich nicht, da ich einfach zu aufgeregt war.

Als ich dann endlich in der Badewanne war schloss ich meine Augen und träumte davon, wie wohl der weitere Abend ablaufen würde, als mich plötzlich jemand küsste und mit den Händen meine Nippel stimulierte.

Selbstverständlich erwiderte ich den Kuss, denn so konnte nur mein Freund küssen, und seufzte dann enttäuscht auf, als genau dieser seine Lippen von meinen trennte und mich lächelnd anschaute.

"Das ist eine Begrüßung, wie ich sie liebe. Du nackt und bereit für mich. Aber heute Abend habe ich leider schon etwas anderes mit dir vor, also komm bitte aus der Wanne raus und mach dich etwas zurecht. Ich leg dir solange deine Kleidung für heute Abend raus."

Bevor er jedoch ging gab er mir noch einmal einen langen, leidenschaftlichen Zungenkuss.

Leicht verdattert ließ er mich dann zurück und ging in unser Schlafzimmer, wo er sich an meinem Schrank zu schaffen machte. Ich dachte mir nichts dabei, dass er meine Kleidung aussuchte, denn das kommt bei uns öfters vor.

Schnell stieg ich also aus der Badewanne, trocknete mich ab und föhnte mein Haar. Anschließend machte ich mir eine Hochsteckfrisur, ließ jedoch einige Strähnchen draußen, da mein Freund es liebte, wenn er mit meinen Haaren spielen konnte. Dann noch etwas Make-up und Parfum ran - fertig war ich. Ich hab nur ungefähr zwanzig Minuten für alles gebraucht, denn ich war gespannt, was mein Freund für den Abend vorhatte.

Also ging ich ins Schlafzimmer und schaute erst einmal, was mein Freund für mich herausgesucht hat, um quasi fasst nichts zu finden. Na ja, nichts stimmt jetzt nicht ganz, aber ein Hauch von Nichts war es auf jeden Fall. Er hatte mir schwarze High Heels mit einem Absatz von 10cm, einen schwarzen Minirock, der kaum meine Scham bedeckte und eine schwarze, durchsichtige Bluse herausgelegt, die ich normalerweise nur anziehe, wenn ich darunter ein Top trage.

Erwartungsvoll schaute ich mich deswegen um, ob nicht doch noch irgendetwas im Zimmer lag, was sich jedoch als Fehlanzeige erwies. Nun ja, da ich meinen Freund nicht gleich verärgern wollte zog ich die Sachen schnell an, damit er mich in ihnen sehen kann, wollte ihm dann aber auch klar machen, dass ich so bestimmt nicht ausgehen würde.

Denn das hatte er vor, ansonsten hätte er mir nichts zum Anziehen rausgelegt.

Als ich alles anhatte ging ich schnell zu ihm ins Wohnzimmer, wo er anscheinend schon ungeduldig gewartet hatte. Doch als er mich sah stieß er einen beifallenden Pfiff aus und zog mich dann an der Hand aus der Wohnung. Ich war so verdattert, dass ich zuerst gar nicht reagieren konnte. Doch als wir in der Garage ankamen fand ich meine Sprache wieder:

"Sag mal, was fällt dir ein mich so zum Auto zu zerren? Ich kann unmöglich so irgendwohin gehen. Da sieht man ja alles! Lass mich also sofort los, ich zieh mich erst um!"

Mein Freund nahm mich daraufhin nur in den Arm, gab mir einen langen Kuss und schaute mir dann tief in die Augen und stellte eine Frage, die gemeiner in diesem Moment gar nicht sein konnte:

"Vertraust du mir?"

Verdattert schaute ich ihn an, dann sagte ich jedoch schnell:

"Natürlich vertrau ich dir, dass ändert jedoch nichts daran, dass ich ..."

Doch weiter kam ich gar nicht, da er mich schnell unterbrach.

"Dann weißt du auch, dass ich nie etwas von dir verlangen würde, dass unmöglich ist. Jetzt komm schon, ich hab im Auto extra einen Mantel für dich. Den ziehst du an und schon sieht man nicht mehr so viel von dir. Obwohl du dich wirklich nicht verstecken musst, denn du bist wunderschön."

Seine Argumente überzeugten mich dann. Denn er würde nie etwas tun, was mich verletzen würde, er hatte einen Mantel und er hat mich wunderschön genannt. Widerwillig nickte ich dann und er öffnete den Kofferraum und zog einen Mantel von mir heraus, in den er mir sogleich half.

"Eine Bitte hab ich jedoch noch an dich, mein Engel. Wenn du in den Wagen steigst, dann möchte ich gerne, dass du dich mit deinem blanken Hintern auf den Sitz setzt, so dass du das Leder unter deinem Hintern spürst."

Verwirrt schaute ich ihn an, doch er öffnete mir schon die Beifahrertür. Da wir in der Garage waren und dieser Wunsch eigentlich nicht so ungewöhnlich für ihn war, hob ich den Mantel und den Rock und setzte mich direkt auf meinen blanken Hintern. Das Leder fühlte sich sehr kühl, aber auch ungemein angenehm an.

Mein Freund bückte sich dann zu mir herunter und gab mir nochmals einen langen Kuss. Gleichzeitig zwirbelte er dabei zärtlich abwechselnd meine Nippel, so dass sie nun noch steifer wurden und wirklich auch der letzte Mensch sehen konnte, dass ich enorm erregt sein musste. Schnell löste er sich jedoch wieder von mir, ging um das Auto herum und stieg ebenfalls ein. Dann machten wir uns auf den Weg. Zuerst schien er wahllos durch die Gegend zu fahren und wir unterhielten uns darüber, was in den letzten zwei Wochen so alles passiert war.

Auf einmal hielt er jedoch an einem Parkplatz, auf dem sonst niemand war, drehte sich im Sitz zu mir um und meinte mit ernster Stimme:

"Ich habe noch mal eine Bitte an dich. Ich habe eine Augenbinde dabei und würde dir jetzt gerne die Augen verbinden, damit es für dich eine Überraschung ist, wo wir hinfahren. Außerdem möchte ich, dass du dich während dem restlichen Weg wirklich nur noch auf deinen Körper konzentrierst. Würdest du mir diese Bitte erfüllen?"

Ich schaute ihn zuerst einmal bestürzt an. Was sollte denn das nun wieder bedeuten? Wieso sollte ich den Weg nicht sehen und warum und vor allem wie sollte ich mich nur noch auf meinen Körper konzentrieren? Was bezweckte er denn damit?

Lauter Fragen schwirrten mir im Kopf herum und ich muss wohl doch fassungsloser ausgesehen haben, als ich dachte, denn er schaute mir tief in die Augen, streichelte sanft über meine Wange und sagte nur ein Wort: "Bitte."

Da gab ich mich geschlagen und nickte etwas hilflos. Ein Leuchten trat dabei in seine Augen und er zog eine Augenbinde aus seiner Jackentasche hervor, die er mir sogleich umband. Nun war wirklich alles um mich herum dunkel und ich konnte wirklich absolut nichts mehr sehen. Ich wollte mir die Augenbinde schon wieder abnehmen, da fühlte ich seine Lippen auf meinen und er küsste mich kurz und sagte dann zärtlich: "Danke." Noch einmal strich er mir sanft über die Wange und so beruhigte ich mich doch wieder und ließ mich zurück in den Sitz fallen.

Dann startete er den Motor und wir fuhren weiter und er begann wieder mit mir ein belangloses Gespräch, was ich zunächst gar nicht wollte, denn ich konzentrierte mich auf die Hintergrundgeräusche damit ich ungefähr mich orientieren konnte. Doch er ließ es nicht zu und so seufzte ich irgendwann resignierend und konzentrierte mich nur noch auf ihn.

Kurz darauf folgte von ihm dann auch schon eine erste Anweisung von ihm und ich war erst einmal verwirrt, da er das Gespräch vollkommen zu ignorieren schien.

"Schieb deinen Rock hoch und spreize deine Beine."

Ich drehte meinen Kopf zu ihm um und schüttelte nur meinen Kopf. Das konnte er unmöglich von mir verlangen. Gut, es war schon dunkel, aber wenn neben uns jemand fahren würde, dann könnte der mich durchaus so sehen, weil die Straßenlaternen das Wageninnere doch gut genug dafür beleuchten! Und außerdem wollte ich das nicht, denn das war mir dann doch zu peinlich.

Doch meinen Widerspruch (?) ignorierte er und sagte noch einmal: "Schieb jetzt deinen Rock hoch und spreize die Beine!" Dabei legte er seine Hand zwischen meine Schenkel und fuhr diese mit den Fingerspitzen zärtlich auf und ab, auf und ab. Irgendwann gefiel es mir so gut, dass ich gar nicht bemerkte, wie er bei einer seine Streichbewegungen meinen Rock auch ganz nach oben und bei der nächsten meinen Mantel auseinander schob.

Freiwillig spreizte ich dann kurz darauf auch unbewusst die Beine, denn ich war nun sehr erregt und wollte seine Finger nur noch an meiner Scham spüren, damit er mich zu einem Orgasmus bringen konnte. Er strich jedoch immer noch nur weiter meine Schenkel auf und ab, so dass ich diese noch weiter spreizte um ihm nochmals deutlich zu machen, was ich denn von ihm wollte.

Er reagierte jedoch wieder nicht darauf und so wollte ich es ihm sagen, als er plötzlich seine Hand von meinem Schenkel nahm, mir einen Finger auf die Lippen legte und "Pssst" sagte.

Ich war so verwirrt, dass ich trotz seiner fehlenden Hand meine Schenkel weiterhin geöffnet hielt und auch gar keinen Gedanken darauf verschwendete, ob mich jemand so sehen konnte. Im Gegenteil, ich fragte mich nur, was das alles zu bedeuten hatte und wieso er so was denn mit mir macht. Gleichzeitig war ich jedoch auch stark erregt und wollte eigentlich nur, dass er weitermacht.

Deswegen setzte ich wieder an, etwas zu sagen, doch er unterbrach mich schon vor meinem ersten Wort und meinte:

"Ich möchte, dass du jetzt nichts mehr sagst, bis ich es dir wieder erlaube. Mach heute Abend bitte einfach das, was ich zu dir sage."

Viel zu verdattert um darauf etwas zu sagen und wegen seiner Hand, die nun endlich an meiner Scham war und sanft mit einem Finger durch meine Spalte glitt, nickte ich widerstrebend, aber zustimmend.

Er quittierte dies mit einer kurzen, aber sehr intensiven Massage meines Kitzlers und nahm dann seine Hand weg, was ich mit einem unbefriedigten Aufstöhnen quittierte. Er lachte kurz auf und meinte dann lapidar:

"Keine Angst, du wirst heute schon noch zu deiner Erfüllung kommen. Dazu habe ich jedoch noch eine weitere Aufgabe an dich, die du zuerst erfüllen musst. Knöpfe deine Bluse auf und lege deine Brüste komplett frei."

Ich dachte, ich höre nicht richtig und fuhr in meinem Sitz auf. Das ging nun wirklich zu weit und mir wurde die ganze Situation wieder nur zu deutlich bewusst. In dem Moment lief ich denn auch knallrot an, denn ich stellte mir gerade vor, dass uns ja eine Menge Leute in dieser Situation zuschauen könnten. Nun, im Nachhinein, ist es mir klar, dass mein Freund dies niemals zugelassen hätte, aber in dieser Situation war das einfach nicht logisch für mich. Gespannt horchte ich, ob ich irgendwelche Geräusche von außerhalb wahrnehmen konnte, doch ich hörte nichts.

Und mein Freund, der meine Unruhe natürlich bemerkte, war so gemein und fasste mir wieder an meine Scham (meine Beine waren immer noch gespreizt) und fing wieder an sanft meinen Kitzler zu massieren, so dass ich irgendwann resignierend und lustvoll aufstöhnte und mich wieder in den Sitz zurücksinken ließ, da mir die Außenwelt wieder völlig egal war. In dem Moment spürte ich nur seine beruhigende Nähe und meinen geilen Körper, der nach Erlösung lechzte. Es war für mich, als würde die Welt nur aus dem Innenraum des Autos bestehen.

Während mein Freund weiter meinen Kitzler massierte, dabei aber immer darauf bedacht, dass ich nicht komme, forderte er mich nochmals dazu auf meine Bluse zu öffnen, was ich nun ohne jeglichen Widerstand machte, da ich einfach zu geil war.

Als die Bluse endlich offen und mein Busen freigelegt war nahm mein Freund seine Hand aus meiner Scham und hielt an. Ich verspannte mich etwas, doch schon sagte er beruhigend:

"Keine Angst, wir sind momentan auf einem Parkplatz, an dem sonst niemand ist. Ich muss kurz anhalten, weil ich gleich etwas mit dir mache, wo ich nicht mehr fahren kann."

Voller Vorfreude ließ entspannte ich mich wieder, denn das einzige, was ich mir nun vorstellen konnte, war, dass mein Freund mich nun endlich zu meinem Höhepunkt bringt und vielleicht auch mit mir schläft. Denn was sonst sollte es geben, wo er anhalten musste. Doch bald wurde mir diese Frage beantwortet und dies wirklich anders, als ich es mir erhofft hatte.

Ich hörte ihn das Handschuhfach öffnen und da etwas herausnehmen. Kurz darauf spürte ich, wie er mit seinem Mund meinen rechten Nippel einsaugte, leicht an ihm knabberte und über ihn leckte, bis er wieder vollkommen steif war. Dann ließ er ihn aus seinem Mund raus, strich noch einmal mit seinem Finger darüber und ... In diesem Moment schrie ich laut vor Überraschung und etwas Schmerz auf, denn er hatte eine Klammer an meinem Nippel befestigt!

Ich bäumte mich im Sitz auf und wollte schon die Klammer mit meiner Hand entfernen, doch mein Freund fing meine Hände ab und hob sie mit einer seiner Hände fest. Dann küsste er mich sanft und streichelte mit seiner anderen freien Hand über mein Gesicht.

Schnell hatte ich mich beruhigt und spürte auch nur noch ein dumpfes Pochen an meinem rechten Nippel, was mich jedoch irgendwie noch mehr aufgeilte und ich merkte, wie mein rechter Nippel Signale zu meiner Scham sendete, worauf ich noch mehr auslief.

Als mein Freund auch bemerkte, dass ich mich wieder beruhigt hatte, sank sein Kopf an meinen linken Nippel und er begann auch diesen mit seinem Mund und seiner Zunge zu verwöhnen. Da ich ja nun wusste, was gleich kommen würde, verspannte ich mich, doch er liebkoste meinen Nippel so lange, bis ich wieder entspannt war und dann setzte er urplötzlich auch eine Klammer auf den linken Nippel.

Dies kam wieder so überraschend, dass ich aufschrie, dieses Mal versuchte ich jedoch nicht die Klammer zu entfernen, sondern sank wieder zurück in den Sitz und atmete nur heftig ein und aus. Auch der Schmerz in meinem linken Nippel verwandelte sich schnell ein unangenehmes, gleichzeitig jedoch sehr erregendes Pochen.

Mein Freund gab mir noch einmal einen langen, sehr zärtlichen Zungenkuss und strich mit seinen Händen über meinen Oberkörper und dann hinab in meine Scham, wo er seinen Mittel- und Zeigefinger in mich hineinsteckte und mich mit sanften Bewegungen fickte.

"Ich liebe dich, mein Engel. Und ich bin so unglaublich stolz auf dich. Danke ... dass du das alles mitmachst."

In diesem Moment war ich so unglaublich stolz und glücklich. Mein Freund zeigte mir, wieder einmal, wie glücklich und stolz ich ihn machte, ich war unglaublich erregt und er erfreute sich auch noch an meinem Körper und schenkte mir dazu die Erregung. Tausend Gefühle stürmten auf mich ein, die ich hier gar nicht alle beschreiben kann.

Ich spürte, wie ich immer näher wieder an meinen Orgasmus herankam und kurz bevor es dann soweit war, nahm er wieder seine Finger aus mir und lehnte sich in seinen Sitz zurück. Frustriert vor Enttäuschung stöhnte ich auf, doch ihn schien das nicht zu interessieren. Obwohl, ich spürte seinen Blick über meinen Körper gleiten, so dass ich irgendwann unruhig auf dem Sitz hin- und herrutschte.

Ich wollte dann meine Hände in meine Scham legen und mich selber zum Orgasmus bringen, doch ein strenges "Nein" von ihm ließ mich innehalten. In diesem Moment habe ich ihn jedoch innerlich sehr verflucht, doch ich wollte und musste auch irgendwie seinen Wunsch respektieren, auch wenn mich das zutiefst frustrierte.

Eine für mich unendlich scheinende Zeit betrachtete mein Freund mich und ich wurde dabei immer unruhiger. Denn zum einen war da das Pochen der Klammer, dann mein unbefriedigter Körper und zum anderen schaute er mich auch an und sagte kein Wort.

Dann spürte ich auf einmal, wie er sich etwas über mich beugte und hörte, wie er wieder etwas aus dem Handschuhfach holte. Dann schloss er das Handschuhfach und ich spürte auf einmal, wie er etwas durch meine Scham und dann tief in mich hinein schob. Kurz darauf spürte ich dann, wie es leicht vibrierte und in dem Moment war es mir klar, dass es sich um einen Vibrator handelte, der mich sehr schnell wieder zu dem Zustand brachte, dass ich kurz vor einem Orgasmus war, allerdings mir den Orgasmus nicht bescherte. Deswegen wollte ich wieder Hand anlegen, nur um wieder ein strenges "Nein" zu hören.

Resigniert ließ ich mich dann wieder zurücksinken und hätte meinem Freund beinahe eine geknallt, als er daraufhin "braves Mädchen" zu mir sagte. Das war ja wohl nun wirklich fast die Höhe. Er lächelte dabei auch in sich hinein, denn er weiß ja, wie ich auf so eine, für mich abfällige, Bemerkung reagiere.

Dann startete er wieder den Motor und wir fuhren weiter. Dabei versuchte er sich wieder belanglos mit mir zu unterhalten und ich hätte ihn erwürgen können, denn das war das letzte, woran ich dachte und worauf ich mich auch konzentrieren konnte.

Unruhig rutschte ich nämlich im Sitz hin und her und versuchte irgendwie zu dem erlösenden Orgasmus zu kommen, den ich meiner Meinung nach auch verdient hatte. Doch ich schaffte es einfach nicht. Ich blieb immer in dem gleichen Zustand, kurz vor dem Orgasmus. Dazu das Pochen meiner Nippel und dann diese völlig blödsinnige Unterhaltung, die er mir immer noch aufquatschen wollte, statt dass er mich endlich zum Orgasmus brachte!

Auf einmal hielt er wieder an, beugte sich zu mir und zog mir den Rock herunter. Anschließend schloss er den Mantel. Wohlgemerkt, ich hatte die Klammern noch dran! Verdutzt fragte ich mich, was das denn nun wieder sollte, doch er fuhr gleich darauf wieder weiter. Kurz darauf bekam ich dann die Antwort auf meine unausgesprochene Frage, denn er fuhr in eine Garage (das hörte ich am Klang), hielt und machte den Motor aus.

Dann beugte er sich wieder zu mir, öffnete zuerst meinen Gurt und dann den Mantel und zog mir diesen und meine Bluse komplett aus.

Anschließend verlangte er, dass ich meinen Hintern hebe und er zog mir auch noch meinen Rock aus. Nun saß ich also vollkommen nackt, mit einem Vibrator in, zwei Klammern an und einer Augenbinde um mir da. In diesem Moment fröstelte es mich etwas, obwohl es gar nicht kalt im Auto war.

"Ich kann dir gar nicht sagen, wie unglaublich stolz es mich macht, dass du mir so sehr vertraust und das alles heute mit dir hast machen lassen, Schatz. Ich liebe dich unglaublich."

Nachdem mein Freund das gesagt hatte gab er mir einen sehr langen Kuss, löste sich dann von mir und stieg aus. In diesem Moment verfiel ich leicht in Panik, weil ich nicht wusste, was dies nun zu bedeuten hatte und ich mir auf einmal verloren vorkam, doch schon öffnete sich die Beifahrertüre und mein Freund nahm meine Hand und half mir aus dem Auto.

"Ui, du hast aber einen ganz schön nassen Flecken auf dem Sitz hinterlassen, Schatz. Das können wir aber nicht so lassen", sagte mein Freund da auf einmal und drückte mich an den Schultern herunter, so dass ich in die Knie ging. Ich wusste gar nicht, wie mir geschah, so dass ich verdutzt war, als er auf einmal meinen Kopf herunterdrückte und dann sagte: "Nun musst du den Sitz auch wieder sauber lecken!"

Ich dachte, ich hör nicht richtig. Erst ist er so lieb zu mir, sagt, er wäre stolz und so weiter, und dann verlangte er von mir, dass ich den Sitz sauber lecke. Das konnte wohl nicht sein ernst sein und ich versuchte mich entgegenzustemmen, wobei der Vibrator dann aus mir herausflutschte und auf den Boden fiel. Doch das nahmen wir beide in dem Moment gar nicht wahr.

"Es gibt jetzt zwei Möglichkeiten, mein Schatz. Entweder du leckst alles schön brav sauber oder ich muss dir deinen hübschen Hintern so lange versohlen, bis du es aufleckst!", sagte er streng und schon folgte der erste Hieb auf meinen Hintern. Dieser war zwar nicht fest, aber so hatte mein Freund mich noch nie behandelt und ich war erst einmal ganz erstaunt. Doch schon folgten ein zweiter und ein dritter Hieb, so dass ich es für sinnvoller erachtete, schnell das alles vom Sitz aufzulecken.

Zögerlich streckte ich dann also die Zunge raus und begann über den Sitz zu lecken. Für mich war das furchtbar erniedrigend, da ich mir vorstellen konnte, was für einen Anblick mein Freund dabei hatte. Außerdem hatte ich auch noch nie meinen Saft oder den einer anderen Frau geschmeckt, so dass das quasi eine Premiere für mich war. Da ich aber so unglaublich geil war und er auch nicht schlecht schmeckte, wurde ich immer gieriger und leckte über den ganzen Sitz.

Dabei spürte ich auf einmal, wie mein Freund mich an den Hüften packte und mit einem einzigen Stoß tief in mich eindrang. Zuerst bewegte er sich nur ganz langsam in mir, dann wurde er jedoch immer gieriger und schneller. Irgendwann drückte er dann meinen Oberkörper auf den Sitz und fickte mich so starker Intensität, dass mein Oberkörper nur auf dem Sitz hin und her geschoben wurde, wobei ich dann immer wieder laut aufschrie, da die Klammern ja immer noch an meinen Nippeln waren und diese nun doch entsetzlich schmerzten!

Gleichzeitig kam ich nun jedoch zu meinem unendlich herbeigesehnten Orgasmus und schrie diesen nur so heraus, um kurz darauf frustriert aufzustöhnen, da mein Freund sich mir entzog. Doch er zog mich nur schnell aus dem Auto heraus und zur Motorhaube, wo er mich dann mit dem Rücken drauf drückte, mich gierig ansah und schnell die zwei Klammern entfernte.

Ich schrie daraufhin nochmals sehr laut, da es sehr schmerzte, als das Blut wieder in meine Nippel zurückfloss. Gleichzeitig kam ich dadurch auch zu meinem zweiten Orgasmus an dem Tag.

Mein Freund spreizte derweil wieder meine Beine und kam wieder mit einem kräftigen Stoß in mich hinein, während er mit seinen Händen meine Brüste massierte und mich voller Leidenschaft küsste.

Immer schneller stieß er dabei in mich und wurde immer grober beim Massieren meiner Brüste und Zwirbeln meiner Lippen. Schließlich kamen wir beide noch einmal zusammen und er fiel erschöpft auf mich.

Als ich wieder einigermaßen zu Kräften gekommen bin begann ich sanft über seinen Rücken zu streicheln und ihm Küsse auf sein Haar zu verteilen. Er kam dann schließlich auch wieder einigermaßen zu Kräften, stützte sich mit seinen Händen auf der Motorhaube ab und sah mir in die Augen:

"Weißt du eigentlich, was du mir bedeutest, wie viele Gefallen du mir diesen Abend gemacht hast? Ich liebe dich und ich will dich nie verlieren!" Dann gab er mir einen sehr zärtlichen Kuss und entzog sich mir, um mich auf die Arme zu nehmen und nackt, wie ich war (bei ihm war nur sein Hosenstall offen) in unsere Wohnung zu tragen. Dort legte er mich aufs Sofa und kniete sich vor mich hin.

"Es tut mir so Leid, dass der Abend so stürmisch geendet hat, aber ich konnte mich einfach nicht mehr beherrschen. Ich weiß ..."

Doch ich legte meinem Freund nur einen Finger auf den Mund, küsste ihn und sagte dann: "Der Abend hat genau richtig geendet. Es war alles perfekt, genau so, wie es war. Ich liebe dich auch und ich hoffe, wir werden noch mehr solche Abenteuer gemeinsam erleben." Dann küsste ich ihn noch mal voller Leidenschaft und zog ihn auch komplett aus. Zärtlich streichelten wir unsere Körper und vollendeten den Abend mit einem weiteren, nun sehr zärtlichen, Beisammensein.

Am nächsten Tag erfuhr ich übrigens noch, dass er eigentlich noch einen Tisch reservieren lassen hatte, da er mit mir an diesem Tag unser Jubiläum feiern wollte und sich für dort auch noch einige Spielchen ausgedacht hatte. Welche dies waren, wollte er mir allerdings nicht verraten und wir holten dies einfach ein anderes mal nach.

Allein im Block

Langsam wurde es draußen dunkel, ein Blick zur Uhr sagte ihr, dass es schon wieder nach 11 Uhr war. Sie schlug die Hände vors Gesicht "Na gut es wird Zeit", sagte sie sich, schaltete den Computer ab, sammelte ihr Duschzeug zusammen und sperrte die Tür auf. Am Wochenende war es ihr im Block schon etwas unheimlich, sie schien wohl die Einzigste zu sein die übers Wochenende nicht Heim fuhr, warum auch, fragte sie sich in Gedanken, während sie den Flur zum Duschraum entlang lief.

Ihre Knochen schmerzten vom Sport und Gefechtsdienst der letzten Tage und so langsam machte sich auch der Schlafmangel bemerkbar.... Aber es war ja Wochenende! Sie genoss die ausgiebige heiße Dusche, seifte sich ein paar Mal ein, nur um mit den Händen über ihre Haut zu streicheln, leise seufze sie als das Wasser wieder ausging. Sie hatte schon vor 3 malen gesagt nur noch einmal... sie grinste "wirklich nur noch einmal" und drückte resigniert den Duschknopf erneut. Danach kuschelte sie sich in ihr großes Handtuch was sie zum Anwärmen auf die Heizung gelegt hatte und rubbelte sich ordentlich trocken. Sie ließ sich Zeit und cremte ihren Körper noch sanft ein. Als ihre Hände über ihre Brüste glitten entwich ihr ein leises Stöhnen und sie wusste schon genau in welchen Träumen sie heute Nacht wieder schwelgen würde.

Sie steckte den Kopf durch die Tür - alles dunkel und totenstille! Ihr lief eine Gänsehaut über den Rücken, sie huschte schnelle den langen Flur entlang in ihre Stube und legte das Handtuch noch auf die Heizung ehe sie sich voller Vorfreude in ihr Bettchen kuschelte. Kurz darauf war sie auch schon eingeschlafen, aber hatte sie nicht etwas vergessen...?

Sie schlief noch nicht lang, da flackerte das grelle Licht auf dem Flur erneut auf. Da war wohl doch noch jemand in der Kaserne geblieben. Er schritt, aus der Dusche kommend, nur mit einem Handtuch bekleidet, durch den langen Flur. "Verflixt noch mal, warum sieht das hier alles gleich aus?" Er war nur Gast in der Kaserne, sein Kurzseminar war schon zur Hälfte rum und trotzdem fand er sich in den großen Gebäuden immer noch nicht zurecht. "Ich glaub hier wars", er öffnete, erleichtert dass diese nicht abgeschlossen war, die Tür, schaltete das Lichter ein und erschrak als er den Stubenirrtum feststellte...

Sie schwamm in ihren Träumen mal wieder auf Wolke Sieben, Erregung, Lustund einfach hemmungsloser Sex, davon zeugten ihre Träume. Oft fragte sie sich ob das so normal war, aber was sollte sie auch machen, wenn ihr die Möglichkeit fehlte das alles Real zu erleben? Davon mal abgesehen wäre sie dafür im wirklichen Leben wohl auch zu feige und so lange sie träumte wusste es ja auch kein anderer... So ließ sie die Männer in ihrem Traum weiter gewähren, ohne zu merken, dass einer unschlüssig direkt neben ihrem Bett stand...

Im ersten Augenblick war ihm der Irrtum super peinlich und er war schon drauf und dran wieder zu gehen, als sie sich leise seufzend auf die Seite legt und ihm tiefe Einblicke in das Oberteil ihres Schlafhemdes gewährte. Er kämpfte mit sich, schloss die Tür und stellte sich neben ihr Bett. Sie sah aus wie ein Engel, wie sie dort mit ihren dunklen Haaren in den weißen Kissen lag, total friedlich und brav sah sie aus in ihrem dunkelblauen Satinhemd. "Aber ein geiler Engel", raunte er in Gedanken, seine Hand glitt unter sein kurzes Handtuch wo sein Schwanz schon halbstarr hing. Wann war er eigentlich das letzte Mal zum Abschuss gekommen? An seinem schmerzenden Verlangen gemessen war es viel zu lange her. Er kniete sich neben ihr Bett und öffnete vorsichtig die beiden oberen Knöpfe ihres Hemdes, als sie sich rührte stockte ihm der Atem. Jetzt bloß nicht aufwachen, noch nicht. Sie schlief weiter...

Erleichtert stieß er den angehaltenen Atem aus. Aber warum war er eigentlich so vorsichtig? Im ganzen Block war kein anderer da, was sollte sie denn tun, er blickte sie an. Schreien? Ein schelmisches Grinsen umspielte sein Gesicht, als er sich die Möglichkeiten durch den Kopf laufen ließ, sie hatte keine Chance...

Die letzten zwei Knöpfe öffnete er ohne besondere Vorsicht, zuckte aber trotzdem zurück als sie sich darauf hin bewegte. Er triumphierte innerlich als sie sich auf den Rücken drehte und ihr Hemd somit ihren gesamten Oberkörper seinen gierigen Blicken darbot.

Wie von selbst begann sich seine Hand unter dem Handtuch zu bewegen. Er betrachtet ihre schwungvollen Lippen, ihre langen Wimpern die die geschossenen Augen umrahmten, welche Farbe mochten sie haben? Er schmunzelte er würde es erfahren...

Er wichste weiter seinen Schwanz, sein Handtuch rutschte ihm dabei von den Hüften und so stand er nun vor dem Bett der Fremden und erlabbte sich an dem Anblick den sie bot. Sein Blick ruhte auf ihren Brüsten und den von der Kälte hart gewordenen Nippeln, er musste der Versuchung wiederstehen an ihnen zu spielen - vorerst.

So langsam genügte ihm nicht mehr was er sah, er wollte spüren, wollte mehr. Er zog die Decke vorsichtig von ihrem Körper und schaffte es mit viel Fingerspitzengefühl sie ihrer Sachen zu entledigen ohne dass sie erwachte. Er sah, dass sie begann zu frösteln und er hatte sich nun wahrlich lang genug zurück gehalten und legte sich einfach zu ihr ins Bett.

Gefangen in ihrem Traum merkte sie von seinen gierigen Blicken kaum etwas. Sie versank längst in ihren surrealen Gefühlen, selbst die Wärme ihres Traummannes schien ihr heute so real...

Womit er nun wirklich nicht gerechnet hatte war ihre Reaktion, sie schmiegte sich wie selbstverständlich an ihn und er ließ sich diese Möglichkeit nicht nehmen. Seine Hand legte sich um sie, kam auf ihrem Bauch zu liegen, sein mit der Weile harter Schwanz bohrte sich in ihren Rücken und sein heißer Atem strich ihren Nacken. Der Geruch von Seife stieg ihm in die Nase und er spürte ihr noch feuchtes Haar auf seinem Arm, die Situation gefiel ihm immer mehr und er fragte sich was wohl passieren würde wenn sie aufwachte... Seine Hand glitt an ihrem Bauch hinab zwischen ihre Schenkel und er spürte die Nässe.

Das war zuviel, sie dämmerte langsam aus dem Traum hinüber, er sah wie sich ihre Augen langsam öffneten und die Vorfreude in ihm stieg wie in einem kleinen Kind. "Na was haben wir denn unartiges geträumt, mh?" flüsterte er vorwurfsvoll.

Sie riss entsetzt die Augen auf, als ihr klar wurde das sie nicht mehr träumte und als gerade der erste Ton über ihre Lippen rennen wollte stieß er erbarmungslos seine Finger in ihre klatschnasse Fotze. Sie schnappte nach Luft, konnte die Tausenden von Gefühlen die auf einmal auf sie einbrachen noch nicht realisieren, was war wahr und was war noch Traum? Er sah die Angst, Unsicherheit aber auch Erregung in ihren Augen. "Scht, alles gut Kleines! Aber, ey, na warte" Sie hatte ihre Sinne wieder beisammen und ihn aus blanker Panik rücklings aus dem Bett geschmissen.

Nun war er doch schon etwas ungehalten und packte sie grob an den Armen,sie sah ihn an, sah in seine Augen, warum schrie sie nicht? Ihre Kehle schien wie zugeschnürt und warum versuchte sie nicht zu fliehen? Ihre Gedanken überschlugen sich.

"Erstens, es hört dich keiner, zweitens es ist eh keiner hier und drittens bin ich zu stark für dich und all das weist du, also sei schön artig, dann hast du vielleicht auch was davon!", sagte er und nutzte ihre Verblüfftheit, das er auf ihre ungestellten Fragen geantwortet hatte, aus um sie auf dem Bauch zu drehen und ihre Handgelenke auf ihrem Rücken zu fixieren.

"Was soll das? Lassen sie mich in Ruhe, verdammt, wie sind sie überhauptreingekommen?", erleichtert doch endlich etwas über die Lippen bekommen zuhaben löste sich ihre Schreckensstarre so langsam auf und sie begann zu rebellieren. Sie bockte unter ihm und er gab zu das mehr Kraft in ihr steckte als er angenommen hatte und er hatte seine Mühe sie unter sich zu halten, wenn er ihr nicht wehtun wollte. "Kleine Wildkatze, jetzt lieg endlich still!", donnerte seine Stimme.

Sie rührte sich bis auf ein leichtes Zittern nicht mehr, aber ihr Gehirn arbeitete, wie kam sie hier wieder raus? Und vielmehr, wollte sie es eigentlich?

"Um deine Frage zu beantworten, du hattest nicht abgeschlossen, schon ziemlich töricht, als Frau so ganz allein, man könnte meinen du hast es auf genau das abgesehen", ein Schauer rannte durch ihren Körper, zu ihr hinuntergeneigt in ihr Ohr flüsterte er "und in Stimmung scheinst du ja auch zu sein." Dabei schob er eine seiner Hände geschickt unter ihren Körper und wieder direkt zwischen ihre Schenkel.

Sie stöhnte ungewollt auf. "Lassen sie das!" und wieder versuchte sie sich zu befreien. "Jetzt reicht's aber langsam!" und er gabt ihr einen festen Schlag auf ihren Hintern.

"Au!" jammert sie. "Also jetzt noch mal für dich zum Mitschreiben, du hast keine Möglichkeit hier zu verschwinden, Schreien hilft dir ebenso wenig wie zu versuchen mir zu entkommen, ehe du Jemanden gefunden hast hab ich dich wieder eingeholt!" Seine Stimme klang bedrohlich und sie musste sich eingestehen, dass er mit allem was er sagte Recht hatte. Sie hatte ihn noch nicht wirklich gesehen, aber sie spürte das Gewicht was auf ihr Ruhte, aber sie konnte sich auch nicht gegen das erregende Gefühl wehren was in ihr aufzukeimen schien. "Du hast jetzt zwei Möglichkeiten; entweder du kooperierst und hast auch etwas von dem was ich mit dir machen werde, oder du tust es nicht, was mich aber nicht daran hindern wird dich hemmungslos zu benutzen..." Bei den letzten Worten hatte er ihr sachte über ihr Rückrad gestrichen. "Nun was meinst du?" er glitt mit seinen Fingerspitzen über ihren Nacken und amüsierte sich über die Gänsehaut die sich bei seinen drohenden Worten über ihre Arme zog. Auch wenn er ihr nicht in die Augen sehen konnte, er sah förmlich wie ihr Gehirn arbeitete.

Verdammt was sollte sie denn nur tun? Sie fühlte sich hin und her gerissen. Sie konnte sich doch nicht einfach einem Fremden so unterwerfen. Aber warum eigentlich nicht? Das geht einfach nicht! Warum? Ihre eigenen Gedanken brachten sie um den Verstand.

"Na, kommen wir zu einer Entscheidung?", schmunzelte er, während er miteiner ihrer Haarsträhnen spielte. Sie wollte nicht so kampflos aufgeben, sie sammelte ihre ganze Kraft und stemmte sich ein letztes Mal mit aller Gewalt gegen sein Gewicht "Ich kann das doch nicht einfach zulassen!", stieß sie dabei hervor.

Erschrocken von dem plötzlichen Aufstand verlor er kurzfristig das Gleichgewicht, nun gut dann musste er sie halt zu ihrem Glück zwingen. Er drückte sie ohne Rücksicht mit seinem gesamten Körpergewicht auf die Matratze. Sie erschauderte unter dem Gewicht und der Kraft seines harten Körpers auf ihr, sie spürte die Hitze die er ausstrahlte und seinen harten Schwanz zwischen ihnen und sie spürte wie er ihr durch sein Gewicht die Luft nahm. Sie wurde gezwungenermaßen ruhiger, bewegte sich nicht mehr, nur ihr Gesicht drückte sie in die Kissen "Ich kann doch nicht...!", flüsterte sie immer wieder.

"Oh doch, du kannst und du wirst!", flüsterte er in ihr Ohr bevor er sie sanft in den Hals biss. Er spürte den Schauer der ihr über den Rück lief, er spürte ihr Herz wild schlagen und er spürte die Hitze, die auch von ihr ausging. Ihre Haut fühlte sich an wie ein Traum und sie so in der Gewalt zu haben erregte ihn ungemein, aber er war sich sicher das sie in ihrem Innersten längst beschlossen hatte mitzuspielen, sonst würde sie sich anders verhalten.

Trotzdem fragte er sie, leise flüsternd, in ihr Ohr. "Willst du, dass ich geh? Das ich aufhöre?" Sie antwortete nicht, er unterlies für einen Moment sämtliche Berührungen um sie klar denken zu lassen. "Sag, soll ich gehen? Ich würde es tun und du hättest nix zu befürchten, ich käme nicht wieder." Sie schüttelte leicht den Kopf, sie war sich sicher sie würde es bereuen diese Nacht verstrichen gelassen zu haben, ohne das zu erleben, was er noch mit ihr tun würde. "Wenn ich bleib, dann spielen wir nach meinen Regeln, das muss dir klar sein!", sagte er mit leicht drohender Stimme um ihr das Gewicht ihrer Antwort klar zu machen, sie nickte "Bitte bleib!" hauchte sie leise. Ein Stein viel ihm vom Herzen, er wäre gegangen, er redetet sich zu mindestens ein er hätte es gekonnt... Er ließ sie wieder seinen Körper spüren, verfiel wieder in ihr Spiel und wusste nun, dass es nun IHR Spiel war...

"So meine Kleine und jetzt wirst du schön artig sein und tun was ich sage." Sie schüttelte trotzig den Kopf, abgefunden hatte sie sich mit der Situation, aber sie wollte es ihm nun auch nicht zu leicht machen.

Sein Lachen über ihre trotzige Reaktion ging ihr durch Mark und Bein. Er richtete sich auf, fast war sie enttäuscht darüber den Kontakt zu seiner Haut zu verlieren und stand auf. Sie kauerte sich auf ihrem Bett zusammen und begutachtete ihn skeptisch, wobei sie ihn nun das erstemal wirklich sah. Es flatterte in ihrem Innersten als sie den Blick über seinen Körper streifen ließ. Die strahlend blauen Augen, sein trainierter Köper,... ihr Blick blieb auf seinem steifen Schwanz unwillkürlich hängen. Er lächelte über ihren taxierenden Blick.

"Nun komm her und beweis mir, dass du artig bist, du brauchst dich nicht verstecken, ich hab ohnehin schon lang genug Gelegenheit gehabt dich während deiner unartigen Träume zu beobachten!" Sie wurde schlagartig rot, wie lange war er schon hier gewesen? Wie lange hatte er sie beobachtet? Und was hatte er sich angeguckt?

Sie richtete sich langsam auf und kam auf der Bettkante zu sitze. Er griff ihr in den Nacken und hielt ihr seinen Schwanz vors Gesicht. "Komm, sei artig!", das klang mehr wie ein Befehl als eine Bitte und sie wollte nicht das er sauer wurde, sie konnte nur erahnen wie ihre Chancen stehen würden und sicher nicht zu ihren Gunsten...

Sie starrte auf seinen großen Schwanz der genau vor ihren Augen hing, mit der Zungenspitze stupste sie leicht seine Eichel an. Ein Schauer rann durch seinen Körper der sie ermutigte. Sie ließ ihre Zunge an seinem Schwanz entlang wandern, spürte die warme weiche Haut und drückte ihr in kurzen Abständen immer wieder einen Kuss auf. "Mh, das machst du gut Kleines, aber jetzt nimm ihn endlich!" Sein Griff wurde fester, zögernd schloss sie die Lippen um seinen prallen Schwanz und begann zu saugen. Er stöhnte ungehalten auf und zwang ihr sein eigenes Tempo auf in dem er sie im Nacken zu sich zog. Er war so dermaßen geladen von der Situation das er verdammt noch mal aufpassen musste nicht zu früh zu kommen und so ließ er auch ziemlich bald von ihr. Er trat einen Schritt zurück, schaute sie an. Der leichte Rotschimmer auf ihren Wangen verriet die heimlichen Freuden die auch sie durchlebte. Er drückte sie mit dem Oberkörper zurück aufs Bett und schobt ihre Beine auseinander, so dass er tief in sie hineinblicken konnte, sie versuchte sie wieder zu schließen, was ihr nur einen leichten Schlag auf die Innenseite ihrer Schenkel einbrachte. Er machte sich nicht wirklich die Mühe ihre Beine wieder zu öffnen - ein strenger Blick und sie schaut gemaßregelt zu Boden und öffnet sie ihm wieder, ein wenig.

"Weiter!", dröhnte seine tiefe Stimme, dass sie zusammenzuckte und sie erschrocken wieder ganz öffnete. Er kniete sich vor sie, konnte ihre Erregung fühlen und riechen. Sein Finger strich leicht über ihre Lippchen, sie zitterte leicht vor Erregung. Seine Finger streichelten sanft an der Innenseite ihrer Schenkel entlang, er küsste vorsichtig die weiche Haut und hörte ihr leises Stöhnen. "Reiß dich gefälligst zusammen und stör mich nicht mit deinen Lauten!", fauchte er sie an. Sie presste erschrocken die Lippen aufeinander. Oh wie gemein, es ist doch so schön, dachte sie und schloss die Augen um dem Gefühl seiner Finger auf ihrer Haut zufolgen. Sie wanderten weiter bis hinab zu ihren Knöcheln und wieder zurück, umkreisten ihre Fotze ohne sie je zu berühren, er betrachtet sie ganz genau, hauchte einen Atemzug auf ihre feuchte Haut, dass sie die Hände in ihrem Lagen verkrallte um nicht wieder zu stöhnen. Warum berührte er sie nicht endlich richtig? Abrupt hörte er auf, ein enttäuschter Laut kam ihr nach diesem plötzlichen Abzug über die Lippen. Er hob eine Augenbraun und sah sie an, sie schlug die Hände über dem Mund zusammen "Tschuldigung!", hörte man sie hinter vorgehaltener Hand nuscheln.

Er wich einen Schritt zurück "Jetzt besorgs dir selbst!" forderte er sie auf und sah den Schock über ihr Gesicht huschen, "Na los!" "Aber, aber,...", stammelte sie leise "ich kann das nicht." Sie schaute zu Boden, ihn nicht an. Ihr Widerstand entlockte ihm lediglich ein müdes Lächeln. "Wird's bald, oder muss ich deutlicher werden!?" Jetzt reichte es ihr aber langsam, trotzig verschränkte sie die Arme vor der Brust und schaute ihn mit funkelnden Augen an. Das schien ihn nun doch ziemlich zu verärgern und er zog sie mit einem Ruck vom Bett hoch, so dass sie vor ihm stand. Er packte sie grob am Kinn, dass sie ihm in die Augen schauen musste. Bei seinem durchdringenden Blick wurde ihr ganz heiß und kalt. Er studierte den Blick in ihren dunklen Augen, er sah die Erregung und auch die Furcht vor dem Kommenden, was ihm gar nicht gefiel war der Funke Belustigung... "Deine Flausen werd ich dir schon noch austreiben, ich bin es gewohnt das die Frauen dem nachkommen was ich von ihnen verlange, du kannst dir schon mal überlegen wie du das wieder gutmachen willst!", knurrte er sie an. Er sah, dass die Angst auf einmal die Oberhand in ihrem Blick zu bekommen schien und sie anfing zu zittern, er nahm es zur Kenntnis, ignorierte es aber. Sein Blick glitt durch ihre Stube und blieb auf ihrem Stuhl hängen. Sie war seinem Blick gefolgt und ihr schwamm nix gutes als sie sah wie er den Arm nach ihrem Gürtel ausstreckte. "Nein, nein bitte nicht!" stammelte sie heiser. Das nahm nun doch alles Bahnen an die ihr nicht gefielen. "Sei ruhig, du bekommst nur was dir zusteht!" unterbrach er ihr Betteln. Im nu hatte er den Gürtel aus ihrer Uniform gezogen, sie umgedreht und ihre Hände auf ihrem Rücken gebunden.

Er schob sie zu ihrem Tisch, fegte mit einer ausholenden Armbewegung ihre Papiere hinfort und presste ihren heißen Oberkörper auf die kalte Tischplatte. Sie zog bei der Berührung scharf die Luft ein und fühlte sich mit einem Mal so hilflos. Sie spürte den harten Druck seiner Hände auf ihrem Rücken und schrie auf als er ihr mit seinem Handtuch einen ziehenden Schlag auf ihren Arsch verpasste. "Reiß dich zusammen, wer nicht hören kann muss halt fühlen!", schallte er sie und es folgten noch 2 weitere Schläge. Sie zuckte bei jedem Mal zusammen, ihr liefen bereits die Tränen, was sollte das denn jetzt alles? Er hielt inne und als er ihr leises Schluchzen vernahm, legte er das Tuch wieder beiseite. "Du hast es so gewollt!" ermahnte er sie. Kurz darauf spürte sie seine großen warmen Hände über ihre glühenden Backen streichen und der Schmerz wich langsam einen anderem Gefühl, das sie noch nicht einzuordnen vermochte. Sie erschauderte unter der Kraft die von ihm ausging und der Macht die er über sie hatte. Sie genoss das Gefühl seiner sanften Hände. Als sie auf einmal begannen ihre Backen auseinander zu ziehen und sie etwas Hartes spürte wurde sie unruhig. "Vielleicht sollte ich es dir mal auf eine andere Art besorgen" raunte er ihr ins Ohr und drückte bereits fordernd gegen ihr Hintertürchen. "Nein, bitte, das hat bei mir noch nie einer gemacht, ich will das nicht.", jammerte sie. Als Antwort hörte sie nur sein leises Lachen und spürte den Druck stärker werden. Sie ergab sich in ihr Schicksal dem sie nicht entrinnen konnte, oder wollte?, und fleht nur noch leis "Oh bitte seit vorsichtig!". Dies war er zu ihrem Erstaunen auch, er ließ ihr Zeit sich an das Gefühl zu gewöhnen, ehe er das letzte Stück seines Schwanzes mit einem Ruck in sie trieb. Sie stöhnte unterdrückt auf unter dem ungewohnten Gefühl.

"Na, wie ist das?" seine Stimme klang heiser, zu erregt war auch er mit der Weile und dies enge Loch was er gerade erobert hatte verlangte ihm einiges an Selbstbeherrschung ab. Er begann sich in ihr zu bewegen, zog ihren Kopf an den Haaren zu sich hinauf. Durch die Bewegung spürte sie ihn nur noch deutlicher in sich und sein Körper den sie nun wieder so nah bei sich fühlte, gab ihr eine Sicherheit die sie nicht hätte erklären können. Der Takt seines Herzens schallte in ihrem Ohr wieder und ließen sie sich ganz entspannen. Er spürte, wie ihr Körper weich wurde und sie sich endlich ganz in seine Hände begab. Seine Stöße wurden fester, während er einen Arm um ihre Hüften legte, mit dem andern immer noch ihren Kopf zurückzog. "Scheint dir zu gefallen, Kleines!", er brauchte keine Antwort von ihr denn sie schwamm in ihren Augen. Diese Mischung aus Verwunderung, Erregung, Angst und Vertrauen. Er küsste ihr leicht eine Träne von der Wange die noch von den gerade erlebten Schmerzen rührte. Unter der Geste wurde sie entgültig zu Wachs unter seinen Händen und gab jeden Widerstand auf. "Soll ich weitermachen?" fragte er sie und sie öffnete ihm die Augen, sah ihn an und nickte leicht. War sie denn eigentlich verrückt? Er war immer noch ein Fremder der sie in ihrem eigenen Bett überfallen hatte!

Er küsste sanft ihren Hals. "Dann bitte mich darum!" befahl er ihr. "Bitte hör nicht auf", kam flüsternd über ihre Lippen, sie traute sich nicht lauter zu sprechen, die Situation erlaubte es einfach nicht. "Bitte mich richtig, ich weiß das du es kannst, ich seh es doch in deinen Augen" schmunzelte er, während er an ihrem Ohrläppchen knabberte, sie stöhnte auf, "komm, bitte mich, wie es mir gebührt!" sprach er leise weiter.

Was war es nur für eine merkwürdige Situation? Sie spürte ihn in sich, sich nur ganz leicht bewegen, spürte seinen starken Arm der sie vor allem zu schützen schien was kommen könnte, spürte die Hitze seines kräftigen Körpers und sah das Wissen in seinen Augen wie sehr sie es im Innersten genoss. Sie kämpfte mit sich, kämpfte noch und konnte ihn doch die Antwort die er erwartete nicht verwähren. "Bitte macht weiter,...Meister!" Er lächelte "Brav!" sagte er nur, bevor er seine Lippen auf die ihren presste. Sie ergab sich ihm, sie wollte es und warf die Zweifel hinfort. Seine Hand strich fordernd über ihre Front und machte ihr seine weiteren Ansprüche klar. Unwillig löste sie sich von ihm, ließ sich wieder auf die Tischplatte drücken. Während er sie im Nacken kontrollierend auf den Tisch drückte, stieß er nun immer fester in sie. Ihr Atem ging immer unruhiger, diese ausgelieferte Situation ließ ihre Gefühle und Gedanken komplett verrückt spielen. Sie schrie auf als er sich mit einem Ruck aus ihr zurückzog, sie wollte sich aufrichten aber seine Hand fixierte sie noch immer auf dem Tisch, gebot ihr liegen zu bleiben. Er atmete schwer, überlegte ob er von ihr lassen sollte. Es war aber auch ein geiler Anblick den sie ihm bot. Auf dem Tisch gelegt, die Beine gespreizt und ihren Arsch ihm hoch entgegen gerichtet. Er trat wieder zu ihr, fasste sie mit seinen großen Händen um die Hüften, was ihr ein solches Kribbeln durch den Körper jagte das sie sich im unwissentlich entgegen drängte. Kurz drauf verlor sie jeden Kontakt zum Boden und spürte seinen heißen Schwanz an ihrer Fotze... "Bist du denn auch schon schön nass?" "Oh ja, bin ich, bitte macht weiter, bitte Meister!" stammelte sie erregt. Er ließ sich Zeit, zog mit dem Daumen ihre Schamlippen beiseite, bevor er langsam und genüsslich tief in sie eindrang. Sie stöhnte vor Genuss laut auf, ohne diesmal von ihm getadelt zu werden. Während er tief und unbeweglich in ihrer feuchten, heißen Spalte verharrt, spielt sein Finger um ihren Kitzler, mit kreisenden, immer schneller werdenden Bewegungen trieb er sie unaufhaltsam Richtung Abgrund. Sie richtete sich wieder auf, presste sich gegen seinen von Schweiß nassen Körper und wand sich unter seinen erfahrenden Fingern. "Oh bitte nehmt mich Meister!", raunte sie im Rausch ihrer Sinne. Das ließ er sich nicht zweimal sagen, er begann sich in ihr zu bewegen, sie zu stoßen, immer tiefer, fester und stärker, während er sie sich an den Hüften entgegenzog und ihren Mund mit seinem plünderte. Seine Zunge drang in ihren Mund wie sein harter Schwanz in ihre heiße Spalte und sie wand sich wie im Fieber unter seinen Fingern die begannen immer schneller um ihren Kitzler zu kreisen. Sie hörte seinen immer schwerer werdenden Atem, bis er sie auf den Tisch zurückdrückte. Kurz bevor er kam zog er sich aus ihr zurück. Sie konnte hören wie er sich selbst zum Höhepunkt trieb, ihr Körper bebte vor Anstrengung und Erregung. Sein lautes Aufstöhnen riss sie aus den Gedanken und sie spürte seinen Saft heiß über ihren Rücken laufen, schwer atmend stand er hinter ihr. "Los, du darfst es dir selbst besorgen!" "Die Fesseln, Meister die Fesseln, wie soll ich denn...?" jammert sie an ihren Fessel zerrend, sie dachte nicht mehr, kaum hat er ihre Fesseln gelöst, schnellte ihre rechte Hand auch schon in ihren Schoß. "Nun mach schon ich hab nicht die ganze Nacht Zeit!" schimpfte er. Das er zusah war ihr vollkommen egal, sie rieb über ihren schon total überreizten Kitzler und stützte ihren Körper mit dem linken Arm auf dem Tisch ab. Er trat ihr leicht gegen die Füße, spreizte sie so noch weiter und genoss den Anblick den sie bot. Kurz bevor sie kam presste sie noch ein "Darf ich Meister?", hervor. "Dreh dich um!" sie drehte sich zu ihm um, ihre Hand immer noch zwischen ihren Schenkeln suchte sie seinen Blick. Er nickte ihr zu und kurz darauf überrollte sie ihr Orgasmus und ihr erlösender Schrei erfüllte den Raum. Ihre Beine gaben nach und sie konnte sich gerade noch kurz vor seinen Füßen abfangen, sie rang nach Atem, so was Gewaltiges hat sie bis jetzt noch nicht erlebt. Er schaute eine Weile auf sie hinab wie sie dort zu seinen Füßen kniete, das Bild gefiel ihm durchaus. Während sie noch versuchte sich zu beruhigen, sammelte er sein Handtuch vom Boden und ging Richtung Tür. Sie blickte zu ihm auf, schaute ihm in die Augen, hoffte was sie lass war ein Versprechen auf mehr, irgendwann ...

Er sagte kein Wort mehr, blickte nicht zurück, sondern schloss hinter sich die Tür als sei nix passiert. Ein wenig verdattert starte sie ihm nach, bis das flackernde Licht im Flur durch den Türspalt nicht mehr zu sehen war.

Ihr fröstelte und sie zog sich ihr Schlafzeug wieder an. Mit einem Gefühl von Leere legte sie sich zurück ins Bett. Klemmte sich ihren Teddy fest unter den Arm und schlief ein.

Ob er wohl wiederkommt...?

Herrin entdeckt ihre devote Ader

Weil mein Mann und ich den ganzen Tag arbeiten und deswegen nicht genügend Zeit haben, um uns die ganze Zeit um unsere Kinder zu kümmern, haben wir unterschiedliche Dinge überlegt, wie wir unsere Kinder denn am sinnvollsten betreuen lassen könnten für die Zeit, in der wir nicht zu Hause sind.

Nach langem hin und her haben wir uns dann für ein Au Pair entschieden, da so unsere Kinder zumindest in der gewohnten Umgebung sich befinden und auch nicht ständig wechselnden Bezugspersonen ausgesetzt sind. Lange Vorrede, kurzer Sinn: Nach etwa zwei Monaten ist das Au Pair Mädchen aus Frankreich schließlich eingetroffen.

Ich habe sie vom Flughafen abgeholt und war erst einmal hin und weg, als ich sie gesehen habe.

Sie können sich gar nicht vorstellen, was für eine Schönheit sie gewesen ist (und natürlich auch jetzt noch ist). Ungefähr 1,70m groß mit einer schlanken, durchtrainierten Figur, einen wohlgeformten Hintern, sehr schönen Brüsten (inzwischen weiß ich, dass es sich um Körbchengröße c handelt, damals habe ich es nur geschätzt), strahlend hellblaue Augen (ungefähr so wie der Himmel an den schönsten Tagen) und bräunliche Haare (ungefähr die Farbe von gutem Whisky). Dazu einen richtig schönen Schmollmund und eine gerade, wohlgeformte Nase. Jedes Topmodel kann sich hinter ihr verstecken, weil keines so schön ist wie sie. Vergessen Sie Heidi Klum, Cindy Crawford oder wie sie alle heißen. Keine ist so schön wie Sophie. Der Name schon allein ...

Entschuldigen Sie bitte, dass ich nun so schwärme und dabei von meiner Geschichte abkomme, aber vielleicht wird sie Ihnen so dann auch etwas verständlicher. Ja, viele von Ihnen haben jetzt sicher nachgeschaut, ob es sich wirklich um eine Frau handelt, die das schreibt oder ob Sie sich verlesen haben, denn wie kann eine heterosexuelle Frau so von einer anderen schwärmen. Na ja, ich kann Ihnen verraten, dass ich inzwischen herausgefunden habe, dass ich bi bin. Sie haben sich also nicht verlesen.

Stopp, hier muss ich erst einmal mich selbst stoppen, damit ich Ihnen die ganze Geschichte erzählen kann. Es bringt ja nichts, wenn ich hier alles durcheinander aufschreibe und Sie dann den Überblick verlieren und ich auch. Also, wo war ich stehen geblieben? Ach ja, genau, am Flughafen.

Unser Au Pair ist mir also schüchtern entgegen gekommen und hat mich gefragt, ob ich denn Frau Maier wäre. Dies konnte ich natürlich nur bestätigen und habe mich gleich einmal vorgestellt und ihr gesagt, dass sie mich auch Ina (Kurzform von Carolina) nennen könnte.

Sophie hat mich nur schüchtern angelächelt und sich ebenfalls vorgestellt. Vielleicht sollte ich hier noch erwähnen, dass sie ohne irgendeinen Akzent Deutsch gesprochen hat.

Anschließend habe ich ihr einen der Koffer abgenommen (sie hat nur zwei dabei gehabt) und bin mit ihr zu meinem Auto gegangen.

Auf der Fahrt zu mir nach Hause hat sie einiges über meine Familie wissen wollen. Mir ist das nur Recht gewesen, denn irgendwie ist es mir auch unangenehm gewesen, dass ich allein durch ihren Anblick erregt worden bin. Vor allem, weil ich so etwas bisher auch nicht gekannt hatte. Durch die Gedanken und Erzählungen über meine Familie habe ich mich selbst wieder in den Griff bekommen und meine Erregung ist sehr schnell abgeklungen.

Wobei ... ich kann nicht behaupten, dass sie wirklich abgeklungen gewesen ist, aber zumindest habe ich dies so in dem Moment empfunden gehabt. Wie wir Menschen uns selbst teilweise belügen, man sollte es kaum meinen. Aber sicher ist es Ihnen auch schon in der ein oder anderen Situation so ergangen, dass Sie sich selbst belogen haben. Wenn dies nicht der Fall sein sollte, dann tut es mir Leid, dass ich Sie zu Unrecht beschuldigt habe.

Ich habe ihr dann auf jeden Fall erzählt, dass mein Mann und ich uns schon seit zwanzig Jahren kennen, seit fünfzehn Jahren ein Paar und seit zehn Jahren verheiratet sind. Außerdem habe ich ihr gesagt, dass wir insgesamt drei Kinder haben, einen Jungen mit acht Jahren und zwei Mädchen mit fünf und mit einem Jahr. Bisher hat immer meine Mutter auf die drei aufgepasst gehabt, doch sie fühlte sich gesundheitlich einfach nicht mehr in der Lage dazu.

Wir selbst können uns nicht den ganzen Tag um unsere Kinder kümmern, da mein Mann Arzt und ich Werbeagentin bin und wir beide unseren Beruf zu sehr lieben und brauchen.

Unsere Kinder sind zwar das wichtigste für uns, aber ohne unsere Berufe wären wir unglücklich und das würde sich, unserer Meinung nach, auch auf die eine oder andere Art auf unsere Kinder übertragen.

Auch wollte sie noch wissen, was ihre Aufgaben bei uns wären. Diese Frage ist sehr schnell geklärt gewesen, denn zu ihren Aufgaben gehören alle Bereiche, die den Haushalt und die Kinder betreffen, also etwas Haushalt führen (haben auch noch eine Putzkraft, die zweimal die Woche kommt), kochen für die Kinder und uns, Hausaufgaben machen, die Kinder zu ihren Freizeitbeschäftigungen bringen und und und.

Eben alles, was bei einer Familie so anfällt. Sie selbst wissen sicher auch am besten, was bei Ihnen so anfällt und diese Aufgaben hat eben auch unser Au Pair. Das lässt sich schon alleine deswegen nicht ganz vermeiden, da mein Mann und ich, wie bereits schon erwähnt, beruflich sehr eingespannt sind und die wenig übrige Zeit, die uns noch bleibt, mit unseren Kindern beziehungsweise auch miteinander verbringen wollen.

Schließlich sind wir dann auch bei mir daheim angekommen und dort haben schon mein Mann und meine Kinder auf uns gewartet.

Komischerweise hat mein Mann Sophie nur kurz von oben bis unten angeschaut, ist dann aber äußerst freundlich und zuvorkommend gewesen und hat keinerlei weitere Reaktion gezeigt. Dies hat mich sehr verwundert, da ja selbst ich sexuell von ihr angezogen gewesen bin und das als heterosexuelle Frau!!

Eine weitere Frage von Ihnen ist nun gewiss, wie ich nur so locker darüber reden kann und das es in dieser Situation doch bestimmt anders für mich gewesen ist. Da haben Sie Recht, aber inzwischen sind schon sechs Monate vergangen und ich kann über meine damalige Naivität und Unsicherheit eigentlich nur noch schmunzeln. Aber wieder zurück ...

Nach der Begrüßung haben wir die Sachen von Sophie in ihr kleines Apartment (wir haben eine Einliegerwohnung im Haus) gebracht und sind dann alle gemeinsam ins Wohnzimmer gegangen. Dort hat sich Sophie, nach eigenem Wunsch, erst einmal mit den Kindern beschäftigt, damit diese sie besser kennen lernen.

Mein Mann und ich haben uns in die Küche zurückgezogen und derweil das Abendessen vorbereitet. Dort haben wir uns über unsere ersten Eindrücke von Sophie unterhalten. Auch dieses Mal ist mir bewusst geworden, dass sie anscheinend rein äußerlich keinen besonderen Eindruck auf meinen Mann gemacht hat.

Kurze Zeit später ist das Essen dann fertig gewesen und wir haben alle zusammen Abend gegessen. Sophie ist bei den Kindern schon sehr beliebt gewesen und wir haben alle zusammen viel gelacht. Selbst mein Sohn, der normalerweise skeptisch gegenüber Fremden ist, ist richtig ausgelassen gewesen.

Danach haben mein Mann und mein Sohn den Tisch abgedeckt und Sophie und ich sind mit meinen Mädchen ins Bad gegangen, um sie für das Bett fertig zu machen.

Dazu muss ich Ihnen wohl noch kurz erklären, dass es bei uns abends immer einen festen Ablauf gibt. Es ist meinem Mann und mir sehr wichtig, dass wir alle gemeinsam zu Abend essen. Nur in den äußersten Notfällen ist einer von uns mal nicht da.

Nach dem Abendessen räumen entweder mein Mann oder ich mit unserem Sohn alles auf und der andere bringt die Mädchen ins Bett.

Dazu wird dann erst ins Bad gegangen, wo sie sich bettfertig machen und anschließend in ihr Zimmer, denn momentan haben sie noch eins gemeinsam. Dort spielen wir dann noch etwa eine halbe Stunde gemeinsam. Hinterher gehen sie dann ins Bett und es wird noch eine Geschichte erzählt, etwas gesungen und dann gebetet. Dieses Ritual ist uns sehr wichtig, da wir so intensiver Zeit miteinander verbringen können.

Nachdem die Mädchen sich dann zum Schlafen gelegt haben, sind Sophie und ich ins Wohnzimmer gegangen, wo mein Mann allein auf uns gewartet hat. Mein Sohn ist nämlich schon auf sein Zimmer gegangen, da er noch irgendetwas machen wollte.

Sophie und ich haben uns also zu meinem Mann gesetzt und dort haben wir sie dann aufgefordert, dass sie uns doch etwas von sich erzählen sollte, damit auch wir sie besser kennen lernen.

Dies hat sie zuerst nur zögerlich getan, doch im Laufe der Erzählung sprudelte es nur so aus ihr heraus.

Ich werde das alles jetzt für Sie in Kurzfassung hier zusammenfügen, damit Sie nicht zu viel zu lesen und ich nicht zu viel zu schreiben habe. Ich hoffe, dass Sie Verständnis dafür aufbringen können.

Sophie ist mit ihren neunzehn Jahren die älteste von vier Kindern und dazu das einzige Mädchen. Ihr Vater ist der Auffassung, dass Mädchen weniger wert sind als Männer und hat sie und ihre Mutter dies auch spüren lassen. Sie wurde immer von ihm, später dann auch von ihren Brüdern, unterdrückt. Nachdem dann auch die Beziehung zu ihrem Freund kaputt gegangen war hat sie sich für das Au Pair Programm angemeldet und ist dann eben bei uns gelandet.

Wie gesagt, ich habe Ihnen hier nur die Kurzfassung gegeben. Tatsächlich hat das Gespräch an diesem Abend mehrer Stunden gedauert und wir haben uns schließlich darauf geeinigt, dass wir alle ins Bett gehen.

Die nächsten Wochen sind relativ unproblematisch gelaufen. Anfangs bin ich noch zu Hause geblieben, doch als ich gemerkt habe, dass meine Kinder Sophie voll und ganz vertrauen bin auch ich wieder arbeiten gegangen.

Mir ist dies sehr entgegen gekommen, da ich gemerkt hatte, dass Sophies Anwesenheit mich immer mehr erregte und ich zum ersten Mal richtiges Verlangen nach einer Frau spürte. Dies ist besonders schlimm für mich gewesen, da es sich dabei auch noch um so eine junge Frau gehandelt hat, schließlich bin ich schon 40 und könnte damit ihre Mutter sein, und ich ja eigentlich meinen Mann auch immer noch heiß und innig liebe. Ich habe mir also einige Selbstvorwürfe gemacht und wurde im Umgang mit ihr auch immer unsicherer, da ich ja nicht gewollt habe, dass sie irgendetwas bemerkt.

Da ist mir eben meine Arbeit sehr Recht gekommen, denn dadurch bin ich nicht mehr den ganzen Tag mit ihr zusammen gewesen. Doch auch das hat nichts gebracht. Im Gegenteil sogar, ich habe mich nicht richtig mehr konzentrieren können und immer sehnsüchtig darauf gewartet, dass ich wieder nach Hause komme. Selbst im Büro habe ich teilweise erotische Fantasien gehabt, in denen Sophie die Hauptrolle gespielt hatte. So habe ich mir zum Beispiel einmal vorgestellt, wie sie mich oral verwöhnt.

Sie müssen dabei vielleicht noch kurz wissen, dass ich beim Sex im Allgemeinen eher einen passiven Part übernehme, da ich nicht gerne den Aktiven habe. Ich fühle mich dabei einfach unwohl und kann das alles dann nicht richtig genießen.

Meinem Mann ist die Veränderung in mir wohl auch aufgefallen, denn irgendwann hat er mich direkt darauf angesprochen, was denn mit mir los wäre. Sie können sich sicher mein Entsetzen vorstellen, als dies geschehen ist und ich habe nur so vor mich hergestammelt. Dies hat ihn sicher nicht überzeugt, doch er hat mir zuliebe das Thema dann auch fallen lassen.

Sophie hat übrigens ihren Teil dazu auch beigetragen, dass ich sie nicht aus meinen Gedanken verbannen konnte. Inzwischen weiß ich, dass dies eiskalte Berechnung von ihr gewesen ist.

Sie fragen sich, was sie gemacht hat? Nun, dass möchte ich Ihnen gerne auch noch erzählen.

Angefangen hat es damit, dass sie immer kürzere Sachen getragen hat. Anfangs ist sie immer hochgeschlossen angezogen gewesen, doch irgendwann wurden ihre Hosen kürzer und die Blusen bzw. T-Shirts ausgeschnittener. Solche Sachen hat sie jedoch hauptsächlich nur getragen, wenn sie wusste, dass mein Mann nicht in der Nähe ist und auch so schnell nicht kommen würde. Ansonsten ist sie zwar auch freizügiger geworden, aber eben nicht so sehr. Eigentlich hätte mir das ganze damals schon bewusst sein müssen, ist es aber nicht gewesen. Im Nachhinein ist man eben immer klüger. Als dann mein Mann eine Woche lang mit unseren Kindern zu seinen Eltern gefahren ist, ist es dann noch schlimmer geworden.

Wenn ich abends aus dem Büro zurückgekommen bin hat Sophie immer auf mich mit dem Essen gewartet. Dabei hat sie dann immer durchsichtigere Oberteile angehabt und hat auch keinen BH mehr darunter getragen. Nun gut, sie kann es sich bei ihren Brüsten auch leisten, aber können Sie sich vorstellen, wie es mir dabei ergangen ist? Sie denken jetzt sicher, dass ich etwas hätte sagen müssen, aber ich habe ihr und vor allem mir zu diesem Zeitpunkt noch nicht eingestehen wollen, dass sie mich so sehr verwirren und verunsichern kann. Schließlich bin ich wesentlich älter und habe somit auch schon viel mehr Lebenserfahrung. Ich kann mich nur wiederholen: Ich bin damals unglaublich naiv gewesen. Nun aber dazu zurück, was sie noch alles gemacht hat ...

Außerdem hat sie sich des Öfteren, wenn wir gemeinsam abends fernsahen, sich mir schräg gegenüber gesetzt und dabei ihre Beine gespreizt. Da sie dabei keine Slips getragen hat, habe ich sehr genau ihre blank rasierte Vagina sehen können, was mich nur umso mehr erregt hat. Ich habe natürlich wieder so getan, als wäre nichts, doch das berechnende Biest hat natürlich alles ganz genau mitbekommen.

Als sie dann sogar eines Morgens nackt ins Badezimmer gekommen ist, als ich gerade unter der Dusche gestanden bin, ist alles zu spät gewesen. In mir hat es nur noch so gebrodelt und als sie sich kurz darauf aus dem Bad wieder begeben hatte, habe ich nicht mehr an mich halten können und mich selbst befriedigt.

Ich habe angefangen mich sanft zu streicheln. Zuerst nur über meine Brüste und dann habe ich jedoch recht schnell gezielt an meinen Nippeln gespielt, während das Wasser nur so über meinen Körper prasselte. Dabei habe ich mir vorgestellt, dass es sich um Sophies Hände handelt, die mich sanft berühren und verwöhnen. Dieser Gedanke hat mich so unglaublich erregt, dass ich dann irgendwann weiter mit meinen Händen nach unten geglitten bin, bis ich letztendlich in meiner Scham gelandet bin und angefangen habe mich dort sanft zu streicheln. Meine Gedanken sind dabei immer noch um Sophie gekreist und ich habe mir vorgestellt, wie ich sie bitte, dass sie meinen Kitzler berührt. Dabei habe ich dann angefangen sanft meinen Kitzler zu massieren. Als mir dies nicht mehr gelangt hat, habe ich angefangen mich zu fingern. Als ich endlich kurz vor dem erlösenden Orgasmus gewesen bin ist die Tür aufgegangen und Sophie ist in der Tür gestanden.

Sie können sich sicherlich vorstellen, wie verschreckt ich geschaut haben muss und dass ich sofort meine Hände von mir genommen habe. Gerade noch ist es Fantasie gewesen und nun stand Sophie leibhaftig vor mir! Ich bin völlig erstarrt gewesen und habe schnell nach Ausreden gesucht. Doch auf Grund meines leisen Stöhnens, dass sie unweigerlich gehört haben muss, als sie hereingekommen ist, habe ich nicht einmal behaupten können, dass ich mich nur eingeseift habe. Andere Ausreden sind mir in diesem Moment gar nicht eingefallen.

Doch als ich sie angeschaut habe bin ich äußerst erstaunt gewesen, denn sie hat angefangen gehässig zu lachen und hat dann nur lapidar gemeint, dass sie sich schon dachte, dass ich auf sie stehen würde, so wie ich sie immer angegafft habe.

Ich habe in dem Moment gedacht, ich höre nicht richtig und habe sie schon aus dem Bad rauswerfen wollen, doch sie ist mir zuvorgekommen. Sie ist einfach auf mich zugegangen, hat mich in die Arme genommen und mich geküsst, als sei das das normalste der Welt. Dabei ist sie jedoch nicht sanft vorgegangen, so wie ich mir das immer vorgestellt habe, sondern sie ist irgendwie grob und besitzergreifend gewesen. So einen Kuss habe ich zuvor noch nie erlebt gehabt.

Zuerst habe ich mich noch dagegen gewehrt, da ich wirklich empört über ihren Satz und gleichzeitig auch peinlich berührt gewesen bin, doch schnell hat meine Erregung gesiegt und ich habe mich auf den Kuss eingelassen. Dieser ist auch immer intensiver geworden und irgendwann hat sie angefangen mich am ganzen Körper zu streicheln.

Wie Sie alle ja inzwischen wissen, bin ich glücklich verheiratet und habe mich deswegen gewehrt, aber auch diesen Widerstand hat sie schnell gebrochen, in dem sie mich einfach weiter geküsst und gestreichelt hatte.

Wobei es für sie gar nicht so schwer gewesen ist den Widerstand zu brechen, da ich, wie bereits erwähnt, kurz davor noch davon geträumt hatte, dass sie mich sanft berührt und verwöhnt. Ich muss Ihnen nun auch gestehen, dass ich sogar während des Geschlechtsaktes mit meinem Mann an sie habe denken müssen. Dominante Fantasien sind dies zu Anfang nicht gewesen. Da ich jedoch, wie schon einmal erwähnt, beim Sex eher zu den Passiven zähle habe ich mich auch in meinen Fantasien von ihr führen und mich verwöhnen lassen, ohne dass Dominanz oder Demütigungen eine Rolle spielten.

Dies muss und möchte ich hier noch einmal deutlich erwähnen, da ich zu meinem Entsetzen feststellen musste, dass genau dies mich noch mehr antörnte, wodurch sie mich eigentlich schon indirekt unterworfen hatte, auch wenn ich noch innerlich dagegen ankämpfte.

Irgendwann ist ihre Hand dann auf einmal in meiner Scham gewesen und sie hat mich dort erst sanft gestreichelt und ist dann dazu übergegangen meinen Kitzler zu massieren. Dabei ist sie jedoch irgendwann nicht mehr sanft vorgegangen, sondern sie hat ihn regelrecht malträtiert, in dem sie ihn gezwickt und auch immer wieder äußerst schmerzhaft lang gezogen hat. Dennoch hat es dann auch nicht mehr lang gedauert und ich bin mit lautem Stöhnen zu meinem Orgasmus gekommen.

Und wissen Sie, was das Biest dann gemacht hat? Sie hat einfach nur gelacht und geflüstert, dass sie mich nun hätte und ist dann auf dem Bad gegangen.

Können Sie sich vorstellen, wie ich mir dabei vorgekommen bin? Ich habe kurz zuvor meinen Mann mit einer F R A U betrogen, die zufällig noch unser Au Pair ist und nach der ich mich schon eine ganze Weile gesehnt hatte und die behandelt mich wie ein Stück Dreck und demütigt mich. Nun gut, ich selbst habe mich ja auch wie ein Stück Dreck, besser gesagt wie eine Schlampe gefühlt! Aber was noch viel schlimmer gewesen ist: Die Tatsache, wie sie mich behandelt hat, hat mich wieder bis aufs äußerste erregt! Das Schlimmste daran ist jedoch gewesen, dass diese Demütigungen mich noch weitaus mehr erregten als die zärtlichen Spiele meiner Träume. Dadurch habe ich mich irgendwie noch mehr als Verräterin gefühlt und irgendwie habe ich nun auch an meinem Verstand gezweifelt, denn das hat doch unmöglich mir, einer intelligenten, normalen Frau, gefallen können.

Von da an bin ich Sophie möglichst aus dem Weg gegangen und bin auch überaus froh gewesen, dass mein Mann und meine Kinder schon einen Tag später zurück gekommen sind. Ich habe zwar meinem Mann gegenüber ein überaus schlechtes Gewissen gehabt, gleichzeitig hab ich mich nicht getraut ihm was zu sagen.

Sophie hat mich übrigens immer wieder auf die eine oder andere Art sexuell provoziert. Sie ist von da an nur noch äußerst leicht bekleidet herumgelaufen - noch schlimmer als vorher und nun auch, wenn mein Mann da gewesen ist - und hat keine Gelegenheit ausgelassen um mich zu berühren.

Sie fragen sich jetzt sicher, warum ich ihr dann nicht gekündigt habe. Aber wie hätte ich das denn bitte machen sollen? Mein Mann hätte dies nicht verstanden und bestimmt eine Erklärung gewollt. Und meine Kinder hatten sie unglaublich in ihr Herz geschlossen und ich hätte sie damit sehr verletzt. Ein weiterer, entscheidender Faktor war auch, dass ich es einfach nicht wollte, was ich mir jedoch erst jetzt wirklich eingestehen kann. Damals sind für mich die ersten beiden Faktoren nur entscheidend gewesen. Beziehungsweise ich habe mir dies zumindest eingeredet. Ich habe das Gefühl gebraucht, dass sie in meiner Nähe ist und auch diese kleinen, zumindest in meinen Augen, Demütigungen, die sie so an den Tag gelegt hatte.

Beziehungsweise habe ich mich auch sehr oft in irgendeiner Weise selbst gedemütigt. Sei es beim Sex mit meinem Mann gewesen, während dem ich nur noch an Sophie und ihre bestimmende Art denken konnte oder in irgendwelchen anderen Situationen, in denen ich mich dann bis aufs äußerste teilweise blamiert habe, nur damit ich nicht in der Nähe von Sophie sein musste, gleichzeitig aber nichts anderes gewollt habe.

Irgendwann hat mein Mann dann auf einen Ärztekongress müssen. Da mein Sohn zu der Zeit Ferien gehabt hatte und meine Töchter ja nicht zwingend in den Kindergarten mussten bzw. die jüngste sowieso zu Hause noch ist, haben meine Schwiegereltern beschlossen, dass sie zu dieser Zeit die Kinder bei sich haben wollen.

Sie können sich sicherlich mein Entsetzen darüber vorstellen, denn das hat ja bedeutet, dass ich eine ganze Woche mit Sophie wieder allein wäre. Und was dabei beim letzten Mal passiert ist, dass wissen Sie ja nun inzwischen.

Gleichzeitig hat mich dieser Gedanke auch unglaublich erregt, denn nun habe ich meine Gefühle nicht mehr die ganze Zeit verstecken müssen und ich habe auch die Hoffnung gehabt, dass sich dieses Spiel vielleicht noch einmal wiederholt. Genau dieser Gedanke hat mich jedoch gleich wieder erschreckt und schockiert und ich habe mir geschworen, dass ich auf keinerlei Annäherungsversuche von ihr eingehen würde. Oh wie habe ich mich da nur getäuscht ....

Gleichzeitig habe ich es ja auch schlecht untersagen können, dass meine Kinder zu ihren Großeltern gehen und so habe ich dann an einem Sonntag meinen Mann und meine Kinder verabschiedet, da mein Mann die Kinder noch zu seinen Eltern bringen wollte, bevor er zu seinem Kongress gefahren ist.

Ich bin kaum wieder im Haus gewesen, da ist Sophie auch schon nackt die Treppe herunter gekommen und hat mich am Arm festgehalten, als ich schnell verschwinden wollte. Sie hat nur gemeint, dass ich mich nicht so anstellen sollte, da sie mich inzwischen ja in- und auswendig kennen würde. Dabei hat sich äußerst schadenfroh gelacht.

Ich habe dennoch nochmals versucht mich wegzudrehen, was ihr wohl zu blöd geworden ist. Sie hat mich einfach wieder zu sich gezogen und mir eine schallende Ohrfeige gegeben. Anschließend verlangte sie barsch endlich mit dem Theater aufzuhören und mich auszuziehen, schließlich hätte sie die ganze Zeit genau bemerkt, wie ich sie ununterbrochen angestarrt hätte, während ich mich unbeobachtet geglaubt hatte. Und letztendlich würde ich mich ja doch nicht gegen sie wehren können, wie die Situation damals im Bad nur zu deutlich gezeigt hätte.

Ich bin zuerst wie vor den Kopf gestoßen gewesen. Wie hat sie denn auch nur so etwas von mir Verlangen können? Schließlich bin ich eine verheiratete Frau. Um Ihnen gegenüber nun ehrlich zu sein: Ich habe mich auch wegen meines Körpers geschämt. Für eine Vierzigjährige ist er zwar noch in Topform, aber mir ist das ganze doch peinlich gewesen, denn schließlich ist vor mir eine neunzehnjährige Schönheit gestanden und hat dies von mir verlangt. Gleichzeitig hat mich die grobe Behandlung von Sophie jedoch auch erregt und ich folgte ihrem Befehl wie unter einem Zwang. Dabei habe ich dann gespürt, wie mir das Blut in den Kopf geschossen ist und ich knallrot angelaufen bin. Ich habe mich in dem Moment einfach hilflos gefühlt und konnte gleichzeitig auch nicht widerstehen, denn tief in meinem Inneren habe ich genau das gewollt. Ich habe diese Behandlung überaus genossen und, ja, ich muss es zugeben, aus meiner Scham sind nur so die Säfte gesprudelt und meine Brustwarzen sind steif gewesen wie selten zuvor. Denn normalerweise müssen diese extra lang verwöhnt werden, bevor sie überhaupt einmal stehen. Als ich dann nackt vor ihr gestanden bin, hat sie mich in den Arm genommen und mich erst einmal wieder sehr intensiv geküsst.

Ich habe mich gegen diesen Kuss nicht gewehrt. Im Gegenteil sogar, ich habe diesen Kuss leidenschaftlich erwidert, denn durch ihr Verhalten mir gegenüber bin ich äußerst erregt gewesen und habe es auch sehr genossen. Ich weiß zwar bis heute noch nicht, warum das so ist, aber inzwischen habe ich auch gelernt, dass man nicht auf alles eine Antwort bekommt. Sie hat mich in dieser, wie auch in vielen folgenden Situationen, einfach in der Hand gehabt. Ich habe jeden einzelnen ihrer Wünsche, besser gesagt Befehle, befolgt und habe auch gar nicht anders reagieren können. Es ist wie ein Zwang gewesen, als wäre ich ihr vollkommen unterlegen und müsste tun, was sie befiehlt. Gleichzeitig habe ich mich auch so stark und sicher wie noch nie zuvor gefühlt. Übrigens ein Gefühl, dass ich bis heute noch sehr oft genau so hatte. Aber weiter nun …

Als Sophie sich dann von mir gelöst hat, habe ich enttäuscht aufgestöhnt und habe sie zurückziehen wollen, doch sie hat sich mir entzogen und nur gemeint, dass man hier nach ihren Spielregeln spielen würde und ich mich gefälligst daran halten soll, wenn ich nicht bestraft werden möchte.

Kleinlaut habe ich daraufhin nur genickt und sie hat wieder einmal gelacht. Wie ich ihr Lachen inzwischen hasse …. und dennoch auch liebe. Irgendwie habe ich in dieser Situation auch gar nicht anders reagieren können als nur zu nicken, denn ich bin zwar schockiert gewesen, dass sie mich vor die Wahl gestellt hat, war jedoch auch geil wie nie zuvor.

Inzwischen weiß ich, dass ich eine devote Ader habe und Sophie diese herausgekitzelt hat. Vielleicht habe ich deswegen ja so und nicht anders reagiert. Ich kann Ihnen das gar nicht so genau beschreiben und hoffe, dass Sie mir dies verzeihen können.

Kurz darauf hat sie meine Hand genommen und zu sich in die Wohnung gezogen. Ach so, ich habe vorher, glaube ich, noch gar nicht erwähnt, dass man die Einliegerwohnung von uns aus auch erreicht, ohne lange Umwege. Man kann zwar von beiden Seiten absperren, aber davon haben wir abgesehen, da Sophie ja für die Kinder da sein soll oder nun auch für mich.

Als wir schließlich in ihrer Wohnung angekommen sind hat sie mich ins Schlafzimmer gebracht und dort blieb ich erst einmal wie erstarrt stehen. Sie hatte es komplett umfunktioniert und es hat nichts mehr an den üblichen Stellen gestanden. Außerdem sind auch neue Dinge dazu gekommen, die auf mich einen äußerst komischen Eindruck gemacht haben. Inzwischen weiß ich nur allzu genau, für was die Sachen sind.

Auf jeden Fall haben sich in ihrem Schlafzimmer nun ein Kreuz, nun weiß ich, dass es ein Andreaskreuz ist, und diverse Haken in der Decke befunden. Außerdem ist dort ein neuer Schrank gewesen, auf dem unterschiedliche Dildos, Vibratoren und ähnliches gestanden sind. Da dir Schubladen durchsichtig gewesen sind habe ich auch erkennen können, dass sich in ihm unter anderem auch Peitschen und sonstige Schlaginstrumente befunden haben.

Sicherlich fragen Sie sich jetzt, wie Sophie das alles besorgen konnte, denn bei ihrer Ankunft hatte sie ja nur zwei Koffer dabei und so viel verdient man nun ja als Au Pair auch nicht. Das möchte ich Ihnen gerne sagen.

Meine Familie und ich sind einmal über ein Wochenende gemeinsam weggefahren und Sophie ist damals zu Hause geblieben, weil es wirklich ein Familienwochenende geben sollte und sie auch etwas freie Zeit verdient hatte. Und ja, ich gebe es zu, ich habe einfach Abstand von ihr gewollt.

In dieser Zeit ist wohl ihre Ausrüstung, wie sie sie genannt hat, eingetroffen, denn von Anfang an hat sich mich unterwerfen wollen, da ich sie anscheinend an ihre Mutter in gewisser Weise erinnert habe und sie sich so indirekt an ihr rächen konnte. Inzwischen gibt es bei uns die Spiele nicht mehr aus ihrer Rachsucht heraus, sondern weil wir sie beide auf die ein oder andere Art genießen, damals ist es jedoch so gewesen.

Die Ausrüstung hatte sie noch von ihrem Ex-Freund, denn der stand auf so Spielchen, nur dass sie damals die Sklavin gewesen ist. Das ist auch der Trennungsgrund gewesen, da es einfach nicht ihrem Naturell entsprochen hatte. Er hat ihr dann gütigerweise alles überlassen, da er nach Amerika ausgewandert ist nach der Trennung. Zumindest hat sie mir dass alles im Nachhinein mal so erzählt. Ob es stimmt kann ich Ihnen nicht genau sagen. Nun aber zurück zu den Geschehnissen an diesem Tag.

Sophie hat mich äußerst amüsiert angeschaut, als sie meinen Blick und meine Starre bemerkt hatte und hat nur gemeint, dass ich in nächster

Zeit noch oft genug mein Vergnügen hier haben könnte und ich mich nun endlich in Bewegung setzen sollte.

Als ich nicht gleich reagiert habe, hat sie mir einen Schubs gegeben und ich bin Richtung Tisch gefallen, der übrigens auch erst neu in das Schlafzimmer von ihr gebracht worden ist, denn vorher ist er nicht da gewesen.

Kurz vor dem Tisch habe ich mein Gleichgewicht wieder gefunden. Sophie ließ das jedoch nicht lange zu, hat mich zu sich umgedreht und drückte mich kräftig auf den Tisch hinunter, so dass ich dann mit meinem ganzen Oberkörper auf ihm lag.

Auf Grund der harten, aber auch kalten Oberfläche von dem Tisch durchlief meinen Körper eine Schauer.

Danach hat sie sich gebückt und meine Füße in Manschetten gelegt, die am Tisch befestigt gewesen sind. Ich habe zwar versucht mich zu wehren, doch ich muss hier ehrlich zugeben, dass es eher Form halber gewesen ist, da ich das alles sehr genossen und in diesem Moment auch keinerlei Gedanken an irgendwelche möglichen Konsequenzen für mich verschwendet habe.

Während sie meine Füße an den Tischbeinen befestigt hatte habe ich mich wieder aufgesetzt, denn ich habe wissen wollen, was sie da mit mir so treibt. Als sie dann aber letztendlich damit fertig gewesen ist hat sie mich wieder auf den Tisch zurück gedrückt und meine Hände genommen und ebenfalls an den Tischbeinen befestigt.

In diesem Moment ist mir meine bizarre Lage erst einmal richtig bewusst geworden und ich habe mich nun wirklich gegen die Fesseln gewehrt, aber es ist eben zu spät gewesen.

Sophie hat wieder einmal nur gelacht, mich von oben bis unten genau betrachtet und gemeint, dass sie mich nun endlich mal in aller Ruhe anschauen und ich nichts dagegen machen könnte.

Genau dies hat sie dann auch ausgiebig getan. Langsam ist ihr Blick über meinen ganzen Körper geschweift, angefangen bei meinem

Gesicht, über meinen Hals und dann meinen Oberkörper, bis hin zu meiner Scham, wo ihr Blick dann verweilte.

Mir war das Ganze äußerst unangenehm und ich habe mich in meinen Fesseln nur so hin- und her gewandt, wobei das alles nichts gebracht hat. Ich bin einfach zu gut fixiert gewesen.

Sie fragen sich, warum mir das alles unangenehm gewesen ist. Nun ja, stellen Sie sich einmal vor, Sie sind in so einer Lage: völlig entblößt und weit gespreizt, gefesselt an einen Tisch und können sich nicht wehren. Dabei werden Sie von oben bis unten von einer Zwanzig Jahren jüngeren Schönheit angeschaut und haben keinerlei Möglichkeit Ihre kleinen Schwächen zu kaschieren. Wissen Sie nun, wieso mir das ganze unangenehm gewesen ist und wie ich mich in diesem Moment gefühlt habe?!

Plötzlich, ohne eine Wort oder einem ersichtlichen Grund, hat sie sich dann umgedreht und ist ins Bad gelaufen und hat dort herumhantiert. Ich habe mich in dem Moment gefragt, was sie denn dort machen würde, doch kurze Zeit später wurde meine Frage schon beantwortet, denn sie ist mit einer Waschschüssel und Rasierzeug zurückgekommen.

Ich muss hier wohl kurz erwähnen, dass ich zu dem Zeitpunkt nicht ganz rasiert gewesen bin, sondern noch einen kleinen Streifen stehen hatte, da ich mich so etwas sicherer und nicht ganz so nackt gefühlt habe. Für viele von Ihnen sicherlich nicht nachvollziehbar, wie man sich durch einen einzelnen Streifen sicherer und weniger nackt fühlen kann, aber bei mir ist das ebenso gewesen. Inzwischen ist es umgekehrt und ich fühle mich nur wirklich gut, wenn ich komplett kahl unten rum bin.

Der Streifen hat Sophie jedoch nicht gefallen und sie ist mit den Worten zu mir gekommen, dass ich ab nun immer vollkommen blank rasiert sein müsste und sie es nur dieses eine Mal für mich übernehmen würde. Sollte ich in Zukunft nicht rasiert sein, dann würde sie mir die Haare einzeln mit der Pinzette rauszupfen.

Ich bin auf einmal so unsicher geworden, dass ich unruhig anfing zu zappeln, weswegen mit Sophie erst einmal einen Klaps auf meine Scham gegeben und gemeint hat, dass ich nun doch lieber still liegen sollte, wenn ich nicht verletzt werden wollte.

Diese Tatsache hat mich sofort dazu gebracht, dass ich mich nicht mehr bewegt habe, denn ich habe unglaubliche Angst gehabt, dass sie mich irgendwie verletzen oder auch bestrafen könnte. Sie hat dann angefangen mich zu rasieren.

Dabei ist sie äußerst vorsichtig gewesen und hat mich erst einmal sanft mit dem Schaum einmassiert und anschließend sehr vorsichtig die Haare abrasiert. Ich kann Ihnen ehrlich gesagt gar nicht mehr sagen, wie ich mich damals gefühlt habe, denn die ganze Situation hat aus einem Wechselbad von Gefühlen bestanden. Ich weiß nur noch, dass es mir furchtbar peinlich gewesen ist, dass sie mich an so einer intimen Stelle rasiert hat und ich mich gar nicht dagegen wehren konnte. Ich habe mich unglaublich schutzlos gefühlt, vor allem auch deswegen, weil mein letzter Schutz, den kleinen Streifen, denn ich bis dahin immer gebraucht habe für meine Sicherheit, mir nun auch noch geraubt worden ist. Ich weiß, dass muss für Sie alle jetzt furchtbar dramatisch klingen, aber genau so ist es mir in dieser Situation ergangen.

Danach hat sie ihre Hände abgetrocknet und hat mich sanft gestreichelt, da sie gemeint hat, dass sie nur so prüfen könnte, ob sie auch wirklich alle Haare erwischt hätte.

Diese Berührung habe ich sehr genossen und irgendwie hat sie mich auch für die ganzen vorherigen Ereignisse belohnt. Schnell habe ich dann nämlich genau diese Ereignisse vergessen gehabt und mich nur noch auf die Berührungen konzentriert.

Langsam aber sicher ist ihr Finger dann immer weiter nach unten geglitten, bis er dann an meinem Kitzler gewesen ist und angefangen hat diesen sanft zu massieren. Inzwischen habe ich mich wieder in meinen Fesseln gewunden. Dieses Mal jedoch vor Erregung, da ich unendlich geil geworden bin und zu meiner Erlösung kommen wollte.

Doch kurz bevor es soweit gewesen ist, hat Sophie wieder aufgehört und ich entsetzt aufgestöhnt, was mir nur wieder einen Klaps auf meine Scham eingehandelt hat. Danach forderte sie mich unmissverständlich auf endlich zu begreifen, dass wir ausschließlich nach ihren Regeln spielten und kündigte mir auch gleich Konsequenzen an, sollte ich das nicht tun.

Anschließend ist sie dann zu dem Schrank gegangen, hat einen Vibrator geholt, diesen auf eine kleine Stufe gestellt und mir eingeführt. Dadurch blieb ich zwar immer sehr stark erregt und kurz vor meinem Orgasmus, doch die Erlösung ist nicht gefolgt. Danach hat sie dann erst einmal das Rasierzeug aufgeräumt und sich ausgiebig geduscht.

Mir ist es wie eine Ewigkeit vorgekommen, bis sie endlich wieder da gewesen ist. Sie müssen sich vorstellen, dass ich höchstgradig geil auf dem Tisch gelegen und einfach nicht zu meinem Orgasmus gekommen bin. Dennoch oder genau deswegen hatte ich alles um mich herum vergessen und meine Sinne sind nur noch auf Sophie und meinen Körper ausgerichtet gewesen

Als sie dann endlich wieder zurückgekommen ist bin ich nur noch ein Häufchen Elend gewesen, das endlich zu seiner Erlösung kommen wollte und alles dafür getan hätte. Das hat Sophie auch nur zu genau gewusst, denn sie ist zu mir gekommen und hat sich auf mein Gesicht gesetzt mit dem Befehl, dass ich sie lecken sollte bis sie zu ihrem Orgasmus kommen würde. Wenn ich es nicht richtig machen oder es zu lange dauern würde, dann würde ich selbst heute keinen mehr erleben.

Also habe ich mich gleich ans Werk gemacht, denn mir ist klar gewesen, dass ich den Tag ohne einen Orgasmus nicht überleben würde.

Ich weiß, Sie denken jetzt, dass das vollkommen übertrieben ist und mir ist das jetzt auch bewusst. Doch sind Sie mal in der Lage, dass Sie über Stunden immer kurz vor dem Orgasmus gehalten werden und keine Erlösung bekommen oder sich verschaffen können. Danach wissen Sie, wie es mir in dieser momentanen Lage ging und Sie würden genau gleich reagieren wie ich.

Anfangs bin ich noch sehr zögerlich vorgegangen, da ich noch nie eine Frau geleckt hatte, doch irgendwann habe ich sie so verwöhnt, wie ich es mir immer von meinem Mann wünschte, wenn er mich mal leckte - was übrigens selten genug vorkam.

Zuerst bin ich mit meiner Zunge durch ihre komplette Spalte gefahren und habe dabei gleich zum ersten Mal den Saft einer Frau geschmeckt, was übrigens echt angenehm gewesen ist, denn auch Sophie ist durch die ganze Situation stark erregt gewesen.

Danach habe ich mit meinen Zähnen an ihrem Kitzler sanft geknabbert und ihn immer wieder mit der Zunge massiert.

Es hat auch nicht lange gedauert, bis Sophie dann unruhig mit ihrem Unterleib auf meinem Gesicht hin und hergerutscht ist und immer mehr Säfte produziert hat. Kurz darauf ist sie dann auch mit einem lauten Aufschrei gekommen und erschöpft auf meinem Körper zusammengeklappt.

Schnell hat sie sich jedoch wieder zusammengerappelt und ist von mir heruntergestiegen. Sie hat mich dann angeschaut und gemeint, dass ich meine Sache, wider Erwarten, gut gemacht hätte und nun auch einen Orgasmus geschenkt bekommen würde.

Dieses Versprechen hat sie auch gleich eingelöst. Sie ist um den Tisch gegangen und hat den Vibrator erst einmal auf höchste Stufe gestellt und mich dann mit ihm gefickt. Gleichzeitig hat sie mit der anderen Hand meinen Kitzler massiert und ab und zu auch gezwickt. Dieses Wechselspiel von Schmerz und Lust hat mich dann sehr schnell zu einem Orgasmus gebracht, wie ich ihn so intensiv bisher noch nie erlebt hatte. Nun gut, ich bin ja auch schon die ganze Zeit kurz davor gestanden. Nach einigen wenigen Augenblicken habe ich dann meine lang ersehnte Erlösung bekommen. Zuerst hat sich mein ganzer Körper zusammengezogen und danach hat er sich aufgebäumt. Mein ganzer Körper ist von einem leichten Schweißfilm überzogen gewesen. Was in diesem Moment geschehen ist, können Sie kaum nachvollziehen, wenn

Sie so etwas nicht schon einmal selbst erlebt haben. Es ist wie ein schwelendes Feuer gewesen, dass von meiner Scham aus plötzlich im ganzen Körper explodierte und genau diese Explosion hat dann auch einige Minuten angedauert. Wie schon gesagt, Sie können dies nur nachvollziehen, wenn Sie es schon einmal selbst erlebt haben. Diejenigen von Ihnen, denen dieses Glück noch nicht zuteil wurde, werden jetzt denken, dass ich maßlos übertreibe. Doch so ist es wirklich gewesen. Anschließend habe ich erschöpft am ganzen Körper gezittert und bin dann zusammengesackt.

Anschließend hat sie mich dann vom Tisch befreit und wir sind zusammen zu ihrem Bett gegangen, wo wir aneinander gekuschelt eingeschlafen sind.

Seit diesem Tag bin ich die Sklavin von Sophie, also nun schon seit vier Monaten.

Die Rache der Herrin

Ich wusste dass die Frau bis über beide Ohren in mich verliebt ist, doch ich wusste nicht dass sie sich Hoffnungen machte mich für immer zu behalten. Als die Affäre anfing habe ich gedacht, dass es ihr klar ist dass alles Mal ein Ende hat. Ich spielte mit ihren Gefühlen, ich machte mit ihr was ich wollte. Mal durfte sie mich als Sklaven benutzen, wobei sie eigentlich auch nur das tat was ich ihr erlaubte, oder wo sie dachte ich habe nichts dagegen. Mal machte ich sie zu meiner Sklavin und benutzte sie als ein Blase Hase oder fickte sie wo und wie und auch wann ich wollte. Sie tat alles um mich zu behalten. Manchmal war mir danach mich einfach Tage lang nicht zu melden um sie damit zu ärgern, oder ich machte einfach Schluss um zusehen wie das auf sie wirkt, doch ich wusste immer ich brauche nur was zusagen und konnte sie wieder ficken wie und wann ich wollte.

Eines Tages hatte ich wieder Lust von ihr einen geblasen zubekommen, doch nicht einfach so. Ich wollte dass sie nackt unter ihrem Schreibtisch sitzt, mir einen leckeren Kaffee vorher zubereitet und sobald ich mich hingesetzt habe sollte sie meinen Schwanz rausholen, ihn blasen, alles runter schlucken und warten bis ich wieder gehe. Zu gleichen Zeit wollte ich einfach nur paar schöne Bandage Fotos suchen und speichern auf ihren Rechner, damit sie weiß wie ich es beim nächsten Mal haben will.

Sie weigerte sich. Das kannte ich von ihr nicht, sie wollte mir nicht erlauben an ihren Rechner zu gehen und quatschte auch davon dass sie nicht unter dem Schreibtisch passt, es wäre zu wenig Platz und so weiter.

Das konnte ich nicht an mir sitzen lassen und sagte ihr einfach, sie solle es sich selbst machen und ich mache jetzt Schluss mit ihr, ich schrieb, dass eine Sklavin es nicht wagen darf mir irgendetwas zu verweigern und sie soll sich jemand anderes suchen der sie vögelt.

Ich war etwas sauer, ich hatte echt Bock auf diese Nummer, aber ich dachte mir es gibt genug andere die ich dazu Kriege.

Sie wollte unbedingt wissen was ich an ihrem Rechner wollte, aber ich habe es ihr nicht gesagt. Ich wusste ich bringe sie zur Weißglut mit meinen Sprüchen per Mail und mit meiner Gleichgültigkeit, aber ich hab's nicht gesagt. Irgendwann fing sie etwas an einzulenken und es hörte sich so an als ob sie mich unbedingt wieder haben will als ihrem Herrn. Doch ich blieb stur..... Mit folgen.

Sie schrieb auf einmal von Rache. Sie schrieb sie würde es mir heimzahlen. Sie würde für mich ihr Leben aufgegeben haben und ich trete sie einfach so in den Arsch. Ich nahm es nicht ernst mit der Drohung, ich wusste sie liebt mich und alleine deshalb würde sie mir nichts antun, schließlich was konnte sie schon tun, ich empfand die Drohung als lächerlich.

Sie beschimpfte mich wie noch nie, ich wusste dass sie irgendwann austicken würde, weil sie damit nicht klar kommt dass ich sie verlassen wollte, aber so? Damit habe ich nicht gerechnet. Ich habe es dann auf die nette Art versucht, ich habe sie gebeten dass sie mich gehen lässt, habe versucht es ihr zu erklären dass es keine Zukunft hat und eh irgendwann zu Ende gehen muss, doch sie schrieb ich könne es vergessen, sie meinte sie kriegt immer das was sie will. Und wenn sie es nicht bekommen sollte dann bekommt es keiner.

So langsam wurde es mir zu bunt. Ich machte mir wirklich Gedanken. Habe versucht zu hinterfragen was sie vor hat aber sie ließ sich auf nichts ein, erst nächsten Tag schrieb sie dann, sie hätte vor paar schöne Bilder meiner Frau zu überreichen damit meine Frau weiß was wir alles getrieben haben. Auch das nahm ich nicht ernst, aber ich habe versucht etwas Luft aus dem Streit zunehmen und habe sie gefragt was sie haben wolle und was ich tun soll damit sie es nicht tut. Als ihre Antwort kam dass es zu spät ist und ich mir keine Mühe mehr geben muss, sie davon abzubringen, bekam ich es wirklich mit der Angst zu tun. Habe ich vielleicht etwas übertrieben? Bin ich zu weit gegangen?

Ich musste versuchen es zu verhindern, es wäre mein Untergang gewesen. Ich war bereit sich auf alles einzulassen, ich war auch bereit jedes Spiel mit zumachen was ich bis jetzt abgelehnt habe, damit sie meine Frau da raushält. Ihre Antwort war.... Zu spät.

Nächsten Tag habe ich es wieder versucht, ich habe ihr vorgeschlagen mich ihr bedienungslos zu unterwerfen, alles mit mir machen lassen was sie will, sie solle nur meine Familie daraus halten, ich habe fast gebettelt.

Dann kam eine Antwort, die mich in erster Linie beruhigte, aber dann wieder etwas sorgte. Sie schrieb ich soll sie grad in Ruhe lassen, sie überlegt.

Ich hielt mich also etwas zurück mit meinen Bettel Mails und wartete was sie sich ausdenkt.

Ganzen Tag habe ich nichts von ihr gehört, erst nächsten Morgen fand ich eine Mail von ihr in meinem Postfach. Da ich grade im Auto unterwegs war und die Mail unglaublich lang war, lass ich sie nicht zu Ende, sondern ich wartete bis ich eine freie Minute auf Arbeit hatte.

""du willst es verhindern dass ich dich auffliegen lasse bei deiner Frau? Du willst dass ich Gnade habe und dir nicht alles nehme? Dann ließ dir das genau durch... Ich werde mich auf deine Spielchen nicht mehr einlassen. Entweder du tust alles was ich dir sage, oder du gehst unter. Du hast seiner Zeit einen Sklavenvertrag unterschrieben, diesen will ich erfüllt haben. Ich werde dir auch ein paar Beispiele nennen womit du zurechnen hast. Es ist also deine Entscheidung. Entweder du lässt dich drauf ein oder du wirst bald mit Krach auffliegen.

· wenn ich der Meinung bin, ich will in deinem Arsch einen echten Schwanz sehen, dann wirst du dich hinterher dafür bedanken und nicht meckern. · das gleiche gilt wenn ich will dass du einen Schwanz lutscht bis zum Schluss. · wenn ich will dass du in Frauen Klamotten rumläufst, egal ob Strapse, meine Strings, oder sonst was. Dann wirst du es auch tun. Du wirst mir Bilder davon schicken auch wenn du grad arbeiten bist. · wenn ich verlange, dass du dir irgendwelche Spielzeuge einführst dann wirst du dich auch dafür bedanken und es genüsslich tun, egal und wo, egal wann. • sollte ich dich an andere verkaufen, wirst du es auch ohne Widerrede tun. Aber jetzt ist Schluss mit der Vorfreude. Ich weiß jetzt schon, dass du keine andere Wahl hast als es so zu akzeptieren und wirst tun was ich will. Ich will, wenn ich heute nach Hause komme, dass du dort auf mich wartest. Du schiebst dir den Analpflug in den Arsch, ziehst deine Haube an, die Augenklappe und legst dich auf dem Bauch auf meinem Bett. Vergiss nicht dein Halsband um zumachen, samt Kette ich werde gegen 18 Uhr zurück sein. Solltest du, was ich nicht erwarte nicht da sein, ist es vorbei. Das ist deine letzte Chance."

Sie hatte Recht. Ich hatte keine andere Wahl. Ich musste tun was sie verlangt. Jetzt zu verhandeln, oder sie zu bitten dass sie mich ziehen lässt, wäre dumm. Sie würde es nicht zulassen. Es wird mal die Zeit kommen, dass ich vielleicht von ihr wegkomme, doch im Moment brauche ich damit nicht anfangen.

Ich sah zu dass mir heute Abend nichts dazwischen kommt und bereitete mich seelisch darauf vor was heute Abend passiert. Wenn sie verlangt dass ich mir den Analpflug reinstecke, dann kann es nur heißen dass sie mich etwas dehnen will, sie will mich Vögeln lassen. Bei dem Gedanken war mir kalt und heiß auf einmal. Davor hatte ich immer große Angst.

Ich musste aber die Suppe jetzt selbst auslöffeln, die gekocht habe. Ich hatte gegen 17 Uhr Feierabend und ich fuhr direkt in ihre Wohnung um alles so vorzubereiten wie sie es gewollt hat. Eigentlich wollte ich etwas warten mit den Aufgaben die sie mir auferlegt hat, ich hatte ja eine gute halbe Stunde Zeit, aber was ist wenn sie etwas früher kommt und ich noch nicht ausgezogen bin oder der Analpflug nicht sitzt. Nein das durfte ich mir nicht leisten.

Ich zog meine ganzen Klamotten aus und legte sie sorgfältig zu Seite, das musste sein, ich konnte mir keine Panne leisten. Dann nahm ich den Analpflug aus der Tasche, schmierte ihn reichlich mit Gleitgel ein, das auch in der Tasche war und quälte mir das Ding in meinen Arsch. Es ging besser als ich dachte, ich hoffte nur, sie käme nicht auf die Idee es auf zu pumpen, ich dachte da würde mein Arsch aus allen Nähten platzen. Als ich grad nach der Haube greifen wollte, sah ich einen kleinen Zettel auf dem Nachttisch, gleich neben der Lampe. Darauf lagen zwei Ohr Stöpsel, die von meiner Frau kenne, sie stopf sich die Dinger für die Nacht in ihre Ohren, weil ich angeblich so schnarche nachts. Ich schob die Dinger zu Seite und las den Zettel.

Stopf dir die beiden noch zusätzlich in deine Ohren, damit du dich selbst nicht schreien hörst. Und deine Kugel wird auch in deinem Maul sitzen wenn ich komme.

Ich bekam jetzt richtig mit der Angst zu tun. Was hat sie vor? Ich würd am liebsten abhauen aber das geht leider nicht. Also nahm ich die Stöpsel und machte mich damit fast taub, ich hörte nur noch mein Herz rasen, aber mehr nicht. Dann nahm ich die Haube, die Kugel und die Augenklappe. Ich krabbelte langsam aufs Bett und legte mich so hin wie sie es wollte, auf dem Bauch. Ich drückte mein Gesicht in ein Kissen und wartete darauf was nun kommt.

Lange Zeit passierte Garnichts, ich versuchte rauszuhören wenn sie kommt und dass vielleicht die Tür knallt, aber es passierte nichts.

So vergingen einige Minuten, bis ich einen heftigen Schlag auf den Hintern bekommen hab, ich versuchte die Kugel auszuspucken und sie fragen ob nicht alle Latten am Zaun hat, aber es ging nicht, ich habe mir selbst die Kugel viel zu fest festgebunden. Es folgte der nächste Schlag mit der Peitsche, wieder die gleiche Stelle, mir war klar die Striemen bleiben eine Weile. Und wieder ein Schlag, ich biss fest in die Kugel und erwarte den nächsten, doch er blieb aus. Ich konnte sonst hören was sie so gemacht hat, ob sie das Zimmer verließ oder ob sie mit dem Handy gespielt hat, ich konnte nichts sehen. Diesmal war mein Gehör ausgeschaltet und das war doppelt so schlimm, ich konnte gar nicht ahnen was als nächstes passiert.

Sie setzte sich hin und dachte nach, sie ließ mich gute viertel Stunde so schmoren, entweder wusste sie nicht was sie machen soll oder es gehörte zu ihren Plan. Die ersten drei Schläge waren wohl nur zum abreagieren.

Sie sprach kein Wort mit mir und war auch gut so, ich hatte keine Lust auf sinnlose Diskussionen. Sie hat gewonnen und ich bin hier. Ich gehorche.

Sie stand wieder auf nach dem sie aufgeraucht hat und kam zum Bett, sie nahm die Kette in die Hand und zerrte mich vom Bett runter. Auf allen Vieren folgte ich ihrem Wunsch und dann blieb ich so neben dem Bett stehen. Sie setzte ihren Fuß auf meinen Arsch und schob mich so etwas vor. Dann beugte sie sich vor und sagte mir ganz laut und direkt am Ohr dass ich mich wieder hinlegen soll. Als ich da lag, ließ sie die Kette fallen und ging weg. Wohin und warum konnte ich nicht sehen und nicht hören.

Als ich so einige Minuten in Gedanken war spürte ich auf einmal einen Ruck an meinem Halsband. Steh auf rief sie was ich nur ganz leise hörte. Ich stand so schnell ich konnte auf und schon zog sie mich hinter sich her. Wir gingen nicht weit, als ich gegen einen Tisch lief, drückte sie meinen Oberkörper auf die Tischplatte und mit dem Fuß trat sie paar Mal gegen meine innen Schenkel um mir zu zeigen dass ich meine Beine breit machen soll. Als ich dann breitbeinig da stand wie sie mich haben wollte, fing sie an meine Knöchel und Bein an die Tischbeine fest zumachen. Sie zog die fesseln so fest dass ich dachte die schneiden sich gleich durch meine Haut, ich gab also noch mehr nach und stand nun wie ein Frosch da. Als nächstes nahm sie die Kette von meinem Halsband und zog die fest an und machte sie unten am Tisch fest, ich habe Probleme mit dem atmen bekommen, was mit bekam, sie aber nicht weiter gestört hat.

Meine Hände wurden dann auch an Tischbeine festgemacht und zusätzlich noch zwei Gurte, die meinen Oberkörper an die Tischplatte drückten.

Ohne Pause und ohne zu überlegen, weil sie das wahrscheinlich so geplant hat, nahm sie mir den Analpflug raus und steckte mir einen großen Dildo stattdessen rein. Sie machte ihn mit einem Gurt fest und ließ ihn laufen. Ich bekam sofort eine Gänsehaut am ganzen Körper. Das Ding tanzte so richtig in meinem Arsch.

Als nächstes nahm sie sich meinen Schwanz vor. Sie nahm einen zweiten Dildo, legte ihn an meinen Schwanz und band ihn mit einem Seil an meinem Schwanz entlang, sie zog das Seil fest an und ließ auch den Dildo laufen. Mein Schwanz wurde in einigen Sekunden steif aber er konnte sich nicht ganz in seine Größe entwickeln weil das Seil viel zu eng war, ich dachte irgendwas platzt gleich.

Sie setzte sich dann gemütlich an ihren Schreibtisch und chattete mit irgendwelchen Leuten. Dabei trank sie ihren Kaffee und rauchte eine nach der anderen, jeden falls kam es mir so vor.

Das ging so einige Zeit. Ich konnte mich auch nicht drauf konzentrieren was sie tut, mir machten die Dildos zuschauen. Ich habe das Gefühl gehabt dass es mir gleich kommt aber ich hatte keine Ahnung ob es geht wenn mein Schwanz so fest an den Dildo gebunden ist. Aber es ging. Es schoss aus mir raus wie aus einer Pistole. Ich dachte nach dem ich gekommen bin wird sie mich davon befreien oder vielleicht auch gehen lassen, aber weit verfehlt. Als sie merkte dass ich gekommen bin, stand sie auf, fummelte etwas an dem Dildo im meinem Arsch und stellte den noch eine stufte höher, ich hätte nie gedacht dass es möglich ist. Ich ging davon aus dass es alles war, was das Ding kann.

Doch dann ließ sie mich einfach so liegen und ging wieder zu ihrem Schreibtisch. Sie schob ihr Rock etwas höher und setzte sich gemütlich hin. Sie fasst sich dann an die Möse und wehrend sie beobachtet wie mein Körper am zittern ist, fing sie an es sich selbst zu machen. Sie machte es ganz langsam, als ob sie den ganzen Abend Zeit hätte um sich ihren Orgasmus zu holen.

Mein Schwanz tat schon richtig weh, aber er stand als ob ich geil wäre. Ich hatte keine Ahnung wie spät es ist aber ich hatte das Gefühl schon längst zuhause sein zu müssen.

Ich wollte etwas sagen, ich wollte ihr klar machen dass ich nach Hause muss aber ich konnte es nicht. Und wieder war mein Schwanz fertig zum abspritzen und es kam mir auch. Ich hätte es auch nicht gedacht dass die Plastik Dinger es schaffen mich zwei Mal zum Orgasmus zubringen, aber es war so. Ich war mir ziemlich sicher dass sie mich jetzt befreit und mich gehen lässt, doch sie fingerte immer noch an sich selbst, dabei schaute sie wie mein Sperma aus dem Schwanz tropft und ließ mich weiter so liegen.

Inzwischen machten mich die Dildos so fertig dass ich es kaum aushalten konnte. Mir tat alles weh und sie schaute mir zu und machte es sich immer noch selbst.

Nach einer Weile kam sie dann zu mir, nahm mir die Kugel aus dem Mund raus und genau so nahm sie mir die Augenklappe, Kopf Haube und die Ohren Stöpsel ab. Dann beugte sie sich zu mir und sagte.

Du hast Glück dass die echten schwänze heute keine Zeit haben. Ich werde dich jetzt frei machen und du bewegst deinen Arsch unter meinen Schreibtisch. Ich nickte nur mit dem Kopf aber das schien ihr nicht zu reichen. Wie heißt es richtig du Wurm?

Jawohl Herrin antwortete ich darauf.

Sie zog mir den Dildo aus dem Arsch und stopfte gleich hinterher den dicken Analpflug wieder rein, dann machte sie langsam die ganzen Gurte und Seile ab und sagte.

Los beweg deinen Arsch.

Ich beeilte mich und ging auf allen Vieren in Richtung Schreibtisch. Auf dem Weg dahin konnte ich einen Blick auf die Uhr erhaschen und bekam einen Shock. Es war weit nach 20 Uhr und ich hätte schon längst zuhause sein sollen, aber ich habe mich nicht getraut etwas zusagen, mir war klar wenn ich jetzt drüber spreche dann lässt sie mich heute gar nicht mehr weg.

Ich kletterte also unter ihren Schreibtisch, setzte mich hin und drückte damit den Analpflug noch fester rein, aber so wie mein Arsch heute bearbeitet wurde machte es mir nichts mehr aus.

Sie verschwand in der Küche und kam bald wieder mit einer Tasse, setzte sich auf ihren Stuhl, spreizte ihre Beine und fuhr mit dem Stuhl so vor den Schreibtisch, dass ich jetzt ihre Möse vor dem Mund hatte und sie in Ruhe ihren Kaffee genießen konnte und nebenbei hat sie angefangen etwas zuschreiben auf ihren Computer.

Ich fragte mich grade was ich hier soll, von alleine an ihrer Möse zu lecken darf ich nicht, nur auf Anweisung. Da kam schon ihr Befehl.

Na los. Worauf wartest du? Leck meine Löcher ab, aber gründlich.

Sie streckte mir ihre Möse noch etwas entgegen und ich fing an sie ab zu schlecken. Scheinbar war sie zufrieden damit, weil sie sich zurück gelehnt hat und ihre Augen zugemacht hat. Doch dann sagte sie.

Alle Löcher. Gründlich!

Also nahm ich mir jetzt auch noch ihr Arschloch vor. Während ich ihr die Zunge in ihr Arsch reinsteckte und sie sauber leckte, legte sie ihre Hand auf ihre Möse und machte es sich selbst.

Es hat nicht all zulange gedauert und sie fing an zu zittern und es kam ihr heftig.

Sie setzte sich danach wieder grade auf ihren Stuhl und ich leckte weiter ihre Möse. Es gab ja kein Befehl aufzuhören.

Sie zündete sich noch eine Zigarette an und schrieb weiter mit jemand im Chat. Ich konnte mir denken dass sie grad stolz erzählt hat was sie grade tut.

Nach dem sie aufgeraucht hat, rutschte sie mit ihrem Stuhl zurück und sagte.

Verzieh dich jetzt. Im Bad findest du weitere Anweisungen für morgen. Sie zog mich an der Kette unter ihren Schreibtisch vor und sagte.

Na los. Verschwinde, deine Sachen sind auch im Bad.

Ich ging auf allen Vieren zur Tür und erst als ich den Raum verlassen hab, stand ich auf und eilte zum Bad. Dort zog ich mir den Pflug raus, machte den Dildo von meinem Schwanz ab, zog mich an und mit der Tasche für morgen eilte ich zu meiner Familie.

Ich habe mich nicht gewagt nachzuschauen was sie für morgen in die Tasche gepackt hat. Ich war froh dass ich alles hinter mir hatte und musste mir was einfallen lassen als Erklärung warum ich erst so spät zuhause bin. Ich ließ die Tasche im Auto und versuchte wenigstens für den Rest des Abends alles zu vergessen.

Nächsten Morgen auf dem Weg zur Arbeit, schaute ich nur zu der Tasche rüber, aber ich hatte keine Zeit mich mit den Anweisungen zu beschäftigen.

Erst als ich in meinem Büro ankam, nahm ich die Tasche mit und schaute rein Als erstes las ich mir den Zettel durch.

Guten Morgen Sklave. Ich hoffe du kannst heute gut sitzen. Ich habe dir einige Sachen eingepackt und will zum Frühstück detaillierte Fotos davon haben. Ich akzeptiere keine Verspätung. Alles andere erfährst du später. Was heute mit dir geschieht entscheidest du selbst, Wie das gehen soll? Ganz einfach. Sollte bis heute Abend irgendwas nicht nach meinen Wünschen laufen wirst du es heute Abend zu spüren bekommen...

Ich legte den Zettel zu Seite und schaute in die Tasche. Beim ersten Blick erkannte ich, dass ich heute wieder mal eine fickschlampe für sie spielen soll. Lauter Frauen Reizwäsche. Nun gut. Frühstück ist bald, ich sollte mich beeilen.

Als erstes das schwierigste. Ich nahm den Analpflug aus der Tasche und zwang das Ding in mich rein. Dann ihren String über gestreift und dann ihre Strapse. Auf meinem Schwanz einen Pennis Ring und schon war ich fertig. Ich schoss paar Fotos wie ich stehe und wie Sitze, welche von meinem Arsch sowie meinen Schwanz. Sofort danach schickte ich alle Fotos weg und saß auf der Toilette und wartete auf ihre Reaktion.

Erst eine halbe Stunde später kam dann ihre Mail.

Schön gemacht Sklave. Ich überlasse es dir ob du die Sachen so lässt wie sie sind oder ob deine Klamotten anziehst. Fakt ist. Du stehst so um 17 bei mir im Bad und zusätzlich das was ich für dich bereit lege. Bye.

Ich wartete keinen Augenblick länger und zog alles wieder aus. Ich packte alles wieder in die Tasche und schrieb natürlich zurück.

Jawohl Herrin .

Der Tag ging recht schnell um. Meine Herrin ließ mich auch soweit in Ruhe und ich machte meine Arbeit. Noch vor Feierabend ging ich aber wieder ins Bad und zog ihre Sachen an dämmt Analpflug und alles was sie mir gegeben hat. Ich hätte es sonst nicht geschafft um 17 Uhr bei ihr zu sein. Sobald es 16:30 auf der Uhr angezeigt wurde, lief ich zum Auto und machte mich auf den Weg zu ihr.

Ich machte leise die Wohnungstür auf und ging schnell ins Bad. Auf Klodeckel lag ein Zettel für mich.

Habe etwas für dich vorbereitet, liegt alles auf der Waschmaschine. Beeil dich!

Ich schaute sofort rüber und konnte es kaum fassen. Sie wollte tatsächlich eine Transe aus mir machen.

Ich zog schnell meine Sachen aus und stand fassungslos und Reizwäsche vor der Waschmaschine. Aber ich hatte keine Zeit weiter zu überlegen. Also nahm ich den Minirock und zog ihn an. Der war so knapp, dass bei jedem bücken mein Arsch zusehen war. Dann die Kopf Haube und Augenklappe. Ich kniete mich dann hin und legte meine Hände auf den Rücken. Ich wartete.

Minuten später hörte ich dann ihre Schritte und schon kam sie rein.

Braver Sklave. Steh auf, mach die Augenklappe hoch und Folge mir, ich habe keine Lust dass du mir meine Strümpfe kaputt machst. Na los!

Wir kamen im Wohnzimmer an und ich blieb mitten drin stehen.

Knie dich vor dem Bett und warte. Und die Augenklappe wieder zu!

Ich schob mir die Augenklappe wieder auf die Augen und wartete. In der Zeit holte sie einen weißen Lacken und hing es in der Tür zum Flur hin, der Lacken ersetzte also jetzt die Tür und in der Mitte befand sich ein Loch von etwa 5cm

Als sie damit fertig war, kam sie auf mich zu und setzte sich direkt vor mir aufs Bett und machte ihre Beine auseinander.

Sie nahm mein Kopf und drückte ihn gegen ihre Möse. Na los. Beschäftige dich etwas damit, wir haben etwas Zeit.

Ich leckte ihren Kitzler und sie lehnte sich zurück und blätterte in einer Zeitschrift. Die Zeit verging bis uns beide die Türklingel aus dem geschehen holte. Sie stand sofort auf und ließ mich da auf den Knien zurück. Sie schob den Vorhang in der Tür und verschwand dahinter, dabei machte sie alles wieder ordentlich zu damit man nicht durchschauen konnte.

Ich hörte wie sie jemand begrüßte und sagte.

Da im Bad, am sonsten weißt du Bescheid.

Sie kam dann wieder und machte den Vorhang wieder richtig zu. Zu dem Zeitpunkt wusste ich nichts von dem Vorhang, geschweige denn von dem Loch oder davon was sie vorhatte.

Sie setzte sich auf ihren Sessel und wartete, dabei beobachtete sie mich und sah mit Sicherheit wie ich vor Angst gezittert hab, aber es störte sie nicht.

Ich hörte dann ein leises rascheln und dann Augenblick später hörte ich sie aufzustehen. Sie kam auf mich zu und legte mir ein Halsband um. Sie zog dann an der Leine um mir die Richtung zu zeigen. Sie zog mich zum Vorhang und half mir die richtige Stellung zu nehmen.

Knie dich hin, genau hier und hoch mit dem Arsch, nicht habe gesagt Knien und nicht sitzen.

Ich befolgte ihre Anweisung und wartete. Sie kam dann von hinten auf mich zu und nahm mir die Augenklappe ab.

Ich zuckte erschrocken zusammen. Vor mir hing ein weißes Lacken und aus dem Loch hing ein großer echter Schwanz. Ich drehte mein Kopf weg und schaute zu meiner Herrin rüber. Das war ein Fehler. Sofort spürte ich einen Schlag mit der Peitsche auf meinem Arsch. Ich drehte mein Kopf wieder zurück und schaute den Schwanz zu.

Ich will dass du jetzt dran lutscht, zeig mir was du kannst.

Ich konnte nicht lange überlegen, sonst würde ich noch mehr Schläge kassieren. Also beugte ich mich vor und nahm den Schwanz ungeschickt in den Mund Ich versuchte mit der Zunge etwas dran zu spielen aber es schien ihn nicht zu beeindrucken, er hing immer noch Schlaf runter.

Nehm eine Hand dazu! Muss ich dir alles beibringen?!

Ich nahm eine Hand und egal wie ich mich davor ekelte, musste ich das hier durchziehen. Ich fing ihn an zu blasen und versuchte mir richtig Mühe zu geben. Ich hatte auch etwas Erfolg. Er fing an in meinem Mund zu wachsen bis er riesig wurde. Ich versuchte alles um so schnell wie möglich zum Schluss zu kommen. Ich lutschte und leckte.

Meine Herrin kniete sich neben mir und sagte.

Du bist ein Naturtalent, das gefällt mir wie du dir Mühe gibst, solltest du es schaffen, spuck alles in diesen Behälter hier, ich brauche es noch.

Sie gab mir eine kleine Dose und ging zurück zu ihrem Sessel. Von da aus beobachtete sie alles ganz genau und schoss ein paar Fotos.

Ich merkte wie der Typ anfing zu zittern und mir war klar dass ich gleich vollen Mund mit Sperma habe, es war schlimm genug aber ich war froh dass ich es nicht auch noch schlucken musste.

Schon nach einigen Augenblicken war es soweit. Er schoss so viel Sperma in meinem Mund dass ich nicht alles aufnehmen konnte und es lief mir etwas an den Mundwinkeln runter. Meine Herrin kam zu mir und machte jetzt Fotos davon.

Der Schwanz war noch in meinem Mund und hörte langsam auf zu pumpen. Er fing an sich langsam zurück zu ziehen bis er ganz hinter dem Lacken verschwand.

Ich nahm die Dose und spuckte alles was ich im Mund habe da rein und gab es meiner Herrin. Sie nahm die Dose und stellte sie auf ihren Schreibtisch ab.

Sie kam auf mich zu, legte mir die Augenklappe wieder an und zog an der Kette.

Steh auf und Folge mir.

Ich stand auf und ging so weit ich konnte in die Richtung, in die ich gezogen wurde.

Bleib jetzt stehen und warte.

Sie ging zu Tür und machte den weißen Lacken ab, dann holte sie ihren kleinen Tisch aus der Küche und stellte ihn direkt vor mir hin. Sie drehte alles so dass sie alles vom Sessel her beobachten konnte.

In der Zwischenzeit hörte ich wie die Tür im Bad geöffnet wurde und der Kerl von vorhin ins Wohnzimmer kam und sich gemütlich in den Sessel setzte. Er sagte kein Wort, er beobachtete nur was sie grade tat.

Sie drückte jetzt meinen Oberkörper auf die Tisch Platte und mit schnellen griffen und zwei Gurten schnallte sie mich so fest. Sie zog den Rock runter um mein Arsch etwas zu bedecken und sagte.

Mach die Beine schön auseinander.

Dann nahm sie zwei Rohre und schnallte sie mir zwischen meine Knöchel und meine Knien. So konnte ich meine Beine nicht mehr bewegen und weil es ihr nicht ausgereicht hat, fesselte sie mit mehreren Seilen meine Beine noch an die Tischbeine. Sie stellte sich hinter mir und sagte.

So gefällt mir das, dir auch?

Sie fragte wohl den Typen. Doch ich hörte keine Antwort, scheinbar hat er nur genickt.

Eins fehlt noch.

Lachend holte sie ihren kleinen Dildo, schnallte den wieder an meinen Pennis und schaltete ihn auf volle stufte ein.

dann kniete sie sich hinter mich, schob den Rock hoch und den String etwas zu Seite. Sie fummelte langsam den Analpflug raus und steckte mir einen Trichter in den Arsch. Sie stand auf und holte die kleine Dose mit dem Sperma, das ich vorhin reingespuckt habe, nahm den Trichter etwas höher und kippte das ganze Zeug da rein. Sie wartete bis alles wirklich in meinem Arschloch verschwand und zog das Ding raus.

Es dauerte nicht lange und das Sperma fing an langsam raus zu Tropfen. Es lief langsam runter, und klebte an meinen Beinen und den Strapsen.

Sie stellte sich wieder hinter mir und schoss Fotos davon. Von meinen Beinen, welche direkt von Meinem Arschloch aber auch welche vom weiten. Sie schob den Minirock runter und schoss so auch ein paar Fotos.

Ich fragte mich was sie damit will? Sehen konnte sie doch so was so oft sie will. Sie hat mich ja wann sie will. Vielleicht macht sie kohle damit und verkauft sie? Daran wollte ich gar nicht denken.

Mir lief wieder die Zeit davon. Ich wusste zwar nicht wie spät es ist, aber mir war klar es wurde Zeit wieder nach Hause zu fahren. Ich wollte sie daran erinnern und wagte es etwas zusagen.

Herrin? Ich müsste langsam los!

Sie schaute mich an, holte die Peitsche, die noch auf dem Tisch lag und knallte mir wieder eine auf den Arsch. Dann holte sie ihr Slip aus dem Schrank, steckte mir den ganz in den Mund und hinterher die Kugel und gurtete sie um mein Kopf fest.

Ich hörte sie dann sagen.

Entschuldige, sie wird ja erst eingeritten, sie muss das alles noch lernen.

Mir war klar dass sie damit mich meint.

Sie setzte sich zu dem Kerl an den Tisch und sie tranken in aller Ruhe ihren Kaffee. Zwischendurch schauten sie sich meinen Arsch an, der genau in ihre Richtung schaute.

Das Ganze hat ewig gedauert, die Seile mit denen das Dildo an meinem harten Schwanz Angebunden war schnitten so doll ein dass es weg tat, deshalb habe ich gar nicht drauf geachtet was die beiden quatschen, ich war mit mir selbst beschäftigt. Ich vergaß alles um mich und war tief in Gedanken.

Ein Geräusch riss mich aus meinen Gedanken. Ich erschrak, ich hörte das schieben der Stühle. Wollen die beiden wieder was von mir?

Doch dann stille. Leichtes schmatz Gefühl. Hm dachte ich. Bläst sie ihm grad einen? Jeden falls hörte sich das so an und als ich dann seine Stimme hörte.

Hm du machst es am besten.

Dann wusste ich dass ich Recht hatte. Das beunruhigte mich gar nicht, doch als sie dann sagte.

Es wird Zeit. Hier, dein Gummi. Dann dachte ich dass die beiden jetzt Vögeln wollen.

Ich habe mich aber getäuscht.

Meine Herrin kam zu mir, stellte sich neben mir am Tisch und legte ihren Oberkörper auf meinen. So angelehnt hatte sie den besten Blick auf alles. Sie schob jetzt meinen Rock hoch, den String zu Seite und steckte mir zwei Finger in den Arsch. Ich zuckte zusammen aber es störte keinen. Sie spielte etwas mit den beiden Fingern und versuchte mich etwas zu lockern, dann zog sie, sie wieder raus und schmierte mir das ganze Arschloch mit Gleitmittel. Dann das Spiel mit den Fingern von vorn.

Als sie diesmal ihre Finger rauszog, wusste ich dass jetzt er dran ist und so war es auch.

Er presste seine Eichel gegen mein Arschloch und versenkte sie ohne Probleme in mich rein.

Sie machte natürlich ein Foto nach dem andern, und zwar aus allen Winkeln und aus unmittelbarer Nähe.

Er zog seinen Schwanz wieder raus um dann wieder ihn in mir zu versenken doch jedes Mal etwas tiefer. Bis er nach einigen Minuten seinen Schwanz fast ganz in mir versenken konnte. Dann nahm das Tempo zu und er fickte mich richtig, hin und her, rein und raus. Es tat etwas weh aber das Ekelgefühl war viel stärker. Ich hatte kein Zeitgefühl aber es kam mir Stundenlang vor.

Ich hörte ihn sagen.

Ich bin gleich soweit!

Meine Herrin antwortete.

Worauf wartest du? Runter mit dem Gummi.

Ich war schonwieder etwas durcheinander. Was hat sie vor?

Der Typ zog sein Schwanz aus mir raus, streifte das Gummi runter und stieß ihn wieder rein. Dann noch zwei, drei Mal und es kam. Er pumpte seinen ganzen Saft tief in mich rein, er wartete bis wirklich alles raus ist und ich konnte das pulsieren von seinen Schwanz genau spüren.

Er zog dann das Ding raus und verschwand im Bad. Meine Herrin kniete sich jetzt genau hinter mich und fotografierte mein Arschloch aus der nächsten Nähe.

Als sie genug Fotos hatte, stand sie auf und ging aus dem Zimmer raus, machte die Tür hinter sich zu.

Ich lag da auf dem Tisch, fertig mit der Welt. Ich merkte wie das ganze Sperma wieder aus dem Arsch rausläuft und an meinen Beinen runter, bis es dann auf den Boden tropft.

In dem Augenblick kam meine Herrin rein und sagte.

Ich bringe unseren Gast raus. Wenn ich wiederkomme bist du verschwunden. Und vergiss die Tasche für morgen nicht. Liegt im Bad.

Sie machte mir die Gurte ab und sagte noch.

Und mach die Schweinerei weg!

Nachhilfestunden

Seit sieben Wochen geht Manfred nun regelmäßig zur Yogastunde. Außer ihm besuchen noch etwa zwölf Frauen und ein Mann jeweils einmal die Woche den Entspannungsabend. Anneliese, die erfahrene Yogatrainerin, leitet ihren Unterricht sehr professionell und einfühlsam. Wenn sie sieht, dass jemand die Asanas zu ehrgeizig ausführt, die Übungen im Yoga, lässt sie sie wiederholen.

Bei Manfred kommt dies gar nicht so selten vor, da er immer an seine Grenzen gehen will. Er übt auch zu Hause sehr fleißig um seinen Körper kennenzulernen, und natürlich auch um der Lehrerin ein wenig zu imponieren. Denn, und das musste sich Manfred eingestehen, gefiel ihm Anneliese sehr. Nicht nur, dass sie mit ihrer durchtrainierten Figur, die sie trotz ihrer weiblichen Rundungen hatte, bei ihm punktete, sondern auch mit ihrem ruhigen, selbstsicheren Auftreten beeindruckte sie ihn ungemein, da er auch gerne so eine Ausstrahlung besäße. Andererseits war es aber auch Manfred, der mit seiner eher schüchternen Art, bei Anneliese gewisse Gefühle erweckte, die zwischen Dominanz und Mutterinstinkt schwankten.

Beim Schulterstand (dabei werden die Beine am Rücken liegend nach oben gestreckt. Das Becken hebt sich vom Boden und der Oberkörper wird von den Händen hinten am Brustkorb unterstützt) tut sich Manfred immer noch etwas schwer die Balance zu finden. Vor allem wenn es danach in den Pflug übergeht (die Beine werden abgeschrägt und über dem Kopf Richtung Boden gebracht, wobei der Rücken rund wird und in Dehnung kommt), wird es sehr anstrengend.

Beim letzten Mal, als sie diese Asana ausführten ging Anneliese auf Manfred zu und versuchte ihn in die richtige Position zu bringen. Dabei ergriff sie seinen Hintern, der ja jetzt sein höchstes Körperteil war. Manfred fuhr es bei dieser Berührung durch und durch, was auch der Trainerin nicht entging. Zuerst wollte sie wieder loslassen, besann sich aber, und verstärkte ihren Griff. Manfreds vor Anstrengung ohnehin schon roter Kopf begann nun richtig zu glühen. Als er jetzt noch bemerkte, dass er eine Erektion bekam, und das steife Glied bereits gegen seine Hose drückte, fühlte er sich zuerst gar nicht mehr so wohl in seiner Haut. Er merkte jedoch schnell, dass dies absichtlich von der Yogalehrerin geschah. Nur hoffte er, die anderen würden das nicht bemerken. Da beim Yoga ohnehin jeder nur auf sich achtet, blieb diese kleine Annäherung von allen unbemerkt.

Am Ende der Stunde, als sich alle verabschiedeten, nahm sich die Lehrerin den kleinen Yogi zur Seite und schlug vor, ihm noch ein paar Tipps beim Schulterstand zu geben. Ein wenig überrascht, aber sehr glücklich nahm er den Vorschlag dankend an. Sein Puls beschleunigte rasend schnell, was beim Yoga natürlich kontraproduktiv ist, da hier die Entspannung ja im Vordergrund sein sollte. Wie wir später erfahren, stellte sich diese einige Zeit später auch wirklich ein.

Als die Tür hinter der Trainerin ins Schloss fiel, nahm der kleine Yogi den Raum ganz anders wahr, als noch vor einigen Minuten. Die vielen Kerzen, der Duft nach Weihrauch und die leise Musik hatten auf einmal eine ganz andere Bedeutung. Beide wussten genau was jetzt passieren würde. Und so wechselten sie auch kaum ein Wort, bis sich Manfred im Schulterstand wiederfand.

"So, jetzt werden wir mal sehen, ob wir das noch ein wenig besser hinkriegen", waren die Worte der Yogatrainerin, als sie sich von hinten dem kleinen Yogi näherte. "Ja, ich fühle mich immer noch ein wenig unsicher bei dieser Übung", antwortete er. "Ich weiß schon wo wir den Hebel ansetzen müssen, um das "Letzte" aus dir herauszuholen. Die 80% werden wir mal außer acht lassen und ich verlange von dir, alles zu geben, sonst wird dies deine letzte Nachhilfestunde bei mir sein", bestimmte Anneliese, während sie ihm die Hose über seine nach oben stehenden Beine zog. "Natürlich", beteuert Manfred ergeben, und ist doch ein wenig überrascht über den strengen Tonfall mit dem er angesprochen wurde. "Für die Einzelbetreuung verlange ich hundert Euro von dir. In einer halben Stunde werden wir schon fertig werden, nehme ich an. Wenn es länger dauert wirst du mir noch etwas drauf geben." Sie zog ihm noch die Socken und die Unterhose aus. Dabei schwang sein doch schon sehr erregter Schwanz nicht wie sonst in die Höhe, sondern nach unten, weil er sich ja im Schulterstand befand.

Eigentlich hatte er es sich ein wenig romantischer vorgestellt, mit den ganzen Kerzen und so. Aber wie er zugeben musste erregte ihn die

Situation extrem, wie man auch unschwer am Lusttropfen, der bereits an seiner dicken Eichel hing, feststellen konnte.

"'Frau Lehrer'. Das 'in' kannst du weglassen. So wirst du mich ab sofort in unseren Sitzungen ansprechen, die wir ab jetzt 14tägig durchführen werden", sprach sie in einem auffallend liebevollem Ton. Um ihn gleich darauf mit: "Hast du verstanden?" anzuherrschen.

"Jawohl, Frau Lehrer", antwortete der kleine Yogi brav. Das wiederum überraschte jetzt die Trainerin. Da sie erkannte, dass ihr kleiner Yogi wohl schon einige Erfahrung in Sachen Dominanz und Unterwerfung mitbrachte. Umso besser, denn dadurch wurde von Anfang an Missverständnissen vorgebeugt.

Anneliese ergriff ohne Umschweife Manfred's pralle Spitze und verteilte unter festem Druck seinen Liebessaft. Sofort zuckte der kleine Yogi zusammen und wollte die Übung abbrechen.

"He, was soll das denn sein? Wirst du wohl in der Asana bleiben. Wenn das nochmal passiert bekommst du zehn Schläge auf den Arsch und wirst anschließend nach Hause geschickt!"

"Tut mir leid, Frau Lehrer", entschuldigte sich der Schüler sofort. Er richtete sich schnell wieder auf um seine Lehrerin ja nicht zu verstimmen. Nun wurden mit der zweiten Hand auch seine Eier in feste Umklammerung gegeben und herumgedreht.

"AOHHHHH", entwich es ihm und man konnte nicht genau feststellen, was es eigentlich für ein Laut werden sollte. Es klang ein wenig nach "Au", aber es könnte genauso gut auch das im Yoga übliche "Om" gewesen sein.

"Nun wirst du langsam in den Pflug übergehen, damit ich mir deinen Arsch vornehmen kann." "Ja, Frau Lehrer", war alles was der kleine Yogi von sich gab, als er wie befohlen seine Beine Richtung Kopf bewegte. "So ist es schön. Mal sehen, was ich mit dir so anstellen werde." Anneliese nahm seine Pobacken wie zuvor in die Hände und drückte ohne Vorwarnung ihren rechten Daumen in das rosa Loch, das ihr frech entgegen blickte.

"Au! Das tut weh!", konnte sich Manfred nicht verkneifen zu schreien. Zwar nicht sehr laut, aber doch für etwaige Personen vor der Tür zu hören.

Die Trainerin musste dies natürlich unterbinden und stopfte ihrem Schützling eine seiner Socken in den Mund. Da er sich nicht traute sich zu bewegen, und dies ohnehin in seiner Position nicht so einfach war, ließ er es ohne murren geschehen.

Als sie sich wieder hinter ihrem kleinen Yogi stellte, hatte sie schon eine Kerze und ein Duftöl bei sich. Das Öl ließ sie auf seinen Anus tropfen. Da es sich um ein ätherisches Öl handelte brannte es natürlich auf der empfindlichen Haut rund um sein Loch. Manfred wusste nun, dass er sowieso ausgeliefert war und machte keinen Mucks. In Anbetracht seines Knebels wäre ein Laut außerdem umsonst gewesen.

"Dein Arschloch schreit ja geradezu nach einer Behandlung. Sehr schön. Jetzt bist noch ganz eng, aber du wirst sehen, dass du dich bereitwillig für mich öffnen wirst", kommentierte die Yogalehrerin, als sie bereits ihren zweiten Daumen versenkt hatte und seinen Hinterausgang auseinander zog. Sie sammelte noch eine Menge Spucke, öffnete leicht ihre Lippen und ließ den Schleim in seinen Hintereingang tropfen. Auch um dem Anus verteilte sie ihren Saft. Die etwa 20cm lange und 3cm dicke Kerze kam nun auch zu ihrem Einsatz. Gut geölt schob Anneliese sie in den schon vorbereiteten Enddarm ihres Gegenübers. Als sie nun begann die Kerze Zentimeter für Zentimeter in den kleinen Yogi zu schieben, um anschließend wieder herausgleiten zu lassen, vernahm sie nun doch sein Stöhnen und Wimmern. Langsam befriedigte sie nun das geile Loch, indem sie rhythmisch den Luststab auf und ab bewegte.

Manfred kamen fast schon Freudentränen, so sehr genoss er die Analbehandlung, nach der sich immer schon gesehnt hatte.

Sie wiederum erhöhte die Intensität ihres Spieles und zog die Kerze nach jedem Stoß ganz heraus, um sie gleich wieder in den noch offenen Anus zurück gleiten zu lassen.

Seine Erregung stieg bei jedem Penetrieren, da die Kerze immer wieder an seiner Prostata, die auch schon beträchtlich angeschwollen war, vorbei schrammte.

Plötzlich hielt die Trainerin inne. "Jetzt wirst du die Kerze selber halten, und wehe du fickst dich damit selber, ohne mich vorher um Erlaubnis gefragt zu haben!"

Gehorsam nahm er beide Hände und griff nach dem glitschigen Gegenstand, der ihm so viel Lust bereitete. Sie nahm sich ein Feuerzeug und zündete die Kerze an, die senkrecht aus seinem lüsternen Loch ragte. Dass dem kleinen Yogi nun doch ein wenig mulmig wurde, kümmerte Anneliese wenig.

Geradezu zärtlich kümmerte sich Anneliese nun um seinen Schwanz, der längst zur Höchstform aufgelaufen war. Dabei hielt sie die Eier und die Wurzel in der einen Hand, mit der zweiten fuhr sie in einer Drehbewegung langsam aber dennoch fest den Schaft entlang über die glänzende, purpurrote Spitze. Vor und zurück glitt sie nun gleichmäßig und gut geschmiert mit einer Mischung aus Duftöl und Lusttropfen der bereits stetig floss.

"Ich werde dich heute so richtig ausmelken. Du wirst dein ganzes Sperma in deinem Mund aufnehmen und nichts hinunterschlucken, bevor ich dir nicht die Erlaubnis dafür erteile. Ist das klar?"

In der Stellung in der sich befand, ließ es sich nämlich perfekt einrichten, dass sich der Schwanz genau über dem Mund befand.

Freudig fieberte der kleine Yogi nun dem Höhepunkt entgegen. Denn was die Lehrerin natürlich nicht ahnen konnte ist, dass sich ihr Schüler es sich zu Hause schon einmal genau so selbst besorgt hatte. "Nun werde ich dir deinen Socken, den du schon genug vollgesabbert hast, herausnehmen und erwarte von dir, dass du keinen Laut mehr von dir gibst. Selbst wenn dein Sperma dir in den Mund fließt, wirst du nicht die Beherrschung verlieren."

"Ich werde mir größte Mühe geben, Frau Lehrerin", antwortete der kleine Yogi ergeben, der nur schwer seine Lustgefühle, die ihn zu übermannen drohten, unterdrücken konnte.

Die Trainerin verlangsamte nun ihre Bewegungen an seinem Lustschwert, da sie genau abschätzen konnte, dass er seinen Liebessaft nicht mehr lange halten konnte.

"So du kleiner Lustmolch, jetzt kannst du dich mit der Kerze ficken so hart du willst. Denke jedoch daran, dass die Kerze brennt, die in deinem Arschloch steckt. Also sei ein wenig zurückhaltend."

Bald schon rann unter den zu heftigen Bewegungen der Kerze das heiße Wachs herunter und sammelte sich um die rosa Öffnung. Von diesem Schmerz noch zusätzlich angestachelt konnte sich der kleine Yogi nicht mehr beherrschen und stieß sich das Lustobjekt immer schneller in den Anus.

Die, nicht nur in Sachen Yoga, sehr erfahrene Lehrerin hielt in ihren Bewegungen jetzt ganz inne. Nur mit einem Fingernagel bearbeitete sie das Lustbändchen hinter der schon fast zu platzen drohenden Eichel. Damit erreichte sie, dass sich bei ihrem Schüler zwar der Samen ergoss, der Orgasmus aber ausblieb. Dabei hielt sie den Luststab vom kleinen Yogi genau über dessen offenen Mund, als der Freudensaft nun zu fließen begann. Jetzt unterbrach sie die Behandlung des Bändchens und wartete geduldig bis der Fluss versiegte. Das Spielchen begann von Neuem und es dauerte nur einige Momente, bevor die nächste Ladung ankam und geradewegs in Manfreds Mund verschwand. Dabei stellte es die Yogatrainerin so geschickt an, dass er noch immer keinen Orgasmus hatte, als nach dem vierten Erguss kein Tropfen mehr in den Eiern des kleinen Yogis steckte.

"Ja, so ist es brav", lobte die Lehrerin ihren durchaus belastbaren Schüler. "Du kannst dich jetzt langsam aus der Asana lösen und dich wieder auf den Rücken legen. Der Mund bleibt dabei offen, und dass du mir noch nichts verschluckst, verstanden?" Anneliese zog dabei langsam die Kerze aus Manfreds Hintereingang, der sich schon so an diese gewöhnt hatte, dass er sie nur widerwillig frei gab.

Als Manfred sich wieder in Rückenlage befand, musste er sich erst einmal entspannen, da sich seine Muskulatur doch erheblich verkrampft hatte. Anneliese stellte sich über ihn und fuhr ihm mit zwei Fingern in den Mund. Sie zog die mit Sperma getränkten Finger heraus, fuhr sich damit in die Hose und verschmierte den Saft in ihrer durchaus feuchten Möse.

"Du kannst dich jetzt wichsen und dein Sperma dabei brav runterschlucken wenn du kommst. Dabei wirst du mir in die Augen sehen und ich werde in deinen deine Dankbarkeit erblicken."

Ohne zu zögern ergriff der Schüler seinen noch immer prallen Schwanz und nahm ihn gleich richtig hart ran. Auch seine leeren Eier packte er und drückte sie fest zusammen. Vielleicht weil sein übriger Körper auch schmerzte, oder einfach weil er so dermaßen geil war, wichste er ohne Rücksicht auf Verluste.

"Oh!! Jaaahh!!! Das ist unglaublich!!" stöhnte der kleine Yogi, als er das Sperma hinuntergeschluckt hatte. Mit "Om" hatte das jetzt wirklich keine Ähnlichkeit mehr. Seine weit aufgerissenen Augen starrten geradewegs in ihre. Dankbarkeit war in seinen jedoch nicht zu sehen. Nur pure Lust und Aggression drückten sie aus.

Schnell kniete sich die Trainerin mit runtergezogener Hose über sein Gesicht und drückte ihrem entrückten Schüler ihre klitschnasse Möse auf den Mund. Nur so konnte sie seine Lustschreie unterdrücken.

Sofort fing Manfred an seine Zunge in ihre Lustgrotte zu stoßen, und einige Augenblicke später wand sich der kleine Yogi unter seiner strengen Lehrerin, bäumte sich auf, um dann völlig fertig auf der Matte liegen zu bleiben. Kein einziger Tropfen kam bei seinem Mega-Orgasmus mehr zum Vorschein.

Anneliese stand wieder auf, zog sich ihre Hose rauf und sah mit einem Lächeln auf Manfred hinunter. Als dieser nach einiger Zeit die Augen öffnete, sah sie nur mehr die Dankbarkeit, die er ihr entgegenbrachte. "Danke", sagte er, wie um seinen Ausdruck noch zu unterstützen.

Auch jetzt wechselten die Beiden keine überflüssigen Worte. Sie räumten ihre Sachen auf und der Schüler legte seiner Lehrerin noch hundert Euro in ihre Tasche. Zum Abschied umarmten sie sich noch, nicht wie Lehrer und Schüler, sondern wieder als gleichwertige Personen.

So entspannt und leer im Kopf und in den Hoden (wie oben so unten;) ging der kleine Yogi noch nie nach Hause und freute sich schon auf die nächste Nachhilfestunde.

Als der kleine Yogi sich nächste Woche bei der Yogastunde einfand, wurde von der Trainerin begrüßt wie üblich. Nur er hielt seinen Blick ein wenig gesenkt. Demut und Dankbarkeit konnte man seinem Verhalten entnehmen.

Die Erinnerungen an die letzte Nachhilfestunde war wieder so präsent, als wäre sie gerade erst gewesen. Immer wieder huschte Manfred in der letzten Woche ein Lächeln über das Gesicht, wenn er an seine Sitzung mit Anneliese dachte. Zwar schmerzte sein Rücken und natürlich auch sein Gemächt noch ein paar Tage von der Anstrengung und dem nicht gerade zimperlichen Umgang damit, aber das geile Gefühl so richtig leer und ausgesaugt zu sein machte das mehr als wett.

Die Yogalehrerin hielt ihren Unterricht wie gewohnt und entließ ihre Schäfchen nach einer kurzen Meditation. Die Trainerin steckte dem kleinen Yogi bei der Verabschiedung noch einen kleinen Zettel zu, und jeder ging seiner Wege.

Gleich im Auto faltete Manfred das Blatt Papier auseinander und las die paar Zeilen, die die Trainerin ihm geschrieben hatte. "Nächste Woche mitzunehmen:" stand darauf. "Lederband zum Eier abbinden, Etwas mit ca. 1kg Gewicht zum dranhängen, zwei Wäscheklammern einen Penisring"

Gerade als er fertig gelesen hatte, fuhr Anneliese an ihm vorbei und zwinkerte ihm mit einem breiten Grinsen zu.

Zu Hause angekommen suchte Manfred gleich die Sachen zusammen und wünschte die Woche würde schnell vergehen, denn eigentlich wäre er gerne schon heute wieder zur "Nachhilfe" geblieben. Das Lederband und die Wäscheklammern hatte er auch gleich bei der Hand. Den Penisring würde er sich im Sexshop besorgen, aber was sollte er als Gewicht verwenden? Darüber zerbrach sich der kleine Yogi ordentlich den Kopf. Da ihm auf die Schnelle nichts einfiel, beschloss er, die Suche auf Morgen zu verschieben.

Die Tage vergingen. Und zu Mittag am Tag des Yogaabends hatte er immer noch nichts, was er als Gewicht mitnehmen konnte. Fieberhaft machte er sich darüber Gedanken. Er probierte in den letzten Tagen verschiedene Sachen aus, indem er sich selber schon mal die Hoden zusammenschnürte und am Ende der Schnur die Dinge festband. Aber so richtig klappte es einfach nicht. Das einzige was passierte war, dass er schon ziemlich geil wurde und sich bei dem Gedanken an die bevorstehende Session einen runterholte.

Während der Yogastunde wurde der kleine Yogi zunehmend unruhiger, denn er konnte es kaum noch erwarten bis die anderen fort waren und er sich der Lehrerin ausliefern durfte.

"So mein lieber, kleiner Yogi. Hast du alles mit, was wir heute für die Sitzung brauchen?" erkundigte sich die Trainerin, nachdem sie die Tür verschlossen hatte. "Ja Frau Lehrer. Nur was sich für das Gewicht eignen könnte gab mir zu denken, Aber schließlich habe ich dann doch etwas gefunden", erwiderte der brave Schüler. "Gut, heute werden wir sehen, dass ich mehr auf meine Kosten komme. Das letzte Mal habe ich mich ja fast ausschließlich um dich gekümmert." "Lass mal sehen. Du darfst dich ausziehen und begibst dich in die Stellung der Schulterbrücke. Wie das geht weißt du ja. Also auf den Rücken legen, die Beine aufstellen, Fersen zum Hintern und das Becken in die Höhe bringen", bestimmte die Trainerin, während sie die Utensilien zur Hand nahm. "Naja, sehr einfallsreich warst du mit dem Gewicht nicht, aber es wird schon gehen", sprach sie als sie das Päckchen Zucker in einem Plastiksackerl inspizierte.

"Es war das Beste was mir einfiel. Die anderen Dinge, die ausprobierte, waren noch weniger geeignet", entschuldigte sich der kleine Yogi.

"Also zum Ersten sprichst du mich mit "Frau Lehrer" an, oder hast du das schon wieder vergessen? Und zum Zweiten war nie die Rede, dass du die Sachen zu Hause ausprobierst. Wahrscheinlich hast du dich auch noch gewichst dabei." Anneliese ließ den kleinen Yogi erneut spüren, wie sie sich die Rollenverteilung in den Sessions vorstellte. "Aber ich wollte..." weiter kam Manfred nicht. "Nichts aber. Es ist wie es ist. Wie und warum bestimme immer noch ich. Ich schlage vor, du bekommst für jedes Vergehen fünf Mal die Gerte auf deinem Arsch zu spüren. Ist das ok für dich?" "Ja, Frau Lehrer." "Natürlich ist das ok. Da hast du sowieso nichts mitzureden." "Nun hoch mit dir." Der Ton mit dem sie ihren Schüler ansprach wurde rauer, da sie bemerkte, dass der kleine Yogi die Sache ein wenig zu locker nahm.

Manfred bemühte sich nun wieder redlich seiner Lehrerin zu gefallen und reckte sein Becken in die Höhe. Anneliese nahm sich eine der brennenden Kerzen und ließ das flüssige Wachs auf den halb erigierten Penis tropfen. Der kleine Yogi bewegte sich keinen Millimeter, sondern biss sich auf Lippen und genoss den Schmerz. Denn es war eigentlich genau das, was er sich wünschte. Den Schmerz in Lust umzuwandeln erregte ihn ungemein. Und siehe da, sein Schwanz reagierte sofort und schwoll zur vollen Größe an.

"Das gefällt dir wohl. Na dann können wir sicher noch ein wenig weiter gehen, meinst du nicht, du kleiner Wicht. Das reimt sich sogar." Die Trainerin musste über ihren Reim selbst ein wenig lachen. "Wie sie wünschen, Frau Lehrer." "So ist es brav, mein Lieber."

Anneliese, die mittlerweile nackt war, stellte sich über ihren Schüler, so dass sie ihm den Rücken zukehrte. Den prallen Penis rieb sie an ihrem Kitzler und geilte sich daran ein wenig auf. Manfred, der gleich zu stöhnen begann, wurde sofort zurechtgewiesen. "Wenn du dich nicht beherrschen kannst bekommst du wie beim letzten Mal deine Socken ins Maul gesteckt. Ist das klar?" "Ja, Frau Lehrer." Und wirklich sollte dem kleinen Yogi heute kein Laut mehr über die Lippen kommen. Die Lehrerin fuhr fort ihren Lustknopf zu bearbeiten und klopfte mit seiner Penisspitze rhythmisch dagegen. Als ihr bereits der Saft aus ihrer Möse rann, stieß sie sich seinen Stab mit einem einzigen Ruck in den Leib.

"Oooommmhhhh", klang das im Yoga übliche Mantra leise aus ihrem Mund. Manfred dagegen machte keinen Mucks. Er hatte jetzt schon Schwierigkeiten seine Lust unter Kontrolle zu halten.

In dieser Stellung (der Yogi mit erhobenen Becken, die Trainerin in der breiten Hocke über ihm, der Schwanz in ihrer Lustgrotte) begann sie nun ohne ihr Becken zu bewegen seine Eier abzubinden. Ziemlich fest verschnürte sie seine Hoden und kratzte mit den Fingernägeln darüber. Anschließend befestigte sie noch das Kilogramm Zucker im Plastiksackerl an den Enden der Schnur und bewunderte ihr Werk. "Sieht gar nicht so schlecht aus. Wie oft hast du es dir selber besorgt, während du die Sachen ausprobiert hast? Zwei, drei Mal? Nächstes Mal fragst du mich gefälligst, ob mir das recht ist, hast du verstanden?" herrschte sie ihn an, während sie seine Eier wrang wie einen nassen Fetzen. "Jaha, Frau Lehrer", stöhnte der kleine Yogi, dem nun doch anzumerken war, dass der Genuss von Schmerzen auch seine Grenzen hatte.

Anneliese begann ihren Schüler zu reiten und rieb dabei ihren geschwollenen Kitzler. "Ooohhhmmm" ,vernahm Manfred regelmäßig von seiner langsam und tief atmenden Lehrerin. Seine Lust hielt sich nun aber in Grenzen, da er zum Einen die Asana (die Schulterbrücke) nicht mehr lange halten konnte, und zum Andern zog das Gewicht doch beträchtlich an seinen Eiern, die beständig auf und ab wippten.

"Wenn du nachgibst und dein Schwanz heraus flutscht, wirst du fünf weitere Striemen auf den Arschbacken haben", sprach Anneliese mit einem Lächeln, das Manfred natürlich nicht sehen konnte. Ihr war bewusst, dass er sich bald verabschieden würde. Er hielt ohnehin schon länger durch als sie erwartet hatte.

Kurz darauf war es dann soweit. Der kleine Yogi sackte zusammen. Sofort entschuldigte er sich, was ihm aber nichts nützte. Die Trainerin holte einen Schemel herbei und befahl ihm sich mit dem Oberkörper darauf zu legen. Sie befreite seine Eier vom Zusatzgewicht und holte die dünne Gerte, die sie selber mitgebracht hatte. Sie verwendete deshalb ein schlankes Züchtigungsutensil, da sie dabei nicht hart schlagen musste, um die gewünschte Wirkung zu erzielen. Bei einem

Gürtel und dergleichen wäre dies viel lauter gewesen und das musste vermieden werden.

"Du brauchst nicht laut mitzuzählen und dich auch nicht zu bedanken. Du erhältst vorerst fünf Schläge auf jede Arschbacke. Was mit den verbleibenden fünf ist, werde ich später entscheiden." Der Schüler antwortete nicht. Er war bereits so auf die kommenden Schläge fokussiert und hoffte sie würde bald damit anfangen. Anneliese stellte sich hinter ihn hin. Somit konnte er nicht sehen, wenn der erste Schlag auf sein Hinterteil niederging.

Die Haut zuckte, als sie die Gerte das erste Mal zu spüren bekam. Zwar hatte die Trainerin nicht fest zugeschlagen, aber der Schmerz und das Überraschungsmoment hatten ausgereicht um den Atem des kleinen Yogi kurz aussetzen zu lassen. Gleich darauf peitschte wieder die Gerte auf das nackte Hinterteil. Und wieder zuckte der Arsch zusammen. Wieder auf der gleichen Seite. Nur einen Zentimeter daneben. Der zweite Striemen wurde sofort sichtbar und verfärbte das blasse Rosa in ein feuriges Rot. Im schönen Rhythmus erhielt er seine Strafe. Das war ihm sehr recht, denn so war er in der Lage den Schmerz gezielt in sich hinein zu atmen und ihn somit tief in sich aufzunehmen und in Lust umzuwandeln.

Nach fünf Hieben kam die andere Backe dran. Ganz regelmäßig wurde die Aktion ausgeführt, sodass er sich wieder gut darauf einstellen konnte. "Eins, zwei, drei, vier, fünf", zählte er im Stillen mit und war froh, die nächsten Fünf überstanden zu haben. "Au", womit er nicht gerechnet hatte war der sechste Schlag, der zudem noch viel fester ausfiel.

"So, das wird reichen. Die anderen vier erlasse ich dir. Sieht wirklich geil aus, so ein knackiger Arsch mit der tollen Zeichnung darauf." Zufrieden bewunderte die Lehrerin ihr Werk. "Und nun wieder in die Asana mit dir. Ich bin wieder an der Reihe mich zu vergnügen."

Manfred begab sich folgsam wieder in die Schulterbrücke. Anneliese schob ihm jetzt den Schemel unter sein Hinterteil, denn lange würde Manfred in dieser Stellung nicht mehr durchhalten. Nun konnte sie sich voll auf seinen Schwanz setzen, ohne dass ihr Darunter nachgeben würde. Sie fing wieder an den kleinen Yogi zu reiten, dass es nur so eine Freude war. "Du fragst mich bevor du abspritzt. Ist das klar?" befahl Anneliese zwischen den "omm's", die wieder leise hörbar waren.

Der kleine Yogi genoss den Ritt seiner Lehrerin offensichtlich. Zwar war es auch jetzt mit dem Hocker unter ihm nicht sehr gemütlich, da sich sein Rücken ziemlich durchbog, aber ohne das Kilo an seinen Hoden fühlte er sich wesentlich befreiter. Es dauerte einige Zeit bis er den Orgasmus nicht mehr zurückhalten konnte. Er bemühte sich sehr seine Lust, wie zuvor den Schmerz weg zu atmen. Doch ganz ließ sie sich nicht unterdrücken.

Als die Trainerin sein Bitten kommen zu dürfen vernahm, stand sie auf und drückte den Schwanz hinter der Eichel zusammen, damit er sich ein wenig entspannte. Sie holte nun den Penisring und rollte ihn zusammen mit einem Kondom über den harten Schaft bis zur Wurzel. Sie hatte nämlich nicht vor die Sauerei anschließend auf dem Schemel zu haben.

Wieder aufgesessen begann der Ritt von neuem. Schon nach einigen Stößen bettelte der kleine Yogi wieder um seine Erlösung. "Jaaahhh, komm schon du geiler Bock. Spritz ab. Spritz alles raus. Ich fick dich bis dir das weiße aus den Augen kommt." Derart von ihren Worten angestachelt entlud sich der kleine Yogi mächtig. Dabei quetschte die Lehrerin seine Eier, dass ihm hören und sehen verging.

Auch als er unter ihr schon völlig ausgelaugt über dem Hocker lag, dachte sie nicht daran ihren geilen Ritt zu unterbrechen. Dass der Luststab vom kleinen Yogi, der durch den Ring seine Standfestigkeit behielt, schon sehr zu schmerzen begann war ihr dabei einerlei. Es galt jetzt einzig und allein ihre Geilheit zu befriedigen. Und das machte sie rücksichtslos. Es klatschte so richtig, wenn ihr Arsch auf seinem Becken aufschlug. Die geile Stute bearbeitete abwechselnd ihre Klitoris und seine Eier mit der Gerte und fickte den Hengst auf Teufel komm raus.

Tief in ihrem Inneren spürte sie den Orgasmus hochkommen. Durch die gezielte Atmung entlud er sich nicht unkontrolliert, sondern stieg in ihr auf und überwältigte sie auf eine ganz intime, besondere Weise.

So dauerte der Höhepunkt mindestens zwei Minuten, bis die Lehrerin wieder einigermaßen zu sich kam. Der kleine Yogi hing derweil schon sichtlich schlaff über dem Hocker und ersehnte das Ende der Tortour herbei. Als Anneliese von ihrem "Hengst" abstieg war sie sehr sanft und streichelte liebevoll über seine Wange. Sie half Manfred vom Schemel, der sich alleine wohl kaum noch von seiner Stellung befreien konnte. Stöhnend, diesmal nicht vor Lust, streckte er sich und bog seinen Rücken gerade.

"Danke du kleiner Lustspender", sprach die Trainerin mit dem durch den Penisring immer noch steifen Schwanz des kleinen Yogi, während sie ihn von jenem befreite. Das Lederband wurde aufgeschnürt und das Kondom ebenfalls entfernt. Anschließend leckte sie ihn sauber und massierte dabei die frisch durchbluteten Hoden. Das erregte Manfred und wollte schon wieder mehr. Sie aber ließ von ihm ab und vertröstete ihn bis zum nächsten Mal.

"Nächste Woche erhältst du einen weiteren Zettel", flüsterte die Trainerin dem kleinen Yogi noch ins Ohr, als sie sich zum Abschied noch kurz umarmten.

Happy Hour

Sie lag in seinen Armen, er streichelte ihre Wangen, und seine weiche
Stimme löste wieder dieses schaurig schöne Gefühl in ihr aus, wie sie es
immer tat. Er spielte weiter mit ihren Nippeln, die schon leicht
brannten, während er ruhig auf sie einsprach. Sie hatte für ihn ihren
Kitzler reizen müssen, bis sie kurz vor einem Orgasmus stand, den er
ihr jedoch verbot zu bekommen. Dieses Spiel bedurfte immer ihrer
gesamten Konzentration, da er ihr auch nicht erlaubte, mit dem
streicheln aufzuhören. Er kannte ihren Körper fast besser als sie selbst,
denn erst als es wirklich nur noch ein oder zwei Berührungen bedurft
hätte, sie kommen zu lassen, sagte er mit seidenweicher Stimme:
„Stopp, sofort ..."
Sie hätte schreien können vor Enttäuschung, dass sie nun doch nicht
kommen durfte und wollte ihn gleichzeitig küssen, da das Spiel noch
weiter ging. Sie wusste aus zahlreichen Spielen, dass er ihr immer das
letzte abverlangte, und dass, wenn er sie endlich kommen ließ, Sterne
vor ihren Augen tanzten, so sehr hatte er sie hoch gepeitscht.
Auch sie liebte dieses Spiel. Der abrupte Abriss des Streichelns
erzeugte ein leicht schmerzhaftes Ziehen in ihrem gesamten
Lustzentrum, ihr Kitzler schien um mehr zu betteln und ihre Muschi,
die sich in freudiger Erwartung schon lange geöffnet hatte, stand
scheinbar in direkter Verbindung mit ihren Nippeln. Sein Drehen der
Nippel, schickte abwechselnd Blitze in ihren Schoß und ihr Gehirn. Es
war kein eigentlicher Schmerz, eher pure Lust, und doch tat es weh. Sie
hörte seine Worte: „Spürst du meine Finger an deinen Nippeln?"< „Ja,
ich spüre sie."„Tun sie dir weh?"„Nein, nicht wirklich."„Soll ich
aufhören?"„Nein, Sir, bitte nicht."„Sondern?"... sie wusste, was er hören
wollte, was sie immer sagen musste, eigentlich auch wollte, und
obwohl sie wusste was passieren würde, sagte sie die geliebt-
verhassten Worte: „Bitte fester."
Im selben Moment als sie die Worte ausgesprochen hatte, sendeten
ihre Nippel einen besonders heftigen Blitz in ihr Lustzentrum, bevor sie
der Schmerz einholte. Trotz oder gerade wegen dieses süßen
Schmerzes streckte sie ihm ihre Brüste entgegen. Er drehte die Nippel,
fest, dann noch fester und doch kannte er ihre Grenze.
Er wanderte immer an dieser Grenze zum eigentlichen Schmerz und
der Lust, überschritt sie aber nie. Er hatte ihr von einer Happy Hour

erzählt, von gefesselt sein, wehrlos gebunden, von Schmerzen und alleine damit sein - entgegen ihrer bisherigen Spiele, gäbe es kein Zurück, kein Stopp. Er erzählte, wie sie eine ganze Stunde da liegen würde, geknebelt und mit Klammern an den Nippeln, die alle zehn Minuten abgenommen und um 45° gedreht wieder angesetzt würden. Nur sie und ihre Gefühle, ihre Schmerzen, und ihre Lust... Er sagte ihr auch dass, wenn die Lust über sie gewinnen würde, es für sie nicht mehr so sein würde wie vorher, dass sie sich dann immer nach dieser tiefen Unterwerfung sehnen würde, nach dem Schmerz, und nach der Hilflosigkeit.

Seit er ihr das erzählt hatte, kreisten ihre Gedanken darum, und sie hatte Angst und war doch so neugierig darauf. Sie wusste, er würde sie fesseln, sie völlig bewegungsunfähig machen, ihr die Augen verbinden, und sie sogar knebeln. Sie würde in ihrem Bett liegen und nicht in der Lage sein auch nur einen Finger zu krümmen, in ihr würde ein Vibrator summen, und ihr eine gewisse Lust bereiten. Sie kannte die Klammern, die er auf ihre Nippel setzen würde, sie waren sehr stark, und der Gedanke sie eine ganze Stunde aushalten zu müssen, machte ihr alleine schon Angst. Das Wissen, dass sie alle zehn Minuten um 45° gedreht würden und der Gedanke wie sehr alleine schon das Abnehmen schmerzt, hatten sie bisher daran gehindert, sich auf diese Happy Hour einzulassen. Über das Unausweichliche, darüber, dass sie es nicht stoppen könnte, wenn das Spiel erstmal begonnen hatte, darüber dass er sie alleine lassen würde und nur alle zehn Minuten die Klammern drehen würde, über das, was, wie er sagte, sich in ihrem Kopf abspielen würde, machte sie sich die wenigsten Sorgen. Gerade jetzt, wo sie ihm ihre brennenden Nippel entgegen streckte um noch mehr zu bekommen und sie sich wünschte ihren Kitzler weiter streicheln zu dürfen, sehnte sie sich danach diese Happy Hour zu erleben. Während ihre Nippel weitere Blitze durch ihren Körper sendeten, begann ihr Herz heftig zu schlagen. Sollte sie ihn darum bitten? Es würde kein Zurück, kein Stopp geben, der innere Kampf zerriss sie fast, sie hatte Angst. Würde es wirklich so schlimm sein? Sie wusste, dass er sie hinterher sehr zärtlich in seine Arme nehmen, sie trösten und halten würde, wie er es immer tat wenn sie gespielt hatten, aber würde es das Gleiche sein wie sonst?

Ja, sie wollte die Happy Hour, sie sehnte sich danach. Sie schlug die Augen auf, und sah in sein sanft lächelndes Gesicht, und noch bevor sie etwas sagen konnte, flüsterte er mit sanfter Stimme: „Ja, du bist bereit, du wirst sie erleben, ich werde dich in die Traumwelt schicken. " Dann drückte er zärtlich seine Lippen auf die Ihren. Sie schloss die Augen wieder mit dem beruhigenden Gefühl, dass er doch bei ihr sein würde, die ganze Stunde, er war in ihrer Seele, kannte ihre Gedanken, und es machte ihr keine Angst. Sie spürte wie er ihre Wange streichelte und sagte: „Ich möchte, dass du ab jetzt nicht mehr sprichst, ... es fängt an."

Zuerst wurden ihre Augen verbunden, dann fing er an sie zu fesseln, sehr stramm, so dass ihr das Atmen schwer fiel. Die Seile schnitten weich und doch fest in ihre Haut, wodurch ihre Brüste noch mehr vorgepresst wurden. Die Hände fest an die Seiten gebunden, legte sich Schlaufe für Schlaufe um ihren Körper. Er presste ihre Beine auseinander und steckte den Vibrator in ihre jetzt noch feuchtere Muschi. Ja, die Vorbereitungen gemischt mit der Angst machten sie geil. Sie zitterte leicht. Nun wurden auch ihre Beine fest zusammen gebunden. Er hörte nicht auf bis alle paar Zentimeter Schlaufen stramm um ihren Körper lagen. Nun war sie vom Hals bis zu den Zehen eingeschnürt, das Anwinkeln der Beine verhinderte er auch, indem er sie unten in der Mitte des Bettes festzurrte. Auch der Oberkörper wurde noch zusätzlich auf dem Bett fixiert. Mit den Worten ‚Öffne den Mund' wurde der Knebel in ihren Mund geschoben. Sie war noch nie in ihrem ganzen Leben so hilflos und wehrlos wie jetzt, und doch fühlte sie eine innere Geborgenheit. Sie hatte auch Angst, aber alles in ihr war bereit, bereit für das Abenteuer, für die Reise ins Ich, für die Happy Hour ... und sie sollte beginnen ...

Er streichelte ihr Gesicht, ihren gefesselten Körper ... sanft, sehr sanft ... Alles in ihr schrie: „Fass mich endlich an, hart, tu mir weh, mach was mit mir ... In dem Moment als seine Lippen ihre Stirn für einen sanften Kuss berührten, schaltete er den Vibrator ein. Sie schrie in ihren Knebel, ... es ging los ... Im Nu hatte sie der Vibrator hoch gebracht, auch wenn sie diese Dinger normalerweise nicht mochte, es war die ganze Situation. Sie spürte seine Hände an einem ihrer Nippel. Er zwirbelte ihn etwas bevor er die erste Klammen ansetzte, ... er ließ sie langsam los, und der Druck wurde stärker, hart, sehr hart ... ahhhh .... Er machte das selbe mit dem zweiten ... und auch hier wurde der Druck sehr stark. Da er ja schon zuvor heftig an ihren Nippeln gespielt hatte, waren diese schon entsprechend empfindlich geworden. Es tat weh. Er streichelte ihr Gesicht und hauchte ein: „Die Happy Hour hat begonnen. Du wirst mich hassen und lieben, mich zum

Teufel wünschen und herbei sehnen, ich liebe dich, und ich werde dich nicht erlösen bevor die Stunde vorbei ist. Ich komme in zehn Minuten wieder zu dir, - träum schön." Er ging. Nun lag sie hier, gefesselt wie eine Mumie, nicht fähig sich zu bewegen. Es war angenehm warm, und eigentlich fühlte sie sich ganz wohl. Die Klammern an ihren Nippeln taten ihre Wirkung, aber sie waren zum Aushalten. Der Vibrator in ihrer Muschi sorgte für ein angenehmes Lustgefühl. Die stramme Fesselung gefiel ihr sogar, und sie war etwas enttäuscht, sie hatte es sich irgendwie schlimmer vorgestellt. Na, diese Happy Hour würde sie leicht überstehen.

Langsam, ganz langsam, sank die Geilheit, die sie ergriffen hatte als er angefangen hatte sie zu fesseln, sie spürte nun auch den Schmerz, den die Klammern auslösten deutlicher ... so leicht würde die Stunde wohl doch nicht werden. Wie viel Zeit war vergangen?

Sicher doch schon mehr als zehn Minuten. Wo blieb er denn?

Sie spürte ihren Körper, jede einzelne Schlaufe, die sich um ihren Körper spannte. Er hatte sie wirklich sehr stramm gefesselt. Sie versuchte sich zu bewegen ...zwecklos ... er hatte ganze Arbeit geleistet! Nun schmerzten die Nippel doch arg. Wo blieb er denn? Die Zeit schien still zu stehen, und gerade als sie dachte, er hätte sie vergessen, spürte sie, wie er sich neben sie kniete und wieder ihre Wangen streichelte.

„Na, meine schöne Leidende, die Zeit ist um, und ich werde jetzt die Klammern das erste Mal drehen." Mit diesen Worten spürte sie, wie er die Klammer berührte, beide gleichzeitig.„Bist du bereit?"Sie konnte nicht einmal nicken aber sie bereitete sich innerlich auf die Schmerzen vor, die nun kommen würden. Er öffnete die Klammer nicht langsam, sondern mit einem Ruck und nahm beide gleichzeitig ab. Trotz der Fesselung bäumte sie sich auf, und obwohl sie auf den Schmerz vorbereitet war, schrie sie in ihren Knebel. Er schien das völlig zu ignorieren, nahm den ersten Nippel zwischen die Finger, zwirbelte leicht und setzte die Klammer erneut an. Nur um 45° verdreht.

Der Schmerz, der sie durchflutete, war unbeschreiblich, und während sie noch nach Luft und Fassung rang, machte er dasselbe mit ihrem anderen Nippel. "AHHHHHHH ..." Es war ein stumpfer Schmerz, der sehr weh tat und nicht aufhörte, das Verdrehen der Klammer, der neue Druck, diesmal in die andere Richtung war einfach nur unbeschreiblich, anhaltend, nicht wie beim Zwirbeln, mal mehr mal weniger, er war da, und sie fühlte nichts anderes mehr, sie wollte ihre

Hände hoch reißen, die Nippel bedecken, sie schützen ... aber sie konnte nicht, es war keine Bewegung möglich, sie musste den Schmerz ertragen.

Er war schon wieder weg, sie hatte nicht mitbekommen, dass er gegangen war, sie litt. Irgendwann setzte das Denken wieder ein, sie lag noch immer da, mit brennenden Nippeln, und was noch schlimmer war, er würde wiederkommen! Waren schon zehn Minuten um? Wie lange war er weg? Vielleicht würde er ja gleich wieder kommen ... oh nein, bitte ... nicht ...Es schmerzte mehr als sie gedacht hatte ... sonst war sie geil, wenn er ihr Schmerzen zufügte. Sehr langsam, ging die Pein in ihren Nippeln auf ein nur noch fast unerträglichen Maß zurück, sie fing an mit sich selber zu reden:

„Scheiß Spiel auf das du dich da eingelassen hast, versuch ruhig zu atmen, wenn er gleich wiederkommt wirst du ihm zeigen, dass du nicht mehr willst. Das ist nicht geil, wo bleibt die Lust bei diesem Spiel? Ah ... Lust, du hast doch einen Vibrator in dir, ist der ausgegangen?" Nein, jetzt spürte sie das Brummen in sich ... sehr weit weg, und sicher nicht dazu ausreichend sie anzumachen.

„Noch nicht einmal das ist mir geblieben. - Wie viel Zeit mag vergangen sein? - Oh, verdammt diese Klammern sind wirklich stramm. - Nein, ich werde es abbrechen, der Gedanke daran war wohl doch geiler als die Realität." Sie hörte Schritte, ihr Herz begann heftig zu schlagen.„Er kommt." Wild schüttelte sie den Kopf.„Aufhören...ich mag nicht mehr."Er streichelte sie: „Ja, ich weiß ... ich werde jetzt die Klammern drehen und dich wieder alleine lassen."

"NEIN, NEIN, NEIN ..., mach mich los", versuchte sie trotz des Knebels zu schreien. Wieder nahm er beide Klammern schnell und gleichzeitig ab. Das Blut rauschte in ihren Ohren, und wäre sie nicht geknebelt und gefesselt, hätte sie sicher das ganze Haus zusammen geschrieen und wäre aus dem Bett gesprungen.

So konnte sie nur da liegen, ihren Knebel zerbeißen und den unsagbaren Schmerz in ihren Brustwarzen spüren, sich aufbäumen, mit der Erkenntnis: „Er hört nicht auf ... ich sterbe!" Wieder nahm er die erste Brustwarze, leichtes Zwirbeln, was den Schmerz noch mal erhöhte wenn das überhaupt möglich war, dann die Klammer und ohnmächtiger Schmerz, anhaltend, nicht aufhörend, weit über das Erträgliche hinaus, nicht mehr zu steigern und doch, als die zweite Klammer dazu kam, erlebte ihr Schmerz einen weiteren Höhepunkt.

Längst hatten Tränen das Tuch vor ihren Augen durchtränkt, und auch das Denken setzte erst spät wieder ein. Sie hatte sich nicht vorstellen können, das etwas so weh tut, dass man nicht nur die Luft anhält, sondern das auch das Denken aussetzt, sie spürte den Schmerz nicht irgendwo, sondern ganz gezielt an ihren Nippeln, und was sie auch tat, er ließ nicht nach. Wenn man einen Schlag mit der Gerte bekommt, tut es weh und ebbt wieder ab, nicht so hierbei, der Schmerz blieb, wurde eher noch mehr. Das Denken setzte aus, die Wahrnehmung war so auf die Nippel konzentriert, dass sie nichts um sich herum wahrnahm. Ihr inneres Schreien ging in ein Wimmern über. Sie bedauerte sich selbst, das aushalten zu müssen, darauf war sie nicht vorbereitet gewesen. Sie mochte Schmerz, aber das war zuviel. Das hätte er ihr sagen müssen und doch hatte er ja genau das getan. Es hatte sie nur noch neugieriger gemacht. Sie litt nun wirklich und die Zeit kroch dahin, wieder kam sie an den Punkt zu denken, dass er sie vergessen hatte, vielleicht war er im Wohnzimmer eingeschlafen ... Aber wenn er zurück kam würde es wieder so wehtun, sie hatte Angst. Ihr wurde auch bewusst, dass sie vereinbart hatten dass es kein Zurück gibt. Sie kannte ihn, er würde sie die volle Stunde erleben lassen, egal wie sehr sie auch schrie, zappelte oder weinte. Die volle Stunde und fünfmal das Drehen der Klammern. „Oh Gott das halte ich nicht aus." Nein, er sollte nicht wieder kommen, ihr noch mehr wehtun. Sie würde wahnsinnig werden.

Da spürte sie sein Streicheln. Sie hatte gar nicht mitbekommen, wie er zurückgekommen war. Er streichelte sie sehr sanft, und redete mit weicher Stimme, sie hörte nicht mehr die Worte, die er sagte, aber seine Stimme gab ihr Kraft. Kraft die Brust rauszustrecken. Ihm entgegen. Dem Schmerz entgegen. Sie spürte noch, wie er die Klammern abnahm, als sich ihr Geist von ihrem Körper trennte, unendlicher Schmerz raste durch ihren Körper, und doch war es so als stünde sie daneben und schaute zu. War das ihr Schreien, das sie da hörte? Waren das ihre Nippel, die so gepeinigt wurden? War sie es die sich da so aufbäumte? Er war schon lange wieder weg, sie sah sich selber dort liegen: heulend, schreiend und mit unsagbaren Schmerzen. Eine Stimme in ihr sagte: „Hilf ihr, mach es ihr ein wenig leichter" Sie griff ihr zwischen die Beine, sie fand den kleinen Knopf, den Kitzler. Sie begann ihn zu reiben. Sie wunderte sich, dass sie trotz der Schmerzen klitschnass war, und dass praktisch sofort eine Welle der Lust durch diesen Körper schoss. Ja, sie würde ihr ihre Qual etwas erleichtern.

Auch küsste sie sie sanft und fordernd, und sie spürte, dass dieser Körper nur allzu bereit war, all ihre Liebkosungen zu empfangen. "Leide mein Schatz, leide für mich und ich werde dir tausendfache Lust bereiten."

Das Denken setzte langsam wieder ein ..."Nein nein, ich will nicht zurück in diesen Körper, wo bleibt er denn? Er soll kommen und die Klammern drehen, mir wehtun."

Und er kam, viel schneller als die Male davor. Es war, als hätte er sich mit ihr verabredet, denn als er die Klammern berührte, wurde ihr Streicheln am Kitzler heftiger. Der Körper hatte sicher wahnsinnige Schmerzen, aber darum ging es nicht mehr, sie würden sie zum Orgasmus bringen, zum Superorgasmus, zur Ohnmacht, zu dem ultimativen Fallenlassen. Dazu sich aufzugeben, ihren Körper für immer zu versklaven. Sie spürte sein Streicheln nachdem er die Klammern gedreht hatte nicht mehr, sie schwamm in einem Meer von Gefühlen. Eine schwarze Welt umgab sie, eine unglaublich warme und weiche Atmosphäre hatte sich über sie gelegt.

Es war egal was er mit ihr machte, wie sehr er ihr weh tat, es war nicht wichtig, wie lange sie leiden würde, solange es nur für ihn war. Ja, sie liebte ihn, und sie wollte für ihn leiden, eine einzige zärtliche Berührung von ihm würde genügen, sie würde ihre Brüste entblößen und bereit sein, bereit für ihn zu leiden. Als er zum fünften Mal kam, um ihre Klammer zu drehen registrierte sie es kaum, sie sah nur, dass sich ihr Körper aufbäumte, sie hörte ihre Schreie tausendfach in sich selbst. Es war als stünde sie unter Drogen. Und eigentlich war es ja auch so, sie schwamm auf einer Welle, von der sie sich wünschte, dass sie nie zu Ende gehen würde. All die Schmerzen, und sogar die Lust waren nebensächlich geworden, sie war so tief in sich versunken, er hätte alles mit ihr machen können und sie wäre glücklich gewesen.

Sie war an dem Punkt, von dem er gesagt hatte, dass es kein Zurück mehr gäbe, nie mehr. Nein, sie wollte auch nicht zurück, zurück in die Wirklichkeit. Sie hatte sich beim Spielen schon oft fallen gelassen aber so tief war es noch nie. Sie hatte eine Schwelle übertreten, eine Welt in sich entdeckt, aus der sie nie wieder zurück wollte. Alle Gefühle, die sie bisher gehabt hatte, verblassten gegen das was sie nun empfand. Jetzt wusste sie, wie tief Liebe ist, wie schmerzhaft Schmerz ist und wie warm und weich. Diese Gefühle wollte sie nie wieder missen und sie wusste auch, dass wann immer er sie berühren würde, sie sich in

Trance begeben würde und sich öffnen würde. Sie würde sich fallen lassen, dem Schmerz entgegen gehen ... nein, rennen.
Wann immer sie in Zukunft spielen würde, würde sie sich nach diesem tiefen weichen und intensiven Gefühl sehnen. Wenn sie geschlagen würde, gefesselt ...
Langsam erwachte sie aus ihren Gedanken, und sie lag in seinen Armen, er streichelte sie sanft und wiegte sie hin und her, unendlich sanft sprach er mit ihr. Ihre Fesseln waren gelöst, die Klammern hatte er längst abgemacht, nichts außer ihren immer noch sehr schmerzenden Nippeln erinnerte an das was mit ihr geschehen war. Sie schlug die Augen auf und versuchte in die Realität zurück zu finden. Sie besah sich ihren Körper ... nichts, nicht mal die Seile hatten Abdrücke in ihrer Haut hinterlassen ... aber es war doch passiert?! Ihre Brustwarzen brannten wie Feuer. Dann fiel ihr Blick auf die Uhr, es waren mehr als vier Stunden vergangen. Wenn sie nur eine Happy Hour hatte, hielt er sie schon seit drei Stunden im Arm und war bei ihr, während sie ihre Welt eingetaucht war. Ihre Blicke trafen sich, er lächelte, auf einmal überkam sie so ein heftiges Gefühl von Verbundenheit, das Tränen in ihre Augen schossen. Er hatte sie beschützt, gehalten, die ganze Zeit, sie war nicht allein gewesen, er war da, bei ihr, in ihr, in ihren Gedanken, in ihrer Seele.
Und auf einmal konnte sie ganz klar sehen, sie sah in seine Augen, küsste ihn und ihr war klar, was jetzt passieren sollte. Nein, passieren musste! Sie hatte nicht eine einzige Spur an ihrem Körper, nichts worauf sie hätte stolz sein können, kein Zeichen, das an die Happy Hour erinnert hätte. Und genau das wollte sie jetzt. Spuren, ja sie wollte deutlich Spuren auf ihrem Körper, für ihn, für sich, Spuren, auf die sie stolz sein würde. Spuren, die sie wie eine Auszeichnung tragen würde. Sie hasste den Rohrstock, und gerade dieser Hass war es, warum sie ihn jetzt wollte. Er sollte sie schlagen, hart, sehr hart ...zehn Schläge, zehn Striemen, Striemen die lange sichtbar blieben.
Sie löste sich aus seinem Arm, stand auf und ging zum Schrank. Sie war ganz ruhig, ohne Angst nahm sie den Rohrstock und ging zu ihm zurück.
„Schlag mich damit, 10-mal, so feste du kannst."
Sie nahm selber das Tuch vom Nachttisch und verband sich die Augen.
„Kneble mich und gib mir auch die Klammern wieder ... bitte ..."
Als sie später, nachdem sie ihre Qual(?) in ihren Knebel und das Kissen geschrieen hatte, mit brennendem Hintern im Bett lag, spürte sie, wie

er sanft in sie eindrang. Schon der erste Stoß ließ sie kommen. Sie schrie wieder, doch diesmal vor Lust, noch nie waren die Gefühle, die sie hatte so intensiv gewesen. Liebe, Hass, Qual und Lust, sie lagen so nah beieinander, und waren doch so weit von einander entfernt. Sie hatte es gesehen ... war so der Tod? das Nirwana?

Die Stunde die nun folgte, war so weich und zärtlich und wohl das, was der Franzose mit "Le petit mort" bezeichnen würde, aber jede Berührung ihrer Brustwarzen und auch ihres Hinterns erinnerten sie an die Happy Hour.

Sie war sehr glücklich ... Ob es je wieder so sein würde wie vorher?

Zufallsbekanntschaft

Ich war schon erstaunt, als Korinna Prinz sogleich hinter mir die Wohnungstür zusperrte, den Schlüssel aber stecken ließ. Aber auf diese Beobachtung habe ich zunächst nichts gegeben. Es war wohl die viel geübte Vorsichtsmaßnahme einer alleinstehenden Frau, um sich vor Eindringlingen zu schützen.

Auch weckte es anfangs nicht mein Misstrauen, als sie mich bat, ihr die Schuhe aufzuschnüren. Korinna trug Stiefeletten, deren Schuhbänder mit einem Doppelknoten befestigt waren. Die zu öffnen ist gelegentlich eine üble Fummelei, wie ich wusste.

Was dann folgte, war allerdings mit normalem Verstand nicht mehr zu begreifen. Dabei hatte unser Beisammensein eigentlich vollkommen unspektakulär seinen Anfang genommen.

Ich war auf der Suche nach ein Paar neuen Schuhen. Da meine Füße klein sind, ist die Auswahl in den Geschäften meist beschränkt. Zuweilen führen selbst größere Ketten nicht meine Größe. Nachdem ich in unserem Einkaufszentrum bereits fünf oder sechs Läden durchstreift hatte, fand ich endlich ein Geschäft mit größerem Sortiment. Ein rahmengenähter Markenschuh zog seine Aufmerksamkeit auf mich. Ich zögerte zunächst wegen des doch sehr hohen Preises, habe aber dann doch zugegriffen, nicht zuletzt weil ich mir ein neuerliches Durchstreifen der Schuhläden ersparen wollte.

Es war Sonnabend Nachmittag. Dementsprechend lang war die Schlange vor der Kasse. Ich musste eine gute viertel Stunde warten. Dabei kam ich ins Gespräch mit einer Dame um die 40, die unmittelbar vor mir wartete. Sie war recht groß und wies eine damenhafte Figur auf. Die braunen Haare waren gelockt. Wenn sie nicht sprach, wirkte sie ein wenig abweisend oder sogar streng. Aber sobald die Fältchen an Augen und um den wohl konturierten Mund in Bewegung kamen, leuchteten ihre grünlich-braunen Augen auf und versprühten eine große Herzlichkeit. Die Unbekannte war mir bald sympathisch und ich spürte, dass sie auch an mir durchaus Gefallen gefunden hatte. Was diese Empfindung von meiner Seite aus ohne Zweifel noch gestärkt hat, war der Umstand, dass mich durch ihren geöffneten Mantel zwei augenscheinlich überdurchschnittlich große Brüste anlachten.

Über die Warterei kamen wir ins Gespräch. Da ich mich im Umfeld dieser Frau wohl fühlte und ohnehin nichts weiteres vorhatte, haben wir uns anschließend noch in ein Cafe gesetzt, ein wunderbares Stück Nuss-Sahne-Torte gegessen und sind ins Plaudern geraten. Ich berichtete ihr, dass ich nach vielen glücklichen Ehejahren überraschend verwitwet bin. Korinna - so durfte ich sie bereits nennen, als wir auf unser Kännchen Kaffee warteten - war ebenfalls verwitwet. Sie hatte aber wohl öfter Männerbekanntschaften, wie sie mir gegenüber andeutete. Es waren wohl allesamt keine festen Verbindungen.

So kam es dann, dass wir immer vertauter wurden und mich Korinna schließlich, nachdem wir bald zwei Stunden in dem Cafe gesessen haben, zu einem kleinen Abendsnack nach Hause einlud. "So schnell möchte ich diesen angenehmen Tag nicht beenden", waren etwa ihre Worte. An irgendwelche sexuellen Dinge habe ich in jenem Augenblick gar nicht gedacht. Die Frau machte insgesamt zwar einen zugänglichen und freundlichen Eindruck auf mich, war im Übrigen indes recht distanziert. Worauf ich mich indes recht freute, war ihren augenscheinlich mächtigen Busen einmal näher betrachten zu können.

Als diese Frau mich dann, als wir auf der Couch Platz genommen hatten, auch noch bat ihr die Füße mit den Händen zu wärmen, geriet ich schon ein wenig ins Erstaunen. Ich sollte mich dazu vor sie knien. Korinnas Zehen waren in der Tat kühl. Bei dem nasskalten Wetter war dies auch kein Wunder. Und so umschloss ich mit meinen Händen ihre Zehen, rieb sanft über Ferse, Spann und Fußsohle, um ihr ein wenig meiner Hitze abzugeben. Von der hatte ich inzwischen mehr als genug. Denn das Streichen über die Nylons mit der nackten Handfläche verursachte mir bis dahin unbekannte Gefühle. Dabei hatte ich auch Gelegenheit ihre wunderbar gleichförmig geformten Zehen zu bewundern, deren Nägel sorgfältig gefeilt und mit einem satten Rot bestrichen waren. Ab und zu sah ich auf und schaute in ein äußerst zufrieden drein blickendes, vollkommen entspanntes Gesicht. Es ließ es sich allerdings nicht vermeiden, dass meine Augen für Momente auch unter ihren Rock zwischen die langen Beine verharrten. Da Korinna die Beine geschlossen hielt, war nicht viel zu sehen. Aber allein die Vorstellung, einem gepflegten Frauenbein so nah zu sein und einen Blick auf straffe Schenkel werfen zu können, ließ meinen Pulsschlag deutlich erhöhen.

Nach einigen Minuten der leichten Fußmassage schien es mir genug. Ich hatte meine Hände von ihren Füßen gelassen und wollte mich schon erheben, als sie mit ungewohnt scharfer Stimme sprach: "Ich habe genau gesehen, dass du mir unter den Rock geschaut hast. Das ist gegenüber einer Dame sehr erniedrigend. Ich erwarte, dass du dich sofort entschuldigst!" Mein Gesichtsausdruck muss wie gelähmt gewesen sein. Schließlich war ich mir keiner Schuld bewusst. Aber gleichwohl, um nicht unnötige Spannung zwischen uns zu erzeugen, sprach ich ein leises "Entschuldigung". "Das reicht mir nicht! Dieses Gesäusel nehme ich dir nicht ab!", war ihre unerbittlich gesprochene Antwort.

Ich war vollkommen perplex. Mit dieser Reaktion hatte ich keinesfalls gerechnet. "Du musst mir beweisen, dass du es ernst meinst", sprach sie darauf hin. "Ich ziehe mir jetzt die Strumpfhose aus. Zur Bestätigung deiner Unschuld wirst du mir dann die Füße küssen." Als Korinna sich im Schlafzimmer der Strumpfhose entledigte, überlegte ich für einen Augenblick, heimlich die Wohnung zu verlassen. Aber dann fiel mir ein, dass die Türe ja abgeschlossen ist. Aus irgendwelchen Gründen traute ich mich nicht, den Schlüssel umzudrehen und einfach zu gehen.

Nun sollte ich mich auf die Couch setzen. Korinna legte sich hin und streckte mir ihre nackten Füße entgegen. Ich erkannte sogleich, dass sie für ihr Alter noch wunderbar glatte kräftige Beine hatte. Da gab es kein Beulen und Krampfadern, mit denen so manche Frau ihrer Altersgruppe zu kämpfen hat. Dieser Geruch von Haut, die gerade erst den Schutz der Nylons verlassen hat, war schon irgendwie betörend. Das stellte ich sogleich fest, als ich ihre Füße mit beiden Händen gegriffen und zu meinem Mund geführt hatte. Mit jedem weiteren Küsschen spürte ich auf einmal, wie mir in der Hose enger wurde. Wahrscheinlich war mir erst da bewusst geworden, dass ich die lebendige wunderbare Haut einer Frau mit meinen Lippen erkunden durfte. Wahrscheinlich habe ich sogar ihre nachfolgende Anweisung erwartet oder gar ersehnt. "Lecke mir die Füße", sagte Korinna nach einiger Zeit. Und schon begann ich mit breiter Zunge über ihre Haut zu fahren. Es machte mir sogar ungemeines Vergnügen, jede Zehe einzeln in den Mund zu nehmen und sanft abzuschlecken.

Was mir den Hammer in der Hose noch weiter wachsen ließ, war der zusätzliche intime Blick auf diese Frau. Sie konnte bei der Fußbehandlung nicht vermeiden, dass ihre Schenkel sich hin und wieder öffneten und mir einen tiefen Einblick erlaubten. Als ich sie einmal mit den Zähnen leicht gekratzt hatte, gingen ihre Beine weit auf. Ich hatte eine kurze Sicht auf ihr weißes Höschen. Ein Haarbüschel lugte am Rande vor. Sie schien mir zwischen den Beinen auch schon ein wenig feucht zu sein.

Während ich sie unentwegt mit meinen Küssen verwöhnte, konnte ich endlich einen längeren Blick auf ihren Oberkörper werfen. Es war zwar alles von Büstenhalter und Bluse verdeckt. Aber der mächtige Umfang ließ mich schon sicher sein, dass sie einen filligen Busen hatte. Mit der Zeit versuchte ich mir sogar vorzustellen, wie genau sie dort gebaut ist. Meine Hand würde wohl kaum genügen, eine Brust zu umfassen. Sie würden wohl wegen ihres Gewichts leicht hängen. Dass sie kräftige Zitzen hat, wusste ich zwischenzeitlich. Immer wieder drängten sich nämlich ihre Nippel nach vorn und durchstachen geradezu die blickdichte Oberbekleidung.

Aus meinen Tagträumen wurde ich erst wieder durch ihre schneidende Stimme heraus gerissen. "Das machst du gut", sprach sie. "Ich möchte, dass du jetzt genauso meinen Oberkörper verwöhnst." Wie jubelte ich bei diesen Worten innerlich. Ich würde endlich ihre Brüste nackt sehen können und dürfte sogar daran lecken und lutschen. Das zumindest hoffte ich, bevor ich Kenntnis von der weiteren Ansprache hatte. "Du darfst nur darüber hinweg schlecken. Es ist dir verboten, an meinen Zitzen zu saugen. Und Anfassen ist ohnehin nicht erlaubt."

Als Korinna zurück kam, machte sie in der Tat eine merkwürdige Figur. Sie lief auf bloßen Füßen, trug dazu einen knielangen dunklen Rock und war oberhalb des Bauchnabels vollkommen nackt. Dieser Anblick machte mich bald wahnsinnig. Ich stand kurz davor, ihr auch den Rock herunter zu reißen, sie auf die Couch zu werfen und ihr dann mit mächtigen Stößen zu zeigen, wer Herr im Hause ist. Aber dies waren nur Gedanken. Ich konnte mich ihren Ansagen nicht entziehen. Wie gelähmt nahm ich alle ihre Befehle entgegen.

Korinna saß ganz aufrecht auf der Couch. Sie bot mir genau jene Brüste dar, die mir meine Vorstellung bereits gezeigt hatte. Das mehr als eine gute Hand voll, leicht hängend und mit wunderbar hellrot abgesetzten Warzen und Zitzen. Das sind Titten, jubelte ich innerlich, von denen ich seit Jahren geträumt hatte, die geleckt und gesaugt und am Ende durchgenagelt werden müssen, bis sie von meinem Schleim glänzen. Die innere Erregung ließ mich kaum niederbeugen. Meine Latte war nun schon hart und schmerzte, dass ich mich eigentlich nur aufrecht halten konnte. Dabei durfte ich doch nur über diese wunderbaren Brüste mit der Zunge streichen. Jeder Schleck über ihr festes Fleisch durchfuhr mich. Ich zitterte schon leicht vor Gier und Lust. Von der Oberseite ging es langsam nach unten. Dann kam die andere Brust dran. Von rechts nach links, dann wieder seitwärts. Unentwegt ließ ich meine Zunge über die dargebotene Pracht gleiten. Normalerweise hätte sie schon bald trocken sein müssen. Aber meine Gier ließ den Speichelfluss unentwegt laufen. In gleichem Maße nahm der schmerzhafte Druck auf meinen Unterleib zu. Es war kaum mehr auszuhalten.

Und dann passierte doch das Unvermeidliche. Meine Hände griffen vor Erregung zitternd ihre linke Brust, mein Mund saugte sich an ihrer Zitze fest. Als nächstes kann ich mich nur erinnern, dass ich beinahe umgefallen wäre. Ich weiß noch nicht einmal, ob mich Korinna nur von sich gestoßen hat oder ob sie mir sogar eine verpasst hat. Jedenfalls kam ich erst nach einigen Augenblicken wieder zur Besinnung, als ich ihre geifernde Stimme hörte. "Du Schwein! Das hatte ich ausdrücklich verboten! Ich zeige dich an." Das etwa waren die Worte.

Heute kann ich nur lachen, wenn ich mir die damalige Situation vorstelle. Ich hätte doch nur gehen müssen. Aber ich war gefangen. Das machte weniger die verschlossene Türe, sondern vielmehr eine geradezu irrationale Ohnmacht, die mich hinderte und mir befahl mich dieser Frau zu ergeben.

Als nächstes sollte ich mich unten herum entkleiden. Korinnas Augen blitzten auf, als sie mein hervorschnellendes Glied mit der blutrot angelaufenen Eichel sah. Die Vorhaut war schon weit hinab gerutscht und juckte, ohne dass man sie berühren musste. Ich war geil, unendlich geil und wollte nur spritzen, um endlich diesen furchtbaren Reiz los zu werden. Aber Korinna höhnte nur: "Wenn du ohne meine Erlaubnis spritzt, wirst du Schmerzen haben, die du nie vergisst." Diese Worte waren allenfalls für einen Moment geeignet, mir die fürchterliche Bedrängnis zu nehmen. Als ich Korinnas Hand dann am meinem unendlich harten und gereizten Pint spürte, konnte ich mich kaum mehr beherrschen. Aber diese Frau wusste um die männliche Gefühlswelt, stellte ich sogleich fest. Als erste Tröpfchen an der Eichelspitze hervor lugten, drückte sie den drohenden Samenfluss an rechter Stelle mit der Hand ab.

Ich schien gerettet. Denn nach einigen Augenblicken fühlte ich, wie der innerliche Druck langsam abnahm. Mein Prügel war immer noch hart. Aber Korinna hatte es verstanden, mir für einen Moment diesen fürchterlichen Druck zu nehmen. Doch dieser Zustand hielt sich nur für Augenblicke. Denn nun senkte diese Frau ihren Kopf. Ich dachte zuerst, sie wollte meine Latte nun saugen. Aber was auf mich in jenem Moment zukam, war ungleich schlimmer. Korinna leckte mit spitzer Zunge ganz langsam und vorsichtig über den Rand meiner Vorhaut. Anfangs schien mir das nur angenehm. Aber mit zunehmender Dauer und jeder weiteren Runde, die ihre Zunge über dieses empfindliche Fleisch zog, baute sich ein Reiz auf, der mir beinahe die Augen hervortreten ließ. Ich schnaufte und keuchte und ächzte. Meine Eichel war blutrot angelaufen. Am Stamm traten die Adern deutlich sichtbar hervor.

Als ich schon begann nach Luft zu schnappen, löste Korinna endlich den harten Griff um meine Latte. Nun öffnete sich das Ventil. In mächtigen Stöße schoss die weiße Soße aus dem Rohr. Korinna hielt sie sich vor den Oberkörper. So konnte ich sehen, wie der Saft langsam über ihre Brüste hinabfloss. Ich hörte sie nur wie durch eine Nebelwand sagen: "Verreibe alles sorgfältig." Das war mir ohnehin Wunsch. So fuhren meine Hände bald breit über ihre Brust. Korinna hielt den Kopf nach hinten und die Augen geschlossen. Sie genoss es sichtbar, wie nun auch meine Hände sanft über ihren Oberkörper strichen. So langsam wachte nun auch ich aus dem trance-ähnlichen Zustand. Meine Hände berührten nicht nur ihren Busen. Es packte mich eine seltsame Zuneigung. Ich musste diesen weiblichen Körper in seiner Gesamtheit erfühlen. Ihre Hüften, ihr weicher, ein wenig vorquellender Bauch. Bereits die leichte Berührung versetzte mich geradezu in Ekstase. Das war nicht die Haut irgendeiner Frau. Das war Sinnlichkeit pur, die ich ertasten, berühren, fühlen konnte.

"Jetzt darfst du mein Allerheiligstes küssen." Auf diese Worte hatte ich schon so lange gewartet. Das war kein Befehl. Das entsprach genau dem Verlangen jenes Augenblicks. Korinna saß nun mit breit gespreizten Beinen vor mir. Auf den dichten Locken ihrer Scham hatten sich bereits Feuchtigkeitströpfchen angesammelt. Sie glänzten mich an. Ihre beiden Hände glitten langsam an ihrem Oberkörper hinab. Endlich drückte sie mit Zeige- und Mittelfinger den haarigen Busch zur Seite. Aber noch immer versperrten ihre Schamlippen wie eine Nelke den Eingang. Die packte sie sorgsam mit den Fingerspitzen und schob sie auseinander, so dass mir endlich ihr Heiligtum vor Augen stand. In sattem Rosa und nass konnte ich in ihren tiefen Eingang blicken. Mein Kopf schob sich unwillkürlich nach vorne, und ich begann mit breiter Zunge über die dargebotene Weiblichkeit zu schlecken. Sie schmeckte salzig, aber es fehlte der typisch fischige Geschmack. Korinna sonderte eine nahezu geschmacklose Flüssigkeit ab. Unentwegt schleckte ich darüber hinweg, nahm mit der Zunge ihren Nektar auf und schluckte ihn genüsslich hinunter.

Als ich mit der Zungenspitze vorstieß, entfuhr ihren Lippen ein Ächzen. Von Mal zu Mal wurde sie immer lauter. Nun röchelte sie. Ihr Unterleib zuckte und bebte. Sie muss kurz vor ihrem ersten Abgang gewesen sein. Da spürte ich ihre festen Hände auf meinem Hinterkopf. Sie presste mein Gesicht fest gegen ihre Scham. Ich konnte kaum mehr atmen. Mir blieb die Luft weg. Aber ich hörte nicht auf, sie weiter mit der Zunge zu bedienen. Ihre drahtigen Haare müssen mir den Mundbereich schon stark gerötet haben. Korinna bäumt sich noch einmal heftig auf. Dann ist es geschehen. Laut krächzt sie ihre Lust hinaus. Als ich gleichwohl weiter mache, schütteln sie noch zwei, drei weitere Male mächtige Empfindungsströme. Dann entlässt sie meinen Schädel ihren Händen und schiebt mich von sich.

Vollkommen außer Atem und verschwitzt sitzen wir einander gegenüber. Die Ekstase hat uns arg mitgenommen. Aber diese Frau hat sogleich ihre Beherrschung wieder gewonnen. "Ich glaube, wir haben uns ein Abendbrot verdient", sprach sie, erhob sich und eilte in die Küche. Nach einigen Minuten kam sie mit einer Häppchen-Platte zurück. Wir hatten mordsmäßigen Hunger und haben alles in Rekordzeit hinunter geschlungen. Dabei waren wir nackt und ungeduscht. Ein Außenstehender hätte wohl das Fenster geöffnet, um den Geilmief aus dem Raum zu bekommen. Aber wir merkten von dem allen nichts.

Mir gab es Gelegenheit, diese Frau noch einmal ganz nackt betrachten zu können. Sie war in der Tat am ganzen Körper fleischig. Ihre Beine waren recht lang. Auch die Hüften schienen mir wie ihre Busen ausgeprägt weiblich. Sie strahlte eine besondere Würde aus. Irgendwie stand dies im Gegensatz zu dem eher herrisch wirkenden Gesicht. Aber das war es wohl, das mich in ihren Bann gezogen hatte.

Korinna machte über mich keinerlei Bemerkungen. Es blieb bei einem interessanten Gespräch über aktuelle Politik. Selbst charmant gemeinte Bemerkungen zu ihrer Figur ließ sie unbeantwortet. Irgendwie hatte ich das Gefühl, nicht an sie heran zu kommen, obgleich wir doch schon intim waren. Wahrscheinlich geht es ihr, vermutete ich nach einiger Zeit, wirklich nur um die Befriedigung ihrer Wünsche.

Dieser Gedanke sollte sich dann bald bestätigen. Nachdem wir ausgiebig - jeder für sich - geduscht hatten, bat sie mich in ihr Schlafzimmer. Das war mit dunklen Möbeln vollgestellt. Offenbar Erinnerungsstücke ihrer Großmutter. Das altertümliche Holzgestell des Bettes schien aus vergangenen Zeiten hinüber gerettet. Es knarrte bedenklich, als sich Korinna darauf niederließ. Sie musste nicht sagen: "Jetzt hoffe ich nicht, dass du schlapp machst." Wiederum hatte sie bei diesen Worten ihre Schenkel auseinander geklappt und mir ihr heißes Loch mit den Fingerspitzen geöffnet. Als ich mich zu ihr niederbeugte, fingerte sie sogleich meinen geschwollenen Schwanz in ihre Dose. Er hatte noch nicht die notwendige Stärke erreicht, als ich mich langsam vordrängte. Aber das sollte sich schnell ändern. Denn schon beim Eintauchen spürte ich, wie ihre Muskeln meine Eichel bearbeiteten.

Sofort stand mein Hammer wie eine Eins. Nun musste ich ihn nur gleichmäßig in sie hineintreiben. Anders als gewohnt, hatte indes Korinna das Regiment übernommen. Sie verstand es, meine Lanze zu halten, zu massieren und nach ihren Wünschen frei zu geben. Dann fing sie auch noch an, mich eng an sich zu pressen. Ihre festen Schenkel lagen um meine Hüfte. So konnte sie jeden Stoß auf das Genaueste lenken. Es ging auf und ab. Ich spürte ihre harte Perle an der Oberseite meines Gliedes. Nass und hart war sie. Ich scheuerte unentwegt, gesteuert durch ihre Schenkel und ihre Vaginalmuskeln darüber hinweg.

Manchmal stieß ich nur vor, ohne jeden Widerstand. Dann wieder umschloss sie meine Eichel, hielt den Stamm fest wie in einer Hand. Immer stärker baute sich meine Erregung auf. Der Schweiß lief mir schon den Bauch hinab. Jetzt hielt sie mich fest. Dabei kam es ihr. Ganz leise pfiff sie durch die Zähne. Der Griff lockerte sich, und ich rammelte wie ein wilder in sie hinein. Schon spürte ich, wie mir der Saft ins Rohr schoss. Korinna quiekte noch einmal laut auf. Ich presste mit aller Gewalt meinen Unterleib gegen ihren. Es kam mir. Mächtige Stöße müssen es gewesen sein, die gleichzeitig mich und Korinna erschütterten.

Wir hatten alles gegeben. Korinna sah man nun ihr Alter durchaus an. Sie wirkte erschöpft und matt. Aber ihre Augen glänzten mich an. Wir hatten beide großen Spaß.

Ihr Haus verließ ich nach einer weiteren Plauderstunde an ihrem Küchentisch mit gemischten Gefühlen. Irgendwie war es erregend, aber irgendwie auch so kühl und distanziert. Ich weiß nicht, ob ich ihrem Wunsch, sie gelegentlich zu besuchen, nachkommen werde.

Zum Spielzeug degradiert

Wir saßen gemeinsam im Wohnzimmer, es war gerade 8 Uhr und mein Schatz wollte sich irgendeinen romantischen Film im Fernsehen angucken. Eigentlich hatte ich keine Lust dazu und ich war außerdem ziemlich scharf. Obwohl sie nur eine Jogginghose und ein T-Shirt anhatte, machte sie mich voll an. Ich saß also daneben und fingerte etwas an ihr herum, wollte sie küssen usw. Sie stieg nicht besonders darauf ein, es hatte den Anschein, dass sie doch eher den Film gucken wollte. Ich dachte mir, dass ich sie aber vielleicht doch rumkriegen könnte.

Doch nach einigen Minuten stand sie auf und sagte: "So Schatz, zieh dich aus!" Ich guckte sie etwas fragend an und sie nur drauf: "Na auf, mach..."

Ok, dachte ich, habe sie anscheinend doch rumgekriegt. In der Zwischenzeit wo ich mich auszog ging sie kurz weg und kam mit dem ganzen Pack an Seilen vom Schlafzimmer zurück. Damit hatte ich nun echt nicht gerechnet und sie begann mich zu fesseln. Zuerst kam ein Seil um die Hüfte, zw. den Beinen und am Rücken verknotet. Danach fesselte sie meine Füße und Knie, dann die Hände am Rücken und zur Überraschung band sie mir auch noch meine Ellbogen ein Stück zusammen. Sie machte alles sehr behutsam und vergewisserte sich bei allem, ob es auch gut hält. Am Schluss zog sie mit einem Seil noch die Füße und Hände zusammen und verknotete noch einmal alles am Seil das um die Hüften ging.

Es fühlte sich schon von Anfang an so an, dass ich keine Chance hatte da loszukommen.

"So meine kleine Nervensäge, und jetzt guck ich den Film". Wow, also so war das nicht gedacht, zumindest ich dachte jetzt an was ganz anderes. Ich fing mich langsam an aufzuregen während im Fernseher der Film begann. Ich sagte, sie kann das nicht tun, sie soll doch zu mir kommen usw.

Aber damit schien ich sie doch noch mehr zu nerven als dass sie Mitleid mit mir hätte. Sie stöhnte nur und meinte: "Och Mann, kannst du denn nicht die Klappe halten?". Sie ging noch mal kurz raus und kam mit einem Halstuch und einem Slip von ihr zurück. Sie wickelte den Slip in das Halstuch, steckte den Knäuel in meinem Mund und zurrte es hinter meinem Hals fest. "So, und jetzt Klappe, ich will den Film gucken".

Ich brachte echt keinen Ton raus, nur Gewimmer, aber das wurde vom Fernseher übertönt. Sie ignorierte mich voll, genoss den Film, holte sich Wein dazu und lies mich da abseits liegen. Eine halbe Stunde lang lag ich da, ohne dass ich dabei ihre Aufmerksamkeit erregen konnte. Aber endlich kam Werbung. Sie drehte sich mal zu mir und guckte mich an. Sie fasste an meinen harten Dödel und spielte etwas dran herum. "Na Liebster, bist du etwa geil?" Das kam noch so voll spöttisch rüber. "Wenn du die Klappe hältst kann ich dir den Knebel ja abnehmen". Nachdem ich keine Anstalten machte, nahm sie ihn runter. Natürlich fing ich gleich zum bitten und betteln an, dass sie es mir doch machen könnte während der Werbung aber ohne darauf einzugehen steckte sie mir gleich den Knebel wieder rein. "Schatz, heute wird gelitten. Ich rauch mal eine und guck dann den Film weiter". Sie drückte mir noch einen Kuss auf die Stirn und ging raus.

Ich lag da, wand mich hin und her und hatte keine Chance loszukommen. Die Zeit verging, der Film ging schon weiter und sie war noch nicht da. Dachte, das gibt's doch nicht, wo bleibt sie nur. Nach 20 Minuten kam sie rein mit einem voll geilen Blick drauf. Sie guckte mich an und meinte. "Schatz, es macht mich voll heiß wenn ich weiß dass du mir ausgeliefert bist und ich mit dir machen kann was ich will. Ich hab's mir schon fast selbst draußen besorgt. Dann fiel mir aber ein, dass ich ja den Film gucken will".

Sag mal; hätte ich sagen wollen aber jeder Protest war Sinnlos, nur leeres Gewimmer. Meine Proteste in den Knebel brachten sie nur zum Schmunzeln und einen überheblichen Blick von ihr. Es war, als genoss sie es. Ich hatte Lust, sie machte mich wehrlos und zeigte mir jetzt, dass sie voll scharf ist und ich gefangen bin in meiner Geilheit und nichts dagegen tun konnte. Sie konnte sich streicheln und es sich machen wann immer sie will. Und sie lies mich zugucken. Während sie den Film weiter schaute, streichelte sie öfters an meinem Dödel rum, aber eher teilnahmslos, mehr auf sich selbst und den Film konzentriert als auf mich.

Es ging soweit, dass sie sagte wie scharf nicht der Typ im Film aussieht wobei sie ihre Hand zwischen den Beinen hatte und sich dabei verwöhnte. So ging das eine Zeitlang dahin und mein Schatz hatte schon über die halbe Flasche getrunken. Man merkte ihr an dass ihr der Wein in den Kopf gestiegen ist und dass sie immer Abwesender mir gegenüber war. Sie interessierte sich gar nicht mehr für den Film sondern lag neben mir, streichelte mich, hatte die Augen zu und schien gar nicht mehr daran zu denken dass ich hier gefesselt lag und ich mich gar nicht richtig äußern konnte.

Plötzlich richtete sie sich auf, guckte mich voll ernst an und sagte. "Mann, ich brauche es jetzt und ich hol es mir jetzt". Sie zog sich aus, drehte mich auf den Rücken und kniete sich über mich. Es war irgendwie unbequem in der Lage aber das schien sie nicht mehr zu interessieren. Sie nahm meinen Dödel und führte in sich ein. "Wow, ist das geil wenn du in mich eindringst". Ihre Augen quollen fast über. Sie begann langsam auf und ab zu wippen. Ich war schon so geil dass ich mitmachen wollte da ich sicher bald kommen würde dabei. Sie nahm mich an den Haaren, hielt meinen Kopf zurück, guckte mich streng an und meinte. "Ne Schatz, du bewegst dich jetzt gar nicht. Ich hol es mir jetzt so wie ich will. Zuerst mich anbaggern um zu poppen, einen auf Ego machen. Jetzt bist mein Spielzeug Liebster und wenn du nicht still hältst dann gibt's was, das verspreche ich dir". Mann, ich hatte keine Wahl. Sie machte weiter, stöhnte dabei vor lauter Gefühle und behandelte mich wie ein Lustobjekt. Schlussendlich kam sie zu ihren Höhepunkt in voller Fahrt, Lautstark und mit voller Kraft. Sie sank dann neben mir zusammen, kuschelte sich zu mir und lies mich so liegen. Sie nahm mich schlichtweg nicht mehr wahr und schlief dann zuletzt noch ein. Ich dachte ich raste aus. War geil wie Sau und sie säuft sich an, holt es sich und pennt dann ein. Nach einer Stunde wurde sie doch noch mal munter und befreite mich gnadenhalber mit den Worten. "Liebster, heute gibt's aber nichts mehr, ich bin im Arsch". Und weg war sie.

Eine tolle Session

Du klingelst nervös an seiner Tür. Dein Herr hat Dir befohlen, Dich sexy zu kleiden. Deine exhibitionistische Ader erlaubt es Dir, Dein Torselette, mehr zeigend als es verhüllt, Strapsstrümpfe, High Heels und einen transparenten Regenmantel als ausreichend und supersexy zu empfinden. Schon auf der Fahrt durch die Vororte von Hamburg war Deine Möse klatschnaß vor Vorfreude und Du hast die wildesten Fantasien gehabt, was Dein Herr wohl heute für Dich in petto haben würde. An jeder Ampel hat Dein Aufzug Menschenaufläufe und Staus verursacht, denn Deine geilen Titten waren durch den Regenmantel sehr gut zu erkennen. Dein Lächeln tat ein Übriges. Du warst in Deinem Element.Endlich, nach nicht enden wollenden Sekunden, ertönt der Summer und Du steigst in den zweiten Stock nach oben. Zum Glück begegnet Dir niemand, denn im hellen Hausflur wäre es dann doch etwas peinlich...trotzdem...insgeheim hattest Du gehofft, einer der Nachbarn würde auftauchen, um Deinen heißen Körper, der vor Schweiß glänzte, zu bewundern. Die Tür Deines Meisters war angelehnt. wie befohlen gingst Du hinein, direkt nach links ins Wohnzimmer, wo Du nach einem kurzen Blick in die Runde die Augenmaske nahmst und sie Dir selber anlegtest. Dann hast Du Dich in die Mitte des Raumes auf die große schwarze Folie gekniet und gewartet. Ganz auf Dein Gehör gestellt, hast Du in die Stille hineingelauscht...doch nichts, kein Laut drang an Deine Ohren. Plötzlich spürtest Du seine warmen Hände auf Deinem Nacken. er massierte ihn langsam und zart, ein Kribbeln durchlief Deinen Körper. Dann nahm er die Hände vom Nacken, half Dir beim Aufstehen und führte Dich zum Bock. Er half Dir beim Hinlegen und band Dich fest. Hände und Füße wurden fixiert, so das Du bewegungsunfähig dalagst und Deine Behandlung mit triefender Möse erwartetest. Doch nichts geschah. Du spürtest seine Blicke auf Deinem geilen dicken Arsch. Die Hitze unter dem Regenmantel wurde immer stärker. Er klebte förmlich an Deiner Haut. Das war das Geilste an diesen Abenden im Regenmantel. Der in Strömen fließende Schweiß und die Aussicht, Daß Dein Herr jeden Tropfen von Deiner Haut lecken würde. Allein der Gedanke daran ließ es Dir fast kommen. Dann ein schneidender Schmerz, als seine Gerte auf Deinen Po niedersauste. doch ganz im

Gegensatz zu Deinen Erwartungen, dass Dich sowas abtörnen würde, wurdest Du nun unsagbar heiß...so heiß, daß Du die Kontrolle über Dich und Deine gesamten Körperfunktionen verlorst und neben einem Megaorgasmus auch noch Dein Höschen naß machtest... Ja, richtig, Du hast Dir vor lauter Lust in die Hose gepisst. Als Dein Herr das sah, wurde er ganz unruhig, hatte er doch schon so lange nach einer Frau gesucht, die diesen Fetisch mit ihm teilen würde. Doch zunächst wollte er seine Lust an Deinem Schmerz stillen und so fuhr er fort, Deinen Arsch mit der Gerte zu verwöhnen. Für einen Außenstehenden muß es wie eine Züchtigung auf einer Galeere ausgesehen haben, so stark schlug er zu, doch für Dich, und für ihn, war es der Himmel auf Erden. Nach wenigen Schlägen hing der Regenmantel nur noch in Fetzen von deinem Arsch herunter und so schob er ihn hoch, dabei prüfend seine Hand in Deine Möse steckend, wohl um zu prüfen, ob Du auch geil geworden bist. Wenn er wüßte, dachtest Du bei Dir, wie geil ich schon auf der Fahrt hierher war...und hast heimlich, still und leise in Dich hinein gelächelt. Dann entstand eine kurze Pause. Wieder hörtest Du nichts.Er kam dann zurück und ließ Dich an der vielschwänzigen Lederpeitsche riechen. Du durftest sie sogar ablecken, was in Dir die schönsten Gefühle auslöste und eine Vorfreude wie sonst nur kurz vor der Bescherung an Weihnachten. Nachdem Du die ganze Peitsche wie ein Hund naß gesabbert hattest, trat er wieder seitlich neben Dich und begann ganz leicht mit der Peitsche Deinen Rücken zu bearbeiten. Ganz behutsam erhöhte er die Frequenz... die Stärke. Er wurde schneller und härter, bis er schließlich die Schläge voll durchzog. Du war im siebten Himmel. Er war im siebten Himmel. Sein Schwanz pochte vor Lust in seiner Hose. Aber da war noch etwas. Er hatte den ganzen Abend Eistee in sich hineingeschüttet. Jetzt war seine Blase zum Bersten gefüllt. Er hatte schon ein paar Mal das Thema erwähnt. Du hattest eigentlich nie so richtig nein gesagt, und heute wollte er es wissen. Er hörte auf zu schlagen und legte die Peitsche beiseite. Dann nahm er dir die Augenbinde ab und öffnete lächelnd seine Hose.Verwirrt sahst Du ihn an und überlegtest krampfhaft, was wohl als nächstes passieren würde. Sein Schwanz erschlaffte. Er trat dicht an Dein Gesicht heran und zielte auf Deinen Mund. Dann sahst Du auch schon die ersten Tropfen heraus laufen. Entsetzen packte Dich und eine seltsame Erregung gepaart mit der Dir so eigenen, grenzenlosen Neugier. Was sollte das werden? Eine Dusche? Nein, er hatte anderes im Sinn. Er befahl Dir den Mund zu öffnen. Als Du gezögert hattest, packte er in Deine Haare und zog den Kopf in Deinen Nacken. Mit voller Kraft zerrte er an Deiner Lockenpracht. Dein Gesicht war schmerzverzerrt. Er ließ nicht nach, bis Du den Mund öffnetest. Dann ließ er es laufen. Direkt aus der Quelle, seinem Schwanz schoß die Pisse in Deinen Rachen. Als er sah, daß Dein Mund voll war, stoppte er und befahl Dir zu schlucken. Du spucktest ihm die gelbe Soße auf den Schwanz. Er lachte nur kurz und pisste weiter, diesmal machte er Deine Haare naß, es lief Dir in den Nacken, über Deine Titten, mischte sich unter dem Regenmantel mit Deinem Schweiß und sammelte sich dann auf Deinem Rücken zu einem kleinen See. Jetzt war es an Dir, mehr zu wollen. Du sahst ihn bittend an, er verstand sofort, wonach Dir der Sinn stand und so lenkte er den nicht enden wollenden Strahl wieder in Deinen Mund. Diesmal floß der Natursekt Deines Herrn direkt in Deinen Rachen. Der leicht bittere Geschmack war sogar erregend für Dich. Eine Erkenntnis, die Dich vor ein paar Minuten noch in Ohnmacht hätte fallen lassen. Dein Herr genoß das Schauspiel sichtlich. Jedoch war jetzt seine Blase leer. Er legte sich unter Deine Fotze und befahl Dir ihn anzupissen. Du versuchtest Dich zu entspannen...nichts geschah. Nach einer endlos scheinenden Minute tröpfelte es aus Deiner Blase in seinen weit geöffneten Mund. Es schwoll an zu einem Rinnsal, zu einem Bach, wurde stärker, ein reißender Strom prasselte auf Deinen Herrn nieder, der diese Dusche sichtlich genoß. Er badete in Deiner Sklavinnenpisse. Was für ein Gefühl! Jetzt wart Ihr beide patschnaß, glücklich und fast befriedigt. Er wand sich unter Dir hervor, drückte Dir seinen Schwanz in Deine patschnasse Möse und stieß in bis zum Anschlag hinein. Ein heiserer Schrei entkam Deiner Kehle, direkt gefolgt von einem absolut geilen Orgasmus, der die gesamte Zeit seines Dich Pfählens anhielt. Er stieß ihn Dir so heftig in die Fotze, daß der ganze Bock zu schwanken begann. Er merkte schnell, daß er heute nicht allzu lange würde ficken können und so beschloß er, Dir seinen Samen tief in die Möse zu spritzen. Es stieg langsam in seinen Lenden nach oben, Du konntest es spüren. Dann quoll es aus seinen Hoden in Deinen Lustkanal. Massen von Sperma flossen in Dich hinein. Dann war es vorbei, er band Dich los, und trug Dich ins Bett. Dort legte er sich neben Dich, nahm Dich in den Arm und küßte Dich heiß und innig. Eine tolle Session fand ein kuscheliges Ende.

Das Postpaket

Samantha schaute nervös zur Uhr: 23:00 Uhr. Das sah ihrem Sohn gar nicht ähnlich! Er hatte sich gegen Mittag verabschiedet um sich mit ein paar Kumpels zu treffen und war bisher nicht aufgetaucht. Samantha hatte schon bei all seinen Freunden angerufen, doch er war nirgends aufgetaucht.

Schweigend saß sie im Wohnzimmer und starrte auf das Telefon. Samantha schrak zusammen, als das Telefon klingelte. Mit zitternden Händen nahm sie das Telefon in die Hand: Hallo; Da liegt etwas für Sie an der Tür.

Eine lange Weile hörte Samantha verstört dem Besetztzeichen im Telefon zu. Wie in Trance stand sie auf und öffnete vorsichtig die Haustür. Niemand war zu sehen, außer einem neutralen Postpaket auf dem Boden. Sie bückte sich, hob es auf und knallte die Tür so schnell sie konnte wieder zu. Schwer atmend betrachtete sie das Paket. Was mochte sie erwarten? Mit einer Mischung aus Ungeduld und Angst riss sie das Paket auf und schaute hinein.

Einzig und allein ein Video lag dort. Mit einem mulmigen Gefühl im Magen schob sie die Kassette in den Videorekorder und blickte entsetzt auf das, was sie auf dem Fernseher sah:

Das Video zeigte auf eine kalte Betonwand, an der sich ein Junge in Fesseln wand. Es war ihr Sohn Robert! Sein Oberkörper war entblößt und Samantha konnte deutlich rote Streifen darauf erkennen. Von irgendwoher sprach jemand auf dem Band: Wenn Sie ihren Sohn lebendig Wiedersehen wollen, seien Sie um Punkt Mitternacht mit Ihrem Wagen bei der Telefonzelle vor dem Postamt. Dort erfahren Sie weitere Instruktionen. Um unseren Forderungen Bedeutung zuzuweisen eine kleine Demonstration: Mit diesen Worten sah Samantha plötzlich von der rechten Seite eine Lederpeitsche ins Bild schnellen, die auf dem Rücken ihres Sohnes landete. Das Video endete mit einem leisen Schrei und dem Wimmern von Robert.

Erschrocken starrte Samantha auf die Uhr. Viertel vor zwölf. Sie hatte jetzt zwei Möglichkeiten: Die Polizei informieren oder das tun, was die Kidnapper verlangten. Bevor die Polizei erscheinen würde wäre es längst nach Zwölf und Robert vermutlich schon tot sein. Also griff sie sich die Autoschlüssel und raste mit deutlich überhöhter

Geschwindigkeit zum vereinbarten Treffpunkt. Mit quietschenden Reifen hielt sie wenige Sekunden vor der Telefonzelle und rannte auf sie zu. Am Telefon klebte eine Notiz: Tasche nehmen, im Auto öffnen. Samantha schaute zu Boden. Dort lag Robert Schultasche! Hastig schnappte sie sich die Tasche und rannte zurück in ihr Auto.

Sie war auf das Schlimmste gefasst, als sie den Lederranzen öffnete. In ihm lagen eine schreckliche Scream-Maske und ein Zettel: Auf den Beifahrersitz setzen, Anschnallen, Maske aufsetzen, Fresse halten. Samantha tat das, was von ihr verlangt wurde und bemerkte dabei, dass die Augenlöcher der Maske zugeklebt waren. Sie schrak leicht hoch, als sie nur kurz darauf hörte, wie die Fahrertür geöffnet wurde. Hände zusammenfalten und hochhalten. bellte der Fremde sie an. Sofort führte sie seinen Befehl aus: Hören Sie! Lassen Sie meinen Sohn gehen! Mein Gott! Er ist doch erst 16. Während der Fremde ihre Hände mit einem Seil fesselte zischte er ihr zu: Für jeden Satz, den Du mir anlaberst, kriegt dein Sohn einen Peitschenhieb, verstanden? Erschrocken nickte Samantha stumm mit dem Kopf. Gut! sprach der Fremde, bevor er den Motor startete und Samantha in eine ungewisse Zukunft fuhr.

Während der Fahrt hatte Samantha viel Zeit um über die Geschehnisse nachzudenken. Was wollten die Fremden? Warum hatten sie ihr nicht einfach befohlen das Geld in die Telefonzelle zu legen? Es konnte doch nur um Geld gehen. Schließlich war sie durch die kurze Ehe mit Robert reichem aber untreuen Vater recht wohlhabend. Doch als sie am Ziel angekommen waren und der Fremde sie durch mehrere Gänge gestoßen hatte, machte man ihr recht schnell klar, worum es geht. Ihr wurde die Maske vom Kopf gerissen und sie wurde zu Boden gestoßen. Mit schmerzenden Knien schaute Samantha sich um.

Sie befanden sich in einer düsteren Lagerhalle. Einige Meter entfernt sah sie Robert an die Wand gekettet. Neben ihr stand ein flacher Metalltisch und allerlei Gerumpel lag herum. Sie blickte auf und sah in die Gesichter zweier Schwarzer, bzw. in deren Masken, denn sie hatten beide Scream-Masken auf. So, Lady! sprach der eine. Mein Name ist Hengst, und mein Freund hier ist Stecher und genau so wirst Du uns anreden! Du bist natürlich Schlampe, OK? Vorsichtig nickte Samantha, nicht ohne den Blick von ihrem Sohn abzuwenden. Ich glaube der Junge braucht noch ein paar Schläge, meinte der erste lakonisch. Erschrocken blickte Samantha auf und sagte zitternd: Ja, Hengst! Gut! Und nun zieh dich aus, Schlampe!

Während Samantha sich wortlos ihrer Kleidung erledigte, bemerkte sie, dass auch ihre beiden schwarzen Peiniger sich auszogen. Welches Lösegeld sie zu zahlen hatte war nun ganz offensichtlich. Scham durchfloss ihren schlanken Körper, was noch dadurch verstärkt wurde, dass ihr Sohn zusehen musste, wie sie sich entblößte und auch dabei, was sicherlich bald mit ihr passieren würde. Beug Dich über den Tisch, Schlampe! zischte der Fremde. Ja, Hengst! erwiderte Samantha hilflos und tat wie ihr geheißen. Sie spürte, wie ihre Beine brutal auseinander gerissen wurden, und der Fremde seinen Penis ohne Vorwarnung in ihre Vagina stieß. Gefällt Dir mein Schwanz, Schlampe? Ein leises Stöhnen war Samanthas einzige Antwort. Ich hab Dich gefragt, ob Dir mein Schwanz gefällt? schrie der Fremde. Ja, Hengst! rief sie erschrocken zurück; Ich liebe Deinen Schwanz," Samantha spürte förmlich, wie der Fremde grinste als er seinen Schwanz brutal in sie hineinschob.

Die beiden Fremden mochten kaum 20 sein, doch trotzdem hatte Samantha schwer mit sich zu kämpfen, als der Hengst seinen Schwanz in ihre Möse rammte. Samantha spürte, wie seine Eier ihren Körper berührte; mit aller Wucht schoss der fremde Schwanz in ihre Möse und wieder hinaus. Sie hatte in ihrem bisherigen Leben noch keinen erwachsenen Mann kennen gelernt, der auch nur annähernd so brutal seinen Bolzen in sie rammte. Sie hätte sicherlich auch jeden aus dem Haus verjagt, der eine solche Brutalität aufgebracht hätte. Doch nun musste die 35jährige Mutter aus Angst um ihren Sohn nackt auf diesem kalten Metalltisch liegen und sich hilflos ficken lassen. Wieder und wieder stieß der Fremde seinen Schwanz in sie. Brutal und ohne jegliche Rücksicht haute er seinen Hammer in ihre Möse. Es dauerte nicht lange, da spürte Samantha, wie der Hengst ein letztes Mal tief in sie hineinstieß und sein Sperma ihren Körper emporschoss.

Schwer atmend lag Samantha auf dem Tisch und hoffte insgeheim, dass es endlich vorbei sein würde, ohne es wirklich zu erwarten. Ihre Befürchtungen wurden bestätigt, als der zweite Peiniger begann seinen Schwanz ebenfalls in ihre Möse zu stecken. Feuer ihn an! schrie der Hengst. Fick mich, Stecher! schrie Samantha verzweifelt. Und der Stecher tat auch sofort, was sie verlangte. Samantha schloss die Augen und ließ es ein weiteres Mal über sich ergehen, wie ein schwarzer Schwanz ihre Möse brutal vögelte. Als der Fremde endlich fertig war blickte sie in die kalten Augen des lächelnden Hengstes. Und jetzt eine Überraschung, für Dich, Schlampe! sagte er. Samantha hörte wie ihr

Sohn von den Fesseln befreit wurde. Na endlich! dachte sie. Sie bemühte sich aufzustehen, doch der Hengst stieß sie zurück auf den Tisch: Nicht so schnell, Schlampe! bellte er sie an. Samantha war sich unschlüssig, was nun passieren sollte, bis der Hengst die Stimme erneut erhob. So, Kleiner, jetzt wirst Du beweisen, was für ein Mutterficker Du bist! Nein! stammelte Robert. Doch, oder mein Kumpel hier wird Dir die Kehle durchschneiden! Für einen kurzen Moment war es still im Raum. Samantha schaute hinter sich, wo Robert nackt, nur Zentimeter von ihrer Muschi entfernt stand. Dann nahm Robert allen Mut zusammen und sagte, "Dann bringt mich halt um!. Samantha sah, wie der Fremde mit dem Messer ausholte. Sie schrie: Nein! und griff voller Panik hinter sich. Sie packte ihren eigenen Sohn an den Arschbacken und zog ihn in ihre Möse.

Nun ist es eh zu spät, Robert! Es ist schon passiert! Tu was sie sagen! Sprachlos schaute ihr Sohn sie an. Verdammt! Fick mich endlich! schrie sie in Panik. Tut mir leid, Mama," sagte Robert und begann vorsichtig seinen Schwanz hinaus und wieder hinein zu stecken. Es war unglaublich, was für ein gewaltiges Organ ihr Sohn hatte. Sie konnte sich nicht erinnern, dass ihr Mann auch nur annähernd so gut bestückt gewesen war. Mach Deiner Mami ein Baby! Schrie der Hengst. "Mein Gott!" dachte Samantha. Sie hatte längst die Pille abgesetzt und es war tatsächlich möglich, dass sie ein Kind von ihrem eigenen Sohn bekommen könnte. Sie spürte, wie Robert langsam und vorsichtig seinen Schwanz in ihre Möse hinein und hinaushub. Wäre es nicht ihr eigener Sohn gewesen, sie hätte diese sanfte, aber gewaltige Penetration fast genießen können. Es war fast schön... Was zum Teufel soll das? fragte Samantha sich selbst, als sie spürte, wie ein Orgasmus sich anbahnte. Scheiße! Sie kommt! schrie der Hengst lachend. Du liebst es also, von deinem eigenen Sohn gefickt zu werden! Samanthas Gedanken rasten. Nein! Sie war dazu gezwungen worden! Niemals hätte sie freiwillig zugelassen, dass ihr eigener Sohn sie in dieser Position... Aber wieso war Robert denn auch so ein phantastischer...

Panisch wischte Samantha diese Gedanken innerlich beiseite. Es war falsch!

Sie hasste es! Es war schlecht! Sie verabscheute es, spürte keinerlei Vergnügen dabei! Samantha spürte, wie ihr Sohn ein letzes Mal mit einem Keuchen zustieß, wie seine feuchte Ladung seinen Schwanz verließ und in diesem Moment konnte auch sie sich nicht weiter wehren und ein Orgasmus, der alles Übertraf, was sie je mit ihrem oder irgendeinem Mann erlebt hatte, durchströmte ihren Körper und ließ sie laut aufschreien.

Es tut mir leid! stammelte Robert, nachdem er wieder etwas zu Atem gekommen war. Das braucht Dir gar nicht leid zu tun! lachte der Hengst: Siehst Du nicht wie sehr sie es genossen hat? Samantha wagte nicht sich umzudrehen.

Konnte sie ihrem Sohn ins Gesicht sehen ohne ein Zeichen von Erregung zu zeigen? Lieber blieb sie stumm und tat so, als würde sie vor Scham nicht antworten können. Das kam ihrem Empfinden auch recht nahe. Sie schämte sich tatsächlich; nicht weil sie von ihrem eigenen Sohn gefickt worden war das war schließlich nur unter Zwang geschehen sondern weil sie es insgeheim genossen hatte. Während Samantha krampfhaft versuchte diesen Gedanken beiseite zu wischen, wurde ihr der schlaffe Schwanz ihres Sohnes in den Mund gesteckt. Mach ihn wieder hart! zischte der Hengst. Willenlos und ohne auch nur einen Gedanken an Protest zu verschwenden begann Samantha den Schwanz von Robert mit ihrem Mund zu bearbeiten. Zu ihrer eigenen Überraschung und auch wohl zur Überraschung ihres Sohnes wurde der Schwanz nur kurze Zeit später wieder hart. Jugend ist etwas wunderbares! war ihr angesichts dieser schrecklichen Situation bizarrer Gedanke. Zeit fürs große Finale! schrie der Hengst fast feierlich. Endlich! dachte Samantha insgeheim. Endlich hat die Folter ein Ende! Sie wurde von vier kräftigen Händen hin- und hergeschoben, so dass sie nun bäuchlings auf dem Hengst lag, dessen Schwanz tief in ihrer Grotte versengt. In ihrem Mund steckte der Schwanz des Stechers. Von unten vernahm sie fast in Trance die Stimme des Hengstes: Komm her, Junge! Ein Loch ist noch frei!

Robert wusste, dass jeder Protest sinnlos sein würde und so steckte er seinen halb erschlafften Schwanz vorsichtig in ihr Arschloch. Zu Samanthas entsetzen fuchtelte der Hengst mit einem Messer in der Luft:

Entweder Du fickst sie so schnell und hart Du kannst, oder ich schneide ihre Nippel ab! Tu es Robert! zischte Samantha atemlos, doch mehr als ein Gurgeln war nicht zu hören. Ihr Sohn packte sie fest an den Arschbacken und stieß verzweifelt so fest zu, wie er nur konnte. Samantha stöhnte in den Schwanz vom Stecher, als sie spürte, wie der Kolben ihres Sohnes wieder die volle Größe erreichte. Brutal und tief rammten die Schwänze in Arsch und Möse; sie war außerstande sich auch noch auf den Prängel in ihrem Mund zu konzentrieren, so dass sie mehrmals würgen musste und sich fast übergeben hätte. Schwer sog sie die Luft durch ihre Nase ein. Ihr Körper rebellierte. Schmerzhaft spürte sie, wie ihr Unterleib von zwei brutalen Schwänzen gefickt wurde. Sie gurgelte in den Schwanz in ihrem Mund, was eigentlich ein Schrei werden sollte. Sie rang hilflos nach Luft, versuchte die beiden Schwänze in Arsch und Möse zu ignorieren, die synchron, getrennt nur durch eine enge Haut in ihr aneinander vorbei scheuerten. Warum musste ihr Sohn denn auch so ein gewaltiges Organ haben! Rein und raus, tiefer und tiefer knallten die Schwänze in ihr. Es schien kein Ende zu nehmen, bis sie endlich spürte, wie der Schwanz in ihrer Möse anfing zu zucken und heißes Sperma in ihr heraufschoss. Samanthas heißer Atem erhitzte den Stecher, der nun auch nicht mehr an sich halten konnte und so überraschend abspritzte, dass Samantha hustete und keuchte, mehrmals verschluckte und schließlich Sperma aus ihrem Mund heraustropfte. Weil der Druck in ihrer Möse durch den erschlaffenden Schwanz des Hengstes weniger wurde, wurde auch ihr Schmerz ein wenig geringer. Dennoch konnte sie sich nicht gerade entspannen, denn der Monsterschwanz ihres schwer keuchenden Sohnes knallte weiterhin mit brutaler Gewalt in ihr Arschloch. Wieder und wieder spürte sie, wie der Bolzen bis zur Eichel aus ihrem Arschloch gezogen wurde nur damit sie kurz darauf spüren konnte, wie seine Eier an ihre Arschbacken knallten. Samantha meinte förmlich, ihr kompletter Darm würde nicht ausreichen und der Schwanz wäre bereits im Magen angekommen.

Verdammt! Werde endlich fertig, Robert! Schrie Samantha innerlich. Und dann machte ihr Schmerz Platz für ein neues Gefühl. Sie spürte wie sich ihr Magen verkrampfte und ein Orgasmus in ihr wuchs, den sie in ihrem ganzen Leben noch nicht gespürt hatte. Weiter und weiter fühlte sie den Rammbock in ihrem Arsch arbeiten und zu ihrem eigenen Erschrecken wollte sie plötzlich, dass er nicht mehr aufhören möge. Jaaaaaah! schrie sie laut aus, als sie ihren Orgasmus nicht weiter verstecken konnte. Und immer noch rammte das Monster ihr die Scheiße aus dem Arschloch. Doch ihr Orgasmus endete nicht. Er ging nahtlos in einen anderen über, dann in einen weiteren und während sie insgeheim die Ausdauer ihres Sohnes bewunderte verließen sie die Kräfte und sie ließ ihren Kopf vornüber fallen.

Was für ein Anblick muss das sein! war ihr letzter klarer Gedanke. Sie lag erschöpft auf einem fremden Schwarzen, ihre Titten begruben dessen Gesicht; Kopf und Arme hingen vorne leblos über der Tischkante, während ihr Beine am anderen Tischende herunterbaumelten und nur ihr Arsch erhoben war, gepackt von den kräftigen Händen ihres Sohnes, der seinen viel zu großen Schwanz in ihr viel zu kleines Arschloch rammte. Ihr ganzer Körper bewegte sich wie eine Marionette, gelenkt allein vom Schwanz ihres Sohnes, nur hin und wieder kurz unterbrochen von leichten Zuckungen, immer dann, wenn ein neuer Orgasmus ihren Körper durchfuhr. Halb in Trance bekam Samantha etwas später mit, wie endlich auch Robert seine Ladung in ihr versenkte.

Samantha war fast bewusstlos, als ihr Sohn gezwungen wurde, seinen Schwanz in ihren Mund zu stecken. Mit geschlossenen Augen und mit letzter Kraft leckte sie ihre eigene Scheiße von seinem Schwanz und sie öffnete die Augen nicht einmal, als der Fremde ihr sagte, sie sei frei. Während der Fremde sie zu ihrem Haus fuhr schlief Samantha. Sie schlief ebenfalls, als ihr Sohn sie zu Bett brachte. Erst Nachts sah sie ihren Sohn erneut: in ihren feuchten Träumen...

Es dauerte eine ganze Woche, bis Samantha den Mut zusammenhatte um mit ihrem Sohn über das Geschehene zu sprechen. Unschlüssig stand sie vor seiner leicht geöffneten Tür und hörte so unfreiwillig das Gespräch mit, dass Robert am Telefon führte. Ja, Ralf! Das war einfach super! Du hast mir meinen Traum erfüllt! Ich glaube, meine Mutter glaubt mittlerweile, du heißt wirklich Hengst! Ungläubig vernahm Samantha ein leises Kichern: Wenn Du willst machen wir mit Deiner Mutter das gleiche! Ich helfe gern! Erschrocken hörte Samantha, wie ihr Sohn dreckig lachte und schließlich auflegte. Ihre Gedanken rasten. Doch dann nahm sie all ihren Mut zusammen und stürmte ins Zimmer. Robert sah sich erschrocken um. Ich habe alles gehört, Du Monster! Du wirst unglaublich hart bestraft werden! Robert war zu erschrocken, dass seine Mutter hinter das Geheimnis gekommen war, um zu antworten. In seinen Gedanken malte er sich alle Arten von Gewalt und Qualen aus, die seine Mutter sich überlegen könnte. Eine Viertelstunde lang blickte er stumm auf den Boden und auch von Samantha war kein Ton zu hören. Vorsichtig blickte er auf und sah seine Mutter nackt bäuchlings auf seinem Bett liegen, ihre Arschbacken mit beiden Händen auseinandergespreizt. Bist Du bereit für Deine Strafe? fragte Samantha schwer atmend. Ja. erwiderte Robert sprachlos - Gut. Aber sei gewarnt. Die Strafe wird jeden Tag vollzogen! Robert schaute seiner Mutter lächelnd ins Gesicht: von mir aus lebenslänglich...

Erwischt

Sie hatte ihn schon so oft gebeten, sie hatte es ihm befohlen und sie hatte ihn erwischt, gerade eben und sie hatte ihn ehrlich kalt erwischt. Was musste sie auch zu früh kommen, sie kam doch sonst immer viel später.

Es nutzte alles nichts, jetzt saß sie vor ihm, im Wohnzimmer auf dem Schreibtisch.

Sie trug diese schwarzen Stiefel, die sie erst kürzlich zusammen erstanden hatten. Sie hatten dünne schlanke Absätze, etwa 8 cm und man konnte eigentlich nicht sehen, dass es Stiefel waren, denn sie trug eine Jeanshose darüber, mit weitem Schlag, aber er hatte die Spitzen der Schuhe sofort erkannt.

Er stand vor ihr, die Arme auf dem Rücken verschränkt, die Augen gesenkt, den Blick auf einen Punkt kurz vor ihr fixiert. Sie saß auf der Kante des Schreibtisches, die Beine übereinander geschlagen. Sie ließ sich Zeit, so als müsste sie nachdenken, was mit ihm geschehen sollte. Und tatsächlich, ich musste auch nachdenken. Gut gelaunt war ich etwas früher aus dem Büro weggekommen, mit dem Gedanken daran, dass du vielleicht schon da sein könntest. Endlich mal wieder ein Nachmittag, den man irgendwie gemeinsam verbringen könnte. Die letzten Sonnenstrahlen genießen vielleicht und an den See fahren... Ich hatte die Wohnungstür ganz leise geöffnet, wollte dich überraschen, denn die Anzahl der Schuhe und die Musik verrieten mir, dass du schon in der Wohnung warst.

Ich ging auf die Wohnzimmertür zu und musste dabei an der Toilettentür vorbei, die leicht angelehnt war und als ich das Geräusch hörte, wusste ich... ich wusste einfach, dass du einer eindringlichen Bitte nicht nachgekommen warst. Ich öffnete den Türspalt noch ein kleines Stück und konnte mich dann auch mit eigenen Augen davon überzeugen. Voller Männlichkeit im Stehen pinkelnd- augenblicklich rasten meine Gedanken. So eine Chance würde sich so bald vermutlich nicht wieder ergeben, quasi in flagranti.

Viel Zeit zum Nachdenken hatte ich nicht. Ich schob die Tür wieder zu und wartete nur einen Schritt davor. Der Schreck war groß, als du die Tür öffnetest, nicht nur, weil du nicht mit mir gerechnet hattest, sondern weil dir anscheinend augenblicklich bewusst war, dass ich dich gesehen hatte.

„Na? Hat es Spaß gemacht?" ich stand im Flur, die Arme vor der Brust verschränkt, mit fester Stimme

„Ja,... Herrin" die Antwort kam zwar kleinlaut aber ehrlich, dachte ich bei mir, wenigstens etwas.

„Machst du das oft?"

„Manchmal. Nicht oft. Es tut mir leid Herrin! Bitte bestraft mich! Ich hab es nicht anders verdient!" die Sätze kamen schnell hintereinander und ich fragte mich, ob sich in deiner Hose schon dein kleiner Freund regte.

Und jetzt saß ich hier... und was sollte jetzt weiter passieren? Als erstes brauchte ich mal jemanden, der mir die Toilette putzte, beschloss ich.

„Geh ins Schlafzimmer, zieh dich um, ich will Sophie hier sehen, aber ein bisschen flott!"

„Ja, Herrin!"

Es dauerte fast eine Viertel Stunde, bis Sophie das Wohnzimmer mit einem kleinen Knicks betrat und mitteilte, sie sei jetzt da, wie gerufen. Schwarze Nylonstrumpfhose, Pumps, ein weißes Schürzchen und eine schwarz- weiß gestreifte Bluse.

Ich konnte sofort sehen, warum sie so lange gebraucht hatte. Wieder mal die Nylonstrumpfhose. Sie saß nicht. Und die Bluse war falsch geknöpft.

Wortlos ging ich zu ihr. „Zeig mir deine Hände!" Wie ein kleines Mädchen hielt sie mir die Hände entgegen, erst Fingernagelkontrolle, alles war sauber, dann die Handinnenflächen. Schweißnass, zitternd... So konnte das mit den Strümpfen und mit den Knöpfen ja nichts werden. Ich beschloss zu helfen. Zu erst die Bluse. „Hände auf den Rücken, Mädchen!"

Ich knöpfte alle kleinen weißen Knöpfe noch einmal auf, auch wenn zwei oder drei völlig ausreichend gewesen wären...

„Weißt du, es tut mir echt leid, dass du jetzt diese Sache hier durchstehen musst! Aber dieser kleine Hurensohn von Sklave, konnte sich einfach nicht benehmen und so musst du jetzt die Spuren seines Vergehens beseitigen!" Ich knöpfte langsam alle kleinen weißen Knöpfe wieder zu, nicht ohne dich zärtlich zu berühren.

Die Bluse war nun ordentlich geknöpft, ich öffnete die Schleife der Schürze und legte sie über die Stuhllehne... Schon durch die schimmernden Nylons konnte ich sehen, dass er sich den Schwanz abgebunden hatte. Und da die Nylons so schlecht saßen, dass sie mit

Sicherheit bei der bevorstehenden Arbeit reißen mussten, zog ich sie sacht nach unten, rollte sie auf den Knöcheln auf und begann sie langsam wieder nach oben zu ziehen. Ich streichelte dabei die Innenseiten der Oberschenkel und den eingebundenen kleinen Freund „Gefällt dir das?" fragte ich, nachdem du ein paar mal hörbar eingeatmet hattest „Ja, Herrin..."

„Na, dann kannst du mir ja später zeigen, wie sehr du das magst! Jetzt wird erst mal geputzt!" Ich band die Schürze wieder an ihren Platz und führte dich zur Toilette. Dort lagen mittlerweile eine Zahnbürste, ein Lappen, ein Stück Kernseife und ein Eimer mit Wasser...

Ich blieb die ganze Zeit hinter dir stehen und beobachtete, wie du die Toilettenschüssel und die Brille mit der Zahnbürste säuberst, auf den Knien...

Ich hatte Zeit.

Bis sich dieses untrügliche Gefühl einstellte- ich musste mal. Na, das passt ja hervorragend. Sophie war gerade fertig geworden. „Lass mich vorbei!" herrschte ich sie an, zog mir die Hose nach unten und setze mich auf die frisch geputzte Toilettenbrille... Sophie kniete immer noch etwa einen halben Meter vor mir, den Blick gesenkt, die Hände in den Schoß gelegt....

„Komm her, leck mich sauber Sophie! Das hast du dir jetzt wirklich verdient!" wohlwollend rutschte ich auf der Kloschüssel so weit nach vor, wie es ging, öffnete meinen Schritt und deine Zunge versank in den feuchten Tiefen meines Venushügels. Ich strich der leckenden Zofe durch die Haare, ihre Zunge erledigte den Job wirklich gut und schon bald begann es in mir überall zu prickeln. Fest drückte ich den Kopf in meinen Schoß und zog ihr ganzes Gesicht durch meine Scham. Ihre Zunge berührte meinen harten Kitzler, liebkoste meine Schamlippen und ließ mich langsam aber sicher kommen...

„Du bist eine kleine geile Schlampe!"

„Ja, Herrin!" ein kleines Lächeln zeichnet dein Gesicht.

„Na dann wollen wir mal etwas tun, was deiner kleinen Schlampenfotze Freude bereitet, als Dank dafür, dass du diese Schweinerei hier beräumt hast! Zieh die Bluse aus und komm ins Wohnzimmer...!

Ich ging derweil vor und legte ein paar Utensilien zurecht.

Kurz darauf stehst du, Sophie, wieder im Zimmer, erwartungsvolles Gesicht. „Du hast es dir verdient, Sophie... Also! Beug dich über den

Schreibtisch... Beine auseinander!" Ich verbinde dir die Augen mit einem Tuch.

Ich schiebe die Nylons ein weiteres Mal in deine Kniekehlen, dein Arsch streckt sich mir entgegen. Ich streiche dir mit der Hand durch deine Ritze... Es dauert ein paar Sekunden, bis du bemerkst, dass da Wachs in deine Arschritze getropft wird. Was soll daran Belohnung sein? fragst du dich. Aber schon bald bemerkst du, wie kein neuer Tropfen der heißen Flüssigkeit in deine Ritze läuft und ich mich trotzdem an ihr zu schaffen mache. Langsam und genüsslich kratze ich jeden vergossenen Tropfen wieder ab, erst ganz vorsichtig, aber je näher ich der Haut komme, werde ich fordernder, kratze ... bist ich mit den Fingern nur noch deine kleine Rosette vor mir habe, meine Finger finden ihr Ziel, immer wieder und immer wieder. Erst ein Finger, dann zwei, ich lasse angewärmtes Öl in deine Ritze laufen, meine Finger flutschen immer wieder in dein Hurenloch... ficke dich mit meinen Fingern und dann... eine kleine Pause. Das kleine Stöhnen klingt enttäuscht „Na, na!" aufmunternde Worte und wieder spürst du, wie ich mich in deiner Ritze zu schaffen mache. Aber diesmal sind es nicht die Finger! Mit einem kurzen Blick auf den Rest des Schreibtisches weißt du, was es ist. Wir benutzen es nie für das, für was es wirklich gedacht ist. Es ist ein kleiner Holzstößel, der eigentlich für die Herstellung von Caipi's gedacht ist. Wie oft habe ich dich schon zuschauen lassen, wie er meinen Venushügel liebkoste...

Ich ziehe ihn dir ein paar mal durch die geölte Ritze und setze ihn dann genau auf deine Rosette, du versuchst dich zu entspannen, ich kann es spüren, wie sehr du dir wünschst, dass ich ihn dir endlich rein stecke. Immer wieder umkreist das Spielzeug deine Rosette, immer weiter streckst du mir deinen Arsch entgegen. „Bitte Herrin, steck ihn mir endlich in meine kleine geile Schlampenfotze!" bricht es irgendwann aus dir heraus. Dann spürst du, wie der Stößel mit Druck dein Poloch ausfüllt und wieder aus ihm heraus gezogen wird. Das Spiel beginnt von vorn „Bitte" der Ton ist flehend und wieder findet der Stößel das Loch. Das geht eine Weile so weiter, die Zwischenräume werden kürzer und dann... ficke ich dich ordentlich mit dem Stößel, mit der anderen Hand reibe ich deinen Schwanz und abwechselnd deine Nippel, die hart und dunkelrot ein wundervolles Spielzeug sind.

„So, meine Kleine, jetzt werde ich mich diesem kleinen dreckigen Sklavenarsch widmen! Du ziehst dich jetzt aus. Komplett! Ich will dieses Flittchenoutfit nicht mehr sehen, wenn ich wieder reinkomme!

Leg die Sachen ordentlich auf dem Stuhl zusammen. Der Stößel bleibt in deinem Arsch! Und ich will deinen Sklavenschwanz sehen und zwar so, wie ihn dir die Natur gegeben hat, ohne diese nette Verpackung. Wenn du die Sachen zusammengelegt hast, verbindest du dir wieder die Augen und stellst dich schön breitbeinig in die Zimmermitte, die Hände im Nacken. Klar? Und wenn du den Analverschluss verlierst, dann setzt es doppelt!"

„Aber vorher bedankst du dich bei mir, du kleine Schlampe, für die Sonderbehandlung!"

„Ja, Herrin, Danke!" damit sinkst du auf die Erde und küsst die Schuhspitzen, die du so magst.

„Steh auf! Küss mich!"

Schon beim Aufstehen merkst du, dass dieser eingeölte Stößel seinen Weg nach draußen sucht, fest presst du die Arschbacken zusammen. Nur nicht jetzt, der einzige Gedanke...

Wir küssen uns heftig. Ich zwirble dir dabei die Nippel und du kannst meine fühlen, wie sie immer härter werden. Meine Hände massieren deine Pobacken, ziehen die Arschbacken auseinander, es fällt dir schwer, den Stößel in dir zu behalten.

„So!" mit einem leichten Klaps auf deine rechte Arschbacke löse ich mich von dir und lasse dich allein in dem Zimmer zurück.

Ferngesteuert

Eines Abends kommt deinem Freund eine verrückte Idee. Er fragt dich,
ob du bereit für ein neues Abenteuer bist. Du bist in guter Stimmung
und willigst ein für 3 Stunden seine Sklavin zu sein.
Er schickt dich ins Bad, um dich frisch zu machen und zu rasieren.
Währenddessen er dein Gewand für den heutigen Abend bereit macht.
Es wird nicht viel sein. Eine hautfarbene glänzende Strumpfhose, einen
langen Jeansrock und ein enges Leibchen. Aber was du nicht weißt, er
packt auch einen Rucksack zusammen. Als du aus dem Bad kommst,
legt er dir ein Halsband an.
Ein dezentes, es soll ja nicht gleich jeder wissen. Er sieht dir beim
Anziehen der Strumpfhose zu, als er stopp sagt. Er nimmt ein Seil und
bindet dir oberhalb der Knie die Bein zusammen. So, das du nur mehr
einen kleinen Spielraum hast, gerade genug, um zu gehen. Danach
darfst du dich wieder anziehen. Als du fertig bist nimmt er ein Seil und
bindet dir die Hände hinter den Rücken.
Du schaust ihn verdutzt an. Aber er ist sich seiner Sache sicher, du hast
ja eingewilligt. Er ist inzwischen auch schon soweit, also nimmt er eine
Jacke von dir, kleidet dich fertig an. Jetzt kann keiner sehen, wo deine
Hände sind, Jeder denkt, du hast sie absichtlich unter der Jacke. Er
sucht noch hochhackige Stiefel für dich aus, das war's. Also los geht's,
ins Cafe.
Auf der Strasse geht ihr tief umschlungen. Trotzdem hast du ein
mulmiges Gefühl, was wohl die Leute denken, wenn sie wüssten. Du
kommst ins Schwitzen. Aber es geht gut, keiner merkt was. Und dein
Freund kommt ins Lächeln, wenn er dich so sieht.
Endlich im Cafe angekommen, geht ihr hinein. Es sind zum Glück nur
wenige Leute da. Er sucht sich einen Tisch in der Ecke aus, wo es
dunkel ist, nur der Kerzenschein erhellt etwas. Als ihr es euch
gemütlich (er zumindest) gemacht habt, kommt auch schon die
Kellnerin. Sie schaut etwas verwundert, da du noch die Jacke trägst.
Aber dein Freund sagt, dir ist noch kalt. Also, er bestellt für beide ein
Gläschen Rotwein. In einem unbeobachteten Moment löst er die
Fesseln an den Händen. Endlich frei, denkst du dir. Aber er lächelt. Er
führt doch noch was im Schilde, denkst du dir. Da kommen auch schon
die beiden Gläser Rotwein. Ein Schluck, ein zweiter Schluck und schön
langsam wirst du dir sicherer. Da beginnt dein Freund im Rucksack zu

kramen. Er nimmt ein Päckchen heraus. Du schaust ungläubig. Er sagt, geh aufs WC, alles weitere steht auf einem Zettel im Päckchen. Also machst du dich mit kleinen Schritten auf den Weg. Du fällst auf durch deinen Gang, aber keiner spricht dich an. Glück gehabt. Am WC machst du das Päckchen auf, du traust deinen Augen nicht. Ein großer Dildo, ein kleiner Dildo, Gleitcreme auf und der Zettel. Mit dem grossen Dildo hättest du ja kein Problem, aber den kleinen, du weißt, wie schmerzlich es sein kann, in einzuführen. Aber versprochen ist versprochen. Also führst du seine Befehle aus. Es dauert ein bisschen, bis die Dildos am richtige Platz sind. Jetzt weißt du auch den Grund für die Strumpfhose, damit sie sicher nicht herausrutschen. Als du fertig bist, verlässt Du das WC und gehst mit wackligen Beinen zu deinem Freund. Er lächelt, als er dich kommen sieht. Du musst Dir alle Mühe geben normal zu gehen mit den 2 Dingern drinnen. Aber geschafft. Er greift dir unter dem Tisch zwischen deinen Schritt und kontrolliert zufrieden den Sitz. Während du weg warst, hat er seinen Wein ausgetrunken und möchte noch bestellen. Er schickt Dich an die Bar. Als dich die Kellnerin fragt, beginnt es leicht zu surren. Dieser Kerl, es sind fernsteuerbare Vibratoren. Du musst dich beherrschen. Es ist ja nur schwach zum Glück. Auf einmal ist es wieder aus. Zum Glück denkst du. Du nimmst den Wein, gehst zum Tisch, als es wieder los geht, diesmal mit voller Stärke beider Dildos. Du weißt nicht wie dir geschieht und beginnst leicht zu zittern.

Es ist schön, nur mitten unter den Leuten, nur nichts anmerken lassen. Endlich am Platz, aber da ist es auch schon wieder aus, knapp vor dem Höhepunkt. Ihr schaut euch in die Augen. Einfach Stille. Du kannst es nicht glauben, auf was du dich da eingelassen hast. Also trinkt ihr aus, er bezahlt, nimmt deine Jacke und legt sie dir wieder über. Danach nimmt er diesmal Handschellen, um dir die Hände auf den Rücken zu fesseln.

Während des Verlassens des Lokals schaltet er wieder ein, und du wirst schon ganz wackelig auf den Beinen. Nur hinaus denkst du. Geschafft endlich. Dein Freund drängt dich nun in eine Seitengasse, umarmt dich, schaltet die Vibratoren voll ein und fasst dir mit einer Hand unter den Rock. Er spielt mit deinem Kitzler, küsst dich und bringt dich zu einem schönen Höhepunkt, den du nicht so schnell vergisst.

Er löst die Handschellen, du fällst ihm um den Hals und würdest ihm am liebsten nicht mehr loslassen......Aber es wartet ja noch der

Heimweg, und die Dildos sind auf die Dauer auch nicht gerade angenehm zu tragen. Eine Zeit ist es ja erregend, aber den wird es zum Gegenteil. Also auf nachhause. Dort angekommen, werden sie entfernt, ihr geht gemeinsam duschen und cremt euch ein. Dann macht ihr es euch auf der Couch gemütlich, eine Flasche Wein, gute Musik du kuschelst dich an ihn, und ihr träumt beide mit offenen Augen von eurem etwas anderen aufregenderen Cafebesuch, welcher sicherlich nicht so schnell in Vergessenheit geraten wird.

Im Wald bestraft

Wir saßen im Auto und waren auf dem Rückweg einer Fetischparty. Durch die heißen Outfits und die Stimmung, die dort geherrscht hatte, waren wir beide ziemlich geil. Natürlich hatten wir uns auch ganz besondere Klamotten für den Abend ausgesucht. Oder besser gesagt, Fabian hatte sie ausgesucht. Vor kurzem hatten wir erst unsere Leidenschaft für Latex entdeckt und dementsprechend waren wir auch angezogen. Fabian trug eine Latexhose im Jeans-Stil und ein enges Muskelshirt aus Latex. Beides war Schwarz, nur am Shirt war seitlich jeweils ein breiter, blauer Streifen. Ich hatte mich besonders herausgeputzt. Mein Oberkörper steckte in einem eng geschnürten Latexkorsett, das ebenfalls Schwarz mit blauen Verzierungen war. Meine schmale Taille kam dabei schön zur Geltung und mein Busen wurde richtig angehoben. Dazu trug ich einen sehr kurzen Tellerrock der ganz aus schwarzem Latex war. Meine Beine wurden durch transparente Latexstrümpfe fast unsichtbar verhüllt und an meinen Füssen trug ich High-Heels mit einem Absatz von 12 cm. Um meinen Hals schmiegte sich noch ein schmales Halsband, an dem Fabian mich an dem Abend mit sich herumführte. Wir gaben wirklich eine geile Erscheinung ab und hatten so manch bewundernde und gierige Blicke zu spüren bekommen. Ich war den ganzen Abend Fabians Anweisungen gefolgt und meine devote Haltung gefiel ihm sehr. Ich rechnete fest damit, dass er mich für meinen Gehorsam noch belohnen würde. Vielleicht war ich gerade aus dem Grund etwas mutig geworden, denn während der Fahrt legte ich meine Hand auf Fabians Bein und ließ sie langsam an seinem Oberschenkel hoch wandern. Das Gefühl des kühlen Materials unter meinen Fingern ließ mich sofort erschaudern und ich spürte die Lust in mir aufsteigen. Fabian schaute mich von der Seite strafend an und ich hielt meine Hand einen Augenblick still. Doch das gelang mir nicht wirklich lange und ich fing wieder an, ihn zu streicheln. „Hab ich dir das erlaubt? Wenn du nicht sofort deine Hand da weg nimmst und dich unter Kontrolle hältst, dann kannst du den Rest des Wegs zu Fuß gehen!", hörte ich seiner herrschende Stimme. Irgendwas in seinem Ton ließ mich die Warnung allerdings nicht ernst nehmen und ich hielt es einfach für einen Spaß. Ich hörte also wieder einige Minuten auf und streichelte ihn dann wieder. Kurz darauf setzte Fabian den Blinker und parkte das Auto am Seitenrand. Ganz langsam schnallte er sich ab und beugte sich dann zu mir herüber. Ich dachte, er wollte mich küssen und mich gleich hier im Auto vernaschen, doch stattdessen öffnete er nur die Tür und sagte: „Raus mit dir!" Diesmal ließ sein Ton keinen Zweifel übrig, er meinte es wirklich ernst. Kaum war ich ausgestiegen, zog er die Autotür wieder zu und fuhr einfach weg. Erst jetzt wurde ich mir meiner Situation richtig bewusst. Mir war klar, dass Fabian kein Problem damit hatte allein nach Hause zu fahren. Ich hatte dagegen ein riesiges Problem. In diesem Aufzug konnte ich unmöglich alleine durch die Nacht spazieren. Es war zwar nicht mehr sehr weit bis nach Hause, doch die Strasse lag ziemlich abgelegen und wer weiß, vielleicht würde einer der vorbeifahrenden mein Outfit als Einladung auffassen. Obwohl es eine warme Sommernacht war, bekam ich eine Gänsehaut. Von weitem hörte ich, das sich ein Auto näherte. Ich hoffte dass es Fabian war, der es sich doch anders überlegt hatte, versteckte mich aber vorsichtshalber hinter einem alten Baum. Natürlich war es nicht Fabian und ich bekam langsam Angst. Die Möglichkeiten, die sich mir boten, waren nicht sehr berauschend. Ich könnte an der Strasse entlang nach Hause gehen. Das hätte den Vorteil, dass Fabian mich sehen würde, wenn er mich eventuell doch noch abholte, aber andererseits hörte der Wald schon in wenigen hundert Metern auf und ich hatte dann keine Deckung vor anderen Autofahrern. Die andere Möglichkeit war, ein Stück durch den Wald zu gehen. Wenn ich ihn umrandete, kam ich fast bei unserer Strasse raus. So gab es nur wenige Möglichkeiten, wie ich vielleicht entdeckt werden könnte. Ich blieb noch eine Weile unschlüssig hinter dem Baum stehen und entschloss mich dann für den Weg um den Wald herum. Etwas mulmig war mir schon dabei, schließlich musste ich ganz allein durch die Dunkelheit laufen und meine Schuhe waren auch nicht gerade passend für diese nächtliche Wanderung. Aber es blieb mir ja nichts anderes übrig. Unsicher stöckelte ich am Waldrand entlang, achtete aber dabei immer darauf, nicht zu weit von der Strasse abzukommen und trotzdem im Schutz der Bäume zu sein. Nach ca. 1 Stunde sah ich dann die ersten Straßenlaternen und atmete erleichtert auf. Inzwischen war ich ziemlich wütend auf Fabian, doch ich fürchtete mich auch ein wenig, denn er würde mich mit Sicherheit noch für den Ungehorsam bestrafen. Ich war schon fast aus dem Wald heraus, als ich wenige Meter neben mir ein Knacken hörte. Ängstlich schaute ich mich um und traute mich kaum zu atmen. Wieder knackte es und ein Rascheln kam hinzu. Das konnte unmöglich ein Tier sein. Irgendwer trieb sich da im Unterholz herum. Mein Herz schlug wie wild, als die Geräusche immer näher kamen. Ich wollte weglaufen, doch die Angst versteinerte mich und mit meinen Schuhen hätte ich mir wohl eher die Beine gebrochen, als das ich flüchten konnte. „Na, Süße, bist du auch endlich da? Ich hab schon auf dich gewartet!" Die Stimme, die nur wenige Meter von mir entfernt war, gehörte Fabian. Erleichtert atmete ich auf und Tränen stiegen mir in die Augen. Wie hatte er mich nur so erschrecken können? Ich wollte ihn schon wüst beschimpfen, als ich seine Hand auf meiner Schulter spürte. „So leicht kommst du mir allerdings nicht davon. Du musst endlich lernen mir widerstandslos zu gehorchen!" Mit diesen Worten befestigte er eine Leine an meinem Halsband und führte mich ein Stück näher an den Waldrand. Die Straßenlaternen warfen noch ein wenig Licht an diese Stelle und ich erkannte seine Umrisse schemenhaft. Trotz der Dinge, die er mir angetan hatte, fühlte ich mich sofort wieder unheimlich geborgen bei ihm. Ich wusste, dass ich Strafe verdient hatte und war auch bereit, alles über mich ergehen zu lassen. Fabian führte mich an einen dünnen Baum und drückte mich auf die Knie herunter. Mit routinierten Griffen befestigte er die Leine am Baumstamm. Er hatte mir nur wenig Spielraum gelassen und ich kniete einfach da und wartete ab. „Du hast Glück, das ich dir nicht auch noch die Hände fesseln kann. So hast du die Möglichkeit mich nicht nur mit deiner Zunge zu befriedigen, sondern darfst auch die Hände benutzen!" Ich wusste, nach was Fabian nun der Sinn stand.Ich griff ihn mit einer Hand zwischen die Beine und massierte seinen Schwanz durch die Latexhose. Meine Massage zeigte schnell Wirkung und eine Beule bildete sich unter meiner Hand. Ich leckte mit meiner Zunge ein paar Mal darüber und hörte mit Zufriedenheit das Stöhnen meines Lieblings. Ich wollte mich gerade am Reißverschluss zu schaffen machen und mein Lieblingsspielzeug aus seinem Gefängnis befreien, da wich Fabian zurück. „Ich hab dir noch nicht erlaubt, meine Hose aufzumachen. Lernst du es eigentlich nie, oder bettelst du absichtlich um Schläge? " Ich hörte ein Knacken und sah dass Fabian einen dünnen Ast vom Baum abgebrochen hatte. Schnell ging ich auf alle Viere, denn ich wusste, was nun passieren würde.Fabian schob meinen Rock über meinen Po. Da ich keinen Slip trug, leuchtete meine weiße Haut in der Dunkelheit. Ich hörte ein Zischen in der Luft und der erste Schlag mit dem Stock traf mich auf der linken Pobacke. Im schnellen Wechsel folgten noch weiter, mal intensiver und mal sanfter. Trotz der Schmerzen spürte ich, wie mein Saft an meinen Beinen herunter lief und stöhnte laut auf. „So, ich hoffe auch das war dir eine Lehre", sagte Fabian. „Mach jetzt weiter, aber öffne die Hose erst, wenn ich es dir erlaube!" Ich tat wie mir geheißen und massierte und leckte Fabians Schwanz durch das Latex hindurch. Er war durch die Schläge noch härter geworden und das Latex spannte schon ziemlich über der Beule. Fabian erlaubte mir nach einiger Zeit die Hose aufzumachen und sein Pint sprang mir entgegen. Gierige stülpte ich meine Lippen darüber und saugte an ihm. Meine Zunge glitt immer wieder am Schaft entlang und mit einer Hand massierte ich seine Eier. Fabian stöhnte inzwischen schon laut und ich wusste, wie sehr es ihm gefiel. Als ich seine Hände an meinem Kopf spürte, hielt ich still und öffnete meinen Mund noch weiter. Mit harten Stößen fickte er mich nun in den Mund und ich hatte alle Mühe, mich nicht zu verschlucken. So gut wie es nur ging umspielte ich ihn weiter mit meiner Zunge, bis der Schwanz noch einmal härter wurde und dann seine Sahne in meinen Mund spritzte. Ich schluckte alles und leckte ihn danach noch gründlich sauber.Fabian schloss seine Hose wieder und band die Leine vom Baum los. Ohne ein Wort führte er mich die wenigen Meter bis zu unserem Haus und führte mich direkt ins Schlafzimmer. Mit einem Schubs landete ich auf dem Bett und sofort war Fabian über mir. Anscheinend war er immer noch sehr geil, denn seine Zunge drängte sich wild in meinen Mund und mit einer Hand massierte er meine Brust, die schon aus dem Korsett herausgerutscht war. „Nun bekommst du deine Belohnung meine kleine Sau", raunte er in mein Ohr und Sekunden später verschwand sein Kopf unter meinem Rock. Ich spürte wie seine Zunge schnell durch meine nasse Spalte fuhr und stöhnte laut auf. Fabian wusste genau, wie er mich rasend machen konnte und nutzte das jetzt auch vollkommen aus. Er nestelte wieder an seiner Hose herum und holte seinen Schwanz raus. Mein Saft und mein Anblick hatten ihn schon wieder so aufgegeilt, dass der Schwanz steil vom Körper abstand. Ich öffnete meine Beine noch weiter und mit einem Ruck stieß er tief in mich hinein. Hart und schnell fickte er mich in mein triefendes Loch und ich bettelte nach mehr. Immer heftiger, fast schon brutal waren seine Stöße und ich schrie inzwischen meine Lust heraus. Es dauerte nicht lange, bis ich meinen ersten Orgasmus bekam, doch Fabian ließ sich nicht beirren und machte ununterbrochen weiter. Immer wieder überkamen mich die Wellen, bis auch Fabian endlich soweit war und in mir abspritzte. Unsere Latexkleidung klebte vor Schweiß an unseren Körpern und erschöpft kuschelten wir uns aneinander.Als ich später in der Dusche stand und mir den Schweiß abwusch, dachte ich noch einmal über die Nacht nach. Fabian war mit seinen Bestrafungen zwar hart, doch ich wusste wie sehr er mich liebte. Der Sex mit ihm war grandios und tröstete mich über jede Demütigung hinweg. Tief in meinem Inneren war mir klar, das es auch genau das war, was ich brauchte und was ich so sehr an ihm liebte.

Die Kontrolle

Es ist spät am Abend, in einem Innenstadtlokal.
Wir tanzen, die Hände meines Freundes erkunden meinen Körper, tiefe
Einblicke ermöglicht er dabei auch den anderen Gästen. Immer wieder
zieh ich seine Hände zurück wo sie hingehören, als sich eine fremde
Frau dazwischen mischt und ihn auf einen Tanz entführt. Er hat mich
einfach stehen gelassen und tanzt mit dieser Fremden. Mit meinem
halb offenen Kleid stehe ich Fassungslos da und sehe zu wie er bei ihr
weitergrapscht als wäre das ganz normal. Sein Hand wandert in ihren
Schritt. Tränen steigen mir in die Augen. Ich habe mich nicht mehr im
Griff, schnappe einen Sektkühler nimm die Sektflasche heraus lasse sie
einfach auf den Boden fallen und schleuder ihnen das Eiswasser ins
Gesicht. Jetzt habe ich es geschafft das ganze Lokal schaut zu mir und
einige unbeteiligten die auch was abbekommen haben fangen wild zu
schimpfen an. Ich stürme aus dem Lokal über die Straße und hinein in
die U-Bahn.
Ein Zug fährt gerade ein, ohne zu überlegen einfach hinein und lass ich
mich auf einen der Sitze fallen. Schritte nähern sich von hinten und
schon hör ich die unheilvollen Worte. Fahrscheinkontrolle. Ich kann eh
noch nicht klar denken und nun dies. Jetzt muss mir schnell eine gute
Ausrede einfallen. Ich fange an zu stammeln. Scharf entgegnet die
Stimme wie sehn sie überhaupt aus, haben sie Waffen oder Drogen,
stehen sie auf Hände nach oben an die Haltestange. Mein Gehirn
arbeitet noch gar nicht wieder richtig. Ich tu einfach was mir befohlen
wird. Der Mann greift an seine Hose und mit einer flinken Bewegung
zieht er den Gürtel heraus, mit scharfen unsinnigen Fragen
verunsichert er mich noch mehr, ich merke gar nicht das er seinen
Gürtel um meine Hände geschlungen hat und um die Haltestange.
Seine Stimme wird sanfter, er streicht sanft über die Wange. Andere
Fahrgäste schauen auch schon interessiert zu. Meine Gedanken
ordnen sich wieder. Er fragt in den Wagon wo liegt mein Funkgerät.
Keine Reaktion. Die nächste Station, der Wagon ist nun fast leer. Erst
jetzt habe ich mich gut genug gefangen um ihn genauer zu betrachten.
Ein stattlicher Mann im Sacko aber eine nasse Hose als wie wenn er
sich angepinkelt hätte. Eine alte Dame mischt sich ein ob er nicht seine

Befugnisse überschreitet und ob sie mal seine Dienstmarke sehen kann, komisch er wird rot bei der Frage. Auch ein zweiter Fahrgast mischt sich ein. Ein andere Frau wirft ein schaut euch die doch mal an ist doch klar das er da Vorsichtig wird bevor er ein Dolch im Bauch hat. Komisch das Gesicht kommt mir irgendwie vor als wie wenn ich es schon mal gesehen hätte. Er hat sich wieder gefangen und fragt die Seniorin ob sie mich abgreifen würde nach Waffen oder Drogen denn er als Mann dürfte es ja nicht und seine Kollegin wäre ja in einem anderen Wagon und sein Funkgerät verlegt. Dankend lehnt sie ab, sie stünde nicht mehr fest Genug auf den Füssen das sie das machen könnte. Damit ist der Bann aber gebrochen und niemand im Wagon interessiert sich mehr für uns. Die andere Frau steht auf und sagt ich werde es für sie machen. Es könnte für mich nicht peinlicher sein sie fragt ob es mir recht sei und vergewissert sich auch noch ob die restlichen Fahrgäste das eh auch gehört haben.

Sie stellt sich vor mich hin und greift mir an die Taille. Mit festen Griffen gehen ihre Hände über meine Körper. Kneift mir in den Po. Sie zieht dabei an dem ohnedies schon unordentlich Kleid ich spüre wie es auf der rechten Seite immer weiter hinunterrutscht. Jetzt hängt es nur mehr an meiner Brustwarze. Noch immer betastet sie meinen Po und nun ist es soweit das Kleid rutscht ein Stück weiter meine rechte Brust liegt frei. Schnell ist ihre Reaktion, leise sagt sie oh Entschuldigung, greift mit der linken Hand ans Kleid und zieht es nach vorne um mit der anderen Hand meine Brust anzugreifen, sie tut als wenn sie meine Brust ins Kleid stecken müsste, ich kann es nicht glauben. Mein Kleid ist wieder gerichtet und sie setzt die schon peinliche Abtastung an der Aussenseite meiner Schenkel fort. Nun hockt sie vor mir, durch das dünne Kleid kann ich ihren Atem spüren. Ich sehe nicht hinunter was sie macht ich spür nur das sie sich an meinen Schuhen zu schaffen macht. Da fällt mir ein ich hatte ja Doppelmaschen in die Schnürsenkel gemacht weil sie dauernd aufgingen. Die will doch tatsächlich auch meine Schuhe von innen kontrollieren. Ich laufe Knallrot an. Doch was tut die da unten so lange. Den ersten Schuh hat sie mir ausgezogen, was tut sie jetzt noch an dem Fuß ah sogar den Socken zieht sie mir aus. Wieder sind wir bei einer Station vorbei. Sie beschäftigt sich mit dem zweiten Schuh, stößt mit der Stirn gegen meine Scham gleichzeitig zieht sie mir den Schuh aus und auch den Socken sie schwankt hält sich am Oberschenkel an spreizt ihn auf die Seite. Meine Hände schmerzen so zieht sie an mir der Mann geht in die Hocke und fängt sie auf. Sie nimmt die zweite Hand hält sich an mir fest steht auf und tritt einen Schritt zurück. Der Mann legt seine Hand um ihre Schulter sie gibt ihm einen Kuss und meint der Abend ist ja doch noch nicht verdorben.

Was ist nur los ich kann meine Beine nicht schließen, der Gürtel an meinen Armgelenken tut weh. Ich bin zu beschäftigt mir da Erleichterung zu verschaffen um das ich meine Umgebung war nähmen würde. Es ist geschafft ich konnte meine Hände soweit bewegen das der Gürtel nicht mehr weh tut. Die zwei eilen zur vordersten Tür. Ich höre wie sie dort jemanden ins Gespräch verwickeln, der Wagon ist leer kein anderer Fahrgast ist mehr hier. Ich sehe sie vor dem Fenster vorbeigehen doch sie gehen so das ich überhaupt keinen Blick bekomme mit wem sie da Reden. Bei der hintersten Türe kommen sie wieder herein. Engumschlungen gehen sie den Gang entlang. Ich seh mich um in welcher Station sind wir eigentlich, das was ich sehn kann kommt mir unbekannt vor.

Sie geht zu ihrer Handtasche und kramt darin, er tritt vor mich hin. Greift mir an die Taille, fasst mir an den Po, gibt mir einen Klaps an den Po und greift an meine Brüste, vorsichtig zieht er das Kleid herunter die eine Brust rutscht ganz leicht wieder heraus, das Kleid spannt er drückt meine zweite zwirbelt dabei meine Brustwarze und auch sie liegt frei. Zärtlich streichelt er sie und tritt einen Schritt zurück. Er geht zu der Frau hin und knöpft ihr die Bluse auf fingert kurz herum und hat ihren BH in der Hand mit dem kommt er wieder zu mir. Ich fange an zu protestieren. Ein kurzes willst du deine Socken im Mund haben und ein Messer in der Hand der Frau lässt mich aber umgehend wieder verstummen.

Er tritt an mich heran nimmt den BH und legt ihn mir an. Er meint ein bischen gross für sie deine sind wohl doch die besseren. Ich erwisch mich wie ich zu der Frau schau um sie zu vergleichen, doch ich kann nichts sehen sie hat die leicht geöffnete Bluse verdeckt sie. Er macht sich am Saum meines Kleids zu schaffen rollt es nach oben, greift an den Bh zieht ihn nach unten bis auf meinen Bauch und fixiert damit das hochgerollte Kleid. Seine Hände streichen über meine Brüste, zärtlich massiert er sie. Wärme steigt in mir auf. Die Frau tritt vor mich hin, geht in die Knie streichelt mit den Händen über die Innenseite meiner Schenkel, ich spüre die kalte Klinge an meinen Schenkel, Panik steigt in mir auf. Ein kurzes schnipp und mein Slip ist zerschnitten. Ich spüre ihre Finger an meiner Spalte, ich protestiere doch ich werde auch immer geiler. Ich erwische mich wie meine Zunge über meine Lippen streift. Das bleibt ihm nicht verborgen und er geht dazu über meine Brüste mit dem Mund zu verwöhnen. Gleich darauf spüre ich ihre Zunge an meiner Scham. Ich zerr an der Fessel, mein Atem wird schwerer. Meine Proteste sind längst verstummt. Ich bin kurz vor dem Orgasmus als die zwei von mir ablassen. Sie drückt sich mit dem Rücken an mich, er hebt ihren Rock ich spür ihren Po an meiner Scham, sie reibt ihn an mir. Nun spür ich die Stöße wie er sie nimmt. Die zwei Küssen sich, dabei sind seine Hände aber an meinen Brüsten. Gern hätte ich jetzt den Schwanz in mir. Doch ihrer Rhythmischen Bewegungen machen mich auch an, gern würd ich mich jetzt selbst streicheln. Ich erlebe den Höhepunkt der beiden mit. Sie widmen sich wieder mir. Wieder bin ich knapp vor einem Orgasmus.

Es macht einen Ruck. Sofort lassen die beiden von mir ab, ordnen Ihre Kleidung. Sie lösen meine Fesseln. Mit wackeligen Knien setz ich mich auf den nächsten Sitz und bring mein Kleid in Ordnung. Sie setzt sich neben mich ihre Hand ist schon wieder unter meinem Kleid. Ihre Finger streicheln mich wieder, doch ich wehre mich nicht. Andere Fahrgäste sind wieder in der U-Bahn. Sie hält mich geschickt auf einem Level das die anderen nichts bemerken aber es mir fast den Atem nimmt. Zielstrebig führen sie mich wieder in die Bar.

Durstig geh ich zu dem Tisch wo wir vorher saßen nimm das Glas und trink es in einem Zug aus. Es war nicht mein Orangensaft sondern irgendein Cocktail. Einen entsetzten Protest nimm ich gar nicht richtig war. Mein Freund tanzt ganz normal mit respektvollem Abstand. Ich geh hin stoß die Frau weg das sie stürzt. Zieh meinen Freund an mich. Ich achte gar nicht auf die anderen Leute. Er sieht mich verdutzt an, zielstrebig für ich seine Hand unter meinen Rock. Wir drehen uns zur Musik. Seinen Kopf drück ich an meine Brust. Gern nimmt er die Einladung ein und gibt mir einen Kuß auf den Stoff. Das reicht mir nicht ich zieh mein Kleid herunter. Entsetzt sieht er mich an versucht meine blanke Brust wieder zu verdecken. Ich greif in seinen Schritt, spür seine Beule. Mit flinken Fingern befrei ich seinen Schwanz und für ihn unter mein Kleid und er dringt in mich ein. Nur ein paar Stöße und ich Schrei meinen Orgasmus ins Lokal. Mein Freund versucht sich von mir zu lösen und mir den Mund zu zu halten. In meinem Kopf dreht sich alles. Die Leute feuern uns an. Es gelingt ihm sich mir zu entziehen. Eine kalte Dusche holt mich auf den Boden der Realität zurück, ich rutsche aus. Ich steh alleine mitten auf der Tanzfläche. Alle

Leute starren auf mich. Meine Brüste liegen frei, ich geh in die Knie. Ein Raunen geht durch die Menge, dadurch geb ich auch noch den Blick auf meine Scham frei. Mein Freund steht fassungslos mit dem Sektkübel am Rand. Zärtliche Frauenhände helfen mir wieder auf die Beine. Sie ordnet mein Kleid. Der Mann nimmt meinen Freund den Sektkübel aus der Hand und schiebt ihn zu mir. Wie versteinert stehen wir vor einander. Die Beiden drücken uns aneinander, sie flüstern uns ins Ohr küsst euch endlich. Romantische Musik setzt ein. Im Rhythmus der Musik fangen wir langsam an zu tanzen, der Bann ist gebrochen. Die Menge applaudiert. Ich laufe knallrot an, mir ist total peinlich was passiert ist und wir schauen das wir so schnell wie möglich das Lokal verlassen.

Sexverzicht

An meinem 40.Geburtstag eröffnete mir meine Gattin daß sich mein devot-masochistischer Wunschtraum, nämlich daß sie einen festen Hausfreund haben wird, erfüllen könnte. Ich durfte ja bereits zweimal als Vojeur zugegen sein wenn sie sich mit ihrem 6 Jahre jüngeren,alleinstehenden Lover traf. Den Kontakt stellte zudem ICH selbst her. Der Haken an der sache war der, daß sie von mir "Sexverzicht" mit ihr forderte für exakt ein Jahr. Immerhin gab sie mir sogar 1 Stunde Bedenkzeit! Ich war hin-und hergerissen, willigte aber letztendlich ein. Ein letztes Mal für ein langes, mitunter quälendes Jahr durfte ich es nun geniessen, von ihren sehr geschickten Händen verwöhnt und zum Orgasmus gebracht zu werden."Stell dir vor daß ab morgen nur noch Simon all das geniessen darf was du so sehr liebst!" meinte sie nebenher frech grinsend. Schon zwei Tage darauf begann eine wahre "Hölle" für mich....! Sie zog sich vor meinen Augen aus, warf mir ihre getragene hauchdünne Strumpfhose zu und meinte lachend bevor sie im Bad verschwand:" Hier mein Schatz, die wirst du heute abend noch gut brauchen können!"Natürlich "durfte" ich noch den Anblick "geniessen" als sie sich vor meinen Augen für IHN zurecht machte. Knielanger Rock, schwarze Halterlosnylons drunter, Tangaslip,ein Nichts von BH und durchsichtige Bluse. Sie drückte mir einen Kuss auf die Wange und meinte kurz lächelnd:" Warte nicht auf mich, es kann spät werden!Lass dir was einfallen-lass deine Phantasie spielen beim Wichsen...." Und das tat ich. mein Schwanz pochte und drückte in der Hose wie verrückt, ich war halb verrückt vor Eifersucht und Erregung. Ich legte mich nackt auf das Bett und zog mir das Nylonteil von Ihr an.Er war förmlich eingepesst darunter und es gefiel mir durch den Stoff hindurch meinen Steifen zu streicheln und zu massieren.Permanent daran denkend was die beiden wohl gerade treiben.Ich stöhnte und zitterte förmlich am ganzen Körper. Bald hielt ich es nicht mehr aus und ich erlebte einen in dieser Form nie zuvor erlebten Höhepunkt der sich über eine halbe Ewigkeit hinzog.Ohne IN dea teil zufassen, nur durch die Massage durch das Teil hindurch kroch gaaanz langsam ein unvorstellbarer Höhepunkt in mir hoch.Laut aufschreiend und zitternd schoß ich irgendwann meinen Nektar in das

Nylonteil ab und dies nicht zum letzten Mal in der folgenden Nacht.Als sie frühmorgens endlich nach Hause kam hatte ich Glück- bereitwillig erzählte sie mir haarklein jede Kleinigkeit der nacht die sie mit Simon verbracht hatte. Natürlich wollte sie sehen was ich in der Zeit so alles getrieben hatte und ich durfte mich neben ihr im Bett liegend abermals auf dieselbe Art und Weise erleichtern was sogar ihr auch wahnsinnig gefiel....! Danach schliefen wir eng aneinandergekuschelt zusammen ein. Wohlgemerkt-kuscheln war prinzipiell nur dann machbar wenn ich mich vorher selbst "erleichtert" hatte. Jegliche sexuelle Anzüglichkeiten wurden von ihr konsequent im Keim erstickt. Endlos viele, diverse Arten der Selbstbefriedigung, egal ob alleine, mit ihr oder auch mit Simon und meiner Gattin, entdeckte ich in diesem unvergessenen Jahr.

Das Objekt ihrer Lust

Es war Wochenende, schönes Sommerwetter und Rita wollte diesen Tag allein so richtig genießen.

Gleich nach dem Mittagessen verabschiedete sie sich von ihren Eltern, klemmte eine Decke und ihren Bikini samt einem Buch auf ihr Fahrrad und radelte zum nahen Baggersee.

Ein idyllisches Gewässer mit kühlem, klaren Wasser, von Büschen und Bäumen umsäumt, ein beliebter Badesee.

Rita verließ den schmalen Weg welcher am See vorbeiführte und hielt Ausschau nach einem Platz an dem sie sich ungestört sonnen konnte.

Sie wollte allein sein und die Ruhe genießen, ab und zu ins Wasser springen um sich abzukühlen, sich zu sonnen und ihr Buch lesen.

Sie fand zwischen einigen Büschen eine Lücke, einen abgeschirmten, windgeschützten, sonnigen Platz im hohen, noch nicht gemähtem Gras.

Es war niemand in ihrer unmittelbaren Nähe zu sehen, nur in ziemlicher Entfernung tobten einige Kinder am Seeufer, doch hier hatte sie ihre Ruhe, war ungestört.

Das Rad stellte sie an einem Baum ab, dann bereitete sie ihre Decke im Gras aus.

Ein schöner, ruhiger Platz fand sie und sie zog sich aus, verzichtete auf den Bikini und setzte sich nackt auf die Decke.

Sie cremte sich ein, die Sonne brannte heiß herunter und sie wollte sich keinen Sonnenbrand holen. Danach legte sie sich auf den Bauch, griff nach ihrem erotischen Roman und begann zu lesen.

Rita liebte diese Art von Lektüre, erotische Geschichten welche keine Details ausließen erregten sie immer, regten ihre Fantasie an und brachten sie dazu, sich beim lesen gekonnt selbst bis zum Höhepunkt zu stimulieren.

Nicht das sie sexuell nicht ausgelastet war, nein, in dieser Beziehung war sie kein Kind von Traurigkeit.

Ihre Jungfernschaft ging schon früh flöten, als sie dem Drängen eines Schulfreundes bei einem heimlichen Rendezvous an einem warmen Sommerabend nachgab und bereitwillig die Schenkel öffnete.

Es dauerte nicht lange, ein kurzer Schmerz als er in sie eindrang, einige heftige Stöße seinerseits gefolgt von einem heftigen, plötzlichen Samenerguss.

"Wenn das schon alles war", dachte sie damals, hatte ihre Freundin doch ganz anders von ihren Erlebnissen erzählt, wie schön und erregend es sei, gefickt zu werden.

Sie voll und ganz befriedigende Erlebnisse folgten erst die nächsten Jahre, in denen sie etliche, meist ältere Partner hatte, welche in der Lage waren auch sie voll und ganz zu befriedigen.

Was und wie Männer es am liebsten hatten, lernte sie schnell, sie machte fast alles mit, ließ es auch zu mal anal genommen zu werden obwohl es anfangs ziemlich weh tat, ihr jedoch bald Lust bereitete und auf einer Party, welche man auch Orgie nennen konnte, verwöhnte sie zu gleicher Zeit zwei der Anwesenden und hatte dabei ihren intensivsten Orgasmus als sie vorne unten hinten zugleich gefickt wurde.

Alles in allem war sie kein Freund von Traurigkeit, nur einen festen Partner hatte und wollte sie vorerst auch nicht, sie liebte die Abwechslung.

Genüsslich folgten ihre Augen den Zeilen, der mit ziemlicher Offenheit geschriebene Roman begann sie anzuregen, sie fühlte wie sie in ihrem Schritt feucht wurde, ihr Lustsaft zu fließen anfing.

Unruhig rutschte sie mit dem Unterleib auf ihrer Decke hin und her, ihre Erregung steigerte sich, ihr Körper verlangte Befriedigung.

Der Roman, ihre völlige Nacktheit, der heimliche Platz am See in der wärmenden Sonne, dies alles steigerte ihre Lustgefühle, denen sie jetzt nachgeben wollte.

Sie blickte umher, niemand war zu sehen, also drehte sie sich um, lag nun auf dem Rücken, sie winkelte ihre Knie an und öffnete die Schenkel, spreizte sie weit auseinander um bequem ihren Lustpunkt erreichen zu können.

Eine Hand wanderte nach unten zu ihrem glatt rasiertem Dreieck und ihre Finger glitten in den Schlitz.

Er war bereits nass und schleimig, zu sehr heizten sie die Schilderungen des Buches auf und Rita begann sich sanft zu streicheln.

Ihr Finger wanderte zwischen ihren Schamlippen hin und her, streichelten ihren hart gewordenen Kitzler, die Erregung steigerte sich zusehends, während sie, das Buch in der anderen Hand, weiter las und die geilen Schilderungen ihre Fantasie beflügelten.

Als sie fühlte das ihr Höhepunkt näher rückte, legte sie das Buch zur Seite.

Eine Hand öffnete ihre nasse, glitschige Spalte, indessen sie sich mit den Fingern der anderen Hand heftig zu ficken begann.

Mit geschlossenen Augen und wohlig stöhnend lag sie da und gab sich ihrer Lust hin.

Die fünf jungen Männer auf ihren Fahrrädern, die gerade den Weg verließen um an den See zu gelangen, bemerkte sie nicht, wohl aber wurde sie von ihnen bemerkt.

Der vorderste der Gruppe erblickte sie als er um einen Busch herum fuhr.

Er blieb sofort stehen und stieg leise von seinem Rad ab, drehte sich zu den Nachfolgenden um, legte einen Finger über die Lippen und winkte die anderen heran.

Sie hatten alle ihre Räder niedergelegt und kamen vorsichtig näher, standen dann im Halbkreis nur ein paar Meter von Rita entfernt und sahen ihr, total überrascht von dem was sich vor ihren Augen abspielte zu.

Die junge, nackte Frau, welche mit weit gespreizten Beinen vor ihnen lag, den Blick auf ihre Muschi preisgebend und es sich selber machte, war schon ein erregender Anblick.

Ihr Unterkörper bewegte sich mit kreisenden Bewegungen hin und her, ihr vollen Brüste, welche ihre eng anliegenden Oberarme zusammenpressten ragten prall nach oben, die Nippel steif und errigiert.

Ein geiler Anblick für die Gruppe, sie sahen ihr schweigend ungeniert zu und als einer seine Hose öffnete, seinen inzwischen steif gewordenen Schwanz heraus holte, taten es ihm die anderen gleich, einer nach dem anderen entblößte sich und gemeinsam ohne Scham voreinander begannen sie ihre steifen Glieder zu reiben, dabei die nackte, onanierende Rita betrachtend.

Dies war der Anblick, welcher sich Rita bot, als sie kurz vor dem Höhepunkt die Augen öffnete und die fünf vor ihr stehenden und ihre Schwänze reibenden, jungen Männer sah.

Sie erschrak fürchterlich, versuchte Busen und Unterleib gleichzeitig mit den Händen zu bedecken.

Ihre Lustgefühle fielen in sich zusammen.

Sie setzte sich auf und zornigen Blickes schimpfte sie; "unerhört, habt ihr nichts besseres zu tun, als nackte Frauen zu beobachten und dabei zu wichsen, haut bloß ab hier, ihr Mistkerle!"

Doch sie lachten nur und einer sagte; "sorry, so etwas sieht man nicht alle Tage, dich zu ficken das wäre es jetzt, was hältst du davon, wenn wir dich so richtig durch vögeln, das erspart dir viel Handarbeit und wir haben auch etwas davon!"

Alle lachten und wichsten dabei ungeniert weiter, indessen sie auf die nackte, vergeblich ihre Blöße versteckende Rita blickten.

Als der erste Schreck vorbei war fühlte Rita das ihr von den Jungen keine unmittelbare Gefahr drohte, sie waren nur aufgegeilt und wichsten vor ihr hemmungslos ihre steifen Schwänze.

"Ein Anblick, so einmalig und eigentlich erregend, ich bin es ja, das Objekt ihrer Lust welches sie dazu bringt, so schamlos vor mir zu onanieren."

Sie entspannte sich, gab ihre mit den Händen halbwegs bedeckte Blöße wieder den Blicken der Gruppe frei, dann lachte sie und blickte sie der Reihe nach an:

"Ihr habt vielleicht Wünsche, ich soll euch wohl alle über mich lassen, alle fünf, das ist mir dann doch zu viel.

Einen könnte ich ja noch verkraften, aber alle nein, ich bin doch kein Volksempfänger!"

Sie lachte wieder, die Situation hatte sich entspannt und es amüsierte Rita, aber gleichzeitig erregte es sie nun auch, die fünf Jungen so wichsend vor sich zu sehen.

Alle waren etwa in ihrem Alter und sie hatten beachtliche Schwänze vorzuweisen.

"o.k." sagte einer, "ich hab sie entdeckt, also darf ich sie auch ficken, willst du," fragte er zu Rita blickend.

Rita überlegte kurz, ihre Lustgefühle stellten sich jetzt langsam wieder ein.

Die Jungen sahen alle gut aus und was sollte schon passieren, außer das sie gefickt wurde und da hatte sie nun jetzt eigentlich nichts mehr dagegen.

"Aber, wenn ich einen ran lasse, dann wollen die anderen sicher auch, geil wäre es ja von allen gevögelt zu werden, aber ob ich das auch aushalte", überlegte sie.

Sie war erregt, fünf prächtige Schwänze vor ihr, sie hatten ihre Tätigkeit nicht unterbrochen, wichsten, sie mit geilen Blicken betrachtend einfach weiter, ein wohl einmaliger Anblick.

"Ich lasse es an mich herankommen" dachte sie und sah den Jungen an;"warum nicht, dann komm her, aber zieh dich vorher ganz aus," sagte sie.

Die anderen murrten laut, sie hätten auch gerne, aber während er sich schnell auszog, meinte er lachend zu den anderen; "ihr könnt ja mir dabei zusehen und wichsen, das macht doch auch Spaß!"

Er stand im Nu nackt vor Rita, sein Schwanz war hart und steif, rot und feucht glänzte die Eichel, er war bereit sie zu besteigen.

Sein Anblick machte sie an, auch Rita war jetzt hoch erregt, ja, sie wollte jetzt gefickt werden und zusätzlich würde es sie erregen dabei Zuschauer zu haben.

Es machte ihr nichts aus, wenn man ihr beim Ficken zusah, diese Erfahrung hatte sie schon hinter sich, im Gegenteil, sie hatte es genossen als damals bei ihrem Dreier ihnen noch etliche andere zusahen, dabei ebenfalls onanierten bis es ihnen kam.

Sie legte sich wieder auf den Rücken und spreizte ihre Beine weit auseinander.

Die Jungen kamen näher, blickten auf ihre halb offenen und feucht schimmernden Schamlippen, welche sie jetzt mit den Händen auseinander zog, ihnen ihr rosiges Inneres präsentierte.

Der nackte Junge zögerte nicht mehr lange, der Anblick war zu viel für ihn, er legte sich zwischen ihre geöffneten Schenkel und drang mit seinem steifen Schwanz sofort und tief in sie ein.

Rita stöhnte wohlig auf und kam ihm mit ihrem Unterleib fordernd entgegen.

Das Gefühl als er seine nackte Eichel in ihren Schlitz drückte, die Schamlippen teilte und dann an ihren Muttermund stieß, war unbeschreiblich schön.

Sie hob ihre Schenkel an und umklammerte ihn, legte sie um seine Hüften, so das sie für ihn ganz geöffnet war.

"Nun fick mich schon, gib's mir" ,sie stöhnte hoch erregt, der Schwanz des Jungen füllte sie aus, jetzt wollte sie es wissen.

Der Junge fing auch sofort an heftig und tief in sie zu stoßen, immer schneller wurde er dabei und ihre glitschige, enge Spalte, die seinen Schwanz eng umschloss, steigerte seine Lust.

Seine Hände wanderten nach oben und er knetete Ritas pralle Brüste, die sie ihm willig überließ, begann an ihren harten Warzen zu saugen, zog sie, intensiv an ihnen lutschend in seinen Mund.

Doch plötzlich war es soweit, es kam ihm mit Urgewalt, sein weißer, fester Hintern bewegte sich stoßend schneller auf und ab, sein Sack klatschte bei jedem Stoß gegen Ritas Po und heftig spritzte sein Schwanz, während er laut stöhnte, zuckend seinen Saft in ihr ab.

Rita spürte sein Sperma kommen, das zucken seines Schwanzes als er abspritzte, sie ausfüllte, ein Strahl nach dem anderen entkam ihm.

"Ein irres Gefühl so bespritzt zu werden," dachte sie.

Schwer atmend lag er auf ihr, kurz und schnell hatte er sich abreagiert aber sie war noch lange nicht befriedigt, zu schnell war er gekommen und sie wollte mehr, wollte jetzt richtig durch gefickt werden.

Er erhob sich jetzt von Rita und schaute zu den anderen, die begeistert und dabei sich heftig wichsend seinem Fick zugeschaut hatten.

Alle waren hoch erregt und einer zog sich plötzlich schnell aus und näherte sich nackt und mit steifem, leicht nach oben gebogenem Schwanz.

Rita, die sich aufgesetzt hatte, geil und unbefriedigt, zu kurz war der Fick, den sie gerade hinter sich hatte, blickte zu ihm auf.

"Du möchtest mich wohl auch ficken, na dann komm schon, leg dich auf mich und stecke ihn mir schon rein!"

Sie verlor jetzt alle Hemmungen, war nur noch ein brünstiges Weib deren Körper nach Befriedigung lechzte, egal wer sie bestieg.

"Wenn ihr mich auch ficken wollt und euer Freund mich vorher nicht kaputt stößt, dann dürft ihr auch, aber zieht euch alle aus und kommt näher, ich möchte sehen, wie ihr euch dabei wichst!"

Rita war erregt wie selten zuvor. Die steifen Schwänze um sie herum, die nach ihrer nassen, noch unbefriedigten Muschi gierten, der für sie zu schnelle Fick mit einem von ihnen, das alles steigerte ihre Geilheit.

Jetzt wollte sie richtig durch gefickt werden und wenn schon, dann sollten sie ihren Spaß haben, sie würde alle befriedigen, wollte diese wohl einmalige Situation voll auskosten, obwohl sie sich innerlich wie eine Hure fühlte.

Sie legte sich wieder auf den Rücken und spreizte erneut verführerisch und lockend ihre Schenkel. Sperma lief aus ihrem Schlitz, rann langsam zwischen ihre Pobacken, ein geiler Anblick, der ihre Zuschauer aufstöhnen ließ.

Und schon war der Junge bei ihr, kniete sich hin und legte sich auf sie, wie von selbst rutschte sein Schwanz in sie.

Alleine der Geruch nach Schweiß, weiblicher Erregung und Sperma welcher von ihrem Körper in seine Nase stieg, raubte ihm den letzten Rest von Zurückhaltung.

Er war total erregt, ihr Lustsaft, vermischt mit dem Sperma seines Vorgängers ließen ihn keinen Widerstand spüren, tief drang er ein und begann fest und schnell zu stoßen, rammelte sie vor Lust stöhnend immer heftiger indessen Rita vergeblich versuchte mit einer Hand an ihren Kitzler zu gelangen um ihn zu stimulieren.

Hektisch rieb er seinen Unterleib an ihrem Bauch, lag schwer auf ihr und dann spürte Rita seinen Schwanz zucken, fühlte wie sein Sperma in sie spritzte, er sie voll pumpte.

Auch er kam ihr zu schnell, hatte sie hastig, wie ein Karnickel gefickt, dabei nur an sein Vergnügen gedacht und ließ sie hoch erregt und unbefriedigt zurück.

Viel Erfahrung mit Frauen schien er, genau so wie sein Freund vor ihm, auch noch nicht zu haben, denn er erhob sich auch sogleich von ihr, seine Knie zitterten leicht und sein Schwanz noch steif zuckte, letzte Tropfen Sperma von sich gebend, die auf ihren Bauch tropften.

Er setzte sich ins Gras zu seinem Freund, der Rita zuerst gevögelt hatte und der ihm nun anerkennend auf die Schulter klopfte.

"Mann, super dein Fick, du hast es ihr aber gegeben, richtig geil hast du gefickt!"

Rita war anderer Ansicht, sie war erregt aber gleichzeitig auch wütend und frustriert.

Zwei dieser Burschen hatten sie in Windeseile gefickt, sie vollgespritzt und das war es dann schon, die Jungs mussten noch viel lernen.

Sie war immer noch unbefriedigt und jetzt wollte sie endlich auch zu einem Orgasmus kommen.

"Na, ihr drei, wer möchte mir als nächster seinen Schwanz rein schieben, oder wollt ihr mich zu dritt vögeln, ich habe nichts dagegen?"

Sie kamen alle drei näher, hatten sich auch zwischenzeitlich ihrer Kleidung entledigt, nackt und erregt mit steifen Schwänzen näherten sie sich, mussten sie doch gerade ihren Freunden zusehen wie diese Rita vögelten, in ihr abspritzten und jetzt wollten sie auch ficken, wollten ihre Schwänze in dieses geile junge Mädchen stecken.

Rita hatte jetzt Lust auf eine richtige Fickorgie.

Als sie vor ihr standen, nebeneinander und nicht so recht wussten was sie tun und wie sie es anfangen sollten, kniete sich Rita vor sie hin, die drei Schwänze vor ihrem Gesicht und sie begann ihre steifen Glieder zu lutschen.

Einen nach dem anderen bediente sie mit dem Mund.

Lutschend und saugend ließ sie ihre Schwänze abwechselnd tief in ihren Mund gleiten, ihre Zunge kreiste um ihre Eicheln und mit den Händen knetete sie ihnen die prallen Säcke.

Die drei stöhnten vor Lust, Rita wusste wie man einen Schwanz lutscht, zu oft hatte sie es schon gemacht, nur drei zugleich, das war auch für sie etwas neues.

Sie spürte wie alle drei immer erregter wurden, kurz vor dem Abspritzen waren, das jedoch wollte sie vermeiden, jetzt war sie an der Reihe ihre Lust voll und hemmungslos auszukosten und sie sagte zu dem, welcher den größten Schwanz hatte;

"Leg dich mit dem Rücken auf die Decke, ich will dich ficken, auf dir reiten!"

Der Junge kam ihrem Wunsch gerne nach, schnell legte er sich mit dem Rücken auf Ritas Decke, steif und erwartungsvoll stand sein Schwanz nach oben.

Rita nahm die Dose mit ihrer Sonnencreme und drückte sie dem Zweiten in die Hand.

"Damit streichst du mich hinten ein, streiche die Creme um mein Loch bevor du meinen Arsch fickst, willst du es tun?"

Er nickte; "ich soll dich in den Arsch ficken, wenn du es möchtest, zu gerne!"

"Und deinen Schwanz will ich dabei lutschen," sagte Rita zu dem dritten Jungen, der sie, sich dabei wichsend anblickte.

Sie kniete sich über den Jungen auf der Decke, mit ihrer Hand führte sie seinen Schwanz an ihren jetzt tropfenden, offenen Schlitz und setzte sich langsam auf ihn.

Tief drang sein steifes Glied in sie hinein, der Junge stöhnte, es tat ihm gut in ihr glitschiges, bereits zweimal gefülltes Inneres einzutauchen und Rita legte sich über ihn, einladend kam ihr Po nach oben worauf der zweite Junge sich hinter sie kniete, in die Cremedose griff, ihr wie gewünscht einen Batzen Creme entnahm und Ritas Arschbacken auseinander zog.

Er betrachtete ausgiebig ihren dunklen, jetzt leicht zuckenden Anus und genüsslich bestrich er ihre einladende Rosette, drückte mit einem

Finger die Creme hinein und bewegte dann den Finger in ihrem engen Loch worauf Rita lustvoll aufstöhnte; "jetzt stecke mir deinen Schwanz hinein, fick mich in den Arsch, komm schon!"

Er folgte sofort, war über ihr und drückte langsam, Rita konnte ein Stöhnen dabei nicht unterdrücken, es schmerzte doch etwas, seinen Schwanz tief zwischen ihre prallen Arschbacken, indessen sein Freund bereits vor Rita kniete und ihrem Mund seinen Schwanz anbot, den sie auch gleich zwischen ihren Lippen versenkte.

Jetzt war Rita zufrieden. Zwei Schwänze, die ihre Löcher füllten, eng nebeneinander sich rein und raus bewegten, ein Schwanz, der heftig ihren Mund fickte, sich an ihren Lippen rieb, bis an den Gaumen stieß. Ihr Lustgefühl steigerte sich jetzt, wurden intensiver, von drei Schwänzen bedient zu werden, erlebte sie hier zum ersten Mal und es brachte sie fast um den Verstand.

Ihre Möse war nass und glitschig, die Schwänze der Jungen glitten immer schneller rein und raus und auch ihr Arschloch hatte sich daran gewöhnt gefickt zu werden.

Die beiden sie fickenden Jungen gerieten immer mehr in Fahrt.

Rita hatte so eine Szene einmal bei ihrer Freundin in einem Porno gesehen und es hatte sie und auch ihre Freundin maßlos erregt, beide hatten sich auf der Couch sitzend ihren Slip ausgezogen, die Röcke hoch geschoben und sich, während sie dem Film zusahen, dabei selber befriedigt und sich gewünscht, so etwas auch mal zu erleben.

Und jetzt erlebte sie es hier auf der Decke selbst.

Leicht bewegte sie sich auf und ab, stimulierte dabei den Schwanz in ihrer Möse, welcher dabei auch noch ihren Kitzler streifte, während der andere jetzt fest und tief eindringend, ihr dunkles, mit Creme gleitend gemachtes Arschloch fickte.

Der Schmerz des Eindringens hatte nachgelassen und als er sich jetzt in ihr bewegte, tat es gut, ein seltsam eigentümliches, mit Schmerz verbundenes, aber dennoch erregendes Gefühl war es, nicht nur vorne in die Möse, sondern zugleich auch hinten in den Arsch gefickt zu werden, zusätzlich das Vergnügen auch noch einen Schwanz im Mund zu haben, an ihm zu lutschen und darauf zu warten, das er ihr seinen Saft in den Mund spritzen würde.

Die beiden, welche sie zuerst so schnell gefickt hatten, waren nähergekommen, setzten sich neben Rita ins Gras und wichsten zuschauend, ihre erneut wieder steif gewordenen Schwänze.

Zu erregend war der Anblick von Rita in ihrer Fickstellung.

Ihre nach unten hängenden Brüste pendelten hin und her während sie gestoßen wurde.
Der Anblick der beiden, in Ritas Löcher fickenden Schwänze, ihre Säcke klatschten bei jedem Stoß zusammen, rieben sich aneinander, nass geworden von dem aus Ritas unersättlicher Muschi auslaufendem Sperma der beiden Vorgänger.
Die drei Jungen gaben sich Mühe es ihr richtig zu besorgen.
Beide, ihre zugleich Ritas Löcher fickenden Schwänze stießen nun im Takt in sie, spürten den Schwanz des anderen, nur getrennt durch die dünne Wand zwischen Scheide und Anus.
Sie waren jung und was Mädchen anbelangte noch ziemlich unerfahren.
Keiner von ihnen hatte jemals eine solche Fickorgie erlebt wie hier mit Rita.
Beide Jungen stöhnten wohlig, waren kurz vor dem Abspritzen.
Jedoch der Junge, der Ritas Mund fickte, kam vor ihnen.
Ritas an seinem Schwanz auf und abgleitende, ihn eng umschließende Lippen, ihre Zunge, die um seine Eichel kreiste, brachten ihn dazu.
Immer schneller glitt sein Schwanz in ihrem Mund hin und her und Rita fühlte es, als er zuckte, plötzlich abspritzte und ihren Mund mit seiner schleimigen, würzig schmeckenden Flüssigkeit füllte, eine gewaltige Menge kam aus ihm, er spritzte anhaltend und Rita schluckte seinen Saft, lutschend und intensiv an seinem Schwanz saugend, holte sie alles aus ihm heraus bis er aufstöhnend und befriedigt ihren Mund verließ.
Auch sie näherte sich dem Höhepunkt und sie wollte ihn richtig auskosten.
Ihre Hand glitt nach unten, zwängte sich zu ihrem Kitzler und mit zwei Fingern rieb sie schnell ihre steife Lustknospe, die von Sperma glitschig und hart geworden, sich ihren reibenden Fingern entgegen drängte.
Immer schneller werdend wichste sie sich, dabei laute, spitze Lustschreie von sich gebend, bis der Orgasmus ihren ganzen Körper erfasste, in Wellen überkam es sie, während sie noch einmal hektisch auf den beiden sie fickenden Schwänzen ritt und damit beide gleichzeitig ebenfalls auf den Höhepunkt trieb.
Beiden kam es beinahe zusammen mit Rita und laut stöhnend gaben sie sich ihrer Lust hin, zwei Schwänze begannen zu zucken und

spritzten nebeneinander, jeder in seinem Loch um ihren Saft in sie zu pumpen.

Ihre Muschi bekam ihre dritte heiße Ladung, lief über und in ihrem, jetzt durch ihre Lustgefühle heftig pulsierendem Arschloch explodierte der andere Schwanz, sein Spritzen wollte nicht mehr aufhören und auf seinem eigenen Saft gleitend stieß er, selbst als nichts mehr aus ihm herauskam, immer noch erregt, weiter tief in sie hinein, dehnte ihren Muskel, bis auch er sich, endlich voll befriedigt aus ihr zurück zog.

Rita glitt jetzt auch von dem unter ihr liegenden herab und als sie aufstand lief das Sperma aus ihr heraus, lief schleimig ihre Schenkel entlang, tropfte auf den nackten Bauch des Jungen unter ihr. Rita setzte sich, jetzt endlich befriedigt neben ihn und betrachtete sein immer noch steifes Glied aus welchem sich noch ein letzter Tropfen quälte.

Einige Meter abseits im Gras saßen die beiden, die sie zuerst so schnell fickten, rieben hastig ihre Schwänze, hoch erregt vom Zusehen.

Beide standen auf gingen zu Rita und immer noch wichsend knieten sie sich links und rechts vor sie hin und beinahe gleichzeitig begannen sie zu spritzen, ihr Saft schoss aus ihnen, spritzte über Ritas nackte Brüste, klatschte auf ihren Bauch und als es weiß und schleimig an Rita herunterlief, verrieb sie es mit den Händen auf ihrem Körper.

Noch nie, in ihrem jugendlichen Alter war sie so gefickt worden, hatte fünf junge Männer fertig gemacht, ihren Saft in sich aufgenommen und war so richtig und ausgiebig befriedigt worden.

Auch die Jungen machten einen zufriedenen Eindruck, sie lachten Rita an während sie sich rasch anzogen.

"Danke Mädchen, du warst super, war toll mit dir zu ficken," sagte einer, "kommt Leute, fahren wir zum See und gehen schwimmen, ich glaube, eine Abkühlung wird uns gut tun!"

Sie schwangen sich auf ihre Räder, winkten Rita noch einmal grüßend zu und unter lautem, mehrfachem "tschüss", radelten sie davon.

Ermattet aber zufrieden, ihre Lust war gestillt, legte sich Rita auf ihre Decke schloss die Augen und dachte über das soeben Erlebte nach.

Schau mer mal

Schau mer mal... was könnte ich jetzt tun? Es ist ein trüber Tag. Ich bin zu müde um noch zu arbeiten. Ich bin allein. Und es ist wieder einer dieser Tage, wo ich so schrecklich "`fickerig"' bin. Das Wort hab ich aus einem Kabarett Programm. Ich finde es passt. Ich meine Sex ist wirklich nicht alles im Leben. Es gibt Zeiten da komme wirklich gut ohne aus. Aber heute nicht.

Diese Tage sind gar nicht so häufig, aber wenn sie mich überkommen, meine Konzentration sich zwischen meine Beine verlagert, dann...Ja was dann? Das kommt doch sehr drauf an - zum Beispiel darauf, wo ich bin.

Ich weiß noch, wie ich mal eine Woche bei Freunden in Kassel war, d.h.bei Freundinnen, bei guten Freunden mit denen ich alles hätte machen können, außer Sex. Und es mir selbst machen? Auf den Klo bei denen? Nee, so was tut man nicht. Was ich dann tat tut man allerdings auch nicht.

Ich lief durch die Straßen, mit einem sehr langen und sehr weiten Tshirt, dass hoffentlich verbarg, was sich zwischen meinen Beinen tat, während meine Gedanken darum kreisten, wie ich die Brüste einer schönen Frau mit Küssen bedeckte, ihre Nippel sich mir entgegen reckten, während sie an meinen Ohren knapperte. Ich stellte mir vor wie meine Lippen langsam tiefer glitten, ihren Bauch mit küssend erkundeten, während meine Hände begann ihren Hinter zu kneten, zwischen ihre festen Pobacken zu gleiten, ihre Mitte stets um Haaresbreite verfehlten.

Oje, ich musste echt aufpassen nirgendwo gegen zu laufen. Und ich versuchte meinem Gesicht einen entspannten Ausdruck zu verleihen, obwohl in mir alles angespannt war. Besonders seit sich meine Gedanken nun ganz auf das Zentrum des Geschehens verlagerten, Bilder von prallen, glänzenden Schamlippen, die meine Zunge um spielten, wechselten sich mit Bildern meines speichel"-bedeckten Schwanzes ab, der aus dem Mund einer wunderschönen Frau glitt, die mir unanständige Dinge entgegen schrie, während ich pulsierend und leidenschaftlich in sie drang.

So ging das nicht weiter. Ich ging in ein Buch"-geschäft, einen jener neuen Riesen"-läden, die das Geschäft der kleinen Buchhandlungen um die gemütlich Sitz"-ecken, statt fachgerechter Beratung verdarben. Die Erotik"-abteilung zog mich magisch an. Ich blätterte in den Büchern, las nur die Szenen die zur Sache kamen. Ich wurde immer erregter. Es half nichts. Ich zog mich auf eine Besucher"-toilette zurück, suchte mir eine leere Kabine und schloss ab. Ich zog mein Tshirt aus, zog die Hose herunter. Die dunkel glänzende Spitze meines Schwanzes leuchtete mir entgegen. Ich begann sanft mit meinen Brustwarzen zu spielen, während meine andere Hand meine Schwanz zuerst zu streicheln und dann hart zu wichsen begann. Ich legte mit drei Blatt Klopapier auf den Bauch, die schon bald eine Ladung weißlich glänzenden Spermas auffingen.

Ich machte mich sauber und ging - erleichtert, aber auch ein wenig beschämt: Ich selbst stell mir, wenn ich auf eine öffentliche Toilette gehen muss, ungern vor, dass jemand vor mir dort masturbiert hat.

Heute aber ist alles anders. Ich bin daheim, ich bin allein. Ich habeZeit.

Ich zünde ein paar Kerzen, schöne Musik und ein Gläschen Wein. Fenster öffnen, dass die warme, vom Regen gesäuberte Luft herein wehen kann.

Ich ziehe mich aus und kuschele mich in mein Bett und meine Phantasie beginnt meine Hände zu leiten. Währende diese beginnen meine Brust und meinen Bauch zu streicheln, mit meinen Brustwarzen und Ohrläppchen zu spielen, taucht das Lächeln einer jungen hübschen Frau vor aus, die sich über mich beugt, mir einen sanften Kuss gibt, ihr feuchtes Haar streichelt über mein Gesicht und ihre Nasenspitze streichelt meine.

Sie ist ebenso nackt wie ich, und so mein Schwanz zwischen meinen Schenkeln wächst, steigt ihr Geruch aus ihrer Mitte in meine Nase. Sie küsst mich, während meine linke Hand, in der Realität nun nicht mehr an sich halten kann. Ich geben etwa Öl in sie und legen schon mal ein

Küchentuch bereit - später hab ich dafür keine Zeit mehr. Ich reibe zunächst meinen ganzen Schwanz ein, mein Eier, und auch mein Anus bekommt ein paar Tropfen ab.

Die Frau in meiner Fantasie, widmet sich mit ihrer rechten Hand nun meinen Schwanz, den sie so sanft massiert, wie ihre linke Hand ihre leicht geöffneten Schamlippen. Man merkt ihr an, das sie sich selbst so gut kennt wie mich. Meine Lippen werden magisch von ihren Finger"-kuppen angezogen, die von ihrer Feuchte glänzen. Sie lässt mich kosten.

Währenddessen massiere ich zunächst sanft meine Eichel, dann meinen Schaft und stelle mir vor es wären ihre Lippen, ihre Zunge. Als ich ganz in ihrer pulsierenden Mitte versinke, verschwindet mein Schwanz völlig in ihrem Mund, während ich in der Realität mit sanften aber kräftigen Zügen meinen Schaft massiere, so dass sich meine Haut immer wieder strafft und entspannt.

"`Fick mich'", flüstert sie mir kichern in Ohr, "`Ich will, dass Dein Schwanz mich ganz ausfüllt, in mir pulsiert, sich in mich ergießt. Dein Sperma und mein Saft - was da davon noch nicht aus mir heraus geleckt hast, sollen sich vereinigen.'"

Aber so weit bin ich noch nicht. Erst soll mein Mund sie ganz erschöpfen. Vor meinem geisten Auge erscheint ihr von Wollust ganz verzücktes Gesicht. Ich höre förmlich ihre Glücks"-schreie, als meine Zunge auf ihre Perle und meine Finger in ihrer Mitte sie zum Orgasmus treiben.

Mein Penis zuckt nun schon in meiner Hand, wie eine Forelle, die man in einem Bach mit den Händen gefangen hat.

Ich beuge mich über sie, dringe erst vorsichtig, dann bestimmter in sieein. Sie ergreift mein Becken, gibt mir den Rythmus vor, der sich in der Realität nun auf meine immer schneller wichsende linke Hand überträgt, während der Mittelfinger meiner rechten Hand sanft aber bestimmen von außer gegen meinen Anus drückt, der bald nach meiner Finger"-kuppe greift, während ich ihr vom Orgasmus verzerrtes Gesicht vor mir sehe. Ein Strahl warmen Spermas klascht auf meinen

Bauch, eine paar Tropfen treffen meine Brust und sinke zufrieden in mein Bett zurück.

Ich atme ein paar Momente durch, bevor ich mich säubere und einen Schluck Wein trinke. Auf dem Weg zur Dusche, denke ich diese "`fickerigen'" haben oft noch mehr zu bieten.

Schau mer mal!

Samenkontrolle

Seit sechzehn Jahren arbeite ich jetzt in der Aushebungsabteilung der Schweizer Armee. Ich habe mich damals als Krankenpfleger gemeldet und bekam auch die Verantwortung für die Geschlechts- Untersuchung. Phymoseuntersuchung, Hoden und Prostata abtasten waren an der Tagesordnung. Dabei habe ich natürlich allerhand erlebt, doch so einen Auftrag wie heute habe ich noch nie erhalten. ... die Samenqualität der Männer lässt seit einigen Jahren merklich nach. Eine Schweizer Forschungsanstalt hat nun die Armee angefragt ob sie für eine eingehende Studie rund 2500 Samenproben von jungen Männern erhalten könnte. Für die neue Aushebung haben sich ca. 5000 Männer zwischen 18 und 20 gemeldet, sehen Sie zu dass Sie die 2500 Proben zusammen bekommen, stand in der Anweisung.

Ja da stand ich nun und hatte keine Ahnung wie ich das bewerkstelligen soll. Ich besprach mit meinen Kollegen und bekam allerlei Vorschläge, doch keiner war brauchbar. Es war nicht möglich einen separaten Raum mit ansprechenden Heften dazu zu reservieren. Also musste die probe in meinem Untersuchungsraum genommen werden. Ich besorgte mir bei der an-fragenden Firma einige tausend Becher und hoffte auf Glück oder Kooperation der Jungs. Um es ihnen ein wenig einfacher zu machen habe ich mir auch Erektionsspritzen besorgt um ihnen schneller auf die Sprünge helfen zu können.

Da es sich um eine Reihenuntersuchung handelt und die Armee ja sowieso nicht sonderlich zimperlich ist, kamen jeweils 10 Rekruten in mein Untersuchungszimmer wo ich sie dann der reihe nach untersuchte. Jeder der fertig war konnte dann gehen. Doch diesmal war es anders. Jeder der mit der Untersuchung fertig war musste noch bleiben und warten. Die Unterhosen liess ich sie so lange wieder anziehen. Als der letzte der 10 ersten durch war erklärte ich ihnen die Angelegenheit. 2 von ihnen verliessen darauf den Raum und wollten nicht mitmachen die anderen 8 forderte ich auf die Unterhose wieder auszuziehen. Ich gab jedem einen Becher und erklärte ihnen wie sie ihn im Augenblick der Ejakulation halten sollen. Das ich Erektionshilfe anzubieten hätte sagte ich nicht. Zuerst einmal schauen ob es auch so geht. Mit den bechern in den Händen begannen sie zögerlich an ihren Penissen zu spielen. Ich war recht erstaunt zu sehen dass es den einen sofort gelang eine Erektion zu bekommen, allerdings taten sie sich noch ein wenig schwer nun auch vor allen anderen zu masturbieren. Ich sah wie sie sich gegenseitig auf die Schwänze schauten und sich einer nach dem anderen erhob. Der kleine Blonde fing als erster an sich regelmässig zu wichsen. Immer schneller zog er seine Vorhaut über die Eichel und zurück, ein sanftes schmatzendes Geräusch entstand. Die anderen zogen nach. Der stämmige Bauernsohn mit seinem grossen kräftigen Geschütz und der überlangen Vorhaut, ich habe ihm bei der Untersuchung eine Beschneidung vorgeschlagen, beugte sich leicht nach vorne, umfasste seinen Schwanz wie das Euter einer Kuh. Der hübsche Hip Hopper war beschnitten, seine Haut hatte kaum Spielraum. Er umfasste seinen Schwanz nahe an der Eichel und machte kurze schnelle Bewegungen. Alle waren sie nun munter am Masturbieren. Dann war es soweit der Asiate war der erste. Ich sah wie er seine Eichel in den Becher hielt und schon klatschte der Same gegen die Becherwand. Ich nahm ihm den Becher ab und gab ein Kleenex. Der Bauernsohn war auch soweit. Doch halt so ging es nicht. Seine lange Vorhaut berührte den Boden des Bechers, ich versuchte ihn noch zu Stoppen, erklärte ihm dass er die Vorhaut weiter zurück ziehen soll. Er versuchte es doch kann er nicht gleichzeitig den Becher halte, wichsen und die Vorhaut nach hinten ziehen. Ich gehe zu ihm hin halte für ihn den Becher. Weit zieht er sich die Vorhaut nun zurück. Seine rosa Eichel kommt zum Vorschein und schon landet sei-ne Ladung im Becher. Unser Hip Hopper nebenan ist auch soweit, sein Atem wird schwerer, ich schaue zu ihm, während seine Hand fast keine Bewegungen mehr macht spritzt er unaufhörlich in den Becher. Er hat den Rekord bis jetzt! Den kleinen Blonden überkommt es nun auch. Er ist der einzige der auch richtig laut aufstöhnt und als er zu spritzen anfing bewegt sich sein Becken wie von allein vor und zurück. Schliesslich spritzte auch der letzte noch ab. Nachdem sich alle gesäubert hatten und ihre Unterhosen wieder über ihre teils noch harten Schwänze gezogen, begleitete ich sie hinaus. Ich hatte noch 20 Minuten Zeit bis dass die nächste Truppe hineinkam. Ich liess mir einen Kaffe aus der Maschine, stellte die 8 gefüllten Becher vor mich hin und begutachtete sie. Erst jetzt wurde ich richtig erregt ab der Situation, mein Schwanz wuchs und es entstand ein unangenehme Spannung in meinen Hosen. Ich nahm einen leeren Becher, öffnete meine Hosen, stülpte den Becher über die Eichel. Mit der anderen Hand griff ich meinen Schwanz tief an der Wurzel, sodass ich auch die Hoden noch mit greifen konnte und fing an genüsslich zu pumpen. Es dauerte nicht lange und auch mein Becher war gefüllt. Ich stellte ihn zu den anderen und grinste vor mich hin. Vor 17 jahren als ich 28 war, habe ich mich nach der Geburt unseres dritten Sohnes sterilisieren lassen. Da werden sie wohl bei der Untersuchung der proben von sehr schlechter Samenqualität sprechen :-))

Die nächsten 10 betraten den Raum ..... am Schluss hatte ich über 4000 Proben und ebenso viele geile Abenteuer.

Geile Zuschauerinnen

Während meiner Ausbildungszeit habe ich mit einem Mädchen das ein klein wenig älter ist als ich in einer WG gewohnt. Meine Mitbewohnerin Claudia war damals 25 Jahre alt, hatte lange gewellte blonde Haare und hatte eine schöne sportliche Figur und sah einfach nur geil aus. Die Wohnung war eine Dachgeschosswohnung mit einem großen Balkon zur Südseite, der fast nicht einsehbar war. Deswegen legten wir uns im Sommer entweder einzeln oder zusammen oft raus zum sonnen. Da uns niemand beobachten konnten legten wir uns häufig nackt zum Sonnenbaden.

Es war auch schon vorgekommen, dass ich, als ich ihr den Rücken eingecremt hatte einen Halbsteifen und einmal auch einen richtigen Steifen bekommen habe, was sie aber, denke ich, nicht mitbekommen hatte.

An einem Nachmittag lag ich alleine nackt auf dem Balkon und schlief dabei ein. Irgendwann wurde ich durch Stimmen geweckt, die ich aber nicht sofort zuordnen konnte. Ich hatte offensichtlich etwas sehr erotisches geträumt, da ich einen riesigen Ständer hatte und leichte Spermaspuren auf dem Bauch hatte.

Plötzlich ging der Vorhang zum Balkon auf und Claudia stand zusammen mit ihren zwei Freundinnen, die im Erdgeschoss des Hauses wohnten und häufig bei uns waren, an der Balkontür.

Ich blieb erschrocken einfach liegen, weil ich nicht wusste was ich machen sollte. Ich schaffte es nur noch ein Bein anzuziehen um den Anblick etwas abzumildern aber verbergen konnte ich meinen Steifen dadurch auch nicht. Ich hatte auch kein Handtuch griffbereit, dass ich mir schnell darüber werfen konnte. Nach einem kurzen Moment, in dem die drei und ich nichts sagten, weil wir von der Situation so überrascht waren, wollte Claudia mit den Worten „Oh Tschuldigung" den Vorhang wieder zuziehen. In dem Moment sprach mich ihre Freundin Susi an: „Hi wie geht's! Claudia hat uns schon erzählt, dass ihr öfter nackt hier oben liegt. Das wollte ich schon immer mal sehen." Ich sagte nur, dass ich wohl eingeschlafen sein muss. „Schön geträumt?" fragte sie mich mit einem vielsagenden Lächeln. „Das kann man sagten" meinte ich und entspannte mich etwas und lockerte mein verkrampft angezogenes Bein. Als Susi meinen steifen Schwanz, der durch die Unterhaltung eher noch praller geworden war, im vollen Ausmaß sah meinte sie, dass ich offensichtlich sehr schön geträumt haben müsse.

Da mir nichts mehr einfiel, was ich darauf erwidern sollte versuchte ich das Gespräch in eine andere Bahn zu lenken und erzählte ihnen, dass der Balkon einfach großartig ist und man absolut in Ruhe Nacktbaden könne, es sei denn das unangekündigt Besuch kommt.

Claudia sah mich an und fragte plötzlich: „Wolltest Du Dir gerade auf unserem Balkon einen runter hohlen?" Ich lief knallrot an und versuchte erneut zu erklären, dass ich nur eingeschlafen bin und es keine Absicht war. Aus irgendeinem Grund sahen mich alle drei nur zweifelnd an und ich merkte dass sie mir nicht glauben wollte. Dann setzte ich einen drauf und meinte: „Dafür wollte ich eigentlich warten bis ihr mal da seid." Offensichtlich waren die drei etwas platt mit der Antwort. Als sich Susi wieder gefasst hatte meinte sie ganz trocken: „Jetzt sind wir da! Also kannst Du loslegen!" Jetzt war ich der der platt war. Ich versuchte jetzt krampfhaft aus der Geschichte wieder raus zu kommen. Obwohl die Vorstellung, dass ich gleich anfangen würde loszulegen und ich dabei drei verdammt geile Zuschauerinnen zu haben, höchst geil war, war es mir doch auch peinlich einfach loszulegen. Ich versuchte sie von der Idee abzubringen, indem ich ihnen erklärte, dass die Situation nicht passe und die Stimmung nicht richtig ist. Schließlich stünden sie ja einfach in der Balkontür und seien hätten Straßenkleidung an. Wenn dann wäre es schon angebracht, dass sie auch zum Sonnenbaden heraussetzen.

Daraufhin meinte Susi, dass sie sowieso rauf gekommen wären um den schönen Nachmittag auf dem Balkon zu verbringen und sie ja schon häufiger hier zum Sonnenbaden waren. Jetzt verschlug es mir die Sprache. Claudia ging mit der Ankündigung, dass sie nur noch schnell Handtücher hohle und gleich zurück sei. Die anderen beiden kamen auf den Balkon und setzten sich auf die Stühle. In mir kribbelte es furchtbar und ich wusste nicht, was ich sagen sollte. Ich steckte mir eine Zigarette an in der Hoffnung, dass ich sie noch davon abbringen könnte wenn ich sie jetzt noch ablenke. Ich versuchte ihnen zu erklären, dass es von mir eigentlich nur scherzhaft gemeint war und ich nur vorlaut sein wollte.

Ein Blick auf meinen Schwanz verriet ihnen und mir, dass das nur die halbe Wahrheit war. Mein Schwanz war durch die ganze Geschichte so steif, hart und prall wie ich ihn glaube ich nie zuvor gesehen hatte. Auf meinem Bauch war deutlich zu sehen, dass der nasse Fleck, den mein Vorsaft hinterlassen hatte deutlich größer geworden war. Das mussten die beiden auch bemerkt haben, die gleichzeitig ebenfalls meinen Schwanz fixiert hatten, denn Susi meinte nur, dass das davon kommt, wenn man so vorlaut ist wie ich.

In dem Moment kam Claudia mit den Handtüchern wieder und verteilte sie an ihre Freundinnen. Ich war gespannt, ob sie es wirklich machen würden und hoffte zum einen Teil, dass sie sich nicht ausziehen würden und ich somit eine schöne Ausrede hätte. Zum anderen hoffte ich aber auch, dass sie sich ausziehen würden, weil ich zum einen so geil war, dass ich es nicht mehr aushielt und natürlich weil ich alle drei nackt sehen wollte.

Claudia erklärte ihren Freundinnen, dass sie sich im Wohnzimmer umziehen könnten, woraufhin sie ihr ins Wohnzimmer folgten, nachdem sie die Handtücher auf ihre Stühle gelegt hatten. Ich war so aufgeregt, was jetzt wohl passieren würde, dass ich es fast nicht mehr schaffte meine Zigarette zu rauchen. Ich versuchte durch das Fenster zu sehen was im Wohnzimmer vor sich ging, was leider nicht gelang, weil die Fenster jetzt die inzwischen tiefer stehende Sonne spiegelten. Nur in Umrissen konnte ich erkennen, dass sich die drei auszogen. Es dauerte für mich eine Ewigkeit bis wieder heraus kamen.

Schon beim Anblick von Claudia verschlug es mir die Sprache. Sie hatte sich tatsächlich komplett ausgezogen und stand jetzt nackt vor mir auf dem Balkon. Sie war nahtlos braun und hatte einen schönen festen Busen. Ihre Schamhaare waren nur im Bikinibereich rasiert und ansonsten leicht gestutzt. Obwohl ich Claudia schön häufiger nackt gesehen hatte wurde ich bei ihrem Anblick noch geiler als ich es sowieso schon war. „So hier sind wir wieder!" sagte sie zu mir als sie auf den Balkon trat. Direkt hinter Claudia kam Susi auf den Balkon. Sie hatte schulterlanges blondes Haar, war sehr schlank und hatte eine äußerst sportliche Figur. Auf ihrem Bauch konnte man die ausgeprägten Muskeln sofort erkennen. Ihr Busen war eher klein aber sehr fest und schön geformt. Ihre Pussy hatte sie vollkommen rasiert, was mich bei ihrem Anblick wahnsinnig machte. Als letzte kam Nadja. Sie hatte lange gewellte schwarze Haare und hatte im Vergleich zu den beiden anderen eine eher rundere Figur. Ihr Busen war sehr groß, ich schätze mindestens Körbchengrösse D oder DD mit ausgeprägten und aufstehenden Nippeln. Ihre Schamhaare hatte sie bis auf einen kleinen Streifen in der Mitte rasiert, der nur bis zu ihren Schamlippen reichte, die ebenfalls rasiert waren. Ich konnte gleich ihre großen Schamlippen sehen, die weit herausragten.

Nachdem sich alle so auf die Stühle verteilt hatten dass sie mich alle ansehen konnten meinte Susi zu mir: „Und? Ist die Stimmung jetzt besser? Von uns aus kann es jetzt losgehen!" Ich war jetzt mit meinen Gedanken und meiner Stimme am Ende und murmelte nur: „Ihr wollt nicht wirklich, dass ich mir jetzt einen runter hohle?" Darauf erwiderte Claudia: „Du hast uns schließlich heiß gemacht damit und jetzt wollen wir auch was sehen." In der Hoffnung mehr Zeit zu gewinnen wies ich sie darauf hin, dass sie sich doch eincremen sollten, weil die Sonne immer noch sehr stak sei und man sich hier ganz leicht einen Sonnenbrand zuziehen können. Dabei reichte ich Claudia mein Sonnenöl nachdem ich mir selber noch eine Hand voll genommen hatte. Ich cremte meinen komplett rasierten Körper, wobei mir bei jeder meiner eigenen Berührungen ein Schauer über den ganzen Köper lief. Während ich mich eincremte beobachtete ich wie sich Nadja und Susi, die beide recht blass waren anfingen einzucremen. Claudia hatte abgelehnt, weil sie sowieso schon so braun war. Ich fixierte die beiden, wie sich das Sonnenöl über ihren nackten Körper strichen. Als Nadja anfing genüsslich ihren großen Busen einzucremen indem sie ihn leicht massierte war um mich geschehen. Ich fing an meinen sowieso schon knallharten Schwanz leicht zu streicheln und zu wichsen. Als ich Susi dabei beobachtete, dass sich das Sonnenöl über ihre rasierte Pussy strich, während sie mich dabei beobachtete wie ich meinen Schanz wichste, wäre ich schon beinahe gekommen. Ich musste mich wahnsinnig zusammenreißen um nicht sofort nach einer Minute abzuspritzen merkte aber schon, dass mein Sperma aus mir heraus spritzen wollte. Offensichtlich hatte Susi gemerkt, dass es mich wahnsinnig erregt hatte. Sie griff nochmals zum Sonnenöl und begann gezielt ihre Pussy nochmals einzucremen. Als ich Ihre Finger langsam über ihre blank rasierte Pussy streichen sah dachte ich nur noch daran sofort abspritzen zu wollen. Ich begann stärker zu wichsen hielt aber stöhnend inne, bevor ich beinahe nochmals abgespritzt hätte. Spätestens mein Stöhnen hatte die drei geil gemacht. Claudia, die sich in der Zwischenzeit eine Zigarette angesteckt hatte, legte ihre freie Hand zwischen ihre Schenkel, die davor leicht gespreizt. Ich konnte jedoch nicht sehen ob sie ihre Hand leicht bewegte. Susi hatte noch immer nicht damit aufgehört ihre Pussy einzucremen und rieb weiterhin über ihre rasierte Pussy. Nadja dagegen saß steif auf ihrem Stuhl, die Hände an der Lehne, und starrte mich an. Ich war jetzt richtig in Fahrt und begann leise zu stöhnen während ich mich wichste. Das Stöhnen wurde lauter, was auch die Nachbarn hören mussten, die unter uns auf ihrem Balkon saßen, was mir aber egal war. Susi hatte inzwischen aufgehört sich einzucremen und hatte sich ebenfalls eine Zigarette angezündet. Ein Bein hatte über ihre Stuhllehne gelegt, so dass ich ihre offene rosa Pussy genau sehen konnte. Als ich Claudia ansah merkte ich, dass sich ihre Hand leicht bewegte. Ich war so erregt, dass ich jede Sekunde hätte abspritzen können, was ich aber nicht zuließ. Ich wichste mich weiter und begann gelegentlich meine Hände über meinen Körper gleiten zu lassen und meine Brustwarzen hart machte. Nadja machte es mir nach und begann ihren Busen zu massieren und sich die Brustwarzen zu zwirbeln. Ich hätte noch ewig so weiter machen können so geil war es. Als ich wieder Susi ansah, die sich soeben die zweite Zigarette angezündet hatte und dabei bemerkte dass ihre Freundinnen beschäftigt waren, grinste sie mich an. Sie hatte immer noch ihr Bein über die Stuhllehne gelegt und ihre Pussy glänzte im Sonnenlicht. Sie legte ihre Hand langsam in ihren Schoß und begann mit einem Finger ihren Kitzler zu streicheln. Als sie sich zu ihren Freundinnen umsah und bemerkte, dass diese nur mit sich und mit mir beschäftigt waren grinste sie breit und schob sich langsam ihren Mittelfinger in ihre Pussy. Ihre Lippen formten dabei die Worte „Spritz ab!" Ich wusste, dass der Zeitpunkt gekommen war an dem ich mich nicht mehr zurückhalten konnte und fing an richtig hart zu wichsen. Ich beobachtete dass sich Claudias Finger immer heftiger bewegten und sie geräuschlos stöhnte. Susi fing an sich ihren Finger immer tiefer, stärker und schneller in die Pussy zu stecken. Auch Nadja, die wohl bemerkt hatte was ihre Freundinnen machten hatte ihre Beine leicht gespreizt und rubbelte heftig an ihrem Kitzler. Als ich sah, dass Claudia ihre Augen verdrehte war es endgültig aus mit mir. Ich spritzte laut stöhnend ab. Die erste Ladung war riesig und spritzte mir auf die Brust, ins Gesicht und hinter mir auf den Balkon. Die zweite Ladung war genauso groß und traf mich wieder ins Gesicht. Ich spritzte noch etwa vier oder fünfmal ab. Das viele warme Sperma auf meinem Körper fühlte sich einfach nur geil an. Ich wichste meinen Schwanz weiter, der trotz der vielen Ladungen überhaupt keine Anstalten machte wieder locker zu werden. Ich sah, dass Claudia einen hochroten Kopf hatte und inzwischen aufgehört hatte ihre Pussy zu streicheln mich aber immer noch fixierte. Nadja rubbelte noch immer heftig an ihrem Kitzler und war offensichtlich kurz davor zu kommen. Sie atmete schnell und flach starrte mich aber noch immer an. Plötzlich wurden ihre Bewegungen langsamer und kniff die Beine zusammen, wobei sie ihren Kopf in den Nacken warf. Susi war noch immer dabei sich abwechselnd ein oder zwei Finger in die Pussy zu stecken und ihren Kitzler zu massieren. Mit der anderen Hand knetete sie sich ihren Busen. Ich bemerkte dass Claudia, die direkt neben ihr saß, das Schauspiel von Susi bemerkt hatte und nunmehr ihr gebannt zusah. Auch Nadja fiel es auf, die als sie wieder zu Atem gekommen war ebenfalls ihre Freundin anstarrte. Das Schauspiel dass Susi da ablieferte war einfach nur geil. Nunmehr schauten wir alle drei ihr zu, während sie immer noch mich anstarrte. Nadja fand dass Schauspiel wohl ebenso geil wie ich, da sie es ihr gleich tat, die Beine weit spreizte und anfing sich einen Finger in die Pussy zu schieben und gleichzeitig mit dem anderen Finger ihren Kitzler massierte. Die Tatsache, dass Claudia und Nadja so fasziniert von Susi waren machte mich noch geiler. Als Susi, anfing leicht zu stöhnen merkte ich, dass ich noch mal abspritzen wollte. Als ihr stöhnen lauter wurde und sie die Augen schloss war ich soweit dass ich sofort wieder abspritzen konnte. Ich sah ihr zu, wie sie ihren Orgasmus auslebte, wobei es ihr offensichtlich egal war, dass ihr alle zusahen, da sie laut stöhnte und schließlich ihre Beine ruckartig zusammen zog. Als sie ihre Augen wieder aufmachte und mir einen ziemlich geilen Blick zuwarf spritze ich zum zweiten mal ab. Diesmal weit weniger intensiv aber immerhin noch mal drei Ladungen. Als ich die Augen wieder aufmachte saßen die drei Mädels da und grinsten mich an. Ich grinste zurück und meinte dass ich noch Stunden so weiter machen könnte.

Beim Friseur

Es war wieder einmal Zeit für den Friseur. Und so machte er sich auf
und ging in den Ort, wo in einer kleinen Stube der Friseurmeister seine
Kunden bediente. Bei den wenigen Leuten, die hier wohnten, hatte der
Mann nur an einigen Nachmittagen geöffnet und ging in der übrigen
Zeit einem Nebenerwerb nach. Entsprechend dürftig war der 'Salon'.
Es gab nur einen Frisierstuhl und einen weiteren Stuhl für den seltenen
Fall eventuell wartender Kundschaft. Dann noch den üblichen Tisch
mit Becken und einem riesigen Spiegel. Kämme. Scheren und Bürsten
sowie einige Spraydosen lagen auf einem kleinen Abstelltisch
griffbereit.

Der Kunde kam gern hierher zum Haareschneiden. Denn hier konnte er
auf dem Frisierstuhl sitzend, seine Seele baumeln lassen und
abschalten. Bestenfalls war mal ein zustimmendes "Ja, ja!" oder eine
ähnliche Bemerkung nötig, um dem unentwegt schwatzenden
Friseurmeister einen Gefallen zu tun und Aufmerksamkeit zu heucheln.
Als der Kunde den 'Salon' betrat, war der junge Meister allein und
begrüßte überschwenglich den Ankömmling. Der setzte sich bequem in
den Sessel, stützte die Unterarme auf die Lehnen und ließ sich den
Mantel umlegen. Noch ein paar Worte über spezielle Wünsche und
schon begann der Meister, mit Schere und Kamm zu hantieren. Dabei
tänzelte er um seinen Kunden herum. Mal war er links, mal war er
rechts. Und während sein Kunde gedankenlos in dem großen Spiegel
verfolgte, wie die Haare fielen, kam es im mit einem mal so vor, als
reibe sich der Meister im Vorübergehen immer am hervorstehenden
Ellenbogen des Kunden. Jedesmal, wenn der Friseur die Seite
wechselte, hatte der Kunde den Eindruck, als drücke der Mann seinen
Penis an den ausgestellten Ellenbogen. Wenn er sich recht erinnerte,
war das schon beim vorigen Friseurbesuch mindestens in
Andeutungen spürbar gewesen. Damals hatte er der Sache aber keine
Bedeutung beigemessen.

Jetzt aber beobachtete der Kunde das Bemühen des Friseurs
aufmerksamer und spürte dann deutlich, wie der Mann seinen
offensichtlich harten Penis immer an den Ellenbogen rieb. Das machte
neugierig und war irgendwie erregend. Wollte der meister wirklich

sexuellen Kontakt? Also schob der Kunde seine Arme absichtlich ein wenig weiter nach außen und erleichterte so dem herumtänzelnden Mann die Berührung. Schließlich gelang es dem Kunden sogar, ein paar mal mit den Ellenbogen hin und her zu schwingen und so bewußt über den geschwollenen Pimmel des Meisters zu streichen und gleichzeitig gegen ihn zu drücken. Dem Erregten schien das zu gefallen. Das war wie eine Antwort. Er genoß offensichtlich, daß ihm der Kunde gegen den Schwanz drückte. Aber auch der hatte nun seine Erwartungen, so daß auch ihm der Pimmel hart wurde und er seinen Steifen in der Hose zurecht rücken mußte.

Von nun an, als beide offensichtlich wußten, was hier ablief, gab es keine großen Vorsichtsmaßnahmen mehr. Der Friseur preßte seinen harten Schwanz deutlich gegen die Ellenbogen und ließ sich von dem Kunden massieren, wobei jedesmal der harte Pimmel unter dem spitzen Ellenbogen durchschnippte.

So ging das vielleicht eine Minute, als der Kunde sagte: "Ich glaube, Sie sind heute Nacht nicht sehr fleißig gewesen und haben jemanden enttäuscht."

"Wie meinen Sie das?"

"Nun, ihr Schwanz ist so anschmiegsam, sicherlich ist er nicht richtig befriedigt worden. Fehlt es ihnen an Ausdauer beim Onanieren?"

"Er scheint sie zu mögen und erwartet daher einiges von ihnen!"

"Ich kenne ihn ja gar nicht. Also sollte er sich mir erst einmal vorstellen."

"Wie soll er das hier machen?"

"Hol ihn raus und laß ihn sehen!" forderte der Kunde. Er hatte nach Lage der Dinge keinen Anlaß, beim förmlichen "Sie" zu bleiben

"Das ist zu gefährlich. Was ist, wenn jemand rein kommt? Ich kann doch jetzt noch nicht abschließen!"

"Dann läßt du einfach deine Kittelschöße fallen und es ist nichts zu sehen. Also los! Raus mit dem Schwengel!" Dabei fragte sich der Kunde insgeheim, ob er wohl seinen Harten dann auch vorzeigen müßte.

Die Verlockung war für den Meister zu groß, als daß er nun noch widerstehen konnte. Er griff sich unter den Kittel, machte den Hosenstall auf und zog den Schwanz aus der Unterhose. Dann klappte er die Kittelzipfel beiseite und präsentierte sich dem Kunden.

Fast in Augenhöhe hatte der den Schwengel vor sich. Ein dicker Pimmel, steil aufgerichtet, mit einer leicht bläulich glänzenden Eichel und deutlich abgesetztem Kehlchen, also offensichtlich beschnitten, präsentierte sich da. Die unregelmäßig verlaufenden, dunklen Adern hoben sich deutlich unter der Haut ab. Ein schöner Schwanz! Aber eben nur ein halber, denn der größte Teil steckte noch in der Hose. Es sah aus, als lehne sich ein großer Mann aus dem Fenster. "Ich möchte den ganzen sehen! Also mach richtig auf und zeig mir auch den Sack!"

Also griff der Friseur erneut in die Hose und holte mit der vollen Hand sein Gemächt hervor so daß nun der ganze Schwengel steil vor dem Hosenlatz stand und der faltige, behaarte Hodensack frei baumelte. Es war ein prächtiger Anblick, der sich dem Kunden bot. So ein Schwengel war schon einen Griff wert. Also langte er unter seinem Frisiermantel hervor, packte den Steifen mit der Hand um den Schaft, schloß kraftvoll den Ring von Daumen und Zeigefinger und machte schnell ein paar Wichsbewegungen. Es war schon ein Genuß, die festen Schwellkörper zu fühlen und wahrzunehmen, wie sich die weiche Haut darüber verschob.

Der feste und geübte Griff ließ den Friseur aufstöhnen. "Nicht aufhören! Mach weiter!"

"Und was wird mit mir?" fragte der mittlerweile ebenfalls geile Kunde. "Glaubst du, mein Schwanz steht mit nicht? Und was wird mit meinem Haarschnitt? Also frisiere mich fertig! Dann wollen wir weiter sehen! Aber laß den Pimmel draußen!"

Was blieb dem geilen Friseur übrig? Eilig beendete er den Haarschnitt seines Kunden, wobei er wie bisher mit dem diesmal nackten Schwengel gegen die Ellenbogen drückte, sooft er nur konnte. Dann war es endlich geschafft. "Ich mache zu - wegen Krankheit!" Er kramte ein Schild hervor, das er wohl noch von früher hatte, hängte es in die Tür und verschloß sie. Dann zog er die Vorhänge vor und meinte: "Jetzt haben wir Zeit für uns!"

Behend nahm er dem Kunden den Frisiermantel ab, zog auch seinen Kittel aus und fragte mit heraustehendem steifen Pimmel: "Steht dir deiner nicht auch?"

"Freilich!"

"Dann laß ihn auch sehen!"

Also öffnete auch der Kunde die Hosen und holte ein pralles, knallhartes Glied heraus. Dabei starrte er in den Spiegel, in dem sich die beiden Schwänze in aller Pracht präsentierten. Dann griff er ungeniert dem Friseur an den Schwengel und begann, ihn zu massieren.

"Ich will dich auch anfassen!" forderte der und griff seinerseits zu. So begannen die beiden, sich gegenseitig zu wichsen. Doch die Hosen störten. Der Kunde war der erste, dem das mißfiel. "Laß uns die Hosen herunter ziehen!" forderte er und streifte seine ab. Dann standen sie beide mit nacktem Unterleib da und sahen sich im Spiegel mit ihren steil aufragenden Schwänzen stehen.

"Setzt du dich einmal in deinen Frisierstuhl. Da werde ich dich bearbeiten!" forderte der Kunde.

Der Meister setzte sich in den Stuhl auf die vordere Kante, um mit vorgeschobenem Unterleib und lang ausgestreckten Beinen der Hand des Kunden freie Bahn zu lassen. Der seinerseits nahm den Schwengel nicht in die Hand, sondern streifte mit zarten Fingern über ihn hinweg, ging alle Konturen nach und reizte so den erwartungsvollen Friseurpimmel.

"Du machst mich wild. Warum massierst du mich nicht?"

"Ich habe noch was vor," erwiderte der Kunde. Damit nahm er den weichen Haarpinsel vom Tisch und streifte mit ihm über die Eichel und das Kehlchen. Diese sanfte Berührung machte den erwartungsvoll Liegenden wild und noch geiler. Es schoß noch mehr Blut in die Schwellkörper und ließ den Schwengel schmerzhaft zucken.

"Faß mich an!" forderte der gequälte Mann, "ich halte das nicht aus!"

"Hast du dich noch nie mit dem Pinsel gestreichelt?" wunderte sich der Kunde und trieb sein grausames Spiel weiter. Das Opfer aber griff ungeduldig mit der eigenen Hand an den Schwanz und jammerte: "Ich mache es mir selber. Wenn ich nicht bald spritze, platzt mir die Eichel!" Damit begann er, mit wilden und hektischen Bewegungen zu wichsen und verwehrte so dem weichen Pinsel den Zugang.

Der Kunde versuchte vergeblich, dem eifrig Wichsenden zu helfen und selbst zuzufassen. Der war wie im Wahn und konnte sich in seiner Wollust nicht mehr beherrschen. Seine Bewegungen wurden derart wild, daß die Haut des Schaftes gefährlich stark verschoben wurde und , obzwar sie beschnitten war, sie bis weit über die Eichel gerissen wurde. So eine wilde Onanie hatte der Kunde weder bei sich, noch bei anderen jemals erlebt.

Selbst geil geworden, umfaßte der Kunde sein steifes Glied und massierte es eifrig. Dann nahm er den Pinsel und überstrich seinen Schwanz und genoß die zarte und weiche Berührung, wobei ihm die Wollust den nahenden Orgasmus anzeigte zumal ihm der wichsende Friseur eine wilde Onanie demonstrierte.

Dann kam bei dem Friseur das Ende. Urplötzlich, fast ohne vorheriges Anzeichen überfiel ihn der Orgasmus. In unendlichen Schüben schoß dickes, weißliches Sperma aus der Eichel und kleckerte in weitem Bogen bis hoch an die Brust des Wichsers, wobei der gequält stöhnte und im großen Spiegel seinen Orgasmus beobachtete

Auch dem Kunden gefiel diese Explosion. Noch bevor der andere fertig wurde, hatte er sich an den Pimmel gefaßt und masturbierte genüßlich. Nun aber wurden auch seine Bewegungen unkontrolliert heftig. Auch er wollte den Erguß. Aber warum sollte er sich nicht helfen lassen? Als der Friseur also fertig war, hielt ihm der Kunde seinen Schwanz hin.

"Nun mach es mir!"

Der Geforderte griff nun seinem Kunden an den Schwengel und begann ihn gekonnt zu masturbieren. Je länger es dauerte, desto hektischer kamen sie ins Atmen. Der Massierte stöhnte gereizt und der fleißige Meister starrte auf den Pimmel. Immer enger wurde sein Griff, die Eichel begann dick und glänzend zu werden, bis schließlich der Kunde gequält warnte: "Gleich komme ich!" Das war eine Aufforderung, die Hand schneller schwingen zu lassen und dann brach es aus der Eichel heraus. In weitem Bogen flog das Sperma über die wichsende Hand auf den Boden. Der Friseur aber arbeitete weiter bis sein Kunde es nicht mehr aushielt und sich dem schnellen Griff entzog.

"Das war doch was!" kommentierte der Meister. "So viel hat mir noch keiner rausgemolken."

"Du hast sicherlich lange nicht richtig gewichst, sonst wäre dein Sack leer gewesen!"

"Du aber auch nicht. Denn es war nicht wenig, was du gespritzt hast."

Sie zogen ihre Hosen wieder hoch. Der Friseur sagte: "Nun bin ich wieder gesund und mache das Schild ab." Damit öffnete er die Tür und entließ seinen Kunden.

"Wann darf ich Sie wieder bedienen?" fragte er keck und lächelte.

Brennende Lust

Ich heiße Paula, bin 31 Jahre alt und lebe allein. Mit 12 lernte ich im Urlaub auf dem Bauernhof Franziska kennen. Sie war 15 und die Tochter des Bauern bei dem wir wohnten. Meine Eltern waren froh, dass Franziska mit mir spielte, denn ich hatte noch 2 kleinere Geschwister, die sie genug beschäftigten. Franziska zeigte mir den ganzen Bauernhof mit den Kühen, Pferden und Schweinen. Aber es waren auch Hühner da, Hasen, Katzen und ein Hund. Manchmal musste Franziska bei der Arbeit helfen und da half ich mit. Dafür wurde Franziska mehr Zeit zugestanden, mit mir zu spielen. Schon an einem der ersten Tage, die wir dort waren, war es brütend heiß und Franziska schlug vor, zu einem Bachtümpel zu gehen. Da könnte man sich abkühlen und auch ein bisschen schwimmen. Es war ein sehr romantischer Platz, Der Bach bildete einen vielleicht 10 Meter breiten und 30 Meter langen Stausee, wobei der Bach am Anfang des Sees einen kleinen Wasserfall bildete. Auf der einen Seite schloss direkt der Wald am Seeufer an, aber auf der Seite, an die sie gekommen waren, war ein ca 10 Meter breites Wiesenstück, das vom Weg durch ein Gebüsch getrennt war. Kaum waren wir angekommen, zog sich Franziska splitternackt aus und forderte von mir das gleiche. Meine Familie war sehr prüde und ich konnte mich nicht erinnern, vor irgendjemand ganz nackt gewesen zu sein. BH brauchte ich noch keinen, aber meine flatternde Baumwollunterhose gedachte ich zu verteidigen. Da hatte ich aber die Rechnung ohne Franziska gemacht. Kichernd stürzte sie sich auf mich und riss mir die Hose mit einem Ruck herunter. Das war mir sehr peinlich, denn ich hatte noch keinen Busen und keine Schamhaare. Sie aber war mit beidem bestens ausgestattet, aus heutiger Sicht muß ich sagen, sie hatte eine prachtvolle Figur, aber das konnte ich damals nicht beurteilen. Ohne Hose davonzulaufen hätte keinen Sinn gehabt, also folgte ich ihr ins Wasser, das allerdings sehr frisch war, sodass wir in kürzester Zeit wieder heraußen waren. Franziska warf sich ins Gras und legte sich mit abgespreizten Armen und Beinen auf den Rücken. Ich tat es ihr nach. Kichernd erzählten wir uns einige Episoden aus unserem eben, weil wir uns ja noch kaum kannten. Plötzlich fragte Franziska: "Bist Du kitzlich?" "Ja sehr" antwortete ich ängstlich. "Macht nix, spielen wir ein Spiel. Wir kitzeln uns abwechselnd, aber nur mit einem Grashalm und stoppen die Zeit mit meiner Uhr, wer es länger aushält. Wenn eine AUFHÖREN schreit, kommt wieder die andere dran. Kitzeln darf man überall, aber eben nur mit dem Grashalm. Ich fang an, weil ich weiß, wies geht." Ich konnte kitzeln damals kaum aushalten, aber mir schien das lustig zu sein und war einverstanden. Franziska sagte, man müsse am ganzen Körper erreichbar sein, ich müsse daher die Arme und die Beine abspreizen. Sie fuhr mit dem Grashalm, ein sehr großer Halm mit vielen Rispen, Blüten und Blättern, beim Hals beginnend über Brust und Bauch auf das linke Bein bis zur Fußsohle. Das hatte ich befürchtet, denn dort bin ich besonders empfindlich. Schon nach kurzer Zeit schrie ich AUFHÖREN. "Eine Minute neun Sekunden" sagte sie trocken, gab mir Uhr und Grashalm und legte sich genauso gespreizt hin, wie ich zuerst. Interessiert betrachtete ich ihren Körper, den sie mir so darbot. Bisher hatte ich noch keine Muschi, außer meiner eigenen im Spiegel, bewusst gesehen. Dieser Anblick faszinierte mich. Aber Franziska drängte mich, endlich anzufangen. Ich versuchte es gleich einmal an den Fußsohlen, aber da war sie nicht empfindlich und auch an den Achseln brauchte ich über drei Minuten, bis sie endlich ums Aufhören bettelte. Nun war ich wieder dran. Franziska widmete sich meinen Achseln und das hielt ich nur eine halbe Minute aus. Also bekam ich wieder Grashalm und Uhr. Ich versuchte alles mögliche, aber Franziska beherrschte sich perfekt. Schließlich ritt mich der Teufel und ich führte den Grashalm in eine für mich bisher verbotene Region, genau in ihre Spalte. Ich wedelte mit dem Grashalm in der Muschi hin und her, merkte aber anfangs keine Reaktion. Dann aber spreizte Franziska ihre Beine noch mehr, zog die Oberschenkel ein wenig an und konnte sie daher noch weiter auseinanderfallen lassen. Die Muschi klaffte jetzt richtig, ich konnte ein wenig tiefer hineinsehen. Der Anblick lenkte mich ab, ich vernachlässigte das Wedeln. Franziska stöhnte leise und sagte : "Mach doch weiter, das ist so angenehm." Also wedelte ich wieder mehr und heftiger. Franziska wurde unruhig und schob ihr Becken auf und ab, meinem Wedeln entgegen. Ich war überzeugt, so würde ich sie nie zum Aufhörruf zwingen können und lenkte meinen Halm in die linke Achsel. Da rief Franziska ganz ärgerlich: "Hör doch nicht auf jetzt, mir kommts doch gleich." Ich hatte keine Ahnung, was da gleich kommen sollte, aber kehrte folgsam zur Muschi zurück. Franziska bewegte nun ganz heftig ihr Becken, griff dann mit einer Hand in ihre Muschi und rieb unter lautem Stöhnen wild hin und her. Schließlich wurde sie ruhig und seufzte mit einem glücklichen Lächeln: "Das hast Du toll gemacht, jetzt bist Du dran." Mir war klar, dass ich das Kitzelspiel schon verloren hatte, legte mich aber trotzdem wieder in die ursprüngliche Position. "Du musst die Beine viel weiter spreizen. Machs wie ich zuerst, sonst komm ich nicht richtig dazu." sagte Franziska. Ich wusste nicht, wo sie dazu kommen wollte, aber ich spürte ein eigenartiges Kribbeln und Ziehen im Unterleib und spürte eine unerklärliche Unruhe. Das eigenartige Verhalten von Franziska vorhin konnte ich nicht begreifen, würde ich wohl auch so reagieren, wenn sie meine Muschi kitzelt? Ich spreizte meine Beine, so gut es ging, und Franziska begann ihr Werk. Das ziehen in meinem Unterleib konzentrierte sich immer mehr in meine Muschi und ich wollte schon hingreifen, um das Jucken zu beenden, erntete aber sofort einen strengen Ordnungsruf von Franziska. Dann ging es plötzlich ganz schnell. Ich spürte ein Ziehen, wie wenn ich meinen Harnstrahl verkneifen muß. "Wehe Dir, wenn Du hingreifst!" bellte mich Franziska an. Da spürte ich auch schon einen Krampf, der meinen ganzen Unterleib erfasste und sich dann in ein herrliches Gefühl auflöste. "Was war das, das war einfach toll. Sowas hab ich noch nie gespürt" rief ich ganz seelig. "Du hast Deinen ersten Orgasmus gehabt. Offenbar hast Du noch nie gewichst." Lachte Franziska fröhlich. "Ich freu mich, dass ich Dir das hab beibringen können. Da erden wirs ja noch lustig haben, solange ihr da seid." "Was heißt wichsen?" fragte ich. Und Franziska klärte mich auf. Sie erklärte mir ihre Muschi, die sie so weit spreizte, dass ich tief hineinschauen konnte. Sie habe ja auch schon öfter gefickt und daher kein Jungfernhäutchen mehr wie ich, aber meine Fut sei fürs Ficken ohnehin noch nicht genug gewachsen, ich müsste noch warten, bis ich meine erste Blutung bekommen habe. "Aber wichsen darfst Du jederzeit, das hat mir meine Tante gesagt, die mir das Wichsen schon beigebracht hat, wie ich noch acht Jahre alt war. Als meine Eltern damals auf Urlaub waren, hab ich bei ihr gewohnt. Ich hab bei Ihr im Bett schlafen dürfen. Sie hat nie ein Nachthemd getragen und ich musste auch keins nehmen. Das hat mir sehr gefallen. Einmal bin ich aus dem Schlaf aufgewacht, meine Tante neben mir lag abgedeckt und rieb sich heftig zwischen den Beinen. Schließlich stöhnte sie laut und atmete ganz wild. Ich fragte sie, was sie gemacht hätte und sie sagte, sie hätte gewichst und sie würde es mir jetzt auch beibringen. Ich solle es möglichst oft machen, damit mein Kitzler groß wird, dann hätte mein Mann größere Freude mit mir. Das war mir ja eigentlich völlig egal, aber das wilde Gefühl, das ich bei ihr gesehen hatte, wollte ich auch kennenlernen. Ich hielt daher brav still, als sie meine kleine Fut rieb, bis ich auch heftig stöhnte. Dann ließ sie es mich gleich nocheinmal selber machen. Und an jedem Tag, den ich bei ihr war, forderte sie mich mehrmals auf, zu wichsen, schaute zu und machte es auch bei sich selbst. Leider war das der einzige Urlaub bei ihr, denn sie ist noch im gleichen Jahr bei einem Verkehrsunfall gestorben. Meine Eltern haben nie erfahren, was ich bei meiner Tante erlebt habe, aber das Wichsen betreibe ich seither immer mehr."

Franziskas Erzählung hat mich sehr beeindruckt, und ich bemühte mich sofort, den Empfehlungen ihrer Tante nahe zu kommen. Ich wollte ja einen großen Kitzler bekommen, wenn das so wichtig war. Ich rieb recht wild drauf los und bald wurde es unangenehm oder eigentlich sogar schmerzhaft. Franziska wusste aber gleich Rat. "Das ist mir früher auch so gegangen. Du darfst nicht reiben, wenn Du trocken bist." Sie kam mit ihrem Gesicht ganz nahe zu meiner Muschi, ich spürte ihren warmen Atem und bekam gleich wieder das Kribbeln. "Deine Clit ist ganz rot" stellte Franziska fest. "heut musst Du Ruh geben, sonst geht's gleich ein paar Tage nicht. Zuhause hab ich eine Salbe, damit es schneller heilt. Aber jetzt sollst Du an meiner Muschi ein bisschen üben. Da kann ich Dir gleich sagen, wenn es zu fest ist. Am besten hockerlst Du Dich über mich drüber, da kannst bei mir besser dazu und ich hab Deine Fut vorm Gsicht, das macht mich geil." Ich kroch über Franziska drüber, so wie sie es mir angeschaft hatte und begann ihre Muschi zu reiben. "Nicht so wild" ächzte sie "nicht gleich auf den Kitzler, der wird auch bei mir zu schnell empfindlich. Streichel mir doch zuerst außen die Lapperl!" ich tat wie befohlen und schon schnurrte Franziska wie eine Katze. Ihre Lapperl, wie sie die inneren Schamlippen nannte, waren recht groß, viel größer als bei mir. Ich nahm eine zwischen Daumen und Zeigefinger und zog daran. Franziska stöhnte gleich noch viel mehr: "Ja das ist gut, mach weiter so." und sie drehte ihr Becken hin und her. Ich nahm die zweite Schamlippe daher auch zwischen die Finger und "wuzelte" sie ein bisschen. Franziska wand sich lustvoll und begann zu keuchen. Da merkte ich, dass mir etwas abging. Erst jetzt wurde mir bewusst, dass Franziska mit ihrem Mund meine Muschi liebkoste. Die zarte Berührung fehlte mir jetzt. Kühn senkte ich meine Muschi auf ihren Mund und sie leckte weiter, als ob dazwischen nichts gewesen wäre. Bei mir stellte sich wieder das Kribbeln ein, das ich vom Fingerspiel schon kannte, aber viel stärker. Bald spürte ich einen Krampf im Unterleib und das Gefühl, urinieren zu müssen. Ich wollte mich von Franziskas Mund entfernen, aber sie packte mich bei den Hüften und zog mich kräftig zu sich. Ich konnte nicht anders, ich mußte meine Erregung laut herausschreien, denn ich spürte, dass sich etwas wie ein Sturzbach aus meiner Muschi ins Freie bahnte. Nur wenige Sekunden später geriet Franziska in Raserei und tobte mit ihrer Pussi unter meinen Fingern. Sie überschwemmte mich regelrecht mit einer etwas zähen Flüssigkeit und drängte mir ihr Becken entgegen. Dann sank sie wieder auf den Boden zurück. "Du bist fantastisch. Jetzt hab ich dir grad erst das Wichsen beigebracht und schon spritzt du wie das geilste Luder." Ich schaute zu ihrem Gesicht hinunter und tatsächlich war sie über und über verschmiert und glänzte feucht. Ein intensiver neuer Geruch umgab mich. Ich schnupperte, weil ich nicht wusste, woher das kam. Franziska klärte mich auf: "Das ist unser Futsaft, was du da riechst. Ich hab deinen getrunken, soviel hast du produziert. Ich hoffe, dass du beim nächsten mal genau so viel spritzt. Ich mag das gern. Jetzt müssen wir uns aber gut waschen, denn wenn meine Mutter das riecht, weiß sie sofort Bescheid und wir dürfen nicht mehr zusammen sein." Fast jeden Tag fanden wir eine Gelegenheit, allein zu sein und Franziska brachte mir viele neue Tricks bei. Zuhause mußte ich das Wichsen allein fortsetzten, Franziska ging mir sehr ab, aber das Wichsen machte mir auch allein bald genau solchen Spaß.

Bis zum nächsten Sommer hatte ich sehr intensiv gewichst, zumindest jeden Tag einmal, meistens aber öfter. Es fing schon in der Dusche in der Früh an, manchmal auch auf dem Schulklo und abends im Bett. Manchmal auch noch zusätzlich, wenn mich die Lust überkam. Bettys Tante hätte sicher ihre Freude mit mir gehabt, dass ich ihre Ratschläge so brav befolgte. Immer wieder nahm ich einen Spiegel, um zu sehen, ob meine Fotze schon größer geworden sei, Aber weil ich so oft schaute, fiel mir kein Unterschied auf. Aber vor den Ferien ging meine Mutter mit mir zum zweiten mal zum Frauenarzt und der hatte sich offenbar Notizen in die Kartei gemacht, denn er sagte: "Mädchen, Du entwickelst dich prächtig da unten." er merkte, dass ich nicht verstanden hatte und ergänzte. "Das ist alles viel größer geworden. Jetzt bist du eine richtige Frau, ich wünsche dir viel Vergnügen mit deinem Körper. Du wirst mit einem Mann nur richtig glücklich werden, wenn Du mit Deinem Körper zufrieden bist." Da ich noch immer nicht zu verstehen schien, begann er, mir das Masturbieren zu erklären. Ich bekam einen roten Kopf und sagte, dass ich das ohnehin schon lange mache. "Dann ists ja gut, lass dir von niemand einreden, dass das schädlich sei." Ich war durch diese Auskunft überglücklich, denn im Religionsunterricht hatte man uns ja ganz etwas anderes erzählt.

Leider fuhren wir in diesem Sommer nicht mehr zu Franziska auf den Bauernhof, zwar wieder aufs Land, aber mehr in die Berge. Wir waren in einer Pension. Es gab ein Schwimmbad, einen Abenteuerspielplatz und sogar eine Pferdekoppel, wo man pro Woche 2mal reiten durfte. Auch ein Ballspielplatz war da und in meinem Alter waren wir 8, 5 Mädchen und drei Buben. Mit der Zeit war das Ballspielen langweilig und das älteste Mädchen, Michelle - sie war ein halbes Jahr älter als ich, aber wesentlich größer und sehr entwickelt - schlug vor, Indianer zu spielen. Zuerst war die Begeisterung nicht groß, das sei altmodisch oder so, sagten die meisten. Aber Michelles Überzeugungskraft war groß und schließlich willigten alle ein, es einmal zu versuchen. Zuerst musste sie natürlich erklären, wie das Spiel überhaupt funktionieren sollte. Wir würden uns in zwei Gruppen teilen, verstecken, gegenseitig anschleichen und Gefangene machen. Jeder Spieler bekam eine Feder auf den Kopf gebunden und der dem jeweils zuerst die Feder geraubt werden konnte, war gefangen und wurde im Lager angebunden. Verloren hatte die Mannschaft, von der zuerst alle gefangen waren. Ich als die zweitälteste durfte zuerst wählen und nahm den kräftigsten Buben, der allerdings jünger und kleiner war als ich. Michelle wählte zwei Mädchen und ich merkte erst später, dass sich die drei schon von früher kannten und mit dem Spiel vertraut waren. Ihre anfängliche Ablehnung war nur ein Trick, um uns andere abzulenken. Ich wählte die andern zwei Buben und glaubte noch, dass wir eine starke Truppe sein würden, denn das dritte Mädchen war sehr zart und klein, allerdings genau so alt wie ich. Wir schwärmten in den nahe liegenden Wald aus und ich wählte als unser Lager einen Platz hinter einem Holzstoß, der durch Büsche abgeschirmt war. Wir teilten uns in zwei Gruppen, Tobias der größte Bub ging mit Adrian und ich ging mit Alex, dem kleinsten. Schon nach kurzer Zeit erspähte Alex die kleine Marlene, ich nahm ihr die Feder ab und wir brachten sie in unser Lager, wo ich sie an einen Baum fesselte. Dann gingen wir wieder auf Pirsch. Plötzlich stürzten sich die drei Mädchen auf Alex, nahmen ihm die Feder ab und fesselten ihm die Beine, bevor ich ihn erreicht hatte. Da waren sie auch schon zu dritt über mir. Ich hatte keine Chance, wurde gefesselt und zusammen mit Alex abgeführt. Im Lager der andern sahen wir dann, dass Adrian und Tobias bereits dort waren. Sie waren jeder an einen Baum gefesselt, geknebelt und nackt! Ich protestierte, aber im Nu war auch ich geknebelt und wurde trotz heftiger Gegenwehr meiner Short und des T-shirt beraubt. Dann wurden Alex und ich auch an einen Baum gebunden. "Wir haben gewonnen, und können mit Euch jetzt machen, was wir wollen" triumphierte Michelle. "Das war nicht ausgemacht. Ihr seid unfair!" schrie ich. "Natürlich nicht" Michelle grinste "wenn ich das gleich gesagt hätte, wäret ihr sicher nicht einverstanden gewesen. Hab ich recht? Wenn ihr uns sagt, wo Marlene ist, gibt es einen Strafnachlass." "Wieso Strafe, wir haben doch nichts verbrochen" ich war richtig wütend. "Das war gar nicht nötig, Verlierer müssen immer zahlen, und da ihr keine Schätze als Bezahlung habt, werden wir uns anders entschädigen." Dass sie uns splitternackt an die Bäume gefesselt hatten, ließ in mir einen Verdacht aufkommen, was sie mit uns vorhaben könnten und ich musste ein intensives Kribbeln im Unterleib feststellen. Ich war neugierig. Michelle erklärte wieder: "Meine drei Kampfgenossinnen haben noch nie einen nackten Buben gesehen, sie werden euch daher gründlich untersuchen, ist ja nützlich für den Biounterricht. Ich brauch das nicht mehr, daher liebe Paula, werde ich mich dir widmen und ich glaube, wir werden viel Spaß miteinander haben, denn ich habe so das Gefühl, dass Du die gleichen Dinge magst, wie ich." Hatte sie mich durchschaut? Wusste sie etwas, war ich irgendwo unvorsichtig? Ich war in der Sauna allein und habe dort gewichst. Hat sie mich dabei gesehen? Egal, jetzt kann ichs nicht mehr ändern. Ich schaute zu den Buben und sah, dass sie nicht mehr an den Bäumen waren. Zwischen zwei Bäumen war ein Seil ungefähr in Höhe meines Kopfes gespannt, an dieses Seil wurden ihnen die Unterarme hochgebunden, die Beine waren gespreizt. Eines der Mädchen schlug gerade Pflöcke ein, an die die Beine gebunden wurden. Nun geschah mit mir das gleiche. Da das Seil schräg gespannt war, waren auch bei mir die Hände höher als der Kopf, auch deshalb weil die Beine extrem gespreizt wurden, sodass ich mit dem Körper tiefer war. Nachdem ich fertig fixiert war, ging Michelle zu den drei andern Mädchen und gab ihnen Tips für die Behandlung ihrer Opfer. "Wie ein Männerschwanz ausschaut, wisst ihr ja, aber sicher hat noch keine einen in der Hand gehabt. Also schnappt ihn euch. Tastet ihn ab, knetet ihn durch" Ich konnte mich ein wenig zu den Buben hinüberdrehen. Hatte Michelle absichtlich die Pflöcke etwas schräg eingeschlagen, sodass ich nicht mit ihnen in einer Reihe sondern zu ihnen hinübergedreht stand? Ich registrierte, dass alle drei bereits einen steil aufragenden Ständer hatten, bei Tobias war er auch schon beachtlich lang und dick. Ich hatte damals ja auch noch überhaupt keine Erfahrung mit Buben, der Anblick erregte mich sehr. Michelle kam kurz zu mir her und fuhr mit dem Finger durch meine Spalte. "Hab mir doch gedacht, dass dich das geil macht" sagte sie grinsend und präsentierte mir den klitschnassen Finger. Dann wandte sie sich wieder an ihre Schützlinge. "Ihr seht, die drei sind so geil, dass sie schon einen Ständer haben. Jetzt könnt ihr ihnen zuerst einmal was gutes tun. Packt den Schwanz vorn bei der Vorhaut und schiebt sie hin und her. Das nennt man wichsen." Und die drei taten eifrig was ihnen Michelle angeschafft hatte. Ich hörte Tobias stöhnen, der kennt das also schon, hat offenbar schon oft gewichst. Ich fand das sehr interessant. Die zwei anderen aber riefen "Aufhören, ich muß pinkeln". Aber Michelle befahl sofort, weiterzumachen und bei Tobias, der ja nur zwei meter von mir entfernt stand, sah ich eine weiße Flüssigkeit herausspritzen. Jetzt wusste ich also, wie Sperma aussieht und was "spritzen" oder ejaculieren bedeutet. Nun kam Michelle zu mir her. In der Hand hatte sie eine dünne Haselnussgerte, die sie sich vermutlich frisch geschnitten hatte. "Du kommst mir nicht so leicht davon wie die drei Burschen " höhnte sie und holte weit aus. Die Gerte pfiff auf meinen Rücken, gleich dreimal hintereinander, Dann auf die Oberschenkel außen und auf die Arschbacken. Es brannte wie die Hölle. "Du brauchst gar nicht so zu schreien, das beste kommt doch erst" fauchte sie und hieb mit der Gerte von unten auf meine Fotze. Und sie schlug fest. Ein siedendheißer Schmerz durchfuhr meinen Unterleib, ich schnappte nach Luft. Da schlug sie wieder, und noch einmal und wieder. Es tat fürchterlich weh und nur wegen des Knebels kammen nur gepresste Laute aus meinem Mund. Eigenartigerweise schienen aber die Schmerzen nachzulassen, je mehr Schläge ich bekam. Michelle schlug nun nicht sehr fest und ich hatte den Eindruck, ich könnte kommen, wen sie so weiter macht. Aber das tat sie nicht und ich war mir nicht klar, ob ich froh sein sollte, dass der Schmerz endlich aufhört oder ob ich mich ärgern soll, weil ein sich anbahnender Orgasmus abgebrochen wurde.

Michelle hatte sich wieder den andern zugewendet und tuschelte mit den Mädchen. Die liefen daraufhin zum Waldrand und kamen mit grünen Büscheln zurück, was es war, konnte ich nicht erkennen. Ich sah auch, dass sie jetzt Handschuhe trugen. Sie legten die Büschel am Boden ab und behielten nur eine Pflanze in der Hand. Ich richtete meinen Blick vor allem auf Tobias, der mir am nächsten stand. Das Mädchen bestrich mit der Pflanze seinen Bauch und die Oberschenkel und schließlich seinen Schwanz. Tobias stimmte ein ohrenbetäubendes Gebrüll an und fast gleichzeitig mit ihm brüllten auch die andern zwei. Jetzt war es klar, die drei hatten Brennnesseln geholt, um ihre Opfer damit zu quälen. Michelle kam wieder zu mir, ebenfalls mit einem Büschel ausgestattet. "Du kommst mir nicht davon, ich bin neugierig, wie lang es dauert, bis du um Gnade schreist und ob du dich auch so jämmerlich aufführst wie deine Mannschaft." Ich entschloss mich, ihr diese Genugtuung nicht zu geben. Ich stand immer noch so breitbeinig, wie sie mich ursprünglich gefesselt hatten. Michelle hielt je einen kräftigen, dunkelgrünen Brennnesselstamm in jeder Hand und bestrich mir damit zuerst die Innenseite der Oberschenkel, wobei sie allmählich immer höher wanderte. Kurz bevor sie meine Schamlippen erreichte, schlug sie beide Pflanzen kräftig waagrecht zwischen den Oberschenkeln hin und her. Es brannte höllisch und ich sah auch schon Quaddeln entstehen. Sie legte die zwei Pflanzen weg und nahm neue. "Ich kann dich doch nicht mit nicht mehr brennenden Nesseln enttäuschen" sagte sie und kitzelte meine Möse mit den Blättern. Da gab es kurze Blitze in meinem Geschlecht aber es war weniger schlimm, als ich befürchtet hatte. Doch dann glaubte ich, sie hätte Schwefelsäure in meine Fotze geschüttet, so grässlich war der Schmerz. Sie hatte gleichzeitig beide Nesseln gegen meine Fotze gepeitscht. Dann ließ sie mir doch etwas Zeit, dass ich mich erholen konnte und der zweite Schlag war dann nicht mehr so heftig, oder hatte ich mich schon ein bisschen dran gewöhnt? Aber es gab keine echte Verschnaufpause. Sie hatte eine neue Pflanze genommen, eine besonders kräftige, mit einer Hand unten und mit der andern an der Spitze, vorher hatte sie sie zwischen den Beinen durchgeführt. Mit einem Ruck zog sie den Nesselstamm hoch in die Spalte und dann unter kräftigem Druck nach oben mehrmals vor und zurück. Ich muß grässlich geschrien haben, so dass man es durch den Knebel hörte. Mir wurde schwarz vor den Augen. Wie lange ich ohnmächtig war, weiß ich nicht, es sollen nur ein paar Minuten gewesen sein. Ich fand mich noch immer am Seil hängend, Michelle hatte mir Wasser ins Gesicht geschüttet. "Na da bist du ja wieder" spottete sie. Meine Möse wurde von heißen Wellen durchströmt, als ob 10 Millionen Riesenameisen darin herumkrabbeln würden. "Ich hätte nie gedacht, dass du so geil sein kannst. Schau dir deine Schenkel an". Tatsächlich, da rann der Saft hinunter. Michelle streifte mit einer Hand den Saft vom Oberschenkel und schmierte ihn mir unter die Nase. Eigentlich ein betörender Duft, ich liebe meinen Nektar, aber jetzt passte er mir nicht recht. Noch immer zogen heiße Wellen durch meine Möse und ich konnte einen zweiten Orgasmus nicht zurückhalten. "Schau sie an, die geile Fotze, wie sie auf die Brennnesseln abfährt" spottete Michelle " da muß ich ja glatt noch einmal nachlegen." Sie nahm eine Brennnessel zwischen drei Finger und umfasste damit meinen stark geschwollenen und hochempfindlichen Kitzler. Hochempfindlich, so glaubte ich, aber erstaunlicherweise spürte ich von der jetzt erfolgten Massage nur wenig. Das Nesselgift schien eine Gefühllosigkeit zu bewirken. Die Massage war geradezu angenehm und ich bekam einen dritten Orgasmus. Blitzartig hörte Michelle auf zu massieren und ein heftiger Schmerz schoss in meine Möse. Ich bettelte dass sie weitermachen solle und kaum drückte sie auf meinen Kitzler, war es wieder angenehm. Michelle wiederholte das Spiel mit massieren und wiederaufhören ein paar mal und weidete sich jedes Mal wieder an meinem Gejammer, aber sie verschaffte mir so noch einen vierten Orgasmus. Danach hing ich ganz erschöpft im Seil. Erst langsam nahm ich wieder die Umgebung wahr und stellte fest, dass außer Michelle und mir niemand mehr da war. Michelle band mich los und ich sank zuerst einmal auf den Boden. Michelle hockte sich neben mich und sagte: "Wie findest du das ganze. Du bist ganz toll gekommen. Hats dir gefallen?" "Ja schon" gab ich zurück "wenn es nicht so weh täte, wärs eine tolle Sache" "Das gewöhnst du, der Schmerz ist ja nur ganz kurz. Ich mach mirs ziemlich oft. So alle drei Wochen. Und natürlich nur im Sommer. Im Frühjahr war ich ganz kribbelig, ob schon die ersten Brennnesseln kommen. Ich mach mirs ja meistens selber, aber heute möchte ich, dass du mirs machst." Sie drückte mir die Handschuhe in die Hand und zeigte auf einen ganzen Buschen Brennnesseln. Dann legte sie sich auf den Rücken, spreizte die Beine und zog die Knie mit den Händen hoch, griff dann unten durch und zog die Schamlippen auseinander. So präsentierte sie mir ihre Fotze. Ich zögerte noch aber sie ermunterte mich. "Los, schnapp dir einen Busch und verhau mir die

Fut. 50 Hiebe brauch ich mindestens." Also tat ich wie befohlen. Der erste Laut war ein lustvolles Stöhnen nach ca 30 Schlägen. Da es ihr zu gefallen schien, waren nur die ersten Schläge leicht, dann aber hieb ich drauf so fest es nur ging und bei 50 schrie sie "Hör bitte nicht auf, mir kommts gleich." Dann brauchte sie aber doch noch 20, bis es ihr kam. Ein Indianerspiel kam nicht mehr zustande, aber ich ging noch zweimal mit Michelle allein in den Wald. Auf Brennnesseln mussten wir aber verzichten, weil wir beide eine kräftige Scheidenentzündung hatten. So konnten wir uns nur gegenseitig kräftig einkremen, aber das führte auch zum Ziel. Seit diesem Urlaub habe ich mir unzählige Male mit Brennnesseln einen tollen Orgasmus verschafft, denn meine Fotze ist richtig süchtig danach. Ein Entzündung krieg ich kaum mehr, nur wenn ich nicht genug kriegen kann und immer wieder frische Blätter in meinen Kitzler reibe. Wer das noch nicht probiert hat, sollte es unbedingt versuchen. Es ist wirklich toll.

In der Schwulensauna

Es war an einem Freitag als ich mit zwiespältigen Gefühlen in die nahe Stadt fuhr um eine Schwulensauna zu besuchen. Ich tat dies auf Empfehlung eines Kollegen, der scheinbar schon mehrere Male dort war. Kurz nach 13.00h war ich dort und fand den Eingang zwischen einem Kaffee und einem Restaurant. Ein Lift brachte mich in den 5-ten Stock, dort musste ich läuten um Eingang zu erhalten. Ein Mann öffnete mir, machte 2 Badetücher zurecht und übergab mir einen Schlüssel für den Garderobeschrank.

In der Garderobe waren bereits 2 Männer, die sich auszogen. Ich beeilte mich, da ich neu hier war und nicht wusste, wo die übrigen Räumlichkeiten sind. Ich band wie sie das grössere, schmale Badetuch um die Hüfte. So konnte ich mich ihnen anschliessen und die führten mich dann in den Duschraum.

Der Jüngere, etwa 40-jährige Mann merkte wohl, dass ich das erste Mal hier war. Er sagte, er sei Erich und habe mich noch nie hier angetroffen. Er zeigte mir kurz die übrigen Räumlichkeiten, eine Dampfsauna, eine normale Sauna, ein Ruheraum der in Dunkelheit gehüllt war. Als ich ihn darauf ansprach, sagte er, dies sei der Darkraum (ich weiss nicht, ob ich es richtig verstanden habe), es war auf alle fälle finster darin, ich sah kaum etwas. Dann gab es so etwas wie Kabinen, wo man sich auch hinlegen konnte. Die waren auch ziemlich dunkel. Ich hatte das Gefühl, dass man in dieser Sauna dem Stromsparen verschrieben ist.

Wir gingen also zurück in den Duschraum, wo ich mich richtig einseifte, ich zog auch die Vorhaut zurück und wusch den ganzen Schwanz und die Eichel sehr intensiv.

Erich benutzte die Brause neben mir und gab sich wie ich, dem einseifen hin. Ich versuchte, auch meinen Rücken zu waschen, was natürlich nicht ganz gelang. Erich sah meine Bemühungen, kam ohne ein Wort zu sagen auf mich zu und begann meinen Rücken einzuseifen. Ich liess ihn dankbar machen und es tat mir so wohl, dass mein Schwanz langsam immer dicker und schwerer wurde. Erich bemerkte dies und meinte, ich solle mich nun gründlich abduschen. So konnte ich mich wieder ein wenig beruhigen (ich wollte ja nicht mit einem steifen Schwanz in der Gegen herumstehen). Kurz darauf begann ich, den Rücken von Erich zu waschen. Er neigte sich nach vorn, so dass ich ohne Mühe vorankam. Ich stand hinter ihm, musste mich also nach vorn beugen um auch den oberen Rückenteil zu erreichen, dabei berührte ich mit meinem Körper (Schwanz) seinen Arsch, was ihm scheinbar gefiel.

Inzwischen waren zwei Männer aus der Dampfsauna getreten und unter die Dusche gekommen. Einer von ihnen hatte einen grossen, steifen Schwanz. Da niemand daran Anstoss nahm, machte es mir nun auch nichts mehr aus, dass mein Schwanz sich inzwischen auf seine volle Grösse aufgerichtet hatte. Es war für mich sogar ein gutes, einmalige Gefühl, ihn an den Arsch von Erich zu pressen und an ihm zu reiben.

Die Dampfsauna ist eher klein, ausgestattet mit 5 Sitzgelegenheiten. Erich setzte sich, ich stand –da alle Sitzplätze besetzt waren- daneben im dichten, heissen Dampf. Auch in diesem Raum war es mehr dunkel als hell und der dichte Dampf liess die Gestalten nur noch Schemenhaft erkennen. Erich berührte nach einer Weile plötzlich meinen, inzwischen wieder schlaff gewordenen, Schwanz. Ich zuckte kurz zusammen, blieb aber dann ruhig stehen.

Meinem Schwanz (und mir) gefielen die sanften Berührungen, er richtete sich sofort steil auf und wurde ganz hart. Erich strich auch sanft über den Hodensack und weiter zwischen die Beine.

Da mir das alles sehr gut gefiel, wurde auch ich aktiv. Ich streichelte ihm über den Nacken, den Ohren und hinab über den Rücken. Inzwischen umfasste er mit einer Hand den harten Stängel, zog die Vorhaut streng zurück und nahm die Eichel in den Mund. Ich war paff, so etwas hatte ich nicht erwartet. Er fuhr mit seinem Mund fast über die ganze Länge meines Schwanzes und so mehrmals hin und her. Vor allem die Eichel schien es ihm angetan zu haben. Er lutschte sie ausgiebig und immer intensiver. Die andere Hand hatte inzwischen mein Polöchlein erreicht, er bearbeitete es mit einem Finger und drückte immer wieder darauf um den Finger hinein zu schieben. Dies gelang ihm allerdings nicht sofort, da ich in meiner Überraschung über diesen ungewohnten Vorgang, dieses mit aller Kraft die ich noch hatte, zusammen klemmte. Nach und nach, ich wurde immer geiler, gefielen mir aber seine Berührungen immer besser, so öffnete ich meine Beine immer weiter, was er sofort benutzte, um einer seiner Finger tief in meinem Arschloch zu versenken. Ein anderer Mann, der mich schon eine Weile beobachtet hatte, stellte sich hinter mich, umfasste mich mit seinen Armen und fing an, meine Brustwarzen zu streicheln, klemmen und zu zupfen, dabei presste er sich mit seinem Becken immer fester an mich. Seinen Schwanz spürte ich in meiner Arschspalte, die er voll ausfüllte. Er begann seinen Schwanz auf und ab zu bewegen. Die ungewohnten Berührungen überall auf meinem Körper wurden mir langsam zu viel, so verliess ich den Dampfraum fluchtartig mit einem steinharten Schwanz.

Es machte mir nichts mehr aus, dass mich die übrigen Besucher im Duschraum mit dem harten, hoch aufgerichtetem Schwanz sahen. Ich musste einfach unter die kalte Dusche. Auch Erich kam und duschte sich ab. Er trocknete dann sogar meinen Rücken ganz sanft und liebevoll ab, was ich mit einem Lächeln quittierte. Ich war so erschöpft –aber immer noch voll geladen- das ich mich nach einer Liege umsah. Erich schlug dann vor, doch in eine Kabine zu gehen, da seien wir ungestört.
So legte ich mich einfach auf den Rücken, Erich löschte noch das Licht komplett, so dass wir nun ganz im dunkel neben einander lagen. Ich wollte mich einfach nur ausruhen. Aber nun begann für mich etwas, das ich nie für möglich gehalten hatte, es war so wunderbar und das ich in solcher Intensität noch nie erlebt hatte.

Erich begann nämlich, mich zu streicheln, nicht etwa am Schwanz oder so, nein, dort wo ich es bisher nie erlebt hatte. Er strich mit seinen Finger über meine Brust, küsste meine Brustwarzen, die ganz hart wurden, mein Schwanz fühlte diese Berührungen scheinbar auch, er wurde wieder ganz hart und ich fühlte, wie die Lusttropfen nur so herausliefen. Erich versuchte auch meinen Mund zu küssen, was ich in einem ersten Reflex zu verhindern suchte. Nach und nach gab ich dann aber nach und liess seiner Zunge in meinem Mund alle Freiheiten.

Seine Hände blieben aber all die Zeit nicht untätig. Sie fanden auch wieder den Weg zu meinem Schwanz, der schon ganz nass war. Erich war aber vorsichtig und reizte mich nie übermässig, sodass ich keinen

Orgasmus bekam. Ich spürte auch seinen Schwanz auf meinem Bein, auf dem er lag, in seiner ganzen Härte. Seine linke Hand begann nun nach meinem Po zu greifen, was in mir ein neues, wohliges Gefühl auslöste. So drehte ich mich auf die Seite und ermöglichte ihm so, meinen Po zu streicheln und sein Finger leichter in meinen Arsch zu versenken.

Ich war froh, dass ich am Morgen meinen Darm mit mehreren Wasserstrahlen aus der Dusche gereinigt und nachher mit einer fetthaltigen Salbe tief hinein geschmiert hatte. So war es für Erich doch etwas leichter mit seinem Finger in meinen noch „jungfräulichen" Arsch einzudringen, was er ganz sanft tat. Mit der anderen Hand streichelte er weiter über meinen Bauch hinab zum meinem steinharten Schwanz, den er immer wieder umfasste, streichelte, und ihn ab und zu auch bewegte. Mit meiner freien Hand griff nun auch ich hinter meinem Rücken nach seinem steifen, harten Schwanz, führte ihn fast zwanghaft an meinen Po und fuhr mit ihm in meinem Pospalt auf und ab, auf und ab.

Das tat scheinbar nicht nur mir wohl, auch Erich geriet immer mehr in Fahrt. Er zog sich nun für einen Moment zurück und stülpte sich ein Präservativ über seinen harten Schwanz. In diesem Moment ahnte ich, was er vorhatte. Mir war es in diesem Augenblick aber auch völlig egal, ob er mit oder ohne Schutz in mich eindrang, gegen alle meiner Vernunft, hatte ich nur noch den Wunsch, seinen Schwanz in mir zu spüren. Erich wusste das wohl. Er drang in mein noch jungfräuliches Arschloch, jedoch langsam und sanft stiess er seinen dicken, langen Schwanz in mich hinein, zog ihn auch immer wieder ein wenig zurück.

Ich spürte anfangs einen grossen Schmerz und bat ihn, inne zu halten, um meinem Arschloch ein langsames dehnen zu ermöglichen. Um mich von meinen Schmerzen abzulenken, bearbeitete er wieder meinen Schwanz, fuhr mehrmals über die nasse Eichel. Dabei drückte er seinen harten, heissen und steifen Schwanz immer tiefer in mich hinein. Ich spürte ihn in seiner ganzen Länge in mir und es gefiel mir immer besser. Als er dann noch begann, sich zu bewegen und ich keine Schmerzen mehr verspürte, war ich happy.

Erich unterbrach plötzlich, zog sich zurück, legte mich auf den Rücken, kniete sich zwischen meine Beine, hob diese an und stemmte sie gegen seine Achseln. Mein Arsch hob sich dementsprechend, nun fuhr er mit seinem prallen Schwanz wieder in mein Arschloch, noch tiefer hinein als vorhin und begann nun, mich, bzw. mein Arschloch zu figgen und dies über eine längere Zeit. Hinein und zurück, mal schneller, dann wieder gemächlicher und sanfter, aber immer bis zum Anschlag. Ich spürte dann seinen Sack an meinem Po aufprallen, was mich nur noch geiler machte. Öfters nahm er auch wieder meinen immer noch harten Schwanz in seine Hand und bearbeitete ihn mit sanften Bewegungen.

Ich versuchte mit meinem Arsch, seinen rhythmischen Bewegungen zu folgen, klemmte auch mal mein Arschloch mit aller Kraft zusammen. Dies schien ihm zu gefallen, er wurde immer schneller, seine Stösse wurden kräftiger und er schlug mit seinem Hodensack immer kräftiger an meine Arschbacken. Sein Schwanz wurde immer dicker und steifer, für mein jungfräuliches Arschloch eine harte, aber überaus angenehme Tortour.
An seinem Atem merkte ich, dass Erich kurz vor dem Abspritzen war. Ich klemmte nochmals mit aller Kraft mein Arschloch zusammen, Erich blieb mit seinem Schwanz tief in mir drinnen und spritzte seine ganze Ladung über mehrere Wellen in mich hinein, bzw. in das Präservativ. In diesem Moment wäre es mir egal gewesen, wenn ich von ihm auch ohne Präservativ gefögelt worden wäre, so schön fand ich es.

Ich war ja immer noch voll geladen. Mein Schwanz war hart und steif. Erich streifte nun mir einen Gummi darüber, bot mir, auf dem Rücken liegend, sein Arschloch dar und forderte mich auf, in ihn einzudringen. Ich hob seine Beine hoch und konnte so ohne Mühe in ihn eindringen. Sein Arschloch bot mir keinen Widerstand, das Loch war weit und gut geschmiert. Mein Schwanz fühlte darin keine spezielle Reibung wie etwa in einer Vagina, die den Penis in seiner ganzen Länge fest umklammert und so das abspritzen fördert.

Bei Erich war innen keine Reibung zu spüren, nur der Arscheingang umklammerte meinen Schwanz. So konnte ich ihn längere Zeit figgen. Ihm schien es zu gefallen. Wenn ich müde wurde, bewegte er seinen Arsch umso intensiver. Langsam merkte ich, wie sich in mir der

Orgasmus aufbaute und endlich konnte ich mich in mehreren Schüben entladen.

Ich war müde und fix und fertig. Erich streifte mir noch meinen Pariser ab und verliess dann die Kabine. Er sagte noch, ich könne ruhig noch eine Weile liegen bleiben, das störe niemanden. So drehte ich mich auf den Bauch, schloss die Augen und döste vor mich hin.

Ich musste wohl eingenickt sein, denn ich fühlte plötzlich ein angenehmes streicheln auf meinem Körper. Zwei Hände fuhren sanft über meinen Rücken, zwischen die Pobacken und wieder hinauf über den Rücken. Dies wiederholte sich über eine längere Zeit. Ich wurde langsam unruhig, hob, wenn die Hände zwischen den Pobacken waren, den Po hoch um die Streicheleinheiten intensiver zu spüren. Darauf hatte der Unbekannte wohl gewartet, sofort führte er einen Finger tief in meinen Arsch ein, verharrte dort längere Zeit, nicht ruhig, sondern fuhr mit dem Finger hin und her, massierte so mein Arscheingang immer mit schnelleren Bewegungen.

Mein Schwanz reagierte auf diese Stimulation. Er wurde hart, verlangte nach Berührungen. So drehte ich mich auf die Seite, griff nach einer Hand des Unbekannten und führte diese an meinen steifen, harten Schwanz. Er umklammerte diesen sofort, führte ganz langsame Bewegungen aus, was mir unendlich wohltat. Dazwischen streichelte er immer wieder mit seinen Finger über meine nasse Eichel. Ich versuchte mit pressen, weitere Lusttropfen aus mir heraus zu drücken, so konnte ich die Reibungsgefühle dämpfen. Mit meinem Körper presste ich mich an seinen Körper, dabei spürte ich seinen heissen, harten Schwanz zwischen meinen Pobacken. Diese Berührung tat mir wieder so gut, dass ich diesen mit meiner Hand ergriff und ihn zu meinem geilen Arschloch führte. Mit seiner Schwanzspitze streichelte ich mein Arschloch über längere Zeit, führte ihn auch immer öfter tiefer ein, was mich immer mehr aufgeilte und der Wunsch nach Vereinigung immer grösser wurde.

So gab ich den Weg frei, spürte wie sein Schwanz immer tiefer in mich eindrang. Das schöne daran war auch, dass ich keinen Schmerz mehr – wie das erste Mal- verspürte. Ich genoss das Gefühl der langen und langsamen hin und her Bewegungen in meinem Arschloch. Dazu kamen noch die leichten Bewegungen mit denen er meinen Schwanz liebkoste und streichelte. Ich fühlte mich wie im Paradies, genoss die für mich ungewohnte Situation und hoffte, dass er noch lange durchhalten würde. Er hatte wohl den gleichen Wunsch, unterbrach seine Bewegungen, presste sich aber an mich, sein Schwanz ruhte tief in mir und füllte mich wohlig aus. Auch meinen Schwanz liess er ruhen, hielt ihn aber weiterhin fest umschlossen.

So verharrten wir einige Minuten zusammengepresst im dunklen Raum. Ich fühlte mich geborgen und döste wohl einwenig ein. Als ich wieder ganz da war, spürte ich immer noch seinen Schwanz in mir, auch wurde er wieder bewegt, ganz, ganz langsam hin und her. Mein Schwanz wurde immer noch fest umklammert und die Eichel ausdauernd gestreichelt. Ich spürte, wie ich mich nicht mehr weiter zurückhalten konnte, die Reizungen meiner Eichel durch sein stetiges streicheln waren kaum noch auszuhalten, so ergab ich mich einem mächtigen, mit vielen Zuckungen, lang andauerndem Orgasmus hin. Er musste wohl diesen Vorgang in meinem Arsch gespürt haben, denn nun beschleunigte er seine Bewegungen und kam fast augenblicklich zu seinem Orgasmus. Ich spürte die Zuckungen seines Schwanzes tief in mir, versuchte mit zusammenklemmen meines Arschloches zu verhindern, dass er sein Samen in mich hinein spritzten konnten. Ich wendete dazu meine ganze, noch verbliebene Kraft, versuchte auch, mich aus seiner Umklammerung zu lösen, auch ohne Erfolg. Er presst sich fest an mich. Durch meine Bewegungen, pressen und ziehen reizte ich ihn wohl noch mehr, sein Orgasmus wollte und wollte nicht enden. Immer und immer wieder spürte ich sein Abspritzen des heissen Samens tief in mir. Es tat mir aber unheimlich wohl, so genoss ich dieses einmalige Erlebnis mit allen meinen Sinnen.

Kaum hatte er mich verlassen, stand ein anderer Mann vor meiner Kabine. Ich wollte meine Ruhe haben, legte mich wortlos auf den Bauch, streckte mich wohlig aus und genoss eine Zeit der Ruhe und Entspannung. Der Mann, der scheinbar immer noch vor der Kabine stand, fragte mich, ob er sich neben mich legen dürfe, er möchte sich ebenfalls ein wenig ausruhen, er heisse übrigens Max. Da ich nichts dagegen einwenden konnte, legte es sich neben mich. Ich sagte ihm aber noch, dass ich wirklich Ruhe brauchen würde, ich sei das erste Mal hier und bereits ziemlich hergenommen. So blieb er ruhig neben mir liegen und ich genoss seine Wärme an meiner Seite.

Da mir das wohl tat, rückte ich ein wenig enger an seinen Körper. Er drehte sich auf die Seite, legte ein Bein zwischen meine Beine und presste sich so an mich. Mit der Hand fuhr er leicht über meinem Rücken hin und her, über das Rückgrat hinauf bis zum Nacken, hinab über das Kreuz bis zum Po. Das tat er über längere Zeit, ich genoss diese Streicheleinheiten sehr. Scheinbar erregte ihn sein Tun, ich spürte an meinem Oberschenkel wie sein Schwanz härter wurde, vielleicht auch darum, weil er mit seinem Becken leichte Bewegungen ausführte. Mein Schwanz regte sich inzwischen auch wieder, so hob ich kurz mein Becken um meinem Schwanz Platz zu machen, dass er sich strecken konnte. Ich legte dann meinen Kopf auf die gefalteten Arme und gab mich ganz den meinen ganzen Körper durchströmenden, wohligen Gefühlen hin. Max begann nun, meinen Po zu küssen, kniete sich dazu zwischen meine Beine, drang mit seiner Zunge zu meinem Arsch vor und bezüngelte diesen ausgiebig. Mit den Händen zog er die Pobacken immer wieder auseinander, so konnte er tief eindringen.

Mir tat dies wohl, dieses zarte berühren der Rosette mit seiner Zunge. Um ihm den Zugang zu erleichtern, spreizte ich meine Beine noch mehr. Er benutzte dies, um mit einem Finger in mich einzudringen. Ich wehrte mich nicht dagegen, genoss einfach nur die wunderbaren Gefühle.

Er legte sich dann auf mich, verwöhnte mit seinen Lippen meine Ohren, zugleich begann er mit seinem harten, steifen Schwanz den Eingang in mein –inzwischen geil gewordenes Arschloch - zu suchen. Dies gelang ihm fast augenblicklich. Ich spürte einen Moment seinen Druck auf meine Arschlochöffnung, bevor ich aber reagierte, gleitet sein Schwanz mühe- und für mich schmerzlos, in mich hinein. Wieder war ich überrascht, was für ein angenehmes Gefühl mich durchströmte, einen Schwanz in mir zu spüren. Ich machte einen „Katzenbugel", so konnte er tiefer eindringen. Max bewegte sich in einem angenehmen, langsamen Rhythmus. Da er in dieser Stellung auch Zugang zu meinem Schwanz hatte, bearbeitete er auch diesen im demselben Rhythmus. Fuhr mit dem Daumen immer wieder über die Eichel, ganz sanft, aber ausdauernd und beharrlich. Ich versuchte durch auspressen von Lusttropfen, die Reibung zu mindern um möglichst lange durchzuhalten was mir auch eine zeitlang gelang.

Trotz meiner Müdigkeit und den vorangegangenen Erlebnissen, genoss ich aufs Neue die wunderbaren Gefühle, die meinen ganzen Körper durchströmten. Ich hoffte, diese Gefühle noch lange geniessen zu können.

Bald aber meldete sich bei mir der Beginn des Orgasmus. Trotz meiner Gegenwehr konnte ich ihn nicht mehr zurück halten. In mehreren Wellen schoss das Sperma aus meinem Schwanz. Max hielt mich mit seinen Armen fest an sich gepresst, bewegte sich nun schneller und nahm keine Rücksicht mehr auf mein Befinden. Hart schlug sein Becken an meine Pobacken. Plötzlich hielt er inne, presste sein Becken an mich und entlud sich tief in mir in mehreren Wellen. Ich spürte, wie sein Schwanz zuckte, immer wieder zuckte und sein heisser Samen in mich hinein schoss. Ich hatte das Gefühl, er höre nicht mehr auf, der Orgasmus von Max. Er bewegte sich nur noch leicht, hielt mich aber weiter fest an sich gepresst. Ich konnte ihm nicht entrinnen. So konnte er seine ganze Ladung in mich hineinspritzen. Er musste wohl über mehrere Tage keinen Orgasmus mehr gehabt haben, so intensiv war sein Orgasmus. Immer und immer wieder zuckte sein Schwanz in mir. Ich war nun völlig geschafft, moralisch wie auch körperlich. Wie konnte ich auch so blöd sein, mich ohne Präservativ von fremden Männern figgen zu lassen. Max musste es wohl gespürt haben, nahm mich mit in den Duschraum, nahm einen Schlauch, wies mich an, mich nach vorne zu neigen, setzte den Schlauch an mein Arschloch und liess einen warmen Wasserstrahl in mich einfliessen, hielt innen, forderte mich auf, mich zu entleeren. Dies wiederholte er mehrmals, bis nur noch reines Wasser aus meinem Arschloch sprudelte.

Er versicherte mir, ich müsse mir wegen Aids keine Gedanken machen, er sei gesund wie auch sein Kollege, der vor ihm bei mir gewesen sei. Sie hätten gehört, dass ich das erste Mal hier und noch nie in einer Schwulensauna gewesen sei. Da hätte sie speziell erregt und sie bewogen, sich mir zu nähern, was ihnen ja auch gelang.

Sie würden mich gerne wieder einmal hier treffen, ob sie mir ihre Telefonnummer geben dürften. Ich könnte ihnen ja dann aufläuten, wenn ich wieder einmal Lust hätte, sie hier zu treffen. Ich erwiderte, dass ich vorläufig genug hätte und vorerst meine Erlebnisse verarbeiten müsste. Sie lächelten und meinten, sie würden mich gerne wieder einmal verwöhnen.

Nach einer Woche konnte ich mich nicht mehr zurück halten. Ich sehnte mich nach den Berührungen durch dieser Männer und nach einem harten Schwanz in meinem Arschloch. Ich war ganz süchtig danach. Ich wollte mich hingeben, ohne wenn und aber. Wenn ich in Erinnerung schwelgte, wurde mein Schwanz ganz nass. Ich musste telefonieren. Wir machten einen Termin für den kommenden Tag ab. Ich war froh darüber, nicht mehr lange darauf warten zu müssen wieder so grosse Lust geniessen zu können. In der Nacht konnte ich kaum schlafen. Wenn ich an den kommenden Tag dachte, bekam ich einen Ständer. Endlich kroch der Morgen herauf. Im Bad reinigte ich mich gründlich, mit dem Duschschlauch spülte ich mich gründlich aus, bis nur noch klares Wasser aus mir heraus lief. Meinen Schwanz wusch ich sanft und gründlich, reizte ihn aber nicht übermässig. Ich wollte voll geladen zum Treffen.

Wir trafen uns in der Bar. Sie sassen mit einem weiteren Mann an der Theke. Dieser war sehr nett zu mir. Er spendierte mir mehrere Drinks und fragte mich, ob ich ihn in eine Kabine begleiten würde. Ich hatte nichts dagegen, besonders auch nicht, weil die anderen mich darin unterstützten. Sie sagten, sie würden mich ja später dann wieder sehen.

Vor dem Rendezvous in der Kabine, stellte ich mich noch unter die Dusche und wusch mich. Gründlich konnte ich es nicht machen, da ich von den Drinks leicht beschwippst war. So war ich froh, dass Erich mich begleitete und mir half. Er führte mich dann zu einer dämmrigen Kabine, wo ich mich sofort hinlegte. Karl, so hiess der neue Freund, kam schon nach kurzer Zeit. Ich sah nicht auf, war zu benommen. Er legte sich eng neben mich, schob ein Bein über meinen noch geschlossenen Beinen und schob sie auseinander.

Er begann mich zu küssen, mit den Händen streichelte er ausgiebig über meine empfindlichen Stellen, was mich immer mehr erregte. Ich öffnete mich immer weiter und genoss so seine intensiven Streicheleinheiten. Als er dann noch nach meinem Schwanz griff, die Vorhaut straff zurück zog und die nasse Schwanzspitze streichelte, bekam ich fast einen Orgasmus. So schob ich seine Hand weg vom meinem Schwanz. Nun fuhr er mit der Hand über die Hoden in die Arschspalte, suchte den Anuseingang und begann diesen zu bearbeiten. Drang zuerst mit einem, dann mit 2 Fingern immer tiefer in mich hinein. Er benutze dazu viel Gleitcreme. So verspürte ich nur ein

angenehmes dehnen im Anuseingang. Ich wurde immer geiler, wollte endlich einen Schwanz in mir spüren.
Mit einer Hand begann ich nach seinem Schwanz zu greifen, was aber nicht sofort gelang, da er mir immer wieder auswich. Endlich bekam ich ihn zu fassen und bekam fast einen Schock. Sein Schwanz war so dick, dass ich ihn mit meiner Hand nicht ganz umfassen konnte. Welch ein Stück und mit dem wollte er in meine Arsch eindringen! Darüber liess er keinen Zweifel aufkommen. Er war bärenstark, mit seinen Händen umfasste er meine beiden Beine, zog mich an seinen Schwanz heran, legte die Beine über seine Achseln. Ich war ihm komplett ausgeliefert!

Er begann, mein Arschloch mit Gleitcreme einzuschmieren, auch sein Schwanz bekam eine volle Ladung davon. So vorbereitet, drückte er seinen Penis an mein kleines Löchlein. Ich hatte aber Angst, dass mein Arschloch nach einer solchen Ausdehnung nicht mehr dicht sein würde. Deshalb war ich trotz der Geilheit, in der ich mich befand, immer noch nicht einverstanden, dass er mich figgen wollte. Er beruhigte mich mit dem Hinweis, ich sei ja noch jung und ohne grössere Probleme würde sich alles wieder normalisieren. Inzwischen spürte ich, wie sein Druck auf mein Arschloch wuchs. In kleine Stössen und mehreren Anläufen drang er mit der Eichel immer tiefer in mich hinein. Da es mir sehr weh tat, begann ich zu wimmern und zu stöhnen. Mit einer Hand verschloss er meinen Mund. Ich konnte nichts mehr tun. Hoffte nur auf seine Rücksichtname gegenüber einem Anfänger und auf seine Erfahrung
Seine Stösse waren inzwischen immer stärker und kraftvoller geworden. Auch drang er immer tiefer ein. Ich spürte die Reibung seines Schwanzes in seinem ganzen Umfang in mir. Fast mit seiner ganzen Schwanzlänge bewegte er sich hin und her, immer ein wenig tiefer, bis er schliesslich vollkommen eingedrungen war.
Ich spürte nun seinen Schwanz in seiner ganzen Länge in mir. Mein Darm war vollkommen ausgefüllt. Ich hatte das Gefühl, Stuhl lassen zu müssen. Ich presste mit aller Kraft, doch nichts geschah. Ich konnte seinen Schwanz nicht aus mir rauspressen. Er liess seinen Schwanz tief in meinem Arschloch einige Zeit ganz ruhig. so gewöhnte sich mein Darm langsam an die ungewohnte Situation, der Schmerz liess nach.
Er begann auch wieder, meine Brustwarzen zu streicheln, nahm zwischendurch auch mal wieder meinen Schwanz in die Hand, drückte

ihn fest und streichelte langsam über die Eichel, die ganz nass war. Sein Becken presste er an mich.

Ich begann mich mit dem Unterleib zu bewegen. Sein Schwanz in mir gab mir ein gutes Gefühl. Seine Grösse löste ein starkes Lustgefühl aus, ich begann das intime Zusammensein zu geniessen. Besonders auch, als Karl begann, sich zu bewegen. Über fast die ganze Schwanzlänge zog er sich zurück, stiess ihn wieder langsam bis zum Anschlag hinein und das über längere Zeit. Einige Male zog er sich auch so weit zurück, dass sein Schwanz aus meinem Arschloch schlüpfte, dieser aber den Weg wieder ohne besondere Mühe selbständig fand. Dieses neue hinein gleiten und stossen mit seiner grossen, nassen Eichel tat mir besonders gut, ich spürte jedesmal, wie sich meine Rosette auftat um seinen grossen, starken Schwanz aufzunehmen und zu umklammern. Mit Gegenbewegungen versuchte ich seinen Rhythmus zu verstärken, was mir zeitweise auch gelang.

Zwischendurch verhielt er ruhig, liess die Erregung ein wenig abklingen, hielt mich aber immer fest an sich gepresst. Ich spürte den Schwanz in mir, sein Pochen und seine Wärme taten mir nun wirklich wohl. Ich sagte es ihm auch, er lächelte nur und meinte, ich solle mich später an der Kasse* melden. Nun begann er den Rhythmus seiner Bewegungen zu beschleunigen. Seine Stösse wurden schneller und kraftvoller. Meinen Schwanz liess er ruhen, was ich bedauerte. Ich hätte gerne mit ihm abgespritzt. Ich legte meine Hände um seine Hüfte und zog ihn fest an mich. Ich wollte ihn tief in mir spüren und festhalten.

Seine Bewegungen wurden tief in mir kürzer und intensiver. Ich spürte, wie sein Schwanz steifer und härter wurde, sein Atem ging auch schneller. Er war kurz vor dem abspritzen. Ich legte meinen Kopf zurück, presste meine Unterkörper nach vorn und genoss seinen Orgasmus, der mit voller Wucht einsetzte. Ich spürte in mir ganz deutlich die Zuckungen seines Schwanzes, die ich als unendlich schön und wohltuend empfand. Sie hielten über längere Zeit an, er entleerte sich vollkommen. Er hielt mich noch eine zeitlang an sich gepresst, zog seinen Schwanz dann langsam aus meinem Arsch, gab mir noch einen leichten Kuss und verliess die Kabine.

Ich wollte mich eigentlich sofort unter die Dusche begeben, wie ich aber versuchte aufzustehen, wurde mir schwindlig. Ich musste mich wohl oder übel wieder hinlegen. Die Wirkung der Drinks und die Anstrengungen der letzten Minuten machten mir immer noch zu schaffen. Zum Glück war es angenehm warm in der Kabine, ich fühlte mich geborgen. So legte ich mich wieder hin, döste in der Erinnerung was passiert war vor mich hin und war glücklich, obschon mir mein Schwanz durch sein hart werden signalisierte, dass er noch nicht auf seine Rechnung gekommen war. Ich legte mich auf den Bauch, drückte den Schwanz hart auf die Unterlage und hoffte so Ruhe zu finden. Mein Arschloch schmerzte mich leicht, war aber im Vergleich zum Schmerz den ich beim Eindringen empfand, harmlos.

Wie lange ich so vor mich hinträumte, weiss ich nicht mehr, jedenfalls schreckte ich auf, als plötzlich Erich neben mir lag. Eng an mich gedrückt, streichelte er mir über den Rücken hinab bis zum Po. Mit seinen Finger drang er in mich, schob meine Beine auseinander, legte sich auf mich und drang sofort in mich ein. Ich spürte ihn kaum, so ring schlüpfte sein Schwanz ins immer noch gut geschmierte Arschloch. Ich hob mich ein wenig hoch um ihn ganz tief in mir zu spüren. Erich benutzte diese Gelegenheit, meinen immer noch geilen Schwanz zu umfassen.

Anfangs mit sanften Bewegungen, die immer schneller und rücksichtsloser wurden, brachte er meinen Schwanz endlich zum erlösenden Abspritzen. Praktisch im Synchrontakt hatte er sich mit seinem Schwanz in meinem Arschloch bewegt, sodass er gleichzeitig abspritzte. Ohne ein Wort nahm er ein Papier, wischte seinen Schwanz ab und verliess die Kabine.

Nun hatte ich genug, stand auf, schob den Riegel vor und legte mich wieder hin. Über eine Stunde blieb ich liegen, musste mich ausruhen und über vieles nachdenken. Ich fühlte mich eigentlich ganz wohl und entspannt.

Aufgestellt stellte ich mich unter die Dusche, seifte mich gründlich ein, für den Rücken bat einen Unbekannten, der neben mir duschte. Er machte dies sehr gründlich, vom Nacken bis zwischen den Pospalt lies er keinen Zentimeter aus. Ich genoss dies sehr. Da ich aber noch einen Termin hatte, musste ich wohl oder übel mich beeilen. So verabredeten wir uns auf folgende Woche.

*Wie sich dann herausstellte, ist er der Chef dieser Sauna. Er schenkte mir eine Dauereintrittskarte. Ich kann also in Zukunft so oft ich Lust habe, diese Sauna gratis besuchen. Welch ein Geschenk! Ich werde dies sicher oft nutzen, ich freue mich jetzt schon auf viele, geile Begegnung.

Neuling vernascht

Ich war allein zu Hause. Meine Frau war mit unserer Tochter weggefahren. Was machst du mit der Freiheit, du warst schon länger Zeit nicht mehr auf einer Hotline dachte ich und griff zum Telefon... und schon war ich verbunden mit einer Gayline verbunden. Mit Bi und Geil sucht im Raum XX live oder Telefon meldete ich mich an. Es dauerte nicht lange da meldete sich ein 18 jähriger Schüler aus der näheren Umgebung. Er wählte mich an. Hallo mein Name ist Michael und ich komme aus XX. Ich bin heute 18 Jahre alt geworden und möchte endlich mit einem Mann Sex haben. Oh, sagte ich, das lässt sich ja einrichten, aber beschreibe dich mal. Michael gab mir zur Antwort, 18 Jahre alt, 178gross, 75 kg schwer, Hellblonde kurze Haare, blaue Augen und ich glaube dass ich Schwul bin.

Ok, sagte ich, mein Name ist Gerd, 38 Jahre alt, 196 cm groß wiege 88kg, Haarfarbe dunkelblond, Augenfarbe graugrün, mein Schwanz 22 x 4 ganz rasiert und ich bin Bi. Wie groß ist deiner und bist du auch rasiert, auf was stehst du, wollte ich weiter von ihm wissen.

Michael antwortete mir: Rasiert bin ich nicht aber wenn du willst kannst du es ja bei mir machen und ich möchte mal zärtlichen Männersex erleben, davon Träume ich schon lange.

Kann ich dich besuchen oder willst du zu mir kommen? fragte ich ihn. Besuchen geht nicht, denn ich wohne noch zu Hause, aber ich kann mit meinem Motorrad zu dir kommen, gab er mir zur Antwort.

Ich gab ihm meine Adresse und er versprach sich in der nächsten Stunde bei mir zu melden.

Mit geilen Gedanken ging ich ins Bad um mich zu duschen. Besonders reinigte ich meine Po ritze. Ich cremte mich ein ging nur mit dem Bademantel bekleidet ins Wohnzimmer und legte mich auf das Sofa. Es dauerte nicht lange da klingelte es an der Haustür. Durch das Küchenfenster konnte ich sehen das ein Motorrad vor meiner Tür stand und ein junger Mann geklingelt hatte. Ich ging zur Haustür und öffnete. Hallo ich bin Michael stellte er sich vor. Na dann komm rein und folge mir, sagte ich zu ihm und ging vor ihm her, ins Wohnzimmer. Mensch der sieht ja richtig gut aus, so was junges hatte ich schon lange nicht mehr, den wird Vater richtig vernaschen, waren meine Gedanken. Setze dich aufs Sofa, willst du was trinken, Wasser, Bier, Whisky oder ein Glas Sekt?

Michael antwortete: ein Glas Sekt vielleicht wäre nicht schlecht.

Ich stand auf, öffnete eine Flasche und goss ein. Na dann Prost auf die Freundschaft sagte ich und schaute dabei ihm tief in die Augen.

Und jetzt kommt doch bestimmt ein Kuss, fragte er. Ich sagte nichts kam ihm immer näher und leckte ihm über die Lippen und fing an ihn zu küssen. Mit seiner Zunge spielte ich. Wie an einem Schwaz saugte ich an ihr. Michael wurde ganz unruhig und stöhnte mir in den Mund. Bei der Küsserei war der Bademantel mir von den Schultern gerutscht und er streichelte mir über die Brust. Ich streichelte ihm den Kopf und sagte: Komm zieh dich aus. Zeige mir was du zwischen den Beinen hast. Innerhalb von Sekunden war er nackt. Er sah wirklich gut aus, kein Gramm Fett an ihm und sein Schwanz stand mir entgegen. Hast du noch zu Hause geduscht oder willst du hier ins Bad? fragte ich ihn. Michael sagte, da du mich rasieren willst kann ich ja dann auch bei dir duschen.

Dann komm mit ins Bad ich habe da eine Überraschung für dich sagte ich und griff nach seinem inzwischen harten Schwanz und zog ihn daran ins Bad unterwegs konnte ich der Versuchung nicht widerstehen und wichste ihn ein paarmal. Worauf er lauf aufstöhnte. Im Bad zeigt ich ihm unsere für 4 Personen großer Whirlpool. Mit den Worten na ist das was, lies ich Wasser ein. Lege Dich als hinein ich hole noch den Rasierer und Schaum. Ich ging an das Fach meiner Frau und nahm den Lady-Shaver raus und den dazugehörigen Schaum stieg zu Michael in den Pool und drehte das Wasser ab. Komm setze dich auf den Rand damit ich dich einschäumen kann. Oh ich legte es darauf an beim einreiben mit dem Schaum ihn richtig geil zumachen. Es war gar kein einschäumen sondern eine erste wichs Attacke. Aber ich wollte noch nicht dass er abspritzt. Mit ein paar gekonnten strichen war das Schambein ohne Behaarung. Als nächstes folgten der Schwanz, der Sack und die Arschrille und schon war er richtig nackt. Mit einem Schubs stieß ich ihn in die Wanne und stellte dann das Wasser wieder an. Du, Michael an deiner Seite ist ein Knopf zu Auslösung der Luftdüsen des Pools, drück ihn mal, forderte ich ihn auf und setzte mich ihm gegenüber. Die Luftblasen stiegen auf und ich legte mich entspannt??zurück streckte mein Bein aus, so dass ich mit dem Fuß seinen Schwanz berühren konnte.

Er bockte meinen Fuß an, ich nahm den zweiten dazu und er fickt seinen harten zwischen den Fußsohlen. Mensch Gerd bin ich geil ich spritze gleich ab, stöhnte er, die Luftblasen am Po, deine Füße an meinem Schwanz da soll man mal nicht verrückt werden. Dann stell ich hin, ich will sehen wenn du kommst und wie weit du abspritzt. Gesagt getan, er stand auf und wichste wie wild, was ich ihm aber gleich untersagte, das mach ich doch besser als du, mit diesen Worten stülpte ich meine Lippen über den Schwanz und sog ihn tief ein. Ich kam gar nicht mehr zum richtigen Schwanzlutschen. Innerhalb von Sekunden schrie er auf und ich hatte seinen Saft im Mund. Ich schluckte was ich nur konnte. Aber ein Teil seiner Sahne lief an meinen Mundwinkel herab. Er setzte sich zu mir hin und fing an mich wie wild zu küssen. Wobei er es nicht lassen konnte mir das Gesicht sauber zu lecken. Ich legte mich bequem in der Wanne zurück. Micheal meinte das ich ihm sagen sollte was ich von ihm nun erwarte. Sei einfach nur zärtlich zu mir und mache das was du auch gern hättest, sagte ich ihm. Michael bewies viel Phantasie. Er legte sich auf mich und fing an mich zu küssen und zu Streicheln. Besonders hatten es ihm meine Brustwarzen angetan, die er saugte bis sie hart wegstanden. Ich war so scharf wie lang nicht mehr. Komm lass uns ins Bett gehen da ist es schöner und das Wasser stört auch nicht beim gegenseitigen blasen sagte ich zu ihm. Wir standen aus der Wanne auf und gingen ohne uns abzutrocknen ins Schlafzimmer legten uns in der 69er Stellung auf Bett und fingen an uns die Schwänze zu verwöhnen. Er war ein gelehriger Schüler das musste ich wohl anerkennen, denn alles was ich an ihm machte tat er auch mit mir. Als Ich ihm dann an der Eichel mit den Zähnen zart knapperte und dann mit der Zunge über seine Eichel leckte war es auch um mich geschehen, denn er kopierte mein tun. Mit einem Aufschrei spritzte ich ab wobei ich meinen Schwanz tief in seinen Mund schob. Ich lies seinen Penis los und legte mich stark schnaufend auf den Rücken. Lasse mir bitte für die nächste Runde etwas Zeit, du hast mich ganz schön fertig gemacht, sagte ich ihm. Er kuschelte sich an mich ran und streichelte mir zärtlich die Eier. Was zur Folge hatte das mein Schwanz seine Standfestigkeit nicht verlor...

Die Premiere

Ich verdiente mir schon einige Zeit als Erotik-Model etwas Geld
nebenbei, aber neulich gab es dann doch eine Premiere: Mein erstes
Gay-Shooting. Die Bilder sollten später auf irgendeinem Gay-Portal
auftauchen und als Anheizer für Livecams und ähnliches dienen.
Anfangs war ich mir nicht sicher ob ich den Job annehmen sollte, da
ich ungefähr genauso schwul wie Casanova bin, aber das Geld
lockte.In einem Vorgespräch versicherte mir man auch, das es bei dem
Shooting zu keinerlei sexuellen Handlungen kommen würde und so
war ich dann einigermaßen beruhigt. Ich ging also zum verabredeten
Zeitpunkt in das kleine Fotostudio und zog mir in der Garderobe die
vorbereiteten Sachen an. Aufgrund meines recht muskulösen und
durchtrainierten Körpers sollte ich wohl die etwas härtere Gangart
vertreten. Das unterstrichen dann auch die Klamotten die ich vorfand,
eine Army-Hose mit dazu passendem Muskelshirt. Darunter sollte ich
einen äußerst knappen String tragen und ich hatte Probleme meinen
besten Freund darin unterzubringen.Im Studio gab es dann die
üblichen Vorbereitungen. Das Licht wurde eingestellt, die Kulissen hin-
und hergerückt und ein Assistent kam mit einem Fläschchen Öl auf
mich zu. Klar, ein glänzender Body sieht auf Fotos viel besser aus.
Grinsend zog der Typ an meinem Shirt. Mir war klar was er wollte und
ich zog es aus. Dann begann er mir den Oberkörper einzuölen. An
seinem Lächeln erkannte ich, das er Gefallen daran hatte und mir war
es plötzlich ziemlich unangenehm. War ich etwa der einzige hier, der
nicht schwul war?Zum Glück kam gerade in diesem Moment der
Fotograf dazu und zog mich zur Seite. Wir besprachen die Art der
Aufnahmen und er erklärte mir genau was er sich vorstellte. Ohne
Verzögerung ging es dann an die Arbeit. Die Verständigung zwischen
Jörg, dem Fotograf, und mir klappte einwandfrei. Ab und an kam er zu
mir herüber, richtete die Position eines Armes oder Beines und brachte
mich so in die perfekten Haltungen. Als Jörg mal wieder an meinem
Oberschenkel herumdrückte wurde es mir doch sehr warm. Waren da
die Scheinwerfer dran schuld? Erschrocken musste ich mir selbst
gegenüber zugeben, das mir Jörgs Berührungen irgendwie gefielen.
Einige Filme waren schon voll, als Jörg meinte ich sollte langsam mal
meine Hose ausziehen. Gesagt, getan. Ich fummelte noch etwas an
dem viel zu knappen Slip herum und begab mich dann wieder in die

gewünschten Positionen. Wieder kam Jörg zu mir und richtete hier und dort etwas herum. Dann musste ich aber doch etwas Schlucken. Mit einem beherzten Griff langte er mir zwischen die Beine und griff sich mein bestes Stück. „Wäre doch schade, wenn wir dieses Prachtstück nicht ein wenig in Szene setzen", sagte er und fummelte solange daran herum, bis eine Beule sichtbar wurde. Ich war so verblüfft, dass ich gar nichts mehr sagen konnte. Und insgeheim machte es mich auch ein wenig an, wie wäre wohl sonst diese Beule entstanden? Irgendwann waren dann genügend Fotos gemacht und das Team beschloss einstimmig noch etwas Trinken zu gehen. „Olli, du kommst doch mit, oder?" hörte ich Jörgs Stimme hinter mir. Ich überlegte kurz, stimmte dann aber zu. Warum auch nicht, wir verstanden uns ja alle gut und ich hatte an dem Abend eh nichts besseres vor. Schnell verschwand ich also unter der Dusche. Als ich mich gerade abtrocknete steckte Jörg seinen Kopf zur Tür hinein: „Ich wollte nur schauen wie weit du bist. Oh, wow, unverpackt sieht dein Schwanz ja noch heißer aus!" Ich merkte wie mir das Blut in den Kopf schoss und hielt mir schnell mein Handtuch als Schutz vor. Leider schien meinem Freund dieses Kompliment besser gefallen zu haben, als mir selbst, denn vorwitzig schob er das Handtuch ein Stück von mir weg. Jörg grinste nur frech und verschwand wieder.Als ich dann fertig war, warteten die anderen schon auf mich. Gut gelaunt und feixend machten wir uns auf den Weg. Anscheinend hatten die anderen schon beschlossen wo es hingehen sollte und so folgte ich ihnen einfach. Irgendwann verschwanden wir dann in einer kleinen und recht gemütlichen Kneipe und nahmen einen großen Tisch ein. Jörg bestellte ne Runde Bier und setzte sich dann neben mich. Wir unterhielten uns ein wenig und scherzten dabei herum. Irgendwas machte mich nervös bei Jörg. Waren es seine Augen mit denen er mich schon die ganze Zeit so eindringlich ansah, oder waren es seine Hände die mich immer wieder zufällig oder kumpelhaft berührten. Jörg wurde von seinem Assistenten etwas gefragt, und so hatte ich zum ersten mal die Möglichkeit mich ein wenig in dem Laden umzusehen.Auf den ersten Blick wirkte alles ganz normal. Die Theke zog sich über eine Seite des großen Raums entlang, im vorderen Bereich standen Tische und Stühle und im hinteren Teil des Raums war eine Art Tanzfläche. Wie gesagt, auf den ersten Blick vollkommen normal, trotzdem irritierte mich da etwas. Ich schaute mich noch einmal etwas genauer um und dann fiel es mir auf. Es waren ausschließlich Männer in der Kneipe. An sich kein Grund sich zu wundern, doch einige der Männer hielten sich an den Händen und ein Pärchen tanzte eng umschlungen zu einem Song aus der Jukebox. Ich war tatsächlich in einer Schwulenkneipe gelandet.Ich kippte mir hastig mein Bier herunter und rutschte etwas unruhig auf dem Stuhl hin und her. Jörg schaute mich fragend an: „Alles Ok mit dir?" Ich stammelte irgendwas vor mich hin, was sich im entferntesten nach einem „Alles in Ordnung" anhörte. Jörg sah mich noch mal prüfend an und legte mir beruhigend seine Hand auf meinen Oberschenkel. Leider verfehlte diese Geste aber vollkommen ihre gedachte Wirkung. Anstatt mich zu entspannen, verkrampfte ich nun total und wusste nicht ob mir das gefiel oder nicht. Jörg merkte das genau, machte aber keine Anstalten die Hand dort weg zu nehmen. Mit der Zeit wurde ich etwas ruhiger und ich beachtete die Hand nicht weiter.Ein paar Biere später war ich doch schon etwas sehr duselig im Kopf und wieder in ein Gespräch mit Jörg vertieft. Unsere direkten Blickkontakte wurden immer häufiger und länger und ich gestand mir ein, das Jörg ein sehr attraktiver Typ war. Groß, etwas schmächtig aber nicht zu dünn, dunkle kurze Haare und fast schwarze Augen. Sein markantes Kinn gab dem Gesicht etwas Interessantes und seine sinnlichen Lippen sprangen einem sofort ins Auge. Meine Hand streifte mal wieder zufällig seine. Er nahm sie von meinem Bein und fasste sofort in meine. Unsere Finger verschränkten sich ineinander und ganz automatisch streichelte ich mit meinem Daumen über seine feine und weiche Haut.Ein Lächeln umspielte seine Lippen und er zwinkerte mir aufmunternd zu. „Mhh, wollen wir nicht zu mir gehen, da fühlst du dich bestimmt wohler", raunte er mir ins Ohr. So schlecht fand ich die Idee gar nicht und so nickte ich einfach. Jörg stand auf und zog mich an der Hand mit hoch. Schnell verabschiedeten wir uns von den anderen und standen wenige Minuten später auf der Strasse. Immer noch Hand in Hand schlenderten wir auf die U-Bahn Haltestelle zu. Wir hatten Glück und brauchten nicht lange auf eine Bahn zu warten. Nach wenigen Stationen waren wir am Ziel und gingen in Jörgs Wohnung. Die Wohnung war sehr geschmackvoll eingerichtet. „Setz dich ruhig Olli und mach es dir gemütlich. Ich hole uns noch etwas zu trinken." Ich ließ mich aufs Sofa fallen und dachte einen kurzen Moment über das nach, was ich hier eigentlich tat. Ich hatte doch noch nie was mit Schwulen am Hut gehabt, warum hatte Jörg eine solche Wirkung auf mich? Was würde noch passieren? Ich beschloss nicht weiter zu grübeln, sondern alles auf mich zukommen zu lassen. Jörg erschien mit einer Flasche Wein und zwei Gläsern. Er füllte sie und setzte sich dann neben mich. „Ich weiß, du bist nicht schwul, aber ich bin ehrlich und sage dir gleich das du mich beim Shooting ganz schön angetörnt hast", brach es aus Jörg heraus, „und anscheinend hast du nicht wirklich was dagegen gehabt von mir berührt zu werden. Oder sollte ich mich da so getäuscht haben?" Ich dachte einen kurzen Moment nach bevor ich antwortete: „ Nein, du hast dich nicht getäuscht. Ich weiß nicht, was mit mir los ist, aber es gefällt mir von dir berührt zu werden. Ich fühle mich wohl dabei und es macht mich auch an!" Nun war es raus. Jörg sah mich einen Moment an bevor er sich zu mir beugte und mir einen vorsichtigen Kuss gab. „Lass dich einfach fallen, denk nicht zu viel über das nach was hier geschieht. Doch verspreche mir, das du mir sofort Bescheid sagst, wenn ich zu weit gehe!" Ich nickte nur kurz bevor ich Jörgs Lippen erneut auf meinen spürte.Der Kuss erregte mich mehr als ich gedacht habe und so öffneten sich auch bereitwillig meine Lippen, als Jörgs Zunge leicht dagegen drückte. Zärtlich spielten unsere Zungen miteinander und ich drückte mich näher an ihn heran. Jörgs Hand verschwand unter meinem Shirt, streichelte sanft über meine Haut und massierte meine Brustwarzen. Er löste sich aus unserem Kuss und streifte mir das Shirt ab. Seine Lippen glitten meinen Hals herunter und küssten meinen Oberkörper. Geilheit stieg in mir auf, ich lehnte mich zurück und schloss einfach meine Augen. Jörg ließ sich unendlich viel Zeit und ging behutsam vor. Es dauerte nicht lange bis sich der Stoff meiner Jeans spannte. Mein Schwanz regte sich immer heftiger und drückte schon fast schmerzhaft in seinem Gefängnis. Jörg strich mit der Hand über die deutlich sichtbare Beule und öffnete die Hose. Nachdem er sie zusammen mit dem Slip herunterzog, sprang mein Prachtstück ihm gleich in voller Größe entgegen. Er kraulte genüsslich meine Eier und dann spürte ich seine Zunge an meiner prallen Eichel. Ich stöhnte laut auf, das machte ihm Mut und er nahm meinen Schwanz zwischen seine Lippen. Oh man, so geil wurde mir noch nie einer geblasen. Immer tiefer ließ er meine Latte in seinem Mund verschwinden und immer heftiger saugte er daran. Seine Finger suchten sich ihren Weg und landeten an meinem Hintern. Seine kräftigen Hände massierten zuerst die Pobacken bevor seine Finger in die Spalter hineinglitten. Vorsichtig massierten die Fingerspitzen meine Rosette und machten mich so immer geiler.Von meinem Stöhnen immer mutiger ließ Jörg meinen Schwanz aus seinem Mund gleiten und widmete sich auch mit seiner Zunge meinem Arsch.

Zuerst leckte er nur über mein Loch, doch dann drang er langsam und zärtlich mit der Zunge in mich ein. Ich dachte in diesem Moment ich müsste vor Geilheit zergehen und fing automatisch an meinen Schwanz langsam zu wichsen. Seine Zunge fickte mich nun immer schneller und tiefer und mein Stöhnen wandelte sich in erste Lustschreie. Ich wichste meinen Schwanz nun auch schneller, konzentrierte mich nur noch auf das geile Gefühl das mir seine Zunge bereitete und es dauerte nicht lange bis ich mit einem lauten Aufschrei kam. In hohem Bogen spritze die Sahne aus mir heraus und verteilte sich über meinem ganzen Oberkörper.Zufrieden und glücklich lächelte ich Jörg an. Seine Zunge leckte meinen Schwanz sauber. Dann kuschelte er sich an mich und gab mir einen langen Kuss. Glücklich und erschöpft schlief ich in seinen Armen ein.Das ganze ist vor ca. 2 Monaten geschehen. Jörg und ich sind seit dem ein Paar und er führt mich mit viel Liebe und Geduld in die Liebe unter Männern ein!

Je später der Abend...

Wie jedes Jahr spendierte unser Chef ein Sommerfest auf dem Gelände seiner Firma. Da unsere Firma so ungefähr hundert Mitarbeiter hatte und die Familien mit eingeladen waren, war immer etwas los. Meine Freundin war verreist. So ging ich als Strohwitwer zum Fest. Ich begrüßte den Chef und steuerte den Stehtisch meiner engeren Arbeitskollegen an. Ich bestellte eine Runde Pils. Die Kellnerin war eine Bekannte von mir, daher wusste sie was ich ungefähr wollte. Kurze Zeit später kam das Tablett und ich verteilte das Bier auf dem Tisch. Wer wollte oder nicht war mir egal, das Bier war umsonst und wir wollten Spaß. Druckbetankung war angesagt. Wir tanzten, aßen und tranken. Mit der Zeit löste der Alkohol die Zunge, ich kam mit Leuten ins Gespräch von denen ich gar nicht wusste das sie reden können. Wer mir immer wieder zwischendurch auffiel, war meine Chefin. Sie sah heute sehr gut aus. Der Abend wurde später, das Fest wurde leerer. Ich sah meine Chefin, Miriam heißt sie, allein auf einer Bank sitzen. Ihr Schuhe standen neben ihr. Sie hatte wohl zu viel getanzt. Ich bestellte schnell einen Sekt und ein Bier und ging zu ihr. Ich war schon 13 Jahre in der Firma. Wir kannten uns gut, daher duzten wir uns. "Was ist los mit dir?" fragte ich. "Ach Thomas, ich kann nicht mehr stehen. Meine Schuhe machen zwar eine gute Figur, sind aber total unbequem." "Das mit der guten Figur kann ich bestätigen" antwortete ich frech und lächelte sie an. Sie musste lachen und legte eine Hand auf meinen Oberschenkel. "Du bist süß, lass uns anstoßen" Wir quatschen ein bisschen über Gott und die Welt. Immer wieder scannten meine Augen ihren Körper ab. Sie hatte einen festen Busen. Einen BH trug sie nie. Ihre schönen Beine hatte sie heute mit einem Sommerrock bekleidet. Aber beim sitzen hatte sie ihn etwas noch oben gerafft. Sie hatte gepflegte Füße, die Zehennägel lackiert. Sie merkte das ich sie musterte. "Komm lass uns tanzen", "Aber deine Füße", "Ach, ich lass die Schuhe aus, komm schon" Na gut dachte ich. Tanzen konnte ich, hatte mal einen Tanzkurs besucht. Es lief etwas flottes. Jeder tanzte so für sich. Dann legte der DJ etwas Neues auf. Wir sahen uns an, gingen aufeinander zu und fassten uns an den Händen. Mein rechter Arm legte sich um ihre heißen Hüften, ihr linker auf meine Schulter. Wir tanzten einige Zeit so eng umschlungen, bis meine Hand wie von

Geisterhand zu ihrem Po glitt. "Entweder knallt sie mir jetzt eine oder es geht gut.", dachte ich mir. Meine Hand streichelte über ihren festen Po. Ich merkte keine Regung bei ihr. Ich machte weiter und beobachte die Umgebung, ob uns jemand sieht. Alle quatschten in kleinen Gruppen oder aßen noch einen Späthappen. Also von außen keine Gefahr. Jetzt legte ich beide Hände auf den Po. Sie hatte jetzt beide Hände auf meinen Schultern. Enger tanzen konnten wir nicht. Immer wieder streichelte ich ihren Rücken und den Po. Plötzlich guckten wir uns. Sie gab mir einen Kuss auf den Mund. Man, hatte die weiche Lippen. Es war nur ein kurzer Kuss, aber ich wurde sowas von Spitz. Es blieb nicht bei dem Einen. Immer wieder trafen sich unsere Lippen, sie drückte ihre Zunge zwischen meine Lippen. Es war ein Inniger Kuss. Meine Hose wurde immer enger. Sie musste es bemerkt haben. Sie schnappte meine Hand und zig mich ihr hinterher. Ich hatte keinen Schimmer wo sie hinwollte und was sie vorhatte. Nur konnte ich sehen das einige Leute mitbekommen haben was wir trieben. Aber da alle ihre Promille drin hatten, kamen keine weiteren Kommentare. Wir liefen Richtung Büro. Die Tür war auf. Wir gingen in ein Büro hinein, das von außen nicht einsehbar war. Das Licht ließen wir aus. Wir küssten uns wieder. Sie fummelte an meiner Hose rum. Sie öffnete meinen Gürtel und ließ meine Jeans zu Boden gleiten. Eine Shorts trug ich nicht bei dem Wetter. Etwas hakte es, da mein Schwanz auf volles Maß angeschwollen war. Sie nahm meinen Schwanz in die Hand und wichste ihn, ohne dabei das Küssen einzustellen. Nach einiger Zeit ging sie in die Knie und leckte an meiner Eichel. Sie kraute meine Eier. Jetzt nahm Sie meinen Schwanz in den Mund. Ihre weichen Lippen umschlossen vollkommen meinen Kolben. Sie wichste und blies ihn gleichzeitig. Ich kniff mir in den Arm, das musste ein Traum sein. Aber nein, es tat weh, ich schaute nach unten und sah Miriam wie sie meinen Schwanz ganz in sich aufnahm. Immer wieder ließ sie ihn ganz heraus gleiten um ihn dann wieder ganz tief zu schlucken. So ging es einige Zeit. Ich konnte nur genießen. Aber ich wollte mehr, ich wollte sie ficken. Ich zog sie hoch und küsste sie wieder. Ich blickte ihr in ihre schönen Augen. Sie glänzten. Nun drückte ich sie auf den Schreibtisch, so das sie auf der Kante saß. Sie öffnete die Schenkel, ich stellte mich zwischen sie. Ich streifte ihr ihr Oberteil über den Kopf. Ihre festen Brüste lachten mich an, ihre Brustwarzen waren steif. Daran musste ich einfach saugen. Mit der Zunge spielte ich an der linken Brust, mit zwei Fingern zwirbelte ich an der Anderen. Sie stöhnte leicht auf. Ich ging einen Schritt zurück und ging vor ihr auf die Knie. An den Füßen fing ich an sie zu Küssen, weiter zu den Unterschenkeln, zu den Knien, Oberschenkel. Den Rock schob ich immer ein Stück mit hoch. Als ich an den Innenseiten der Schenkel angekommen war, stockte mir der Atem. Sie hatte nichts drunter. Beim Tanzen dachte ich noch sie hätte einen String an. Aber da war nichts. Sie war glatt rasiert, völlig blank. Sie hatte schöne vollen Schamlippen. Ihre Muschi glänzte vor Geilheit. Mit einem Finger spielte ich an den Schamlippen und am Kitzler. Sie legte den Kopf in Nacken und schloss die Augen. Sie öffnete die Schenkel so weit sie konnte und stellte die Füße auf die Kante des Tisches. Nun hatte ich frei Bahn zu ihrer Muschi. Mit der Zungenspitze leckte ich über ihre Fotze. Ich fing ganz unten an, fast am Poloch bis ganz oben zum Kitzler. Ich drang etwas mit der Zunge ein. Sie fing an zu stöhnen. Zwei Finger meiner rechten Hand setzte ich gleichzeitig an ihre Fotze, streichelte etwas an den Schamlippen und dann führte ich sie ein. Ich fickte meine Chefin mit den Fingern und leckte dabei ihren Kitzler. "Wenn das keine Gehaltserhöhung gibt" grinste ich in mich herein. Mein fingern wurde heftiger, mein saugen auch, ihr stöhnen lauter, ihr Atem schneller. Ich wollte diese Sau zum Orgasmus fingern und lecken. Immer wieder stieß ich meine Finger in ihre Muschi. "Mehr, mehr" schrie sie. Was meinte sie damit? Ich fingerte weiter. "Mehr, mehr, mehr Finger". Ich verstand. Ich nahm den dritten und auch direkt den vierten Finger zur Hilfe. Ich zog die beiden Finger heraus und setzte nun alle vier an ihre Muschi an. Da sie so nass war, war es fast kein Problem die vier in ihre Fotze zu drücken. Oh man, ich ficke sie fast mit der ganzen Hand. Sie wird richtig unruhig. Sie wackelte hin und her. Ihr Muschisaft fließt über meine Hand. Immer stöhnte sich laut auf. "Alles, ich will alles" wimmerte sie. Was, ich soll meine ganze Hand in diese zierliche Frau stecken? "Mach schon" raunte sie mich an. Na gut, wenn sie so will. Ich zog meine nassen Finger aus ihrer Muschi. Alle fünf Finger machte ich so klein wie ich konnte und setzte sie an. Ein wenig drückte ich sie rein, richtig traute ich mich nicht. Sie rutschte mit ihrem Becken nach vorne und half mir dabei. Immer tiefer glitten meine Finger in ihre klitschnasse Fotze. Nach einigen hin und her waren tatsächlich alle Finger drin. Sie schob weiter ihr Becken nach vorne, sie wollte mehr. Mit etwas Druck von beiden Seiten rutschte tatsächlich die ganz Faust in sie hinein. Ich fickte sie ganz vorsichtig mit der ganzen Hand. Ich ballte meine Hand zur Faust und zog sie ein wenig raus. Ihr Kitzler kam einen cm mit. Jetzt konnte ich ihn schön lecken und saugen. Sie wuschelte mir in den Haaren und zog daran. Vor lauter Geilheit vergaß ich den Schmerz. Sie warf ihren Oberkörper immer wieder vor und zurück. Ihr stöhnen wurde lauter. Immer wieder drückte ich meine Hand in ihre Fotze. Ich fickte sie mit meiner Hand. Ihren Kitzler saugte ich wie ein Irrer. Miriam stöhnte so laut sie konnte. Das musste jemand hören. Mit der anderen Hand hielt ich ihr den Mund zu, Aber sie wollten ihrer Lust freien Lauf lassen. Sie drückte meine Hand zur Seite und stöhnte das ganze Büro zusammen. Ihr Fotzensaft floss mir über die Hand auf den Schreibtisch. Meine Hand fickte sie immer weiter. Ich merkte wie mein Schwanz pochte. Würde ich gleich kommen, ohne das jemand meinen Schwanz anfasst? Wahnsinn. Ich fickte und fickte. Sie müsste gleich kommen, ich war mir sicher. Plötzlich ging im Flur das Licht an. Ich erschrak, wollte meine Hand rausziehen. Aber Miriam hielt sie fest und lächelte mich an. Ich sollte weitermachen? Der Chef würde mich rausschmeißen wenn er mich mit meiner Hand in der Fotze seiner Frau sieht. "Mach weiter, ich will alles" flüsterte sie zu mir. "Na gut, no risk no fun" dachte ich. Ich fickte sie langsam und leise weiter. Sie fing wieder an zu stöhnen. "Sei still" sagte ich. Die Toilettenspülung ging, das Licht ging aus und die Tür fiel zu. Glück gehabt. Ich wurde wieder forscher. Wieder hatte ich sie soweit das ich sie kommt. Ich saugte ein letztes mal am Kitzler. Meine Hand "hämmerte" in ihre Fotze. Sie stöhnte, sie schrie, sie haute mit den Fäusten auf den Tisch. Ihr Saft spritze. Ich zog meine Hand raus und leckte mit meiner Zunge ihre Muschi zum endgültigen Orgasmus. So hatte ich eine Frau noch nie kommen hören und sehen. Ihr Atem war rasend schnell, sie schwitze am ganzen Körper. Nach 2-3 Minuten raffte sie sich wieder auf. Wir küssten uns. Sie nahm meine Hand und leckte die Finger ab, wollte sich selber schmecken. Wir streichelten uns. Hinter uns auf einmal ein räuspern. Es klang weiblich. Ich traute mich gar nicht mich umzudrehen mein Schwanz wurde innerhalb 1 Sekunde wieder schlaff. Miriam schaute hoch, über meine Schultern. Ich konnte nicht sehen was da vorging. Wer stand da? Sie gaben sich irgendwelche Zeichen. Die Person kam auf uns zu, es machte klack, klack, klack. Sie nahmen sich an den Händen hinter meinem Rücken. Die Hände der Person massierten meine Schultern, streichelten meine Brust. Ich roch Parfüm. Es kam mir bekannt vor. Woher kannte ich den Duft. Alle Frauen aus der Firma ging ich im Kopf durch. Mein Schwanz schwoll wieder an. Wer war das nur? Bei der ungefähr 6. hatte ich es dann. Es war Amira vom Empfang. Sie war 25

Jahre, hatte eine Wahnsinns Figur. Sie war immer sehr sexy angezogen. Ich beugte meinen Arm nach hinten und zog Amira am Nacken nach vorn und unten und gab ihr einen Kuss seitlich auf den Hals. Sie zog mir mein Shirt über den Kopf und küsste meinen Nacken, runter zum Rücken. Mit beiden Händen massierte sie mir meinen Schwanz und meine Eier. Sie öffnete meine Hose und fing an meinen Schwanz zu wichsen. Da die Fotze von Miriam immer noch vor meinem Gesicht lag, fing ich wieder an zu lecken. Miriam legte sich zurück auf den Tisch. Nach einigen Augenblicken kramte Amira in ihrer Handtasche. Plötzlich hat ich einen Vibrator in der Hand. "Du Sau", dachte ich. Ich schaltete ihn ein und setzte ihn an die Fotze von Miriam an, Schwups das Ding war drin. Die Fotze war noch ganz geweitet von meiner Faust. Der Vibrator war etwas verloren. Da er aber so lang war konnte ich ihn schön tief rein stecken. Amira wichste weiterhin meinen Schwanz. Es kochte in meinen Eiern. Mit einer Hand ging ich hinter mich und fühlte nach Amira. Ich streichelte an ihrem Beinen lang bis ich an ihrer Muschi war. Sie hatte eine dünne Leggins an. Ich streichelte über Ihre Muschi. Einen Finger drückte ich in ihre Muschi rein. Ihr wichsen wurde schneller. Meine Hand glitt hoch zu ihrem Hosenbund und fand den Weg in sie hinein. Einen richtigen String fühlte ich nicht. Er war an der Muschi offen. Nur an den Seiten entlang war etwas. Mein Finger glitt direkt in ihre Muschi und fingerte sie. Mit der anderen Hand fickte ich weiter Miriam mit dem Vibrator. Ihr stöhnen wurde lauter, ihr Unterleib zuckte. Ich zog den Vibrator raus, im gleichen Moment spritzte sie mir ihren ganzen Fotzensaft ins Gesicht. Es sprudelte richtig aus hier heraus. Amira beugte sich schnell nach vorne um noch etwas Saft abzubekommen. Sie streckte ihre Zunge weit raus und leckte über Miriams Fotze ohne dabei meinen Schwanz loszulassen. Sie leckte Miriam und wichste mich. Es pochte in meinem Schwanz. Ich wurde unruhig. Amira kniete sich nun vor mich und küsste meine Eichel. Ihre warmen Lippen legten sich um meinen Schwanz und nahmen ihn ganz auf. Einige Male lutschte sie meinen Schwanz auf und ab. "Ich komme du Biest" schrie ich vorwarnend. Aber sie machte keine Anstalten meinen Schwanz freizugeben, Miriam massierte ihren Kitzler währenddessen. Amira lutschte weiter. Da schoss ich ihr die ganze Sahne in den Rachen. Sie versuchte so viel wie möglich zu schlucken. Nicht alles konnte sie schlucken. Etwas floss aus ihren Mundwinkeln wieder raus. Sie stand auf und beugte sich zu Miriam. Sie gaben sich einen tiefen innigen Kuss. Miriam leckte das

Sperma aus Amiras Mundwinkeln. Sie spielten richtig mit dem Sperma. Meine Latte wurde trotz Abspritzen vor wenigen Augenblicken gar nicht kleiner. Ich fummelte an Amiras Leggins rum und streifte sie ihr ab. Sie hatte einen wundervollen knackigen Hintern. Den musste ich einfach küssen. Amira drückte ich etwas nach vorne, sie verstand was ich wollte. Sie kniete sich über Miriam. Nun hatte ich beide Muschis übereinander liegen und hatte freie Bahn. Ich fing unten an zu lecken, von Miriams Poloch bis zu Amira Poloch. Die beiden Frauen küssten sich und massierten ihre Brüste. Mein Schwanz war wieder bereit für neue Taten. Ich setzte meinen dicken Kolben an die Muschi von Amira an. Ohne großen Widerstand konnte ich ihn ganz rein stoßen. Sie bäumte sich kurz auf, gab sich dann aber wieder Miriam hin. Mein Schwanz fickte Amira hemmungslos. Mit einem Finger massierte ich ihr Poloch. Ich fickte wie wild. Die beiden Frauen gingen vor und zurück auf dem Tisch. Ihre Brüste gingen mit den Bewegungen mit. Dann zog ich meinen Schwanz raus und setzte in an die Muschi von Miriam. Auch sie fickte ich jetzt ohne Verluste. Die beiden küssen sich immer noch. Miriam stöhnte ihre Lust wieder raus. Mittlerweile hatte ich einen Fingen in den Amiras Po. Mein Finger fickte ihr den Arsch. Auch sie fing leicht an zu stöhnen. Meine Fickbewegungen in Miriam wurden langsamer, wollte noch nicht kommen. Ich ließ etwas Spucke auf Amira Poloch tropfen. Meinen Schwanz zog ich aus Miriam raus, er glänzte auf der ganzen Länge von ihrem Saft. Meine Eichel setzte ich jetzt an Amiras Po, ein sanfter Druck und der Schwanz war zur Hälfte drin. Ich war erstaunt das dieses zierliche Persönchen ihn ohne weiteres Aufnehmen konnte. Ein wenig zog ich ihn wieder raus um ihn dann gleich wieder so weit wie möglich reinzudrücken. Amiras stöhnen wurde lauter und intensiver. Ihr Atem wurde schneller. Sie ging mit dem Oberkörper hoch, ich massierte ihre Titten und küsste sie am Hals. Sie wurde ganz unruhig, ich fickte sie weiter. Miriam hatte inzwischen Amira zwei Finger in die Fotze geschoben und fickte sie. Amiras stöhnen wurde sehr laut, sie japste. Noch ein- zweimal fickte ich sie in den Arsch. Plötzlich erstarrte Amira, aus ihrer Muschi floss ein Rinnsal von Saft. Ihre Beine, ihr ganzer Körper zitterte. Der Muschisaft floss auf den Tisch. Miriam fing etwas mit ihrer Hand auf. Sie bewegte ihre Hand zu Amira Mund. Ohne zu zögern leckte sie ihren eigenen Muschisaft von Miriams Hand ab. Dann legte sie sich erschöpft auf Miriam nieder. Jetzt wollte Miriam noch in den Arsch gefickt werden. Nachdem Amira wieder zu sich gekommen war, drehte sie sich in die 69er Stellung auf Miriam. Sie fingen an sich zu lecken und zu fingern. Amira rieb etwas Muschisaft auf Miriam Loch und spuckte auf meine Eichel. Sie führte meinen Schwanz an Miriams Loch. Ohne weiteres konnte ich in sie eindringen und schob meinen Schwanz in einmal ganz in sie rein. Ich fing direkt an sie zu ficken. Amira lutschte am Kitzler, immer wieder berührte sie mit ihrer Zunge meinen Schwanz. Dann nahm sie ihren Dildo und führte ihn Miriam in die Muschi ein. Sie fickte Miriam langsam und behutsam aber sehr tief in die Fotze. Mein Schwanz rauschte auch wie von Sinnen in ihren Arsch rein und raus. Es war ein geiler Anblick. Amira und ich küssten uns während wir Miriam fickten. Miriams stöhnen wurde wieder lauter. Ich merkte wir mir der Saft aus den Eiern in den Schwanz stieg. Sollte ich ihr in den Arsch spritzen? Nein, Amira sollte auch was davon haben. Ich zog meinen Schwanz schnell raus. Amira nahm meinen Schwanz und wichste ihn noch ein wenig und wartete auf meinen Saft. Sie wichste weiter und streckte ihre Zunge raus. Ich kniff die Pobacken zusammen, damit ich noch etwas konnte. Aber sie wichste so herrlich das ich nicht lange durch hielt. Ich spritze ihr den ganzen Saft in ihren Mund und übers Gesicht. Das Sperma tropfte auf auch Miriams Muschi. Amira verrieb mit der Hand das Sperma auf Miriams Venushügel. Sie wollte mich Küssen. Wollte ich das? Mein eigenes Sperma schmecken? Die Geilheit war größer und ich küsste Amira, die mein eigenes Sperma im Mund und Gesicht hatte. Es schmeckte komisch, aber es war mir egal. Wir alle drei sackten auf Tisch und Boden. Wir waren fix und fertig. Ohne groß Worte zu verlieren zogen wir uns wieder an. Machten ein wenig sauber und gingen wieder nach draußen. Jeder an einen anderen Tisch. Bestimmt ein komisches Bild, drei durchgefickte Menschen mit dem breitesten Grinsen im Gesicht, aber keiner merkte etwas.

Seriöser Besuch

Für den heutigen Abend hatte er sich noch etwas Feines ausgedacht.
Manchmal hatte Rene davon gesprochen, wie aufregend es wäre, wenn
jemand drittes dabei sein könnte. Das würde die Geilheit für beide
erhöhen. Es ging ihm hier aber nur um reinen Sex.
Rene liebt seine Frau über alles auf der Welt. Er ist sehr, sehr glücklich.
Er hatte lange gesucht und endlich einen seriösen, verh. Ihn gefunden,
der auch ein entsprechendes Äußeres hat. Diesen hat er eingeladen, zu
einer bestimmten Zeit über den Hintereingang aufzutauchen und vor
dem Schlafzimmer zu warten. Er solle sich nackt ausziehen und
zuhören und zusehen, was drinnen vor sich ging.
Rene würde Margot für diesen Fick vorbereiten. Da Margot gefesselt
sein würde und die Augen verbunden wären, würde sie nicht bemerken,
wie er alles sehen kann. Alles weitere wird sich dann evtl. ergeben.
Natürlich hatte sie noch keine Ahnung, was heute geschehen würde
und war nur mit den "normalen" Gedanken beschäftigt. Sie rieben sich,
als er nach Hause kam aneinander und kaum hatte er ihre Zunge in
seinem Mund gefühlt, wuchs sein Schwanz. Margot preßte ihren
Unterleib an ihn und verstärkte so noch das geile Gefühl. Sie hatten
heute viel Zeit und nichts mußte überstürzt werden. Wie so häufig
aßen die beiden erst Abendbrot und erzählten sich die letzten
Neuigkeiten, die sie in den vergangenen Tagen erlebt hatten.
Allerdings verfingen sich ihre Plaudereien schon bald in
Zweideutigkeiten, die sie immer mit einem verschmitzten Grinsen
begleiteten.
Rene sagte plötzlich, daß sie sich im Schlafzimmer auszuziehen, eine
Augenbinde umlegen und über die Bettkante zu beugen hätte. "Du
wartest jetzt so, bis ich meine Sachen aufgeräumt habe.
Margot machte ein ungläubiges aber auch leicht geiles Gesicht und
ging zögerlich in den anderen Raum. Dann hörte er, wie sie sich
auszog.
Die Uhrzeit war genau richtig und er hörte am Hintereingang die Tür
aufgehen.
Er folgte ihr in das Schlafzimmer und machte die Tür nicht ganz zu.

Margot hatte sich zwar über die Bettkante gebeugt, aber schon wieder etwas nicht ganz so gemacht, wie er eigentlich wollte, denn noch immer hatte sie Slip und T-Shirt an. "Hatte ich Dir nicht gesagt, Du sollst Dich ausziehen und damit meine ich, nackt dastehen?!", bemerkte er nur trocken. "Es war mir so kalt", versuchte sie ihn zu beschwichtigen. Aber er riss ihr unsanft das Höschen runter, bis es sich um ihre Knöchel schlängelte und mit einer Handbewegung schob er ihr Hemd hoch. Damit stand sie nun fast nackt vor ihm, streckte den Arsch raus und verbarg ihr Gesicht unter der Lockenpracht ihrer Haare. "Margot, bist Du eben vielleicht feucht geworden?", fragte er sie. Sie schüttelte den Kopf: "Wie kannst Du nur darauf kommen? Allerdings wollte Rene das genauer untersuchen. "Leg' Dich mal aufs Bett und öffne die Beine", und er schob Sie auf das Bett.

Er legte Sie so hin, daß der Besucher genau auf Ihre Fotze sehen konnte.

Margot versuchte die Beine zu spreizen. "So geht das nicht", war sein Kommentar. Sie sollte sich deshalb setzen, mit dem Hintern zur Kante rutschen und dann die Beine auseinander machen. "Zieh' mal die Beine an und halte sie an den Knien fest", bemerkte er und beugte sich über sie, um ihre Spalte anzuschauen. Es war, wie er vermutet hatte. Ihr Vötzchen und ihr zweites Lippenpaar hatte sich leicht geöffnet, so daß er die rosa Hautfalten glänzend schimmern sehen konnte. Er strich einmal über ihre Möse, was Margot mit einem tiefem "Ohhh, Rene" erwiderte. "Du bist mir so ein Biest! Bleib so liegen, dann wirst Du sehen, was gleich passiert", er holte rasch eines seiner Spielzeuge heraus.

Es war ein Gummidildo, der jedoch eine besondere Form hatte, da er vorne und hinten konisch zulief. Eigentlich war es ein Butt-Plug, der eine enge Rosette dehnen sollte, deshalb war es vorne spitz, um ihn besser reinzuschieben und hinten ebenso, damit er nicht wieder rausrutschte. "Steck ihn Dir rein. Wir werden ja dann sehen, ob er sauber wieder rauskommt", sagte Rene zu ihr und gab Margot diesen dicken Dildo in die Hand. "Aber das kann ich nicht, ich bin doch gar nicht naß", maulte Margot. "Ah, das kannst Du nicht", und Rene schob einen Finger in ihre Fotze, der so leicht reinglitt wie in eine Sahnetorte. "Leck ihn mir sauber", Rene hielt seinen Finger vor ihren Mund. Sie öffnete ihre Lippen und saugte seinen Finger in sich rein. "Und jetzt machst Du dasselbe mit dem Dildo, schieb ihn in Deine Spalte und anschließend leckst Du Deinen Saft ab." Margot nahm nun den

schwarzen Gummiprügel, fuhr sich über die Votze und steckte ihn immer tiefer in ihren Liebesschlund. Natürlich hatte sie gelogen, denn er ging rein wie Butter. Schließlich war er bis zum Ansatz in ihrer Votze verschwunden und Margot hatte genüßlich die Augen geschlossen, um dieses wohlige Gefühl auszukosten. Sie sollte nicht lange Zeit dazu haben, denn, obwohl Rene sie noch einen kurzen Moment damit fickte, zog er den Gummischwanz rasch aus dem Versteck und hielt ihn Margot an die Lippen. "Was ist, willst Du ihn nicht saubermachen?", war seine Frage. Die schwarze Oberfläche glänzte und war von Margot's Liebessaft überzogen. Vorsichtig streckte sie die Zunge raus und fuhr über den schleimigen Schaft. Er drängte sie jedoch stärker und, ob sie wollte oder nicht, der Dildo verschwand in ihrem Mund. Sie schloß ihre Lippen um den dicken Gummischwanz und begann ihn zu saugen. Was war das für ein Bild, wie sie den Dildo gleich einem echten Schwanz in ihren Mund ein- und ausfuhr. Sie hielt ihn am Ende zwischen den Fingern und die Bewegung ihrer Backen verriet, daß sie ihre Arbeit gut machte. Rene spürte mit einem Mal, daß sich sein Schwanz jetzt auch richtig zu blähen begann, denn er stellte sich vor, daß Margot ihm in diesem Moment den eigenen Schwanz lutschen würde. Leider mußte das noch etwas warten. Es waren nur wenige Augenblicke vergangen und Margot zog den Gummischwengel zwischen ihren Lippen hervor. Jetzt glänzte er vor Spucke, den schleimigen Film hatte sie tatsächlich abgeleckt.
Ich möchte, daß Du den Dildo wieder in die kleine Spalte schiebst. Mal sehen, ob Du das immer noch angenehm findest", fuhr er dann fort. Er war ein Schwein, denn natürlich wußte er, daß ihre Fotze durch den Druck des Plugs nur noch erregter wurde. Folgsam hob sie jedoch das eine Bein an, setzte den Dildo zwischen ihre mittlerweile geöffneten Mösenlippen an und schob ihn mit einer Bewegung tief in ihre Votze. Sie atmete kurz tief durch, denn ein Lustschauer zuckte durch ihren Körper. "So, jetzt beugst Du Dich ganz nach vorne, bis die Fingerspitzen den Boden berühren", dirigierte Rene sie weiter. Schließlich war es soweit. Margot stand wie befohlen und wartete geduldig. Rene ergötzte sich an diesem aufregenden Anblick.
Der Besucher hatte zwischenzeitlich die Tür etwas weiter geöffnet und konnte nun noch genauer gleichfalls diesen geilen, hochgesteckten Arsch mit der herausschauenden Fotze weiter unten begutachten. Sein Schwanz war zum bersten dick und er rieb ihn langsam.

Margot mußte in dieser Haltung die Beine durchdrücken, ihre Hinterbacken hatten sich geöffnet und erlaubten ihm einen Blick auf ihre Poritze. Zwischen den Arschhälften wurde die Haut wieder blässer, ihr runzeliger, brauner Arschmund war angespannt und dann sah man nur noch den Ansatz des Gummidildos. Daß die Brüste nach unten hingen und gegen ihre Beine gepreßt wurden, muß man nur der Vollständigkeit halber erwähnen. Rene konnte nicht umhin, sein "Werk" noch näher zu begutachten. Er kniete sich hinter sie und streichelte ihre Pobacken. Er nahm sie in beide Hände, knetete sie zärtlich durch und fuhr dann an den Schenkeln nach unten. Margot bewegte dabei die Beine fast automatisch ein Stück auseinander. Er küßte ihren warmen Hintern und fuhr dann mit seiner Zunge genüßlich über ihren drallen Arsch, wobei er intensiv ihre Ritze leckte und mit seiner Zungenspitze ihr hinteres Loch erforschte. Er hörte sie keuchen und sie drückte ihren Po nah an sich heran. Dann langte er zwischen ihren Beinen durch und suchte ihre kleine Liebesperle, die sich schon höllisch nach Liebkosungen sehnte. Da ihre Spalte von dem Dildo ausgefüllt war, konnte er nur kurz unterhalb des Ansatzes eine kreisförmige Bewegung machen und beschäftigte sich dann anschließend mit ihrem Kitzler. Margot zuckte auf, als er zielstrebig die Mösenlippen vorn teilte und flink über die pralle Perle rieb. Sie keuchte und stöhnte, denn es war ja klar, daß die vorherige Behandlung ihren Unterleib entflammt hatte. Mit der anderen Hand packte er den Gummischwanz und fickte sie zärtlich. Auf einmal ging sie in die Knie, spreizte schamlos die Schenkel und hielt ihm auffordernd ihren Arsch vor das Gesicht. Jetzt konnte er sie auf dreierlei Art und Weise aufgeilen: Er leckte ihre braune Rosette, bis seine Zunge fast den engen Eingang überwunden hatte. Mit der rechten Hand streichelte er weiter ihre empfindliche Mösenknospe, während er mit der linken den Dildo in regelmäßigem Tempo in sie hineintrieb. Es war faszinierend, die Bewegung des Gummiprügels zu verfolgen, denn die Lippen ihres Votzenschlundes wurden jedesmal beim Rausziehen weit gedehnt und schlossen sich wie ein weicher Handschuh um den schwarzen Dildo. Margot japste und zitterte am ganzen Körper.
Es konnte nicht mehr lange dauern, bis der Orgasmus sie überwältigen würde. Er stoppte jedoch abrupt und ließ sie hängen. "Mach doch weiter, es kommt mir gleich....", maunzte sie auf. "Wie heißt das?", fragte er sie. Aber Margot stöhnte nur lustvoll auf und wand ihren Arsch unter seiner Behandlung, um die Reibung zu verstärken. Noch

immer wartete er untätig: "Wie heißt das, fehlt da nicht ein Wörtchen?" "Ohh, Gott, b i t t e mach weiter, laß mich b i t t e kommen", stöhnte sie gepreßt. Er liebte dieses Spielchen, denn sie gehörte zu den Frauen, die nur durch stetiges Streicheln ihres Kitzlers zum Orgasmus kamen. Deshalb wand sie sich auch so und flehte ihn an, endlich weiterzumachen. Zuerst drehte er den Schwanz mit leichter Bewegung in ihr und dann tippte seine Fingerspitze erlösend auf die Perle. Er drückte etwas kräftiger und rieb kreisend um diese Stelle. Sie mußte eben wirklich kurz vor der entscheidenden Schwelle gestanden haben, denn nach weniger als einer Minute keuchte sie laut los, der Dildo machte sich selbständig und zuckte in ihrem Loch wild drauf los. "Oh, Rene, das tut sooo gut, ich vergehe....", konnte sie nur noch stammeln. Sie sackte weiter nach vorne, wobei sie ihre Hinterbacken lustvoll aneinander rieb und mit dem Arsch immer wieder nach vorne stieß. Margot brauchte etwas Zeit, um sich zu erholen. Sie nutzte dies, indem sie sich vornüber auf das Bett fallen ließ.

Mit ihren zittrigen Beinen konnte sie sich sowieso im Moment nicht mehr hinstellen, deshalb erlaubte ihr Rene diese bequemere Lage, bei der ihr Oberkörper auf der Liegefläche lag. Weil sie vor dem Bett kniete, bot sich Rene aber auch so ein genügendes Ziel, das er anpeilen konnte.

Sicherheitshalber ging Rene nun dazu über, mit den bereit liegenden Fesseln Margot so einzuschnüren, daß Sie nicht mehr aus dieser Position weg konnte.

Er kniete sich hinter sie, um ihren Körper nackt zu spüren. Sein Schwanz richtete sich, während er von Margot's heißem Hintern massiert wurde, schnell zu seiner vollen Größe auf. Schon war er feucht geworden, denn die Aussicht, Margot gleich zu ficken, hatte ihn mächtig angespornt. Er umfaßte ihren Körper und drückte sich an sie, um ihr zu zeigen, wie stolz er auf sie war. Sie reagierte auf seine Berührungen, indem sie wie ein Kätzchen schnurrte und seine Hände auf ihre Brüste zog. Er knetete zärtlich ihre Titten, zog die Nippel zwischen den Fingerspitzen lang und wartete auf ihr neuerliches Aufstöhnen. Ihre Nippel waren ja so empfindlich. Dann griff er zwischen ihre Beine und zog langsam den Plug aus ihrer Spalte. Nicht mit einem Ruck, sondern ganz sachte, wobei er sie noch ein bißchen fickte, bis der Stöpsel rausrutschte.

Damit war der Weg für Rene's Schwanz endlich frei. Er griff nach seinem Ständer, dessen Eichelspitze mit den Vorboten seines Saftes schon glänzend überzogen und durch die zurückgerollte Vorhaut allen Reizen ungeschützt zugänglich war, und führte ihn zwischen Margot's auseinander klaffenden Fotzenlippen. Bevor er ihn in Margot vergrub, fuhr er noch leicht mit der Eichel über ihren zarten Lippen. Sie stöhnte lustvoll auf und bewegte ihren Hintern so geschickt, daß Rene - schwupps - in ihrem Liebesnest feststeckte. "Ohh, Gott, Rene... Du bringst mich noch um den Verstand", waren ihre Worte. Für ihn war es genauso, denn ihre Fotze packte seinen Ständer und massierte ihn durchdringend. Er nahm ihre Hüften und bewegte sie langsam vor und zurück, so daß sich diese Bewegung auf ihr vertikales Fickmäulchen übertrug und ihn wirkungsvoll stimulierte.

Der Besucher wichste nun immer schneller und stand schon bald vor dem Abspritzen in sein übergezogenes Kondom.

So, nun zog Rene erst einmal seinen Schwanz wieder aus Margot`s Fotze und nahm den Schwanz des Besuchers in die Hand. Er dirigierte ihn von hinten an Margot`s Fotze. Langsam verschwand der Schwanz in der nassen Muschi und der Besucher fing an zu ficken. Erst jetzt merkte Margot, daß der Schwanz in Ihrer Fotze irgend wie anders war. Sie war aber so geil und auch gefesselt, daß Sie eh nicht weg konnte und auch nur ans Ficken denken konnte und sofort Ihre Fotze noch weiter auf den Schwanz versuchte zu stülpen.

Er ließ es jedoch ruhig angehen, denn er konnte seinen Saft noch eine Weile zurückhalten. Margot zwickte ihn mit den Muskeln in ihrer Möse und stöhnte dabei selbst unwillkürlich auf. Vielleicht sollte Rene noch ihren Kitzler wieder reiben. Eine Hand schlängelte sich zwischen ihren Beinen, um ihren feuchten Muschi näher zu erforschen. Margot merkte sofort, daß das Rene`s Hand war. Er teilte ihre blonden, verschmierten Schamlippen und suchte den Weg zu ihrer Liebesperle.

Wo sonst die Perle versteckt unter einer schützenden Hautfalte lag, fühlte er ein pralles, kleines Köpfchen, das gerne noch intensiver verwöhnt werden wollte. Er feuchtete seine Fingerspitze mit Margot's Saft an, indem er sich neben dem dicken Ständer des Besuchers noch einen schmalen Weg in ihre heiß-feuchte Grotte bahnte und kreiste dann zielstrebig um ihren Kitzler. "Ohh, Ahh", stöhnend vor Lust japste Margot lauthals los. Wieder und wieder kamen diese Lustlaute aus ihrem Mund, mal kurz, so als ob sie die Luft für einen Moment anhalten würde, mal langgedehnt, um die Lust herauszuschreien. Der Besucher vögelte sie immer stärker weiter, denn auch beim ihm gärten die Säfte. Seine Eier prallten immer schneller auf Margot`s

Arschbacken und sein Schwanz verschwand tiefer und tiefer in Ihrer Fotze.

Mit der freien Hand griff Rene nach ihrem Hals und streichelte ihren Nacken. Die andere rieb stetig ihre Perle und er konnte merken, wie sehr sie sich anspannte, um allen Fasern ihres Körpers den Befehl zum Orgasmus geben zu können.

Jetzt, Margot keuchte los, stieß ihren Körper gegen den Besucher, war aber zwischen ihm und Rene eingeklemmt, so daß ihre ruckartigen Bewegungen wie ein Trommelwirbel hin- und herzuckten. "Jaaa", sie biß sich auf die Lippe, "Macht weiter, fickt mich! Ohhh, komm, ich möchte den Saft spüren." Ihren schmerzenden Arsch hatte sie vorher schon fast vergessen, aber nun bestand sie nur aus Kitzler und Votze, die durch Rene's Hand und dem Schwanz des Besuchers bis zum Zerspringen gereizt wurden. War ihr erster Orgasmus einfach so wichtig und kam gerade richtig, weil die Vorfreude und das anwärmende Arsch hauen sie scharf gemacht hatten, hatte dieser sie überfraut. Jetzt merkte sie wieder ihren glühenden Hintern, der zusätzlich Konkurrenz durch das strapazierte Vötzchen gekriegt hatte. Diese Kombination und das aufregende Drumherum hatte ihr einen Höhepunkt wie selten zuvor verschafft, der sie körperlich total gefordert hatte.

Margot brach fast bewußtlos zusammen. Der Besucher verließ das Schlafzimmer, zog sich wieder an und verschwand, wie er gekommen war.

An Rene waren die unkontrollierten Spasmen nicht spurlos vorbei gegangen. Er packte sie grob am Hintern und stieß selbst wie ein Bessessener in ihre Liebesgrotte. Sein Schwanz schaute naß-schimmernd zwischen ihrem geteilten Hintern hervor, wenn gerade noch die Eichelspitze von ihren Lippen bedeckt war, dann wieder klatschten seine prallen Eier gegen ihr Hinterteil, wenn er tief in Margot's Votze eintauchte. Er hatte nicht mehr darauf geachtet, ob ihre Möse überreizt war oder sonst etwas, er wollte nur noch seine klebrige Ladung loswerden und in ihr abspritzen. "Ohhh, jetzt, ich komme, ich spritze los....", keuchte er, schrie er auf, während er in mehreren großen Schüben sein Sperma verspritzte.

Er griff mit beiden Händen ihren Kopf, drehte ihn zu sich und küßte sie wild auf den Mund. Seine Zunge schnellte in ihrem geöffneten Mund vor und zurück, wie ein kleiner Schwanz, der seine Tanzschritte von dem großen Bruder in Margot's Möse vorgemacht bekommen hatte.

Erschöpft, zufrieden, glücklich... sank er auf Margot's Rücken nieder, befreite Sie von den Fesseln und der Augenbinde und massierte sie überaus zärtlich und hatte gerade das Gefühl, daß noch ein letzter großer Tropfen aus seinem Schwanz herausquoll. So lagen sie noch mehrere Minuten und holten Atem.

Rene zog langsam seinen Schwanz aus ihrer Spalte und glitt an ihrem Rücken nach unten. Er massierte ihre Schenkel, wobei er seine Hand auch kräftig auf ihren Busch preßte. Er fühlte die Nässe, die sie beide verursacht hatten und die nun in Strömen aus ihr herauslief.

Glücklich schmiegten sich beide wieder aneinander und schliefen tief und fest ein.

Die Autorin

Maria Valleetsy

In meinem wirklichen Leben bin ich Sexualtherapeutin.
Ich bin nicht nur besessen von Sex für die Arbeit.

In meiner Freizeit reise ich durch das Land und besuche es gerne
Swingerclubs. Persönlich und beruflich erlebe ich die heißesten
und heißesten Geschichten und Sex-Geständnisse.
Meine Patienten und ich und meine Sexpartner erzählen mir den
wildesten Unsinn, den ich unzensiert zu Papier bringe und
ausführlich
weitergebe und weitergebe.

Neben meiner Leidenschaft für wilden Sex ohne Tabus nehme ich
kein Blatt vor den Mund

— Maria Valleetsy, Sexual Therapist and Author

Meet your next favorite book

SCAN ME

9 798227 653116